बन्धन

महासमर-1

बन्धन

महासमर-1

नरेन्द्र कोहली

वाणी प्रकाशन

प्रकाशन के उत्कृष्टतम 62 वर्ष

vaniprakashan.com

पेपरबैक पहला संस्करण : 2015
पेपरबैक दूसरा संस्करण : 2017
पेपरबैक तीसरा संस्करण : 2021
पेपरबैक चौथा संस्करण : 2025

बृहस्पतिदेव पाठक
कृष्णमोहन श्रीमाली
तथा
अवधनारायण मुद्गल
के लिए

वाणी प्रकाशन

4695, 21-ए, दरियागंज, नयी दिल्ली-110 002
फ़ोन : + 91 11 23273167, 23275710

शाखाएँ

अशोक राजपथ, पटना-800 004, बिहार
कॉफ़ी हाउस कैम्पस, महात्मा गांधी मार्ग, प्रयागराज-211 001, उत्तर प्रदेश
महात्मा गांधी अन्तरराष्ट्रीय हिन्दी विश्वविद्यालय, वर्धा-442 001, महाराष्ट्र

sales@vaniprakashan.in
vaniprakashan@gmail.com

Bandhan : Mahasamar-1
by Narendra Kohli
ISBN : 978-93-5072-891-8
Novel/A Story of Mahabharat

मुद्रक : ब्लूएज प्रिंटेक प्रा.लि., फेस-1, फरीदाबाद

वाणी प्रकाशन का लोगो मक़बूल फ़िदा हुसैन की कूची से

आने वाली पीढ़ी के नाम...

हमारे समय के कालजयी लेखक

नरेन्द्र कोहली हिन्दी के ही नहीं अपितु तमाम भारतीय भाषाओं के उन विरले लेखकों में से एक हैं जिन्हें 'सम्पूर्ण साहित्यकार' की संज्ञा दी जा सकती है। साहित्य की लगभग सभी गद्य विधाओं–उपन्यास, कहानी, व्यंग्य, नाटक, निबन्ध, आत्मकथा तथा आलोचना इत्यादि में विपुल सृजन करने वाले नरेन्द्र कोहली अकेले ऐसे रचनाकार हैं जिनके प्रशंसकों तथा पाठकों की संख्या का सही-सही अन्दाज तथा अनुमान लगाना कठिन है।

'अभ्युदय', 'महासमर', 'सैरन्ध्री', 'हिडिम्बा', 'कुन्ती' तथा 'न भूतो न भविष्यति' जैसे आधुनिक क्लासिक या कहें कि कालजयी कृति की रचना करने वाले इस विलक्षण रचनाकार की संवेदना-परिधि में सम्पूर्ण भारतीय समाज, तमाम विविधताओं तथा जटिलताओं के साथ गम्भीर साँस लेता प्रतीत होता है। भारतीय संस्कृति के प्रत्येक पक्ष को सही परिप्रेक्ष्य में उजागर करने वाले इस साहित्यकार ने रामायण तथा महाभारत कथा को युग सापेक्ष तथा शाश्वत मानवीय अस्मिता के साथ विश्लेषित किया है। उनकी दृष्टि सम्पन्नता तथा बौद्धिक प्रखरता के आलोक में जीवन और जगत् के सभी रहस्य पाठकों के सामने एक नये संसार की तरह से प्रस्तुत हुए हैं।

कालजयी रचनाकार की सबसे बड़ी विशेषता यही होती है कि वह अपने साहित्य में एक समानान्तर संसार की रचना करते हुए जातीय स्मृतियों का एक अनमोल खजाना आनेवाली पीढ़ियों तथा अपने समकालीन समाज के लिए गढ़ता है।

यह भी कह दें कि दुनिया की महान् से महान् कृति भी समाज को सन्तुष्ट नहीं कर सकती परन्तु श्री कोहली का लेखन सभी वाद-विवादों से

परे अपने पाठक वर्ग में उतना ही पूजनीय है जितने महाकवि तुलसीदास का रामचरितमानस तथा महर्षि वेद व्यास का महाभारत।

प्राचीन के लौह तत्त्वों को भी अपनी जादुई कलम के स्पर्श से कंचन में परिवर्तित करनेवाले इस महान् रचनाकार का साहित्य आपको भूत, वर्तमान तथा भविष्य के सभी रहस्य समझने तथा परखने की दृष्टि प्रदान करता है। नरेन्द्र कोहली के साहित्य को नयी साज-सज्जा के साथ पाठकों को सौंपते हुए वाणी प्रकाशन प्रतिष्ठान स्वयं को गौरवान्वित अनुभव करता है।

– अरुण माहेश्वरी

प्रकाशक

बन्धन

महासमर-1

1

यह असम्भव था।

घटना से पूर्व तो इसकी कल्पना ही नहीं की जा सकती थी; घटित हो जाने के बाद भी देवव्रत को इसका विश्वास नहीं हो रहा था। ऐसा सम्भव कैसे था?...

'असम्भव! असम्भव' मन-ही-मन देवव्रत ने अनेक बार दुहराया।

पर राजा शान्तनु का रथ जा चुका था—सत्य यही था।

हस्तिनापुर का नगर-द्वार 'वर्द्धमान' नव-वधू के समान सजाया गया था। राज्य के उच्च अधिकारी और असंख्य सामान्य जन, राजा की अगवानी के लिए नगर-द्वार पर उपस्थित थे। और उस सारे समुदाय के शीर्ष पर थे—देवव्रत! देवव्रत अधिकारी नहीं, प्रजा नहीं—पुत्र थे! शान्तनु के एकमात्र पुत्र! और रुकना तो दूर, राजा का रथ तनिक धीमा भी नहीं हुआ। राजा ने चलते हुए रथ में से भी खड़े हो कर अधिकारियों और प्रजा का अभिवादन स्वीकार करने का कष्ट नहीं किया। किसी ने राजा की एक झलक भी नहीं देखी। रथ का कोई गवाक्ष नहीं खुला, कोई यवनिका नहीं हिली।

अहंकार!

प्रजा की इतनी उपेक्षा। यही अहंकार राजवंशों को खा जाता है।...प्रजा और अधिकारियों को भूल भी जायें तो देवव्रत तो पुत्र हैं...राजा शान्तनु उनके पिता हैं...पिता। कैसे पिता हैं शान्तनु?...

देवव्रत की आँखों के सामने अपना शैशव घूम गया। पिता को छोड़ कर माता अलग हो गयी थीं। इस विलगाव के कारण उन दोनों में से किसको कितनी पीड़ा हुई, यह देवव्रत नहीं जानते—पर स्वयं अपनी पीड़ा को वे कभी नहीं भूल पाये। प्रत्येक बालक के माता-पिता दोनों होते हैं—उनके माता-पिता, हो कर भी नहीं थे। देवव्रत ने सदा यही पाया था कि न माँ सहज थीं, न

पिता। माँ चाहती थीं कि देवव्रत पिता के पास रहें, ताकि पुरुकुल के योग्य उनका लालन-पालन हो और पिता कुछ इतने उदभ्रान्त थे कि उन्हें ध्यान ही नहीं था कि उनका एक पुत्र भी है। पत्नी से वंचित होने की पीड़ा इतनी प्रबल थी कि उन्होंने कभी सोचा ही नहीं कि अपने एकमात्र पुत्र को वे कितना वंचित कर रहे हैं।...देवव्रत का शैशव, बाल्यावस्था, किशोरावस्था, तरुणाई—वय के ये सारे खण्ड विभिन्न ऋषियों के साथ उनके आश्रमों के कठोर अनुशासन में कट गये। तपस्वी गुरुओं के कठोर अनुशासन से निबद्ध कर्तव्यमिश्रित स्नेह उन्हें बहुत मिला, किन्तु माता-पिता का सर्वक्षमाशील वात्सल्य...

और तभी से देवव्रत के मन में परिवार, समाज और संसार को ले कर अनेक प्रश्न उठते रहे हैं।...परिवार क्या है? पति-पत्नी का परस्पर आकर्षण एक-दूसरे को सम्मान और स्वतन्त्रता देने में है या अपने सुख के लिए अन्य प्राणी को अपनी इच्छाओं का दास बना लेने में? यदि दूसरे पक्ष के सुख के लिए स्वयं को खपा देना परिवार का आधार है तो दूसरे पक्ष की कामना ही क्यों होती है? स्त्री-पुरुष विवाह क्यों करते हैं—अपनी रिक्ति को भरने के लिए या दूसरे पक्ष के अभावों को दूर करने के लिए, या परस्पर एक-दूसरे का सहारा बन, अपनी-अपनी अपूर्णता को पूर्णता में बदलने के लिए?...वात्सल्य क्या है? व्यक्ति, सन्तान अपने सुख के लिए चाहता है? क्या सन्तान वह खिलौना नहीं है, जिसे बालक अपने खेलने के लिए माँगता है? बालक को खिलौने का सुख कभी अभीष्ट नहीं हुआ। माता-पिता सन्तान के लिए स्वयं को नहीं तपाते—वे तपते हैं तो अपने अभावों से तपते हैं। खिलौना टूट जाये तो बच्चा इसलिए नहीं रोता कि खिलौने को टूट कर कष्ट हुआ होगा, वह तो इसलिए रोता है कि उसकी सम्पत्ति नष्ट हो गयी है। जिससे खेल कर उसे सुख मिलता था, वह आधार नष्ट हो गया है।...

देवव्रत के मन में प्रश्नों के हथौड़े चलते ही रहते हैं— सन्तान-सुख,... वात्सल्य सुख...सुख है क्या? अपनी सुविधा को सुख मानते हैं या अपने अहंकार की पुष्टि को या मन की अनुकूलता को?...देवव्रत अपने मन की प्रतिकूलता को बहुत जल्दी अनुकूलता में बदल लेते हैं। किन्तु बात देवव्रत की नहीं है, बात तो राजा शान्तनु की है...

...माता के द्वारा पिता को सौंप दिये जाने के पश्चात से राजा शान्तनु उनकी ओर कुछ उन्मुख हुए थे। देवव्रत को लगने लगा था कि वात्सल्य के कुछ छींटे उन पर भी पड़े थे। गृहस्थी के सुख की कुछ कल्पना उनके मन में भी जागने लगी थी। परिजनों के सम्बन्धों को सामाजिक आवश्यकता और कर्तव्य से हट कर भावात्मक स्तर पर वे भी देखने लगे थे—पर ऐसे ही समय

में पिता की ओर से यह उपेक्षा...देवव्रत के हाथ, पिता के चरण-स्पर्श के लिए उठे-के-उठे ही रह गये। पिता का रथ रुका ही नहीं...

देवव्रत का मन क्षुब्ध हो कर जैसे उन पर धिक्कार बरसाने लगा था। वे किसी से कोई अपेक्षा करते ही क्यों हैं? वे अपने भीतर ही सम्पूर्णता क्यों नहीं खोज लेते? क्या आवश्यकता है उन्हें, किसी के प्यार की? पिता ने प्यार से सिर पर हाथ फेरा तो क्या, और नहीं फेरा तो क्या? ये अपेक्षाएँ ही तो अन्ततः निराशा को जन्म देती हैं और निराशा दुख का कारण बनती है। दुख से बचना है तो अपेक्षाओं से बचना होगा...उनका मन एक बार सदा के लिए क्यों नहीं मान लेता कि जीवन, मात्र एक कठोर कर्तव्य है—जिसका निर्वाह करना ही पड़ता है। यह स्नेह, प्यार, वात्सल्य...ये सब तो समयानुसार ओढ़े गये छल-छदम् मात्र हैं, जो दूसरों को भी धोखा देते हैं और स्वयं अपने लिये भी छलों का प्रासाद खड़ा कर लेते हैं। पिता को अपनी पत्नी प्रिय थी, इसलिए उसके मोह में अपने होठों को सिये बैठे रहे। माँ ने एक के पश्चात एक कर, सात पुत्रों को गंगा में बहा दिया। पिता के मन में वात्सल्य होता, तो माँ का हाथ न पकड़ लेते?...हाँ! देवव्रत की बारी आयी तो उन्होंने माँ का हाथ पकड़ा भी था। पर पत्नी से दूर होने का इतना शोक हुआ उन्हें कि उनका एक पुत्र अभी जीवित भी था...जिस पुत्र की रक्षा के लिए पत्नी की इच्छा के प्रतिकूल चले थे...उसी पुत्र को भूल गये। उन्हें कभी ध्यान भी आया कि देवव्रत कहाँ है?...जीवित भी है या...पत्नी के वियोग में पगलाकर...

देवव्रत का प्रवाह अटका...आज उनका भी तो व्यवहार उन्मत्त का-सा ही था...कहीं पिता अस्वस्थ तो नहीं हैं?...स्थितियाँ बदलते ही सारे निष्कर्ष बदल जाते हैं। यदि राजा सच-मुच अस्वस्थ हैं, तो प्रजा द्वारा अपना स्वागत देखने के लिए या प्रजा का अभिनन्दन स्वीकार करने के लिए वह कैसे रुकते। रोगी के लिए सामाजिक व्यवहार आवश्यक नहीं होता। शिष्टाचार के नियम उसके लिए नहीं होते : औपचारिकता की अपेक्षा उससे नहीं की जाती।...यदि ऐसा न होता, तो देवव्रत को खड़े देख कर भी सारथि वल्गा न खींचता और रथ हाँक कर न ले जाता?...असम्भव!

आत्मलीन देवव्रत अपने रथ तक आये।

"चलो।" उन्होंने सारथि को आदेश दिया, "पिता जी के पास।"

एक क्षण के लिए उनके मन में आया भी कि अधिकारियों और प्रजा से भी कह दें कि राजा अस्वस्थ हैं।...पर बिना किसी प्रमाण के ऐसी बात कैसे कही जा सकती है। यह तो उनका अनुमान मात्र था। पहले उनको पिता

का आचरण दम्भपूर्ण लग रहा था, अब एक उन्मत्त या रोगी का-सा।...जाने सच्चाई क्या है।...पिता अस्वस्थ हों, उन्मत्त हों, क्षुब्ध हों...वे सारे सम्बन्धों से उदासीन हो उठते हैं।...पता नहीं, पिता का मन-तुरंग एक दिशा में ही क्यों सरपट भागता है। उसके सुम के नीचे एक हल्की-सी कंकड़ी भी आ जाये तो उसका सारा सन्तुलन बिगड़ जाता है। फिर वह न तो अपनी दिशा में ही अग्रसर हो सकता है और न किसी और दिशा का ध्यान उसे रहता है। पीठ के बल, भूमि पर पड़ा हुआ, चारों टाँगें आकाश की ओर उठाये, झटके खाता और देता रहता है, उसके मुख से यातना के सीत्कार ही फूटते हैं...

जब पिता, माँ के मोह में पड़े थे...पता नहीं, वह प्रेम था या मोह! क्या अन्तर है प्रेम और मोह में?...कभी-कभी देवव्रत को मोह, प्रेम, श्रद्धा, भक्ति... सब अलग-अलग मूर्तिमान होते दिखायी देते हैं और कभी सब गड्ड-मड्ड हो जाते हैं...इस समय तो वे यह भी स्पष्ट नहीं समझ पा रहे कि यह पिता का प्रमाद था या उन्माद... ऐसी अस्पष्ट-सी स्थिति में देवव्रत राज्य के अधिकारियों को क्या कह सकते हैं। वे लोग अपने राजा की अगवानी के लिए आये थे। राजा आ चुके हैं। नगर में प्रवेश कर चुके हैं। सम्भवतः इस समय अपने महल में होंगे। यदि थोड़ी देर रुक कर, उन्होंने प्रजा का अभिवादन स्वीकार कर लिया होता तो प्रजा उनका जय-जयकार कर, उन पर पुष्प-वर्षा कर अपने-अपने घर लौट जाती।...राजा रुके नहीं हैं, तो प्रजा तो जायेगी ही।

देवव्रत को लगा, वे स्वयं भी सहज नहीं हो पा रहे हैं। उनके भीतर के द्वन्द्व और असमंजस, उन्हें कुछ स्पष्ट निर्णय नहीं करने देते और वे निष्क्रिय-से खड़े रह जाते हैं। उनकी निष्क्रियता के भी तो अनेक अर्थ लगाये जा सकते हैं। सम्भव है कि इस समय उनके इस प्रकार चुपचाप चले जाने के विषय में भी पीछे टीका-टिप्पणी हो रही हो। लोग राजा शान्तनु के आचरण के स्थान पर उन्हीं के आचरण की समीक्षा कर रहे हों।

पर अब देवव्रत लौट नहीं सकते थे। उनका रथ काफ़ी आगे बढ़ आया था।

2

पिता के महल का वातावरण प्रवास से लौटे राजा के घर-जैसा नहीं था। उनसे मिलने आये मन्त्रियों, सेनापतियों, अधिकारियों, कुटुम्बियों और सेवकों की भीड़ वहाँ नहीं थी। उल्लास का खुला वातावरण भी नहीं था। मौन का तनाव कुछ अधिक कठोरता से व्याप्त था।

देवव्रत तेज़ डगों से चलते हुए द्वारपाल तक आये, "पिता जी के चरणों में मेरा प्रणाम निवेदित करो।"

चाह कर भी उनके मुख से 'चक्रवर्ती' 'सम्राट' या 'राजा' जैसा शब्द नहीं निकला था। उनका ममत्व अपने पिता के लिए आन्दोलित था, चक्रवर्ती की चिन्ता उन्हें नहीं थी।

"युवराज!" द्वारपाल का स्वर अनुशासनबद्ध न होकर, आत्मीय था, "चक्रवर्ती स्वस्थ नहीं हैं।"

देवव्रत का अनुमान ठीक ही था। वस्तुतः पिता स्वस्थ नहीं थे। द्वारपाल उनका प्रणाम निवेदित करने के लिए भीतर नहीं जा रहा था। सम्भवतः उसे ऐसा ही आदेश दिया गया था। किन्तु, वह उन्हें भीतर जाने से रोक भी नहीं रहा था।

यदि पिता ने किसी के भी प्रवेश का निषेध किया है तो द्वारपाल का कर्तव्य है कि उन्हें भीतर जाने से रोके; और यदि पिता ने ऐसा कोई आदेश नहीं दिया है तो उसे चाहिए कि भीतर जा कर उनका प्रणाम निवेदित करे...पर देवव्रत की तर्क-शृंखला यहीं रुक गयी। उन्हें लगा कि द्वारपाल के मन में भी कुछ स्पष्ट नहीं है। यहाँ सब कुछ अस्पष्ट है। ऐसी अस्पष्टता और द्वन्द्व की स्थिति में बेचारा द्वारपाल भी क्या करेगा—यही न कि न स्वयं भीतर जाने का साहस कर पायेगा और न उन्हें रोकने की धृष्टता...

"राजवैद्य को सूचना दी गयी है क्या?"

"नहीं!"

"क्यों!"

"सम्भवतः चक्रवर्ती का यही आदेश है।"

देवव्रत कुछ सोचते हुए-से खड़े रहे।

"अमात्य कहाँ हैं?" सहसा उन्होंने पूछा।

"वे चक्रवर्ती के साथ यहाँ नहीं आये थे।"

देवव्रत का माथा ठनका : अमात्य क्यों नहीं आये? वे पिता के साथ गये थे। वे अवश्य जानते होंगे कि पिता अस्वस्थ हैं। वे क्यों नहीं आये? और राजवैद्य क्यों नहीं बुलाये गये?...

अनुमान से सब कुछ नहीं जाना जा सकता। पिता से साक्षात्कार करना ही होगा।

देवव्रत ने कक्ष में प्रवेश किया।

पिता थके हुए-से, या असहाय रोगी के समान नहीं लेटे थे। वे अपने पलंग पर औंधे मुँह पड़े थे। पहली दृष्टि में तो देवव्रत को लगा कि शायद

पिता रो रहे हैं और स्वयं को सँभालने के प्रयत्न में ही बिस्तर पर औंधे हो गये हैं...देवव्रत के पग पृथ्वी से चिपक-से गये। कितने कष्ट में हैं पिता। हस्तिनापुर के चक्रवर्ती, पुरुराज, वीरवर शान्तनु अपने कक्ष में अकेले पड़े असहाय-से रो रहे हैं...मनुष्य कोई भी क्यों न हो—बलवान, ज्ञानी, चक्रवर्ती...आख़िर मनुष्य है। शरीर और मन के नियमों का दास। संसार के सुख-दुख से मुक्ति नहीं है उसकी।...तो फिर जीवन में वह सुख-दुख मानता ही क्यों है? वह जीवन को कार्य-करण के नियमों के अधीन क्यों नहीं समझता? जब यह सब अवश्यंभावी है तो इतने हाथ-पैर पटकने से क्या लाभ? क्यों लपकता है मनुष्य लोभ और लाभ की ओर? क्या पा जायेगा वह उसमें? चक्रवर्ती शान्तनु स्वयं अपनी इच्छा से सुख पाने के लिए मृगया के लिए गये थे। क्या सुख मिला? पड़े हुए आहत मृग के समान हाथ-पैर पटक रहे हैं...कैसी पीड़ा है पिता को? कहीं आखेट में कोई गहरा घाव तो नहीं खा गये? पर नहीं। पिता शारीरिक घाव खा कर उसकी पीड़ा से रोने वालों में से नहीं हैं। और यदि वैसा होता तो अमात्य साथ आये होते और इस समय यहाँ वैद्यों और शल्य चिकित्सकों का जमघट लगा होता...

सहसा शान्तनु ने करवट बदली और जैसे अपनी किसी भीतरी पीड़ा से विवश हो कर, उन्होंने अपने वक्ष पर दो-तीन घूँसे लगाये, मानो किसी उठते हुए आवेग को दबा रहे हों। उनका गहरा निःश्वास उनकी पीड़ा का भी प्रतीक था और उत्तेजना का भी। उन्होंने अपने समूचे शरीर को अकड़ाया और सारे संयम और नियन्त्रण के बावजूद अपनी दोनों टाँगें उठा कर पलंग पर पटक दीं। लगा, वे अभी नियमित रूप से छटपटाते हुए हाथ-पैर पटकने लगेंगे।

तो पिता शारीरिक रूप से अस्वस्थ नहीं थे—देवव्रत ने सोचा—उनका मन उद्विग्न था। पर है तो उद्विग्नता भी रोग ही...

"पिता जी!" देवव्रत ने आगे बढ़, पिता के चरण छुए।

शान्तनु ने न उठ कर पुत्र को गले से लगाया, न कोई आशीष दी। लोकाचार के अभ्यास की बाध्यता थी जैसे, अपनी हथेली देवव्रत के सिर पर रख दी।

देवव्रत ने देखा, पिता के चेहरे पर पीड़ा के तनाव की स्पष्ट रेखाएँ थीं। एक लम्बे प्रवास के बाद पुत्र को देख कर भी उनकी आँखों में वात्सल्य तो क्या एक हल्का-सा औपचारिक हास भी नहीं उतरा था। विचित्र भाव थे पिता की आकृति पर : कभी ताप से दग्ध होते हुए निरीह जीव की पराजय...कभी उग्र मानसिकता की दिग्दाह करने की व्यग्र हिंसा। दोनों में से एक भी भाव कुछ अधिक क्षणों तक टिक नहीं पाता था।...

देवव्रत को लगा, वे पिता से अपनी अवहेलना की शिकायत नहीं कर पायेंगे। इस प्रकार पीड़ा में तड़पता हुआ मनुष्य, दूसरों की भावना का क्या सम्मान कर पायेगा।...फिर देवव्रत ने तो बहुत पहले ही स्वयं को समझा लिया था कि वे अपने पिता से...पिता से क्या, किसी से भी कोमलता और स्नेह की कोई अपेक्षा नहीं करेंगे।

"आप अस्वस्थ हैं पिता जी?"

शान्तनु ने एक क्षण के लिए स्थिर दृष्टि से पुत्र की ओर देखा और फिर जैसे सायास, अस्त-व्यस्त-से उठ खड़े हुए। अपने उत्तरीय को ठीक करने की व्यस्तता में इधर-उधर टहलते हुए, वे उत्तर को टालते रहे। देवव्रत के मन में जिज्ञासा जागी : वे प्रश्न को टाल रहे हैं, या स्वयं देवव्रत को ही टाल रहे हैं...और पिता की आँखों में थोड़ी-थोड़ी देर के लिए उभरने वाला अपने प्रति उपालम्भ का वह हल्का-सा आभास...

पर उपालम्भ का कारण?

"अस्वस्थ नहीं हूँ पुत्र!" शान्तनु अपना मन कुछ स्थिर कर के बोले, "चिन्तित हूँ...चिन्ता से पीड़ित हूँ। चिन्ता की चिता का दाह सह रहा हूँ।"

देवव्रत के मन में आया, कहें, 'पिता जी! आप उदभ्रान्त लगते हैं। आपका आचरण...।' पर देवव्रत ने कुछ कहा नहीं।

"राजवैद्य को सूचना क्यों नहीं दी गयी पिता जी?"

"कोई लाभ नहीं।"

"कारण जान सकता हूँ?" देवव्रत का स्वर अत्यन्त विनीत था।

"मुझे रोग नहीं, क्षोभ है। मेरी चिन्ता का समाधान वैद्य के पास नहीं है।"

"चक्रवर्ती सम्राटों को भी चिन्ताएँ होती हैं क्या?" देवव्रत को लगा, अपने मन से पूछा गया यह प्रश्न असावधानीवश उनके मुख से सशब्द निकल गया था। पर प्रश्न का दूसरा भाग उन्होंने अपने मन में ही रोक लिया था, 'चिन्ताओं को दूर नहीं कर सकते तो यह साम्राज्य फिर किस काम का है?'

शान्तनु ने पुत्र को नये सिरे से देखा : यह देवव्रत अनेक बार क्षत्रिय राजपुत्रों के समान नहीं, वनवासी वैरागियों के समान बातें करने लगता है। वनवासी ऋषियों के सान्निध्य में बिताया गया इसका आरम्भिक जीवन इसे राजपुत्रों की मानसिकता नहीं दे पाया है। शान्तनु को पहले इसका आभास हुआ होता तो वह पुत्र को आश्रमों में छोड़ने के स्थान पर, आचार्यों को ही राजमहल में बुला लेते।...न चाहते हुए भी वनवासियों के विरुद्ध उनका आक्रोश वाणी पा ही गया, "चक्रवर्ती सम्राटों को ही तो चिन्ताएँ होती हैं पुत्र! कंगले वनवासियों के पास ऐसा होता ही क्या है, जिसकी वे चिन्ता करें।"

"अभाव की चिन्ता भी चिन्ता होती है पिता जी!" देवव्रत सहज भाव से बोले, "वरन वह असुविधा भी होती है।"

पर अधिकांश कथ्य, शब्दों के असहयोग के कारण उनके मन में ही रह गया : यदि साम्राज्यों के साथ चिन्ताएँ ही जुड़ी हैं तो इतनी ललक से व्यक्ति साम्राज्य स्थापित करने के लिए लपकता ही क्यों है? क्या मनुष्य इतनी-सी बात नहीं समझता कि उसका स्वार्थ किसमें है? उसे किसका ग्रहण करना है, किसका त्याग? यदि साम्राज्य चिन्ताओं का घर है तो मनुष्य को चाहिए कि वह उसे त्याज्य माने...

"होगी!" शान्तनु ने उनकी बात पर अधिक ध्यान नहीं दिया। वे अपनी चिन्ता में कहीं और गहरे उतर गये थे, "जाने क्यों गंगा ने मेरे सात पुत्रों को जीवन-मुक्त कर दिया...।"

पिता जब भी इस घटना की ओर संकेत करते हैं, देवव्रत समझ नहीं पाते कि उनके मन में पत्नी की स्मृति जागी है या पुत्रों की। सात पुत्रों को जीवन-मुक्त करने वाले के लिए जो भाव पिता के मन में होना चाहिए था, उसका लेश मात्र भी शान्तनु के मन में नहीं था। कदाचित उन सारी हृदय-विदारक घटनाओं के बाद भी आज तक उन्हें अपनी पत्नी के रूप की स्मृति मुग्ध करती थी। सन्तान को जीवन-मुक्त करने वाली उस पत्नी से अब भी इन्हें वितृष्णा नहीं हुई थी। सन्तान भी उन्हें प्यारी रही होगी, तभी तो उन्होंने पत्नी को रुष्ट किया था; किन्तु सन्तान या पत्नी में से वे किसी को नहीं चाहते—दोनों को चाहते हैं। किन्तु यदि दोनों में से किसी एक को चुनना हो तो किसे चुनेंगे वे?...देवव्रत समझ नहीं पा रहे थे।

"अब तुम मेरे एकमात्र पुत्र हो।" शान्तनु पुनः बोले, "और मुझे बार-बार लगता है कि एक पुत्र का पिता, पुत्रहीन व्यक्ति से भी अधिक दुखी होता है।"

"क्यों पिता जी?"

"पुत्र!" पहली बार शान्तनु का स्वर कुछ कोमल हुआ, "किसी मनुष्य के प्राण यदि एक निरीह और असहाय पक्षी में बन्द कर दिये जायें और पक्षी को स्वतन्त्र रूप से उड़ने के लिए मुक्त छोड़ दिया जाये तो उस व्यक्ति की स्थिति क्या होगी?"

देवव्रत ने कोई उत्तर नहीं दिया। वे पिता की बात पूरी होने की प्रतीक्षा कर रहे थे।

"आकाश में गरुड़, श्येन तथा अन्य हिंस्र पक्षी हैं। धरती पर स्थान-स्थान पर बहेलियों के जाल बिछे हैं। किसी के लक्षित बाण या लक्ष्य-भ्रष्ट शस्त्र का वह निशाना हो सकता है।...उस पक्षी की कोई हानि नहीं भी होती, तो भी

आशंकाओं के कारण उस व्यक्ति की क्या स्थिति होगी, जिसके प्राण उसमें बन्द हैं; और यदि पक्षी वह मारा गया तो उस व्यक्ति का क्या होगा?" शान्तनु ने जैसे उत्तर पाने के लिए देवव्रत की ओर देखा; और फिर स्वयं ही बोले, "तुम मेरे एकमात्र पुत्र हो देवव्रत! मेरे प्राण तुममें बसते हैं। तुम एक क्षण के लिए भी मुझसे विलग होते हो तो मेरी आत्मा व्याकुल हो उठती है...।"

देवव्रत के मन में आया कि पिता का प्रतिवाद करे—यदि यह सच होता तो नगर-द्वार पर अगवानी के लिए आये खड़े पुत्र की अवहेलना कर पिता अपने महल में न आ गये होते। उसे स्वस्थ और प्रसन्न पा कर, उन्होंने उसे वहीं गले लगा लिया होता...पुत्र इतना ही प्रिय था, तो उसे इस प्रकार नगर में अकेला छोड़ कर नदियों के कछारों और बीहड़ वनों में मृगया का सुख पाने के लिए भटक न रहे होते।...और अब, जब पुत्र सामने खड़ा है, तो उसे उत्साहपूर्वक गले लगा कर सन्तोष प्रकट करने के स्थान पर, उद्विग्नता को गले लगाये न पड़े होते।

पर देवव्रत ने यह सब कहा नहीं।

"तुम शस्त्रधारी योद्धा हो पुत्र!" शान्तनु पहले की तुलना में कुछ आश्वस्त दिख रहे थे, "सदा युद्धों के लिए सन्नद्ध रहते हो। पर कुशल-से-कुशल योद्धा भी किसी-न-किसी दिन युद्ध में वीरगति पाता ही है। यदि किसी दिन तुम्हें वीरगति मिली तो मेरा क्या होगा पुत्र? हस्तिनापुर के साम्राज्य का क्या होगा? हमारे वंश का क्या होगा? मेरी सद्गति कैस होगी?..."

देवव्रत के कान खड़े हो गये। क्या पिता उनके विवाह का प्रस्ताव करने वाले हैं? क्या वंश-वृद्धि के नाम पर पिता उनको घेर कर गृहस्थी की बेड़ियाँ पहनाना चाहते हैं?...देवव्रत ने अपने शैशव में अपने माता-पिता के सम्बन्ध में, उनकी गृहस्थी के विषय में जो कुछ जाना और देखा-सुना है...उसके बाद उनके मन में गृहस्थी के लिए कोई विशेष आकर्षण नहीं रह गया था। अपनी माता और पिता की पीड़ा का लेशमात्र भी स्मरण होते ही, उनका मन इन सम्बन्धों से मुक्त होने के लिए पँख फड़फड़ाने लगता था। नारी का आकर्षक-से-आकर्षक रूप भी देवव्रत के मन में कहीं वितृष्णा जगा जाता था ...देवव्रत ने अपने भीतर कभी ऐसी रिक्ति का अनुभव नहीं किया, जिसे भरने के लिए नारी के सान्निध्य की आवश्यकता हो। आज तक किसी नारी का रूप उनकी आँखों में नहीं उतरा, जो उन्हें रात-रात भर जगाये रख सकता। ...विवाह...अभी तो बार-बार उनका मन एक ही प्रश्न पूछ रहा है कि व्यक्ति विवाह करता ही क्यों है? शरीर सुख के लिए? वंश-वृद्धि के लिए? समाज और राष्ट्र के लिए? किसके लिए है यह सारा हाहाकार?...

"गंगा के जाने के बाद मैंने दूसरा विवाह नहीं किया।" शान्तनु कह रहे थे, "आज भी नहीं करना चाहता। पर एक पुत्र..." उन्होंने रुक कर देवव्रत को देखा, "जिसका पुत्र होता ही नहीं, उसे कुछ छिनने का भय नहीं होता, पर जिसका एक ही पुत्र हो, वह सदा उसके के लिए... ।"

देवव्रत पिता से सहमत नहीं हो पा रहे थे : पिता को अपनी चिन्ता है या पुत्र की? उनकी चिन्ता अपने लिए है या पुत्र के लिए? उन्हें अपने पुत्र के लिए साम्राज्य चाहिए या अपने साम्राज्य के लिए पुत्र चाहिए? अपना वंश वे क्यों चलाना चाहते हैं—अपनी सद्गति के लिए?...पिता ने यह चिन्ता तो कभी नहीं की कि यदि उनका देहान्त हो गया तो उनके पुत्र का संरक्षक कौन होगा? यदि राज्य नष्ट हो गया तो पुत्र के उपभोग के लिए सम्पत्ति कहाँ से आयेगी?...वे क्यों नहीं सोचते कि जब वे स्वयं ही नहीं रहेंगे तो वंश का उन्हें करना ही क्या है? जब पुत्र ही नहीं रहेगा; तो साम्राज्य किसके लिए चाहिए उन्हें?

"आप मेरे विषय में चिन्ता न करें पिता जी!" देवव्रत समझ नहीं पा रहे थे कि वे पिता को आश्वासन दे रहे हैं या उपालम्भ, "इस पृथ्वी पर अभी ऐसा पुरुष पैदा नहीं हुआ, जिसके हाथों मुझे वीरगति प्राप्त होने की कोई सम्भावना हो।"

"तुम्हारी वाणी सत्य हो पुत्र!" शान्तनु का स्वर अब भी उतना ही उत्साहशून्य था, "किन्तु पिता का हृदय इतनी ही बात से सन्तुष्ट नहीं हो सकेगा। मेरे मन में जब यह सम्भावना अंकुरित होने लगती है कि नश्वर प्राणी के शरीर का नाश होना ही है, कहीं मेरा एकमात्र पुत्र असमय ही काल-कवलित हो गया तो...मेरा हृदय फट-फट जाता है पुत्र! इकलौती सन्तान के पिता की मनःस्थिति तुम समझ सकोगे क्या?"

"आप विश्राम करें पिता जी!" देवव्रत बोले, "मृगया की थकान दूर हो जायेगी तो आपका मन भी कुछ स्थिर हो जायेगा। शरीर की अत्यधिक थकान से कभी-कभी मन अनावश्यक रूप से आशंकाग्रस्त हो जाता है।"

किन्तु देवव्रत स्पष्ट देख रहे थे कि उनके इस वाक्य ने पिता पर कोई प्रभाव नहीं डाला था। उनकी आँखें कैसे तो देख रही थीं, देवव्रत को : जैसे पूछ रही हों—'तू मेरी बात क्यों नहीं समझता देवव्रत?'

3

देवव्रत अपने महल में लौट आये, पर उनका मन पिता के प्रासाद में ही रह गया...पिता क्या सचमुच इस बात से भयभीत हैं कि उनका एक ही पुत्र है,

और वह किसी दिन युद्ध में वीरगति पा जायेगा? जिनके दो पुत्र होते हैं; क्या उन्हें यह चिन्ता नहीं सताती? दो पुत्र भी युद्ध में वीरगति पा सकते हैं। दो ही क्यों, युद्ध में तो सैकड़ों-हज़ारों व्यक्ति वीरगति पा सकते हैं। किसी राजा के सौ पुत्र भी होंगे, तो युद्ध में सारे-के -सारे मारे जायेंगे। वंश-का-वंश ही नष्ट हो जायेगा। युद्ध ही क्यों, बिना युद्ध के भी—सगर के पुत्र कपिल मुनि के एक शाप से ही भस्म हो गये थे...पुत्रों की संख्या कितनी हो कि व्यक्ति निश्चिन्त हो सके कि उसका वंश नष्ट नहीं होगा?...

देवव्रत मन-ही-मन हँस पड़े। पुत्रों की संख्या का क्या है...स्वयं चक्रवर्ती शान्तनु के आठ पुत्रों ने जन्म लिया था। क्या हुआ उनका?...

पर व्यक्ति अपनी वंश-परम्परा को बनाये ही क्यों रखना चाहता है?...जब देवव्रत इस संसार में नहीं रहेंगे तो इससे उन्हें क्या अन्तर पड़ेगा कि संसार में कोई ऐसा व्यक्ति है या नहीं, जो स्वयं को उनका वंशज मानता है? क्या मनुष्य का दायित्व मात्र अपना शरीर रहने तक नहीं है? यह धन-सम्पत्ति, सुख-भोग...सारा कुछ तो शरीर के लिए ही है। जब शरीर ही नहीं रहेगा...

देवव्रत को लगा, वे अपने मस्तिष्क में सदा घुमड़ने वाले प्रश्नों के चक्रव्यूह में फँसते जा रहे हैं। ऐसे प्रश्न सदा ही उनके मस्तिष्क में उमड़ते-घुमड़ते रहते हैं। व्यक्ति का जीवन क्या है? व्यक्ति जीवित क्यों रहना चाहता है? क्यों डरता है वह मृत्यु से?...

युद्धरत जातियों को सैनिकों की आवश्यकता होती है। कदाचित इसलिए आर्यों ने इस प्रकार के सिद्धान्त बनाये थे कि पुत्र न होने पर व्यक्ति की सद्गति नहीं होगी। किन्तु यह तो युद्धरत समाज का ही चिन्तन हो सकता है।...पुत्र के रूप में मनुष्य अपने ही जीवन का विकास करता है। वृद्धावस्था में जब वह दुर्बल और असहाय हो जाता है तो वह देखता है कि युवा पुत्र उसकी सेवा कर रहे हैं। उसकी रक्षा कर रहे हैं। उसकी सम्पत्ति की रक्षा कर रहे हैं...और यदि वह निर्धन है, तो उसका भरण-पोषण कर रहे हैं...। तो अपनी सुख-सुविधा के लिए ही तो पुत्र चाहता है वह। यदि उसके कुटुम्ब या समाज के लोग वृद्धावस्था में भी उसकी देखभाल की सम्यक व्यवस्था कर दें, तो भी वह अपने वंश को अक्षुण्ण बनाये रखने के लिए इतना ही प्रयत्नशील होगा क्या?...देवव्रत के मन में कई तर्क और अनेक उदाहरण सिर उठा रहे थे. ..स्वयं देवव्रत की माता ने एक-एक कर अपने सात पुत्रों को गंगा को समर्पित किया था। उन्होंने तो वंश की वृद्धि की चिन्ता नहीं की थी...देवव्रत स्वयं अपने मन को टटोलते हैं तो उन्हें अपने वंश के लिए कोई व्यग्रता दिखायी नहीं पड़ती ...संन्यासियों को अपने वंश को अमर बनाने की चिन्ता नहीं होती,

राजाओं को होती है...संसार से विदा होते हुए अपना राजपाट छोड़ कर जाने का दुख सह्य नहीं होता राजाओं को। स्वयं तो काल से लड़ नहीं सकते, तो यह मार्ग ढूँढ़ा है उन्होंने। इतना सन्तोष तो रहे कि धन-सम्पत्ति अपने पुत्र के हाथों में छोड़ कर आये हैं...शायद इसलिए देवव्रत को अपने वंश की चिन्ता नहीं है, शान्तनु को है...तो क्या शान्तनु राजा हैं और देवव्रत संन्यासी? ...देवव्रत का मन हुआ कि ज़ोर से हँस पड़े...

पर सहसा ही देवव्रत का मन दूसरी ओर चल निकला।...देवव्रत और शान्तनु के वंश में तो न कोई भेद है, न विरोध। देवव्रत की वंश-परम्परा भी तो चक्रवर्ती शान्तनु की ही वंश-परम्परा है।...तो फिर वंश की रक्षा के लिए पिता देवव्रत का विवाह करने की सोच रहे हैं क्या?

देवव्रत विचित्र मनःस्थिति में पड़ गये थे। अपने विवाह के नाम से ही उनके सामने एक विराट प्रश्न-चिन्ह आ खड़ा होता था। पिता ने ठीक कहा था कि जब माँ उन्हें छोड़ कर चली गयी थी तो उन्होंने दूसरा विवाह नहीं किया था। पर दूसरा विवाह क्यों नहीं किया था?—इसलिए कि वे अपनी स्थिति से सन्तुष्ट थे या...शायद माँ के साथ सम्बन्धों के कारण ही...अपनी पत्नी के प्रति आसक्ति के कारण या अपनी पत्नी के प्रति वितृष्णा के कारण?...

उनके पिता ने माँ को गंगा-तट पर देखा था और तत्काल मुग्ध हो उठे थे। उनके विषय में पिता ने कोई खोज, कोई पूछ-पड़ताल नहीं की थी। वह कौन थी? किसकी बेटी थी? कहाँ रहती थी? उसके सम्बन्धी और अभिवावक कौन थे? कहाँ थे? उसके साथ विवाह के लिए किसकी अनुमति की आवश्यकता थी?...पिता ने कुछ नहीं पूछा था...कुछ जानना नहीं चाहा था?...रक्त की शुद्धता के लिए दृढ़ आग्रही आर्यों के इस सम्राट ने माँ के कुल-गोत्र को जानने का तनिक भी तो प्रयत्न नहीं किया था।...आर्य लोग नारी को स्वतन्त्र नहीं मानते। मनु कहते हैं कि नारी अपने पिता, पति अथवा पुत्र के अधीन होती है; किन्तु सम्राट शान्तनु ने तो कभी जानना नहीं चाहा कि वे किसके अधीन थीं।...माँ के सौन्दर्य को देख कर पिता इतने अभिभूत हो गये थे कि उन्होंने उनसे तत्काल विवाह कर लिया था।

पर यह दैहिक आकर्षण गृहस्थी का आधार नहीं बन सका। ...देवव्रत के मन को यह प्रश्न निरन्तर परशु की धार के समान काटता रहता है...क्या मात्र दैहिक आकर्षण गृहस्थी का आधार बन सकता है? पर उन्हें कोई स्पष्ट उत्तर नहीं मिलता। प्रत्येक स्त्री-पुरुष एक-दूसरे की ओर देह के सौन्दर्य को देख कर ही तो आकृष्ट होते हैं। पिता भी हुए थे। पर कहाँ चली गृहस्थी? क्या साथ रहना और सन्तानें उत्पन्न करना गृहस्थी है? शारीरिक आकर्षण में

एक-दूसरे के साथ बँधे रहना और चाह कर भी सम्बन्ध-विच्छेद न कर पाना तो यातना है...देवव्रत को सदा लगता है कि यह शारीरिक सौन्दर्य तो फन्दा है...बहेलिये का जाल! भोला पक्षी दाना चुगने के लिए आता है और जाल का पता उसे तब चलता है, जब वह उड़ने में असमर्थ हो चुका होता है। दुख का आवरण कितना मोहक बनाया है प्रकृति ने...पिता को देखते ही देवव्रत के मन में बार-बार एक ऐसे ही पक्षी का चित्र उभरता है, जिसके पँजे जाल की फाँस में बँध चुके हैं। पँखों पर लासा लग चुका है। वह पँख फड़फड़ा कर रह जाता है, पर उड़ नहीं पाता। आत्मा मुक्त होने को फड़फड़ा रही है, विवेक बार-बार चेतावनी दे रहा है और आँखें मुग्ध भाव से दाने को देख रही हैं।...

देवव्रत की आँखों के सम्मुख कोई सुन्दर नारी-वदन आता है, तो उनका विवेक जैसे कशाघात करने लगता है—सावधान! सावधान!!

सुन्दर नारी-वदन ही क्यों, देवव्रत को इस संसार की प्रत्येक आकर्षक वस्तु एक चेतावनी-जैसी लगती है! कई बार तो उन्हें लगता है कि उनके मन में आकर्षण और वितृष्णा के भाव चिपक कर एक हो गये हैं। जहाँ कहीं आकर्षण जागता है, वितृष्णा अपने कान खड़े कर, उस मृग-शावक के समान उठ खड़ी होती है, जो प्रत्येक शब्द को आखेटक की पदचाप मान कर डर जाता है।...पता नहीं देवव्रत अपनी इन आशंकाओं से मुक्त क्यों नहीं हो पाते?...क्यों वे अपने अन्य सम-व्यस्कों के समान सुख के लिए लालायित नहीं हो पाते?...क्या यह भी अपनी माँ के कारण?...

कहते हैं माँ ने अपनी सात सन्तानों को एक-एक कर गंगा नदी को समर्पित कर दिया था।...पिता उन्हें रोक नहीं पाये थे। सन्तान के मोह में, माँ की मनमानी को रोकने का प्रयत्न करते, तो उन्हें भय था कि माँ उनसे सम्बन्ध-विच्छेद कर, उन्हें छोड़ कर चली जाती।...सन्तान का मोह! ओह! देवव्रत के लिए यह भी सुनी-सुनायी बात ही है। माँ के मन में कभी उनके लिए मोह नहीं जागा। गयीं-तो-गयीं। देवव्रत ने उन्हें फिर कभी नहीं देखा। माँ के मन में मोह नाम का कोई भाव ही नहीं था शायद। नारी-मन की तनिक-सी ममता कहीं माँ को छू गयी होती, तो वे इस प्रकार जन्म दे-दे कर अपने सात पुत्रों को गंगा नदी को समर्पित कर देतीं? जिसके मन में सात पुत्रों के लिए मोह नहीं जागा, वे देवव्रत के प्रति ही क्यों अनुरक्त होतीं...माँ के मन में पति के प्रति ही कौन-सा अनुराग था? जिसके साथ इतने वर्षों तक पत्नी के रूप में रहीं, जिसकी आठ-आठ सन्तानों को जन्म दिया, उसकी किसी इच्छा का रत्ती-भर सम्मान नहीं था उनके मन में। वे तो जैस पति से लड़ कर अलग होने का बहाना खोज रही थीं। अपनी सन्तानों को एक-एक कर जीवनमुक्त

करके अपने पति के मर्म को आहत करने का प्रयत्न कर रही थीं...

जाने कैसी नारी थी वह! जाने किस बाध्यता में उसने चक्रवर्ती शान्तनु से विवाह किया था, जाने किस मजबूरी में आठ-आठ सन्तानों को जन्म दिया था...

...और पिता। पिता के साथ रहते हुए भी आज तक देवव्रत ने पिता के व्यवहार में अपने प्रति मोह का कभी कोई प्रमाण नहीं पाया। यदि सचमुच वे अपने एकमात्र पुत्र के सुरक्षित जीवन के लिए इतने ही आशंकित थे तो उन्हें नव-प्रसूत कुक्कुटी के समान अपने बच्चे पर पँखों को फैलाये, गर्दन अकड़ाये कुट-कुट करते हुए सशंक दृष्टि से इधर-उधर देखते हुए, पुत्र की रक्षा करनी चाहिए थी। और वे हैं कि उन्हें कभी पुत्र का ध्यान ही नहीं रहा...हाँ। देवव्रत को बताया गया है कि उनके जन्म के पश्चात जब माँ ने उन्हें भी गंगा नदी को सौंपना चाहा तो पिता ने माँ की बाँह थाम ली थी। माँ ने चुपचाप देवव्रत को पिता की गोद में डाल दिया और स्वयं घर छोड़ कर चली गयीं।...इस प्रसंग को ले कर, देवव्रत के मन में बहुत बार ऊहापोह होता है, तो उन्हें लगता है कि शायद माँ ने इस घर को कभी अपना घर ही नहीं माना। तभी तो इस प्रकार छोड़ कर जा सकीं। नहीं तो अपना घर ऐसे छोड़ा जाता है क्या?

देवव्रत सोचते हैं तो अपने माता-पिता, दोनों को ही अद्‌भुत पाते हैं। पिता नारी-सौन्दर्य के मोह में बँधे, अपनी सन्तानों को मृत्यु की गोद में जाते देखते रहे—कुछ नहीं बोले। उनके लिए जीवन का एकमात्र सत्य, नारी-देह का आकर्षण ही है क्या?...देवव्रत जानते हैं कि कुछ जीव ऐसे होते हैं, जिनके नर अपनी सन्तानों की हत्या कर देते हैं, पर तब उनकी मादा, उन नरों से अपनी सन्तान की रक्षा के लिए संघर्ष करती है। मादाओं में केवल सर्पिणी ही अपनी सन्तानों को खा जाती है।

पर माँ सर्पिणी नहीं थीं।

कैसी होगी देवव्रत की माँ?

कहते हैं कि माँ में देव-जाति का सौन्दर्य अपूर्व रूप में विद्यमान था। अलौकिक सौन्दर्य। तभी तो पिता अपने मोह और विवेक का सन्तुलन बनाये नहीं रख सके।...लोगों का तो कहना है कि वे स्वयं शरीरधारिणी गंगा थीं, जो वसुओं को शापमुक्त करने आयी थीं। शायद ऐसा ही हो।...यदि माँ ने अपनी पहली सन्तान को गंगा में डुबो कर, अपने भी प्राण दे दिये होते, तो सारी किंवदन्तियों के बावजूद देवव्रत यही मानते कि उनकी माँ, पिता के साथ रह कर प्रसन्न नहीं थीं। इसलिए शायद वे नहीं चाहती थीं कि उनकी सन्तान सम्राट शान्तनु के महल में पले। किन्तु वे तो अपनी सन्तानों को जल-समाधि

भी देती रहीं और चक्रवर्ती के साथ पत्नीवत रहती भी रहीं।

शायद किवंदन्तियों में ही कोई सच्चाई हो कि वे स्वयं देवी गंगा थीं और किसी शापवश या किसी कर्तव्यवश भूलोक पर आयी थीं। नहीं तो मानवीय वृत्तियों को जीतना सहज है क्या। मानव-जाति की आज तक की सारी साधना क्या है—मानवीय सीमाओं का अतिक्रमण ही तो! आज तक न काम को जीत पायी मानव जाति और न वात्सल्य को। पर माँ...वात्सल्य की इतनी घोर उपेक्षा।

किन्तु देवव्रत साधारण मनुष्य हैं। वे देवलोक के विषय में कुछ नहीं जानते। अतीन्द्रिय संसार से उनका कोई परिचय नहीं है। जन्मान्तरवाद का प्रत्यक्ष अनुभव उनको नहीं है। वे तो इस भौतिक समाज और मानवीय ज्ञान एवं तर्क की परिधि के भीतर सोचते हैं। और जब वे सोचते हैं तो उनका मन कभी विषाद से फटने लगता है, कभी आश्चर्य से...

यह ठीक है कि माता-पिता ही सन्तान को जन्म देते हैं; पर सन्तान क्या उनकी ऐसी व्यक्तिगत सम्पत्ति है, जिसे वे लोग जब चाहें नष्ट कर दें? क्या माँ को यह अधिकार था कि वे अपनी सन्तानों को इस प्रकार जीवन-मुक्त कर देतीं? यह जीवन किसकी सम्पत्ति है? कौन इसे उत्पन्न करता है? और किसे इसको नष्ट करने का अधिकार है? क्या सन्तति का जन्म प्रकृति का विधान नहीं है? क्या स्त्री-पुरुष उस विधान के उपकरण मात्र नहीं हैं? प्रकृति स्त्री-पुरुष के माध्यम से अपनी सृष्टि को आगे चलाती है; तो जीवन किसी स्त्री अथवा पुरुष की सम्पत्ति कैसे है? सन्तान—अपनी ही सही—पर क्या माता-पिता को इतना अधिकार दिया जा सकता है कि वे उसे जीवन-मुक्त कर दें?...और सामाजिक विधान क्या है? समाज चुप-चाप कैसे देखता रहा कि चक्रवर्ती शान्तनु के पुत्र एक-एक कर जीवन मुक्त किये जा रहे हैं?...और शासन तन्त्र? शासन का विधान? क्या यह कृत्य निरीह हत्या परिधि में नहीं आता? पर जब स्वयं चक्रवर्ती ही चुप रहे, जिनकी सन्तानें थीं—तो कोई और कैसे बोलता? सम्राट के अतिरिक्त शासन-तन्त्र है ही कहाँ? पिता और सम्राट दोनों ही चुप थे...

कैसा दाम्पत्य-जीवन रहा होगा उनके माता-पिता का? पिता, अपनी सन्तान को जीवन-मुक्त करने वाली के रूप के मोह-जाल में फँसे मानसिक दास के समान, या किसी वनस्पति के समान, अपने हृदय को वाणी दिये बिना, उस स्त्री के साथ रहने का कष्ट और सुख-दुख भोगते रहे। नारी-सुख।...देवव्रत के मन में वितृष्णा जागती है...

और माँ किस बाध्यता में रहती रहीं, पिता के साथ? हाँ! बाध्यता ही तो

रही होगी। नहीं तो क्यों नहीं वे सम्राट को पति के रूप में अंगीकार कर, इस घर को अपना घर मान, अपनी गृहस्थी बसा, सुखपूर्वक स्थायी रूप से रह सकीं यहाँ? क्यों बार-बार सम्बन्ध-विच्छेद का बहाना ढूँढ़ती रहीं। सम्राट के मर्म पर ऐसे क्रूर आघात करती रहीं? और अन्ततः अवसर मिलते ही चली भी गयीं...

पिता जितने ही दुर्बल दिखायी देते हैं, माँ उतनी ही दृढ़, कठोर, अटल...

एक ही तथ्य के कितने भिन्न और विरोधी रूप हो सकते हैं ...देवव्रत मुस्कुराये...दिव्य आकार दिया जाये, तो यही घटना उनकी माँ को कितना गौरव प्रदान करती है; स्वयं देवी गंगा, वसुओं को शाप-मुक्त करने के लिए, नारी-देह धारण कर पृथ्वी पर आयीं और अपनी इच्छा और प्रवृत्ति के विरुद्ध, एक साधारण मनुष्य की पत्नी बन कर, उसकी सन्तानों को जन्म देती रहीं—उस मनुष्य की सन्तानों को, जिससे उनको कोई लगाव नहीं था। कर्तव्य समझ कर, अपनी इच्छा के विरुद्ध...

पर यदि वे स्वयं देवी गंगा ही थीं तो अपने दिव्य शरीर के साथ तो मानव की पत्नी बन, उसकी सन्तानों को जन्म देने नहीं आयी होंगी। मानवी के रूप में कहीं तो जन्म लिया होगा—पर कहाँ? उनके माता-पिता का किसी को पता नहीं। उनके जन्म, शैशव, उनके सम्बन्धियों की कोई सूचना नहीं।...वे चक्रवर्ती को गंगातट पर मिल गयी थीं—उनका कोई मायका नहीं, देवव्रत की ननिहाल नहीं...और फिर वे गयीं कहाँ?...

वे मानवी थीं या देवी—देवव्रत नहीं जानते, पर पिता के विषय में वे बहुधा सोचते हैं—पिता का जीवन कैसा रहा होगा? पहले क्षण से ही उन्होंने पत्नी के रूप-सौन्दर्य के सम्मुख दासत्व स्वीकार कर लिया था। शरीर का साहचर्य तो रहा होगा, पर क्या कभी मन का साहचर्य भी उन्हें मिला? यदि पत्नी अपनी इच्छा का तनिक भी विरोध होने पर घर छोड़ जाने को तैयार बैठी हो तो कैसा दाम्पत्य-जीवन होगा?...जहाँ पति, पत्नी की ओर या तो लोभ की दृष्टि से देखे या भय से—वह परिवार होगा क्या?

सुख क्या होता है? सुख का स्वरूप क्या है? वही, जिससे वंचित होने से पिता डरते रहे? क्या सुख पाया पिता ने? जब तक साथ रहे, त्रस्त हो कर रहे। साथ भी रहे और तृषित भी रहे। जिस सुख के मोह से पिता, माँ को अपने घर लाये थे—वह सुख बड़ा था, या उनके रुष्ट होने का, त्याग कर चली जाने का आतंक? माँ ने निकट रह कर, पिता के मन में जिस कामना को बार-बार जगाया होगा—पिता उस कामना की यातना से अधिक तड़पे होंगे या सहवास के सुख से अधिक सुखी हुए होंगे?...

पिता के लिए देवव्रत के मन में कभी करुणा उभरती है, कभी दया। लोग

कहते हैं कि सम्राट शान्तनु ने अपनी पत्नी के चले जाने के बाद स्त्री-सुख सर्वथा त्याग दिया। वे इस ओर से वीतराग हो कर, देवव्रत को प्राप्त करने तक, पितावत प्रजा का पालन करते रहे।...सम्राट शान्तनु के राज्य में कोई अन्याय नहीं था, अत्याचार नहीं था, स्वार्थ और दमन नहीं था...ठीक कहते हैं लोग। पर देवव्रत को लगता है कि आज भी पिता उसकी कामना में तड़प रहे हैं, जिसके मन में उनके लिए कभी कोई आकर्षण नहीं रहा...

संयम में शान्ति होती है, सन्तुलन होता है; किन्तु पिता तो माँ के चले जाने के बाद से भयंकर रूप से अशान्त रहे। उन्होंने आठ पुत्रों में से बचे हुए, अपने एकमात्र पुत्र की कभी सुध नहीं ली।...देवव्रत को उन्होंने जन्म के बाद से कभी नहीं देखा। कभी देखने की कामना नहीं की। देवव्रत वसिष्ठ के आश्रम में रहे, परशुराम के आश्रम में रहे, बृहस्पति के पास रहे, शुक्राचार्य के निकट रहे...आर्य और देव ऋषियों के आश्रमों में अनेक वर्ष बिताये देवव्रत ने। माता का उन्हें पता नहीं था, पिता उनकी ओर से सर्वथा उदासीन थे...तो क्या करते देवव्रत हस्तिनापुर लौट कर...क्या कहें देवव्रत—पिता के मन में माँ के लिए प्रेम था...या आसक्ति थी...माँ के आचरण ने उनके मन में वितृष्णा जगायी थी या यह मात्र प्रतिक्रिया थी उस आसक्ति की?

इतने दीर्घ काल तक पिता को याद नहीं आया कि उनका केवल एक पुत्र है। आज अचानक क्या हो गया कि वे अपने एकमात्र पुत्र के जीवन और अपनी वंश-परम्परा के लिए चिन्तित हो उठे हैं।

देवव्रत के मन में प्रश्नों का एक भरा-पूरा वन उग आया था...

4

वृद्ध अमात्य का व्यवहार, पिता के व्यवहार से भी अधिक अप्रत्याशित था।

अमात्य के चेहरे पर चिन्ता की एक भी रेखा नहीं थी। उनका व्यवहार सर्वथा सहज और सामान्य था, जैसे या तो चक्रवर्ती किसी परेशानी में न हों, या फिर उनकी परेशानी से अमात्य का किसी प्रकार का कोई सम्बन्ध न हो।

अमात्य ने देवव्रत को सम्मानोचित आसन दे कर सहास पूछा, "युवराज ने कैसे कष्ट किया?"

देवव्रत क्षण-भर के लिए कुछ कह नहीं सके। वे समझ नहीं पा रहे थे कि चक्रवर्ती की अस्वस्थता को ले कर वे भ्रम में थे या अमात्य अज्ञानी थे।

"चक्रवर्ती स्वस्थ नहीं हैं।" अन्त में देवव्रत ने धीरे से कहा।

"मुझे मालूम है युवराज!"

"तो फिर उनके उपचार की व्यवस्था क्यों नहीं की गयी?"

"कौन करता युवराज?"

"क्यों? आप करते।"

"उपचार मेरे वश का नहीं है।"

"राजवैद्य के वश का तो है।"

"उनके वश का भी नहीं है।"

देवव्रत रुक गये। यदि पिता ने सच ही कहा है कि उन्हें वंश-रक्षा की चिन्ता है तो सचमुच यह रोग राजवैद्य के वश का नहीं है। ऐसी स्थिति में...पर मन्त्री को राजा की चिन्ता की गम्भीरता का तो पता होना ही चाहिए...

"तो किसके वश का है अमात्य?"

मन्त्री का हास सहसा लुप्त हो गया, जैसे वे कोई बहुत कठोर बात कहने जा रहे हों, "अब तो सब कुछ आपके ही हाथ में है युवराज!"...और धीरे से उन्होंने जोड़ा, "और सच पूछा जाये तो शायद आपके हाथ में भी नहीं है।"

देवव्रत किंकर्तव्यविमूढ़-से खड़े रह गये...उनके हाथ में क्या था?...आख़िर मन्त्री क्या कहना चाहते हैं...

पुनः मन्त्री ही बोले, "युवराज! महाराज काम-ज्वर से पीड़ित हैं। इसलिए राजवैद्य उनकी कोई सहायता नहीं कर सकते।"

देवव्रत के मन में जैसे बहुत कुछ उलझ गया, और साथ ही बहुत कुछ सुलझ भी गया...तो इसलिए इतने वर्षों के पश्चात अचानक पिता को याद आया है कि देवव्रत उनका एकमात्र पुत्र है।—इस लम्बी अवधि में पिता न तो काम से विरक्त हुए थे, न उसका शमन कर पाये थे। उन्हें केवल कोई उपयुक्त पात्र नहीं मिला था...

माँ को देख कर भी पिता की यही अवस्था हुई होगी। तभी तो उन्होंने उनका परिचय तक पाने की आवश्यकता नहीं समझी और उनकी प्रत्येक शर्त स्वीकार की। पिता को जब काम-ज्वर होता है तो उसके ताप से सबसे पहले उनके विवेक को पक्षाघात हो जाता है।...कौन है वह स्त्री, जिसने पिता की धमनियों में इतने वर्षों से सोये ज्वार को फिर से जगा दिया है?...

"पर पिता जी ने इस विषय में मुझसे तो कुछ नहीं कहा..."

"वयस्क पुत्र के सम्मुख अपने नये विवाह की इच्छा कौन पिता प्रकट कर सकता है, राजकुमार?" मन्त्री का स्वर अब भी गम्भीर था, "यही तो चक्रवर्ती का द्वन्द्व है...।"

"क्या?"

"वे इस कन्या के बिना जी नहीं सकेंगे, और उससे विवाह वे कर नहीं

पायेंगे।"

"विवाह क्यों नहीं कर पायेंगे?" देवव्रत सहज भाव से कह गये, "क्या केवल इसलिए कि उनका एक वयस्क पुत्र भी है। पहले भी तो प्रौढ़ राजाओं ने नये विवाह किये हैं।"

"किये हैं।" मन्त्री बोले, "पर उसके लिए किसी-न-किसी को मूल्य भी चुकाना ही पड़ा है। ययाति ने फिर से युवावस्था की कामना की थी तो पुरु को वृद्धावस्था अंगीकार करनी पड़ी थी।"

देवव्रत ने ध्यान से मन्त्री को देखा। वे मन्त्री के चेहरे से वह सब कुछ पढ़ लेने का प्रयत्न कर रहे थे, जो मन्त्री की वाणी ने नहीं कहा था।

"क्या बात है अमात्य?"

"युवराज!" मन्त्री बोले, "यमुना के तट पर दासराज नामक केवट-प्रमुख का स्थान है। उसकी पुत्री अत्यंत रूपवती है। चक्रवर्ती ने पुत्री को देखते ही उसके पिता के सम्मुख पाणिग्रहण का प्रस्ताव रखा था; किन्तु दासराज की शर्त को सुन कर चुपचाप लौट आये।"

"ऐसी क्या शर्त है अमात्य?"

"ऐसे अवसरों पर एक ही शर्त होती है युवराज!" मन्त्री बोले, "नयी रानी के पुत्र को राज्याधिकार और पहले पुत्र का अधिकारच्युत होना।...इसलिए मैंने कहा था युवराज! कि अब सब कुछ आपके वश में है... ।"

देवव्रत समझ नहीं पाये कि वे क्या कहें...क्या मन्त्री उनके सामने यह प्रस्ताव रख रहे हैं कि वे अपने अधिकारों से उदासीन हो जायें? जो बात पिता अपने मुख से नहीं कह सके, क्या उसे ही वे मन्त्री के माध्यम से कहलवा रहे हैं?...क्या पिता की यही इच्छा है? ...पर यदि पिता की यह इच्छा हो भी तो यह एक कामासक्त व्यक्ति की इच्छा है। आसक्ति की स्थिति में विवेक स्थिर नहीं रहता। और इस समय तो पिता भी समझ रहे हैं कि यह माँग उचित नहीं है।...वे जानते हैं कि यह उचित नहीं है, इसलिए देवव्रत से कुछ कह नहीं सके, पर उनकी इच्छा है कि यह 'अनुचित' भी किसी प्रकार सम्भव हो जाये, तभी तो उन्होंने दूसरे पुत्र की इच्छा व्यक्त की थी। तभी तो मन्त्री ने उनके सामने प्रकारान्तर से यह प्रस्ताव रखा...

देवव्रत के मन में जैसे घृणा का उत्स फूट आया : यह है पिता का रूप। वात्सल्यमूर्ति जनक और पिता। कामासक्ति का वेग इतना अबूझ और प्रहारक है कि पिता, पुत्र से इस प्रकार झूठ बोलता है। पिता यह नहीं कह सके कि अपनी पहली पत्नी से अलग हो कर, संयम का जो कामरहित जीवन उन्होंने बिताया, वह मात्र एक प्रतिक्रिया थी।...पुरुष की समस्त आसक्ति नारी में

है और जिस दिन वह नारी उसे छोड़ जाती है, उस दिन यह सारी सृष्टि उसके लिए माया का प्रपंच हो जाती है।...और जिस दिन फिर कोई नारी उसके सम्मुख आ खड़ी होती है, उस दिन फिर से सृष्टि मोहिनी रूप धारण करके हँसने लगती है।...पिता ने अपने पिछले अनुभव से कुछ नहीं सीखा। उन्होंने नहीं देखा कि यह आकर्षण प्रेम नहीं है, यह विवेक की हत्या है, यह मोहासक्ति का जाल है। माँ ने भी इसी आसक्ति के मूल्य के रूप में पिता को अपनी इच्छा का दास बनाया था। माँ के जाने के बाद पिता ने यह नहीं सोचा कि उन्हें दासता से मुक्ति मिल गयी है, वे पुनः नयी स्वामिनी की खोज में निकल पड़े। अब उन्हें मिली है दासराज की कन्या, जो अपने मूल्य के रूप में पिता से उनकी अगली पीढ़ी की भी दासता माँग रही है...ययाति ने पुरु से उसका यौवन माँगा था तो स्पष्ट कहा था कि अभी यौवन के भोगों से उनकी तृप्ति नहीं हुई है; इसलिए यदि पुरु उन्हें अपना यौवन दे दे तो वे उसे अपना राज्य दे देंगे...और चक्रवर्ती शान्तनु अपने पुत्र से कह रहे हैं कि वे दूसरा पुत्र पाना चाहते हैं। वे उनसे उनका पैतृक अधिकार छीनना चाहते हैं, वह भी पुत्र-प्रेम के नाम पर...वे क्या करें, ऐसे पिता के लिए?...

लौटते हुए देवव्रत का मस्तक द्वन्द्वों के मारे झनझना रहा था...किस दुविधा में झोंक दिया पिता तुमने? देवव्रत भी जैसे एक देवव्रत न रह कर अनेक हो गये हैं। एक मन कुछ कहता है, दूसरा कुछ और।...पिता कामासक्त हो रहे हैं तो हों। विवाह करना चाहते हैं, करें। राज्य किसी और को देना चाहते हैं, दें। देवव्रत को कोई आपत्ति नहीं है। देवव्रत किसी की इच्छा के मार्ग में विघ्न-स्वरूप नहीं आना चाहते। देवव्रत को किसी का राज्य नहीं चाहिए।...पर अधिकार की बात देवव्रत के मन में अधिक खटकती है। पौरव-वंश का यह राज्य, देवव्रत का अधिकार है। वे इसके न्यायसिद्ध युवराज हैं। प्रजा उन्हें चाहती है।...यदि देवव्रत से उनकी कोई निजी वस्तु माँगी जाती तो दान करने में उन्हें रंचमात्र भी कष्ट नहीं होता। किसी दीन-हीन की आवश्यकता की पूर्ति के लिए त्याग करने में कोई बुराई नहीं है...किन्तु किसी की अनुचित-असामयिक इच्छा के लिए अपना न्यायोचित अधिकार छोड़ना धर्म-संगत है क्या?...जब माँ ने एक-एक कर सात पुत्रों को जीवन-मुक्ति दी थी, तो पिता अपनी कामासक्ति के कारण अपने और अपनी सन्तानों के अधिकार के विषय में कुछ नहीं कह सके थे।...आज फिर वे अपनी उसी कामासक्ति के कारण देवव्रत के धर्म-संगत न्यायोचित अधिकार की बात नहीं सोच पा रहे हैं।...ठीक है कि उन्होंने देवव्रत को अपना अधिकार त्यागने के लिए नहीं कहा है। वे चाहें तो उन्हें पदच्युत भी कर सकते हैं, वह भी उन्होंने

नहीं किया है...किन्तु अपने पलंग पर औंधे मुँह लेट, हाथ-पैर पटक-पटक कर अपनी पीड़ा का प्रदर्शन करते हुए, क्या वे अपने पुत्र को अप्रत्यक्ष रूप से बाध्य नहीं कर रहे कि वह अपना शासनाधिकार त्याग दे...आज यदि देवव्रत अपना अधिकार नहीं छोड़ते तो आने वाली प्रत्येक पीढ़ी उन्हें पितृ-द्रोही के रूप में धिक्कारेगी कि वे अपने पिता के सुख के लिए राज-सुख नहीं त्याग सके... राज-सुख...देवव्रत का मन इस शब्द पर अटक गया...क्या होता है राज-सुख? पिता चक्रवर्ती सम्राट हैं। राज्य में उनकी इच्छा के विरुद्ध कोई एक तिनका नहीं तोड़ सकता...पर क्या वे सुखी हैं? चक्रवर्ती सम्राट एक सामान्य युवती का अनुग्रह पाने के लिए हाथ-पैर पटक रहा है।...कहाँ है राज-सुख? यदि राज्य से ही कोई सुखी हुआ होता...और जिस सुख के लिए आज वे इतने आतुर हो रहे हैं...वह भी कोई सुख है क्या? ऐसा ही सुख पाने के लिए पिता पहले भी तड़पे होंगे।...पर कोई सुख मिला? पिछले अनेक वर्षों से उस सुख से वंचित हो कर तड़पते हुए तो उन्हें देवव्रत देख रहे हैं...कैसी बुद्धि पायी है मनुष्य ने...देवव्रत की आँखों के सामने प्रातःकाल का दृश्य घूम गया...

गोशाला में उनकी सबसे प्रिय गाय है—कपिला। एकदम निष्कलंक रंग, जैसे दूध की ही बनी हुई हो। इसी से देवव्रत ने उसका नाम कपिला रख छोड़ा है। बछड़ा भी उसका वैसा ही हुआ है—जैसे कपिला का बछड़ा न हो, कपास का गोलक हो। देवव्रत ने उसका नामकरण किया है—धवल। उनका ग्वाला सूरज उसे 'धौला' कहता है।

सुबह दूध दुहने के लिए जब सूरज धवल की रस्सी खोलने लगता है तो माँ के पास जाने की उतावली में धवल भयंकर उछल-कूद मचाता है। इतनी उछल-कूद कि कभी-कभी सूरज के लिए रस्सी खोलना असम्भव हो जाता है। उसी खींचतान में निमिष मात्र के काम में कई पल लग जाते हैं।...और देवव्रत के मन में हर बार आता है—कैसा नासमझ है धवल। सूरज उसी की इच्छा पूरी कर रहा है, और अपनी उतावली में धवल ही इच्छा के मार्ग में विघ्न उपस्थित कर रहा है...मनुष्य भी अपनी आकांक्षा की तीव्रता में भूल जाता है कि उसका हित किसमें है। वह नहीं जानता कि जिस इच्छा की पूर्ति के लिए वह सिर झुकाये वनैले सूअर के समान दौड़ लगा रहा है, उस इच्छा की पूर्ति उसे कितना सुख देगी और कितना दुख...यदि शान्तनु यह कुरु साम्राज्य पा कर भी सुखी नहीं हैं तो देवव्रत को ही इस राज्य से क्या मिल जायेगा...नहीं चाहिए देवव्रत को यह राज्य। पिता जिसे चाहें, दे दें। इस छोटे-से राज्य के लिए देवव्रत पितृ-द्रोही नहीं कहलायेंगे...

पर देवव्रत को लगा, उनके अपने मन के ही किसी और कोने में से कोई

दूसरा ही स्वर उठ रहा है।...ठीक है, देवव्रत को राज्य का मोह नहीं है। वे बिना राज्य के भी सन्तुष्ट रह सकते हैं। वे अपनी इच्छा से अपना अधिकार छोड़ सकते हैं। व्यक्ति रूप में उनके इस त्याग को शायद सराहा भी जायेगा ...किन्तु व्यक्ति का आदर्श समाज के आदर्शों से भिन्न होगा क्या? व्यक्ति देवव्रत त्याग करे, पर समाज के सामने भी वे यही आदर्शों रखेंगे क्या?... अपने अधिकारों के लिए लड़ना समाज का धर्म है, या अपने अधिकारों को त्यागना?...हस्तिनापुर का राज्य पिता की कोई ऐसी निजी सम्पत्ति तो है नहीं कि वे इसे जब, जिसे चाहें दे दें; और किसी को उससे कोई अन्तर न पड़े। इस प्रकार राज्य का अपहरण कर जो व्यक्ति कल हस्तिनापुर के राज-सिंहासन पर बैठेगा, वह समाज अधिकारों की क्या चिन्ता करेगा...वह प्रजा के साथ क्या न्याय करेगा?...और सबसे बड़ा प्रश्न तो यह है कि देवव्रत का क्षात्र-धर्म क्या कहता है? यदि कोई उनके राज्य का अपहरण करना चाहे तो वे अपना अधिकार छोड़ देंगे क्या? इस प्रकार कहीं समाज, देश और राष्ट्र चलते हैं? संन्यासियों की त्याग-वृत्ति इस सृष्टि के क्रम को चलाये नहीं रख सकती। क्षात्र-धर्म तो समाज के पालन में है, अन्याय के प्रतिकार में है, अपहरणकर्ता का विरोध करने में है...

पर यहाँ कौन अपहरण कर रहा है?...अपहरण ही तो है। सेना ले कर आक्रमण न किया, एक वचन की आड़ में उनका राज्य छीन लिया। यह शत्रुता ही तो है...देवव्रत को लगा, उनके मन में उस अज्ञात युवती और उसके पिता दासराज के विरुद्ध आक्रोश संचित हो रहा है, वे अजाने ही उन्हें अपना शत्रु मानने लगे हैं।...पर तुरन्त ही वह सावधान हो गये।...वे उस युवती को नहीं जानते, न वह युवती उन्हें जानती है, फिर उसके विरुद्ध मन में प्रतिहिंसा का भाव पालने का क्या अर्थ?...सावधान देवव्रत! जो अपने मन में होता है, वही सारे संसार में भासित होने लगता है। यदि वे अपने मन में प्रतिहिंसा पालेंगे तो उन्हें सब ओर अपने विरुद्ध हिंसा ही होती दिखायी देगी... उस युवती का उनसे क्या विरोध! वह तो चक्रवर्ती से एक अनुचित माँग की पूर्ति का मूल्य माँग रही है। राजाओं के इस प्रकार के अनमेल विवाहों के पहले अपने दौहित्र के लिए राज्याकांक्षा तो प्रत्येक कन्या का पिता करता ही है। केकयराज ने भी कैकयी के कन्यादान से पूर्व चक्रवर्ती दशरथ के सम्मुख यही शर्त रखी थी...पर राम ने न कभी भरत को अपना विरोधी समझा, न भरत के नाना को...

पर अधिकार की रक्षा की बात?...देवव्रत को लगा, अब अधिकार पर उनका अधिक बल नहीं है। समाज, देश और राष्ट्र अपने अधिकारों के लिए लड़ें; पर देवव्रत अपना राज्याधिकार छोड़ सकते हैं। वह उस राज्याधिकार

के लिए अपने कुल में कलह क्यों करें, जो किसी को सुखी नहीं बना सका। देवव्रत तो सुख को खोज रहे हैं, राज्य को नहीं।...शायद वे राज्य को छोड़ कर ही अधिक सुखी हो सकें। पिता को दासराज की पुत्री प्राप्त होगी—दासराज को अपने दौहित्र के लिए राज्य मिलेगा। दोनों सुखी होंगे...देवव्रत के मन में राज्य की कोई कामना नहीं है...

किन्तु तत्काल ही जैसे देवव्रत का मन बदल गया।...क्या सोच रहे हैं वह? वह पिता को सुखी करना चाह रहे हैं; दासराज, उसकी पुत्री और उसके दौहित्र को सुखी करना चाह रहे हैं...पर सुख है क्या? एक वृद्ध की एक युवती के लिए विवेकशून्य आसक्ति किसे सुख देगी? उनका दाम्पत्य जीवन, पिता को कितना काम-सुख देगा और कितनी काम-यातना? पिता के मन में उस कन्या के लिए आसक्ति उनका प्रेम नहीं है। सुख यदि कहीं मिलता है तो केवल प्रेम में मिलता है। प्रेम भी वह, जिसमें प्रतिदान की कामना ही न हो, केवल दान ही दान हो। पिता, इस प्रकार के प्रेम से परिचित ही नहीं हैं। वे पुनः काम-यातना में तड़पने की व्यवस्था कर रहे हैं।...और वह कन्या! क्या सुख पायेगी वह! केवट की कन्या, राजप्रासाद में आयेगी तो अपनी हीन-भावना से ही मर जायेगी। मरेगी नहीं तो दूसरों को मारने का प्रबन्ध करेगी। लोगों की दृष्टि और वाणी उसका परिहास करेगी और वह अपनी प्रतिहिंसा का बल निर्बलों पर प्रकट करेगी। उसके सामने सबसे निर्बल होंगे राजा शान्तनु। वह स्वयं भी पीड़ा पायेगी और उन्हें भी पीड़ित करेगी।...चक्रवर्ती का विवेक इस समय संज्ञा-शून्य है, अचेत है। वह नहीं जानते कि उनका सुख किस बात में है। अबोध बालक या उन्मादी व्यक्ति की इच्छाएँ तो पूरी नहीं की जा सकतीं। यह तो उनके हित में नहीं है...और दासराज-कन्या तो मात्र प्रतिशोध ले रही है। उसे इसमें क्या सुख मिलेगा?...यदि देवव्रत सचमुच अपने पिता को सुखी देखना चाहते हैं तो उन्हें पिता को इस कन्या के मोह-जाल से मुक्त करना होगा। वह कन्या तो उनकी यातना है। बालक अग्नि को पकड़ना चाहे तो उसकी इच्छा पूरी नहीं होनी देनी चाहिए। और इस समय देवव्रत ही पिता को इस भावी आपत्ति से मुक्त रख सकते हैं...वे चाहें तो अपना राज्याधिकार त्यागना अस्वीकार कर दें...पिता, न उस कन्या को पा सकेंगे, न काम-यातना भोगेंगे।...

किन्तु तभी उनके मन में एक भयंकर काली मूर्ति ठठा कर हँस पड़ी।

"कौन है तू?" देवव्रत ने पूछा।

"मुझे नहीं पहचाना?" काली मूर्ति हँसी, "मैं तेरे मन का कलुष हूँ। बहुत चतुर समझता है तू अपने-आपको। समझता है कि कुतर्कों और अतर्कों से तू पिता को पराजित कर देगा और जीवन का सुख-भोग करेगा। राज्याधिकार

तू नहीं छोड़ेगा और वंश-वृद्धि के नाम पर अपना विवाह करेगा। स्पष्ट क्यों स्वीकार नहीं करता कि तुझे राज्य भी चाहिए और स्त्री सुख भी...।"

"हे भगवान!" देवव्रत ने अपना सिर पकड़ लिया, "मैं क्या सोच रहा हूँ।" उन्होंने अपना सिर उठा कर आकाश की ओर देखा, "क्या इच्छा है तेरी?"

5

प्रातः बहुत जल्दी हस्तिनापुर का नगर-द्वार खुल गया और अश्वारोही सैनिकों के अनेक गुल्म द्वार से बाहर निकल कर मार्ग के दोनों ओर प्रयाण की आज्ञा की प्रतीक्षा में खड़े हो गये। सैनिक यद्यपि सशस्त्र थे, फिर भी वे युद्ध-वेश में न हो कर मांगलिक वेश में थे, जैसे किसी समारोह के लिए तैयार हुए हों। अश्वारोहियों के पश्चात रथों की बारी आयी। सबसे आगे वाले रथ पर युवराज देवव्रत विराजमान थे। दूसरा रथ सेनापति का था और तीसरा मन्त्री का। चौथा रथ सबसे बड़ा, सुविधासम्पन्न और अलंकृत था। किन्तु यह रथ ख़ाली था। उसमें दो दासियाँ अवश्य थीं; किन्तु स्पष्टतः यह रथ दासियों की सवारी के लिए नहीं था।

देवव्रत ने अपनी भुजा उठा कर प्रयाण का संकेत किया और उनका रथ सबसे आगे दौड़ चला। रथों के आगे बढ़ते ही, अश्वारोही उनके पीछे-पीछे चल पड़े। ऐसे अवसरों पर सामान्यतः सेना के साथ जो अन्न और वस्त्रों से भरे छकड़े चलते थे—वे इस छोटी-सी सेना के साथ नहीं थे।

हस्तिनापुर नगर गंगा के तट पर था; किन्तु हस्तिनापुर का राज्य मुख्यतः गंगा और यमुना के दोआब के बीच बसा हुआ था। गंगा के दोनों तटों के साथ-साथ आर्यों के प्रमुख नगर बसे हुए थे; इसलिए गंगा का जल उनके पीने, नहाने तथा खेतों को सींचने का ही प्रमुख स्रोत नहीं था, उनकी परिवहन-व्यवस्था भी बहुत कुछ गंगा के जल पर निर्भर करती थी। गंगा के कारण ही उनके नगर एक सूत्र में जुड़े हुए थे और आवश्यकता होने पर, स्थल-मार्ग की तुलना में जल-मार्ग से त्वरित यात्रा की जा सकती थी। किन्तु यमुना के साथ अभी उनका इतना गहरा सम्बन्ध नहीं हुआ था। वैसे तो मथुरा जैसा प्रसिद्ध नगर, यमुना के तट पर ही बसा हुआ था; किन्तु उसमें परिवहन अधिक नहीं था। जलचरों की संख्या अधिक होने के कारण उसका जल बहुत सुरक्षित नहीं माना जाता था। यदा-कदा उसमें चलने वाली नौकाएँ किसी-न-किसी विपत्ति में फँस जाया करती थीं। फिर भी केवटों की विभिन्न जातियाँ किसी-न-किसी रूप में यमुना से अपनी आजीविका प्राप्त करने का

प्रयत्न निरन्तर कर ही रही थीं। यमुना में से मछलियाँ पकड़ने और नौकाएँ चलाने का अधिकांश कार्य ये केवट-जातियाँ ही करती थीं।

मध्याह्न के आस-पास देवव्रत का रथ यमुना-तट के एक केवट-ग्राम के बाहर रुक गया। उनके रुकते ही अन्य रथ और पीछे आने वाले अश्वारोही भी रुक गये। यमुना-तट पर खेलने वाले कुछ बच्चे और घाटों पर नहाते या कपड़े धोते हुए स्त्री-पुरुष, सैनिकों को देख कर चौंक उठे। कुछ क्षण स्तम्भित रहने के पश्चात वे घबरा कर ग्राम की ओर भाग गये। नौकाओं में बैठे केवट स्त्री-पुरुषों ने अपनी नौकाएँ तटों से हटा कर मध्य धारा में डाल दीं, ताकि सैनिक उन तक न पहुँच सकें।

देवव्रत ने मुस्कुरा कर सेनापति की ओर देखा, "इन्हें अभय कर दो सेनापति।"

सेनापति के संकेत पर एक सैनिक ने उच्च स्वर में घोषणा की, "ग्राम-प्रमुख, पंच-गण तथा साधारण स्त्री-पुरुष सुनें। यह कोई सैनिक अभियान नहीं है, जिससे किसी को हानि की आशंका हो। यह हर्ष का अवसर है। कुरुओं के युवराज, राजकुमार देवव्रत, अपने एक निजी कार्य से आपके प्रमुख दासराज से मिलने के लिए पधारे हैं। वे सारी प्रजा को अभय दे रहे हैं। प्रजा निर्द्वन्द्व भाव से अपने कार्य में लगी रहे।"

देवव्रत ने मन्त्री की ओर देखा, "अमात्य नेतृत्व करें।"

मन्त्री राजा शान्तनु के साथ यहाँ आ चुके थे, इसलिए मार्ग से भली-भाँति अवगत थे। वे आगे-आगे चले और दासराज के कुटीर के सामने आ कर खड़े हो गये।

दासराज ने बाहर निकल कर स्वागत किया, "पधारें युवराज!"

"दासराज! मैं एक विशेष प्रयोजन से उपस्थित हुआ हूँ।" दासराज द्वारा दिये गये आसन पर बैठने के पश्चात देवव्रत बोले, "आशा है आप मुझे निराश नहीं करेंगे।"

"युवराज, आदेश करें।"

देवव्रत ने वृद्ध दासराज को देखा : उसके चेहरे पर न चिन्ता थी, न भय। वह अत्यन्त निर्द्वन्द्व भाव से बैठा प्रतीक्षा कर रहा था।

"मैं, अपने पिता चक्रवर्ती शान्तनु की रानी बनाने के लिए आपसे आपकी पुत्री देवी सत्यवती की याचना करने आया हूँ।"

"पुत्री है तो उसके लिए याचक भी आयेंगे ही।" दासराज हँसा, "वैसे यह मेरा सौभाग्य है कि याचना एक अत्यन्त सम्मानित कुल की ओर से आयी है।"

देवव्रत चुपचाप दासराज की ओर देखते रहे।

थोड़ी देर में दासराज ने सिर उठा कर देवव्रत को देखा, "यदि मैं कन्या-दान न करूँ तो याचना का स्वरूप क्या होगा—अपहरण?"

देवव्रत को लगा, अपमान से उनका रोम-रोम सुलग उठा है...अपहरण करना होता तो इतनी याचना की क्या आवश्यकता थी। राजा शान्तनु या देवव्रत के संकेत-भर से, कन्या का हरण हो जाता; किन्तु आर्यों की मर्यादा उसकी अनुमति नहीं देती।

दूसरे ही क्षण देवव्रत को लगा...अपमान या क्रोध का कोई प्रसंग नहीं है। दासराज एक साधारण केवट है। बहुत सुशिक्षित भी नहीं है कि समझता हो कि उसके मुख से निकले शब्द किसी के मन में क्या भाव जगायेंगे।...वैसे भी बहुत सम्भव है कि अब तक उसके साथ राजाओं और सैनिकों का यही व्यवहार रहा हो।

...देवव्रत को अपने ऊपर भी कुछ आश्चर्य हुआ। इधर क्या हो गया है कि वे एक ही वस्तु, व्यक्ति या घटना के विषय में दो विरोधी दृष्टिकोणों से सोचने लगे हैं, जैसे वे एक व्यक्ति न हों...या उनके भीतर दो व्यक्ति बैठे हों और दोनों एक-दूसरे के निपट विरोधी ढंग से सोचते हों...

"नहीं! हरण नहीं होगा।" देवव्रत बहुत स्पष्ट शब्दों और दृढ़ स्वर में बोले, "पर आप ऐसा क्यों सोचते हैं, दासराज!"

"युवराज! मैं अपनी स्थिति को अच्छी तरह जानता हूँ।" दासराज ने बड़े निर्भीक स्वर में कहा, "सत्यवती मेरी कन्या है, पर उसकी रक्षा का मेरे पास कोई साधन नहीं है। आप समर्थ हैं। आपके पास सैनिक हैं, शासन-तन्त्र है। आप या राजा शान्तनु उसका हरण करना चाहें तो मैं कैसे रोक सकता हूँ।"

देवव्रत मुस्कुराये, "दासराज आश्वस्त रहें। कोई आपकी कन्या का हरण नहीं करेगा। क्षत्रियों में कन्या के हरण का प्रचलन अवश्य है, किन्तु हरण वहीं होता है, जहाँ कन्या की रक्षा के लिए उसके पक्ष से लड़ने-वाले सशस्त्र योद्धा हों। आपके पास अपने बचाव के लिए सशस्त्र योद्धा नहीं हैं : आपकी कन्या का हरण क्षत्रिय धर्म के अनुकूल नहीं है। आपने न कन्या के लिए स्वयंवर रचाया है, न आपकी कन्या वीर्यशुल्का है।"

"तो?"

"कन्या तभी हमारे साथ जायेगी, जब आप अपनी इच्छा से मेरे पिता की भार्या के रूप में उसका दान करेंगे।"

"और यदि मैं स्वेच्छा से कन्या-दान न करूँ तो आप लौट जायेंगे?"

"नहीं!" देवव्रत के मुख से अकस्मात ही निकल गया। उनका चेहरा

आरक्त हो गया, जैसे शरीर का सारा रक्त मस्तक की ओर दौड़ पड़ा हो...पर दूसरे ही क्षण जैसे ज्वार में भाटा आया। उनका मन कुछ शान्त हुआ और वाणी स्थिर, "मैं जानता हूँ, आप हमारी याचना अस्वीकार नहीं करेंगे।"

देवव्रत ने दासराज को देखा : इस बार प्रौढ़ वय का यह व्यक्ति उन्हें शालीन, दृढ़ और व्यावहारिक लगा। जाने प्रतिदिन कितने-कितने लोगों से उसे निपटना पड़ता होगा...और उनमें से अनेक लोग उससे कहीं अधिक समर्थ, बुद्धिमान, चतुर, ज्ञानी, धनवान, सत्तावान और शक्तिशाली होते होंगे। उन सबके साथ व्यवहार ने उसे सिखाया है कि किस प्रकार समर्थ लोगों को अप्रसन्न किये बिना, अपनी बात पर टिके रहना है और अपने स्वाभिमान की रक्षा करनी है।

"युवराज!" दासराज ने कहा, "मैं कुछ समझ नहीं पाया।"

"क्या दासराज?"

"मेरी अस्वीकृति की दशा में न आप वापस लौटेंगे और न बल-प्रयोग करेंगे।...तो क्या करेंगे आप?"

"दासराज! हम कन्या का मूल्य चुकायेंगे।" देवव्रत का स्वर दृढ़ किन्तु समझाने का भाव लिये हुए था, "आप कन्या के पिता हैं, कन्या-दान आप करेंगे ही। बात केवल इतनी-सी ही है कि वर आपको अनुकूल जँचना चाहिए। मैं जानता हूँ कि आपकी कसौटी पर खरे उतरने के मार्ग की जो बाधाएँ हैं, उन्हें दूर करने में मैं समर्थ हूँ। आप अपनी आपत्ति कहें।"

दासराज कुछ देर तक देवव्रत का चेहरा देखते रहे, फिर बोले, "किस मुख से कहूँ। मैं संकोच से गड़ा जा रहा हूँ। कहीं ऐसा न हो कि अपने हित की रक्षा करने के प्रयत्न में मैं किसी और के प्रति अन्याय कर बैठूँ। किसी और के प्रति... जो न दुष्ट है, न अन्यायी, और न ही मेरा शत्रु है। अपना हित करने में किसी दूसरे का अहित तो नहीं करना चाहिए न युवराज!"

"न्यायसंगत व्यवहार की माँग में किसी का भी अहित नहीं होता दासराज!" देवव्रत कुछ सोचते हुए बोले, "आप अपनी बात कहें।"

"युवराज! आप भी अनुभव कर रहे होंगे," दासराज पुनः बोला, "कि यह स्थिति सामान्य नहीं है।"

"जी!"

"एक ओर कुरुपति हैं और दूसरी ओर यह केवट।" दासराज हँसा, "वर और कन्या के वय में अन्तर भी असाधारण है। फिर वर का पिता, कन्या के पिता से याचना नहीं कर रहा, वरन वर का पुत्र कन्या के पिता से याचना कर रहा है।"

"इससे क्या अन्तर पड़ेगा दासराज?"

"बहुत!" दासराज बोला, "जब पिता अपने पुत्र के लिए कन्या की याचना करे तो कन्या के पिता को उसके भविष्य की चिन्ता नहीं होती। पिता अपनी सम्पूर्ण सम्पत्ति पुत्र को देगा ही। पर युवराज! वर्तमान स्थिति में मुझे अपनी पुत्री के भविष्य की चिन्ता करनी ही होगी।"

"क्यों दासराज!"

"क्योंकि पुत्र की सम्पत्ति पिता के पास लौट जाये, इसका कोई विधान नहीं है।"

"पर उसकी आवश्यकता ही क्यों पड़ेगी?"

"पड़ेगी।"

"कैसे?"

"स्पष्ट कहूँ?"

"निःसंकोच!"

"राजा शान्तनु किसी भी रूप में मेरी पुत्री सत्यवती के लिए उपयुक्त नहीं हैं...उनकी उपयुक्तता केवल इसी बात पर टिकी है कि वे देश के राजा हैं।" उसने रुक कर देवव्रत की ओर देखा।

देवव्रत कुछ नहीं बोले।

"सत्यवती केवल यह सोच कर राजा की भार्या बनेगी कि उसकी दरिद्रावस्था समाप्त होगी और उसका पुत्र यमुना में नौकाएँ खेने वाला केवट न हो कर हस्तिनापुर का राजा होगा। पर..."

"पर क्या?"

"पर हस्तिनापुर के राज्य का युवराज विद्यमान है। वह बुद्धिमान, योद्धा, शक्तिशाली और लोकप्रिय है। अपने पिता के पश्चात वह राज्य, धन-सम्पत्ति, कुल-गोत्र सबका स्वामी होगा।" दासराज ने रुक कर देवव्रत की ओर देखा, "ऐसे में मेरी पुत्री और उसकी सन्तानों का भविष्य क्या होगा युवराज! दासी-पुत्र का जीवन बिताने से केवट बने रहना क्या बुरा है?"

"नहीं!" देवव्रत पूरी दृढ़ता से बोले, "वे दासी-पुत्र नहीं होंगे।"

"तो क्या होंगे?"

"जो आप चाहें।" देवव्रत सहज भाव से बोले।

"मैं तो केवल इतना चाहूँगा कि जब मैं अपनी कन्या का हाथ चक्रवर्ती के हाथ में दे रहा हूँ तो वह चक्रवर्ती की रानी बन कर ही रहे। उसकी सन्तान, राजा की सन्तान हो।"

"ऐसा ही होगा दासराज!"

"प्रमाण?"

"आप क्या प्रमाण चाहते हैं?"

"सत्यवती का ज्येष्ठ पुत्र हस्तिनापुर का युवराज हो।"

"स्वीकार है।" देवव्रत बोले, "ऐसा ही होगा।"

आश्चर्य से दासराज का मुख खुल गया, "आप समझ रहे हैं युवराज! कि मैं क्या माँग रहा हूँ।"

"पूरी तरह से समझ रहा हूँ दासराज!" देवव्रत न केवल शान्त थे, वरन मुस्कुरा रहे थे।

"आप युवराज नहीं रहेंगे। पिता के पश्चात आपको राज्य नहीं मिलेगा। आप एक साधारण जन हो जायेंगे। कुरुओं का यह विराट साम्राज्य आपका नहीं होगा...।"

देवव्रत को लगा कि वह दासराज की कुटिया में नहीं बैठे, वे जैसे किसी खुले स्थान में आ बैठे हैं, जहाँ कोई सीमा नहीं है, बन्धन नहीं है, स्वार्थ नहीं है, अर्जन नहीं है। यहाँ पृथ्वी का आकर्षण नहीं है, वायु का दबाव नहीं है। मन में लोभ नहीं है। ग्रहण नहीं है...

उनके मन में एक नारी-मूर्ति उभरी, जो फैलती-फैलती उनके सम्पूर्ण अस्तित्त्व में समा गयी और फिर दसों दिशाओं में उसका स्वर फैला, 'देवव्रत! तू बच गया। तेरा मन मुक्त हुआ। तू प्रपंच से छूट गया। तू सुखी रहेगा पुत्र! ग्रहण में केवल दुख है। त्याग सात्विक है पुत्र। मैं तो तुझे इस मोह-चक्र से तभी मुक्त कर देती, जब तेरा जन्म हुआ था, पर तेरे पिता ने मेरी इच्छा पूरी नहीं होने दी...'

देवव्रत को लगा, वह नारी-मूर्ति उनकी माँ ही थी...

दासराज देवव्रत को देखता रहा; शायद देवव्रत को समझ में आ जाये कि वे क्या छोड़ रहे हैं। पर देवव्रत में कोई प्रतिक्रिया नहीं जागी। उनका चेहरा अधिक-से-अधिक शान्त होता गया, उनकी आत्मा अधिक-से-अधिक प्रसन्न होती चली गयी...

"पर मैं कैसे इसका विश्वास करूँ" अन्त में दासराज चिन्तित स्वर में बोला।

"मैं आपको वचन दे रहा हूँ।"

"मेरे पास सिवाय आपका वचन मान लेने के और कोई उपाय भी तो नहीं है।..."

"दासराज!" देवव्रत का स्वर आवेश में कुछ ऊँचा हो गया, "कुरुवंशियों का वचन ही प्रमाण होता है। ऐसा न होता तो चक्रवर्ती स्वयं आपको वचन

दे कर कन्या को ले जा सकते थे। तब देवव्रत के यहाँ आने की कोई आवश्यकता नहीं थी।"

"शान्त हों युवराज!" दासराज ने दीन मुद्रा बना कर हाथ जोड़ दिये, "दासराज ने अपना जीवन कुरुवंशियों में नहीं बिताया, जिनका वचन ही प्रमाण होता है। वह तो आठों प्रहर उन लोगों में रहता आया है, जिनका वचन केवल पाखण्ड है। वचन को सत्य मान लेने का मुझे अभ्यास नहीं है युवराज!" वह रुक कर सायास मुस्कुराया, "वैसे भी एक असहाय निर्बल वृद्ध की आशंकाओं का बुरा न मानें। जहाँ ममता होती है, वहाँ आशंका होती है, और जहाँ आशंका होती है, वहाँ संदेह भी होता है।"

"आशंकाओं को किसी का विश्वास कर आश्वस्त भी तो होना चाहिए।"

देवव्रत का स्वर अब भी आहत था।

"आश्वस्त हुआ।" दासराज ने अपने दोनों हाथ ऊपर उठा दिये, "किन्तु तर्क तो सुनेंगे आप?"

"क्यों नहीं!" देवव्रत ने तत्काल कहा, किन्तु उनका मन पुनः खटक गया ...यह व्यवहारसिद्ध वृद्ध केवट अपने तर्कों से अब किस प्रपंच की रचना करने जा रहा है...

"कुरुवंशियों का वचन ही प्रमाण है।" दासराज बोला, "और यह भी आपने ही कहा है कि आपके स्थान पर चक्रवर्ती वचन नहीं दे सकते थे, इसलिए आपको आना पड़ा।"

"मैं सहमत हूँ।"

"तो इसका अर्थ है कि पुत्र के स्थान पर उसका पिता वचन नहीं दे सकता; क्योंकि यह सम्भावना हो सकती है कि पुत्र, पिता द्वारा दिये गये वचनों की रक्षा न करे..."

"कुरु-वंश में इसका अर्थ है कि पुत्र के स्थान पर वचन देकर पिता पुत्र के प्रति अन्याय नहीं करना चाहता।"

"यही सही।" दासराज हँसा, "कुरु-वंश में पिता, पुत्र के स्थान पर स्वयं वचन देना उचित नहीं समझता। इसलिए चक्रवर्ती ने आपके स्थान पर वचन नहीं दिया।"

"जी!"

"आप भी अपने भावी पुत्रों के स्थान पर स्वयं वचन देना उचित नहीं मानेंगे।"

"जी!"

दासराज कुछ क्षणों तक मौन बैठा रहा और देवव्रत उसके मौन में से उसका मन्तव्य पढ़ने का प्रयत्न करते रहे। अन्त में दासराज ही बोला "आप सत्यवती के पुत्र के लिए अपना राज्याधिकार छोड़ रहे हैं।...मैं आपका विश्वास कर रहा हूँ; किन्तु कल आप विवाह करेंगे, आपके पुत्र होंगे, वे बड़े होंगे..." दासराज अपनी पूरी तन्मयता के साथ देवव्रत के चेहरे को देख रहा था, "सम्भव है कि वे आपसे सहमत न हों। सम्भव है कि वे अपना अधिकार माँगें। सम्भव है कि वे आपसे कहें कि आपको अपना राज्याधिकार, अपने जीवन का सुख और भोग छोड़ने का पूरा अधिकार है; किन्तु आपको क्या अधिकार है कि आप चक्रवर्ती शान्तनु के ज्येष्ठ पुत्र की ज्येष्ठतम सन्तान से हस्तिनापुर के राज्य का उत्तराधिकार छीन लें?...आप अपने पुत्र के स्थान पर यह वचन कैस दे रहे हैं कि वह अपने उचित, नैतिक, पारम्परिक और वैधानिक अधिकार की माँग नहीं करेगा?..."

दासराज ने अपनी बात समाप्त की और देवव्रत की ओर देखा। अपनी बात समाप्त करते-करते दासराज हाँफ गया था। उसे लग रहा था, जैसे मार्ग में बाधास्वरूप पड़ी भारी शिलाओं को हटा-हटा कर अपना मार्ग प्रशस्त कर आगे बढ़ने वाला व्यक्ति दस डग चलते-चलते हाँफ जाता है, वैसे ही उसकी वाणी अपने संकोच और मर्यादा की शिलाओं को तोड़ कर इतने शब्द कहने में ही हाँफ गयी थी...

उसकी दृष्टि देवव्रत पर टिकी थी : क्या कहते हैं देवव्रत? सम्भव है, वे मौन रह जायें, सम्भव है वे हँस कर टाल जायें, सम्भव है वे रुष्ट हो जायें...

और देवव्रत अपने मन के कल्पना-लोक में कहीं अपने पिता के चरणों में जा बैठे थे, 'पिता! मैंने आपको काम-सुख के अभाव में पीड़ित देखा।...मैंने आपको कामयातना में तड़पते देखा। मैंने आपके सारे जीवन को कामासक्ति की याचना में असन्तुलित होते देखा।...आपने मुझे दर्शाया कि काम-सुख, काम-सुख नहीं है, सुख का प्रपंच है। यह तो मृगतृष्णा है। प्राणी उसकी कामना में कष्ट पाता है, अपने विवेक का वध कर क्षणिक सुख भोगता है और फिर उस भोग के मूल्य 'दुख' को सहन कर, पुनः उस सुख की कामना में तड़पता है...आपने मुझे इस दुश्चक्र से मुक्त कर दिया पिता!...शायद मैं स्वयं अपने बल पर काम के बन्धन न तोड़ पाता। कदाचित मैं भी उसके पाश में बँधा, बलि-पशु के समान ऐंठता और तड़पता रहता...फिर पत्नी और सन्तान के मोह में कर्म के बन्धन में बँधता, और इस दुश्चक्र से कभी मुक्त न हो पाता।...पिता। आपने मुझे यह यातना प्रत्यक्ष दर्शाई, उसका स्वरूप समझने में सहायता दी; और जब अन्त में मुझे उस यातना से सदा के लिए मुक्त हो जाने का अवसर प्रदान कर रहे हैं।...पिता। मैं

आपको प्रणाम करता हूँ...'

"युवराज!" अपने शब्दों की कोई प्रतिध्वनि न पाकर दासराज ने पुनः पुकारा।

देवव्रत की आँखों में शून्य के स्थान पर दासराज की पहचान लौटी। उनके मुख पर सहज मुस्कान आयी और उल्लसित होकर उन्होंने कहा, "दासराज! मैं आपको वचन देता हूँ कि मेरा पुत्र, पौत्र, प्रपौत्र...कोई भी, कभी भी, आपसे, मुझसे, और आपकी पुत्री की सन्तान से अपने पैतृक राज्याधिकारी की माँग नहीं करेगा..." वे बिना रुके ही कहते गये, "मैं सूर्य, पृथ्वी और पवन को साक्षी मानकर प्रतिज्ञा करता हूँ कि मैं आजीवन अविवाहित रहूँगा...।"

मन्त्री के शरीर पर जैसे बिजली गिरी, "गांगेय! युवराज! यह क्या किया आपने!"

देवव्रत के होंठों पर अपार्थिव मुस्कान थी, "मैंने स्वयं को बचा लिया अमात्य प्रवर! अब मेरे लिए जीवन न यम-फाँस है, न काम-पाश! मेरे मन में न स्त्री की कामना है, न सम्पत्ति की, न अधिकार की। माता मुझे जीवन-मुक्त कर आख़िर और किन दुखों से बचाना चाहती थीं...।"

देवव्रत उदास नहीं थे। उनके चेहरे पर न कोई पश्चात्ताप था, न द्वन्द्व का अन्धकार। उनके चेहरे पर सफलता और मुक्ति का उल्लास था।

दासराज ने हाथ जोड़ दिये, "युवराज! आप मनुष्य नहीं हैं। आप देवता हैं। आप सचमुच पवित्र गंगा के पुत्र हैं, जो धरती के मल में से केवल इसलिए बहती है कि अपने दोनों किनारों को सींच सके। उन पर बसने-वाली भूखी प्रजा को अन्न, जल और जीवन दे सके। आप धन्य हैं देव।" उसका स्वर भर्रा आया, "और मैं ऐसा चाण्डाल हूँ, जिसने आप जैसे देव-पुरुष से उनके जीवन का सम्पूर्ण सुख छीन लिया। मैंने आपका सब कुछ छीन लिया...।"

देवव्रत ने दासराज के कंधे पर प्रेमभरा हाथ रखा, "आप नहीं जानते दासराज! कि आपने मुझे क्या-क्या दे दिया। उठिए! मोह त्यागिये और अपनी पुत्री और मेरी माँ देवी सत्यवती की विदाई का प्रबन्ध कीजिये।"

6

सत्यवती को उसकी सखियाँ ले कर बाहर आयीं तो देवव्रत ने पहली बार उसे देखा : उन्हें विश्वास नहीं हुआ कि दासराज के इस कुटीर में ऐसी कन्या रहती आयी होगी। दासराज की ऐसी पुत्री? न वैसा वर्ण, न वैसा रूप। दासराज की पत्नी भी साथ ही थी। उसके रूप में कुछ भी असाधारण नहीं था। सत्यवती

सचमुच असाधारण सुन्दरी थी। केवट-कन्या तो वह लग ही नहीं रही थी। लगता था जैसे किसी आर्य राजकुमारी ने नाटक में अभिनय करने के लिए केवट-कन्या का नेपथ्य ग्रहण किया हो।...उसका वय पच्चीस वर्षों से ऊपर ही रहा होगा। सामान्यतः केवट-घरों में इस वय तक कन्याएँ अविवाहित नहीं रहतीं।...सम्भव है कि दासराज को कोई उपयुक्त वर न मिला हो...सम्भव है, सत्यवती किसी विशेष प्रकार के घर की इच्छा रखती हो...

"यह आपकी ही पुत्री है दासराज?" देवव्रत के मन का प्रश्न उनके अधरों तक आ ही गया।

"मैं इसका पिता हूँ युवराज। जनक नहीं।" दासराज न कहा, "मछलियाँ पकड़ने गये केवटों ने इसे भी यमुना की जलधारा में बहते पाया था। इसका रंग-रूप और तेज़ बताता है कि यह किसी क्षत्रिय राजा की कन्या है।"

सत्यवती अपनी सखियों से विदा हो कर अपने पिता के पास आयी। कुछ बोली नहीं। उसने चुपचाप दासराज के कंधे से अपना माथा टिका दिया, जैसे लड़खड़ा कर गिर पड़ने से बचने के लिए व्यक्ति किसी स्तम्भ का सहारा लेता है।

दासराज ने अपनी बाँह में भर कर बेटी को सहारा दिया। उसका स्वर भर्रा आया था, पर शब्द स्पष्ट थे, "बेटी! मैं आजीवन तुझे अपने घर में नहीं रख सकता था। तुझे किसी क्षत्रिय राजा या राजकुमार के साथ जाना ही था। स्वेच्छा से न भेजता तो वे बलात ले जाते। इस सौदे में तेरे सुख के लिए जो मैं अधिक से अकि माँग सकता था, वह मैंने माँग लिया है। अब तेरे लिए भगवान से यही माँगता हूँ कि तूअपने पति के घर सुखी रहे...।"

दासराज के शब्द खो गये। आगे की बात कहने के लिए उन्होंने अपनी हथेली से सत्यवती का कंधा थप थपा दिया, जैसे कह रहे हों, 'जा बेटी। जा। हमारे साथ तेरा सम्बन्ध यहीं तक का था।'...

सत्यवती ने एक बार आँखें उठा कर भरपूर दृष्टि से दासराज को देखा। उसकी आँखों में कोई भाव नहीं था—जैसे मनुष्य की आँखें न हों, देखने भर का कोई यन्त्र हो।

वह धीरे-धीरे चलती हुई रथ तक आयी। दासियों ने उसे सहारा दिया और वह अपने लिए लाये हुए ख़ाली रथ पर आरूढ़ हो गयी। उसे बैठ गयी देख देवव्रत अपने रथ में आ गये और बिना कुछ सोचे और कहे, अपने अभ्यास के अनुसार प्रयाण का संकेत देने के लिए अपनी बाँह उठा दी। रथ चल पड़े। उनके पीछे-पीछे अश्वारोही चले।...यमुना का तट छोड़ कर उनका दल कच्चे मार्ग पर आ गाया। कच्चा मार्ग समाप्त होते ही, रथ और अश्व राजमार्ग पर

सरपट भाग चले।

सत्यवती के बाहर आते ही देवव्रत के मन में पहला भाव प्रसन्नता और उल्लास का ही जागा था। उससे भी ऊपर उनके मन में शायद कोई बहुत बड़ा असाधारण मूल्य चुका कर कुछ असम्भव उपलब्ध कर लेने का भाव था।... देवव्रत ने आज अपने सारे भौतिक सुखों को तिलांजलि दे कर पिता के जीवन के इस खण्ड में, उनकी मनोकामना को पूरा किया था।...शायद यह अपने पूर्वज पुरु से भी बड़ा त्याग था। पुरु ने तो एक निश्चित अवधि के लिए पिता ययाति की वृद्घावस्था ले कर, उन्हें अपना यौवन दिया था। अपना यौवन दे कर पुरु वृद्ध हो गये थे, शरीर से भी और मन से भी; इसलिए उनके मन में यौवन के सुखों की आकांक्षा भी नहीं रही होगी, किन्तु देवव्रत ने तो अपना यौवन रख लिया और उसके सुख त्याग दिये, सुखों के अभाव में जलने के लिए। पुरु ने बदले में, अनधिकारी होते हुए भी, अपने पिता से उनका राज्य पाया था। देवव्रत ने अधिकारी होते हुए भी अपना राज्य छोड़ दिया था।...देवव्रत ने अपने सारे बन्धन तोड़ दिये थे। उन्हें सुख का प्रपंच अब कभी वंचित नहीं कर पायेगा। वे मुक्ति की आनन्दावस्था में विचरण करेंगे...

पर दासराज ने क्या कहा था अपनी पुत्री से...'तुझे किसी क्षत्रिय राजा या राजकुमार के साथ जाना ही था'...क्या दासराज अपनी पुत्री को चक्रवर्ती की पत्नी बना कर भी प्रसन्न नहीं हैं—इससे अधिक और क्या कामना हो सकती है एक पिता की? केवट की कन्या राजरानी बन गयी, कुरु राज्य के भावी शासकों की माता बन गयी...पर हाँ। समयवस्क, समविचार, समव्यवहार जीवन-संगी का सुख तो उसे नहीं मिलेगा। उसने केवल पाया ही नहीं, बहुत कुछ खोया भी है।...जब दशरथ और कैकेयी तक का जीवन सन्तुलित और सुखी नहीं रह सका, राम और भरत जैसे भाइयों को भी उस असन्तुलन का दुख उठाना पड़ा, तो और कोई कहाँ से सुख पायेगा।...क्या आज से कुरु वंश के महलों में भी वृद्ध राजा की युवती भार्या की कथा दुहराई जायेगी?...'तो क्या हो गया?' देवव्रत ने स्वयं ही प्रतिवाद किया, 'कैकेयी राम को वनवास ही तो देगी। मैं तो पहले ही स्वयं को वनवासित कर चुका।'

'ठीक है।' जैसे किसी और मन ने कहा, 'कभी सत्यवती के मन में भी बैठ कर देख—वह अपने लिए कैसे वर की कामना कर रही थी। उसने भी तो अपने वर, अपने प्रेमी, अपने पति का कोई चित्र बनाया होगा। और वह चित्र किसी भी दशा में महलों में सोने के पलंग पर पड़े एक कामातुर वृद्ध राजा का नहीं होगा, जो अपनी आसक्ति के कारण, अनेक लोगों की इच्छाओं और कामनाओं का दमन कर सकता है...'

देवव्रत के मन में अपराध-बोध जागा...वे एक ही दिशा में अपने चिन्तन के तुरंग क्यों दौड़ाये लिये जाते हैं? क्यों नहीं सोचते कि मार्ग दूसरी ओर से भी चलता है।...क्या कर बैठे वे! हो सकता है कि सत्यवती के प्रेम का लक्ष्य कोई युवक रहा हो—कोई केवट, कोई तपस्वी, नदी पार करने-वाला कोई व्यापारी, जब-तब मिल जाने-वाला कोई सेना-अधिकारी...तभी तो विदा करते समय दासराज के शब्दों में इतनी असहायता थी, इतनी हताशा थी।...तब क्यों देवव्रत को नहीं लगा कि दासराज के शब्दों में अपनी पुत्री को राजरानी बनाने का उल्लास कहीं नहीं है...तब क्यों नहीं सोचा उन्होंने कि भौतिक सुख ही जीवन का अन्तिम सुख नहीं है, राजा की रानी बनना ही किसी युवती के मन की अन्तिम अभिलाषा नहीं है...देवव्रत ने अपने लिए मान लिया कि सुख, धन में नहीं है, इसलिए उन्होंने राज्य का त्याग कर दिया; तो उन्होंने यह कैसे मान लिया कि सत्यवती का सुख धन में है?...केवल इसलिए क्योंकि सत्यवती एक निर्धन की कन्या है?...ऐसा क्यों नहीं सोचा उन्होंने कि केवट के घर से राजमहल में ला कर उन्होंने सत्यवती के वे सारे सुख छीन लिए हैं, जो उसे केवट की उस कुटिया में उपलब्ध थे। राजमहल में उसके लिए जिन सुखों की कल्पना वे कर रहे हैं, सम्भव है कि सत्यवती के लिए वे सुख, सुख ही न हों...

देवव्रत को लगा, उनका एक और मन है, जो ढेर सारा आक्रोश संचित कर रहा है...। पर सत्यवती के मन में बैठ कर वे बहुत नहीं सोच सके। उनका क्षत्रिय मन जैसे बहुत आवेश के साथ बोला, 'सारे शास्त्र कहते हैं कि माता-पिता की इच्छा का पालन, उनकी इच्छा की पूर्ति—मानव का पहला धर्म है। उन्हें आज तक यही उपदेश दिया गया था। आज जब उन्होंने अपने जीवन का सर्वस्व दे कर अपने पिता के लिए उनके जीवन का सबसे बड़ा सुख ख़रीद लिया है, तो इस प्रकार की आपत्तियों का क्या अर्थ?...श्रवण कुमार अपने माता-पिता की इच्छा-पूर्ति के कारण अमर हो गया। दशरथ-पुत्र राम इसी प्रकार अपने पिता की इच्छा पूरी करने के लिए वन चले गये और अपने यौवन का सर्वश्रेष्ठ काल, राजमहलों में नही, भयंकर वनों में बिता आये।...देवव्रत ने भी वही किया है...'

पर तर्क तो जैसे नाग-जाल हो रहा था। सहस्त्रों नाग एक-दूसरे से गुँथे पड़े थे। न किसी के शरीर का पता लगता था, न पूँछ का। बस फन-ही-फन दिखायी पड़ते थे। यदि कहीं किसी की पूँछ दिखायी भी पड़ती थी, तो जब तक देवव्रत उसे पहचान पाते थे, वह एक नया फन बन कर उठ खड़ी होती थी। और वही फन सबसे अधिक भयंकरता से फुफकारने भी लगता था कि

सबसे पहले मुझसे ही निबट लो...

इस बार उन्हें लगा कि प्रश्नों का दुमुँहा नाग फुफाकर रहा है : 'पहले यह निर्णय कर देवव्रत! कि तूने भौतिक कष्टों से बचने के लिए भौतिक सुखों को त्यागा है या पिता की कामना-पूर्ति के लिए अपने सुखों को तिलांजलि दे कर स्वयं को जीवन के प्रत्येक सुख से वंचित किया है?'...

उन्हें लगा कि इस दुमुँहे नाग के दोनों मुँहों को एक साथ पकड़ पाना शायद उनके लिए सम्भव नहीं है...वे तो जैसे इन दोनों ही प्रकार के गौरव से गौरवान्वित होने का सुख प्राप्त कर रहे थे। पर दोनों बातें कैसे हो सकती हैं? यदि धन, सत्ता और नारी से प्राप्त सुखों में सार नहीं है तो उन्होंने कोई त्याग नहीं किया : जो श्रेयस्कर था, वही किया।...पर यदि पिता की कामना का संयोग सामने खड़ा नहीं होता, तो क्या तब भी वे इन सुखों को असार मान कर त्याग देते?

और यदि ये सुख असार हैं तो वह पिता के लिए उन सुखों को क्यों जुटा रहे हैं? क्यों नहीं उन्हें भी इन सुखों की निस्सारता दिखाते।...क्यों उनके सामने प्रलोभन रखते हैं? क्यों उन्हें उन सुखों की ओर और भी प्रवृत्त कर रहे हैं? क्या पुत्र के रूप में वह अपने कर्तव्य का पालन कर रहे हैं?...

और सहसा उनका मन इन शब्दों पर अटक गया...कर्तव्य का पालन ही तो कर रहे हैं वह। पिता की आज्ञा का पालन तो अधम पुत्र भी करता है; वे तो पिता की इच्छा का पालन कर रहे हैं।...यही उनका धर्म था। पुत्र के रूप में यही उनका परम धर्म था।

उन्हें लगा, उनके मन के सारे उद्वेग शान्त हो गये। थोड़ी देर पहले जो मन, सागर की उत्ताल तरंगों को झेल रहा था, जिसमें प्रत्येक क्षण एक ज्वार उठ रहा था, वह सहसा ही शान्त हो गया था। सारे संशयों ने पालतू कुत्ते के समान अपने स्वामी के सामने सिर टेक दिया था और पूँछ हिला रहे थे।... देवव्रत दिग्विजयी के समान उन्हें देख रहे थे...

पर सागर अधिक देर तक शान्त नहीं रहा। उसमें फिर से प्रश्नों की लहरें उठने लगीं : 'पिता और पुत्र का क्या सम्बन्ध है?'

देवव्रत जिस समाज में रहते हैं, वह समाज मानता है कि पिता ने पुत्र को जन्म दिया है। पिता ने पुत्र का पालन-पोषण किया है। इसलिए पुत्र पर पिता का पूर्ण अधिकार है। पुत्र, पिता की सम्पत्ति है। पुत्र, पिता के लिए जो भी कर दे, वह कम है। यह शरीर पिता का है, यह प्राण पिता के हैं... पर देवव्रत बहुत समय तक वनों और आश्रमों में रहे हैं। उन्होंने प्रकृति को बहुत निकट से देखा है—वनस्पति को भी और पशु-जगत को भी। वनस्पति

की उत्पत्ति, विकास और अवसान–तीनों को देखने से प्रकृति का स्वरूप उनके सामने प्रकट हुआ है।...वर्षा ऋतु आती है तो धरती का कण-कण जैसे सृष्टि करने को आतुर हो उठता है। कहीं, किसी प्रकार बीज डाल दिया जाये, किसी पौधे की शाखा तोड़ कर लगा दी जाये, पृथ्वी उसे अपने गर्भ में धारण कर सप्राण कर देती है। उन पौधों का विकास होता है। उनमें फूल और फल आते हैं और वे पौधे फिर से अपने बीज में परिणत हो जाते हैं।...यह तो प्रकृति का चक्र है। इसे ही माया का प्रपंच कहते हैं क्या? शून्य में से आकार प्रकट होता है और फिर वह आकार सिमट कर शून्य में समा जाता है...

पिता भी तो उसी प्रकार सृष्टि को आगे बढ़ाने का उपकरण मात्र है। उस पूरे वृत्त की निकटतम कड़ी। वह भी तो किसी और पौधे का बीज है, जो कुछ और पौधे उगाने का माध्यम बनता है। जो कुछ उसे प्रकृति से मिला है, वह उसे वापस प्रकृति को दे रहा है।...फिर अधिकार किस बात का माँगता है वह?

प्रकृति ने उसके मन में ममता भरी है, ताकि सन्तान का पालन-पोषण हो। मनुष्य अपनी वंचना को दूर करने के लिए सन्तान की इच्छा करता है–वंचित सन्तान की सुविधा के लिए स्वयं शरीर धारण नहीं करता। सन्तान में वह अपना विकास पाता है, इसलिए उसकी रक्षा करता है। उसका पोषण करता है...किन्तु देवव्रत ने अनेक बार देखा है कि सन्तान के समर्थ होने पर, पिता उसे अपने सुख का उपकरण मानने लगता है। पिता क्यों चाहता है कि उसके असमर्थ बुढ़ापे को सुखी बनाने के लिए, युवा सन्तान अपनी सारी जिजीविषा का दमन कर ले। अवसान की ओर बढ़ता हुआ पौधा क्यों चाहता है कि विकासोन्मुख पौधा पल्लवित और पुष्पित न हो?...पिता क्यों अपने पुत्र की ऊर्जा, प्राणवत्ता और उल्लास को स्वतन्त्र रूप से विकसित होने नहीं देना चाहता? क्यों वह चाहता है कि वह अपना सामर्थ्य, अपना उल्लास, अवसानोन्मुखी पिता की झोली में डाल दे...?

पिता भी तो मनुष्य है। उसमें भी मानवीय दुर्बलताएँ हैं। उसकी बुद्धि भी उसे धोखा दे सकती है। फिर उसकी ही इच्छाएँ, कामनाएँ, निर्णय क्यों सत्य हैं? पिता और पुत्र की इच्छाएँ दो स्वतन्त्र व्यक्तियों की इच्छाएँ होने के कारण समान रूप से महत्त्वपूर्ण हैं। फिर पिता की इच्छा पूर्ति ही क्यों धर्म है?...

सहसा देवव्रत चौंके!...यह सब क्या चल रहा है उनके मन में–पितृद्रोह? क्या वे अपनी इच्छा से किये गये अपने निर्णय से असन्तुष्ट हैं? क्या उन्हें पश्चात्ताप हो रहा है?...

और देवव्रत ने जीवन में पहली बार अपना रूप पहचाना...उनके चिन्तन

और कर्म के धरातल अलग-अलग हैं। गुरुकुलों में पढ़े हुए शास्त्र, गुरुजनों के उपदेश और नीतियाँ—बहुत गहरे उतर गये हैं ये सब, उनके रक्त में। कर्म करने की बारी आती है तो वे शास्त्र के नियमों को धर्म मानते हैं...पर चिन्तन के क्षणों में उनका मन उन नियमों के विरुद्ध अनेक प्रश्न उठाता है। शास्त्र के धर्म की मूलभूत सत्ता को चुनौती देता है।...कुछ कर नहीं पाते देवव्रत। उनका व्यवहार शास्त्र के धर्म को छोड़ नहीं पाता; और उनका मन अपने प्रश्नों से मुक्त नहीं होता।

इस द्वन्द्व से देवव्रत का निस्तार नहीं है।...

पिता ने सत्यवती को पाने की इच्छा की थी। पुत्र-धर्म का निर्वाह करने के लिए, वे अपने पिता की इच्छा-पूर्ति हेतु सत्यवती को उसके पिता से माँग लाये हैं।...पर जब उनका मन प्रश्न उठाने लगता है कि पिता की एक अनुचित इच्छा की पूर्ति उनका धर्म क्यों है? सत्यवती को उसकी इच्छा जाने बिना, शान्तनु की पत्नी बनने के लिए, देवव्रत को सौंप देने का दासराज को क्या अधिकार था?...किन्तु उन्हें इन प्रश्नों का कोई उत्तर नहीं मिलता...धर्म क्या है? अधिकार क्या है? स्थापित अधिकार को चुपचाप मान लेना धर्म है या अधिकार के औचित्य का प्रश्न उठाना धर्म है?...देवव्रत का सिर जैसे प्रश्नों के ज्वार से फटने लगा—धर्म क्या है?...धर्म क्या है?...देवव्रत कुछ भी समझ नहीं पाते...उनका मन जैसे हार मान कर अपना सिर टेक देता है...धर्म की गति अति सूक्ष्म है देवव्रत!...

7

रथ चला तो सत्यवती ने पहली बार दृष्टि उठा कर देवव्रत को देखने का प्रयत्न किया : यह कौन पुरुष है, जो अपने जीवन का मूल्य दे कर अपने वृद्ध पिता का सुख ख़रीद कर ले जा रहा है?

आगे-आगे दो अश्वारोही दौड़े जा रहे थे; कदाचित वे हस्तिनापुर में पूर्व-सूचना देने के लिए जाने वाले धावक थे। उनके पीछे देवव्रत का रथ था। उसके पीछे-पीछे दो रथ और थे, और तब वह रथ चल रहा था, जिसमें सत्यवती बैठी हुई थी। रथ के पीछे-पीछे अनेक अश्वारोही दौड़ रहे थे...जाने वे रथ की रक्षा के लिए थे, या मात्र उसका पीछा करने के लिए थे, या शायद राजा लोग मानते हों कि उससे उनकी शोभा बढ़ती है...पर सत्यवती को तो ऐसा ही लग रहा था जैसे उसके ग्राम के बच्चे किसी बड़े वाहन को देख कर खेल-खेल में ही उसके पीछे दौड़ने लगते थे...

सत्यवती नहीं जानती थी कि इनमें किसका क्या पद है। पिछली बार जब स्वयं हस्तिनापुर के राजा शान्तनु आये थे, तब भी इसी प्रकार का जमघट लगा था उसके गाँव में। तब पहली बार उसने मन्त्री, अमात्य, सेनापति...और जाने ऐसे ही कितने नये-नये शब्द सुने थे। तब से वह इन शब्दों को सुनती आयी थी। उनके अर्थ वह कुछ-कुछ समझती भी थी और बहुत कुछ नहीं भी समझती थी।...इस बार भी वैसे ही बहुत सारे लोग, और बहुत सारे शब्द आये थे। अन्तर केवल इतना था कि इस बार राजा के स्थान पर युवराज आये थे।

युवराज की पीठ ही दिखायी पड़ रही थी, चेहरा नहीं दिख रहा था। सत्यवती के मन में बहुत इच्छा थी कि वह इस युवराज का चेहरा देखे। बाबा ने कहा था कि यह व्यक्ति दूसरों से एकदम भिन्न दिखायी देता है...उसका व्यवहार दूसरों से भिन्न था...पर क्या चेहरा भी...

सत्यवती का अपना रंग-रूप घर में न अम्मा से मिलता था, न बाबा से। बाबा ने बताया था कि मछलियाँ पकड़ने के लिए गये हुए कुछ निषादों को वह यमुना की धारा में बहती हुई मिली थी। उसका रंग-रूप और वस्त्र इत्यादि देख कर बाबा को विश्वास हो गया था कि वह किसी क्षत्रिय राजा की सन्तान थी। उसके वस्त्र, उसके बह कर आने की दिशा और विभिन्न राज-परिवारों के विषय में सुनी-सुनायी चर्चाओं के आधार पर बाबा यह अनुमान ही लगाते रह गये थे कि वह किस राजा की पुत्री है...उसके माता-पिता का कोई निश्चित प्रमाण नहीं मिला था और बाबा को, उसके राजकुमारी होने का कोई लाभ नहीं हुआ था। धीरे-धीरे बाबा के मन में यह भी स्पष्ट हो गया था कि यदि यह पता लगा भी लें कि सत्यवती किसकी पुत्री है, तो भी वे उसे उस राजा को शायद सौंप न पाएँ। सौंप देंगे तो एक तो पली-पलाई सन्तान हाथ से निकल जायेगी, फिर राजा से पुरस्कार-स्वरूप जो धन मिलेगा, उस पर उन निषादों का अधिकार अधिक बनता है, जिन्हें वह नदी में बहती हुई मिली थी...न सत्यवती ने कोई ऐसा व्यक्ति देखा था, और न बाबा ने ही, जो लाभ या स्वार्थ का अवसर आने पर एक कौड़ी भी किसी के लिए छोड़ देगा। नदी में जाल तो सब मिल कर ही डालते हैं; पर जिसके हाथ जो मछली लगती है, उसका मूल्य वही हथिया लेता है। सत्यवती बाबा को इसलिए सौंप दी गयी, क्योंकि वह मछली नहीं थी; और उस बच्ची को हाट में बेच कर उसका कोई मूल्य प्राप्त नहीं किया जा सकता था...

जब राजा शान्तनु आये थे तो ग्राम में हल-चल मच गयी थी। सत्यवती को तो सारी बात उनके लौट जाने के बाद ही मालूम हुई थी। उनके लौट जाने के बाद बाबा ने कहा था, "बेटी! जब तू छोटी-सी थी, तब बहुत सोचा

करता था कि तेरे जनक को खोज कर तुझे उन्हें सौंप दूँ और बदले में अपने लिए थोड़ी सुख-सुविधा जुटा लूँ। पर तब वह हो नहीं सका। अब तू सयानी हो गयी है, और मुझे भी तुझसे अपनी सन्तान से बढ़ कर मोह है।...अब तो तू पराये घर जायेगी ही; पर बेटी के रूप में नहीं, पत्नी और पुत्रवधू के रूप में। बेटी को ससुराल के लिए विदा करते हुए, माँ-बाप अपनी सुख-सुविधा का ध्यान नहीं करते। उस समय तो वे बेटी का ही सुख देखते हैं।"

सत्यवती चुपचाप बाबा को देखती रह गयी थी।

"तू राजा के घर से विदा होती बेटी! तो किसी युवराज से ब्याही जाती और ससुराल में राजरानी बनती। तेरा पुत्र बड़ा हो कर राजा बनता।" बाबा ने कहा था, "पर तू इस असहाय दासराज के घर से विदा होगी, इसलिए तेरा स्वयंवर नहीं हो सकता। हम तो मछली बेचने-वाले हैं बेटी। अपनी ओर से तो प्रयत्न करेंगे ही कि मछली महँगी-से-महँगी बिके। पर बेचनी तो उसी भाव पड़ेगी, जिस भाव का ग्राहक मिलेगा। मछली का भाव वही होता है बेटी! जिस भाव उसे ग्राहक ख़रीद ले...।"

"मैं समझी नहीं बाबा!" सत्यवती ने कहा था।

"मेरी दृष्टि में तेरा मूल्य बहुत ऊँचा है सत्यवती!" बाबा ने कहा था, "मेरा वश चले तो सारे संसार में से सबसे सुन्दर और बलिष्ठ क्षत्रिय राजकुमार को मैं तेरा वर चुनूँ...पर वे लोग हमारी पहुँच से परे हैं बेटी!...भाग्य से आज राजा शान्तनु तेरा हाथ माँगने आये हैं...।"

सत्यवती ने दासराज की ओर देखा था, जैसे पूछ रही हो, 'कौन शान्तनु?'

"हस्तिनापुर के राजा! कुरुराज शान्तनु!"

सत्यवती की दृष्टि झुक गयी थी। इस विषय में क्या कहती बाबा से।

"उनका वय तुमसे बहुत अधिक है पुत्री! तुम्हारी तुलना में उनको वृद्ध ही कहा जायेगा...।"

सत्यवती कुछ नहीं बोली थी।

"मैं इस सौदे में से ही अधिक-से-अधिक कमाना चाह रहा हूँ बेटी!" बाबा ने कहा था, "मैंने उनसे कहा है कि यदि वे वचन दें कि उनके पश्चात तुम्हारा पुत्र हस्तिनापुर का राजा होगा, तो मैं तुम्हारा विवाह उनसे कर सकता हूँ।"

इस सारे सौदे में सत्यवती क्या कहती!

बाबा ही कहते गये थे, "वैसे तो झूठ बोलने में किसी का क्या ख़र्च होता है। राजा कह दें कि हाँ! सत्यवती का पुत्र ही उनके बाद राजा बनेगा; और

वह उसे राजा न बनायें, तो कोई क्या कर लेगा। सबसे बड़ी बात तो यह है बेटी!" दासराज का स्वर कुछ धीमा हो गया, "कि पुत्र तो राजा बनेगा, पिता के देहान्त के बाद! जब राजा, शान्तनु दिवंगत हो जायेंगे, तो उनसे कौन पूछने जायेगा कि उन्होंने अपने वचन को क्यों नहीं निभाया।...पर फिर भी यह राजा मुझे कुछ भला आदमी लगता है।"

"कैसे?" सत्यवती पूछे बिना नहीं रह सकी थी।

"उसने वचन नहीं दिया है। वह झूठा वचन नहीं देना चाहता, इसलिए चुपचाप लौट गया है।"

सत्यवती की समझ में यह गोरखधन्धा नहीं आ रहा था।

"शान्तनु का एक बेटा है देवव्रत!" बाबा ने बताया था, "वह युवक है और बलिष्ठ है। युद्ध प्रवीण और शूरवीर भी है। यदि राजा ने उसको युवराज-पद से वंचित किया, तो सम्भव है कि वह विद्रोह कर दे। और सत्या!" बाबा रुक कर जैसे कुछ सोचने लगे, "यदि राजा मान भी गये, तो भी उनके देहान्त के बाद तुम्हारा नन्हा बालक देवव्रत से लड़ कर अपना अधिकार ले पायेगा क्या?"

जिस देवव्रत से स्वयं राजा शान्तनु डर रह थे, उससे लड़ कर सत्यवती का पुत्र राज्य कैसे ले लेता।...राजा शान्तनु अपनी राजधानी लौट गये और दासराज सोचता ही रहा गया कि उसने अधिक के लोभ में कहीं कम को भी खो तो नहीं दिया।...

और तब स्वयं युवराज देवव्रत आये। उनसे बात कर जब बाबा ने सत्यवती को बताया कि पिता तो एक छोटा-सा वचन नहीं दे पाया था, पुत्र बड़े-बड़े दो वचन दे रहा है...सत्यवती को विश्वास नहीं हुआ था। पिता के दूसरे विवाह से देवव्रत को ऐसा कौन-सा लाभ होने जा रहा था, जिसके लिए देवव्रत ने आजीवन अविवाहित रहने की प्रतिज्ञा कर ली थी? यह प्रतिज्ञा पिता को प्रसन्न करने के लिए ही तो की थी न। पर, पिता को प्रसन्न करके क्या मिलेगा देवव्रत को—राज्य ही तो? पर वही राज्य ही तो त्यागने की प्रतिज्ञा कर ली है उन्होंने। केवल राज्य ही नहीं—स्त्री-सुख भी। क्यों की यह प्रतिज्ञा? इससे देवव्रत को कौन-सा सुख मिलेगा?...

बाबा ने कहा तो कुछ नहीं था, पर मन-ही-मन वे सशंक थे। सत्यवती को तो एकदम विश्वास नहीं हो रहा था।...पर कठिनाई तो यह थी कि वे यह भी नहीं मान पा रहे थे कि देवव्रत की प्रतिज्ञा झूठी है। यदि देवव्रत वह सब-कुछ नहीं करना चाहता था, जो कुछ वह कह रहा था, तो उसके लिए कहीं अधिक सरल था कि वह प्रतिज्ञा करता ही नहीं। झूठी प्रतिज्ञा को तोड़ कर कलंकित

होने से तो अप्रतिज्ञा अधिक सरल थी...

देवव्रत को समझ पाना न तो पिता के लिए सम्भव था, न पुत्री के लिए। विदा से पहले बाबा ने सत्यवती को इतना ही कहा था, "पुत्री! नींव मैंने डाल दी है, अब उस पर प्रासाद उठाने का काम तो यथासमय तुम्हें ही करना है। स्वयं अपने-आप पर भरोसा रखना और किसी पर भी पूरा विश्वास मत करना।" बाबा ने जैसे उसे अपने जीवन के अनुभव का सम्पूर्ण निचोड़ दिया था, "संसार में न सज्जनों का अभाव है, न दुष्टों का। कौन जाने देवव्रत से किस सुख के प्रलोभन ने ऐसे त्याग की प्रतिज्ञाएँ करवायी हैं।...बस तुम अपना अधिकार मत छोड़ना।"

पिता के अनुभव के सामने सत्यवती क्या कहती! उसे जीवन का अनुभव ही क्या था; और मनुष्य की परख ही कितनी थी। मनुष्यों से अधिक तो वह मछलियों को ही पहचानती थी...और मछलियों का तो नियम ही था...बड़ी मछली छोटी मछली को खा जाती है...पर मनुष्यों में? सत्यवती सोचती है तो उसे लगता है कि मनुष्यों के विषय में कोई एक सिद्धान्त नहीं बनाया जा सकता। मानव-समाज में भी अधिकांशतः मत्स्य-न्याय ही चल रहा है...अपने से छोटों को खा कर ही लोग बड़े बनते हैं शायद। ...अब शान्तनु भी तो देवव्रत को खा ही रहे हैं...पर मनुष्यों में बड़ी मछलियाँ, छोटी मछलियों की रक्षा करती भी देखी गयी हैं...जिसका जो अनुभव हो...

और सत्यवती को अपना अनुभव नहीं भूलता...

पहले तो अन्य निषाद कन्याओं के समान सत्यवती भी मछली व्यवसाय में ही लगा दी गयी थी! कभी-कभी मछलियाँ पकड़ने भी जाती थी, पर अधिकांशतः उसका काम पकड़ कर लायी गयी मछलियों को सँभालना ही था। वह मछलियों के इतने निकट रही थी, मछलियों के इतने बीच रही थी कि उसके वस्त्रों में ही नहीं, उसके अंगो में भी जैसे मछली की गन्ध समा गयी थी। और कोई कहता, सो कहता, उसे स्वयं अपने-आपसे ही गन्ध आने लगी थी—वह स्वयं अपने-आपको मत्स्य-गन्धा मानने लगी थी। तब बाबा ने मछलियों का काम उससे छुड़वा लिया था। उसे धर्मार्थ नाव पर भेज दिया था।

यमुना को पार करने के लिए दिन-भर यात्री लोग आया-जाया करते। निषादों की असंख्य नौकाएँ दिन-भर नदी में चलती ही रहती थीं। पर बाबा ने सत्यवती को यात्रियों की वैसी किसी नाव पर नियुक्त नहीं किया था, जो शुल्क ले कर यात्रियों को नदी पार कराती थीं। ऐसी किसी नाव पर अपनी असाधारण सुन्दरी, युवती पुत्री को नियुक्त करना दासराज को अच्छा नहीं लगा

था।...उन नौकाओं में भिन्न-भिन्न प्रकार के लोग आते थे। साधारण यात्रियों के साथ धनी व्यापारी भी आते थे। देश-विदेश घूमे हुए लोग आते थे। उनके पास धन का आकर्षण था, चतुराई-भरी बातों का माया-ज़ाल था...सत्यवती अभी नादान थी। जीवन तथा लोगों को अच्छी तरह समझती नहीं थी। ऐसे ही किसी प्रलोभन के भ्रमजाल में फँस जायेगी तो जाल में फँसी मछली का-सा कष्ट पायेगी...

दासराज ने अपनी प्रिय पुत्री को धर्मार्थ नौका पर नियुक्त किया था। ...यमुना के तट पर अनेक ऋषियों के आश्रम थे। तपस्वियों की तपोभूमियाँ थीं। साधु-संन्यासी, ॠषि-मुनि, सिद्ध-साधक आते-जाते ही रहते थे। उनसे नदी पार कराने का क्या शुल्क लेना। उनके पास शुल्क देने के लिए होता भी क्या था। वन के कन्दमूल-फल। उनसे अधिक तो स्वयं निषादों के पास ही बहुत कुछ था...उन तपस्वियों को धर्मार्थ नौका पर ही नदी पार करायी जाती थी। उसी धर्मार्थ नौका पर नियुक्ति की थी दासराज ने सत्यवती की। तपस्वी नारी-सौन्दर्य से उदासीन थे। धर्म का धर्म रहेगा और युवती सत्यवती पुरुष की दृष्टि से सुरक्षित भी रहेगी...

उसी नौका पर एक दिन ऋषि पराशर आये थे। जब आये थे तो बहुत आत्मलीन थे, जैसे किसी गहरी समस्या में डूबे हुए हों। अपने परिवेश से असम्पृक्त। जैसे ब्रह्माण्ड उनके पिण्ड से बाहर नहीं, उनके भीतर ही हो। नौका में बैठते हुए उन्होंने यह भी नहीं देखा कि नाव में कोई और है या नहीं, या नौका को चला कौन रहा है। उन्होंने यह भी नहीं पूछा कि नौका चलेगी भी या नहीं, और चलेगी तो कब चलेगी...

जब काफ़ी समय बीत गया, दूसरा कोई यात्री भी नहीं आया; और पराशर कुछ बोले भी नहीं तो सत्यवती को सब कुछ बड़ा अटपटा-सा लगने लगा। यमुना के एकान्त घाट पर लगी हुई नौका और उसमें बैठे हुए पराशर और सत्यवती! सत्यवती अपने नारीत्व अथवा यौवन के प्रति कभी इतनी सजग नहीं हुई थी।...

इस अटपटी अवस्था से मुक्त कैसे हो? दूसरा यात्री जाने कब आये? आये, न आये। आख़िर वह कब तक इस युवक तपस्वी के साथ, इस एकान्त स्थान में नौका पर बैठी रहेगी...ठीक है, तपस्वी उसे कुछ कह नहीं रहा। वह तो उसकी ओर देख भी नहीं रहा...पर सत्यवती का मन...उसका बोध...क्यों न सत्यवती उसे दूसरे किनारे पर छोड़ आये? दूसरे यात्रियों का होना क्यों आवश्यक है? यात्रियों की संख्या का तो कोई नियम नहीं है...

सत्यवती ने चप्पू सँभाल लिए।

नाव चली तो पराशर का ध्यान जैसे कुछ बँटा। उनकी उचटती हुई दृष्टि सत्यवती पर भी पड़ी और फिर जैसे फिसलती हुई आगे बढ़ कर यमुना के जल पर टिक गयी। दृष्टि टिकी तो जैसे उसे कुछ याद आया...उसके मार्ग में एक नारी-बदन आया था...तपस्वी की दृष्टि प्राकृतिक सौन्दर्य में लुब्ध न रह कर वापस नारी-सौन्दर्य पर लौट आयी। इस बार पराशर की जो दृष्टि सत्यवती की ओर लौटी थी, वह निर्वैयक्तिक नहीं थी, वह असावधान भी नहीं थी, वह मूक भी नहीं थी...वह एक पुरुष की दृष्टि थी, जो नारी के सौन्दर्य के भाव से दीप्त थी...दृष्टि आ कर सत्यवती की आँखों पर टिकी। सत्यवती की आँखें झुक गयीं। वह एकाग्र हो कर यमुना के जल को ताक रही थी, पर इस तथ्य के प्रति पूरी तरह सचेत थी कि युवक तपस्वी की दृष्टि ने अब संकोच छोड़ दिया है। वह ढीठ हो गयी है।...पराशर की दृष्टि सत्यवती की पलकों पर से जैसे फिसल कर गिरी और उसका आवरण क्षत हो गया। इस आवरण के भीतर सिमटे तरल पदार्थ को अब मर्यादित रखना कठिन था। वह सत्यवती के पूरे चेहरे पर फैल गया...वह सत्यवती की ग्रीवा से होता हुआ उसके कंधों पर थोड़ी देर टिका और फिर उसके सारे शरीर पर फैल गया। पराशर की दृष्टि जैसे देखती नहीं थी, छूती थी। वह जहाँ से हो कर बढ़ती थी, जैसे रोम-रोम को सहला जाती थी। सत्यवती का शरीर थर-थर काँप रहा था।...उसकी समझ में एकदम नहीं आ रहा था, कि उसका मन इतना घबरा क्यों रहा है। वह पहली बार नाव नहीं चला रही थी, न पहली बार कोई युवा पुरुष उसकी नाव में बैठा था। उसे किस बात की व्याकुलता थी? युवा तपस्वी की दृष्टि में प्रशंसा थी और वह प्रशंसा सत्यवती के शरीर को जितना पिघला रही थी, उसका मन उतना घबरा रहा था। वह लगातार अपने मन से पूछ रही थी कि यह सब क्या था?...पर मन था कि कोई उत्तर ही नहीं दे रहा था...

"तुम बहुत सुन्दर हो सुनयने!" तपस्वी पहली बार बोला।

"मेरा नाम सत्यवती है तपस्वी!" सत्यवती समझ नहीं पा रही थी कि तपस्वी उसका नाम बिना पूछे क्यों उसे अपनी इच्छा से 'सुनयने' कह रहा है।

"तुम बहुत ही सुन्दर हो सत्यवती!" इस बार तपस्वी निःस्संकोच बोला, "तुम्हारे नयन, तुम्हारे अधर, तुम्हारी ग्रीवा, तुम्हारी आकृति, तुम्हारा अंग-संचालन...ओह सत्यवती! तुम नहीं जानतीं कि तुमने मेरे मन को किस प्रकार मथ कर रख दिया है।"

सत्यवती लगातार अपने-आपसे पूछ रही थी कि वह इतना डर क्यों रही है?...अपने रूप की प्रशंसा सबको अच्छी लगती है, और फिर वह भी नारी... तपस्वी उसके रूप की प्रशंसा कर रहा था और वह इस प्रकार भयभीत हो रही

थी, जैस सामने कोई भयंकर संकट आ खड़ा हुआ हो।...उसके रूप की प्रशंसा करता तपस्वी कितना कमनीय लग रहा था और उसका मन जैसे मुष्टि प्रहार कर-कर के उसे कह रहा था, 'सत्यवती! सावधान। सावधान सत्यवती!'

सहसा सत्यवती सचेत हुई। उसके हाथ काँप रहे थे। उसके चप्पू सीधे नहीं पड़ रहे थे। नाव डोल रही हो, तो भी कोई आश्चर्य की बात नहीं।...वह अपने मार्ग से भटक गयी थी। यह यमुना का कोई और क्षेत्र था...एक छोटा-सा द्वीप निकट था...द्वीप में कमल-ही-कमल खिले हुए थे...सत्यवती को लगा, उसके मन में भी कमल-वन खिल आया है; किन्तु साथ ही उसके माथे पर पसीना भी उग आया था, जैसे कमल-दलों पर ओस की बूँदें आ टिकी हों...

तपस्वी अपने स्थान से उठ खड़ा हुआ, "संयम असम्भव हो गया है देवसुन्दरी! तुम अप्सरा होते हुए निषाद-कन्या का वेश बनाये क्यों बैठी हो।"

तपस्वी ने उसकी ओर पग बढ़ाया।

नाव डगमगा गयी। सत्यवती ने उसे द्वीप के साथ टिका दिया। उसके मुँह से जैसे अनायास ही निकल गया, "मैं निषाद-कन्या ही हूँ तपस्वी! मत्स्य-गन्धा हूँ मैं। मेरे शरीर से मत्स्य की गन्ध आती है।"

तपस्वी खुल कर हँस पड़ा और उसने जैसे स्वतःचालित ढंग से सत्यवती की बाँह पकड़ कर उसे उठाया, "मछलियों के बीच रह कर, मत्स्य-गन्धा हो गयी हो; पर हो तुम काम-ध्वज की मीन! मेरे साथ आओ। इस कमल-वन में विहार करो और तुम पद्म-गन्धा हो जाओगी।"

सत्यवती जैसे तपस्वी द्वारा सम्मोहित हो गयी थी। उसने अपनी बाँह छुड़ाने का प्रयत्न नहीं किया...पर उसका विवेक जैसे हाथ में कशा लिए लगातार उसे पीट रहा था, 'यह ठीक नहीं है सत्यवती! यह ठीक नहीं है। सँभल जा। तू जानती भी है, तेरे माता-पिता क्या कहेगे। तेरा समाज क्या कहेगा। तेरा यह शरीर, तेरा अपना नहीं है। इस पर तेरे समाज का अधिकार है। उससे पूछे बिना न तू इससे सुख उठा सकती है, न किसी को इससे सुख दे सकती है।'...पर शरीर था कि विवेक की बात पर कान ही नहीं धर रहा था। उसका रोम-रोम शिकायत कर रहा था कि तपस्वी ने उसकी बाँह ही क्यों थाम रखी है, वह उसके शरीर को क्यों नहीं थामता...क्रमशः शरीर के उद्घोष में विवेक का स्वर कहाँ डूब गया, उसे पता भी नहीं लगा...

दोनों द्वीप पर आये और बिना किसी योजना के अनायास ही एक-दूसरे की इच्छाओं को समझते चले गये। तपस्वी इस समय तनिक भी आत्मलीन नहीं था। उसका रोम-रोम सत्यवती की ओर उन्मुख ही नहीं था, लोलुप याचक के समान एकाग्र हुआ उसकी ओर निहार रहा था...सत्यवती को लग रहा था,

जैसे वह मत्स्य-गन्धा नहीं, मत्स्य-कन्या है। यह सरोवर ही उसका आवास है। चारों ओर खिले कमल उसके सहचर हैं।...वे दोनों दो तितलियों के समान आगे-पीछे उड़ रहे थे, जो कभी किसी फूल की पँखुड़ी पर जा बैठती हैं, कभी किसी अधखिली कली पर...

उन्हें पता ही नहीं चला कि वे कब, कहाँ और कितनी देर तैरे। कितनी देर फूलों में रहे। कितने कमल उन्होंने तोड़े। कितने कमलों से तपस्वी ने सत्यवती का शृंगार किया।...सत्यवती के केशों में कमल के फूल गुँथे थे, उसके गले में कमलों के हार झूम रहे थे, इतने कि उसका वक्ष कमलमय हो गया था। उसकी कलाइयों में कमल-वलय थे, उसकी कटि में कमल की करधनी थी, उसके पैरों में कमल की पैंजनियाँ थीं और वह स्वयं कमल-सरोवर बनी हुई तपस्वी की भुजाओं के कगारों में इठला रही थी। तपस्वी उसे बार-बार प्यार कर रहा था, "मेरी पद्म-गन्धा, मेरी पद्म-गन्धा... ।"

सत्यवती को लग रहा था, उसके रोम-रोम में जैसे कमल-गन्ध समा गयी है, उसके श्वास जैसे कमल-गन्ध से महक रहे हैं और उसके हृदय का ज्वार, सागर की किसी भी उत्ताल-लहर से कम ऊँचा नहीं था...

रथ रुक गया। आगे जाते हुए रथ पहले ही रुक चुके थे, पीछे आने वाले दल ने भी रुकने के संकेत में अपनी दाहिनी भुजाएँ उठा रखी थीं।

सत्यवती जैसे स्वप्न से जागी...वह यमुना के उस द्वीप के कमल सरोवर के तट पर नहीं थी, वह कुरुकुल का अंग बनने के लिए रथ में हस्तिनापुर जा रही थी...

उसने औचक ही चरणों में बैठी दासियों की ओर देखा, जैसे पूछना चाह रही हो– 'क्या हस्तिनापुर आ गया?' साथ ही लग रहा था कि उनके मुख से 'हाँ' निकलते ही, उसके शरीर से जैसे प्राण भी निकल जायेंगे...

"स्वामिनी! थोड़ा विश्राम कर लें!" सारथि ने बहुत आदरपूर्वक हाथ जोड़ कर कहा, "हस्तिनापुर पहुँचने में अभी प्रहर भर और लगेगा।"

सत्यवती कुछ समझ नहीं पा रही थी...आज तक वह एक निषाद-कन्या थी, जो यमुना में धर्मार्थ नाव चला कर यात्रियों को नदी पार कराती थी। लोग उसे आदेश देते थे : मीठा-कड़वा कुछ भी कह देते थे। ऐसा रथ, सारथि और रथी देखती तो भय से सत्यवती के प्राण सूख जाते थे...और आज यह सारथि, इनते विनीत भाव से उसे स्वामिनी कह रहा था और वह उसी सम्बोधन की मर्यादा में बँधी उससे यह भी पूछ नहीं पा रही थी कि उसे थोड़ा जल मिल सकेगा क्या?

वह कुछ कहती या कहने के लिए सोच पाती, उससे पहले ही उसे देवव्रत अपनी ओर आते दिखायी दिये।...इसी पुरुष को वह कितना देखना चाह रही थी। पर उसे अपनी ओर आते देख सत्यवती की आँखें ही नहीं उठ रही थीं : नहीं! यह नारी की लज्जा नहीं थी। उस लज्जा का अनुभव उसने केवल ऋषि पराशर के सम्मुख किया था। अन्य पुरुष जैसे उसके लिए पुरुष ही नहीं थे।... तो फिर क्यों नहीं देख पाती वह कौरवों के इस युवराज की ओर? उसके राज-वैभव का आतंक था या इस देव-पुरुष को सदा के लिए वंचित करने की अपराध भावना?

सेवकों ने एक घने वृक्ष की छाया में बैठने के लिए आसन लगा दिया। पीने के लिए जल और खाने के लिए कुछ फल रख दिये।

देवव्रत ने आ कर बहुत ही कोमल स्वर मे कहा, "माता! कुछ जलपान कर लें।"

सत्यवती ने अकबकाकर देवव्रत की ओर देखा। इस वय के युवक के मुख से अपने लिए 'माता' सम्बोधन की उसने कभी कल्पना भी नहीं की थी। सम्भवतः वय की दृष्टि से युवराज उससे बड़े थे...किन्तु सम्बन्ध...हाँ! सम्बन्ध की दृष्टि से सत्यवती, देवव्रत के पिता की पत्नी होने जा रही है...तो पुत्र ही तो होंगे देवव्रत...

सत्यवती कुछ बोली नहीं।...सम्बन्ध कुछ भी हो, किन्तु अभी तक भीतर से वह एक साधारण निषाद-कन्या ही थी, जिसने अपने जीवन में पाठशाला या गुरुकुल का कभी मुँह भी नहीं देखा था। घर में साधारण खाना पकाना सीखा था, बाहर निकली तो मछलियों और नौकाओं के विषय में ज्ञान प्राप्त किया...उसकी भाषा तो वैसी नहीं है, जैसी देवव्रत बोलते हैं, न ही उसका स्वर उतना शालीन हो पायेगा...वह चाहे भी, तो भी नहीं...फिर देवव्रत तो राजकुमार हैं, कुरु राज्य के युवराज! सत्यवती न उस राजसी वेशभूषा, राजसी व्यवहार, राजसी वैभव के आतंक को धो सकती है, न अपने मन को चुप करा सकती है।...उसके मन में जैसे कोई बूढ़ा सुग्गा जम कर बैठ गया था, जो देवव्रत का विचार आते ही अपना रटा हुआ वाक्य घोषणा के रूप में दुहराने लगता था, 'सत्यवती! तूने इसका सब कुछ चुरा लिया है।'...सच ही तो, देवव्रत अब युवराज कहाँ रहे? यह रथ, यह किरीट, ये आभूषण, ये राजसी ठाठ...यह सब तो अब सत्यवती की भावी सन्तान का है। यह तो देवव्रत तभी तक ढो रहे हैं, जब तक सत्यवती की सन्तान जन्म नहीं लेती...

वह रथ से उतरी। दासियों ने सहारा दिया। पर रथ से उतर आने पर भी सत्यवती के मन में यह भय बना ही रहा कि कहीं उसके पैर लड़खड़ा

न जायें।

सत्यवती आसन पर बैठ गयी तो देवव्रत अश्वारोहियों की ओर लौट गये। अब सत्यवती थी और दो दासियाँ। अपनी सामान्य स्थिति में सत्यवती को इन दासियों से तनिक भी भय नहीं लगता। वह बहुत सहजता से उनसे समानता का व्यवहार कर सकती थी। उनके गले में बाँहें डाल, उल्लास से नाच भी सकती थी; किन्तु जिस पद पर उसे ला बैठाया गया था—उसकी मर्यादा इसमें थी कि वह उनके साथ समानता का व्यवहार न करे। उनसे बड़ी बन कर दिखाये...स्वयं को ऊँचा और उन्हें नीचा माने ...और यह सब उसे आता नहीं था...

प्यास लग रही थी। क्या करे वह? सत्यवती ने पात्र उठा कर पानी पी लिया...यदि वह राज-परिवार की मर्यादा के उपयुक्त नहीं है, तो न सही। पानी तो उसे पीना ही है। प्यास तो राजाओं को भी लगती ही होगी और पानी तो वे भी अपने हाथ से उठा कर ही पीते होंगे। कोई बच्चे तो हैं नहीं कि दास-दासियाँ, माता-पिता के समान अपने हाथ में पात्र ले कर उन्हें पानी पिलाते होंगे...

पानी पी कर उसने पात्र चौकी पर रखा तो एक दासी ने अपने दोनों हाथों में फल उठा कर, अत्यन्त सम्मानपूर्वक उसकी ओर बढ़ाये।

सत्यवती ने एक फल उठा लिया। फल उसके लिए नया था। जाने क्या नाम था उसका। यमुना-तट के अपने परिचित वनों में से किसी वृक्ष पर उसने ऐसा फल नहीं देखा था। इन राज-परिवारों में फल भी जाने किन वृक्षों से आते हैं...

यात्रा पुनः आरम्भ हुई। जाने क्यों सत्यवती के कानों में देवव्रत का सम्बोधन 'माता' 'माता' बार-बार गूँजता ही चला गया...उसकी आँखों की पुतलियों से एक सद्यःजात बालक जैसे चिपक गया...नन्हा-सा बालक था—आँखें बड़ी-बड़ी, जैसे किसी मद में डूबी हुई हों। होंठ कोमल और सुन्दर आकार के थे, पर वह किसी गम्भीर वयस्क के समान उन्हें बन्द किये हुए था। साँवला रंग था।... नन्हे-से शिशु के समान न तो उसके चेहरे पर दिव्य मुस्कान थी और न वह किसी शारीरिक या मानसिक पीड़ा से रो रहा था...वह शान्त भी नहीं था...वह तो जैसे किसी गहन चिन्तन में डूबा हुआ था...

कमल सरोवर वाले यमुना के द्वीप से लौट कर सत्यवती घर आयी तो अम्मा ने हल्के से पूछा था, "क्या बात है सत्या! आज बहुत देर कर दी।"

सत्यवती क्या कहती...उसे तो ध्यान ही नहीं था कि वह कहाँ गयी, किस समय गयी, किस समय लौटी...उसे तो अपने चारों ओर कमल-वन खिले हुए दिखायी पड़ रहे थे और उसकी नासिका में जैसे कमल-गन्ध स्थायी रूप से जम गयी थी। उसे स्वयं अपने आपसे अब भी मत्स्य-गन्ध नहीं, कमल-गन्ध आ रही थी। वह पद्म-गन्धा थी।...और इसका ध्यान आते ही भय से जैसे अपने भीतर सिमट गयी...अम्मा ने भी यह पद्म-गन्ध सूँघ ली तो?...

"हाँ माँ! देर हो गयी।"

वह भीतर चली गयी। माँ भी अपने कामों में लग गयी। दो-एक बार किसी-न-किसी कारण से माँ ने पुकार कर उसे बाहर आने के लिए कहा भी, तो वह टाल गयी, "बहुत थक गयी हूँ माँ!"

माँ ने फिर नहीं पुकारा और सत्यवती अपने में डूबती चली गयी।

...आज जैसे सारा संसार ही बदल गया था उसके लिए। संसार इतना मादक है, यह उसने इससे पहले कभी नहीं जाना था। सुख मन में है, शरीर में है या बाहर संसार में है?...उसने कभी सोचा था यह! आज मन में जाने कैसा उल्लास था, शरीर का रोम-रोम पुलक से भर गया था। संसार के अनेक रहस्य अनायास ही उसके सामने खुल गये थे और जाने क्यों संसार और भी रहस्यपूर्ण हो गया था। भीतर जैसे एक चिनगारी-सी फूटी और 'अग्नि' को पाने की व्याकुलता में प्राण अधीर हो उठे थे...

किन्तु मादकता की इस घनी परत के नीचे कहीं बाबा का ध्यान भी सुगबुगा रहा था...यदि बाबा को इस बात की सूचना हो गयी तो? बाबा उसके इस सम्बन्ध को किस दृष्टि से देखेंगे?...प्रसन्न होंगे? दुःखी होंगे? या कुछ भी नहीं कहेंगे?...

प्रसन्न कैसे होंगे?...अपनी पुत्री के किसी पुरुष से विवाह-पूर्व सम्बन्धों को जान कर कोई पिता कभी प्रसन्न हुआ है कि बाबा होंगे। निषादों में तो आये दिन कोई-न-कोई ऐसा झगड़ा-टण्टा खड़ा होता ही रहता है...जब कभी किसी कन्या के इस प्रकार के सम्बन्ध का पता बाबा को लगा, बाबा ने बहुत निर्मम हो कर उसे दण्डित किया है। और अब अपनी ही पुत्री...

...और फिर एक निषाद-कन्या के एक निषाद-पुत्र से सम्बन्ध की बात कुछ भिन्न भी है। उनका तत्काल विवाह हो सकता है। उनके विवाह में न माता-पिता को विशेष आपत्ति होती है, और न निषाद समाज को।...किन्तु सत्यवती की बात और है...बाबा की दृढ़ धारणा है कि वह राज-कन्या है ...किसी क्षत्रिय राजा की पुत्री! उसका विवाह, बाबा निषाद समाज में नहीं करना चाहेंगे। वे उसके लिए किसी क्षत्रिय राजकुमार का स्वप्न देख रहे

हैं...पर वह तपस्वी निषाद नहीं है, तो क्षत्रिय राजकुमार भी नहीं है...बाबा किसी भी रूप में इस विवाह के लिए तैयार नहीं होंगे...जीवन की कोई सुख-सुविधा नहीं है, उस तपस्वी के पास। होने की कोई सम्भावना भी नहीं है।

उसके मन ने करवट बदली...बाबा को बताना बहुत आवश्यक है क्या?. ..कल भी वह अपनी नौका ले कर तपस्वी के पास चली जाये और लौट कर न आये तो?...वे, वहीं, उस द्वीप पर अपने लिए एक कुटिया बना सकते हैं। उनके खाने के लिए वन में बहुत फल हैं; पीने के लिए यमुना का जल है; क्रीड़ा के लिए वह कमल-सरोवर है...

उसका तन जैसे पुलक उठा।

पर कैसा हठी था मन। उसका सुख, मन से देखा ही नहीं जा रहा था। तत्काल मन ने एक दूसरी ही युक्ति सामने ला रखी...नाव खेना केवल सत्यवती को ही नहीं आता। सारे निषाद यही काम करते हैं। सत्यवती तो केवल यात्रियों को यमुना के आर-पार, लाने-ले जाने की ही अभ्यस्त है, निषाद युवक तो अपनी नौकाओं में बहुत दूर-दूर की यात्राएँ करते हैं। वह द्वीप उनकी पहुँच से बाहर नहीं है। सत्यवती और तपस्वी कितने दिन छिपे रह सकते हैं, उनकी आँखों से। वे सायास या संयोग से, किसी भी दिन उस द्वीप पर भी पहुँच सकते हैं।...नहीं। सत्यवती अपनी दुर्गति नहीं करवाना चाहती। वह अपने बाबा के मुख से अपने लिए वही दण्ड उच्चरित होते नहीं सुनना चाहती, जो ऐसी स्थिति में अन्य निषाद कन्याओं के लिए होता है...

प्रातः सत्यवती कुछ जल्दी ही तैयार हो गयी। वह जब बड़े उत्साह में गुनगुनाती घर से बाहर निकली तो अम्मा ने पीछे से टोका, "अरी इतनी मग्न हुई-सी कहाँ चली जा रही है, इतनी भोर को?"

सत्यवती चौंकी। बिना कुछ बताये ही अम्मा बहुत कुछ समझ रही हैं। वे जानती हैं कि वह मग्न है।...सत्यवती ने मन को चेताया, 'चौकस रहना। भोली नहीं हैं अम्मा हमारी। आकाश पर उड़ते पक्षी को पहचानने वाला धोखा खा भी जाये, पर अम्मा तो निषाद-पुत्री भी हैं और निषाद-पत्नी भी। निषाद-पुरुष तो केवल नाव चलाता है, या जाल फैलाता है। वह शरीर से बलिष्ठ हो सकता है, पर जल के भीतर की थाह तो निषाद-स्त्रियाँ ही पा सकती हैं। वे नाव में बैठी हुईं जल की ऊपरी थिरकन को देख कर बता सकती हैं कि उसके भीतर कौन-सी मछलियाँ हैं और कितनी संख्या में हैं। निषाद-पुरुष जाल फेंकने से पहल अपनी स्त्री की ओर अवश्य देखता है। संकेत मिलता है तो जाल उछाल देता है, नहीं तो जाल उसके हाथ में ही सिमटा रहता है।...जिनकी

आँखें, जल की अथाह गहराई में सब कुछ देख लेती हैं, उन निषाद-स्त्रियों की मुखिया—अम्मा—अपनी बेटी के चेहरे को देख यह नहीं भाँप पायेंगी कि उसके मन में क्या है? चेहरे से मन की दूरी ही कितनी है? और सत्यवती का मन उतना गहरा भी तो नहीं है, जितना कि यमुना का जल...अम्मा से कुछ छिपा कर रखना कठिन ही होगा...'

"अपनी नौका पर जा रही हूँ अम्मा!" सत्यवती ने सहज होने का प्रयत्न किया।

वह बाहर आ गयी थी और नहीं चाहती थी कि लौट कर अम्मा के सामने पड़े। ऐसा न हो कि अम्मा उसके चेहरे से कुछ और भी भाँप लें। "दो-चार फेरे अधिक लगा लेगी तो कौन बदले में राज्य पा जायेगी।" अम्मा ने पीछे से कहा, "धर्मार्थ नौका पर इतनी भोर जाने का कोई धर्म नहीं है। वहाँ कौन बैठा तेरी बाट जोह रहा है।"

"जाने कोई दुखिया रात से ही अटका हो कि भोर हो तो उस पार जाये।"

सत्यवती स्वयं हैरान थी कि वह क्या कह गयी।

पर अम्मा इस सरलता से मानने-वाली थीं क्या, "पथिक है या चकवा।" वे बोलीं, "कि रात-भर चकवी से विलग हो रोता रहा हो।"

सत्यवती का मन कह रहा था, 'वह चकवा ही है अम्मा! रात-भर बापुरे की आँख नहीं लगी होगी।'...पर उसके विवेक ने जैसे जिह्वा को-सी दिया, 'चुप रह दुष्ट! तू तो सत्यानाश करा कर रहेगी।'

सत्यवती कुछ नहीं बोली, तो अम्मा ही बोली, "तेरे यात्री तो तापस-तपस्वी होते हैं। वे प्रातः अपनी पूजा-उपासना में लगे होंगे। इस ब्रह्म मुहूर्त में नदी पार करने को उत्सुक तो कोई तपोभ्रष्ट योगी ही होगा।"

सत्यवती का मन नाच-नाच कर कह रहा था, 'अम्मा! जाने वह कैसा योगी है, पर मैं उसी की जोगन हूँ। तू मुझे रोक कर अपने तप से भ्रष्ट मत कर।'

पर सत्यवती को रुकना पड़ा। न रुकती और अम्मा हठ पकड़ जातीं तो संकट और भी बढ़ जाता।...पर यह रुकना कितना तड़पा गया था सत्यवती को। जितनी देर घर में रही, जाल में फँसी मछली के समान तड़पती रही।... घर से जब चली तो ऐसे चली, जैस धनुष से बाण छूटा हो।...एक बार मन में आया भी कि वह तो ऐसे भागी जा रही है, जैसे सचमुच तपस्वी सारी रात वहीं बैठा रहा हो। जाने वह कहाँ होगा...जाने उसका स्थान कहाँ है। कहीं है भी या रमता जोगी...

पर उसने अपनी आशंकाओं को हठपूर्वक झटक दिया और जैसे उनसे खेल-सा करती हुई बोली, 'हाँ! हाँ! मेरे तपस्वी का स्थान यमुना के तट पर मेरी नौका के पास है। वह तपस्या कर रहा होगा, मेरे दर्शनों के लिए।...'

पर उसका परिहास चल नहीं पाया। जाने अचानक क्या हुआ...हृदय धक-सा रह गया...वह तपस्वी है...ऋषि पराशर। तपस्वी को कोई मोह-ममता नहीं होती। किसी भी क्षण मन में समा गया कि यह सब मोह-माया है, तो सारे बन्धन तोड़ कर चल देगा योगी।...संसार के सारे सुख-वैभव को ठुकरा कर तपस्या करने वाले तपस्वी को सत्यवती का रूप बाँध लेगा क्या? उसका तपस्वी साधारण संन्यासी नहीं है कि गृहस्थी से परेशान हो कर, केश बढ़ा, आँखें मूँद कर बैठ गया हो...वह ऋषि पराशर है, वसिष्ठ का पौत्र, शक्ति का पुत्र, जिसकी राज-परिवारों मे भी मान्यता है। ये आर्य राजा कितना सम्मान करते हैं ऋषियों का। एक बार किसी राजकुमारी को भी माँग लें, तो राजा के मुख से 'ना' नहीं निकलेगा...

आशा-निराशा के बीच ऊच-चूब करती सत्यवती, यमुना-तट पर अपनी नौका के पास पहुँची थी और देख कर अवाक खड़ी रह गयी थी : तपस्वी उसकी नौका में समाधि लगाये बैठा था।

सत्यवती का मन हुआ, दौड़ कर जाये और अपने तापस के गले में बाँहें डाल दे...पर आस-पास अनेक निषाद स्त्री-पुरुष थे। वैसे भी सत्यवती का मन तो बौराया हुआ था। उसकी मान कर चलती तो सब मटियामेट हो जाता।

उसने बहुत धीरे से नाव में पैर रखा ताकि न नाव डोले, न तपस्वी का ध्यान भंग हो। बिना शब्द किये, उसने चप्पू उठा लिए और नाव को खिसकाया। नाव डोली तो तपस्वी ने आँखें खोल दीं और उसके अधरों पर एक अलौकिक मुस्कान आ विराजी...

"बड़े कच्चे साधक हो।" सत्यवती वक्रता से मुस्कुरायी, "इतनी-सी बात से समाधि भंग हो गयी।"

"तपस्या के वरदान-सी तुम आयीं तो समाधि का सुख चाहिए किसको?" वह मुस्कुराया।

"यह क्यों नहीं कहते कि बगुले के समान आँखें मूँदने का नाटक कर, मछली के आने की राह देख रहे थे। मछली दिखी तो उचक ली। अब ध्यान कर करना ही क्या है।" जाने कौन-सी ऊर्जा उसे इतना वाचाल बना रही थी।

तपस्वी हँसा। उसके श्यामल चेहरे पर उसके उजले दाँतों की पंक्ति सत्यवती के मन में मेघों भरे आकाश में उड़ती बगुलों की पाँत का बिम्ब जगा

गयी।

"तपस्वी! तुम्हें मेरी बात बुरी तो नहीं लगी?"

"बुरी क्यों लगेगी?"

"समाज में तुम्हारी प्रतिष्ठा है और मैं...।"

"तुम कवयित्री हो पद्मगंधा! तुम्हारे मुख से प्रकृति का संगीत झरता है।" तपस्वी ने उसे मुग्ध दृष्टि से देखा, "तुम अपना महत्त्व नहीं जानतीं। कैसे जानोगी! तुम्हारे पास अपनी दृष्टि है, मेरी नहीं। मैंने आज तक केवल अपनी माँ का सौन्दर्य ही देखा था और उसी पर मुग्ध था...!"

"तुम्हारी माँ बहुत सुन्दर है?" सत्यवती ने उसे टोक दिया, "कहाँ रहती हैं तुम्हारी अम्मा?"

"मेरी माँ तो सब जगह रहती हैं।"

"सब जगह?"

"हाँ! सब जगह! मैं तो माता प्रकृति की बात कर रहा हूँ।" तपस्वी की आँखों का मुग्ध भाव क्रमशः उसके चेहरे पर संचित होता जा रहा था, "मैंने आज तक प्रकृति से सुन्दर कुछ भी नहीं देखा था। पर कल तुम्हें देखा, तो लगा, प्रकृति का सारा सौन्दर्य तुममें केन्द्रीभूत हो गया है। पद्मगंधे! तभी मेरी समझ में आया कि माँ की आवश्यकता पुरुष को तभी तक होती है, जब तक वह अबोध होता है। बोध होने पर उसे माँ की नहीं, प्रिया की आवश्यकता होती है, जिससे वह अपने वयस्क प्रेम की प्रतिध्वनि पा सके..."

"तपस्वी! तुम्हारी बात मेरी समझ में नहीं आ रही।"

"शब्दों का अर्थ समझना आवश्यक नहीं प्रिये! मेरे मन का अर्थ तुम समझ रही हो।" तपस्वी मुस्कुराया, "वयस्क होने पर पुरुष समझता है कि माँ प्रकृति का सारा सौन्दर्य नारी में संचित होता है; और नारी-सौन्दर्य का केन्द्रीयभूत स्वरूप तुम हो पद्मगंधे!"

सचमुच सत्यवती उसके शब्द नहीं समझ रही थी, पर उसके मन को समझ रही थी। उसके लिए इतना ही पर्याप्त था कि तपस्वी उसकी प्रशंसा कर रहा था। शब्द न भी समझे तो क्या। जब यज्ञ होता है और ऋषि लोग ऋचाओं का गायन करते हैं तो भी सत्यवती को शब्द समझ में नहीं आते, पर सत्यवती समझती है कि वे ईश्वर की उपासना कर रहे हैं।

नौका फिर उसी द्वीप में आ लगी थी। तपस्वी ने उसका हाथ पकड़ कर उसे नौका से उतारा।...पर आज सत्यवती का मन उल्लसित होते हुए भी आशंकित था। वह सरोवरों में कमल-दलों के बीच, तपस्वी के साथ मत्स्य-कन्या के समान तैरना नहीं चाहती थी...वह उद्यानों में दो तितलियों के

समान पुष्प-पराग का पान करते हुए उड़ना नहीं चाहती थी...वह आज एकान्त वृक्ष की छाया में तपस्वी के पास बैठ कर शान्ति से कुछ गम्भीर बातें करना चाहती थी...जाने एक ही दिन में वह इतनी प्रौढ़ कैसे हो गयी थी...

"तपस्वी! तुम्हें यह तो नहीं लगता कि मैं तुम्हारी तपस्या के मार्ग में विघ्न बन कर आयी हूँ?" वह अत्यन्त गम्भीर थी।

तपस्वी ने दोनों हाथों से उसके कंधे थाम लिए, "पद्मगंधे! तुम मेरी तपस्या की बाधा नहीं, तपस्या की परिणति हो...।"

सत्यवती नहीं समझ पायी कि वह उसकी प्रशंसा कर रहा है या नहीं।

"आज तुम कुछ न भी कहो," वह बोली, "पर कल तुम्हें लगने लगे कि मेरे कारण तुम तपोभ्रष्ट हो गये हो। तुम्हें मुझसे वितृष्णा हो जाये तो मैं कहीं की नहीं रहूँगी...बाबा मुझे ऋषि विश्वामित्र की कहानी सुनाया करते थे। ऋषि मेनका के साथ तो विहार करते रहे, पर जब शकुन्तला गोद में आ गयी तो उसे फेंक, वन में तपस्या करने चल दिये।"

तपस्वी मुस्कुराया, "चिन्ता मत करो प्रिये! प्रत्येक तपस्वी विश्वामित्र नहीं होता। तुमने हमारे उन महान तपस्वियों के विषय में नहीं सुना, जो गृहस्थ हैं। अपनी पत्नी और सन्तान के साथ रह कर साधना करते हैं।..." तपस्वी ने सत्यवती को अपनी बाँहों में ले लिया, "और विश्वामित्र ने मेनका को नहीं छोड़ा था। मेनका ने ही विश्वामित्र को छोड़ दिया था। वह किसी की पत्नी नहीं हो सकती थी। वह तो इन्द्र के दरबार की अप्सरा थी। ऋषि की तपस्या भंग करने आयी थी। अपना लक्ष्य पूरी कर इन्द्रलोक लौट गयी।...क्या तुम भी मुझे छोड़ कर चली जाओगी?"

सत्ययवती क्या कहती! वह स्वयं नहीं जानती थी कि उसके भाग्य में क्या है। वह अम्मा और बाबा पर इतनी आश्रित थी कि स्वयं स्वतन्त्र रूप से कोई निर्णय करने की बात वह सोच ही नहीं सकती थी। बाबा इस विवाह के लिए तैयार होंगे क्या?...

और तपस्वी अपनी मौज में कहता जा रहा था, "हम हिमालय की तलहटी में किसी ऐसे स्थान पर एक कुटिया बनायेंगे, जहाँ पास ही कोई स्वच्छ नदी बहती हो। हो सकता है कि मैं एकान्त साधना न कर कोई आश्रम स्थापित करूँ। शिष्यों की कोई कमी नहीं होगी। मैं शिष्यों को पढ़ाऊँगा। साधना कर अपना आध्यात्मिक अनुभव बढ़ाऊँगा और तुम गृहस्थी के छोटे-बड़े काम सँभालना। शेष समय में तुम भी अध्ययन करना। तुम्हारी बुद्धि तीक्ष्ण है। अधिक समय नहीं लगेगा। बहुत जल्दी विदुषी हो जाओगी। मैं तुम्हारे आनन से पढ़ सकता हूँ, तुम असाधारण महत्त्व की नारी हो। नौका खेने के लिए

भगवान ने तुम्हें यह रूप नहीं दिया है...।"

सत्यवती के मन की आशंकाएँ अट्टहास कर हँस उठीं। सत्यवती का मन हुआ, चीत्कार कर कहे, "तपस्वी! ऐसे स्वप्न न दिखाओ, जिनके टूटने से हृदय से लहू टपकने लगे।"

एक ओर तपस्वी था, दूसरी ओर बाबा। जाने वे क्या कहें। यदि वे न माने तो? सत्यवती के पास तो कोई विकल्प नहीं है। शायद तपस्वी के पास हो।

"और यदि बाबा हमारे विवाह के लिए न माने तो?" अन्ततः उसके मुख से निकल ही गया।

"तो हम गान्धर्व विवाह कर लेंगे।" तपस्वी तनिक भी विचलित नहीं हुआ।

"वह क्या होता है।" सत्यवती ने पूछा।

"जब वर और कन्या माँ प्रकृति को साक्षी मान किसी वृक्ष के चारों ओर सप्तपदी...।"

"नहीं! मुझे शकुन्तला और दुष्यन्त वाला विवाह नहीं करना है।" सत्यवती अनायास ही कह गयी, "मेरे बाबा कण्व ऋषि नहीं हैं। वे मुझे क्षमा नहीं करेंगे। और फिर तुम दुष्यन्त के समान मुझे छोड़ गये तो मैं कहाँ-कहाँ प्रमाणित करती रहूँगी कि मैं तुम्हारी पत्नी हूँ।"

तपस्वी ने शान्त दृष्टि से उसे देखा, "तुम क्या चाहती हो पद्‌मगंधे?"

"अपने बाबा का आशीर्वाद!"

"और यदि वह न मिला तो?"

"तो...तो...।" सत्यवती कुछ कह नहीं पायी।

"प्रिये!" तपस्वी का स्वर और भी मधुर हो गया, "वयस्क हो जाने पर जैसे पुरुष को माता की नहीं, पत्नी की आवश्यकता होती है।"

"मैं जानती हूँ तपस्वी!" सत्यवती बोली, "किन्तु बाबा से पूछे बिना नहीं।"

तपस्वी कुछ देर मौन रहा, जैसे किसी द्वन्द्व में उलझ गया हो। फिर धीरे-से बोला, "तो कमलनयने! अपने बाबा से पूछ लो कि वे कन्यादान करेंगे या नहीं। या कहो तो मैं उनसे तुम्हारी याचना करूँ?..."

"नहीं!" सत्यवती बोली, "मैं ही पूछूँगी।"

तपस्वी मौन रहा। कुछ नहीं बोला, उसकी आँखों से झरते अनुराग के सोते सूख गये थे। वहाँ चिन्ता की कँटीली झाड़ियाँ उग आयी थीं।

"मैं चलूँ?" सत्यवती ने पूछा।

"जाओ।" तपस्वी के स्वर में हल्की-सी थरथराहट थी, "मैंने इसी द्वीप का बन्दी होने का निर्णय किया है। मैं यहीं तुम्हारी प्रतीक्षा करूँगा। यहाँ अपनी कुटिया बनाऊँगा। यदि तुम्हारे बाबा ने मेरे साथ विवाह की स्वीकृति दे दी तो यहाँ हमारी गृहस्थी बसेगी; अन्यथा यह मेरी साधना-भूमि हो जायेगी।"

सत्यवती ने कुछ नहीं कहा। उसका मन रोने-रोने को हो रहा था। तपस्वी के मुख की ओर देखने का उसका साहस नहीं हो रहा था।...वह जानती थी, यदि अब भी तपस्वी उसे थाम लेता और कहता, 'सत्यवती! तुम मेरी हो।' तो शायद सत्यवती घर भी न लौट पाती। किन्तु उसका विवेक उसे लगातार चौकस कर रहा था, 'सत्यवती! उठ! चल! इससे पहले कि तपस्वी फूट पड़े, तू चल पड़। नहीं तो बहुत देर हो जायेगी।...'

सत्यवती का ध्यान सहसा बहिर्मुखी हुआ।

रथ के आगे-आगे चलनेवाला दल धीमा हो गया था और हस्तिनापुर का नगर-द्वार दिखायी पड़ रहा था।

'लगता है कि हस्तिनापुर आ गया।...' जानते-बूझते हुए भी सत्यवती ने अपने मन को विश्वास दिलाने का प्रयत्न किया।

सत्यवती का मन जैसे अपने सारे विस्तार को अतीत में से समेट रहा था। इस समय वर्तमान बहुत महत्त्वपूर्ण था। दासराज का अपनी पोष्य पुत्री को क्षत्रिय राजा से ब्याहने का स्वप्न पूरा होने जा रहा था।...किन्तु सत्यवती ने तो इस प्रकार का कोई स्वप्न नहीं देखा था। उसके लिए तो वर्तमान का प्रत्येक क्षण एक चुनौती था। प्रत्येक निमिष उसकी परीक्षा ले रहा था। जाने कैसी-कैसी अपेक्षाएँ थीं उससे। जाने कुरुकुल की रानी बन कर उसे क्या-क्या करना था...आश्वासन था तो यही था कि राजा शान्तनु उसे देख चुके थे, उसे पसन्द कर चुके थे और याचना उनकी ओर से ही हुई थी। देवव्रत एक बहुत बड़ा मूल्य दे कर उसे लाये थे।...इस राजकुल में सहज ही उसकी अवहेलना नहीं हो सकती थी। उसका अपमान ही करना होता तो उसे इस प्रकार याचना करके क्यों माँगा जाता।...पर फिर भी उसे दास-दासियों और कर्मचारियों के उपहास का पात्र नहीं बनना था...

रथ रुक गया।

देवव्रत का अश्व आगे बढ़ा। द्वार के सैनिकों ने झुक कर उन्हें प्रणाम किया और युवराज देवव्रत की जय-जयकार के साथ द्वार खुल गया। साथ आये सैनिक सिमट कर एक टुकड़ी के रूप में सत्यवती के रथ के पीछे खड़े हो गये।

नगर के भीतर से सजी-धजी राजकन्याओं का एक दल प्रकट हुआ। उन्होंने युवराज की आरती उतारी और उनको तिलक लगाया। आगे आ कर उन्होंने उत्सुक नेत्रों से सत्यवती को भी देखा। उसका भी स्वागत कर, उस पर पुष्प-वर्षा कर वे लौट गयीं।

देवव्रत ने आगे-आगे नगर में प्रवेश किया। उनके पीछे-पीछे सत्यवती का रथ था। मार्ग के दोनों ओर उत्सव के माँगलिक वेश में सज्जित सैनिक खड़े युवराज की जय के गगन-भेदी उद्घोष कर रहे थे। दोनों ओर के भवनों की अटारियों पर स्त्रियाँ सोलहों शृंगार किये खड़ीं अपनी उल्लसित हँसी के साथ-साथ फूलों की पँखुड़ियाँ बिखेर रही थीं...

सत्यवती ने ऐसा वैभवशाली नगर पहले नहीं देखा था...और यह तो नगर का वैभव था। राजा का वैभव कैसा होगा...

और तभी सत्यवती ने अपने मन को पहचाना...वह शायद देवव्रत के वैभव, सत्ता और लोकप्रियता से आतंकित हो उठा था।...ऐसा लग रहा था, जैसे यह सब कुछ देवव्रत का ही था। सैनिक अपने युवराज को देख कर कितने प्रसन्न थे। लोगों के मन में कितना स्नेह था उसके लिए।...जब लोगों को पता चलेगा कि सत्यवती के बाबा ने सत्यवती सौंप कर देवव्रत से उसके सारे अधिकार छीन लिए हैं, तो उनके मन में सत्यवती के लिए कैसा भाव जागेगा? सत्यवती हस्तिनापुर की महारानी बनने आयी है...शायद इतने में भी किसी को आपत्ति न होती। महारानी बन कर, सत्यवती देवव्रत का कुछ नहीं छीन रही थी; किन्तु सत्यवती की सन्तान तो देवव्रत से उसका युवराजत्व भी छीन लेगी। यह राज्य देवव्रत का नहीं रहेगा, यह नगर देवव्रत का नहीं रहेगा...तो यह प्रजा सत्यवती और उसकी सन्तान के विरुद्ध खड़ी नहीं हो जायेगी?...बाबा ने कहा था, वह सत्यवती को, देवव्रत जैसे समर्थ व्यक्ति को वंचित करने के लिए भेज रहे हैं...

और यदि देवव्रत अपने अधिकारों के लिए अड़ जाये? उससे उसके अधिकारों को कौन छीन सकता है?...सत्यवती की दृष्टि देवव्रत की पीठ पर टिक गयी।...यह वीर मूर्ति...उनका धनुष...उसका खड्ग...सत्यवती का मन अपनी असहायता पर रोने-रोने को हो आया...

रथ राजभवन के द्वार पर आ कर रुक गया। दासियाँ रथ से नीचे उतर आयीं। प्रासाद से निकल-निकल कर दास-दासियों की एक पूरी सेना उनके स्वागत के लिए खड़ी हो गयी।

देवव्रत ने आ कर हाथ जोड़ कर निवेदन किया, "माता! पधारें! यह आपका प्रासाद है। आप विश्राम करें।"

अत्यन्त सुन्दरी दासियों ने आगे बढ़ कर हाथ जोड़े, "देवी! पधारें।"

सत्यवती रथ से उतर आयी। दासियाँ मार्ग दिखाती रहीं और वह चुपचाप आगे बढ़ती गयी।...

सब कुछ युवराज देवव्रत पर ही निर्भर है—सत्यवती का मन कह रहा था—वही उसका सबसे बड़ा सहायक हो सकता है और वही सबसे बड़ा विरोधी...पर बाबा ने उसे इसलिए कुरुकुल के राजप्रासाद में नहीं भेजा था कि वह देवव्रत को अपना विरोधी बना कर, प्रत्येक अधिकार और सुख-सुविधा से वंचित हो जाये...

सन्ध्या समय सत्यवती को एकदम अनमनी देख कर बाबा ने पूछा था, "क्या बात है सत्या! इतनी उदास क्यों हो?"

"कुछ नहीं बाबा! यूँ ही सोच रही थी।"

"ओह-हो! अब हमारी बिटिया सोचने भी लगी है।" बाबा हँसे थे, "क्या सोच रही हो सत्या?"

"यमुना-तट पर इतने तपस्वी रहते हैं। वे लोगा अपना सब कुछ छोड़ कर अपने-आपको तपा रहे हैं। और दूसरी ओर हम लोग हैं, जो दिन भर—सूर्योदय से सूर्यास्त तक नौका चलाना, यमुना में जाल डालना, मछली पकड़ना, उसे सँभालना और फिर हाट में जा कर बेचना...हम एक दूसरे प्रकार से अपने-आपको तपा रहे हैं..."

बाबा ने चकित हो कर उसे देखा, "तो सचमुच सत्या बड़ी हो गयी है। वह तो बड़ी-बड़ी बातें सोचने लगी है।...पर तू यह सब क्यों सोचती है सत्या?"

मुस्कुराने के लिए सत्यवती को प्रयत्न करना पड़ा, "बाबा! जान-बूझ कर नहीं सोचती। जैसे किसी भी हलचल से नदी में लहरें उठती हैं, वैसे ही किसी भी दृश्य या ध्वनि से मेरे मन में विचार उठते हैं। सोचती हूँ...कौन अधिक सुखी है—दिन-भर मरते-खपते हमारे केवट-मछुए या सबकुछ त्याग, वनों में जा बैठे ये तापस-सन्यासी।"

बाबा स्पष्ट रूप से चिन्तित हो उठे थे, "बेटी! न मैं बहुत बुद्धिमान हूँ, न विद्वान और न चिन्तक! मैंने तो जो सीखा है, अपने जीवन से सीखा है। तुमने अपनी तुलना संन्यासियों से की है; किन्तु मैंने आज तक अपनी तुलना राजाओं और राज-परिवारों से की है।" बाबा ने स्नेह-भरी एक दृष्टि सत्यवती पर डाली, "सुखी तो केवल राज-परिवार है। उसके पास सबकुछ है : धन-सम्पत्ति, अधिकार-सेवक, सैनिक-शस्त्र...सबकुछ! हम, वह सब प्राप्त करने का प्रयत्न कर

रहे हैं। तपस्वी तो वे लोग हैं बेटी! जो उपलब्धियों से निराश हो चुके हैं। उन्होंने सुख-सुविधाएँ प्राप्त करने का प्रयत्न ही छोड़ दिया है। उन्होंने शस्त्र डाल दिये है; संघर्ष त्याग दिया है; महासमर से मुख मोड़ लिया है। वे लोग जीवन से हार चुके हैं पुत्री!"

पर सत्यवती को तो अपना तपस्वी कभी भी हारा हुआ, उदास, परेशान, हताश नहीं लगा था।...जब पहली बार उसकी नाव में आ कर बैठा था तो बड़ा आत्मलीन-सा था। कितना शान्त और आश्वस्त। उसके पश्चात जब वह सत्यवती पर मुग्ध हुआ तो उसके नयनों का उल्लास तो कोई सीमा ही नहीं जानता था। उसे सत्यवती हताश और निराश कैसे मान ले। निराश तो वह तब हुआ था, जब सत्यवती ने कहा था कि शायद बाबा विवाह के लिए न मानें...

"बाबा!"

बाबा ने उसकी ओर देखा, "क्या बात है बेटी?"

"कहीं ऐसा तो नहीं कि हम उसके पीछे पड़े हैं, जो हमें नहीं मिल सकता और इसलिए हम सुखी नहीं हैं..."

बाबा हँस पड़े, "और तपस्वी इस सत्य को जान गये हैं कि हमें सुख नहीं मिल सकता, इसलिए उनके पास धन का सुख चाहे न हो, सन्तोष का सुख तो है...।"

"हाँ बाबा!"

बाबा गम्भीर हो गये, "तू जब नौका चलाती है तो तेरे शरीर को श्रम करना पड़ता है न?"

"हाँ बाबा!"

"तू उसे सुख मानती है या दुख?"

"वह तो मेरा सहज धर्म है बाबा! न सुख, न दुख!"

"उस समय तेरी नाव किसी नौका के आगे होती है, किसी के पीछे।"

"हाँ बाबा!"

"पर फिर भी आगे-पीछे किसी समय तू नदी पार कर ही जायेगी।"

"हाँ।"

"और यदि तू नाव चलाये ही नहीं। इसी किनारे बैठी रहे तो तू सुखी होगी या दुखी?"

"दुखी होऊंगी बाबा!"

"क्यों बेटी?"

"क्योंकि एक तो मेरा शरीर अपना श्रम-धर्म नहीं निभायेगा तो आलसी हो कर जुड़ता जायेगा और दूसरे मैं कभी नदी पार नहीं कर पाऊँगी।"

"ठीक है बेटी! बाबा बोले, "राजा लोग वे हैं, जो नदी के पार पहुँच गये हैं। हम वे लोग हैं, जो आगे-पीछे अपनी नौकाएँ चला रहे हैं। तपस्वी वे हैं, जो नदी के इस ओर, यह मान कर बैठ गये हैं कि हम नदी के पार पहुँच ही नहीं सकते।"

सत्यवती कई क्षणों तक चुपचाप बाबा को देखती रही, फिर जैसे साहस जुटा कर बोली, "एक बात पूछूँ बाबा!"

"पूछ बेटी!"

"आप बुरा तो नहीं मानेंगे?"

"तू इतनी बुरी बात पूछने वाली है क्या?"

"नहीं! पर आप कहीं यह न मान लें कि मैं अशिष्ट हो गयी हूँ। बड़ो के साथ विवाद करती हूँ।"

"नहीं बेटी! तू पूछ। क्या पूछती है।"

"बाबा! नौकाओं की दौड़ में चाहे कोई जीते या हारे; प्रत्येक नाविक हाँफ जाता है। पर किनारे पर खड़ा दर्शक किसी की भी जीत-हार में नहीं है, इसलिए प्रत्येक स्थिति में प्रसन्न है। सांसारिक जीव क्या नौका-दौड़ का प्रतिस्पर्धी और तपस्वी किनारे पर खड़ा दर्शक नहीं है?"

"साधारण गृहस्थ दौड़ का प्रतिस्पर्धी नहीं होता बेटी। वह तो चल रहा होता है। वह केवल अपना धर्म निभा रहा है, इसलिए दुखी नहीं है।" बाबा ने कहा, "मैं अपना धर्म निभा रहा हूँ। तू अपना निभा! निश्चित रूप से तू राज-कन्या है सत्यवती। तू किसी राजा को ही प्राप्त करेगी। मैं पहुँचूँ-न-पहुँचूँ–तू नदी के पार पहुँचेगी; तू राज-वधू होगी पुत्री! यदि किसी सन्यासी को ही सौंपना होता, तो मैं कब से तेरा कन्यादान कर चुका होता बेटी!"

"मैं अपनी बात नहीं कह रही बाबा!" सत्यवती ने कुछ अतिरिक्त प्रयत्न के साथ कहा।

"तू अपनी बात नहीं कह रही, पर मैं तेरी बात कह रहा हूँ।" बाबा मुस्कुराये, "तू राज-कन्या है। तेरा धर्म त्याग में नहीं, ग्रहण में है। मछली पानी में ही जीवित रहती है सत्यवती! हवा में आते ही उसके प्राण निकल जाते हैं–हवा कितनी भी सुखद क्यों न हो। तू त्यागमय जीवन में जीवित नहीं रह पायेगी।" बाबा उठ कर बाहर जाने को तैयार हुए, पर द्वार के बाहर जाते-जाते वे फिर लौट आये, "और तू इतना सोचा मत कर बेटी! अभी सोचने का वय नहीं है तेरा! सोचने का काम तू मुझ पर और अपनी अम्मा पर छोड़ दे।..."

बाबा चले गये और सत्यवती सोचती ही रह गयी; क्या बाबा उसके विषय

में सब कुछ जानते हैं? यदि जानते हैं तो इतने शान्त कैसे हैं? और नहीं जानते तो इतना सटीक कैसे बोल गये, जैसे सारी बात उसी के विवाह को ले कर चल रही हो...

बाबा कहते हैं कि वह राज-कन्या है—वह उसका विवाह किसी राजकुमार से ही करेंगे...तब कैसा होगा जीवन सत्यवती का?...दास-दासियाँ, हाथी-घोड़े, रहने के लिए प्रासाद...यात्रा के लिए रथ और साथ चलने के लिए अंग-रक्षक... सत्यवती की कल्पना में सब कुछ बहुत सजीव हो उठता है, पर जैसे ही अपनी कल्पना में वह राजकुमार की छवि आँकने का प्रयत्न करती है, तपस्वी पराशर की आकृति आ कर उसकी कल्पना के सारे चित्रों को वैसे ही ढँक लेती है, जैसे इन्द्रधनुष आ कर सारे आकाश पर आरोपित हो जाता है।

सत्यवती के कण्ठ से एक गहरा दुस्वास फूटा, 'कहीं मेरा तपस्वी ही कोई राजकुमार होता...'

अगले दिन से सत्यवती का नाव चलाना दूभर हो गया। वह नाव में बैठती तो उसे लगता कि उसकी नाव तपस्वी के टापू की ओर भागती जा रही है। हर समय उसके चप्पू अपनी नाव को उस टापू से दूर ठेलते रहते और सारे प्रयत्नों के बाद भी नौका उसी टापू की ओर बढ़ जाती। अन्ततः हार कर सत्यवती नाव को किनारे से लगा कर अपना सिर पकड़, रेत पर बैठ जाती ...जाने नाव में ही कोई हठी प्रेत आ बैठा था, जो उसे किसी दूसरी दिशा में चलने ही नहीं देता था, या सत्यवती का अपना ही दिशा-ज्ञान खो गया था ...या कभी-कभी उसे लगने लगता था कि उसकी नाव में दो लम्बी रस्सियाँ बँधी हुई हैं। एक का सिरा टापू में बैठे तपस्वी के हाथ में है और दूसरी का सिरा हाथ में पकड़े, बाबा अपने स्थान पर खड़े हैं। जैसे ही सत्यवती नौका में बैठती है, दोनों अपनी-अपनी रस्सियाँ खींचने लगते हैं। उसी क्षण से सत्यवती का मन काँपने लगता है...तपस्वी युवक है, बलवान है। बाबा बूढ़े हैं, निर्बल हैं।...कहीं तपस्वी जीत ही न जाये। तपस्वी को पा कर सत्यवती प्रसन्न होगी; किन्तु अपने बाबा को पराजित देख कर उसका मन टूट जायेगा...

अन्ततः उसे अपने-आपको साधना ही पड़ा : वह तपस्वी के पास नहीं जायेगी। वह तपस्वी से नहीं मिलेगी।...किन्तु उसे लगा, उसका तन और मन दोनों ही रुग्ण होते चले जा रहे हैं। तपस्वी के पास वह जायेगी नहीं और अन्यत्र कहीं जाने का उसका मन ही नहीं होता था। जीवन का रस जैसे सूख गया था।

अम्मा ने एक दिन गहरी दृष्टि से उसे देखा, "क्या हुआ है तुझे?"

"कुछ भी तो नहीं अम्मा!"

"तो होंठ क्यों सूख रहे हैं तेरे? चेहरा क्यों पीला पड़ गया है?"

"नहीं तो! ऐसा तो कुछ नहीं है।"

अम्मा चुपचाप उसे देखती रहीं और फिर उन्होंने बाबा को भी पुकार लिया।

बाबा आये तो अम्मा बोली, "देख रहे हो अपनी लाड़ली को? क्यों सूखती जा रही है यह?"

"द्वन्द्व है इसके मन में!" बाबा बहुत शान्त स्वर में बोले, "तपस्वी या राजकुमार?"

अम्मा की दृष्टि और भी तीखी हो गयी, "पुरुष-संग किया है तूने?"

सत्यवती क्या कहती। न स्वीकार कर सकती थी, न अस्वीकार। उसने चुपचाप सिर झुका दिया।

"कौन है वह?" अम्मा की आँखें लाला होने लगीं।

पर बाबा ने अद्भुत धैर्य का प्रमाण दिया। उन्होंने अम्मा के कंधे पर हाथ रखा, "शान्त रहे सत्या की माँ! बेटी है हमारी! शत्रु नहीं है।"

"काम तो उसने शत्रु का-सा ही किया है।" अम्मा शान्त नहीं हुई, "इसे तो चीर कर यमुना में डाल दो। मच्छ खा जायें इसे।"

"नहीं!" बाबा की शान्ति तनिक भी भंग नहीं हुई, "इसने बेटी का धर्म निभाया है। हमें माता-पिता का धर्म निभाना है।"

"क्या कहना चाहते हो?"

बाबा अपने गहरे स्वर में बोले, "एक तपस्वी में अनुरक्त हुई थी सत्या। मुझसे इसने संकेतों में पूछा और मैंने अपना निर्णय संकेतों में दे दिया। तब से सत्या एक बार भी नहीं मिली उस तपस्वी से।" बाबा की आँखों में स्नेह उमड़ आया, "इसने लाज रख ली मेरी। अब मुझे इसकी लाज रखनी है।"

"कानीन सन्तान को जन्म दे कर यह तुम्हारी लाज रख रही है," अम्मा सन्तुष्ट नहीं थीं।

"नहीं!" बाबा बोले, "तपस्वी तो कानीन सन्तान में भी अधर्म नहीं देखता। न ही वह गान्धर्व-विवाह को धर्म-विरुद्ध मानता। पर अब क्षत्रिय राजा कानीन सन्तान के पक्ष में नहीं हैं।...यदि सत्या का विवाह किसी राजकुमार से करना है तो इस तथ्य को अब छिपाना होगा। सत्या तपस्वी की भार्या नहीं बनेगी, कन्या ही रहेगी।...यह सबकुछ मान कर क्या सत्या ने मेरी लाज नहीं रखी?"

अम्मा कुछ नहीं बोली; पर उनके हाव-भाव बता रहे थे कि वह बाबा से सहमत नहीं है।

बाद की सारी व्यवस्था बाबा ने स्वयं ही कर दी थी। प्रसव के बहुत पहले से ही वह अपने ग्राम से हट गयी थी। प्रसव तपस्वी के उसी टापू में हुआ था और सत्यवती ने अपने हाथों से वह बालक अपने तपस्वी, ऋषि पराशर को सौंपा था, "इसका ध्यान रखना।"

तपस्वी के मुखड़े पर अब वह बावरापन दिखायी नहीं देता था, न सत्यवती का सान्निध्य उसे उन्मादी बनाता था। इस अवधि में जहाँ इधर सत्यवती ने अपने-आपको साध लिया था, उधर तपस्वी ने भी स्वयं को कस लिया लगता था।

तपस्वी ने बड़ी स्निग्ध मुस्कान बिखेरी थी शिशु पर, "निश्चिन्त रहो। तुम नहीं मिलीं तो अब मेरा सबकुछ यही है—कृष्ण द्वैपायन।"

सत्यवती ने एक दृष्टि बालक पर डाली : उसकी सोयी-सोयी गम्भीर-सी आँखें। उसका वह श्यामल वर्ण। हलके अरुण होंठ और आकर्षक मुस्कान! फिर तपस्वी की ओर देखा, "इसे कानीन सन्तान मान कर धिक्कारोगे तो नहीं?"

तपस्वी मुस्कुराया, जैसे सत्यवती ने कोई पागलपन की बात कही हो, "सृजन पुण्य है देवि! सृष्टि का लक्ष्य ही सृजन है। सृजन में सहायक हो कर हम स्रष्टा की आज्ञा का पालन करते हैं। धरती में से जब भी कोई पौधा जन्म लेता है, तो क्या हमने कभी सोचा कि इसके जन्म के पूर्व सामाजिक विधि-विधान का पालन किया गया अथवा नहीं। हम प्रत्येक पौधे का स्वागत करते हैं; क्योंकि वह स्रष्टा की मुस्कान है।...और यह तो मानव-सन्तान है...।" पराशर ने स्नेह से शिशु के माथे पर हाथ रखा।

"तो हमारा समाज उसे क्यों बुरा मानता है?" सत्यवती पूछे बिना नहीं रह सकी।

तपस्वी की मुस्कान को परे धकेल, आवेश की आभा झलकी, "प्रभु की धरती को क्षत्रिय राजा न केवल आपस में बाँट लेना चाहते हैं, वरन अनन्त काल तक उसे अपनी सम्पत्ति बनाये रखना चाहते हैं। जब तक धरती रहेगी, तब तक वे जीवित रह नहीं सकते, इसलिए उसे अपने उत्तराधिकारियों को सौंपने से पहले प्रमाणित कर लेना चाहते हैं कि उत्तराधिकारी उनका वैध आत्मज ही है, औरस सन्तान।" पराशर की मुस्कान ने उनके आवेश को जीत लिया, "तपस्वी के पास क्या है देवि! जिसे सौंपने के लिए वह प्रकृति की प्रक्रिया में अपना विधान अड़ाये। सृष्टि प्रकृति का विधान है, मनुष्य का विधान तो उसका अहंकार है।..."

सत्यवती चुपचाप खड़ी अपने तपस्वी को देखती रही : कैसा महान है

यह तपस्वी। संकीर्णता और संकुचितता का नाम भी नहीं। उदार जैसे कि आकाश...

बड़ी देर के बाद इतना ही पूछ पायी, "मुझसे रुष्ट तो नहीं हो?"

तपस्वी फिर मुस्कुराया, "तुम मिलतीं तो गृहस्थी बसती। न मिलीं तो साधना विकसी। तपस्वी के लिए तो सब ओर उपलब्धि ही है। वंचना कहीं नहीं है।"

सत्यवती लौट आयी। और आज तक वह एक क्षण के लिए भी भूल नहीं पायी कि उसका तपस्वी उसे इसलिए नहीं मिला क्योंकि वह राजकुमार नहीं था। उसका नन्हा कृष्ण द्वैपायन उससे छूट गया क्योंकि राजा कानीन पुत्र को स्वीकार नहीं करता, ऋषि ही स्वीकार कर सकता है।...राजवधू बनने के लिए बहुत बड़ा मूल्य चुकाया था सत्यवती ने...और जब उसने मूल्य चुकाया ही है तो वह अपने अधिकार डंके की चोट पर लेगी...बाबा ने यदि उसे राजरानी बनाना चाहा है तो अब वह राजरानी भी बनेगी और राजमाता भी...तपस्वी ने तो कहा था कि उसके लिए सब ओर उपलब्धि ही उपलब्धि है। कहीं ऐसा न हो कि सत्यवती के लिए सब ओर वंचना ही वंचना हो...

8

"मैंने सब कुछ सुन लिया है पुत्र!"

शान्तनु ने एक लम्बे असुविधाजनक मौन के बाद कहा और सायास देवव्रत की ओर देखा। उन्हें लगा कि वे सहज रूप से देवव्रत की ओर देख नहीं पायेंगे; किन्तु मुँह मोड़ कर भी वे शान्त नहीं रह पायेंगे...वस्तुतः अब देवव्रत से उनका वह सम्बन्ध नहीं रहा, जो आज तक था। उन्होंने अपने इस पुत्र को जाना ही नहीं था। उन्हें तो समय-समय पर कुछ सूचनाएँ मिलती रही थीं—पहले पुत्र-जन्म की, फिर गंगा द्वारा उसे जल में प्रवाहित करने के प्रयत्न की। उन्होंने देवव्रत के प्राणों की रक्षा की थी; किन्तु उसके लिए देवव्रत को पहचानने की कोई आवश्यकता नहीं थी—गंगा की गोद में जो भी शिशु होता, उसे वे अपना पुत्र मान कर, उसके लिए चिन्तित हो जाया करते थे। वह तो उनका अपना मोह था। उस शिशु, जिसका नाम देवव्रत था, को तो वह आज तक नहीं जान पाये...गंगा चली गयी थी और वे विक्षिप्त हो उठे थे। उन्हें किसी बात का ध्यान नहीं था, किसी चीज़ का होश नहीं था। गंगा के वियोग से जन्मी उग्रता और हिंसा को दबाये रखने के लिए उन्होंने आखेट का सहारा लिया था; और वर्षों तक वनों में भटकते रहे थे। उन्होंने समझा था

कि महादेव शिव के समान उन्होंने भी अपनी उग्रता में 'कामदेव' को भस्म कर दिया है...पर देवव्रत के निकट वे तब भी नहीं आ पाये थे। वे इतना ही जानते थे कि उनका एक पुत्र है—देवव्रत जो आज इस ऋषि के आश्रम में है, तो कल उस ऋषि के आश्रम में। वे उसकी प्रशंसा सुनते रहे : युद्ध में बहुत कुशल है, शास्त्रों में पारंगत है, चरित्रवान है...पर देवव्रत को वह जान तब भी नहीं पाये...सहसा उन्होंने यमुना-तट पर सत्यवती को देखा और तब उन्होंने अपने-आपको जाना।...वे शिव नहीं थे। उनके मन में 'काम' का दहन नहीं हुआ था—उन्होंने उसे अपनी उग्रता में दबा मात्र रखा था। सत्यवती के रूप ने उस उग्रता को शान्त कर दिया था, हिंसा को उसका वास्तविक स्वरूप समझा दिया था। वह तो वस्तुतः उनकी कामेच्छा ही थी, जो सृष्टि न कर पाने की अपनी अतृप्ति में ध्वंसात्मक रूप ग्रहण कर चुकी थी। सत्यवती के सौन्दर्य ने उसे अपने वास्तविक रूप में परिणत कर दिया था—कामेच्छा में।

और तब शान्तनु को लगा था कि गांगेय जैसा उनका पुत्र है ही क्यों? उनका कोई भी पुत्र न हुआ होता तो वह सुविधा से, बिना किसी अपराध-बोध के सत्यवती से विवाह कर लेते। विवाह को, उनकी आवश्यकता और अधिकार ही नहीं, उनका धर्म भी माना जाता।...उन्हें लगा कि गंगा को जाना ही था ...वह जानती थी कि उसे जाना ही है; शायद इसलिए वह उनके पुत्रों को जीवन-मुक्त करती जा रही थी, ताकि उन्हें दूसरे विवाह में असुविधा न रहे। पर वह ही व्यर्थ के मोह में पड़ गये थे।

तब उन्होंने अपने हृदय को पहचाना था। गांगेय के लिए उनके मन में कोई मोह नहीं था। वह तो उनके मार्ग की बाधा था। सत्यवती सामने थी... उनका विवाह हो सकता था; पर गांगेय जैसे पुत्र...पुत्र केवल सुख के लिए ही नहीं होता। पुत्र जीवन में बाधा भी होता है...गंगा इसे भी जल में प्रवाहित कर देती तो क्या क्षति हो जाती...आज वह उनके विवाह के मार्ग की बाधा है। वह उनसे उनके जीवन के परम सुख को छीन रहा है...वह उनका शत्रु है। जीवन में उन्हें इतना वंचित तो उनके शत्रुओं ने भी कभी नहीं किया...

उन्होंने काम के वेग को पहचाना था। काम जब मन से निकल, रक्त के माध्यम से शरीर की सारी शिराओं में समा जाता है तो उसे झेल पाना सम्भव नहीं है...कम-से-कम शान्तनु के लिए तो सम्भव नहीं ही है। शान्तनु के मन में अवसाद ही नहीं घिरता, आक्रोश भी जागता है। उनके वश में होता तो वह पृथ्वी को फोड़ देते, सृष्टि को ध्वस्त कर देते।...पर यह सब उनके वश में नहीं था। अब तो यह भी उनके वश में नहीं था कि धनुष-बाण उठा कर आखेट के लिए वन में चल देते...अब तो इस दुर्निवार आघात को सहना ही था...नरक में

कैसी यातना दी जाती है, वह नहीं जानते थे, पर वह जानते थे कि वह यातना भी इस भयंकर काम-यातना से अधिक कष्टकर नहीं होगी...उन्हें लगा था कि उनके अपने पुत्र इस गांगेय ने उन्हें बलात पकड़ कर अग्नि के झरने के नीचे खड़ा कर दिया है और कह रहा है "जल!"

पर आज वही गांगेय उनके सामने बैठा था, कितना समर्थ, कितना त्यागी ...जैसे अपने मचलते हुए हठ में एड़ियाँ रगड़-रगड़ कर रोते हुए पुत्र के लिए कोई समर्थ पिता उसकी मनचाही वस्तु ले आया हो, बिना इस बात की चिन्ता किये, कि उस वस्तु का मूल्य कितना अधिक है...किन्तु पिता कोई वस्तु दे तो पुत्र सहज उल्लास के साथ साधिकार उस वस्तु को थाम लेता है...न उसे पिता की कृपा के बोझ की अनुभूति होती है, न कोई अपराध-बोध उसे भीतर से गलाता है...किन्तु पुत्र के हाथों...वह भी उसे वंचित करके...

"तुमने जो प्रतिज्ञा की है गांगेय!" अन्त में शान्तनु बड़ी कठिनाई से बोले, "वह कठिन ही नहीं, असम्भव प्रतिज्ञा है। तुमने भीषण कर्म किया है। मैं तुम्हें क्या दे सकता हूँ पुत्र! तुम जैसे पुरुष को कोई दे भी क्या सकता है। मुझे लगता है कि तुम्हारा जन्म किसी से कुछ लेने के लिए हुआ ही नहीं है। तुम आजीवन दोगे। लोग याचक होंगे, तुम दाता होगे। जीवन तुमको कभी कुछ नहीं देगा, तुमसे पायेगा ही पायेगा। मैंने तुम्हें कभी नहीं पहचाना था पुत्र! आज तुम्हारे व्यक्तित्व का एक स्फुलिंग देखा है। मैं इस पहचान के अवसर पर फिर से तुम्हारा नामकरण कर रहा हूँ—तुम अपनी इस प्रतिज्ञा के कारण आज से भीष्म कहलाओगे।"

भीष्म ने आँखें उठा कर पिता को देखा : वे भी आज अपने पिता का नया रूप देख रहे थे, "मैंने तो मात्र पुत्र का धर्म निभाया है आर्य!"

शान्तनु की आँखें भीष्म की आँखों पर टिक गयीं, "तुम-सा पुत्र पाने की कामना प्रत्येक पिता करेगा।" पर सहसा उनका मन जैसे बदल गया, "तुम-सा पुत्र पा कर पिता, पुत्र पर ही गर्व करने योग्य रह जाता है, स्वयं अपने-आप पर गर्व करने का साहस वह नहीं कर पायेगा।"

"आर्य!"

"हाँ पुत्र!" शान्तनु शून्य में देखते रहे, जैस भीष्म की ओर देखने से स्वयं को सायास रोक रहे हो, "वह मेरी कामना थी, याचना नहीं।"

"इसमें याचना की कोई आवश्यकता नहीं थी पिता जी!" भीष्म कुछ संकुचित हुए, "पिता की कामना-भर जानना ही पुत्र के लिए पर्याप्त होता है।"

"शायद ऐसा ही हों," शान्तनु बोले, "किन्तु कामना व्यक्तिगत विषय है। वह तब तक सामाजिक विषय नहीं बनती, जब तक कर्म में परिणत न हो

जाये। कर्म पर समाज का नियन्त्रण है पुत्र! कामना पर नहीं।...कामना की कोई सीमा भी नहीं है, इसलिए उस पर कोई बन्धन भी नहीं है...किन्तु कर्म के साथ ऐसा नहीं है।"

भीष्म अपने पिता को देख रहे थे...वे उल्लसित नहीं थे, जैसी कि उनके विषय में भीष्म की कल्पना थी। वे किसी ग्लानि में भस्मीभूत हो रहे थे, पीड़ा जैसे उनकी शिराओं को एक-एक कर काट रही थी...

"जीवन में कई क्षण आत्मसाक्षात्कार के आते हैं पुत्र!" शान्तनु जैसे अपने-आपसे कह रहे थे, "मैंने अपने कर्मों के माध्यम से नहीं, तुम्हारे कर्म के माध्यम से स्वयं को जाना है।...मुझे ऐसा लगता है कि मेरे भीतर एक अन्धी कामना है, जो जाग्रत विवेक से बँधी हुई है।...कामना अन्धी है। वह कुछ देखती-समझती नहीं। वह सामाजिक तो नहीं ही है, मानवीय भी नहीं है। वह तो शुद्ध पशु-जगत की कामना है। उसकी कोई सीमा नहीं है। कोई मर्यादा नहीं है। उसके लिए कोई समाज नहीं है, कोई सम्बन्ध नहीं है। शुद्ध पशु-वृत्ति है।...पर मेरा विवेक जाग्रत है। वह सामाजिक भी है और मानवीय भी। वह जानता है कि मेरी मर्यादा क्या है। अन्धी कामना को भी वह पहचानता है। जैसे लौह-चूर्ण के कण विवश हो कर चुम्बक की ओर भागते हैं, वैसे ही मेरे शरीर के रक्त-कण गंगा और सत्यवती की ओर भागे थे। काम के आवेश में वे ऐसे ही पागल हो उठते हैं पुत्र। विधाता ने मेरा शरीर कुछ ऐसा ही बनाया है। किन्तु, मेरे विवेक ने मुझे पग-पग पर अपनी मर्यादा समझायी है...मैंने चाहे कितनी पीड़ा सही हो, किन्तु मैंने गंगा को अपनी इच्छा के विरुद्ध अपने सुख के लिए नहीं रोका...मैंने राजा होते हुए अपने सामर्थ्य के बावजूद सत्यवती को बलात प्राप्त नहीं करना चाहा।...अधिकर होने पर भी मैंने तुमको वंचित कर सत्यवती को प्राप्त नहीं किया..."

"पिता जी!" भीष्म ने कहना चाहा...

"सुनो पुत्र!" शान्तनु ने उन्हें कहने नहीं दिया, "आज बाँध टूटा है तो कह लेने दो। आज तुम्हारे दान ने तुम्हें ऊँचा उठा दिया है। याचक होने के कारण मैं पिता के स्तर से नीचे आ गया हूँ। इसलिए सम-धरातल पर तुमसे यह सब कह पा रहा हूँ। यह क्षण बीत जायेगा तो हम फिर पिता-पुत्र के सम्बन्धों में बँधे, इस धरातल पर ये बातें नहीं कर पायेंगे...।"

"कहिए आर्य!"

"इसलिए कहता हूँ कि मैं कामना के धरातल पर बहुत नीच व्यक्ति हूँ; किन्तु कृत्य के धरातल पर मैंने कुछ भी कलुषित नहीं किया। विवेक की मर्यादा में आबद्ध मैंने अपने कर्म को कलंकित नहीं किया।...पर तुम्हारे कर्म

के फल को प्राप्त कर मैं पुनः कर्म-बन्धन में फँस रहा हूँ।...काम, विवेक के लिए मादक द्रव्य है पुत्र! जब तक काम का आधिपत्य है, विवेक निश्चेष्ट रहता है। काम का ज्वार उतर जाता है तो विवेक बताता है कि वह व्यवहार, वह कामना, वह चिन्तन—सब जैसे उन्मत्त का स्वप्न था।...ऐसे ही ज्वार उतरने पर, मैंने कभी यह नहीं माना कि काम जीवन का श्रेय है। वह मेरी बाध्यता है। मेरी दुर्बलता है..." शान्तनु रुके और फिर बोले, "मेरा विवेक आज भी मुझे चेतावनी दे रहा है, किन्तु तुम्हारे कर्म के फल को ग्रहण करने का लोभ मैं संवरण नहीं कर पा रहा। उसे स्वीकार कर रहा हूँ। कर्म तुम्हारा है, स्वीकृति मेरी है...कह नहीं सकता कि कर्म-बन्धन कितना तुम्हें बाँधेगा और कितना मुझे...।"

शान्तनु के मन में चल रहे विचारों के झंझावात का कुछ-कुछ आभास भीष्म को मिल रहा था। उनके पिता 'वह' नहीं थे, जो उन्होंने सोचा था...

"मैंने तो स्वयं को कर्म-बन्धनों से मुक्त करने के लिए ही यह सब किया है तात!" भीष्म धीरे-से बोले, "अब न मैं विवाह करूँगा, न भार्या होगी, न सन्तान! कर्म का मार्ग बन्द हो गया है। फिर बन्धन...."

"उसका विचार करने का समय अभी नहीं आया पुत्र!" शान्तनु धीरे-से बोले, "मेरी इच्छा है कि तुमने मुक्त होने के लिए कर्म किया है, तो तुम्हें मुक्ति ही मिले; किन्तु भीष्म! कर्म का फल मेरी इच्छा से नहीं, सृष्टि के नियमों के अधीन है।...मैं तुम्हें आशीर्वाद के सिवाय और दे ही क्या सकता हूँ।...फिर भी तुम्हें एक वरदान देना चाहता हूँ।"

भीष्म ने आँखें उठा कर पिता की ओर देखा।

"मैं तुम्हें प्रकृति के नियमों से मुक्त नहीं कर सकता; किन्तु तुम्हें अपनी प्रतिज्ञा से स्वेच्छा-मुक्ति का वरदान दे रहा हूँ। बन्धन तुम्हारा अपना है, मेरी ओर से कोई बाध्यता नहीं है।"

9

सत्यवती के द्वार पर आ कर शान्तनु के पग थम गये। उन्हें लगा कि उनका लौट जाना ही ठीक है।...पर तभी विवेक ने फटकारा, 'नव-वधू के द्वार से लौट जाने का क्या अर्थ?' सत्यवती अब उनकी पत्नी थी...उनके इस विवाह तक की घटनाओं की यात्रा अब जैसे पृष्ठभूमि में चली गयी थी। उसका औचित्य-अनौचित्य, उसके प्रतिबन्ध- परिबन्ध, इस विवाह के कारण राज-परिवार के सम्बन्धों और अधिकारों का नया सन्तुलन...सबकुछ अपने

स्थान पर बहुत महत्त्वपूर्ण...पर उन सबसे महत्त्वपूर्ण एक तथ्य था...सत्यवती अब उनकी पत्नी थी...वे उसके द्वार से लौट नहीं सकते थे। उनका यह संकोच या उनके व्यवहार पर झीनी-सी ग्लानि की यह परत, इस तथ्य को नकार नहीं सकती थी। उनका आचरण अब सत्यवती के पति के अनुकूल होना चाहिए।...

शान्तनु ने कक्ष में प्रवेश किया।

सत्यवती ने खड़ी हो, हाथ जोड़ कर उनका स्वागत किया। शायद उसके अधरों ने हल्के-से हिल कर कहा भी, "पधारें महाराज!" पर वह इतना अस्पष्ट था कि कहा-अनकहा, एक जैसा ही रह गया।

शान्तनु सत्यवती को एकटक देखते रह गये : अपूर्व सौन्दर्य था। ऐसी स्त्री को देख कर, शान्तनु के मन में उसकी कामना जाग उठे, तो शान्तनु क्या करें?...

"बैठो देवि!" उन्होंने सत्यवती के कंधे पर हथेली से हल्का-सा दबाव डाल कर बैठने का आग्रह किया।

सत्यवती की इच्छा हुई कि चिहुँक कर पीछे हट जाये, या आँखें तरेर कर राजा को देखे। पर इस इच्छा के साथ-साथ उसका विवेक भी जागा : अब राजा उसके पति थे। उसका पति विवाह के पश्चात प्रथम मिलन में अपने प्रेम को स्पर्श के माध्यम से संप्रेषित कर रहा था; और सत्यवती चाह रही थी कि वह उसके हाथ को झटक दे...अच्छा हुआ कि उसे ठीक समय पर विवेक ने टोक दिया, नहीं तो कहीं सचमुच ही वह कुछ कर बैठती, तो कितना अशोभन होता...पर सत्यवती भी क्या करे...तपस्वी उसे छूता था तो लगता था किसी ने उसके शरीर पर कमल की पाँखुड़ी रख दी है, और साथ-ही-साथ मन में कमल-वन खिल आता था...और राजा शान्तनु ने क्षण-भर को उसके कंधे पर हाथ रखा तो उसे लगा कि कंधे पर बिच्छू रेंग रहा है...

पर सत्यवती को यदि राजरानी बने रहना है और राजमाता बनना है तो उसे इस बिच्छू को भी कमल की पँखुड़ियों का-सा सम्मान देना होगा...

सत्यवती ने अपने शरीर को देखा : आज तक यह शरीर सुख का माध्यम था—उसके लिए भी और तपस्वी के लिए भी! उस 'सुख' के साथ न समाज था, न पद, न धन, न भविष्य...कुछ नहीं।...पर आज इस शरीर का रूप बदल गया है...वह स्वयं सुख पाये, न पाये; पर यदि राजा को सुख दे सके तो हस्तिनापुर का राज्य उसी का है।

सत्यवती बैठ गयी और शान्तनु ने ध्यान दिया कि ऐसे समय में सत्यवती की ओर से अपेक्षित वाक्य, "आप भी पधारें आर्य!" नहीं कहा गया। निश्चित रूप से उसकी शिक्षा-दीक्षा, राज-परिवारों के अनुरूप नहीं हुई थी।...पर यह तो शान्तनु को पहले ही सोचना चाहिए था। उन्होंने सत्यवती की शिक्षा-दीक्षा, शील-शिष्टाचार अथवा कोई अन्य गुण देख कर उसकी कामना नहीं की थी... या फिर यह सत्यवती का संकोच मात्र ही था...

सत्यवती के प्रबल आकर्षण और मन में उठते हुए उत्ताल धिक्कार में बँधे शान्तनु पल-भर के लिए किंकर्तव्यविमूढ़-से खड़े रह गये। सत्यवती राज वैभव से आतंकित सिमटी-सी बैठी थी और शान्तनु उसके रूप से त्रस्त याचक-से बने खड़े थे।

अन्ततः शान्तनु ही बोले, "सत्यवती! किसी प्रकार का कोई कष्ट तो नहीं हुआ?" सत्यवती ने नकार में सिर हिला दिया।

"मेरे प्रति कोई विरोध, कोई रोष, कोई उपालम्भ तो नहीं मन में?" शान्तनु का स्वर बहुत ही धीमा हो गया था।

सत्यवती ने फिर नकार में सिर हिला दिया।

"मैं बहुत ही अभागा व्यक्ति हूँ, सत्यवती।"

सत्यवती ने पहली बार चौंक कर सिर ऊपर उठाया, कुरुराज अभागे कैसे हैं? मेरे बाबा ने तो कहा था कि पूर्व जन्मों के संचित अनन्त पुण्यों के फलस्वरूप मनुष्य राजपरिवार में जन्म का लेता है। और फिर पुरुओं का-सा राजपरिवार!

शान्तनु को लगा, सत्यवती उतनी मितभाषिणी नहीं है, जितनी वह समझ रहे थे। अब तक न बोलने के पीछे कदाचित उसका संकोच ही था। संकोच का अवरोध एक बार हट जायेगा, तो प्रवाह का अभव नहीं रहेगा।

"शायद तुम ठीक कह रही हो सत्या!" शान्तनु रुके, "तुम्हारे बाबा तुम्हें इसी नाम से पुकारते हैं न?"

सत्यवती के चेहरे पर उल्लास दमका—बाबा द्वारा पुकारे जाने वाले नाम में कितनी आत्मीयता थी। उसके मन में कहीं एक अनाम-सी इच्छा उठ रही थी कि वह कहे कि उसका तपस्वी उसे 'पद्मगंधा' कह कर पुकारता था...पर शायद कुरुराज को उसके शरीर में से पद्मगंध नहीं आ रही थी। वैसे भी सैरिन्ध्रियों ने उसे कैसी-कैसी तो तरल सुगन्धों से नहला दिया था। उसके शरीर की वह नैसर्गिक पद्मगंध अब रह ही कहाँ गयी होगी। राजप्रासाद में कमल-ताल की गंध आ भी कैसे सकती है...तपस्वी कहता था, सत्यवती माता प्रकृति के सौन्दर्य का पुँजीभूत स्वरूप है...कुरुराज क्या कहेंगे...वह सैरिन्ध्रियों

की कला की पराकाष्ठा है...

"पर फिर भी मैं अभागा हूँ।" शान्तनु पुनः बोले, "मेरी कामना और कर्म में सन्तुलन नहीं है। मेरी कामना का अतिरेक इतना प्रचण्ड है कि उसका कोई तर्क और विवेक नहीं रह जाता; और मेरा कर्म बहुत भावुक, न्यायी और तर्कशील है।" वे रुके, "मेरी बात समझ रही हो?"

"नहीं!" सत्यवती ने ईमानदारी से स्वीकार कर लिया। वह तपस्वी की भी आधी बातें समझ नहीं पाती थी। राजा की बात भी समझ नहीं पायी, तो क्या आश्चर्य है।

शान्तनु मुस्कुराये, "यह भी विचित्र स्थिति है, मेरी जीवन-संगिनी, मेरे दुर्भाग्य को नहीं समझ पा रही।..."

"मैं...मैं..." सत्यवती अपनी स्थिति स्पष्ट करना चाह रही थी।

"कोई बात नहीं सत्या!" शान्तनु पुनः मुस्कुराये, "इस प्रकार समझ लो कि जिस स्त्री की मैंने अपनी पहली पत्नी के रूप में आकांक्षा की थी, वह मुझे मिल तो गयी; किन्तु उससे दाम्पत्य सुख नहीं मिला।...अब दूसरी बार जिसकी आकांक्षा की, वह भी मिल गयी, किन्तु उसे शायद मैं दाम्पत्य सुख दे न पाऊँ।"

"क्यों? ऐसा क्यों?" सत्यवती अचकचा गयी।

शान्तनु ने उसे देखा, "तुम नहीं समझतीं?"

"नहीं।"

"हमारे वय का अन्तराल!" शान्तनु धीरे-से बोले, "यद्यपि कामेच्छा मुझमें अब भी कम नहीं है। तुम्हें देख कर मैं विह्वल भी बहुत हो गया था। तुम्हें पा कर मैं प्रसन्न भी बहुत हूँ। किन्तु, मैं यह भूल नहीं सकता कि वय में मैं तुमसे बहुत बड़ा हूँ। तुम्हारी युवावस्था के लिए, मैं प्रायः वृद्ध हूँ। मेरा विवेक नहीं मानता कि मैं तुम्हारे लिए उपयुक्त वर हूँ। मेरे लिए तुम उपयुक्त पत्नी हो—यह भी मैं नहीं मानता। यह तो मेरे पुरुष की, तुम्हारी स्त्री के प्रति आसक्ति मात्र है। पति और पत्नी—स्त्री और पुरुष ही नहीं होते। वे उससे बहुत कुछ अधिक होते हैं। स्त्री-पुरुष सम्बन्ध अल्पकालीन हैं। पति-पत्नी सम्बन्ध दीर्घकालीन हैं। पति-पत्नी सम्बन्ध में अनेक समझौते करने पड़ते हैं। स्त्री-पुरुष सम्बन्ध में कोई समझौता नहीं होता—यदि कोई होता भी है, तो वह दाम्पत्य-सम्बन्धों की दृष्टि से होता है।...मैं यह सब कुछ जानता था...।" उन्होंने रुक कर सत्यवती की ओर देखा, "समझ रही हो?"

सत्यवती उनकी ओर देखती-भर रही, बोली कुछ भी नहीं।

"यह सब मैं उस समय भी समझता था, जिस समय मैंने तुम्हारे पिता से

तुम्हारी याचना की थी। इसलिए मैंने तुम्हारे पिता की शर्तें नहीं मानीं। शर्तें अनुचित थीं, क्योंकि मेरी याचना अनुचित थी।...इच्छा अनुचित थी।...पर उस पर मेरा कोई वश नहीं था। किन्तु कर्म पर मेरा वश था। इसलिए मैंने अपना कर्म अनुचित नहीं होने दिया।..." उन्होंने अपनी बात रोक कर, पूरे कक्ष का एक चक्कर लगाया, "भीष्म ने मेरी इच्छा देखी।..."

"भीष्म कौन?" सत्यवती ने अनायास ही पूछ लिया।

"देवव्रत।" शान्तनु बोले, "मैंने उसका नया नामकरण किया है–भीष्म। उसने काम ही ऐसा किया है।...जो कुछ उसने किया, वह उसी के योग्य है। पर मैं नहीं जानता कि जो कुछ उसने किया है, वह हमारे लिए हितकर भी है या नहीं–हमारे लिए, अर्थात मेरे लिए, भीष्म के लिए, तुम्हारे लिए।...मुझे कई बार लगा है सत्या! कि प्रकृति ने मनुष्य को पूर्ण बनाया है, पर उसका नाश आवश्यक है–अन्यथा वह अनश्वर हो जायेगा।...और उसके नाश के लिए प्रकृति ने मनुष्य में किसी-न-किसी एक अविवेकी इच्छा को स्थापित कर दिया है, ताकि अपने नाश का दायित्व भी मनुष्य के अपने ही सिर पर रहे। मनुष्य के मन में जब इच्छाएँ जन्म लेती हैं, तो वह नहीं जानता कि वे उसके लिए हितकर हैं या नहीं। किन्तु प्रकृति जानती है। इसलिए वह मनुष्य की इच्छाएँ पूरी नहीं करती। तब मनुष्य प्रकृति से रुष्ट हो कर स्वयं कर्म करता है। कर्म का फल प्रकृति रोक नहीं सकती।...तब अपने अहित का दायित्व भी मनुष्य के अपने कंधों पर ही होता है।" शान्तनु रुक गये, "तुम्हारा क्या विचार है।"

सत्यवती के कण्ठ में कुछ अटका; और फिर प्रयत्नपूर्वक उसने कह ही दिया, "मैं आपकी बात ठीक-ठीक समझ नहीं पा रही हूँ महाराज!"

शान्तनु कुछ निराश हुए : क्षण-भर को लगा कि कैसी पत्नी चुनी है उन्होंने। गंगा ने तो उन सारे वर्षों में एक बार भी नहीं कहा था कि वह उनकी बात नहीं समझती।...और यह इस पहली भेंट के एक खण्ड में ही कई बार कह चुकी है कि वह उनकी बात नहीं समझ रही है।

पर दूसरे ही क्षण, उन्होंने स्वयं को सँभाला...सत्यवती को उसके रूप के लिए ही चुना है उन्होंने। वह रूप उसमें अभी है, और उनके जीवन-पर्यन्त रहेगा।...उसकी समझ के विषय में कुछ भी जानने का प्रयत्न नहीं किया था उन्होंने...और सहसा उन्हें लगा, कि दूसरों को भ्रम में रखने के लिए वह जो भी कहें, किन्तु अपने-आप से, स्वयं को नहीं छिपा सकेंगे वे। उसका कोई लाभ भी नहीं है। वह आत्मसाक्षात्कार कर रहे थे, उसके वास्तविक और नैसर्गिक रूप में...सत्यवती को उन्होंने उसके रूप पर आसक्त हो कर चाहा था...केवल रूप...माँसल रूप...कामेच्छा ही थी इस इच्छा के

मूल में...उन्होंने दूसरा पुत्र पाने के लिए उसे नहीं चाहा था...उसे उन्होंने जीवन-संगिनी के रूप में नहीं चाहा...वस्तुतः उन्होंने उसे 'मनुष्य' के रूप में नहीं, एक 'वस्तु' के रूप में चाहा है...केवल भोग के लिए।...इस वय में पुरुष, धर्मपत्नी या जीवन-संगिनी को पाने के लिए विवाह नहीं करता। वह विवाह करता है अभुक्त काम के लिए। उसे पत्नी नहीं चाहिए, उसे चाहिए रमणी।...और रमणी में रूप ही पर्याप्त है, अन्य गुणों की अपेक्षा नहीं है...और वह यह क्यों कहते हैं कि भीष्म ने उनकी इच्छा देखी, कर्म नहीं,...उन्होंने स्वयं भीष्म से कहा था कि एक-ही पुत्र का पिता सन्तानहीन व्यक्ति के समान होता है, अतः वे दूसरी सन्तान पाना चाहते हैं...क्या भीष्म के लिए, यह पिता का आदेश नहीं था?...

सत्यवती की इच्छा हुई कि वह सो जाये। कैसी तो नींद आ रही थी उसे। शरीर को तो यात्रा ने थका दिया था और मस्तिष्क को राजा की बातों ने... पर वह सो कैसे सकती थी। शान्तनु राजा ही नहीं, उसके पति भी थे। वे उससे बातें कर रहे थे, और वह सो जाये।...पर यदि राजा उसे अनुमति दे भी दें तो क्या वह सो पायेगी? कैसा अटपटा-सा लग रहा था उसे। एक सर्वथा अपरिचित व्यक्ति, न केवल उसके कक्ष में उपस्थित था, बल्कि उसके पलंग के एकदम पास खड़ा था...यदि इस व्यक्ति के स्थान पर उसका तपस्वी होता, तो वह उसकी गोद में सिर रख कर सो जाने में एक निमिष का भी विलम्ब न करती...पर यह राजा...

"तुम्हें नींद आ रही है क्या?" सहसा शान्तनु ने पूछा।

"पर मैं सोऊँगी नहीं।" सत्यवती ने निर्द्वन्द्व उत्तर दिया, "बाबा ने कहा था कि जब तक राजा सो न जाये, मुझे सोना नहीं चाहिए।"

"ओह!" शान्तनु बोले, "तुम्हारे बाबा बहुत समझदार व्यक्ति हैं।"

शान्तनु आ कर सत्यवती के पास बैठ गये। सत्यवती कुछ और सिमटी। पर अब शान्तनु की शिराओं में काम-मद लहरा रहा था। ...सत्यवती की मनोदशा जानने का उनके पास अवकाश नहीं था। उनके लिए यही पर्याप्त था कि सत्यवती उनके पास थी और वह उनके अनुकूल हो या न हो, पर उनके प्रतिकूल नहीं थी।

शान्तनु ने जब सत्यवती को अपनी बाँहों में लिया, तो एक क्षण को उन्होंने अनुभव किया कि सत्यवती की त्वचा उनके स्पर्श से समर्पण के लिए शिथिल न हो कर, विरोध में कुछ संकुचित हुई थी...पर यह भाव उनके आवेग में वैसे ही बह गया, जैसे कोई छोटी-सी टहनी गंगा की लहरों के साथ बह

जाती है...

शान्तनु सो गये; किन्तु सत्यवती को बहुत देर तक नींद नहीं आयी।...

थोड़ी देर पहले तक यह पुरुष उसके लिए अपरिचित था...राजा था, कुरुकुल का सम्राट! उससे बहुत धनी, सत्ता-सम्पन्न, विद्वान और शायद महान! सत्यवती क्या थी उसके सामने : एक निर्धन केवट-प्रमुख की पुत्री। न शिक्षित, न राज-परिवारों के विधि-विधान को जानने वाली—पर इस सम्राट के भीतर बैठे पुरुष ने, सत्यवती के नारी-सौन्दर्य के सम्मुख घुटने टेक दिये थे—और अब सत्यवती, शान्तनु के समान हो गयी थी—कहीं अधिक शक्तिशालिनी भी।... उसके पास रूप और यौवन था। बाबा कहते थे, पूर्णचन्द्र को देख कर सागर विह्वल हो उठता है और उसकी उद्दाम तरंगें चन्द्रमा के चरण छूने को लोटती हैं, बार-बार ऊपर उचक-उचक कर धरती पर अपना सिर फोड़ती हैं। वैसे ही सत्यवती पर दृष्टि पड़ते ही शान्तनु की धमनियों में काम-ज्वार उठेगा। राजा सत्यवती के चरणों में सिर पटकेगा...और उस समय वह इतना दुर्बल हो जायेगा कि सत्यवती की आँख के संकेत पर पालतू कुत्ते के समान दौड़ता फिरेगा। सत्यवती ने अपनी शक्ति का प्रभाव देख लिया है। उसे अब यह मालूम होना चाहिए कि किस कार्य में उसका हित है, कार्य तो वह करवा ही लेगी...

...क्या कह रहे थे राजा कि जो इच्छा हमारे हित में नहीं होती, प्रकृति उसे पूरा नहीं करती है...क्या तपस्वी का सत्यवती को न मिलना उसके हित में है? उस प्रिय-दर्शन पुरुष का सत्यवती को न मिलना, सत्यवती के हित में कैसे हो सकता है...शायद, सारा जीवन सत्यवती के नयनों में, उसकी कल्पना में पराशर की छवि तैरती रहेगी और उसके हृदय को पीड़ा देती रहेगी...अब तो पराशर ही नहीं, नन्हा कृष्ण द्वैपायन भी तो है।...अपने प्रियजनों का किसी से जीवन-पर्यन्त छिन जाना उसके लिए कैसे हितकर हो सकता है?...राजा जाने क्या-क्या सोचते और कहते हैं...

पर सत्यवती का चिन्तन एक ही स्थान पर स्थिर नहीं रह सका...उसके अपने ही मन में एक विरोधी स्वर उठा : वह यह क्यों मानती है कि उसकी इच्छा होने पर भी प्रकृति ने उसे पराशर से नहीं मिलाया।...बाबा से बात कर, उसकी अपनी इच्छा ही तो शिथिल हो गयी थी...उसने बाबा की इच्छा के साथ अपनी इच्छा का तादात्म्य कर दिया था...बाबा मानते थे कि धन के अभाव में तपस्वी के साथ उसका जीवन सुखद नहीं होगा...सम्भव है कि ऐसा ही होता। यदि सत्यवती और पराशर का विवाह हो जाता और कालान्तर में धन के अभाव में उसे कोई असुविधा होती तो उसका सारा रोष अपने तपस्वी

पर ही बरसता। तब यदि उनमें झगड़ा होता...दोनों का साथ रहना यातनापूर्ण हो जाता...तो क्या उसके स्थान पर प्रकृति ने ठीक निर्णय नहीं किया? उसका प्रिय उसे नहीं मिला, किन्तु उसका प्रिय, अप्रिय तो कभी नहीं होगा।

तो क्या शान्तनु की रानी बनना ही उसके लिए हितकर था?...एक समवयस्क, सम्बुद्धि और सजातीय वर उसके हित में नहीं था?...शायद नहीं ...बाबा के ही समान, सत्यवती के मन में भी कहीं गहरे वैभव और सत्ता की भूख थी...प्रकृति ने उसे वही दे दिया, जो सत्यवती ने चाहा था...कुछ पाने के लिए उसका मूल्य भी चुकाना ही पड़ता है। सत्यवती ने सुख-सुविधाओं के लिए अपने प्यार का मोल चुकाया है...

प्रकृति ने उसकी इच्छा पूरी की है या उसका हित साधा है? या उसकी इच्छा और हित-साधन मिल कर एक हो गये हैं?...और देवव्रत भीष्म!...क्या इस प्रौढ़ पति के पुत्र के रूप में भीष्म को पाना भी उसके हित में था?...

बाबा ने कहा था, 'भीष्म से सावधान रहना। वही तुम्हारा सबसे बड़ा शत्रु हो सकता है।...'

उसकी इच्छा पूरी हुई या प्रकृति की?

सत्यवती कुछ भी समझ नहीं पा रही थी।

10

"हमारी सन्तान को शस्त्रों और शास्त्रों महासमर-1 की शिक्षा कौन देगा?" सत्यवती ने इतने सहज रूप में पूछा, जैसे दैनिक कार्यक्रम सम्बन्धी कोई प्रश्न हो।

कुछ क्षणों तक शान्तनु कुछ समझ ही नहीं पाये : किसकी बात कर रही है सत्यवती? भीष्म को अब क्या शस्त्रों और शास्त्रों के शिक्षण की आवश्यकता है?...पर सहसा उनकी दृष्टि सत्यवती के चेहरे पर टिक गयी : सत्यवती अब साधारण निषाद-कन्या नहीं रह गयी थी। सैरिन्ध्रियों की कला तो अपना कार्य करती ही रही थी; पर शिक्षिकाओं ने उसकी रुचि के परिष्कार और विकास में भी कम श्रम नहीं किया था। और सबसे महत्त्वपूर्ण तो सत्यवती की अपनी ग्रहण-शक्ति थी। जिस तीव्रता से उसने स्वयं को अपने नये वातावरण में ढाला था, वह अद्‌भुत थी। कुछ वर्षों में तो शायद कहने पर भी कोई विश्वास न करे कि सत्यवती का जन्म राज-परिवार में नहीं हुआ था और उसका पालन-पोषण एक निषाद के आँगन में हुआ था।...और उसके चेहरे का यह उल्लास...क्या कहा था उसने...हमारी सन्तान को...

"सत्या! क्या तुम माँ बनने-वाली हो?"

सत्यवती ने कटाक्ष से शान्तनु को देखा और स्वीकृति में सिर झुका लिया।

शान्तनु का मन हुआ, तत्काल भीष्म को बुलायें और उसे पिता के सच्चे हृदय से आशीर्वाद दें।...उन्होंने उससे कहा था, 'एक पुत्र का पिता, सन्तानहीन व्यक्ति जैसा होता है।'...उसने अपना सर्वस्व त्याग कर उन्हें दूसरी सन्तान प्राप्त करने का अवसर उपलब्ध करा दिया।...उन्हें लगा कि उनका मन, भीष्म के आभार में इतना विगलित हो गया है, कि कहीं भीष्म उनके सामने आ खड़ा होता तो राजा और पिता—दोनों की मर्यादा भूल कर, वह पुत्र के चरणों में ही लोट जाते।

"आपने बताया नहीं।" सत्यवती ने अपना झुका हुआ सिर उठाया।

शान्तनु ने अनुभव किया, हृदय की गद-गदावस्था से उनकी आँखें भीग आयी हैं।

"मैं अभी दूसरी सन्तान का मुख देखने की सम्भावना की विह्वल अवस्था से ही उबर नहीं पाया और तुम सन्तान की शिक्षा-दीक्षा तक पहुँच गयीं।"

"आपकी होगी दूसरी सन्तान।" सत्यवती अनियन्त्रित आवेग के साथ बोली, "मेरी तो पहली ही है न!"

कहने को तो वह कह गयी, पर कहते ही जैसे उसके दाँतों ने उसकी जीभ काट ली : 'मूर्खे! कृष्ण द्वैपायन को भूल गयी तू? इतनी जल्दी?'

सत्यवती का हृदय उमड़ा। मन में आया कि तत्काल राजा को बता दे, कि उसका एक कानीन पुत्र भी है—कृष्ण द्वैपायन! वहाँ, यमुना के उस द्वीप पर, तपस्वी की कुटिया में पल रहा है। राजा उसका मस्तक सूँघ कर उसे अपना पुत्र स्वीकार कर लें। आख़िर वह उन्हीं के क्षेत्र से उत्पन्न सन्तान है; फिर वह शान्तनु का पुत्र क्यों नहीं हो सकता?

पर जैसे उसी क्षण उसके विवेक ने उसे फटकारा, 'सत्यवती! पागल मत बन! तू राजा के औरस पुत्र, कुरु-वंश के युवराज, भीष्म को अपना पुत्र नहीं मान पायी, तो राजा तेरे कृष्ण द्वैपायन को कैसे अपना पुत्र स्वीकार कर लेगा। ...कहीं यह न हो कि राजा कुपित हो जाये; और तेरी इस अजन्मी सन्तान को भी अपनी सन्तान न माने। ऐसा न हो कि अपनी पहली सन्तान को राज-वैभव दिलाने के प्रयत्न में वह अपनी दूसरी, इस अजन्मी सन्तान को भी वंचित कर दे...तपस्वी ने कहा था, क्षत्रिय राजा कानीन सन्तान को सम्मानजनक नहीं मानते। बाबा ने भी संकेत किया था कि वह राजप्रासाद में अपनी कानीन सन्तान की चर्चा न करे...यदि कहीं राजा को संदेह हो गया...और संदेह उसे

हो सकता है। राजा लोग इस विषय में तनिक भी उदार नहीं हैं। ईर्ष्या उनका सर्वप्रथम गुण है...उसे संदेह हो गया, तो वह यही मानेगा कि सत्यवती की इस अजन्मी सन्तान का पिता भी वही तपस्वी है...'

"तुम क्या चाहती हो प्रिये!" शान्तनु बोले, "जो चाहोगी, वही प्रबन्ध हो जायेगा।"

राजा ने जैसे आदेश पाने के लिए सत्यवती की ओर देखा।

सत्यवती ने राजा की याचक दृष्टि को पहचाना। उस दृष्टि ने सचमुच शान्तनु को याचक और सत्यवती को राजरानी बना दिया था।...सत्यवती ने बहुधा पाया था कि उसका अपना मन चाहे उसे आज भी निषाद-कन्या ही मानता रहे, किन्तु शान्तनु की दृष्टि उसे भूमि से उठा कर महारानी के समान कुरुओं के राजसिंहासन पर बैठा देती है; और स्वयं हाथ जोड़ कर याचक के समान उसके सामने खड़ी हो जाती है।

"मेरा पुत्र शिक्षा ग्रहण करने ऋषि कुलों या आश्रमों में नहीं जायेगा।"

शान्तनु ने उसे आश्चर्य से देखा, "क्या कह रही हो सत्यवती? क्षत्रिय राजकुमार वनों में जा कर ऋषियों के शिष्यत्व में उनके आश्रमों में ही विद्या ग्रहण करते हैं। यही परिपाटी है।"

"परिपाटी विधाता का अन्तिम विधान नहीं है।" सत्यवती कुछ उग्रता से बोली, "परिपाटी को स्वीकार या अस्वीकार किया जा सकता है। उसका संशोधन किया जा सकता है। हम नयी परिपाटी का निर्माण कर सकते हैं। यदि राजकुमार आश्रम तक जा सकता है, तो गुरु राजमहल तक भी आ सकता है। मेरा पुत्र आश्रम में नहीं जायेगा।"

शान्तनु ने कुछ रोष और कुछ दुख के साथ सत्यवती की ओर देखा : जब उन्होंने इस निषाद-कन्या से विवाह किया था, तो उन्होंने सोचा भी नहीं था कि इसके मुख में जिह्वा भी होगी। और आज यह इस प्रकार बोल रही है कि राजा शान्तनु को ही जैसे चुप करा देगी। शताब्दियों के अनुभव, चिन्तन और प्रयोग के पश्चात सहस्त्रों ऋषियों ने मिल कर कुछ परिपाटियाँ स्थापित की हैं।...और वह स्वयं, अकेली, एक ही क्षण में नयी परिपाटी बनाने का दम्भ कर रही है। नयी परिपाटी बनाना तो बहुत बड़ी बात है, यह पुरानी परिपाटी को समझती भी है?...या यह निषाद-कन्या समझती है कि राजप्रासाद में चरण पड़ जाने से यह सम्पूर्ण सृष्टि में सबसे अधिक समझदार प्राणी हो गयी...यदि ऐसा समझती भी हो तो क्या बड़ी बात है—अज्ञान ही तो अहंकार को स्फीत करता है...

"तुम अपने पुत्र को आश्रम में नहीं भेजना चाहती।" शान्तनु जैसे अपने चिन्तन के बीच अनायास ही कह गये, "किन्तु यह तुम्हारे पुत्र के हित में

नहीं होगा।"

"अपने पुत्र का हित और अहित मैं अच्छी तरह समझती हूँ।" सत्यवती का स्वर पर्याप्त आक्रामक था।

शान्तनु का मन हुआ कि उसे डाँट दें : क्या समझती है वह अपने पुत्र का हित और अहित! उसके ममता के वृत्त में स्थान ही कितना है, विवेक के लिए। अपनी जड़ता को वह अपती बुद्धिमत्ता समझती है...

पर सत्यवती के साथ बिताये गये इतने दिनों में ही वे अपने विषय में बहुत कुछ नया जान गये थे—स्वयं को कुछ अधिक ही पहचान गये थे।...

इन दिनों में उन्हें गंगा भी बहुत याद आयी थी। गंगा के छोड़ जाने के बाद से शान्तनु भीतर से बहुत ही दीन हो गये थे, ऊपर से चाहे वे कितने कठोर बने रहे हों...मन कुछ इतना उद्विग्न रहता था कि सत्यवती का रोष क्या, उसकी हल्की-सी उपेक्षा भी उन्हें विचलित कर देती थी। वे जानते थे, उसके रुष्ट होते ही, उनकी अपनी शान्ति नष्ट हो जायेगी; और वह तब तक सहज नहीं हो पाएँगे, जब तक कि सत्यवती को प्रसन्न ही न कर लें।...सत्यवती के विवेक पर उन्हें तनिक भी भरोसा नहीं था। वे जान गये थे कि उसकी आत्मा बहुत उदात्त भी नहीं है। अपने सीमित स्वार्थों में प्रसन्न है सत्यवती!...पर अब जैसी भी है उनकी पत्नी है। उसे वे त्याग नहीं सकते थे। जाने क्यों उससे अलग होने की कल्पना के जागते ही उनके पैरों तले की भूमि निकल जाती थी।...और अब तो उसके गर्भ में उनकी अपनी सन्तान पल रही है...सन्तान-सम्बन्धी विवाद के कारण ही तो गंगा उनको छोड़ गयी थी। और अब फिर सन्तान के विषय में विवाद...तब प्रश्न सन्तान के जीवन का था, अब उसकी शिक्षा का है...

"देखो!" शान्तनु ने उसे समझाना चाहा, "आश्रम में गुरु ही स्वामी होता है, पालक होता है, आश्रयदाता और अभिभावक होता है। इसलिए वहाँ उसका गुरुत्व जागता है। उसकी आत्मा उदात्त होती है। उसका विवेक और शिष्य के प्रति स्नेह, सब कुछ सचेत होता है। आश्रम में शिष्य, गुरु के सान्निध्य में रह कर, इन सारे भावों को ग्रहण करता है..."

"शिष्य को ज्ञान ग्रहण करना है या गुरु के भाव को?" सत्यवती ने उनकी बात काट दी, "शास्त्रों से बुद्धि जागती है, ज्ञान-वर्धन होता है, तो ऐसा आश्रम में भी होगा और राजप्रासाद में भी। शास्त्रों के विषय में राजकुमारों को सूचना वन के आश्रम में भी दी जा सकती है और राजमन्दिर में भी। शस्त्रों का अभ्यास राजकुमार वन के वृक्षों की छाया में करें या राजा के उद्यान में—क्या अन्तर है।" सत्यवती ने बात बदली, "और मैं तो चाह ही रही हूँ कि मेरा पुत्र गुरु से ज्ञान ग्रहण करते हुए भी यह न भूले कि स्वामी वही है। गुरु

उसे शिक्षा देने-वाला राज-कर्मचारी-भर है। गुरु में उदात्त तत्त्व जागता है या नहीं—मेरे लिए यह महत्त्वपूर्ण नहीं है। मेरे लिए तो महत्त्वपूर्ण यह है कि मेरे पुत्र का शौर्य बढ़ता है। उसमें रजस-तत्त्व जागता है। वह जानता और मानता है कि वह राजा है, स्वामी है। उसका शस्त्र-ज्ञान बढ़ता है, वह अपने शत्रुओं का दमन करने में सफल होता है..."

"सत्यवती!" शान्तनु के स्वर में अधैर्य का आभास होने लगा था, "ज्ञान और बल, बुद्धि और वीरता—ये सब सात्विकता के साथ ग्रहण किये जायें तो मनुष्य उदात्तता की ओर बढ़ता है और देवत्व को प्राप्त करता है। ये ही गुण यदि निकृष्ट भावों के साथ ग्रहण किये जायें तो मनुष्य का अहंकार स्फीत होता है और उसका पशुत्व जागता है। विद्या और ज्ञान, कला और कौशल, चिन्तन और मनन, शस्त्र और शास्त्र—ये सब हमारे ऋषियों ने मनुष्य को देवता बनाने के लिए रचे हैं, उसे सम्पूर्ण पशु बनाने के लिए नहीं।" उन्होंने रुक कर क्षण-भर सत्यवती को देखा, "और जो गुरु राजप्रासाद के कर्मचारी के रूप में तुम्हारे पुत्र को शिक्षा देगा, उसके भीतर गुरुत्व के स्थान पर क्षुद्रत्व जागेगा। आठों याम जो गुरु वैभव के सान्निध्य में रहेगा—वह हीन भावना से पीड़ित होगा और अर्जन की प्रवृत्ति से ग्रस्त होगा। वह अपनी विद्या, ज्ञान, कला-कौशल और बुद्धि का व्यवसाय करना चाहेगा। अपने ज्ञान और क्षमताओं का मुक्त हस्त दान कर, अपने शिष्यों को आगे बढ़ता देख कर, कृतकृत्य नहीं होगा। वह अपने शिष्य को जो कुछ देगा, वह उत्कोच होगा; और जो कुछ अपने पास ही रोक रखेगा, वह उसका व्यवसाय-कौशल या रण-नीति होगी। ऐसा गुरु आकाशवत अपने शिष्यों का विकास नहीं होने देगा, अपने लाभ-हानि को देखते हुए, उनका रक्षण और पोषण करेगा। वह गुरु नहीं होगा अधीनस्थ कर्मचारी होगा—वह न्याय-अन्याय, विवेक-अविवेक, उचित-अनुचित, धर्म-अधर्म का भेद नहीं करेगा—वह स्वार्थ-नीति से परिचालित होगा।...और यह अनिष्टकारी होगा। हमारे चिन्तकों ने बुद्धिजीवी को राजनेता से श्रेष्ठतम माना है। राजा को ऋषि की बुद्धि से परिचालित होना चाहिए; जो ऋषि राजाओं के आदेशों की परिधि में घिर कर चिन्तन करता है, वह ज्ञान की नहीं पाखण्ड की वृद्धि करता है।..."

शान्तनु ने रुक कर सत्यवती की ओर देखा : उसकी आँखों में उन्होंने अपने लिए तिरस्कार का भाव पाया। उन्हें लगा, जैस सत्यवती ने उनकी बात सुनी ही न हो; सुनी हो तो ग्रहण न की हो। वस्तुतः सत्यवती के मन में तर्क-पद्धति नहीं थी, दृढ़-बद्ध धारणाएँ थीं। वह तर्क के मार्ग की यात्रा नहीं करती थी, अपने लक्ष्य पर धारणाओं के बाण चलाती थी। जाने बूढ़ा दासराज

इसे किस प्रकार समझाता होगा...पर शायद दासराज की बुद्धि के साथ इसका जो तादात्म्य है, वही इन दोनों के चिन्तन के साम्य का आधार रहा होगा। आख़िर दासराज ने अपनी देख-रेख में अपने ढंग से ही तो इसका बौद्धिक विकास किया होगा। तभी तो इन पिता-पुत्री को, भीष्म को उसके समस्त अधिकारों से वंचित करते हुए क्षण-भर भी नहीं लगा।...फिर पिता और पति में भेद होता है। नारी-मन कहीं पिता को समर्थन दे कर और पति का उल्लंघन कर तुष्टि पाता है। पति ही उसका निकटतम मित्र है, और वही उसका घोरतम शत्रु। पति-विजयिनी नारी ही तो स्वयं को सारे नियमों से मुक्त पाती है...यही गंगा ने किया और वही अब यह सत्यवती भी करना चाहती है।...

विचित्र स्थिति है—शान्तनु सोच रहे थे—सत्यवती की सन्तान उनकी भी सन्तान थी—जैसे गंगा की प्रत्येक सन्तान, उनकी सन्तान थी। पर गंगा ने भी अपनी सन्तानों पर सर्वाधिकार की घोषणा की थी और अब यह सत्यवती भी वही कर रही है। वे जनक भी हैं और पिता भी...किन्तु उनके हाथों में केवल दायित्वों के बन्धन हैं, अधिकार-दण्ड उनके पास नहीं है।

"ठीक है।" सहसा वे बोले, "तुम्हारे पुत्र की शिक्षा-दीक्षा राजप्रासाद में ही होगी। भीष्म को अब शासन नहीं करना है; वह गुरु-कार्य ही करे! वह शस्त्र और शास्त्र—दोनों की ही शिक्षा देने में समर्थ है।"

"क्यों? भीष्म क्यों?" सत्यवती, शान्तनु से सहमत नहीं हो सकी, "भीष्म राजकुमार है, राजगुरु नहीं। उसमें गुरु की योग्यता कहाँ है?"

"उसमें विश्व-गुरु होने की योग्यता है।" शान्तनु की दृष्टि आकाश की ओर उठ गयी और स्वर स्वप्निल हो गया, जैस वे पृथ्वी पर नहीं, किसी और लोक में जी रहे हों, "जो व्यक्ति अपना और अपनी अगली पीढ़ियों का समग्र लौकिक सुख, किसी एक व्यक्ति के सुख के लिए इतनी सरलता से त्याग सकता है, उससे बड़ा अनासक्त और कौन होगा। अनासक्ति गुरु का पहला गुण है।...और फिर तुम्हारा राजकुमार..."

"युवराज!" सत्यवती ने तत्काल संशोधन किया।

"हाँ! हाँ! युवराज!" शान्तनु बोले, "तुम्हारा युवराज राजप्रासाद में शिक्षा ग्रहण करेगा; उसके गुरु के मन में राज-वैभव के सान्निध्य के कारण क्षुद्रत्व भी विकसित नहीं होगा—क्योंकि वह राजसेवक कर्मचारी नहीं होगा, स्वामी होगा। उसके पास राजकुमार का अधिकार भी होगा, गुरु का भी...।"

"नहीं!" सत्यवती का स्वर कुछ आदेशात्मक हो गया था, "मैं यह नहीं भूल सकती कि मेरे कारण भीष्म वंचित हुआ है।...और वह भी इसे कभी नहीं भुला पायेगा।...और इस वंचना के कारण वह मेरे पुत्र को वंचित करे—इस

सम्भावना को मैं कभी जन्म नहीं लेने दूँगी।"

"वह सम्भावना कहाँ है सत्यवती?"

"भीष्म मेरे युवराज का गुरु होगा, तो इसी की सम्भावना है। मैं इस षड्यन्त्र में आपकी सहायक नहीं हो सकती।"

अवाक शान्तनु, सत्यवती को देखते ही रह गये।

जब और चुप नहीं रह सके तो बोले, "तुम्हें अपने पुत्र के सन्दर्भ में भीष्म से किसी प्रकार के अनिष्ट की आशंका है?"

"अनिष्ट की नहीं, प्रतिशोध की!" सत्यवती के स्वर में कहीं संकोच का एक कण भी नहीं था।...उसके लिए यह अनुमान या आशंका न हो कर, पूर्ण सत्य था।

"भीष्म ऐसा व्यक्ति नहीं है।" शान्तनु दृढ़ता से बोले, "तुम उसे आज तक समझ नहीं पायीं।"

"अपना दाना छीनने वाले को तो चींटी भी काट लेती है, भीष्म तो मनुष्य है।" सत्यवती स्थिर वाणी में बोली, "मछली के एक बोझ के पीछे मैंने मछुवारों को एक-दूसरे की हत्या करते हुए देखा है।"

"तो सत्यवती! तुमने आज तक मछुआरे ही देखे हैं, क्षत्रिय राजकुमार नहीं।" शान्तनु रोषपूर्वक बोले, "जो निर्बलों की रक्षा के लिए अपने प्राण दे देते हैं। तुम हीन कोटि के मनुष्यों में पली हो तो इसका अर्थ यह नहीं है कि सृष्टि में उत्कृष्ट कोटि के लोगों का अस्तित्व ही नहीं है।"

"हम निर्धन हैं, इसलिए हीन हैं?" सत्यवती जैसे तड़प कर बोली।

"निर्धन हीन नहीं होते।" शान्तनु बोले, "निर्धन तो ऋषि-मुनि-तपस्वी भी हैं। मैं तो जीवन-मूल्यों की बात कर रहा हूँ। मानव के रूप में व्यक्ति धन से हीन या श्रेष्ठ नहीं होता। व्यक्ति श्रेष्ठ होता है, अपने आचरण से; और उसके आचरण की पृष्ठभूमि में होते हैं उसके मूल्य! भीष्म का आचरण देखो। कुरु-राज्य उसके लिए कोई अर्थ नहीं रखता। जीवन के सुख-भोग उसके लिए कोई महत्त्व नहीं रखते; और तुम्हारा विचार है कि वह तुम्हारे पुत्र से—अपने भाई से प्रतिशोध लेगा?"

"देखिए! आप कुछ भी कहें।" सत्यवती का स्वर शान्तनु के लिए स्पष्ट उपेक्षा लिए हुए था, "इस विषय में मैं अपनी बुद्धि पर ही विश्वास करना चाहूँगी। अपनी सन्तान के जीवन और भविष्य के विषय मे निर्णय करने का अधिकार मैं अपने पास ही रखना चाहूँगी। और मेरा स्पष्ट निर्णय है कि मैं अपने पुत्र की शिक्षा-दीक्षा का दायित्व भीष्म पर नहीं छोड़ना चाहती। जिससे मेरे पुत्र के अनिष्ट की सर्वाधिक आशंका है, उसे मैं अपने पुत्र का गुरु

नियुक्त नहीं कर सकती।"

शान्तनु ने क्रोध-भरी दृष्टि से सत्यवती को देखा, जैसे अभी कोई बहुत ही कड़वी बात कह देंगे; और फिर अकस्मात ही जैसे ज्वार का भाटा आरम्भ हो गया। क्रोध को वह गरल-घूँट के समान पी गये। इस बार बोले तो उनका स्वर अत्यन्त शान्त था, "तेरी ही इच्छा पूर्ण हो सत्यवती! मैं समझ लूँगा कि तेरे पुत्र के भाग्य में अच्छा गुरु नहीं था।...मैं तुमसे विवाद नहीं करना चाहता। निर्णय तुम्हारा ही रहेगा; किन्तु तुम्हें कुछ सूचनाएँ अवश्य देना चाहता हूँ। सुनोगी?"

"कहिए।" सत्यवती ने कहा; किन्तु उसकी भंगिमा स्पष्ट कह रही थी कि शान्तनु की बात सुनने की उसे तनिक भी इच्छा नहीं है। जो कुछ भी वह सुनेगी उपेक्षा की रुई से मुँदे कानों से ही सुनेगी।

"भीष्म मनुष्य नहीं, देवता है।" शान्तनु बोले, "वह मेरा पुत्र है; किन्तु मेरे मन में उसका सम्मान किसी महापुरुष से कम नहीं है। यदि कहीं वह तुम्हारे पुत्रों का गुरु बन जाता, तो उनमें भी देवत्व जगा देता। वह धर्म का आधार है। उसके स्पर्श मात्र से तुम्हारे पुत्रों की आत्मा स्वर्णमयी हो जाती।...भीष्म से अपने पुत्रों को दूर कर उनको वंचित करोगी। भीष्म का तो अब बिगड़ने को कुछ शेष रहा ही नहीं। उससे तो अब संसार को पाना-ही-पाना है, वह संसार से कुछ ग्रहण तो करेगा ही नहीं।"

"कह चुके?" सत्यवती ने पूर्ण उपेक्षा से पूछा।

"हाँ!"

"तो मेरी बात भी सुन लीजिए।" वह दृढ़तापूर्वक बोली, "यदि मैं आपकी बात मान भी लूँ कि भीष्म मेरे पुत्रों की हत्या नहीं करेगा, उनकी रक्षा करेगा। यदि मैं विश्वास कर भी लूँ कि भीष्म देवता है—त्याग, दया, ममता और क्षमा की मूर्ति है; और मेरे पुत्र उसके सान्निध्य से वैसे ही हो जायेंगे," उसका स्वर और भी प्रखर हो गया, "तो मैं अपने पुत्रों को उसकी छाया से भी दूर रखना चाहूँगी।"

"क्यों?" शान्तनु के लिए यह सब अत्यन्त अप्रत्याशित था।

"क्योंकि मैं अपने पुत्रों को भीष्म जैसा त्यागी-संन्यासी नहीं बनाना चाहती, जिसे तनिक-से प्रयत्न से ही कोई पूर्णतः वंचित कर जाये।" वह बोली, "मैं चाहूँगी, मेरे पुत्र राजकुमार बनें, संन्यासी नहीं। मैं चाहूँगी कि वे अपना अधिकार त्यागने के स्थान पर अपने अधिकारों के लिए लड़ मरें। यह संसार जूझ मरने-वाले लोगों का क्षेत्र है। मैं भीष्म जैसे कापुरुष को अपने पुत्रों का गुरु नियुक्त नहीं करूँगी।"

शान्तनु ने सत्यवती की आँखों में भयंकर हिंसा देखी।

"मैंने तो सुना था कि स्त्री दया, माया, ममता, करुणा और उदारता की मूर्ति होती है।" शान्तनु जैसे अपने-आप से कह रहे थे।

"मैं वैसे नारी नहीं हूँ। और न ऐसा कोई आदर्श पालने की मेरी इच्छा है, जिसमें बाँधकर मुझे मूर्ख बनाया जा सके।" सत्यवती बोली, "आपने यह भी सुन रखा होगा कि नारी वासना भी है और माया भी। उसमें इच्छाएँ होती हैं। वह पृथ्वी के मृण्मय तत्त्वों से बनी है, इसलिए उसमें भोग और भोग के अधिकार की लालसा होती है। वह पृथ्वी के समान प्रत्येक वस्तु पर अपना अधिकार चाहती है। धन, वैभव, सत्ता—सबकी माया व्यापती है मुझे। मैं कुरुकुल की रानी हूँ और हस्तिनापुर के सम्राट की माँ के रूप में राजमाता भी बनना चाहती हूँ। निवृत्ति, अध्यात्म, त्याग, बलिदान की बातें नहीं भातीं मुझे।...और मैं चाहूँगी कि मेरे पुत्र भी ऐसे ही हों।"

शान्तनु अवाक्-से सत्यवती को देखते रह गये। जिस स्पष्ट रूप से उसने अपने स्वरूप को स्वीकार किया था, उसके बाद कहने को कुछ रह ही कहाँ जाता था। शान्तनु का मन हुआ कि कहें कि 'यदि तुमने अपने विषय में सच-सच बताया है, तो देवि! तुम्हें पा कर अपनी कल्पनाओं में जिस स्वर्ग का मैंने निर्माण किया था, वह ध्वस्त हो चुका।'...पर कहने का कोई अवसर तो होता...

"तुम्हारी इच्छा पूरी होगी।" शान्तनु बोले, "तुम्हारे पुत्रों की शिक्षा का दायित्व भीष्म पर नहीं होगा। तुम्हारे पुत्र ऋषिकुलों या गुरुओं के आश्रमों में भी नहीं जायेंगे। तुम्हारे पुत्रों की शिक्षा-दीक्षा, राजप्रासाद में ही होगी।"

"उनका गुरु कौन होगा?"

"कोई असाधारण मनीषी, कोई ऋषि तो राजप्रासाद का कर्मचारी बन कर आयेगा नहीं।" वे बोले, "राजाश्रित कोई ब्राह्मण उनके आचार्य का कार्य सँभालेगा।"

"ठीक है।" सत्यवती कुछ सन्तुष्ट-सी हुई, "मैं नहीं चाहती कि मेरे पुत्र ऋषियों और गुरुओं के अधिक प्रभाव में आयें। मैं तो यह समझती हूँ कि भीष्म का बचपन भी यदि आश्रमों में न बीता होता, तो वह सांसारिक सुखों से इस प्रकार विरक्त न होता।...इसलिए मैं नहीं चाहती कि वह मेरे पुत्रों के अधिक सम्पर्क में आये।"

"तुम्हारी यह इच्छा भी पूरी होगी।"

शान्तनु उठ कर कक्ष से बाहर चले गये।

रात को बहुत देर तक शान्तनु को नींद नहीं आयी। एक समय था जब स्वयं

उन्हें भीष्म से विरोध था कि वह इतना उदासीन और उदार क्यों है। तब उन्होंने भी यही सोचा था कि इस उदासीनता के मूल में उसका शैशव ही है...ऋषियों का सान्निध्य और उनका शिक्षण।...किन्तु आज वे स्पष्ट देख रहे थे कि उदासीनता कितनी उदात्त होती है और आसक्ति कितनी क्षुद्र! ऋषियों की अनासक्त-उदार दृष्टि जीवन की संकीर्णताओं से ऊपर उठ कर, बहुत दूर तक देखती है, और इसलिए वही स्वस्थ दृष्टि है। वे जीवन के यथार्थ को समझते हैं शायद! इसलिए जीवन-सरोवर के ऊपर से काई हटा कर, वे स्वच्छ जल ही पीते हैं। भीष्म वंचित हुआ और शान्तनु की कामना पूर्ण हुई, किन्तु दोनों में से सुखी कौन है—भीष्म या शान्तनु? निश्चित रूप से निष्काम भीष्म, पूर्णकाम शान्तनु से अधिक सुखी है। कामना, सुख का नहीं, छलना और यातना का दूसरा नाम है।...कामनाओं के प्रपंच को शान्तनु से अधिक अब और कौन समझ सकता है...कामना पूर्ण होने पर भी कोई कभी पूर्णकाम हुआ है क्या? क्या माँगा था उन्होंने, और क्या पाया...। गंगा के व्यवहार से ही चकित थे शान्तनु। ...और अब यह सत्यवती।...शान्तनु ने देवव्रत को पाना चाहा, तो गंगा छोड़ गयी...अब दूसरी सन्तान और दूसरी पत्नी की इच्छा की तो वह उनको पहली सन्तान से ही वंचित करना चाहती है...कैसी होती है नारी? कैसी-तर्क-पद्धति है उसकी? और क्या चाहती है वह?...वह अपना हित-अहित, अपना स्वार्थ तक नहीं समझती। शान्तनु समझाना चाहें, तो भी समझने को तैयार नहीं है, या समझने की क्षमता ही नहीं दी, स्रष्टा ने उसे? क्या इसीलिए नारी को वामा कहा जाता है?...जो भुजाएँ उसके पुत्रों की रक्षक होंगी, उन्हें ही काट डालना चाहती है वह।

और शान्तनु की इच्छा से आयी है वह इस घर में। शान्तनु की प्रार्थना पर! माँग कर आग लाये हैं शान्तनु, अपने घर की नींव में धरने के लिए, ताकि उनका घर चल जाये।...और आज यदि वे चाहें तो सत्यवती को त्याग पायेंगे क्या? सत्यवती के रुष्ट मात्र होने के भय से तो वे ऐसे विचलित हो जाते हैं कि जब तक उसे मना न लें, तब तक उनकी व्याकुलता उनका पीछा नहीं छोड़ती...अलग होने की तो बात ही क्या? उनकी यह विवेकशून्य कामुकता!...कैसी दुर्बलता दे दी है माँ सृष्टि ने इस कठोर, समर्थ और परुष पुरुष को। उनकी यह मूर्ख आसक्ति जाने क्या-क्या दिखायेगी उन्हें!

11

भीष्म के सामने एक विराट शून्य आ खड़ा हुआ था।

उनके आस-पास के सारे परिवेश में उनके आचरण की उपलब्धि की गूँज थी...आज तक किसी ने स्वेच्छा से इतनी कठोर प्रतिज्ञा नहीं की थी। दशरथी राम ने पिता की सुविधा के लिए राज्य छोड़ा था—चौदह वर्षों के लिए। इस त्याग से वह अवतार हो गये...भीष्म ने तो अपने पिता के सुख के लिए, सदा के लिए राज्य छोड़ दिया था...राज्य ही नहीं, नारी सुख भी!...कम बड़ी उपलब्धि थी यह? पर इस उपलब्धि के पश्चात उनके सामने इतना बड़ा शून्य क्यों है! उपलब्धि से व्यक्ति कहीं भराव का अनुभव करता है, रिक्ति का नहीं। उपलब्धि और शून्य साथ-साथ नहीं चलते...

क्या भीष्म के मन में पश्चात्ताप है?

वह आत्मनिरीक्षण करते हैं। अपने मन का कोना-कोना छान मारते हैं। नहीं!...कहीं एक कण-भर भी पश्चात्ताप नहीं है। उन्होंने जो प्रतिज्ञा की है—ठीक की है। वह किसी आवेश या भावुकता में की गयी प्रतिज्ञा नहीं है, जिससे सहज होते ही वंचित होने का अहसास हो।...नहीं! भीष्म वंचित भी नहीं हुए हैं।...फिर से वही स्थिति आये...फिर वही विकल्प उनके सामने हों, तो भीष्म फिर से वही प्रतिज्ञा करेंगे...इस प्रतिज्ञा और इस त्याग ने उनके अस्तित्व को एक उदात्त धरातल पर ला कर खड़ा कर दिया है।...नहीं! यह उनका अहंकार नहीं है। उनके भीतर अहंकार का कलुष जमा नहीं हो रहा है। पर इस सच्चाई से वे कैस मुँह मोड़ सकते हैं कि त्याग से आदमी ऊँचा उठता है। अपने इस एक कृत्य से वे अपने पिता से भी जैसे बड़े हो गये हैं। कल तक वे मात्र युवराज होने के कारण आदरणीय थे; आज वे वयोवृद्ध मन्त्रियों और प्रौढ़ सेनापतियों के लिए व्यक्ति के रूप में भी पूज्य हो गये हैं। उन्होंने जैसे अपने वय से बड़ा हो कर दिखा दिया है। काल की इकाइयों को बौना कर दिया है...पर यहीं से जैसे भीष्म के लिए एक निरर्थकता का-सा बोध भी जन्म लेने लगा है।

एक लम्बी आयु है भीष्म के सामने। पर क्या करना है, इस आयु का उन्हें? किसलिए चाहिए भीष्म को लम्बी आयु?...सौ शरद जीने की कामना करते हैं वैदिक ऋषि। भीष्म को सौ शरद जी कर क्या करना है?...भोग के लिए? ग्रहण के लिए? विस्तार के लिए? रक्षण के लिए? त्याग के लिए? दान के लिए? आत्मविकास के लिए?...

भीष्म के मन में अब किसी भोग का आकर्षण नहीं है। भोगों का

चरम—नारी सुख, उन्होंने त्याग दिया है, अब जीवन में धन-सम्पत्ति, वैभव, भूमि, प्रासाद...किसके लिए चाहिए भीष्म को? जिसने कुरु-राज्य छोड़ दिया उसके लिए कोई भी सम्पत्ति कोई अर्थ रखती है क्या?...अकस्मात ही जैसे भीष्म के लिए इस संसार का प्रपंच संकुचित हो गया था। माया-जाल सिमट गया था..

यह राज्य उनका नहीं है। वे प्रजा के युवराज नहीं हैं। यह प्रजा उनकी नहीं है। अब उनका कोई अधिकार नहीं है, और इसलिए उनका कोई दायित्व भी नहीं है। किसका न्याय करना है उन्हें? किसका पालन करना है, और किसकी रक्षा करनी है?...प्रजा उनकी है ही नहीं...

भीष्म समझ नहीं पा रहे थे कि सहसा उनकी आँखों के सामने से कोई धुँधलका साफ़ हो गया है या सारा कुछ धुँधला हो गया है...जब सारे भोग शरीर का क्षय करते हैं, तो व्यक्ति उन्हें भोगता क्यों है? जब सब कुछ त्यागना ही है तो ग्रहण किसलिए?...त्याग के लिए ग्रहण? अर्थात जो अन्तिम लक्ष्य है, जहाँ तक पहुँचना है, उसी के विपरीत आचरण?...प्रकृति मनुष्य से चाहती क्या है? ...वह जन्म ले और इस माया-जाल के प्रति आकृष्ट हो, आसक्त हो, उसे ग्रहण करने के लिए अपना विकास करे। एक-एक वस्तु को प्राप्त करता चले...और सहसा वह अनुभव करे कि वस्तुएँ तो वहीं-की-वहीं हैं, किन्तु उसकी अपनी ही पकड़ ढीली पड़ रही है। वस्तुएँ उससे छिन नहीं रहीं—वह स्वयं ही उन्हें ग्रहण करने में असमर्थ होता जा रहा है। उसके दाँत चबाते नहीं। आँखें देखती नहीं। कान सुनते नहीं। हाथ पकड़ते नहीं। पैर चलते नहीं। उसके शरीर के वे सारे अंग, भोग तक पहुँचने के लिए उसके सारे उपकरण, न केवल असमर्थ हो रहे हैं, वरन उलट कर उसी को पीड़ा दे रहे हैं...एक मन ही है जो याचना करता ही चला जाता है...उसका आकर्षण कम नहीं होता। वह जैसे इन्द्रियों के अभाव में भी इस सुख-सम्पदा में धँसता चलता है...तब या तो अगले जन्म की तृष्णा पालता है, या अपनी सन्तान के माध्यम से भोग की ओर बढ़ता है—प्रकृति उसके साथ परम्परा को चलाये चलने का खेल खेलती है...

पर भीष्म के साथ तो यह खेल भी नहीं चलेगा। भीष्म की कोई सन्तान नहीं होगी, कोई परम्परा नहीं होगी, पुनर्जन्म भी नहीं होगा। क्या करना है भीष्म को पुनर्जन्म का। जो कुछ इस जीवन में छोड़ा है, उसे भोगने के लिए दूसरा जन्म...यदि यह सब भोगने के लिए होता, तो इसी जन्म में क्यों त्याग देते उसे भीष्म...त्यागा है तो इस चक्र से मुक्ति पाने के लिए...उसको चलाने या बढ़ाने के लिए नहीं...

तो फिर भीष्म के लिए क्या करणीय है? इस शरीर और जीवन की कोई

सार्थकता नहीं? पर आत्महत्या पाप है। इस शरीर को तो बनाये रखना होगा। ...क्यों बनाये रखना होगा?...धर्म?...अर्थ...काम?...मोक्ष?...अर्थ और काम उनके लिए नहीं हैं। मोक्ष तो धर्म पर चलने से ही मिलेगा।...पर क्या है भीष्म का धर्म? क्या भीष्म का धर्म अन्य व्यक्तियों से भिन्न होगा? प्रत्येक व्यक्ति का एक ही धर्म है या...सबको अपना-अपना धर्म खोज निकालना पड़ता है? राजा शान्तनु निषाद-कन्या में आसक्त हुए—उनका धर्म था, उससे विवाह करना। उन्हें और सन्तान चाहिए थी, वंश को चलाये रखने के लिए, राज्य के रक्षण के लिए...उनका धर्म था विवाह करना। सत्यवती के पिता का धर्म था, कन्या-दान से पूर्व अपनी पुत्री और उसकी सन्तान के अधिकारों की रक्षा की व्यवस्था।...उन्होंने वही किया। ...तो फिर भीष्म का ही क्यों यह धर्म था कि वे अपने अधिकारों की रक्षा न करते? उनका धर्म, त्याग क्यों था?...क्या उनका धर्म नहीं था कि वह इसका विरोध करते और आवश्यक होने पर शस्त्र-प्रयोग करते?...पुत्र के रूप में उनका धर्म था त्याग; और व्यक्ति के रूप में उनका धर्म था, अपने अधिकारों की रक्षा ...। वे पुत्र हैं या व्यक्ति? प्रत्येक पुत्र व्यक्ति भी होता है; और प्रत्येक व्यक्ति पुत्र भी होता है। वह पुत्र पहले है या व्यक्ति?...

सहसा उनके मन में एक बहुत पुराना दृश्य जैसे साकार हो उठा, मानो किसी संग्रहालय में से किसी ने कोई बहुत पुराना चित्र निकाल कर उसकी धूल झाड़, उनके सामने सजा दिया हो...

गंगा-तट के वन में मृगया के बाद भीष्म थक कर एक वृक्ष के नीचे बैठ गये थे। उनके आस-पास कोई भी बड़ा पशु नहीं था। कुछ पक्षियों के स्वर वृक्षों के ऊपर से आ रहे थे। पास ही एक कुक्कुट बड़ी स्फूर्ति से, धरती पर से कुछ चुग रहा था। सम्भवतः किसी प्रकार के खाद्य पदार्थ के कुछ दाने हों, या कोई कीट-पतंग हो। वह बड़ी तीव्रता से अपनी चोंच के चार-पाँच प्रहार धरती पर करता और फिर गर्दन उठा कर एक बार अपने चारों ओर की धरती और वायुमण्डल का सर्वेक्षण करता और पुनः चुगने लग जाता।

भीष्म बड़ी रुचि से उसे देख रहे थे। उसका दाना चुगना तो उनकी समझ में आ रहा था; किन्तु जिस ढंग से वह रह-रह कर चारों ओर का सर्वेक्षण करता था, वह उनके मन में अनेक प्रकार की जिज्ञासाएँ उत्पन्न कर रहा था। क्या यह उसकी सतर्कता थी? क्या वह आशंकित था कि कोई उसका दाना छीन लेगा या कोई उसके प्राण हर लेगा?...या यह उसका अहंकार था? क्या वह चारों ओर देख कर यह जताना चाहता था कि यह मेरी विचरण-भूमि है। देखो मैं कितना सुखी हूँ। क्या व्यक्ति का सुखी होना ही पर्याप्त नहीं है? उस

सुख का प्रदर्शन भी अवश्य होना चाहिए? क्या विपन्नता से तुलना किये बिना सम्पन्नता का कोई महत्त्व नहीं है?

भीष्म के मन में आया कि एक बाण मार कर अभी उसका सारा अहंकार चूर कर दें। इतना छोटा-सा जीव, जिसे बाण तो क्या, कोई कंकड़ी भी दे मारे तो प्राण निकल जाये; कोई हाथों में पकड़ उसकी गर्दन मरोड़ दे, या वह किसी भी बड़े जीव के पैर के नीचे आ जाये, तो उसकी जीवन-लीला समाप्त हो जाये...वही जीव इस प्रकार वक्ष फुलाये, स्फीत अहंकार लिए घूम रहा है, जैसे सारी सृष्टि का स्वामी हो...

तत्काल उनके मन में एक धिक्कार उठा : क्या यह भीष्म का अपना अहंकार नहीं है? उनसे भी तो बड़ी शक्तियाँ हैं। अपने स्थान पर बैठा स्रष्टा, भीष्म को देख कर भी, इसी प्रकार मुस्कुरा रहा होगा...बड़ा धनुष-बाण लिए घूम रहा है, जैसे सारी सृष्टि का संहार कर डालेगा। अभी आकाश से बिजली टूटे तो भीष्म यहीं बैठा-बैठा क्षार हो जायेगा। धरती में एक दरार पड़े और भीष्म उसके भीतर समा जायेगा। अभी भीष्म की हृदयगति रुक जाये, तो भीष्म बैठा-बैठा ही सो जायेगा।...तब कहाँ रहेगा, भीष्म का अहंकार...कि वह एक क्षण में बाण से इस कुक्कुट को मृत्यु-शैया पर सुला सकता है?...

तभी वृक्षों के पीछे एक और वैसा ही कुक्कुट प्रकट हुआ। भीष्म को लगा, यह पहले का ही कोई सम्बन्धी होगा। इनका परिवार भी यहीं कहीं आस-पास होगा...पर उसे देखते ही पहले कुक्कुट के मुख से क्रोध-भरी ध्वनियाँ निकलने लगीं। उसकी गर्दन तन गयी। गर्दन के पँख फैल गये और वह पूर्णतः रौद्र मुद्रा में आ गया। यही स्थिति दूसरे कुक्कुट की हुई और वे दोनों विधिवत लड़ने लगे। उनके पँजों और चोंचों का प्रहार कठोरतर और क्रूरतर होता गया और उनके कण्ठ उग्रतर युद्ध-घोष करने लगे।

कुछ ही क्षणों में दोनों के शरीर से अनेक स्थानों से पँख झड़ गये थे और रक्त की लालिमा उभर आयी थी। किन्तु उनका युद्ध-वेग शिथिल नहीं हुआ : वह उग्रतर ही होता चला गया।

थोड़ी देर में उनके शरीरों से रक्त-बिन्दु टपकने लगे थे और गर्दनें तथा टाँगें, रक्त से भीग आयी थीं।

बिना किसी पूर्व-योजना या चिन्तन के, अनायास ही भीष्म उनकी ओर बढ़ गये और उन्हें धमकाया, "भागो! व्यर्थ क्यों रक्तपात कर रहे हो?"

दोनो कुक्कुट भाग गये, पर भीष्म वहीं बैठे सोचते रहे : किसलिए लड़ रहे थे ये कुक्कुट? क्यों अपना रक्त बहा रहे थे; और क्यों एक-दूसरे के प्राण लेने पर तुले हुए थे? कौन-सी सम्पत्ति है, जिसके लिए इतना रक्तपात हुआ? वन में

इन दोनों और वैसे ही सहस्रों कुक्कुटों के लिए प्रकृति ने भोजन उपलब्ध करा रखा है। वह तो सबको देती है, फिर ये एक-दूसरे की हत्या करने पर क्यों तुले हुए थे?...यदि कहीं वे इन कुक्कुटों की भाषा समझ सकते और उनसे यह प्रश्न पूछते, तो सम्भवतः उनका उत्तर होता : 'अधिकार-रक्षा के लिए!'

तभी उन्हें लगा, जब मनुष्य अकेला-दुकेला लड़ता है या सेनाएँ ले कर एक-दूसरे पर आक्रमण करता है, तो विधाता भी इसी प्रकार हँसता होगा, 'मूर्खो! तुम सबके लिए पर्याप्त है सृष्टि के पास। फिर क्यों व्यर्थ युद्ध करते हो?'

और आज फिर भीष्म के मन में अधिकार की बात उठी थी। अपने अधिकार के लिए भीष्म विरोध करते—किसका? अपने पिता का? अपने अजन्मे भाइयों का?...क्या छिन गया है भीष्म का? किस बात का अभाव है उनको? संघर्ष करके और ऐसा क्या मिल जायेगा भीष्म को, जिससे उन्हें किसी नये सुख, किसी नयी उपलब्धि की अनुभूति होगी?

...और सहसा उन्हें लगा, उनके मन में किसी के लिए कोई विरोध नहीं है। किसी से कोई शिकायत नहीं है उन्हें...न पिता से, न माता से...किसी और से भी नहीं...

उन्हें बड़ा हल्का-हल्का-सा लगा, जैसे मन में कोई उल्लास समा गया हो। सत्यवती को पा कर पिता प्रसन्न हैं। अपनी भावी सन्तान के लिए राज्य का आश्वासन पा कर माता सत्यवती प्रसन्न हैं...। भीष्म कृतकृत्य हो गये...उन्हें अपने लिए कुछ नहीं चाहिए...

उनकी इच्छा हुई, चल कर माता-पिता से मिल आयें। बहुत दिनों से वह उधर गये भी नहीं थे।

दासियाँ भीष्म को सत्यवती के कक्ष में नहीं ले गयीं। उन्हें एक बड़े और सुसज्जित कक्ष में बैठा दिया गया था; और महारानी को सूचना देने की बात कह कर दासियाँ चली गयी थीं।

प्रासाद का यह खण्ड नया नहीं था, और न भीष्म ही इस कक्ष में पहली बार आये थे; किन्तु यहाँ सब-कुछ परिवर्तित हो चुका था। इतना, कि कक्ष को पहचानना कठिन हो रहा था। सारी साज-सज्जा बदल डाली गयी थी, और अब तक जिन वस्तुओं को इस कक्ष में देखने के वे अभ्यस्त थे, उनमें से एक भी यहाँ नहीं थी। यहाँ तक कि सारी दासियाँ भी नयी और अपरिचित ही लगीं।

थोड़ी देर में एक दासी लौटी, "राजकुमार! महारानी इस समय अस्वस्थ हैं। आपसे भेंट कर सकने में असमर्थ हैं।"

"माता अस्वस्थ हैं?" भीष्म ने जैसे अपने-आपसे कहा, "मुझे तो कोई सूचना नहीं थी। माता यहाँ नहीं आ सकतीं, तो मैं ही भीतर चलता हूँ। चलो, मार्ग दिखाओ।"

"क्षमा करें राजकुमार!" दासी बहुत विनीत भाव से बोली, "आपको भीतर ले चलने की अनुमति नहीं है। महारानी आपसे भेंट करने की इच्छुक नहीं हैं।"

भीष्म ने आश्चर्य से दासी को देखा : क्या कह रही है यह मूर्खा? माता उनसे भेंट करने की इच्छुक नहीं हैं।...वह अस्वस्थ हैं। मिल सकने की स्थिति में नहीं हैं। उनका मन अशान्त है। वे एकान्त चाहती हैं...कोई भी कारण हो सकता है।...पर यह कह रही है कि वे मिलने की इच्छुक नहीं हैं...इन नयी दासियों के साथ यह बड़ी समस्या है। इन्हें भाषा के सम्यक उपयोग का ज्ञान नहीं है। कुछ भी कह देंगी। उनके शब्दों से क्या ध्वनित हो रहा है, इसका इन्हें तनिक भी आभास नहीं है।...अब इस समय भीष्म माता के स्वास्थ्य की चिन्ता करें या इस दासी को व्याकरण और साहित्य पढ़ायें...

"राजवैद्य आये थे क्या?"

"आर्य! प्रातः आये थे।"

"मैं कोई सहायता कर सकता हूँ?"

"महारानी ने ऐसा कोई आदेश नहीं दिया है।"

"अच्छा! उनका ध्यान रखना। मैं फिर किसी समय आ जाऊँगा।"

भीष्म लौट आये।

उनका मन अधिक समय तक दासी की भाषा, उसके शिष्टाचार और उसकी विनय पर नहीं अटका। सम्भवतः माता का मन ठीक नहीं था। उन पर कार्य का बोझ भी तो बहुत है : वह कुरु-साम्राज्य की महारानी हैं। उनके स्वास्थ्य की देख-भाल होनी ही चाहिए...। '...युवराज!' उनका मन कहीं अपने ऊपर ही हँसा, 'अभी कल तक तो तुम युवराज थे।' विधि का विधान भी कितना नाटकीय है। किसी को किसी भी प्रकार का पूर्वाभास नहीं होता कि कौन-सी घटना, इच्छा या प्रवृत्ति, आगामी किस बड़ी घटना का कारण बन जायेगी।...माता सत्यवती का पहला पुत्र हस्तिनापुर का युवराज हो और फिर यहाँ का सम्राट हो—इसलिए विधाता ने माता गंगा के हाथों, भीष्म के सात बड़े भाइयों को जीवन-मुक्त करा दिया...और भीष्म के मन को आसक्ति से शून्य कर दिया। जब विधि ने यही रच रखा था, तो गंगा के आठों पुत्र कैसे जीवित रह सकते थे...

सन्ध्या समय शान्तनु प्रासाद में लौटे। सबसे पहले वह सत्यवती के पास गये।

"कैसी हो सत्या?"

"ठीक हूँ! आपका दिन कैसा बीता?"

"सभा में बहुत काम था। थक गया हूँ।" शान्तनु ने किरीट उतार कर दासी के हाथों में पकड़ा दिया, "भीष्म बहुत सारा काम सँभाल लिया करता था, पर इधर वह एक प्रकार से वैरागी हो गया है—दिन-भर अध्ययन, चिन्तन और मनन में डूबा रहता है।...वैसे उसका दोष भी क्या है," शान्तनु आ कर सत्यवती के पास बैठ गये, "जब मैंने ही उसका युवराजत्व छीन लिया; जब उसे कौरवों का राजा ही नहीं बनना है; जब उसे प्रजा का पालन ही नहीं करना है, तो वह कार्य किसके लिए करे। राज-काज में अपना मस्तिष्क क्यों खपाये। ऐसे में उसमें ज्ञान और साधना की प्रवृत्ति बढ़ रही है, तो अनुचित भी क्या है।..."

सत्यवती बोली तो उसका स्वर कुछ अधिक ही उत्तेजित था, "मुझे बार-बार न सुनायें। उसने स्वयं वचन दिया था। उसे किसी ने बाध्य नहीं किया था।"

"सत्या!" शान्तनु जैसे अपने क्षोभ को सन्तुलित कर रहे थे, "तुम्हें कौन सुना रहा है। मैंने तो एक बात कही है।"

"हाँ! कही तो बात ही है, पर मैं उसका अभिप्राय समझती हूँ।" वह बोली, "यदि आप समझते हैं कि यह सब सुन कर, मैं दया से विगलित हो कर, उसे उसके वचन से मुक्त कर दूँगी, तो यह आपकी भूल है।...मैं इतनी कोमल-हृदया नहीं हूँ।"

शान्तनु हँसे; पर उस हँसी का खोखलापन स्वयं उन्हें ही चौका गया, "तुम्हें ऐसी ही परिस्थितियों से मुक्त रखने के लिए, वह तुमसे दूर रहता है। और शायद सब कुछ भूलने के लिए ही इस प्रकार चिन्तन-मनन में लगा रहता है।"

"कोई नही लगा रहता वह चिन्तन-मनन में," सत्यवती तमक कर बोली, "और न वह मुझसे दूर ही रहता है।...वह आज यहाँ आया था।"

शान्तनु चौंके, "भीष्म यहाँ आया था?"

"हाँ!"

"क्या बातें हुई?"

"मैं उससे नहीं मिली।"

"क्यों?"

"मेरी इच्छा।" सत्यवती कुछ और तीखी पड़ी "और भविष्य में भी उससे नहीं मिलूँगी। आप अपने भीष्म से कह दें, कि वह मेरे प्रासाद में न आया करे। मुझे उससे मिलने में कोई रुचि नहीं है।"

शान्तनु ने कुछ रोष से सत्यवती को देखा, फिर जैसे उस रोष को पी गये। स्वयं को कुछ संयत किया और बोले, "कह दूँगा।" फिर जैसे इतने से सन्तुष्ट न हो पाये हों, "क्या मैं पूछ सकता हूँ उसका दोष क्या है?"

"दोष हो या न हो।" सत्यवती बोली, "इसमें विवाद की क्या बात है। मैं उससे नहीं मिलना चाहती।"

शान्तनु कुछ नहीं बोले।

"एक बात और है।" थोड़ी देर बाद सत्यवती बोली।

"क्या?"

"मेरे पुत्र चित्रांगद का युवराज्याभिषेक कर दिया जाये। सारी प्रजा और स्वयं भीष्म भी देख ले कि हस्तिनापुर का युवराज कौन है।"

शान्तनु अपने चिन्तन में डूबे-डूबे, जैसे बड़ी बाध्यता में बोले, "तुम्हारी इच्छा पूरी होगी।"

12

शान्तनु अपने परामर्श-कक्ष में बैठे सूचनाएँ सुन रहे थे। एक के बाद एक चर आ रहा था और विभिन्न क्षेत्रों के समाचार उन्हें दे रहा था। शान्तनु मानो राजा की दिनचर्या मात्र पूरी कर रहे थे...उन समाचारों में कुछ भी असाधारण नहीं था...कुछ समाचार पड़ौस के राज्यों के विषय में थे, कुछ अपनी प्रजा के विषय में, कुछ सेना और सेनापतियों के विषय में...

अगला चर हाथ जोड़ कर खड़ा था, कह कुछ भी नहीं रहा था। इस व्यतिक्रम से शान्तनु का ध्यान भंग हुआ, "क्या बात है?"

चर ने पुनः हाथ जोड़े, "राजन! बड़े द्वन्द्व में हूँ। कहने योग्य भी नहीं लगता, किन्तु आपको सूचित किये बिना भी नहीं रहा जाता।"

कुछ क्षणों तक शान्तनु सोचते रहे : ऐसी कौन-सी बात है कि चर के मन में द्वन्द्व है। कुछ भयभीत-सा भी लग रहा है।

"कहो।" वे बोले, "अभय देता हूँ।"

"महाराज।" चर बोला, "राजपरिवार के सदस्यों पर दृष्टि रखने के लिए हमारी नियुक्ति नहीं हुई है। मेरी इच्छा भी वह नहीं थी। फिर भी मेरी दृष्टि में एक बात आयी है। आपको सूचित करना चाहता हूँ।"

चर फिर मौन हो गया और शान्तनु फिर से सोचने लगे।

अन्ततः शान्तनु ही बोले, "राजपरिवार के किसी सदस्य ने कुछ अनुचित किया है क्या?"

"मैं उसे अनुचित कर्म तो नहीं कहूँगा; किन्तु उससे भविष्य में प्रजा के अनिष्ट की सम्भावना उत्पन्न होने का अवसर आ सकता है। इसलिए उसकी रोकथाम... ।"

शान्तनु ने चर की पूरी बात नहीं सुनी : ऐसा कौन-सा कर्म है, जो अनुचित तो नहीं है, किन्तु भविष्य में उससे अनिष्ट की सम्भावना है?...

"स्पष्ट कहो चर।" वे बोले, "मेरा आदेश है।"

"महाराज! राजकुमार भीष्म ने गंगा-तट पर एक कुटीर का निर्माण करवाया है; और वह अपना अधिकांश समय उसी में व्यतीत करते हैं।..."

शान्तनु के मन में आया कि कहें : 'गंगा-तट पर भीष्म ने एक कुटिया बनवा ली है, तो क्या हुआ? यह सारी भूमि उसी की है। सारा कुरु-राज्य उसका है। वह चाहे तो प्रासादों के नगर का निर्माण करवा ले...' किन्तु दूसरे ही क्षण उनका ध्यान सत्यवती की ओर चला गया।...क्या यह भी सत्यवती की ओर से उपालम्भ दे रहा है? क्या यह सत्यवती की ओर से भीष्म पर चित्रांगद की भूमि हड़पने का आरोप लगा रहा है?...पर नहीं। इसे उसकी क्या आवश्यकता है...उसने कहा है कि कर्म अनुचित नहीं है; किन्तु भविष्य में प्रजा का अनिष्ट...क्या इसका संकेत भविष्य में सम्भावित भीष्म और चित्रांगद के संघर्ष की ओर है? पर नहीं। उसने कहा है कि भीष्म अपना अधिकांश समय गंगा-तट की कुटीर में व्यतीत करता है...तो क्या वह राजप्रासाद में नहीं रहता?...

"भीष्म क्या करता है कुटीर में?" सहसा उन्होंने पूछा।

"चिन्तन-मनन, ध्यान... ।"

शान्तनु के मस्तिष्क में विद्युत कौंध गयी...गंगा-तट की कुटिया में भीष्म चिन्तन-मनन और ध्यान करता है...इस वय में...क्या वह वानप्रस्थ की ओर बढ़ रहा है?—लगा, उनके मन ने जैसे कशा फटकारते हुए, भीष्म को डाँटा, 'क्या कर रहे हो वत्स! यह तुम्हारा वानप्रस्थ का वय नहीं है। तुम्हें कुटिया में नहीं, प्रासाद में रहना चाहिए। जीवन के भोगों से विमुख नहीं, उनमें प्रवृत्त होना चाहिए... ।' और उनका अपना विवेक जैसे भीष्म का रूप धारण कर उनके सम्मुख खड़ा हो गया, 'तात! मैंने अपना ब्रह्मचर्य आश्रम पूर्ण कर लिया है। गृहस्थ आश्रम आपको समर्पित कर दिया है। अब उसके आगे वानप्रस्थ ही तो है। अतीत तो कभी भी नहीं लौटता। वर्तमान के द्वार बन्द हो जायें, तो फिर भविष्य की ओर ही देखना पड़ता है। मैं भी आगे ही चल रहा हूँ पिता जी।' उनकी कल्पना जैसे साक्षात हो गयी, 'मैं कुछ अनुचित तो नहीं कर रहा तात?'

उसे अनुचित कैसे कह दें शान्तनु! वह तो कुछ भी अनुचित नहीं कर रहा। जो सुनता है, उसकी प्रशंसा करता है। उसे सराहता है। उसकी युवावस्था में ही लोग उसकी महानता बखानने लगे हैं...पर शान्तनु अपने उस मन का क्या करें, जो उन्हें बार-बार धिक्कार रहा है कि गंगा को रुष्ट कर, जिस देवव्रत को उन्होंने बचाया था, उसे पाल-पोस कर, इतना बड़ा कर, उन्होंने अपने हाथों से उसी गंगा को समर्पित कर दिया है। गंगा-तट पर रह कर वह जीवन-मुक्त तो नहीं हुआ, पर वह गंगा का ही हो गया, ऐसे में वह शान्तनु के काम का नहीं रहेगा।

वे अपने चिन्तन से उबरे। देखा, सामने चर खड़ा था। बोले, "तुम जाओ चर! और हाँ! शेष लोगों से कह दो। अब और कोई न आये। शेष चरों की बात फिर कभी सुनूँगा। इस समय मेरा मन स्वस्थ नहीं है।..."

चर के चेहरे का रंग उड़ गया, "क्या मेरी सूचना से महाराज का मन अस्थिर हो गया?"

शान्तनु के मन में आया, उसे डपट कर भगा दें; पर डपटने का कोई कारण तो हो। किसी प्रकार धैर्य रख कर बोले, "अस्थिरता तो मेरे अपने मन में है चर! तुम्हारी सूचना ने तो उसे जगा दिया है। जाओ! तुम्हारा कोई दोष नहीं है। तुम्हारा कोई अहित नहीं होगा।"

चर ने बड़ी शालीनता से हाथ जोड़ कर सिर झुकाया, "राजा के हित में सबका हित है; और राजा के अहित में ही सबका अहित है, देव!"

शान्तनु चर को बाहर जाते देखते रहे...क्या कह गया चर? भीष्म ने वानप्रस्थ ग्रहण कर लिया तो भविष्य में अनिष्ट होगा। राजा का भी अहित होगा, प्रजा का भी।...सिद्धान्त रूप में शान्तनु चर की बात से सहमत नहीं हो सकते। हो सकता है, वह चर का भी सत्य न हो, मात्र उसका शिष्टाचार ही हो। राजा की चाटुकारिता ही हो।...किन्तु भीष्म के संदर्भ में वह सत्य ही बोल गया है। भीष्म का वानप्रस्थी हो जाना, न शान्तनु के लिए शुभ है, न प्रजा के लिए। और उनका मन कहता है कि यह सत्यवती और उसके पुत्रों—चित्रांगद और विचित्रवीर्य के लिए भी शुभ नहीं है।...

शान्तनु को लगा, उनके हृदय में पुत्र-शोक की विह्वलता है...आज उन्हें अनुभव हो रहा था कि मनुष्य का सहज मन प्रकृति ने कुछ ऐसा बनाया है कि त्रिकालसत्य आदर्शों पर स्वयं चलने का तो वह साहस ही नहीं करता, अपने प्रियजनों को उन आदर्शों की ओर बढ़ते देख कर भी कोई प्रसन्न नहीं होता...राम, राज्य को त्याग कर वनवास के लिए चले गये थे। तो दशरथ उनके त्याग से प्रफुल्लित नहीं हुए थे। उन्होंने उसी शोक में प्राण दे दिये थे।

...शान्तनु ने तो भीष्म के त्याग को बहुत सराहा था; किन्तु उसका वानप्रस्थ ग्रहण करना...शान्तनु के मन में रह-रह कर टीस उठ रही थी...शायद सत्यवती ने इसका अनुमान बहुत पहले कर लिया था, तभी तो उसने बहुत स्पष्ट और कठोर शब्दों में कहा था कि उसे अपने पुत्रों के लिए भी भीष्म का सान्निध्य और साहचर्य काम्य नहीं है...

सहसा उनका मन चेता। उन्हें लगा, वह समय से बहुत पहले ही शोक करने बैठ गये हैं। अभी तो कुछ भी नहीं बिगड़ा है। भीष्म जीवित है और स्वस्थ है। अभी उसने गंगा-तट पर एक कुटिया मात्र बनायी है। अभी वह चिन्तन-मनन और ध्यान ही कर रहा है...यदि अभी भी वे प्रयत्न करें तो सम्भवतः भीष्म इस मार्ग पर आगे नहीं बढ़ेगा!...हाँ। आगे नहीं बढ़ेगा। तो? संसार में स्थिर तो कुछ भी नहीं है। भीष्म जहाँ खड़ा है, वहीं खड़ा नहीं रहेगा, आगे भी नहीं बढ़ेगा...तो क्या पीछे लौट आयेगा? क्या सम्भव है, पीछे लौटना? धनुष से छूटा हुआ बाण क्या वापस तूणीर में लौटा है कभी?...और भीष्म के वापस लौटने का क्या अर्थ है? क्या शान्तनु उससे कहें कि वह फिर से युवराज बन जाये और विवाह कर ले...यदि वह ऐसा कुछ कर दें तो सत्यवती मान जायेगी क्या?...और स्वयं भीष्म?...

राजा को बहुत देर तक किंकर्तव्यविमूढ़ बैठा देख कर, वृद्ध मन्त्री विष्णुदत्त ने चिन्ता प्रकट की, "राजन् का स्वास्थ्य...?"

"स्वास्थ्य तो ठीक है," शान्तनु का उत्तर था, "किन्तु लगता है कि अब राजकाज सँभाले रखने की स्थिरता मन में नहीं रही।"

"ऐसा क्या हो गया, राजन्?"

"सारथि को रथ लाने के लिए कहलवा दें।..."

रथ में बैठ कर भी शान्तनु तय नहीं कर पाये कि वह कहाँ जायें...अपने प्रासाद में जा कर अपने अकेले कक्ष में औंधे मुँह पड़े रहें, या भीष्म के पास जा कर, उसे समझा-बुझा कर लौटा लाने का प्रयत्न करें...या सत्यवती के पास जा कर अनुरोध करें कि वह अपने पिता की ओर से, भीष्म को उसके वचनों से मुक्त कर दे...

सारथि ने रथ हाँक अवश्य दिया था, किन्तु उसका असमंजस स्पष्ट था। राजा ने उसे कोई स्पष्ट आदेश नहीं दिया था। और राजा की यह विचलित मनःस्थिति देख कर कुछ पूछने का उसका साहस भी नहीं हो रहा था।...राजा की यह भंगिमा उसके लिए नयी नहीं थी। राजा में रजस तत्त्व कुछ अधिक ही था। उनके आवेश का आरोह-अवरोह बहुत उग्र और स्पष्ट होता था।...जब

पहली बार यमुना-तट पर सत्यवती को देख कर, दासराज से याचना कर, राजा निराश हुए थे—तब भी उनकी स्थिति कुछ ऐसी ही हो गयी थी, शायद इससे भी कहीं हीनतर।

"महाराज विश्राम करेंगे?" अन्ततः सारथि ने पूछा।

"हाँ।" शान्तनु पूर्णतः अन्यमनस्क थे।

"किस प्रासाद में ले चलूँ?"

शान्तनु जैसे निद्रा से जागे, "महारानी सत्यवती के प्रासाद में।"

"महाराज आज कुछ असमय पधारे हैं।" सत्यवती के मन में कोई विशेष उल्लास नहीं था, "सब शुभ तो है?"

"तुमसे कुछ बातें करनी हैं सत्या!" शान्तनु सत्यवती के कक्ष की ओर बढ़ चले, "महत्त्वपूर्ण बात है, इसलिए चाहूँगा कि पूर्ण एकान्त हो। दासियों को भी हटा दो।"

सत्यवती ने उनके पीछे कक्ष में प्रवेश किया और कमाट भिड़ा दिये, "क्या बात है महाराज?" और उत्तर की प्रतीक्षा किये बिना उसने स्वयं ही कहा, "क्या आप तक भी सूचना पहुँचा दी गयी।"

सत्यवती, पलंग पर लेट गये शान्तनु के पास आ कर बैठ गयी।

'तो क्या सत्यवती भी जानती है?' शान्तनु ने मन-ही-मन सोचा; किन्तु पूछा, "कौन-सी सूचना?"

"जिसे सुन कर इस समय आप यहाँ चले आये हैं।" शान्तनु को लगा, सत्यवती का स्वर कुछ ऊँचा ही नहीं, अशिष्ट भी हो गया है। पर उनका मन कह रहा था कि सत्यवती का यह व्यवहार भीष्म के वानप्रस्थ के कारण नहीं हो सकता।

"क्या हुआ सत्या?" शान्तनु का स्वर अनपेक्षित रूप से शान्त था, "तुम कुछ क्षुब्ध लग रही हो।"

"आपको मन्त्री विष्णुदत्त ने कुछ नहीं कहा?"

"नहीं तो।" और शान्तनु मन-ही-मन चकित होते हुए सोच रहे थे कि विष्णुदत्त से सम्बन्धित ऐसी कौन-सी बात थी, जिसके कारण सत्यवती इतनी क्रुद्ध है और विष्णुदत्त ने न केवल उसकी चर्चा ही नहीं की, उल्टे वह शान्तनु के स्वास्थ्य के विषय में अपनी चिन्ता प्रकट करता रहा।

"आज युवराज भ्रमण के लिए गये थे..."

"कौन?" शान्तनु अनायास ही पूछ बैठे—'भ्रमण के लिए कौन गया' वह सोच रहे थे, 'भीष्म तो गंगा-तट पर कुटिया बनाये बैठा है...।'

"युवराज चित्रांगद।" सत्यवती ने एक-एक शब्द बलपूर्वक कहा।

ओह...यह उस दस बरस के छोकरे की चर्चा भी नाम से नहीं 'युवराज' पद से करती है...जैसे हर क्षण अपने-आपको भी याद दिलाती रहती है और उन्हें भी कि युवराज भीष्म नहीं, चित्रांगद है।...लगता है, अभी भी उसे आठों प्रहर एक ही आशंका खाये जा रही है कि भीष्म, चित्रांगद से उसका 'युवराज' पद छीन न ले।

"तो क्या हुआ?" शान्तनु ने पूछा, "चित्रांगद का भ्रमण करने जाना कोई ऐसी घटना तो नहीं, जिसकी सूचना राजा को अवश्य दी जाये।"

"एक वाटिका के बाहर जा कर सारथि ने रथ रोक दिया। युवराज ने कारण पूछा तो सारथि ने बताया कि वह राजोद्यान है। भीतर पदाति ही जा सकता है—रथ के लिए मार्ग नहीं है। युवराज ने उससे कहा कि राजोद्यान उनकी निजी सम्पत्ति है। यदि वह चाहते हैं कि रथ भीतर जाये तो सारथि का कर्तव्य है कि वह रथ को भीतर ले जाये। किन्तु सारथि ने उनकी आज्ञा का पालन नहीं किया। उसे इस अपराध के लिए दण्डित करने हेतु, युवराज ने उसे कशा से पीटा..."

शान्तनु को लगा, कशा सारथि की पीठ पर नहीं, उनकी अपनी पीठ पर पड़ा हो। दस वर्षों का यह उद्दण्ड छोकरा अपने-आपको युवराज समझता है, इसलिए वह जिस-तिस को अपराधी मान कर दण्डित करने के लिए कशा से पीटता है...ये सारथि, परिचारक तथा अन्य राजकर्मचारी, वय में उससे बहुत बड़े हैं। वह राजपरिवार की मर्यादा और प्रासाद के विधि-विधान को जानते हैं। उनका दायित्व है कि वे राजकुमार को राजकुल की मर्यादा से परिचित करायें ...और इस शिक्षा के लिए अनुगृहीत होने के स्थान पर, वह उनको दण्डित करता है...यह शील-शिष्टाचार सिखाया है, सत्यवती द्वारा नियुक्त अध्यापकों और आचार्यों ने उसे?

किन्तु अपने मन के बवण्डर को उन्होंने अपने तक ही रोके रखा। पूछा, "फिर क्या हुआ?"

"होना क्या था," सत्यवती बोली, "कुछ होता, इससे पहले ही आपका वह बूढ़ा विष्णुदत्त वहाँ आ पहुँचा; और इस प्रकार पूछताछ करने लगा, जैसे वह युवराज से भी अधिक अधिकार सम्पन्न कोई राजकर्मचारी हो। युवराज ने उसे बताया कि सारथि उनकी आज्ञा का उल्लंघन कर रहा है, तो सारथि को प्रताड़ित करने के स्थान पर, आपका वह विष्णुदत्त युवराज को ही समझाने लगा कि सारथि ठीक कह रहा है। राजोद्यन के भीतर रथ ले जाने का नियम नहीं है। युवराज को क्रोध तो बहुत आया; किन्तु मन्त्री की वृद्धावस्था का

विचार कर, उन्होंने उस पर कशा का प्रहार नहीं किया। अपने नन्हे से हाथ का एक चाँटा-भर मार कर, वे यह कह कर लौट आये कि वह महाराज के सम्मुख मन्त्री और सारथि पर अभियोग प्रस्तुत करेंगे...।"

सहसा शान्तनु के मन में सत्यवती के लिए दया उमड़ आयी : यह बेचारी अपने पुत्र की ममता और उसके युवराजत्व के महत्त्व से ऐसी त्रस्त है कि उसका विवेक जैसे मर ही गया है। वह समझ नहीं पा रही कि उन तीनों में अपराधी यदि कोई है तो स्वयं चित्रांगद है। दण्ड मिलना चाहिए, तो चित्रांगद को ही मिलना चाहिए। दस वर्षों का यह छोकरा अपने युवराजत्व से ही इतना मदान्ध हो गया है कि वह अपने अधिकार की कोई सीमा ही नहीं समझता। नियम, मर्यादा और धर्म को भी नहीं समझता।...कल, जब यह मदान्ध राजकुमार, राजा के रूप में हस्तिनापुर के सिंहासन पर बैठेगा, तो इसका अहंकार आज की तुलना में कहीं अधिक स्फीत हो चुका होगा। तो क्या वह राजसभा में बैठा, अपने हाथों, राजदण्ड से लोगों को पीटा करेगा? क्या वह इस बात को समझ पायेगा कि वैसे तो प्रत्येक व्यक्ति अपने ही पाप को भोगता है; किन्तु राजा का पाप शतगुणित हो कर, लौट कर फिर उसी पर पड़ता है...

शान्तनु को चुप देख, सत्यवती पुनः बोली, "क्या विष्णुदत्त ने आपसे चर्चा की?"

"नहीं।" शान्तनु बोले, "किन्तु तुम्हें चित्रांगद को समझाना चाहिए कि राजकुमारों की भी कोई मर्यादा होती है।"

सत्यवती की आँखें आश्चर्य और क्रोध से फैल गयीं। वह अवाक बैठी शान्तनु को देखती रही।

शान्तनु के मन में आया कि कहें, 'युवराज की माँ की भी मर्यादा होती है।...'

पर उन्होंने कहा नहीं। उठ कर चुपचाप कक्ष से बाहर चले गये। अब भीष्म की चर्चा व्यर्थ थी।

13

भीष्म को कुछ नयी अनुभूतियाँ हो रही थीं।

प्रासाद का जीवन भिन्न ही प्रकार का जीवन था। ऐसा कभी नहीं होता था कि किसी दूसरे राजा के प्रासाद को देख कर यह तुलना मन में न जागे कि उसका प्रासाद सुन्दर है या मेरा; उसका प्रासाद विस्तृत है या मेरा? कुटिया में

आने के बाद से उन्होंने कभी तुलना नहीं की कि किसी और की कुटिया उनसे छोटी है या बड़ी? इसका क्या अर्थ है?...क्या सचमुच भौतिक सुख-सुविधाओं में कोई अन्तर नहीं है? सारा प्रपंच मन का ही है? मन मान जाये कि बड़ा वह है, जो सबसे अधिक अर्जित करता है, तो दूसरों को वंचित करके भी वह तुष्ट होता है। उसे तनिक भी पीड़ा नहीं होती कि उसके ग्रहण के लिए, कितने लोगों को त्याग करना पड़ा। और मन यह मान ले कि जो सबसे अधिक त्याग करे, वही सबसे बड़ा है, तो सब-कुछ छोड़-छाड़ कर भी वही अपने को श्रेष्ठ, उत्तम और महान मानता है। मुख्य तो 'अहंकार' है। अहं तुष्ट हो जाये, तो व्यक्ति सुखी हो जाता है। चाहे भूखा रह ले, चाहे अफर कर खा ले।...अहंकार भी तो अनेक प्रकार का हो सकता है...धन का, बल का, बुद्धि का, चरित्र का, त्याग का...यहाँ तक कि निर्धनता का भी...पर अहंकार तो पतन के मार्ग पर ही ले जायेगा...तो अहंकार से ही मुक्ति पानी होगी...

पर अहंकार तो तभी गलेगा, जब मन में तुलना न हो। और तुलना का नाश करने के लिए तृष्णा का नाश करना पड़ेगा। लोभ से पीछा छुड़ाना पड़ेगा...

भीष्म का मन मुक्त हो कर विचार-क्षेत्र में विचरण करने लगा : राजा के पास सब कुछ होता है, शान्ति नहीं होती। वह अपनी व्याकुलता में युद्ध करता है, आखेट करता है, द्यूत खेलता है, विवाह रचाता है...और एक तपस्वी है कि अपने पास कुछ न होते हुए भी, उसे भूमि पर अधिकार की इच्छा नहीं होती; वन में रहते हुए भी आखेट की कामना उसे नहीं सताती; धन का पूर्ण अभाव होने पर भी वह द्यूत की ओर अग्रसर नहीं होता; स्त्री-विहीन होते हुए भी वह स्त्री की कामना नहीं करता...क्यों? जिसके पास है, वह और अधिक पाने की कामना करता है; और जिसके पास नहीं है, उसे अपना अभाव सालता ही नहीं है...क्या इसलिए कि राजा के पास सब-कुछ है तथा उसे और अधिक मिलने की पूरी सम्भावनाएँ हैं? क्या प्राप्ति की सम्भावना होने पर मन का लोभ और अधिक जागता है? क्या इसलिए राजा नगरों का निर्माण करता है और तपस्वी नगरों से भाग कर वनों में चला जाता है...जहाँ न तुलना, न सम्भावना, न लोभ, न तृष्णा...

यदि भीष्म कुरु-राज्य के युवराज होते, तो उनके सामने राजा बनने की सम्भावना होती, चक्रवर्ती होने का लोभ होता। वे राजसूय और अश्वमेध यज्ञों की बात सोचते। सेना का संगठन करते। युद्धों की तैयारी करते...किन्तु जब राज्य ही नहीं है, तो इसका विस्तार कैसा?...कैसे सुखी हैं भीष्म! वे वचन-बद्ध हैं। किसी प्रकार की सम्भावना नहीं है, तो फिर लोभ कैसा...

किसी की आहट से उनकी विचार-शृंखला टूटी।

सिर उठा कर देखा : महाराज का सारथि सामने खड़ा था। उसने हाथ जोड़ कर प्रणाम किया।

"आओ अश्वसेन!" भीष्म ने उसका स्वागत किया, "कैसे आये? महाराज प्रसन्न हैं न?"

"महाराज ने आपको स्मरण किया है राजकुमार!" अश्वसेन बोला, "मैं रथ लाया हूँ।"

भीष्म का मन बुझ-सा गया।...फिर रथ, सारथि, नगर, प्रासाद, राजा, अधिकार...वे उस संसार में नहीं लौटना चाहते।...किन्तु पिता की आज्ञा...

निर्णय करने में उन्हें कुछ ही क्षण लगे : पिता जी ने बुलाया है, तो जाना ही होगा। अपने मन की शान्ति से, पिता का सुख बड़ा है।

"चलो!" उन्होंने अपना उत्तरीय सँभाला और उठ खड़े हुए।

शान्तनु ने भीष्म का स्वागत किया, "आओ पुत्र! अब तो तुमसे भेंट तभी हो सकेगी, जब विशेष रूप से तुम्हें बुलाया जाये।"

भीष्म को पिता के स्वर में उपालम्भ की गंध आयी।...वैसे पिता का उपालम्भ अपने स्थान पर ठीक ही था। भीष्म बहुत दिनों से इधर नहीं आये थे। अब भी पिता न बुलाते, तो शायद वह न ही आते।...पिता कह सकते हैं कि भीष्म के मन में उनके लिए अब कोई मोह नहीं रहा : क्या कहें भीष्म? ऐसे उपालम्भ का उत्तर भी तो नहीं दिया जा सकता। यदि वह कहें कि सचमुच पिता के प्रति उनके मन में कोई मोह नहीं रहा, तो-न-तो यह सत्य होगा, न शालीन!...यदि पिता की हल्की-सी पीड़ा भी बहुत गहरे में जा कर चुभती है और वे पिता को उस पीड़ा से बचाने के लिए कुछ भी कर सकते हैं...तो पिता पुनः पूछेंगे, कि ऐसी स्थिति में, वह उनसे मिलने क्यों नहीं आते? उनसे दूर क्यों भागते हैं?...तो क्या वह पिता को सच बता पायेंगे? क्या पिता नहीं जानते कि माता सत्यवती के निकट जाते ही भीष्म को आभास होने लगता है कि उन्हें वहाँ पसन्द नहीं किया जाता। और भीष्म को अपनी अवज्ञा अच्छी नहीं लगती। क्या भीष्म पिता को बता पायेंगे कि वह उनके और माता सत्यवती के बीच नहीं आना चाहते। वह नहीं चाहते कि उनके कारण पिता को माता की ओर से कुछ ऐसा सुनना या सहना पड़े जो उनके लिए दुखद हो; और उनकी यह दूसरी गृहस्थी भी उनके लिए प्रसन्नतादायिनी न रह जाये।... पिता को इन छोटी-छोटी असुविधाओं से बचाने के लिए, उनके जीवन को और अधिक सुखद और विघ्नरहित बनाने के लिए ही तो भीष्म अपने-आपको पिता

से ही नहीं, सम्पूर्ण राज-परिवार से...और क्रमशः इस राज-समाज से काटने का प्रयत्न कर रहे हैं...

यदि भीष्म ने ऐसा कुछ भी कहा तो पिता यह मानेंगे कि वह उनसे रुष्ट है; और उस रोष के कारण वह उनसे दूर हटने का प्रयत्न कर रहा है। कोई बड़ी बात नहीं, यदि वह यह मान लें कि माता सत्यवती और उनके पुत्रों चित्रांगद और विचित्रवीर्य से पाये गये अपमान का प्रतिशोध भीष्म अपने पिता से ले रहे हैं। इस वृद्धावस्था में पिता को यह सब अच्छा नहीं लगेगा कि उनका वयस्क और समर्थ पुत्र उनका प्रतिस्पर्धी हो गया है; और उनको वह वही देना चाहता है, जो कुछ उसने पाया है...

भीष्म अच्छी तरह जानते हैं कि यह सत्य नहीं है। पिता ने अपना जीवन अपने लिए जिया है। वह भीष्म के जनक हैं और उन्होंने उन्हें माता गंगा के हाथों जीवन-मुक्त होने से बचाया अवश्य है; किन्तु उसके बाद से उनके जीवन में, भीष्म के लिए कोई भी स्थान नहीं रहा है...पर भीष्म अपना सारा जीवन उनके लिए बिता रहे हैं, उनकी प्रसन्नता के लिए, उनकी सुख-सुविधा के लिए।

जाने क्यों आज तक भीष्म के मन में अपने पिता के विरुद्ध कोई भी स्थायी विरोध नहीं जन्मा।...उनके मन में पिता के प्रति अनुराग है या दया। उन्हें लगता है कि उनके पिता का जीवन भाग्य के हाथों का खिलौना रहा है। शान्तनु राजा हो कर भी कभी सुखी नहीं हुए। अपनी क्षमताओं ने उन्हें कोई सुख नहीं दिया। उनकी उपलब्धियाँ उनके लिए क्लेशकारी ही हुईं।...इस वृद्ध ावस्था में सत्यवती जैसी असाधारण सुन्दरी को पत्नी के रूप में पा कर भी, उससे जो सुख उन्हें मिला है, वह इस विवाह से प्राप्त असुविधाओं और झंझटों के सामने बहुत छोटा है। उन्हें इस वार्द्धक्य में दो-दो पुत्र मिले; पर वे पुत्र उनके लिए चिन्ता के ही विषय हो गये हैं, हर्ष और उल्लास के नहीं...

"मैंने सोचा, आप अपने राज-काज में व्यस्त होंगे।" अंततः में भीष्म बोले, "मेरी मनःस्थिति भी इधर बहुत बदली है। मुझे एकान्त कुछ अधिक ही प्रिय लगने लगा है। तपस्वियों, मुनियों और मनीषियों से वार्तालाप अधिक सुखद लगता है...।"

"मुझे कुछ ऐसी सूचनाएँ मिली हैं पुत्र!" शान्तनु बोले, "इनसे मुझे प्रसन्नता भी होनी चाहिए थी...।"

भीष्म ने पिता की ओर देखा : क्या कहना चाह रहे हैं पिता? उन्हें क्यों प्रसन्नता होनी चाहिए थी?

"पहली बात तो यह है कि तुमने मेरी इच्छा के अनुकूल मेरे विवाह

में सहयोग ही नहीं किया, नयी गृहस्थी दी और स्वयं मेरे मार्ग में से कुछ इस प्रकार हट गये कि न मेरे मन में तुम्हें ले कर कोई दायित्व जागे, न अपराध-बोध। दूसरे, तुम अपने आध्यात्मिक उत्थान की ओर बढ़ रहे हो, अधिक समर्थ बन रहे हो...।"

"कैसे पिता जी?" भीष्म पूछे बिना नहीं रह सके।

"ग्रहण से त्याग बड़ा होता है पुत्र!" शान्तनु बोले, "ग्रहण करने-वाले से त्याग करने-वाला अधिक समर्थ है।...इस वय में तुम सेनाएं ले कर दिग्विजय कर रहे होते, तो भी तुम समर्थ माने जाते; किन्तु अपनी शूरवीरता, अपने शस्त्र-ज्ञान और अपने युद्ध-कौशल को पूर्णतः विस्मृत कर, अपने समस्त रजस-तत्त्वों का दमन कर—अपने जिस व्यक्तित्त्व का विकास तुम कर रहे हो, वह अधिक समर्थ व्यक्ति का रूप है। पर पुत्र!"

शान्तनु रुक गये।

भीष्म उन्हें देखते रहे : क्या है पिता के मन में? पता नहीं पिता के मन में भाव स्पष्ट नहीं था, या वह उपयुक्त शब्दों की प्रतीक्षा में थे।

"मैंने तुमसे कहा था कि अकेले पुत्र का पिता निःसंतान व्यक्ति से भी अधिक दुखी होता है।" कुछ क्षणों के बाद शान्तनु बोले, "अब तुम्हारे अतिरिक्त मेरे दो पुत्र और हैं। यदि सच-सच कहूँ, तो अब मैं अनुभव कर रहा हूँ कि तुम अकेले थे तो मैं न केवल पुत्रवान था, वरन सौ पुत्रों-वाले पिता के समान पुत्रवान था।...चित्रांगद और विचित्रवीर्य को मैंने पाया तो है पुत्र! पर तुम्हें खो कर ही...।"

"ऐसा क्यों कहते हैं पिता जी!" भीष्म बोले, "मैं जीवित हूँ। आपके पास हूँ। आप आदेश करें।"

"नहीं! तुम्हें आदेश नहीं दूँगा।" शान्तनु बोले, "मैं स्वीकार करता हूँ कि तुम्हारे और मेरे बीच चित्रांगद और विचित्रवीर्य खड़े हैं। मैं तुम तक पहुँचना चाहूँ तो मुझे उन दोनों को बीच में से हटाना होगा...।"

"नहीं! पिता जी! उसकी कोई आवश्यकता नहीं है।"

"वह मुझ पर छोड़ दो।" शान्तनु बोले, "मैं तो यह कह रहा हूँ कि तुम्हारे बदले मैंने दो पुत्र पाये हैं। और वे दोनों पुत्र ऐसे हैं कि जिन्हें पा कर पिता निःसन्तान हो जाता है...।"

भीष्म कुछ नहीं बोले। चुपचाप पिता की ओर देखते रहे।

"तुमने भी सुना होगा।" शान्तनु पुनः बोले, "चित्रांगद अत्यन्त उद्दण्ड और क्रोधी किशोर के रूप में प्रसिद्धि पा रहा है। किसी का भी अपमान कर देना, या किसी को भी पीड़ित या प्रताड़ित करना, उसके लिए सहज सामान्य

है। अभी चौदह वर्ष का हुआ है और धनुष-बाण हाथ में लिए युद्ध-आह्वान उच्चरित करता फिरता है। तुम योद्धा हो पुत्र! किन्तु तुमने लागों को युद्ध के लिए उकसाया नहीं। तुम युद्ध-प्रिय नहीं थे। वह योद्धा भी नहीं है...और युद्ध नहीं, क्रूरता और हिंसा उसका व्यवसाय हो गया है।...मैं अनवरत रूप से इस आशंका के दंश को अपने हृदय में अनुभव कर रहा हूँ कि किसी दिन वह द्वन्द्व-युद्ध में मारा जायेगा।..."

भीष्म का मन उमड़ आया कि पिता को सान्त्वना दें : भला पुत्र की मृत्यु की आशंका से भयभीत और दुखी पिता से बढ़ कर भी कोई पीड़ित हो सकता है...किन्तु वे रुक गये। कुछ सोचते रहे और फिर बोले, "पिता जी! माता सत्यवती के साथ विवाह से पूर्व, आप इसी प्रकार की आशंका मेरे लिए पाल रहे थे। ऐसा क्यों है कि हस्तिनापुर के कुरु-सम्राट चक्रवर्ती राजा शान्तनु सदा अपने पुत्रों की भावी मृत्यु की आशंका से पीड़ित रहते हैं। कहीं ऐसा न हो कि आप अपनी इन आशंकाओं को मानसिक रोग बना लें।"

शान्तनु कुछ संकुचित हुए; पर फिर सायास मुस्कुराए, "ऐसा नहीं है पुत्र! आज मुझे सच बोलने दो। तुम्हारे विषय में मेरी आशंका वास्तविक नहीं थी—उसका प्रयोजन मात्र इतना था कि मुझे सत्यवती से विवाह करने का एक व्यावहारिक आधार मिल सके।...किन्तु चित्रांगद के विषय में यह पूर्णतः सत्य है। जिस प्रकार वह अपनी क्षमता और दूसरे की शक्ति का मूल्यांकन किये बिना जिस-तिस से उलझता फिरता है, उसका परिणाम कभी भी शुभ नहीं हो सकता। वह किसी भी दिन...।"

"ऐसा नही होगा पिता जी!" भीष्म बीच में बोले, "और यदि ऐसा होगा भी तो क्षत्रियों के लिए वीरगति पाना सौभाग्य का लक्षण माना गया है।"

"यह वीरगति नहीं होगी।" शान्तनु दुखी स्वर में बोले, "न्याय के पक्ष में अत्याचार का दमन करते हुए युद्ध में वीरगति पाना गौरव का ही लक्षण है; किन्तु व्यर्थ रक्तपात करते हुए अपने अपराधों के दण्डस्वरूप प्राण गँवाना, दस्यु की मृत्यु है। मुझे इसी का भय है भीष्म!" शान्तनु रुके नहीं, "और दूसरा है विचित्रवीर्य! वह बारह वर्ष का हुआ है, और कामुकता की ओर उसके चरण जिस गति से बढ़ रहे हैं, वह भयंकर है...।"

"आप उन्हें रोकते क्यों नहीं?"

"रोक नहीं सकता पुत्र।"

भीष्म ने चकित दृष्टि से पिता को देखा।

"उन्हें रोकने का मुझे अधिकार नहीं है।"

"क्यों?" भीष्म के स्वर में हल्का-सा आवेश था, "पर क्यों?"

शान्तनु असहाय भाव से हँसे, "यह भी मेरे साथ नियति का परिहास है पुत्र! गंगा के पुत्र भी गंगा के ही रहे; सिवाय तुम्हारे उनमें से कोई भी शान्तनु का पुत्र न हो पाया।...वही स्थिति अब सत्यवती के पुत्रों की है...वे सत्यवती के ही पुत्र हैं, शान्तनु के नहीं! उनके प्रति शान्तनु के सैकड़ों दायित्व और कर्तव्य हैं, पर उसे अधिकार एक भी नहीं है।..."

"आप क्या कह रहे हैं पिता जी?" यह सब भीष्म के लिए इतना आकस्मिक था कि वह समझ ही नहीं पा रहे थे कि वह क्या कहें।

"यही सत्य है पुत्र!" शान्तलु बोले, "मैं उन दोनों में से किसी को भी अनुशासित करने का प्रयत्न करूँ तो सत्यवती उनके आड़े आ जाती है। वह तुरन्त मुझे समझाने लगती है कि वे राजकुमार हैं, उनका इस प्रकार दमन नहीं किया जाना चाहिए।...इस प्रकार उनका तेज नष्ट हो जायेगा।...चित्रांगद को कुछ कहूँ तो वह मुझे समझाने लगती है कि वह युवराज है। युवराज का अहंकार तो पुष्ट होना ही चाहिए। उनके मन में यह दृढ़-बद्ध धारणा होनी ही चाहिए कि वे अन्य मनुष्यों से श्रेष्ठ हैं। उसको अधिकार है कि वह किसी को भी दण्डित करे, अपमानित करे...। मैं यदि उसे समझाऊँ कि राजकुमार या युवराज की भी कोई मर्यादा होती है, तो वह इस प्रकार तड़पने लगती है, जैसे मैं चित्रांगद का युवराजत्व छीन रहा हूँ।..."

"उनको आप पर विश्वास नहीं है?"

"तनिक भी नहीं! उसे यह कहने में भी संकोच नहीं है कि वह मेरे किसी वचन का विश्वास नहीं करती। मैं आश्वासन के रूप में, समझाने के लिए जो कुछ कहता हूँ, उसे वह मेरा पाखण्ड मानती है। इसलिए मैं जितना ही अपना स्नेह जताता हूँ, जितना ही अधिक उसे विश्वास दिलाता हूँ, वह उतनी ही प्रचण्ड हो जाती है..." शान्तनु अत्यन्त हताश स्वर में बोले; "उस समय वह जो कुछ मेरे विषय में कहती है, वह यदि कोई सुन ले, तो वह सहज रूप में यही विश्वास करेगा कि मुझ जैसा कोई पापी नहीं है, और उस जैसी दुखिनी नारी इस सारी सृष्टि में नहीं है।"

शान्तनु जितना खुलते जा रहे थे, भीष्म का असमंजस उतना ही बढ़ता जा रहा था। कहाँ वह समझते थे कि उनके पिता-सरीखा कोई सुखी नहीं है और कहाँ...पिता तो मानों हृदय में ज्वालामुखी छिपाये फिर रहे थे। उनके लिए भी अब यह सब असह्यय हो गया था, तभी तो वह पुत्र के सम्मुख इस प्रकार खुल पड़े थे।

"क्या उन्हें कुछ भी समझाया नहीं जा सकता?" अन्ततः भीष्म ने पूछा।

"मैं जितना अधिक समझाने का प्रयत्न करता हूँ, वह मुझसे उतनी ही

रुष्ट होती जाती है। उसके मन में मेरे प्रति दृढ़-बद्ध धारणाएँ हैं कि...मैं झूठा हूँ, पाखण्डी हूँ, कामुक और अत्याचारी हूँ। मैं अपनी मधुर वाणी से उसका सर्वस्व हरण कर उसे गलियों की भिखारिणी बना देना चाहता हूँ। जब मैं अपने प्रेम और अपनी सद्भावना के प्रमाण प्रस्तुत करता हूँ तो वह हँस कर मुझे टाल देती है, 'तुम शब्दों से मेरी भावना को झुठला नहीं सकते। तुम्हारे तर्क कुछ भी प्रमाणित करें, पर सत्य क्या है मैं जानती हूँ।'"

भीष्म पिता की ओर देख रहे थे : क्या चक्रवर्ती शान्तनु इतने असहाय हो गये हैं?

"तुम्हें विचित्र लगेगा वत्स! यदि मैं तुम्हें बताऊँ कि मैं उससे किस सीमा तक डरने लगा हूँ।" शान्तनु बोले, "मैं यह मानने लगा हूँ कि वह निर्धन परिवार से राजमहल में आयी है, इसलिए निर्धनता का प्रेत उसका पीछा नहीं छोड़ रहा। पुनः अपनी पहली स्थिति में लौट जाने का भय उसे इतना सताने लगा है कि वह सहज नहीं रह पाती। तनिक-सी बात में उसे लगने लगता है कि मैं उससे मुक्त होने का बहाना ढूँढ रहा हूँ। उसके मन से यह बात जाती ही नहीं कि मैं अन्ततः कोई-न-कोई षड्यन्त्र रच कर उसके पुत्र के हाथों से अधिकार छीन लूँगा।...वह स्पष्ट शब्दों में, अभिधा में कहती है कि वह निर्धन परिवार की बेटी है, उसकी पीठ पर कोई राजपरिवार नहीं है, इसलिए मैं उस पर अत्याचार कर रहा हूँ।...वह तो यहाँ तक कहती है कि मैं इतना अहंकारी तथा कामुक हूँ कि कोई भी स्त्री मेरे साथ रह ही नहीं सकती। गंगा को भी मैंने ही घर से निकाल दिया था और उसके विषय में एक झूठी कथा प्रचलित कर दी थी कि वह मुझे छोड़ गयी है।..."

"पिता जी!"

"हाँ भीष्म!" शान्तनु बोले, "उसे यदि बिलख-बिलख कर यह सब कहते हुए सुनो, तो तुम भी विश्वास कर लोगे कि तुम्हारा पिता उतना ही दुष्ट है, जितना वह कह रही है।..."

"इतनी अमानवीय है वह?"

"रुग्ण है। उसके मनोविकारों ने उसके चिन्तन को विकृत कर दिया है। कुछ बद्धमूल धारणाओं के कारण, उसकी दृष्टि बदल गयी है। अब जिस विकृत दृष्टि से वह जीवन को देखती है—उसके लिए प्रमाण जुटाने कठिन नहीं हैं। रस्सी पड़ी हो तो भी मनोविकारों या दृष्टिदोष के कारण वह साँप ही दिखायी देगी।"

"पर मुझे तो कभी ऐसा नहीं लगा।" भीष्म कुछ सोचते हुए बोले, "किसी और ने भी कभी इस प्रकार चर्चा नहीं की।"

"नहीं! किसी तीसरे के सामने उसका कभी ऐसा व्यवहार नहीं होता।" शान्तनु का स्वर धीमा पड़ गया, जैसे अपने-आपसे बातें कर रहे हों, "मैं ही उसका सबसे अधिक आत्मीय हूँ। मैं ही सबसे अधिक प्रेम देता हूँ उसे।...और वह मेरे ही प्रति इतनी क्रूर है। मुझ पर ही उसका सबसे अधिक अविश्वास है।...तंग आ कर कई बार सोच चुका हूँ कि उसे त्याग दूँ, या स्वयं ही कहीं चला जाऊँ...।"

भीष्म ने चौंक कर पिता की ओर देखा।

"पर वह भी तो कर नहीं पाता मैं!" वह बोले, "अभी तो कभी कुछ अनुचित किया नहीं मैंने, तो वह इतने आरोप लगाती है मुझ पर। यदि उसे त्याग दिया, या स्वयं कहीं चला गया, तो क्या कुछ नहीं कहेगी वह। हस्तिनापुर की वीथियों और पथों पर वह मुझे अत्यन्त क्रूर और अत्याचारी सिद्ध करती फिरेगी—और कौन विश्वास नहीं करेगा उसका? प्रजा कहेगी, शान्तनु है ही ऐसा। उसने पहले गंगा को भी त्याग दिया था।...उसे रोते-चिल्लाते देख कर, मेरी प्रजा मुझे उसी दृष्टि से देखेगी, जिस दृष्टि से आज मुझे चित्रांगद और विचित्रवीर्य देखते हैं।..."

भीष्म ने पूछा कुछ नहीं; किन्तु इतना जानने को वह अत्यन्त उत्सुक थे कि चित्रांगद और विचित्रवीर्य अपनी माता के व्यवहार के विषय में क्या सोचते हैं। "जब वह अपनी आशंकाओं से दुखी हो कर, रोती-चिल्लाती है और मुझ पर अनेक प्रकार के आरोप लगाती है," शान्तनु स्वयं ही बोले, "तो मेरे वे दोनों पुत्र शब्दों में तो कुछ नहीं कहते; किन्तु उनकी जो आँखें मेरी ओर उठती हैं, वे बहुत कुछ कह जाती हैं। वे मुझसे पूछती हैं कि आख़िर उनकी माँ को परेशान क्यों करता हूँ? और मेरी इच्छा होती है कि या तो अपना सिर प्रासाद की दीवारों से दे मारूँ या अपने बाल नोच लूँ..."

शान्तनु चुप हो गये।

भीष्म तो जैसे पिता का इतना दुख सुन कर अवाक ही रह गये थे। वह क्या कहते।...एक ओर भीष्म का मन जैसे कह रहा था, 'नारी का मोह ऐसा ही होता है। पिता ने अपने पहले अनुभव से कुछ नहीं सीखा, तो यह तो होना ही था...' पर दूसरी ओर भीतर-ही-भीतर उनका अपना मन ही उन्हें धिक्कारने लगा था—'तू तो आज तक समझे बैठा था कि तूने पिता को सुखी करने के लिए इतना बड़ा त्याग किया है। तेरा अहंकार स्फीत हो कर आकाश को छूने लगा था कि आज तक अपने पिता को सुखी करने वाला, तेरे जैसा कोई सुपुत्र ही पैदा नहीं हुआ है।...पर क्या सुख दिया तूने पिता को? उनके जीवन को तूने नरक बना दिया है।...उन्होंने सत्यवती को चाहा था...किन्तु तुझसे कुछ

माँगा तो नहीं था। तुझसे माँगा इसलिए नहीं था, क्योंकि उसके अनौचित्य को उनका विवेक देख रहा था–तूने उसके अनौचित्य को नहीं देखा; और सत्यवती को लाकर उनके सम्मुख खड़ा कर दिया। कैसा पापी है तू...'

"आप अपने अपयश के भय से इस यातना को कब तक ढोंएंगे पिताजी?"

भीष्म को यह कहने के लिए भी प्रयत्न करना पड़ा।

"अपयश की ही बात होती, तो शायद मैं किसी और ढंग से सोचता" शान्तनु बोले, "वस्तुतः सत्यवती से अलग हो कर शायद मैं तो मुक्त हो जाऊँगा, किन्तु वैसी स्थिति में चित्रांगद और विचित्रवीर्य पूर्णतः उसके अधिकार में होंगे। उनके विषय में सारे निर्णय वह करेगी। वह पूर्णतः उसके संरक्षण में होंगे। उसकी इच्छा के अनुसार उन्हें जीवन व्यतीत करना होगा।...और जैसे भी हैं, वे मेरे पुत्र हैं वत्स!" शान्तनु की आँखें भीग आयीं, "मैं उन्हें पूर्णतः उस स्त्री के भरोसे कैसे छोड़ दूँ, जो इतने मनोविकारों से ग्रस्त है। वह उनका भी जीवन नरक बना सकती है और अपने असन्तुलित क्षणों में उनके लिए वही निर्णय ले सकती है, जो गंगा ने अपने पुत्रों के विषय में लिया था।..." उन्होंने रुक कर भीष्म की ओर देखा, "और भी एक बात है भीष्म!"

"क्या पिता जी?"

"वह स्वस्थ होती। ठीक ढंग से सोच-समझ सकती और उसका व्यवहार दूषित होता...तो कदाचित मैं कब से उसका त्याग कर चुका होता। पर वह रुग्ण है। उसकी चिन्तन-प्रक्रिया विकृत है। वह ठीक से सोच नहीं पाती है...। उसका त्याम मैं कैसे कर सकता हूँ पुत्र! रोगी की सेवा की जाती है, उसे त्यागा नहीं जाता। उसे त्याग देने पर उसे जो शारीरिक और मानसिक कष्ट होगा, उसके लिए मैं स्वयं को कैसे क्षमा कर पाऊँगा...।"

"तो मुक्ति का कोई मार्ग नहीं है पिताजी?"

"नहीं! कोई मार्ग नहीं है।" शान्तनु बोले, "प्रकृति सर्वोच्च न्यायाधीश है; और न्याय करने वाला कठोर भी होता है वत्स! प्रत्येक व्यक्ति अपने पाप को भोगता ही है। मैं भी अपने पाप को ही भोग रहा हूँ...।"

भीष्म के मन में फिर वैसी ही टीस उठी, जैसे सत्यवती को देख कर लौटे हुए पीड़ित पिता को देख कर उनके मन में उठी थी। उनका मन तड़प उठा : क्या करें भीष्म? उन्होंने पिता के सुख के लिए सब कुछ त्यागा था। पिता सुखी रहें, इसलिए उन्होंने स्वयं को पिता से दूर कर लिया था...और पिता यह सब भोगते रहे...

"क्या मैं कुछ भी नहीं कर सकता पिताजी?"

"क्यों नहीं कर सकते?" शान्तनु के स्वर में कुछ उत्साह जागा, "तुम कुछ करो, इसके लिए ही तुम्हें बुलाया है।"

"आदेश दें पितजी!"

"पितृवत प्रजा का पालन करने के लिए कुछ उदार होना पड़ता है पुत्र! उसके सुख-दुख में उसके साथ चलना पड़ता है। समृद्धि के समय उससे कर उगाहा जाता है तो विपत्ति के समय उस पर व्यय भी किया जाता है। वैसे भी राजा का धन अपने भोग के लिए कम, प्रजा के सुख के लिए अधिक होता है पुत्र!"

भीष्म कुछ नहीं बोले। वे इस भूमिका के पश्चात आने वाले मुख्य वक्तव्य को सुनने को उत्सुक थे।

"भीष्म! सत्यवती को मेरी उदारता प्रिय नहीं है।" शान्तनु बोले, "प्रजा के लिए व्यय करने का मेरा प्रत्येक प्रस्ताव उसको पीड़ित करने लगता है। वह यह मान लेती है कि हस्तिनापुर के राजकोष में जो कुछ है, वह उसके पुत्रों की सम्पत्ति है। यदि उस सम्पत्ति से मैं उनके लिए प्रासाद बनवाता हूँ, दास-दासियों का क्रय करता हूँ, भोजों का आयोजन करता हूँ, मणि-माणिक्य खरीदता हूँ—सत्यवती और उसके पुत्रों के लिए भोग-विलास की सामग्री उपलब्ध कराता हूँ, तो उसकी दृष्टि से मैं उचित ही करता हूँ। मुझे यही करना चाहिए। यह मेरा दायित्व ही नहीं, धर्म भी है। किन्तु, यदि मैं प्रजा के सुख के लिए, एक छोटी-सी राशि भी व्यय करता हूँ, तो वह यह सोच कर अत्यन्त व्याकुल हो जाती है कि मैं उसके पुत्रों की सम्पत्ति का अपव्यय ही नहीं कर रहा, जान-बूझ कर उसके पुत्रों के मार्ग में कंटक बोने का षड्यन्त्र कर रहा हूँ। वह मान लेती है कि मैं अपने जीवन में सारा राजकोष लुटा दूँगा और जब मैं मरूँगा तो उसके और उसके पुत्रों के लिए कुछ भी बचा नहीं रहेगा और वे कंगालों की भाँति वीथियों और पथों पर मारे-मारे फिरेंगे, या उसके अपने सम्बन्धियों के समान गंगा के किसी घाट पर मछलियाँ पकड़-पकड़ कर अपना जीनव-यापन करेंगे। ...इस कल्पना को वह इतना घनीभूत कर लेती है कि वह उसके लिए जीवन का सबसे बड़ा सत्य हो जाता है; और वह उस सम्भावित काल्पनिक स्थिति से बचने के लिए, वर्तमान में मुझसे वास्तविक युद्ध छेड़ देती है..."

"क्या?" भीष्म के मुख से अनायास ही निकल गया।

"हाँ! पुत्र!" शान्तनु बोले, "ये मेरे निजी जीवन के कुछ ऐसे प्रसंग हैं, जिनकी मैं किसी के सामने चर्चा भी नहीं कर सकता। किसी से बाँट कर अपना बोझा हल्का नहीं कर सकता।...अपनी और अपने वंश की अपयश से रक्षा करने के लिए, मैं प्रत्येक क्षण उससे डरता रहता हूँ। चक्रवर्ती शान्तनु

अपनी पत्नी के भय से पीला पड़ जाता है कि कहीं वह अपने कुल में चली आयी पूज्य-पूजन की परम्परा को खण्डित न कर दे, कहीं वह किसी आदरणीय का अपमान न कर दे, कहीं वह अपने सार्वजनिक प्रलाप से इस भरत वंश की कीर्ति को कलुषित न कर दे..."

भीष्म चुपचाप अपने पिता की ओर देखते रहे।

"इस भरत वंश का भविष्य मुझे बहुत उज्ज्वल नहीं दिखता वत्स! मैं जीवित रहते, अपनी प्रजा का समुचित पालन नहीं कर सकता...और मेरे पश्चात चित्रांगद और विचित्रवीर्य अपनी इस माँ की सहायता से हस्तिनापुर को नाश के मार्ग पर ही ले जायेंगे। स्वयं भी नष्ट हो जायेंगे, और प्रजा का भी विनाश करेंगे।"

भीष्म के मन में उत्सुकता फन काढ़ कर खड़ी हो गयी : क्या चाहते हैं पिता? इस पूर्व पीठिका का उत्तर खण्ड?

"इस राज्य को नष्ट होने से बचाने के लिए, भरत वंश की ख्याति की रक्षा के लिए, हमें कुछ करना होगा पुत्र!" शान्तनु बोले, "अन्यथा... ।"

भीष्म का मन कह रहा था, 'या तो ऐसा कुछ होगा नहीं! ...सम्भव है कि यह पिता के वृद्ध और दुर्बल स्नायु-तन्त्र की आशंकाओं की ही माया हो...या यदि ऐसा ही कुछ हो गया। कुरु-साम्राज्य ध्वस्त हो ही गया। इस साम्राज्य का नाम बदल गया ...शान्तनु के बाद हस्तिनापुर के सिंहासन पर कोई तो दूसरा पुरुष बैठेगा ही, यदि वह पुरुष कुरु-कुल का अंश न हुआ...तो क्या अन्तर आ जायेगा!...धरती तो यही रहेगी, प्रजा भी यही रहेगी...ईश्वर की सृष्टि में क्या परिवर्तन हो जायेगा?'

पर यह सब वह अपने पिता से नहीं कह सकते थे। पिता राजा थे, और राजाओं के समान सोचते थे। भीष्म के समान तटस्थ हो कर वह अपने राज्य के विषय में कैस सोचते?

"आपकी क्या इच्छा है पिताजी?"

"पुत्र! इच्छा होते हुए भी मैं तुम्हें युवराज नहीं बना सकता। यह जानते हुए भी कि कुरु साम्राज्य की रक्षा करने, उसे शक्तिशाली और समृद्ध बनाने; भरत वंश की कीर्ति को बढ़ाने में एकमात्र तुम ही समर्थ हो—मैं राज्य तुम्हें नहीं सौंप सकता।"

"मुझे कुरु साम्राज्य नहीं चाहिए पिताजी! मुझे राज्य नहीं चाहिए... ।"

"जानता हूँ पुत्र! तुम्हें कुछ नहीं चाहिए।" शान्तनु बोले, "पर यह भी तो जानता हूँ कि आज कुरु वंश और कुरु साम्राज्य को तुम्हारी आवश्यकता है।" उन्होंने अपनी दृष्टि को पूरी तन्मयता से भीष्म के चेहरे पर टिका दिया,

"तुम युवा हो, शक्तिशाली हो, समर्थ हो, शस्त्रविद्या और रणनीति में दक्ष हो, सैनिकों, सेनापतियों और कुरु प्रमुखों के प्रिय हो...तुम बलात् यह राज्य हस्तगत कर लो पुत्र!..."

"पिताजी!" प्रस्ताव की अप्रत्यशितता से जैसे भीष्म बौखला उठे, "आप क्या कह रहे हैं पिताजी! यह सम्भव नहीं है।"

"तो कुरु साम्राज्य का अक्षुण्ण रहना भी सम्भव नहीं है।"

भीष्म कुछ शान्त हुए, "मैंने प्रतिज्ञापूर्वक राज्य त्यागा है। अब उसके लिए मैं बल-प्रयोग करूँ? जिन कारणों से मैं प्रजा का प्रिय हूँ, उन कारणों का आधार नष्ट कर दूँ! अपनी जिस प्रतिज्ञा पर मैं गर्व करता हूँ...उसे स्वयं भंग कर दूँ? यह असम्भव है पिताजी!"

"यदि मैं ऐसी आज्ञा दूँ तो?"

"आपकी आज्ञा धर्म-विरुद्ध होगी।"

"तुम अपनी प्रतिज्ञा नहीं तोड़ोगे, चाहे तुम्हारे पिता टूट जायें।"

भीष्म ने पिता को देखा। कुछ देर जैसे साहस संचित किया और बोले, "प्रतिज्ञा तोड़ी तो न केवल भीष्म टूटेगा, वरन भरत वंश का कीर्ति-कलश भी टूट कर गिर जायेगा।...आप मुझे इसके लिए बाध्य न करें।" वह उठ खड़े हुए, "मुझे खेद है कि मैं आज्ञाकारी पुत्र होने का यश अक्षुण्ण नहीं रख सका।"

पिता को प्रणाम कर भीष्म द्वार की ओर चल पड़े।

शान्तनु अपने स्थान पर बैठे, भीष्म को जाते हुए देखते रहे, जैसे कुरु साम्राज्य के उत्कर्ष को राजप्रासाद से दूर होते हुए देख रहे हों।

14

"भीष्म आपके पास क्यों आया था?"

"मैंने उसे बुलाया था।" शान्तनु सहज रूप में कह गये; और तब उनका ध्यान सत्यवती की ओर गया। उसकी वाणी में उसका विरोध बहुत मुखर हो कर आया था।...उसने जब भीष्म के चित्रांगद और विचित्रवीर्य के साथ मिलने पर आपत्ति की थी, शान्तनु को तब भी पीड़ा हुई थी। बहुत प्रयत्न करने पर भी वे सत्यवती को समझा नहीं पाये थे कि भीष्म के प्रति इस प्रकार का द्वेष सत्यवती के लिए लाभदायक नहीं होगा। भीष्म का उससे क्या बिगड़ेगा—और तब से उन्होंने मान लिया था कि भीष्म उन्हीं का पुत्र है, सत्यवती का नहीं; और यदि वह सत्यवती का पुत्र नहीं है तो वह चित्रांगद और विचित्रवीर्य का भी भाई नहीं है...पर सत्यवती यह चाहती है कि वह उनका भी पुत्र न रहे...

"क्यों बुलाया था उसे?"

शान्तनु की इच्छा हुई कि एक बार पूरी कठोरता से सत्यवती को डपट दें। वह राजा हैं, पिता हैं...। उनकी इच्छा होगी तो वह जिसे चाहेंगे, उसे बुलायेंगे, मिलेंगे। वह किस अधिकार से भीष्म को उनसे और उनको भीष्म से मिलने से रोकना चाहती है?...पर दूसरे ही क्षण जैसे वे चेत गये।...यहाँ वह न राजा हैं, न पिता। यहाँ वे पति हैं, और पति-पत्नी का सम्बन्ध अपने ही नियमों से परिचालित होता है...। सत्यवती भीतर-ही-भीतर उफन रही है। यदि उन्होंने उसकी इच्छा के प्रतिकूल कुछ कह दिया और वह अपना सन्तुलन खो बैठी तो वह कुहराम मचा देगी। उनका पारिवारिक झगड़ा खुल कर सामने आ जायेगा। राजा और रानी का पारस्परिक विरोध...भीष्म के प्रति सत्यवती की दुर्भावना—सब कुछ प्रकाशित हो जायेगा। हस्तिनापुर के घर-घर में चर्चा होगी और आस-पास के अनेक विद्रोही जन-प्रमुख इस गृह-कलह का लाभ उठाने के विषय में सोचने लगेंगे। उनकी सीमा से लगे हुए राज्यों के क्षत्रिय राजा अपनी सेनाएँ सजाने लगेंगे। पारिवारिक-कलह, राजनीतिक कलह का रूप धारण कर लेगी...

वह सत्यवती से झूठ बोल कर उसे टाल भी सकते थे...किन्तु सामान्यतः वह झूठ बोलते नहीं थे...और यदि सत्यवती को उनके अपने प्रासाद से यह सूचना मिल सकती है कि भीष्म उनसे मिलने आया था, तो यह सूचना भी मिल सकती है कि पिता-पुत्र में क्या बातें हुई थीं। बहुत सम्भव है कि सत्यवती का कोई गुप्तचर उनके निजी सेवकों में हो...ऐसे में उनका झूठ खुलते एक क्षण नहीं लगेगा।...रोष में सत्यवती असन्तुलित हो जाती है...और असन्तुलन किसी मर्यादा को नहीं मानता। ऐसी स्थिति में अपने दास-दासियों के सामने जो कुछ शान्तनु को सुनना पड़ेगा, वह शोभनीय नहीं होगा...और यदि झूठ न भी खुला...तो भी वे उसके खुलने के भय से सदा आतंकित रहेंगे...

"सत्यवती!" शान्तनु का स्वर नियन्त्रित था, "मेरा वार्द्धक्य अपनी शक्ति दिखा रहा है। मैं दिन-प्रति-दिन अक्षम होता जा रहा हूँ। मेरी मानसिक और शारीरिक शक्तियाँ क्षीण हो रही हैं...।"

"तो राजवैद्य को बुलाया होता।" सत्यवती बोली, "भीष्म क्या कर सकता है इसमें? वह क्या पुरु के समान अपना यौवन आपको दे देगा?"

"क्या उसने पहले ही अपना यौवन मुझे दे नहीं दिया?" शान्तनु के स्वर में खीझ थी, "तुम्हारे पिता ने उससे जीवन का प्रत्येक सुख-भोग, हँसी-ख़ुशी, आशा- उल्लास—सब कुछ छीन नहीं लिया? क्या चाहती हो तुम उससे?"

सत्यवती भी कुछ उग्र हुई, "मैंने या मेरे पिता ने कुछ नहीं छीना है उससे!

उसने स्वेच्छा से सब-कुछ त्यागा है। और किसी ने उससे कुछ छीना ही है, तो छीनने वाले आप हैं, आप! छीना भी आपने ही, और दोषारोपण भी आप ही कर रहे हैं।..."

"हाँ! मैंने ही सब-कुछ छीना है।" शान्तनु का स्वर अवरोह पर था, "पापी तो मैं ही हूँ। मैंने ही पिशाच बन कर अपने पुत्र का रक्त पी डाला है।"

"जब रक्त पी ही डाला है, तो अब किसलिए बुलाया था उसे? अब उस रक्तहीन लोथ को दूर कहीं फेंक क्यों नहीं देते?"

"नहीं!..." शान्तनु जैसे किसी प्रेत-लोक से बोल रहे थे, "अभी उसके पास हड्डियाँ हैं, माँस है...अभी से कैसे छोड़ दूँ उसे?"

शान्तनु की स्थिति देख कर सत्यवती सहम उठी...पहली बार उसके मन में विचार आया...राजा स्वस्थ नहीं लग रहे, कहीं उन्हें कुछ हो गया तो?...उनकी आँखों में जो यह प्रेत-लोक की छाया है, यह कोई मनोविकार है या मृत्यु का आभास?...

"क्या हो गया है आपको?" सत्यवती का स्वर कुछ कोमल हुआ, "मैं तो केवल इतना ही पूछ रही थ कि क्यों बुलाया था भीष्म को? क्या काम था आपको उससे?..." और सत्यवती जैसी डगमगा गयी, "आप न बताना चाहें तो न बतायें।"

अपनी उस उद्विग्नता में भी शान्तनु की दृष्टि से यह छिपा नहीं रह सका कि उनकी असहजावस्था को देख कर सत्यवती कुछ विचलित हो गयी थी।...क्या है सत्यवती के मन में? कहीं ऐसा तो नहीं कि वह उन पर इस प्रकार अपना पूर्णाधिकार चाहती है कि जो कुछ शान्तनु के पास है, वह उसका हो जाये। उनके माध्यम से वह कुरुकुल पर, कुरु साम्राज्य पर, अपना अक्षुण्ण अधिकार स्थापित कर लेना चाहती है। इसलिए चाहती है कि शान्तनु का किसी के साथ कोई सम्बन्ध न रहे, कोई सम्पर्क न रहे, उन पर किसी का कोई अधिकार न रहे। शान्तनु रहें, पूर्णतः स्वस्थ, समर्थ और शक्तिशाली रहें...और उन पर एकछत्र अधिकार रहे सत्यवती का...वह सत्यवती की सत्ता के उपकरण मात्र रहें...पर उपकरण का अस्तित्व आवश्यक है, उसका समर्थ रहना, कार्य-सक्षम रहना अनिवार्य है, अन्यथा...सत्यवती का अधिकार-सूत्र शिथिल ही नहीं होगा, टूट भी सकता है...

"सत्य जानना चाहती हो?"

सत्यवती ने सहमति में सिर हिलाया।

"जब अपने शरीर को असमर्थ होता देखता हूँ, शक्ति को क्षीण होता हुआ पाता हूँ, तो मैं डर जाता हूँ।" उन्होंने सत्यवती की ओर देखा।

सत्यवती कुछ नहीं बोली, चुपचाप उनकी ओर देखती रही।

"मुझे लगता है कि मेरी आयु अब शेष होने जा रही है। मैं अधिक समय तक जीवित नहीं रहूँगा..." वह कुछ रुके और फिर बोले, "मुझे अपनी कोई चिन्ता नहीं है। जीवन में जो कुछ पाया और खोया है, इसके बाद ऐसा कुछ नहीं रहा, जिसे पाने या भोगने के लिए और जीवित रहना चाहूँ..." उन्होंने रुक कर सत्यवती को देखा, "तुम्हारी भी चिन्ता नहीं है मुझे! तुम पर्याप्त समर्थ हो...किन्तु चिन्ता मुझे अपने इन पुत्रों की है–चित्रांगद और विचित्रवीर्य की।"

"क्यों? इनकी क्या चिन्ता है आपको?" सत्यवती का स्वर पर्याप्त शुष्क था, "चित्रांगद सिंहसनासीन होगा और हमारा पालन करेगा।"

"यही तो चिन्ता है मुझे।" शान्तनु बोले, "राजपुत्र समर्थ होता है तो सिंहासनासीन होता है। वह राजा, सम्राट और चक्रवर्ती बनता है...किन्तु..."

"किन्तु क्या?" सत्यवती का भय इन दो शब्दों के पीछे से भी बोल रहा था।

"किन्तु यदि राजपुत्र समर्थ नहीं हुआ तो उसका जीवित रहना भी कठिन हो जाता है।"

"क्या कहना चाहते हैं आप?" सत्यवती का भय प्रकट हो गया।

"पड़ोसी राजा ही नहीं, उसके अपने अमात्य, सेनापति और जन-प्रमुख, दुर्बल राजा के शत्रु होते हैं। वे उसे जीवित नहीं रहने देना चाहते, क्योंकि राजपुत्र के जीवन में उसका अधिकार भी अक्षुण्ण बना रहता है।"

सत्यवती के चेहरे पर उसका भय जैसे घनीभूत हो गया, "नहीं!..."

"तुम्हारे नकार देने से प्रकृति के सत्य तो नहीं बदल जायेंगे।" शान्तनु बोले, "अपनी क्षमता-भर मुझे अपने इन पुत्रों के समर्थ होने तक की व्यवस्था, उनकी रक्षा का प्रबन्ध करना है।"

सत्यवती ने आँखों में प्रश्न भर कर शान्तनु की ओर देखा; किन्तु शान्तनु स्पष्ट देख रहे थे कि उसकी आँखों में उत्सुकता और जिज्ञासा से अधिक अविश्वास और विरोध है।...सत्यवती का यह अविश्वास शान्तनु को तोड़ देने के लिए पर्याप्त था। न केवल उनका सारा उत्साह ही जाता रहा; उन्हें लगा, उनके शरीर से जैसे प्राण ही निकल गये हों। उनकी बोलने की इच्छा ही चुक गयी...

प्रतीक्षा सत्यवती के लिए असह्य थी : जाने शान्तनु किस प्रकार की व्यवस्था की बात सोच रहे हैं।

"कैसा प्रबन्ध करना चाह रहे हैं आप?" सत्यवती को पूछना ही पड़ा।

"मैं चाहता हूँ..." शान्तनु फिर रुक गये, जैसे या तो उन्हें शब्द ही न

मिल रहे हों, या फिर अब भी उनके मन में द्वन्द्व था कि बतायें या न बतायें?

"कैसा प्रबन्ध करना चाह रहे हैं आप?" सत्यवती ने फिर पूछा।

"यदि मैं न रहूँ, तो भी कोई ऐसा हो, जो बाहरी और भीतरी विरोधों, षड्यन्त्रों और आक्रमणों से चित्रांगद और विचित्रवीर्य की रक्षा करता रहे...।"

"कौन है वह—भीष्म?" सत्यवती ने तड़प कर पूछा।

शान्तनु ने देखा, क्षण-भर पहले की दुर्बल, डरी और सहमी हुई सत्यवती, एक ही क्षण में जैसे सिंहनी बन गयी थी।

उन्होंने बड़ी बाध्यता में सिर हिलाया, "हाँ।"

और सिंहनी ने न केवल गर्जना ही की, उसने उन पर छलाँग भी लगा दी, उसके सारे दाँत, उनके बीसों नख, उसकी दृष्टि, उसकी ध्वनि...सब कुछ मिल कर, जैसे शान्तनु के चिथड़े-चिथड़े कर देना चाहते थे..., "इस पृथ्वी पर अब धर्म नहीं रह गया है। नरक हो गयी है यह पृथ्वी। कोई किसी का विश्वास कैसे करेगा। इससे तो अच्छा है कि पृथ्वी फट जाये। आकाश टूट पड़े। सागर लील ले, या इस पृथ्वी को अग्नि ही जला दे। महाश्मशान हो जाये यह सारा ...मृत्यु, मृत्यु...।"

शान्तनु को लगा, सत्यवती पागल हो गयी है। सम्भव है कि अपनी इस मानसिक स्थिति में वह अपने वस्त्र फाड़ दे और श्मशान की डाकिनी-पिशाचिनी के समान उछल-उछल कर नाचने लगे और शान्तनु के ही शरीर में कहीं अपने दाँत गड़ा दे...मृत्यु...मृत्यु...मृत्यु...

"सत्यवती!" शान्तनु ने उसे बाँहों से पकड़ा, "सत्यवती! क्या हो गया है तुम्हें?"

"क्या हो गया है।" सत्यवती ने झटके से अपनी बाँह छुड़ा ली, "भरत वंश का चक्रवर्ती अपनी पत्नी को दिये वचनों को भूल गया है। भूल ही नहीं गया, जान-बूझ कर उन वरदानों को वापस ले रहा है। सत्य, धर्म, न्याय...।"

शान्तनु और धैर्य नहीं रख सके। कुछ उग्र हो कर बोले, "मुख से शब्द निकालने से पहले कुछ सोच लेना चाहिए। पहली बात तो यह है कि मैंने तुम्हें न कोई वचन दिया है, न वरदान...।"

सत्यवती क्रुद्ध नागिन के समान फुफकारी, "झूठ बोल लो। सब-कुछ अस्वीकार कर दो। अब कह दो कि तुमने मुझसे विवाह भी नहीं किया है। चित्रांगद और विचित्रवीर्य तुम्हारे पुत्र भी नहीं हैं।..."

शान्तनु को लगा, उनका संयम अब टूट जायेगा और बहुत सम्भव है कि उनका हाथ सत्यवती पर उठ जाये।

उन्होंने स्वयं को सँभाला और यथासम्भव संयत स्वर में बोले, "प्रतिज्ञाएँ

भीष्म ने की हैं; और वह आज भी उन पर अटल है तथा भविष्य में भी रहेगा...।"

"वह भी अटल है और तुम भी अटल हो। तुम जैसे धूर्त तो मैंने देखे ही नहीं।" सत्यवती वैसे ही चिल्लाती रही, "वह युवराज नहीं बनेगा, मेरे पुत्रों का अभिभावक बनेगा। वह चक्रवर्ती नहीं बनेगा, चक्रवर्ती का नियन्ता बनेगा। वह राजा नहीं होगा, पर राजसत्ता उसकी होगी। वह प्रजा पर शासन नहीं करेगा, मेरे पुत्र पर शासन करेगा। मेरा पुत्र राजसिंहासन पर बैठेगा, पर तुम्हारे उस देवव्रत भीष्म का चाकर रहेगा...।"

सत्यवती खड़ी हाँफ रही थी।

शान्तनु सत्यवती की ओर देखते रहे : शायद वह कुछ और बोले; किन्तु वह कुछ नहीं बोली।

अन्ततः शान्तनु ही बोले, "विष-वमन हो चुका हो तो अब मेरी बात सुनो। न मैं तुम्हारे पुत्रों को राज्य से वंचित कर रहा हूँ, न भीष्म उनका राज्य लेना चाहता है। मैं तो उस बेचारे पर एक अतिरिक्त बोझ डालने जा रहा था, ताकि मेरी मृत्यु के पश्चात तुम लोग—तुम और तुम्हारे पुत्र—सुखी और सुरक्षित रह सको। पर लगता है कि यह विधाता की इच्छा के अनुकूल नहीं है।...आज तक तो नहीं दिया, किन्तु आज तुम्हें अपनी ओर से एक वरदान दे रहा हूँ...तुम्हारे और तुम्हारे पुत्रों के विषय में मैं अपनी ओर से कोई निर्णय नहीं लूँगा।...और चेतावनी के रूप मे कह रहा हूँ कि मेरी मृत्यु के पश्चात भी तुमने भीष्म से शत्रुता निभायी तो अपने, अपने पुत्रों और हस्तिनापुर के राज्य के नाश के लिए तुम उत्तरदायी होगी—केवल तुम।"

शान्तनु को लगा, उनका वक्ष जैसे खोखला हो गया है; और वे हाँफ रहे हैं...

वे जाने के लिए उठ खड़े हुए।

15

भीष्म गंगा पार कर अपने कुटीर में पहुँचे तो समझ नहीं पा रहे थे कि उन्हें दुख अधिक था या आश्चर्य। उन्होंने अपने जीवन का सारा सुख त्याग कर पिता की मनोकामना पूरी की थी, उन्हें जीवन का चरम सुख प्रदान करना चाहा था। वह चरम सुख, इस परम दुख और यातना में कैसे बदल गया? क्या ऐसा भी होता है कि कोई मनुष्य पुष्पवाटिका लगाये और वह वाटिका हिंस्र-पशुओं की माँद में बदल जाये?

वह जितना ही सोचते जाते थे, उनके मन में दुख की पहेली शनैःशनैः दीर्घाकार होती जाती थी। उनके मन में समय-समय पर बार-बार उठने वाला प्रश्न एक बार फिर से गहराने लगा था : क्या मनुष्य का विवेक, मनुष्य की निर्णय शक्ति और मनुष्य का कर्म अपने-आपमें कोई अर्थ नहीं रखता?—राजा शान्तनु ने सत्यवती को देखा था तो उनका मन उसे पाने के लिए तड़प-तड़प उठा था—उन्होंने ही क्या, भीष्म ने भी सोचा था कि माता सत्यवती को पा कर पिता चरम सुखी होंगे—पर परिणाम वह नहीं हुआ। जो परिणाम है, वस्तुतः सत्य वही है। मनुष्य की इच्छा सत्य नहीं है।...इच्छा तो उसे प्रायः धोखा दे जाती है।...मनुष्य की इच्छा, उसके विवेक पर आधृत नहीं है या उसकी बुद्धि भी उसकी इच्छा की अनुवर्तनी हो जाती है...पिता को तड़पते देख कर देवव्रत ने भी तो यही सोचा था कि किसी प्रकार उनकी इच्छा पूरी कर दी जाये। देवव्रत ने तब यह विचार तो नहीं किया था कि वह इच्छा धर्म-संगत है या नहीं। धर्म-संगत तो प्रकृति का व्यवहार ही है, स्रष्टा की इच्छा। मनुष्य तो स्वार्थी है। संकीर्ण बुद्धि से मात्र अपने सुख-दुख की बात सोचता है। प्रकृति समग्र सृष्टि के सुख-दुख के लिए चिन्तित है। प्रकृति के निकट तो वही जायेगा, जो उदार है, व्यापक है। वही प्रकृति के विवेक को धारण करेगा। संकीर्णता और स्वार्थ तो मूर्खता का दूसरा नाम है ...देवव्रत को तभी सोचना चाहिए था कि प्रकृति ने स्त्री-पुरुष का आकर्षण सृजन के लिए बनाया है, उद्वेग और उत्तेजना का आनन्द लेने के लिए नहीं। प्रकृति का नियम सम-वयस्क युग्मों का समर्थन करता है, ताकि वह सन्तान उत्पन्न कर उनके पालन-पोषण की क्षमता भी रखें—सत्यवती के पिता ने अपने लोभ के कारण अर्थ को प्रमुखता दी थी, राजा शान्तनु ने काम को—और देवव्रत ने प्रकृति पर अपनी इच्छा आरोपित की थी; किन्तु आज भीष्म देख रहे हैं कि उन तीनों की बुद्धि ने उनके साथ छल किया था।

प्रकृति का न्याय तो सीधा है, पानी में दूध मिलाया जायेगा, तो वह उसमें मिल कर अपना अस्तित्व खो देगा...मक्खन को पानी में मिलाया जायेगा, तो वह उसके ऊपर-ऊपर तैरता रहेगा, न उसमें मिलेगा, न विलीन होगा, न अपना अस्तित्व खोयेगा...देवव्रत ने अपनी इच्छा का दूध प्रकृति की जलधारा में मिला दिया था। अपनी इच्छा के दूध को उन्होंने धर्म और विवेक की मथनी से मथ कर नवनीत में परिणत नहीं किया था...

और आज फिर पिता एक और इच्छा प्रकट कर रहे हैं। राज्याधिकार और सन्तान के मोह में लिप्त उनकी बुद्धि फिर उन्हें प्रेरित कर रही है कि वह कुरु साम्राज्य भीष्म को अर्पित कर दें।... पर क्या उनकी यह इच्छा भी उनकी

पूर्णासक्ति की ही उपज नहीं है? क्या उन्होंने धर्म और न्याय की दृष्टि से देखा है कि उनके इस कृत्य का परिणाम क्या होगा?—आज भी भीष्म, पहले के ही समान अपने पिता की यातना दूर करने के लिए, उनकी इच्छा पूरी करने के लिए लपक कर आगे बढ़ें तो क्या वह उन्हें कुछ सुख दे पायेंगे?—कहीं ऐसा तो नहीं कि वह उनकी इच्छा पूरी करने के प्रयत्न में एक नया और बड़ा नरक तैयार कर दें...कुरु वंश में जन्म ले कर वह राज्य का लोभ करें? अपनी प्रतिज्ञा को भंग करें? दिया हुआ वचन लौटा लें?...

सहसा उनका मन दूसरी ओर चल पड़ा : एक ओर पिता की इच्छा है और दूसरी ओर उनकी अपनी। अब पिता का स्वार्थ नहीं बोल रहा, उनकी आसक्ति चाहे बोल रही हो...पर वह एक वंश की ओर से बोल रहे हैं, प्रजा के हित की बात सोच रहे हैं...उनका तर्क व्यापक है।...और भीष्म तो केवल अपनी बात सोच रहे हैं, केवल अपनी प्रतिज्ञा की बात, केवल अपनी कीर्ति और ख्याति की बात, या बहुत हो तो अपने चरित्र की बात...तो किसका तर्क व्यापक है, और किसका संकीर्ण?...

भीष्म जैसे प्रश्न-चिह्नों से बिंध गये। उनकी गति जड़ हो गयी।

इस दृष्टि से तो पिता का ही तर्क व्यापक था...तो क्या भीष्म पिता की आज्ञा का पालन करें, उनकी इच्छा पूरी करें?...

तत्काल भीष्म सावधान हो गये : उनकी कल्पना में बिन्दु-सरीखी एक नारी-मूर्ति उभरी और फिर क्रमशः विराट होती चली गयी। उसकी तरंगें भीष्म के रक्त के कण-कण में समा गयीं... भीष्म ने जैसे सम्मोहनावस्था में पहचाना—वह गंगा थी, उनकी माँ। उस मूर्ति के अधर निःशब्द कुछ कह रहे थे। भीष्म सुन कुछ नहीं रहे थे। वह मात्र समझ रहे थे। मातृ-मूर्ति कह रही थी, 'पुत्र! अपनी प्राकृतिक दुर्बलताओं को मत जागने दे। किसी भी ओट में नहीं। पिता की इच्छा और आज्ञा की ओट में भी नहीं... ।'

और सहसा भीष्म जैसे जाग उठे : क्या हो गया था उनको? क्या उनका अपना लोभ, पिता की इच्छा की ओट ले कर कुछ अनर्थ करने जा रहा था...? या सचमुच ही उन्हें सोचना चाहिए कि प्रजापालन बड़ा धर्म है या प्रतिज्ञा पालन? धर्म और न्याय से पूर्ण शासन कर सामान्य जन का हित करना उनका धर्म है या अपने चरित्र का उत्थान और विकास? व्यक्ति अपने प्रति प्रतिबद्ध है या सृष्टि के प्रति?—स्वार्थ तो स्वार्थ ही है, चाहे भौतिक सुख की दृष्टि से हो या आध्यात्मिक उत्थान की दृष्टि से...तो क्या भीष्म स्वार्थी हो रहे हैं?...

उनका विवेक जैसे फिर से अड़ गया : यह सारा चिन्तन भी उनकी प्राकृतिक दुर्बलताओं से परिचालित है। कौन कह सकता है कि वे राज्याधिकार

पाने के लिए, प्रजापालन का बहाना नहीं खोज रहे हैं? क्या प्रमाण है कि कल जब चित्रांगद राज्य सँभालेगा, तो वह उनसे श्रेष्ठतर राजा नहीं बनेगा?

और फिर इच्छा तो इच्छा ही है, चाहे प्रजापालन की हो या आत्म-विकास की! इसका निर्णय कौन करेगा कि कौन-सी इच्छा धर्मानुकूल है। इच्छा, पिता की हो या भीष्म की...इच्छा तो एक व्यक्ति की इच्छा ही है...और भीष्म अपने अनुभव से जानता हैं कि मनुष्य अपने-आपको कितना ही बुद्धिमान क्यों न माने, वह नहीं जानते कि कौन-सी इच्छा उसके लिए शुभ है...और सत्य तो यह है कि वह यह भी नहीं जानता कि उसका हित क्या है...उसके लिए शुभ क्या है...

प्रश्न...प्रश्न...प्रश्न...भीष्म कुछ भी निर्णय नहीं कर पाते कि सत्य क्या है? धर्म क्या है? उनका दायित्व क्या है?...और जब भीष्म यह निर्णय नहीं कर पाते, तो वह जानते हैं कि जो कुछ उनके सामने कर्तव्य-रूप में आ जाये, वही उन्हें करना है। निर्णय कदाचित उनके हाथ में है ही नहीं...और धर्म अभी उनकी समझ में नहीं आ रहा...

16

चक्रवर्ती शान्तनु के निजी कक्ष में शायद पहले कभी इतने लोग एक साथ नहीं आये होंगे।

महाराज अपने पलंग पर लेटे थे। महारानी सत्यवती उनके सिरहाने के साथ लग कर बैठी थीं। वृद्ध मन्त्री और राजपुरोहित सामने खड़े थे। चित्रांगद और विचित्रवीर्य माँ से कुछ हट कर बैठे थे। राजवैद्यों का एक पूरा दल अपने सहचरों और सहकर्मियों के साथ कक्ष में उपस्थित था। अनेक दास-दासियाँ आदेशों की प्रतीक्षा में हाथ बाँधे खड़े थे।

पर शान्तनु को उस सारी भीड़ में से जैसे कोई दिखायी ही नहीं पड़ रहा था। उनके मन में केवल एक ही चित्र था। वे आँखें खोल कर देखते थे और भीष्म को वहाँ न पा कर उनकी आँखों का शून्य गहरा जाता था।

भिषगाचार्य ने एक नया घोल तैयार किया था। बोले, "राजन्! इसे पी लें। आप तत्काल स्फूर्ति का अनुभव करेंगे।"

"देवव्रत को बुलाओ।" शान्तनु ने धीरे-से कहा, "अब मुझे औषध की आवश्यकता नहीं है।"

सत्यवती का कलेजा धक्क-सा रह गया : राजा क्या कर रहे हैं? वह औषध नहीं ले रहे और भीष्म को बुला रहे हैं—भीष्म को नहीं, देवव्रत को।...

कहीं ऐसा न हो कि इस अन्तिम समय में, चलते-चलते, वे राज्याधिकार फिर से देवव्रत को थमा जायें...और एक बार इनके मुख से ऐसा कुछ निकल गया तो कुरु-प्रमुख किसी भी स्थिति में चित्रांगद को राज-सिंहासन पर बैठने नहीं देंगे... इस व्यक्ति ने अपने सारे जीवन में सत्यवती को इसी प्रकार अपने पँजों पर खड़े रखा...जाने कब वह फिर से महारानी से निषाद पुत्री हो जाये...जाने कब उसके पुत्र, युवराज से सामान्य राजकुमार और सामान्य राजकुमार से दासीपुत्र हो जायें...

"आपको औषध की आवश्यकता नहीं है राजन्!" इस बार राजपुरोहित बोले, "किन्तु हमें आपकी आवश्यकता है। महारानी को देखिए, वह कैसी आतुर बैठी हैं। अपने इन किशोर पुत्रों को देखिए। इन दास-दासियों पर दृष्टि डालिए। प्रासाद के बाहर सारा हस्तिनापुर खड़ा बिलख रहा है।"

"देवव्रत को बुलाओ।" शान्तनु पुनः बोले।

"संदेहवाहक गया है महाराज!" मन्त्री ने कहा, "राजकुमार आते ही होंगे। आप तब तक औषध का सेवन कर कुछ स्वस्थ हो लें।"

शान्तनु ने कुछ कहे बिना, अपना मुख खोल दिया। भिषगाचार्य ने औषध उनके मुख में उँड़ेल दी। औषध को गले से नीचे उतार कर शान्तनु बोले, "आचार्य वसुभूति! आप अनुष्ठान की तैयारी करें।"

शान्तनु को लगा, अब उनमें या तो बोलने की ही शक्ति नहीं रही है या शायद बोलने की इच्छा ही समाप्त हो गयी है। उनका मस्तिष्क पूर्णतः जाग रहा था। वह सब कुछ देख और समझ रहे थे। उनकी सोचने की क्षमता समाप्त नहीं हुई थी...

उनकी आवश्यकता किसी को हो या न हो, अब वह अधिक दिन चल नहीं पायेंगे। वह नहीं जानते कि उनकी आयु की कुछ ही घड़ियाँ शेष हैं या उन्हें यमराज कुछ दिन और जीने देंगे...पर वह जानते हैं कि अभी उन्होंने अपने इस जीवन के दायित्व पूरे नहीं किये हैं। सत्यवती—सत्यवती ने अभी चालीस वर्ष भी पूरे नहीं किये हैं। उसके सामने अभी पहाड़-सा जीवन है। दो पुत्र हैं, जो पूर्णतः अबोध हैं...कैसे सँभालेगी वह उनको?...संसार पुष्पों की सेज नहीं है...ये सारे लोग, जो इस समय उनके बहुत आत्मीय बने खड़े हैं, उनके नेत्र मूँदते ही भेड़ियों का रूप धारण कर लेंगे—राजसिंहासन तो वस्तु ही ऐसी है, जो मनुष्य में सोये पशु को न केवल जगा देती है, उसे सक्रिय भी कर देती है। जाने क्या होता है कि सिंहासन मिलने की सम्भावना उपस्थित होते ही मनुष्य के सिर पर सींग उग आते हैं, उसकी दाढ़ विकराल हो जाती है, अँगुलियों के नख तीखे हो जाते हैं और मन में रक्तपिपासा जाग उठती है...

शान्तनु नहीं रहेंगे तो कुटुम्बी और सहयोगी भी सत्यवती के जीवन के ग्राहक हो जायेंगे...रक्तपिपासु पशु...सत्ता का लोभ...ओह! इधर उनके नयन मुँदे और उधर उनके इन अबोध पुत्रों की हत्या हो जायेगी...उनकी रानी की भी हत्या हो सकती है...उसका अपहरण भी हो सकता है...वह किसी की दासी भी हो सकती है या मात्र एक भिखारिन भी...नहीं। सत्यवती अब भी सुन्दर है...उसे प्राप्त करके कोई भी राजा अपना सौभाग्य मानेगा...

पर क्या शान्तनु को आज भी सत्यवती का मोह है?...जितना और जैसा जीवन उन्होंने सत्यवती के साथ बिताया है, क्या वे चाहेंगे कि उन्हें फिर से जीवन मिले और सत्यवती ही उनकी पत्नी हो?...क्या शान्तनु कुछ भी निर्णय नहीं कर पा रहे हैं...सत्यवती ही क्यों, शान्तनु किसी के विषय में भी निर्णय नहीं कर पा रहे...सारा जीवन ऐसा ही था...इच्छाओं, आकांक्षाओं, कामनाओं के बवण्डर में फँसा जीवन...किसी-न-किसी लक्ष्य के लिए संघर्ष या प्रतीक्षा...उपलब्धि का क्षण कितना छोटा था...तैयारी, प्रतीक्षा, संघर्ष की अवधि कितनी लम्बी...और फिर ऐसा क्या था जीवन में, जिसने उन्हें केवल सुख दिया...पीड़ा और दुख नहीं दिया...राज्य? पत्नी? सन्तान? धन? सम्पत्ति? सत्ता?...कुछ भी तो ऐसा नहीं था...तो क्या शान्तनु पुनः यह जीवन चाहेंगे?... आज भी, इस क्षण भी शान्तनु 'न' नहीं कह पाते...

मन बहुत हठी है। विवेक उसे बहुत समझाता है; और मन है कि बहरा हो जाता है। सुनता कुछ नहीं, ठहर कर सोचता भी नहीं, बस माँगता ही जाता है।...इस मन के सामने, सत्यवती का प्रश्न आता है, तो वह सत्यवती का केवल रूप देखता है, और किसी तथ्य से कुछ लेना-देना नहीं है उसे...

मन में एक ही बात आती है...वह अपनी पत्नी को छोड़े जा रहे हैं। दो पुत्र भी हैं...राज्य भी छोड़ रहे हैं। पर राज्य को तो कोई-न-कोई सँभाल ही लेगा। किन्तु वह कब चाहते हैं कि राज्य को कोई सँभाले...सँभालनेवाला, उनका अपना पुत्र ही होना चाहिए।

सहसा उनका चिन्तन एक नये पथ पर मुड़ गया : उनका राज्य, उनकी पत्नी, उनके पुत्र...यह सब उनका होता, तो वह इस प्रकार इन सबको छोड़ने को बाध्य होते? प्रकृति उन्हें यही तो समझा रही है कि यह सब उनका नहीं है, तभी तो छूटा जा रहा है...पर वे समझ पा रहे हैं क्या...

"देवव्रत!" उनके होंट धीरे से बुदबुदाये।

सत्यवती आगे बढ़ आयी। चित्रांगद भी माँ से सट कर खड़ा हो गया। मन्त्री और राजपुरोहित भी आगे आये।...पर वह इतना ही समझ पाये कि राजा कुछ कहना चाह रहे हैं, पर कह नहीं पा रहे...

'देवव्रत!' शान्तनु ने मन-ही-मन पुकारा, 'तुम इनका पालन- पोषण करना ...दोनों बालक अबोध हैं और सत्यवती नासमझ। उसके प्रभाव से अपने इन दोनों भाइयों को बचाये रखना... ।'

उन्हें लगा कि उनकी बात देवव्रत तक पहुँच रही है। देवव्रत उनकी बात सुन रहा है...और सहसा जैसे देवव्रत ने पूछा, 'पिताजी। यदि माता सत्यवती ने मुझे भी आपके ही समान असहाय कर दिया तो?...',

'तो...तो... ।' शान्तनु को कोई उत्तर नहीं सूझा।

राजपुरोहित ने उनका कंधा हिला कर उन्हें जगाया, "महाराज। गांगेय देवव्रत भीष्म आये हैं।"

शान्तनु की आँखें खुल गयीं। भीष्म उन पर झुके हुए, पुकार रहे थे, "पिताजी।"

शान्तनु को लगा, भीष्म अपना प्रश्न दुहरा रहे हैं, 'पिताजी! यदि माता सत्यवती ने मुझे भी आपके ही समान असहाय कर दिया तो?'

शान्तनु ने बहुत प्रयत्नपूर्वक कहा, 'तब भी तुम अपना धर्म ही करना पुत्र!'

पर होंठ हिल कर ही रह गये। कुछ अटपटी-सी ध्वनियाँ निकलीं भी, पर कोई सार्थक शब्द उच्चरित नहीं हुआ।

भीष्म उन्हें पुकारते ही रह गये, "पिताजी! पिताजी!"

शान्तनु ने कोई उत्तर नहीं दिया, और उनके नेत्र मुँद गये।

सत्यवती का हृदय जैसे काँप उठा : राजा, भीष्म को कुछ कहते-कहते यमलोक चले गये थे। इसी क्षण यदि भीष्म यह घोषणा कर दे कि चक्रवर्ती उसे ही राज्य दे कर गये हैं तो?...चित्रांगद और विचित्रवीर्य दोनों मिल कर भी भीष्म का कुछ नहीं बिगाड़ पायेंगे। यदि प्रयत्न करेंगे तो सम्भवतः एक ही झटके में भीष्म उनके रुण्ड से मुण्ड को पृथक कर दे...सत्यवती की दृष्टि अनायास ही चारों ओर घूम गयी...वहाँ एक व्यक्ति भी तो ऐसा नहीं था, जिसे वह भीष्म के विरुद्ध अपना सहायक मान सके...मन्त्री, राजपुरोहित, कुरु जनप्रमुख...अन्य रानियों पर जब विपत्ति आती होगी, तो उनके पिता या भाई अपनी सेनाएँ ले कर आ जाते होंगे, पर सत्यवती का कौन है?...उसके बाबा, उनके निषाद...क्या करेंगे, वे अपनी नौकाओं और चप्पुओं से...मछलियाँ पकड़ने-वाले जालों और अपनी टोकरियों से...कहाँ हैं उनके पास रथ, घोड़े, धनुष-बाण, आज्ञाकारी सैनिक...

बाबा ने ठीक कहा था, 'बलिष्ठ का विरोध!'...अब इस समय भीष्म का दिया हुआ वचन क्या करेगा। वचन तलवारों की धार तो नहीं काट सकता।

यदि भीष्म ने राज्य हस्तगत कर लिया, तो किसके पास जायेगी सत्यवती गुहार करने? किससे मागँगी वह न्याय?...

न्याय!...

और जैसे सत्यवती का अपना प्रश्न, पलट कर उसके अपने सामने खड़ा हो गया...आज भीष्म द्वारा राज्याधिकार हस्तगत करना अन्याय है, या भीष्म से उसका युवराजत्व छिन जाना?...

पर सत्यवती आज तक ऐसे प्रश्नों की अवहेलना ही करती आयी है। उसे क्या लेना है इन प्रश्नों से। न्याय और अन्याय से!...वह तो केवल यह जानती है कि उसने राजा से एक व्यवहार किया था...वह व्यवहार न्याय था, अन्याय था...जो भी था। वह एक समझौता था। पर उस समझौते को ले कर वह किसके न्यायाधिकरण में जाये...यहाँ तो समझौता करने-वाले भी वही हैं, न्याय करने-वाले भी वही हैं, देने-वाले भी वही हैं और छीनने-वाले भी वही हैं...

सत्यवती को चक्कर आ गया। उसे पता ही नहीं चला कि कब वह भूमि पर आ बैठी और शायद वैसे ही धरती पर लेट भी जाती, यदि भीष्म तत्काल आगे बढ़. कर उसे पकड़ न लेते।

"माता।" भीष्म ने बहुत स्नेह से पुकारा।

सत्यवती ने कुछ नहीं कहा। उसकी आँखें खुलीं। उसने भीष्म को देखा और आँखें फिर से बन्द हो गयीं। लगा, वह अचेत हो जायेगी।

"माता!" भीष्म ने पुनः पुकारा "माता! आप धैर्य रखें। आपका कष्ट कम करने के लिए भीष्म से जो भी हो सकेगा...।"

सहसा चित्रांगद अप्रत्याशित वेग से झपट कर सत्यवती के पास आया। उसने सत्यवती को इस प्रकार पकड़ा, मानो माँ की रक्षा के लिए उसे भीष्म के हाथों से छीन रहा हो, "आप कष्ट न करें।" उसका स्वर अशिष्ट होने की सीमा तक शुष्क था, "पिता नहीं रहे, पर मैं अभी हूँ। माँ की देख-भाल मैं कर लूँगा। उसके लिए आपकी सहायता की आवश्यकता नहीं पड़ेगी।"

क्षण-भर के लिए भीष्म के चेहरे पर तेज झलका, लगा कि अभी कोई बहुत कठोर वचन उच्चरित होगा—पर अगले ही क्षण जैसे वह सँभल गये। उनके चेहरे पर कटाक्ष का भाव आया और वह भी दब गया।...अन्ततः असहायता का भाव ही शेष रह गया। बहुत धीर-धीरे बोले, "मैं भूल गया था कि तुम बड़े हो गये हो।"

भीष्म न केवल उठ खड़े हुए, सत्यवती से कुछ दूर भी हट गये। इच्छा हुई कि तत्काल कक्ष से बाहर निकल जायें; पर फिर ध्यान आया : पिता का देहान्त अभी-अभी हुआ है। शोक का समय है। यह न विरोध और मान का

अवसर है, न शिक्षण का। इस समय भीष्म का यहाँ से चला जाना भी अनेक प्रकार की उलझनों को जन्म देगा...

सत्यवती के जैसे प्राण लौटे।

उसने देखा कि किस असहायावस्था में उसके अपने पुत्र, उसके अपने चित्रांगद ने उसे न केवल उबार लिया, वरन भीष्म को परे झटक दिया।...भीष्म समझता होगा, कि चित्रांगद छोटा बच्चा है...पर वह छोटा नहीं है...सत्यवती ही कहाँ समझती थी; पर वह चक्रवर्ती शान्तनु का पुत्र है। सिंह का शिशु भी सिंह की क्षमताओं से युक्त होता है।

कितना कम आँका था सत्यवती ने अपने पुत्र को। वह भयभीत थी कि जैसे भीष्म, चित्रांगद को निगल ही जायेगा और सत्यवती को उठा कर गंगा किनारे पटक आयेगा...पर कैसा सहम गया भीष्म, चित्रांगद के तेज के सामने! अब तक तो वह युवराज था, पर आज से, इस क्षण से वह हस्तिनापुर का सम्राट है। उससे भीष्म को ही नहीं, सबको डरना होगा। राजा की शक्ति तो उसकी दण्ड-शक्ति ही है। दण्ड के भय से ही साम्राज्य चला करते हैं...

सत्यवती को लगा, वह शान्तनु की मृत्यु से अनाथ नहीं हुई, वस्तुतः सनाथ हुई है। इतने वर्षों के दाम्पत्य जीवन के पश्चात भी वह चक्रवर्ती की ओर से आश्वस्त नहीं थी।...जाने कब चक्रवर्ती का पुत्र-प्रेम जाग जाये और वह भीष्म का राज्याभिषेक कर दें। तब शान्तनु की पत्नी होते हुए भी, वह न महारानी रहती, न राजमाता। शान्तनु उसे कभी भी पूर्ण सुरक्षा का भाव नहीं दे पाये—पर आज, इस क्षण से चित्रांगद सम्राट हो गया है। हस्तिनापुर का शासन, धन, सम्पत्ति, सत्ता, सेना, सब-कुछ उसी का है...और माता को न कोई त्याग सकता है, न अपदस्थ कर सकता है...अब सत्यवती वस्तुतः राजपरिवार पर अपना नियन्त्रण स्थापित करेगी...चक्रवर्ती के साथ विवाह तो एक लक्ष्य की ओर प्रयाण था। वह यात्रा का आरम्भ था। सारा दाम्पत्य जीवन, जैसे यात्रा और यात्रा के अन्त की प्रतीक्षा था। लक्ष्य तक तो वह अब पहुँची है...उसका लक्ष्य तो राजमाता बनना था...यह उपलब्धि का क्षण है, वंचना का नहीं।

सत्यवती जैसे अधिकार-मद से तन गयी, "महामन्त्री और आचार्य वसुभूति! महाराज की अन्त्येष्टि की व्यवस्था करें।"

भीष्म को कहने के लिए...सान्त्वना, संवेदना, आदेश...किसी भी प्रयोजन के लिए सत्यवती के पास कोई शब्द नहीं था—अब उसके लिए भीष्म का कोई अस्तित्व नहीं था। राजा के देहावसान के साथ सत्यवती की सत्ता के लिए, भीष्म का अस्तित्व, उसके अस्तित्व की वह भयावनी छाया...सब-कुछ समाप्त

हो गया था...

सत्यवती ने अनुभव किया, आज एक लम्बी अवधि के पश्चात वह आशंका-शून्य हुई है, भयरहित, मुक्त...

17

"राजकुमार!"

भीष्म ने मस्तक उठा कर देखा : कुरु साम्राज्य के महामन्त्री विष्णुदत्त उनके सामने खड़े थे।

"महामन्त्री!" भीष्म ससम्मान उठे, "आप यहाँ!"

महामन्त्री के अधरों पर एक स्निग्ध मुस्कान प्रकट हुई, "जब कुरु-कुल के युवराज...।"

"किस युग की बात कर रहे हैं तात!" भीष्म प्रशान्त स्वर में बोले, "अब तो मैं क्या, हस्तिनापुर का बच्चा-बच्चा भूल चुका है कि मैं कभी युवराज भी था।"

महामन्त्री का स्वर कुछ मन्द हुआ, "न सही युवराज, राजकुमार सही। न सही राजकुमार, राज-बन्धु सही। विशेषणों और सम्बोधनों से क्या बनता-बिगड़ता है महाप्राण! तथ्य तो वही रहेगा।...यदि आप गंगा-तट पर आश्रम बना कर रह रहे हैं, तो शेष लोगों के लिए ठौर-ठिकाना और कहाँ होगा।"

भीष्म हँसे, "ऐसा क्या हो गया पूज्यवर?"

महामन्त्री ने आँखें उठा कर आकाश की ओर देखा, "हे प्रभु! कहाँ गये वे दिन, जब क्षत्रिय राजा, वृद्ध ब्राह्मण को पूज्य माना करते थे?"

भीष्म को लगा, ये मन्त्री के मात्र सहज उद्गार ही नहीं थे। ये शब्द भीष्म की प्रशस्ति मात्र के लिए भी नहीं कहे गये थे। इनमें से तो वृद्ध महामन्त्री का आहत सम्मान बोल रहा था।

"क्या बात है काका?" भीष्म का स्वर स्नेहमिश्रित हो उठा, "आप कुछ व्यथित दिखायी देते हैं।"

"हाँ वत्स!" वृद्ध आ कर चटाई पर बैठ गये, "व्यथित तो हूँ ही।"

"कोई कष्ट है आपको?"

"कष्ट-ही-कष्ट हैं राजकुमार। अब हस्तिनापुर में कष्ट-ही-कष्ट हैं।"

भीष्म उन्हें धैर्यपूर्वक देखते रहे : यदि हस्तिनापुर का महामन्त्री कष्ट में है, तो साधरण जन की क्या स्थिति होगी?

"आपने जब यहाँ यह आश्रम स्थापित किया था, तो मैं बहुत चिन्तित

हो उठा था।" महामन्त्री बोले, "पर आज सोचता हूँ कि आपने ही भविष्य का ठीक अनुमान लगाया था। हस्तिनापुर की राजसभा में बैठ कर अपमानित होने से तो बहुत अच्छा है कि व्यक्ति वन में चला जाये, नदी-तट पर कुटिया बना ले, या तपस्या करने के लिए हिमालय-क्षेत्र में चला जाये।"

"महामन्त्री! हस्तिनापुर की राजसभा में स्थान पाना सम्मान का प्रतीक समझा जाता है।"

"नहीं वत्स! अब वह सम्मान का कारण नहीं रहा।" मन्त्री बोले, "किसी वयोवृद्ध मन्त्री, किसी तपस्वी ब्राह्मण, किसी विद्वान, शुभचिन्तक, किसी वीर योद्धा को अपशब्द कह देना, किसी का राजसभा में खड़े-खड़े पानी उतार देना, नये सम्राट के लिए तनिक भी असहज नहीं है।"

"पूज्य-पूजन में निष्ठा नहीं है महाराज की?"

"महाराज की निष्ठा केवल दूसरों का अपमान करने में है। ऐसा राजा हस्तिनापुर के सिंहासन पर कभी नहीं बैठा, जिसने प्रत्येक सभासद का अपमान करने का व्रत धारण किया हो।"

"आचार्य क्या कहते हैं?"

"आचार्य!" मन्त्री हँसे, "राजकृपा पर पला एक ब्राह्मण। वह साधारण राजकर्मचारी है। उसका क्या प्रभाव है राजसत्ता पर!"

"राजपुरोहित?"

"वे हस्तिनापुर छोड़ने की सोच रहे हैं।"

भीष्म हतप्रभ रह गये : कैसा समाचार लाये हैं महामन्त्री। ...पिछले कुछ दिनों से कोई-न-कोई आता-जाता, उनके कानों में कोई-न-कोई नयी बात डाल जाता था। हस्तिनापुर में सब-कुछ ठीक नहीं है, इतना तो वह समझ रहे थे, किन्तु भरत वंश का राजा, शील-शिष्टाचार को तिलांजलि दे देगा, यह उन्होंने नहीं सोचा था। किसी ने ठीक-ठीक बताया भी नहीं था...किसी ने आवश्यकता नहीं समझी या किसी ने साहस नहीं किया?...

"राजमाता का भी कोई नियन्त्रण नहीं है चक्रवर्ती पर?" अन्ततः भीष्म ने पूछा।

"राजमाता का विचार है कि सम्राट का व्यवहार, सम्राटों के अनुकूल होना चाहिए। प्रजा का धर्म है कि वह सम्राट की इच्छा का सम्मान करे।"

"शील हस्तिनापुर के सम्राटों का आभूषण रहा है।" भीष्म बोले, "चिन्तन सदा कर्म से ऊँचा रहा है। ऋषियों के सम्मुख राजाओं के सिर झुके हैं।"

"मुझे आप क्षमा करेंगे राजकुमार।" महामन्त्री बोले, "मुझे तो लगता है कि सम्राट चित्रांगद में भी महिष्मतिपति हैहेयराज सहस्रार्जुन की आत्मा आ समायी

है। उनके मन में किसी के प्रति कोई सम्मान नहीं है। विद्या, ज्ञान, तपस्या, चरित्र, शूरता, स्वामिभक्ति...किसी गुण को वह नमस्य नहीं मानते। हस्तिनापुर अब गुणियों का केन्द्र नहीं रहा। उद्धतता का साम्राज्य है हस्तिनापुर में...।"

भीष्म थोड़ी देर तक मौन बैठे रहे; किन्तु ऊपर का मौन भी उनके मन की उथल-पुथल को छिपा नहीं पा रहा था।...उनके मन में पहले चिन्ता जागी, चिन्ता ने क्षोभ को जन्म दिया। उनके धैर्य ने बलात क्षोभ को दबाया तो असहायता उपजी और असहायता से विरक्ति ने जन्म लिया।

"सम्राट का राज्य है, उनकी सभा है।" अन्ततः भीष्म बोले, "उनकी इच्छा है, जिस प्रकार चाहें राज्य को चलायें, जिस प्रकार चाहें अपने सहयोगियों से व्यवहार करें। उस विषय में मुझे चिन्ता करने की क्या आवश्यकता है।"

"इसलिए तो मैंने पहले ही कहा कि आपने बहुत उपयुक्त निर्णय लिया था। भूल हमसे ही हुई। आख़िर हम क्यों राजधानी और राजसभा से चिपके बैठे हैं। मुझे आपसे पहले वानप्रस्थी हो जाना चाहिए था।"

"तो राजा को मन्त्रणा कौन देगा?"

"जिसका राज्य है, वही चलाये; जैसे मन में आये वैसे चलाये। मेरी ही मन्त्रणा क्यों आवश्यक है। युवराज देवव्रत भीष्म को स्वतन्त्रता है कि वे गृहस्थाश्रम के वय में वानप्रस्थी हो जायें, और इस वृद्ध विष्णुदत्त को संन्यास के वय में भी वानप्रस्थी होने की अनुमति नहीं है?"

"आपने स्वयं ही तो कहा है तात! कि सम्राट बहुत विचारशील नहीं हैं; ऐसे में क्या उन्हें महामन्त्री विष्णुदत्त की बुद्धि, विवेक, अनुभव और ज्ञान का लाभ उपलब्ध नहीं होना चाहिए?"

"एक प्रश्न पूछता हूँ वत्स!" विष्णुदत्त ने यथासम्भव अपनी वाणी में वात्सल्य ढाला, "असत्य भाषण तुम्हारे चरित्र में नहीं है, पर उत्तर देना अस्वीकार मत करना।"

"पूछिए!" भीष्म ने कह तो दिया; किन्तु प्रश्न-जाल में फँस, कुछ अवांछ्य कहने को बाध्य होने की घबराहट उनके मन में समा गयी।

"चक्रवर्ती शान्तनु की अन्तिम क्रिया के पश्चात देवव्रत भीष्म ने कितनी बार हस्तिनापुर में प्रवेश किया है?"

"एक बार भी नहीं।"

"क्यों?"

"मैं अपने मन में से रजस तत्त्व दूर करने के लिए, राजकाज तथा राजपरिवार से असम्पर्क चाहता हूँ।"

"यदि चक्रवर्ती के देहावसान के पश्चात राजमाता ने आपकी बाँह थाम

कर कहा होता, 'पुत्र! तुम्हारे ये दोनों भाई बहुत छोटे हैं। उन्हें तुम्हारे संरक्षण की आवश्यकता है।' तो क्या तब भी आप राजपरिवार से असम्पर्क चाहते?"

"मैंने स्वेच्छा से राज्य त्यागा है। आजीवन ब्रह्मचर्य का पालन करने की प्रतिज्ञा की है। ऐसे में क्या मुझे संसार से विरक्त होने का प्रयत्न नहीं करना चाहिए?"

"आप मेरे प्रश्न को टाल रहे हैं राजकुमार!" महामन्त्री आग्रहपूर्वक अपनी बात पर अड़ गये, "क्या यह सत्य नहीं है कि अपने छोटे भाई चित्रांगद के एक वाक्य में अनादर का भाव देख कर आप सब कुछ झटक कर यहाँ आ बैठे हैं? हम तो वहाँ प्रतिदिन अपमान का गरल पीते हैं...और तब भी आप चाहते हैं कि हस्तिनापुर के राज्य को सुचारु रूप से चलाये रखने के लिए हम सम्राट चित्रांगद की राजसभा में बने रहें... ।"

भीष्म ने तत्काल कोई उत्तर नहीं दिया।

"क्या कुरुओं के राज्य को अक्षुण्ण बनाये रखने के लिए आपका कोई कर्तव्य नहीं है?" महामन्त्री ने पुनः पूछा।

"विष्णु काका!" भीष्म के चेहरे पर मुस्कान थी, पर वाणी में व्यथा स्पष्ट थी, "मैंने चक्रवर्ती शान्तनु को संसार से विदा होते देखा है। मनुष्य जब चलता है तो सब कुछ यहीं पड़ा रह जाता है। इतना जान लेने के बाद तो मनुष्य को यह समझ लेना चाहिए कि राज्य किसी का नहीं है... ।"

"आप ठीक कह रहे हैं, किन्तु जीवन-पर्यन्त तो उसका पालन क्षत्रिय राजा करते आये हैं। क्या अपने पूर्वजों के इस राज्य के प्रति आपका कोई धर्म नहीं है?"

'धर्म,...भीष्म का मन, इस शब्द पर अटक गया...पिता ने देह छोड़ने से पहले, कुछ कहना चाहा था। कुछ कह नहीं पाये थे। जो अस्पष्ट शब्द हल्के से कुछ बुदबुदा पाये थे, उनमें से एक शब्द धर्म भी था।...तब से ही भीष्म अनवरत इस चिन्तन में लगे हैं कि उनका धर्म क्या है?...क्या है उनका धर्म? माता सत्यवती और उनके पुत्रों का पालन-पोषण?...कुरु वंश के राज्य की रक्षा, समृद्धि, विस्तार, हस्तिनापुर की प्रजा का पालन? क्या है उनका धर्म? ...पर यह सब तो संसार की ओर प्रवृत्ति है...उन्होंने तो स्वयं को इनसे मुक्त करने के लिए प्रतिज्ञाएँ की थीं...

"मैं अपने धर्म को ही खोज रहा हूँ काका!" उनका स्वर सचमुच शान्त था।

"तो वत्स! तुम्हें कुछ सूचनाएँ और दे दूँ। सम्भव है धर्मशोध में उससे कुछ सहायता मिले।" महामन्त्री बोले, "साम्राज्य की सीमाओं से लगे राज्यों में

से एक भी राज्य ऐसा नहीं है, जो हस्तिनापुर को अपना मित्र समझता हो।"

"कारण?"

"सम्राट चित्रांगद का स्वभाव! वे प्रायः मृगया पर जाते हैं। पड़ोसी राज्यों की सीमाओं का अतिक्रमण करते हैं। उधर से प्रतिवाद होता है, तो उनकी अवमानना करते हैं, और उन्हें रण-निमन्त्रण भेजते हैं। क्षत्रिय राजाओं के अतिरिक्त, नाग, यक्ष, गन्धर्व, किन्नर, राक्षस, किसी को भी तो छोड़ा नहीं उन्होंने।...मुझे यह जान कर तनिक भी आश्चर्य नहीं होगा कि वे सारे राज्य हस्तिनापुर के विरुद्ध संगठित हो रहे हों...।"

"क्या राजमाता यह जानती हैं?"

"आप बार-बार राजमाता के विषय में पूछते हैं," महामन्त्री पूरी शालीनता से बोले, "मैं उनका अनादर नहीं करना चाहता। राजमाता के प्रति पूरा सम्मान दर्शाते हुए भी मैं यह कहना चाहूँगा राजकुमार! कि वे 'माता' हैं, राजनीतिज्ञ नहीं। वे मातृत्व-गौरव में सहज रूप से स्वीकार करती हैं कि हस्तिनापुर के सम्राट सदा ही दिग्विजय करते रहे हैं। वर्तमान सम्राट कोई नयी बात तो नहीं कर रहे।"

"यह तो सत्य ही है मन्त्री प्रवर।" भीष्म बोले, "युद्ध और मृगया क्षत्रियों के व्यसन रहे ही हैं।"

"तो यह भी सत्य है राजकुमार! कि व्यसन व्यक्ति का पतन भी करता है और हनन भी।"

"क्या आपको ऐसी कोई आशंका है?"

"आशंका।" महामन्त्री बोले, "कुछ दिनों में यह तथ्य प्रमाणित होने जा रहा है।"

"क्या?"

"आपको केवल दो सूचनाएँ देना चाहूँगा : पहली यह कि अनेक कुरु-प्रमुख आपके पास आने की तैयारी कर रहे हैं...।"

"मेरे पास। मेरे पास क्यों?"

"आपको सूचित करने के लिए कि सम्राट चित्रांगद को सहन करना कठिन हो रहा है। यदि आप चाहते हैं कि कुरु वंश को कुलद्रोह का सामना न करना पड़े, यदि आप हस्तिनापुर को भीतरी कलह से बचाना चाहते हैं तो कृपया राज्य का नियन्त्रण अपने हाथों में ले लें। कहीं ऐसा न हो कि भरत वंश यहीं समाप्त हो जाये और कोई अन्य कुरु-प्रमुख सिंहासन पर बैठ कर हस्तिनापुर में नया राजवंश स्थापित करे...।"

भीष्म की आँखों में क्षण-भर के लिए क्षात्र-तेज झलका और अगले ही

क्षण उन्होंने पूर्ववत शान्त मुद्रा धारण कर ली, "और दूसरी सूचना क्या है काका?"

"हस्तिनापुर की सेनाएँ गन्धर्वराज की सेना से पिछले ढाई-तीन वर्षों से टकरा रही हैं। हमारी सेनाएँ इतनी सक्षम नहीं हैं कि गन्धर्व सेनाओं को पराजित कर अपनी सीमाओं से खदेड़ दें; और सम्राट में इतनी राजनीतिक समझ नहीं है कि वह गन्धर्वराज से कोई संधि कर लें। क्रमशः गन्धर्व सेनाएँ कुरुक्षेत्र तक आ पहुँची हैं। हस्तिनापुर से कुरुक्षेत्र की दूरी से तो आप परिचित होंगे ही।...अब गन्धर्वराज और हस्तिनापुर के सम्राट में कदाचित द्वैरथ-युद्ध हो...परिणाम ईश्वर के हाथ में है।"

महामन्त्री मौन हो गये। भीष्म भी कुछ नहीं बोले। वे मौन अवश्य थे, किन्तु शान्त नहीं थे। उनके हृदय का मन्थन उनके चेहरे पर से स्पष्ट पढ़ा जा सकता था...

"मैं राजकुमार से तत्काल कोई उत्तर नहीं चाहता, न ही सारी समस्याओं का समाधान प्राप्त करने के लक्ष्य से मैं यहाँ आया था। मैं जानता हूँ, यह राजसभा या मन्त्रणा-गृह नहीं है—यह तपोभूमि है।" महामन्त्री ने कहा, "तपस्या का एक अंग मनन भी है। मैं चाहता हूँ कि राजकुमार इन समस्याओं के संदर्भ में भी मनन करें, ताकि कल आप मुझे यह न कह सकें कि हस्तिनापुर के किसी हितैषी ने आपको सूचना तक नहीं दी... ।"

महामन्त्री उठ खड़े हुए। हाथ जोड़ कर उन्होंने भीष्म को प्रणाम किया। हाथ तो भीष्म के भी उठे, किन्तु उनका मन कहीं और था...

महामन्त्री को भीष्म ने कोई उत्तर नहीं दिया था। उन्होंने ने उत्तर माँगा भी नहीं था। किन्तु अपने मन को भीष्म टाल नहीं सकते थे...

आज तक वह अपने धर्म का पालन करते आये थे। प्राण छोड़ते समय कदाचित पिता ने भी उन्हें धर्म का पालन करने का ही आदेश दिया था...आज फिर मन्त्री, हस्तिनापुर का राज्य...और... और...उनका अपना विवेक बार-बार उन्हें धर्म-पालन के लिए कोंच रहा है...पर क्या है उनका धर्म?...

हस्तिनापुर के पड़ोसी राजा संगठित हो रहे हैं। राजसभा के कुरु-प्रमुख सम्राट से मुक्त होने के लिए चंचल हो रहे हैं...और गन्धर्वराज, हस्तिनापुर सम्राट चित्रांगद से द्वैरथ-युद्ध करने की तैयारी में हैं...गन्धर्वराज मात्र शस्त्रास्त्रों का ही नहीं दिव्यास्त्रों और कुछ देवास्त्रों का भी ज्ञाता है। वह रणकुशल दक्ष योद्धा है। उसने अनेक शत्रुओं को सम्मुख युद्ध में पराजित कर उनका वध किया है। वह युद्धकला का पगा हुआ, सिद्धहस्त योद्धा...और दूसरी ओर हस्तिनापुर का

सम्राट, जिसने या तो वन्य-पशुओं को अपने बाणों से बींधा है या कशा से अपने घोड़ों को प्रताड़ित किया है...युद्ध का कोई अनुभव भी है सम्राट को?—ऐसे में द्वैरथ-युद्ध घातक हो सकता है...

महामन्त्री कह गये हैं कि हस्तिनापुर की सेनाएँ गन्धर्वों के साथ लड़ने में सक्षम नहीं हैं। तो और कौन-सा वीर है, जो सम्राट को इस आत्मवध से बचाये?...कोई नहीं है? यदि कोई हो भी तो जिस सम्राट से किसी को प्रेम न मिला हो, उसके लिए कौन अपने प्राण देगा!...

तो क्या यह भीष्म का धर्म नहीं है कि वे अपने उस अबोध छोटे भाई की रक्षा करें, शत्रु गन्धर्वराज का वध करें और कुरु-राज्य को अक्षुण्ण बनाये रखें?...

कदाचित क्षत्रिय राजकुमार के रूप में तो उनका यही धर्म है...किन्तु भीष्म ने राज्य-त्याग किया है, तो क्या फिर से राजनीति में लिप्त होना...युद्ध करना ...क्या यह राज-कार्य में हस्तक्षेप नहीं है?...और वह अनादर,...वह उपेक्षा...और वह अपमान?...

भीष्म कुरु-राज्य की रक्षा करने जायें; छोटे भाई के अभिभावक बन कर उसका हित-साधन करने जायें...और कल उन पर यह आरोप लगे कि वे अपनी प्रतिज्ञा तोड़ रहे हैं...

महामन्त्री ने कहा है कि कुछ कुरु-प्रमुख भी आ रहे हैं, उनसे निवेदन करने। पिता ने भी तो एक बार कहा था कि वह राज्य को हस्तगत कर लें... वह किसी भी कारण से इधर पग बढ़ायेंगे...तो माना यही जायेगा कि भीष्म अपनी प्रतिज्ञा तोड़ रहे हैं...और यह कलंक भीष्म सहन नहीं करेंगे...

कहीं वे गन्धर्वराज से भयभीत तो नहीं हैं?

...वे स्तम्भित रह गये...उनका अपना कायर...कलुषित रूप उनकी आँखों के सम्मुख खड़ा था।

और तभी मन के किसी कोने में एक अट्टहास गूँजा—यह अट्टहास माता गंगा का ही था। वह कह रही थीं, 'गांगेय! यह मृगतृष्णा है। इसके कोटि-कोटि रूप हैं। इसे हर रूप में पहचान।...'

भीष्म को लगा, उनका अन्तर्मन शान्त हो रहा है।

18

संदेशवाहक बहुत शीघ्रता में आया हुआ लगता था। राजकीय शिष्टाचार का पूरा निर्वाह करने की ओर उसका ध्यान नहीं था। वह बुरी तरह हाँफ रहा था।

कदाचित बिना रुके, बिना विश्राम किये, वह दौड़ता ही चला आया था...

सत्यवती ने उसकी ओर सतेज दृष्टि से देखा; किन्तु दूसरे ही क्षण उसकी दृष्टि में से तेज जैसे तिरोहित हो गया। जिज्ञासा की लहर उठी और उसके पीछे-ही-पीछे जैसे आशंका का ज्वार उठ खड़ा हुआ। सत्यवती, अब रानी नहीं थी, राजमाता नहीं थी, राजपरिवार की सदस्या भी नहीं थी...वह अब केवल माता थी। उसका पुत्र कुरुक्षेत्र में गन्धर्वराज के साथ द्वैरथ-युद्ध के लिए गया था...

संदेशवाहक को भी जैसे शब्द नहीं मिल रहे थे। उसके होंठ बोलने के लिए खुलते थे और फिर बिना बोले ही बन्द हो जाते थे। या शायद वे बोलते थे और उनकी ध्वनि सत्यवती तक नहीं पहुँचती थी।

"बोलो संदेशवाहक!" सत्यवती अपने स्वर की आतुरता को स्वयं पहचान रही थी, "बोलो! मैं तुम्हें आज्ञा दे रही हूँ।"

संदेशवाहक के होंठ, एक बार फिर काँपे और उसने सिर झुका लिया।

"राजाज्ञा की अवहेलना...!" सत्यवती स्वयं नहीं समझ पायी कि वह अपने-आप से पूछ रही थी, संदेशवाहक से कुछ कह रही थी, या उस पर आरोप लगा रही थी।

"नहीं! राजमाता!" संदेशवाहक जैसे आतंकित हो कर बोला, "समाचार ही ऐसा है कि कण्ठ से ध्वनि नहीं फूटती।"

सत्यवती के मन में आया कि जो शब्द संदेशवाहक के मुख से ध्वनित नहीं हो रहे, उन शब्दों को सत्यवती ध्वनि प्रदान करे—"क्या सम्राट...?"

अगले ही क्षण उसने स्वयं को सँभाला। वह एक माँ के आशंकित मन की भयावहता को इस प्रकार अशुभ शब्द क्यों प्रदान करना चाहती है। संदेशवाहक कोई और संदेश भी लाया हो सकता है। हो सकता है कि चित्रांगद पराजित हुआ हो, बन्दी हुआ हो, आहत हुआ हो...

'बाबा कहते थे, सत्यवती किसी क्षत्रिय राजा की पुत्री थी।' उसके मन ने कहा, 'यदि ऐसा है तो वह एक क्षत्रिय माता के समान पुत्र की वीरगति को क्यों स्वीकार करना नहीं चाहती...क्यों उसकी अपमानजनक पराजय की कल्पना कर रही है?...केवल इस आशा में कि उसका पुत्र जीवित तो रहेगा...।'

"बोलो संदेशवाहक!" इस बार सत्यवती के स्वर में न आदेश था, न राजमाता का तेज! वह जैसे अत्यन्त साधारण नारी के रूप में, समान धरातल पर सन्देशवाहक से वार्तालाप कर रही थी।

"राजमाता!" सत्यवती के कोमल स्वर ने शायद संदेशवाहक को कुछ बल प्रदान किया था, "अत्यन्त शोक का समय है। हस्तिनापुर के दुर्भाग्य से

कुरुक्षेत्र के युद्ध में सम्राट ने वीरगति पायी है...।"

सत्यवती खड़ी नहीं रह सकी। दासियों ने सँभाल न लिया होता तो शायद वह लड़खड़ा कर गिर ही पड़ी होती।

...तो वही हुआ, जिसकी आशंका थी।...सत्यवती ने लाखों बार अपने मन को समझाया था कि विधाता के साथ उसकी कोई शत्रुता नहीं है कि जिसने उसका पति छीना, वह उसका पुत्र भी छीन लेगा ...पर वही हुआ था। सत्यवती की विधाता के साथ कोई शत्रुता नहीं थी; पर विधाता को उसके साथ कोई-न-कोई शत्रुता अवश्य थी...जिससे प्रेम किया...विधाता ने ऐसी दुर्बुद्धि दी कि उसे सत्यवती ने स्वयं ही त्याग दिया। पुत्र दिया तो कानीन पुत्र...बाबा को सत्यवती का कानीन पुत्र स्वीकार नहीं था...वह वहाँ पल रहा है पराशर के आश्रम में! कहते हैं कि बड़ा तेजस्वी ऋषि बन रहा है। लोग उस तरुण को अभी से महाऋषि के समान पूजने लगे हैं...पर सत्यवती उसे अपना नहीं कह सकती...वह सारे समाज का है, सारे आर्यावर्त का है, पर सत्यवती का नहीं है।...और जो पति मिला, चाहे वृद्ध ही सही, उसे भी विधाता ने छीन लिया...और अब चित्रांगद...

सत्यवती के मुख से रुदन का चीत्कार फूट चला।

यह संकेत था या आदेश...सारे राजप्रासाद में करुण चीत्कार उमड़ चले। ...रुदन और आवेश का पहला ज्वार कुछ शान्त हुआ तो जैसे सत्यवती की चेतना जागी : अब क्या रह गया है उसके पास? विचित्रवीर्य ही तो! बारह वर्ष का एक कोमल-सा, निरीह राजकुमार! चित्रांगद जितना उग्र था, विचित्रवीर्य उतना ही उग्रताशून्य! चित्रांगद सदा खड्ग भाँजता रहता था, तो विचित्रवीर्य को कदाचित कभी याद ही नहीं रहता था कि उसकी कटि में एक खड्ग भी बँधा है...उसका समय तो योद्धाओं में नहीं, दासियों में ही कट जाता था...

सत्यवती का हृदय जैसे अकस्मात ही डूबने लगा...यही एक बालक रह गया था।...राजा शान्तनु का देहान्त हुआ था तो चित्रांगद इतना समर्थ तो था कि वह भीष्म से कह सका कि वह अपनी माता को सँभाल सकता है। उसके प्रखर क्षात्र-तेज के सामने जैसे भीष्म हतप्रभ हो कर, शून्य में विलीन हो गया था। सत्यवती ने सुना था कि वह गंगा के पार कहीं कुटिया बना कर तपस्या कर रहा था...पर अब! अब सत्यवती की रक्षा के लिए शेष था, यह विचित्रवीर्य, जो आँख उठा कर भीष्म की ओर देख भी नहीं पायेगा...

सत्यवती ने यह भी सुना था कि हस्तिनापुर की राजसभा से लगातार भीष्म को संदेश भेजे जा रहे थे कि वह आ कर राज्य सँभाले।...यदि भीष्म ने प्रजा के हित का बहाना कर, हस्तिनापुर का राज्य हस्तगत कर लिया, तो

फिर उसे विवाह करने से भी कौन रोकेगा? और यदि उसने विवाह किया, तो उसकी पत्नी...वास्तविक राजकुमारी...किसी शक्तिशाली राजकुल की कन्या... सत्यवती को, एक केवट की पुत्री को...इस राजप्रासाद में टिकने देगी क्या? वह अपने पुत्र के युवराजत्व के मार्ग में आने-वाले इस कोमल विचित्रवीर्य को जीवित रहने देगी क्या? क्यों नहीं अपने मार्ग के कण्टक को वह सदा के लिए समाप्त कर देगी? आख़िर भीष्म—हस्तिनापुर के वास्तविक युवराज—को भी तो सत्यवती ने अपने व्यवहार से अपना राज्य त्याग कर गंगा-पार कहीं कुटिया बना कर रहने के लिए बाध्य किया ही था।

यदि भीष्म अपनी इच्छा से लौट आया या हस्तिनापुर की राजसभा उसे लौटा लायी तो इस बार न विचित्रवीर्य बच पायेगा, न सत्यवती...

क्यों न सत्यवती विचित्रवीर्य को ले कर यहाँ से भाग जाये...यमुना के तट पर, या यमुना के पार! अपने बाबा के पास...उसके पास हस्तिनापुर का राज्य नहीं रहेगा। वह राजमाता नहीं रहेगी, उसका पुत्र युवराज नहीं रहेगा—पर वे दोनों जीवित तो रहेंगे, सुरक्षित तो रहेंगे...

सत्यवती की बुद्धि लगातार जैसे हस्तिनापुर छोड़ कर, किसी को कोई सूचना दिये बिना, चुपचाप भाग जाने की योजना बना रही थी...और उसका हृदय टूट-टूट कर कई छोटे-छाटे टुकड़ों में बँटता जा रहा था।

...क्या इसलिए उसने विवाह किया था वृद्ध शान्तनु से कि वह अपने और अपने पुत्र के प्राणों की रक्षा के लिए, राज्य, धन-सम्पत्ति...सब-कुछ छोड़ कर भाग जाये...तो फिर ऋषि पराशर ही क्या बुरा था...सन्तान की ही ममता थी, तो वह नन्हा कृष्ण द्वैपायन ही क्यों अग्राह्य था।—यदि तब सत्यवती बाबा के लोभ और अपनी महत्त्वाकांक्षाओं के तर्क-जाल में न फँसी होती, तो अपने कमल-वन में, अपने तपस्वी पति और आश्रम में पलने-वाले अपने बच्चों के बीच सुखी न होती? पति का प्रेम तो उसे उसका तापस भी दे सकता था और वात्सल्य-सुख के लिए कृष्ण और कृष्ण जैसी अनेक सन्तानें...उसने अपना वह सारा सुख त्यागा था, राज्यवैभव के लिए...और आज वह सोच रही है कि राज्य को त्याग कर चुपचाप निकल जाये...

परिचारिका ने आ कर हाथ जोड़े।

"राजमाता! महामन्त्री और आचार्य वसुभूति राजमाता के दर्शनों के लिए पधारे हैं।"

"आने दो।" सत्यवती के मुख से मात्र अभ्यासवश निकल गया और अगले ही क्षण उसका मन हुआ कि वह चीख कर कहे कि मुझे किसी से

नहीं मिलना है। मैं किसी महामन्त्री, आचार्य या सेनापति से नहीं मिलना चाहती...

पर तब तक महामन्त्री और आचार्य कक्ष में प्रवेश कर चुके थे।

महामन्त्री ने प्रणाम किया। आचार्य आशीर्वाद दे कर बोले, "राजमाता! अत्यन्त शोक का समय है; किन्तु दैव ने हमें शोक मनाने का भी अवकाश नहीं दिया है। अत्यन्त संकट का काल आन उपस्थित हुआ है।...हस्तिनापुर की जो सेना, सम्राट के रहते हुए कुरुक्षेत्र में गन्धर्वराज को नहीं रोक पायी, वह पराजित सेना, सम्राट की अनुपस्थिति में, गन्धर्वराज को हस्तिनापुर में भी नहीं रोक पायेगी। गन्धर्वराज यदि हस्तिनापुर पर चढ़ आया तो हमारे पास ऐसा कोई उपाय ही नहीं है कि हम उसका सामना कर सकें। ऐसी स्थिति में हमें नगर-द्वार खोल कर उसका स्वागत करना होगा; और प्रजा को उसकी दया पर छोड़ देना होगा।..."

"नहीं।" सत्यवती के मुख से अनायास ही जैसे चीत्कार फूटा।...उसने तो और कुछ सोचा ही नहीं था। वह तो बस एक भीष्म के ही विषय मे सोच रही थी। उसे तो अपना एकमात्र शत्रु भीष्म ही दिखायी दे रहा था।...उसने यह क्यों नहीं सोचा, कि प्रत्येक राजा, राज्य-लोलुप होता है, वह अपने राज्य के विस्तार का इच्छुक होता है। गन्धर्वराज यदि सम्राट चित्रांगद से युद्ध कर रहा था, तो मात्र क्रीड़ा नहीं कर रहा था—उसके पीछे कोई लक्ष्य भी था। अपने पार्वत्य प्रदेश को पीछे छोड़ कर वह मैदानी क्षेत्र में नीचे उतर आया था और तीन वर्षों से अनवरत उसकी सेनाएँ हस्तिनापुर की राजकीय सेनाओं से टकरा रही थीं, तो किसी लोभ से ही तो। ...धिक्कार है सत्यवती की बुद्धि को कि शस्त्र-परिचालन करते, युद्ध की विभीषिका फैलाते, हत्याएँ करते हुए गन्धर्वराज जैसे उस प्रत्यक्ष शत्रु को उसने नहीं देखा; और गंगा-तट पर तपस्या करते हुए उस निरीह शत्रु भीष्म के चारों ओर वह मकड़े के समान अपना विचारों का जाला बुनती रही...

"राजमाता।" इस बार महामन्त्री ने कहा, "राज्य की रक्षा हमारा पहला कर्त्तव्य है। इसलिए इस शोक के अवसर पर भी हम प्रमाद नहीं कर सकते। ...हमें हस्तिनापुर की रक्षा के लिए कुछ-न-कुछ करना ही पड़ेगा। अन्यथा न केवल गन्धर्वराज की, हस्तिनापुर पर चढ़ आने की दुःसम्भावना है, वरन मुझे तो अपनी सीमाओं पर पांचालों और मत्स्यों के भी शस्त्र चमकते दिखायी पड़ते हैं।...राजमाता! जिस स्थान से भूमि नीचे धँस जाती है, वहाँ चारों ओर से पानी बह कर आ जाता है। वही स्थिति राज्य की है। राज्य सैनिक दृष्टि से दुर्बल हो जाये, तो चारों ओर को राजाओं की सेनाएँ जल के समान बह कर

वहाँ एकत्रित होने लगती हैं...।"

सत्यवती के अश्रु जैसे सूख गये। उसने अपनी आँखें पूरी तरह से खोल कर महामन्त्री पर टिकायीं, "पानी को रोकने के लिए महामन्त्री का प्रस्ताव क्या है?"

"या तो भूमि को मिट्टी पाट कर ऊँचा करना होगा, या उसके चारों ओर एक ऊँची प्राचीर बनानी होगी।"

"दोनों मे से उत्तम क्या है?"

"उत्तम तो भूमि का ऊँचा उठना ही है; किन्तु उसके लिए समय भी चाहिए और साधन भी।" महामन्त्री बोले, "जब तक हम साधन जुटायेंगे, तब तक तो यहाँ जल-प्लावन हो जायेगा। इसलिए हम तो तत्काल प्राचीर बनाने की बात ही सोच सकते हैं।"

"प्राचीर बनाने के साधन हैं राज्य के पास?"

"प्राचीर तो बनी-बनायी तैयार खड़ी है, राजमाता!" महामन्त्री बोले, "केवल उसको चल कर हस्तिनापुर तक आने के लिए तैयार करना है।"

"कौन भीष्म?" सत्यवती के मन में उसके अपने ही शब्दों ने एक धमाका कर दिया।

"राजमाता ने ठीक पहचाना!" महामन्त्री की मुद्रा शान्त थी, किन्तु वे प्रसन्न लग रहे थे, "राजकुमार का इस वय में वीतराग होना, न कुरु वंश के लिए शुभ है और न हस्तिनापुर राज्य के लिए! इस समय कुरु वंश और हस्तिनापुर राज्य दोनों ही इतने असुरक्षित और असहाय हो रहे हैं कि उनके भविष्य को ले कर हम सब चिन्ता-पीड़ित हो उठे हैं।...और यह सब राजकुमार देवव्रत भीष्म जैसे महायोद्धा के वर्तमान रहते हुए...! हम जानते हैं कि उन्हें राज्य का मोह नहीं है; किन्तु पिता के न रहने पर माता और भाई की रक्षा और पालन का दायित्व तो उन्हें निभाना चाहिए। उन्हें राज्यासक्ति न हो, किन्तु उन्हें धर्मासक्ति तो है। माता और भाई के रक्षण और पालन-पोषण का धर्म त्याग, तपस्या द्वारा वह किस धर्म की साधना कर रहे हैं? कुरु वंश और हस्तिनापुर के राज्य की रक्षा उनका सर्वप्रथम धर्म है...।"

सत्यवती के मन में उनचास प्रभंजन चल रहे थे। वह महामन्त्री से कहना चाहती थी कि वह कुछ समय के लिए चुप हो जाये और उसे अकेली छोड़ दे...वह सोचना चाहती थी, जानना चाहती थी, किसी से पूछना चाहती थी...पर यह बूढ़ा महामन्त्री था कि बोलता ही जा रहा था, और अपने इस वाणी-प्रवाह के साथ उसके मस्तिष्क को भी भगाये लिए जा रहा था। न थमने देता था, न साँस लेने देता था...

'भीष्म हस्तिनापुर में आ जाये तो हस्तिनापुर की सेना गन्धर्वराज को पराजित करने में समर्थ हो जायेगी?' सत्यवती जैसे प्रश्न नहीं पूछ रही थी, अपने मुख से उच्चरित होने-वाले निर्णय को पीछे धकेल रही थी, टाल रही थी।

शोक का काल था इसलिए महामन्त्री हँसे नहीं, नहीं तो उनकी मुद्रा कदाचित अट्टहास करना चाहती थी, राजकुमार भीष्म हस्तिनापुर में आ जायें और कुरु सेना का संचालन स्वीकार कर लें तो हम गन्धर्वों की ही नहीं, गन्धर्वों, पांचालों और मत्स्यों की सम्मिलित सेना को एक ही बार में धराशायी कर सकते हैं।" महामन्त्री तनिक रुक कर बोले, "राजमाता! सत्य यह है कि राजकुमार के हस्तिनापुर में पग धरते ही गन्धर्वराज पर्वतों को फलाँगता हुआ, अपनी राजधानी में जा छिपेगा, जैसे कोई भीत मूषिक समर्थ शत्रु देख कर अपने बिल में जा घुसता है। और पांचाल तथा मत्स्य अपनी राजधानी से बाहर निकलने का साहस भी नहीं करेंगे।"

महामन्त्री सत्यवती को ढाढस दे रहे थे, उसका मनोबल बढ़ा रहे थे... और सत्यवती को लग रहा था कि उसका मन जैसे धरती में धँसता जा रहा था...इतना समर्थ और शक्तिशाली है भीष्म! भीष्म जो उसका शत्रु है। वह शक्तिशाली शत्रु अपनी इच्छा से उन लोगों से दूर जा बैठा है, और सत्यवती सुरक्षित है।...और अब यह महामन्त्री उस शत्रु को हस्तिनापुर में ला बसाना चाहता है...

"इस कार्य में विलम्ब नहीं होना चाहिए, राजमाता!" सत्यवती को लगा कि महामन्त्री में जैसे उसके मन को पढ़ने ही क्षमता है। वह देख रहा है कि सत्यवती के मन में क्या है। शायद इसलिए वह उसके भीष्म-विरोध को कम करने के लिए अपने प्रयत्न में और भी उग्र हो गया है, "विलम्ब से शत्रुओं का आत्मबल बढ़ेगा। हमें तत्काल ही गन्धर्वों से कुरुक्षेत्र ही नहीं, पूरा धर्मक्षेत्र छीनना होगा। नहीं तो राज्य की सीमाएँ बहुत संकुचित हो जायेंगी। संकुचित सीमाएँ किसी भी राज्य के लिए श्रेयस्कर नहीं होतीं, राजमाता!"

महामन्त्री ने रुक कर सत्यवती की ओर देखा, "आदेश दें, राजमाता!"

"क्या बुलाने से भीष्म आ जायेगा?"

"राजमाता आदेश दें!" महामन्त्री ने आग्रह किया।

सत्यवती का मस्तिष्क त्वरित गति से सोच रहा था : यह निर्णय ही दीर्घगामी होगा! यदि भीष्म आ गया और राज्य बच गया तो भीष्म से फिर किसी और व्याज से मुक्ति पायी जा सकती है...किन्तु यदि भीष्म को नहीं बुलाया; और गन्धर्वराज हस्तिनापुर में आ गया तो वह सत्यवती और विचित्रवीर्य का वध भी कर सकता है, जैसे उसने चित्रांगद का वध किया है...

"आदेश दें राजमाता!" महामन्त्री ने पुनः आग्रह किया।

"तो जाइए, महामन्त्री! आचार्य! आप भी चले जाइए।"...और कहते-कहते भी सत्यवती सोच रही थी, कहीं वह भूल तो नहीं कर रही, कहीं यह निर्णय उसके लिए घातक तो नहीं होगा—"जा कर भीष्म से कहिये कि मैंने उसे बुलाया है।"

महामन्त्री और आचार्य वसुभूति चले गये और सत्यवती जैसे पछाड़ खा कर भूमि पर लोट गयी...पता नहीं उसने क्या कर दिया...चित्रांगद का वध गन्धर्वराज ने कर दिया और अब सत्यवती ने स्वयं भीष्म को बुलाया है... किसलिए? विचित्रवीर्य के वध के लिए?...

पर जैसे सत्यवती का अपना मन भी कुछ और ही वाणी बोल रहा था. ..क्यों वह बुद्धि से काम नहीं लेती...क्या उसके बाबा ने ऐसे ही एक संकट के जाल में फँस कर, अपनी बुद्धि की तीक्ष्णता से उसके सूत्र काट नहीं दिये थे...उन्होंने राजा शान्तनु और युवराज देवव्रत को एक ही वार में धराशायी कर दिया था।...सत्यवती ने बाबा से क्या सीखा आज तक?...क्यों वह भीष्म की प्रतिज्ञा को तलवार के रूप में धारण कर, उसके प्रहार से भीष्म को हस्तिनापुर से दूर भगाये हुए है। क्यों वह उसकी प्रतिज्ञा को अपना कवच नहीं बनाती, क्यों वह शत्रु के प्रत्येक वार को भीष्म की प्रतिज्ञा-रूपी ढाल पर नहीं रोकती! ...सत्यवती इतने वर्षों तक बाबा के साथ रही, कुछ तो सीखा होता उनसे... छोटे-से केंचुए को बंसी में लगा कर केवट लोग बड़े-बड़े मत्स्यों को बाँध लाते हैं। यदि वह केंचुए के डर से बड़ी मछलियों को दूर भगाते रहेंगे तो अपना पेट कैसे पालेंगे।...केवट-बुद्धि तो इसमें है सत्यवती! कि भीष्म बंसी में फँसा हो और बंसी तेरे हाथ में हो। जैसे-जैसे तू घुमाये, वैसे-वैसे वह घूमे। बंसी में फँसा रहे और तेरे इंगितों पर नाचता रहे। न तुझे निगल सके, और न तुझे छोड़ कर जा सके। दास बन कर रहे आयु-भर...

और सहसा जैसे सत्यवती के मन में कोई प्रकाश-भर आया—'बड़ी मूर्खता की तूने सत्यवती!' उसने अपने-आपसे कहा, 'तूने भीष्म के पिता की पत्नी होने के अधिकार को भीष्म का बन्धन नहीं बनाया। तूने उसके रज्जु को समेटने में बहुत जल्दी की। उस रज्जु से भीष्म को बाँधा भी तो जा सकता था...'

किन्तु अगले ही क्षण जैसे वह फिर सहम गयी : उसने महामन्त्री के कहने पर भीष्म को आमन्त्रित किया है। निश्चित रूप से भीष्म के हस्तिनापुर में पग धरते ही राज्य के सारे अधिकार उसे सौंप दिये जायेंगे। उससे हस्तिनापुर सबल होगा, कुरु वंश निर्वीर्य होने से बच जायेगा...किन्तु महामन्त्री से सत्यवती ने

यह नहीं पूछा कि स्वयं उसका और विचित्रवीर्य का भविष्य क्या होगा?... निष्कासन? विचित्रवीर्य की हत्या?...पर यह सब्र पूछने का अब अवसर नहीं था। जो कुछ होना था, वह तो हो चुका। अब तो जो सामने आयेगा, उसे देखना होगा, झेलना होगा...सत्यवती कहीं अपने बाबा की बुद्धि और धैर्य पा जाती तो...

वह विचित्रवीर्य को केंचुए के समान उस महामत्स्य के सम्मुख डाल देगी—देखना यह है कि यह महामत्स्य केंचुए को निगल कर चल देता है या उसके मोह में बँध कर, बंसी के संकेत पर नाचता है...

19

भीष्म ने आ कर सत्यवती को प्रणाम किया, "माता ने मुझे स्मरण किया?"

राजा शान्तनु की मृत्यु के पश्चात हस्तिनापुर छोड़ने वाले भीष्म को भी सत्यवती ने देखा था और आज चित्रांगद की मृत्यु पर लौटने वाले भीष्म को भी वह देख रही थी। जो भीष्म हस्तिनापुर से गया था, वह राजकुमार था—कृतसंकल्प, कर्म में समर्थ, संघर्षशील और अधिकार सम्पन्न; और जो भीष्म हस्तिनापुर लौटा था, वह संन्यासी था—उदासीन, कृशकाय, स्वप्निल आँखों वाला।...सत्यवती ने अपने मन को पहचाना : वह युवराज देवव्रत से भयभीत थी, वह शायद राजकुमार भीष्म से भी आशंकित थी...पर इस सन्यासी से क्या आशंका और क्या भय? यह तो वही त्यागी देवव्रत है, जिसने अपना राजपाट, सुख-वैभव, जीवन के सारे आकर्षण सत्यवती के चरणों पर रख कर हाथ जोड़ कर कहा था, 'माता! हस्तिनापुर चलो।'

सहसा सत्यवती चेती : क्या हो रहा है उसको? उसका यही सरल रूप था, जो पराशर के प्रेम में बहा कर ले गया था उसको। उस समय यदि बाबा ने उसे सहारा न दिया होता तो जीवन-भर के लिए वह तपस्वी की पत्नी हो कर रह गयी होती।...आज भीष्म को देख कर भी उसका वही सरल रूप जाग गया तो वह भीष्म को युवराज बना कर, विचित्रवीर्य को जीवन-भर के लिए उसका अनुचर बना देगी।

सत्यवती सँभल कर बोली, "भीष्म! चित्रांगद नहीं रहा...तुम्हारा क्रोध अब भी शेष है क्या?"

"क्रोध?" भीष्म कुछ चकित स्वर में बोले, "कैसा क्रोध माता?"

"क्रोध नहीं था तो मुझे और अपने छोटे भाइयों को इस प्रकार असहाय क्यों छोड़ दिया? चित्रांगद तीन वर्षों तक गन्धर्वों से लड़ता रहा, तुम उसकी

सहायता के लिए क्यों नहीं आये? चित्रांगद की मृत्यु का समाचार भी तुम्हें मिला होगा। उसके बाद भी तुमने हमारी सुध नहीं ली। अब भी बुलाये जाने पर ही आये हो...शोक और मृत्यु के अवसर पर कोई किसी को निमन्त्रित तो नहीं करता पुत्र।"

भीष्म को लगा, उनके मन में कहने के लिए आँधियों के समान कोटि-कोटि शब्द उमड़-घुमड़ रहे हैं, किन्तु उनकी जिह्वा जैसे जड़ हो गयी है। कितने उपालम्भ थे, उनके मन में, किन्तु उपालम्भ देने का मुँह नहीं था...पिता की मृत्यु के पश्चात माता और छोटे भाइयों को सँभालना उनका धर्म था... किन्तु वह हस्तिनापुर छोड़ कर चले गये थे...जब वह हस्तिनापुर से गये थे, तो कैसे अपमानित हो कर गये थे...चित्रांगद ने ही तो अपमानित किया था उन्हें...पर अब वह इस संसार में नहीं था...माता सत्यवती पुत्र-शोक से विह्वल थीं...इस समय उनसे कैसे कहा जा सकता था...

भीष्म चुप ही रह गये।

सत्यवती ने दासी से कहा, "राजकुमार को तुरन्त बुला कर लाओ।" और भीष्म की ओर मुड़ी, "तुम्हारे पिता नहीं हैं। चित्रांगद भी अब नहीं है। गन्धर्वराज कुरुक्षेत्र में बैठा है। हो सकता है, वह हत्यारा मेरे पुत्र का वध कर, अब हस्तिनापुर को हस्तगत करने के लिए इस दिशा में चल भी पड़ा हो। वह हत्यारा भरतों की राजधानी में आयेगा। उसे रोकने-वाला यहाँ कोई नहीं होगा। वह तुम्हारी माता का वध कर, तुम्हारे भाई का शिरोच्छेद कर भरत वंश को समाप्त कर, कुरुओं के सिंहासन पर गर्व से बैठेगा...क्या ऐसी स्थिति में भी तुम अपनी कुटिया में समाधि लगाये बैठे रहना पसन्द करोगे?"

"माता!..." भीष्म कुछ कह नहीं पाये। उन्हें लग रहा था, वह जैसे बहुत स्वार्थी हो उठे थे। वह अपने सुख-दुख के लिए अधिक चिन्तित थे; अपने कुल, परिवार और वंश को भूल गये थे। वह अपनी ही दृष्टि में कैसे अपराधी-से हो उठे थे, "माता! वह तो चित्रांगद की इच्छा..."

पर सत्यवती ने उन्हें बोलने नहीं दिया, "अब अविवेकी चित्रांगद की इच्छा सर्वोपरि हो गयी; और तुम्हारा धर्म, विवेक, दायित्व...सब कुछ नहीं। तुम उसे समझा सकते थे, डाँट सकते थे, दण्डित कर सकते थे।"

भीष्म के मन में आया, कहे, 'उस समय तो आप भी चुप ही रह गयी थीं...और फिर चित्रांगद सम्राट था...।'

वे जानते थे उन्होंने यदि ऐसा कुछ कहा, तो सत्यवती का उत्तर होगा, 'सम्राटों का भी तो नियमन होता है।'

तभी विचित्रवीर्य ने कक्ष में प्रवेश किया।

भीष्म ने देखा : जितना उसे वह छोड़ कर गये थे, उससे कुछ बड़ा वह हुआ तो अवश्य था, किन्तु उससे अधिक हृष्ट-पुष्ट नहीं हुआ था। कुछ स्वस्थ भी नहीं लग रहा था। झूमता-सा ऐसे आया था, जैस मद्य के प्रभाव में हो... कहीं अत्यधिक विलास...

"भाई को प्रणाम करो।" सत्यवती ने आदेश दिया।

विचित्रवीर्य ने अनबूझे से ढंग से हाथ जोड़ दिये और सिर झुका कर खड़ा हो गया।

"नहीं!" सत्यवती ने कठोर स्वर में आदेश दिया, "साष्टांग दण्डवत।"

विचित्रवीर्य ने एक बार माँ की ओर देख कर आँखें झपकायीं, और जैसे पीछा छुड़ाने के लिए वह भीष्म के सम्मुख भूमि पर लेट गया।

भीष्म ने तत्काल उसे उठा लिया। उठाते हुए, वह उसे इस योग्य भी नहीं लगा, जिसे वक्ष से लगाया जा सके। वह तो जैसे गोद में उठाने योग्य ही था।

"भीष्म।" सत्यवती ने कहा, "तुम अपनी प्रतिज्ञा पर अटल हो, इसलिए तुम तो सिंहासनारूढ़ होगे नहीं। अब रह गया यह—विचित्रवीर्य! भरत वंश का एकमात्र उत्तराधिकारी। चाहो तो इसकी रक्षा करो। इसके सिर पर संरक्षण का हाथ रखो।...और..." सत्यवती ने रुक कर भीष्म को देखा, "न चाहो, तो इसे असहाय छोड़ जाओ। कोई शत्रु इसका वध कर देगा, और भरत वंश सदा के लिए समाप्त हो जायेगा। कुरु राज्य नष्ट हो जायेगा...जो तुम्हारी इच्छा हो।"

भीष्म के चेहरे पर असमंजस के स्पष्ट भाव उभरे।

"तुमने प्रतिज्ञा की थी देवव्रत!" सत्यवती ने उसे प्रखर दृष्टि से देखा, "कि तुम्हारे पिता के पश्चात हस्तिनापुर के राजसिंहासन पर मेरा पुत्र बैठेगा।"

"हाँ, माता!"

"यदि तुमने विचित्रवीर्य की रक्षा का भार नहीं लिया, तो मैं मानूँगी कि तुम अपनी प्रतिज्ञा पर स्थिर नहीं रहे...तुम स्वयं तो सिंहासनासीन नहीं हो रहे, किन्तु तुम ऐसी परिस्थितियाँ उत्पन्न कर रहे हो, जिनमें मेरा पुत्र सिंहासन पर न बैठ सके।...असहयोग भी तो विरोध का ही रूप है।"

"माता!"

"हाँ भीष्म।"

भीष्म स्वयं को रोक नहीं पाये। विगलित स्वर में बोले, "मेरा असहयोग है, न विरोध। मैं तो अपनी प्रतिज्ञा का पालन कर रहा हूँ। वही मेरा धर्म है। मैं धर्म से मुख नहीं मोड़ूँगा, माता।..." उन्होंने रुक कर सत्यवती को देखा,

"न विचित्रवीर्य असहाय रहेगा, न भरत वंश समाप्त होगा; और न कुरु राज्य समाप्त होगा।"

"कौन रक्षा करेगा इसकी?" सत्यवती मानो भीष्म को उद्दीप्त कर रही थी।

"भीष्म।" भीष्म ने उत्तर दिया, "आपका यह पुत्र!"

"वचन देते हो?"

"वचन देता हूँ कि हस्तिनापुर के सिंहासन पर बैठ कर विचित्रवीर्य और उसकी सन्तानें—पीढ़ियों तक कुरु-प्रदेश पर शासन करेंगी।"

"तुम धन्य हो भीष्म!"

सत्यवती की आँखों में क्षण-भर के लिए विजय की दीप्ति चमकी और अगले ही क्षण उसकी आँखों से आँसू बह चले।

20

भीष्म को जैसे विश्वास ही नहीं हो रहा था : क्या यह सम्भव है? कुरुओं का युवराज विचित्रवीर्य इस स्थिति में!...

उनका मन हुआ, वह वापस लौट जायें : विचित्रवीर्य को इस निर्लज्ज स्थिति में देखना न उनके लिए सुखद था, न विचित्रवीर्य के लिए ही। उसे यह जताना क्यों आवश्यक है कि इस स्थिति में उसे देखा गया है। फिर कभी, कोई उचित अवसर देख कर उसे समझा देना ही पर्याप्त होगा।

पर तभी भीष्म ने देखा कि उस समूह में से एक स्त्री की दृष्टि उन पर पड़ गयी है। वह संकोच से ढके-छिपे संकेतों से विचित्रवीर्य को कुछ बताने का प्रयत्न कर रही है...भीष्म स्वयं ही नहीं समझ पाये कि वह मात्र उत्सुकता में ही खड़े रह गये कि देखें कि आगे क्या होता है, या वह सचमुच अपनी उपस्थिति जताना चाहते थे...किसी भी कारण से हो, पर वह खड़े रहे और देखते रहे...

विचित्रवीर्य उस स्त्री की बात क्या और कितनी समझा—यह वह जान नहीं पाये; किन्तु इतना समझ गये कि वह जान गया है कि वह स्त्री वहाँ किसी और के उपस्थित रहने की बात कह रही है।

विचित्रवीर्य ने पीछे पलट कर देखा।

अब भीष्म के हट जाने का कोई अर्थ नहीं था। वह अपने स्थान पर खड़े, विचित्रवीर्य पर अपनी उपस्थिति से पड़ने-वाला प्रभाव देखते रहे।

उन्हें देख कर विचित्रवीर्य की आँखों में संकोच नहीं जन्मा। न उसने

दृष्टि फेरी, न आँखें झुकायीं। वह देखता रहा। उसकी आँखों में से जिज्ञासा का भाव समाप्त हुआ और भावशून्यता प्रकट हुई। और फिर भावशून्यता में से उद्दण्डता और क्रोध एक साथ प्रकट हुए। वह धीरे-से कुछ बोला।

उसके शब्द स्पष्ट नहीं थे। भीष्म समझ नहीं सके कि वह क्या कह रहा था। पर इतना तो अनुमान किया ही जा सकता था कि उसका व्यवहार विनययुक्त नहीं था। उन शब्दों में भीष्म के लिए स्पष्ट अवहेलना थी।

भीष्म दो-चार पग और आगे बढ़ गये, ताकि स्पष्ट सुन सकें कि वह क्या कह रहा है।

इस बार विचित्रवीर्य बोला तो उसकी जिह्वा लड़खड़ा अवश्य रही थी, किन्तु शब्द इतने अस्पष्ट भी नहीं थे कि समझे भी न जा सकें।

"क्यों आये तुम?" उसने जैसे भीष्म को धमकाने का प्रयत्न किया, "जानते नहीं हो कि कुरु राजाओं के राजप्रासादों में कर्मचारी लोग बिना अनुमति के नहीं आ-जा सकते।"

भीष्म को लगा, विचित्रवीर्य ने उन्हें पहचाना नहीं है। वह उनके एकदम निकट आ गये। उसके चारों ओर बैठी स्त्रियाँ जैसे घबरा कर उठ खड़ी हुईं।

"तुम लोग जाओ।" भीष्म ने कहा।

"तुम कौन होते हो उन्हें भेजने वाले?" विचित्रवीर्य बोला, "वे मेरे आदेश से आयी हैं, मेरे ही आदेश से जायेंगी।"

"तुमने मुझे पहचाना नहीं विचित्रवीर्य!" भीष्म बोले, "क्या सुरा ने तुम्हें इतना बेसुध कर दिया है?"

विचित्रवीर्य अकड़ कर उठ खड़ा हुआ, "मैंने तुम्हें पहचान लिया है। तुम कुरुओं के अपदस्थ राजकुमार देवव्रत भीष्म हो। पर तुमने शायद मुझे नहीं पहचाना। मैं कुरुओं का भावी सम्राट विचित्रवीर्य हूँ। मेरी एक आज्ञा पर तुम्हारा शिरोच्छेद हो सकता है। जाओ! अपनी महत्ता जताने का प्रयत्न मत करो।"

भीष्म की आँखों के सम्मुख वह दृश्य घूम गया, जब माता सत्यवती ने विचित्रवीर्य को आदेश दिया था; और वह उन्हें साष्टांग दण्डवत प्रणाम करने के लिए भूमि पर लेट गया था। माता ने आँखों में अश्रु भर कर कहा था, 'तुम हमसे रुष्ट न होते तो चित्रांगद इस प्रकार गन्धर्वराज के हाथों मारा न जाता... ।'

भीष्म जानते हैं, वह सत्यवती और उसके पुत्रों से तब भी रुष्ट नहीं थे, आज भी रुष्ट नहीं हैं। वह तो कुरु राज्य और अपने पिता के इस परिवार से उदासीन मात्र हो गये थे। उस उदासीनता के लिए माता ने उन्हें उपालम्भ दिया था।...यदि आज भी वह विचित्रवीर्य को इस प्रकार देख कर उदासीन बने

रहे तो यह किशोर मदिरा राक्षसी के हाथों मारा जायेगा; और माता फिर उन्हें आँखों में अश्रु भर कर उपालम्भ देंगी...

चित्रांगद गन्धर्वराज के हाथों मारा गया था, पर वह विचित्रवीर्य को सुरा राक्षसी के हाथों मरने नहीं देंगे...

"विचित्रवीर्य!" वह बोले।

"युवराज कहो।" विचित्रवीर्य अकड़ कर बोला।

बहुत प्रयत्न से साधा हुआ भीष्म का संयम टूट गया। उनका एक ज़ोरदार तमाचा विचित्रवीर्य के गाल पर पड़ा, "ये युवराज के लक्षण हैं!" वह गरज कर बोले, "कुरु-वंश के गौरव को कलंक लगाने-वाले! अपने गुरुजनों को आदेश दे रहा है कि वह तुझे युवराज सम्बोधित करें!"

भीष्म ने उसकी बाँह पकड़ कर उसे घसीटा, "चल अभी तेरा पूर्ण राज्याभिषेक करता हूँ।"

वह उसे घसीटते हुए माता सत्यवती के कक्ष तक ले गये। विचित्रवीर्य ने भी न हाथ छुड़ाया, न किसी प्रकार का विरोध किया।...या शायद सुरा का मद ही उसे त्याग गया था।

आहट पा कर सत्यवती अभी सोच ही रही थी कि किसी दासी को पुकारे कि भीष्म ने ला कर विचित्रवीर्य को उसके सम्मुख खड़ा कर दिया है, "माँ! यह सुरा में बेसुध, निर्वस्त्र दासियों और गणिकाओं के बीच बैठा, विहार कर रहा था। मुझे देख कर इस निर्लज्ज ने संकोच से आँखें झुकायी तक नहीं, उल्टे मुझे आदेश दे रहा था कि मैं इसे नाम से न पुकार कर, युवराज कह कर सम्बोधित करूँ...और ...।" भीष्म ने रुक कर सत्यवती को देखा।

"और क्या?"

"और आवेश में मैंने इसे चाँटा मार दिया है।" भीष्म ने धीरे-धीरे कहा।

क्षण-भर के लिए सत्यवती हतप्रभ-सी खड़ी रह गयी। उसका शरीर और मस्तिष्क—सब-कुछ जैसे जड़ हो गया।...और अगले ही क्षण उसके भीतर कोई द्रवण-प्रक्रिया आरम्भ हो गयी। उसे लगा कि सत्यवती के प्राण दो भागों में बँट गये हैं...एक सत्यवती एक ज़ोरदार चाँटा भीष्म के गाल पर लगाना चाहती थी और चीख कर कहना चाहती थी, 'तेरा यह साहस कि तू मेरे पुत्र पर हाथ उठाये, कुरु-वंश के होने वाले सम्राट पर!'...और दूसरी सत्यवती भीष्म को आशीर्वाद दे कर कहना चाहती थी, 'पुत्र! तूने यही चाँटा चित्रांगद को मारा होता, तो वह उस गन्धर्वराज के हाथों क्यों मारा जाता!'...और शायद

एक तीसरी सत्यवती भी थी जो एकदम सहम कर चुप हो गयी थी। वह डर रही थी और सोच रही थी...आज इस भीष्म ने चाँटा मारा है...कल यह खड्ग उठायेगा...इसे तूने क्यों बुला लिया हस्तिनापुर में सत्यवती?...

पर सत्यवती के वे सारे रूप चुप रहे...उसके मन का एकतारा लगातार बजता जा रहा था–'सत्यवती! सँभल जा। फिर कोई भूल मत कर बैठना।... इतनी जल्दी मत भूल कि चित्रांगद का वध करने-वाला गन्धर्वराज कुरुक्षेत्र से आगे बढ़ चुका था। उसने सुना कि हस्तिनापुर से भीष्म के पास संदेशवाहक गया है तो उसके पग थम गये और कान खड़े हो गये कि भीष्म का उत्तर क्या है...इधर भीष्म ने गंगा पार कर हस्तिनापुर में पाँव रखा और उधर गन्धर्वराज सरस्वती पार कर अपनी राजधानी की ओर बढ़ गया।...भीष्म तो चित्रांगद के वध का प्रतिशोध लेने के लिए गन्धर्वों की राजधानी तक जाता, किन्तु मन्त्रियों और स्वयं सत्यवती ने ही उसे रोक लिया।...कहीं ऐसा न हो कि भीष्म पर्वतों में गन्धर्वराज के पीछे भटकता फिरे और इधर पांचाल और मत्स्य बढ़ कर कुरुओं की सीमा तक आ जायें।...चित्रांगद तो गया, अब सत्यवती को विचित्रवीर्य की रक्षा करनी है। केवल शत्रुओं के खड्ग से ही नहीं रोग, शोक और विलास से भी...'

सत्यवती बोली तो उसका स्वर शान्त था, "विचित्रवीर्य! तुम जाओ पुत्र! अपने-आपको सँभालो और गुरुजनों का आदर करना सीखो। कुरु-वंश में गुरुजनों का अनादर अक्षम्य अपराध है।"

विचित्रवीर्य ने ढँकी-छिपी आँखों से माँ को देखा : कहाँ गया माँ का वह रूप–जो कहा करती थी, 'भीष्म उनका शत्रु है।'...पर आज माँ का एक दूसरा ही रूप उसके सामने था। वह दृष्टि झुकाये-झुकाये ही बाहर चला गया।

विचित्रवीर्य के कक्ष से बाहर जाने तक सत्यवती चुपचाप खड़ी रही। जब वह कक्ष से निकल गया तो सत्यवती ने दासी को आदेश दिया, "बाहर द्वार पर खड़ी रहो। मुझे राजकुमार भीष्म से कुछ अत्यन्त गोपनीय बातें करनी हैं। जब तक मैं अगला आदेश न दूँ, कक्ष में कोई भी प्रवेश नहीं करेगा–कोई भी नहीं!"

दासी ने सिर झुकाया और हाथ जोड़ कर बाहर निकल गयी। तब सत्यवती ने भीष्म की ओर देखा, "बैठो पुत्र!"

भीष्म बैठ गये।

उनके सामने वाले मंच पर सत्यवती स्वयं बैठी और बोली, "भीष्म! विचित्रवीर्य की स्थिति मेरे लिए कई दिनों से चिन्ता का विषय बनी हुई है। मैं सोच ही रही थी कि तुमसे इस विषय में भी परामर्श करूँ, कि तुमने स्वयं ही

उस समस्या का साक्षात्कार कर लिया।"

"यह सब कब और कैसे हुआ, माता?" भीष्म, सत्यवती से सम्बोधित थे और पूछ जैसे अपने-आप से रहे थे, "यह तो कुरु-कुल का संस्कार नहीं है?"

सत्यवती कुछ देर तक भूमि की ओर देखती रही और फिर जैसे साहस बटोर कर बोली, "मैं नहीं जानती कि इसमें कितना दोष मेरा है। जब मेरे मन में अपने लिए धिक्कार उठता है तो मुझे लगता है कि यह मेरा ही पाप है!..."

"आपका पाप? क्या कह रही हैं माता?"

"हाँ पुत्र!" सत्यवती बोली, "जब तुम्हारे पिता ने इन बच्चों को ऋषिकुल में भेजना चाहा था, तो मैंने ही उनका विरोध किया था। चित्रांगद के अहंकार और विचित्रवीर्य के विलास की अग्नि प्रचण्ड होती रही और मैं उसकी उपेक्षा करती रही। ...यही मानती रही कि दूसरों का तिरस्कार और जीवन के समस्त भोगों में आसक्ति ही जैसे क्षत्रिय कुल के लक्षण हैं। इनके पिता सिर पर थे नहीं; और मैंने वैभव तथा अधिकार के मध्य रहते हुए, संयम और विनय के महत्त्व को नहीं समझा।...तो इनका अनुशासन कौन करता?...तुम थे; पर तुम अपने इन भाइयों को पराया मानते रहे।...आज तुमने इसे चाँटा मारा है, तो मेरा मन कहता है कि तुमने बड़े भाई के अधिकार का पहली बार प्रयोग किया है। अतः मानती हूँ कि तुम बड़े भाई का दायित्व भी निभाओगे!"

"क्या करना होगा, माँ?"

"मैं क्या कहूँ पुत्र!" सत्यवती अपने असमंजस से उबर नहीं पायी थी, "यह कैसे कहूँ कि इस पुत्र को जीवन के भोग से निरत कर दो; पर यह भी नहीं देख सकती कि भोग—जो क्षत्रियों का शृंगार है, मेरे पुत्र का काल बने।"

"आप ठीक कहती हैं माता!"

"तो क्या कोई ऐसा मार्ग है, जिससे इसका नियमन हो सके?"

"पुरुष के विलास का नियमन उसकी पत्नी करती है माता! गणिकाएँ नियमन का नहीं, पतन का साधन होती हैं।" भीष्म रुके, "अब मैं आपको क्या समझाऊँ, पत्नी का धर्म भी उसका पति ही है, और भोग भी। वह न अपने धर्म का नाश देख सकती है और न अपने भोग का क्षय। इसलिए अविवाहित पुरुष चाहे तो धर्म अर्जित कर सकता है, किन्तु जीवन को भोग नहीं सकता। और यदि वह भोग की ओर अग्रसर होगा तो अपनी आत्मा तथा शरीर का नाश करेगा। धर्म और भोग दोनों चाहिए तो एकमात्र मार्ग विवाह

ही है।" भीष्म ने रुक कर सत्यवती को देखा, "जहाँ तक मैं अपने पिता को जानता हूँ, उनमें कामासक्ति का बाहुल्य था; किन्तु विवाह-विहीन भोग की ओर वह कभी नहीं बढ़े। इसलिए उन्होंने अपना नाश नहीं किया।"

"तो विचित्रवीर्य का विवाह करवा दो।"

"हाँ! एक मार्ग यह भी है।" भीष्म का विचार-प्रवाह जैसे बाधित हो उठा, "किन्तु, किन्तु विचित्रवीर्य का वय विवाह-योग्य है क्या?"

"नहीं!" सत्यवती का उत्साह जैसे भंग हो गया था, "वह तो अभी पन्द्रह वर्ष का ही है।"

"अभी तो उसके शारीरिक और मानसिक विकास का समय है।" भीष्म बोले, "हमारा प्रयत्न होना चाहिए कि वह अभी दस वर्ष संयम और अनुशासन का जीवन व्यतीत करे।"

सत्यवती ने भीष्म को देखा : यह क्या सम्भव था?

पर वह कुछ बोली नहीं।

भीष्म को कुछ संदेह हुआ, "क्या आप सहमत नहीं हैं?"

"सहमत तो हूँ, पुत्र! मेरी इच्छा है कि ऐसा हो...पर क्या विचित्रवीर्य संयम कर पायेगा?"

"हमें प्रयत्न तो करना चाहिए।"

"अवश्य करो और भगवान करे तुम सफल होओ।" सत्यवती बोली, "मैं तो एक ही बात चाहती हूँ कि अब अपने इस छोटे भाई का दायित्व तुम स्वीकार करो। यह बात मैं बहुत दिनों से कहना चाह रही थी, पर कह नहीं पायी। आज भी यदि तुमने उसे चाँटा न मारा होता, तो शायद यह बात मैं कह नहीं पाती।..." सत्यवती ने रुक कर भीष्म की प्रतिक्रिया को निहारा, जैसे सोच रही हो, कि आगे कहे या न कहे; और फिर एक निर्णय-अनिर्णय की-सी स्थिति में कह गयी, "उसके शिक्षण और अनुशासन को देखो। उचित समय पर उसके विवाह का निर्णय करो। उसके लिए कन्या ढूँढ़ो। जब ठीक समझो, यथाशीघ्र उसका राज्याभिषेक करो। उसे उठा कर उसके पैरों पर खड़ा कर दो।...पिता के बिना अकेली माँ कितनी अक्षम होती है...ओह! मुझसे न तो अपने पुत्र का क्षय देखा जाता है, न कुरु-वंश का नाश, न हस्तिनापुर के राज्य का पतन!"

भीष्म ने सत्यवती का यह रूप कभी नहीं देखा था : द्रवित स्थिति और एकदम पारदर्शी। पुत्र की ममता के ताप ने जैसे इस नारी का सारा कलुष विगलित कर बहा दिया था...

वह उल्लसित हो कर सत्यवती को आश्वासन देना चाहते थे, पर दायित्व

का बोझ जैसे उनके उल्लास को आच्छादित कर रहा था। गम्भीर स्वर में उन्होंने इतना ही कहा, "आप चिन्तित न हों। ऐसा कुछ नहीं होगा।"

"काश! कि मैं तुम्हारे आश्वासन से आश्वस्त हो सकती।" सत्यवती की चिन्ता दूर नहीं हो पायी, "पर विचित्रवीर्य की स्थिति देखती हूँ, तो उसके भविष्य के प्रति आस्थावान नहीं हो पाती।...तुम और विचित्रवीर्य, इस वंश-सरिता के सहज प्रवाह के दो मार्ग थे। तुम्हें मैंने अवरुद्ध कर दिया है, इसलिए यदि यह सरिता विचित्रवीर्य के माध्यम से प्रवाहित न हुई, तो न केवल यह सरिता विलीन हो जायेगी; उसका कलंक भी मुझ पर ही होगा। और यह मेरे लिए असह्य है...। "

सत्यवती के बोलने के साथ-साथ भीष्म उस दायित्व का बोझ अधिक-से-अधिक अनुभव कर रहे थे। पर उन्हें अपने संकल्प का भरोसा था, और कर्म पर विश्वास! बोले, "मैंने पहले ही आपसे कहा था, आप निश्चिन्त रहें। विचित्रवीर्य ही नहीं, उसकी सन्तानों की कई पीढ़ियाँ, हस्तिनापुर के सिंहासन पर बैठ, इस कुरु प्रदेश पर शासन करेंगी।"

"तथास्तु पुत्र! तथास्तु!" सत्यवती के स्वर में हल्का-सा उल्लास जागा!

भीष्म चले गये और सत्यवती अपने एकान्त चिन्तन में लौटी तो उसका हृदय जैसे फिर से अनेक आशंकाओं में घिर गया : यह क्या किया सत्यवती तूने? सब कुछ भीष्म पर छोड़ दिया?...वह विचित्रवीर्य को सिंहासन पर बैठा भी दे और स्वयं नियन्ता बना रहे, तो शासन तो उसी का होगा...

किन्तु जाने कहाँ से सत्यवती के मन में एक बिम्ब जागा!—कुम्भ स्वतन्त्र है। सक्षम है। किन्तु यदि उसे जल भरना है तो अपना कण्ठ रज्जु के फन्दे में फँसाना ही होगा। कुँए की गहराई तक गिरना ही होगा। फिर वह रज्जु ही उसे खींच कर ऊपर लायेगी और जल प्राप्त कर लेने पर, रज्जु को अनावश्यक मान कर उससे कुम्भ के कण्ठ को मुक्त किया जायेगा। रज्जु भूमि पर पड़ी रहेगी और कुम्भ पनिहारन के सिर पर स्थापित होगा।...यदि वह विचित्रवीर्य के कुम्भ में राज्य का जल भरना चाहती है तो भीष्म रूपी रज्जु का फन्दा विचित्रवीर्य के कण्ठ में डालना ही होगा...एक बार जल भर जाये। कुम्भ उसे धारण करने में समर्थ हो जाये, तो रज्जु भूमि पर पड़ी रहेगी और कुम्भ पनिहारन के सिर पर स्थापित होगा...

वैसे भी भीष्म के हस्तिनापुर में आ जाने से न केवल गन्धर्वों, पांचालों और मत्स्यों की सेनाओं की रण-भेरियाँ शान्त हो गयी हैं, वरन हस्तिनापुर में प्रतिदिन उठने-वाले संशय और बवण्डर भी शान्त हो गये हैं। अब कुरुप्रमुख

नये राजवंशों की स्थापनाओं के स्वप्न नहीं देखते।...वैसे भी अट्ठारह वर्षों से भीष्म अपने वचन का निर्वाह कर रहा है। एक क्षण के लिए भी उसने अपनी प्रतिज्ञा की अवहेलना में रुचि नहीं दिखायी।...अब तो उसका प्रचण्ड आवेगों का वयस भी बीत चुका। वह धीर, गम्भीर और शान्त हो गया है। नहीं! वह सत्यवती को धोखा नहीं देगा...

'काश! मैं इसका विश्वास कर पाती!' सत्यवती ने दीर्घ निःश्वास छोड़ा।

अपने आवास पर पहुँच कर भीष्म ने आचार्य को बुलाया। आचार्य ने आने में विशेष विलम्ब नहीं किया।

"अपने शिष्य की प्रगति के विषय में आपका क्या विचार है आचार्य?" भीष्म ने सीधा प्रश्न किया।

आचार्य जैसे असावधानी में पकड़ लिए गये थे। अचकचा कर उन्होंने भीष्म की ओर देखा, "मैं समझा नहीं राजकुमार!"

"इसमें ऐसी कौन-सी बात है, जिसे आप समझ नहीं पा रहे हैं आचार्य?" भीष्म मुस्कुरा कर बोले, "आप विचित्रवीर्य के आचार्य हैं। मैं उसका बड़ा भाई और अभिभावक हूँ। मैं जानना चाहता हूँ कि उसकी शिक्षा-दीक्षा कैसी चल रही है। उसका शास्त्र-ज्ञान कितना बढ़ा है? शस्त्र-विद्या उसने कहाँ तक सीखी है? उसका चरित्र संयम और अनुशासन को कितना आत्मसात कर पाया है? उसका धर्म-बोध और दायित्व-बोध कितना विकसित हुआ है? शासन-तन्त्र के विषय में वह कितना जान पाया है? आचार्य! वह भावी शासक है, इस कुरु प्रदेश का। उसे जन्म तो उसके माता-पिता ने दिया है, किन्तु उसे राजा बनाना तो आपका काम है।"

"आप ठीक कह रहे हैं, राजकुमार!" आचार्य ने कुछ इस प्रकार कहा, जैसे सहमति प्रकट न कर रहे हों, उपालम्भ दे रहे हों, "राजकुमार विचित्रवीर्य भी अच्छी तरह समझता है, या शायद वह एक ही बात समझता है कि उसे आगे चल कर हस्तिनापुर का शासक बनना है...।"

"तो?" भीष्म ने आचार्य के स्वर की कड़वाहट को पहचाना।

"उसके मस्तिष्क में दायित्व से पहले अधिकार है, और अर्जन से पूर्व भोग है।"

"ऐसा क्यों है?" भीष्म का स्वर, आचार्य को अभियोग के समान चुभा, "आप उसके आचार्य हैं। क्या आपको नहीं लगता कि यह उसका उचित विकास नहीं है। आपको उसका अनुशासन करना चाहिए था।"

"चाहिए तो था।" आचार्य का स्वर भी उग्रता के तत्त्व लिए हुए था, "पर

उसका अधिकार मुझे दिया गया क्या?"

"आप कहना क्या चाहते हैं आचार्य?"

"आप जानना चाहते हैं तो बता रहा हूँ : इससे पहले किसी ने जानना नहीं चाहा; अतः किसी को मैंने बताया भी नहीं।" आचार्य बोले, "विचित्रवीर्य को यह बोध अधिक है कि वह राजकुमार है, युवराज है; और हस्तिनापुर का भावी सम्राट है। उसे यह बोध बहुत कम है कि मेरा शिष्य है, उसे बहुत कुछ सीखना है, जो कुछ सीखना है, मुझसे सीखना है; और सीखने के लिए विनय और नम्रता अनिवार्य गुण हैं।"

"क्या उसका व्यवहार शिष्योचित नहीं है?"

"कभी नहीं रहा।" आचार्य बोले, "उसने स्वयं को मेरा अन्नदाता अधिक समझा, शिष्य कम।"

भीष्म ने आहत दृष्टि से आचार्य को देखा; और फिर जैसे अपना रोष जताते हुए पूछा, "आपने कभी उसके व्यवहार की सूचना किसी को दी–उसके अभिभावकों को?"

आचार्य के मन में छिपी वितृष्णा, प्रकट हो कर उनके चेहरे पर आ गयी, "राजा शान्तनु स्वर्गवासी हुए। आप हस्तिनापुर छोड़ गये। सम्राट चित्रांगद और राजमाता यह मानते थे कि राजकुमारों का अनुशासन, नियन्त्रण या उनकी इच्छाओं का नियमन, उनके तेज का ह्रास करता है। अतः राजकुमारों के आचार्य को भी चाहिए कि वह एक क्षण के लिए भी उन्हें यह न भूलने दे कि वह राजकुमार हैं और उनका आचार्य एक निर्धन ब्राह्मण!...एक बार सम्राट चित्रांगद से चर्चा की थी कि विचित्रवीर्य का मेरे प्रति व्यवहार शिष्योचित नहीं है; वह स्वयं को मेरा स्वामी और पालनकर्ता मानता है; तो उन्होंने निर्द्वन्द्व भाव से कहा था कि 'वह ठीक ही समझता है। जो वास्तविकता है, उसे हमें समझना भी चाहिए और स्वीकार भी करना चाहिए।'"

"पर यह असामयिक भोग! इस वय में सुरा का अबाध पान–यह सब तो राजमाता ने भी नहीं चाहा था।..."

"परिणाम इच्छा के नहीं, कर्म के अनुकूल होता है राजकुमार!" आचार्य बोले, "सम्राट चित्रांगद ने और शायद विशेष रूप से राजमाता ने विचित्रवीर्य को मेरे अनुशासन में नहीं बँधने दिया, तो उसका परिणाम यह भी हुआ कि वह उनके अनुशासन में भी नहीं बँधा। बालक पहले अपने अभिभावक के नियन्त्रण को चुनौती देता है, बाद में अध्यापक को। विचित्रवीर्य पहले राजमाता के हाथों से निकल गया था, मेरे हाथों से तो बहुत बाद में निकला।"

"जो भी हुआ हो।" भीष्म बोले, "पर यह परिणाम सुखद नहीं है।"

"मैं जानता हूँ।" आचार्य सहमत थे, "किन्तु जिस समाज में अध्यापक, आचार्य और गुरु का सम्मान अभिभावक नहीं करेगा, उसकी सन्तान को यही दुर्दिन देखना पड़ेगा।"

"शाप न दें, आचार्य!" भीष्म धीरे-से बोले, "हमें तो अब युवराज को सीधे मार्ग पर लाना है। मुझे सहयोग दीजिए।"

"आप गुरु के महत्त्व की प्रतिष्ठा करें, तो उसके अनुशासन और अधिकार की प्रतिष्ठा भी होगी।" आचार्य बोले, "यद्यपि बहुत विलम्ब हो चुका है, पर हम प्रयत्न तो कर ही सकते हैं।"

"तो ठीक है।" भीष्म ने कहा, "हम फिर से एक बार प्रयत्न कर देखें।"

21

राजवैद्य ने विचित्रवीर्य की नाड़ी देखी और आँखें बन्द किये देर तक बैठे सोचते रहे। भीष्म उत्सुकता से राजवैद्य की ओर देखते रहे : क्या निदान है राजवैद्य का? पर वैद्य थे कि आँखें ही नहीं खोल रहे थे।

सत्यवती उत्कण्ठा के मारे स्वयं को रोक नहीं सकी, "क्या बात है वैद्यराज! आप कुछ बोलते क्यों नहीं?"

राजवैद्य ने आँखें खोलीं, पर अभी भी वह सोच ही रहे थे कि कुछ बोलें या न बोलें...और जब बोले, तो इतना ही कहा, "मैं आपसे एकान्त में कुछ बातें करना चाहता हूँ।"

"औषध का प्रभाव क्यों नहीं हो रहा वैद्यराज?" सत्यवती ने फिर पूछा।

राजवैद्य ने सत्यवती के प्रश्न का उत्तर नहीं दिया; बोले, "क्या हम किसी अन्य कक्ष में वार्तालाप कर सकते हैं?"

भीष्म ने संकेत किया। प्रतिहारिणी आगे चली। वे लोग दूसरे कक्ष में आ गये।

"मैंने आपसे पिछली बार भी कहा था कि राजकुमार के शरीर में इतनी शक्ति नहीं है कि वह रतिकर्म में प्रवृत्त हों। आपने इस बात का ध्यान नहीं रखा। औषध अपना काम तभी कर सकती है, जब रोग उत्पन्न करने और उसका विस्तार करने-वाले कृत्य बन्द किये जायें।..."

"पर युवराज ने ऐसा कुछ नहीं किया।" सत्यवती बोली, "मैंने उसे मना कर दिया था और उसने प्रतिज्ञा की थी कि जब तक मैं अनुमति नहीं दूँगी, वह किसी स्त्री के निकट भी नहीं जायेगा।"

"पर क्या उस प्रतिज्ञा की रक्षा की गयी?" वैद्य का स्वर कुछ कटु था।

सत्यवती की दृष्टि सहज ही भीष्म की ओर चली गयी : प्रत्येक पुरुष देवव्रत नहीं होता...पुत्र तो विचित्रवीर्य भी शान्तनु का ही है, किन्तु...

सत्यवती ने वैद्य के प्रश्न का उत्तर नहीं दिया। कक्ष से बाहर आ कर उसने प्रतिहारिणी को आदेश दिया, "युवराज की परिचारिका को बुलाओ।"

"राजमाता!" राजवैद्य ने उसके कक्ष में लौट आने पर कहा, "युवराज ने बहुत छोटे वयस से सुरा और सुन्दरी का आस्वादन आरम्भ कर दिया है। वह भी बहुत अधिक मात्रा में। मैं राज-भय त्याग कर स्पष्ट शब्दों में आपसे कह रहा हूँ, यदि उनका यह अभ्यास सर्वथा बन्द न हुआ, तो युवराज के जीवन की रक्षा संसार का कोई भी वैद्य नहीं कर पायेगा।"

"पर मैं कह रही हूँ कि जब से आपकी औषध आरम्भ हुई है, वह स्त्री के निकट भी नहीं गया है।" सत्यवती का स्वर कुछ कठोर था।

"आप मुझे क्षमा करेंगी।" राजवैद्य निर्भीक स्वर में बोला, "पर मैं इसका विश्वास नहीं कर सकता।..."

तभी प्रतिहारिणी द्वार पर प्रकट हुई, उसके साथ विचित्रवीर्य की परिचारिका भी थी।

परिचारिका को भीतर भेज कर प्रतिहारिणी ने कपाट बन्द कर दिये। परिचारिका हाथ जोड़ कर खड़ी हो गयी।

"परिचारिके।" इस बार भीष्म बोले, "सच बोलना! जानती हो न, मिथ्याभाषण इस राजकुल में दण्डनीय है।"

"हाँ आर्य!"

"क्या युवराज विचित्रवीर्य पिछले सप्ताह में, स्त्री-सम्पर्क में आये थे?"

परिचारिका ने सत्यवती की ओर देखा और आँखें झुका लीं।

"बोलो।" सत्यवती ने कहा, "गोपनीयता लाभकारी नहीं है। निर्भय हो कर सच बोलो।"

"हाँ राजमाता!" परिचारिका का स्वर पहले तो लड़खड़ाया, किन्तु तत्काल ही सध गया, "पाँच नयी दासियाँ युवराज की सेवा में रही हैं।"

न चाहते हुए भी राजवैद्य के मुख पर प्रसन्नता प्रकट हो ही गयी, "राजमाता! युवराज यदि संयम से रहें, तो मेरी औषध अब भी चमत्कार दिखा सकती है।"

सत्यवती ने परिचारिका को जाने का संकेत किया और बोली, "वैद्यराज! मैं पूरा प्रयत्न करूँगी कि आपके निर्देशों का पालन हो। मैं अपना पुत्र खो नहीं सकती।"

राजवैद्य प्रणाम कर चले गये।

पर जैसे सत्यवती के अपने मन ने उसके शब्दों को स्वीकार नहीं किया। उसकी अपनी कनपटियों पर कोई मूसलों से ढोल बजा-बजा कर घोषणा कर रहा था, ऐसा नहीं हो सकता सत्यवती! ऐसा नहीं हो सकता...जब समय था और तेरे दोनों पुत्र, तेरे नियन्त्रण में थे; जब वे बालक थे, और उन्हें समझाया जा सकता था, तब तो तुमने स्वयं, उन्हें भोग की ओर प्रेरित किया...भूल गयीं तुम? जब तुम हृदय से चाहती थीं कि भीष्म से छीना गया राज-वैभव तुम्हारे पुत्र भोगें। भोग का माहात्म्य तुमने ही तो पढ़ाया था अपने पुत्रों को, 'तुम राजपुत्र हो। तुम्हारा जीवन भोग के लिए है। संयम का पाठ उनको पढ़ाया जाता है, जिनके पास भोगने को कुछ नहीं होता।'...और सत्यवती कैसे भूल सकती थी, अपने उन दिनों के ऊहापोह को। 'संयम' शब्द कानों में पड़ते ही, सत्यवती की पीठ पर जैसे कशाघात होता था। संयम को ही अंगीकार करना था तो सत्यवती ऋषि-पत्नी बन कर रही होती...अपना वरेण्य मीत तो मिलता पति के रूप में।...राजा शान्तनु की पत्नी हो कर भी पुत्रों को संयम का ही पाठ पढ़ाना था, तो अपने यौवन को एक वृद्ध की वासना-तृप्ति के लिए समर्पित करने का क्या लाभ?...

सत्यवती का मन जैसे उसे धिक्कारने लगा, 'तुमने भीष्म से उसका भोग छीना। देख! तेरा एक पुत्र तो जीवित नहीं रहा। दूसरा किसी भोग को भोगने योग्य नहीं रहा। जिसे वंचित किया, वंचना उसके लिए अमृत बन गयी, जिन्हें समृद्ध करना चाहा, समृद्धि उनके लिए विष हो गयी। बाबा ने समझा कि वह तुम्हारा हित कर रहे हैं और तुमने समझा कि तुम अपने पुत्रों का हित कर रही हो। कैसे मूर्ख हो, तुम दोनों! तुम्हारी स्वार्थ-बुद्धि तो इतना भी नहीं जानती कि हित क्या है और अहित क्या...'

सत्यवती के पैर-तले की धरती जैसे घूम गयी। उसे चक्कर आ गया। भीष्म ने आगे बढ़ कर सहारा दिया, "माता!"

"भीष्म!" सत्यवती मंच पर अधलेटी-सी हो गयी, "मेरी बुद्धि तो अचेत हो रही है पुत्र! कुछ समझ में नहीं आता...यह सब क्या हो रहा है; और विचित्रवीर्य का भविष्य..."

"आप अधिक चिन्ता न करें माता!" भीष्म धीरे-से बोले, "मुझे तो आप भी स्वस्थ नहीं लग रही हैं।"

"चिन्ता कैसे न करूँ पुत्र!" सत्यवती की असहायता पूरी तरह फूट पड़ी, "विचित्रवीर्य की स्थिति शोचनीय है। क्या उसके जीवन की रक्षा हो पायेगी?"

"क्यों नहीं!" भीष्म पूरे विश्वास के साथ बोले, "राजवैद्य ने स्पष्ट कहा

है कि वह संयम से रहे तो अभी भी कुछ नहीं बिगड़ा। संयम कोई असम्भव शर्त तो नहीं माता!"

"उसे संयम सिखाया नहीं गया।" सत्यवती के चेहरे पर विषाक्त मुस्कान थी, "राज-भोग को मैं जीवन का सुख मानती थी; नहीं जानती थी कि वह विष है।..."

"माता!"

"भीष्म!" सत्यवती ने कातर स्वर में कहा, "मैं जितना सोचती हूँ, मेरा मन उतना ही निराश होता जाता है।"

"कैसी चिन्ता है माता! आपको?"

"कौन-सी चिन्ता मुझे नहीं है।" सत्यवती की आँखों में अश्रु झलके, "चित्रांगद नहीं रहा, मुझे लगता है कि विचित्रवीर्य भी शायद न रहे। वह नहीं रहा तो महाराज शान्तनु के इस वंश का क्या होगा पुत्र?"

भीष्म भीतर-ही-भीतर जैसे सहम गये, पर ऊपर से मुस्कुरा कर बोले, "आपके विवाह के पहले पिता को भी यही चिन्ता थी कि मैं उनका एकमात्र पुत्र हूँ...यदि मेरी मृत्यु हो गयी तो!...और अब आपको चिन्ता है कि विचित्रवीर्य न रहा तो!..." उन्होंने अपने स्वर में विश्वास ढाला, "क्या हुआ है विचित्रवीर्य को? सुरा और सुन्दरी का अतिरेक! अब संयम से रहेगा तो ऊर्जा के अतिरिक्त ह्रास की क्षतिपूर्ति हो जायेगी। वह स्वस्थ हो जायेगा...।"

"ईश्वर करे, तुम्हारी वाणी सत्य हो पुत्र!" सत्यवती बोली, "पर तुम विवाह करोगे नहीं। विचित्रवीर्य को संयम से रहने का आदेश दूँ तो तुम दोनों भाई सन्तानविहीन ही रहोगे।...और यदि उसे गृहस्थ बनने की अनुमति दूँ तो वह अपने रोग के कारण मर जायेगा।"

पहली बार भीष्म को लगा कि सत्यवती की बात पूर्णतः उपेक्षणीय नहीं है...क्या सचमुच ऐसी स्थिति आ सकती है कि इस भरत वंश का कोई उत्तराधिकारी ही न रहे?...और यदि ऐसा हो ही गया तो?...

भीष्म को लगा, उनका मन दुष्कल्पनाएँ बुनने में शायद सत्यवती के मन से भी आगे निकल गया है...वैद्य तो रोगी को आश्वासन देता ही रहता है...कोई भी वैद्य कभी नहीं कहेगा, कि अब रोगी के जीवन की आशा नहीं है...यदि विचित्रवीर्य सचमुच ही मृत्यु के कगार पर पहुँच ही गया है, तो उसका भविष्य क्या है?—एक संयमी जीवन, जिसमें न विवाह है, न पत्नी, न सन्तान? ...या संयम के कुछ वर्षों के जीवन से स्वास्थ्य लाभ...पर यह आश्वासन कौन दे सकता है कि स्वास्थ्य लाभ होने पर, विचित्रवीर्य अपना संयम निभा पायेगा?... या प्रकृति उसे स्वस्थ होने तक, संयम बरतने के लिए जीवन देगी ही?

...भीष्म को लगा कि माता सत्यवती का द्वन्द्व न केवल उनके अपने मन में आ धँसा है, वरन उसकी पीड़ा अत्यन्त भयंकर रूप से उन्हें प्रताड़ित कर रही है ...यदि कहीं विचित्रवीर्य को विधाता ने दीर्घ जीवन न दिया या वह भरत वंश को उत्तराधिकारी न दे सका...तो कहीं यह दायित्व फिर से भीष्म पर न आ पड़े ...भीष्म अपनी प्रतिज्ञा के उल्लंघन की कल्पना भी नहीं कर सकते। धर्म को तिलांजलि दे कर जीवन का क्या लाभ?...

और यदि कहीं संकट की कोई घड़ी आयी। विवाह से पूर्व ही विचित्रवीर्य का देहान्त हो गया...तो कोई यह कह कर तो भीष्म को लांछित नहीं करेगा कि भीष्म ने अस्वस्थ और रोगी विचित्रवीर्य का विवाह नहीं होने दिया, ताकि वह कुरु-वंश का उत्तराधिकारी उत्पन्न करने से पूर्व ही चल बसे; और हस्तिनापुर का राज्य फिर से भीष्म को मिल जाये...ऐसा लांछन...इतना बोझ वहन कर भीष्म जीवित नहीं रह सकेंगे...

उनकी दृष्टि सत्यवती की ओर उठी : वह आतुर भाव से उनकी ओर देख रही थी, "क्या सोच रहे हो भीष्म?"

"विचित्रवीर्य का असंयम इस कारण तो नहीं कि वह अविवाहित है?" भीष्म का स्वर गम्भीर और ठहरा हुआ था, जैसे किसी लम्बी चिन्तन-प्रकिया का निष्कर्ष एक सूत्र के रूप में दे रहे हों, "यदि उसका विवाह कर दिया जाये तो क्या उसकी रानी उसके भोग को सन्तुलित और सुनियन्त्रित नहीं कर देगी?"

"यह चर्चा तुमने पहले भी की थी पुत्र! किन्तु राजवैद्य ने उसे स्त्री-प्रसंग से दूर रहने का परापर्श दिया है।"

"सत्य है।" उनकी आँखें नहीं उठीं : कहीं माता उनकी आँखों में न देख लें कि भीष्म के मन में क्या है। भीष्म की आशंकाएँ और भय उनके अपने थे। उनसे वह माता का बोझ और नहीं बढ़ाना चाहते थे। माता तक तो वह उनके पुत्र के लाभ की बात ही पहुँचाना चाहते थे, "पर संयम इसलिए तो है कि वह स्वस्थ हो कर एक सुखी जीवन जी सके। सुखी वह तभी हो पायेगा, जब सुख उसे सन्तुलित मात्रा में मिले। उसे 'भोग' रोगी नहीं कर रहा माता! भोग की असन्तुलित मात्रा, उसका रोग है। भोग को सन्तुलित करने के लिए ही तो मानव-समाज ने विवाह का आविष्कार किया है।..."

सत्यवती के तपते मन पर भीष्म का कथन, चन्दन का लेप कर गया... ठीक तो कह रहा है भीष्म! नारी-पुरुष के उन्मुक्त सम्बन्धों की पीड़ा, यातना और अव्यवस्था को देख कर ही तो मानव-समाज ने विवाह की परिकल्पना की होगी...क्या विचित्रवीर्य के जीवन की विडम्बना का भी यही निदान नहीं है...

"पर विचित्रवीर्य का वयस अभी विवाह-योग्य नहीं है।" सत्यवती ने कहा।

"उसका वयस तो रति-प्रसंग के योग्य भी नहीं है; सुरा-पान के योग्य भी नहीं है।"

सत्यवती क्या कहती। यही बात कहीं वह पहले समझ गयी होती। राजा शान्तनु के कहने की सार्थकता उसने समझी होती, तो वह चित्रांगद को इस प्रकार क्यों गँवाती : और विचित्रवीर्य के प्राणों पर संकट क्यों आता। ...राजा ने ठीक ही कहा था, 'पँख उगने से पहले पक्षी अपने शिशुओं को नीड़ के बाहर नहीं जाने देते; और क्षत्रिय राजा ब्रह्मचर्य आश्रम की अवधि पूरी होने तक अपने राजकुमारों को राजप्रासादों में घुसने नहीं देते। कच्ची मिट्टी का भाँड बना कर कुम्भकार उसे तपने के लिए भट्टी में छोड़ देता है। पकने से पहले वह उस पर पानी की बूँद भी नहीं पड़ने देता; और पक जाने पर आकण्ठ जल भी कुम्भ का कुछ बिगाड़ नहीं सकता। ऋषिकुल राजकुमारों को तपाने-वाली भट्टियाँ हैं। राजकुमार उनमें तप कर जब अपनी राजधानियों में लौटते हैं तो पके हुए कुम्भ होते हैं। फिर उनमें कण्ठ तक भोग सामग्री भर दी जाये, या उन्हें भोग-सरोवर में डुबो भी दिया जाये, तो उनका कुछ नहीं बिगड़ता।...'

पर सत्यवती ने यही माना था कि भीष्म के प्रति अपने प्रेम के कारण राजा उसके पुत्रों को वंचित करने के लिए ही ऐसे सिद्धान्तों को गढ़ रहे थे ...अब भीष्म कह रहा है कि वह अपने कच्चे, गीले कुम्भ में थोड़ा-सा जल डाल ही दे, ताकि उसकी पेंदी गीली रहे और वह जल की तृष्णा में, सरोवर में आकण्ठ डूबने का प्रयत्न न करे...सम्भव है कि उस थोड़े-से जल से, उसकी पेंदी गल जाये या कुम्भ ही भहरा जाये।...पर यदि उसकी पेंदी को भी गीला न किया गया तो बहुत सम्भव है कि कुम्भ अपनी शुष्कता दूर करने के लिए सरोवर में छलाँग लगा दे, या अवसर मिलने पर अपनी चिर तृष्णा मिटाने के लिए आकण्ठ पान कर ले...

परिचारिका कह रही थी...पाँच-पाँच दासियाँ विचित्रवीर्य की सेवा में...

"मेरी समझ में तो कुछ भी नहीं आ रहा भीष्म!" सत्यवती बोली, "शायद तुम्हीं ठीक कह रहे हो पुत्र!...तो फिर किसी उपयुक्त राजकुमारी का संधान करो, जिसकी वृत्ति राजसिक नहीं, सात्विक हो...।"

सत्यवती लौट कर अपने कक्ष में आयी तो उसे लगा कि उसके शरीर में एकदम प्राण नहीं हैं, जाने उसकी सारी ऊर्जा कैसे समाप्त हो गयी थी...हाथ

तक हिलाने की इच्छा नहीं हो रही थी।

वह आ कर पलंग पर लेट गयी।

"देखो!" उसने परिचारिका से कहा, "मैं विश्राम करना चाहती हूँ। बहुत आवश्यक होने पर ही किसी को आने देना...।"

उसने आँखें बन्द कर लीं। सारा दृश्य जगत विलुप्त हो गया; किन्तु नींद उसे तब भी नहीं आयी।

बन्द आँखों के सम्मुख यमुना के मध्य एक द्वीप उभर आया। द्वीप में एक आश्रम था और उसमें बैठा था कृष्ण द्वैपायन।...अब वह शिशु नहीं था। युवा हो चुका था। ब्रह्मचर्य की अवधि पूरी कर चुका था। पता नहीं उसने गृहस्थाश्रम स्वीकार किया या नहीं...

सत्यवती की बन्द आँखों के सामने कृष्ण द्वैपायन की मूर्ति साकार होने लगी : युवा ऋषि! साँवला रंग। सिर पर जटाएँ। लम्बी दाढ़ी और श्मश्रु! वह पद्मासन लगाये, आँखें मूँदे, ध्यान में लीन था...

और जाने अकस्मात ही क्या हुआ...कृष्ण द्वैपायन की जटाएँ खुल गयीं। दाढ़ी विलीन हो गयी। वल्कल वस्त्रों के स्थान पर रेशमी वस्त्र आ गये। सुन्दर केश विन्यास हो गया। ध्यान में मग्न आँखें खुल गयीं। उनमें अध्यात्म की तटस्थता नहीं, लालित्य था और एक चमक थी।...कृष्ण द्वैपायन, अपने आसन से उठा और राजसिंहासन पर आ बैठा। सत्यवती ने अपने हाथों से उसे विभिन्न प्रकार के आभूषण पहनाये और अन्त में उसके मस्तक पर किरीट रख दिया...

चारणों ने जयघोष किया, 'हस्तिनापुर के सम्राट चक्रवर्ती कृष्ण द्वैपायन की जय!'

सत्यवती ने अपने हाथ जोड़ दिये। उसकी आँखें ऊपर आकाश की ओर उठ गयीं, 'हे प्रभु! कहीं ऐसा सम्भव हो पाता...।'

22

भीष्म के द्वारा भेजे गये दूतों ने विभिन्न राज्यों से लौट कर जो संदेश उन्हें दिये, वे न केवल निराशाजनक थे, वरन कुरु वंश के लिए अत्यधिक अपमानजनक भी थे। जिन राजपरिवारों ने केवल नकारात्मक उत्तर भेजा था, उन्होंने तो मात्र इतना ही कहा कि विचित्रवीर्य का वय अभी विवाह-योग्य नहीं है। कुछ राजकुलों ने यह भी नहीं छिपाया था कि वह विचित्रवीर्य को स्वस्थ नहीं मानते। किन्तु, अन्य अनेक राजाओं ने इससे आगे बढ़ कर भी उत्तर दिये

थे–'कुरु वंश का अब सम्मान ही क्या है? बूढ़ा राजा मर चुका है, क्षत्रिय राजकुमार सन्यास धारण कर चुका...अब वह विचित्रवीर्य सम्राट बनने-वाला है, जिसके शरीर में निषाद माता का रक्त है...निर्बल, रोगी, निर्वीर्य...ऐसे राजकुमार से कौन अपनी पुत्री का विवाह करेगा...'...कुछ राजाओं ने तो कुरु राज्य और कुरु वंश के सम्बन्ध में अनेक भविष्यवाणियाँ भी कर डाली थीं। उनका विचार था कि कुछ ही दिनों में या तो विचित्रवीर्य स्वयं ही मर जायेगा, या कोई दासी उसका गला घोंट देगी, या फिर कोई शक्तिशाली राजा उसका वैसे ही वध कर देगा, जैसे गन्धर्वराज ने चित्रांगद को मार डाला था...फिर कहाँ कुरु राज्य और कहाँ कुरु वंश...

दूत आते रहे और संदेश सुनाते रहे। भीष्म उन्हें सुनते रहे और आहत होते रहे...राजमाता पूछती थीं, 'कहीं से कोई संदेश आया?' और भीष्म निर्णय नहीं कर पाते थे कि क्या कहें...राजमाता को वह ठीक-ठीक बता देते तो कितना कष्ट होता उन्हें। और भीष्म ने तो उन्हें वचन दे रखा था कि हस्तिनापुर के राजसिंहासन पर विचित्रवीर्य और उसके उत्तराधिकारी शासन करेंगे...

अन्ततः वह बात टाल देते, "दूत तो आ-जा रहे हैं; किन्तु अभी कुरु वंश की वधू बनने योग्य, कोई उपयुक्त कन्या नहीं मिली है... ।"

अ से हो कर लौटा।

"राजकुमार!" उसने कहा, "काशिराज की विवाह योग्य तीन कन्याएँ हैं–अम्बा, अम्बिका और अम्बालिका! वय की दृष्टि से वे तीनों ही युवराज विचित्रवीर्य से बड़ी हैं। सबसे छोटी, अम्बालिका का वय युवराज से कुछ ही अधिक होगा... ।"

"क्या काशिराज हमारे युवराज के साथ अम्बालिका का सम्बन्ध करने को तैयार हैं?" भीष्म ने पूछा।

"नहीं!"

"कारण?"

"वह अपनी तीनों कन्याओं का स्वयंवर रच रहे हैं। उसमें वह देश-विदेश के राजाओं और राजकुमारों को आमन्त्रित कर रहे हैं। उनका कहना है कि युवराज विचित्रवीर्य स्वयंवर में भाग लेने के लिए सादर आमन्त्रित हैं। उसके पश्चात निर्णय राजकुमारियाँ स्वयं ही करेंगी।"

क्या वे कन्याएँ वीर्य-शुल्का हैं?

"नहीं आर्य!" दूत ने उत्तर दिया, "वहाँ मात्र स्वयंवर है। राजकुमारियाँ अपना वर चुनने के लिए पूर्णतः स्वतन्त्र हैं। उनका निर्णय ही काशिराज को मान्य होगा।"

भीष्म समझ रहे थे कि काशिराज ने उनका प्रस्ताव स्वीकार नहीं किया है, किन्तु स्पष्ट अस्वीकार भी नहीं किया है...उन्होंने एक मध्यम मार्ग निकाल लिया है...इस प्रस्ताव के लिए भीष्म न तो काशिराज को दोषी ठहरा सकते थे, न इसे अपना अपमान मान सकते थे। क्षत्रिय राजाओं में न केवल अपनी कन्याओं का स्वयंवर रचने का प्रचलन था वरन स्वयंवर अत्यन्त सम्मानजनक प्रथा समझी जाती थी। कुछ राजपरिवार अभी तक पुरानी परम्परा का निर्वाह भी कर रहे थे। वे वर पक्ष से अपनी इच्छानुसार धन ले कर, अपनी कन्या उन्हें सौंप देते थे। पर इसे आर्यावर्त के राजा अब बहुत सम्मान की दृष्टि से नहीं देखते थे, जैसे वे कानीन-पुत्र और बहु-पतित्व का एकदम आदर नहीं करते थे।...विचित्र प्रकार का संक्रान्ति काल था—भीष्म सोचते चले गये—धन ले कर कन्या-दान शुद्ध रूप से पुरुष-प्रधान समाज की पैशाचिक वृत्ति थी। उसमें नारी को किसी प्रकार का कोई अधिकार नहीं था। वह किसी पशु या पदार्थ के समान अपने पिता अथवा भाई की इच्छा से किसी भी पुरुष को, कोई भी शुल्क ले कर प्रदान की जा सकती थी।...कानीन-पुत्र की प्रथा भी उसी समाज की देन थी। वह स्त्री को 'सृष्टि' का माध्यम मानता था। ऋतु-दर्शन होते ही 'स्त्री' से अधिक-से-अधिक सन्तान प्राप्त करने का प्रयत्न। कन्या पिता के घर हो तो कानीन सन्तान, भार्या बन कर पति के घर आ गयी हो तो औरस-पुत्र...पर अब राजपरिवारों को कानीन-पुत्र मान्य नहीं हैं...किन्तु ऋषि आज भी उसे धर्मानुकूल ही पाते हैं—भीष्म का चिन्तन-प्रवाह चलता गया—बहुपतित्व इसके प्रतिकूल मातृसत्तात्मक समाज का अवशेष है। वहाँ स्त्री-प्रधान है। वह चाहे तो एक साथ कुल के अनेक पुरुषों से विवाह कर सकती है...

पर भीष्म यह सब क्यों सोच रहे हैं। उनकी समस्या तो और है। उन्हें विचित्रवीर्य के लिए एक उपयुक्त पत्नी चाहिए...काशिराज ने विचित्रवीर्य को भी आमन्त्रित किया है।...भीष्म यह नहीं कह सकते कि काशिराज ने कुरुओं की कहीं अवमानना की है।...किन्तु क्या विचित्रवीर्य को उनकी कोई कन्या स्वेच्छा से स्वीकार करेगी?... वह रोग-जर्जर शरीर, वह निस्तेज चेहरा, दुर्बल मन...विचित्रवीर्य का स्वास्थ्य इस योग्य नहीं था कि वह काशी तक की यात्रा भी कर सकता...

"दूत! तुम जाओ। विश्राम करो।" उन्होंने कहा।

दूत चला गया और भीष्म चिन्ता में डूब गये...कैसे होगा विचित्रवीर्य का विवाह?...स्थिति की इस गम्भीरता की कल्पना उन्होंने नहीं की थी। वह

समझते थे कि क्षत्रियों के सर्वश्रेष्ठ कुलों से बहुत सुन्दर राजकुमारियाँ चाहे विचित्रवीर्य के लिए न मिल सकें, सम्राटों की पुत्रियों से चाहे उसका सम्बन्ध न हो सके, किन्तु साधारण राजपरिवारों से भी कोई कन्या विचित्रवीर्य के लिए नहीं मिल पायेगी...यह तो उन्होंने कभी नहीं सोचा था...

अब क्या कर सकते हैं वह?

कहीं से शुल्क दे कर भी कन्या मिल सकती, तो वह पीछे नहीं हटते। वीर्य-शुल्क होती तो विचित्रवीर्य के स्थान पर वह स्वयं जाते और वीरता का शुल्क स्वयं चुका कर विचित्रवीर्य के लिए कन्या ले आते। किन्तु काशिराज ने तो स्वयंवर किया है। अन्य राजा भी यही करेंगे। स्वयंवर का प्रचलन बढ़ रहा है। इसमें मात्र कन्या की इच्छा से वर चुना जाता है...और विचित्रवीर्य में ऐसा कुछ नहीं है कि कोई भी राजकुमारी उसे स्वयंवर में चुन ले...

तो क्या किसी कुरु-प्रमुख की कन्या से विचित्रवीर्य का विवाह कर दें या सूत वंश की किसी सुन्दरी से...या...या...किसी दासी से?...

पर नहीं! विचित्रवीर्य पर ही निषाद-कन्या का पुत्र होने का कलंक पर्याप्त नहीं है क्या, कि उसकी सन्तानों को कुछ और भी सुनना पड़े...विचित्रवीर्य की पत्नी तो किसी किरीटधारी राजा की पुत्री ही होनी चाहिए। हस्तिनापुर के सिंहासन पर बैठने-वाली अगली पीढ़ियाँ क्षत्रिय समाज में किसी प्रकार भी उपेक्षित नहीं होनी चाहिए...

अगले ही दिन सत्यवती ने पुनः पूछा, "विचित्रवीर्य के विवाह के लिए कोई व्यवस्था...?"

भीष्म की इच्छा हुई कि पूछें, 'आप उस निर्बल, अस्वस्थ, रोगी और असंयमी लड़के के विवाह के लिए इतनी आतुर क्यों हैं? क्या आप यह नहीं समझतीं कि ऐसे वर के लिए कन्या कहीं से नहीं मिल सकती। और यदि कहीं से कोई कन्या मिल भी गयी तो विचित्रवीर्य का शरीर और मस्तिष्क, उसका दुर्बल स्नायु-तन्त्र...दाम्पत्य जीवन का बोझ सह पायेंगे क्या?'

पर भीष्म जानते थे कि वह राजमाता को न ऐसा कुछ कह सकते हैं, न उनसे कोई ऐसा प्रश्न पूछ सकते हैं।...कुरुओं का राजसिंहासन भीष्म का था, उन्होंने स्वयं अपनी इच्छा से उसे त्यागा है। अब यदि वह एक भी ऐसा प्रश्न करेंगे, तो उसका अभिप्राय कहीं यह न समझ लिया जायेगा कि वह अपने त्याग पर पछता रहे हैं...कोई यह अर्थ न निकाले कि वह इस प्रतीक्षा में हैं कि विचित्रवीर्य का कोई उत्तराधिकारी न हो और कुरुओं का राज्य पुनः भीष्म के हाथ में आ जाये?...नहीं! भीष्म के मन मे ऐसा कुछ नहीं है, और वह ऐसा

कुछ सुनना भी नहीं चाहते।...

गंगा-पार अपनी कुटिया में कितने प्रसन्न थे वह! न राज्य, न राज्य की समस्याएँ, न राज्य के उत्तराधिकारी की चिन्ता।...धीरे-धीरे कितनी भली प्रकार वह समझ रहे थे कि जिसे राज्य का धन, वैभव और सत्ता माना जाता है, वह और कुछ नहीं है, एक भ्रमजाल है। उसमें व्यक्ति एक बार प्रवेश कर जाये, तो उसके बन्धनों में बँधता ही जाता है। वह स्वयं को स्वामी समझता है और क्रमशः उस धन-वैभव और सत्ता का दास बनता जाता है—कैसे उसका भोग करूँ, कैसे उसकी रक्षा करूँ, कैसे उसका विस्तार करूँ—वह न स्वयं अपने आपको जान पाता है, न अपने स्रष्टा ब्रह्म को। वह तो उस माया का सेवक ...नहीं बन्दी बन कर रह जाता है...

पर अब माया से मुक्ति का वह सुख भीष्म के लिए नहीं है।...उन्होंने राज्य त्याग दिया। पर त्यागना भी पर्याप्त नहीं है। जिसके लिए त्यागा है, उसके पास वह सुरक्षित रहना चाहिए...त्याग कर भी राज्य के झंझटों से वह मुक्त नहीं हैं। उन्होंने माता सत्यवती को वचन दिया है कि हस्तिनापुर के राजसिंहासन पर विचित्रवीर्य और उसकी सन्तानों की पीढ़ियाँ शासन करेंगी...

तो क्या करें भीष्म?

वह न तो स्वयं को इतना अक्षम मानते हैं कि अपने वचन का पालन न कर सकें और न वह इन राजाओं और सम्राटों को कुरु-कुल का अपमान करने देंगे...जब उन्होंने वचन दिया वै तो वह उसे पूरा करेंगे...चाहे कुछ हो...अपने धर्म का पालन तो उन्हें करना ही होगा...

काशी में स्वयंवर हो रहा है। एक नहीं, तीन-तीन कन्याओं का। क्षत्रिय समाज ने कन्याओं को अपना वर चुनने का अधिकार दिया है...पर साथ ही क्षत्रिय राजा के लिए कन्या-हरण भी गौरव का विषय है...

भीष्म चौंके।...क्या है उनके मन में? क्या वह काशिराज की कन्याओं के हरण की बात सोच रहे हैं?...किसी राजा की ओर से कन्यादान का प्रस्ताव नहीं आया है...विचित्रवीर्य इस योग्य नहीं है कि किसी स्वयंवर में जा कर किसी राजकुमारी का मन जीत सके।...तो फिर कुरु-कुल की लाज बचाने के लिए, कुरु-वंश के उत्तराधिकार की रक्षा के लिए, और अपने वचन को पूरा करने के लिए भीष्म को ही उद्यम करना पड़ेगा...

क्षत्रिय राजा कन्याओं का हरण करते हैं।...हाँ! पर अपने विवाह के लिए। और भीष्म ने अविवाहित रहने की प्रतिज्ञा की है...फिर हरण में कन्या की अपनी इच्छा भी होती है...कन्या की इच्छा के विरुद्ध उसका हरण तो अपहरण

हुआ...पर कन्या की इच्छा क्या है, यह कौन जानता है...इससे पहले कि कन्या अपने लिए वर का चुनाव करे, अपनी इच्छा प्रकट करे, भीष्म इन कन्याओं का हरण कर लें?

...पर क्या यह धर्मसंगत होगा?

कन्याओं का उनकी इच्छा के विरुद्ध, या कम-से-कम उनकी इच्छा के अभाव में हरण तो अधर्म होगा...

किन्तु भीष्म को लगा कि उनकी इच्छा के विरुद्ध धर्म के तर्क उनके मस्तिष्क में टिक नहीं रहे। अपनी प्रतिज्ञा के पालन की इच्छा उनके मन में इतनी दुर्दान्त थी कि अपने विरुद्ध कोई तर्क वह सुन ही नहीं रही थी।...उनकी इच्छा ने फुफकार कर कहा, 'क्षत्रिय द्वारा युद्ध-निमन्त्रण दे कर, शस्त्र बल के द्वारा, सार्वजनिक रूप से कन्या का हरण, अधर्म कैसे हो सकता है? युद्ध तो क्षत्रिय का धर्म है। युद्ध में कुछ भी विजय किया जा सकता है—धरती, गोधन, सम्पत्ति, स्त्री...प्रत्यक्ष युद्ध में वीरतापूर्वक किया गया प्रत्येक कृत्य धर्म है...'

किन्तु भीष्म को अपने लिए स्त्री नहीं चाहिए...कहीं कोई भ्रम न रहे... विचित्रवीर्य के लिए कन्या-जय वह कैसे करें?...

'क्यों' उनके मन ने तर्क किया, 'राजाओं के लिए उनके सेनापति विजय प्राप्त करते हैं। भीष्म भी हस्तिनापुर के राजसिंहासन के...' उनका मन रुक गया, 'क्या हैं राजसिंहासन के?—सेवक, सेनापति, मन्त्री, जनप्रमुख...?'

और उनके एक अन्य मन ने उन्हें डाँटा, 'सावधान भीष्म! तू राजा बन कर राज्य के मोह में नहीं फँसा तो अन्य पदों का क्या है।...तू राजसिंहासन का कुछ नहीं है। तू एक सभासद भी नहीं है। तू तो अपनी प्रतिज्ञा पूरी कर!'

'हाँ!' उन्होंने सोचा, 'मैं अपने प्रतिज्ञा-धर्म का पालन करूँ। मैं अपने छोटे भाई के लिए कन्या-हरण कर लाऊँ। इसमें धर्म-विरुद्ध क्या है?...'

'पर धर्म एकांगी तो नहीं है भीष्म!' उनके मन ने कहा, 'कहीं तुम अपनी इच्छा पूर्ण करने के अपने बलशाली अहंकार को ही तो धर्म का पट नहीं पहना रहे? तुम्हें सोचना चाहिए कि कन्या की इच्छा क्या है।...'हाँ! सोचना तो चाहिए।' उन्होंने मन के साथ तर्क किया, 'किन्तु विवाह के संदर्भ में तो कन्या की इच्छा कई बार उसके पिता भी नहीं पूछते...। वह दान की वस्तु है। काशिराज ने उसका दान न किया। भीष्म अपने क्षात्र-बल से उसे जीत लायें और उसका दान कर दें...'

पर भीष्म का मन हँसा, 'साहसिक का दान भी कभी दान हुआ है क्या? ...वह मात्र अपनी प्रतिज्ञा पूरी करने के लिए अपनी इच्छा बलात दूसरों पर आरोपित कर रहे हैं।'...उन्होंने मन को डाँटा, 'जब उन्होंने अपने पिता शान्तनु

के लिए माता सत्यवती को प्राप्त करने के लिए दासराज को वचन दिया था, तब भी सत्यवती की इच्छा की चिन्ता उन्होंने नहीं की थी। राज्य त्यागने की प्रतिज्ञा की थी तो कुरु प्रदेश की प्रजा की इच्छा ही चिन्ता उन्होंने नहीं की थी...और जब अविवाहित रहने की प्रतिज्ञा की थी तो कुरु-वंश के भविष्य की चिन्ता भी नहीं की थी...तो अब ही वह काशिराज की कन्याओं की चिन्ता क्यों करें...उन्होंने प्रतिज्ञा की है। वह अपनी प्रतिज्ञा पूरी करेंगे। यही उनका धर्म है।'

अपनी प्रतिज्ञाओं के अंधड़ के नीचे से एक धीमा-सा कोमल स्वर भी उन्हें सुनायी दे रहा था, 'तूने कंचन और कामिनी से दूर रहने के लिए प्रतिज्ञाएँ की थीं, या संसार में धँसे रहने के लिए?...'

और जैसे भीष्म लौट कर उस क्षण में जा खड़े हुए, जब वह माता सत्यवती को हस्तिनापुर लाये थे और पिता से मिलने गये थे। पिता ने कहा था, 'कर्म तुम्हारा है, स्वीकृति मेरी है...कह नहीं सकता कि कर्म-बन्धन कितना तुम्हें बाँधेगा और कितना मुझे...।'

'पिता!' भीष्म ने आकाश की ओर देखा।

23

"वीरसेन! रथ रोक दो।" भीष्म ने अपने सारथि को आदेश दिया।

वीरसेन ने घोड़ों की वल्गा खींची; किन्तु कहे बिना नहीं रह सका, "अभी नगर दूर है राजकुमार!"

"हमें नगर से दूर ही रहना है!" भीष्म ने धीरे-से कहा।

वीरसेन अपेक्षा-भरी दृष्टि से भीष्म की ओर देखता ही रह गया; किन्तु भीष्म और कुछ नहीं बोले। सारथि के मन में अनेक प्रश्न थे : जब काशिराज की कन्याओं के स्वयंवर के लिए आये हैं, तो नगर के बाहर वन में रुकने का क्या अर्थ है, कोई मृग्या के लिए तो आये नहीं हैं।...पर वह राजकुमार से यह सब कह नहीं सकता था। उसे तो आदेश का पालन ही करना था।

भीष्म समझ रहे थे कि वीरसेन के मन में क्या है; किन्तु उसे इससे अधिक कुछ बताने का औचित्य वह नहीं मानते थे। अभी तो बहुत कुछ उनके अपने मन में भी स्पष्ट नहीं था, कि उन्हें क्या करना है, किस समय करना है; और किस विधि से करना है। इतना निश्चित था कि वह यहाँ से विचित्रवीर्य के लिए पत्नी प्राप्त करके ही जायेंगे...

उन्हें या हस्तिनापुर के राज्य को काशी-नरेश ने इस स्वयंवर के लिए स्वयं

निमन्त्रण नहीं भेजा था। हाँ! हस्तिनापुर के दूतों से अवश्य कहलवा दिया था।...ऐसा कोई नियम तो नहीं था कि बिना निमन्त्रण के स्वयंवर में जाया नहीं जा सकता था; किन्तु अधिक सम्माननीय तो यही था कि हस्तिनापुर के राजकुमारों को भी निमन्त्रित किया जाता।...इस समय तो विचित्रवीर्य की पत्नी के रूप में उन्हें किसी उपयुक्त राजकन्या की खोज थी ही, अन्यथा भी शायद काशिराज द्वारा की गयी हस्तिनापुर की इस अवहेलना का दण्ड देने के लिए उन्हें काशी तक की यात्रा करनी ही पड़ती।...जो भी हो, वह नगर में प्रवेश कर, स्वयंवर के लिए आमन्त्रित क्षत्रिय समाज के बीच रहना नहीं चाहते थे। राजकर्मचारियों को यह सूचित करने की उनकी तनिक भी इच्छा नहीं थी कि निमन्त्रण के अभाव में भी वह स्वयंवर में सम्मिलित होने के इच्छुक हैं। न वह यह विचार किसी के मन में आने देना चाहते हैं कि काशिराज ने चाहे हस्तिनापुर की कितनी ही उपेक्षा क्यों न की हो, हस्तिनापुर काशी की उपेक्षा नहीं करता...

भीष्म रथ से उतर आये थे और गंगा के इस तट-प्रदेश को निहार रहे थे। गंगा तो हस्तिनापुर में भी थी। सहसा उनका ध्यान इस ओर गया...अब तक तो उन्होंने सोचा ही नहीं था। हस्तिनापुर और काशी में तो यह एक विशिष्ट सम्बन्ध है। यह दोनों नगरियाँ गंगा के तट पर बसी हुई हैं। इनका पालन-पोषण गंगा ने ही किया है। ये दोनों गंगा की पुत्रियाँ हैं...और भीष्म तो गंगा के ही पुत्र हैं। तो फिर काशी ने हस्तिनापुर के साथ सौहार्दपूर्ण व्यवहार करने के स्थान पर यह उपेक्षा का भाव क्यों अपनाया है...यदि काशिराज ने हस्तिनापुर को भी बन्धु के रूप में अपने आयोजन में सम्मिलित होने का निमन्त्रण भेजा होता तो शायद भीष्म अत्यन्त सद्‍भावना के साथ आये होते। उन्होंने विचित्रवीर्य के लिए काशिराज से एक राजकुमारी की याचना की होती। काशी के इस मांगलिक आयोजन में आत्मीय बन्धु के रूप में सम्मिलित हुए होते...तब वह क्यों इस प्रकार नगर से बाहर, आमन्त्रित राज-समाज से विलग, वन में ठहरते...

उनकी दृष्टि गंगा-तट पर वृक्षों के एक झुण्ड पर पड़ी। कैसे पाँच-छह वृक्ष एक साथ जुड़े खड़े थे, जैसे परस्पर गले मिल रहे हों, या किसी गोपनीय परामर्श में संलग्न हों। छाया की दृष्टि से यह अच्छा स्थान था। तट से बहुत दूर भी नहीं था। कगार के नीचे उतरते ही गंगा की धारा थी। काशी आने-जाने वाले मार्गों से भी यह स्थान हट कर था। यहाँ रहने पर सभी आने-जाने वालों की दृष्टि में व्यर्थ ही पड़ने से भी वह बच जायेंगे। वह नहीं चाहते थे कि वे प्रत्येक यात्री की दृष्टि में पड़ कर एक व्यर्थ की-सी उत्सुकता

और जिज्ञासा को प्रेरित करें। लोग जानना चाहें कि यहाँ कौन ठहरा है, और जब पता चल जाये तो पूछें कि क्यों ठहरा है?...उनके द्वारा सूचनाएँ काशी तक पहुँचें और काशी की वीथियों में यह चर्चा फैल जाये कि भीष्म किसी दस्यु के समान वन में छिपे बैठे हैं...

"वीरसेन!" उन्होंने पुकार कर कहा, "इस स्थान पर अपना शिविर स्थापित करो!"

"राजकुमार!"

उन्होंने वीरसेन की ओर देखा : शायद वह यही कहना चाह रहा था कि वह वन में क्यों शिविर स्थापित कर रहे हैं, पर कहने का साहस नहीं कर पा रहा था।...

"वीरसेन! हम आमन्त्रित नहीं हैं। अपनी इच्छा से आये हैं। अतः काशिराज के आतिथ्य का लाभ नहीं उठाना चाहते।"

वीरसेन कुछ समझा, कुछ नहीं समझा। पर इससे अधिक की अपेक्षा भी वह नहीं कर सकता था। समझ गया कि राजकुमार में मन में बहुत कुछ है, पर शायद वे गोपनीय योजनाएँ हैं। उसे केवल आज्ञाओं का पालन करना है; अतः आज्ञापालन से ही सन्तुष्ट रहना होगा।

पीछे-पीछे आने-वाले दोनों रथ भी आ पहुँचे। उनमें कुछ सेवक थे और शेष शस्त्र-ही-शस्त्र। भीष्म अपने साथ एक भी योद्धा नहीं लाये थे।...

स्वयंवर-मण्डप एक व्यापक क्षेत्र को घेर कर बनाया गया था। यह स्थल नगर-प्राचीर के भीतर गंगा के घाटों के साथ लगता था और आमन्त्रित राजाओं के डेरे भी निकट ही थे। सैनिकों और सेवकों का स्थान वहाँ से कुछ हट कर था।

भीष्म स्वयंवर स्थल पर पहुँचे तो अनेक क्षत्रिय राजा अपने दो-एक निजी सेवकों के साथ वहाँ वर्तमान थे। काशिराज के सेवक और व्यवस्थापक लगातार उनके सत्कार में लगे हुए थे। स्वयंवर के आरम्भ होने के अभी कोई लक्षण नहीं थे; किन्तु शायद ये राजा लोग अभी से उसकी अपेक्षा भी नहीं रखते थे। यह शायद उनका सामाजिक स्नेह-मिलन था। वे परस्पर परिचय बढ़ाने में लगे थे। सम्भव है कि अनेक प्रकार के व्यक्तिगत और राजकीय सम्बन्ध यहाँ टूटते और जुड़ते हों। भीष्म को इसका कोई अनुभव नहीं था। भीष्म कभी इस सामाजिकता के अंग ही नहीं रहे। आज भी उनकी इसमें कोई रुचि नहीं थी...

भीष्म ने तटस्थ भाव से उस राज-समाज का निरीक्षण किया : विभिन्न

वेश-भूषाओं में सजे, विभिन्न आकृतियों के राजा और राजकुमार एकत्रित थे वहाँ। अधिकांशतः नवयुवक थे, जो भीष्म को अत्यन्त चुभती हुई दृष्टि से देख रहे थे...सहसा भीष्म का ध्यान अपने वय की ओर चला गया : वह अब पचपन वर्ष के होने को आये थे। केशों में कहीं-कहीं सफेदी आ गयी थी। दाढ़ी की श्वेत रेखाएँ तो दूर से भी दिखायी देती थीं...सहसा जैसे उन्हें उन नव-युवकों की दृष्टि का अर्थ समझ में आने लगा...कदाचित वे समझ रहे थे कि भीष्म भी स्वयंवर के प्रत्याशी हैं...भीष्म के भीतर जैसे एक चुहल-सी मचल गयी...स्वयंवर का प्रत्याशी और भीष्म!

उनकी दृष्टि अपने-आप से हट कर एक प्रौढ़ वय के राजा पर पड़ी : यह क्या कर रहा है यहाँ? सम्भवतः वह भी भीष्म के ही समान, किसी और के लिए आया होगा।...भीष्म के समान? पर भीष्म के समान कहाँ है वह। भीष्म के केश और दाढ़ी की श्वेतता उन्हें अपने वय से भी अधिक दिखा रही थी और उस प्रौढ़ राजा ने कदाचित अपने नापित...या शायद सैरिन्ध्री की सहायता से उस श्वेतता को कलुषित कर रखा था...रंगे हुए बाल! भीष्म के मन में वितृष्णा जागी, क्या इन काले दिखने-वाले बालों से ही व्यक्ति युवक हो जायेगा? केशों की कालिमा क्या मुखाकृति की झुर्रियों को भी छिपा लेगी? और यदि झुर्रियाँ छिप भी जायें तो व्यक्ति का यौवन लौट आयेगा? युवा होना महत्त्वपूर्ण है या युवा दिखना? और किसलिए चाहिए इनको यौवन? नये विवाह के लिए? किसी राजकुमारी को भ्रमित करने के लिए? काम के दास बने रहने के लिए? यदि काम इन्हें छोड़ रहा है तो यह अपनी मुक्ति को पहचानने के स्थान पर लोलुप पँजों से उसे पकड़ने का प्रयत्न कर रहे हैं...केश ही नहीं रंगे, और भी अनेक आयोजन किये हैं...लगता है, गंगा-जी में नहीं नहाये, सुगन्धित सरोवर में डुबकी लगा कर आये हैं...

उद्घोषक ने स्वयंवर की कार्यवाही आरम्भ होने की घोषणा की। राजा लोग अपने-अपने स्थानों पर आ गये; और भीष्म को भी परिचालर को अपना परिचय देना पड़ा, "सम्राट शान्तनु के पुत्र, हस्तिनापुर के राजकुमार देवव्रत भीष्म!"

परिचारकों ने आश्चर्य से उनकी ओर देखा; पर तत्काल ही उनके लिए सम्मानपूर्ण स्थान की व्यवस्था कर दी गयी।

भीष्म का परिचय क्षण-भर में ही जैसे बहते हुए जल के समान फैलता चला गया। उनसे छिपा नहीं रहा कि अनेक उत्सुक और अनेक विरोधी दृष्टियाँ उन्हें देख रही थीं और अनेक प्रकार के स्वर भी उनके कानों से आ-आ कर टकरा रहे थे। स्पष्टतः कहने-वाले लोग या तो सावधान नहीं थे या वे इस रूप

में सावधान थे कि परस्पर के वार्तालाप में कही हुई उनकी बात, इतने उच्च स्वर में तो कही ही जाये कि भीष्म उसे सुन अवश्य लें।

"हमने तो सुना था कि भीष्म ने संन्यास ले लिया है।"

"सन्यास का तो पता नहीं, पर हाँ! यह तो मुझे भी बताया गया था कि उसने आजीवन ब्रह्मचर्य पालन करने की प्रतिज्ञा की थी।"

"ब्रह्मचर्य का पालन करने की ही तो प्रतिज्ञा की थी, स्वयंवर में सम्मिलित न होने की तो प्रतिज्ञा नहीं की थी।"

"अरे तो यहाँ ही कौन उसके गले में जयमाला डालने को उत्सुक बैठा है। बेचारा बैठा है, राजकुमारियों को देख कर कुछ नयन-सुख प्राप्त कर लेगा, तो किसी का क्या बिगड़ जायेगा...।"

"पर इसने तो राज्य भी त्याग दिया था न?"

"हाँ।"

"तो राजकुमारियों के स्वयंवर में इसे किसने घुसने दिया?"

भीष्म की इच्छा हुई कि मुड़ कर कहने-वाले उस व्यक्ति को तनिक देखें।... पर दूसरे ही क्षण उनका विवेक जागा...क्यों देखना चाहते हैं, वह उस व्यक्ति को?...अभी तो वह मात्र स्वर ही है। यदि उन्होंने उस व्यक्ति को देख लिया तो वह स्वर साकार हो कर उनको विरोधी, अपमान करने-वाला दिखने लगेगा। ऐसे में उनका हाथ अपने धनुष पर चला जायेगा...और क्षत्रिय का हाथ अपने धनुष पर चला जाये तो परिणाम प्रलयंकारी भी हो सकता है...

उनके चिन्तन ने नया मोड़ लिया...स्वयंवर में उनका उपस्थित होना मात्र, यदि क्षत्रिय राजाओं के इस समाज में यह प्रतिक्रियाएँ जगा रहा है, तो यदि उन्होंने काशिराज से आग्रह किया कि वह उन्हें विचित्रवीर्य के साथ विवाह करने के लिए, एक कन्या प्रदान कर दें...तो क्या प्रतिक्रिया होगी इस राज-समाज में?...

इस बीच काशिराज सभास्थल में आ गये; और स्वयंवर के सम्बन्ध में अपनी इच्छा और प्रतिज्ञाओं की घोषणा कर रहे थे, "मेरी ज्येष्ठ पुत्री अम्बा है..."

भीष्म की दृष्टि अम्बा पर पड़ी...राजकुमारी सुन्दर थी...असाधारण सुन्दरी! कैसे तेज से राज-समाज को देख रही थी, जैसे चुनौती दे रही हो...है कोई तुम में, जो मेरा पति बनने योग्य हो?...उसकी बड़ी-बड़ी आँखें थोड़ी देर के लिए झुकतीं भी तो पुनः उठ कर जैसे राजाओं के उस समाज में किसी को खोजने लगतीं...उसमें वयसन्धि का विभ्रम नहीं था...नव-यौवना का संकोच नहीं था।

वह तो पूर्ण युवती थी, जो अपने पति को सहज अधिकार के रूप में खोज रही थी।

उसका वय सत्ताइस-अट्ठाइस वर्ष से कम नहीं रहा होगा। सम्भव है, उससे वर्ष-दो वर्ष अधिक ही हो...अभी तक काशिराज ने राजकुमारी का. ..अम्बा का...विवाह क्यों नहीं किया?...इस वयस तक तो राजकुमारियाँ अविवाहित नहीं रहती हैं...

सहसा भीष्म के मन में एक नया भाव जन्मा—'स्वयंवर' का तो अर्थ यही है, जहाँ राजकुमारी स्वयं अपने पति का वरण कर सके। उसके लिए आवश्यक है कि राजकुमारी विकसित बुद्धि की तो हो। कम वय की राजकुमारियाँ स्वयं वर चुनने का दायित्व नहीं निभा सकतीं। वे तो स्वयंवर का नाम ही करती हैं, वस्तुतः वे अपने पिता की ही इच्छा के अनुकूल चलती हैं...अम्बा, वस्तुतः स्वयंवर के लिए उपयुक्त वय में है...पर वय...हाँ! विचित्रवीर्य अभी छोटा है, कठिनाई से अभी सत्रह वर्ष का होगा। अम्बा उसके लिए उपयुक्त पत्नी नहीं हो सकती...

पर अम्बा सुन्दरी है। हस्तिनापुर की राजवधू होती तो राजप्रासाद की शोभा होती...और तभी जैसे भीष्म के भीतर का चिंतक जाग उठा—'क्या सुन्दर है अम्बा में?' भीष्म की दृष्टि उठ कर अम्बा की मुखाकृति को निहारने लगी—'क्या सुन्दर है इस राजकुमारी में? क्या असाधारण है?'

'कुछ भी ऐसा सुन्दर नहीं है भीष्म!' उनके विवेक ने कहा, 'यौवन का आकर्षण ही सब-कुछ होता है।...प्रकृति ने मनुष्य को बनाया ही ऐसा है। नारी के रूप में लोहे के कण डाल दिये हैं और पुरुष की दृष्टि में चुम्बक के तत्त्व! आकर्षण, नारी के रूप में नहीं, दुर्बलता पुरुष के हृदय में होती है...तुमने मात्र अविवाहित रहने की प्रतिज्ञा नहीं की है; तुमने ब्रह्मचर्य-पालन की प्रतिज्ञा की है। तुमने अपने पिता को देखा है : उन्होंने काम-सुख कम, काम-यातना अधिक पायी। यह जो कुछ भी कहलाता है, यह दुख का मायावी मुखौटा है। तुम्हें मुखौटे के पीछे छिपे चेहरे को पहचानना होगा।...अपने हृदय के चुम्बक को घिस कर, चूर्ण बना कर बहा दे। तेरा संकल्प प्रकृति के बन्धनों को तोड़ने का है, अपनी सीमाओं के अतिक्रमण का है। प्रकृति के माया-जाल से निकलना है, तो उन खूँटों को पहचान, जो प्रकृति ने तुझे दास बनाये रखने के लिए, तेरे भीतर रखे हैं...'

भीष्म ने अपने मस्तष्क को झटका। यह सब क्या सोच रहे हैं वह?...वह यहाँ विचित्रवीर्य के लिए एक पत्नी प्राप्त करने के लिए आये हैं। और उन्होंने देख लिया है कि अम्बा वय की दृष्टि से विचित्रवीर्य की पत्नी होने योग्य नहीं

है...इससे अधिक राजकुमारी में उनकी रुचि का अर्थ...

और तभी दूसरी राजकुमारी आयी और काशिराज ने घोषणा की, "यह मेरी दूसरी पुत्री है अम्बिका!"

भीष्म ने देखा : अम्बिका, अम्बा से कम-से-कम पाँच-सात वर्ष अवश्य छोटी होगी। विचित्रवीर्य की पत्नी होने के लिए, वह भी बड़ी ही थी; किन्तु इनका अन्तराल कम था। आपद्धर्म के रूप में उसका विवाह विचित्रवीर्य से किया जा सकता था, यद्यपि वह आदर्श युगल नहीं होता...अम्बिका की मुखाकृति पर अम्बा जैसा तेज नहीं था। उसके रूप में प्रखरता के स्थान पर कोमलता थी। वह जैसे बौरायी-सी खड़ी थी और शायद चाहती थी कि या तो तत्काल यहाँ से हट जाये, या फिर अपनी आँखें बन्द कर ले...

तभी तीसरी राजकुमारी आयी। और काशिराज ने कहा, "यह मेरी तीसरी पुत्री है अम्बालिका!"

अम्बालिका...यह अम्बिका से भी चार-पाँच वर्ष छोटी थी। सुन्दर थी... किशोरी-सी। हो सकता है, विचित्रवीर्य से दो-एक वर्ष बड़ी हो...किन्तु तीनों बहनों में वय की दृष्टि से वही विचित्रवीर्य के निकटतम थी...

'काशिराज ने अपनी बड़ी पुत्रियों का विवाह आज तक क्यों नहीं किया?' भीष्म के मन में प्रश्न पुनः गूँजा, 'क्या उनको भी अपनी पुत्रियों के लिए उपयुक्त वर नहीं मिला?...पर अम्बा को देख कर यह तो नहीं लगता कि ऐसी रूपवती राजकुमारी को कोई वर ही नहीं मिला होगा...या कोई और कारण?...'

राजकुमारियाँ वरमाला हाथों में लिए मंच को छोड़ नीचे उतर आयीं।

...भीष्म जैसे स्वप्नलोक से जागे...वह दार्शनिक चिन्तन करने, या विश्व-भर की समस्याओं को सुलझाने यहाँ नहीं आये हैं।...उनका निश्चित उद्‌देश्य है। वह अपने धर्म का पालन करने आये हैं।...उनका वचन...

राजकुमारियाँ धीरे-धीरे आगे बढ़ रही थीं। काशिराज के परिचारक उन्हें एक-एक राजा और राजकुमार का परिचय दे रहे थे। उनका परिचय समाप्त होता, तो राजा के अपने चारण उनकी प्रशंसा आरम्भ कर देते। राजकुमारियाँ सुनती रहतीं और फिर आगे बढ़ जातीं।

...सामान्यतः स्वयंवरों में राजकुमारियाँ एक बार सारे स्वयंवर-स्थल में घूम कर प्रत्याशियों का परिचय प्राप्त कर लेती हैं—ऐसा भीष्म ने सुना था—और फिर अपने चुनाव के अनुसार दूसरी बार जा कर अपने प्रिय व्यक्ति के गले में जयमाला डाल देती हैं। किन्तु...भीष्म हल्की चिन्ता के साथ सोच रहे थे, 'यदि

यह चुनाव, पहले हो चुका हो। राजकुमारी या उसके पिता पहले से निर्णय कर चुके हों कि सम्बन्ध कहाँ होना है, तो फिर स्वयंवर तो एक आडम्बर मात्र ही रह जाता है।...' और भीष्म की चिन्ता जैसे घनीभूत-सी होने लगी, 'यदि काशिराज की इन पुत्रियों ने भी पहले ही यह निर्णय कर लिया हो और भीष्म तक पहुँचने से पूर्व ही उन्होंने अपना वर चुन लिया तो?...जयमाला गले में डालते ही, विवाह सम्पन्न हो गया मान लिया जायेगा।...ऐसे में विवाहिता राजकुमारियों का अपहरण नहीं किया जा सकता...वह अधर्म होगा, अन्याय...ऐसा तो दस्यु लोग ही करते हैं...'

राजकुमारियाँ कुछ और आगे आ गयी थीं...पर भीष्म को लग रहा था कि उनकी आगे बढ़ने की गति अत्यन्त धीमी है। ऐसे तो उन्हें भीष्म तक पहुँचने में बहुत समय लगेगा...उनके मन में काशिराज के परिचारकों के प्रति खीझ जन्मी, क्यों उन्होंने भीष्म को यहाँ, इतनी दूर बैठा दिया...और सहसा वह चीझ पलट कर स्वयं भीष्म के अपने ऊपर आरूढ़ हो गयी। वह यहाँ बैठे ही क्यों? वह स्वयंवर में प्रत्याशी के रूप में भाग लेने नहीं आये हैं। तो फिर वह स्वयंवर के सारे नियम, सारे प्रतिबन्ध क्यों स्वीकार कर रहे हैं...या तब यदि वह इस स्थान पर बैठ भी गये थे तो अब क्यों उठ खड़े नहीं होते...वह उठें, आगे बढ़ें और कहें कि वह इस स्वयंवर के किसी नियम को नहीं मानते...

ऊहापोह में समय बीत रहा था और राजकुमारियाँ आगे बढ़ रही थीं। अब वे भीष्म से बहुत दूर नहीं थीं और संयोग से अभी तक उनमें से किसी राजा या राजकुमार को चुना नहीं था...

भीष्म की चिन्ता कुछ कम हुई। अब इतने थोड़े-से समय में ऐसा सम्भव नहीं है कि तीनों-की-तीनों राजकुमारियाँ किसी का वरण कर लें...

और क्रमशः वे आ कर भीष्म के सम्मुख खड़ी हुईं। भीष्म ने देखा : अम्बा उनकी ओर देख रही थी, एक परख भरी दृष्टि से। उसकी दृष्टि में जिज्ञासा थी, कई प्रश्न थे।...अम्बिका की दृष्टि इतनी झुकी हुई थी, कि उसकी आँखें प्रायः बन्द-सी लग रही थीं। अम्बालिका का जैसे अपना कोई अस्तित्व नहीं था, वह अपनी बहनों के साथ बँधी-बँधी चल रही थी...दबी-झुकी, संकुचित-सी...

परिचारक ने भीष्म का परिचय दिया, "राजकुमारी! यह हस्तिनापुर के राजकुमार देवव्रत हैं। इन्होंने अपने पारिवारिक कारणों से, स्वेच्छा से राज्याधिकार त्याग दिया है; और आजीवन ब्रह्मचर्य के पालन की प्रतिज्ञा की है। इन्हीं प्रतिज्ञाओं के कारण इनके पिता ने इन्हें 'भीष्म' की संज्ञा दी है। विवाह न करने की प्रतिज्ञा करने-वाले यह राजकुमार इस स्वयंवर में..."

और तभी भीष्म उठ खड़े हुए, "ठहरो परिचारक! देवव्रत भीष्म इस स्वयंवर में विवाह के प्रत्याशी के रूप में नहीं आया है।"

अम्बा ने जैसे चौंक कर भीष्म को देखा और भीष्म को लगा कि अम्बिका की आँखें भी जैसे खुल गयीं और अम्बालिका की अन्यमनस्कता भी कुछ दूर हो गयी। आस-पास बैठे राजाओं की आँखों में भी अनेक प्रश्न उभर आये थे।

भीष्म ने अपना स्वर ऊँचा किया और घोषणा-सी करते हुए कहा, "काशिराज, काशी का राजपरिवार और उपस्थिति सभी राजागण सुनें। मैं इस क्षत्रिय समाज के सम्मुख काशी की इन राजकुमारियों का हरण कर रहा हूँ। आप सब वीर हैं, शस्त्रधारी हैं और योद्धा हैं। मेरे साथ युद्ध करने और मुझे रोकने के लिए आप स्वतन्त्र हैं। मेरा वध कर, इन राजकुमारियों को पुनः प्राप्त भी कर सकते हैं।...यदि मेरा वध हुआ तो राजकुमारियाँ स्वयंवर में विधिपूर्वक अपना वर चुनने में स्वतन्त्र हैं और यदि आप पराजित हुए तो मैं क्षत्रिय धर्म के अनुसार इन्हें हस्तिनापुर ले जाऊँगा।"

भीष्म ने अपना विशाल धनुष उठाया, "राजकन्याओ! मण्डप से बाहर चलो। वहाँ मेरा रथ प्रतीक्षा कर रहा है...!"

अम्बा ने दृष्टि उठा कर अपने पिता की ओर देखा : काशिराज किंकर्तव्यविमूढ़-से खड़े कभी भीष्म को देख रहे थे, कभी अपनी कन्याओं को; और कभी राजाओं की उपस्थित भीड़ को।...पिता ने शायद अपनी कन्याओं के हरण जैसी किसी घटना की कल्पना भी नहीं की थी। उन्होंने अपनी सेना को ऐसी किसी आपात स्थिति के लिए सन्नद्ध भी नहीं रखा था। जहाँ-तहाँ कुछ प्रहरी अवश्य खड़े थे; किन्तु वे राजसी शोभा के ही अंग थे। वे भीष्म के साथ युद्ध जैसे दुर्धर्ष कृत्य के लिए किसी भी रूप में प्रस्तुत नहीं थे।...और वैसे भी अम्बा को बहुत संदेह था कि पिता की सेना यदि तैयार हो कर लड़ने भी आये, तो क्या भीष्म जैसे योद्धा का सामना कर पायेगी?

तो फिर पिता ने स्वयंवर जैसा जोखिमपूर्ण आयोजन क्यों किया? जहाँ इतने राजा एकत्रित हों...और सारे-के-सारे योद्धा हों, वहाँ इस प्रकार की स्थिति तो उपस्थित हो ही सकती है। कोई भी राजा युद्ध की चुनौती दे सकता है...या कहीं, पिता को इन उपस्थित राजाओं का ही तो भरोसा नहीं था। कहीं इन्हीं राजाओं की शक्ति पर ही तो अपनी सुरक्षा का विश्वास नहीं किये बैठे थे पिता...

उसकी दृष्टि राजाओं की उपस्थित भीड़ पर पड़ी : वे सबके सब खड़े थे। उनके हाथों में धनुष-बाण नहीं, बहुमूल्य उत्तरीय थे। उनकी भुजाओं में अंगद और कंगन थे, गले में बहुमूल्य रत्नमालाएँ थीं...

"राजकन्याओ!" भीष्म ने उन्हें पुनः सम्बोधित किया, "मुझे बल प्रयोग न करना पड़े। तुम लोग चल कर रथ में बैठो। तब तक यह राज-समाज सोच ले कि इसे युद्ध करना है या नहीं।"

दोनों छोटी बहनों ने अम्बा की ओर देखा। अम्बा शायद अपना निर्णय ले चुकी थी। उसने संकेत किया, "चलो।"

राजकन्याएँ चलीं तो अम्बा को ही नहीं, स्वयं भीष्म को भी आश्चर्य हुआ कि योद्धाओं का वह समाज़ उनके मार्ग में आड़े आने के स्थान पर फटता चला गया और उनके लिए मार्ग बनता गया...

काशिराज ने चीत्कार किया, "राजागण! मेरा क्या है, मैं मान लूँगा कि मैंने स्वयंवर में अपनी पुत्रियाँ वीर्यशुल्का घोषित कर दीं। भीष्म ने वीरता दिखायी और उन्हें हर कर ले गया; पर तुम लोग संसार को क्या मुख दिखाओगे?..."

रथ पर पग धरते समय अम्बा की दृष्टि एक बार फिर राजाओं पर पड़ी। ...सौभराज शाल्व ने अपना उत्तरीय शरीर से हटा दिया था। वह चिल्लाया, "भीष्म! रुको। तुम ऐसे नहीं जा सकते। और कोई तुमसे लड़े या न लड़े; पर मैं तुम्हें इस प्रकार नहीं जाने दूँगा। ठहरो! मैं कवच धारण कर लूँ...।"

भीष्म मुस्कुराये, "शाल्व! मैं खड़ा हूँ। तुम ही क्यों, इन सारे राजाओं से कहो कि ये लोग युद्ध-वेश सजा लें; कवच पहन लें; अस्त्र-शस्त्र धारण कर लें; रथ और सारथि मँगवा लें। मैं तुम्हें असावधान पा कर आकस्मिक आक्रमण कर कन्याओं को ले कर भाग जाने वाला दस्यु नहीं हूँ। मैं भरत वंश का क्षत्रिय हूँ। चुनौती दे चुका। अब तुम्हें तैयारी के लिए समय दे रहा हूँ। युद्ध का अवसर भी दूँगा। बिना युद्ध किये इन कन्याओं का हरण कर ले गया तो इन राजकुमारियों का ही महत्त्व कम हो जायेगा। मैं नहीं चाहता कि कल कोई कहे कि भीष्म ने उन कन्याओं का हरण किया, जिनके लिए युद्ध करने को कोई राजकुमार तैयार नहीं था।"

राजकुमारियाँ रथारूढ़ हुईं और भीष्म अपना धनुष ले कर सन्नद्ध खड़े हो गये। नगर से बाहर, शिविर में छोड़े हुए दोनों रथों को भी उनके सारथि हाँक लाये। उनमें शस्त्रास्त्र लदे थे। वे दोनों रथ, भीष्म के रथ के दायें-बायें खड़े हो गये।

भीष्म आश्वस्त थे। उनके पास पर्याप्त शस्त्रास्त्र थे। शस्त्र-परिचालन का कौशल उन्हें अपने महान गुरुओं से मिला था; और उनके विश्वसनीय सेवक उनके साथ थे। यह सारा राज-समाज मिल कर भी उनके सम्मुख टिक नहीं पायेगा...

अम्बा जैसे एक आँख से शाल्व को देख रही थी और दूसरी आँख

से भीष्म को। शाल्व के सेवक उसके लिए कवच और शस्त्रास्त्र ले आये थे और वह कवच धारण कर रहा था। भीष्म आश्वस्त खड़े मुस्कुरा रहे थे—कैसा आत्मविश्वास था भीष्म में! ऐसा योद्धा तो अम्बा ने पहले कभी नहीं देखा था।

थोड़ी ही देर में स्वयंवर का मण्डप, रणक्षेत्र में परिणत हो गया। परिचारक हट गये, दासियाँ विलुप्त हो गयीं। राज-परिवार और उनके सम्बन्धी कहीं दिखायी नहीं दे रहे थे। जिन काशिराज को आतिथेय के रूप में इतना समर्थ होना चाहिए था, कि वे सारे क्षत्रिय राजा परस्पर लड़ पड़ते तो वह इन सबका अनुशासन कर सकते, इनकी सुरक्षा का दायित्व ले सकते; वह दूर एक कोने में असहाय-से खड़े थे...जाने क्या था उनके मन में!

युद्ध शाल्व ने ही आरम्भ किया। पहला बाण उसी ने छोड़ा, किन्तु तब तक अन्य अनेक राजा युद्ध के लिए तैयार हो गये थे। विभिन्न शस्त्रों की झंकार और मानव-कण्ठों का कोलाहल बहुत था, किन्तु प्रमुख तो धनुष ही था। दोनों ओर से बाण चल रहे थे।...किन्तु अम्बा ने आश्चर्य से देखा : कहीं ऐसा आभास नहीं हो रहा था कि एक ओर अकेले भीष्म हैं और दूसरी ओर अनेक वीर और युद्ध-प्रिय राजा! बराबर का युद्ध था। जितने बाण इतने सारे राजा मिल कर छोड़ते थे, उन सबका तोड़ अकेले भीष्म के पास था। शाल्व और अन्य राजाओं के बाण भीष्म तक नहीं पहुँच रहे थे। भीष्म के बाण उन्हें मार्ग में ही निरस्त कर देते थे।...और तब शायद अम्बा ने पहली बार समझा था कि युद्ध शरीर का बल नहीं था, युद्ध शायद मन का साहस भी नहीं था, युद्ध तो मात्र-कौशल था। शस्त्रों का ज्ञान था। शस्त्रास्त्रों का चुनाव था। अकेले भीष्म का कौशल, इतने राजाओं के सम्मिलित बल पर भारी पड़ रहा था। आख़िर भीष्म के बाणों में क्या था कि शेषनाग के समान वे शत्रुओं के शस्त्रास्त्रों को ऐसे खा लेते थे, जैसे वे मात्र केंचुए हों। लगता था कि सम्मिलित राज-समाज केवल अन्धाधुन्ध बाण फेंक रहा था, जैसे कोई भीड़ लक्ष्यहीन पथराव कर रही हो; और भीष्म इस प्रकार निश्चित शस्त्र-परिचालन कर रहे थे, जैसे उनका एक-एक लक्ष्य देखा और परखा हुआ हो...

आधे प्रहर में ही स्पष्ट हो गया कि भीष्म के विरुद्ध युद्ध करने की क्षमता उस सारे राज-समाज की सम्मिलित शक्ति में भी नहीं है। अब तक प्रायः राजाओं का युद्धोत्साह भी क्षीण हो गया था; केवल एक शाल्व ही पूरे उत्साह के साथ बाण चलाता जा रहा था।

"क्षत्रिय!" भीष्म बोले, "मैं तुम्हारे उत्साह की प्रशंसा करता हूँ और तुम्हारे साहस के लिए भी मेरे मन में सम्मान है। पर, मैं यहाँ कन्या-हरण के लिए आया हूँ, निरीह हत्याओं के लिए नहीं।...अब यदि युद्ध आगे चला, तो तुम्हारे

साथी युद्ध छोड़ जायेंगे और तुम वीरगति प्राप्त करोगे।...इसलिए मैं अब अपना रथ चलाता हूँ। तुम चाहो तो मेरा रथ रोक लो।"

भीष्म ने अपने सारथि को संकेत किया। उनके रथ ने सारे युद्ध-क्षेत्र में एक चक्कर लगाया, जैसे सर्वेक्षण कर रहा हो; और नगर के बाहर जाने वाले मार्ग पर मुड़ गया।

भीष्म का कथन सत्य प्रमाणित हुआ। सारे राजा जहाँ-के-तहाँ खड़े रहे। बस अकेले शाल्व का रथ उनके पीछे चला; और उसके बाणों के साथ-साथ उसका स्वर भी भीष्म तक पहुँचा, "रुक जाओ भीष्म! तुम मुझे पराजित किये बिना युद्ध-क्षेत्र से इस प्रकार नहीं भाग सकते।"

भीष्म के संकेत पर सारथि ने रथ रोक दिया।

"युद्ध की इच्छा पूरी कर लो।" वे बोले, "भीष्म-युद्ध से भागने की कल्पना भी नहीं कर सकता।"

भीष्म के बाणों की गति सहसा ही बहुत तीव्र हो गयी। अम्बिका ने भय से आँखें बन्द कर लीं। अम्बालिका ने मुँह फेर लिया; और अम्बा कभी शाल्व को देख रही थी, कभी भीष्म को; जैसे निर्णय करना चाहती हो कि दोनों में अधिक वीर कौन है?

शाल्व का सारथि आहत हो कर चलते रथ से गिर कर भूमि पर लुढ़क गया। सारथि विहीन रथ के घोड़े, बाणों की बौछार से अनियन्त्रित हो कर इतनी असावधानी से दौड़ रहे थे, जैसे अभी रथ को उलट देंगे और रथी को भूमि पर पटक कर अपने ही रथ के पहियों से कुचल देंगे...

तभी भीष्म के बाणों ने एक-एक कर दोनों घोड़ों को मार गिराया। रथ रुक गया।

भीष्म अपने रथ से उतर कर शाल्व के पास पहुँचे; उन्होंने अपना खड्ग उसके वक्ष पर रखा...

अम्बा का मन हुआ कि वह अम्बिका के समान आँखें बन्द कर ले। पर न अम्बा आँखें बन्द कर पायी और न भीष्म ने खड्ग का प्रयोग बन्द किया।

भीष्म बोले, "मै निरीह हत्याएँ नहीं करता। स्वयंवर वध के लिए होता भी नहीं। मेरा लक्ष्य पूरा हो गया। अब मत कहना कि भीष्म रणक्षेत्र से भागा है।"

शाल्व भूमि पर पड़ा-पड़ा, फटी-फटी आँखों से भीष्म को देखता रहा। उसकी आँखों में मृत्यु का साक्षात्कार था...

भीष्म ने खड्ग कोश में डाला। लौट कर रथारूढ़ हुए और बोले, "चलो सारथि!"

24

काशी को पीछे छोड़ कर रथ काफ़ी आगे बढ़ गया था, पर भीष्म सतर्क प्रहरी के समान सन्नद्ध बैठे रहे। अम्बा उन्हें देखती रही और सोचती रही कि यह व्यक्ति अब विश्राम क्यों नही करता? अब क्यों तन कर धनुष हाथ में लिए बैठा है? क्या समझता है वह कि काशी-नरेश अपनी सेनाएँ ले कर उसका पीछा करेंगे?...अम्बा का मन हुआ कि वह इस स्थिति में भी हँस पड़े। पर वह हँसी नहीं। उसने अपनी दोनों छोटी बहनों को देखा : कैसी सहमी बैठी हैं, जैसे किसी पक्षी के डरे हुए शावक हों। उसका मन हुआ कि अपनी इन दोनों छोटी बहनों को अंक में समेट कर आश्वासन दे। डरने की क्या बात है? काशी में भी तो वे स्वयंवर में ही खड़ी थीं—विवाह के लिए। विवाह तो उनका अब भी हो ही जायेगा। अन्तर इतना ही है कि काशी के स्वयंवर में उनके सामने अनेक राजकुमार थे, राजा थे। वे उनमें से किसी एक को चुन सकती थीं, पर अब उनके सामने विकल्प नहीं था। भीष्म की इच्छा ही उनकी नियति थी, वही उनका भविष्य था।...वैसे पिता को भी क्या आपत्ति हो सकती थी। पिता इतना ही तो चाहते थे कि उनका विवाह हो जाए; तो विवाह तो हो ही जायेगा। ऐसे में पिता को सैन्य-संग्रह की, रक्तपात करने की क्या आवश्यकता थी। पिता, इस बात को समझते थे। शायद इसलिए वह शान्त रहे। वह स्वयं किसी वर को चुनते, तो उसका दायित्व उन पर होता। उसके अच्छा या बुरा होने पर टीका-टिप्पणी की जाती! पुरानी प्रथा के अनुसार वह अपनी कन्याओं को दान करते हुए उनके विनिमय में शुल्क लेते, तो शायद क्षत्रिय समाज उनकी निंदा करता।...आजकल अनेक राजघरानों में यह चेतना घर कर गयी है कि कन्या के विक्रय और उसके विवाह में अन्तर है। विवाह एक सम्मानजनक प्रथा है, जिसमें एक नये परिवार से सम्बन्ध जोड़ा जाता है। उसमें पिता कन्यादान करता है और साथ ही अपनी क्षमता-भर उपहार-स्वरूप कन्या को दहेज दिया जाता है। दहेज जितना अधिक होगा, ससुराल की में कन्या का सम्मान भी उतना ही अधिक होगा। कन्या ससुराल में जाकर वहा सारी सम्पत्ति पुत्रों को उत्तराधिकार में मिलती है। भाई अपनी बहन को कुछ नहीं देंगे, इसलिए पिता अपनी पुत्री को घर से विदा करते हुए, अपनी सम्पत्ति में से उसका अंश उसे दे देता है...

पिता कुछ भी सोचते, उनको तीन बेटियाँ विदा करने के लिए काफ़ी कुछ देना पड़ता...अब विवाह तो इस ढंग से भी हो ही जायेगा; पिता को न कुछ देना पड़ा, न न देने के लिए निंदा का भाजन बनना पड़ा।...यह सब सोचने पर पिता को प्रसन्नता नहीं होगी कि उनकी पुत्रियों को युद्ध-निमन्त्रण दे कर,

भरे-पूरे क्षत्रिय समाज में से हर लिया गया। वे हस्तिनापुर के राजपरिवार में गयीं। वीर क्षत्रियों का प्रमुख और प्रसिद्ध वंश...

क्या ऐसी ही किसी घटना की प्रतीक्षा में पिता ने आज तक अम्बा और अम्बिका का वय-प्राप्त होने पर भी विवाह नहीं किया था, या अपने अन्य कार्यों में व्यस्त रहते हुए उन्हें अवकाश ही नहीं मिला था। पिता, अन्यत्र इतने व्यस्त थे, उनमें सांसारिक व्यावहारिकता नहीं थी, वह पुत्रियों की ओर से उदासीन थे, या किन्हीं कारणों से वह उनका विवाह ही करना नहीं चाहते थे?...

अम्बा को आज भी याद है कि जिस दिन वह सोलह वर्ष की हुई थी, उसी दिन माँ ने पिताजी से कहा था कि वह अपनी कन्या के लिए वर ढूँढने का प्रयत्न करें। तब अम्बिका दस वष की थी, और अम्बालिका पाँच वष की।

पिता ने हल्के-से गुनगुनाते हुए-से स्वर में कुछ ऐसा कहा था कि क्षत्रिय राजाओं को बहुत सारे काम होते हैं। स्त्रियों के समान केवल शादी-विवाह की ही सोचते रहना उनके लिए जीवन का लक्ष्य नहीं होता।

माँ ने कुछ याचना और कुछ उपालम्भ के-से मिश्रित स्वर में कहा था कि पिता को पिता का दायित्व निभाना ही पड़ेगा, चाहे वह सामान्य जन हो या राजा। रानी यह कह कर प्रसव से इन्कार नहीं कर सकती कि वह रानी है। वह भी सामान्य नारी के समान सन्तान को जन्म देती है; और उसका पालन-पोषण करती है।

माँ और पिता में ऐसी कहा-सुनी अम्बिका की सोलहवीं वर्षगाँठ पर भी हुई थी और फिर अम्बालिका की सोलहवीं वर्षगाँव पर भी। और अन्त में तो माँ ने झल्ला कर यहाँ तक कह दिया था, 'पुत्रियों के विवाह नहीं करोगे तो ये किसी की भार्या बन कर सन्तान उत्पन्न करने के स्थान पर, हमारी कन्याओं के रूप में ही सन्तान को जन्म देंगी। उनकी कानीन सन्तान को स्वीकार करोगे तुम?'

'ऋषि तो कानीन सन्तान को भी उतना ही पवित्र और सम्मानजनक मानते हैं।' पिता ने निश्चिन्त भाव से कहा था।

'पर क्षत्रिय समाज तो अब कानीन सन्तान को स्वीकार करने में आनाकानी करने लगा है न!' माँ ने कहा था, 'आनाकानी ही क्यों, हमारा समाज तो अब इसे कलंक मानने लगा है।'

पिता ने कुछ कहा नहीं, पर उनका भाव कुछ ऐसा ही था, जैसे कह रहे हों, 'मानता है तो मानता रहे।'

क्रमशः माँ का आग्रह उग्र होता गया और पिता उदासीन होते गये। लगता था, जैसे वह इस विषय में कुछ सुनना ही नहीं चाहते थे; पर माँ ने अपना आग्रह नहीं छोड़ा। किन्तु, इस आग्रह का भी दबाव माँ के मन पर ही

था, पिता के मन पर नहीं। परिणामतः माँ रोगिणी हो कर शैया से लग गयीं। माँ का आग्रह जिस अनुपात में बढ़ रहा था, उसी अनुपात में उनका रोग भी बढ़ रहा था; या जिस मात्रा में उनका रोग बढ़ रहा था, उसी अनुपात में उनका आग्रह भी बढ़ रहा था।

और फिर एक दिन सौभ नरेश शाल्व पिता से मिलने के लिए आये। किसी राजा का पिता से मिलने के लिए आना कोई नयी बात नहीं थी; पर इस प्रकार का राजा पहली बार ही आया था। उसने अम्बा को कैसी-कैसी आँखों से तो देखा था। जाने उन आँखों में क्या था कि अम्बा का मन जैसे उसकी ओर उमड़-उमड़ आता था, मानो सागर की उत्ताल लहरें पूर्णिमा के राकेश की ओर खिंच-खिंच जाती हैं।

"राजकुमारी! तुम अत्यन्त सुन्दरी हो, असाधारण सुन्दरी! कहीं तुम उर्वशी तो नहीं हो।"

अम्बा का चिर-तृषित मन कैसा तो हो गया था। आज तक किसी ने उसे ऐसी आँखों से नहीं देखा था। आज तक किसी ने उसके रूप का बखान इन शब्दों में नहीं किया था। अम्बा आज तक यह जानती ही नहीं थी, कि पुरुष की ऐसी दृष्टि और उसके ऐसे शब्दों का प्रभाव नारी-मन पर क्या होता है।...उसके हृदय के कपाट जैसे पहली बार किसी आगन्तुक के खटखटाने पर खुले थे। आगन्तुक उसकी ओर देख रहा था, जैसे सोच रहा हो कि द्वार खटखटा तो दिया है, पर अब प्रवेश भी करना है क्या?...और अम्बा सोच रही थी, कपाट खोल तो दिये हैं, पर सामने आगन्तुक को देख कर संकोच से कपाट फिर से भिड़ा देने चाहिए या...पर यदि उसने कपाट भिड़ा दिये और आगन्तुक उस अस्वीकृति से निराश हो कर लौट गया तो? उसने दूसरी बार कपाट खटखटाये ही नहीं तो?...

पर शाल्व ने इस असमंजस को अधिक देर तक नहीं टिकने दिया। बोला, "राजकुमारी! मैं तुमसे विवाह करना चाहता हूँ। तुम मेरी पत्नी बनना चाहोगी?"

"यह पिताजी को स्वीकार नहीं होगा।" जाने कैसे अम्बा ने बिना सोचे-समझे ही कह दिया।

"क्यों?"

क्यों—यह तो अम्बा स्वयं भी नहीं जानती थी। क्या ऐसा है भी, वह यह भी नहीं जानती थी। उसने तो माँ के द्वारा पिता पर लगाये गये आक्षेपों को सच मान कर ऐसा कह दिया था।...

"क्यों?" शाल्व ने पुनः पूछा।

"पता नहीं!" वह बोली, "मुझे ऐसा ही लगता है।"

"अम्बे!" शाल्व ने पहली बार उसे उसके नाम से सम्बोधित किया, "मैं सौभ का किरीटधारी राजा हूँ। मुझे काशिराज अस्वीकार कैसे कर सकते हैं?"

"आपको अस्वीकार करने की बात नहीं है।" अम्बा बोली, "वह शायद मेरा विवाह ही नहीं करना चाहते।"

"क्यों?" पुनः वही प्रश्न।

"मैं नहीं जानती!" अम्बा सहज भाव से कह गयी, "मुझे ऐसा लगता है।"

और कहने के साथ ही जैसे वह डर गयी, कहीं शाल्व ने पूछ लिया कि उसे ऐसा क्यों लगता है—तो?

पर शाल्व ने 'क्यों' नहीं पूछा। उसने कहा, "यदि काशिराज तुम्हारा विवाह मेरे साथ नहीं करेंगे, तो मैं तुम्हारा हरण करूँगा। यद्यपि मैं चाहता नहीं, किन्तु यदि आवश्यकता हुई तो मैं तुम्हारे पिता के साथ युद्ध भी करूँगा। संहार करना पड़ा तो संहार भी करूँगा। मैं रक्त की नदी में तैर कर, युद्ध-क्षेत्र में सहस्रों शवों को रौंद कर भी तुम्हें उठा कर ले जाऊँगा।"

अम्बा को शाल्व और भी अद्‌भुत लगने लगा। उसकी बातें अम्बा को बहुत प्रिय लगीं, जैसे वह युद्ध और रक्तपात की बातें न कर, उद्यान में खिल आये वसन्त के पुष्पों की चर्चा कर रहा हो।

"मैं तुम्हारे बिना जी नहीं सकता, राजकुमारी!"

अम्बा को लगा जैसे किसी ने अमृत घोल कर उसके कानों में टपका दिया हो।

पर जब शाल्व ने यह चर्चा काशिराज से की, तो उन्होंने एक बार भी मना नहीं किया। वह सहज तैयार थे। शाल्व चाहे तो अम्बा को आज ही ले जाये, इसी क्षण...

पर इस बार माँ, पुत्री के विवाह के लिए इतनी तत्पर नहीं दिखीं। उनका विचार था कि राजकुमारियाँ इस प्रकार ब्याह नहीं दी जातीं। उनके विवाहों में समारोह होते हैं, लोगों का जमघट होता है। राजा की मर्यादा भी कुछ होती है या नहीं?

"तो?" पिता ने पूछा।

"अम्बा का विवाह हो भी गया तो अम्बिका और अम्बालिका का क्या होगा?" माँ ने पूछा था, "उनका भी विवाह करना है या नहीं? या उन्हें भी अम्बा की अवस्था तक बैठा कर प्रतीक्षा करोगे कि शाल्व जैसा कोई राजा आ

कर स्वयं ही याचना करे?"

पिता ने माँ की ओर देखा, "पहेलियाँ मत बुझवाओ। अपना मन्तव्य स्पष्ट रूप से कहो।"

"क्षत्रिय राजा के समान स्वयंवर कीजिए। सारे जम्बूद्वीप के राजाओं को आमन्त्रित कीजिए।" माँ ने कहा, "अम्बा शाल्व का वरण करे और अम्बिका तथा अम्बालिका भी अपने मन-भावन चुन लें। मैं एक बार में ही इन तीनों को योग्य वरों को अर्पित कर मुक्त हो जाऊँ। जितने वर्ष मैंने अम्बा के लिए याचना भरी प्रतीक्षा की है, उतने-उतने वर्ष अब मैं इन दोनों के लिए प्रतीक्षा नहीं कर सकती।"

पिता सहमत हो गये।...और अम्बा सोचती ही रह गयी कि यदि पिता को स्वयंवर में कोई आपत्ति नहीं थी, तो उन्होंने पहले ही क्यों ऐसा नहीं किया। स्वयंवर आयोजित करने में उन्हें कठिनाई ही क्या थी?

स्वयंवर के लिए तैयारियाँ हुईं। इतने प्रत्याशी आये।...और अम्बा को लगा कि काम इतना ही सरल था...यदि विवाह के लिए निमन्त्रण-भर ही भिजवाना था, तो पिता इतने वर्षों से माँ के आग्रह की उपेक्षा क्यों कर रहे थे?...पर इस प्रश्न का उत्तर उसके पास था नहीं; और पिता से वह पूछ नहीं सकती थी...

स्वयंवर में भी कोई कठिनाई होती है, इसका आभास तो तब हुआ, जब भीष्म ने उठ कर अपने मन्तव्य की घोषणा की।...शाल्व ने तो केवल कहा ही था कि वह सहस्रों शवों को लाँघ कर, रक्त की नदी में से तैर कर उसका हरण कर ले जायेगा, किन्तु भीष्म ने तो सचमुच धनुष उठा लिया था। अम्बा को ही नहीं, अम्बिका और अम्बालिका को भी जैसे हाँक कर ला, रथ में बैठा लिया...

शाल्व बहुत वीरता से लड़ा था। उसका तेज दर्शनीय था। उसकी एक-एक उक्ति, एक-एक क्रिया, एक-एक भंगिमा के साथ, अम्बा के मन में ज्वार उठता था—यह सब मेरे लिए है।...नारी को तो अपने महत्त्व का आभास ही तब होता है, जब पुरुष उसके लिए अपने प्राणों का दाँव लगाता है...आज तक तो उसने सोचा ही नहीं था कि वह भी इस योग्य है कि उसके लिए कोई युद्ध करे, अपना रक्त बहाये या किसी दूसरे की हत्या करे...

अम्बा मुग्ध होती रही और शाल्व हारता रहा। जब उसके घोड़ों ने दम तोड़ दिया और उसका सारथि भूमि पर पड़ा कराह रहा था, तब उसने शाल्व को देखा। उसका असहाय क्रोध भी दर्शनीय था।...और तब अम्बा ने उसके विजेता भीष्म को जैसे पहली बार देखा था : राजसी वंश में मानो कोई सन्यासी हो। अलंकरण का नाम भी नहीं। मुख पर किसी प्रकार का

भावावेश नहीं—विजय का दर्प भी नहीं। सहज रूप से भीष्म ने, बिना क्षोभ अथवा उल्लास के, शाल्व को जीत लिया था। और जीतने के पश्चात भी युद्ध की चुनौती देने वाले शाल्व के विरुद्ध इस व्यक्ति के मन में कोई वैर-विरोध, भय-द्वेष—कुछ भी तो नहीं था। कण्ठ पर रखा खड्ग हटा कर कैसे उससे कहा था, 'भीष्म निरीह हत्याएँ नहीं करता।'

रथ जब चला तो प्रहरी के समान खड़े भीष्म को अम्बा ने पुनः देखा : कैसी दृढ़ता थी, इस व्यक्ति की मुखाकृति पर। कठिन श्रम...या तपस्या से कसा शरीर! दाढ़ी और सिर के कुछ केश कहीं-कहीं से सफेद होने लगे थे, पर अवस्था बहुत अधिक नहीं थी। प्रसाधन की उपेक्षा ने, या फिर सांसारिक प्रलोभनों की कठोर अवहेलना ने ही शायद एक विशेष प्रकार की रुक्षता पैदा कर् दी थी, इस व्यक्तित्व के चारों ओर...वह रुक्षता भी कैसी आकर्षक थी...

25

प्रयाग के निकट, गंगा के तट पर भीष्म ने सारथि का रुकने को संकेत किया।

रथ रुक गया। भीष्म रथ से उतरे।

अम्बिका और अम्बालिका उनकी ओर डरी-डरी देख रही थीं।

अम्बिका और अम्बालिका का भय देख कर, भीष्म कुछ विचलित हो गये। उनकी आँखों में असमंजस उतरा। सान्त्वना के लिए जैसे हाथ आगे बढ़ा और कुछ सोच कर संकुचित हो गया।

उन्होंने अम्बा की ओर देखा : उसकी दृष्टि में सहज जिज्ञासा थी। उस खुली हुई सहज आत्मीयता ने जैसे भीष्म को असहज कर दिया। उन्होंने दृष्टि फेर ली, माना उन आँखों का सामना करने का साहस न कर पा रहे हों।

अम्बा के अधरों पर मुस्कान की चाँदी फैलते-फैलते जैसे सिमट गयी।

"हम यहाँ थोड़ा विश्राम करेंगे।" भीष्म मुड़ गये; पर पग आगे बढ़ाने से पहले बोले, "तुम थक गयी होगी!" वह दो पग आगे बढ़ गये, और फिर जैसे उन्हें कुछ याद आ गया, "इच्छा हो तो मुँह-हाथ धो लो। गंगा का जल तुम्हारा श्रम हर लेगा।..."

अम्बा को लगा, वह बहुत देर से भीष्म के साथ वार्तालाप करने का कोई अवसर ढूँढ रही है...पर अपहृत राजकुमारी की भी एक मर्यादा है, वह अपहरणकर्ता के प्रति आत्मीयता प्रदर्शित नहीं कर सकती...और फिर भीष्म की सतर्क उपेक्षा...नहीं शायद उपेक्षा नहीं, तटस्थता...नहीं! तटस्थता भी नहीं,

दूरी रखने का सायास उपक्रम...

किन्तु भीष्म के एक वाक्य ने जैसे उसके वाग्प्रवाह का अवरोध हटा दिया था। वह अनायास ही कह गयी, "हम जानती हैं। गंगा तो हमारी माँ है।"

भीष्म जैसे तड़प कर पलटे : गंगा तो उनकी माँ है। यह और कौन है, जो गंगा को अपनी माँ बता रही है।

अम्बा पर दृष्टि पड़ते ही उनका आवेश कुछ संयमित हो गया, "वह कैसे?"

"हम काशी के निवासी हैं।" अम्बा के स्वर में न उनका भय था, न उनसे संकोच, "हम गंगा को अपनी माँ ही मानते हैं।"

'मानते हैं...' भीष्म होंठों-ही-होंठों में बुदबुदाये, और फिर स्पष्ट रूप से बोले, "थोड़ा जल-पान भी कर लो।"

वह पलट कर दो डग भर चुके थे, किन्तु किसी अदमनीय आन्तरिक आकांक्षा के दबाव में फिर मुड़ कर बोले, "अम्बे! अपनी छोटी बहनों से कहो, भय या असुविधा का कोई कारण नहीं है। उन्हें सान्त्वना दो। कुरु-कुल में नारी सम्मान की पात्र है। उनका कोई अहित नहीं होगा।"

अम्बा को भीष्म के मुख से अपना नाम सुनना अच्छा लगा : और वह उसे किस अधिकार से यह काम सौंप रहे हैं?...

उसकी इच्छा हुई कहे, 'आप निश्चिन्त रहें आर्य!' पर फिर कैसा तो लगा, मुख से शब्द नहीं निकले।

अन्य दोनों रथ भी आ गये थे। सेवकों ने बैठने की उचित व्यवस्था कर दी थी। भीष्म के कहे अनुसार जल-पान का भी कुछ प्रबन्ध था...

अम्बा ने देखा : अम्बिका और अम्बालिका—दोनों वैसे ही परस्पर जुड़ी हुईं, सहमी-सी बैठी थीं। मन हुआ कि उनसे कहे, कि यदि स्वयंवर के बाद उनके चुने हुए वर काशि-नरेश द्वारा विदा करायी हुई उनकी डोली ले कर जाते, तो उनकी स्थिति इससे कुछ भिन्न होती क्या?...पर कहा नहीं। जानती थी, दोनों कोई उत्तर नहीं देंगी! और मान लो कि उन्होंने कह दिया, 'स्थिति भिन्न नहीं होती; तो भी वे इसी प्रकार भीत-संकुचित बैठी होतीं। पहली बार ससुराल जाती हुई वधू ऐसी ही तो भीत-संकुचित होती है।...'

हस्तिनापुर में प्रवेश करने से पहले वे लोग दो बार और भी रुके। अम्बा को लगा, भीष्म क्रमशः सहज होते जा रहे थे। अब वे विजेता भीष्म, अपहरणकर्ता भीष्म, उनके प्रहरी भीष्म न हो कर, उनके अभिभावक थे। वे तीनों उनके संरक्षण में ही नहीं थीं, मानों सम्मान्य अतिथि थीं। उनकी सुख-सुविधा का

ध्यान रखना भीष्म का काम था। वे प्रयत्न कर रहे थे कि उन्हें यथासम्भव कोई कष्ट न हो। पर यात्रा तो यात्रा ही है। यात्रा में प्रासादों की सुख-सुविधाएँ कहाँ से जुटाई जा सकती हैं।...

हस्तिनापुर के द्वार पर उनका भव्य स्वागत किया गया। कुरु-कन्याओं ने उनकी आरती उतारी। सजे-धजे सैनिकों ने उनकी अगवानी की। और अम्बा सोचती रही...यदि भीष्म उनके अपहरण की बात सोच कर ही गये थे, तो अपने साथ अपनी सुरक्षा के लिए, युद्ध में विजय प्राप्त करने के लिए, सेना ले कर क्यों नहीं गये? क्या यह व्यक्ति मानता है कि सारे आर्यावर्त के राजाओं और उनकी सेनाओं से यह अकेला ही युद्ध कर उन्हें पराजित कर सकता है? इतना विश्वास है इसको, अपने युद्ध-कौशल और शस्त्र-विद्या पर?...इतना साहसी है यह? साहसी है या दुस्साहसी?...अम्बा की इच्छा हुई कि भीष्म के हाथ को अपनी हथेलियों में ले कर, उनकी आँखों में आँखें डाल कर, मुस्कुरा कर उन्हें आदेश दे कि वह फिर कभी ऐसा दुस्साहस नहीं करेंगे...और फिर वह स्वयं, अपनी ही कल्पना से लजा गयी...क्या वह जीवन-भर स्वयंवरों में कन्याओं का हरण ही करते रहेंगे?...एक लाज भरी हल्की-सी मुस्कान उसके अधरों के कोने में उभरी और तत्काल सिमट गयी...

राजप्रासाद में उनका स्वागत राजमाता सत्यवती ने किया।

राजमाता ने उन्हें मुस्कुरा कर देखा-परखा। उनके सामने ही उनके रूप की प्रशंसा में चार-छह वाक्य कहे। वैसे न भी कहतीं तो उनके चेहरे की प्रफुल्लता बता रही थी कि उन्हें काशिराज की कन्याएँ पसन्द आ गयी हैं। उन्होंने कृतज्ञ दृष्टि से भीष्म की ओर क्षण भर को देखा और फिर परिचारिका की ओर देख कर कहा, "यात्रा से थकी हुई आयी हैं। इनके विश्राम की व्यवस्था करो।"

"पधारें!" परिचारिका ने सम्मानपूर्वक झुक कर, हाथ से मार्ग का संकेत किया।

अम्बिका और अम्बालिका आदेश का पालन करने की बाध्यता में चुपचाप परिचारिका के पीछे चल पड़ीं; पर अम्बा को यात्रा-भर में परिचित हो गये इस व्यक्ति को छोड़ कर पुनः अपरिचित लोगों के साथ जाने की तनिक भी इच्छा नहीं थी। नारी-सुलभ लज्जा ने उसे पर्याप्त रोका, किन्तु उसकी आँखें, भीष्म की ओर उठ ही गयीं।

"जाओ अम्बे! विश्राम करो।" भीष्म ने भावना-शून्य तटस्थ स्वर में कहा।

अम्बा के पास अब और कोई विकल्प नहीं था।

अम्बा के जाने के पश्चात सत्यवती, भीष्म की ओर मुड़ी, "राजकुमारियाँ सुन्दर हैं।" वह बोली, "किन्तु भीष्म! विचित्रवीर्य के लिए तो अम्बालिका ही पर्याप्त थी, तुम तीनों को हरण कर लाये।..."

राजमाता ने पूछा नहीं था; किन्तु भीष्म को लगा, जैसे उनसे स्पष्टीकरण माँगा जा रहा हो। क्षण-भर रुक कर बोले, "एक रानी तो किसी राजा के लिए पर्याप्त नहीं हुई माता! और फिर विचित्रवीर्य तो नारी-सौन्दर्य का गुणग्राहक है। बार-बार तो सम्राट को रानी उपलब्ध कराने के लिए जाना शायद सम्भव न हो। एक ही बार में अधिकतक लाभ...।" भीष्म ने हँस कर वाक्य अधूरा छोड़ दिया।

माता भी हँसी, "हाँ! जब तीन राजकुमारियाँ एक ही स्थान पर उपलब्ध थीं, तो...।" सहसा वह रुकीं, "पर पुत्र! क्या अम्बा का वय विचित्रवीर्य से बहुत अधिक नहीं है? बड़ी तो शायद अम्बिका भी है, पर अम्बा...।"

"हाँ! बड़ी तो है।" भीष्म बोले, "पर...स्वयंवर के बीच...किसका हरण हो और किसका न हो, यह चुनाव ही नहीं किया मैंने!"

"चलो ठीक है।"

भीष्म अपने कक्ष में आये तो जैसे माता सत्यवती फिर से उनके सम्मुख आ खड़ी हुईं, 'तुम जानते हो कि अम्बा वय में बहुत बड़ी है विचित्रवीर्य से। वह उसकी पत्नी होने योग्य नहीं है। तो फिर क्यों हरण कर लाये उसका? क्यों?? क्यों???'

क्या राजमाता के इस प्रश्न का कोई विशेष तात्पर्य था?...वह पूछ रही थीं, या कुछ कहना चाहती थीं? क्या कहना चाहती थीं? ...और भीष्म का अपना मन अनेक प्रश्न कर रहा था उनसे! केवल प्रश्न ही नहीं कर रहा था, अनेक आरोप भी लगा रहा था...और भीष्म थे कि उन प्रश्नों को टाल नहीं पा रहे थे...वह बिस्तर से उठ कर बैठ गये : उन्हें लगा वह सहसा ही बहुत अशान्त हो उठे हैं।...यदि तीनों बहनों का विवाह विचित्रवीर्य के साथ कर दिया गया, तो निश्चित रूप से विचित्रवीर्य को वय के कारण अम्बा शेष दोनों की अपेक्षा कम प्रिय हो! सम्भवतः वह उसे एकदम प्रिय न हो...बलात हर कर लायी गयी राजकन्या यदि अपने पति के द्वारा उपेक्षित होगी तो उसके जीवन में जीने-योग्य क्या रह जायेगा?...क्या होगा अम्बा के जीवन का?...भीष्म ने बड़े गर्व के साथ घोषणा की थी कि, 'वह निरीह हत्याएँ नहीं करते।' पर यह क्या है? यह क्या निरीह हत्या नहीं है? अम्बा अपना शेष सारा जीवन उपेक्षिता, परित्यक्ता स्त्री के रूप में व्यतीत करेगी तो क्या करेगी सारा जीवन,

सिवाय भीष्म को कोसने के? यह तो वध से भी अधिक कष्टप्रद हुआ। किसी को सारा जीवन तिल-तिल कर जलाना...

इससे तो अच्छा है कि अम्बिका और अम्बालिका का विवाह विचित्रवीर्य से कर दिया जाये...और अम्बा...? अम्बा का विवाह किससे हो? भीष्म से? उन्हें लगा कि उनके मन में कोई खलनायक अट्टहास कर रहा है...

भीष्म ने बहुत चाहा कि उस खलनायक को अपने मन से खदेड़ दें; किन्तु वह उससे कहीं अधिक धृष्ट था, जितना उन्होंने सोचा था।

'इसमें अवांछनीय क्या है?' खलनायक ने गम्भीर हो कर पूछा।

'अवांछनीय!' भीष्म का जैसे सारा संयम टूट गया था, 'इसमें वांछनीय क्या है। मैंने प्रतिज्ञा की है कि मैं आजीवन ब्रह्मचर्य का पालन करूँगा।'

खलनायक हँसा, 'अनेक ऋषियों ने विवाह किये हैं। सन्तानें उत्पन्न की हैं। किन्तु, वे संसार के अन्यतम ब्रह्मचारी माने जाते हैं।'

'पर मेरे ब्रह्मचर्य का अर्थ है, अविवाहित रहना। स्त्री-प्रसंग से दूर रहना।'

'किन्तु दासराज ने तो इतना ही चाहा था कि तुम्हारी कोई सन्तान न हो, ताकि उसके दौहित्र को राज्य-प्राप्ति में किसी प्रकार की कठिनाई न हो। उसे तुम्हारे चरित्र से, तुम्हारे ब्रह्मचर्य से, तुम्हारे आध्यात्मिक उत्थान से कुछ लेना-देना नहीं है।'

'उन्हें न सही, पर मुझे तो सारा कुछ सोचना-समझना है।' भीष्म बोले, 'मैंने कंचन और कामिनी की माया को पहचान लिया है, तभी तो मैंने ऐसी प्रतिज्ञा की है। मैं माया के इन सारे बन्धनों को तोड़ देना चाहता हूँ, जिनमें बँध कर व्यक्ति सुख के लोभ में किसी ओर लपकता है और अन्ततः मृग-तृष्णा के भँवर में फँस कर कष्ट पाता है।'

'तोड़ सके?' खलनायक ने पूछा, 'अम्बा को देखते ही तुम्हारे मन में कामना नहीं जागी? सच बोलना।'

भीष्म जैसे उस पर आँखें गड़ाये, चुपचाप पड़े रहे।

'बोलो!' उसने आग्रह किया, 'देखो! मुझसे कुछ छिपाना मत!'

'छिपाना क्या है!' भीष्म ने जैसे खलनायक को अपने साथ एकाकार ही कर लिया, 'मैं बन्धन तोड़ना चाहता हूँ; पर मैंने यह तो नहीं कहा कि मैं बन्धन तोड़ने में सफल हो गया हूँ। इतना ही सरल होता बन्धन तोड़ना तो श्मशान-वैराग्य के क्षण में प्रत्येक व्यक्ति ने मोह-माया के बन्धन तोड़ दिये होते। प्रत्येक व्यक्ति मुक्त हो गया होता। विचित्र स्थिति है हमारी। जीव जैसे

माया के सरोवर में आकण्ठ डूबा खड़ा है। अपने हाथों से वह शरीर के किसी अंग से पानी को परे धकेलता है और पानी है कि द्विगुणित आग्रह से पुनः लौट आता है। यह भी तभी तक, जब तक वह सजग है, सचेत है। उसकी चेतना तनिक-सी शिथिल हुई नहीं कि उसका पैर फिसलता है और वह जल में डूब जाता है। माया का यह जल उसके प्राण ही ले लेता है।'

'इसलिए तो कहता हूँ,' खलनायक फिर से उनके बीच से निकल आया और दूर खड़ा हो कर, विरोधी के समान बोला, 'जब मुक्ति नहीं है, तो व्यर्थ ही उस जल को धकेलने का श्रम क्यों करते हो। न जल को परे हटा पाओगे, न शान्ति से खड़े रह पाओगे। जब अन्ततः डूबना ही नियति है तो जल से लड़-लड़ कर क्यों हाँफ रहे हो? जल से विरोध छोड़ो। उसकी शीतलता का सुख लो। उसमें थोड़ी क्रीड़ा करो। तैरो, नहाओ, छींटे उड़ाओ, डुबकी लगाओ—देखो, वह तुम्हारे शरीर और मन को कितना सुख देता है।'

पर भीष्म का विवेक खलनायक से तनिक भी सहमत नहीं हो सका; 'नियति चाहे डूबना हो, किन्तु नीति तो संघर्ष ही है।'

'निश्चित पराजय सामने खड़ी हो तो संघर्ष का क्या लाभ?'

'क्षत्रिय तो वीरगति को भी लाभ ही मानता है।'

खलनायक ने मुँह बिचका कर उन्हें देखा, जैसे कहना चाहता हो, 'क्षत्रिय तो मूर्ख है;' किन्तु उसने कहा नहीं। बोला, 'तुमने बन्धनों से मुक्त होने के लिए प्रतिज्ञाएँ कीं; पर क्या तुम मुक्त हो? क्या तुम्हें नहीं लगता कि साधारण गृहस्थ अपनी गृहस्थी से बँधा हुआ तो है, किन्तु उसे उस बन्धन की स्थिरता भी प्राप्त है और स्निग्धता भी!...और तुम तो किसी अन्य के खेत में स्वेद बहाने-वाले मूर्ख हो, जिसकी न धरती अपनी है, न उपज!...अब तो समझ जाओ। जब कृषि-कर्म ही करना है, तो अपने खेतों में आओ। प्रजा का ही पालन करना है, तो अपनी प्रजा का पालन करो। गृहस्थी ही चलानी है; तो अपनी गृहस्थी चलाओ...।'

भीष्म जैसे क्रोध से जल उठे, और फिर क्रोध का अवरोह रुदन में बदल गया। उन्हें लगा, उनकी आँखों में पानी आ गया है और उनका मन आज किसी के कंधे पर मस्तक टेक कर, सशब्द रुदन करना चाहता है : उसके मन में आज भी यह कलुष है?...इस खलनायक के रूप में उनके अपने मन का ही तो कोई अंश बोल रहा है...उन्होंने तो समझा था कि उन्होंने अब तक अपने मन का कलुष धो-पोंछ डाला था। अब उनके मन में न लोभ है, न भय; न द्वेष, न ईर्ष्या; न अपना, न पराया।...पर नहीं! उनके मन में तो सब-कुछ है। ...ऊपर से चाहे जो भी हो, किन्तु मन से तो वह किसी भी साधारण जन से तनिक भी

भिन्न नहीं हैं।...उनके मन में भी तो वह सारा मल और अन्धकार ढका हुआ पड़ा है, जो मनुष्य के पैर-तले की धरती खिसका कर उसे प्रवाह के साथ बहा ले जाता है...

हृदय का आवेग इतना बढ़ा कि वह कक्ष में बैठ नहीं पाये। वे अपने कक्ष से बाहर निकल आये।

प्रतिहारी ने आ कर सिर झुकाया, "आज्ञा करें देव!"

"कुछ नहीं!" भीष्म बोले, "तुम विश्राम करो। मैं माँ गंगा के दर्शन करूँगा।"

"अभी स्नान का समय नहीं हुआ देव!" प्रतिहारी बोला।

"घाट पर नहीं जा रहा हूँ।" भीष्म बोले, "थोड़ी देर तक छत पर टहलूँगा, खुले आकाश के नीचे। वहीं से माँ के दर्शन करूँगा।"

"देव का मन अशान्त है... ।"

पर भीष्म ने उसे कोई उत्तर नहीं दिया, वह चुपचाप सीढ़ियाँ चढ़ गये।

छत पर से गंगा की धारा स्पष्ट दिखायी दे रही थी। चाँदनी का प्रकाश इतना स्वच्छ था, मानो किसी से सहस्रों दीपाधार बाल रखे हों।

गंगा की धारा बहती जा ही थी...खेतों को सींचती, नगरों की पिपासा शान्त करती, नौकाओं को गोद में खेलाती...कितनी आतुरता से चली जा रही थी...सरित्पत्ति के पास! सागर में जाकर विलीन ही तो होना था माँ गंगा को; फिर भी कितनी आतुरता से बहती जा रही थी।

'तुमने ठीक ही कहा था भीष्म!' जैसे माँ का स्वर भीष्म के मन में गुंजित हुआ, 'नियति चाहे पराजय हो, पर नीति तो संघर्ष ही है। पुत्र! क्षत्रिय की परम गति है वीरगति! वह उसकी पराजय नहीं है।'

...और भीष्म को लगा, मानो माँ ने उनके केशों में अपनी लहरों की अँगुलियाँ फिरा कर, उनके मस्तिष्क का समस्त उद्वेग हर लिया हो... ।

26

विचित्रवीर्य का राज्याभिषेक धूमधाम से हुआ।

सत्यवती को इतना सुख शायद चित्रांगद के सम्राट बनने पर भी नहीं मिला था। चित्रांगद सम्राट तो बना था, पर अपने विवाह से पहले ही वह वीरगति को प्राप्त हो गया था।...पर विचित्रवीर्य के साथ वैसा सम्भव नहीं था। वह स्वयं अपनी प्रकृति से ही युद्ध-प्रिय नहीं था। न वह मृगया के लिए जायेगा, न

द्वन्द्व-युद्ध के लिए।...और फिर चित्रांगद के समय भीष्म उसका सहायक नहीं था। भीष्म हस्तिनापुर में ही नहीं था। किसी शत्रु को सहज ही ज्ञात हो सकता था कि हस्तिनापुर के राजा को भीष्म का समर्थन प्राप्त नहीं है।...विचित्रवीर्य पूर्णतः भीष्म के संरक्षण में था। भीष्म उसकी रक्षा के लिए वचनबद्ध था।...और पहले तो सत्यवती ने भीष्म की वीरता की चर्चा ही सुनी थी। उस पर बहुत विश्वास नहीं था उसको। किन्तु, जब से वह काशिराज की कन्याओं का हरण करके लाया था, तब से उसकी वीरता के विषय में धारणा ही बदल गयी थी सत्यवती की। उसने भीष्म के सारथि वीरसेन को बुला कर सारा विवरण पूछा था, उस अभियान का। वीरसेन ने उसे बताया था कि स्वयंवर में उपस्थित सारे राजा एक ओर थे और अकेले भीष्म दूसरी ओर। उधर से सहस्रों बाणों की वर्षा हो रही थी, जैसे शेषनाग अपने सहस्रों फनों से एक साथ फुफकार रहे हों; और दूसरी ओर अकेले भीष्म थे—शान्त, आत्मविश्वस्त और आवेगशून्य। जाने क्या जादू था उनकी बाण-विद्या में कि उनके सामने शत्रुओं के उन सहस्रों बाणों की स्थिति ऐसी हो जाती थी, जैसे आँधी के विपरीत उड़ने-वाले पत्तों की। एक बाण भी नहीं पहुँच पाया था उनके रथ तक। न वीरसेन को एक भी बाण लगा, न रथ में बैठी राजकन्याओं को।...

सत्यवती नहीं जानती थी कि वीरसेन के विवरण में कितना सत्य था और कितनी अतिशयोक्ति। पर इतना तो सत्य था ही कि भीष्म उस स्वयंवर में से काशिराज की तीनों कन्याओं का हरण करके लाया था। वहाँ सम्पूर्ण आर्यावर्त के राजा वर्तमान थे। वे लोग भीष्म के मित्र नहीं थे, न उनको भीष्म द्वारा यह कन्याहरण रुचिकर हुआ होगा। उन्होंने अवश्य ही भीष्म का विरोध किया होगा। युद्ध हुआ होगा।...और यदि सत्यवती यह मान ले कि उन राजाओं ने भीष्म का विरोध नहीं किया था, युद्ध भी नहीं हुआ था...तो ऐसा उन राजाओं के भीष्म के प्रति स्नेह और सौहार्द के कारण नहीं हुआ होगा। भीष्म के तेज और शूरवीरता के कारण ही उन लोगों को साहस नहीं हुआ होगा कि वे भीष्म का विरोध करें।...इतना आतंक भी है भीष्म का...और वही भीष्म आज विचित्रवीर्य के रक्षक के रूप खड़ा है...तो विचित्रवीर्य को किसी का क्या भय हो सकता है।...चित्रांगद ने भी अपनी वीरता के स्थान पर भीष्म की वीरता का आश्रय लिया होता, तो इस प्रकार यमराज की दृष्टि उस पर न पड़ी होती। यदि भीष्म गन्धर्वराज को पराजित करता, तो सम्भव है कि हस्तिनापुर का राज्य कुछ और विस्तार पाता। गन्धर्वों की बहुत सारी भूमि अपने साम्राज्य में मिलायी जा सकती...और यदि किसी कारण से भीष्म गन्धर्वराज को पराजित न

कर पाता और अपने प्राणों से हाथ धोता, तो मान लिया जाता कि हस्तिनापुर राज्य का एक महारथी नहीं रहा...इसके पश्चात चित्रांगद को गन्धर्वराज से लड़ने की आवश्यकता ही नहीं थी। वह उससे किसी प्रकार की सन्धि कर सकता था...पर अब चित्रांगद नहीं था, विचित्रवीर्य था। विचित्रवीर्य को चित्रांगद के अनुभवों से भी लाभ उठाना चाहिए। भीष्म जैसे समर्थ व्यक्ति का पूरा उपयोग होना चाहिए। भीष्म की भुजाएँ, साम्राज्य की रक्षा करें और साम्राज्य का भोग करे विचित्रवीर्य। प्रजा का पालन करे भीष्म, और उसका स्वामी हो विचित्रवीर्य ...भीष्म को 'धाय' बना दिया जाये, जिसे माता के दायित्व तो सारे निभाने पड़ें, अधिकार उसे एक भी न हो...

एक क्षण के लिए सत्यवती के मन में एक प्रश्न जागा : क्या उसे भीष्म से तनिक भी स्नेह नहीं है? उसके प्रति सत्यवती के मन में कोई भी कोमल भावना नहीं है?...पर सत्यवती ने उस प्रश्न को टिकने नहीं दिया। प्रश्न की उस चिनगारी पर उसने जल का एक पूरा भाँड उलट दिया : 'प्रेम तो मुझे पराशर से भी था...'

पराशर के नाम से ही उसे कृष्ण द्वैपायन की स्मृति भी हो आयी।...सुना है कृष्ण अब ऋषि बन गया है। पिता के समान पूज्य माना जाने लगा है... किन्तु कैसी बाध्यता है सत्यवती की कि वह उसे विचित्रवीर्य के राज्याभिषेक में भी नहीं बुला पायी। यज्ञ करने-वाले पुरोहित के रूप में भी नहीं...

राज्याभिषेक के तत्काल बाद विचित्रवीर्य के विवाह की तैयारियाँ आरम्भ हो गयीं। सत्यवती का वश चलता तो वह राज्याभिषेक के साथ ही या उसके अगले ही क्षण विचित्रवीर्य का विवाह कर देती : किन्तु भीष्म ही नहीं, मन्त्रि-परिषद का भी यही कहना था कि हस्तिनापुर के सम्राट का विवाह पूर्ण समारोह के साथ होना चाहिए...

सत्यवती उन्हें कैसे बताती कि वह पुत्र के विवाह के लिए कैसी व्यग्र है...पता नहीं चित्रांगद की असामयिक मृत्यु ने उसका मन कैसा तो कर दिया है। उसके मन में अनहोनी का भय समा गया है।...फिर भी किसी प्रकार उसने धैर्य रखा।...समारोह की तैयारी होती रही। प्रासादों का अलंकरण हुआ। फिर नगर का प्रसाधान हुआ। स्थान-स्थान पर तोरण खड़े किये गये। मार्ग चौड़े किये गये। साज-सज्जा के लिए जो सम्भव था, वह हुआ। अभ्यागतों के ठहरने के लिए व्यवस्था की गयी।...आगन्तुक राजाओं के साथ उनके रथ होंगे...रथों के साथ घोड़े होंगे, सारथि होंगे, सेवक होंगे, कुछ सैनिक होंगे...सबको ठहरने का स्थान चाहिए। उनको ठहराने के लिए गंगा के पार जैसे मण्डपों का एक

नया नगर ही बसा दिया गया।

...निमन्त्रण भेजने का कार्य अलग चल रहा था। भीष्म को लग रहा था कि निमन्त्रण भेजने का काम भी अपने-आप में कम श्रम-साध्य नहीं है। पहले तो यही निश्चय करते-करते मस्तक में पीड़ा होने लगती है कि किसे निमंत्रित किया जाए और किसे नहीं। फिर उन लोगों के सम्मान के अनुकूल दूत का चयन। और दूतों को भेजने की व्यवस्था। उनके लिए घोड़े-रथ।...इस समय जब हस्तिनापुर में ही इतना कार्य पड़ा था, आधी क्षमता अतिथियों को निमन्त्रण भेजने में लग रही थी।...आमन्त्रित राजा हस्तिनापुर में आ जायेंगे और उनके आवास, खान-पान तथा सम्मान की समुचित व्यवस्था नहीं होगी तो क्या उन्हें अच्छा लगेगा?...और यदि यहाँ पूरी व्यवस्था कर दी गयी और अतिथियों तक निमन्त्रण ही न जा सका तो?...

अम्बा अपने कक्ष में ही बैठी बहुत कुछ देखती और सुनती रही। अनायास ही उसके कानों में विभिन्न प्रकार की सूचनाएँ पड़ती रहती थीं। कुछ दासियाँ उसे बता जाती थीं। कुछ परस्पर चर्चा के बहाने, उसे सुना जाती थीं। जब से वह हस्तिनापुर में आयी थी, यहाँ कुछ-न-कुछ हो ही रहा था।...पहले उसने विचित्रवीर्य के राज्याभिषेक की चर्चा सुनी। सब लोग इतने उल्लसित थे, पर उसे तनिक भी अच्छा नहीं लगा। किन्तु उसकी इच्छा का महत्त्व ही क्या था। जब काशी में ही उसकी इच्छा से कुछ नहीं हुआ, तो यह तो हस्तिनापुर था। ...पर फिर भी उसके चिन्तन पर तो कोई बन्धन नहीं था। वह जो चाहे सोच सकती थी, कल्पना कर सकती थी।...

सैरिन्ध्री ने अम्बा के कंगनों का नाप लिया और भर दृष्टि उसे देखा, "साम्राज्ञी बन कर राजकुमारी देव कन्याओं से अधिक सुशोभित होंगी।"

"साम्राज्ञी!" अम्बा चौंकी, "पर सम्राट के रूप में तो राजमाता सत्यवती के पुत्र विचित्रवीर्य का अभिषेक हुआ है न?"

"हाँ! क्यों?" सैरिन्ध्री मुस्कुरायी, "उन्हीं की तो साम्राज्ञी बनेंगी आप।"

"पर हमारा हरण करने वाले तो राजकुमार भीष्म थे।" न चाहते हुए भी अम्बा के मुख से निकल ही गया।

"हाँ। महाराजकुमार ही थे हरण करने वाले।" वह बोली, "हमारे सम्राट तनिक भी युद्धप्रिय नहीं हैं। इसलिए ऐसे कार्य महाराजकुमार ही करते हैं।"

अम्बा ने देखा, उसके चेहरे पर एक रहस्यमयी मुस्कान थी।

अम्बा ने कुछ नहीं कहा। सैरिन्ध्री चली गयी।

परिचारिका आयी तो अम्बा ने उससे पूछा, "हम यहाँ बन्दिनी तो नहीं हैं न?"

परिचारिका ने दाँतों-तले जिह्वा दबा ली, "हस्तिनापुर की भावी साम्राज्ञी ऐसी बात क्यों सोचती हैं?"

"मैं चाहूँ तो महाराजकुमार भीष्म से साक्षात्कार कर सकती हूँ?"

परिचारिका मुस्कुरायी, "इतनी-सी बात! सम्राट के विवाह-समारोह की तैयारियाँ चल रही हैं, इसलिए महाराजकुमार को अवकाश नहीं मिलता; अन्यथा वे स्वयं ही अब तक कई बार आपका कुशल समाचार पूछने आ चुके होते।"

"बुलाने पर आयेंगे?"

"क्यों नहीं।" परिचारिका बोली, "महाराजकुमार तो किसी अकिंचन याचक की इच्छा पर भी दौड़े चले आयेंगे। आप तो भावी साम्राज्ञी हैं।..."

"तो मुझ पर एक कृपा कर।" अम्बा बोली, "उन्हें अविलम्ब बुला ला।"

परिचारिका ने देखा : अभी तक सहज-स्वाभाविक रूप में बात करने-वाली अम्बा अकस्मात ही असहज हो उठी थी। कितनी व्यग्र लग रही थी वह।

"कोई विशेष प्रयोजन?"

"हाँ! है तो विशेष ही। किन्तु उन्हीं को बताऊँगी।"

सचमुच भीष्म के आने में तनिक भी विलम्ब नहीं हुआ। शायद वह कहीं समीप ही उपस्थित थे और परिचारिका के सूचित करते ही आ गये थे।

"क्या बात है अम्बे?"

कैसा आत्मीय सम्बोधन था—अम्बा ने सोचा—एक व्यक्ति एक ही समय में कैसे इतना आत्मीय और इतना पराया एक साथ हो सकता है।

"आप बहुत व्यस्त हैं?"

भीष्म ने उसे देखा : क्या यही पूछने के लिए अम्बा ने उसे बुलाया था? बोले, "आजकल हस्तिनापुर में सब ही व्यस्त हैं।" और फिर उनकी मुद्रा में थोड़ा-सा परिहास का रंग घुल गया, "तुम्हारे विवाह की तैयारियाँ हो रही हैं।"

"मेरे विवाह की या आपके सम्राट के विवाह की?" अम्बा के स्वर में व्यंग्य की धार स्पष्ट थी।

भीष्म ने चौंक कर उसे देखा, "क्या बात है?"

"कुछ नहीं।" अम्बा बोली, "मैंने तो मात्र एक जिज्ञासा की थी।"

"किन्तु विवाह तो वर और वधू, दोनों का होता है।"

"तो वर सम्राट विचित्रवीर्य हैं और वधुएँ—हम तीनों बहनें?"

"हाँ। क्यों?"

"तो फिर हमारा हरण करने तुम क्यों गये थे?"

भीष्म चौंके : क्या हो गया है? अम्बा को वह उन्हें 'आप' के स्थान पर अकस्मात ही 'तुम' कहने लगी है और उसके स्वर में कैसा चीत्कार है यह! यह प्रश्न नहीं था। यह तो जैसे आरोप था, आक्षेप था।

"विचित्रवीर्य तुम लोगों का हरण करने में समर्थ नहीं था। मैंने उसके साथ विवाह करवाने के लिए ही तुम लोगों का हरण किया था।"

"तो यह कहा होता, काशी के स्वयंवर-मण्डप में।" अम्बा का स्वर, जैसे स्वर नहीं था, पीड़ा का चीत्कार था।

भीष्म अवाक् खड़े अम्बा को निहारते रहे।...क्या कहना चाहती है राजकुमारी? क्या अर्थ है इसका?...हाँ। ठीक है कि स्वयंवर में उन्होंने इतना ही कहा था कि वे इन कन्याओं का हरण कर ले जा रहे हैं।...यह शायद नहीं कहा था कि वे उनका विवाह विचित्रवीर्य से करेंगे।...पर उससे क्या? यह तो हरणकर्ता की इच्छा है कि वह अपहृत कन्याओं का विवाह जिससे चाहे कर दे...

"राजकुमारी! तुम्हारे परिचारक ने मेरा परिचय देते हुए कहा था कि मैंने आजन्म ब्रह्मचर्य का पालन करने की प्रतिज्ञा की है।"

"हमारे परिचारक ने तो कहा था महाराजकुमार!" अम्बा का स्वर वैसे ही तेजोमय था, "किन्तु उस परिचय से ही क्षुब्ध हो कर तुमने हम तीनों के हरण की घोषणा की थी।..."

भीष्म समझ रहे थे कि अम्बा का अभिप्राय क्या है।...पर क्या लाभ! वह असम्भव था।...पर फिर भी भीष्म का वक्ष कैसा शीतल हो गया था। मन था कि जैसे द्रवित ही होता जा रहा था। पर यह द्रवणशीलता रोकी न गयी तो महँगी पड़ सकती है।

"हाँ।" भीष्म बोले, "मुझे उस सारे वातावरण में एक व्यंग्य की गंध आ रही थी। मुझे लगा कि सब लोग जैसे मुझ पर कटाक्ष कर रहे हैं।...पर शायद भूल मेरी ही थी। मुझे यह घोषणा कर देनी चाहिए थी। मैं चूक गया...।"

"तो महाराजकुमार! एक चूक मुझसे भी हो गयी थी", अम्बा की वाणी की करुणा, भीष्म के वक्ष को जैसे छील दे रही थी, "मैं भी तब तुम्हें नहीं बता पायी कि मैं अपनी इच्छा और अपने पिता की सहमति से सौभ नरेश राजा शाल्व को अपने पति के रूप में वर चुकी हूँ। स्वयंवर में तुमने मेरा हरण न किया होता, तो मैं उन्हीं का वरण करती।" उसने रुक कर भीष्म को देखा, "तुम धर्मज्ञ हो महाराजकुमार! इस सूचना के पश्चात जो तुम्हारी इच्छा हो, करो।"

भीष्म के मन में क्षोभ उठा। मन हुआ, पूछें, 'जब शाल्व मुझसे युद्ध कर रहा था, जब वह अपने प्राणों पर खेल रहा था; तब तुम चुपचाप क्यों बैठी

रहीं? वह कोई कौतुक था क्या? क्यों नहीं बोलीं तब तुम? मैं उसी क्षण तुम्हें रथ से उतार कर शाल्व को समर्पित कर देता।...तब तुम मुँह खोलतीं, तो मेरी समझ में आ भी जाता कि क्यों शाल्व अपने प्राण देने पर तुला हुआ था। क्यों वही इतना उग्र हो गया था। क्यों उसी ने मेरे विरुद्ध अभियान छेड़ा था।...'

पर भीष्म कुछ पूछ नहीं सके।...अम्बा ने उन्हीं का तर्क तीखे बाण के समान उन्हीं की ओर लौटा दिया था।

"इतना तो मैं अपनी धर्म-बुद्धि से कह सकता हूँ कि ऐसी स्थिति में तुम्हारा विवाह विचित्रवीर्य के साथ नहीं होना चाहिए।" भीष्म अत्यन्त शान्त स्वर में बोले, "किन्तु कोई निर्णय करने से पहले मुझे धर्मज्ञ ब्राह्मणों और माता सत्यवती से पूछना पड़ेगा।"

"यदि वे न मानें तो मेरा विवाह मेरी इच्छा के विरुद्ध विचित्रवीर्य से होगा?" अम्बा बोली, "क्या महाराजकुमार की प्रतिज्ञा की चिन्ता किये बिना उनका विवाह किसी और की इच्छा से हो सकता है?"

"नहीं।" भीष्म रोष के साथ बोले, "मेरी प्रतिज्ञा को भंग करने का अधिकार किसी को नहीं है।"

"तो महाराजकुमार, मेरी प्रतिज्ञा का भी महत्त्व समझें और उसकी रक्षा करने में मेरे सहायक हों।"

अम्बा की बात का उत्तर देने के लिए भीष्म को उपयुक्त शब्द नहीं मिल रहे थे। वह देख रहे थे कि इतने क्षोभ में भी अम्बा का मस्तिष्क अत्यन्त सन्तुलित था—वह भीष्म को उन्हीं के तर्कों में बाँध रही थी। और भीष्म थे कि सिवाय छटपटा कर रह जाने के और कुछ नहीं कर पा रहे थे।

"मैं प्रयत्न करूँगा।" भीष्म बोले और अम्बा पर दृष्टि डाले बिना बाहर चले गये।

अम्बा ने जाते हुए भीष्म को देखा : वे पीड़ित थे—क्या अपराध-बोध से? या कोई और बात थी? वे अम्बा की आँखों में देखने का साहस नहीं कर पा रहे थे...अम्बा को लगा, भीष्म को पीड़ित कर, वह भी प्रसन्न नहीं है...

विवाह-कार्य सम्पन्न करवाने के लिए आये विद्वान और धर्म के ज्ञाता ब्राह्मणों को भीष्म की बात सुन कर निर्णय करने में एक क्षण भी नहीं लगा। जो कन्या, मन-ही-मन किसी अन्य पुरुष का वरण कर चुकी है, वह एक प्रकार से उस पुरुष की विवाहिता ही है, अतः किसी अन्य पुरुष से उसका विवाह नीति-संगत नहीं है।...वैसे भी यदि अम्बा का विवाह विचित्रवीर्य से न भी हो, तो भी विचित्रवीर्य के लिए दो रानियाँ पर्याप्त थीं।...

राजवैद्य का परामर्श नहीं माँगा गया था, फिर भी उन्होंने एकान्त में भीष्म से कहा, "महाराजकुमार! सम्राट के लिए एक ही रानी पर्याप्त है। एकाधिक रानियाँ सम्राट के स्वास्थ्य के लिए शुभ नहीं हैं।"

"अपना मन्तव्य स्पष्ट कहें वैद्यराज।"

"बड़ी राजकुमारी ने तो अस्वीकार कर ही दिया है; सम्भव हो तो दूसरी राजकुमारी का विवाह भी किसी अन्य स्थान पर कर दें। सम्राट के लिए तीसरी राजकुमारी ही पर्याप्त है।"

"यह आपका निश्चित मत है?"

"सम्यक सुचिन्तित।" राजवैद्य बोले, "मैं तो सम्राट को एक पत्नी की अनुमति भी जोखिम ही मानता हूँ।"

इन विचारों को ले कर भीष्म सत्यवती के पास पहुँचे। सत्यवती ने भीष्म की सारी बात सुनी और पूछा, "तुम्हारा क्या मत है?"

भीष्म ने देखा : सत्यवती के चेहरे की सहज उत्फुल्लता विलीन हो गयी थी। कदाचित यह सारा प्रसंग ही उसके मनोनुकूल नहीं था।...तो क्या माता चाहती हैं कि तीनों राजकुमारियों का विवाह विचित्रवीर्य के साथ हो?...पर क्यों? क्या लाभ? मनोनुकूल एक पत्नी भी पति के लिए जीवन-भर का आनन्द होती है।

पर माता ने उनका मत पूछा था। वह समझ रहे थे कि माता को उनका मत पसन्द नहीं आयेगा; किन्तु सत्य तो बोलना ही पड़ेगा, "मेरा विचार है कि विद्वान ब्राह्मणों का मत ही स्वीकार्य है।"

"अर्थात?"

"अम्बा का विवाह विचित्रवीर्य के साथ न किया जाये?"

"पर तुमने उसका हरण तो उसी प्रयोजन से किया था।"

"हाँ।" भीष्म बोले, "किन्तु तब तक मुझे मालूम नहीं था कि वह शाल्व की अनुरागिनी है।...और फिर..." भीष्म ने रुक कर सत्यवती को देखा, "आपने भी तो कहा था कि उसका वय विचित्रवीर्य से अधिक है।"

"हाँ। पर यह भी तो कहा था कि राजकुमारी सुन्दर है।"

तो यह कारण है—भीष्म ने सोचा—राजमाता को सुन्दर राजकुमारी का मोह है। माता का मन शायद सन्तान से भी अधिक लोभी होता है। सन्तान भोग को विष मान भी ले तो माता सन्तान को भोग से निरत नहीं होने देगी। वह अपने मोह में अपनी सन्तान के लिए उस विष का संचय ही नहीं करेगी, उसके पान का आग्रह भी करेगी...

सहसा सत्यवती की मुखाकृति पर आवेश झलका, "वह शाल्व की

अनुरागिनी थी, या वाग्दत्ता थी...तो इतने दिनों तक वह मौन धारण किये क्यों बैठी रही? हरण के समय तुम्हें बताती। काशी से हस्तिनापुर आने तक के बीच में बहुत समय था। हस्तिनापुर आने के पश्चात भी इतने समय तक वह वाक्-शून्य प्रस्तर-प्रतिमा बनी रही। अब, जब विवाह की पूर्ण तैयारी हो चुकी है, तो आज शाल्व के प्रति उसका अनुराग जाग उठा है। हस्तिनापुर के राजपरिवार की मर्यादा के साथ खिलवाड़ कर रही है वह।"

भीष्म चुपचाप सुनते रहे। उन्हें कहना ही क्या था।

पर शायद राजमाता का आवेश चुका नहीं था, "तुमने उससे पूछा नहीं कि वह आज तक मौन क्यों रही?"

"नहीं।"

"क्यों?"

"कोई लाभ नहीं। जब वह किसी अन्य पुरुष का वरण कर ही चुकी है...।"

भीष्म चुप हो गये; किन्तु उनका मन चीत्कार करता रहा, 'राजमाता! तुम तो नारी हो। क्यों नहीं समझतीं नारी-मन को। यदि अम्बा से यह प्रश्न पूछा गया, तो वह हस्तिनापुर के राजकुल की मर्यादा के लिए घातक भी हो सकती है।'

भीष्म चुप रहे। सत्यवती भी कुछ नहीं बोली।

"तो?" अन्ततः भीष्म ने ही पूछा।

"उसे पुनर्विचार का एक अवसर और दो।"

"उसकी इच्छा के विरुद्ध?"

"अपहृत राजकुमारियों की अपनी कोई इच्छा नहीं होती।" सत्यवती ने प्रायः आदेशात्मक स्वर में कहा।

भीष्म थोड़ी देर खड़े विचार करते रहे : कहें या न कहें?...

"कोई और बात भी है?"

"हाँ! माता!" भीष्म धीरे से बोले, "राजवैद्य का मत है कि सम्राट के लिए एक से अधिक रानियाँ हित कर नहीं हैं।"

सत्यवती के चेहरे पर चिन्ता की रेखाएँ उभरीं। और फिर जैसे उसने अपनी इच्छा के विरुद्ध कहा, "तो फिर अम्बा को जाने दो।..."

भीष्म मुड़े।

"किसी दासी को आदेश दो," सत्यवती ने जोड़ा, "कि उसे कह आये कि वह अपनी इच्छानुसार कहीं भी जाने के लिए स्वतन्त्र है।"

भीष्म ने सत्यवती की ओर देखा, तो उनकी आँखों में प्रतिवाद था। किन्तु

उनकी वाणी ने प्रतिवाद नहीं किया। धीरे से बोले, "मैं उपयुक्त व्यवस्था कर देता हूँ।"

और भीष्म जब कक्ष के द्वार तक पहुँचे तो उन्हें लगा कि उन्होंने राजमाता की एक सिसकी में लिपटे हुए धीमे-से शब्द सुने, 'यदि मेरा चित्रांगद जीवित होता।...'

भीष्म ने पलट कर नहीं देखा। देखने का क्या लाभ?...माता की स्वामित्व तृष्णा का शायद कोई अन्त नहीं था।

"राजकुमारी!" भीष्म ने कहा। "विद्वान ब्राह्मणों का मत है कि यदि तुम सौभराज शाल्व की अनुरागिनी हो, तो तुम्हारा विवाह सम्राट विचित्रवीर्य के साथ नहीं होना चाहिए। अतः हस्तिनापुर का राजकुल तुम पर से अपने स्वामित्व का अधिकार और प्रतिबन्ध हटा रहा है।"

अम्बा ने भीष्म की ओर देखा : एक सुखद सूचना देने का अभिनय करने के पूर्ण प्रयत्न के बाद भी उनकी वाणी में से उल्लास नहीं, विषाद ही ध्वनित हो रहा था।

...भीष्म ने भी देखा, इस सूचना को सुन कर अम्बा के जिस आह्लाद की कल्पना उन्होंने की थी—वह किसी भी अंश में प्रकट नहीं हुआ था।

भीष्म अम्बा के उत्तर की प्रतीक्षा करते रहे, किन्तु अम्बा कुछ बोली नहीं। और उनके अपने पास कहने को और कुछ था नहीं।...

अन्ततः मौन को अम्बा ने ही तोड़ा, "तुम क्रूर हो भीष्म! निष्कासन के समय भी 'अम्बा' कह कर सम्बोधित नहीं कर सके।..."

अम्बा का एक वाक्य, भीष्म के हृदय में उतना ही उत्पात कर गया, जितना उनचास पवन मिल कर सागर तल पर मचा सकते हैं।...किन्तु उस उत्पात को प्रकट करने से मर्यादा भंग होती, भीष्म की प्रतिज्ञा दुर्बल पड़ती...। उत्पात का दमन वे कर नहीं सकते थे। पर उसे अनदेखा तो किया ही जा सकता था। अब तो उन्हें पर्याप्त अभ्यास भी हो गया था, चीजों को अनदेखा करने का। सबसे अधिक अनदेखा तो उन्होंने अपने हृदय की भावनाओं को ही किया था...।

"मेरा सारथि वीरसेन तुम्हें मेरे रथ में सौभनरेश शाल्व के पास ले जायेगा।" भीष्म अपने स्वर को यथासाध्य सन्तुलित करके बोले, "इच्छा तो थी कि जैसे काशी से लाया था, वैसे ही स्वयं अपने रथ में बैठा कर तुम्हें सौभ ले जाता और स्वयं अपने हाथों तुम्हें तुम्हारे प्रिय को समर्पित करता। किन्तु हस्तिनापुर में सम्राट के विवाह का आयोजन है। सारे दायित्व मुझ पर हैं। मैं हस्तिनापुर छोड़ नहीं पाऊँगा।..."

अम्बा का चेहरा कुछ और आक्रामक हो गया, "दाह चन्दन- काष्ठ से हो, या बबूल की लकड़ी से—शव के लिए दोनों में कोई भेद नहीं है।"

"राजकुमारी! शव-दाह करते हुए जो अपना हृदय दग्ध होता है, चन्दन-काष्ठ उस पर हल्का-सा शीतल लेप कर देता है।" भीष्म कहे बिना नहीं रह सके।

अम्बा के चेहरे पर छाये अन्धकार में हल्की-सी दरक पड़ गयी, जैसे प्रभात के समय काले अन्धकार के सलेटी होने से पड़ती है।

"आश्वस्त हुई!" अम्बा के स्वर की कटुता की धार कुछ मन्द हो गयी थी, "इसी को पर्याप्त मानूँगी।"

"एक अनुग्रह मुझ पर करना।" भीष्म बोले, "मार्ग में ही कहीं रथ छोड़ मत देना। वीरसेन को अपने गन्तव्य तक पहुँचने देना। मार्ग में विघ्न मत डालना। तुम्हें शाल्व के पास पहुँचा कर, उसकी ओर से संदेश ले कर वीरसेन लौटेगा, तो ही मेरे मन को सन्तोष होगा।"

"तुम्हारे सन्तोष को अपनी उपलब्धि मानूँगी।" अम्बा की आँखें डबडबा आयीं।

अम्बा अपनी बहनों से विदा लेने गयी, तो वे दोनों ही अत्यन्त विचलित हो उठीं। अपनी दशा छिपाने के लिए अम्बिका ने अपनी आँखें बन्द कर लीं और अपने जबड़े कस लिए। किन्तु, अम्बालिका, अम्बा के जाने की सूचना पा कर भय से एकदम पीली पड़ गयी; और घबराहट के मारे उसके शरीर में हल्की-सी कँपकँपी दौड़ गयी, "दीदी! हम यहाँ अकेली कैसे रहेंगी?"

अपने विषाद के बीच भी, अम्बा अपनी मुस्कान रोक नहीं पायी, "पगली। यदि हम तीनों का इस प्रकार एक साथ हरण न हुआ होता, और तुम अपने मनभावन वर के साथ अपने ससुराल गयी होतीं, तो वहाँ भी तुम्हारे साथ तुम्हारी दीदी होती क्या?"

अम्बालिका का स्वर कुछ खुला, "पर दीदी! वहाँ हम अपने ससुराल में होतीं। यहाँ इस प्रकार अपरिचित अपहरणकर्ताओं के बीच।..."

अम्बिका की आँखें खुल गयीं। वह अम्बालिका की बात पर हल्के से मुस्कुरायी पर बोली कुछ नहीं।

"अब तुम अपरिचित अपहरणकर्ताओं के बीच नहीं हो।" अम्बा गम्भीर स्वर में बोली, "सम्राट के साथ तुम दोनों के विवाह का आयोजन हो रहा है। तुम दोनों साम्राज्ञियाँ बनोगी। यह तुम्हारा ससुराल ही तो है।...फिर तुम दोनों तो साथ हो, अकेली तो मैं जा रही हूँ।" अम्बा ने रुक कर देखा : आसपास कोई नहीं था, "और एक बात याद रखना।"

दोनों बहनें अम्बा के निकट सरक आयीं।

अम्बा धीमे स्वर में बोली, "यहाँ तुम्हारे सबसे बड़े हितैषी, तुम्हारा हरण करके लाने वाले महाराजकुमार भीष्म ही हैं। आवश्यक होने पर, उनसे कहने से मत चूकना।"

अम्बा ने अपनी आँखें पोंछीं और उठ खड़ी हुई, "अच्छा। चलती हूँ।"

वह कक्ष से बाहर निकली तो देखा, वीरसेन उसकी प्रतीक्षा में खड़ा था—अकेला।

अम्बा को निराशा हुई।...

'किस बात की निराशा है?'—उसने अपने-आपसे पूछा—'भीष्म उससे विदा ले कर जा चुके हैं...और फिर अब भीष्म आयें न आयें...।'

पर उसने पूछ ही लिया, "महाराजकुमार नहीं आये?"

"उन्होंने कहा था कि आपसे कह दूँ कि उन्हें कार्यवश अन्यत्र जाना पड़ रहा है। वे आ नहीं सकेंगे। आप उन्हें क्षमा करें।" वीरसेन ने बताया।

अम्बा कुछ नहीं बोली। चुपचाप चलती हुई बाहर आयी। रथ तैयार खड़ा था। वह उसमें जा बैठी।

रथ चला तो अम्बा की आँखें अनायास ही प्रासाद की ओर उठ गयीं ...शायद किसी गवाक्ष से दो नयन झाँक रहे हों...शायद किसी द्वार पर कोई अपनी आँखों में विषाद की छाया लिए खड़ा हो...

पर कहीं कोई बात नहीं थी।

अम्बा के मन में भावों के कई द्वन्द्व परस्पर गुँथे हुए, एक-दूसरे को परास्त करने का प्रयत्न कर रहे थे...

अब कोई आये या न आये, गवाक्ष से एक जोड़ी आँखें झाँकें या ना झाँकें, किसी द्वार पर कोई निराश-सा खड़ा हो या न हो...क्या अन्तर पड़ेगा.. .वह तो जा ही रही है...भीष्म अपनी प्रतिज्ञा का पालन कर रहा है...

पर इन द्वन्द्वों के आवेग को झेलते हुए क्या वह शाल्व के साथ प्रसन्न रह पायेगी?...शाल्व उसे पा कर कितना प्रसन्न होगा। कितने उत्साह से उसका स्वागत करेगा। अपने प्राणों को जोखिम में डाल कर उसने भीष्म से युद्ध किया था। अपने प्राणों के मूल्य पर भी जिसे वह पा नहीं सका...वह भीष्म की अनुकम्पा से, उसे सहज ही प्राप्त हो गयी...उसके जीवन में तो उत्सव होगा...किन्तु अम्बा के मन की यह ग्रन्थि...अपनी इस ग्रन्थि के साथ शाल्व के उत्सव को झेल पायेगी अम्बा?...

यदि भीष्म उसके मार्ग में न आया होता...उसने शाल्व के कण्ठ में जयमाला डाल दी होती। वे पति-पत्नी आजीवन प्रेम-युगल का-सा उत्सव

मनाते रहते...पर विधाता की क्रीड़ा-वृत्ति कैसे परितृप्त होती ...अब यह एक कलंक...एक फफोला...एक क्षत ले कर जीना...और कहीं उसका कोई घाव उद्‌घाटित हो गया, तो दाम्पत्य जीवन में उत्पन्न होने वाली समस्याएँ...ओ मेरे विधाता!...

अम्बा का मस्तक उसकी हथेली पर आ टिका।

हस्तिनापुर का नगर-द्वार आ गया।

अम्बा की चेतना बर्हिमुखी हुई। उसने चारों ओर देखा : शायद नगर-द्वार के बाहर भीष्म रथ पर बैठे थे। वीरसेन ने उनके निकट पहुँच कर वल्गा खींच ली।

"राजकुमारी! मैं तुम्हें हस्तिनापुर लाया था," भीष्म धीरे-से बोले, "इसलिए तुम्हें हस्तिनापुर से विदा करने का दायित्व भी मेरा ही है। मैंने सोचा, इस अवसर पर मेरा उपस्थित न होना, शालीन कृत्य नहीं होगा...।"

"कृपा है तुम्हारी भीष्म!" अम्बा बोली, "जाते हुए एक कृपा की याचना और कर रही हूँ।"

"क्या?"

"एक अभिभावक के समान मेरी बहनों की देख-भाल करना।" अम्बा ने अत्यन्त कोमल स्वर में कहा, "वे दोनों मूर्ख होने की सीमा तक अबोध हैं। देखना, उन्हें कोई कष्ट न हो।"

"मुझे तुम्हारा वचन याद रहेगा अम्बे!" भीष्म ने कहा, और रथ से परे हट गये।

वीरसेन अपने स्वामी का संकेत समझ गया। उसने रथ हाँक दिया।

अम्बा और अम्बालिका का विचित्रवीर्य के साथ बहुत धूमधाम से विवाह हुआ। भीष्म इस विवाह के विभिन्न कार्यों में ऐसे जुटे हुए थे, जैसे वर उन्हीं का पुत्र हो, और वधुएँ उनकी पुत्रियाँ।

कुछ लोगों ने टोका भी! स्वयं माता सत्यवती ने समझाया, "इस प्रकार अपने साथ अत्याचार मत करो। ऐसा न हो तुम्हारा स्वास्थ्य ढीला पड़ जाये। फिर इन सारे कार्य-कलाप को सँभालेगा कौन?"

पर भीष्म जैसे स्वयं अपने हठ के दास हो गये थे। विचित्रवीर्य के विवाह के सम्बन्ध में हुए प्रत्येक समारोह के नियन्ता वे ही थे। कहीं किसी भी कार्य में न्यूनता न रह जाये...

और मन-ही-मन भीष्म जानते थे कि वह अपने-आपसे लड़ रहे थे। विदा

होती हुई अम्बा की वह छवि, उनके हृदय में ऐसी अंकित हुई थी कि मिटना तो दूर, वह तनिक-सी धूमिल भी नहीं हुई।...एकान्त का एक क्षण मिलते ही जैसे हृदय में अंकित अम्बा की छवि सजीव हो उठती, 'तुमने मेरे साथ अत्याचार किया है भीष्म!...शाल्व के प्रति मेरा आकर्षण अवश्य था, क्योंकि मेरे जीवन की वाटिका में पवन का कोई दूसरा झोंका आया ही नहीं था।... किन्तु जब तुम आये, मुझे अपने हृदय को टटोलना पड़ा...शाल्व के लिए मेरे मन में क्या था...अनुराग? या...तुमने मेरा हरण किया...और मैं तुम्हारी वीरता पर रीझ-रीझ गयी। कोई संदेह नहीं कि शाल्व ने भी वीरता दिखायी थी। वह अनेक राजाओं के साथ मिल कर अपनी 'प्रिया' के लिए तुमसे लड़ पड़ा था...और तुम अकेले...मैंने तुम्हारा रूप देखा, तुम्हारा संकल्प देखा, तुम्हारा साहस और धैर्य देखा, तुम्हारी शस्त्र-कला देखी, तुम्हारा युद्ध-कौशल देखा...और जैसे-जैसे तुम्हारी तुलना शाल्व से करती रही, तुम पर रीझती गयी।...वह हस्तिनापुर तक की यात्रा...तुम्हारे एक सम्बोधन 'अम्बे' पर मेरा हृदय जाने कैसी-कैसी कल्पनाएँ कर गया। मेरे जीवन में जो वसन्त कभी नहीं जागा था, वह तुम्हारा एक सम्बोधन जगा गया...और अन्ततः तुमने जैसे मुझे हिमालय के उच्चतम शिखर से सागर की अतल गहराई में धक्का दे दिया, 'मैंने तुम तीनों का हरण विचित्रवीर्य के साथ विवाह करने के लिए किया था...'

भीष्म अपने मन में बोलती अम्बा की छवि को बड़ी कठिनाई से चुप कराते।...वे मानते थे, यह सब उनका भ्रम है। नहीं! शायद यह भ्रम भी नहीं है, उन्होंने आज तक अपनी जिन कामनाओं का बलात दमन किया था, उन सबने ही मिल कर जैसे अम्बा का रूप धारण कर लिया था...उनका अपना हृदय ही उन्हें छल रहा था।...वे समझते थे कि उन्होंने अपनी कामनाओं को जीत लिया है, काम को पराजित कर दिया है। पर ऐसा कुछ भी नहीं हुआ। अधिक-से-अधिक, उन्होंने अपने संकल्प से उन सबको दबा रखा है। उनके संकल्प के शिथिल होने का कोई बहाना उपस्थित हुआ और उनकी सारी दुर्बलताएँ साँप-बिच्छुओं के समान कुलबुलाने लगती हैं...और ऐसे में भीष्म का मन काँप-काँप जाता है...युवावस्था में अपनी दुर्बलताओं को वे संकल्पपूर्वक बाँधे रहे...और प्रौढ़ावस्था या वृद्धावस्था आने पर उनका संकल्प शिथिल हो जाये...तब अपने पिता के समान बढ़ी अवस्था में उनका काम जागा तो क्या होगा भीष्म का? प्रतिज्ञा निभाने का यश उतना नहीं मिलता जितना दुर्बल पड़ने पर अपयश...क्या अन्नत में भीष्म के भाग्य में कलंक ही लिखा है?...

भीष्म जैसे स्वयं अपने-आप पर मुस्कुराये :...उन्होंने पिता को काम-यातना

में तड़पते देख कर समझा था कि उनके अपने मन में जैसे काम का आकर्षण है ही नहीं। तभी तो वैसी प्रतिज्ञा कर पाये थे वे।...उनका विवेक आज भी जानता है कि काम तो एक दाम है, जीव को बाँधने के लिए...किन्तु मन...मन मानता है क्या?...कैसे तड़पता है मन...और विवेक खड़ा देखता ही रह जाता है।...कहीं एक क्षण के लिए विवेक सोया और मन ने अनर्थ किया...

पिता ने उनकी प्रतिज्ञा सुन कर उनका नाम भीष्म रख दिया था। सारा संसार यह मानता है कि भीष्म जैसा दृढ़ संकल्प किसी में नहीं है। दृढ़ता और संकल्प...भीष्म का मन हुआ, स्वयं पर ज़ोर-ज़ोर से हँसें। वे जानते हैं अपने संकल्पों को...अम्बा ने कैसे डिगा दिया है उनके संकल्प को...नहीं अम्बा ने क्या डिगाया है। उनका अपना मन ही इतना लोलुप है कि लपके बिना नहीं रहता...बाहर क्या रूप है भीष्म का...और भीतर...

भीष्म को लगा, वे अपने-आपसे डरने लगे हैं।

27

विचित्रवीर्य प्रातः जागा, तो उसे हल्का-सा ज्वर था। शरीर बहुत दुर्बल लग रहा था और सिर का भारीपन भी कुछ बढ़ गया था...वैसे उसके लिए अपनी इस अवस्था में कोई नवीनता नहीं थी। वर्षों से वह ऐसा ही चल रहा था। वह तो एक प्रकार से उसका अभ्यस्त भी हो गया था।...मन तनिक स्वस्थ हुआ और तन ने साथ दिया तो दासियों को बुला लिया।...शरीर दुर्बल लगा, मन भारी हुआ तो मदिरा के कई पात्र...फिर न शरीर की दुर्बलता का भान रहता, न मन के भारीपन का।...पर जब से भीष्म और माता सत्यवती में कोई समझौता हो गया था, तब से दासियों की अपेक्षा उसे अपना अधिक समय ब्राह्मणों की संगति में बिताना पड़ता था; और मदिरा से अधिक उसे राजवैद्य की तिक्त औषधियों का पान करना पड़ता था।...और ऊपर से माता ने भीष्म के साथ मिल कर उसके विरुद्ध षड्यन्त्र रचा था।...उन्होंने उसे सम्राट बना दिया था। सम्राट बनने तक उसे कोई आपत्ति नहीं थी, किन्तु उसके बाद प्रतिदिन जा कर राजसभा में सिंहासन पर बैठे रहना और मन्त्रियों, जन-प्रमुखों, ब्राह्मणों...और जाने किस-किसके भाषण सुनना...और फिर उन पर विचार करना...यह सब विचित्रवीर्य के वश का नहीं था। इससे तो अच्छा था कि उसे मदिरा का एक भाँड दे कर, अपने कक्ष में छोड़ दिया जाता...

"आर्यपुत्र!"

विचित्रवीर्य ने आँखें खोलीं : अम्बिका और अम्बालिका, दोनों ही सामने

खड़ी थीं।...ये दोनों इस प्रकार एक-दूसरी से क्यों जुड़ी रहती हैं—उसने सोचा—जब देखो, तब एक साथ! विचित्रवीर्य तो दो दिन में ही ऊब जाये, यदि उसे किसी एक के साथ इस प्रकार जुड़ कर रहना पड़े।

"उठिए।" अम्बिका बोली, "विलम्ब हो रहा है। राजसभा आपकी प्रतीक्षा में है।"

'राजसभा।' विचित्रवीर्य का मन हुआ, वह ऊँचे स्वर में चिल्लाये...पर उसके सिर का भारीपन उसे चिल्लाने की अनुमति ही नहीं दे रहा था। इससे पहले कि वह सिर के भारीपन पर खीझता, उसका ध्यान दूसरी ओर चला गया, "मैं आज सभा में नहीं जाऊँगा।..." वह धीरे-से बोला, "मेरा स्वास्थ्य ठीक नहीं है।"

अम्बिका ने उसके माथे पर हाथ रखा : उसे ज्वर का आभास हुआ।... उसने अम्बालिका की ओर देखा। अम्बालिका ने उसका तात्पर्य समझ कर अपनी हथेली विचित्रवीर्य के माथे पर रखी।

"ज्वर है।" वह बोली।

"माता को सूचित करें?" अम्बिका ने पूछा।

"माता को क्या सूचित करना है!" विचित्रवीर्य ने खीझ कर कहा, "मुझे विश्राम करने दो।"

"पर माता को सूचित करने में क्या आपत्ति है आपको?"

"क्योंकि मैं बच्चा नहीं हूँ, कि मेरे सम्बन्ध में प्रत्येक छोटी-बड़ी बात की सूचना माता को दी जाये।"

"तो क्या हैं आप?"

"मैं अब युवक हूँ।"

"आपके यौवन से पर्याप्त परिचित हैं हम!" अम्बिका के स्वर का कटाक्ष प्रत्यक्ष था।

"क्या परिचित हो यौवन से..." विचित्रवीर्य की खीझ उभरी; किन्तु अगले ही क्षण उसका स्वर दब गया, "अस्वस्थ हूँ इन दिनों, अतः दुर्बल हूँ।"

"तो माता को सूचित क्यों नहीं करने देते?"

"जाओ! सूचित कर दो माता को।" विचित्रवीर्य की खीझ मुखर हो उठी, "वे वैद्य को बुलाएँ। वैद्य मुझे विष के समान तिक्त औषधियाँ पिलायें।... जाओ। बता दो माता को।"

किन्तु सत्यवती को बताने के लिए किसी को जाना नहीं पड़ा। वह स्वयं ही कक्ष में आ गयी, "क्या बताना है माता को?"

"आर्यपुत्र का स्वास्थ्य?..." अम्बिका बोली।

"क्या हुआ मेरे बच्चे को।" सत्यवती झपट कर विचित्रवीर्य के पास आयी और उसके माथे पर हाथ रख कर बोली, "इसे तो ज्वर है।"

उसने अम्बिका की ओर देखा : अम्बिका ने सिर झुका लिया, जैसे इसमें उसी का दोष हो। अम्बालिका जा कर अम्बिका के पीछे खड़ी ही नहीं हुई, उसने स्वयं को बड़ी बहन की ओट में पूर्णतः छिपा लिया था।

सत्यवती ने साथ आयी परिचारिका की ओर आँखें फेरीं, "राजवैद्य को सूचित करो। तुरन्त! किसी तीव्रगामी अश्वारोही को भेजो...या ऐसा करो, किसी सारथि को भेजो, वैद्य को अपने रथ पर बैठा कर ले आये।"

"जो आज्ञा।" परिचारिका चली गयी।

सत्यवती की इच्छा हुई, पीछे से पुकार कर कहे कि किसी को भेज कर भीष्म और महामन्त्री को भी सूचित कर दे...किन्तु फिर कुछ सोच कर चुप ही रही।

परिचारिका चली गयी।

उन्हें अब राजवैद्य की प्रतीक्षा ही करनी थी। पर इतनी देर तक सत्यवती निष्क्रिय तो नहीं बैठ सकती थी।...वह जा कर विचित्रवीर्य के सिरहाने बैठ गयी।

"लाओ! तुम्हारा सिर दबा दूँ मेरे लाल!"

विचित्रवीर्य ने संकोच से अपनी पत्नियों की ओर देखा।

सत्यवती की दृष्टि ने उसकी आँखों का पीछा किया; और सहसा वह रोष मिश्रित स्वर में बोली, "खड़ी देख क्या रही हो। तुम्हारा पति अस्वस्थ है। उसकी सेवा करनी चाहिए। पैर दबाओ अपने पति के।"

अम्बिका और अम्बालिका ने एक-दूसरी की ओर देखा और एक मूक समझौते के अधीन आ कर विचित्रवीर्य के पैरों के पास, पलंग के दोनों ओर बैठ गयीं। वे दोनों धीरे-धीरे पति की टाँगें चाँपने लगीं।

विचित्रवीर्य ने एक झुरझुरी-सी ली और अपनी टाँगें खींच लीं। उसने सत्यवती की ओर देखा, "बन्द करो माँ! यह सब।"

"क्यों?" सत्यवती चकित थी, "क्या बात है मेरे लाल? कोई असुविधा हुई? क्या शरीर को आराम नहीं मिलता?"

"इनके स्पर्श से मेरे शरीर का ताप बढ़ता है।"

अम्बिका और अम्बालिका ने संकोच से दृष्टि भूमि में गाड़ ली।

सत्यवती को विचित्रवीर्य की असुविधा समझने में थोड़ा समय लगा। ...समझने के पश्चात उसे थोड़ा आश्चर्य हुआ।...पत्नी का स्पर्श भी उसके शरीर में ताप बढ़ाता है...इतना कामातरेक है विचित्रवीर्य में...

राजवैद्य ने आ कर विचित्रवीर्य की नाड़ी देखी। सम्राट की आँखों, जिह्वा और त्वचा का परीक्षण किया। थोड़ी देर सोचते रहे और बोले, "राजमाता! मेरे साथ आयें।" उसने मुड़ कर अम्बिका और अम्बालिका की ओर देखा, "आप लोग जायें। सम्राट को विश्राम की आवश्यकता है।"

राजवैद्य के साथ सत्यवती दूसरे कक्ष में आयी।

"क्या बात है वैद्यराज?"

"सम्राट की कामेच्छा असाधारण रूप में प्रबल है। शरीर दुर्बल है।...और आपने उन्हें एक नहीं, दो-दो सुन्दरी पत्नियाँ उपलब्ध करा रखी हैं।..."

सत्यवती को लगा, राजवैद्य ने पूरी बात नहीं कही थी।

"स्पष्ट कहें वैद्यराज!"

"और स्पष्ट क्या कहूँ राजमाता!" राजवैद्य ने सिर झुका लिया। उसका स्वर और भी धीमा हो गया, "मुझे सम्राट में क्षय रोग के लक्षण दिखायी दे रहे हैं।..."

सत्यवती फटी-फटी आँखों से राजवैद्य को देखती रही...शब्द जैसे सारे-के-सारे खो गये थे...

"मैंने तो राजमाता से पहले भी निवेदन किया था कि सम्राट को स्त्री-प्रसंग से दूर रखें।" राजवैद्य के शब्दों में विषाद की ध्वनि स्पष्ट थी, "सम्राट के विवाह से पहले भी मैंने महाराजकुमार से निवेदन किया था कि सम्राट के स्वास्थ्य के लिए एक पत्नी भी जोखिम का कारण हो सकती है। फिर भी दो रानियाँ... ।"

"किन्तु राजाओं के लिए दो रानियाँ कोई अतिरिक्त विलास का प्रमाण नहीं है वैद्यराज!" सत्यवती के स्वर में प्रतिवाद की ध्वनि थी।

"वे राजा सैकड़ों योजन की यात्रा घोड़े की पीठ पर करते हैं और आठ-आठ प्रहर शस्त्र-परिचालन करते हुए भी थकते नहीं हैं राजमाता! हमारे सम्राट का शारीरिक स्वास्थ्य उस कोटि का नहीं है।" राजवैद्य ने कहा, "कृपया रानियों को सम्राट से दूर रखें ताकि न तो रानियों पर सम्राट के रोग का प्रभाव पड़े और न ही सम्राट व्यर्थ ही कामोत्तेजना के कारण अपने स्वास्थ्य का और भी क्षय करें... ।"

सत्यवती का मन जैसे एकदम बुझ गया।

क्या है यह सब? कौन-सा पाप किया है सत्यवती ने, जिसका उसे यह दण्ड मिल रहा है। पहले अपना प्रिय तापस छूटा, नन्हे कृष्ण द्वैपायन को त्यागा; फिर वृद्ध पति पाया, विधवा हुई, चित्रांगद छोड़ गया और अब यह

विचित्रवीर्य...क्या यह सब केवल इसलिए कि सत्यवती और उसके बाबा ने राज्य का लोभ किया, या इसलिए कि उसने भीष्म के अधिकार का अपहरण किया...पर क्या पाया उसने? सब कुछ तो खोया ही खोया है...क्या यह सब उसका अपना कृत्य है...या किसी और का?...भगवान का या मनुष्य का?...

सत्यवती को लग रहा था कि वह या तो सशब्द रो पड़ेगी और दीवारों से अपना सिर टकरायेगी, या फिर वह किसी का मुँह नोच लेगी...उसे मालूम तो होना चाहिए कि उसी के साथ यह सब क्यों हो रहा है?...राजवैद्य कहता है कि उसने भीष्म को बताया था कि सम्राट के लिए एक भी पत्नी...तो भीष्म बार-बार क्यों कहता रहा कि विचित्रवीर्य का विवाह कर दिया जाये? वह विचित्रवीर्य को पत्नी उपलब्ध कराने के लिए इतना व्यग्र क्यों था?...इसलिए कि पत्नी को पा कर अपनी कामासक्ति के कारण विचित्रवीर्य अपने स्वास्थ्य का नाश कर ले और प्राणों से हाथ धोये...हाँ! क्यों नहीं चाहेगा, भीष्म ऐसा? ...वह कैसे भूल सकता है कि उसे राज्याधिकार से अपदस्थ करने वाली मैं हूँ ...मुझे और मेरी सन्तान को वह सुखी देख ही कैसे सकता है।...जब चित्रांगद मृत्यु से जूझ रहा था, तो यह तपस्या का ढोंग कर गंगा पार अपनी कुटिया में जा बैठा था।...कोई बड़ी बात नहीं है, यदि इसी ने गन्धर्वराज को उकसा कर चित्रांगद से लड़ने को भेजा हो।...और अब मुझसे मीठी-मीठी बातें कर, मेरे पुत्र को पत्नी का लोभ दिखा, तीन-तीन कन्याओं का हरण कर लाया...वह जानता था कि विचित्रवीर्य के लिए काम-प्रसंग घातक है, तो भी वह तीन-तीन कन्याएँ हर लाया...

यह भीष्म मेरा और मेरी सन्तान का नाश करके ही छोड़ेगा...

सत्यवती आवेश में बाहर निकली। सारथि को रथ लाने का संकेत किया और रथारूढ़ हो कर कहा, "महाराजकुमार के प्रासाद में ले चलो।"

भीष्म के प्रतिहारी ने राजमाता को प्रणाम किया।

"महाराजकुमार हैं?"

"हैं राजमाता!" उसने कहा, "वे सारथि वीरसेन से चर्चा कर रहे हैं। वीरसेन अभी-अभी सौभ से लौटे हैं।"

सत्यवती ने और जिज्ञासा व्यर्थ समझी। कक्ष में प्रवेश किया तो जिस व्यक्ति पर सबसे पहले उसकी दृष्टि पड़ी, वह अम्बा थी। लम्बी-ऊँची गौर-वर्णा नारी। बड़ी-बड़ी काली आँखें, तीखी नाक, लम्बे काले बाल, आकर्षक नारी अवयव। पूर्ण और विकसित नारीत्व की स्वामिनी!...किन्तु इस समय थकी हुई, एक लम्बी यात्रा से धूल-धूसरित। बिखरे हुए केश। कुछ-कुछ लालिमा

लिए आँखें, जैसे अभी-अभी रोई हो...

पर यह यहाँ क्या कर रही है? यह तो सौभ गयी थी।

"राजकुमारी तुम!" सत्यवती का आश्चर्य प्रकट हो ही गया।

पर अम्बा ने न तो राजमाता के प्रश्न का उत्तर दिया : और न प्रणाम ही किया। उसने उपेक्षा से मुख फेर लिया; और सत्यवती को लगा, उसने ओट में हो कर अपनी आँखें पोंछी हैं।

भीष्म और वीरसेन ने राजमाता को प्रणाम किया।

"भीष्म! यह?" सत्यवती ने पूछा।

"हाँ माता! शाल्व ने राजकुमारी को स्वीकार नहीं किया। वह कहता है कि वह क्षत्रिय राजा है। युद्ध में जीत सकता तो जीत लेता, वह भीष्म का दिया दान नहीं ले सकता।" भीष्म धीरे से बोले।

"पूरी बात क्यों नहीं बताते तुम!" सहसा अम्बा रुदन और आक्रोश-भरे स्वर में बोली, "मुझसे सुनो राजमाता!" उसकी आँखें सत्यवती पर जम गयीं, "वह कहता है कि जिस क्षण भीष्म ने स्वयंवर-मण्डप में मेरी बाँह पकड़ मुझे अपने रथ पर बैठाया—मैं उसी क्षण से स्वयंवर में जीती हुई भीष्म की वीर्यशुल्का पत्नी हो गयी। और जो धर्मतः भीष्म की पत्नी है, उसे धर्मज्ञ सौभराज शाल्व अपनी पत्नी के रूप में कैसे स्वीकार कर सकता है। वह परस्त्रीगामी नहीं बनना चाहता।..."

"पर यह झूठ है।" सत्यवती का मन ऐसा काँपा, जैसे आकाश उस पर टूट पड़ा हो, या धरती फट गयी हो और वह रसातल तक गिरती ही चली जा रही हो।

"झूठ और सच का निर्णय कौन करेगा राजमाता—एक स्त्री का स्वार्थ?"

"क्या कहना चाहती हो?" सत्यवती को लग रहा था, जैसे उसके चारों ओर सहस्रों भूत-पिशाच जाग कर अट्ठहास कर रहे हों।

"मैं सम्राट शान्तनु के ज्येष्ठ पुत्र की भार्या हूँ। मुझे मेरा अधिकार मिलना चाहिए।"

"तुम झूठी हो।" सहसा सत्यवती असह्य वेदना से फट पड़ी, "भीष्म ने आजीवन ब्रह्मचर्य का पालन करने की प्रतिज्ञा की है। वह तुम्हारा हरण अपने छोटे भाई विचित्रवीर्य के लिए करके लाया था। तुमने स्वयं ही कहा था कि तुमने मन-ही-मन सौभराज शाल्व का वरण कर रखा है। अन्यथा तुम्हारा विवाह विचित्रवीर्य से हो ही जाता और तुम कुरु साम्राज्य की साम्राज्ञी होतीं।"

"वह तो मैं हूँ ही!" अम्बा एक-एक शब्द को चबा-चबा कर बोली, "किन्तु मैं शान्तनुनन्दन देवव्रत भीष्म की भार्या हूँ। हस्तिनापुर के राजकुल को

मुझे इसी रूप में स्वीकार करना होगा।..."

सत्यवती का मन हुआ कि वह चीख कर इतना रोये कि राजप्रासाद की दीवारें हिल जायें—वह क्या इस प्रकार प्रवंचित होने के लिए कुरुकुल की रानी बन कर आयी थी। शान्तनु और भीष्म ने जो वचन दिये थे, उनको यह स्त्री इस प्रकार उससे छीन लेगी...या क्या यह भी भीष्म का ही तो कोई षड्यन्त्र नहीं है। वह एक ही दाँव में अपनी दोनों प्रतिज्ञाओं का निराकरण कर लेना चाहता है।...

"भीष्म!" सत्यवती ने चीत्कार किया।

"धैर्य धारण करें माता!" भीष्म ने यथासम्भव शान्ति से कहा, किन्तु उनके मन की उद्वेलित स्थिति अनुद्घाटित न रह सकी। फिर वे सारथि की ओर मुड़े, जैसे इस बवण्डर में वे कुछ देर तक उसका अस्तित्व भूल गये हों, और अब सहसा ही उसके प्रति सचेत हो गये हों, "तुम जाओ वीरसेन! थके हुए हो। नहाओ, धोओ! विश्राम करो।"

और तब उन्होंने सत्यवती से कहा, "आप आसन ग्रहण करें माता! काशी की राजकुमारी इस समय अत्यन्त उद्वेलित मनःस्थिति में है। वह दुखी है। उसकी पीड़ा मैं समझता हूँ...।"

"मुझे बहलाने का प्रयत्न मत करो।" अम्बा बीच में ही बोली, "यदि तुम क्षत्रिय हो, तो मैं भी क्षत्रिय-कन्या हूँ। तुम अपनी प्रतिज्ञा पर अटल हो, तो मैं भी अपना संकल्प पूरा करूँगी।"

"सुनो राजकुमारी!" भीष्म बोले, "तुम्हारे दुर्भाग्य पर मुझे दुख है; किन्तु तुम्हारा अपराधी मैं नहीं हूँ।...तुम्हारे अपहरण में कहीं अधर्म नहीं था। तुमने शाल्व के प्रति अपना अनुराग प्रकट करके भी कोई अन्याय नहीं किया। और शाल्व का तुम्हें अंगीकार न करने का कारण भी धर्म-विरुद्ध नहीं है...।"

"सबने अपने धर्म का ही निर्वाह किया है तो यह अधर्म क्यों हो रहा है?" अम्बा क्षुब्ध स्वर में बोली, "पिता के घर से मैं स्वयंवर में हरी गयी। अतः मैं लौट कर अपने पितृ-कुल में नहीं जा सकती। जो मुझे हर कर लाया, वह मुझे ग्रहण नहीं करता, क्योंकि वह ब्रह्मचर्य की प्रतिज्ञा में बँधा हुआ है; और जो मुझसे प्रेम करता था और विवाह करना चाहता था, वह मुझे इसलिए अंगीकार नहीं कर रहा, क्योंकि वह मेरा हरण नहीं कर सका...जब किसी ने भी अधर्म नहीं किया, किसी ने पाप नहीं किया, किसी ने अन्याय नहीं किया—तो फिर यह सारी यातना मेरे ही लिए क्यों?...तुम क्यों नहीं मेरे समान वन-वन और नगर-नगर भटक रहे?..."

"राजकुमारी! यह दुर्भाग्यपूर्ण स्थिति है।" भीष्म यथासम्भव शान्त स्वर में

बोले, "कभी-कभी जीवन में परिस्थितियों के ऐसे विचित्र समीकरण बन जाते हैं कि व्यक्ति कष्ट भी पाता है, और उसके लिए किसी को दोषी भी नहीं ठहरा सकता। तुम ऐसी ही एक स्थिति में खड़ी हो इस क्षण!...किन्तु ऐसी कोई कठिनाई नहीं है, जिसका पार हम धैर्य और विवेक से नहीं पा सकते। तुम धैर्य रखो। हम तुम्हारी सहायता करेंगे। तुम पितृ-कुल में लौटना चाहो तो, विचित्रवीर्य से विवाह करना चाहो तो..."

और सहसा सत्यवती के मन में ज्वार उठा, 'नहीं! नहीं!! भीष्म, ऐसा मत करना। राजवैद्य विचित्रवीर्य को स्त्री-प्रसंग से दूर रखने का आदेश दे रहा है और तुम उसके लिए एक और पत्नी की व्यवस्था कर रहे हो...हत्या करोगे क्या उसकी?'

पर सत्यवती बोली कुछ नहीं।

"क्या बात है माता? आप इतनी उद्विग्न क्यों हैं?" भीष्म ने पूछा।

किन्तु इससे पहले कि सत्यवती कोई उत्तर देती, अम्बा बोली, "मुझे न अब पितृ-कुल में लौटना है, न निर्वीर्य विचित्रवीर्य से विवाह करना है, न कुरु-कन्या बन कर हस्तिनापुर में रहना है, न सौभ-नरेश शाल्व के पास जाना है...।"

"तो क्या इच्छा है राजकुमारी?"

"मैं जिसकी भार्या हूँ, वह मुझे अंगीकार करे। मुझे कुरुकुल में अपना उचित, उपयुक्त, धर्मयुक्त स्थान प्राप्त हो, नहीं तो...।"

"नहीं तो?"

"नहीं तो मैं अपने अपमानित जीवन के प्रतिकार-स्वरूप भीष्म! कोई भयंकर कृत्य करूँगी..." उसने भीष्म की ओर देखा, "इस एक स्त्री के सुख के लिए, तुम मेरा जीवन इस प्रकार नष्ट नहीं कर सकते। यह अपने जिस वंश के सुख के लिए यह सब कर रही है, मैं उस वंश का सम्पूर्ण नाश कर दूँगी।..."

सत्यवती की इच्छा हुई कि वह अपनी आँखें बन्द कर ले : उसके सामने काशिराज की पुत्री अम्बा नहीं, जो उसे और उसके वंश का सर्वनाश करने पर तुली हुई थी, यह तो कोई भयंकर कृत्या थी, शापग्रस्त, उद्विग्न प्रेतात्मा...यदि उसकी बात मान ली जाये। सत्यवती यदि भीष्म को उससे विवाह करने की अनुमति दे दे, तो अगले ही क्षण हस्तिनापुर की साम्राज्ञी के रूप में अधिकार ग्रहण कर, भीष्म का राज्याभिषेक करवायेगी और सम्भव है कि विचित्रवीर्य को बधिकों के हवाले कर दे...और यदि उसकी बात न मानी जाये तो...कहीं वह भीष्म का वध न करवा दे...भीष्म का, जिसका जीवन, सम्पूर्ण कुरु-साम्राज्य का

जीवन है...भीष्म की आवश्यकता आज सत्यवती से अधिक किसे होगी...अपने प्रासाद से चलते हुए सत्यवती ने सोचा था कि भीष्म उसका सबसे बड़ा शत्रु है...तब वह उसका नाश चाह रही थी...किन्तु इस समय अम्बा उसे समझा रही थी कि भीष्म का नाश, सत्यवती का ही नाश है...अम्बा भीष्म को उससे छीन लेना चाहती है...जीवित या मृत!...अम्बा भीष्म की नहीं, सत्यवती की सबसे बड़ी शत्रु है।...भीष्म ठीक कहता है कि कभी-कभी परिस्थितियों के ऐसे समीकरण आ उपस्थित होते हैं...सत्यवती ने तो अम्बा को कभी हानि नहीं पहुँचायी...

"तो अम्बे!" भीष्म के स्वर में सहसा किंचित माधुर्य घुल गया, "विधाता का यही विधान है, तो वही सही! मैं नहीं जानता था कि दुर्बलता का एक क्षण इस प्रकार हमारे विनाश की घड़ी ले आयेगा।"

सत्यबती को लगा, अम्बा के चेहरे पर भी हल्की-सी कोमलता उभरी, "तुम जानते हो भीष्म! मैं तुम्हारी प्राण भी हूँ और विनाश भी।" और सहसा, वह फिर तटस्थ हो गयी, "तो क्या सोचा है मेरे लिए?"

"राजकुमारी! तुम्हारी इच्छा इस जन्म में तो पूरी नहीं कर पाऊँगा।"

"यह अन्तिम उत्तर है?"

"सर्वथा अन्तिम!"

"तो फिर मुझे शैखावत्य मुनि के आश्रम तक पहुँचवाने की व्यवस्था कर दो, ताकि मैं हस्तिनापुर के विनाश का प्रबन्ध कर सकूँ।"

"जैसी तुम्हारी इच्छा!" भीष्म बोले। उन्होंने परिचारिका को बुला कर आदेश दिया, "राजकुमारी थकी हुई हैं। उनके स्नान, भोजन और विश्राम का प्रबन्ध करो।"

अम्बा परिचारिका के पीछे चली तो उसने एक दृष्टि भीष्म पर भी डाली। भीष्म ने देखा, उसकी आँखों में कितनी करुणा थी...और कितनी प्रचण्डता।

"दीदी हस्तिनापुर आयी तो हैं," अम्बिका ने कहा, "किन्तु हमसे मिलने की उन्होंने तनिक भी उत्सुकता नहीं दिखायी।"

"क्यों?" अम्बालिका ने किसी अबोध बालिका के समान जिज्ञासा की।

"भगवान जाने।" अम्बिका बोली, "वे इस प्रकार क्यों बदल गयी हैं।"

"कहीं ऐसा तो नहीं कि उनका विवाह नहीं हो रहा तो...।"

"तू तो एकदम पागल है अम्बालिका।" अम्बिका के स्वर में स्नेह-मिश्रित डाँट थी, "अपने दुर्भाग्य में वे हमारा स्नेह चाहेंगी या हमारा विरोध।"

"उन्हें ईर्ष्या भी तो हो सकती है।"

"फिर वही मूर्खता-वाली बात।" अम्बिका ने इस बार स्पष्ट रूप से डाँटा, "उन्होंने सम्राट से विवाह करने में अनिच्छा न दिखायी होती तो वे साम्राज्ञी होतीं, इस समय। जो वस्तु उन्होंने स्वयं अपनी इच्छा से ठुकरा दी, उसके लिए क्या ईर्ष्या करेंगी हमसे।"

"तो फिर क्यों मिलने नहीं आयीं हमसे?"

"वे ही जानें कि उनके मन में क्या है," अम्बिका ने कहा, "किन्तु मुझे लगता है कि वे इतनी परेशान हैं कि उन्हें अपनी ही सुध नहीं है, ऐसे में उन्हें हमारा स्मरण कहाँ से आयेगा।"

"परेशानी में ही तो व्यक्ति आत्मीय जनों को याद करता है।" अम्बिका समझ नहीं पायी कि अम्बालिका, अम्बा के व्यवहार के प्रति अपना विरोध प्रकट कर रही थी, या बिना सोचे-समझे उसने एक सिद्धान्त-वाक्य उछाल दिया था, जैसे कि उसकी आदत थी।

"आत्मीय जन का स्मरण करता है, कोई अपनी करुणा के क्षण में, कोई अपनी असहायता के क्षण में।" अम्बिका ने जैसे छोटी बहन को समझाया, "अम्बा दीदी में करुणा और असहायता है ही नहीं। तुम जानती हो, उनका क्रोध और विरोध कितना प्रचण्ड होता है। उनके आत्मविश्वास ने कभी किसी से सहायता माँगी है क्या? वे स्वयं को इतना समर्थ मानती हैं कि जिसके पीछे पड़ जायेंगी, उसे प्राप्त करके ही छोड़ेंगी।"

"किसे प्राप्त करेंगी—महाराजकुमार भीष्म को?" अम्बालिका ने कहा, "शाल्व के पीछे तो पड़ी नहीं। नहीं तो उनके साथ तो तत्काल विवाह हो जाता। उन्होंने तो ब्रह्मचर्य की प्रतिज्ञा कर नहीं रखी।"

"कहती तो तुम ठीक हो।" अम्बिका जैसे अपने-आपसे बातें कर रही थी, "पर मुझे लगता है कि सौभराज शाल्व तो उनके मन से उसी क्षण उतर गया था, जिस क्षण उन्होंने महाराजकुमार भीष्म को देखा था। जैसे-जैसे वे महाराजकुमार को जानती गयीं; उन पर मुग्ध होती गयीं। नहीं तो जैसी वे हैं—यदि सौभराज को चाहतीं, तो महाराजकुमार के रथ से कूद पड़ी होतीं। कैसी मौन-मूक बनी बैठी रहीं। तनिक-सा भय भी नहीं माना महाराजकुमार का। उनसे वार्तालाप के लिए भी उत्सुक रहीं।...मुझे लगता है अम्बालिके!" अम्बिका ने रुक कर अम्बालिका को देखा, "कि वे कदाचित इसी भ्रम में रहीं कि महाराजकुमार स्वयं ही उनके साथ विवाह करेंगे..."

"दीदी! क्या तुम्हें ऐसा नहीं लगा था?"

"लगा तो मुझे भी यही था," अम्बिका बोली, "पर मुझे तो वे एक अत्यन्त रुक्ष और हिंस्र प्रौढ़ योद्धा लगे थे। मुझे उनके सारे व्यक्तित्व में कहीं

कोई कोमल और स्निग्ध भाव दिखायी ही नहीं दिया था। इसलिए मेरे मन में उनके प्रति कोई आकर्षण नहीं जागा था। मुझे तो वे केवल एक कन्या-अपहर्ता दिखायी पड़े थे, जो हमें, हमारी और हमारे अभिभावकों की इच्छा के विरुद्ध बलात अपहृत कर ले जा रहे थे।...पर मुझे विश्वास है कि दीदी को महाराजकुमार स्वयंवर में ही भा गये थे, या जब वे रथ में बैठीं और उनके लिए शाल्व और भीष्म युद्ध कर रहे थे, तो वे परीक्षा कर रही थीं, कि श्रेष्ठ वीर कौन है। वे वास्तविक वीर्य-शुल्का हैं... ।"

अम्बालिका चुपचाप बैठी अपनी बहन को देखती रही। बोली कुछ नहीं।

"क्यों? तुझे ऐसा नहीं लगता?"

"सम्भव है कि ऐसा ही हो।" अम्बालिका बोली, "पर यदि ऐसा था, तो उन्होंने स्वयं महाराजकुमार से यह क्यों कहा कि वे मन-ही-मन शाल्व का वरण कर चुकी हैं?" अम्बालिका पहली बार अबोध बालिका से कुछ बड़ी हो कर बोली, "मैं तो अपने प्रिय के सम्मुख कभी इस प्रकार, किसी अन्य पुरुष को अपना प्रेमी न बताऊँ।"

"सम्भवतः कोई न बताये," अम्बिका मंद स्वर में बोली, "किन्तु यदि वे ऐसा न कहतीं तो उनका विवाह भी हमारे ही समान कुरु-सम्राट विचित्रवीर्य के साथ कर दिया जाता... ।"

"तो क्या इससे भी बुरा होता दीदी! जो अब उनके साथ हुआ है?"

अम्बिका ने एक बार अम्बालिका को देखा, जैसे सोच रही हो कि क्या यह सच-मुच कुछ नहीं समझती?

"उन्होंने एक दाँव तो खेला, एक जोखिम तो झेला। अब सफल नहीं हुईं, यह दूसरी बात है। सफल हो गयी होतीं तो उन्हें शाल्व जैसा समवयस्क, सक्षम योद्धा और समर्थ पुरुष, पति के रूप में मिला होता।" फिर जैसे दूसरा विचार मन में कौंधा, "और वैसे अब भी क्या बिगड़ा है। वह इस समय महाराजकुमार भीष्म के पीछे पड़ी हैं। कौन जानता है कि वे उन्हें प्राप्त करने में सफल हो ही जायें।"

"सफल हो भी जायें तो क्या," अम्बालिका जैसे इस सारे विचार का उपहास करती हुई-सी बोली, "वे साम्राज्ञी नहीं हो सकतीं।"

अम्बिका के मन में आया, अम्बालिका को डाँट दे : कैसी मूर्ख है यह।... पर फिर उसके प्रति हल्का-सा स्नेह उमड़ा। सच मुच यह मूर्खा तो शैशव से ही ऐसी रही। तीनों में सबसे छोटी थी। हर बात में बड़ी बहनों की बराबरी करती और अपने खिलौनों को भी उनकी उपयोगी वस्तुओं से बहुमूल्य बताती। वे दिन अभी बहुत पीछे नहीं छूटे, जब वह अपने गुड्डे राजकुमार को वास्तविक

वीरों से बड़ा योद्धा मानती थी; और सबको धमकाया करती थी कि अपने गुड्डे राजकुमार को कह कर वह उनको पिटवा देगी। आज भी वह, वही कर रही थी।

"सुन अम्बालिके! छोटी बच्ची नहीं है अब तू। तुझे जीवन का कुछ यथार्थ तो समझना चाहिए।" अम्बिका बोली, "नारी को पति के रूप में सम्राट से पहले एक पुरुष की आवश्यकता होती है...और महाराजकुमार सम्राट चाहे न हों, पर सम्राटों के नियन्ता वे ही हैं।...मुझे लगता है कि दीदी ने ठीक ही किया। इस अवस्था तक उन्होंने एक पति की प्रतीक्षा की है। तो अब वह अपनी इच्छानुसार अपना प्रिय पुरुष ही पति के रूप में स्वीकार करेंगी, नहीं तो पुरुष-संग नहीं करेंगी।" अम्बिका का स्वर कुछ मंद हुआ और उदास भी, "दीदी हम जैसी नहीं हैं। हम तो पदार्थ हैं, वस्तु...दीदी मनुष्य हैं। उनमें प्राण हैं...इच्छा है, इच्छा को मनवाने के लिए संघर्ष की क्षमता है..."

"क्यों? हम मनुष्य नहीं हैं, हममें प्राण नहीं हैं?"

"अरे हमारा अस्तित्व भी कोई अस्तित्व है।" अम्बिका बोली, "निर्जीव पदार्थ के समान कोई उठा लाया और अपनी इच्छानुसार किसी की गोद में डाल दिया। क्या अन्तर है ऐसे प्राणों के होने या ना होने में; अस्तित्व और अनस्तित्व में। हम हुईं, न हुईं—एक जैसी हैं अम्बालिके।"

लगा, अम्बालिका का ध्यान अम्बिका की बात से हट कर कहीं और चला गया। अपनी अन्यमनस्कता में शायद उसने उसकी बात सुनी भी नहीं। कुछ देर तक अपने उसी लोक में टँगी रह कर वह वापस लौटी, "तुम साम्राज्ञी बन कर प्रसन्न नहीं हो दीदी?"

"तुम प्रसन्न हो?" अम्बिका ने पलट कर पूछा; और फिर जैसे अम्बालिका का उत्तर आवश्यक नहीं समझा, "हाँ। तुम प्रसन्न हो भी सकती हो। तुम्हें यह तो दिख रहा है कि तुम कुरु-सम्राट की पत्नी हो। कुरु-साम्राज्य तुम्हारा है, ये प्रासाद, नगर, सेनाएँ, धन, सम्पत्ति...पर तुम यह नहीं समझ पा रही हो कि तुमने खोया क्या है। जो तुमने खोया है, वह प्राथमिक है, और जो तुमने पाया है, वह आनुषंगिक है। मनुष्य की मूल आवश्यकता वह है, जो तुमने खोया है। और जो तुमने पाया है, वह तुम्हारी आवश्यकता नहीं, तुम्हारे अहं के सन्तोष का कारण हो सकता है, प्रदर्शन की वस्तु हो सकती है... ।"

अम्बालिका कुछ देर तक अपलक अम्बिका को निहारती रही और फिर बोली, "तुमने फिर वही सब कहना आरम्भ कर दिया, जो मेरी समझ में नहीं आता।"

"ओह अम्बालिके! क्यों यह सब तेरी समझ में नहीं आता।" अम्बिका

जैसे आवेश में बोली; और फिर उसका स्वर कुछ धीमा हुआ, "अच्छा ही है कि तुम नहीं समझतीं, नहीं तो तुम भी मेरे ही समान कुढ़तीं। दीदी हैं कि समझती हैं तो कुछ करने में भी समर्थ हैं, तुम हो कि समझती ही नहीं हो।...एक मैं हूँ कि समझती भी हूँ और कुछ कर भी नहीं सकती...।"

28

प्रातः भीष्म से मिलने के लिए आने-वाले प्रथम व्यक्ति राजवैद्य थे।

"कहिए वैद्यराज!" भीष्म बोले, "कैसे कष्ट किया?"

"महाराजकुमार!" राजवैद्य बहुत धीरे-से बोले, "अपने धर्म का निर्वाह करने आया हूँ।"

"राजवैद्य का धर्म?" भीष्म ने वैद्य की ओर कुछ चकित हो कर देखा; और जैसे अपने-आप से पूछा : 'राजवैद्य का ऐसा कौन-सा धर्म है, जिसके निर्वाह के लिए उसे उनके पास आना पड़ा है।'

"राजवैद्य का नहीं, वैद्य का धर्म।"

"वैद्य का धर्म तो रोगी के निकट होता है वैद्यराज!" भीष्म बोले, "उसके निर्वाह के लिए आप मेरे निकट..."

"आपने सत्य ही कहा महाराजकुमार!" राजवैद्य ने कहा, "वैद्य के धर्म का निर्वाह रोगी के निकट होता है; किन्तु कभी-कभी हमारा धर्म द्वन्द्वयुक्त हो उठता है।"

"मैं समझ नहीं पा रहा वैद्यराज!" भीष्म सचमुच चकित थे, "आप अच्छे वैद्य और ज्योतिषी—दोनों माने जाते हैं; किन्तु इस प्रकार पहेलियाँ...आपको तो स्पष्टवक्ता होना चाहिए।"

"महाराजकुमार ने पुनः सत्य ही कहा है।" राजवैद्य ने कहा, "किन्तु जैसा कि मैंने अभी-अभी निवेदन किया है न, कि कभी-कभी हमारा धर्म द्वन्द्वयुक्त हो जाता है...।"

भीष्म ने कुछ नहीं कहा : वे वैद्य की ओर प्रतीक्षारत दृष्टि से देखते रहे। जाने वे क्या कहना चाहते हैं।

"सम्राट रुग्ण हैं।" वैद्य ने धीरे-से कहा, "किन्तु वे एक रोगी के समान हमारे नियन्त्रण में नहीं हैं। हमारी इच्छा उन पर पूर्णतः लागू नहीं हो सकती। उनकी अपनी इच्छा सर्वोपरि है।...आप मेरी बात समझ रहे हैं न महाराजकुमार?"

"समझ रहा हूँ वैद्यराज!" भीष्म बोले, "आप कहिए।"

"विधाता ने हमारा जो यह शरीर बनाया है, यह बहुत समर्थ है और दूसरी ओर बेचारा बहुत असहाय है—पराधीन जो ठहरा। विधाता ने शरीर की आवश्यकताओं को अभिव्यक्ति देने के लिए मन को उसके साथ लगा दिया है; किन्तु मन स्वेच्छाचारी है। वह शरीर की आवश्यकताओं को समझने और अभिव्यक्त करने में मनमानी करता है। परिणाम यह है कि उसके कारण शरीर को कष्ट होता है।...भोग की इच्छा शरीर की भी है, और मन की भी; किन्तु भोग का कर्म करना पड़ता है शरीर को..."

"आप यह आयुर्विज्ञान मुझे क्यों पढ़ा रहे हैं वैद्यराज?" भीष्म कुछ अटपटा गये थे। राजवैद्य का व्यवहार आरम्भ से ही उनकी समझ में नहीं आ रहा था।

"महाराजकुमार धैर्य रखें।" राजवैद्य मुस्कुराये, "सारी गुत्थियों को सुलझाऊँगा; आपकी सारी जिज्ञासाओं का समाधान करूँगा।..."

भीष्म धैर्यपूर्वक बैठ गये। जाने इस वृद्ध राजवैद्य को आज यह क्या सूझी है।

"भोग की जितनी आवश्यकता शरीर को है, उतना भोग पा कर शरीर प्रसन्न होता है; किन्तु मन अपनी स्वेच्छाचारिता नहीं छोड़ता। उसे भुगतना कुछ नहीं पड़ता न! वह तो स्वामी है। दास तो शरीर है। तो स्वामी की इच्छा पूरी करने के लिए भी शरीर को ही श्रम करना पड़ता है। और स्वामी है कि अपने दास के सुख-दुख की चिन्ता नहीं करता। तब जितना भोग शरीर पर आरोपित किया जाता है, वह भोग नहीं शरीर का क्षय होता है...आप समझे महाराजकुमार?"

"समझ गया," भीष्म जैसे अपने-आप में डूबे हुए-से बोले, "क्या आप सम्राट के स्वास्थ्य की सूचना दे रहे हैं?"

"हाँ महाराजकुमार! अब समय आ गया है कि आप सम्राट के शरीर और रोग की स्थिति समझ लें।" राजवैद्य बोले, "सम्राट का मन न केवल शरीर की आवश्यकता और क्षमता को नहीं समझता, वरन उसके प्रति सर्वथा आततायी हो गया है। उनका शरीर क्षय के सोपान चढ़ता जा रहा है, और उनका मन भोग का आह्वान करता जा रहा है। वैद्य का धर्म रोग का निदान करना, और उसके लिए औषध प्रस्तुत करना है। सम्राटों का नियन्त्रण, वैद्य का कर्म नहीं है। वह सम्राट के आत्मीय जनों का कर्म है।...इसलिए मैं यह सूचना आपको देने आया हूँ कि सम्राट का रोग हमारी पहुँच से बाहर जा रहा है। उन्हें सँभालना कठिन हो रहा है।...यदि आप सम्राट को सँभाल लेंगे, तो आज भी हमारा विश्वास है कि हम उनके रोग को सँभाल

लेंगे...।" राजवैद्य ने रुक कर भीष्म को देखा, "आपने देखा महाराजकुमार! कभी-कभी वैद्य का धर्म रोगी के निकट नहीं, रोगी के आत्मीय जनों के निकट भी होता है।"

भीष्म गम्भीर दृष्टि से वैद्य की ओर देखते रहे। फिर धीरे-से बोले, "कोई चिन्ताजनक बात तो नहीं है।"

"अब वैद्य के रूप में आपके सम्मुख बोल रहा हूँ," राजवैद्य ने कहा, "बात चिन्ताजनक स्थिति तक पहुँच गयी है, और बहुत ही शीघ्र चिन्तातीत स्थिति में पहुँच जायेगी।"

"आपने राजमाता को बताया?"

"ऐसी स्थिति में रोगी के सामने हम स्पष्ट और सत्य नहीं बोल सकते।" राजवैद्य ने कहा, "रोगी के ऐसे आत्मीय को भी हम ठीक स्थिति नहीं बता सकते, जो उसे सुन कर स्वयं रुग्ण हो जाये। आप समझ रहे हैं न मेरी बात..." राजवैद्य ने उन्हें देखा, "सम्राट और राजमाता को रोग की स्थिति के विषय में ठीक-ठीक नहीं बताया जा सकता।...मैंनें आपको कहा था कि वैद्य का धर्म स्पष्ट बोलना है; किन्तु कभी-कभी हमारा धर्म द्वन्द्वयुक्त हो जाता है।"

राजवैद्य चले गये और भीष्म बैठे-के-बैठे रह गये।...इसलिए तो आये थे राजवैद्य कि अपने मन की चिन्ता भीष्म के मन में उतार कर स्वयं निश्चिन्त हो जायें। अब यह भीष्म का काम था कि वे सोचें कि किस-किसको सूचना देनी है, कैसे देनी है और कब देनी है...

भीष्म जानते थे कि ऐसी सूचना पा कर राजमाता पर जैसे पहाड़ टूट पड़ेगा।...सह पायेंगी वे प्रकृति के इस क्रूर प्रहार को?...जाने प्रकृति इस प्रकार की क्रीड़ा क्यों करती है?...कभी-कभी भीष्म का मन, बच्चों के समान एक परीलोक की कल्पना करता है, जहाँ किसी को कोई कष्ट नहीं है, कोई दुख नहीं है, कोई अभाव नहीं। सब लोग स्वस्थ, सुखी और प्रसन्न हैं। सब के पास अपनी इच्छाओं से अधिक धन और सुख-सुविधा है। सब लोग एक-दूसरे से प्यार करते हैं; घृणा, लोभ, विरोध और भय का कहीं नाम भी नहीं है...

और फिर भीष्म सोचते हैं कि भगवान ने भी ऐसा ही संसार बनाया होता, तो उसका क्या बिगड़ जाता? उसने क्यों ऐसा संसार बनाया, जिसमें दुख, पीड़ा और अभाव हैं; घृणा, द्वेष, और विरोध है; हिंसा, वंचना और तिरस्कार है?...सोचते-सोचते भीष्म प्रकृति की विडम्बनाओं पर पहुँच जाते...प्रत्येक व्यक्ति कहीं-न-कहीं दुखी है...और सबसे बड़ी बात यह है कि जिसको वह अपना सुख मान कर बढ़ता है वही उसको दुख देता है...राजमाता ने क्या सोचा था, उन्होंने

जो सुख अपने पुत्र को उपलब्ध कराने के लिए जीवन का दाँव लगाया था, वही सुख आज विचित्रवीर्य के लिए यम-फाँस बन गया है। किसी की सन्तान अभाव से मर जाये, तो वह किसी प्रकार सन्तोष कर लेगा कि उसके पास था ही नहीं, पर उसने स्वेच्छा से भोग उपलब्ध करा कर पुत्र को मृत्यु के मुख में धकेला हो?...क्या प्रत्येक व्यक्ति अपने ही पाप को नहीं भुगत रहा?...कोई अपनी चतुराई को भुगत रहा है, और कोई अपनी मूर्खता को; कोई अपनी व्यावहारिकता को भुगत रहा है, और कोई सिद्धान्तों को...

पर यह समय दार्शनिक गुत्थियाँ सुलझाने का नहीं था, इस समय तो विचित्रवीर्य के स्वास्थ्य की चिन्ता करनी होगी...और माता सत्यवती को सूचना...

परिचारक ने कक्ष में प्रवेश कर भीष्म को प्रणाम किया।

"क्या है?" भीष्म ने पूछा।

"महाअथर्वण जाबालि के आश्रम से दो ब्रह्मचारी द्वार पर उपस्थित हैं महाराजकुमार! वे आपके दर्शनों की अनुमति चाहते हैं।"

भीष्म के मन के सारे विचार वायु में विलीन हो गये : महाअथर्वण के आश्रम के ब्रह्मचारी! क्या संदेश लाये हैं वे...भीष्म का महाअथर्वण से कोई सीधा सम्बन्ध नहीं रहा है।...वे किसी असुविधा में फँस कर कोई कष्ट तो नहीं पा रहे? या राज्य से किसी प्रकार की सहायता चाहते हैं...या संरक्षण?... सामान्यतः ऋषिकुल अर्थ की समस्या ले कर राजधानियों में कम ही उपस्थित होते हैं...उनकी बड़ी समस्या रक्षण की होती है, दुष्ट-दलन की...पर महाअथर्वण स्वयं ही सक्षम हैं...

"आने दो।" अपने विचारों के बीच में से उबर कर भीष्म बोले।

परिचारक चला गया और ब्रह्मचारियों ने कक्ष में प्रवेश किया।

भीष्म ने उन्हें प्रणाम किया, जैसे वे महाअथर्वण के ब्रह्मचारी न हों, स्वयं महाअथर्वण हों।

"कहें ब्रह्मचारिगण! महाअथर्वण ने क्या संदेश भेजा है।"

"हम आपके लिए एक सुखद समाचार लाये हैं महाराजकुमार!" एक ब्रह्मचारी ने कहा, "आपके गुरु महाभार्गव भगवान परशुराम के आश्रम से हमारे आश्रम में यह सूचना आयी है कि वे आज से तीसरे दिन कुरुक्षेत्र में पवित्र सरस्वती के तट पर हमारे आश्रम में पदार्पण करेंगे। उन्होंने आपसे भेंट करने की इच्छा प्रकट की है।...किन्तु वे हस्तिनापुर में प्रवेश करना नहीं चाहते, अतः उनकी इच्छा है कि आप कुरुक्षेत्र में पधारने का कष्ट करें।"

भीष्म के लिए यह सूचना सचमुच सुखद थी और आकस्मिक भी। जब से भीष्म ने भगवान परशुराम के आश्रम से विदाई ली है, वे लौट कर आश्रम में नहीं जा पाये; और आश्रम के बाहर भी उनकी अपने गुरु से कहीं भेंट नहीं हो पायी। अब वर्षों बाद उनसे मिलने का अवसर प्राप्त हो रहा है।

"मैं अवश्य उनके दर्शन करूँगा।" भीष्म बोले, "यह मेरा सौभाग्य है कि उन्होंने मुझे स्मरण किया है।...वैसे वे हस्तिनापुर में आते तो मुझे प्रसन्नता होती।"

ब्रह्मचारी मुस्कुराया, "कुरुश्रेष्ठ! हम तो उनके शिष्यों द्वारा दी गयी एक सूचना ले कर आपके सम्मुख उपस्थित हुए हैं। आपका निमन्त्रण उन तक पहुँचाने की स्थिति में हम नहीं हैं।"

"ओह!" भीष्म जैसे सचेत हुए।...ब्रह्मचारी ठीक कह रहा है, "अच्छा! आप लोग विश्राम करें।" भीष्म ने परिचारक को बुलाया, "इनका पूर्ण सत्कार हो। ये मेरे गुरु का सन्देश ले कर आये है।"

संयोग से राजवैद्य की सूचना के बाद ही भगवान परशुराम के आगमन का संदेश भी मिला था। भीष्म को लगा, एक की आड़ में दूसरी सूचना भी राजमाता को दी जा सकती है। अन्यथा राजमाता तक विचित्रवीर्य के रोग की सूचना पहुँचाना विकट कार्य हो रहा था।

उन्होंने सत्यवती को भगवान परशुराम के आगमन की सूचना दी और बोले, "मैं कल ही कुरुक्षेत्र के लिए प्रस्थान करना चाहूँगा। सम्भवतः मुझे दो-तीन दिन लग जायें।...आप विचित्रवीर्य के स्वास्थ्य का ध्यान रखें," और भीष्म ने सामान्य रूप में सूचना देने के साथ-साथ प्रयत्न किया कि राजमाता इस सूचना की गम्भीरता भी समझें, "राजवैद्य का कहना है कि सम्राट उनके नियन्त्रण में नहीं हैं, इसलिए औषध के नियन्त्रण में भी नहीं हैं। यदि स्थिति न बदली तो सम्राट का स्वास्थ्य चिन्ताजनक हो जायेगा और फिर उनके लिए अश्विनीकुमार भी कुछ नहीं कर पायेंगे।"

सत्यवती की आँखें भीष्म के चेहरे को टटोल रही थीं : क्या चर्चा हुई है राजवैद्य और भीष्म में? वह चिन्ताजनक बात को साधारण बना कर कह रहा है या साधारण बात को चिन्ताजनक बना रहा है?...और सहसा सत्यवती के मन में एक दूसरा ही विचार उभरा, "भीष्म! मैंने सुना है कि परशुराम और महाअथर्वण जाबालि दोनों ही महान वैद्य भी हैं। वे अपनी औषधियों और मन्त्रबल से मृत व्यक्ति में भी प्राण डाल सकते हैं। क्या यह सत्य है पुत्र?"

"सत्य है माता।"

"तो मैं भी तुम्हारे साथ कुरुक्षेत्र जाऊँगी भीष्म!" सत्यवती बोली, "मैं उन दोनों ऋषियों से विचित्रवीर्य का जीवन माँगूँगी। ऐसा क्यों है कि राजवैद्य की कोई औषधि उसका उपचार नहीं कर पा रही है। अवश्य ही राजवैद्य के ज्ञान में कहीं कोई कमी है। या तो वे विचित्रवीर्य के रोग का ठीक निदान नहीं कर पा रहे हैं, या फिर उसके लिए उचित औषधि नहीं ढूँढ पा रहे हैं।"...सत्यवती ने भीष्म को देखा, "ऐसे में यदि संयोग से इन दो महान ऋषियों के दर्शन का अवसर उपलब्ध हुआ ही है, तो हम क्यों न उसका लाभ उठायें...।"

भीष्म के मन में आवेश-सा उठा। इच्छा हुई, कहें, 'माता! न राजवैद्य के ज्ञान में कोई न्यूनता है न औषधि का अभाव; किन्तु कोई रोगी, रोग की अवस्था में भी यदि सात्विक जीवन का पालन नहीं करेगा तो कोई भी वैद्य उसकी रक्षा नहीं कर सकता..."।

पर राजमाता को यह सब कहना सरल था क्या?...भीष्म ने मात्र इतना ही कहा, "जैसी आपकी इच्छा।"

29

भीष्म हस्तिनापुर से चले तो ऐसा नहीं लग रहा था कि कोई शिष्य अपने गुरु से मिलने जा रहा हो।...वह तो किसी राज-परिवार की पूरी शोभा-यात्रा थी।...

राजमाता, भगवान परशुराम से मिलने भी जाना चाहती थीं, और हस्तिनापुर में छूटे विचित्रवीर्य की चिन्ता भी उन्हें पर्याप्त थी। उनका वश चलता तो वे पुत्र और पुत्र-वधुओं को भी साथ ही ले चलतीं; किन्तु राजवैद्य ने इसकी अनुमति नहीं दी थी। उनका विचार था कि स्वास्थ्य की इस स्थिति में यात्रा, सम्राट के लिए कष्टप्रद तो होगी ही, अस्वास्थ्यकर भी हो सकती है।...

विचित्रवीर्य साथ नहीं चल सकता था, इसलिए अम्बिका और अम्बालिका भी साथ जा कर क्या करतीं। किन्तु पुत्र को पीछे छोड़ कर जाने से पहले राजमाता ने उसकी देख-भाल, सेवा-शुश्रूषा तथा औषध-सेवन इत्यादि का पर्याप्त प्रबन्ध किया। वैद्यों, परिचारिकाओं, दासियों तथा रानियों को अनेक निर्देश दिये गये...और फिर राजमाता की अपनी तैयारी आरम्भ हुई...

भीष्म अकेले कहीं जाते हैं, तो कब जाते हैं, कब लौट आते हैं—किसी को पता भी नहीं चलता। उनका आना-जाना तो लगा ही रहता है। किन्तु राजमाता का साथ जाना, बिना सबकी आँखों में आये कैसे रह सकता था। राजपुरोहित और महामन्त्री को भी भगवान परशुराम के दर्शनों का अवसर

उपलब्ध हो रहा था। उन्होंने भी साथ चलने की अनुमति चाही।

आगे-आगे भीष्म, सत्यवती, महामन्त्री, विष्णुदत्त और राज-पुरोहित वसुभूति के रथ थे। उनके पीछे सेवकों, सैनिकों और सामग्री से भरे हुए रथ और छकड़े थे। यह सब, जैसे भीष्म की इच्छा के अनुकूल नहीं था।...वे तो एक शिष्य के रूप में जा कर अपने गुरु के चरणों में बैठना चाहते थे, जैसे वे अपने आश्रम-वास के दिनों में बैठा करते थे। उनकी बालकावस्था जैसे फिर से लौट आयी थी...और कोई बालक यह कब चाहता कि उसके परिवार के लोग उसके और उसके गुरु के सम्बन्धों को अपने प्रभाव या उपस्थिति से कोई और रूपाकार दे दें...

जन्म के तत्काल बाद ही भीष्म को माता गंगा त्याग गयी थीं, और पिता उद्विग्न और भ्रान्त-से वनों में मृगया करते घूम रहे थे...भीष्म के जीवन का वह काल विभिन्न गुरुओं के आश्रमों में ही बीता था। वैसे तो प्रत्येक राजकुमार के ब्रह्मचर्य की अवधि गुरुकुलों में ही व्यतीत होती है; किन्तु उनकी स्थिति भीष्म की-सी नहीं होती।...भीष्म राजकुमार थे, उनके माता-पिता, दोनों ही वर्तमान थे; किन्तु उनकी देखभाल करने के लिए या उनके साथ अपना कुछ समय बिताने का अवकाश, न पिता को था, न माता को।...माता शायद नारी-स्वातन्त्र्य पर किसी प्रकार की आँच नहीं आने देना चाहती थीं, इसलिए पिता से पृथक पूर्णतः स्वतन्त्र रूप में अपना जीवन व्यतीत कर रही थीं। और पिता अपने मन के घाव को भरने की प्रतीक्षा में वन्य पशुओं को घाव देने में समय व्यतीत कर रहे थे।...इसलिए भीष्म को आश्रम में ही रहना था...अपनी शिक्षा-दीक्षा के लिए भी और इसलिए भी कि हस्तिनापुर के राजप्रासाद में ऐसा कोई नहीं था, जो उनकी प्रतीक्षा कर रहा हो...

गुरु परशुराम कठोर अनुशासन के प्रतिष्ठाता थे। उनके लिए कोई भूल छोटी और कोई भूल बड़ी नहीं थी। प्रत्येक भूल, मात्र एक भूल थी; इसलिए वह अक्षम्य थी। वे किसी भूल को क्षमा नहीं करते थे...एक बार किसी एक शिष्य द्वारा अपनी भूल के लिए क्षमा-याचना पर उन्होंने कहा था, 'तुम परशुराम के शिष्य हो। अपनी भूल के लिए क्षमा नहीं, दण्ड माँगना सीखो।' उन्होंने सारे आश्रमवासियों से कहा था, 'न्याय और सत्य का सिद्धान्त यह कहता है कि यदि हम अपने धनात्मक कार्य के लिए पुरस्कार की अपेक्षा करते हैं, तो अपने ऋणात्मक कार्य के लिए दण्ड की अवज्ञा नहीं करनी चाहिए। कर्म-सिद्धान्त को काट कर आधा मत करो। फल तो प्रत्येक कर्म का होगा—ऋणात्मक कर्म का भी और धनात्मक कर्म का भी। तुम एक को पुरस्कार कहते हो और एक को दण्ड। एक की अपेक्षा तुम्हें है, दूसरे की नहीं।

प्रकृति के नियम सार्वभौमिक हैं; वे आंशिक सत्य नहीं हैं।...परशुराम के शिष्य को सत्यवादी होने के नाते सत्य का सामना करना चाहिए।'

अश्व पूरे वेग से भाग रहे थे। रथ के पहियों की गड़गड़ाहट एक व्यापक निनाद के समान सारे परिवेश में छायी हुई थी। रथ के हिचकोले भी कम नहीं लग रहे थे,...किन्तु भीष्म जैसे अपने अतीत के साथ एकतार हो चुके थे। उनके स्मृति-पटल पर आश्रम की अनेक घटनाएँ—विशेषकर गुरु से सम्बन्धित घटनाएँ—अभियानपूर्वक वैसे ही छाती जा रही थीं, जैसे सागर की लहरें सागर-वेला पर अधिकारपूर्वक अपने-आपको आरोपित करती हैं...

गुरु का अनुशासन कठोर था, किन्तु गुरु स्वयं कठोर नहीं थे। अनुशासन के संदर्भ में वह रूक्ष हो जाया करते थे, किन्तु उनके मन में कितना स्नेह था अपने शिष्यों के प्रति।...

आश्रमवासी विद्यार्थियों के माता-पिता कभी-न-कभी आ कर मिल जाया करते थे। कभी-कभी तो कोई अपने बच्चे को ले जाया करते थे—कुछ दिन अपने साथ रखने के लिए, या फिर भ्रमण के लिए—किन्तु बालक देवव्रत के साथ तो उस सारी अवधि में एक बार भी ऐसा नहीं हुआ था...गुरु ने दो-चार बार कहा भी कि देवव्रत का मन आश्रम के जीवन से ऊबने लगेगा। उसे भी तो थोड़ा मनोरंजन चाहिए। आश्रम के एकरस उबाऊ जीवन में कोई तो परिवर्तन हो...किन्तु जब उसके माता-पिता को ही चिन्ता नहीं थी तो...

शरद ऋतु आयी। गुरु और गुरु-पत्नी भ्रमण के लिए तैयार हुए। वे हिमालय के मनोरम आश्रमों में जाने-वाले थे। कुछ आश्रमवासी उदास भी थे। गुरु और गुरु-पत्नी आश्रम में न हों, तो सारे आचार्यों, मुनियों और ब्रह्मचारियों के होते हुए भी आश्रम कैसा उजाड़-सा लगने लगता है, जैसे आत्मा न रहे तो सारे अवयवों के वर्तमान रहते भी, शरीर में कोई सौन्दर्य नहीं रह जाता।...

और तभी गुरु ने देवव्रत को बुला भेजा। देवव्रत मन में कुछ आशंकाएँ ले कर गुरु के सम्मुख उपस्थित हुआ, जाने गुरु क्या कहें, क्या न कहें...

'देवव्रत!' गुरु ने स्नेह से कहा, 'पुत्र! तुम बहुत दिनों से आश्रम के बाहर नहीं गये हो। तुम्हारा मन ऊब रहा होगा। हम कल भ्रमण के लिए आश्रम छोड़ रहे हैं। तुम हमारे साथ चलने के लिए तैयार हो जाओ। तुम्हें हम प्रकृति के कुछ अद्‌भुत दृश्य दिखायेंगे। हिमालय की मनोरम छटा।...अध्ययन की एकरसता का बोझ मस्तिष्क से कुछ दिनों के लिए झटक दो।...

स्वयं को बहुत संयत करने पर भी देवव्रत पूछ ही बैठा, 'और कौन-कौन जा रहा है गुरुदेव?'

'मैं, तुम्हारी गुरु-पत्नी, तीन-चार मुनि और तुम!'

देवव्रत का बहुत मन था कि कहे, 'गुरुवर! अपने संगी-साथी मित्रों के बिना, मुझे इस भ्रमण में क्या आनन्द आयेगा।'...पर उसी समय उसके विवेक ने कहा, 'मूर्ख! यह गुरु की अनुकम्पा है। वह तुझे अपने साथ भ्रमण के लिए ले जा रहे हैं, जैसे माता-पिता अपने पुत्र को ले जाते हैं।'

और देवव्रत ने गद-गद् हो कर हाथ जोड़ दिये थे।

...और सचमुच वह भ्रमण कितना अच्छा रहा। गुरु उन स्थानों से परिचित थे। उस यात्रा के लिए आवश्यक उपकरणों का उनको ज्ञान था, अपेक्षित सावधानियों से उनका परिचय था। उन दुरूह और दुर्गम क्षेत्रों के आश्रमों में उनका सम्मान था। तीन मास के उस भ्रमण में गुरु ने उन्हें इतना कुछ नवीन और मनमोहक दिखा दिया, जो कदाचित देवव्रत अपने-आप कभी न देख पाते...

अन्ततः जब भीष्म ने अध्ययन पूरा कर आश्रम छोड़ा तो विदाई के समय कितने स्नेह से गुरु-पत्नी ने कहा था, 'पुत्र! तुम्हारा एक घर तो वह है, जहाँ तुमने जन्म लिया है; और दूसरा घर यह है; जहाँ तुमने शिक्षा पायी है। जैसे हस्तिनापुर का आकर्षण तुम्हें खींचता रहा है, वैसे ही इस आश्रम को भी याद करना...'

और अब भीष्म सोचते हैं कि उन्हें यह स्वीकार करते हुए संकोच होता है कि उन्होंने आश्रम को कभी वैसे स्मरण नहीं किया, जैसे कोई अपने घर को याद करता है। कभी अवसर ही नहीं आया कि वह लौट कर गुरु और गुरु-पत्नी के चरणों में सिर नवाते।...एक आश्रम से दूसरे आश्रम में भटकते रहे, और अन्त में हस्तिनापुर में आ कर फँस गये। एक बार आ गये तो आ गये, फिर हस्तिनापुर छोड़ कर जाना उनके लिए सम्भव नहीं हुआ।...

धर्मक्षेत्र में सरस्वती नदी के दर्शन होते ही, भीष्म जैसे अपने सुख-संसार से बाहर आये...अब वह भगवान परशुराम के आश्रम के ब्रह्मचारी नहीं हैं...तब से अब तक के बीच, काल का एक लम्बा अन्तराल है। वे छोटे बालक नहीं हैं... वयस्क हैं। प्रौढ़ता की ओर बढ़ रहे हैं...राजा तो वे नहीं हैं, किन्तु कुरु-साम्राज्य के कर्ता-धर्ता हैं। आज वे गुरु से प्रायः उसी प्रकार मिलने जा रहे हैं, जैसे शायद तब बालकों के अभिभावक उनसे मिलने आया करते थे। वयस्क, प्रौढ़ और वृद्ध—समान धरातल पर गुरु से मिलने के इच्छुक, किन्तु उनके प्रति सम्मान, आदर और श्रद्धा का भाव लिए हुए...

सहसा उनकी दृष्टि उठी—सामने, मार्ग पर चार अश्वारूढ़ ब्रह्मचारी उद्दण्डता से न केवल उनका मार्ग रोके खड़े थे, वरन उन्हें रुक जाने का संकेत

भी कर रहे थे...

भीष्म का आक्रोश जागा : मन में आया कि चार बाण छोड़ कर अभी इन्हें धराशायी कर दें।...पर फिर अपने आवेश को समझाया...जाने क्या कहना चाह रहे हैं ब्रह्मचारी...

रथ रोक कर सारथि वीरसेन ने पूछा, "क्या चाहते हो ब्रह्मचारी?"

"हम भगवान परशुराम के शिष्य हैं। आपके स्वागत के लिए आये हैं।" एक ब्रह्मचारी ने आगे बढ़ कर कहा, "भगवान आ गये हैं। आश्रम में आपकी प्रतीक्षा कर रहे हैं। आइए।"

उन्होंने अपने अश्व मोड़े और सरपट भाग चले।

भीष्म के मन ने उन्हें धिक्कारा : कितना साधा है, उन्होंने आज तक अपने-आपको; किन्तु मन का अहंकार नहीं गया। न क्रोध मिटा, न रजोगुण से मुक्ति पायी।...वे उनके स्वागत के लिए खड़े थे और भीष्म उन पर बाण-प्रहार करने की सोच रहे थे...उन्हें क्यों याद नहीं रहा कि उनके गुरु महाभार्गव साधारण वनवासी तापस नहीं हैं, वे शस्त्रास्त्रों के प्रकाण्ड पण्डित और युद्ध-कला के अन्यतम विशारद हैं। जैसे अश्व महाभार्गव के आश्रम में होते हैं, और कहीं नहीं होते। उनके साधारण शिष्य बड़े-बड़े अतिरथियों से अधिक दक्षता से अश्व-संचालन करते हैं...

सामने, सरस्वती के तट पर भगवान परशुराम का अस्थायी आश्रम दिखायी दे रहा था। आश्रम क्या था, छोटा-मोटा युद्ध-शिविर ही था। सशस्त्र ब्रह्मचारी प्रहरी के रूप में खड़े थे।

रथ रुके और प्रहरी आगे बढ़े।

"पधारिए!" एक प्रहरी बोला, "रथों से उतर आइए। रथों तथा अश्वों की व्यवस्था हमारे साथियों पर छोड़ दीजिए। आप लोग आइए, भगवान आपकी प्रतीक्षा कर रहे हैं।"

अपने रथों तथा सेवकों को प्रहरियों के पास छोड़, भीष्म, सत्यवती, विष्णुदत्त और वसुभूति आगे बढ़े। प्रहरी-नायक ने उन्हें आगे चल कर एक ब्रह्मचारी तक पहुँचा दिया। वह उन्हें ले कर आगे चला।

चारों ओर अस्थायी कुटीर बने थे। उनके मध्य में से हो कर एक मार्ग जाता था, जो आश्रम के केन्द्र तक पहुँचाता था। वहीं भगवान परशुराम स्वयं विद्यमान थे...

भीष्म ने गुरु को देखा : जिन दिनों भीष्म ने उनके चरणों में बैठ कर विद्याभ्यास किया था, उन दिनों वे युवक थे। अब वे प्रौढ़ वय पार कर वार्द्धक्य की ओर जा रहे थे। केशों और दाढ़ी में पर्याप्त मात्रा में धवलता

आ चुकी थी। उनका गौरवर्ण अब जैसे हिम-ताप सह कर ताम्रवर्णी हो गया था। शरीर पर माँस कुछ कम हो गया था, किन्तु वे पूर्णतः स्वस्थ और प्रसन्न दिखायी दे रहे थे।

भीष्म ने उनके चरणों में प्रणाम किया।

"धर्म में तुम्हारी आस्था दृढ़ रहे।" परशुराम ने आशीर्वाद दिया, "प्रसन्न तो हो वत्स?"

"आपकी कृपा है गुरुवर!"

"तुम्हारे यश के साम्राज्य का तो ख़ूब विस्तार हो रहा है। अब तुम देवव्रत से भीष्म हो गये हो। तुमने राज्य छोड़ा; पत्नी और सन्तान का मोह छोड़ा। उनके माध्यम से प्राप्त होने वाले सारे सुख त्याग दिये।"...गुरु ने प्रसन्न-वदन कहा, "पुत्र! जैसे भोजन में से नमक और मीठा निकाल दिया जाये तो शेष स्वाद अपने-आप छूट जाते हैं, वैसे ही धन और नारी का मोह छोड़ दिया जाये तो जीवन के शेष मोह तो अपने-आप ही छूट जाते हैं। क्या तुम्हें ऐसा नहीं लग रहा?"

"अभी तो इतना ही लग रहा है गुरुदेव!" भीष्म बोले, "कि सारे राग-द्वेष, जीवन के सारे भोग और स्वाद, मैंने बलात दबा रखे हैं। तनिक-सा अवसर मिलते ही सब सिर उठा देते हैं। मुक्त तो अभी मैं किसी से भी नहीं हो पाया।"

"कोई बात नहीं!" परशुराम बोले, "अभी बहुत समय है तुम्हारे पास। धर्म पर दृढ़ रहो। मैंने तुम्हारे धर्म की ही परीक्षा लेने के लिए तुम्हें यहाँ बुलाया है देवव्रत भीष्म!"

"परीक्षा तो उत्तीर्ण होने का स्वर्णावसर है गुरुदेव!" भीष्म बोले, "आप आदेश दें।"

"तनिक धैर्य रखो।" परशुराम मुस्कुराये, "इतने वर्षों के पश्चात तुमसे भेंट हुई है। थोड़ा सुख-संवाद तो हो ले।" परशुराम मुस्कुरा रहे थे, किन्तु उनकी मुस्कान के मेघों के पीछे तपते हुए प्रखर सूर्य का आभास भीष्म को हो रहा था।...

"ये तुम्हारी माता हैं—सत्यवती?" गुरु ने पूछा।

"हाँ! गुरुदेव! ये मेरी माता हैं। ये आचार्य वसुभूति हैं और ये हैं कुरु-राज्य के महामन्त्री आर्य विष्णुदत्त।"

सबने प्रणाम किया। गुरु ने आशीर्वाद की मुद्रा में हाथ उठाया।

सत्यवती का मन हुआ कि भगवान से तत्काल अपने विचित्रवीर्य के स्वास्थ्य की चर्चा करे। वे यदि कोई औषध दें...

"महर्षि! एक निवेदन मैं भी करना चाहती हूँ।"

"तुम्हारी व्यथा भी सुनूँगा राजमाता।" परशुराम बोले, "किन्तु तुम लोग थके हुए आये हो। जाओ, थोड़ा विश्राम करो।...सन्ध्या समय भेंट भी होगी और चर्चा भी।"

परशुराम उन्हें छोड़ कर चले गये।

उनके एक शिष्य ने आगे बढ़ा कर कहा, "इधर पधारें राजमाता!"

सत्यवती के पास कोई विकल्प नहीं था। वह देख रही थी, जिस राजसत्ता के मोह में उसने अपना तापस छोड़ा था, उसका इस तपस्वी परशुराम के सम्मुख तनिक भी मूल्य नहीं था।...

सन्ध्या समय सूचना मिलने पर कि गुरु उनकी प्रतीक्षा कर रहे हैं, भीष्म सभामण्डप में आये। उन्हें लगा, यह मात्र गुरु की भेंट ही नहीं है। यह तो कुछ और है। प्रातः भी गुरु की मुस्कान के पीछे से उनका जो तेज झाँक रहा था, वह भीष्म की समझ में नहीं आया था।...इस समय भी मण्डप में पूरा समाज जुटा था।...गुरु ने कहा था कि वे भीष्म के धर्म की परीक्षा लेने आये हैं...

"आओ देवव्रत भीष्म!" गुरु ने कहा, "वहाँ बैठो।"

गुरु ने भीष्म को अपने साथ का आसन नहीं दिया था। वह आसन उनके ठीक सम्मुख, कुछ दूरी पर था। गुरु सचमुच ही उनकी परीक्षा लेने वाले थे।...क्या मौखिक परीक्षा? या...

भीष्म बैठ गये। सत्यवती, विष्णुदत्त और वसुभूति को भी बैठने के लिए ससम्मान आसन दिया गया।

"ये मेरे साथ शैखावत्य ऋषि बैठे हैं।" परशुराम बोले, "और ये रजोगुण से देदीप्यमान महापुरुष हैं राजा होत्रवाहन! ये काशी की राजकुमारी अम्बा के नाना हैं।..."

भीष्म को लगा, उनके कानों के नीचे नगाड़े बज उठे हैं...अत्यन्त दुखी और पीड़ित हो कर अम्बा ने जब हस्तिनापुर त्यागा था, तो वह शैखावत्य ऋषि के आश्रम में ही गयी थी...और अब अम्बा के नाना का भगवान परशुराम और शैखावत्य ऋषि के साथ वहाँ वर्तमान होना...क्या अर्थ है इसका?

भीष्म के मन में अनेक बवण्डर एक साथ उठने लगे : गुरुवर का इस प्रकार यहाँ आ उपस्थित होना आकस्मिक है, या इसका भी सम्बन्ध अम्बा से ही है। क्या अम्बा के नाना किसी विशेष प्रयोजन से गुरुवर को साथ ले कर आये हैं?...धर्मक्षेत्र में पवित्र सरस्वती नदी के तट पर गुरु ने कोई ऐसा आदेश दे दिया, जो भीष्म के धर्म के विरुद्ध पड़ा तो?...पर

तभी उनके मन में बैठी गुरु की आस्था बोली, 'भीत पशु के समान प्रत्येक शब्द पर मत भड़क...शब्द त्रास का ही पर्याय नहीं है, शब्द तो संगीत भी होता है...गुरु ऐसा आदेश देंगे ही क्यों? गुरु का सारा जीवन धर्ममय है... उनका चिन्तन, उनका कर्म, उनका जीवन—सब-कुछ धर्म के निमित्त है, तो फिर वे धर्म-विरोधी आदेश देंगे ही क्यों?'

"देवव्रत!" गुरु बोले, "तुम्हारा सारा यश तुम्हारे त्याग पर आधृत है। यद्यपि संसार में असंख्य लोग बिना राज्य और बिना नारी के अपना जीवन व्यतीत करते हैं; और फिर भी वे महान नहीं कहलाते। किन्तु तुमने जिस प्रकार प्रतिज्ञापूर्वक सहज उपलब्ध भोगों का त्याग किया है, वह प्रशंसनीय है। यह देख कर मुझे प्रसन्नता हुई है कि तुम रजोगुण से परास्त नहीं हुए।...किन्तु वत्स! क्या तुमने कभी सोचा कि व्यक्ति प्रतिज्ञा क्यों करता है?"

"मैंने तो...।"

परशुराम ने भीष्म को अपना वाक्य पूरा नहीं करने दिया, "तुमने तो प्रतिज्ञा इसलिए की थी कि तुम्हारे पिता की आकांक्षापूर्ति के मार्ग में जो बाधा है, वह हट जाये।"

"हाँ गुरुदेव!"

"अर्थात दूसरों के सुख के लिए, उनके हित के लिए।...उसमें तुम्हारा अपना स्वार्थ तो कोई नहीं था।"

"अपना स्वार्थ भी था," भीष्म निस्संकोच बोले, "मैं धर्म की ओर अग्रसर होना चाहता था। भोग, धर्म का विरोधी है। मुझे अपनी इस प्रतिज्ञा से भोग से दूर रहने का अवसर मिल रहा था। मैंने उस संयोग का लाभ उठाया।"

"अर्थात धर्म तो दूसरे के हित में ही है, उसके कारण संसार के जिन भोगों से तुम्हें वंचित होना पड़ा, उन्हें भी तुमने अपना हित माना। तुम्हें अपना कष्ट भी अपना धर्म प्रतीत हुआ। जिसे सारा संसार वंचित होना कहता है, तुमने उसे ही अपनी उपलब्धि माना।..."

भीष्म चुपचाप गुरु की ओर देखते रहे : जाने गुरु की यह तर्क-शृंखला उन्हें किस निष्कर्ष तक ले जाये...कहीं वे भीष्म के लिए कोई जाल तो नहीं बुन रहे हैं?...

"तो भीष्म!" गुरु पुनः बोले, "इतना तो निश्चित है कि तुमने अपने जीवन में धर्म के इस तत्त्व को तो ग्रहण किया ही है कि सांसारिक दृष्टि से परहित करते हुए, तुम अपना स्वार्थ नहीं देखोगे..." और गुरु ने अपनी बात रोक कर, शिविर के पृष्ठ भाग की ओर से आती हुई अम्बा का स्वागत किया, "आओ बेटी!"

भीष्म के मन में जैसे कोई विस्फोट हुआ : तो यह भी यहीं है।...अब उन्हें और अनुमान लगाने की आवश्यकता नहीं है। सारी स्थिति पूर्णतः स्पष्ट हो चुकी थी। यह सारा समारोह इसी का है। यह अपने नाना होत्रवाहन के पास गयी होगी। वे उसे ले कर शैखावत्य ऋषि के पास पहुँचे होंगे। और शैखावत्य ऋषि ने भीष्म से अपनी बात मनवाने का एकमात्र मार्ग देखा होगा, गुरु का आदेश...

अम्बा ने सब लोगों को नमसकार किया और नत-मस्तक बैठ गयी।

"वत्य भीष्म!" परशुराम ने कहा, "प्रत्येक कन्या के पिता की इच्छा होती है कि वह उपयुक्त वर खोज कर अपनी कन्या उसे सौंप दे। अम्बा के पिता ने भी यही कामना की थी।...तुमने स्वयंवर- मण्डप में से उसका हरण किया, तो फिर तुमने उसके साथ विवाह क्यों नहीं किया?"

"ब्रह्मचर्य के पालन की अपनी प्रतिज्ञा के कारण।"

"स्वयंवर में यह घोषणा क्यों नहीं की?"

भीष्म कुछ अटपटा-से गये, "किन्तु मेरी प्रतिज्ञा की घोषणा स्वयं काशिराज के चारण ने की थी।"

"तुमने उस घोषणा से सहमति प्रकट नहीं की, वरन तुमने अपनी ओर से घोषणा की कि तुम राजकन्याओं का हरण कर रहे हो।" परशुराम बोले, "इसका अर्थ यह भी तो हो सकता है कि तुम उस सूचना से सहमत नहीं थे। अतः उसका विरोध करने के लिए कन्याओं का हरण कर रहे थे।"

"मेरा अभिप्राय यह नहीं था।"

"किन्तु इस भ्रम के लिए अवकाश तो हो सकता था।" परशुराम बोले, "मान लो कि तुम्हें देख कर अम्बा तुम पर मुग्ध हो गयी हो। उसकी हार्दिक इच्छा हो कि तुम उससे विवाह कर लो..."

अम्बा ने तमक कर परशुराम की ओर देखा : ऋषि क्या कह रहे हैं? कहीं उन्होंने अम्बा के हृदय का सत्य तो नहीं जान लिया...

"मनुष्य की यह दुर्बलता है कि वह सांसारिक तथ्यों और घटनाओं को भी अपनी इच्छाओं में रंग कर देखता है। तटस्थ व्यक्ति के लिए वह दृष्टि दूषित हो सकती है, किन्तु उस व्यक्ति का सत्य वही होता है।...ऐसी स्थिति में यदि अम्बा ने यही समझा हो कि तुम उससे विवाह करने के लिए ही उसका हरण कर रहे हो, तो तुम उसे क्या कहोगे?"

"उसका दृष्टिदोष!"

"तो क्या तुम्हारे लिए उचित नहीं था कि उसके दृष्टिदोष का परिमार्जन करते?"

भीष्म कुछ देर चुपचाप बैठे रहे और फिर धीरे-से बोले, "गुरुदेव! स्वयंवर की उत्तेजना में, सम्भवतः मेरे मन में यह बात नहीं आयी। क्या मेरे संदर्भ में मानवीय दुर्बलता के लिए आप तनिक भी अवकाश नहीं छोड़ेंगे?"

लगा, परशुराम का स्वर जैसे स्नेह से आर्द्र हो गया, "मानवीय दुर्बलताएँ तो प्रत्येक मनुष्य में हैं पुत्र! तुम्हारे ही संदर्भ में मैं इतना कठोर कैसे हो सकता हूँ।" वे बोले, "किन्तु तुम्हारी इस नगण्य-सी चूक से इस कन्या का जीवन नष्ट होने जा रहा है।" उन्होंने अम्बा की ओर संकेत किया, "शाल्व ने इसे ग्रहण नहीं किया, क्योंकि हरण के क्षण से वह इसे तुम्हारी पत्नी मानता है।"

"पापं शान्तम्! गुरुदेव!" भीष्म बोले, "मैंने तीनों कन्याओं का हरण किया था। दो का विवाह मैंने अपने छोटे भाई के साथ कर दिया है। यदि हरण के क्षण से देवी अम्बा को मेरी पत्नी मान लिया जायेगा, तो अम्बिका और अम्बालिका का हस्तिनापुर के सम्राट के साथ विवाह भी असम्भव हो जायेगा।"

परशुराम ने एक क्षण रुक कर सोचा, फिर बोले, "यह शाल्व की मान्यता है पुत्र!"

"तो गुरुदेव! किसी और की मान्यता मेरा बन्धन कैसे हो सकती है?"

परशुराम का धैर्य छीजने लगा था। उन्होंने अपने शिष्य के साथ लम्बा तर्क-वितर्क कर लिया था। बोले, "मैं यह नहीं कह रहा हूँ। मेरी दृष्टि तो केवल एक बात पर है : तुमने इसका हरण किया और शाल्व ने इसे अस्वीकार किया। तुम दोनों की इस कन्दुक-क्रीड़ा में अम्बा का जीवन नष्ट हो रहा है। इस अत्याचार की अनुमति मैं नहीं दे सकता। तुम्हें इसको ग्रहण करना होगा।"

"क्या आपने यही बात शाल्व से भी कही है?" भीष्म ने पूछा।

"नहीं!"

"क्यों?"

"राजकुमारी की ऐसी इच्छा नहीं थी।"

भीष्म की दृष्टि अनायास ही अम्बा पर जा टिकी। अम्बा का मुख लज्जा से अरुण हो रहा था...और उसकी आँखें झुक कर प्रायः बन्द हो गयी थीं।

"क्यों?" भीष्म बोले, "जब राजकुमारी ने अपनी इच्छा से शाल्व का वरण किया था, तो अब वह क्यों चाहती है कि आप मुझे ही आदेश दें?..." गुरु का उत्तर सुने बिना भीष्म पुनः बोले, "यदि राजकुमारी ने सौभराज के वरण की बात न कही होती, तो उनका विवाह हस्तिनापुर के सम्राट के साथ हो चुका होता। तब यह समस्या भी नहीं उठती।" भीष्म ने रुक कर गुरु को देखा,

"राजकुमारी अपनी वर्तमान स्थिति को मेरी और शाल्व की कन्दुक-क्रीड़ा के कारण नहीं, अपने मन के द्वन्द्वों और हृदय के लोभ के कारण पहुँची हैं।... एकनिष्ठता के अभाव का परिणाम यही हो सकता था गुरुदेव! अन्यथा शाल्व या विचित्रवीर्य..."

"वह विचित्रवीर्य को नहीं, तुम्हें अपने पति के रूप में पाना चाहती है।"

"इस जीवन में यह सम्भव नहीं है गुरुवर!"

"किन्तु यह अन्याय होगा।" परशुराम बोले। उन्होंने भरपूर आँखों से भीष्म को देखा, जैसे उन्हें सम्मोहित करने का प्रयत्न कर रहे हों, "भीष्म! क्या तुम नहीं देख रहे कि तुम्हारी प्रतिज्ञा अपने लक्ष्य से भटक गयी है। जिस प्रतिज्ञा का लक्ष्य परहित था, वह अब परपीड़न करने लगी है?" उनके स्वर ने समझाने की भंगिमा अपनायी, "तुम्हारी प्रतिज्ञा का लक्ष्य पूरा हुआ...सत्यवती का पुत्र हस्तिनापुर के सिंहासन पर आसीन है। उसका विवाह हो चुका है। उसकी सन्तान भी होगी और कुरुओं का राज्य सँभालेगी।...अब यदि तुम अम्बा का जीवन नष्ट होने से बचाने के लिए विवाह कर लेते हो, तो किसी का अपकार तो नहीं ही होता, उपकार अवश्य होता है... ।"

सत्यवती का मन हुआ, चीत्कार कर कहे, "नहीं ऋषिश्रेष्ठ! ऐसा अनर्थ मत कीजिए।...यह अम्बा राजकुमारी नहीं नागिन है। इसका जन्म सत्यवती को डसने के लिए ही हुआ है। कहीं भीष्म ने इसे अंगीकार कर लिया... यदि इसने उसे पति बनाया, तो यह उसे हस्तिनापुर का सम्राट भी अवश्य बनायेगी...अम्बा के साथ अन्याय न हो...पर सत्यवती का भी सर्वनाश न हो...गुरुवर! प्रतिद्वन्द्वी पक्ष भीष्म और अम्बा नहीं हैं...सत्यवती और अम्बा हैं...और सत्ता है भीष्म! जो स्त्री भीष्म को प्राप्त करेगी, वह हस्तिनापुर की सारी सत्ता को भी हस्तगत करेगी...सत्यवती ने भीष्म को पुत्र के रूप में प्राप्त किया...और अम्बा उसे पति-रूप में प्राप्त करना चाहती है...सत्यवती अपने अनुभव और सहज बुद्धि से जानती है कि पुरुष पर उसकी माँ से अधिक उसकी पत्नी का नियन्त्रण होता है। माँ बन कर स्त्री प्रतिद्वन्द्विता में सदा हारी है...अम्बा के अधिकारों की रक्षा अवश्य करें ऋषिवर! किन्तु मुझे वंचित करके नहीं, मेरे अधिकारों को मुझसे न छीनें..."

पर सत्यवती को लगा, अभी इसका अवसर नहीं आया है। अभी तो भीष्म ही गुरु की बात स्वीकार नहीं कर रहा...

"और पुत्र!" परशुराम कह रहे थे, "पिता ने तुम्हें आज्ञा भी नहीं दी थी। उनकी इच्छा मात्र जान कर, तुमने जीवन के सारे भौतिक सुखों को तिलांजलि दे दी थी।...गुरु का अधिकार, पिता से भी अधिक होता है। मैं तुम्हें आज्ञा दे

रहा हूँ, अम्बा को ग्रहण करो। गृहस्थी के सुख का भोग करो और अम्बा को सुखी करो।"

"यह आपका आदेश है?"

"हाँ।"

"और यदि मैं इस आदेश का पालन करने में स्वयं को असमर्थ पाऊँ तो?"

परशुराम ने भीष्म को इस प्रकार देखा, जैसे भीष्म ने कोई बहुत ही अप्रत्याशित और बचकानी बात कह दी हो। फिर जैसे स्वयं को बहुत सहेज कर बोले, "कुरुकुल के राजकुमारों से यह अपेक्षित नहीं है कि वे गुरु की आज्ञा का उल्लंघन करें। फिर भी यदि तुम मर्यादा का उल्लंघन करोगे, तो मुझे मर्यादा की प्रतिष्ठा के लिए कुछ करना होगा।"

भीष्म ने गुरु को देखा, जैसे पूछ रहे हों, 'क्या करेंगे आप?'

"मर्यादा की प्रतिष्ठा के लिए मुझे तुम्हें बाध्य करना होगा कि तुम मेरी आज्ञा का पालन करो।" परशुराम बोले, "शब्दों से नहीं मानोगे, तो मुझे शस्त्रबल की सहायता लेनी होगी।..." उन्होंने भीष्म को देखा, "गुरु से युद्ध करोगे?"

भीष्म को धक्का लगा। उन्हें गुरु से यह अपेक्षा नहीं थी कि वे इस सीमा तक उन पर दबाव डालेंगे।...गुरु से युद्ध...अपने आप में ही यह कम कलंक नहीं है...और यदि गुरु से पराजय...एक वृद्ध ब्राह्मण से पराजय...क्षत्रिय समाज में मुँह दिखाने लायक नहीं रह जायेंगे भीष्म!...और यदि कहीं विजय प्राप्त कर ली...गुरु को पराजित किया...हठी गुरु का वध करना पड़ा...तो गुरु-हत्या, ब्रह्म-हत्या का अपराध...कैसे संकट में डाल दिया गुरु आपने...?

फिर जैसे भीष्म ने सायास स्वयं को शान्त किया...गुरु को समझाना चाहिए। गुरु समझ जायेंगे...

"मुझे कुछ कहने की अनुमति है, या आपका आदेश हो चुका?" भीष्म ने बहुत विनीत भाव से पूछा।

"कहो।"

"गुरु से तर्क करने का अपराध क्षमा करें।" भीष्म बोले।

"बोलो। मेरी अनुमति है।" परशुराम हँसे, "तर्क में कोई दोष नहीं, कुतर्क मत करना।"

गुरु हँस रहे थे, अर्थात अभी उनका धैर्य चुका नहीं था। अभी युद्ध की स्थिति नहीं आयी थी, अभी वे शान्त थे और दूसरे व्यक्ति की बात ग्रहण कर सकते थे। एक बार क्रुद्ध हो जायें, तो फिर किसी की सुनते ही नहीं।

"धर्म ने क्षत्रिय को शस्त्र धारण करने की अनुमति क्यों दी?"

"न्याय के लिए। अपने स्वार्थ की पूर्ति के लिए शस्त्र धारण करना दस्यु-वृत्ति है। शस्त्र धारण किया जाता है, सामान्य जन के हित के लिए। दलित, दमित प्रजा के उद्धार के लिए।"

"अपनी इच्छा किसी अन्य पर आरोपित करने के लिए तो नहीं गुरुदेव?"

"नहीं।" परशुराम बोले, "वह आततायी का काम है। धर्म उसकी अनुमति नहीं देता।"

"तो आप अपनी और राजकुमारी की इच्छा मुझ पर आरोपित करने के लिए शस्त्र-बल का आश्रय क्यों ले रहे हैं?"

परशुराम के चेहरे पर आकस्मिक जल-प्लावन के समान आवेश छा गया। ...पर जाने कहाँ से उनकी स्मृतियों में से निकल कर एक नन्हा-सा बालक, उनकी आँखों के सम्मुख खड़ा हो गया, जो उनकी ही प्रत्येक बात को मोड़ कर, फिर उनके ही मार्ग में खड़ा कर देता था; और यह सोच कर हँसता था कि उसने उनका मार्ग अवरुद्ध कर दिया है, और गुरु को जैसे अब प्रत्यावर्तन ही करना पड़ेगा।...बालक देवव्रत सदा यही करता आया था...

गुरु के अधरों पर मुस्कान जागी।

"काशी की राजकन्या से मेरा विवाह करवाने के लिए धनुष उठाने में कौन-सा धर्म है गुरुदेव?"

"नारी के सम्मान की रक्षा, प्रत्येक प्राणी का धर्म है देवव्रत भीष्म!" परशुराम बोले, "एक अबला राजकन्या नगर-नगर भटक रही है; और दो शस्त्रधारी सत्तावान योद्धा उसका अपमान कर रहे हैं। उन्हें न्याय को स्वीकार करने के लिए बाध्य करने हेतु, अथवा उन्हें उनके अपराध का दण्ड देने के लिए मुझे शस्त्र उठाना पड़ रहा है पुत्र।...यह मेरी अहम्मन्यता नहीं है, न ही अपनी इच्छा का आरोपण। इच्छा केवल सर्वनियन्ता की है। वही इच्छा धर्म कहलाती है। मैं धर्म को वाणी दे रहा हूँ : या तो अम्बा को पत्नी के रूप में अंगीकार करो, अथवा अपने प्राण दे कर अपने अपराध का परिमार्जन करो।"

परशुराम उठ खड़े हुए, "धनुष उठाओ।"

"ठहरें गुरुदेव!" भीष्म शान्त स्वर में बोले, "क्षत्रिय युद्ध-दान से मुँह नहीं मोड़ सकता, आह्वान चाहे गुरु की ओर से ही आया हो। पर, पहले युद्ध की अनिवार्यता से तो सहमत हो लूँ।" उन्होंने रुक कर गुरु की ओर देखा, "आपकी आज्ञा का पालन करूँ तो मेरी प्रतिज्ञा की रक्षा कैसे होगी?"

"यह तो तुम्हें अम्बा का हरण करते हुए सोचना चाहिए था!" लगा, जैसे परशुराम का धैर्य चुक गया था, "एक प्रतिज्ञा तुमने की है, और दूसरी प्रतिज्ञा मैंने की है—असहायों की सहायता की। राजकुमार हो, इसलिए तुम्हें एक अबला के साथ दुर्व्यवहार करने का अधिकार नहीं दिया जा सकता। समाज के उच्च वर्ग की स्वेच्छाचारिता से मैं पहले ही बहुत पीड़ित हूँ...।" और सहसा वे क्षण-भर के लिए रुक कर, नये आवेश के साथ बोले, "तुम तो मेरे शिष्य हो। तुम पर विशेष दायित्व है कि तुम निर्बल और असहाय लोगों की सहायता करो।...तुम नारी की मर्यादा की रक्षा न करो—यह मैं कैसे सम्भव होने दूँगा। ...जिनका कोई रक्षक नहीं, उनका रक्षक मैं हूँ।"

"मैं आपकी प्रतिज्ञा से परिचित हूँ।" भीष्म बोले, "नारी की मर्यादा की रक्षा के आपके आदेश का भी पालन होगा। काशी की राजकन्या कुरु-कन्या के रूप में हस्तिनापुर में आश्रय पा सकती है...।"

"नहीं!" अम्बा का स्वर चीत्कार भरा था, "मुझे आश्रय का अभाव नहीं है।"

"आप लोगों की अनुमति से एक बात मैं भी कहना चाहूँगा।" होत्रवाहन ने सारे वार्तालाप में पहली बार अपना मुख खोला, "यह न समझा जाये कि अम्बा सर्वथा अनाथ है, और उसे कोई आश्रय चाहिए।...वह अपने पिता के पास लौट सकती है। मेरे पास रह सकती है। शैखावत्य ऋषि के आश्रम में रह सकती है।...प्रश्न उसके जीवन की सार्थकता और सम्मान का है। पिता अथवा नाना के घर जीवन को व्यतीत करने में किसी भी युवती के जीवन की सार्थकता नहीं है। उसे अपना मन-भावन पति मिले, ताकि उसका यौवन सार्थक हो और सन्तति के रूप में उसके जीवन का विकास हो। यह आवश्यक है।" उन्होंने भीष्म को देखा, "प्रश्न यह है कि क्या कुरु राजकुमार उसे पत्नी के रूप में अंगीकार करने को प्रस्तुत हैं? यदि हाँ, तो मुझे कुछ कहना ही नहीं है।...और यदि नहीं, तो अम्बा का जीवन नष्ट होगा। ऐसी स्थिति में कुरु राजकुमार एक सम्भावनापूर्ण महत्त्वाकांक्षी जीवन नष्ट करने के अपराधी हैं। उसके लिए उन्हें दण्डित होना होगा।"

"बोलो भीष्म!" परशुराम कुछ व्यग्र हो कर बोले, "अम्बा को भार्या के रूप में अंगीकार करते हो?"

"अपनी प्रतिज्ञा के कारण असमर्थ हूँ।"

"तो धनुष उठाओ।"

"किन्तु मैं दोषी नहीं हूँ गुरुदेव!" भीष्म के दाहिने हाथ ने धनुष उठाया ..."और साथ ही मैं गुरु-हत्या का अपराध नहीं करना चाहता...।"

परशुराम ने ये वाक्य उपेक्षा भरे कानों से सुने। उन्होंने धनुष साधा। लगा कि वे बाण छोड़ेंगे।

भीष्म उनके सामने खड़े थे। उन्होंने भी धीरे-से अपने धनुष की प्रत्यंचा चढ़ाई...न परशुराम का ब्रह्मतेज उन्हें डिगा पाया था, न क्षात्र-तेज...

"भृगुश्रेष्ठ!" सहसा जाबालि बोले, "क्या युद्ध अनिवार्य है?"

"हाँ!"

"दोषी भीष्म ही है?"

"हाँ!"

"क्या भीष्म का वध करने से अन्याय का प्रतिकार हो जायेगा?"

"और कोई विकल्प नहीं है!"

"राजकन्या की मनोकामना पूर्ण हो जायेगी?..."

परशुराम को लगा, अभी तक उनके असमंजस ने उन्हें छोड़ा नहीं है...वे न्याय के लिए भीष्म का वध कर रहे हैं, या अपने सिद्धान्तों में बँध कर अम्बा की कामनापूर्ति का साधन बन रहे हैं...?

और सहसा राजमाता सत्यवती उठ कर आयीं और हाथ जोड़ कर परशुराम के सामने खड़ी हो गयीं, "ऋषिवर! धर्म क्या है, यह आप जानते हैं। मैं तो एक अबोध सांसारिक स्त्री हूँ। किन्तु इतना आश्वासन तो मैं भी आपको दे सकती हूँ कि अम्बा का जीवन व्यर्थ नहीं जायेगा। मैं उसकी सास बनने को भी प्रस्तुत हूँ और माँ भी। वह चाहे तो विचित्रवीर्य से विवाह कर मेरी पुत्रवधू बन जाये, हस्तिनापुर की साम्राज्ञी; या चाहे तो मेरी पुत्री बन जाये...यदि वह इन दोनों में से कुछ भी स्वीकार नहीं करती तो वह असहाय नहीं है, वह अनाथ नहीं है। वह विनाश का हठ ठाने, हस्तिनापुर को ध्वस्त करने वाली कृत्या है; और आप न्याय की आस्था लिए अपनी सांसारिक अव्यावहारिकता में नारी-मन को समझे बिना, उसके उपकरण बन रहे हैं। क्या आप नहीं देख पा रहे हैं कि वह भीष्म की कामानुरागिनी है; और इससे कम में वह कहीं समझौता नहीं करेगी। वह न्याय के लिए नहीं, वासना के लिए हठ कर रही है।...मैं तो आपसे विचित्रवीर्य का जीवन माँगने आयी थी, और आप मुझसे भीष्म को भी छीन रहे हैं...।"

परशुराम अवाक्-से सत्यवती को देखते रहे...और फिर जैसे कुछ चिन्तित हो गये...उनका धनुष शिथिल होता दिखायी दिया।

और तभी भीष्म बोले, जैसे लोहे को गर्म देख कर उस पर समय से प्रहार कर लेना चाहते हों, "गुरुवर! मैं राजकुमारी का अपराधी नहीं हूँ। उसने स्वयं अपने मुख से शाल्व के प्रति अनुराग और वरण की बात कही। वह स्वयं

अपना प्राप्य छोड़ कर चली गयी...।"

परशुराम ने अम्बा की ओर देखा, "कुछ कहना चाहती हो, राजकुमारी?"

"ऋषिश्रेष्ठ! मुझे भी दुर्बलता के एक क्षण का क्षमादान मिले।" अम्बा बोली, "दुर्बलता के उस क्षण में मैं भीष्म-प्रतिज्ञा को लौह प्राचीर मान, विचित्रवीर्य से बचने के लिए, शाल्व के पास चली गयी थी। तब भी मन में कहीं था कि शायद वह मेरी चपलता थी; किन्तु शाल्व की अस्वीकृति ने मेरे सम्मुख अपनी स्थिति तथा कामना दोनों को स्पष्ट कर दिया...।"

"एक बात मैं भी कहूँ महर्षि!" हस्तिनापुर के वृद्ध महामन्त्री विष्णुदत्त बोले, "अनुमति है?"

"कहें ब्राह्मणदेव!" परशुराम बोले, "मैं जल्दी में नहीं हूँ। आज सबकी सुन कर ही निर्णय करूँगा।"

"हस्तिनापुर का साम्राज्य और कुरुओं का राजवंश तो महाराजकुमार भीष्म के बाहुबल पर टिका ही है; इस समस्त प्रदेश के लोगों की धर्म के प्रति आस्था भी शान्तनुनन्दन भीष्म के आधार पर ही टिकी है।" उन्होंने रुक कर परशुराम को देखा, "महाभार्गव! यद्यपि भीष्म के विवाह से, सबसे अधिक प्रसन्नता व्यक्तिगत रूप से मुझे ही होगी; किन्तु आप बतायें कि यदि भीष्म ने अपनी प्रतिज्ञा तोड़ दी तो आर्यावर्त का सामान्य जन किसके वचन पर विश्वास कर पायेगा?...यदि अपनी प्रतिज्ञा पर टिके रहने के लिए भीष्म, आप जैसे धर्मधुरन्धर से दण्डित होंगे तो प्रजाजन की धर्म में आस्था की रक्षा कौन करेगा?..."

परशुराम अब तक द्विविधाग्रस्त थे, अब वे चिन्ताग्रस्त हो गये। चिन्ता ने जैसे उनकी ऊर्जा को निचोड़ लिया था। कर्म बाधित हो गया था।...थोड़ी देर में वे अम्बा से सम्बोधित हुए, "राजकुमारी! क्या चाहिए तुम्हें—लोक-धर्म, लोक-हित और मर्यादा की रक्षा करते हुए, अपने जीवन का सम्मानजनक समाधान या भीष्म?"

"भीष्म!" अम्बा ने निर्द्वन्द्व स्वर में कहा, "भीष्म मेरा है। हस्तिनापुर का राज्य मेरा है। उससे कम मुझे कुछ भी स्वीकार्य नहीं है।"

परशुराम की आँखें भीष्म की ओर उठीं।

"इस जन्म में तो यह सम्भव नहीं है गुरुवर!" भीष्म के स्वर में पीड़ा थी।

अम्बा की आँखों में अश्रु आ गये, "तो मेरे लिए तुम्हें दूसरा जन्म लेना पड़ेगा। तुम्हारा यह जीवन या तो मेरा हो कर रहेगा, या समाप्त कर दिया जायेगा।..."

परशुराम की आँखों में से अनिर्णय और असमंजस के जाले मिट गये।

चेहरे पर स्पष्टता की द्युति आयी, "यह तो धर्मयाचना नहीं, काम-याचना है। परशुराम ने असहाय जन को न्याय दिलाने की प्रतिज्ञा की थी, कामनाओं के बवण्डर में भटकते लोगों की इच्छाओं की पूर्ति के लिए मैं शस्त्र नहीं उठा सकता।..."

"तो?" अम्बा उनकी ओर देख रही थी।

"तुम अपना प्रयत्न किसी और माध्यम से चलाये रखो राजकुमारी!" परशुराम बोले, "मैं अब तुम्हारी कोई सहायता नहीं कर पाऊँगा। होत्रवाहन!" परशुराम ने अम्बा के नाना को सम्बोधित किया, "तुम राजकुमारी को अपने साथ ले जाओ...परशुराम आज एक महा-अपराध से बच गया है।"

"भीष्म!" अम्बा का स्वर थरथरा रहा था, "मैं अपना जीवन तपस्या में दग्ध कर दूँगी, ताकि तुम्हारा यह जीवन, जो मेरा नहीं हो सका, नष्ट हो सके।..."

"मुझे दुख ही होगा राजकुमारी!"

"मरूँगी भी तो यह कामना ले कर कि अगले जन्म में तुम्हारे इस शरीर को नष्ट कर दूँ, जो तुम्हारी सीमा है। हमारे मिलन में विघ्न-स्वरूप खड़ा, तुम्हारा यह शरीर, जितनी जल्दी विलीन हो जाये, उतना ही अच्छा..." अम्बा उठ कर खड़ी हो गयी, "न्याय माँगने से नहीं मिलता। वह तो प्राप्त करना पड़ता है।"

अम्बा ने और किसी की ओर नहीं देखा। वह सिर झुकाये, जैसे इस अस्थायी आश्रम से बाहर जाने के लिए चल पड़ी।

होत्रवाहन ने एक क्रुद्ध दृष्टि भीष्म पर डाली और शायद उसकी वही दृष्टि परशुराम की ओर भी मुड़ती; किन्तु कुछ सोच कर वह रुका और उठ कर अम्बा के पीछे-पीछे चला गया।

भीष्म की दृष्टि बहुत दूर तक अम्बा का पीछा करती रही...

अम्बा बहुत दुखी थी, इसमें कोई संदेह नहीं।...भीष्म उसके लिए स्वयं को दोषी नहीं मानते; किन्तु अम्बा के दुख के निमित्त तो वे थे ही...वह कैसे कह सकते थे कि अम्बा के दुख से उनका कुछ भी लेना-देना नहीं था...

पर यह सब क्या था?

उन्होंने अम्बा को अंगीकार किया होता, तो वे अवश्य कर्म-बन्धन में बँध गये होते।...किन्तु क्या वे पूरी दृढ़ता से कह सकते हैं कि उसे त्याग कर वे मुक्त हो गये हैं...क्या इस त्याग के फलस्वरूप अम्बा ने उन्हें ऋणात्मक रूप में ही सही, बाँध नहीं लिया है?...अम्बा का ऋण तो उन पर है ही। उन्हें उसका

ऋण तो चुकाना ही होगा। उसके दुख का प्रतिकार...या उसे स्वयं को शान्त करने का अवसर तो देना ही होगा...

पिता ने ठीक ही कहा था—ग्रहण ही नहीं, त्याग भी एक कर्म होता है। उस कर्म का भी फल होता है। वह कर्म भी व्यक्ति को बाँधता है...

भीष्म ने अपने लिए तो कुछ नहीं चाहा था; उन्होंने तो मात्र पिता के प्रति अपना धर्म निभाना चाहा था। पिता की इच्छा पूर्ण करने के लिए, जिसे माता बना कर ले आये, उस सत्यवती की इच्छा का सम्मान वे कैसे न करते ...और माता सत्यवती की इच्छा पूरी करते-करते, वे अम्बा की इच्छा के जाल में कहाँ से आ फँसे? ...यद्यपि उन्होंने अम्बा की इच्छा पूरी नहीं की। उसके जाल में वे बँधे नहीं; पर क्या सचमुच नहीं बँधे? क्या कह गयी है अम्बा...यह जन्म...अगला जन्म...क्या वे पूर्ण विश्वास के साथ कह सकते हैं कि वे अम्बा के साथ जन्म-जन्मान्तर के लिए बँध नहीं गये?...

भीष्म का मन कोई स्पष्ट उत्तर देने की स्थिति में नहीं था।

30

हस्तिनापुर लौटते हुए, अपने रथ में बैठी सत्यवती समझ नहीं पा रही थी कि वह प्रसन्न थी या अप्रसन्न! उसने हस्तिनापुर से कुरुक्षेत्र की यात्रा की थी कि वह भगवान परशुराम तथा महाअथर्वण जाबालि से अपने पुत्र विचित्रवीर्य के स्वास्थ्य के लिए कोई औषध माँग ले, कोई मन्त्र सीख ले। पर क्या कर पायी वैसा कुछ?...विचित्रवीर्य का तो नाम भी उसकी जिह्वा पर नहीं आया...और वह हाथ जोड़ कर परशुराम से भिक्षा माँगती रही, भीष्म के जीवन की...

परशुराम यदि भीष्म से युद्ध करते, उसे पराजित करते, उसका वध करते, तो क्या छिन जाता सत्यवती का? उसे तो उल्टे लाभ ही था; उसके मार्ग का एक शूल तो दूर होता। भीष्म हस्तिनापुर के सिंहासन पर नहीं बैठा; किन्तु वह जानता है कि इस सिंहासन का वास्तविक अधिकारी वही है। सत्यवती भी जानती है; कुरु-प्रमुख भी जानते हैं; प्रजा भी जानती है। भीष्म का अस्तित्व ही सबको याद दिलाता रहता है कि सत्यवती और उसके पुत्रों ने भीष्म से उसका राज्याधिकार छीना है...उसकी उपस्थिति मात्र, लोगों की दृष्टि में सत्यवती को अपराधिनी बना जाती है...

और सत्यवती हस्तिनापुर से कुरुक्षेत्र तक गयी—भीष्म के जीवन की याचना करने के लिए...

पर सत्यवती—उसका मन बोला—यदि परशुराम भीष्म को पराजित करते,

तो उनकी इच्छा पूरी होती। सम्भवतः वे उसका वध नहीं करते।...वह उनका शिष्य है...उन्हें प्रिय है...और फिर जीवित रह कर उनके लिए उपयोगी हो सकता है। भीष्म के वध से तो अम्बा के जीवन की समस्या का समाधान नहीं हो सकता था। वह तो भीष्म की मृत्यु की कामना भी नहीं कर रही थी। वह भीष्म को प्राप्त करना चाह रही थी...और यदि अम्बा, भीष्म को प्राप्त कर लेती, तो उसके माध्यम से वह हस्तिनापुर का राज्य भी प्राप्त करना चाहती।...जब निषाद-कन्या सत्यवती राज्य के लोभ का संवरण नहीं कर सकी, तो अम्बा तो राज-कन्या है। वह क्या राज्याधिकार प्राप्त किये बिना मानती?...कभी नहीं...

पर भीष्म की प्रतिज्ञा?

सत्यवती को लगा, उसके मन में कोई ज़ोर का अट्‌ठहास कर हँसा, पुरुष की प्रतिज्ञा।...क्या अर्थ है, पुरुष की प्रतिज्ञा का?...नारी ही उससे प्रतिज्ञाएँ करवाती है, और नारी ही उसकी प्रतिज्ञाएँ तुड़वाती है...सत्यवती, माता बन कर भीष्म से ऐसी प्रतिज्ञाएँ करवा सकी, तो अम्बा पत्नी बन कर उसकी प्रतिज्ञाएँ तुड़वा नहीं सकती?...भीष्म चाहे नारी की शक्ति को न जानता हो, पर सत्यतवी तो जानती है।...पुरुष के जीवन में नारी, मादक वसन्त के रूप में आती है। उस समय क्या पुरुष का विवेक, और क्या उसका संकल्प... पुरुष का अपना विवेक और संकल्प काम करता रहे, तो समझना चाहिए कि नारी का मद उसे अभी चढ़ा ही नहीं है...और यदि आरम्भ में उसका प्रतिरोध कुछ दिन बना भी रहे, तो नारी दीमक के समान, उसकी जड़ों में धँस कर सब कुछ खोखला कर देती है; और पुरुष को पता भी नहीं लगता कि क्रमशः उसका क्षय हो चुका है। उसको तो बोध ही तब होता है, जब उसकी जड़ें पूर्णतः नष्ट हो चुकी होती हैं, और वह धराशायी हो जाता है।... शान्तनु में क्या आत्मबल नहीं था, या विवेक नहीं था, या संकल्प नहीं था... किन्तु सत्यवती के सामने एक भी चली उसकी?...सत्यवती क्या जानती नहीं कि उनकी इच्छाएँ क्या थीं। उनका वश चलता तो चित्रांगद और विचित्रवीर्य का पालन-पोषण ऐसा होता, जैसा कि हुआ।...वे उन्हें किसी गुरुकुल में भेज देते। जब तक वे दोनों भाई गुरुकुल से लौटते, तब तक भीष्म हस्तिनापुर का लोकप्रिय सम्राट हो चुका होता; और वे दोनों भाई अपने गुरुओं से यह शिक्षा प्राप्त करके आते कि बड़ा भाई पिता के समान होता है। वे दोनों भीष्म के आज्ञाकारी और अनुरागी छोटे भाई होते। भीष्म उनकी बाँह पकड़ कर, उन्हें सिंहासन पर बैठाता भी, तो वे कूद कर नीचे आ जाते।...नारी का स्पर्श करने से पहले बीस बार सोचते, कि धर्म क्या है...सत्यवती को वे राजपुत्र न लग कर ऋषिपुत्र ही लगते।...

...किन्तु सत्यवती ने शान्तनु की चलने नहीं दी। पुरुष स्वयं को कितना ही शक्तिशाली माने, कितना भी संकल्पवान और दृढ़प्रतिज्ञ माने...वह सब तभी तक है, जब तक नारी उसे विजय करने के अभियान पर नहीं निकलती...भीष्म को अम्बा के मोह से बचा कर, सत्यवती ने भीष्म की नहीं, अपनी और विचित्रवीर्य की ही रक्षा की है। वह परशुराम और जाबालि से, विचित्रवीर्य के लिए औषध और मन्त्र नहीं लायी, किन्तु धर्मक्षेत्र से वह उसके लिए भीष्म रूपी रक्षा-कवच अवश्य लौटा लायी है...

हस्तिनापुर पहुँचते ही सत्यवती को सूचना मिली कि सम्राट का स्वास्थ्य ठीक नहीं है। उपचार चल रहा है।

वह भागती हुई विचित्रवीर्य के कक्ष में पहुँची। देखा : विचित्रवीर्य के पलंग को घेर कर राजवैद्य, उनके सहयोगी और उनके शिष्य खड़े हैं। कक्ष के एक कोने में अम्बिका और अम्बालिका बहुत तटस्थ भाव से बैठी हैं; जैसे वे बैठने-भर को बैठी हों, अन्यथा उनका रोगी से कुछ भी लेना-देना न हो...

सत्यवती को अपनी पुत्रवधुओं का तटस्थ व्यवहार कभी भी रुचिकर नहीं हुआ था। मनुष्य किसी अपरिचित को भी कष्ट में देखता है, तो प्रभावित हुए बिना नहीं रहता; और ये हैं कि अपने रुग्ण पति के निकट भी काष्ठ-प्रतिमाओं के समान, बिना किसी भावना और बिना किसी अभिव्यक्ति के बैठी रहती हैं। जो कुछ पूछ लो, उसका उत्तर दे देंगी, जो कुछ कह दो, वह कर देंगी...और फिर वैसी-ही गुम-सुम, भावहीन, निष्प्राण।...इनसे तो अम्बा ही अच्छी। कम से कम मुँह खोल कर कहती तो है कि किससे प्रेम करती है और किससे घृणा...

सत्यवती, विचित्रवीर्य की ओर बढ़ी। वैद्यों के उस समूह ने राजमाता के लिए मार्ग बनाया।

"कैसे हो पुत्र?" राजमाता ने सम्राट के ललाट पर हाथ फेरा।

सत्यवती को स्वयं लगा कि उसका हाथ काँप रहा है और वाणी जैसे थरथरा रही है।

विचित्रवीर्य एकदम पीला पड़ गया था और बहुत ही दुर्बल लग रहा था। उसने हल्के से पलकें झपकायीं और फिर से आँखें बन्द कर लीं।

सत्यवती ने राजवैद्य की ओर देखा।

"हम प्रयत्न कर रहे हैं राजमाता।" राजवैद्य ने कहा, "पर हमें अधिक आशा नहीं है।"

सत्यवती की इच्छा हुई, खींच कर एक चाँटा राजवैद्य के झुर्रियों से भरे चेहरे पर दे मारे : ऐसी बात कहने का उसे साहस कैसे हुआ?

पर उसका हाथ उठा नहीं। केवल इतना ही पूछ सकी, "क्या सचमुच कोई आशा नहीं?"

"विधाता की इच्छा राजमाता!" और राजवैद्य अपने सहयोगियों को कोई नवीन औषधि तैयार करने की विधि समझाने लगे।

सत्यवती को लगा, उसकी सारी ऊर्जा, जैसे दीनता में परिणत हो गयी; और दीनता खीझ में। उसका मन जैसे अपने-आप से ही लड़ रहा था। उसके मन में आक्रोश ही आक्रोश था। इच्छा हो रही थी कि या तो अपना ही सिर दीवार से दे मारे, या सामने आये व्यक्ति का मुँह नोच ले।...और सत्यवती स्वयं ही नहीं समझ पा रही थी कि कष्ट और क्रोध के इस क्षण में, बार-बार उसके मन में क्रोध के लक्ष्य के रूप में भीष्म की ही छवि क्यों उभरती है... जाने क्यों उसे लगता है कि भीष्म पहले दिन से जानता था कि सत्यवती की सन्तान, हस्तिनापुर के राजसिंहासन पर नहीं बैठ सकेगी। वह जीवित ही नहीं रहेगी, तो शासन कैस करेगी।...इसलिए तो बिना किसी आनाकानी के, उसने प्रतिज्ञा कर ली थी।

उसने देखा, कि राजवैद्य पीछे हट गये। उन्होंने अपने एक शिष्य को संकेत किया। शिष्य ने वस्त्र से सम्राट का मुँह ढाँप दिया। राजवैद्य आ कर राजमाता के सम्मुख भूमि पर ही बैठ गये, "राजमाता! सम्राट नहीं रहे।..."

सत्यवती ने सूनी-सूनी आँखें उठा कर राजवैद्य की ओर देखा, जैसे जो कुछ उसको कहा गया था, वे शब्द ही थे, उनका अर्थ कुछ नहीं था।...या यदि उनका कुछ अर्थ था भी, तो वह उसकी समझ में नहीं आया था। शब्द जैसे कानों से केवल टकराये और लौट गये। मस्तिष्क में उनका प्रवेश ही नहीं हुआ।

राजवैद्य के सारे सहकर्मी और शिष्य आ कर राजवैद्य के साथ, राजमाता के सम्मुख भूमि पर बैठ गये।

भीष्म पहले से जानता रहा होगा—सत्यवती के मन में विचार नहीं, मानो मरुभूमि का अन्धड़ चल रहा था—शुष्क, तप्त और रेतीला।...वह जानता था कि चित्रांगद भी नहीं रहेगा और विचित्रवीर्य भी...सम्राट शान्तनु के देहान्त के पश्चात गंगा के पार जा कर तपस्या करना उसका ढोंग मात्र तो नहीं था? कहीं वह उस समय भी चित्रांगद की मृत्यु के लिए ही तो कोई साधना नहीं कर रहा था?...मारण-मन्त्र की सिद्धि?...अथर्वण परम्परा से परिचय है भीष्म का।...उसी के प्रयोगों से तो यह सब नहीं हो रहा? भीष्म के मार्ग में आने वाले व्यक्ति एक-एक कर संसार से विदा हो गये।...शान्तनु...चित्रांगद ...विचित्रवीर्य...अभी भी भीष्म, गुरु के बुलाने के व्याज से कुरुक्षेत्र गया था।

वहाँ महाभार्गव परशुराम भी थे और महाअथर्वण जाबालि भी। धर्मक्षेत्र में साधना का फल भी जल्दी मिलता है।...और फिर पवित्र सरस्वती नदी का तट...कहीं भीष्म ने, अपने गुरु से मिल कर कोई अनुष्ठान ही तो नहीं किया था, जिसके प्रभाव से राजवैद्य और उसके सहयोगी खड़े देखते रह गये, उनकी औषधियाँ विचित्रवीर्य के कण्ठ के नीचे उतरती रहीं और उसका रोग बढ़ता गया।...मारण-मन्त्र से ऐसा ही तो होता है।...पर उसकी भी क्या आवश्यकता थी—सहसा सत्यवती के मन ने पलटा खाया—साधना की क्या आवश्यकता थीः एक राजवैद्य को सिद्ध करना ही पर्याप्त था भीष्म के लिए।...तभी तो राजवैद्य की औषधियाँ विचित्रवीर्य को जीवन प्रदान करने के स्थान पर, उसे मृत्यु की ओर धकेलती रहीं...और जिस समय उसका अन्तकाल आने को था, भीष्म उठ कर अपने गुरु से मिलने के लिए कुरुक्षेत्र चला गया, ताकि विचित्रवीर्य की मृत्यु के समय, भीष्म को हस्तिनापुर में अनुपस्थित पा कर, उसे कोई दोषी न ठहरा सके...

सत्यवती भय के मारे भीतर तक काँप उठी...वह चारों ओर से न केवल अपने शत्रुओं से घिर गयी है, वरन हत्यारों के जाल में आकण्ठ बँधी पड़ी है। मुक्त होना तो दूर, हिलना भी चाहे तो हिल नहीं सकती...निषाद-कन्या सत्यवती से अधिक, जाल की माया को कौन समझेगा। जाल में फँस गयी मछली कैसे तड़प-तड़प कर कूदती है, और कूद-कूद कर तड़पती है, ताकि जाल से बाहर निकल सके।...जाल के भीतर से उसे आकाश भी दिखायी देता है, और धरती भी, और जल भी। यदि कुछ दिखायी नहीं देता, तो जाल ही दिखायी नहीं देता। जब मछली तड़प-तड़प कर कूदती है, तो आश्चर्य और पीड़ा से सोचती होगी कि जाने कौन-सी वस्तु उसे जल तक पहुँचने से रोक रही है...शायद यह भी सोचती हो कि कूद कर जाल से बाहर आ जायेगी, तो जल में ही गिरेगी... या आस-पास खड़े मनुष्य उसे उठा कर, जल में डाल देंगे और वह जीवन पा जायेगी...वह अबोध यह नहीं जानती कि जाल से बाहर भी उसके लिए मृत्यु ही है। अपने चारों ओर खड़े जिन मछुआरों से वह सहायता की अपेक्षा कर रही है, उन्हीं लोगों ने तो उसके प्राण लेने का षड्यन्त्र रचा था...

क्या जानती थी सत्यवती कि यमुना-तट की मछुवारिन, हस्तिनापुर में आ कर मछली बन जायेगी...इन लोगों ने विचित्रवीर्य की हत्या की है, ये सत्यवती की भी हत्या कर सकते हैं...

हत्या न भी करें, तो अब सत्यवती का क्या रह गया है हस्तिनापुर में! जिस सम्राट की वह पत्नी थी, वह सम्राट नहीं रहा। जिन दो सम्राटों की वह माँ थी, वे दोनों सम्राट नहीं रहे। अब न वह महारानी है, न राजमाता...उसके

अधिकार का कौन-सा प्रमाण है अब हस्तिनापुर में? उसकी आज्ञाओं का पालन कोई क्यों करेगा अब?...क्या भीष्म उसे हस्तिनापुर से निकाल देगा?...कहाँ जायेगी वह?...बाबा के पास?...बाबा अब और भी वृद्ध हो गये होंगे, और भी असमर्थ। वे क्या सहायता कर पायेंगे सत्यवती की?...सत्यवती क्या अब फिर से धर्मार्थ नाव खे सकेगी?...यात्रियों को यमुना पार करवा सकेगी?...मछलियाँ पकड़ने के लिए जाल फेंक सकेगी? जाल समेट सकेगी?...

तो और कौन-सा ठिकाना है उसके लिए?

कृष्ण द्वैपायन...क्या कृष्ण द्वैपायन का आश्रम उसका घर बन सकेगा? ...पर वह तो तपस्वी है...कुटीरों में रहता है। वनों-पर्वतों में भटकता फिरता है।...समाधि लगाये बैठा रहता है...

सत्यवती को लगा, कृष्ण द्वैपायन का आश्रम चाहे सुविधाजनक न हो, किन्तु उसका विचार मात्र ही उसमें सुरक्षा का भाव जगा गया है...उसका कृष्ण द्वैपायन अब प्रतिष्ठित ऋषि है...अपने पिता से भी अधिक सम्मान का अधिकारी हो गया है वह...कृष्ण...कृष्ण...

किन्तु भीष्म!...

ऋषि कृष्ण द्वैपायन अधिक शक्तिशाली है या महाराजकुमार भीष्म? क्या उसका कृष्ण, भीष्म के सम्मुख ठहर पायेगा?...कहीं भीष्म ने उसकी भी हत्या करवा दी तो?...पर नहीं! कृष्ण ब्राह्मण है...ब्रह्महत्या का साहस भीष्म भी नहीं कर पायेगा।...फिर उसका कृष्ण, हस्तिनापुर के प्रासादों में नहीं रहता, जहाँ भीष्म का आदेश चलता हो। वह राजवैद्य की औषधि भी नहीं खाता...और मन्त्र-तन्त्र, साधना तथा सिद्धियाँ...इनमें तो कृष्ण द्वैपायन स्वयं ही बहुत समर्थ है...कहीं वह आ जाये, तो भीष्म की सारी ऋद्धियाँ-सिद्धियाँ धरी रह जायें...तो फिर सत्यवती ने पहले क्यों उसे स्मरण नहीं किया?...

सत्यवती ने कक्ष की स्थिति का सर्वेक्षण किया।...अनेक लोग कक्ष में आ गये थे। मन्त्री, सभासद, कुरु-प्रमुख, पुरोहित, ब्राह्मण...और भीष्म।

भीष्म कैसा तो स्वामी सरीखा बैठा है। सब उसी का मुख ताक रहे हैं, उससे आज्ञाएँ ले रहे हैं। उसके आदेशों का पालन कर रहे हैं।...ऊपर से कैसा दुखी दिख रहा है पाखण्डी। मन-ही-मन प्रसन्न हो रहा होगा कि अब तो यह राज्य मेरा ही है। अपने भाइयों के रक्त से सना हुआ राज्य! क्या सुख मिलेगा, तुझे इस राज्य से?...

और अगले ही क्षण सत्यवती की दृष्टि, एक कोने में बैठी हुई अम्बिका और अम्बालिका पर पड़ी—ये अभी तक यहीं बैठी हैं, काष्ठ की पुत्तलिकाएँ—हिलीं

नहीं, डुलीं नहीं, रोईं भी नहीं...

तभी सत्यवती के मन में एक नया प्रश्न उठा : 'इनका क्या होगा?...' इनकी स्थिति भी तो अब सत्यवती जैसी ही है। जिस सम्राट की ये रानियाँ हैं, वह अब नहीं रहा। इनका कोई पुत्र भी नहीं है...तो क्या भीष्म इन्हें भी हस्तिनापुर से निकाल देगा? इनकी हत्या कर देगा?...या...या...इनसे विवाह कर लेगा?...हाँ! इनसे विवाह भी तो कर सकता है भीष्म! वही तो इनका हरण करके भी लाया था। क्षत्रिय समाज में कोई उसकी निन्दा भी नहीं करेगा... हस्तिनापुर का सिंहासन रिक्त नहीं रहेगा।...उस पर किसी-न-किसी को तो बैठना ही है।...पहला अधिकार भीष्म का ही बनता है।...सारे मन्त्री, सभासद, कुरु-प्रमुख...सब उसी से निवेदन करेंगे कि वह सत्ता अपने हाथ में ले।...पहले वह राजसत्ता हस्तगत करेगा...और फिर अम्बिका और अम्बालिका से विवाह कर लेगा...कर ले, सत्यवती, कर भी क्या सकती है...राज्य भी भीष्म का और रानियाँ भी भीष्म की।...क्या अन्तर पड़ेगा, यदि भीष्म ने अम्बा से विवाह न कर, उसकी छोटी बहनों से विवाह कर लिया।...और क्या विश्वास है भीष्म का; यह उन तीनों का हरण करके लाया था। इन दो के साथ विवाह कर सकता है, तो तीसरी के साथ भी कर सकता है...वह पास के ही किसी वन में, इसे प्राप्त करने के लिए तपस्या का ढोंग कर रही होगी...

वे लोग विचित्रवीर्य के शव को बाहर ले जा रहे थे। उसके वक्ष में देर से फँसा चीत्कार फूटा, "मेरे लाल!"

वह वेग से शव के पास आयी।

भीष्म के संकेत पर वे लोग ठहर गये।

सत्यवती ने वस्त्र हटाया। विचित्रवीर्य का चेहरा वैसा ही था, जैसा थोड़ी देर पहले उसने देखा था : रोगी, दुर्बल और शक्तिहीन।

उसके मुख से सिसकी फूटी! पेट के तल में कैसी-कैसी तो पीड़ा हुई और आँखों से अश्रु बह निकले, "मेरे लाल!"

भीष्म ने सत्यवती के दोनों कंधों पर हाथ रखे, जैसे स्नेह की ऊर्जा संचारित कर रहे हों, "माता!"

सत्यवती का मन हुआ, झटक दे उसके हाथ—पाखण्डी कहीं का। भीतर से इतना कुटिल और ऊपर से इतना सरल।...

किन्तु सत्यवती ने उसके हाथ झटके नहीं।...जब तक भीष्म ही उसे नहीं झटकता, तब तक सत्यवती का उसे झटकना स्पृहणीय नहीं है।

उसने भीष्म की ओर देखा।

"माता! धैर्य! सर्वनियन्ता की इच्छा के विरुद्ध हम कर ही क्या सकते हैं?"

"धैर्य! किसका मुख देख कर धैर्य धारण करूँ अब?"

"मैं हूँ न माता! आपका दुखी पुत्र! आप हैं, मैं हूँ और विचित्रवीर्य की ये रानियाँ! दुख में हमें एक-दूसरे का ही तो सहारा है।..."

सत्यवती भीष्म की ओर देखती रह गयी : क्या सचमुच यह दुखी है?... इसे क्या दुख है?...

विचित्रवीर्य का शव अन्तिम स्नान के लिए ले जाया जा चुका था। कक्ष में से अधिकांश राजकर्मचारी और ब्राह्मण जा चुके थे। किन्तु अनेक नये लोग आ भी रहे थे। जिस-जिसको सूचना मिल रही थी, वही भागता चला आ रहा था।

सत्यवती का ध्यान अम्बिका और अम्बालिका पर टिका हुआ था।...इन्हें भी भीष्म ही लाया था हस्तिनापुर, और सत्यवती को भी वही लाया था। सत्यवती के लिए उसने वचन-दान दिया था; इनके लिए रण-दान। न सत्यवती के सम्राट बचे, न इनके! बचा है केवल भीष्म!

...सहसा सत्यवती का ध्यान दूसरी ओर चला गया।...शान्तनु का देहान्त हुआ था, तो सत्यवती को लगा था कि उसे हस्तिनापुर के राजमहलों से निकाल बाहर फेंका जायेगा; किन्तु ऐसा नहीं हुआ। उसे उसकी सन्तान ने बचा लिया था।...जो सत्यवती रानी नहीं रही थी, वह राजमाता बन गयी थी...तो क्या यही प्रक्रिया इन दोनों रानियों के साथ नहीं हो सकती! क्या वे राजमाताएँ नहीं बन सकतीं?...कैसे?...

क्या वह कृष्ण द्वैपायन को हस्तिनापुर बुला ले, द्वैपायन भी तो उसी राजमाता का पुत्र है, जिसके पुत्र विचित्रवीर्य और चित्रांगद थे? जब वे सम्राट बन सकते थे, तो कृष्ण द्वैपायन क्यों नहीं बन सकता? राजमाता सत्यवती, स्वयं अपने हाथों से उसके सिर पर किरीट रखेगी, उसके भाल पर तिलक करेगी; और उसका हाथ पकड़ कर उसे राजसिंहासन पर बैठायेगी।

सत्यवती को लगा, आज फिर वैसा ही एक अवसर आया है, जैसा शान्तनु और चित्रांगद की मृत्यु पर आया था...राजरानी या राजमाता होना सरल नहीं है। पति की मृत्यु का शोक हुआ था सत्यवती को...किन्तु पुत्र के सम्राट बनने की प्रसन्नता भी हुई थी।...आज फिर वैसा ही अवसर आया है...विचित्रवीर्य का शव अभी यहीं पड़ा है, और वह द्वैपायन के राजतिलक की तैयारियाँ कर रही है...

पर अगले ही क्षण सत्यवती की कल्पना में भीष्म सजीव हो कर आ खड़ा हुआ। उसके कंधे पर धनुष था, पीठ पर तूणीर और हाथ में नग्न खड्ग।

एक बार उसने उपेक्षा-भरी दृष्टि से सत्यवती की ओर देखा और आगे बढ़ कर सिंहासन पर बैठे कृष्ण द्वैपायन पर खड्ग से प्रहार किया। कृष्ण द्वैपायन का सिर, धड़ से अलग हो कर भूमि पर लोट गया। रक्त-स्नात धड़ थोड़ी देर तक सिंहासन पर टिका, किन्तु वह सँभल नहीं पाया, और डोलता हुआ नीचे आ गिरा...

सत्यवती फटी-फटी आँखों से सब कुछ देखती रही और फिर जैसे उसके भीतर से उसका प्रेत बोला, 'यह तुमने क्या किया भीष्म! ब्रह्म-हत्या कर दी?'

'वह ब्राह्मण नहीं था!' हाथ में रक्त-रंजित खड्ग लिए खड़े भीष्म ने अत्यन्त उद्दण्डता से कहा, 'वह कुरु-वंश के सिंहासन पर अनधिकृत रूप से बैठने वाला दस्यु था। दस्यु का वध करना क्षत्रिय का धर्म है।'

'पर वह हस्तिनापुर का सम्राट था।'

'वह हस्तिनापुर का सम्राट कैसे हो सकता है। वह कुरु वंशी नहीं था।'

'कुरु वंशी नहीं था तो क्या हुआ।' सत्यवती बोली, 'वह मेरा पुत्र था—राजमाता सत्यवती का पुत्र! पूर्व सम्राटों का भाई था वह!'

'किन्तु वह शान्तनु-पुत्र नहीं था।' भीष्म ने अत्यन्त रूक्ष वाणी में कहा, 'इस सिंहासन पर केवल शान्तनु-पुत्र ही बैठ सकता है।...और शान्तनु-पुत्र, अब केवल मैं हूँ। राजा शान्तनु अब और पुत्र उत्पन्न नहीं कर सकते...।'

सत्यवती ने धिक्कार बरसाती दृष्टि से भीष्म को देखा, 'और तुम्हारी प्रतिज्ञा?'

'कौन-सी प्रतिज्ञा?'

'कि तुम हस्तिनापुर का सिंहासन त्याग रहे हो।'

'राजा तो सिंहासन को त्याग सकता है, पर सिंहासन राजा को नहीं त्याग सकता। हस्तिनापुर के सिंहासन पर किसी शान्तनु-पुत्र को तो बैठना ही होगा।'

'पर तुमने मुझे वचन दिया था कि हस्तिनापुर पर विचित्रवीर्य और उसके पुत्रों की पीढ़ियाँ शासन करेंगी।'

'उस वचन पर मैं आज भी दृढ़ हूँ।'

'तो कुरु प्रदेश पर विचित्रवीर्य का पुत्र शासन करेगा?'

'हाँ! पर विचित्रवीर्य का पुत्र है कहाँ?'

भीष्म ने इतनी ज़ोर से अट्टहास किया कि सत्यवती के कान झनझना उठे।

सामने खड़ा प्रतिहारी कह रहा था, "राजमाता! महाराजकुमार ने निवेदन किया है कि आप दिवंगत सम्राट को अन्तिम आशीर्वाद देने के लिए पधारें।"

सत्यवती की कल्पनाएँ छिन्न-भिन्न हो गयीं।

"चलो।" वह उठ खड़ी हुई।

"दीदी!"

अम्बिका ने दृष्टि उठा कर देखा : अम्बालिका का वर्ण पीला पड़ गया था। वह इतनी डरी हुई लग रही थी, जैसे अपनी आँखों के सामने कोई भयानक शत्रु खड़ा देख रही हो।

अम्बिका ने आगे बढ़ कर उसे कंधों से थामा। उसके शरीर में हल्की-सी सिहरन थी, जैसे काँप रही हो।

"क्या बात है अम्बालिके?"

"मुझे बहुत डर लग रहा है दीदी!"

"किस बात के लिए?"

"सम्राट जो नहीं रहे।"

"तो इतनी व्याकुल क्यों है?" अम्बिका ने उसे समझाते हुए कहा, "सम्राट ने तुझे ऐसा कौन-सा सुख दिया था, जो अब छिन जायेगा।"

"नहीं दीदी! सुख की बात नहीं है।" अम्बालिका अपने काँपते होंठों से बड़ी कठिनाई से बोल पायी, "सम्राट नहीं हैं। मुझे लग रहा है कि कहीं कोई अनर्थ न हो जाये।"

"किस अनर्थ की आशंका है अम्बालिके!" अम्बिका ने उसे सँभालने का प्रयत्न किया, "पिता के घर से अपनी इच्छा के विरुद्ध हरण हुआ। पत्नी के रूप में, अपनी इच्छा के विरुद्ध एक रोगी कामुक को सौंप दी गयीं हम—जिसका शरीर न सुख प्राप्त कर सकता था, न प्रदान कर सकता था। ...चाहो तो उसकी मृत्यु को अनर्थ कह लो, और चाहो तो इसे मुक्ति कह लो।"

अम्बालिका ने आश्चर्य से अम्बिका को देखा, "तुम्हें कोई अन्तर नहीं लगता दीदी?"

"अन्तर उसे लगे, जो जीवित प्राणी हो।" अम्बिका बोली, "मुझे लगता है कि मैं एक निर्जीव पदार्थ हूँ, जिसकी अपनी कोई इच्छा नहीं है; और यदि इच्छा होती भी है, तो उसका कोई अर्थ नहीं होता।" उसने रुक कर अम्बालिका को देखा, "पहले सोचती थी, मैं युवती हूँ, सुन्दरी हूँ, राजकुमारी हूँ।...पर तब जाना कि अपहरण भी सुन्दरी राजकुमारियों के ही होते हैं। राजकुमारियाँ शायद विजय में प्राप्त की गयी निर्जीव वस्तुएँ होती हैं—जिनका

आदान-प्रदान भी हो सकता है।"

"मुझे तो महाराजकुमार भीष्म पर बहुत क्रोध आता है। उन्होंने क्या यह प्रतिज्ञा भी कर रखी है कि संसार में सबको वे ही पत्नियाँ उपलब्ध करायेंगे।" अम्बालिका के आवेश ने उसका भय कुछ कम कर दिया था, "सम्राट शान्तनु के लिए भी वे ही पत्नी लायेंगे, और सम्राट विचित्रवीर्य के लिए भी।...समय से अपना विवाह किया होता; अपनी सन्तान होती; किसी के लिए पत्नी जुटाने की चिन्ता ही न व्यापती।"

"तुझे लगता है कि यह सब भीष्म का दोष है?"

"हाँ!" अम्बालिका ने सिर हिला दिया।

"और मुझे लगता है कि यह सब राजमाता सत्यवती की राज्य-लिप्सा का ही परिणाम है।" अम्बिका जैसे सशब्द चिन्तन कर रही थी, "उन्हें शान्तनु से विवाह करना था, करतीं; नहीं करना था, न करतीं। भीष्म से वचन ले कर, उनके गले में फंदा डाल दिया।...तुमने देखा नहीं, अपने वचन के फंदे में कैसे कसे हुए हैं भीष्म! और उन्हें बाँधने वाली हैं राजमाता। राजमाता की पलक झपकती है और भीष्म के गले का फंदा कसने लगता है। आठों प्रहर महाराजकुमार सतर्क रहते हैं कि कहीं किसी प्रकार उन पर वचन-भंग का आरोप न लगाया जा सके...।"

"अब हमारा क्या होगा दीदी?"

"क्या होना है अम्बालिके!" अम्बिका बोली, "जो कुछ हुआ है, अब उससे अधिक और क्या हो जायेगा?"

"हमें सती होने को तो नहीं कहेंगे?"

अम्बिका कुछ देर तक मुग्ध दृष्टि से अम्बालिका को देखती रही।... यह बात तो उसके मस्तिष्क में आयी ही नहीं थी। कहाँ तक सोच गयी अम्बालिका...

"तुम्हें मृत्यु से भय लगता है?"

"तुम्हें नहीं लगता दीदी?"

"नहीं!" अम्बिका बोली, "मेरी तो इच्छा होती है कि या तो मुझे एक निर्जीव पदार्थ के समान छोड़ दिया जाये, कोई मुझसे कुछ भी न चाहे, या...।"

"या क्या दीदी?"

"या मुझे मरने का अधिकार दिया जाये।"

"तुम मरना चाहती हो!"

"हाँ! और तू जीना चाहती है क्या?"

"मालूम नहीं! पर मुझे मरने से भय लगता है।"

"मैं सोचती हूँ, जीवन में ऐसा क्या है, जो मर कर छिन जायेगा।" अम्बिका जैसे अपने-आप से कह रही थी।

"तुम्हें किसी वस्तु की इच्छा नहीं होती?"

"नहीं।" अम्बिका निर्द्वन्द्व रूप से बोली, "इच्छा का क्या लाभ अम्बालिके! इच्छाओं की मृगतृष्णा में ही फँसी हैं, हमारी राजमाता। अपनी भी दुर्गति करवा रही हैं, और हमारी भी।"

"तो क्या करें वे?" अम्बालिका ने पूछा।

"राज्य भीष्म को सौंपें और वनवास करें।" अम्बिका ने निःश्वास छोड़ा, "उनकी मुक्ति हो और हमारी भी।"

"क्या कह रही हो दीदी!"

"अम्बालिके! मैं ठीक कह रही हूँ। कुछ नहीं है जीवन में। और हमारे वश में तो कुछ भी नहीं है। मैंने तो अपनी आँखें बन्द कर ली हैं। जो घटित होना है, हो जाये। यदि अभी भी हम राजमाता के लिए किसी उपयोग की हैं, तो वे हमें सहेज कर रखेंगी; और यदि हमारा कोई उपयोग नहीं है, तो फिर कदाचित्! हमें सती होने का आदेश मिल जायेगा।"

"ऐसा न कहो दीदी!" अम्बालिका फिर से पीली पड़ गयी, "मुझे तो बहुत भय लग रहा है।"

31

सत्यवती बहुत देर से सोच रही थी, किन्तु निश्चय नहीं कर पा रही थी कि भीष्म को किन शब्दों में कहे। पर कहना तो था ही। कहीं ऐसा न हो कि वह अपने संकोच में कहे नहीं, और भीष्म कोई और निर्णय कर ले।

बात तो करनी ही होगी! सत्यवती इस जीवन को ऐसे अपनी मुट्ठी में से निकल जाने नहीं देगी।

उसने भीष्म को बुला भेजा।

भीष्म आये तो बोली, "अब कुरुओं का सिंहासन खाली रहेगा क्या? भरतवंश का अब अन्त हो जायेगा?"

भीष्म ने सूक्ष्म दृष्टि से देखा : क्या है माता के मन में? अच्छा होता कि वे स्पष्ट बता देतीं कि वे क्या चाहती हैं। भीष्म का कार्य सरल हो जाता।

किन्तु राजमाता अपनी ओर से कुछ नहीं कह रही थीं।

अन्ततः भीष्म ही बोले, "सभा बुलायी है। कुरु-प्रमुखों तथा भरतवंशी राजाओं के सम्मुख समस्या रखूँगा। सम्राट शान्तनु के वंश में अब कोई

उत्तराधिकारी शेष नहीं है।...आगे वे जो निर्णय करें।"

"और तुम? तुम सम्राट शान्तनु के वंशज नहीं हो क्या?"

इसी बात का भय था भीष्म को। वह जानते थे कि इस समय शान्तनु के एकमात्र पुत्र होने के नाते, उनके सामने यह समस्या आयेगी।

"सम्राट शान्तनु का वंशज तो मैं हूँ।" भीष्म बोले, "किन्तु अपनी प्रतिज्ञा के पश्चात धर्मतः मैं राज्य का अधिकारी नहीं हूँ।...जो बात सम्भव नहीं है, उसकी चर्चा करने से क्या लाभ?"

"चाहे भरत का वंश नष्ट हो जाये, कुरुओं का साम्राज्य छिन्न-भिन्न हो जाये। मेरा मन टूक-टूक हो जाये..."

भीष्म की दृष्टि और वाणी दोनों ही स्थिर थीं, "व्यक्ति, वंश, राज्य बड़ा है माता! या धर्म? सत्य पर चलना ही धर्म है। मैं सत्य नहीं छोड़ सकता; अपनी प्रतिज्ञा नहीं तोड़ सकता," भीष्म ने जैसे अपनी बात को और भी बलपूर्वक कहा, "व्यक्ति, वंश या राज्य का स्वार्थ देखा जाये, तो संसार में न सत्य रहेगा, न धर्म!"

"तुम्हारे पिता का साम्राज्य नष्ट हो जाये और तुम खड़े देखते रहो, तो तुम्हारे जीवन का लाभ ही क्या है भीष्म?"

शब्द, भीष्म के गले तक आये; किन्तु उनका मुख नहीं खुला। आवेश से चेहरा लाल हो गया!

"उत्तर क्यों नहीं देते?"

"भीष्म अपना जीवन, परिवार के स्वार्थ के धरातल पर नहीं—सत्य के धरातल पर जीता है माता!"

"सत्य!" सत्यवती को जैसे उन्माद हो आया। कुपित हो कर, पूर्ण धिक्कार के साथ बोली, "सत्य, मात्र एक प्रतिज्ञा के पालन में नहीं होता।"

भीष्म की जिज्ञासा-भरी दृष्टि सत्यवती की ओर उठी।

"एक प्रतिज्ञा याद है, और दूसरी की चर्चा भी नहीं।"

"कौन-सी प्रतिज्ञा माता?"

"तुमने मुझे वचन नहीं दिया था कि हस्तिनापुर पर विचित्रवीर्य के वंशज राज्य करेंगे?"

भीष्म ने चकित हो कर सत्यवती को देखा, जैसे उसके क्रोध को समझने में असमर्थ हों, "किन्तु विचित्रवीर्य ने अपने पीछे, अपना कोई वंशज छोड़ा ही नहीं...।"

"दो-दो रानियाँ छोड़ गया है—युवा, सुन्दर, सृजन की क्षमता से भरपूर! तुम चाहो तो वे अब भी हस्तिनापुर के राजसिंहासन के उत्तराधिकारी को जन्म

दे सकती हैं...।"

भीष्म चुपचाप सत्यवती की ओर देखते रहे।

"तुम उन्हें ग्रहण करो। उनके साथ विवाह कर लो।"

भीष्म अवाक् से खड़े माता को देखते रहे : इस समय सत्यवती उन्हें शान्तनु की पत्नी नहीं लग रही थी; कुरु साम्राज्य की राजमाता भी नहीं...वह तो एक साधारण नारी थी, जिसकी इच्छाएँ और कामनाएँ केवल अपना लक्ष्य देखती हैं...उसे न धर्म की चिन्ता है, न सत्य की, न आदर्श की, न सिद्धान्त की, न आचरण की...वह केवल अपनी कामना और इच्छा को जानती है...सृष्टि के किसी अन्य तत्त्व का उसे बोध नहीं है...पर साधारण मनुष्य तो ऐसा ही होता है...भीष्म ने सोचा, 'जो अपनी सुविधाओं के लिए नियमों का निर्माण करता है, और अपनी इच्छापूर्ति के लिए उन नियमों को तोड़ता है...न तो उसके लिए सृष्टि के शाश्वत नियमों का कोई अस्तित्व है, और न उनके उल्लंघन से होने वाले अनर्थ का ज्ञान...।'

भीष्म अपनी ही दो प्रतिज्ञाओं में बँधे, अपने ही आमने-सामने खड़े थे...विचित्रवीर्य का क्षेत्र—उसकी पत्नियाँ! उनसे उत्पन्न सन्तान, विचित्रवीर्य की ही सन्तान मानी जायेगी।

"माता!" भीष्म बोले, "धर्मतः ऐसी परिस्थिति में नियोग का विधान है। आप किसी गुणी, विद्वान और सदाचारी ब्राह्मण को सन्तानोत्पत्ति के लिए नियुक्त करें। वह विचित्रवीर्य के क्षेत्र से उसके उत्तराधिकारी को उत्पन्न करे।"

सत्यवती ने तीक्ष्ण दृष्टि से भीष्म को देखा, जैसे कोई कठोर बात कहने की तैयारी में हो।

भीष्म की उत्सुकता जागी, किन्तु उन्होंने उसकी आँखों में झाँकने का प्रयत्न नहीं किया। ऐसा न हो कि सत्यवती और भी उत्तेजित हो उठे।

सत्यवती ने देखा, भीष्म कुछ नहीं कह रहे।

"और यदि मैं तुम्हें ही नियुक्त करूँ तो?"

भीष्म ने आहत दृष्टि से माता को देखा, जैसे कहना चाह रहे हों, 'माता, इस प्रकार बार-बार मेरी परीक्षा मत लो। अन्ततः मैं भी एक मनुष्य ही हूँ। मानवीय दुर्बलताएँ मुझमें भी हैं; और अभी पूर्णतः मरी नहीं हैं। ऐसा न हो कि मेरी भी कामेच्छा जाग उठे...'

"यदि आप ऐसा कुछ करेंगी, तो विचित्रवीर्य की नहीं, भीष्म की सन्तान सिंहासन पर बैठेगी।" भीष्म का स्वर कुछ प्रखर हो चला था, "हमें ऐसा प्रयत्न करना है कि शासनाधिकार विचित्रवीर्य की ही सन्तान का रहे...और भीष्म सत्य

से स्खलित न हो।...नियोग के लिए पुरुष अज्ञात होना चाहिए। यथासम्भव वह उस नारी के सम्पर्क में पुनः न आये। उसके मन में राग न हो, केवल धर्म हो...। इसके विरुद्ध कुछ भी होगा, तो धर्म की रक्षा नहीं हो पायेगी माता।"

सत्यवती के मन में द्वन्द्व जागा : उसके अपने ही मन में जैसे दो पक्ष हो गये थे।..एक मन कह रहा था, सत्यवती! बहुत हुआ। तूने विधाता के विरुद्ध बहुत संघर्ष कर लिया! नहीं है राज्य का भोग, तेरी सन्तान के भाग्य में। छोड़ दे यह हठ! विधाता की इच्छा के सम्मुख समर्पण कर दे।...सौंप दे यह राज्य भीष्म को, विचित्रवीर्य की पत्नियाँ भी उसे प्रदान कर। भीष्म की सन्तान को मिलता है राज्यभोग, तो मिलने दे। खोल दे अपनी मुट्ठी! त्याग दे यह सब! संघर्ष के मार्ग से हट जा। शान्ति प्राप्त कर...

किन्तु उसके मन का दूसरा पक्ष, प्रचण्ड हो कर, पहले पक्ष को धिक्कार रहा था,...सत्यवती ने कम त्याग नहीं किया है, कम संघर्ष नहीं किया है, और न ही कम सहा है...क्या इसलिए कि न केवल शासन, सत्ता, अधिकार, धन, धान्य, मणि-माणिक्य—जीवन का सारा भोग भीष्म को सौंप दे...साथ-ही-साथ विचित्रवीर्य की यह दो सुन्दरी, रूपवती, युवती पत्नियाँ भी समर्पित कर दे उसे...ताकि भीष्म छक कर जीवन का भोग करे, सत्यवती प्रतिदिन अपने क्षत-विक्षत मन पर नमक के छिड़काव का अनुभव करे...?

नहीं! सत्यवती ऐसा कभी नहीं होने देगी!

नहीं चलता शान्तनु का वंश तो न चले; सत्यवती का ही वंश चले।... अपरिचित ब्राह्मण को ही नियुक्त करना है, तो वह अपने द्वैपायन को ही क्यों न नियुक्त करे...उसके एक पुत्र की सन्तान राजभोग नहीं कर सकी, तो दूसरे पुत्र की सन्तान करे। वह द्वैपायन को जीवन का सुख नहीं दे सकी, तो उसके वंशजों को साम्राज्य सौंप कर उसकी क्षतिपूर्ति करे...

"आप किसी कामनामुक्त सदाचारी ब्राह्मण को ही नियुक्त करें," भीष्म पुनः बोले, "आपकी इच्छा की भी पूर्ति होगी; और मैं भी अपनी प्रतिज्ञा की रक्षा कर पाऊँगा। किन्तु..."

"किन्तु क्या?"

"अम्बिका और अम्बालिका की इच्छा?"

सत्यवती चौंकी : काशिराज की पुत्रियों की इच्छा?...यह भीष्म आजकल उन पर बहुत दयालु है। उनकी इच्छा पर चलना चाहता है। उनका मन नहीं दुखाना चाहता।...और उन राजपुत्रियों को द्वैपायन स्वीकार न हुआ तो?

सत्यवती का उन्माद लौट आया, "उनकी इच्छा का क्या अर्थ? वे न चाहेंगी तो कुरुओं का वंशज ही उत्पन्न नहीं होगा?...या तुम कहोगे, नियुक्त पुरुष के

सम्बन्ध में भी उनकी सम्मति ली जाये, ताकि वे चाहें तो अपने पूर्व-प्रेमियों को आमन्त्रित कर अपनी जारज सन्तान को हस्तिनापुर के राजसिंहासन पर बैठा कर उसे दूषित करें..."

"नहीं माता!" सत्यवती का यह उन्माद और उसके स्वर का तिरस्कार भीष्म को चुभ रहा था; किन्तु दोनों रानियों का यश भी विचारणीय है—इस तथ्य की वे उपेक्षा नहीं कर पा रहे थे, "कम से कम सन्तान की कामना तो उनके मन में हो। नियुक्त पुरुष को वे धर्म की इच्छा के रूप में तो स्वीकार कर सकें।"

सत्यवती का सुन्दर चेहरा, आवेश विकृत हो उठा, "जब तुमने उनका हरण किया था, तो तुमने उनकी इच्छा जानने का प्रयत्न किया था?"

भीष्म दुख-मिश्रित आश्चर्य से सत्यवती को देखते रहे। कटुता का एक ज्वार उनके भीतर भी उठा; किन्तु यह कोई अवसर नहीं था, कटु होने का। उन्होंने बार-बार देखा था कि तनिक-सी भी असुविधा अथवा इच्छा के प्रतिकूल कुछ होने पर, सत्यवती औचित्य और मर्यादा की सारी सीमाएँ लाँघ जाती थी। उस समय कदाचित उसका एकमात्र लक्ष्य होता था, कि वह सामने खड़े व्यक्ति को कठोर-से-कठोर, मार्मिक आघात पहुँचाए; इतना कि वह पीड़ा से बिलबिला उठे। दूसरा व्यक्ति जितना पीड़ित होगा, सत्यवती को उतना ही संतोष होगा।...आज फिर कुछ वैसा ही अवसर आया था।

"वह आपद्धर्म था माता!"

"तो यह भी आपद्धर्म ही है पुत्र!" सत्यवती और भी कठोर होती गयी, "मुझे पौत्र की आवश्यकता है; और उसे विचित्रवीर्य की रानियाँ ही जन्म दे सकती हैं। यह उन्हें करना ही होगा।"

भीष्म को लगा...ठीक ही तो कह रही हैं माता! एक परम्परा और एक समाज की आवश्यकता के सामने एक व्यक्ति की इच्छा का महत्त्व ही क्या है! हरण, भीष्म की इच्छा नहीं, कुरु-कुल की आवश्यकता थी। उसमें भीष्म का अपना कोई स्वार्थ नहीं था।...आज भी भरत वंश की अनेक व्यतीत पीढ़ियाँ कदाचित उनकी ओर टकटकी लगाए खड़ी हैं, अनागत-अजन्मे वंशज अपेक्षा-भरी दृष्टि से उन्हें निहार रहे हैं। माता सत्यवती की इच्छा है—

तो फिर भीष्म का धर्म क्या है?

"ठीक है माता!" अन्ततः भीष्म का स्वर सहज हो गया, "आप रानियों की इच्छा न पूछें। किसी सदाचारी, कुलीन, ब्राह्मण को नियुक्त कर दें।"

सत्यवती के आवेश का ज्वार भी कुछ उतरा; किन्तु उसका गर्जन-तर्जन अभी शेष था। वह नहीं जानती थी कि भीष्म उसके प्रस्ताव का समर्थन करेगा

या नहीं! कहीं ऐसा न हो कि द्वैपायन का नाम सुनते ही, भीष्म बिदक जाये।... कहीं उसे न लगे कि सत्यवती अपना नया राजवंश स्थापित कर रही है। भीष्म को परख लेना, अच्छी तरह पक्का कर लेना आवश्यक था।

"नहीं! ब्राह्मण नहीं।"

"तो?"

"तुम नियोग करो।"

"माता!" भीष्म को लगा, सहज उत्तेजना से उनका कण्ठ अवरुद्ध हो गया, "असंभव को संभव करने का सामर्थ्य मुझमें नहीं है।...और वह आप में भी नहीं है।"

"मैं तुम्हें प्रतिज्ञा से मुक्त करती हूँ।"

"उसका अधिकार आपको नहीं है।"

"मैं तुम्हें आदेश दे रही हूँ।"

भीष्म ने क्रुद्ध आहत सिंह के समान सत्यवती को देखा, "गुरु परशुराम ने अम्बा को अंगीकार करने का आदेश मुझे दिया था। उसका परिणाम भी आपने देखा था।"

"मेरी आज्ञा का उल्लंघन करोगे?"

"नहीं! मात्र आपकी पूर्व आज्ञा का ही पालन करता जाऊँगा।"

"पुत्र-धर्म का निर्वाह नहीं करोगे?"

धर्म—भीष्म मन-ही-मन मुस्कुराये—व्यक्ति का धर्म...पुत्र का धर्म...शिष्य का धर्म...राजकुमार का धर्म...और मनुष्य का धर्म...संसार में बहुत से धर्म हैं माता। क्यों जन्म लिया है मनुष्य ने? प्रकृति ने कैसे-कैसे प्रलोभन उत्पन्न किये हैं, मनुष्य के लिए; कैसे-कैसे आकर्षण...और कैसी-कैसी दुर्बलताएँ...

और तभी भीष्म को लगा, उसके मन में कहीं बहुत गहरे, माता गंगा का स्वर गूँज रहा है, 'यह सब मृग-मरीचिका है देवव्रत!...किसी भी कुतर्क में बँध कर इस दौड़ में सम्मिलित मत होना।'

एक ओर माता सत्यवती का आदेश था, और दूसरी ओर माता गंगा का...

वे मुस्कुरा कर बोले, "धर्म की गति अत्यन्त सूक्ष्म है माता।"

किन्तु सत्यवती का ध्यान, धर्म की गति की ओर नहीं था। कामना के तीव्र थपेड़े, उसकी समस्त प्रवृत्तियों को एक ही ओर बहाए लिए जा रहे थे, "भीष्म! यदि तुम नियोग नहीं करोगे, तो जो मनुष्य मैं नियुक्त करूँगी, उसे स्वीकार करना पड़ेगा। करोगे?"

"अवश्य माता!"

"कुरु-प्रमुखों ने विरोध किया, भरत-वंशी राजाओं ने अस्वीकार किया,

पुरोहितों ने आपत्ति की, मन्त्रियों ने विघ्न खड़े किये...तो भी तुम मेरा समर्थन करोगे?"

"करूँगा माता!"

"तो मैं नियुक्त करती हूँ, महामुनि कृष्ण द्वैपायन वेदव्यास को...!"

"वेदव्यास! पराशर-पुत्र वेदव्यास!" भीष्म अचकचाए-से खड़े सत्यवती को देखते रहे; "वे इस निमन्त्रण को स्वीकार कर लेंगे?"

"हाँ!"

"आप इतने विश्वास के साथ कैसे कह सकती हैं माता?"

"तुम्हें तो कोई आपत्ति नहीं है न?"

"नहीं! वे स्वीकर करें, तो मुझे क्या आपत्ति है।"

"वे अस्वीकार नहीं करेंगे!"

"आप इतनी आश्वस्त कैसे हैं?"

सत्यवती ने भीष्म की आँखों में देखा, जैसे झाँक कर उनके मन को पहचान लेना चाहती हो।...और फिर उसने अपने मन से पूछा, 'बता दूँ!'

मन ने मना नहीं किया।

"पुत्र!" सत्यवती बोली, "अपना एक गोपन रहस्य तुम्हें बताने जा रही हूँ।"

भीष्म अनुमान लगाते-से लगे : कैसा रहस्य?...और बात वेदव्यास से माता सत्यवती के रहस्य पर कैसे चली गयी।

"तुम्हारी दृष्टि में मेरा सम्मान तो कम नहीं होगा?"

"पुत्र की दृष्टि में माता का सम्मान कभी कम नहीं होता।"

सत्यवती के मन में लहर उठी : एक बार अपने इस पुत्र को वक्ष से लगा ही ले।...किन्तु उसने स्वयं को सँभाला। भावुकता में वह अपना और अपनी अगली पीढ़ियों का भविष्य नष्ट नहीं कर सकती।

"भीष्म! उस पराशर-पुत्र की माँ, मैं ही हूँ। वह मेरा कानीन पुत्र है।"

भीष्म के चेहरे पर विस्मय था; और सहसा वह विस्मय प्रसन्नता में बदल गया, "वेदव्यास तो मेरे भाई हुए।"

"हाँ पुत्र! मेरे सम्बन्ध से वह तुम्हारा भाई ही है।"

"तो फिर वही नियोग करे।" भीष्म बोले।

"उसे आमन्त्रित करो। वह आयेगा।"

32

महामुनि कृष्ण द्वैपावन व्यास ने कक्ष में प्रवेश किया तो सत्यवती की आँखें उत्सुकता, लालसा और ममता लिए हुए बड़ी व्यग्रता से उठीं; किन्तु अगले ही क्षण पुत्र पर दृष्टि पड़ने से पूर्व ही जैसे महामुनि के तेज से या अपने अपराध-बोध से उसकी आँखें झुक गयीं...यह सत्यवती का वह पुत्र था, जिसे वह उत्पन्न होते ही, पिता की गोद में फेंक आयी थी। उसे सत्यवती ने जन्म अवश्य दिया था, किन्तु माता बन कर उसके पालन-पोषण...

वेदव्यास ने अपने कमण्डल से जल ले कर छिड़का, "राजमाता! तुम्हारा कल्याण हो।"

सत्यवती द्वन्द्व में बँधी खड़ी थी : वह आगे बढ़ कर पुत्र के समान महामुनि को अपने अंक में भर ले या महामुनि का सम्मान देते हुए उन्हें प्रणाम करे!...

उसने दृष्टि उठा कर देखा : श्याम वर्ण का शीतघाम में तपा हुआ एक लम्बा शरीर, उसके सम्मुख खड़ा था। जटाएँ पिंगल वर्ण की, दाढ़ी-मूँछ लम्बी। कहीं-कहीं केशों में सफेदी। वल्कल वस्त्र धारी, प्रौढ़-सा लगने वाला यह सन्यासी, उसका अपना पुत्र था?...सत्यवती का मन जैसे साक्षी नहीं दे रहा था। उसकी आँखों में तो वह नन्हा-सा कृष्ण बसा था, जो अनायास ही उच्च स्वर में रो उठा था।...

लेकिन अब तक वह सुनती आयी थी कि पराशर-पुत्र महामुनि हो गया है...और यही वह महामुनि है। तो यही उसका पुत्र भी होगा...और सहसा उस जटाजूट वाली मुखाकृति में से बहुत कुछ जैसे कट-छँट गया, कुछ पिघल गया, कुछ विलीन हो गया...सत्यवती को लगा, और कुछ वही हो या न हो, किन्तु ये आँखें और अधर उसी के कृष्ण द्वैपायन के ही थे...बड़ी-बड़ी, सोई-सोई-सी आँखें 'ऊँ' का उच्चार करते-से अधर...

"महामुनि। आसन ग्रहण करें।" अन्ततः सत्यवती ने कहा।

व्यास बैठ गये।

सत्यवती ने संकेत किया। दासियाँ बाहर चली गयीं। कक्ष में पूर्ण एकान्त था।

"महामुनि!" अपनी बात कहने के लिए सत्यवती को अपने सम्पूर्ण आत्मबल का आश्रय लेना पड़ रहा था, "क्या महर्षि पराशर ने आपको, आपकी माँ का भी परिचय दिया था?"

"हाँ माता!" व्यास मुस्कुराये, "समाज नहीं जानता, किन्तु मैं जानता हूँ

कि मेरी माता आप हैं। इसलिए आपका संदेश मिलते ही तत्काल चला आया। पिता का विचार था कि इस तथ्य के प्रचार से आपका अलाभ होगा। इसलिए इस तथ्य को यथासम्भव गोपन ही रखा गया है।"

"तो वत्स! तो फिर मुझे माँ के समान प्यार भी कर लेने दो।" सत्यवती ने पास आ कर, व्यास का मुख अपनी हथेलियों में लिया; उनकी आँखों में देखा, उनकी जटाओं पर हाथ फेरा और उन्हें वक्ष से लगा लिया।

कितना समय बीत गया था, इस पुत्र को अंक में भरे हुए।...

इस बीच उसके केश शुष्क और रुखड़े हो गये थे। उसकी त्वचा चिक्कण नहीं रह गयी थी। माथे पर चिन्तन और चिन्ता की कितनी ही लकीरें खिंच गयी थीं।

'तापस।' सत्यवती ने जैसे मन-ही-मन पराशर को सम्बोधित किया, 'कैसे पाला है, तुमने मेरा यह पुत्र? चित्रांगद और विचित्रवीर्य अब रहे नहीं, नहीं तो तुम्हें मैं दिखाती—कैसे थे उनके केश, कैसी थी उनकी त्वचा, और कैसा था उनका वर्ण...देखने से ही राजकुमार लगते थे।...पर तुम्हें उनसे क्या...वे तुम्हारे पुत्र नहीं थे...पर मेरे तो ये तीनों ही पुत्र हैं...।'

"पुत्र! पिता ने तुम्हें क्या बहुत कठोरता से पाला था?"

व्यास हँसे, "माँ! कोमल रह कर तपस्या नहीं होती।"

"तुमने कभी मुझे भी स्मरण किया पुत्र?"

"शैशव में बहुत याद करता था माँ!...जब दूसरे बालकों को अपनी माताओं के साथ देखता था।"

"फिर?"

"फिर माता प्रकृति को पहचानने लगा..."

'ठीक पराशर वाली बातें।' सत्यवती ने सोचा।

"...और उसके पश्चात माता सरस्वती से परियच हो गया।"

"तुमने मुझे बहुत कोसा होगा पुत्र! सोचा होगा, कैसी कठोर थी मैं, जो तुम्हें त्याग कर चली आयी।" सत्यवती बोली।

व्यास मुस्कुराये, "नहीं माँ! एक बार भी ऐसा नहीं सोचा।"

"तुम्हें मुझसे प्रेम है?"

"पुत्र अपनी माँ से प्रेम नहीं करेगा क्या?"

"तो फिर मैंने जो तुम्हें वंचित किया, उसके लिए तुमने मुझे भला-बुरा क्यों नहीं कहा?"

"तुमने मेरी प्रत्येक आवश्यकता पूरी की है माँ! वंचना कैसी?"

"मैंने?"

"हाँ! तुमने मुझे गर्भ में रखा। जन्म दिया। और फिर पालन-पोषण और विद्याभ्यास के लिए पिता को सौंप दिया। इससे अधिक प्रेम, मोह का दूसरा नाम है। वंचना का प्रश्न ही कहाँ है।"

सत्यवती की आँखों में आँसू आ गये, "यह सब तुम्हारे पिता के विचार हैं, या तुम स्वयं भी ऐसा ही सोचते हो?"

"पिता ने मुझे यह सिखाया है; और मेरे अनुभव ने उसे पुष्ट किया है।"

सत्यवती ने मन-ही-मन पराशर को नमस्कार किया, 'तापस! कैसे पालन किया है, तुमने मेरे पुत्र का। मैं तो अपने राज-लोभ में उसे छोड़ आयी; और तुमने उसके मन में मेरी छवि अंकित की...धन्य हो तुम तपस्वी! तुम महान हो।'

"कितने दिन हस्तिनापुर में ठहरोगे पुत्र?"

"अकस्मात चला आया हूँ, इसलिए अधिक दिन नहीं रुकूँगा। तुम अपनी मनोवांछा कहो माँ!" व्यास का स्वर बहुत शान्त था, "सन्यासी को वैसे भी सांसारिक भोग के स्थानों से दूर ही रहना चाहिए; और राजप्रासाद तो भोग के केन्द्र हैं माँ! यह स्थान मेरे लिए नहीं है; और मैं ऐसे स्थानों के लिए नहीं हूँ।"

बहुत प्रयत्न करने पर भी, सत्यवती अपने मन में उठती, पराशर के प्रति परिवाद की भावना का दमन नहीं कर पायी, 'ऐसे पाला है, तुमने मेरे पुत्र को कि वह मेरे योग्य न रहे, और मैं उसके योग्य न रहूँ।'

"राजप्रासाद में क्या दोष है पुत्र?"

"दोष तो किसी भी वस्तु अथवा स्थान में नहीं है माँ!" वेदव्यास उस प्रश्न से तनिक भी विचलित नहीं हुए थे, "किन्तु प्रत्येक वस्तु और स्थान का अपना गुण होता है। राज-वैभव, रजोगुणी भोग का प्रतीक है। उसके सामीप्य से मनुष्य का मस्तिष्क रजोगुणी हो जाता है। मेरे जीवन का, मेरी साधना और तपस्या का लक्ष्य, रजोगुण नहीं है माँ! मैं सत्त्व की प्राप्ति के लिए प्रयत्नशील हूँ। यहाँ रह कर मैं अपने लक्ष्य की ओर अग्रसर नहीं हो पाऊँगा।...व्यक्ति को अपना लक्ष्य निश्चित करना पड़ता है, अपनी प्रकृति को समझना पड़ता है। उसी के अनुरूप कोई गणिका के आवास की ओर बढ़ता है और कोई मन्दिर के द्वार की ओर।" व्यास ने रुक कर माँ की ओर देखा, "व्यक्ति जिसे अखाद्य मान ले, उसे अपनी थाली में परोस कर उसको एकटक देखता नहीं रहता।"

'ठीक कहते हो पुत्र!' सत्यवती मन-ही-मन बोली, 'हमने भी अपना-अपना लक्ष्य ही निश्चित किया था; तभी तो मैं हस्तिनापुर के राजप्रासाद में चली आयी और तुम्हारे पिता, उस द्वीप के अपने कुटीर में।'

"अपना अभिप्राय कहो माँ!"

"पुत्र!" सत्यवती का स्वर कुछ भारी हो आया, "चित्रांगद पहले ही चला गया था, अब विचित्रवीर्य भी नहीं रहा। भीष्म अपनी प्रतिज्ञा के कारण न राज-काज करेगा, न विवाह! शान्तनु के वंश का कोई उत्तराधिकारी नहीं है, और न हस्तिनापुर का राजा। मेरी इच्छा है कि विचित्रवीर्य की रानियों से सन्तान उत्पन्न करने के लिए मैं तुम्हें नियुक्त करूँ..."

सत्यवती रुक गयी और व्यास कुछ नहीं बोले।

"मेरी दोनों पुत्र-बधुएँ सुन्दर भी हैं और युवा भी।..."

"इन गुणों का मेरे लिए कोई अर्थ नहीं है माँ!" व्यास बोले, "ये गुण केवल मन के काम को उद्वेलित और आकर्षित करते हैं। मेरे भीतर अब काम नहीं, मात्र धर्म है। धर्म, नारी के रूप और यौवन से, न तो आन्दोलित होता है, न आकर्षित!"

सत्यवती का मन कुछ खिन्न-सा हो गया; समझ नहीं पायी कि पुत्र की इस उपलब्धि पर प्रसन्न हो, अथवा नारी-सौन्दर्य की इस अवहेलना पर शोक करे। सोचा, कहे, 'पुत्र! यदि तुम्हारे पिता भी इसी प्रकार काम को जीत चुके होते, तो क्यों वे मुझसे आसक्त होते; और क्यों तुम्हारा जन्म होता।'...पर यह सब कहा नहीं; बोली, "तुम्हारा धर्म क्या कहता है पुत्र?"

"इस वंश और राज्य को इस विकट स्थिति से निकालने में, मैं धर्म-सम्मत सहायता करूँ।" व्यास बोले, "किन्तु माँ! मेरे मन में राग नहीं है। वे मेरे भाई की रानियाँ न होतीं, तुम इस वंश की राजमाता न होतीं, तो भी मेरा धर्म यही कहता।"

सत्यवती को पुत्र की यह तटस्था प्रिय नहीं लगी। पूछा, "तो?"

"बड़ी रानी एक वर्ष तक संयम से रह, साधना कर, पवित्र हो, धर्मपूर्वक आचरण करे...।"

"कृष्ण!" सत्यवती ने जैसे प्रेम, आग्रह और अनुरोध, एक सम्बोधन में उँड़ेल दिये, "हम इतनी प्रतीक्षा नहीं कर सकते पुत्र! सिंहासन दीर्घकाल तक रिक्त नहीं रह सकता।"

व्यास कुछ चिन्तन करते रहे, फिर बोले, "अच्छा माँ! बड़ी रानी जब ऋतु स्नान कर ले, तो मुझे सूचित करना। वे कामेच्छा से नहीं, धर्मतः सन्तान की इच्छा से अपने शयन-कक्ष में मेरी प्रतीक्षा करें। मैं अपरूप बना कर आऊँगा। मेरे मन में काम नहीं, धर्म होगा। वह मेरे अपरूप को देख कर विचलित न हो। मुझे निमित्त मान वह ईश्वर से सन्तान की कामना करे।...भरत-वंश, निर्वंश नहीं होगा माँ।"

व्यास उठ खड़े हुए।

"तत्काल जाओगे पुत्र?"

"हाँ माँ! मेरा जीवन, तपस्या और धर्म के लिए है; राग के लिए उसमें कोई स्थान नहीं है।"

"जैसी तुम्हारी इच्छा!" सत्यवती मन में कुलबुलाता एक प्रश्न रोक नहीं सकी, "विवाह कर लिया है पुत्र?"

"हाँ माता! महाअथर्वण जाबालि की पुत्री वाटिका मेरी पत्नी है; और एक छोटा-सा पुत्र भी है शुक्र!"

व्यास चले गये; और सत्यवती पछाड़ खा कर पलंग पर आ गिरी, "कैसी लीला है, तुम्हारी विधाता! मेरे जिन पुत्रों ने भोग माँगा था, उन्हें तुमने आयु नहीं दी; और जिसे आयु दी, उसके जीवन में भोग के लिए कोई अवकाश ही नहीं छोड़ा...।"

33

दर्पण के सम्मुख बैठी अम्बिका ने एक बार अपने रूप को निहारा : उसे लगा, कि वह अब अपने मन के उस अन्धकारपूर्ण काल्पनिक भावनात्मक लोक से बाहर निकल आयी थी। आज उसकी दृष्टि दर्पण में अपने रूप के प्रतिबिम्ब पर पड़ रही थी; और उसका मन एक सिहरन का-सा अनुभव कर रहा था।... वह युवती है और सुन्दरी भी! उसका रूप आज भी पुरुष मन को तरंगायित कर सकता है। उसकी इच्छा हो तो उसके रूप का इन्द्रजाल किसी भी पुरुष के लिए एक मोहक बन्धन बन सकता है। उसका यह रूप अमूल्य निधि है। इसे यत्नपूर्वक सँभाल कर रखना चाहिए...माता सत्यवती के पास भी रूप ही तो था, जिसने पहले, राजा शान्तनु के मन को सम्मोहित किया था, फिर उनके विवेक को दग्ध कर निस्तेज कर दिया। क्रमशः राजा की धर्म-बुद्धि, दायित्व-बोध, वात्सल्य—सब जैसे कोई मादक द्रव्य पी कर सो गये थे। जाग्रत रहा, तो बस सत्यवती का रूप—नारी का रूप मूल्यवान निधि है—विजेताओं का विजेता!

जीवन की इच्छा अम्बिका के भीतर अंगड़ाइयाँ ले-ले कर जाग रही थी। संसार में इतना कुछ है।...सृष्टि ने उन सुखों का सृजन इसलिए तो नहीं किया था कि व्यक्ति उनकी ओर पीठ किये बैठा रहे।...निराशा तो जीवन में कई बार आती है...कौन ऐसा मनुष्य है, जिसके जीवन में कभी निराशा न आयी

हो। पर उस निराशा को जीवन की पूँजी के रूप में वक्ष से चिपका कर, तो नहीं बैठ जाना चाहिए। उसे जीवन से बाहर ठेलने का प्रयत्न ही तो मनुष्य का जीवन-संघर्ष है।...निराशा को जीवन से निकाला जायेगा, तो उससे जो शून्य बनेगा, वह रिक्त नहीं रहेगा—आशा आ कर उसमें डेरा डालेगी। आशा तभी टिकेगी, जब कुछ अर्जन होगा।...पर अर्जन तो कोई उपलब्धि नहीं है।

उसका मन जैसे ठिठक गया...उसके तर्क के पग किस ओर उठ रहे थे? ...अर्जन की ओर? भोग की ओर?...पर तर्क रुका नहीं। वह जैसे आज बहुत ही संघर्षशील हो रहा था...

अर्जन कोई उपलब्धि नहीं है, पर विसर्जन ही क्या उपलब्धि है? रिक्ति को भरना तो उपलब्धि हो सकती है; किन्तु पूर्ति को रिक्ति में परिवर्तित करना क्या उपलब्धि हुई...और रिक्ति से रिक्त तक जीना भी क्या जीवन हुआ...

पर अम्बिका क्या करती। अब तक तो उसका जीवन, उसके साथ कुछ ऐसी ही क्रीड़ा करता आया था। महाराजकुमार भीष्म ने जब उन तीनों बहनों का हरण किया था, तो वह अम्बालिका के ही समान काँप-काँप उठी थी।...और जब सशस्त्र युद्ध हुआ था, तो उस रक्तपात को देख-देख कर कुछ ऐसी वितृष्णा हुई कि उसने अपनी आँखें बन्द कर ली थीं।...तभी उसे लगा था कि यह जीवन जीने योग्य नहीं है, जिसकी कामनाओं को पूरा करने के लिए, दूसरों की इच्छाओं का विरोध और दमन ही नहीं करना पड़ता, रक्तपात भी करना पड़ता है। दूसरों के प्राण लेने पड़ते हैं।...पर महाराजकुमार ने किसी के प्राण नहीं लिए—शाल्व के भी नहीं...और तभी अम्बिका को लगा था, भीष्म ऐसे क्रूर नहीं हैं...

काशी से हस्तिनापुर आते-आते, अम्बा के आत्मबल के सहारे, अम्बिका का मन भी कुछ सँभला था। सोचा था, तीनों बहनें इकट्ठी रहेंगी, एक-दूसरे का सुख-दुख देख-सुन लेंगी। किसी प्रकार जीवन काट लेंगी। न सही जीवन का सारा सुख...सुख-ही-सुख जीवन में आज तक मिला ही किसे है...किन्तु भीष्म ने कैसी क्रूरता की। ला कर तीनों-की-तीनों को, विचित्रवीर्य के चरणों में पटक दिया। अम्बा दीदी—जैसा उनका स्वभाव था—अपना पल्ला झाड़ कर पृथक हो गयीं। और अपनी भीरु अम्बालिका के साथ रह गयी अम्बिका।...सम्भव है, अम्बिका को विचित्रवीर्य से ही प्रेम हो जाता। देखने में वह सुदर्शन था, किशोर था; सामाजिक विधान से वह उसका पति था।...पर वह जीवित ही कितने दिन रहा। उसे कामावेश में देख कर अम्बिका को उस पर दया आ जाती थी।... और जैसे-जैसे उसे जाना, अम्बिका को मालूम हुआ...पति के रूप में अम्बिका

और अम्बालिका को मिला था, विलास-जर्जर शरीर तथा अहंकार और मद जैसे मानसिक रोगों से ग्रस्त वह पुरुष विचित्रवीर्य!...क्या रह गया था जीवन में!...वह काम-सम्बन्धों के सर्वथा अनुपयुक्त था।...पर शायद राजमाता अपने पुत्र को विवाहित देखना चाहती थीं।...वे शायद पौत्र का मुख भी देखना चाहती थीं...या फिर साम्राज्यों के अधिपति होते ही कामुक और विलासी हैं। विचित्रवीर्य को भोग का अधिकार, अनायास ही मिल भी तो बहुत जल्दी गया था।...उन्हीं दिनों में अम्बिका को लगने लगा था, कि हस्तिनापुर के राजप्रासाद में कुछ नहीं है, मात्र राजमाता सत्यवती की महत्त्वाकांक्षाओं की क्रीड़ा है। सब लोग उनकी इच्छाओं की काष्ठ-पुत्तलिकाएँ हैं—महाराजकुमार भीष्म भी।...और राजमाता में अधिकार और स्वामित्व, अर्जन और भोग का भाव बहुत अधिक है...

और तब विचित्रवीर्य का देहान्त हो गया।...मृतक के सारे संस्कार हो गये। राजमाता की ओर से पति के शव के साथ चितारोहण का आदेश उन्हें नहीं मिला।...और अम्बिका ने फिर से जीवन की ओर से अपनी आँखें मूँद ली थीं।...जीवन में रह ही क्या गया था। न आशा, न निराशा, न भोग, न त्याग; न वैभव, न विपदा...जीवन तो जैसे किसी अन्धी गली के अन्त तक आ कर रुक गया था, और उसे वहीं रुके रहना था...

किन्तु आश्चर्यजनक ढंग से राजमाता ने अम्बिका को जीवन की ओर आकृष्ट करना आरम्भ कर दिया। राजमाता ने समझाया कि अम्बिका अभी युवती है, उसके सम्मुख एक लम्बा जीवन है, जीने के लिए। कोई तो व्याज उसे चाहिए जीने का—कोई कर्म, कोई गति-विधि, कोई आशा-अपेक्षा, कोई आस्था...कोई तो केन्द्र उसे चाहिए, जिसके चारों ओर वह कोल्हू के बैल के समान चक्कर लगा कर जीवन का समय पूरा कर सके; कुछ तो ऐसा हो, जिसके आस-पास, अपनी भीतरी ऊर्जा का जाला बुन कर, वह उसमें मकड़े के समान लटक सके।...

अम्बिका स्मरण करती है, तो कितने ही दृश्य उसकी आँखों के सामने घूम जाते हैं।...

राजमाता उसके अँधेरे जीवन में कोई गवाक्ष खोलने का प्रयत्न करने के लिए सिर पटक-पटक कर रह गयीं...पर अम्बिका का मन भी जैसे अन्धकार से चिपट कर रह गया था। उसे लगने लगा था कि यह अन्धकार ही, उसका जीवन था। यदि यह अन्धकार भी उससे छिन गया, तो उसका जीवन भी उससे छिन जायेगा।...न वह अपने रूप की ओर देख पाती थी, न अपने वय की ओर। तो ऐसे में अपने से बाहर निकल कर, अन्य लोगों की ओर क्या देखती।...

उसे लगता था कि उसके अपने भीतर एक बहुत बड़ी गुफा थी—काली और अँधेरी! उसका मन उसी गुफा में भटक रहा था।...उसका हरण... विचित्रवीर्य के साथ विवाह...अम्बा दीदी का संघर्ष...रोगी सम्राट की काम-चेष्टाएँ...सम्राट की मृत्यु...हस्तिनापुर की अनिश्चितता...ये सारी घटनाएँ जैसे ढूहों के समान उसके मन की अँधेरी गुफा में जमी पड़ी थीं, और उसका मन था कि कौए के समान एक ढूह से उड़ता था, तो दूसरे ढूह पर जा बैठता था। दूसरे से उड़ता था, तो तीसरे पर जा बैठता था। उसने कभी सोचा ही नहीं कि इन ढूहों और गुफा के बाहर एक भरा-पूरा संसार है, जहाँ सूर्यास्त के बाद फिर सूर्योदय होता है; अन्धकार के पश्चात फिर प्रकाश आता है; पतझड़ के पश्चात वसन्त होता ही है, और संसार विविध वर्णों के असंख्य सुन्दर पुष्पों से लद जाता है तथा वृक्षों पर स्वादिष्ट फल प्रकट होते हैं...उसने कभी सोचा ही नहीं कि उस काली गुफा के बाहर खुले पर्वत हैं। उन पर्वतों में शीतल जल के स्रोत हैं, सुन्दर प्रपात हैं, उनसे नदियाँ निकलती हैं और इठलाती हुई सहस्रों योजनों तक धरती की पिपासा शान्त करती हैं, उसे जीवन देती हैं...जीवन...

उसने जीवन के विषय में तो सोचा ही नहीं, वह तो बस उस काली गुफा को ही जानती थी...

तब एक दिन राजमाता ने अपने लिए एक पौत्र की कामना प्रकट की थी; पर अम्बिका को क्या लेना-देना था, सत्यवती के पौत्र से...राजमाता को तो अनेक पुत्र चाहिए थे; पुत्रों के लिए राज्य चाहिए था; राज्य का उत्तराधिकारी चाहिए था; उत्तराधिकारी उत्पन्न करने के लिए राजकुमारियाँ चाहिए थीं; राजकुमारियों के हरण के लिए भीष्म चाहिए थे; भीष्म को बाँध रखने के लिए वचन चाहिए था; वचन के परिणामस्वरूप दास चाहिए थे...सब ओर दास-ही-दास, आज्ञापालन करने वाली काष्ठ-पुत्तलिकाएँ...राजमाता ने कभी नहीं सोचा था कि संसार में कुछ लोग ऐसे भी होते हैं, जिनको इन सारे सम्बन्धों और पदार्थों में कोई रुचि नहीं होती...सुखों के इस प्रपंच में, उन्हें कोई रस नहीं आता...ये ही सारे सुख तो भोगे थे विचित्रवीर्य ने। क्या मिला उसे? क्षय रोग!...प्रत्येक व्यक्ति को विधाता द्वारा नियत अपना जीवन जी कर, संसार से विदा हो जाना है। पुत्रों-पौत्रों का क्या करना है किसी को?...

पर राजमाता अगली बार आयीं तो उन्होंने अपने पौत्र की नहीं, अम्बिका के पुत्र की चर्चा की। अम्बिका की चेतना ने उनकी बात को रत्ती-भर भी ग्रहण नहीं किया—जाने क्या कह रही थीं राजमाता! अम्बिका को न सन्तान की कोई इच्छा थी, न उसकी कोई सम्भावना।...

"तुम्हें पुत्र नहीं चाहिए क्या?" राजमाता ने जैसे उसे धिक्कारते हुए कहा,

"तुम नारी नहीं हो? तुम्हारे भीतर सृजन की तनिक भी इच्छा नहीं है?"

अम्बिका ने आँखें तो राजमाता की ओर फेरीं; किन्तु वह उन्हें देख नहीं रही थी...वह तो अपने मन की अँधेरी गुफा में प्रश्नों के गुँजलक से उलझी हुई थी। पर वह न भी बोलती, तो राजमाता उसका पिण्ड तो नहीं छोड़ देतीं। बोलना तो उसे पड़ेगा ही...

"किसी को सन्तान की इच्छा होती ही क्यों है—मैं तो यह ही समझ नहीं पाती राजमाता।" अम्बिका धीरे-से बोली, "गर्भ में सन्तान का पोषण, प्रसव, फिर उसका पालन-पोषण, उसकी शिक्षा-दीक्षा...और फिर प्रत्येक क्षण उसके किसी अनिष्ट की आशंका..." उसने सत्यवती को देखा, "क्यों चाहते हैं लोग सन्तान? क्या सुख है उसका?"

सत्यवती इस प्रकार के प्रश्न के लिए शायद प्रस्तुत नहीं थी। उसकी तो दृढ़बद्ध धारणा थी कि सन्तान की इच्छा सबको ही होती है। प्रकृति ने वात्सल्य का भाव प्रत्येक जीव में प्रतिष्ठित किया है। कोई जीव सृष्टि की सृजनेच्छा का विरोध कैसे कर सकता है?...पर उसके सामने बैठी थी अम्बिका...जो न केवल यह कह रही थी कि उसे सन्तान नहीं चाहिए, वरन यह पूछ रही थी कि किसी को भी सन्तान की इच्छा ही क्यों होती है?

थोड़ी देर तक सत्यवती कुछ सोच नहीं पायी; किन्तु अपना पक्ष तो उसे प्रबल रूप से प्रस्तुत करना ही था, "कोई बीज क्यों रोपता है? पौधा क्यों उगता है? हिम-आतप से उसकी रक्षा क्यों करता है? क्या सुख है पौधे से?" उसने अम्बिका को देखा, "उस पर अपना समय और श्रम ही नहीं; धन भी लगाना पड़ता है।"

"मैं भी यही सोचती हूँ," अम्बिका बोली, "क्यों रोपते हैं लोग पौधे? शायद उनका समय नहीं कटता।"

"यही मान लो।" सत्यवती बोली, "तुम भी समय काटने के लिए एक पुत्र उत्पन्न करो।"

अम्बिका ने सत्यवती को देखा, जैसे पुष्टि करना चाहती हो कि सत्यवती अपना मानसिक सन्तुलन तो नहीं खो बैठी।

"मुझे अपना समय काटने में कोई असुविधा नहीं है राजमाता! और दूसरे, उसने सत्यवती को देखा, "आर्यपुत्र के देहावसान के पश्चात अब पुत्र-जन्म की कोई "संभावना है क्या?"

"है।"

"कैसे?"

"नियोग से।"

अम्बिका जैसे आकाश से गिर पड़ी, "मैं आपकी गोशाला की गाय नहीं हूँ। न आपके लिए पौत्र उत्पन्न करने का कोई यन्त्र हूँ।"

"पुत्री!" सत्यवती बहुत कोमलता से बोली, "सन्तान उत्पन्न करने से नारी, न गाय बन जाती है, न यन्त्र! सृजन तो नारी का धर्म है। कौन-सी स्त्री ऐसी है, जो संभव होने पर भी सन्तान को जन्म नहीं देती?"

पर अम्बिका शान्त नहीं हुई, "अपने अनुराग के बन्धन में बँध, किसी पुरुष को अपना प्रिय मानना; उससे विवाह कर आजीवन संग रहने का संकल्प करना...और फिर अपने प्रेम के प्रमाण के रूप में सन्तान उत्पन्न करना, नारी के जीवन का गौरव हो सकता है; किन्तु मात्र सन्तान उत्पन्न करने के लिए किसी अपरिचित पुरुष के साथ सहवास..."

सत्यवती अम्बिका को देखती रही; और मन-ही-मन तौलती रही कि कहे या न कहे।...अन्ततः स्वयं को रोक नहीं पायी। धीर-धीरे एक-एक शब्द को स्पष्ट करते हुए बोली, "कोई अपरिचित पुरुष नहीं आयेगा तुम्हारे पास। तुम्हारे ज्येष्ठ आयेंगे... ।"

सत्यवती कह तो गयी, किन्तु उसके पश्चात रुक कर अम्बिका की प्रतिक्रिया देखने का उसका भी साहस नहीं हुआ! वह उठ कर चली गयी...

अम्बिका अकेली हुई तो उसकी उत्तेजना कुछ मंद हुई। सत्यवती के शब्द जैसे वायुमण्डल से लौट-लौट कर उसके कानों से टकराने लगे...'तुम्हारे अपने ज्येष्ठ आयेंगे।...' तो राजमाता ने मात्र उसे परामर्श नहीं दिया है।...उन्होंने सोच लिया है, निश्चय कर लिया है। पुरुष भी नियुक्त कर दिया है।... अम्बिका का प्रतिरोध कब तक चल पायेगा। इस कुल में तो ऐसा सम्भव ही नहीं है कि राजमाता ने एक निर्णय ले लिया हो, और वह कार्यान्वित न हो।...राजमाता की गोद में एक पौत्र तो डालना ही पड़ेगा अम्बिका को—चाहे हँस कर डाले, चाहे रो कर।...अम्बिका इतना तो समझती ही है कि हस्तिनापुर का राजसिंहासन रिक्त नहीं रह सकता...उस पर बैठने वाला जन्म तो लेगा ही...राजमाता की इच्छा, उसे जन्म दे कर ही रहेगी...

सोने के लिए, रात को अम्बिका अपने शयनकक्ष में आयी, तो उसे तत्काल नींद नहीं आयी। उसका ध्यान जाने कहाँ-कहाँ भटकता फिरा... विचित्रवीर्य की छवि उसकी आँखों के सामने आ खड़ी हुई...वह भी सुन्दर था, किन्तु कितना कोमल...नहीं, शायद कोमल नहीं, दुर्बल, निर्वीर्य अशक्त...चेहरे पर रक्त की आभा नहीं, क्षत्रियत्व का तेज नहीं...आँखों में ज्वाला नहीं, वाणी

में मेघों का गर्जन नहीं...और भीष्म!...क्या अवस्था होगी भीष्म की?...सत्यवती के विवाह के समय चौबीस-पच्चीस वर्ष के रहे होंगे। विवाह नहीं हुआ था, तब तक उनका। तब से अब तक बीस वर्ष हुए होंगे...चवालीस-पैंतालीस वर्ष के होंगे अब।...पर कैसे उदासीन हैं, अपनी अवस्था से, अपने रूप से। अपने सुदर्शन रूप को वृद्धों के समान दाढ़ी में ऐसे छिपा लिया है, जैसे रूप का कोई मूल्य ही न हो। अपनी अवस्था से भी दस वर्ष अधिक दिखते हैं।...किन्तु कोई ध्यान से देखे तो, उस सारी असावधानी के पीछे से भी उनका रूप झाँकने लगता है। कैसा तेजस्वी रूप है। वैसा वर्ण तो इस कुरुकुल में और किसी का भी नहीं है...जैसे त्वचा के नीचे कई दीपक प्रकाशित हों। त्वचा से छन-छन कर प्रकाश निकलता है।...वे आँखें। बहुत बड़ी नहीं हैं आँखें, किन्तु कैसी निर्मल और पारदर्शी हैं। कभी स्नेह उँड़ेलती हैं, और कभी रक्षा का आश्वासन देती हैं। ये ही आँखें थीं, जो काशी के स्वयंवर मण्डप में अग्नि-वमन कर रही थीं।...शान्त हो जायें, तो कैसी शीतलता बरसती है उनसे।...अम्बिका का मन कहता है कि अम्बा दीदी का चुनाव ठीक था। शाल्व क्या था भीष्म के सामने—मूषिक! कैसे दहाड़ता हुआ आया था, जैसे सिंह हो। भीष्म के बाणों का सामना क्षण-भर के लिए भी नहीं कर पाया।...और भीष्म ने कैसे उसे जीवन-दान दिया था, 'मैं निरीह हत्याएँ नहीं करता शाल्व! जा, लौट जा।'...क्षत्रियों में और कौन है इतना दयालु और इतना वीर? हाथ आये अपने शत्रु को कौन इस प्रकार जीवित छोड़ देता है? पर भीष्म को जैसे किसी का भय ही नहीं है। शाल्व जीवित रहेगा, तो क्या कर लेगा उनका?...क्यों वे निरीह हत्याएँ करें?...कितनी दया है, उनके मन में।...दया न होती तो अपने पिता को दुखी देख कर ऐसी भीषण प्रतिज्ञाएँ कैसे कर लेते?...यह दया ही तो थी कि पिता को उनकी शेष आयु में भी सुख मिले, भीष्म को चाहे आयु-भर सुख का आभास भी न हो...

पर अपनी वेश-भूषा और रूप के विषय में कितने उदासीन हैं भीष्म! इसी वय में कैसे वृद्ध से दिखने का प्रयत्न कर रहे हैं।...इस कुल में उन्हें वृद्ध का पद तो मिल ही गया है। सिर पर न पिता, न पितामह, न कोई बड़ा भाई... यहाँ तक कि माता भी नहीं, जो माता है भी, वह वय में उन जैसी ही, और बच्चों के समान मचल-मचल कर, एड़ियाँ रगड़-रगड़ कर हर समय कुछ-न-कुछ माँगने वाली...

परिस्थितियों ने वृद्ध बना दिया है भीष्म को।...पर वह अपने रूप की कितनी भी उपेक्षा करें, कितने ही बाबा बनने का प्रयत्न करें...पर क्या इस प्रौढ़ बुद्धि और दृढ़ संकल्प ने उनको और भी आकर्षक नहीं बना दिया है?...

क्या नारी अपने पति के रूप में इसलिए अवस्था में अपने से बड़ा पुरुष नहीं चाहती कि उसे पुरुष का किशोर रूप अविवेकी लगता है? नारी कदाचित अपने चेहरे पर परिपक्वता की एक रेखा भी पड़ने देना नहीं चाहती, किन्तु पुरुष की परिपक्वता उसे अच्छी लगती है...

प्रातः भी, रात की अनेक बातें जैसे छिन्न-भिन्न रूप में उसके मस्तिष्क में घूम रही थीं। कुछ देर तक वह उन्हीं के विषय में सोचती रही; और फिर जाने क्या हुआ : वह उठ कर सीधी दर्पण के सम्मुख जा बैठी—'मुझे अपने रूप की रक्षा करनी होगी। मैं भीष्म नहीं हूँ कि संसार से उदासीन हो कर, किसी को आकृष्ट करने की अपनी क्षमता बढ़ा सकूँ...उदासीन पुरुष को आकृष्ट करने में नारी अपनी सफलता मानती है, और उदासीन नारी को पुरुष का कदाचित त्याज्य मान लेता है।'

वह अपने रूप के संदर्भ में सजग हुई तो अपने प्रसाधन के प्रति भी अचेत नहीं रही। वेश-भूषा की रुचि भी सक्रिय हो उठी। अब वह वस्त्रों का भी चुनाव करने लगी थी।...कभी-कभी कक्ष से बाहर वाटिका में भी निकल जाती थी। वाटिका में उसकी दृष्टि अब पुष्पों पर टिकती थी। उनके सौन्दर्य को उसकी आँखें, एकटक निहारती थीं। उनकी सुगन्ध उसके मन को गुदगुदा जाती थी; और अम्बिका के मुख से किसी एक गीत का काई बोल झरने लगता था...

सत्यवती की दृष्टि से कुछ भी छिपा नहीं था। वह अपनी और बीसियों दासियों की आँखों से सब कुछ देख रही थी...उसने अम्बिका के शृंगार के लिए विशेष सैरिन्ध्रियाँ नियुक्त कर दी थीं। प्रसाधन की सामग्री के ढेर लगा दिये गये थे। अम्बिका के मन में इच्छाओं, कामनाओं और आशंकाओं को जगाने के सारे प्रयत्न किये जा रहे थे...

और सहसा अम्बिका के चारों ओर हलचल मच गयी। सारी दासियाँ, परिचारिकाएँ और सैरिन्ध्रियाँ बहुत त्वरित गति से कक्ष से बाहर निकल गयीं। केवल अम्बिका की निजी सेविका मर्यादा ही पास आ कर धीरे-से बोली, "स्वामिनी! वे आ रहे हैं—नियुक्त पुरुष!"

वह भी भाग गयी।

क्षण-भर में चारों ओर नीरवता और निर्जनता व्याप गयी। ऐसी नीरवता कि अम्बिका को अपने हृदय का स्पन्दन अपने कानों में नगाड़ों के समान

सुनायी देने लगा।

और फिर किसी की धीर-गम्भीर पद-चाप सुनायी दी।

अम्बिका ने बिना आँखें उठाये, अपने कानों से पद-चाप को पहचानने का प्रयत्न किया...पद-चाप बड़ी नियमित गति से उसके निकट आ रही थी। उसने कक्ष में प्रवेश किया और थम गयी। क्षण-भर में कपाट बन्द हो गये।

अम्बिका की दृष्टि ऊपर उठने के स्थान पर, संकुचित हो कर और भी नीचे झुक गयी।

पद-चाप उसके पलंग के एकदम निकट आ गयी। अम्बिका के कान व्यग्र हो कर जैसे पँजों के बल उठ खड़े हुए थे।...'शब्द...कोई शब्द...उनका कोई शब्द...'

"देवि!"

नागिन के फन उठाने की-सी गति से, अम्बिका ने अपना मस्तक उठाया। उसके सम्मुख एक लम्बी काया खड़ी थी : घाम-शीत में तपा-पका काला वर्ण। लम्बी, बेढब दाढ़ी, सिर पर जटाएँ...सारे शरीर पर चुपड़ा हुआ घी...

"कौन?" अनायास ही उसके मुख से निकल गया।

"तुम्हारा ज्येष्ठ!" वेदव्यास ने शान्त, तरंग-शून्य स्वर में कहा, "राजमाता का कानीन पुत्र वेदव्यास। तुम नियोग के लिए प्रस्तुत हो देवि?"

अम्बिका का मन हुआ, चीत्कार कर कहे, 'नहीं!' उठ कर खड़ी हो जाये। एक धक्का इस बीभत्स काया को लगाये और भागती हुई कक्ष से बाहर निकल जाये।

पर अगले ही क्षण जाने क्या हुआ। उसका शरीर एकदम शिथिल हो गया। वह बिस्तर पर लेटी नहीं, निर्जीव हो कर गिर पड़ी।

असहायता के ऐसे क्षण उसके जीवन में पहले कभी नहीं आये थे।... अम्बिका ने अपने पुराने अभ्यास के अनुसार आँखें मूँद लीं...उसे पहले ही सोचना चाहिए था कि भीष्म ने स्त्री-संग न करने की प्रतिज्ञा की थी; और वे अपनी प्रतिज्ञा कभी नहीं तोड़ते...

34

सत्यवती व्यास की प्रतीक्षा में थी। जाने से पूर्व वह माँ से मिलने तो आयेगा। इतना शिष्टाचार तो निर्मोही तपस्वी भी निभाते हैं।...

व्यास सचमुच आये।

"विदा लेने आया हूँ माँ!"

सत्यवती की आँखों में आँसू आ गये, "ऐसा क्षण कब आयेगा पुत्र! जब तुम कहोगे, माँ! मैं तुम्हारे पास रहने आया हूँ।"

"ऐसा क्षण कभी नहीं आयेगा माँ!"

"तो हम कभी साथ नहीं रहेंगे? हम माँ-बेटे के भाग्य में क्या वियोग ही लिखा है?" सत्यवती का मन बहुत दुखी था।

"नहीं। ऐसा नहीं है माँ!" व्यास शान्त और स्थिर स्वर में बोले, "हमारे एक साथ रहने की पूरी सम्भावना है; किन्तु हस्तिनापुर के राजप्रासाद में नहीं।"

"तो कहाँ?"

"यमुना के द्वीप में बसे, मुनि कृष्ण द्वैपायन के आश्रम में।"

सत्यवती का मन एकदम हिल्लोलित हो उठा। उसका मन हुआ, कहे, 'यदि उस आश्रम में ही रहना था, तो मैंने अपने तापस को ही क्यों छोड़ा होता...। पुत्र के साथ क्यों, मैं पति के साथ ही आश्रम में रही होती।...'

"तुम्हारा पुत्र अब वयस्क हो गया है माँ!" व्यास बोले, "जैसा भी है, उसका अपना आश्रम है। उस आश्रम में अनेक लोगों का पालन-पोषण होता है।...अतः सम्बन्ध कोई भी हो, तुम्हारा पुत्र किसी राजा का आश्रित हो कर नहीं रह सकता।..."

सत्यवती के मन के भीतर फिर कोई बोला, 'तो पुत्र! तुम्हारी माँ यहाँ महारानी थी। अब राजमाता है। वह किसी की आश्रित हो कर क्यों रहे। वह तुमसे कम समर्थ नहीं है। वह भी सहस्रों लोगों का भरण-पोषण कर सकती है...और तापसों के समान नहीं, राजसी ठाठ से...।'

पर ये शब्द उसकी जिह्वा पर नहीं आये। बोली, "कुछ क्षण रुको कृष्ण! तुम से कुछ बातें करनी हैं।" सत्यवती ने आसन की ओर संकेत किया, "बैठो।"

व्यास बैठ गये।

"सच-सच बताना।" सत्यवती ने आग्रह किया।

"कृष्ण द्वैपायन कभी झूठ नहीं बोलता।"

"टालना भी मत।"

"टालना भी झूठ का ही एक रूप है।"

"अम्बिका ने तुम्हारा स्वागत किया।"

"नहीं। वह किसी और के स्वागत के लिए तत्पर थी, किन्तु अप्रत्याशित रूप में मुझे देख कर वितृष्णा से भर उठी। उसने अपनी आँखें बन्द कर लीं।"

"तो?"

"तुम्हारे प्रयोजन में उसने बाधा नहीं डाली माँ! तुम्हें पौत्र प्राप्त होगा।"

व्यास बोले, "किन्तु उसके मन में धर्म नहीं, काम था। मुझे भय है कि तुम्हारा यह पौत्र कहीं कामान्ध न हो।"

सत्यवती कुछ देर तक चुपचाप व्यास को देखती रही, जैसे मन-ही-मन कुछ सोच रही हो। अन्ततः इस विषय को यहीं समाप्त करने का निश्चय कर बोली, "भीष्म से तुम्हारी भेंट हुई?"

"हाँ!"

"उसने तुम्हारे साथ कैसा व्यवहार किया?"

"बहुत सौहार्दपूर्ण! अत्यन्त आत्मीय।"

"वह तुम्हें अपना विरोधी तो नहीं मानता?"

"नहीं तो।" व्यास चकित हास के साथ बोले, "हममें विरोध है ही कहाँ।"

"विरोधी न सही, प्रतिस्पर्धी माना?"

"हममें प्रतिस्पर्धा भी नहीं है माँ!" व्यास बोले, "हम एक-दूसरे को कुछ दे ही सकते हैं। एक-दूसरे को वंचित करने का भाव हमारे मन में नहीं है।"

"अपनी माँ से कुछ छिपाओ मत पुत्र।"

"माता! कभी-कभी लोकहित में कुछ बातों पर मौन रह जाना अवश्य पड़ता है; किन्तु झूठ बोलने के अर्थ में छिपाना, मेरी प्रकृति में नहीं है।" व्यास ने उठने का उपक्रम किया, "अच्छा। अब चलूँगा।"

"नहीं। नहीं!!" सत्यवती के स्वर में हल्का-सा चीत्कार था, "अभी नहीं।"

वेदव्यास के लिए सत्यवती का यह चीत्कार आकस्मिक भी था और पीड़ादायक भी। वह रुक गये, "क्या बात है माँ!"

"मेरे मन में पिछले कई वर्षों से कुछ प्रश्न उथल-पुथल मचा रहे हैं पुत्र!" सत्यवती ने व्यास की ओर देखा, "और मेरी विडम्बना यह है कि न तो मैं स्वयं उनका समाधान ढूँढ पायी; और न वे प्रश्न किसी से पूछ पायी।" सत्यवती जैसे साँस ले कर बोली, "चित्रांगद और विचित्रवीर्य अपनी अबोधावस्था में ही संसार छोड़ गये; और कोई मेरा अपना था नहीं। तुम थे तो इतनी दूर...।"

व्यास मुस्कुराये, जैसे कोई वृद्ध किसी शिशु की अटपटी बातों पर हँसता है, "ऐसे भी कौन-से प्रश्न हैं, जिन्हें मेरी माँ आज तक किसी से पूछ ही नहीं पायी?"

"तुम मुस्कुरा रहे हो द्वैपायन!" सत्यवती ने कहा, "पर जब-जब वे प्रश्न मेरे अपने मन के सम्मुख आये, मुझे अपने-आप से भय लगने लगा।"

व्यास कुछ गम्भीर हुए, "वे कैसे प्रश्न हैं मेरी माँ!"

"पुत्र! मेरे प्रति भीष्म की शत्रुता क्या तिरोहित हो गयी?" सत्यवती ने धीरे-से पूछा, "या क्या कभी वह तिरोहित हो पायेगी?"

व्यास ने माँ की ओर देखा, जैसे अपनी आँखों से कोई तरल पदार्थ माँ की आँखों में उँड़ेल रहे हों, "माँ! भीष्म कभी तुम्हारा शत्रु नहीं था।..."

"तो उसने नियोग को अस्वीकार क्यों किया? क्यों तुम्हें नहीं लगता कि वह नहीं चाहता कि विचित्रवीर्य का उत्तराधिकारी जन्म ले?"

व्यास हँसे, "तुम बहुत भोली हो माँ! अपनी आशंकाओं को संसार पर आरोपित कर, उन्हें सत्य मान लेती हो।...भीष्म का यदि विचित्रवीर्य के उत्तराधिकारी से विरोध होता, तो वे मेरा स्वागत क्यों करते?"

"तो उसने अस्वीकार क्यों किया?"

"क्योंकि वे अपनी प्रतिज्ञा की रक्षा करना चाहते थे।"

"चाहे उससे किसी की हानि हो?" सत्यवती बोली, "जिसकी हानि होगी, वह तो उसे अपना शत्रु मानेगा ही।"

"अपनी हानि और लाभ से शत्रुता और मित्रता को नापना स्वार्थ-जन्म वृत्ति है माँ!" व्यास बोले, "मित्रता भावना से होती है, कर्म से नहीं; और नीति सदा ही शत्रुता और मित्रता से निरपेक्ष होती है।"

"तो भीष्म मेरा शत्रु नहीं है?"

"नहीं।"

"कब से?"

"वे कभी तुम्हारे शत्रु नहीं थे।"

"तो मुझे सदा ऐसा क्यों लगता है?"

"क्योंकि तुम भीष्म की शत्रु हो...।"

सत्यवती की आँखों में विरोध भी था और क्षोभ भी : यह सब उसका अपना पुत्र कह रहा है। जिस पर उसने सबसे अधिक विश्वास किया...पर कृष्ण द्वैपायन उसका अपना पुत्र है—वह जो कुछ कह रहा है, उसमें कोई तथ्य होना चाहिए...

सत्यवती मन-ही-मन जैसे कुछ उलझ गयी; पर साथ ही जैसे बहुत कुछ सुलझ भी गया। पर वह सुलझना उसके लिए कोई सुखद नहीं था। जैसे उस सुलझने को वह अपनी आँखों से ओझल ही रखना चाहती थी, "क्या ये दोनों एक ही बात नहीं हैं पुत्र! कोई मेरा शत्रु है, तो मैं उसकी शत्रु हूँ; और मैं जिसकी शत्रु हूँ, वह भी मेरा शत्रु है।"

"सामान्य व्यवहार में कदाचित ऐसा ही होता है माँ!" व्यास बोले, "किन्तु भीष्म जैसे लोगों के संदर्भ में, यह सच नहीं है। शत्रुता का विष तुम्हारे मन

में था, इसलिए उसका कष्ट तुम ही पा रही थीं माँ। भीष्म के मन में तुम्हारी शत्रुता का विष कभी प्रतिबिम्बित नहीं हुआ। इसलिए भीष्म न कभी तुम्हारे शत्रु बने; और न कभी उन्होंने तुमसे शत्रुता पालने का कष्ट पाया।"

सत्यवती चुपचाप मुखर आँखों से पुत्र को देखती रही। उसकी स्थिति विचित्र थी। उसकी बुद्धि, कृष्ण द्वैपायन का तर्क स्वीकार कर रही थी, पर उसका मन उस तथ्य को ग्रहण नहीं कर पा रहा था।

"पर पुत्र! मैं भीष्म की शत्रु क्यों थी? भीष्म ने मेरा कुछ नहीं छीना था। मैंने भीष्म का राज्य छीना था; भीष्म को मेरा शत्रु होना ही चाहिए था।..."

व्यास मुस्कुराये, "तुम यह समझती रहीं कि तुमने भीष्म का राज्य छीना, इसलिए तुम्हारे मन में अपराध-बोध था। यही अपराध-बोध निरन्तर इस आशंका में बदल रहा था कि भीष्म अपना छिना हुआ राज्य पुनः प्राप्त करने का प्रयत्न करेंगे। अतः वे तुम्हारे शत्रु बन जायेंगे। तुम अपनी शत्रुता भीष्म के मन में प्रतिबिम्बित देखती रहीं।..."

"पर भीष्म मेरा शत्रु क्यों नहीं था?" सत्यवती आश्चर्य से बोली, "मैंने उसका राज्य छीना था।"

"भीष्म यह नहीं मानते कि उनका राज्य छीना गया।" व्यास शान्त भाव से बोले, "वे यह मानते हैं कि उन्होंने अपना राज्य स्वयं त्याग दिया है।"

सत्यवती देख रही थी, उसका पुत्र कृष्ण द्वैपायन, भीष्म की चर्चा आदरपूर्वक कर रहा था, "पर उसे राज्य त्यागने के लिए बाध्य किसने किया?"

"भीष्म मानते हैं कि ग्रहण और त्याग, किसी के बाध्य करने से नहीं, अपनी इच्छा से किया जाता है।"

"अपनी इच्छा से कोई राज्य क्यों त्यागेगा?"

"क्योंकि राज्य उनके लिए अनावश्यक था।" व्यास बोले, "अनावश्यक के त्याग से व्यक्ति हल्का हो जाता है।"

"क्या वह यह कहता है?" सत्यवती ने पूछा और फिर जैसे उत्तर की आवश्यकता उसे नहीं रही, "यदि वह ऐसा कहता है, तो झूठ बोलता है। ऐसा कौन व्यक्ति है, जिसे राज्य की आवश्यकता नहीं है?"

"मुझे आवश्यकता नहीं है।" व्यास मुस्कुराये, "क्या तुम्हें मेरा विश्वास नहीं है, माँ?"

"तुम पराशर के पुत्र हो।" सत्यवती ने कहा, "भीष्म शान्तनु का बेटा है।"

"कभी-कभी कोई कृष्ण द्वैपायन, राजा शान्तनु के घर भी जन्म ले लेता है।" व्यास पूरी गम्भीरता से बोले, "तुम तो भीष्म के राज्य-त्याग का निमित्त मात्र बनीं माँ! नहीं तो वे किसी और व्याज से यह त्याग कर देते।...इसलिए उनके मन में तुम्हारे विरुद्ध कुछ नहीं है। तुम आज तक अपने ही कलुष से जलीं माँ! भीष्म ने तुम्हें कभी नहीं तपाया।"

"मुझे विश्वास नहीं होता पुत्र!" सत्यवती बोली, "ऐसा त्याग क्या मानव के लिए संभव है।?"

"विवेकी व्यक्तियों के लिए, अपने सुख के निमित्त कोई भी त्याग साधारण बात है।"

"तुम अत्यन्त बुद्धिमान हो पुत्र! तुम्हारी बात में मुझे संदेह नहीं करना चाहिए।" सत्यवती बोली, "किन्तु मेरा मन आज भी यही कहता है कि ग्रहण का नाम सुख है; त्याग का दुख। अर्जन से लोग सुखी होते हैं, विसर्जन से दुखी।...राज्य-त्याग से भीष्म को दुखी होना ही चाहिए था।"

व्यास माँ को देखते रहे, जैसे कोई युक्ति सोच रहे हों, जो माँ की समझ में आ सके।...सहसा उन्होंने पूछा, "अपने विवाह से पहले, जब तुम अपने बाबा के घर में थीं माँ! तो क्या तुम सुखी थीं?"

"हाँ पुत्र! तब मैं अत्यन्त सुखी थी।"

"जब तुम्हारे पास प्रासाद नहीं थे; रथ नहीं थे; दास-दासियाँ नहीं थीं; स्वर्ण नहीं था, मणि-माणिक्य नहीं थे; सत्ता और शासन नहीं था; सेना और महारथी नहीं थे। तो भी तुम सुखी थीं माँ?"

"हाँ पुत्र! तब भी मैं सुखी थी।"

"और जब तुम कुरु साम्राज्य की महारानी बन कर हस्तिनापुर आयीं, तो तुम सुखी थीं माँ?"

सत्यवती ने तत्काल उत्तर नहीं दिया। वह कुछ सोचती रही।

"भली प्रकार सोच लो।"

"मुझे लगता है कि मैं हस्तिनापुर में एक दिन भी सुखी नहीं रही।" सत्यवती बोली, "वंचित और अपमानित होने का भय। विरोध, अनिष्ट और शत्रुता के भाव...।"

"तब तुम महारानी थीं। कुरु साम्राज्य तुम्हारा था। तुम्हारे एक संकेत पर सहस्रों लोगों के रुण्ड से मुण्ड अलग हो सकते थे; राजा कंगाल हो सकते थे, पथ के भिखारी किरीटधारी हो सकते थे।...तब भी तुम सुखी नहीं थी माँ?"

"नहीं पुत्र! तब भी मैं सुखी नहीं थी।"

"तो माँ। मन में धारण करो कि धन, सत्ता और शक्ति में सुख नहीं है।"

"तो लोग धन, सत्ता और शक्ति क्यों चाहते हैं पुत्र?"

"वह एक मद है, जो रक्त को उफ़नाता है। उससे उत्तेजना का अनुभव होता है। वह सुख नहीं है। सुख का भ्रम उससे अवश्य उत्पन्न होता है। उत्तेजना अपने-आप में कष्ट है। उसके अवसान की आशंका भय है।...और उसका अवसान पीड़ा है।"

"तो मुझे सुख कैसे मिलेगा पुत्र?"

"तुम हस्तिनापुर न आतीं, पराशर की कुटिया में जातीं, तो ही सुखी होतीं।" व्यास मुस्कुराये, "अब तुम मेरे साथ चलो। इस उत्तेजना से दूर हो, अपने स्नायुतन्त्र को कुछ शान्ति दो।"

"पर यह सब छोड़ा भी तो नहीं जाता।"

"कोई मद सरलता से नहीं छोड़ा जाता।" व्यास बोले, "यह बन्धन इतनी सुविधा से तोड़ा जाता, तो प्रत्येक व्यक्ति तोड़ देता।"

"तुम ठीक कहते हो पुत्र।" सत्यवती ने अपने गवाक्ष से मानो सारे हस्तिनापुर पर दृष्टि डाली, "मेरे पौत्र-प्रपौत्र...उनका पालन-पोषण, उनकी रक्षा, उनका राज्य, उनका धन...किसे सौंप दूँ यह सब?"

"भीष्म को।"

"भीष्म को ही सौंपना होता, तो उससे छीनती ही क्यों पुत्र?"

"तो तुम्हारे मोह के बन्धन टूटने का समय अभी नहीं आया माँ!" व्यास बोले, "कुछ और वंचित हो लो, कुछ और यातनाएँ सह लो... ।"

"मैं बन्धनों की नहीं, सुख की बात कर रही हूँ पुत्र!"

"बद्धजीव कभी सुखी नहीं हो सकता माँ!" व्यास बोले, "जब तक तुम अपने बन्धनों को पहचानोगी नहीं, उन्हें अपने दुखों का कारण नहीं मानोगी, उन्हें तोड़ने का संकल्प नहीं करोगी...तब तक भीष्म तुम्हें अपने शत्रु दिखायी पड़ेंगे।...और तुम सुखी नहीं हो सकोगी माँ!"

"पुत्र! अपनी माँ को शाप मत दो।"

"यह शाप नहीं, मात्र तथ्य-कथन है मेरी माँ"

35

अम्बिका ने ज़ोर से अपना मस्तक झटका; किन्तु कोई लाभ नहीं हुआ। उसे लगा, उसके मस्तक की शिराएँ फट जायेंगी।...तो फिर फट ही जायें।...

उसने अपनी आँखें मूँद लीं!...जो होना है, सो हो। सृष्टि उसके वश में तो है नहीं, कि उसकी इच्छा के बाहर कुछ न हो...

आज तक कभी कुछ उसकी इच्छा के अनुकूल हुआ है क्या?...भीष्म के द्वारा हरी गयी, विचित्रवीर्य को सौंपी गयी...विजय के फलस्वरूप प्राप्त निर्जीव पदार्थ।...कोई उसे सजीव, संवेदनशील प्राणी नहीं मानता; और वह स्वयं को निर्जीव पदार्थ मान नहीं पायी।...इतना कुछ होने के बाद भी नहीं। आज भी नहीं।...वह पदार्थ नहीं है। मनुष्य है, नारी है...और राजकुमारी है। पर अपहरण भी तो राजकुमारियों के ही होते हैं।...अभिशाप है, राजकुमारी होना भी!

अम्बिका बहुत सोचती है।...और कोई काम भी तो नहीं है उसको। बैठी-बैठी थक जाती है, तो लेट जाती है; और लेटी-लेटी थक जाती है, तो बैठ जाती है।...और बैठी हो या लेटी हो, वह सोचती ही रहती है : कभी अपने विषय में, कभी राजमाता के विषय में...। उसके विचार जाने कहाँ-कहाँ भटकते रहते हैं, जैसे विचार न हों—आकाश पर फैले मेघ-खण्ड हों, जो पवन के झकोरों के साथ, कहीं-से-कहीं उड़ जाते हैं...

अपने विषय में सोचती है, तो कभी-कभी नारी होने के विषय में भी सोचती है...क्या नारी होना ही अपने-आपमें असमर्थता का पर्याय है? क्या पराधीन होना, शोषित होना, कष्ट सहना और चुप रहना—यही नारी की नियति है?...पर अम्बा भी तो नारी है। वह कहीं चुप नहीं रही। उसने बहुत स्पष्ट रूप में अपनी बात कही और अपनी मनमानी की...सफल वह भी नहीं हुई...पर सफल तो प्रत्येक पुरुष भी नहीं होता...क्या भीष्म सफल हैं? वे तो समर्थ पुरुष हैं...पर क्या वे सत्यवती के दास हो कर नहीं रह गये हैं?...

सत्यवती! राजमाता सत्यवती!...पहले अम्बिका उसके विषय में नहीं जानती थी, किन्तु राजमाता के कानीन पुत्र वेदव्यास को जान कर वह राजमाता के विषय में और भी बहुत कुछ जान गयी है...और वह सब जानने के पश्चात अम्बिका समझ नहीं पाती कि वह सत्यवती को क्या कहे।...कभी वह उसे राजशक्ति द्वारा, अपने प्रेमी के आलिंगन से बलात घसीट कर लायी गयी वंचिता नारी लगती है...और कभी राज-भोग की लिप्सा में रत, अपने नैसर्गिक प्रेमी को तिरस्कृत कर, वैभव के आलिंगन में स्वेच्छा से बँधने वाली लोलुप स्त्री।...

वैभव के आलिंगन में बँधने से पहले अपना भविष्य सुरक्षित करना चाहा था सत्यवती ने...या राजशक्ति से आंतकित हो, अपने प्रेमी को त्यागने का मूल्य माँगा था उसने?...सत्यवती के पिता ने जब अपनी आशंकाओं के फंदे में, भीष्म का दम घोंटना चाहा था, तो वह बूढ़ा निषाद नहीं जानता था कि वह अपनी पोषिता पुत्री के लिए रक्षा-कवच नहीं, काशिराज की कन्याओं के लिए यम-फाँस तैयार कर रहा था।...

दूसरे ही क्षण अम्बिका को लगने लगता, कि उसके दुर्भाग्य का कारण सत्यवती नहीं, भीष्म है।...भीष्म को, सदा दूसरों के लिए उनके मनोनुकूल स्त्रियाँ जुटाने का रोग क्यों है। शान्तनु को सत्यवती मिलती, न मिलती, भीष्म को इतना विकट संकल्प करने की क्या आवश्यकता थी! विचित्रवीर्य का विवाह होता, न होता; भीष्म को क्या पड़ी थी कि वह इस दुष्कृत्य में प्रवृत्त होता...संसार में अनेक लोग अविवाहित रह जाते हैं, अनेक लोगों को अपने मनोनुकूल जीवन-साथी नहीं मिलते। अनेक लोगों को अयोग्य पुरुष या स्त्री के साथ जीवन काटना पड़ता है...

पर तभी भीष्म की वह विराट मूर्ति उसकी आँखों के सम्मुख आ खड़ी होती थी। गरिमा-मण्डित भीष्म जैसे जिह्वा हिलाये बिना ही अपने मन की बात कह रहे थे...पिता काम-पीड़ा में ऐंठ रहे हों, तो योग्य पुत्र अपना सुख-स्वार्थ कैसे देखे? वह निर्लिप्त भी कैसे रहे?...भीष्म ने अपने लिए तो कभी कुछ नहीं चाहा। शान्तनु ने सत्यवती को चाहा। सत्यवती ने कभी यह तो नहीं कहा कि वह पराशर की वाग्दत्ता है; उसके पुत्र की माँ है; वह शान्तनु से विवाह नहीं करेगी।...उसने तो उस विवाह का मूल्य चाहा था...अपना सुखी भविष्य! नहीं तो भीष्म, प्रेमी-युगल को पृथक करने का हठ कभी न करते।...

...पर क्या भीष्म जानते हैं कि वे अपने वचन की रक्षा के लिए, काशिराज की पुत्रियों पर कितना अत्याचार कर रहे हैं?...वचन देने और निबाहने का श्रेय मिले भीष्म को, और उसका मूल्य चुकाएँ काशिराज की पुत्रियाँ!...

अम्बिका का मन काँप-काँप उठता है!

यदि कुरुवंश के नाम की ओट ले कर, सत्यवती के वंशज इस सिंहासन पर नहीं बैठेंगे तो हस्तिनापुर की प्रजा की कौन-सी क्षति हो जायेगी?...नहीं! यह राजमाता सत्यवती की इच्छा है। इसे पूरा होना ही होगा। भीष्म उसके माध्यम होंगे, अपना सुख त्याग कर; और अम्बिका अपनी बलि देगी, मानसिक और शारीरिक पीड़ा सह कर...अम्बिका को अपना वंश नहीं चलाना है, फिर भी उसे सन्तान उत्पन्न करनी होगी। सन्तान का उसे मोह न हो, व्यास के प्रति उसके मन में अनुराग न हो, पर उसे यह सब सहन करना ही होगा—यह राजमाता का आदेश है।...अम्बिका स्त्री नहीं है—वह एक नारी शरीर है। वह पदार्थ है, साधन है—किसी दूसरे की इच्छा पूर्ति के लिए...

नियोग!

पर क्या अम्बिका के मन में पुरुष की कामना नहीं है?...नारी, पुरुष की कामना करे—यह नैसर्गिक सिद्धान्त क्या अम्बिका पर लागू नहीं होता? न सही वंश, न सही सन्तान, न सही राज-वैभव का लोभ...पर पुरुष की कामना? एक

युवा, सुन्दर, स्वस्थ, बलिष्ठ पुरुष की कामना...

अम्बिका अपने मन के सारे कोने छान आयी है। उसे कहीं यौवन, स्वास्थ्य और पौरुष की कामना नहीं मिली। शरीर के धरातल पर उसे कुछ भी नहीं चाहिए। उसका शरीर किसी सुख को स्वीकार नहीं करता। वह किसी को सुख नहीं दे सकती। वह यदि कुछ चाहती है तो यही...कि उसे कोई राजपुत्री न माने, राजवधू न माने...बस। उसे किसी एक कोने में पड़ी रहने दिया जाये... किसी अपदार्थ के समान...या...या फिर उसे मरने का अधिकार दिया जाये...

हाँ! नियोग का विधान ऋषियों ने बहुत सोच-समझ कर किया है। पर सामाजिक विधान तो जीवित स्त्री-पुरुष की इच्छाओं और आवश्यकताओं पर टिका होना चाहिए। जीवित लोगों को, मृतकों की काल्पनिक इच्छाओं की बलि बनाने का नाम तो सामाजिक विधान नहीं है।...आज अम्बिका एक अनाथ विधवा होती, उसे अपने जीवन के अवलम्ब के रूप में एक पुत्र की कामना होती...वह पुत्र की कामना में तड़प रही होती...तब यदि वह किसी अनजान-अपरिचित, सदाचारी ऋषि के पास सन्तानेच्छा से जाती, तो वह अपने पुत्र के साथ-साथ, नियोग के सामाजिक विधान को भी आशीर्वाद देती...पर सास की इच्छा से पुत्रवधू के साथ बलात्कार का विधान...यह कैसा नियोग है...नहीं! अम्बिका को पुत्र की तनिक भी इच्छा नहीं है...

अम्बिका को ज़ोर की उबकाई आयी। लगा, उल्टी होगी!

परिचारिकाओं ने भाग कर पात्र की व्यवस्था की। अम्बालिका ने बहन को सहारा देने के लिए, कंधों से पकड़ा, "दीदी!"

अम्बिका को फिर उबकाई आयी। वह पलंग के पास रखे पात्र पर झुकी। लगा, पेट की अन्तड़ियाँ तक उलट कर बाहर आ जायेंगी।...पर निकला कुछ भी नहीं...वह निष्प्राण-सी हो कर लेट गयी...

"बस उबकाइयाँ आती हैं और प्राण निकाल लेती हैं।" वह हाँफती हुई बहुत मंद स्वर में बोली, "या तो उल्टी ही हो ले...।"

"प्रातः से कितनी बार हो चुकी।" अम्बालिका ने पूछा।

अम्बिका कुछ नहीं बोली। लेटी-लेटी हाँफती रही।

"पाँचवीं!" एक परिचारिका ने बहुत धीर-से कहा।

"कुछ खाया भी है?" अम्बालिका ने पुनः पूछा।

"मन नहीं होता।" अम्बिका बोली, "और हठपूर्वक कुछ खा लूँ, तो उल्टी में निकल जाता है।"

"प्राण देने पर तुली हैं।" परिचारिका ने फिर धीरे-से कहा, जैसे अम्बिका से छुपा कर अम्बालिका को बताना चाह रही हो। किन्तु स्वर इतना धीमा भी

नहीं था कि अम्बिका सुन ही न सकती।

"क्यों दीदी!" अम्बालिका का स्वर इतना डरा हुआ था, जैसे अम्बिका वस्तुतः मृत्यु के कगार पर खड़ी हो, "तुम ऐसा क्यों कर रही हो?"

"तुम तो पगली हो अम्बालिका!" अम्बिका बोली, "इसने कहा और तुमने मान लिया।"

"तो तुम कुछ खाती क्यों नहीं? इतना खाओ कि कितनी भी उल्टियाँ हों, फिर भी कुछ-न-कुछ तो पेट में रह ही जाये।"

अम्बिका मुस्कुरायी, जैसे शिशु की बाल-बुद्धि पर कोई वयस्क मुस्कुराता है।

"मैंने कोई मूर्खता की बात की दीदी?"

"मूर्खता की नहीं, अतिशय प्रेम की, स्नेह की।" अम्बिका के चेहरे पर विषाद घुली मुस्कान थी, "तुम समझ नहीं रही हो कि मेरे भीतर भोजन की अनिच्छा नहीं, भोजन से वितृष्णा है; और किसी प्रकार ठोक-पीट कर कोई खिला दे, तो उसके निकल जाने तक जो कष्ट मुझे होता है, उसे मुझे ही भोगना है।"

"देवि! राजवैद्य आये हैं।" परिचारिका ने सूचना दी।

"आने दो।"

राजवैद्य ने आ कर प्रणाम किया, "कैसा जी है महारानी का?"

"वैसी ही हूँ!" अम्बिका ने शिष्ट किन्तु तटस्थ स्वर में कहा।

राजवैद्य ने नाड़ी देखी, "महारानी! आपको पौष्टिक भोजन की आवश्यकता है।" उसने मुड़ कर मर्यादा को देखा, "क्या खा रही हैं महारानी?"

अम्बिका ने मर्यादा की ओर देखा।

मर्यादा ने अपनी स्वामिनी की आँखों की भाषा पढ़ी और बोली, "महारानी वह सब कुछ खा रही हैं, जो आपने परामर्श दिया था।"

अम्बिका सन्तुष्ट हुई और वैद्यराज के माथे पर चिन्ता की रेखाएँ उभर आयीं, "औषध भी खायी थी—पूरी?"

"हाँ आर्य!"

"आश्चर्य है।" राजवैद्य खिन्न दिखायी पड़ने लगे, "औषध का प्रभाव क्यों नहीं है...।"

कुछ देर तक मनन के पश्चात वे बोले, "अच्छा! मैं एक नयी औषध दे रहा हूँ। मेरे साथ किसी को औषधालय तक भेज दो। औषध ले आयेगा।"

राजवैद्य प्रणाम कर चले गये। मर्यादा ने उनके साथ एक भृत्य को भेज दिया।

"हमारा क्या होगा दीदी?" एकान्त होते ही अम्बालिका ने पूछा।

"क्यों? क्या होगा?" छोटी बहन के इस विचित्र प्रश्न पर अम्बिका मुस्कुरायी।

"जाने क्या होगा!" अम्बालिका अपनी बात गम्भीरता से कहती गयी, "मुझे हर समय लगता रहता है कि मेरा कोई अनिष्ट होने वाला है। कुछ ऐसा, जो मेरे लिए बहुत भयानक होगा। जीना दूभर हो जायेगा... ।"

"तो क्या होगा।" अम्बिका बहुत सन्तुष्ट स्वर में बोली, "मर जायेंगे।"

"नहीं! मुझे लगता है, मुझे मरने भी नहीं दिया जायेगा।" वह थोड़ी देर तक रुक कर कुछ सोचती रही, फिर जैसे अपनी बात का स्पष्टीकरण दिया, "मुझे लगता है कि मुझे कोई ऐसा रोग हो जायेगा कि मैं बिस्तर से उठ भी नहीं पाऊँगी।...हिलडुल नहीं सकूँगी। यातना और अपमान का जीवन होगा मेरा।...या मुझे लगता है कि कोई मुझे राजप्रासाद से निकाल देगा; और मैं हस्तिनापुर अथवा किसी अन्य नगर की वीथियों में, मार्गों पर भिक्षा माँगती फिरूँगी।...मेरे पास न रहने को ठिकाना होगा, न तन ढँकने को उपयुक्त वस्त्र होंगे; न खाने को भोजन होगा...जितना सोचती हूँ दीदी! उतना ही मेरा भय बढ़ता जाता है...मैं वह सारा कष्ट कैसे सहूँगी... ।"

"तुझे कोई कष्ट नहीं होगा पगली!" अम्बिका ने कुछ चकित हो कर अम्बालिका को देखा और उसे सान्त्वना देने का गम्भीर प्रयास किया, "तू ऐसा क्यों सोचती है। संसार में तो भिखारियों के बच्चे भी जी लेते हैं। हम-तुम तो काशिराज की कन्याएँ हैं—राजकुमारियाँ! हम कुरुकुल की वधुएँ हैं। भीष्म हमारे रक्षक हैं...और फिर तू क्यों डरती है अम्बालिके! मैं हूँ। मेरे होते, तुम क्यों घबराती हो।"

"तुम तो हो दीदी!" अम्बालिका बोली, "पर ऐसे ही तो अम्बा दीदी हमें छोड़ गयी थीं। मुझे बार-बार लगता है कि तुम भी मुझे छोड़ जाओगी। मुझे क्यों ऐसा लगता है दीदी! कि मैं कुछ ऐसे दुष्ट लोगों के चंगुल में फँस जाऊँगी, जो मुझे बहुत पीटेंगे। मेरी त्वचा फट जायेगी, माँस उड़-उड़ कर ऐसे गिरेगा, जैसे धुनिये की ताँत से कट-कट कर रुई गिरती है। हड्डियाँ टूट जायेंगी...और इतनी पीड़ा होगी, इतनी पीड़ा होगी कि मैं सह नहीं पाऊँगी...या सोचती हूँ दीदी! कि कोई मुझे अग्नि में झोंक देगा। मैं अग्नि में ऐसे जलूँगी, जैसे सूखा काष्ठ जलता है। मेरा माँस जलेगा और मुझे इतनी पीड़ा होगी, इतनी पीड़ा होगी... ।"

इस बार अम्बिका ने उसे सान्त्वना नहीं दी। उसने गम्भीरता से पूछा, "तब तू क्या सोचती है अम्बालिके! जब इतनी पीड़ा होगी, जिसे तू सह नहीं

सकेगी, तो तू क्या करेगी?"

अम्बालिका ने बड़ी बहन को देखा और देखती रही, जैसे सोच रही हो कि कहे या न कहे; और फिर जैसे निर्णय करके बोली, "सोचती हूँ कि पीड़ा असह्य हो जायेगी तो मर जाऊँगी।"

"ठीक सोचती है तू!" अम्बिका ने उसे मृत्यु से विरत करने का कोई प्रयत्न नहीं किया, "यही सोचा कि—हमारा अधिक-से-अधिक अनिष्ट यही हो सकता है कि हम मर जायेंगी।...तू यही सोचा कर कि ईश्वर है। उसमें आस्था रख। वह बड़ा न्यायी है। उसके पास प्रत्येक समस्या का समाधान है : उसने जीवन की समस्याओं का समाधान बनाया है, मृत्यु! वह प्रत्येक व्यक्ति को उसके कष्टों से मुक्त करता है। जब सब कुछ अलभ्य हो जाये, तो मृत्यु तो सुलभ हो ही जाती है...।"

"मैं भी यह सब सोचती हूँ दीदी!" अम्बालिका धीरे-से बोली, "फिर जाने सहसा क्या हो जाता है कि मुझे मृत्यु से भी भय लगने लगता है। मुझे लगता है कि मैं मर जाऊँगी और मेरा मन भय से काँप-काँप उठता है...।"

अम्बालिका का वर्ण भय से पीला हो गया। आँखें भयभीत हो कर बड़ी हो गयीं। उसके अधर सूख गये। लगा, जैसे वह हल्के-हल्के काँप रही है...

"तू जा, विश्राम कर अम्बालिके!" अम्बिका ने स्नेह से उसके कपोल थपथपाये, "तू तो मुझसे भी अधिक अस्वस्थ है।" अम्बिका ने स्वर ऊँचा कर पुकारा, "मर्यादे।"

"स्वामिनी!" मर्यादा कपाट खोल कर कक्ष के भीतर आयी। उसके हाथ में औषध थी।

"यह क्या है?" अम्बिका ने समझते हुए भी पूछा।

"औषध!" मर्यादा ने कहा, "राजवैद्य ने भिजवायी है।"

"इसे यहाँ रख दे।" अम्बिका बोली, "और अम्बालिका को इसके कक्ष तक पहुँचा दे। इसकी देखभाल के लिए किसी को कह दे। सम्भव हो तो राजमाता और राजवैद्य को भी सूचना भिजवा दे। इसका स्वास्थ्य ठीक नहीं है।"

"क्या हुआ देवी को?" मर्यादा चकित थी।

"यह तो बहुत ही रुग्ण है री! शरीर स्वस्थ है, पर मन स्वस्थ नहीं है। ऐसे में शरीर भी कितने दिन स्वस्थ रहेगा इसका।"

मर्यादा कुछ बोली नहीं। उसने औषध रख दी और कुछ असमंजस की-सी स्थिति में कहा, "चलें देवि!"

मर्यादा ने अम्बालिका को एक बाँह से थाम रखा था और अम्बालिका भी

ऐसे चल रही थी, जैसे यह अवलम्ब उसके लिए अनिवार्य था।

अम्बिका उन दोनों को कक्ष से बाहर जाते हुए देखती रही।...वे लोग कक्ष से निकले तो कपाट बन्द हो गये। कक्ष में एकान्त हो गया।

अम्बिका अपने स्थान से उठी। उसने औषध को देखा। मिट्टी के भाँड के भीतर एक ताम्र-पात्र था। उसमें कोई तरल पदार्थ था। उसने ताम्र-पात्र उठा लिया। गवाक्ष तक आयी और सारा तरल पदार्थ बाहर उँड़ेल दिया। ताम्र-पात्र को यथास्थान रख दिया और आ कर अपने बिस्तर पर लेट गयी।

उसके चेहरे पर सन्तोष की पूर्ण आभा थी।

36

निशीथ काल में अम्बालिका अपने कक्ष में, पलंग पर बैठी, आशंकित मन से अनिवार्य कष्ट के रूप में नियुक्त पुरुष वेदव्यास की प्रतीक्षा कर रही थी...

वर्ष-भर पूर्व इसी प्रकार अम्बिका ने उनकी प्रतीक्षा की थी।—अम्बालिका सोच रही थी—किन्तु फिर भी कितना अन्तर था। अम्बिका के मन में उत्साह था, चाहे वह बलात ही उत्पन्न किया गया हो।...जैसे भी हो, पर अम्बिका ने मन को मना लिया था, परिस्थितियों से समझौता कर लिया था और चाहे भ्रम के कारण ही सही, प्रसन्न मन लिए प्रतीक्षा कर रही थी...अम्बालिका के मन में कोई भ्रम भी नहीं है...अम्बिका के भ्रमों के साथ-साथ उसके भ्रम खण्डित हो चुके हैं। वह यथार्थ का साक्षात्कार कर रही है...साहस से नहीं, भयभीत, प्रकम्पित मन से...

अम्बिका ने समझा था कि वह अन्न-जल त्याग देगी, औषध नहीं लेगी, तो वह भी अम्बा के मार्ग पर चली जायेगी। इस प्रकार वह अपने प्राण भी त्याग देगी और अपनी अजन्मी सन्तान को भी देह-मुक्त कर देगी...पर उसके मन की हुई नहीं। उसके अपने व्यवहार से उसका कष्ट अवश्य बढ़ता गया। ...गर्भस्थ शिशु तो अत्यन्त स्वार्थी होता ही है। वह अपना पोषण करता गया। उसने चाहे माँ का रक्त पिया हो, माँस खाया हो अथवा अस्थियाँ चबायी हों, किन्तु वह अपना पोषण करता गया...अम्बिका का प्रसव-काल उसके लिए 'काल' ही था। पीला पड़ा चेहरा, उदर को छोड़, शेष सूखी हुई काया, सारे शरीर पर उभरी हुई नीली नंगी नाड़ियाँ। कैसी कंकाल हो कर रह गयी थी अम्बिका। छोटी-मोटी दाइयों से ले कर राजवैद्य तक घबराये हुए थे कि यह प्रसव कैसे होगा। मुख से कहता कोई नहीं था, किन्तु भय सबके मन में ही समाया हुआ था कि कहीं माता और शिशु दोनों के ही प्राण न चले जाएँ...

अम्बिका ने प्रसव में कष्ट चाहे कितना ही क्यों न पाया हो; किन्तु शिशु को देखते ही सब के मुख पर मुस्कान आ गयी थी। यदि किसी बहुत आशावादी ने भी कल्पना की थी तो इतनी ही की थी, कि कोई सूखा-सा, दुर्बल, मुँदी आँखों वाला, कठिनाई से साँस लेता हुआ, एक जीवित शिशु जन्म लेगा...किन्तु नवजात शिशु को देखते ही सब चकित हो गये। शिशु न केवल स्वस्थ था, वरन कुछ अतिरिक्त रूप से हृष्ट-पुष्ट भी था।...

उसे देख कर अम्बिका के चेहरे पर भी जीवन जागा। उसकी इच्छा के अभाव में ही सही, पर जो शिशु उसकी गोद में आ पड़ा था, वह मोहक था और माँ के मन में अपने प्रति ममता ही नहीं, जीवन के प्रति आस्था भी जगाता था।

परिचारिकाओं में राजमाता तक समाचार पहुँचाने की जैसे होड़ लग गयी। जो समाचार पहुँचायेगी, उसकी झोली मणि-माणिक्य से भर दी जायेगी...

नहला-धुला कर शिशु राजमाता की गोद में दिया गया, तो वह सोया हुआ था।...सत्यवती ने जाना कि माता के रूप में सन्तान को जन्म देने, और मातामही के रूप में नहाये-धोये स्वच्छ, मोहक, नवजात शिशु को गोद लेने के सुख में बहुत अन्तर है। माता का अनुभव तो कृषक का-सा अनुभव है, जिसने धरती जोती और बोई है; मिट्टी, पानी और कीचड़ में शरीर को खपाया है, शीत-घाम में स्वयं को तपाया और जलाया है...और तब अपने खलिहान में अन्न का ढेर देखा है।...किन्तु मातामही का अनुभव तो परोसे हुए थाल को प्राप्त करने का है...

किस पर गया है शिशु? सत्यवती की आँखें सूक्ष्म निरीक्षण कर रही थीं ...इसमें क्या अम्बिका का है क्या द्वैपायन का है? कहीं सत्यवती की भी कोई झलक है क्या? कहीं से पराशर की भी छवि का कोई अंश ग्रहण किया है क्या इसने?...

शिशु गौर वर्ण का था। द्वैपायन जैसा कृष्ण वर्ण नहीं था वह! और कैसा हृष्ट-पुष्ट! जैसे विधाता ने उसे बनाया ही राज्य करने के लिए हो! इन भुजाओं से वह धनुष-परिचालन करेगा, खड्ग चलायेगा, गदा का संचालन करेगा। सोता है...पर कैसी मोटी-मोटी आँखें हैं। क्षण-भर को भी पलकें उठाता है, तो द्वैपायन जैसी बड़ी-बड़ी, सोई-सोई-सी आँखें अपनी ओर आकृष्ट कर लेती हैं।...सत्यवती का मन जैसे बालक ने सम्मोहित कर लिया था। आह्लाद के अश्रु उसकी आँखों में भर-भर आये।...यह होगा भावी कुरु-सम्राट। भरत-वंशी राजाओं का स्वामी। यह धारण करेगा इस राष्ट्र को। इसका नाम होगा... धृतराष्ट्र...

किन्तु हस्तिनापुर और राजमाता की यह प्रसन्नता दीर्घकालीन सिद्ध नहीं हुई। एक मास के भीतर ही धृतराष्ट्र के व्यवहार से अम्बिका को ही नहीं, दासियों और परिचारिकाओं को भी कुछ संदेह होने लगा। राजवैद्य ने बहुत सारे निरीक्षण किये और भयदमित क्षीण स्वर में कहा, "कदाचित बालक की आँखों में रूप ही है, दृष्टि नहीं है। मयूर-पँख के समान...।"

अम्बिका ऐसी दिखी, जैसे किसी ने उसके कपोलों पर बीसियों चाँटे दे मारे हों। कुछ समय के लिए वह स्तम्भित और अवाक् रह गयी। फिर उसने आँखें मूँद लीं; और सिर झुका दिया, "मेरे साथ तो यही होना था।"

किन्तु राजमाता इतनी सरलता से मान जाने वाली नहीं थी। सत्यवती जैसे पागल हो गयी। उसने राजवैद्य को फटकारा कि इस प्रकार के दुखदायी और कष्टकारक शब्दों को मुख से निकालने से पहले राजवैद्य को कम से कम, एक सहस्र बार सोचना चाहिए। क्या उन्हें ज्ञात नहीं है कि इस उक्ति के गलत प्रमाणित होते ही, उसका सिर, उसके धड़ पर नहीं रहेगा।...

राजवैद्य ने सिर झुका कर सब कुछ सुना; और धीरे-से कहा, "राजमाता का कोप उचित ही है; किन्तु बिना पूर्ण प्रमाण के ऐसी बात मुख से निकालने का साहस मैं कर भी कैसे कर सकता हूँ?"

"किन्तु इतना हृष्ट-पुष्ट बालक, ऐसे निर्दोष नयनों वाला बालक दृष्टिहीन हो ही कैसे सकता है?"

राजवैद्य सोचते रहे : राजमाता से क्या कहें और क्या न कहें। सामान्यतः राजवैद्य इतने भयभीत नहीं होते—सम्राटों से भी नहीं। किन्तु राजमाता इस समय अत्यन्त दुखी हैं, और अपने मानसिक सन्तुलन को बनाये रखना, उनके लिए सम्भव नहीं है। वह परम स्वतन्त्र हैं। उनके सिर पर कोई दूसरा नहीं है। इस अवस्था में न कोई उनको समझा सकता है, न उनका विरोध कर सकता है। एक बार भूल अथवा आवेश में भी कोई दण्ड उनके मुख से उच्चरित हो गया, तो उसे कोई निरस्त नहीं कर पायेगा।...

पर कुछ तो कहना ही था : अन्ततः बोले, "मैं क्या कर सकता हूँ राजमाता। यह तो ईश्वर की सृष्टि है। उसी की इच्छा से चलती है। मानवीय धरातल पर तो मैं यही कह सकता हूँ कि गर्भवती माता के भोजन में कुछ तत्त्वों का नितान्त अभाव होने से ही गर्भस्थ शिशु में इस प्रकार का कोई दोष रह जाता है।..."

राजमाता का क्रोध अम्बिका की ओर मुड़ा, "यह अभागिनी ही नहीं चाहती थी कि मुझे स्वस्थ और समर्थ पौत्र प्राप्त हो।...इसी ने निराहार रह-रह कर गर्भस्थ पौत्र को पौष्टिक तत्त्वों से वंचित रखा। इसी ने अपने सारे

गर्भ-काल में रो-रो कर अपनी आँखें फोड़ीं।...इसी ने गर्भ-धारण के समय आँखें मूँद लीं कि शिशु नेत्रहीन ही जन्मे।" राजमाता का क्रोध था कि बढ़ता ही जाता था, "अभागिनी ने यह नहीं सोचा कि मेरा पौत्र है, तो इसका भी पुत्र है। बड़ा हो कर हस्तिनापुर का सम्राट होगा, तो राजमाता भी तो यही बनेगी..." और सत्यवती की डाँट-फटकार जैसे प्रलाप में बदलती चली गयी, "अभागिनी न होती, तो विधवा जीवन का शाप क्यों पाती। आते ही दुष्टा ने पति को खाया और अब पुत्र के नेत्रों का प्रकाश पी गयी... ।" और तब उसका क्रोध भीष्म पर बरसा, "एक यह भीष्म है कि ऐसी अभागी राजकुमारियों का हरण कर लाया। एक तो विवाह से पहले ही चली गयी। दूसरी दोनों ने वैधव्य भोगा; और अब सन्तान...संसार में और कोई राजकुल नहीं था, या और कोई राजकुमारी नहीं थी..."

सत्यवती ने एक-एक कर सबको कोसा। सबकी अपने शत्रुओं में गणना की। सब के मन का खोट बखाना। एक अपशब्द नहीं कहा तो अपने कृष्ण द्वैपायन व्यास को। एक वही तो उसका अपना था...

जब सब पर इच्छा भर बरस चुकी तो सत्यवती असहायावस्था रोने बैठ गयी। राजमाता को इस प्रकार सार्वजनिक रूप में उच्च स्वर में इतनी दीन और असहाय हो कर रोते, आज तक किसी ने नहीं देखा था—शान्तनु, चित्रांगद और विचित्रवीर्य की मृत्यु पर भी नहीं।

अम्बालिका, राजमाता को देखती थी और चकित हो कर सोचती थी कि सत्यवती एक ही समय में इतनी समर्थ, अधिकारयुक्त, नियन्ता; और दूसरी ओर दीन, असहाय और आर्त्त कैसे हो जाती है। जो इस प्रकार क्रुद्ध हो कर सबसे लड़ सकती है, वह इस प्रकार अनाथ के समान रोती क्यों है।...और कितनी क्रूर है राजमाता : जैसे वाणी का कोई संयम ही नहीं है। जितनी क्रूर, कठोर और प्रहारक शब्दावली हो सकती है, उसका क्षमता भर प्रयोग करती है राजमाता...किसी का सम्मान, सौहार्द, उपकार...किसी का कोई अस्तित्व नहीं है राजमाता के सामने...यहाँ तक कि भीष्म का भी नहीं...

और जब सत्यवती कुछ शान्त हुई तो उसने पुनः सोचना आरम्भ किया...पौत्र तो उसे चाहिए ही। पहला जन्मान्ध है, तो अम्बिका, दूसरे को जन्म दे...एक प्रसव के पश्चात नारी न तो मर जाती है, न वन्ध्या हो जाती है। वरन पहले प्रसव के पश्चात तो वह आश्वस्त करती है कि वह उर्वरा भूमि है, उसमें प्रजनन शक्ति है, वह सृजन की प्रतीक है...तो अम्बिका दूसरी बार गर्भ धारण करे...यह कोई ईश्वरीय नियम तो है नहीं, कि पहलौठी की सन्तान जन्मान्ध

हो तो प्रत्येक सन्तान नेत्रहीन होगी...

किन्तु तभी सत्यवती की विचारधारा पलटी...अम्बिका ने अभी-अभी प्रसव किया है। अभी शीघ्र गर्भाधान सम्भव नहीं है। उसे समय लगेगा।...दो वर्ष...एक वर्ष...कम से कम समय लगे, तो भी समय तो लगेगा ही। वैसे भी उसके स्वास्थ्य की स्थिति ठीक नहीं है। तत्काल गर्भाधान सम्भव नहीं है...और सत्यवती प्रतीक्षा नहीं कर सकती।—सत्यवती का ध्यान अम्बालिका की ओर गया। अम्बिका ही क्यों, अम्बालिका क्यों न हस्तिनापुर को सम्राट दे। अम्बिका बड़ी है। कुल-परम्परा की दृष्टि से पहले उसका अधिकार है। पर उसने स्वयं अपनी मूर्खता से अपना अधिकार खोया है।...अब अम्बालिका की बारी है...

सत्यवती ने अम्बालिका को बुलाया। उसके व्यवहार में न स्नेह था, न स्नेह का छद्म। वह तो शुद्ध शासक का व्यवहार था—आदेशात्मक; आदेश का विरोध करने पर दण्डित किये जाने की चेतावनी से युक्त!

"सुनो राजवधू!" सत्यवती ने कहा, "मैंने अम्बिका को बहुत समझाया और मनाया था। किन्तु अब तुम्हें समझाने और मनाने का न मेरे पास समय है, न धैर्य! तुम्हें स्पष्ट कह रही हूँ, हस्तिनापुर के राजसिंहासन पर बैठने के लिए, और शान्तनु का वंश चलाने के लिए मुझे एक पौत्र की आवश्यकता है।...और तुम्हें वह पौत्र मुझे देना होगा। नियोग से उस पौत्र का जन्म होगा और उस पुरुष को नियुक्त मैं करुँगी।..."

अम्बालिका क्या कहती!

वह तो वैसे ही संघर्ष, अथवा विरोध की तनिक-सी सम्भावना से भयभीत हो जाती थी। किसी की शक्ति और अधिकार का विरोध तो वह कर ही नहीं पाती थी।...सत्यवती तो राजमाता थी, उसकी सास! अपने अधिकारों का भरपूर प्रयोग करने वाली।...और इस समय तो वह अपनी पीड़ा और क्रोध के उन्माद में सर्वथा अमानवीय हो रही थी...

अम्बालिका ने चुपचाप सिर झुका दिया।...उसकी अनिच्छा स्पष्ट थी; किन्तु विरोध करने की उसकी अक्षमता भी उतनी ही प्रत्यक्ष थी...

"और सुन अम्बालिके!" सत्यवती ने कुछ और प्रखर हो कर कहा, "मैंने अम्बिका को नहीं बताया था; किन्तु तुम्हें किसी भ्रम में नहीं रखना चाहती। मैंने अपने कानीन पुत्र, महामुनि कृष्ण द्वैपायन वेदव्यास को नियुक्त किया है। किसी और भ्रम में मत रहना। ऋतु-स्नान के पश्चात अपने शयन-कक्ष में उसी की प्रतीक्षा करना। जब वह आये तो उसका प्रसन्न-वदन स्वागत करना। धर्मतः उससे सन्तान की याचना करना। उसकी उपेक्षा या अपमान मत करना।"

अम्बालिका के मन में आया कि कहे यदि राजा या राजमाता के आदेश

से ही प्रजा का मन अनुकूल हो जाता, भावनाएँ संचालित हो सकतीं; तो फिर राजपरिवारों के लिए समस्या ही क्या थी।...पर मन की तो गति ही बड़ी विचित्र है। वह तो सदा का ही विद्रोही है—चाहे अम्बालिका जैसी भीत नारी का ही मन क्यों न हो। वह तो कोई आदेश मिलते ही, उसके विपरीत चलने लगता है।...राजमाता इस बात को क्यों नहीं समझतीं। जिस नारी का मन पुरुष-विशेष को देख कर द्रवित नहीं होता, वह क्या राजादेशों से और भी संकुचित नहीं हो जायेगा। और अम्बालिका के मन में तो न केवल पुरुष-संग की इच्छा नहीं है, वरन वह तो भयभीत है इन सारे प्रसंगों से। पता नहीं अम्बालिका के शरीर और मन का इस दृष्टि से अभी पर्याप्त विकास नहीं हुआ है, या इस संदर्भ में उसके अनुभव ही इतने भयावह रहे हैं...

पर अम्बालिका, राजमाता के आदेश का विरोध नहीं कर सकती थी। राजमाता की शक्ति एक बात थी; अम्बालिका का अपना मन ही इतना साहस करने की बात नहीं सोच सकता था।...उसका रक्षा-कवच मात्र काल था। जब तक ऋतु-काल नहीं आता, तब तक वह सुरक्षित थी।...किन्तु उसका अपना शरीर ही उसका शत्रु हो गया। राजमाता के आदेश से वह इतनी भयभीत हो गयी कि तत्काल ऋतुमति हो उठी।

राजमाता की निरीक्षण दृष्टि उस पर टिकी हुई थी। उससे कुछ भी छिपाया नहीं जा सकता था।...और अम्बालिका के ऋतुकाल की पुष्टि होते ही सत्यवती ने वेदव्यास को बुलाने के लिए अश्वारोही दौड़ा दिये।...

और उसी के परिणामस्वरूप आज अम्बालिका इस वधू-वेश में अपने कक्ष में बैठी थी तथा नियुक्त पुरुष की प्रतीक्षा कर रही थी। उसे अम्बिका के समान कोई भ्रम नहीं था। वह जानती थी कि उसके पास कौन आ रहा है...पर उसे क्या, कोई भी हो—उसे किसी में रुचि नहीं है। अम्बिका भाग्यवान थी—संसार में कोई तो था, जिसकी वह कामना कर सकती थी, प्रतीक्षा कर सकती थी। अम्बालिका के लिए ऐसा कोई नहीं था।

जिस दिन राजमाता ने उसे आदेश दिया था, तब से अब तक, उस आने वाले क्षण को जाने वह कितनी बार जी चुकी थी। उसकी कल्पना में वह क्षण, जाने कितनी बार साकार हो चुका था; और वह भय से मर-मर गयी थी...

अम्बालिका अपनी प्रकृति का विश्लेषण करती है तो पाती है कि उसे निर्जन वन में यदि कोई सिंह दिखायी दे जाये, तो उसके पग, आत्मरक्षा में भागने के स्थान पर, स्तम्भित हो कर वहीं खड़े हो जायेंगे; उसका कण्ठ, सहायता के लिए किसी को पुकारने के स्थान पर, सूख कर ऐसा कंटकित हो

जायेगा कि एक शब्द तक न निकलेगा...

सब दासियाँ विदा हो गयीं। 'नियुक्त' पुरुष के आने का समय हो गया था। चारों और भयानक नीरवता थी। और अम्बालिका का मन कितनी ही बार भय से चीत्कार करने-करने को हो आया था। कई बार सोचा, यदि चिल्ला नहीं सकती, तो उच्च स्वर में या तो हँस पड़े, या गाने लगे।...

तभी कक्ष के द्वार पर नियुक्त पुरुष प्रकट हुए।

भय के मारे अम्बालिका की दृष्टि उठ ही नहीं रही थी, पर उसने बलात दृष्टि उठायी। नियुक्त पुरुष को देखा : यह थे राजमाता के कानीन पुत्र, महामुनि कृष्ण दैपायन वेदव्यास! उनके रूप के किसी कोण से भी नहीं लगता था कि वह उस सुन्दरी राजमाता के पुत्र हैं।...उसके हृदय की गति जैसे थम गयी। मन भीतर-ही-भीतर कहीं डूब गया। भय के मारे सारा शरीर पाण्डु हो गया।...वह न उठ सकी, न महामुनि व्यास का स्वागत कर सकी। महामुनि उसके पलंग के पास आये, तो अम्बालिका स्वयं नहीं समझ सकी कि वह अशक्त हो कर लेट गयी अथवा अचेत हो कर गिर पड़ी...

37

"अम्बिके! तुमने अम्बालिका के पुत्र को देखा?" सत्यवती ने पूछा।

"हाँ! देखा है आर्ये!"

"कैसा है?"

"सुन्दर है।"

सत्यवती ने एक बार घूर कर अम्बिका को देखा, फिर जैसे अपना क्रोध जताती हुई बोली, "सुन्दर है का क्या अर्थ? क्या तुमने देखा कि बालक दुर्बल है। उसका वर्ण पाण्डु है। पता नहीं, जीवित भी रहेगा अथवा नहीं। और जीवित रहेगा, तो कितने दिन!"

"मैंने यह सब नहीं सोचा माता!" अम्बिका बोली, "बालक पाण्डु वर्ण का अवश्य है, किन्तु इससे उसकी आयु तथा शारीरिक और मानसिक क्षमताओं का क्या सम्बन्ध?"

"सम्बन्ध है।" सत्यवती का स्वर अभी तक कठोर बना हुआ था, "राजवैद्य का कहना है कि बालक के शरीर में रक्त की कमी है, इसीलिए उसका वर्ण पाण्डु है। गर्भ की स्थिति में भी उसके शरीर में रक्त की कमी रही होगी। सम्भवतः उसके अंगों का पूर्ण विकास न हुआ हो, और शरीर में इतनी क्षमता न हो कि उसे लम्बी आयु प्राप्त हो सके।"

अम्बिका ने कोई उत्तर नहीं दिया।

सत्यवती ने ही पूछा, “बताओ! युवराज कौन होगा—धृतराष्ट्र या पाण्डु?”

अम्बिका के मन में जैसे यह प्रश्न था ही नहीं, इसलिए कुछ देर तक तो वह अवाक्-सी सत्यवती को देखती रही, और फिर जैसे कुछ सूझ गया हो; बोली, “आपकी इच्छा! जिसे चाहें बना दें! मेरा कोई आग्रह नहीं है।”

सत्यवती कुछ उग्र हुई, “तुम्हारी इच्छा जानने का प्रयत्न नहीं कर रही हूँ। उन दोनों बच्चों की अपूर्णता की बात कह रही हूँ। धृतराष्ट्र जन्मान्ध है और पाण्डु रोगी। दोनों में से कोई भी इस योग्य नहीं है कि युवराज बनाया जा सके।...कुरु-वंश और कुरु साम्राज्य की आज भी वही स्थिति है, जो इन दोनों के जन्म के पूर्व थी। विचित्रवीर्य के दो-दो पुत्र होते हुए भी, हस्तिनापुर के सिंहासन पर बैठने योग्य कोई नहीं है।”

अम्बिका जैसे इन चर्चाओं से सर्वथा ऊब चुकी थी : या अपनी उदासीन तटस्थता के कारण उसे कभी इन चर्चाओं में रुचि थी ही नहीं। अपनी वितृष्णा को गोपन नहीं रख पायी तो बोली, “तो इसमें मेरा क्या दोष है?”

“तो दोष किसका है?” सत्यवती ने कोमलता का छद्म भी उतार दिया, “तुम दोनों बहनें कुरुकुल की शत्रु हो रही हो और अपनी भी। तुम दोनों ने जानबूझ कर, सायास अपने स्वास्थ्य की उपेक्षा की और इस प्रकार की सन्तानें उत्पन्न कीं, जिनसे मेरी कमना पूरी न हो सके। जाने किस धातु की बनी हो तुम दोनों कि न अपना लाभ समझती हो, न स्वार्थ। समझती हो कि उसमें केवल मेरा स्वार्थ है। और मुझसे जाने कैसी शत्रुता है तुम लोगों को, कि मेरी इच्छानुसार कर्म करके भी मुझे सन्तोष नहीं होने दिया। राजवैद्य के निर्देश मान कर तुम लोग अपने भोजन की व्यवस्था ठीक रखतीं और इस प्रकार पँगु और रुग्ण सन्तानें उत्पन्न न कर, स्वस्थ बालकों को जन्म देतीं तो क्या बिगड़ जाता तुम्हारा?”

अम्बिका के मन में बवण्डर-सा उठ खड़ा हुआ। उसका मन हुआ कि सत्यवती को फटकार दे : कहाँ तो अम्बिका आज तक यह मानती आयी है, कि इस राजकुल में उसके साथ भयंकर अन्याय हुआ है और उसकी इच्छाओं की भयंकर उपेक्षा, और कहाँ राजमाता उस पर आरोप लगा रही है कि उन दोनों बहनों ने उसके विरुद्ध जैसे कोई षड्यंत्र किया हो।

किन्तु आज तक अम्बिका ने अपने मन के बवण्डरों को दबाना ही सीखा था; उन्हें अभिव्यक्ति उसने कभी नहीं दी। आज भी नहीं दी। बोली, “क्या चाहती हैं आप?”

"मुझे एक स्वस्थ पौत्र दो।" इस बार राजमाता का स्वर कुछ कोमल हो आया था।

"अब फिर?"

"हाँ! एक बार और।"

अम्बिका ने कुछ कहा नहीं! आँखें मूँद कर सिर झुका दिया।

राजमाता सन्तुष्ट हो कर लौट गयीं।

अम्बिका स्वयं अपने-आपको समझ नहीं पा रही थी।

उसने कभी अपने लिए सन्तान की इच्छा प्रकट नहीं की थी...और व्यास की सन्तान को जन्म देने की उसने कभी कल्पना भी नहीं की थी।...पर धृतराष्ट्र के प्रति उसके मन में तनिक भी मोह नहीं है—ऐसा वह नहीं मानती। जन्म के पश्चात धृतराष्ट्र ने उसके मन में ममता जगायी थी। उसकी बालक्रीड़ा को देख कर, उसे उल्लास का अनुभव होता था। उसके नेत्रहीन होने की बात सुन कर उसे दुख भी हुआ। कितनी बार मन तड़प-तड़प गया, यदि उसके लिए कुछ हो सकता, तो वह अवश्य करती।...कई बार मन में प्रश्नों के तीखे त्रिशूल चुभे—क्या सचमुच उसी के किसी दोष के कारण उसका पुत्र नेत्रहीन हो गया?...और किसी का कोई दोष नहीं? वैद्यों का, व्यास का, राजमाता का, विधाता का—किसी का कोई दोष नहीं? जो कुछ हुआ, वह अम्बिका के कारण हुआ? अम्बिका की इच्छा से हुआ? क्या सब कुछ अम्बिका की इच्छा से ही होता है?...यदि अम्बिका की इच्छा से ही होता, तो क्या यह नियोग होता?...

अब राजमाता ने फिर नियोग का आदेश दिया है...क्या यह भी अम्बिका की इच्छा है? और यदि यह अम्बिका की इच्छा नहीं है, तो उस पर किसी और की इच्छा क्यों आरोपित की जा रही है?...और फिर कब तक वह इस प्रकार दूसरों की इच्छाओं का बोझ ढोयेगी?...पहली बार उसने स्वयं को समझा लिया था कि कुरुकुल की आवश्यकता सचमुच इतनी महत्त्वपूर्ण है कि यदि अम्बिका जैसी राजकुमारी की इच्छा का दमन हो रहा है; तो कोई बात नहीं। एक राजवंश के लाभ के लिए, अम्बिका इतना कष्ट उठाने के लिए बाध्य की जा रही है, तो यह पीड़ा इतनी भीषण नहीं है कि बचने के लिए एक राजवंश के समाप्त हो जाने की पीड़ा को सहन करना पड़े...पर अब अम्बिका समझती है कि न तो राजवंश की आवश्यकता का कोई अन्त है, और न राजमाता की इच्छा का। एक बार अम्बिका इस सारी यातना को ओढ़ चुकी, एक बार अम्बालिका...किन्तु वह राजवंश आज भी याचक बना वहीं का वहीं खड़ा है, और जाने कब तक खड़ा रहेगा...

सहसा अम्बिका के मन की जैसे कोई दमित वासना जागी, 'यदि इस बार राजमाता ने भीष्म को नियुक्त किया तो?'

अम्बिका को लगा, इस दमघोंटू वातावरण में जैसे मुक्त पवन का ऊर्जादायक झकोरा आया...

पर दूसरे ही क्षण अम्बिका का मन बुझ गया : तृष्णा, किसी भी समस्या का समाधान नहीं है। वह भ्रम है, धोखा है। मनुष्य को नचाते जाने का उपक्रम है। पिछली बार भी अपने एक भ्रम के कारण तृष्णा जागी थी; और वह आज भी उसे भुगत रही है। जब तक वह अपनी सारी कामनाओं को एक सिरे से ही नष्ट नहीं कर देगी, चाहे कामनाएँ कितनी ही सुन्दर क्यों न हों—तृष्णा उसे यह नाच नचाती ही रहेगी।...उसे नियोग में सहयोग नहीं करना है। उसे सन्तान नहीं चाहिए। सुन्दर, स्वस्थ और प्रत्येक रूप में समर्थ सन्तान भी नहीं।...उसके मन में किसी भी पुरुष की कामना नहीं है।...राजमाता किसी को भी नियुक्त करे...

और तब अम्बिका के मन में अपनी असमर्थता जागी...उसके यह कह देने से तो कोई नहीं मान जायेगा कि उसकी इच्छा नहीं है...उसकी आँखें आकाश की ओर उठ गयीं, और उनमें जल भर आया, 'हे ईश्वर! कैसी दासता दी है तूने? राजकुमारी भी बनाया, राजवधू भी...और फिर दासी बना दिया...दासी भी एक स्त्री की, जिसके मन में कभी दया नहीं जगती।...पुरुष होता, तो कभी तो उसके प्रति कोमल होता, कभी तो उसका मन नारीत्व के सम्मुख दुर्बल होता...पर यह नारी...सत्यवती! राजमाता सत्यवती!...'

जाने कैसे अम्बिका के मन में सत्यवती की मूर्ति जागी!...जब भीष्म ने सत्यवती को उसके बाबा के घर से ला कर बूढ़े चक्रवर्ती शान्तनु के कक्ष में डाल दिया था, तो सत्यवती के मन पर भी कदाचित वही सब बीता होगा, जो इस समय अम्बिका के मन पर बीत रहा है। वह भी रोई होगी। पीड़ा से तड़पी होगी। स्वयं को असमर्थ पा कर, उसने भी भूमि पर अपना माथा फोड़ा होगा।...पर आज उसकी वह स्थिति नहीं है। तब वह स्वयं असहाय थी, आज वह दूसरों को असहाय बनाने में समर्थ है। इसके लिए उसने कोई युक्ति खोजी होगी। कोई-न-कोई कर्म किया होगा...

और अम्बिका के मन में मंद हँसी जैसा एक हल्का-सा प्रकाश फैल गया। ...वह असमर्थ और असहाय अवश्य है; किन्तु यह मान कर चुपचाप बैठे रहने से तो वह समर्थ और सक्षम नहीं बन जायेगी। कोई युक्ति उसे भी करनी होगी, कोई कर्म...वह राजमाता के आदेश को अस्वीकार नहीं कर सकती, उसका विरोध नहीं कर सकती : किन्तु उससे टकराये बिना—उससे बचने का

प्रयत्न तो कर सकती है...वह प्रत्येक अवसर पर आदेश को सुनते ही कर्म की ओर से आँखें मूँद लेती है। इस बार वह कर्म की ओर से आँखें खुली रखे और राजमाता के आदेश की ओर से कान मूँद ले, तो कैसा रहे?

उसकी इच्छा हुई कि इस संदर्भ में वह अम्बालिका से चर्चा करे। परामर्श करे। सम्भव है कि दोनों बहनें मिल कर कोई युक्ति निकालने में सफल हो सकें।...पर तभी उसके मन में संदेह प्रेत भी जागा।...अम्बा होती तो बात और थी : उसमें साहस था। अम्बालिका बहुत कोमल है। साहस तो उसमें जैसे है ही नहीं। कहीं चर्चा से ही डर कर पीली पड़ गयी तो? पाण्डु को जन्म देने के पश्चात से तो उसका मन और स्नायु तन्त्र इतना दुर्बल हो गया है कि किसी भी प्रकार का बोझ नहीं सह सकती। यदि गोपनीयता का बोझ भी उसके लिए सह्य नहीं हुआ तो...कहीं उसने यह बात उगल दी...नहीं! अम्बालिका नहीं। यदि गोपनीयता का सहचर किसी को बनाना ही होगा तो कोई और... अम्बालिका नहीं!

बड़ी रात गये तक अम्बिका बिस्तर पर करवटें बदलती रही...इच्छा होने पर भी वह सो नहीं पा रही थी; और मस्तिष्क था कि सोच-सोच कर जैसे निढाल हो गया था। न कोई समाधान सूझ रहा था, न कोई सहायक दिखायी पड़ रहा था।...कई बार मन में आया कि यदि और किसी से नहीं कह सकती, तो भीष्म से ही बात करे।...अम्बा ने भी तो भीष्म से ही बात की थी। वे धर्मज्ञ हैं। अम्बा के एक बार कहने पर ही उन्होंने उसे ससम्मान शाल्व के पास भेज दिया था। वह तो अम्बा का भाग्य ही उसका शत्रु हो गया कि शाल्व ने उसे अस्वीकार कर दिया, अन्यथा भीष्म की ओर से न सहयोग का अभाव था, न प्रयास की न्यूनता...यदि अम्बिका भी उन्हें साफ-साफ, स्पष्ट शब्दों में कह दे कि उसकी नियोग से तनिक भी सहमति नहीं है, तो बहुत सम्भव है कि उनकी धर्म-बुद्धि जाग उठे और वह उसे सत्यवती के आधिपत्य से वैसे ही मुक्त कर दें, जैसे उन्होंने अम्बा को अपने आधिपत्य से मुक्त किया था...

अम्बिका का मन पुनः ठिठक गया : वह धर्म का आश्रय लेने की सोच रही थी। भीष्म थे भी धर्मज्ञ और धर्मनिष्ठ! धर्म से वह टल नहीं सकते।... किन्तु धर्म है भी तो कितनी विचित्र वस्तु! गीली मिट्टी के लोंदे के समान है धर्म! जिसकी जो इच्छा होती है, वह उसको वैसा ही आकार दे देता है। गीली मिट्टी उसे कुछ भी नहीं कहती। तनिक भी विरोध अथवा प्रतिरोध नहीं करती। और वह व्यक्ति धर्म की उस गीली प्रतिमा को उठा कर अपने संकल्प की भट्टी में झोंक देता है। वहाँ वह प्रतिमा पकने लगती है। जल का जो तत्व

उसे लचीला बना रहा था, उसे भट्टी का ताप सुखा डालता है। अब धर्म की वह प्रतिमा कितनी कोमल और कितनी कठोर हो जाती है। उसके आकार में परिवर्तन का तनिक-सा प्रयत्न उसे तोड़ने लगता है। और वह व्यक्ति अपने धर्म के आकार को अपरिवर्तनशील मान कर, उसे परिवर्तित करने के प्रयत्न को ही अधर्म मान लेता है और क्रुद्ध हो उठता है...

भीष्म जिन धारणाओं में पके हैं, उन्हें वह धर्म मानते हैं और उन पर दृढ़ हैं। अपनी प्रतिज्ञा के पक्के हैं। माता-पिता की आज्ञा का पालन वह धर्म मानते हैं। क्षत्रियों द्वारा स्त्रियों की इच्छा के विरुद्ध उनका अपहरण भी धर्म मानते हैं। नारी को अपने पति की वंश-वृद्धि का माध्यम भी मानते ही होंगे—नहीं तो, सत्यवती की नियोग द्वारा पौत्र प्राप्त करने की इच्छा का समर्थन न करते।...अब यदि अम्बिका की इच्छा सुन कर उनके धर्म ने यही कहा कि सास, माता के स्थान पर होती है; अतः सास की आज्ञा का पालन ही पुत्रवधू का धर्म है, तो अम्बिका क्या कहेगी?...इस पुरानी पीढ़ी ने कितने ही अनुचित्त, अन्यायपूर्ण, और भ्रमयुक्त विचारों को अपना धर्म मान कर इतनी निष्ठा से अपने कण्ठ से लगा रखा है कि उसे देख कर अम्बिका को आश्चर्य होता है कि इतने भले लोगों ने इतने अशुभ और अकल्याणकारी विचारों और सिद्धान्तों को कैसे इतनी मान्यता दे रखी है...पर अम्बिका उनकी निष्ठा के सम्मुख नतमस्तक है। अपने जीवन और प्राणों का मूल्य दे कर भी, अपने मान्य धर्म का निर्वाह करते हैं वे लोग। इतनी निष्ठा न होती तो भीष्म हस्तिनापुर का राज्य इस प्रकार सत्यवती की गोद में न डाल देते। अम्बा जैसी सुन्दरी राजकन्या कितने आग्रह से उनके आलिंगन के लिए बाँहें फैलाये खड़ी रही; और भीष्म ने अपने तड़पते मन को संकल्प की कठोर मुट्टी में भींच कर उसके प्राण हर लिए।

पर अम्बिका इस प्रकार का कोई धर्म स्वीकार नहीं कर सकती, जिसमें उसका दम घुटता हो। न वह सास की अनुचित्त आज्ञाओं के पालन को अपना धर्म मानती है, और न असहायता में दिये गये वचनों के पालन को।...वह तो अपने धर्म का पालन करेगी। अपनी प्रकृति के धर्म का। जीवन की वह पद्धति उसका धर्म नहीं हो सकती, जिसमें उसका दम घुटता हो...मछली का धर्म जल में ही जीना है : धरती पर जीने का प्रयत्न उसका धर्म नहीं हो सकता। मनुष्य का धर्म वायु-मण्डल में जीना ही है, वह सागर-तल के भीतर जीने को अपना धर्म कैसे मान सकता है?...आज यदि अम्बिका का धर्म, सत्यवती और भीष्म के धर्म के प्रतिकूल पड़ रहा है, तो वह अपने ही धर्म का निर्वाह करेगी...

"मर्यादा! तुम विवाहित तो नहीं हो?"

"नहीं स्वामिनी!" मर्यादा ने आश्चर्य से अम्बिका की ओर देखा : यह सोई-सोई-सी आत्मलीन रानी, जिसने आज तक पूरी तरह आँखें खोल कर, मर्यादा का चेहरा भी कभी नहीं देखा, वह आज उसे 'दासी' सम्बोधित न कर, नाम से पुकार रही है और उसके व्यक्तिगत जीवन में रुचि ले रही है।

"क्यों पूछ रही हैं आप?" मर्यादा से पूछे बिना नहीं रहा गया, "कोई विशेष कारण?"

"विशेष क्या होगा मेरे जीवन में!" अम्बिका का स्वर फिर वैसे ही तटस्थ और उदासीन हो गया।

अपने प्रश्न से अम्बिका का उल्लास बुझते देख, मर्यादा को सचमुच पीड़ा हुई। जाने रानी क्या कहना चाहती थीं,...और कुछ पूछने का उसका साहस नहीं हुआ।

किन्तु मौन बहुत देर तक निभा नहीं। स्वयं अम्बिका ने ही पुनः कहा, "यदि दिन की सेवा के स्थान पर तुम्हें रात्रि के समय मेरे साथ रहना पड़े, तो बहुत असुविधा होगी मर्यादा?"

"नहीं स्वामिनी! एकदम नहीं! यह तो मेरा सौभाग्य होगा।" मर्यादा बोली, और उसके मन ने रानी की दोनों उक्तियों को जोड़ कर, जैसे अपना उल्लास लौटा लिया, "इसलिए पूछ रही थीं, आप मेरे विवाह की बात।" वह कुछ मुखर हो उठी, "मुझे तनिक भी असुविधा नहीं है महारानी! वहाँ अकेली अपनी कोठरी में पड़ी रहती हूँ। यहाँ आपके सान्निध्य में रहूँगी। न एकान्त सतायेगा; न लम्पटों द्वारा पीड़ित किये जाने का भय।"

"तो मैं तुम्हारे अधिकारी से कह दूँगी। वह स्थायी रूप में तुम्हारी नियुक्ति यहाँ कर देगा।"

"महारानी बहुत दयालु हैं।" मर्यादा ने हाथ जोड़ कर सिर झुका दिया।

रात के समय मर्यादा, अम्बिका के कक्ष में आयी तो उसने देखा, महारानी पलंग पर लेटी थीं। कदाचित सोने की तैयारी में थीं। किन्तु पलंग के साथ ही, भूमि पर एक और बिस्तर लगा था। यह किसके लिए था? क्या मर्यादा के लिए?...नहीं! उसके लिए कैसे हो सकता है। दासी से यह तो अपेक्षित ही नहीं था कि वह रात को सोयेगी। वह उसका कार्य-काल था। उसका कर्तव्य था कि वह महारानी के कक्ष के कपाट के साथ लगी बैठी रहे। तनिक-से शब्द पर महारानी की सेवा में उपस्थित हो। उनकी आज्ञा का पालन करे। उनकी असुविधा की सूचना राजमाता को दे।...और यथासम्भव प्रहरी और रक्षिका का भी कार्य करे...

किन्तु यदि महारानी की इच्छा से बिस्तर यहाँ लगाया गया है, तो वह उसके स्थान में परिवर्तन भी नहीं कर सकती।...इस संदर्भ में वह महारानी से पूछ भी नहीं सकती।...

वह कुछ देर असमंजस में खड़ी रही और फिर जा कर कक्ष के द्वार के पास बैठ गयी।

अम्बिका ने करवट ली, "मर्यादे!"

मर्यादा ने निकट जा कर हाथ जोड़े, "आज्ञा महारानी!"

"द्वार पर क्यों बैठी हो?"

"मेरा स्थान वहीं है महारानी!"

अम्बिका ने दीर्घ निःश्वास छोड़ा, "कौन जानता है कि किसका स्थान कहाँ है। व्यक्ति समझता कहीं और है, और स्थान होता कहीं और है।"

"मैं समझी नहीं स्वामिनी!"

"क्या करेगी समझ कर पगली! मनुष्य जब तक भ्रम में रहता है, सुखी रहता है। समझ कर तो फिर दुख-ही-दुख है।"

मर्यादा चुप रही। समझ नहीं पायी कि क्या कहे।

"तू जानती है कि तेरा स्थान कहाँ है?" अन्ततः अम्बिका ने पूछा।

मर्यादा ने कोई उत्तर नहीं दिया।

"नहीं जानती?"

मर्यादा को लगा, अब चुप रहना उचित नहीं होगा। बोली, "मेरा स्थान तो महारानी की इच्छा पर निर्भर करता है।"

"तुम बहुत समझदार हो।" अम्बिका जैसे उसकी प्रशंसा में भी उदासीन थी, "मेरी इच्छा है कि तुम द्वार से चिपकी मत बैठी रहो। यहाँ मेरे पलंग के पास आ कर इस बिस्तर पर लेट जाओ।" और फिर उसने रुक कर मर्यादा की ओर देखा, "कोई असुविधा तो नहीं होगी?"

"असुविधा कैसी! यह तो मेरा सौभाग्य है।" मर्यादा ने किसी यन्त्र के समान उत्तर दिया; किन्तु वह अपने मन का असमंजस प्रकट किये बिना रह नहीं सकी, "महारानी! दासी का काम आपकी रक्षा करना भी है।"

अम्बिका को उसका अभिप्राय समझने में दो पल लगे। समझ गयी तो बोली, "मेरे इन तुच्छ प्राणों को यहाँ कोई भय नहीं है मर्यादे! इस राजप्रासाद में मेरी मृत्यु से किसी को कोई लाभ नहीं पहुँचेगा।..." वह रुकी, "और तू मेरी रक्षा तो यहाँ से भी कर सकती है।...वस्तुतः मैं चाहती भी यही हूँ कि तू मेरी रक्षा करे।"

मर्यादा, अम्बिका की बातों का मर्म भाँप नहीं पा रही थी। उसे लग रहा

था, महारानी आज कुछ बहकी हुई हैं।

वह अम्बिका के निकट आयी और धीरे से बोली, "कोई विशेष बात है महारानी?"

अम्बिका ने उसकी आँखों में झाँका। वहाँ उसे विश्वास और आश्वासन मिला। बोली, "कपाट बन्द कर दे और यहाँ आ कर, इस बिस्तर पर लेट जा। तुझसे कुछ बातें करनी हैं।"

मर्यादा की जिज्ञासा कुछ व्यग्र हो उठी : जाने क्या बात है? इस राजप्रासाद में आज तक किसी ने उससे इस प्रकार वार्तालाप नहीं किया था।

उसने कपाट भिड़ा दिये, और आ कर अपने लिए बिछाये गये बिस्तर पर बैठ गयी।

"आराम से लेट जा!"

"मैं आराम से ही हूँ महारानी!" वह बोली, "आप कहें, मैं सुन रही हूँ। या..." वह उठ खड़ी हुई, "आप चाहें तो आपके चरण चाँप दूँ। नींद सरलता से आ जायेगी।"

"नहीं।" अम्बिका बोली, "उस सबकी आवश्यकता नहीं है। तू लेट जा और सोने का प्रयत्न कर। जब तक नींद नहीं आती कुछ बातें करेंगे।"

कोई विकल्प न पा, मर्यादा लेट गयी।

"मर्यादे!" अम्बिका का स्वर बदला हुआ था, "दासी के समान नहीं, सखी के समान उत्तर दे—क्या समय आने पर तू मेरी रक्षा करेगी?"

मर्यादा ने चौंक कर देखा : आज क्या हो गया है महारानी को? वह उसे सखी बता रही हैं—उसे, एक दासी को!

"तेरे प्राणों पर आँच नहीं आयेगी।" अम्बिका पुनः बोली, "किसी की रक्षा के लिए सदा अपने प्राण ही नहीं देने होते; कभी-कभी स्वयं को अधिक उपयोगी बनाना होता है। कभी किसी के काम आना होता है।"

"मेरा अस्तित्व किस दिन के लिए है महारानी!" इस बार उत्तर देने में मर्यादा को तनिक भी समय नहीं लगा, "आप आज्ञा करें। प्राण भी देने पड़े, तो दूँगी।"

"सच कहती है मर्यादे!"

"शपथपूर्वक कहती हूँ महारानी?"

"तू वचन देती है सखि?"

"वचन देती हूँ।" मर्यादा का मन कुछ डोला भी, किन्तु उसने अपनी वाणी को तनिक भी डोलने नहीं दिया।

"विश्वासघात तो नहीं करेगी?"

"यदि ऐसा हो तो महारानी मेरे जीवित शरीर से चर्म उतरवा लें।"

"नहीं मर्यादे!" अम्बिका का स्वर बहुत ही आर्द्र था, "ऐसा कुछ भी नहीं है। तू यदि विश्वासघात भी करेगी, तो तुझे दण्ड नहीं मिलेगा, कोई असुविधा नहीं होगी। तेरे सिर कोई पाप भी नहीं होगा।" अम्बिका ने रुक कर करवट बदली और उसकी ओर देखा, "किसी प्रकार का कोई भय नहीं है, तेरे लिए। मैं एक सखी के समान तेरा विश्वास कर रही हूँ। कर लूँ?"

"अवश्य महारानी।"

"तो ठीक है।" अम्बिका बोली, "अब सब कुछ भूल कर सो जा।"

"जो आज्ञा।"

मर्यादा ने करवट बदली। आँखें मूँदीं और सोने की मुद्रा बनायी। किन्तु उसने पाया कि जब वह आयी थी, तब फिर भी उसकी आँखों में कुछ नींद थी; किन्तु इस वार्तालाप के पश्चात तो जैसे नींद का कोई अस्तित्व ही नहीं था।...जाने रानी के मन में क्या था? किस प्रकार का आश्वासन चाहती थीं वह? कैसी रक्षा?...

सहसा अम्बिका ने फिर पूछा, "तू दासी क्यों बनी सखि?"

मर्यादा के मन में आया, रानी से कहे, उसे दासी के रूप में ही सम्बोधित करें। कहीं उनकी यह अनुकम्पा अन्य लोगों की आँखों की किरकिरी हो, उसके लिए कोई कठिनाई ही उत्पन्न न कर दे।...किन्तु यह कहने के लिए भी तो कोई उपयुक्त अवसर होना चाहिए...

"अपनी बाध्यता के कारण महारानी!"

"क्या बाध्यता थी?"

"निर्धनता!"

"पिता हैं?"

"हैं!"

"कहाँ?"

"ग्राम में हैं।"

"कृषि-योग्य भूमि है?"

"किसी समय थी; अब नहीं है।"

"छिन गयी?"

"हाँ महारानी!"

"कारण?"

"द्यूत के लिए किया गया ऋण।"

"तो अब क्या करते हैं पिता तुम्हारे?"

"ग्राम में छोटी-छोटी चाकरियाँ करते हैं—कभी किसी के खेत में, कभी किसी के घर में।"

अम्बिका कुछ देर चुप रही। फिर धीरे से बोली, "तुमने बहुत दुख पाया है सखि!"

"अब तो अभ्यस्त हो गयी हूँ महारानी! पहले बहुत खलता था।" मर्यादा का संकोच धीर-धीरे क्षीण हो रहा था, "पहले बहुत कष्ट होता था, तो इसके लिए कभी किसी को दोषी ठहराती थी, कभी किसी को। कभी लगता था, पिता दोषी हैं, उन्होंने सब कुछ द्यूत में दाँव पर लगाया। कभी लगता था, राजा दोषी है, जिसके राज्य में यह सारा अन्याय होता है। कभी लगता था, सारा दोष उसी विधाता का है, जिसने हमारे भाग्य का लेख लिखा है।"

"दोष देने से क्या होगा सखि!" अम्बिका बोली, "मुझे लगता है कि हमें अपने दुर्भाग्य से निकलने का प्रयत्न करना चाहिए। दोषी ढूँढ़ने का विशेष लाभ नहीं है।"

मर्यादा कुछ नहीं बोली। कैसे कहे महारानी से कि निकलना तो वह भी चाहती है, अपने इस दुर्भाग्य से—किन्तु साधन और सामर्थ्य कहाँ हैं!...

"मर्यादे! तू जातनी है कि तू युवती है?"

मर्यादा को हँसी आ गयी। महारानी आज परिहास पर उतारू हैं, "कौन अपनी अवस्था को नहीं जानता महारानी!"

"क्या यौवन की शक्ति को भी जानती है?"

"जानती हूँ महारानी! यौवन की शक्ति को।" मर्यादा के स्वर में प्रसन्नता नहीं थी, "प्रत्येक लम्पट की आँखें चिपकी रहती हैं, इस यौवन के साथ!"

"यौवन चला जायेगा, तो लम्पटों की आँखें तुम्हारी ओर उठेंगी भी नहीं। जानती हो?"

"उसी दिन की प्रतीक्षा कर रही हूँ महारानी!"

"पगली है तू!" अम्बिका बोली, "यह नहीं सोचती कि यौवन बीत गया तो राजप्रासाद से भी निकाल दी जायेगी। वृद्धा दासियों की किसको आवश्यकता है यहाँ?"

"उतनी दूर तक मैंने कभी सोचा नहीं महारानी!"

अम्बिका बातें करती जा रही थी, और उसके अपने मन का उद्वेग बढ़ता जा रहा था। जाने क्या-क्या सोच रही होगी मर्यादा अपने मन में...और जब वह अपनी वास्तविक बात पर पहुँचेगी...

"तुम जानती हो मर्यादे! तुम सुन्दरी भी हो?"

"महारानी आज परिहास की मुद्रा में हैं।"

"नहीं! परिहास नहीं कर रही हूँ पगली!" अम्बिका बोली, "तुम्हें यथार्थ से अवगत करा रही हूँ।"

"दासियों के सौन्दर्य का क्या अर्थ महारानी! वह उनका अनिष्ट ही करता है। इष्ट तो इससे कभी किसी का हुआ नहीं।"

"मर्यादे!" अम्बिका अपने पलंग के एकदम किनारे पर आ गयी। उसने हाथ बढ़ा कर मर्यादा को छुआ, "क्या तू दासत्व से मुक्त होना चाहती है?"

"कौन नहीं चाहेगा महारानी?" मर्यादा बोली, "किन्तु यह सम्भव कहाँ है?"

"उसी को सम्भव बनाने का उपाय बता रही हूँ सखि!" अम्बिका बोली, "कुछ मेरा उपकार कर, कुछ राजवंश का। तेरा उपकार अपने-आप हो जायेगा।"

मर्यादा उत्तेजना में उठ कर बैठ गयी, "पहेलियाँ न बुझाएँ महारानी! स्पष्ट कहें।"

"अब स्पष्ट ही कह रही हूँ। सुन।" अम्बिका बोली, "राजमाता को हस्तिनापुर के राजसिंहासन पर बैठाने के लिए एक पौत्र चाहिए।"

"उनके तो दो पौत्र हैं।"

"एक जन्मान्ध है, दूसरा रुग्ण। उन्हें विकलांग नहीं, एक हृष्ट-पुष्ट, स्वस्थ और समर्थ पौत्र चाहिए।" अम्बिका ने मर्यादा की ओर देखा, "दो पौत्र नियोग से उत्पन्न हुए थे, अब तीसरा होगा।" वह बोली, "मेरी इस सहवास के लिए रंचमात्र भी इच्छा नहीं है। वेदव्यास तपस्वी हैं, महामुनि हैं, किन्तु पुरुष के रूप में मुझे वह किचिंत भी सह्य नहीं है।...वह तो क्या, मुझे किसी भी पुरुष की कोई कामना नहीं है। मेरी इच्छा है...।"

अम्बिका कह नहीं सकी। चुप हो गयी।

"क्या इच्छा है महारानी! आपकी?"

"तुम रुष्ट तो नहीं हो जाओगी सखि?"

"एक दासी के रोष का क्या अर्थ महारानी।" मर्यादा बोली, "वैसे आपको वचन देती हूँ, रुष्ट नहीं होऊँगी।"

अम्बिका थोड़ी देर उसे चुपचाप देखती रही; फिर धीरे से बोली, "मेरी इच्छा है कि इस बार वेदव्यास के पास, मेरे स्थान पर तुम चली जाओ...।" उसकी दृष्टि झुक गयी। मर्यादा की ओर देखने का उसका साहस नहीं हुआ।

थोड़ी देर नीरवता रही। फिर मर्यादा ही बोली, "क्षमा हो महारानी! क्या आप समझती हैं कि यह तथ्य गोपन रह पायेगा?"

"यह गोपनीय तब तक है मर्यादे! जब तक योजना है।" मर्यादा के उत्तर

से अम्बिका का विश्वास लौटा, "जब घटना घट जायेगी, तो गोपनीयता की आवश्यकता ही नहीं है।"

"उससे लाभ क्या होगा महारानी!" मर्यादा के स्वर में आशंका बोल रही थी, "वेदव्यास मुझे अवश्य पहचान लेंगे। कोई विलासी राजपुरुष होता तो कदाचित सुरा के उन्माद और रात्रि के अन्धकार के कारण वह यह भेद नहीं कर पाता कि उसकी सहवागिनी महारानी अम्बिका है अथवा दासी मर्यादा। किन्तु महामुनि वेदव्यास न तो मदिरोन्मत्त होंगे, और न उनकी दृष्टि अन्धकार के कारण भ्रमित हो पायेगी। वह मुझे पहचान लेंगे, और बात राजमाता तक पहुँचेगी..."

"ठीक कहती हो सखि!" अम्बिका मुस्कुरायी, "यही तो मैं चाहती हूँ कि तुम अपने यौवन, सौन्दर्य और सेवा से महामुनि को प्रसन्न कर लो। महामुनि पहचान जायेंगे कि उन्हें प्रसन्न करने वाली स्त्री अम्बिका नहीं, मर्यादा है। राजमाता जान लें कि अम्बिका, उनकी योजनाओं की सहभागिनी नहीं है; और वह यह भी जान लें कि उनके पौत्र की माता दासी मर्यादा है।"

"उससे क्या लाभ होगा महारानी?" मर्यादा ने पुनः पूछा, "क्या आपको यह नहीं लगता कि इस भेद के खुलते ही दासी और दासी-पुत्र को या तो कारागार में डाल दिया जायेगा; या उन्हें राज्य से निष्कासित कर दिया जायेगा।...और आपको फिर भी नियोग में सहयोग करना होगा...।"

"नहीं सखि! ऐसा नहीं होगा।" अम्बिका पूरे विश्वास के साथ बोली, "मेरी उपेक्षा उन्हें ज्ञात हो जानी चाहिए...और तुम्हारा और तुम्हारी सन्तान का अहित नहीं हो सकता।"

"क्यों?"

"क्योंकि वेदव्यास की सन्तान और उसकी माता की रक्षा, राजमाता प्रत्येक मूल्य पर करेंगी।"

"क्यों? इन राजप्रासादों में दासी-पुत्रों की रक्षा कब-कब होती है महारानी?"

"तुम्हारी सन्तान, मात्र दासी की सन्तान नहीं होगी—वह वेदव्यास की सन्तान होगी।"

"किन्तु वह मात्र एक नियुक्त पुरुष है। उसकी सन्तान का क्या करना है महारानी को। मैं उनके पुत्र स्वर्गीय सम्राट का क्षेत्र नहीं हूँ, कि मेरी सन्तान—राजसन्तान हो सके।"

"वेदव्यास मात्र नियुक्त पुरुष नहीं हैं मर्यादे!" अम्बिका जैसे एक-एक शब्द को चबाकर कह रही थी, "वे राजमाता सत्यवती के कानीन पुत्र हैं।

उनके द्वारा उत्पन्न दासी-पुत्र भी राजमाता का पौत्र होगा...।"

मर्यादा का मुख आश्चर्य से खुला का खुला रह गया, "आप सच कह रही हैं महारानी?"

"एकदम सत्य!" अम्बिका बोली, "और अत्यन्त गोपनीय भी।"

मर्यादा अवाक-सी अम्बिका को देखती रही।

"अब सहमत हो?" अम्बिका ने पूछा, "तुमने कहा था कि तुम मेरी रक्षा करोगी!"

"आपकी आज्ञा के एक-एक शब्द का पालन होगा स्वामिनी!" मर्यादा पहली बार इतनी दृढ़ता से बोली, "मुझे लगता है कि इस योजना से हम दोनों का ही उद्धार होगा।"

"ओह, मेरी प्राण सखि!"

अम्बिका की इच्छा हो रही थी कि मर्यादा को अंक में भर ले।

38

वेदव्यास माता के कहने पर आ तो गये थे; किन्तु एक अनाम-सा संकोच उनके मन में आसन लगाये बैठा था।...नियोग का अर्थ क्या है?...क्या आवश्यक नहीं कि स्त्री स्वयं धर्मतः सन्तान की कामना करे?

पिछली दोनों बार उन्होंने देखा था; न अम्बिका इसके लिए इच्छुक थी, न अम्बालिका। उनके मन में सन्तान की ही कामना नहीं थी, या नियुक्त पुरुष द्वैपायन उन्हें मान्य नहीं थे?...यदि उनके मन में धर्मतः सन्तान की कामना नहीं थी, तो नियोग उनके साथ अत्याचार था; और यदि द्वैपायन उन्हें मान्य नहीं थे, उनका काम्य पुरुष कोई और था...किसी पुरुष-विशेष में उनकी आसक्ति थी, तो यह व्यभिचार था...

ऐसी स्थिति में उनका धर्म क्या है?

किन्तु यदि माता की इच्छा-पूर्ति उनका धर्म है, तो और कुछ उनको सोचना ही नहीं चाहिए...किन्तु यदि माता की इच्छा अनुचित हो? माता की इच्छा यदि किसी और के अधिकार का हनन करती हो?...तो वह अनेक धर्मों में श्रेष्ठतम धर्म का चुनाव करेंगे—वह सर्वांगपूर्ण धर्म नहीं भी हो तो सकता।... कर्म के समान, धर्म भी क्या अनेक श्याम-श्वेत तन्तुओं से मिल कर बना है? क्या एक धर्म अपने गर्भ में कोई अधर्म भी सँजाये रखता है?...

वह अम्बिका के कक्ष के द्वार पर पहुँच गये थे।

चारों ओर नीरवता थी। आस-पास कोई दासी अथवा परिचारिका नहीं

थी। वह द्वार से ही देख सकते थे कि अम्बिका अपने पलंग पर बैठी, उनकी प्रतीक्षा कर रही थी...

उनके मन में एक प्रश्न शूल के समान चुभा : क्या आज भी वह उन्हें देखते ही आँखें बन्द कर लेगी? पिछली बार, उन पर दृष्टि पड़ते ही उसकी आँखों में कैसा भय समा गया था...

उनके मन ने उन्हें धिक्कार : अपने मानापमान से वह इतने प्रभावित होते हैं? क्या आज तक वे निन्दा-स्तुति में समभाव स्थापित नहीं कर पाये?...क्या एक नारी की अवहेलना उन्हें इस प्रकार उद्वेलित कर जाती है?...

पर दूसरे ही क्षण उनके विवेक ने मन के इस प्रवाह को साधा : ऐसी बात नहीं है। वह यहाँ काम के आकर्षण में नहीं आये हैं। वह किसी रूपसी की प्रशंसा या प्रसन्नता नहीं चाहते हैं। उनके मन में धर्म है। वह धर्म के निमित्त आये हैं। उस नारी के नयनों में उन्हें अपने प्रति आसक्ति की नहीं, सधर्म स्वागत के भाव की अपेक्षा होती है। वह न मिले तो उन्हें अपराध-बोध होने लगता है : कहीं वह अधर्म के भागी तो नहीं हो रहे...

वह कक्ष में आये। कक्ष में प्रकाश अत्यन्त क्षीण था। मात्र एक कोने में एक ही दीपक जल रहा था। अम्बिका के चेहरे पर अवगुंठन था। वह उसके भाव नहीं देख सके। उसकी आँखों में स्वागत था या निषेध, उल्लास था या वितृष्णा?...उन्हें लगा, इस बार माता ने जान-बूझ कर इस धूमिल प्रकाश में उसे अवगुंठन में ढँक कर, उनके सम्मुख प्रस्तुत किया है, ताकि उसके चेहरे और नयनों में अपने प्रति अवहेलना का भाव देख कर वह आहत न हों...

अम्बिका अपने स्थान से उठी। वह उनके सम्मुख धरती पर घुटनों के बल बैठ गयी। उसने हाथ जोड़े और मस्तक नवाया।

द्वैपायन को आश्चर्य हुआ।

क्या यह सब माता, उससे बलात करा रही थीं, या सचमुच ही वह अपने सहज उल्लास से उनका स्वागत कर रही थी।

"पधारें!" उसने बड़े समारोहपूर्वक मार्ग-दर्शन कर उन्हें पलंग पर ला बैठाया। वह बैठ गये तो एक चौकी ला कर उनके सामने रखी और उनके लिए फल परोसे।

"ग्रहण करें आर्य!"

उसका यह सारा कार्य-व्यापार, द्वैपायन पर्याप्त विस्मय से देख रहे थे। क्या सचमुच अम्बिका का उनके प्रति भाव इतना बदल गया था...पर यह अवगुंठन?

और सहसा उनके मन में संदेह जागा। उन्होंने क्षण-भर उसकी ओर देखा

और पूछा, "यह अवगुंठन क्यों देवि?"

"आपका अनुग्रह पाने के लिए आर्य!"

"अवगुंठन का अनुग्रह से क्या सम्बन्ध?" और अगले ही क्षण उन्होंने पूछा, "तुम कौन हो?"

अवगुंठन हट गया, "एक दासी।"

"क्या नाम है तुम्हारा?"

"मर्यादा!"

द्वैपायन सोचते रहे : छल का साहस किसने किया?

"अम्बिका ने तुम्हें भेजा है?"

"हाँ आर्य!"

"क्यों?"

"उनका मन नियोग को स्वीकार नहीं कर सका।"

"तो तुम्हें भेजने की क्या आवश्यकता थी?"

"भय के कारण!"

"किसका भय था?"

"राजमाता का।"

द्वैपायन चुप हो गये...किन्तु उनका मन बोलता रहा...उन्हें पहले ही समझ जाना चाहिए था।...पिछली बार भी अम्बिका को ही नहीं, अम्बालिका को भी बाध्य किया गया होगा, तभी तो उन्होंने उनके साथ वैसा व्यवहार किया।...इस बार फिर वही हुआ होगा। अम्बिका विरोध नहीं कर सकी, तो उसने यह उपाय किया...किन्तु राजमाता और द्वैपायन में अन्तर है। वह नारी अथवा सन्तान के मोह में यहाँ नहीं आये थे। वह तो धर्म का निर्वाह करने आये थे।

वह उठ खड़े हुए, "तुम मुक्त हो मर्यादा! तुम्हारे लिए कोई बाध्यता नहीं है कि तुम महारानी अम्बिका के स्थान पर सन्तान उत्पन्न करो।"

मर्यादा प्रसन्न नहीं हुई। उसका सहज उल्लास भी विलीन हो गया, "देव मुझ से रुष्ट हैं क्या?"

"नहीं।" द्वैपायन बोले, "अम्बिका से कह दो, राजमाता से भयभीत होने का कोई कारण नहीं है। वह अब किसी को बाध्य नहीं करेंगी—यह मेरा वचन है।"

मर्यादा ने झुक कर द्वैपायन के चरण पकड़ लिए, "महारानी की बात महारानी जानें। मैं अपनी बात जानती हूँ। प्रस्ताव महारानी का था; किन्तु मेरी इच्छा न होती तो वह मुझे बाध्य न करतीं।"

"तुम किस लोभ में आयी हो?"

"आर्य! मैं राजकुल की एक दीन-हीन दासी हूँ। मेरे भाग्य में न गृहस्थी है, न पति, न सन्तान! मेरे जीवन का कोई अवलम्ब नहीं है।...यदि आपकी अनुकम्पा हो तो मैं आपसे धर्मतः एक पुत्र की कामना करती हूँ।"

द्वैपायन चिन्तनलीन हो गये : अब स्थिति बदल गयी थी। मर्यादा—अम्बिका के द्वारा बाध्य कर भेजी हुई, एक असहाय दासी नहीं थी। वह स्वेच्छा से, उनसे धर्मतः एक पुत्र की कामना कर रही थी। धर्मतः वह उसकी याचना अस्वीकार नहीं कर सकते। रानी और दासी की याचना में कोई अन्तर नहीं है। पुत्र की कामना में भेद नहीं हो सकता। वह दरिद्रता का उपहास नहीं कर सकते...

"तुम्हारी इच्छा पूरी होगी देवि!" अन्ततः वह बोले, "तुम पुत्रवती बनोगी। तुम्हारा पुत्र, मेरे सम्बन्ध के कारण धृतराष्ट्र और पाण्डु का भाई होगा। राजकुमारों के भाई की माता होने के कारण, तुम दासी नहीं रहोगी।"

मर्यादा ने उनके सम्मुख भूमि पर अपना मस्तक टेक दिया।

सत्यवती अत्यन्त चिन्तित और व्याकुल थी!

"अब क्या होगा पुत्र! अम्बिका अपनी अनिच्छा प्रकट कर देती, तो मैं उसे बाध्य नहीं करती।..." उसने रुक कर संशय-युक्त दृष्टि से द्वैपायन को देखा, "क्या मैं अम्बालिका को पुनः तैयार करूँ।"

"नहीं।" द्वैपायन बहुत स्पष्ट स्वर में बोले, "नियोग की भी सीमा है माँ! यदि मैं कुरु-वंश के लिए तीन से अधिक सन्तानें उत्पन्न करूँगा, तो 'नियुक्त-पुरुष' के स्थान पर व्यभिचारी कहलाऊँगा।"

"तुम अपने धर्म की बात कह रहे हो।" सत्यवती क्षुब्ध थी, "किन्तु मेरा धर्म कुछ और है। मुझे कुरु-वंश के लिए उत्तराधिकारी चाहिए। मैं इस वंश और इस राज्य को समाप्त नहीं होने दूँगी।"

"ईश्वर की इच्छा, मनुष्य की इच्छा से बड़ी होती है।" द्वैपायन बोले, "माँ! तुमने अपनी ओर से प्रयत्न करके देख लिया। तुम्हारे तीन पौत्र हैं...।"

"तीन नहीं, दो।" सत्यवती ने बात काटी, "तीसरे को तो अम्बिका ने सम्भव ही नहीं होने दिया।"

"तीसरे का जन्म होगा।" द्वैपायन बोले, "उसकी माता मर्यादा होगी।"

"मर्यादा दासी है, और विचित्रवीर्य का क्षेत्र नहीं है। उसका पुत्र न राजपुत्र हो सकता है, न मेरा पौत्र!"

"राजमाता ऐसी बात कह सकती हैं; किन्तु मेरे लिए उन तीनों में कोई अन्तर नहीं है। जिसे चाहो युवराज बना लो।"

"पर...।"

"पर क्या माँ! राज्य-संचालन तो वैसे भी भीष्म ही करेंगे। युवराज तथा राजकुमार अभी छोटे हैं।"

सत्यवती चुपचाप द्वैपायन को देखती रही जैसे कोई कठोर बात कहना चाह रही हो, किन्तु कह नहीं पा रही हो।

"मुझसे सहमत नहीं हो माँ?"

"तुमसे कैसे सहमत हो सकती हूँ।" सत्यवती जैसे अपने आक्रोश का गला घोंट कर बोली, "तुम ऋषिकुल में पले संन्यासी। तुम्हारे लिए आरोग्य और रोग में अन्तर नहीं, दासी और महारानी मे अन्तर नहीं; युवराज के होने-न-होने में अन्तर नहीं...।"

द्वैपायन हँस पड़े, "सच कहती हो माँ! सारे भेद, आभास मात्र हैं। मूल स्थिति में कोई अन्तर नहीं है। अस्तित्व और अनस्तित्व तक में कोई अन्तर नहीं है। दोनों ही विश्वनियन्ता के दो रूप हैं।"

"यही बात मैंने भीष्म में देखी थी", सत्यवती बोली, "उसके लिए ग्रहण और त्याग में कोई अन्तर नहीं, मित्र और शत्रु में कोई अन्तर नहीं।...इसलिए मैंने चित्रांगद और विचित्रवीर्य को ऋषि-कुलों में नहीं जाने दिया।..."

"तो उससे तुमने क्या पाया माँ!" द्वैपायन का स्वर शान्त था, "यदि उन्हें ऋषि-कुलों में भेजा होता, तो जिस वय में उनका देहावसान हुआ, उसमें वे ब्रह्मचर्य का पालन कर जीवन जीने की पद्धति सीख रहे होते। वे, यह पद्धति सीख कर आते,...स्वयं भी सुखी होते और तुम्हें भी सुख देते...।"

"मैंने उन्हें सुख भोगने के लिए ही राजप्रासाद में पाला था।"

"'सुख' और 'भोग' दो अलग स्थितियाँ हैं माँ!" द्वैपायन बोले, "'सुख' एक मानसिक स्थिति है, जो भोग के अभाव में भी सम्भव है। या शायद अधिक सत्य यही है कि सुख, भोग के अभाव में ही सम्भव है। और भोग तो दुख का प्रवेश-द्वार है माँ! भोग ने कभी किसी को सुखी नहीं किया।"

"यह सन्यासियों का दर्शन है द्वैपायन! मैं इसे अंगीकार नहीं कर सकती। नहीं कर सकी। इसे स्वीकार कर सकी होती, तो शायद तुम्हारे तपस्वी पिता को भी अंगीकार कर पाती। तब राजप्रासाद में नहीं, आश्रम में जीवन व्यतीत करती।"

"विश्वास करो माँ! तुम अपने वर्तमान जीवन से अधिक सुखी जीवन पातीं।"

सत्यवती ने तत्काल कोई उत्तर नहीं दिया।

"छोड़ो! इस विषय में विवाद कर क्या होगा!" थोड़ी देर बाद वह बोली,

"...अतीत को पीसने-छीनने से क्या लाभ! वर्तमान मेरे सामने है। दासी मर्यादा का पुत्र न राजकुमार हो सकता है, न युवराज! हाँ इतना ध्यान अवश्य रखूँगी कि वह तुम्हारा पुत्र है, इसलिए उसे कोई कष्ट न हो। तुम्हारे पुत्र की माता होने के नाते, मर्यादा अब दासी नहीं रहेगी : पर न वह रानी हो सकती है, न मेरी पुत्रवधू!"

"जैसी तुम्हारी इच्छा माँ!" द्वैपायन सदा के समान शान्त थे, "मैं तो केवल इतना कह रहा था कि तुमने तीन बार प्रयत्न करके देख लिया; किन्तु तुम्हें मनोनुकूल पौत्र नहीं मिला। नियति का संकेत समझो और धैर्य धारण करो। ऐसा न हो कि तुम अपने दर्प में अपने लिए कोई और समस्या उत्पन्न कर लो। जो बहुत वेग से भागता है, वह बहुत शीघ्र थक जाता है माँ!"

द्वैपायन उठ खड़े हुए।

सत्यवती कुछ नहीं बोली और व्यास अपनी सहज मंथर गति से कक्ष के बाहर निकल गये।

सत्यवती अपने स्थान पर बैठी सोचती रही : द्वैपायन कह गया है कि मैं और पौत्र प्राप्त करने का प्रयत्न न करूँ। क्या समझता है वह कि मैं किसी भी ब्राह्मण को बुला कर नियुक्त कर दूँगी।...क्या वह इतनी-सी बात नहीं समझता, कि मैंने उसे 'कोई भी ब्राह्मण' समझ कर नहीं बुलाया था।...मैंने अपने वंश को अक्षुण्ण रखने का प्रयत्न किया है। वह नहीं आयेगा, तो और भी कोई नहीं आयेगा...भीष्म भी नहीं!

पर युवराज? तो फिर युवराज, धृतराष्ट्र और पाण्डु में से कोई एक बन जाये। मर्यादा का पुत्र तो किसी भी स्थिति में युवराज नहीं हो सकता।...क्या ऐसा सम्भव नहीं है कि धृतराष्ट्र और पाण्डु एक हो जायें। आँखें पाण्डु की हों और शरीर धृतराष्ट्र का...सत्यवती को एक पूर्ण पौत्र तो मिले...

युवराज का निर्णय भीष्म पर छोड़ना होगा क्या? द्वैपायन तो कह गया है कि वह उनमें कोई भेद नहीं करता। उसके लिए सब समान हैं...सत्यवती भी सबको समान मान पाती तो...

39

भीष्म ने गवाक्ष में से देखा : फुलवारी में बच्चे खेल रहे थे। हाँ! ये बच्चे फुलवारी में ही खेलने योग्य थे। बारह वर्ष का धृतराष्ट्र नेत्रहीन होने के कारण फुलवारी में ही खेल सकता था : अन्यथा कुरुकुल का बारह वर्षीय कुमार या तो ऋषिकुल का कठोर जीवन व्यतीत करते हुए, शस्त्राभ्यास कर रहा होता,

या फिर किसी बीहड़ वन में मृगया खेल रहा होता। किन्तु धृतराष्ट्र जन्मान्ध है। युद्ध का अभ्यास उसके लिए अनावश्यक है। शरीर के व्यायाम के लिए वह शस्त्रों का अभ्यास कर ले, वह एक भिन्न बात है, अन्यथा शस्त्राभ्यास उसके किसी काम का नहीं है। धृतराष्ट्र ने उसमें विशेष रुचि भी नहीं दिखाई है।...उससे छोटा है पाण्डु। प्रायः ग्यारह वर्षों का हो चुका है, किन्तु अभी तक तनिक भी कठोर कार्य नहीं कर सकता। कठोर काम, उससे कोई करवाये भी क्या। यदि एक पक्ष तक उसका स्वास्थ्य ठीक रहता है...आज हँस रहा है, खेल रहा है, सारी फुलवारी में भाग-दौड़ रहा है—निश्चय ही कल वह अपने अंग-अंग में पीड़ा का राग गायेगा।...भीष्म ने कई बार सोचा है कि उसे क्षत्रियों के कठोर जीवन का कुछ आस्वादन करायें; किन्तु न तो उसमें उसकी क्षमता प्रतीत होती है, न वह सहमत होता है, और न राजमाता सत्यवती भीष्म को इसको अनुमति देती हैं।...वैसे मन से वह बहुत महत्त्वाकांक्षी प्रतीत होता है। चाहता है कि मान लिया जाये कि वह संसार का महान धनुर्धर है; किन्तु उसके लिए जो अभ्यास चाहिए—उसके लिए, न उसके पास समय है, न धैर्य, न ऊर्जा।...कुछ है तो केवल...दर्प! कुरुओं के राजवंश में जन्मा है : सब कुछ सहज प्राप्त है। कोई उसकी आलोचना नहीं कर सकता, कोई उसके दोष नहीं गिना सकता, कोई उसे अनुशासित नहीं कर सकता। भीष्म ने जब थोड़ा-सा प्रयत्न किया, तो उसने रो-रो कर आकाश सिर पर उठा लिया।...करना कुछ नहीं चाहता, कर कुछ नहीं सकता; किन्तु मानता है स्वयं को वह संसार का सर्वश्रेष्ठ ज्ञानी, योद्धा, अश्वारोही और रथारोही; और चाहता है कि शेष लोग भी इसका विश्वास करें। अहंकारी है, चित्रांगद जैसा...नहीं! चित्रांगद का विरोध किया जाता, तो वह क्रुद्ध हो कर आक्रामक हो जाता था, किन्तु पाण्डु क्रुध हो कर रो पड़ता है। आत्मपीड़न में बहुत विश्वास है उसका। क्रुद्ध हो जायेगा, तो दूसरे से छीनने के स्थान पर, अपना सब कुछ उसे दे डालेगा; और उसे पीड़ा पहुँचाने के स्थान पर स्वयं को पीड़ा पहुँचायेगा...मन का सरल है बेचारा! धृतराष्ट्र के समान धूर्त्त नहीं है। मन में जो कुछ है, वही उसकी जिह्वा पर है, वही उसके व्यवहार में भी है। धृतराष्ट्र को जन्मान्ध कर ईश्वर ने उससे सृष्टि का बहुत कुछ छिपा लिया है वैसे ही धृतराष्ट्र ने अपने मन का बहुत कुछ अन्य लोगों से छिपाना सीख लिया है। वाणी और व्यवहार का बहुत मीठा है, किन्तु मन में बहुत कटुता है उसके। भाग्य ने उसे वंचित किया है, तो वह भी दूसरों को वंचित करने में तनिक संकुचित नहीं होता।...बड़ा हो कर भयंकर स्वार्थी होगा यह धृतराष्ट्र...इससे पाण्डु की रक्षा कौन करेगा?...अभी तो बालक है पाण्डु, परिवार के बड़ों के बीच रहता है—चारों ओर से संरक्षित और सुरक्षित

है। किन्तु बड़े हो कर तो जीवन को स्वयं झेलना पड़ता है। सारी कठिनाइयों का सामना करना पड़ता है। जीवन तो बहुत कठोर है।...तब यह रोगी, कोमल मन का बालक क्या करेगा? और कुछ नहीं कर पायेगा तो कितना दुखी होगा।...इतना भावुक है...दुख का बोध भी इसे अतिरेकपूर्ण होगा...

और यह विदुर! अब दस वर्षों का तो यह भी हो गया है। खेल तो यह भी रहा है—बालक है, तो खेलेगा ही—किन्तु जैसे उसका मन खेल में नहीं लगता। पोथियों में उसका मन अधिक रमता है। इतने छोटे-से मुख से, जब बड़े-बड़े प्रश्न करता है, तो भीष्म को कुछ विचित्र ही लगता है : धर्म क्या है? नीति क्या है? सृष्टि का स्वरूप क्या है? ईश्वर का स्वरूप क्या है? समाज क्यों है? राज्य की आवश्यकता क्या है? राजा का कर्तव्य क्या है?...उसके विषय में सोचते हैं तो भीष्म को लगता है कि विदुर के साथ अन्याय हो रहा है। इसकी प्राकृतिक भूमि हस्तिनापुर का राजप्रासाद नहीं, कृष्ण द्वैपायन का आश्रम ही है।...पर यह नियोग से उत्पन्न सन्तान है, व्यास इसे पुत्र के रूप में अपने आश्रम में नहीं ले जा सकते। गुरु के रूप में भी वह इसे कैसे ले जायें—राजमाता सत्यवती ने कुरुकुल के राजकुमारों का ऋषिकुलों में जाना ही बन्द कर दिया है। जब राजकुमार ही नहीं जायेंगे, तो यह दासी-पुत्र कैसे गुरुकुल में जायेगा?

कृप इन सबसे बड़ा है! पिता शान्तनु अपने अन्तिम दिनों में ऋषि शरद्वान की इन दो जुड़वाँ सन्तानों—कृप और इसकी बहन कृपी को—वन से अपने साथ ले आये थे। उनका पालन-पोषण यहीं हुआ है। तब से वे राजवंश के आश्रितों के रूप में ही रह रहे हैं। ब्राह्मण-पुत्रों के साथ कृप की शिक्षा-दीक्षा हुई है; और कृपी ने भी ब्राह्मण कन्याओं के साथ विद्या प्राप्त की ही होगी। बीच में एक बार ऋषि शरद्वान आये थे। अपने बच्चों से मिल गये थे; और तब ही कृप को धनुर्विद्या का न केवल कुछ ज्ञान दे गये थे, वरन अच्छा अभ्यास भी करा गये थे। कृप मेधावी है और परिश्रमी भी। धनुर्विद्या का निरन्तर अभ्यास कर रहा है। कई बार भीष्म से भी चर्चा करता है, और भीष्म कई बातें उसे बता भी देते हैं।...कृप का कुछ लाभ पाण्डु के शस्त्राभ्यास में हो रहा है। भीष्म उसे जो कुछ सिखाते हैं, उसका अभ्यास धीरे-धीरे कृप ही उसे कराता रहता है। अभी ऐसी स्थिति नहीं आयी कि भीष्म, पाण्डु को किसी युद्धाचार्य को सौंप दें...

और भीष्म का ध्यान कृप से हट कर उसकी जुड़वाँ बहन कृपी की ओर चला गया। यदि कृप वयस्क हो गया है, तो कृपी का भी तो वही वय है। उसके विवाह की चिंता भी करनी होगी। कोई उपयुक्त वर देख कर उसका

विवाह अब कर देना चाहिए...

विवाह तो इन लड़कों के भी करने हैं—धृतराष्ट्र, पाण्डु, विदुर...अब इन सबके पिता वह ही हैं।...भीष्म मन-ही-मन हँस पड़े...क्या सोचता है मनुष्य, और क्या होता है...वह गृहस्थी के जंजाल में नहीं पड़ना चाहते थे...और प्रकृति ने कितनी बड़ी गृहस्थी उनके चारों ओर जुटा दी है—माता सत्यवती, अम्बिका, अम्बालिका, मर्यादा, धृतराष्ट्र, पाण्डु, विदुर, कृप, कृपी...जब इतना बड़ा कुटुम्ब है, तो उसके लिए धन-सम्पत्ति, दास-दासियाँ, आचार्य-सैनिक, गोशाला, अश्वशाला...सब कुछ तो चाहिए...

पर यह सब किसका है? भीष्म का तो नहीं है। वह तो संरक्षक मात्र हैं।...यह सब तो भावी युवराज का है। पर भावी युवराज कौन है? इनके नियुक्त-जनक ने तो अपना निर्णय बड़ी दार्शनिक मुद्रा में दिया था...

द्वैपायन ने कहा था, उनकी दृष्टि में सारे जीव समान हैं। प्रकृति ने सबको समान अधिकार दिये हैं। सब अपनी-अपनी क्षमताओं के अनुसार कार्य करते हैं, और सब अपनी-अपनी क्षमताओं के अनुसार भोग करते हैं। भगवान सूर्य, किसी जाति, वर्ण अथवा लिंग का भेद नहीं करते। जिसे उनसे जितना ताप और प्रकाश चाहिए, वह ले सकता है। माँ गंगा किसी से यह नहीं पूछतीं कि वह कौन है और जल क्यों लेना चाहता है। पवन देव किसी को स्पर्श से वंचित नहीं करते।...

वैसे ही द्वैपायन का मन धृतराष्ट्र, पाण्डु और विदुर में कोई अन्तर नहीं करता। वे तीनों ही उनके स्नेह के भाजन हैं।...उनका अपना साम्राज्य अध्यात्म का साम्राज्य है। वह उसका वितरण करते समय, किसी को भी वंचित नहीं करेंगे। नेत्रहीन होने पर भी धृतराष्ट्र द्वैपायन के ज्ञान-भण्डार, अध्यात्म साम्राज्य में से, जो और जितना चाहेगा, प्राप्त कर सकता है। द्वैपायन के पास उसके लिए कुछ भी अदेय नहीं है। पाण्डु उससे अवस्था में छोटा है और शरीर से दुर्बल है; किन्तु अधिकार की दृष्टि से वह उससे तनिक भी हीन नहीं है। द्वैपायन उसे अपने स्वत्व में से देते हुए, तनिक भी संकोच नहीं करेंगे।...और विदुर अवस्था में सबसे छोटा है, सामाजिक दृष्टि से कदाचित किंचित हीन है; किन्तु द्वैपायन का ज्ञान तो किसी को दासी-पुत्र नहीं मानता। वह न किसी को दासी मानता है, न स्वामिनी। प्रकृति ने तो किसी को दास अथवा स्वामी नहीं बनाया। यह सामाजिक विधान है। और कोई सामाजिक विधान, किसी संन्यासी तपस्वी के चिन्तन का नियन्त्रण नहीं करता। सन्यासी ने समाज का त्याग कर दिया है।...द्वैपायन के लिए तीनों बालक एक समान हैं। अब रजोगुण की दृष्टि से, सामाजिक विधान की दृष्टि से, कुल-परम्परा की दृष्टि

से, राजनीति की आवश्यकता की दृष्टि से भीष्म विचार करें कि हस्तिनापुर के सिंहासन का उत्तराधिकारी कौन है!

भीष्म जितना ही सोचते हैं, उतना ही उलझते जाते हैं : यह निर्णय उनके लिए सरल नहीं है। बालकों के रूप में वे तीनों उनको भी समान रूप से प्रिय हैं। पक्षपात उनके मन में भी नहीं है; किन्तु वह द्वैपायन के समान संन्यासी नहीं हैं, कि समस्या का समाधान किये बिना, उसे किसी और पर डाल; स्वयं अपनी कुटिया में जा कर समाधिस्थ हो जायें।...पर शायद द्वैपायन ने समस्या के समाधान की उपेक्षा नहीं की है, उससे आँखें नहीं चुरायी हैं।...उनके लिए कदाचित यह समस्या है ही नहीं!...उनके पिता के मन में भी इस प्रकार का भेद नहीं था। उनके लिए पुत्र, पुत्र ही था : सामाजिक विधान से चाहे वह किसी वर्ग के अन्तर्गत आता हो। इसलिए उन्होंने द्वैपायन को पुत्र-रूप में स्वीकार किया; उसका पालन-पोषण किया; उसे शिक्षा-दीक्षा दी; उसे साधना और तपस्या के मार्ग पर डाला; और आज वह महामुनि व्यास है।...पराशर के लिए यह सब सम्भव हुआ, क्योंकि वह वनवासी तपस्वी थे, उन्हें समाज में नहीं रहना था...

किन्तु सत्यवती तपस्विनी नहीं थी : उसे समाज में रहना था। इसलिए वह अपने इस कानीन पुत्र को फेंक कर चली आयी। कभी पलट कर उसकी ओर देखा नहीं। उसकी खोज-ख़बर नहीं ली। उसके रोग-शोक का समाचार प्राप्त करने का कोई प्रयत्न नहीं किया।...कभी किसी के सम्मुख नाम भी नहीं लिया कृष्ण द्वैपायन का...

गृहस्थ और संन्यासी, सामाजिक और समाज-विमुक्त में अन्तर तो है ही।

कुरु साम्राज्य के संरक्षक-अभिभावक के रूप में न सोच, व्यक्ति भीष्म के रूप में सोचें, तो कदाचित वह भी इन जाति, वर्ण और कुल भेदों को भेद न मानें...भेद तो संकुचित दृष्टि का परिणाम है। विभाजन तो अपनी सीमा और अक्षमता के कारण करता है मनुष्य! आकाश और सागर तो अपना विभाजन नहीं करते। यह तो मनुष्य ही है, जो धरती का भी विभाजन करता है, आकाश का भी और सागर का भी! कुरुकुल सारी सृष्टि पर शासन नहीं कर पाता, इसलिए वह सारी सृष्टि को एक दृष्टि से नहीं देखता। वह अपने आधिपत्य के अधीन धरती को अपनी, और उसके बाहर की धरती को परायी मानता है। हम प्रत्येक मनुष्य को अपना भाई या पुत्र नहीं मान पाते, उतना आत्म-विस्तार नहीं कर पाते, इसलिए उन्हें पराया मान लेते हैं...

भीष्म यह सब सोच सकते हैं, पर उस पर चल नहीं सकते। वह विभिन्न वर्गों में विभाजित मानव-समाज में रहते हैं। उन्हें उसी सामाजिक विधान के

अनुसार चलना होगा।...और इस समय तो उन्हें कुरुकुल के उत्तराधिकारी का चुनाव करना है। कुरु साम्राज्य का अधिकारी कौन है?...

सबसे बड़ा धृतराष्ट्र है; कुल-परम्परा की दृष्टि से उसी को युवराज होना चाहिए। शासन का अधिकार उसी का है...किन्तु वह जन्मान्ध है। उसने संसार को देखा ही नहीं है। वह राज-काज कैसे चलायेगा?...और जो राज-काज चला नहीं पायेगा, उसको राज-काज सौंपने का अर्थ?

...किन्तु भीष्म का मन बहुत कोमल है। वह धृतराष्ट्र की बात सोचता है, तो बार-बार द्रवित हो उठता है। जो बेचारा अन्धा है, जिससे प्रकृति ने जीवन का एक बड़ा सुख और अधिकार छीन लिया है—उससे मानव-समाज भी उसके अधिकार छीन ले?...जो पहले से ही वंचित है, उसे कोई अवलम्ब देने, कोई अतिरिक्त सुविधा दे कर, अन्य लोगों के सम-धरातल पर लाने के स्थान पर, उसे और भी वंचित कर दे?...

भीष्म को लगा, उनका मन दोनों ओर से सोच रहा है। व्यक्ति धृतराष्ट्र की ओर से सोचते हैं, तो लगता है, उस जन्मान्ध बालक का संसार और भी अन्धकारपूर्ण न किया जाये। शासक उसे ही बनाया जाये। उसकी सहायता के लिए पाण्डु और विदुर हैं ही। वह उसके आदेशानुसार चलेंगे, उसे उचित परामर्श और सहायता देंगे, तो क्यों वह शासन चला नहीं सकेगा? अवश्य चला सकेगा। वह सब भाइयों में बड़ा है। शासन का अधिकार उसी का है। वह अधिकार उसे दिया जाना चाहिए...

पर भीष्म का एक दूसरा मन है, जो उस विशाल जन-समुदाय की ओर से सोचता है, जो कुरुओं की प्रजा है।...उस प्रजा ने क्या अपराध किया है, कि उसे एक जन्मान्ध राजा दिया जाये—जो न देख सके, न जान सके, न स्वयं निर्णय ले सके। जो दूसरों की सूचनाओं की बैसाखी पर चले, दूसरों की आँखों से देखे और उसी पर विश्वास कर, अपने निर्णय करे...व्यक्ति को अधिकार दिलायें या समग्र प्रजा को? व्यक्ति और समाज में से किसी एक को वंचित होना ही है, तो व्यक्ति वंचित हो—समाज वंचित क्यों हो...

धृतराष्ट्र राजा नहीं बनेगा, तो भी राजपरिवार के सदस्य के रूप में, राज-वैभव के बीच अपना जीवन व्यतीत करेगा। केवल शासनाधिकार से वंचित होगा...साथ ही शासन के दायित्वों से मुक्त रहेगा। शासन का अधिकार, राज-वैभव के भोग के लिए नहीं, प्रजा के पालन के लिए है। वह अधिकार कम, दायित्व अधिक है; और यदि अक्षम व्यक्ति पर दायित्व डाला जायेगा, तो वह उसका समुचित निर्वाह कैसे करेगा? यह उसके साथ भी अन्याय नहीं है क्या? प्रजा के साथ तो अन्याय है ही...

अन्याय तो पाण्डु और विदुर के साथ भी होगा।...धृतराष्ट्र नेत्रहीन है, इसलिए दो नेत्रवानों को उसका दास बना दिया जाये। वे केवल उसके लिए देखें, उसके लिए सोचें!...यह कैसा न्याय होगा भीष्म का...प्रकृति ने तो एक व्यक्ति को जन्मान्ध बनाया है और भीष्म...

...विदुर दासी-पुत्र है। उसे न राजसभा कुरुओं का युवराज स्वीकार करेगी, न राजमाता करेंगी। दासी, मर्यादा को कौन कुरुकुल की पुत्र-वधू और राजमाता स्वीकार करेगा...

तो विकल्प कहाँ है।...पाण्डु को ही युवराज बनाना होगा। दुर्बल है, रुग्ण है...किन्तु राजपुत्र है, विकलांग नहीं है। रुग्णावस्था में शैया पर न पड़ा हो, तो सक्षम और स्वस्थ लगता है। शरीर का भी कोमल है, और मन का भी; शायद प्रजा की पीड़ा ही समझ पाये...

भीष्म की आँखें आकाश की ओर उठ गयीं : इतिहास का यह कैसा क्षण है विधाता! एक पूरे राज्य की प्रजा को योग्य और समर्थ राजा ही नहीं मिल रहा! क्या भविष्य है इस प्रजा का?...

40

हस्तिनापुर के आसपास के वनों में, सप्ताह भर की मृगया के पश्चात राजकुमार और उनके मित्र लौटे थे। शस्त्र-परिचालन के प्रशिक्षण के नाम पर भीष्म उनसे कोई कठोर अभ्यास करा नहीं पाते थे। मृगया ही एकमात्र ऐसी क्रीड़ा थी, जिसमें उन्हें बहला-फुसला कर लगाया जा सकता था। इसी व्याज से वह कुछ शारीरिक व्यायाम करते थे और कठिन वन्य-जीवन की कुछ असुविधाएँ झेलने के अभ्यस्त होते थे।

मर्यादा ने विदुर का मुँह-हाथ धुलाया और केशों में अँगुलियाँ फेर प्यार किया, "कैसा लगा पुत्र! तुम्हें मृगया का जीवन?"

विदुर ने माँ की ओर देखा : क्यों पूछ रही हैं माँ? कोई विशेष कारण, या सामान्य-सा वार्तालाप?...

"अच्छा नहीं लगा?" मर्यादा ने पुनः पूछा।

"अच्छा लगने को उसमें है क्या माँ!" विदुर धीरे से बोला, "उन निरीह पशुओं के घर में घुस कर, अपने शस्त्र-बल से उनका अकारण वध! मेरी तो समझ में नहीं आती क्षत्रियों की यह क्रीड़ा!"

"यह तो क्षत्रिय-जीवन का अभ्यास है पुत्र! क्षत्रिय मृगया नहीं करेगा, तो

युद्ध के समय शत्रु का सामना कैसे करेगा?"

किन्तु विदुर के चेहरे पर तनिक भी सहमति प्रकट नहीं हुई। वहाँ तो जैसे वितृष्णा घनीभूत हो कर बैठ गयी थी, "मैं शस्त्राभ्यास का विरोध नहीं कर रहा था।" विदुर बोला, "किन्तु निरीह मृगों, असहाय मृग-शावकों, कोमल शशकों और अबोध पक्षियों के वध से कौन-सा शस्त्राभ्यास होता है। कठोर जीवन का ही अभ्यास करना है, अपनी शूर-वीरता का ही प्रमाण प्रस्तुत करना है, तो जायें सघन वन में; और सिंहो के आमने-सामने खड़े हो कर, उन पर बाणों का प्रहार करें।"

"आर्य भीष्म राजकुमारों को इतने जोखम में नहीं डाल सकते पुत्र!" मर्यादा ने पुनः उसे समझाने का प्रयत्न किया, "धृतराष्ट्र सिंहों का वध करने जायेगा, तो मृगया सिंह करेंगे, राजकुमार नहीं। युवराज पाण्डु भी इतने सक्षम और सबल नहीं हैं। वैसे भी मृगया में कभी-कभार कोई दुर्घटना हो ही जाती है। इतनी कठिनाई से प्राप्त किये गये युवराज को इस प्रकार नहीं खोया जा सकता।"

"तो सत्य को स्वीकार क्यों नहीं कर लेते। शूर-वीरता के पाखण्ड की क्या आवश्यकता है।" विदुर के स्वर में किंचित आक्रोश का भाव था, "अन्धे धृतराष्ट्र को हवा में लक्ष्यहीन बाण छोड़ते देखता हूँ, तो उसके मुख पर एकाग्रता के भाव देख कर मुझे हँसी आ जाती है; और फिर जब कोई सेवक किसी और के बाण से मारा गया कोई शशक ला कर, उसके सामने रख देता है; और राजकुमार को उसके लक्ष्य-भेद पर बधाई देता है; तो मुझे क्रोध आता है माँ!"

मर्यादा मुस्कुरायी; पर फिर पुत्र को समझाने के लिए बोली, "पुत्र! जन्मान्ध राजकुमार का मन तो रखना होगा। वह बेचारा पहले ही इतना पीड़ित है। उसके लिए इतना भी नहीं किया जायेगा, तो उसका मन टूट जायेगा।"

"मुझे मालूम नहीं माँ!" विदुर बोला, "कि धृतराष्ट्र का हित किसमें है : उसे उसकी वीरता और शस्त्र-परिचालन की पारंगतता का झूठा विश्वास दिलाने में या स्पष्ट शुद्ध सत्य उसके सम्मुख रख देने में। दम्भ भरा असत्य जीवन जीने से अच्छा है कि व्यक्ति स्वच्छ और सत्य जीवन व्यतीत करे, चाहे वह असुविधापूर्ण ही क्यों न हो।"

मर्यादा ने मन ही मन सोचा : 'अपने जनक के समान ही तापस है यह विदुर तो।'

"मुझे तो लगता है कि इस समस्त क्षत्रिय-जीवन के चिन्तन की धुरी ही कहीं भ्रमित हो गयी है।"

"वह कैसे पुत्र?" मर्यादा अपनी मुट्‌ठी पर चिबुक रख कर सुनने की गम्भीर मुद्रा बना कर बैठ गयी। वह स्वयं ही समझ नहीं पा रही थी कि उसकी इस मुद्रा में कितनी गम्भीरता थी और कितना परिहास।

"क्षत्रिय का संकल्प हिंसा नहीं है।" विदुर बोला, "क्षत्रिय का संकल्प है न्याय! न्यान को स्थापित करने के लिए ही, हिंसा का अवलम्ब ग्रहण किया जाता है। किन्तु अब क्षत्रियों की हिंसा में से न्याय विलीन हो गया है।...भोग की अनुमति क्षत्रिय को दी गयी, ताकि उसमें रजोगुण बना रहे। अब रजोगुण का तो पता नहीं, भोग-ही-भोग रह गया है क्षत्रियों के जीवन में—स्त्री, सुरा और द्यूत!...ये सब रजोगुण के लक्षण नहीं है माँ। यह तो पाखण्ड है रजोगुण का।..."

लगा, कि विदुर के पास अभी कहने को और भी बहुत कुछ है; किन्तु असहायता की मुद्रा में अपनी भुजाएँ शून्य में उछाल वह चुप रह गया।

मर्यादा विस्मय से अपने इस पुत्र को देखती रही। अभी मात्र सोलह वर्ष का तो हुआ है विदुर; और संसार भर की बातें, सोचता और जानता है। मर्यादा ने तो कभी यह सब नहीं सोचा-समझा। उसके मार्ग में जो कुछ सहज रूप से आया, उसने उसे चुपचाप स्वीकार किया...पर अब उसे लगने लगा है कि पुत्र बड़ा हो रहा है। उसकी बुद्धि, माता की बुद्धि से अधिक विकसित है; उसका शरीर, माता के शरीर से अधिक सक्षम है; उसने माता से अधिक संसार देखा है...जैसे-जैसे समय बीतता जायेगा, यह अन्तराल बढ़ता ही जायेगा। अब तक पुत्र आश्रित था, माता उसकी अभिभावक थी; किन्तु अब माता आश्रित हो जायेगी और पुत्र उसका अभिभावक होता जायेगा। मर्यादा का हृदय कृतज्ञता से विगलित हो गया...किस-किसके प्रति...'हे प्रभु! तेरा कोटिशः आभार। तूने मुझ जैसी अकिंचन दासी को ऐसा पुत्र दिया...।'...उसे लगा, उसका मन महामुनि के भी चरणों में लोट रहा है, जिन्होंने यह जानते हुए भी कि वह महारानी अम्बिका नहीं, दासी मर्यादा है—उसे यह पुत्र दिया।...वह महारानी अम्बिका की भी कृतज्ञ थी, जिन्होंने उससे सखी-भाव बनाया और उसके जीवन में यह अवसर आया...और भीष्म! कैसे महान हैं भीष्म! जिन्होंने इस दासी-पुत्र को कभी राजकुमारों से कम नहीं माना...

"और यह धृतराष्ट्र तो बहुत ही दुष्ट है माँ!"

मर्यादा ने निषेध भरी आँखों से उसे देखा, "नहीं पुत्र! ऐसा कुछ नहीं कहते। वह तुम्हारा बड़ा भाई है।"

"तभी तो कह रहा हूँ।" विदुर बोला, "या तो मान ले कि वह नेत्रहीन है, इसलिए लक्ष्य-वेध-प्रतिस्पर्धा में भाग नहीं लेगा।...मैं तो ऐसी किसी प्रतिस्पर्धा

में भाग लेता ही नहीं। किन्तु वह एक ओर तो पाण्डु से स्पर्धा करेगा और दूसरी ओर कोई-न-कोई याचना करता रहेगा।"

"क्या हुआ पुत्र?"

"पाण्डु ने कहा भी कि हम क्रीड़ा के लिए आये हैं, मन बहला कर लौट जायेंगे। इसमें स्पर्धा का प्रश्न ही कहाँ है। किन्तु धृतराष्ट्र उसके पीछे ही पड़ गया कि दिखायी नहीं देता तो क्या हुआ, वह लक्ष्य-वेध में पाण्डु से अधिक दक्ष है। अन्ततः प्रतिस्पर्धा का अवसर आ गया। तब धृतराष्ट्र ने कहा कि पाण्डु भी आँखों पर पट्टी बाँध ले। पाण्डु सहमत हो गया माँ!"

"उसने ठीक ही किया पुत्र!" मर्यादा बोली, "धृतराष्ट्र बड़ा भी है, और नेत्रहीन भी! उसका मन तो रखना ही चाहिए।"

"पाण्डु उसका मन रखे, यह तो ठीक है माँ! किन्तु धृतराष्ट्र यह समझे कि वह पाण्डु से श्रेष्ठ धनुर्धर है; और पाण्डु को हीन मान कर बार-बार उस पर व्यंग्य करे। यह सब तो अनुचित है माँ!"

"है तो अनुचित ही पुत्र! पर वह अपनी हीनता को ढँकने का प्रयत्न करेगा ही।" मर्यादा ने पुत्र को टाला, "इसे छोड़ो। प्रतिस्पर्धा में क्या हुआ?"

"धृतराष्ट्र ने कहा कि पाण्डु की आँखों पर पट्टी बाँधने का भी कोई लाभ नहीं है, क्योंकि वह अपनी आँखों से उस लक्ष्य को भली प्रकार देख चुका है। इसलिए धृतराष्ट्र उससे दस डग आगे रह कर बाण चलायेगा। पाण्डु ने यह भी स्वीकार कर लिया। पाण्डु ने दस डग पीछे से भी लक्ष्य-वेध किया। धृतराष्ट्र का बाण वन के वृक्षों में कहीं खो गया। किन्तु धृतराष्ट्र यह स्वीकार करने को ही तैयार नहीं था, कि उसका बाण लक्ष्य पर नहीं लगा। सबके एक स्वर में कहने पर अन्ततः वह यह तो मान गया; किन्तु इस बात पर अड़ गया कि उसे दस डगों के स्थान पर पन्द्रह डग आगे रह कर बाण चलाने का अवसर दिया जाना चाहिए था।"

"तो उसे पन्द्रह डग आगे खड़ा कर देते। पाण्डु का क्या बिगड़ जाता। उस बेचारे नेत्रहीन बालक का मन बहल जाता।"

"कहती तो ठीक हो माँ! मेरे मन में भी दया उमड़ती है, तो मैं भी यही सोचता हूँ। जब उसे इस प्रकार अड़ते देखता हूँ, तो सोचता हूँ कि वह तो किसी-न-किसी कारण से लड़ने का प्रपंच करेगा ही। उसकी दुष्टता के लिए पाण्डु को क्यों दण्डित किया जाये...और कब तक दण्डित किया जाये। उसमें तो एक बार भी बड़प्पन नहीं जागता। कभी तो वह भी छोटे भाई के प्रति उदार हो।"

"तुमसे तो स्पर्धा नहीं करता धृतराष्ट्र?"

"नहीं! मुझसे स्पर्धा नहीं करता—एक तो मैं स्वयं को शस्त्रधारी नहीं गिनता, दूसरे वह मुझे राजकुमार नहीं, दासी-पुत्र मानता है।"

"वह तुम्हें जो भी गिने पुत्र! पर तुम उसे सदा अपना बड़ा भाई मानना। उसका आदर करना। उसे सम्मान और प्रेम देना।" मर्यादा की आँखों में अश्रु आ गये, "उसकी माँ बड़ी अभागिनी है पुत्र! और मैं उसकी बहुत कृतज्ञ हूँ। धृतराष्ट्र को कुछ मत कहना, नहीं तो उसकी माँ का मन दुखेगा।"

"मैं तो उसे कुछ नहीं कहता माँ!" विदुर बोला, "वह ही कभी-कभी अपने राजसी दम्भ में बहुत कुछ बुरा-भला कह देता है।"

"ऐसे में तुम क्या करते हो पुत्र?"

"मैं चुपचाप दूर हट जाता हूँ। समझ जाता हूँ कि उसके रक्त में मत्सर की मात्रा कुद अधिक हो गयी है। जब शान्त होगा, मत्सर कुछ नमित होगा। अपने आप मुझे बुलायेगा, तो चला जाऊँगा।"

"तो वह स्वयं बुलाता है?"

"हाँ! बुलाता भी है; और फिर वही जताता है!"

"तो वह दुष्ट तो नहीं पुत्र!"

"नहीं! दुष्ट नहीं है, किन्तु पाखण्डी है। उसकी प्रकृति सरल नहीं है।"

"अच्छा छोड़ो इनको।" मर्यादा ने विषय बदल दिया, "जब तू मृगया के लिए जाता है; और तेरे बाण के सामने निरीह मृग और शशक आते हैं, तो तू क्या सोचता है?"

"मेरी वध की इच्छा नहीं होती माँ! मैं या तो बाण चलाता ही नहीं, या लक्ष्य की उपेक्षा कर जाता हूँ।" विदुर बोला, "इच्छा होती है कि अन्य लोगों को भी रोक दूँ—'व्यर्थ रक्तपात मत करो।' पर मैं जानता हूँ कि कोई मेरी बात नहीं मानेगा।...मैं जब अन्याय, हिंसा और क्रूरता को रोक नहीं सकता, तो उसका सहयोगी क्यों बनूँ? सच कहता हूँ माँ! यदि मुझमें क्षमता होती तो मैं मृगों की ओर से राजकुमारों के विरुद्ध लड़ता। किन्तु वह कर नहीं सकता; इसलिए एक प्रकार से निष्क्रिय हो कर, एक ओर बैठ जाता हूँ।..."

"तेरे मन में कभी यह लालसा तो नहीं जागती विदुर! कि तू भी उन्हीं के समान राजकुमार होता?" मर्यादा ने पूछा।

"नहीं माँ! मैं तो सोचता हूँ कि अच्छा है कि मैं राजकुमार नहीं हूँ; नहीं तो मुझे भी व्यर्थ में रक्तपात करना पड़ता। स्वार्थ के लिए अन्याय का समर्थन करना पड़ता। सत्य से अधिक पाखण्ड से प्रेम करता। तृष्णा, अधिकार-लालसा, प्रतिस्पर्धा—यह सब मानवता का शृंगार नहीं है माँ! इनसे किसी का न उद्धार होता है, न उत्थान! इनसे पतन ही होता है।"

"आर्य भीष्म को देख!" मर्यादा ने पुत्र के मन की थाह लेने के लिए कहा, "वह तो वास्तविक राजकुमार हैं; किन्तु उनमें तो ऐसा कोई दोष नहीं है, जिन्हें तू गिन रहा है।"

विदुर ने एक क्षण के लिए माँ को अपनी आँखों से तौला, फिर बोला, "सत्य कहूँ माँ! तुझे बुरा तो नहीं लगेगा?"

"बोल पुत्र! तू सत्य ही बोल!" मर्यादा बोली, "मुझे बुरा लगे, तो भी सत्य ही बोल।"

"महाराजकुमार भीष्म में मुझे कोई दोष नहीं दिखता। वह मानवीय गुणों की उदात्त मूर्ति हैं; किन्तु माँ...।"

मर्यादा ने प्रश्नवाचक दृष्टि से उसे देखा।

"वह पितामही की तृष्णाओं के वाहक तो बने ही हैं। उन्हें राजमाता की प्रत्येक उचित-अनुचित बात का समर्थन तो करना ही पड़ा है।" विदुर बोला, "मुझे भय है कि कहीं वह धृतराष्ट्र के पाप के भी वाहक न बनें।..."

मर्यादा ने एक भीत और आशंकित दृष्टि से विदुर को देखा और फिर उसे अंक में भर लिया, "तू सत्य कहता है मेरे लाल!"

"तू खिन्न क्यों है पुत्र?" अम्बालिका ने पाण्डु से पूछा, "लोग मृगया से लौटते हैं, तो प्रसन्न होते हैं।"

"मृगया में उनके साथ धृतराष्ट्र नहीं होता।" पाण्डु ने अप्रत्यक्ष रोष के साथ कहा।

"धृतराष्ट्र नहीं! भैया कह।" अम्बालिका ने उसे टोका।

"हाँ! हाँ!! भैया।"

"क्या हुआ भैया को?"

"भैया को क्या होना है।" पाण्डु बोला, "जो कुछ होना है, वह तो मुझे ही होना है। एक तो छोटा हूँ; दूसरे नेत्र हैं मेरे पास! मैं देख सकता हूँ न!"

"कैसी बातें कर रहा है तू?" अम्बालिका बोली, "छोटा होना तो सदा सुविधा का कारण होता है। देख तो, मैं अपनी बहनों में छोटी हूँ, तो सदा वे मेरी रक्षा करती आयी हैं। मैं उनकी ओट में छिप कर ही सदा कठिनाइयों से बचती रही।" अम्बालिका ने कुछ चकित दृष्टि से पुत्र को देखा, "और आँखें तो सौभाग्य का चिह्न हैं पुत्र! आँखें न होने के कारण, देखा नहीं बेचारे धृतराष्ट्र को—कैसा कठिन जीवन है उसका!"

"आँखें ने होने से बहुत सुविधा है भैया को।" पाण्डु बोला, "जो काम न करना चाहे, उसके लिए उनके पास एक ही उत्तर है—मैं देख नहीं सकता।

मैं यह काम कैसे करूँगा। और जो कुछ उन्हें चाहिए, उसकी माँग का उनके लिए सब से प्रबल कारण है—मैं देख नहीं सकता, तो मुझे यह वस्तु भी नहीं मिलेगी?..."

"क्षुब्ध मत हो पुत्र!" अम्बालिका ने अपने स्नेह से उसे शांत करना चाहा, "मुझे बताओ कि हुआ क्या है?"

पाण्डु ने भी स्वयं को थोड़ा शांत किया। वह बहुत शीघ्र आवेश में आ जाता था; और यह उत्तेजना उसके मस्तिष्क और स्नायु-मण्डल को त्रस्त कर देती थी। पुनः सहज होने में कितना समय लग जाता था पाण्डु को।

"मैंने आज अपने बाणों से दो मृग मारे।" पाण्डु धीरे-से बोला, "भैया के बाण से कोई आहत तक नहीं हुआ। भैया दुखी थे। मैंने कहा, चिन्ता मत करो। शिविर में लौट कर मैं कह दूँगा कि एक मृग उनके बाण से मरा है। सेवकों और परिचारकों में उनका सम्मान बना रहेगा। मेरी इस बात से वह आश्वस्त हुए। धीरे-धीरे वह मुझसे सहज रूप में बातें भी करने लगे; और तब बोले, 'पाण्डु! क्या ऐसा नहीं हो सकता कि तुम कह दो कि दोनों मृग मैंने ही मारे हैं। तुम्हारी धनुर्विद्या को तो सब जानते ही हैं। तुम्हारा सम्मान तो कम होगा नहीं, मेरा सम्मान थोड़ा बढ़ जायेगा।'...मैं उनकी बात सुन कर अवाक् रहा गया। वह यह क्यों समझ नहीं पाते कि यदि मैं ऐसा कुछ कहता हूँ तो मेरी स्थिति कितनी उपहासास्पद हो जायेगी। उन्होंने नेत्रहीन हो कर दो-दो मृग मारे, और मैंने नेत्रवान हो कर एक भी नहीं।...मैंने उन्हें समझाने का प्रयत्न किया। किन्तु वह कहाँ मानते हैं। चिढ़ते चले गये। पहले दीन हो कर रुआँसे हो गये—'मैं देख नहीं सकता, इसलिए सब मेरी अवहेलना करते हैं। मेरी भी आँखें होतीं, तो तुम देखते कि मैं कैसी मृगया करता। हाँ!...जन्मान्ध का कोई क्यों साथ देगा...' जब मैं इतने पर भी सहमत नहीं हुआ, तो व्यंग्य करने लगे। '...कोई बहुत दक्षता की बात नहीं है, दो मृगों को मार गिराना। आँखें होने पर, साधारण वनवासी भी दो-दो मृग गिरा सकता है। बात तो तब है कि मेरे ही समान आँखें न हों और तब बाण-सन्धान करो।' और उसके पश्चात क्षोभ में अपना सिर पीटने लगे, 'सब जानते हैं कि मैं अन्धा हूँ। देख नहीं पाता। मृगया में मेरा क्या काम! पर नहीं। ये लोग मेरा अपमान करने के लिए अवश्य ही मुझे साथ लायेंगे। सब लोग मुझे जताना चाहते हैं, कि मैं अन्धा हूँ, विकलांग हूँ, निकम्मा हूँ...।' मैंने समझाने के लिए कहा, भैया!... उन्होंने मेरा हाथ झटक दिया, 'मत कहो मुझे भैया! कोई नहीं है मेरा भाई। कोई मुझसे प्रेम नहीं करता। मैं इतना प्रेम करता हूँ इससे। और यह है कि लोगों की दृष्टि में मेरा सम्मान बचाए रखने के लिए इतना-सा त्याग भी नहीं

कर सकता।'..."

"फिर क्या हुआ?" अम्बालिका ने पूछा।

"होना क्या था।" पाण्डु बोला, "एक ही रट थी उनकी, 'मुझसे थोड़ा-सा भी प्रेम है तुमको, तो ये दोनों मृग मुझे दे दो'।"

अम्बालिका कुछ बोली नहीं, उसे देखती रही।

"और फिर बोले, वह इतना प्रेम करते हैं मुझसे—इसलिए मैं दोनों मृग उन्हें दे दूँ।...देखा आपने उनका तर्क : मैं उनसे प्रेम करता हूँ, इसलिए मृग उन्हें दे दूँ। वह मुझसे प्रेम करते हैं, इसलिए मृग उन्हें दे दूँ। प्रेम की एक ही कसौटी है उनकी, कि मैं उनकी इच्छाएँ पूरी करता रहूँ। वह भी कहीं थोड़ा-बहुत मेरा ध्यान कर सकते हैं—ऐसा उनका प्रेम नहीं कहता।"

"तुम्हारा झगड़ा निबटा कि नहीं?" अम्बालिका ने मुस्कुरा कर पूछा।

"झगड़ा तो निबटाना ही था। निबटा दिया मैंने।" पाण्डु के स्वर में झगड़ा निबटने का सन्तोष नहीं था।

क्या किया तुमने?

"दोनों मृग दे दिये उन्हें।...और जब शिविर पर मित्र लोग मेरी कोमलता का परिहास कर रहे थे, भैया धृतराष्ट्र मंद-मंद मुस्कुरा रहे थे, जैसे वे मृग सचमुच उन्होंने ही मारे हों।"

अम्बालिका के चेहरे पर चिन्ता की रेखाएँ उभरीं : यदि पाण्डु इसी प्रकार सारा जीवन धृतराष्ट्र को सन्तुष्ट करता रहेगा, तो भोग पायेगा अपने जीवन को!

"उनसे समझौता करने की तो कब एक ही विधि है," पाण्डु बुदबुदा रहा था, "जो उनका है, वह उनको दे दो; और जो उनका नहीं है, वह भी उनको दे दो।"

"ओह! मेरे प्रभु।" अम्बालिका को लगा, उसे चक्कर आ गया है।

"धृतराष्ट्र! तुम्हारे कारण मृगया में लोगों को असुविधा तो नहीं हुई?" अम्बिका ने, मृगया से लौट कर सुस्ताते हुए धृतराष्ट्र से पूछा।

धृतराष्ट्र की ज्योतिहीन आँखें माँ की ओर उठीं। उनमें कोई भाव नहीं था; किन्तु चेहरे पर थोड़ा विरोध झलका। अगले ही क्षण जैसे किसी ने गीले कपड़े से चेहरे के वे सारे कठोर, विरोधी और तिक्त भाव पोंछ डाले। उसके चेहरे पर अत्यन्त कोमल, दीन और याचक के-से भाव आ विराजे। उसने बहुत मधुर वाणी में कहा, "माँ! मैं अभागा जन्मान्ध किसी को क्या परेशान करूँगा। परेशान तो वे लोग मुझे करते हैं। भला जिसे दिखायी तक न देता तो, उसे

मृगया में ले जाने का क्या तर्क है। पर उनकी इच्छा...।"

अम्बिका अब तक अपने पुत्र की यह विनीत मुद्रा अच्छी तरह पहचानने लगी थी। और वह धृतराष्ट्र को जितना पहचानती जाती थी, उतना ही वह उसे पराया लगने लगा था। बाहर का संसार उसके लिए अन्धकारमय है; किन्तु अपने हृदय के अन्धकार में उसने एक दूसरा ही संसार बसा रखा है। वह संसार अम्बिका के लिए एकदम अपरिचित है। वह जब चेहरे पर एक दीन-याचक मुस्कान चिपका कर, इतने मधुर कण्ठ से बोलता है, तो अम्बिका के तन-बदन में आग लग जाती है। यह धृतराष्ट्र अब माँ से भी छल-छन्द करना सीख गया है।...और ऐसे ही क्षण में वह उसे अपना पुत्र नहीं लगता—वह उसे सत्यवती का पौत्र-मात्र दिखायी देता है...

"धृतराष्ट्र! तुम यह नाटक मेरे सामने मत किया करो।" अम्बिका के स्वर में रोष उभर आया, "क्या मैं नहीं जानती कि तुम्हें वे अपनी क्रीड़ा अथवा मृगया में सम्मिलित न करें, तो तुम कैसा बवण्डर मचाते हो। तब तुम कहने लगते हो कि तुम जन्मान्ध हो, इसलिए कोई तुमसे प्रेम नहीं करता; कोई तुम्हें पास बैठाना नहीं चाहता; कोई तुमसे बात करना नहीं चाहता...।"

"तो क्या अनुचित कहता हूँ।" धृतराष्ट्र बोला, "देखा नहीं तुमने, पाण्डु सदा कहता है कि वह मुझसे प्रेम करता है। पर कैसा प्रेम करता है, जानती हो?"

"वह सचमुच तुमसे बहुत प्रेम करता है।" अम्बिका बोली।

"हाँ! बहुत प्रेम करता है।" धृतराष्ट्र ने मुँह बनाया, "मृगया के लिए ले जा कर बीहड़ वनों में मुझे धकेल देगा। मृग मेरे बाणों से मरेंगे। पर नेत्रहीन हूँ न! देख नहीं सकता। उन लोगों के समान भाग-दौड़ नहीं सकता। इसलिए वे दौड़ कर जायेंगे। मृग को घसीट लायेंगे; और घोषणा कर देंगे कि मृग को उन्होंने मारा है।"

अम्बिका ने बलात अपने आक्रोश को दबाया, "तुम्हें कैसे मालूम है कि मृग तुम्हारे ही बाण से मारा गया?"

"मैं जानता हूँ।" धृतराष्ट्र पूरे आत्मविश्वास के साथ बोला, "जब मृग को बाण लगता है, वह चीत्कार कर, गिर पड़ता है, तो मैं जान जाता हूँ कि मृग को मेरा ही बाण लगा है।"

अम्बिका समझ नहीं पायी कि वह धृतराष्ट्र को अबोध मान कर उसके हट पर हँसे या इसे उसकी धूर्त्तता मान कर उसके प्रति अपना रोष प्रकट करे। जाने, वह जानते-बूझते अपनी हीनता की क्षति-पूर्ति के लिए : ऐसी बातें करता है, या अपने मन की इच्छाओं के जाल में अपनी अन्धी आँखों के स्वप्नों को

पक्षियों के समान पोषित करता रहता है।

उसे पुत्र पर दया आ गयी। क्यों वह सत्य का साक्षात्कार करना नहीं चाहता। क्यों वह स्वीकार नहीं करता कि यह सब उसके लिए असम्भव है; उसका जीवन क्षत्रिय राजकुमारों की गतिविधियों से स्पर्धा नहीं कर सकता। यदि वह सचमुच अपनी अन्धी निष्ठा में अपने मन की इन असम्भव कल्पनाओं को सत्य मान कर पोषित करता रहेगा तो उसका भावी जीवन और भी कठिन, जटिल और विकृत होता जायेगा। कहीं वह अपना मानसिक सन्तुलन ही न खो बैठे...

"क्या तुम्हारे बाण से आहत होने वाले मृगों का चीत्कार, अन्य मृगों से भिन्न होता है?" अम्बिका ने पूछा।

"हाँ!" धृतराष्ट्र अपने स्थान से तनिक भी डिगने के लिए प्रस्तुत नहीं था।

"तुम उस चीत्कार को कैसे पहचानते हो?"

"जन्मान्ध हूँ। इसलिए मुझे ध्वनियों से बहुत-कुछ जानने का अभ्यास है।" वह बोला, "जैसे मैं यह नहीं समझ सकता कि तुम वस्तुओं को आँखों से कैसे देखती हो, और कैसे पहचानती हो, वैसे ही तुम यह कैसे समझ सकती हो कि मैं कानों से कैसे सुनता हूँ और कैसे पहचानता हूँ।"

"कान मेरे पास भी हैं।" अम्बिका बोली।

"आपके कान हैं : सनेत्रों के कान। नेत्रहीनों के कान नहीं।"

अम्बिका अवाक्-सी बैठी रही : कैसे समझाए, अपने इस पुत्र को कि यह हठ उसके लिए कल्याणकारी नहीं है।...

"और भी कोई प्रमाण है तुम्हारे पास," अन्ततः वह बोली, "अपने कानों के अतिरिक्त!"

"हाँ!" वह बोला, "जब वे अगली मृगया में मुझे फिर आमन्त्रित करते हैं, तो मैं समझ जाता हूँ कि वे मेरे मारे हुए मृगों को भूले नहीं हैं। यदि मुझे साथ ले जाने का उन्हें कोई लाभ न होता, तो वे क्यों आग्रहपूर्वक मुझे निमन्त्रित करते?"

"ओह?" अम्बिका के मुख से निकला।...एक बार व्यक्ति, एक भ्रम को सत्य मान ले तो जैसे उसके प्रमाण उसे मिलते ही चले जाते हैं।...

"पर वहाँ अन्य लोग भी होते हैं।" अम्बिका ने उसके साथ तर्क करने का प्रयत्न किया, "स्वयं महाराजकुमार भीष्म वहाँ होते हैं। वह अन्याय सहन नहीं करेंगे। ऐसा सम्भव ही नहीं है कि तुम्हारे बाण से मरे मृग को कोई और अपना बता दे।"

अम्बिका को लगा, धृतराष्ट्र जैसे चिल्ला पड़ेगा। उसका मुख आवेश से

लाल हो गया था। किन्तु वह चिल्लाया नहीं। अम्बिका के देखते-देखते, उसका लाल मुख काला हो गया—जैसे तपाया हुआ लोहा, पानी में डाल दिया गया हो। अम्बिका ने पहली बार अनुभव किया कि मन में विकृत भाव हों, तो चेहरा कैसे विकृत हो जाता है।...

"भीष्म! महाराजकुमार भीष्म!" धृतराष्ट्र जैसे आने दाँत पीस रहा था, "जिस व्यक्ति ने मेरा राज्य उठा कर पाण्डु को दे दिया, वह एक मरे हुए मृग के लिए मेरा पक्ष लेगा!"

अम्बिका के वक्ष पर जैसे किसी ने ज़ोर का घूँसा दे मारा हो। उसकी आँखें फटी-की-फटी रह गयीं : यह उसका पुत्र है। अम्बिका का पुत्र! कुछ क्षणों तक उसका मस्तिष्क जैसे जड़ हो गया, जिह्वा निस्पन्द हो गयी। एक शब्द भी नहीं निकला, उसके मुख से।...

जब चेतना कुछ लौटी तो, वह क्रोध से बोली, "यह राज्य तेरा कैसे हो गया रे?"

"मैं सम्राट विचित्रवीर्य का ज्येष्ठ पुत्र हूँ। युवराज बनने का अधिकार केवल मेरा था।"

अम्बिका के मन में आया कि खींच कर एक चाँटा इस नेत्रहीन मूर्ख के गाल पर लगाये : जड़-मूर्ख! सम्राट विचित्रवीर्य का ज्येष्ठ पुत्र...

"सम्राट शान्तनु के ज्येष्ठ पुत्र ने तो कभी नहीं कहा, कि कुरु साम्राज्य उनका है, जो कि वस्तुतः है।" अम्बिका बोली, "और तुम, जो उनकी दया पर पल रहे हो, तुम उनके विषय में यह सोचते हो।"

"उन्होंने प्रतिज्ञा की थी कि वह राज्य नहीं करेंगे।" धृतराष्ट्र उसी आक्रोश के साथ बोला, "मैंने ऐसी कोई प्रतिज्ञा नहीं की है।..."

"तेरे लिए प्रकृति ने प्रतिज्ञा की है कि तू राज्य नहीं करेगा।" अम्बिका उसी आवेश के साथ बोली, "ईश्वर तुझे शासक बनाना चाहता, तो तेरे नेत्रों की ज्योति क्यों छीन लेता।"...

"ईश्वर ने नहीं छीनी मेरे नेत्रों की ज्योति...।" धृतराष्ट्र रुक गया।

"तो किसने छीनी है—मैंने?"

धृतराष्ट्र जैसे अपनी वाणी के प्रवाह को बाँधने का प्रयत्न कर रहा था।

"बोल! बोलता क्यों नहीं!" अम्बिका चिल्लाई।

"हाँ तुमने।" बाँध टूट गया; जल-प्रवाह बह चला, "मुझे पितामही ने सब कुछ बता दिया है, तुम नहीं चाहती थीं कि मेरा जन्म हो। तुमने भूखी रह-रह कर और कष्ट सह-सह कर, मुझे अन्धा कर दिया। तुम तो चाहती थीं कि मेरे प्राण ही निकल जायें; किन्तु ईश्वर की इच्छा यह नहीं थी। तुम्हारे सारे प्रयत्नों

के पश्चात भी मैं जीवित रहा माँ!...और...और...”

“और क्या?”

“और तुम देखना। तुम्हारे, मौसी अम्बालिका के, पाण्डु के और स्वयं भीष्म के प्रयत्नों के पश्चात भी मैं हस्तिनापुर पर राज्य करूँगा। मुझे कोई नहीं रोक सकेगा...”

अम्बिका को लगा, या तो धृतराष्ट्र उन्मादावस्था में बक रहा है, या उस पर किसी पिशाच का आवेश आ गया है...

“मेरा मन ठीक ही कहता है”, अम्बिका का स्वर बहुत शान्त था, “कि तू मेरा पुत्र नहीं, अपनी पितामही का ही पौत्र है...।”

“हाँ! हाँ!! मैं पितामही का ही पौत्र हूँ।” धृतराष्ट्र का स्वर और ऊँचा उठ गया, “वह तुम्हारा पुत्र होने से कहीं अधिक गौरवपूर्ण है। वह निषाद-कन्या हो कर आज राजमाता बनी बैठी हैं, और तुम राजकन्या हो कर यहाँ एक बन्दिनी मात्र हो—एक साधारण दासी के समान! मुझे तो खेद इसी बात का है, कि मैं तुम्हारा पुत्र क्यों हूँ...।”

सहसा धृतराष्ट्र उठ खड़ा हुआ। उसने अपनी छड़ी उठायी। दो बार फर्श पर बजायी और अपने जाने-पहचाने मार्ग पर धीरे-धीरे चलता हुआ, कक्ष से बाहर निकल गया।

अम्बिका अपने स्थान पर बैठी रह गयी, जैसे उसके प्राण किसी ने खींच लिए हों।...

जाने कितना समय लग गया, उसे अपना आपा लौटाने में : और जब अपने आपे में लौटी तो वह अपने-आपसे एक प्रश्न पूछ रही थी, ‘क्या सचमुच सत्यवती की उपलब्धि मुझसे बड़ी है?’

...और उसे लगा कि जिस प्रकार दूसरों को वंचित कर, सत्यवती निषाद कन्या से राजमाता बनी है; अवसर मिलने पर भी अम्बिका उस मार्ग पर नहीं चलेगी। अपना जीवन उसे दूसरी बार भी जीना पड़े, तो भी वह अपने ही मार्ग पर चलेगी, सत्यवती के मार्ग पर नहीं...उसे न अपने किये पर कोई पश्चात्ताप था, और न अपने चिन्तन में कोई विकार दिखायी दे रहा था...

41

भीष्म स्वयं ही चकित थे : जाने कैसे उनके मन में यह धारणा जम गयी थी कि पाण्डु का राज्याभिषेक करके उनका दायित्व समाप्त हो जायेगा और वह अपनी इच्छा का शान्त और एकान्त जीवन व्यतीत करने को स्वतन्त्र होंगे।

क्या हो गया दायित्व समाप्त?...क्या अब वह हस्तिनापुर को छोड़ कर जा सकते हैं? क्या अपनी प्रतिज्ञा की रक्षा के लिए, उनका हस्तिनापुर में रहना अब आवश्यक नहीं है? क्या माता सत्यवती को दिया गया वचन पूरा हो गया?...

वह मन-ही-मन हँसे। स्वयं ही सोचा और उसे सत्य मान लिया। इस ओर ध्यान ही नहीं गया कि यह सब उनकी अपनी इच्छाओं की मृग-तृष्णा है...वह माता सत्यवती के पास पहुँचे थे...

"माता! पाण्डु का राज्याभिषेक हो गया है। विचित्रवीर्य का पुत्र सम्राट के रूप में प्रतिष्ठित हो चुका है।...अब अनुमति हो तो, मैं हस्तिनापुर छोड़ कर... ।"

सत्यवती समझ गयी, "संन्यास लेना चाहते हो?"

"हाँ, माता!"

"पुत्र भीष्म!" सत्यवती का स्वर बहुत मधुर था, "हस्तिनापुर के घर-घर घूम जाओ। एक-एक बालक से पूछो। तब तुम्हें पता लगेगा कि तुम तो कब का सन्यास ले चुके। कोई कोर-कसर शेष है क्या तुम्हारे संन्यास में! राजप्रासाद में रहते हो और भूमि पर शयन करते हो। तुम्हारे दास-दासियाँ राज-भोज खाते हैं और तुम तपस्वियों का-सा भोजन करते हो। राज-कर्मचारी, दास-दासियाँ, प्रजा—सब नाना प्रकार के भोगों और मनोरंजनों में आसक्त होते हैं और तुम अपनी साधना में रत रहते हो। साधारण-से-साधारण दण्डधर भी अपने अधिकार का उपभोग करता है, और तुम सम्राटों के नियन्ता हो कर भी, राज्याधिकार का अंश तक ग्रहण नहीं कर रहे। राज-वैभव में रहते हो और तुम्हें न राज्य का लोभ है, न वैभव का मद! सन्यासी तो तुम हो ही!"

भीष्म हँसे, "यह संन्यास कहाँ है माता! चारों ओर तो सांसारिक प्रपंच है। एक क्षण के लिए भी तो ध्यान ब्रह्म में रम नहीं पाता। इसे संन्यास कैसे माना... ।"

"यह संन्यास से भी कठिन साधना है भीष्म!" सत्यवती बोली, "द्वैपायन कहता था, वह इस परिवेश में नहीं रह सकता। तुम संन्यासी हो कर भी इस परिवेश में रह रहे हो। तुम्हारी साधना उससे भी कठोर है।"

"मैं माता प्रकृति की गोद में जाना चाहता हूँ।" भीष्म धीर-से बोले, "मानव-निर्मित नगर में व्यक्ति ईश्वर की विराटता को विस्मृत कर बैठता है। वह विराट् प्रकृति ही है, जो उस विराटता का साक्षात्कार कराती है और मनुष्य को उसकी तुच्छता से मुक्त करती है।"

इस बार सत्यवती कुछ नहीं बोली। मौन बैठी भूमि को ताकती रही।

"आप सहमत नहीं हैं माता?" भीष्म ने पूछा।

"मैं तुम्हारी पीड़ा समझती हूँ पुत्र!" सत्यवती बोली, "और इस बार मैं तुम्हें तुम्हारा वचन भी याद नहीं दिला रही। वचन के अनुसार तुमने पाण्डु को सिंहासन पर प्रतिष्ठित कर दिया है...और वचन में से यदि कुछ शेष भी हो, तो मैं तुम्हें उससे मुक्त करती हूँ! किन्तु पुत्र!..."

भीष्म ने सत्यवती की ओर देखा।

"धृतराष्ट्र जन्मान्ध है। विदुर पोथी-चतुर ज्ञानी है। रह गया एक पाण्डु—जो ठण्डी हवा के झोंके से भी अस्वस्थ हो जाता है। मैंने चित्रांगद और विचित्रवीर्य को भी सिंहासन पर बैठते देखा है पुत्र! किन्तु क्या हुआ—एक को शत्रु खा गया और एक को रोग लील गया।...अब इतनी कठिनाई से तो इस पाण्डु को पाया है। तुम समझते हो कि वह इतना समर्थ हो गया है कि वह द्वैषी राजाओं से लड़ लेगा, कुरु-प्रमुखों की कूट-नीति को झेल लेगा और रोगों के आक्रमणों को ध्वस्त कर देगा?" सत्यवती ने भीष्म को सीधे देखा, "वह अभी मात्र एक तरुण ही तो है। विवाह तक नहीं हुआ उसका। एक युद्ध तक का अनुभव नहीं है उसे। और आपत्ति-विपदा में कौन है उसके सिर पर? एक अन्धा, अनुत्तरदायी भाई, जीवन के प्रति वीतराग माता, और वृद्धावस्था के द्वार पर खड़ी मैं असहाय अभागिनी... ।"

"ऐसा न कहो माता!"

"कहने दो पुत्र!" वह बोली, "हमारे सिर पर कौन है?"

भीष्म कुछ देर बैठे सोचते रहे, और फिर उठे, "अच्छा माता!"

"क्या निश्चय किया?"

"माता! यद्यपि तुमने भी मुझे मुक्त कर दिया है; पिता ने भी मुझे इच्छा-मुक्ति का वरदान दिया था; किन्तु...कदाचित अभी मेरी मुक्ति का समय नहीं आया।"

"यही तो मैं कह रही हूँ।"

भीष्म अपने प्रासाद में चले गये।...उनके मन में कहीं स्पष्ट होता जा रहा था कि यह संसार तो चक्र है, यह चलता ही रहेगा। ऐसा सम्भव नहीं है कि चक्र रुक जाये और भीष्म मुक्त हो जायें।...जब कभी भी वह चाहेंगे, उन्हें इस चलते चक्र से ही कूदना पड़ेगा...

ठीक कहा था माता ने...पाण्डु भी चित्रांगद के ही समान है। भीष्म जैसे युवराज के होते हुए भी शान्तनु चिन्तित हो उठे थे...पाण्डु का तो अभी विवाह

भी नहीं हुआ। पाण्डु का विवाह हो। उनकी सन्तान हो। शान्तनु का वंश भी गंगा की अजस्र धारा के समान बहता हुआ दिखायी दे...तब कदाचित भीष्म का दायित्व पूरा हो सके...

"महाराजकुमार!" प्रतिहारी ने आ कर प्रणाम किया।

भीष्म ने जैसे अपने विचारों को झटक कर उसकी ओर देखा।

"महारानी अम्बिका पधारी हैं।"

"सम्मानपूर्वक लिवा लाओ।" भीष्म चकित भी थे और चिन्तित भी। अम्बिका उनके प्रासाद में...।

अम्बिका ने आ कर उन्हें प्रणाम किया।

"पधारो!" भीष्म के मुख से इतना ही निकला।

अम्बिका मुस्कुरायी, "आप चकित होंगे कि मैं यहाँ क्यों आयी!"

उसकी मुस्कान देख, भीष्म आश्वस्त हुए : चिन्ता की कोई बात नहीं थी।

"आज पहली बार आपके प्रासाद में प्रवेश करने का सौभाग्य प्राप्त हुआ है।"

भीष्म विस्मित थे : अम्बिका का यह रूप उन्होंने पहले कभी नहीं देखा था—वह तो चुपचाप, संकुचित, सोती हुई-सी बच्ची के समान थी, जो बड़ों के सामने मुख नहीं खोल सकती थी।...पर आज वह छोटी बच्ची जैसे बड़ी हो गयी थी। वह उनसे एक वयस्क के समान मिलने आयी थी। कुछ वाचाल भी लग रही थी।...कितना अच्छा लगता है, बच्चों का बड़ा हो जाना। जब वे आश्रित न रह कर, अवलम्ब हो जाते हैं, मित्र बन जाते हैं। कैसा पुनर्नवा होता है उनका सम्पर्क, जैसे ऊर्जा का स्रोत पुनर्जीवित हो जाता है...पर तभी तक, जब तक वे लोग उद्‌दण्डता पर नहीं उतर आते...

"संयोग ही है।" भीष्म बोले, "अन्यथा मेरे प्रासाद में तुम्हारा प्रवेश निषिद्ध तो नहीं था।...सम्बन्ध से तुम मेरी अनुज-वधू हो, किन्तु वय की दृष्टि से तुम मेरी पुत्र-वधू के समान हो...यह तो मैं आज ही अनुभव कर रहा हूँ कि घर में पुत्र-वधू आती है तो श्वसुर को कैसी उत्फुल्लता होती है।"

अम्बिका का मन जैसे प्रफुल्लित हो उठा : हस्तिनापुर में उसका ऐसा स्वागत तो आज तक नहीं हुआ था।

"तात!" वह बोली, "समझिए कि इसी सम्बन्ध से आपको एक कष्ट देने आयी हूँ।" उसका स्वर कुछ धीमा हो गया, "आज तक अपनी समस्याओं को मैंने स्वयं ही सुलझाने का प्रयत्न किया है। समस्या सुलझ जाती, तो कोई बात ही नहीं—नहीं सुलझती, तो मैं उसकी ओर से आँखें बन्द कर लेती थी...जो

होना है, हो ले...।"

भीष्म कुछ बोले नहीं। उसकी बात पूरी हो जाने की प्रतीक्षा करते रहे।

"किन्तु आज मैं आँखें बन्द नहीं कर सकी।" उसने कहा, "क्योंकि इससे मेरी नहीं, मेरे कुछ प्रियजनों की हानि होने की आशंका है।"

"किनकी हानि होने की आशंका है?" भीष्म अभी निर्णय नहीं कर पाये थे कि समस्या सचमुच गम्भीर है, या मात्र अम्बिका के कोमल मन की आशंका है।

"धृतराष्ट्र की, पाण्डु की, आपकी...।"

भीष्म कुछ गम्भीर हुए, "क्या बात है अम्बिके?"

"धृतराष्ट्र मेरा पुत्र अवश्य है," वह बोली, "किन्तु मेरे वश में नहीं है। मैं न उसके चिन्तन को अनुशासित कर पाती हूँ, न उसके व्यवहार को नियन्त्रित। इसलिए जो उसके मन में आता है, वह बोलता और करता है।...अपनी कल्पनाओं को ही नहीं, अपनी आशंकाओं और रोगी मन की विकृतियों को भी वह यथार्थ मान लेता है। उसी के अनुसार आचरण करने का प्रयत्न करता है।"

"यह तो उसके लिए स्वाभाविक ही है अम्बिके! प्रकृति ने उसे वंचित किया है, तो वह भी कहीं प्रकृति को वंचित करेगा ही।" भीष्म बोले, "किन्तु बात क्या है?"

"वह कहता है, 'मैं भीष्म नहीं, धृतराष्ट्र हूँ। मैंने राज्य और नारी का त्याग नहीं किया है। मेरा राज्य तो छीन कर पाण्डु को दे दिया है, पर अब यदि मेरा विवाह भी नहीं हुआ, तो मैं शान्त नहीं बैठूँगा'।"

भीष्म के कानों में जैसे कुछ सर्वथा अनपेक्षित और अकल्पनीय प्रवेश कर रहा था। उन्होंने कभी सोचा भी नहीं था कि कुरुकुल में जन्म ले कर, धृतराष्ट्र की अवस्था का कोई लड़का, इस प्रकार की बातें करेगा। अपनी इस अवस्था में भीष्म ने इस विषय में न कभी कुछ सोचा था और न परिवार के बड़ों के साथ कभी इस प्रकार की चर्चा की थी।...पर शायद समय पर्याप्त आगे बढ़ गया था। अब शायद भीष्म जैसे पुत्र नहीं होते, जो अपने जीवन को अपने माता-पिता की सम्पत्ति समझते हैं : अब शायद धृतराष्ट्र जैसे ही पुत्र होते हैं, जो अपने माता-पिता को अपनी सम्पत्ति समझते हैं...तो क्या करें भीष्म?...इस व्यवहार के लिए न धृतराष्ट्र को दण्डित किया जा सकता है, और न उसे त्यागा जा सकता है। वह भी इसी परिवार में रहेगा और भीष्म भी! वह कदाचित कुछ अधिक अधिकारपूर्वक रहेगा। भीष्म उसे सहन करेंगे। उसे परिवर्तित नहीं कर सकेंगे...तो स्वयं को परिवर्तित करेंगे...कैसी पीढ़ी में भीष्म ने जन्म लिया है, जिसने अपनी पिछली पीढ़ी के किसी अनुचित व्यवहार के

विरुद्ध मुख नहीं खोला। अब वे अपनी अगली पीढ़ियों का अन्याय देखेंगे और चुप रहेंगे...क्योंकि वे उनसे विच्छिन्न हो नहीं सकते, उन्हें विच्छिन्न कर नहीं सकते...

"तो उसे विवाह से कौन रोक रहा है।"...भीष्म कह तो गये, किन्तु उनके ध्यान में यह बात आये बिना नहीं रही कि माता सत्यवती से चर्चा करने के पश्चात उनके मन मे भी केवल पाण्डु के विवाह की बात आयी थी। जन्मान्ध धृतराष्ट्र के विवाह की बात तो उन्होंने सोची ही नहीं थी।

"रोक तो कोई नहीं रहा।" अम्बिका का स्वर अत्यन्त शालीन था, "किन्तु वह जानता है कि किसी स्वयंवर में कोई राजकुमारी उसका वरण नहीं करेगी। कोई पिता अपनी कन्या का विवाह एक जन्मान्ध के साथ करने की बात नहीं सोचेगा। किसी कन्या का हरण वह कर नहीं सकता...।"

"उसे भय है कि वह अविवाहित रह जायेगा?"

"कुछ ऐसा ही है।" अम्बिका बोली, "वह स्वयं समर्थ नहीं है इसलिए उसके विवाह की व्यवस्था किसी और को करनी पड़ेगी। और वह 'कोई और' सिवाय आपके और कौन हो सकता है तात!"

भीष्म आज पहली बार अम्बिका से इतनी बात कर रहे थे, किन्तु वह अनुभव कर रहे थे कि मानसिक रूप से, कदाचित अम्बिका उनसे, उनकी अपेक्षा कहीं अधिक आत्मीय रही है...

"उसकी अपेक्षा कहीं बहुत अनुचित तो नहीं है।" भीष्म जैसे उसे आश्वासन दे रहे थे।

अम्बिका ने उन्हें विरोध और स्नेह, भर्त्सना और प्रशंसा की मिश्रित एक विचित्र दृष्टि से देखा, "उसकी अपेक्षाओं को रहने दीजिए। वह तो इसे अपना अधिकार समझता है।...पर तात! मैं अपनी दृष्टि से आपके विषय में सोचती हूँ, तो मुझे बड़ी पीड़ा होती है...।"

भीष्म ने उसे ऐसे देखा, जैसे कोई वयस्क, अपने किसी बालक को अपने लिए व्यर्थ चिन्ता करने पर देखता है, "कैसी पीड़ा!"

"कुछ अनुचित कह जाऊँ तो क्षमा करेंगे," अम्बिका बोली, "और कहीं आपका मन दुखा जाऊँ...।"

"नहीं! तुम कहो।" भीष्म बोले, "तुम्हारी किसी भी बात से मेरा मन नहीं दुखेगा पुत्री!" भीष्म की आँखों में भावुकता के आँसू आ गये।

अम्बिका के सारे शरीर में जैसे एक सिहरन दौड़ गयी।

"पहले आप पर एक वृद्ध के लिए युवती पत्नी जुटाने का भार पड़ा, उसके लिए जो मूल्य आपको चुकाना पड़ा—उसे हम सब जानते हैं।" उसने

रुक कर भीष्म को देखा, "उसके पश्चात आपको एक निर्वीर्य रोगी के लिए पत्नियाँ जुटाने का कर्तव्य सौंपा गया, उसका जो मूल्य हमें चुकाना पड़ा—उसे आप जानते हैं।"

वह रुक गयी। कदाचित वह पहले भीष्म की प्रतिक्रिया देख लेना चाहती थी। वह इतने वर्षों में आज पहली बार अपना मुख खोल कर उनसे चर्चा कर रही थी...

"हाँ! हाँ!! बोलो!!!" भीष्म ने तनिक भी बुरा नहीं माना। तथ्यों का क्या बुरा मानना।

"इस बार एक जन्मान्ध, विकृत मस्तिष्क राजकुमार के लिए पत्नी जुटाने की समस्या है।..." वह रुक-रुक कर बोली, "यदि ऐसा सम्भव हो कि उसका मूल्य न आपको चुकाना पड़े...न उस कन्या को...।" और फिर जैसे उसने अपना सम्पूर्ण आत्मबल समेट कर कहा, "तात! कृपा कर किसी कन्या का हरण कर, उसे ला धृतराष्ट्र की बाँहों में मत धकेल दीजिएगा। यह मेरी प्रार्थना है...।" अम्बिका की आँखों से अश्रु टपक पड़े।

अम्बिका को सान्त्वना देने के लिए भीष्म कुछ कहने ही जा रहे थे, कि रुक गये। अब उन्हें आवेश में कुछ नहीं कहना था।...थोड़ी देर के पश्चात वह बोले, "अम्बिके! मैं तुम्हारी समस्या समझ गया हूँ। जाओ धृतराष्ट्र को कह दो कि मैं जान गया हूँ कि वह भीष्म नहीं है। उसे संसार के भोग चाहिए। उन्हें वह स्वयं अपने लिए जुटा नहीं पायेगा—यह सूचना भी मुझे मिल गयी है। वह भोग उसके लिए जुटाये जायेंगे। राज्य, भोग नहीं है; इसलिए उसके लिए राज्य जुटाना मेरा धर्म नहीं है। राज्य का दायित्व है, जो उसी को सौंपा जाता है, जिसमें उसकी क्षमता हो। राज्य पर सबसे पहला अधिकार प्रजा का होता है।" वह रुके। उन्होंने अम्बिका पर एक भरपूर दृष्टि डाली और बोले, "यह कहना बड़ा कठिन है पुत्री! कि धृतराष्ट्र के विवाह का मूल्य किसी को नहीं चुकाना पड़ेगा; किन्तु प्रयत्न करूँगा कि यह मूल्य कम-से-कम हो।...और तुम्हें यह वचन देता हूँ कि अब धृतराष्ट्र, पाण्डु और विदुर—किसी के लिए भी पत्नी उपलब्ध कराने के लिए किसी कन्या का हरण नहीं होगा।"

आभार से दबी हुई-सी; नत-मस्तक अम्बिका उठ खड़ी हुई, "आपके प्रति कृतज्ञता किन शब्दों में व्यक्त करूँ तात!" वह बोली, "आज जीवन में पहली बार बोध हुआ है कि मैं भी कुछ कर सकने में समर्थ हूँ।"

"तुम बहुत समर्थ हो अम्बिके! तुमने राजमाता सत्यवती का प्रतिरोध किया है। कौन कहेगा कि तुम असमर्थ हो।" भीष्म बोले, "सदा सुखी रहो।..."

"मुझे तो अब मुक्ति का आशीर्वाद दीजिए तात!" अम्बिका मंद स्वर में

बोली, "इस कुरुकुल में बहुत सारा विष संचित हो गया है। भविष्य में और भी अधिक संचित होने की सम्भावना है। आशीर्वाद दीजिए कि उसके प्रभाव दिखाने से पहले ही संसार छोड़ जाऊँ।"

भीष्म की इच्छा हुई कि पूछें, 'कैसा विष?' किन्तु फिर कुछ सोच कर टाल गये, जाने अम्बिका किन रहस्यों को उद्घाटित करे। और भीष्म अब सोये हुए सर्पों की बाँबी में हाथ नहीं डालना चाहते थे। यदि सर्प थे भी और सोये हुए थे, तो अच्छा है कि वे सोये ही रहें। भीष्म की आँखों से ओट में ही रहें।

"मुक्ति तो सबको चाहिए।" भीष्म एक असहाय-से वृद्ध के समान कह रहे थे, "किन्तु मुक्ति का भी एक क्षण होता है अम्बिके!"

अम्बिका चली गयी; और भीष्म पुनः चिन्ता में डूब गये।...उनका चिन्तन कदाचित अपनी आवश्यकताओं तक ही सीमित रहा है। तभी तो उन्होंने केवल पाण्डु के विवाह की बात सोची थी। धृतराष्ट्र और विदुर के विवाह की चिन्ता, उन्होंने नहीं की थी। किन्तु, ये लड़के अब बड़े हो गये हैं। एक नयी पीढ़ी अब तैयार हो गयी है। विवाह तो इन सबका ही होना है। धृतराष्ट्र ठीक कहता है—वह भीष्म नहीं है। उसने राज्य और नारी त्याग की प्रतिज्ञा नहीं की है।...भीष्म की आँखों ने प्रकृति की क्रीड़ा के ऊपरी आडम्बर के नीचे की पीड़ा का संसार देखा है। इसलिए उन्होंने इस क्रीड़ा में भाग न लेने का निर्णय किया है। किन्तु शेष लोग तो खिलाड़ी हैं। वे खेलेंगे ही।...भीष्म खेल नहीं रहे, किन्तु उन्हें खिलाड़ियों के आस-पास बने रहना है, उनकी वस्तुओं का ध्यान रखना है, उनकी आवश्यकताओं की पूर्ति का यथासम्भव प्रयत्न करना है; शायद थोड़ा-सा उनका निरीक्षण-नियन्त्रण भी करना है, ताकि वे लोग नियमों का उल्लंघन न करें...

विवाह तो इन तीनों ही लड़कों का होना है। उसकी चिन्ता भीष्म को ही करनी है।...हाँ! कृप और कृपी! उन्हें भी तो शान्तनु ही लाये थे। उनका पालन-पोषण भी यहीं हुआ है।...उनके विवाह के सन्दर्भ में भी भीष्म ही को सोचना था शायद।...किन्तु उनसे अधिक तो कृप ही अपने दायित्व के प्रति जागरूक था। वह पिछले सप्ताह ही कृपी को ले कर भरद्वाज आश्रम गया था। कदाचित भरद्वाजनन्दन द्रोण के साथ कृपी का विवाह होगा...पर भरद्वाज और द्रोण दोनों का पांचालों से घनिष्ठ सम्बन्ध है। पांचाल और कुरु सदा से ही जैसे प्रतिस्पर्धी रहे हैं। यह प्रतिस्पर्धा अनेक बार विरोध और शत्रुता में परिणत हुई है।...कृप कुरुओं और पांचालों—दोनों से सम्बन्ध कैसे बनाये रख सकता है?...

पर भीष्म इस समय अपने दायित्व की सोचें।...

पाण्डु के विवाह को ध्यान में रख कर राज-परिवारों की विवाह-योग्य जिन कन्याओं की सूचना उन्हें मिली थी, उनमें से गान्धारराज सुबल की पुत्री गान्धारी, कुन्तिभोज की पोषिता पुत्री पृथा, और मद्रराज शल्य की छोटी बहन माद्री, ही उन्हें अपने वंश के अनुकूल जँची थीं। राजा देवक की कन्या पारंसवी भी स्वीकार्य थी; किन्तु वह दासी-पुत्री थी। यदि देवक स्वीकार करें, तो उसका विवाह विदुर से हो सकता है। विदुर का सम्बन्ध किसी राजकुमारी से तो हो नहीं पायेगा—न देवक की दासी-पुत्री को कोई राजकुमार स्वीकार करेगा।...वह और विदुर एक-दूसरे के लिए उपयुक्त और मान्य वर-वधू होंगे...

कुन्तिभोज ने अपनी पुत्री पृथा का स्वयंवर आयोजित किया है। उसका निमन्त्रण हस्तिनापुर के राजकुमारों के लिए आया है। धृतराष्ट्र जन्मान्ध है, विदुर दासी-पुत्र है। केवल पाण्डु ही स्वयंवर में सम्मिलित हो सकता है। स्वयंवर में कोई परीक्षण नहीं है। कुन्ती वीर्यशुल्का घोषित नहीं की गयी है। ...पाण्डु को वहाँ कोई विशेष कठिनाई नहीं होनी चाहिए। देखने-सुनने में बुरा नहीं है। हस्तिनापुर का सम्राट है। भरत-वंशी राजाओं का स्वामी है।...क्यों अस्वीकार करेगी पृथा उसे?...

किन्तु स्वयंवर-मण्डप में, जयमाला लिए खड़ी कन्या, किसी को भी स्वीकार अथवा अस्वीकार कर सकती है। यदि पृथा ने किसी और का वरण कर लिया, तो?...तो शेष बचीं : सुबल-कन्या गान्धारी तथा शल्य-भगिनी माद्री।...गान्धारी वय की दृष्टि से माद्री से बड़ी है, अतः वह धृतराष्ट्र के योग्य है। पाण्डु के योग्य माद्री ही होगी।...स्वयंवर में तो पाण्डु को स्वयं ही जाना है, वहाँ भीष्म का कोई काम नहीं है...किन्तु धृतराष्ट्र के लिए गान्धारी, पाण्डु के लिए माद्री और विदुर के लिए पारंसवी को प्राप्त करना तो भीष्म का ही काम है।

42

गान्धार के राजप्रासाद के एक एकान्त कक्ष में गान्धारराज सुबल, राजकुमार शकुनि और हस्तिनापुर के मन्त्री कणिक विचार-विमर्श में लीन थे।

"महामन्त्री!" सुबल ने कहा, "स्वेच्छा से कोई अपनी कन्या का विवाह जन्मान्ध राजकुमार से कैसे कर देगा?... मैं तो यह समझ ही नहीं पा रहा कि आप ऐसा अकल्पनीय प्रस्ताव ले कर कैसे आये। आपने पाण्डु के साथ विवाह की बात कही होती, तो मैं सोचता कि आपने हमें किसी सम्मान-योग्य समझा। पर आप तो..."

कणिक तनिक भी हतप्रभ नहीं हुआ। उसके चेहरे पर न विरोध के भाव उपजे, न उदासीनता के। लगता था, जैसे या तो उसने सुबल की बात सुनी ही नहीं, या वह उसे अपने अनुकूल ही लगी।

"गान्धारराज!" कणिक का स्वर अत्यन्त शान्त था, "राज-वंश क्या अपनी सन्तानों का विवाह व्यक्तिगत सुख-दुख के लिए करते हैं? उसमें कहीं व्यक्तिगत लाभ-हानि की बात होती भी है?...आप भली प्रकार जानते हैं कि राजपरिवारों के सम्बन्ध राजनीति से ही परिचालित होते हैं।...आप मुझे बतायें, आपकी सीमाओं से लगने वाला कोई भी राज्य आपका मित्र है?"

सुबल कुछ क्षण सोचता रहा और फिर बोला, "नहीं! कोई नहीं!"

"क्या गान्धार को चारों ओर से अपने पड़ोसी राज्यों के आक्रमण का भय नहीं है?"

"है।" इस बार शकुनि बोला।

"युद्ध की स्थिति में क्या आप उनकी शक्ति को ध्वस्त कर पायेंगे?"

पिता और पुत्र, दोनों ही चिन्ताग्रस्त दिखायी पड़े। उनके पास कदाचित कोई उत्तर नहीं था।

"आपकी सेना इतनी सक्षम है क्या?" कणिक ने पुनः पूछा।

"नहीं!" सुबल ने धीरे से स्वीकार किया।

"क्यों?"

"शायद गान्धार लोग अच्छे सैनिक नहीं होते।"

"तो दूसरे राज्यों से अच्छे प्रशिक्षक क्यों नहीं मँगवाते? दूसरे राज्यों के सैनिक क्यों नहीं भरती करते?"

"उतना धन नहीं है मेरे पास!"

"इसलिए कहता हूँ," कणिक बोला, "कि राजवंशों के विवाह-सम्बन्ध भी राजनीति पर आश्रित होते हैं। अच्छा गान्धारराज!" सहसा कणिक का स्वर कुछ कठोर हो गया, "यदि हस्तिनापुर के योद्धा आपके पड़ोसी अमित्र राज्यों से मिल कर आपकी सीमाओं पर कोई विषम स्थिति उत्पन्न करें?..."

"नहीं!" अनायास ही सुबल का भय प्रकट हो गया, "पहले ही मेरे बहुत सारे शत्रु हैं। मैं शत्रुओं की संख्या बढ़ाना नहीं चाहता...और कुरुओं के शक्तिशाली राज्य का विरोध तो एकदम नहीं चाहता।"

"हस्तिनापुर की मित्रता चाहते हैं?"

"सम्भव हो तो।" शकुनि बोला।

"उसमें असम्भव क्या है।" कणिक बोला, "धृतराष्ट्र से गान्धारी का सम्बन्ध कर दें।..." और कणिक का स्वर किसी विशाल नद के समान प्रवाहित

हो चला, "आप चारों ओर से शत्रुओं से घिरे हैं। हस्तिनापुर उस वृत्त से बाहर है और आपके शत्रुओं की पीठ पर है। जिस दिन आपके शत्रु गन्धार की ओर चलेंगे, उसी दिन हस्तिनापुर की सेनाएँ उनकी राजधानियों की ओर प्रयाण करेंगी। हम आपको सैनिक देंगे, सैनिक प्रशिक्षण देंगे; और अधिक सैनिकों, शस्त्रास्त्रों तथा अश्वों एवं रथों के लिए धन का प्रबन्ध कर देंगे।"

"मैं इतना सुख पाऊँ और मेरी पुत्री वहाँ जन्मान्ध पति को पा कर सिर धुन-धुन कर मर जाये?"

"गान्धारराज! हस्तिनापुर में गान्धारी अपना सिर नहीं धुनेगी। वह वैभव के बीच स्वर्ग का सुख पायेगी। भरत, पुरु, ययाति और शान्तनु के वंश की रानी होगी वह! दास-दासियाँ, हाथी-घोड़े, रथ और यान, प्रासाद, उद्यान, स्वर्ण, मणि-मणिक्य—क्या नहीं है वहाँ!..."

"यह सब क्या पति का अभाव दूर कर देंगे?"

"धृतराष्ट्र सुदर्शन राजकुमार है। आँखें न होने से कोई पुरुष पुंसत्वहीन तो नहीं हो जाता। धृतराष्ट्र स्वयं नहीं देख सकता, तो क्या हुआ। उसके लिए देख सकने वाले और बहुत लोग हैं। एक कन्या के विवाह से यदि सारे परिवार की समस्याओं का समाधान...। अच्छा! इसे यहीं छोड़ें।" सहसा कणिक का स्वर बदला, "मान लिया कि आपने धृतराष्ट्र से गान्धारी का विवाह करना अस्वीकार किया। हम चुपचाप लौट भी गये। अपने मन में हमने आपके प्रति न मित्रता रखी, न अमित्रता। हम उदासीन ही रहे।...किन्तु आपके पड़ोसी राज्य तो उदासीन नहीं रहेंगे। उनमें से किसी राजा की इच्छा हुई और उसने गान्धार पर आक्रमण किया। राजकुमार शकुनि को बन्दी कर, या उनका वध कर, राजकुमारी गान्धारी का हरण कर लिया।...आपको याद होगा, हस्तिनापुर के महाराजकुमार भीष्म भी काशिराज की तीनों कन्याओं का हरण कर लाये थे। क्षत्रियों के लिए यह कोई नयी बात नहीं है। यह उनका सनातन धर्म है।...हरण के पश्चात गान्धारी किसे सौंपी जायेगी या किस स्थिति में अपना जीवन व्यतीत करेगी—इस पर आपका कोई वश होगा?"

सुबल और शकुनि—दोनों ही मौन रहे, जैसे मन-ही-मन कणिक की बातों पर विचार कर रहे हों।

"आप वृद्ध हो रहे हैं," कणिक पुनः बोला, "और राजकुमार कोई ऐसे योद्धा नहीं हैं...।"

"नहीं। वह योद्धा नहीं है।" सुबल ने कहा, "वह क्षत्रियों की तीन क्रीड़ाओं में से केवल द्यूत में ही पारंगत है। युद्ध और मृगया में उसकी विशेष गति नहीं है।"

"तो फिर एक बार द्यूत ही खेल लीजिए।"

"द्यूत!" शकुनि की आँखों में जैसे ज्योति जागी।

"द्यूत ही तो है।" कणिक बोला, "गान्धारी को दाँव पर लगा दीजिए; और देखिए आपका पासा किस ओर पड़ता है।"

"तुम बातों में बहुत चतुर हो महामन्त्री।" सुबल ने निष्कम्प स्वर में कहा, "तुम्हारे स्वामी के भाग्य से मुझे ईर्ष्या हो रही है।"

"तो मैं आपकी सहमति मान लूँ।"

"इस त्वरित गति से मैं तुम्हारे साथ नहीं चल पाऊँगा।" सुबल बोला, "बूढ़ा हूँ। थक जाऊँगा। वैसे भी हमारे इस पर्वतीय प्रदेश में बहुत गति से नहीं भागा जाता।..."

"तो।"

"दो-एक दिन प्रतीक्षा करो। मुझे कुछ सोच लेने दो।"

"जैसी महाराज की इच्छा।" कणिक उठ कर खड़ा हो गया।

सन्ध्या समय सुबल ने कणिक को राजप्रासाद में बुलाया।

"आपने क्या निर्णय किया महाराज?" कणिक ने प्रणाम कर पूछा।

"एक छोटे से राज्य के अधिपति का अपना क्या निर्णय हो सकता है महामन्त्री!" सुबल के स्वर में तनिक भी उल्लास नहीं था, "हमें तो यह निर्णय करना है कि हमें किस चक्रवर्ती का चाकर होना है।"

"महाराज इतने दीन क्यों हैं?"

"शिष्टाचार छोड़ो महामन्त्री! प्रातः की तुम्हारी बातों ने मुझे सत्य का साक्षात्कार करा दिया है।" सुबल ने कहा, "मैंने यही निश्चय किया है कि यदि अपने दासत्व को मैत्री की ओट में छिपाना ही है, तो फिर मैत्री के लिए किसी ऊँचे कलश वाले राजप्रासाद को ही चुना जाये।"

"तो हस्तिनापुर से ऊँचा कलश किसका है?"

"किसी का नहीं!"

"तो आप सहमत हैं।"

"सहमत तो हूँ।" सुबल बोला, "किन्तु चाहता हूँ कि कुछ बातें आप मेरी भी मान लें।"

"क्या?" कणिक के चेहरे पर उल्लास उतना मुखर नहीं रहा था।

"विवाह पुरुषपुर में नही, हस्तिनापुर में हो। हम अपने जन्मान्ध जामाता का सत्कार अपनी राजधानी में नहीं कर पायेंगे।" कणिक की प्रतिक्रिया देखने के लिए सुबल रुक गया।

"इसमें हमारी पूरी सहमति है।" कणिक ने उत्तर दिया, "राजकुमार धृतराष्ट्र के लिए पुरुषपुर तक की यात्रा सुविधाजनक नहीं है।"

"ठीक है!" सुबल बोला, "गान्धारी के साथ-साथ शकुनि भी हस्तिनापुर जायेगा। वह हस्तिनापुर में ही रहेगा—कौरव राजसभा के सम्मानित सदस्य के रूप में। कोई यह न कहे कि गान्धारराज ने भीष्म के पराक्रम से त्रस्त हो कर अपनी कन्या एक जन्मान्ध को अर्पित कर दी। मेरी इच्छा है कि सारा राज-समाज यह देखे कि गान्धारराज, कुरु-साम्राज्य का सम्मानित समधी है। गान्धार का राजकुमार हस्तिनापुर के शासन-तन्त्र का महत्त्वपूर्ण उपकरण है।..."

कणिक के मन में चिन्ता जागी :...राजनीति के द्यूत में वह, सबल हो कर भी कहीं इस धूर्त्त सुबल से मार न खा जाये।...यदि शकुनि हस्तिनापुर पहुँच गया और वहाँ के राजकाज में भाग लेने लगा, तो गान्धारी का बल बढ़ेगा... किन्तु गान्धारी कुरुकुल की वधू बन कर हस्तिनापुर जा रही है। राजवधू के भाई को कैसे कहा जा सकता है कि वह बहन के स्नेहवश उसके निकट न रहे?...और यदि कणिक इस प्रस्ताव को अस्वीकार भी कर दे और यह सम्बन्ध हो जाये...गान्धारी ज्येष्ठ राजकुमार की रानी होगी। कुरुकुल में उसका अधिकार अधिक होगा या मन्त्री कणिक का? राजकुल के सम्बन्धों में रानी का ही महत्त्व अधिक होगा...और तब यदि रानी ने अपने भाई को सस्नेह हस्तिनापुर बुला कर उसे ससम्मान वहाँ ठहरा लिया, तो कणिक क्या करेगा!

"सम्बन्धियों का व्यवहार तो उनके स्नेह-सम्बन्धों पर निर्भर करता है, गान्धारराज! उसमें प्रतिबन्धों का क्या काम!"

"तो ठीक है।" गान्धारराज बोला, "गान्धारी और शकुनि पहले शुभ मुहूर्त में हस्तिनापुर के लिए प्रस्थान करेंगे।"

43

हस्तिनापुर के मुख्य द्वार पर आ कर कणिक का रथ रुक गया। आगे-पीछे दौड़ते अश्वारोही थम गये।

सबको रुकते देख, शकुनि ने भी सारथि को रथ रोकने का आदेश दिया। उसका अनुमान था कि अब हस्तिनापुर आने ही वाला होगा। पिछले पड़ाव से जब हस्तिनापुर में सूचना देने के लिए अश्वारोही दौड़ाये गये थे, तभी से शकुनि के अनुमानों के अश्व भी दौड़ पड़े थे। उसकी कल्पना जैसे किसी तीव्रगामी खग पर आरूढ़ हो कर, आकाश में पँख फैला रही थी।...गान्धार की घाटी बहुत पीछे छूट गयी थी। मार्ग में अनेक पार्वत्य प्रदेश भी आये थे।

अनेक छोटी-बड़ी नदियाँ। अनेक वनों में से हो कर भी आना पड़ा। समतल भूमि तो जैसे समाप्त होने को ही नहीं आती।...शकुनि को इन सबने बहुत थका डाला था।...भौगोलिक परिवर्तनों के साथ-साथ मानवों की आकृति भी बदलती चली गयी थी। उनका रूपाकार, उनकी भाषा, उनका व्यवहार, शिष्टाचार! शकुनि ने इतनी लम्बी यात्रा पहले कभी नहीं की थी। उसने कभी ऐसी यात्रा के विषय में सोचा भी नहीं था। ये तो कुरु लोग ही थे, जो गान्धार तक का समाचार रखते थे, और वहाँ तक पहुँचने का साहस करते थे...

मार्ग में उसका गान्धारी से विशेष वार्तालाप भी नहीं हुआ था। वह अपनी कल्पनाओं और दुश्चिन्ताओं में मग्न अवश्य था, फिर भी वह गान्धारी से वार्तालाप करने का प्रयत्न करता रहा था; किन्तु गान्धारी जाने किन लोकों में खोयी हुई थी। उसने आवश्यकता-भर शब्द भी अपनी जिह्वा से नहीं कहे। शब्दों की इतनी कृपण तो गान्धारी कभी नहीं रही थी...पर शकुनि ने उसे अधिक कुरेदा भी नहीं! उसके पास अपनी ही दुश्चिन्ताएँ क्या कम थीं!...

और फिर सम्भव है कि गान्धारी भी अपनी ही किन्हीं दुश्चिन्ताओं में डूबी हो। विदाई के समय पिता ने शकुनि से कहा था, "पुत्र! तुझे शकुनि तब मानूँगा, जब तू गान्धारों की इस पराजय को, कौरवों के यम-फाँस में परिणत कर दे।" वे कुछ रुके थे, "सम्भवतः हमारी पराजय का यह क्षण, गान्धारी के अभ्युत्थान के लिए ही आया हो। तुम उसी का प्रयत्न करना। कौरवों के शासन-तंत्र में तुम्हारी गति जितनी ही बढ़ती जायेगी, मुझे उतनी ही प्रसन्नता होगी।"

...पता नहीं उन्होंने गान्धारी से क्या कहा था; किन्तु कुछ तो उससे भी कहा ही होगा। मूल कार्य तो गान्धारी का ही था। वही कौरवों की कुल-वधू बनेगी। वही उनके परिवार में प्रवेश कर रही है। उसे ही अपनी जड़ें उस धरती में फैलानी हैं। देखना है, कि वह इस धरती में से कितनी ऊर्जा खींच पाती है। उसकी शक्ति और अधिकार से ही शकुनि को भी शक्ति और अधिकार प्राप्त होंगे।...किन्तु कहीं गान्धारी अपने पिता और भाई से ही रुष्ट न हो।...कहीं उसके मन में आ गया कि उन्होंने अपना स्वार्थ सिद्ध करने के लिए, या राज्य की हानि के भय से, उसे एक जन्मान्ध पुरुष को समर्पित कर दिया है—तो उसका रोष कौरवों पर न हो कर गान्धारों पर भी वज्रपात करेगा।...पर उसने ऐसा एक भी शब्द कहा नहीं है..

शकुनि रथ से उतर आया।

राजकुल के अनेक लोग उसका स्वागत करने के लिए नगर-द्वार पर उपस्थित थे।

भीष्म आगे बढ़ आये, "स्वागत गान्धारकुमार! हस्तिनापुर में तुम्हारा स्वागत है।" और फिर उन्होंने परिचय कराया, "यह माता सत्यवती हैं।"

शकुनि ने आगे बढ़ कर उनके चरण छुए।

"कहाँ है मेरी पौत्र-वधू?" सत्यवती की आँखों में उसके हृदय की व्यग्रता अत्यन्त मुखर थी।

"अभी उपस्थित करता हूँ।"

शकुनि ने अपने रथों के निकट जाकर दासियों को संकेत किया। केसनी और वासन्ती ने मुख्य राजकीय रथ में से अवगुण्ठनवती गान्धारी को हाथों का अवलम्ब दे कर उतारा।

सत्यवती में और धैर्य नहीं था। वह आगे बढ़ी और गान्धारी को अपनी भुजाओं में बाँध लिया।

शकुनि ने धीरे से गान्धारी के कान में कहा, "राजमाता सत्यवती हैं। प्रणाम करो।"

किन्तु सत्यवती ने उसे प्रणाम करने का भी अवसर नहीं दिया। उसे कन्धों से पकड़ कर अपनी भुजाओं की दूरी पर रख उसका अवगुण्ठन उठाया : नेत्रों पर यह पट्टी!...

"यह पट्टी क्यों है गान्धारकुमार?" सत्यवती की वाणी में आशंका और यत्किंचित रोष की मात्रा थी।

शकुनि क्या कहता : वह तो स्वयं हतप्रभ, अवाक्-सा खड़ा था।

उत्तर स्वयं गान्धारी ने दिया, "आर्ये पितामही! जिसका पति प्रज्ञा-चक्षु हो, उस स्त्री को अपने चर्म-नेत्रों का उपयोग करने का कोई अधिकार नहीं है।"

सत्यवती स्तब्ध खड़ी रह गयी। उसने इस प्रकार की किसी प्रतिक्रिया की कल्पना भी नहीं की थी।...यह गान्धारी का धर्म था अथवा प्रतिरोध...यह उसका शील था अथवा रोष...बड़ी देर के पश्चात उसके मुख से शब्द उच्चरित हुए, "मैंने तो समझा था कि तुम धृतराष्ट्र का अवलम्ब बनोगी। धृतराष्ट्र तुम्हारी ही आँखों से देखेगा।"

"कोई सती नारी, किसी भी क्षेत्र में अपने पति से स्पर्धा नहीं करती पितामही!" गान्धारी ने स्थिर वाणी में कहा।

सत्यवती ने पहली बार, गान्धारी पर एक तटस्थ दृष्टि डाली : अत्यन्त गौर वर्ण की यह लम्बी-ऊँची, हृष्ट-पुष्ट किशोरी, किसी भी पुरुष का मन मोह सकती थी। रूप और यौवन का तेज तो था ही गान्धारी में; किन्तु उसकी दृढ़ता।...कहीं ऐसा तो नहीं उसके नेत्रों में कोई दोष हो, जिसे वह इस व्याज से छिपा रही हो।...या कोई और बात! किन्तु वह इसे सतीत्व की संज्ञा दे

रही है। वाक्चातुर्य कम नहीं है इस किशोरी के पास। अपने इस कृत्य को ऐसे गौरवपूर्ण शब्दों में प्रस्तुत कर रही है, जिससे न कोई आपत्ति कर सके : और न ही विरोध...ऐसे ही कोई चौबीस-पच्चीस वर्ष पूर्व भीष्म अम्बिका और अम्बालिका को भी लाया था—लगता था, उनके मुख में जिह्वा नहीं है। आज तक नहीं बोल पायीं कभी सत्यवती के सामने!...किन्तु गान्धारी, अम्बिका और अम्बालिका जैसी नहीं है।...हाँ! अम्बा तेजस्विनी थी। कहीं यह गान्धारी दूसरी अम्बा ही न हो...

सत्यवती ने अपने मस्तक को झटका : यह अवसर सोचने और स्मरण करने का नहीं है। वह तो अपनी पौत्र-वधू का स्वागत करने आयी है।

"आओ गान्धार कन्ये!" सत्यवती गान्धारी का हाथ पकड़ उसे अपने रथ की ओर ले चली, "तुम मेरी प्रथम पौत्र-वधू हो। ज्येष्ठा।"

"किन्तु साम्राज्ञी नहीं हूँ मैं।"

जाने कैसा विष था गान्धारी के शब्दों में कि सत्यवती के सारे शरीर में पीड़ा लहरें लेने लगी; जैसे गान्धारी ने एक वाक्य न कहा हो, किसी नागिन ने डस लिया हो सत्यवती को।

अतिथियों को सम्मानपूर्वक ठहरा देने के पश्चात सत्यवती अपने कक्ष में अकेली हुई तो उसका मस्तिष्क दिन-भर की घटनाओं की जुगाली करने लगा :

गान्धारी चुप रही होती, कुछ न बोली होती, या संकोच से उसने सिर झुका लिया होता, तो उसके रूप पर वारी-वारी गयी होती सत्यवती! कैसा गौर वर्ण है उसका, जो कभी नवनीत जैसा लगता है, कभी सिन्दूर जैसा। ऐसा वर्ण कि हाथ लगाते मैला हो जाये। काया कैसी लम्बी है, जैसे देवदारु का वृक्ष हो। नाक तीखी है, चिबुक में कैसा मनोहारी घुमाव है।...घने, लम्बे केश हैं उसके; प्रकाश की किरणों के साथ जैसे उनका रंग बदलता है। कभी नीले लगते हैं कभी पीले।...ऐसे में मन होता है, उसकी पट्टी खुलवा कर देखा जाये, आँखें कैसी हैं उसकी।...जाने किससे सुना था, सत्यवती ने कि गान्धार-कन्याओं के नेत्रों की पुतलियाँ या तो नीली होती हैं, या हरित!...

पर सत्यवती का मन कैसा भीरु हो रहा था आज!...कहीं ऐसा न हो कि आग्रह करने पर गान्धारी अपने सतीत्व के आदर्शों की दुहाई दे।...कहीं वह अपने शब्दों से सत्यवती को अपराधिनी ही न बना दे,...फिर यह भी तो सम्भव है कि गान्धारी आँखों की पट्टी खोल, पलकें उठाये तो वहाँ झील का नीला-नीला स्वच्छ जल न हो, वहाँ ज्वालामुखी का लावा हो, जो सत्यवती को भस्म कर दे।...अभी घर में प्रवेश किया नहीं और कैसा उपालम्भ कर दिया है उसने...ज्येष्ठा तो हूँ, किन्तु साम्राज्ञी नहीं हूँ...'

कैसी चाल चली है गान्धारी ने...हस्तिनापुर में प्रवेश से पहले ही उसने आँखों पर पट्टी बाँध ली है। उसने कौरवों का वैभव भी नहीं देखा। उसने सत्यवती का न रूप देखा है, न अधिकार। उसने भीष्म की गरिमा भी नहीं देखी। किस बात से प्रभावित होगी वह, जब उसने कुछ देखा ही नहीं।...और सत्यवती है कि उसे देख-देख कर जैसे हतप्रभ होती जा रही है।...

कहीं भ्रम से भीष्म पुनः अम्बा को ही तो हस्तिनापुर में आमन्त्रित नहीं कर बैठा? किस तेज के साथ उसने कहा था : भीष्म भी उसका था, और कौरवों का साम्राज्य भी। गान्धारी ने भी संकेत दिया है...वह 'ज्येष्ठा है, पर... विवाह के पश्चात यदि वह भी यह बखेड़ा ले कर बैठ जाय कि राज्य धृतराष्ट्र का है, पाण्डु का नहीं...तो? सत्यवती को व्यक्तिगत रूप से कोई अन्तर नहीं पड़ता कि सिंहासन पर पाण्डु बैठता है, या धृतराष्ट्र! दोनों ही उसके पौत्र हैं।...किन्तु ऐसी महत्त्वाकांक्षिणी नारी से सत्यवती को भय लगता है...

वह नेत्रों पर पट्टी बाँध कर आयी है...कहीं कुरु-वंश की अवहेलना करने के लिए तो नहीं? अन्धा पति मिलने का प्रतिवाद तो नहीं है यह?...कहीं वह यह तो नहीं जताना चाहती कि उसे कुरु-वंश की न कोई चिन्ता है, न भय! कहीं वह यह तो नहीं चाहती कि उससे रुष्ट हो कर, हम उसे मुक्त कर दें।... हस्तिनापुर से निकाल दें...अम्बा ने भी तो मुक्त होने के लिए शाल्व की ओट ली थी, यद्यपि शाल्व ने उसे स्वीकार भी नहीं किया था।

...पता नहीं, गान्धारी को रोकना कुरु-वंश के हित में है, या अम्बा के समान मुक्त कर देना...

44

विवाह के पश्चात अगली रात धृतराष्ट्र और गान्धारी को एकान्त मिला, तो धृतराष्ट्र बोला, "तुमने यह क्या किया गान्धार कुमारी! तुमने मेरे लिए अपने नेत्रों पर पट्टी क्यों बाँध ली?"

गान्धारी मुस्कुरायी; यद्यपि वह जानती थी कि उसकी मुस्कान का कोई अर्थ नहीं है। धृतराष्ट्र को चाहे 'प्रज्ञा-चक्षु' कहा जाय; किन्तु नारी के मुख की मुस्कान देखने के लिए पुरुष को चर्म-चक्षुओं का ही अवलम्ब ग्रहण करना पड़ता है।...और धृतराष्ट्र की हथेलियों की त्वचा कितनी ही संवेदनशील क्यों न हो, वह गान्धारी के कपोलों की मुस्कान को नहीं छू पायेगी। उसके पति के श्रवण ही थे, जो उसे बता सकते थे कि गान्धारी हँस रही है या रो रही है...

वह बोली, "जिसके लिए पैरों में बेड़ियाँ डालीं, कलाइयाँ जिसके नाम के

कंगनों से निगड़ बद्ध हुईं, उसके लिए आँखों पर पट्टी बाँध ली, तो क्या ऐसा महान कार्य कर दिया!"

"तुम बहुत प्रिय-भाषिणी हो गान्धार राजनन्दिनी!" धृतराष्ट्र बोला, "किन्तु इतना बड़ा त्याग—एक उस पुरुष के लिए, जिसे तुमने कभी देखा नहीं, जिससे कभी वार्तालाप नहीं किया...।"

"यह त्याग नहीं है आर्यपुत्र! यह स्वीकार है।"

"स्वीकार? कैसा स्वीकार?"

"आपका! आपके व्यक्तिगत का! आपकी शक्ति और सीमाओं का।"

धृतराष्ट्र कुछ देर तक चुप बैठा रहा। फिर बोला, "तुम ठीक कह रही हो प्रिये! लोग मुझे 'अन्धा' कहने से डरते या सकुचाते हैं; इसलिए उन्होंने एक मधुर-सा शब्द खोज लिया है; 'प्रज्ञा-चक्षु'। अपने-आपको भी धोखा देते हैं, और मुझे भी। प्रज्ञा-चक्षु तो वस्तुतः तुम हो।"

"कैसे-आर्यपुत्र!"

"जिस क्षण तुम्हें मालूम हुआ होगा कि मैं अन्धा हूँ, तुम समझ गयी होगी कि नेत्रहीन व्यक्ति कितना ईर्ष्यालु होता है।" धृतराष्ट्र बोला, "तुमने मुझको अस्वीकार कर दिया होता, तो मैं जीवन भर तुमसे कभी मिलता या न मिलता; किन्तु मन में तुम्हारे लिए घोर शत्रुता पालता रहता। तुम्हारे प्रति घृणा के विष को अपने मन में बहुत सँभाल कर रखता, चाहे उस विष से भगवान शिव के कण्ठ के समान मेरा सारा शरीर ही नीला हो जाता..." वह रुका, "और यदि तुम मुझे स्वीकार तो कर लेतीं, पर आँखों पर पट्टी न बाँधती, तो प्रतिक्षण मेरा हृदय यह सोच-सोच कर जला करता कि तुम्हारे लिए दृश्य भी है और शब्द भी, किन्तु मेरे लिए मात्र शब्द ही है। मैं यह सोचता कि तुम संसार के सौन्दर्य को देख रही हो, उस पर मुग्ध हो रही हो।...तुम्हारे रूप को प्रत्येक पुरुष लोलुप दृष्टि से देख रहा है; और मुझे उसका आभास भी नहीं हो रहा। ...और यदि कहीं हस्तिनापुर आ कर, मुझे देखने के पश्चात तुमने यह पट्टी बाँधी होती, तो मैं सोचता कि मुझे देख कर तुम्हें मुझसे घृणा हो गयी है। पुनः मुझे न देखना पड़े, इसलिए तुमने अपने नेत्र बन्द कर लिए हैं।..."

"इतने ईर्ष्यालु हैं आप?" गान्धारी सशब्द हँसी।

"ईर्ष्यालु तो मैं इससे भी अधिक हूँ प्रिये! जब से तुम्हारे रूप के विषय में सुना है, प्रत्येक दृष्टियुक्त पुरुष से ईर्ष्या कर रहा हूँ।"

गान्धारी पुनः हँसी, "मैं नहीं मानती कि आप इतने ईर्ष्यालु हैं।"

"क्यों? क्यों नहीं मानतीं तुम?" धृतराष्ट्र ने आश्चर्य से पूछा।

"इतने ही ईर्ष्यालु होते आप," गान्धारी का स्वर कुछ धीमा हो गया, "तो

अपना राज्य, छोटे भाई को दिये जाने पर इस प्रकार शान्त न रहते आप!"

धृतराष्ट्र स्तब्ध रह गया, जैसे साँप सूँघ गया हो : क्या कह दिया गान्धारी ने? नहीं! कहाँ हाथ रख दिया गान्धारी ने, किस घाव पर...

स्तब्धता को चीर कर तीन शब्द धृतराष्ट्र की जिह्वा पर आ सके, "धीरे बोलो गान्धारी।"

"क्यों?"

"कोई सुन लेगा।" वह बोला, "तुम नहीं जानतीं। इस सारे हस्तिनापुर में मैं एकदम अकेला हूँ। पितामही सत्यवती, पितृव्य भीष्म, पाण्डु, विदुर, यहाँ तक कि मेरी अपनी माता अम्बिका—सब मेरे विरुद्ध पाण्डु के पक्ष में हैं। मन्त्रिगण, कुरु-प्रमुख, सैनिक—सब उसके पक्ष में हैं। मैं एकदम अकेला हूँ।"

गान्धारी ने टटोल कर धृतराष्ट्र का हाथ अपनी हथेलियों में लिया और स्नेह से उसे दबाया।

धृतराष्ट्र को अपार सान्त्वना मिली।

"अब आप अकेले नहीं हैं।" गान्धारी बोली, "मैं हूँ आपके साथ! मैं और आप एक हैं। मेरे साथ शकुनि है, पिता गान्धारराज हैं, गान्धार का राज्य है। हम सब आपके हैं।...बताइये! आप अकेले हैं?"

धृतराष्ट्र अपने मन में विस्मय लिए, अन्धी आँखों से अपनी नव-विवाहिता को देखता रहा—यह सब तो सोचा ही नहीं था उसने। उसने तो बस एक पत्नी माँगी थी : स्त्री के रूप में। उसे संगिनि मिल जायेगी, यह तो वह जानता ही नहीं था।

"बोलिए! आप अकेले हैं?" गान्धारी ने फिर पूछा।

"यह सब तो मैंने सोचा ही नहीं था।" धृतराष्ट्र के मुख से अनायास ही निकल गया, "ओह मेरी प्रियतमा! तुम मेरी रति ही नहीं, शक्ति भी हो। तुमने तो मुझे एक ही क्षण में कामदेव भी बना दिया, और उसे भस्म कर देने वाले महादेव भी।"

धृतराष्ट्र ने गान्धारी को अपने अंक में समेट लिया।

गान्धारी धैर्यपूर्वक धृतराष्ट्र के अंक में पड़ी रही। उसका आवेश जब कुछ कम हुआ, तो स्वयं को सहेज कर बोली, "आर्यपुत्र! यह राज्य आपका है; और आपका ही रहेगा।"

"इस न्याय को हस्तिनापुर में मान्यता प्राप्त नहीं है प्रिये!" धृतराष्ट्र बोला, "पितृव्य भीष्म तथा पितामही सत्यवती ने निर्णय किया है कि जन्मान्ध राजकुमार सिंहासन का अधिकारी नहीं हो सकता।"

"ठीक निर्णय दिया है उन्होंने!" गान्धारी बोली।

"ठीक निर्णय दिया है?" धृतराष्ट्र चकित था।

"हाँ!" गान्धारी बोली, "जन्मान्ध ज्येष्ठ राजकुमार सिंहासन का अधिकारी नहीं है; किन्तु सिंहासन का अधिकार उसी का है।"

"पहेलियाँ मत बुझाओ गान्धारी!"

"अधिकार उसी का है।" गान्धारी बोली, "इसका अर्थ यह है कि उसके स्थान पर जो कोई भी सिंहासन पर बैठ रहा है, वह ज्येष्ठ राजकुमार के निमित्त शासन-कार्य चला रहा है, जैसे आज तक आपके पितृव्य भीष्म ने चलाया है। राज्य ज्येष्ठ राजकुमार का ही रहेगा और...।"

"और?"

"जिस दिन ज्येष्ठ राजकुमार का पुत्र जन्म लेगा, उसे हस्तिनापुर का युवराज घोषित किया जायेगा।"

"गान्धारी!"

"हाँ आर्यपुत्र!" गान्धारी का स्वर स्थिर और शांत था, "आप पितृव्य और पितामही से चर्चा करें।...और यह वचन आपको मैं देती हूँ कि पाण्डु का पुत्र जन्म ले, उससे पहले मैं आपके पुत्र का प्रसव करूँगी..."

"गान्धारी!"

धृतराष्ट्र को लगा, आज जैसे उसका नया जन्म हुआ था, उसका सौभाग्य उदित हुआ था...गान्धारी उसकी पत्नी ही नहीं थी, वह तो उसकी भाग्यलक्ष्मी थी...कितना अकेला, दुर्बल और असहाय समझ रहा था, वह अपने-आपको। उसकी इच्छा अवश्य थी; किन्तु उसे किंचित भी आशा नहीं थी कि वह या उसका कोई उत्तराधिकारी कभी हस्तिनापुर के राजसिंहासन पर बैठ पायेगा। किन्तु गान्धारी...जैसे कोई आशा, आस्था और शक्ति की देवी, उसके सामने अवतरित हुई थी।...अब कहाँ निर्बल था धृतराष्ट्र...उसके रक्त के एक-एक कण में स्फूर्ति और उल्लास भर आया था...

कितना कृतज्ञ था वह गान्धारी का। उसकी इच्छा हो रही थी, अपनी नवोढ़ा के चरणों में लोट जाये...

अपनी उसी विह्वल अवस्था में वह बोला, "तुमने मुझे इतना कुछ अकस्मात ही दे डाला प्रिये! कि मैं...कि मैं..." धृतराष्ट्र को जैसे शब्द नहीं मिल रहे थे। और सहसा वह बोला, "तुम भी मुझसे कुछ माँग लो।"

गान्धारी हँसी, "आर्यपुत्र! आपके पास अब ऐसा क्या है, जो मेरा नहीं है?"

धृतराष्ट्र पुनः हतप्रभ हो गया : अपनी प्रेमगर्विता, नव-विवाहिता से वह

हृदय की इस विगलित अवस्था में कैसे कह सकता था, कि उसके पास एक कण भी ऐसा है, जिस पर उसकी प्रियतमा का अधिकार नहीं है।...कैसी वाक् चतुर है यह गान्धारी। क्षण नहीं लगता कि व्यक्ति की जिह्वा भी बँध जाती है और हाथ भी।...

"ऐसा तो कुछ भी नहीं है प्रिये।"

"मैं पहले ही जानती थी।" गान्धारी खिलखिलायी, "मेरी ही सम्पत्ति में से कुछ मुझे दान करना चाहते हैं। बड़े चतुर हैं आप तो।"

धृतराष्ट्र का स्वर जैसे आत्मकरुणा से ही भीग गया, "समझता तो मैं यही था प्रिये! किन्तु यह ज्ञान नहीं था कि तुम्हारे सामने मेरी कोई चतुराई नहीं चलेगी।"

"आपको पा कर मुझे सब कुछ मिल गया।" गान्धारी अत्यन्त आश्वस्त स्वर में बोली, "हाँ, यह अवश्य है कि नारी हूँ। नारी की दुर्बलताएँ मेरे मन में भी हैं। पितृगृह से बहुत दूर चली आयी हूँ। अन्य स्त्रियों के समान अपने पति के साथ पितृगृह जाना चाहूँगी, तो इतनी दूर की यात्रा में आपको कष्ट होगा।...।"

"अकेली जाओगी?" धृतराष्ट्र को मिलन की पहली रात्रि में विरह की बात नहीं सुहायी।

"अकेली जा तो सकती हूँ।" गान्धारी बोली, "किन्तु जाऊँगी नहीं। पति के बिना अकेले पितृगृह जाने में नारी का सम्मान नहीं है।" फिर जैसे उसका स्वर कुछ विगलित हुआ, "कोई बात नहीं। आप चिन्ता न करें। मैं गान्धार नहीं जाऊँगी। किसी से नहीं मिलूँगी। अपनी इच्छाओं का दमन कर लूँगी।"

धृतराष्ट्र से गान्धारी के स्वर की पीड़ा सही नहीं गयी। बोला, "इच्छाओं का दमन क्यों करती हो। तुम नहीं जा सकतीं; तो वे लोग तो आ सकते हैं।..." और सहसा जैसे धृतराष्ट्र को कोई समाधान मिल गया, "शकुनि हस्तिनापुर में ही क्यों नहीं रह जाता। तुम्हारे पास रहेगा। उसके यहाँ रहने से तुम्हारा पितृगृह ही यहाँ आ जायेगा। जब इच्छा होगी, भाई से मिल सकोगी।..."

"क्या यह शोभनीय है?"

"शोभनीय-अशोभनीय क्या हैं इसमें?" धृतराष्ट्र बोला, "छोटा भाई है तुम्हारा। बहन के प्रेम में यहीं रह गया तो क्या हुआ।"

"भगिनी का आश्रित हो कर रहना किसी भाई को शोभा नहीं देता।" गान्धारी बोली, "वह कौन कुरुओं की राजसभा का सदस्य है कि हस्तिनापुर में स्थायी रूप से रहे।"

धृतराष्ट्र आत्मविश्वास के साथ हँसा, "इसमें कठिनाई ही क्या है। उसे

राजसभा का सम्मानित सदस्य बना दिया जायेगा। वह कुरुओं के शासन-तन्त्र का एक प्रमुख अंग होगा। बहन का आश्रित बन कर वह क्यों रहे। वह कुरु-प्रमुख बन कर रहेगा।"

"आप कितने अच्छे हैं।" गान्धारी ने अपना सारा शरीर ढीला छोड़ दिया।

45

कुन्ती का मन आतंकित भी था और बुझा भी; जैसे एक भारी बोझ उसके मस्तक पर भी हो और वक्ष पर भी।

सखियाँ, शृंगार-परिचारिकाएँ, सैरिन्ध्रियाँ—सब ही उल्लसित और प्रसन्न मुख-मुद्रा और हृदय लिए आस-पास डोल रही थीं। आती-जाती वे चुहल कर जातीं। कोई नया समाचार दे जातीं।

कुन्तिभोज का राजप्रासाद आज बहुत ही सक्रिय था। चारों ओर लोग-ही-लोग थे।...और कुन्ती सोच रही थी : यही प्रासाद था, जो इतना नीरव हुआ करता था। पिता और पुत्री—कुन्तिभोज और कुन्ती, किसी नये व्यक्ति से मिलने, बात करने को तरस जाया करते थे। परिवार में कोई और था नहीं। सम्बन्धी भी कम ही थे। जनक शूरसेन और भाई वासुदेव तो एक बार भी नहीं आये। शायद पृथा को एक बार राजा कुन्तिभोज को समर्पित करके, उसके मन में अपने प्रति मोह नहीं जगाना चाहते थे वे लोग। पर उससे क्या...मनुष्य की प्रकृति तो नहीं बदल सकती।...अतिथियों के प्रति ललक कुन्ती के मन में भी थी और कदाचित कुन्तिभोज के मन में भी।...और एक बार अतिथि के रूप में आये थे दुर्वासा...

कुन्ती याद करती है तो उसके मन का बोझ बढ़ने लगता है।...और जाने कैसा एक भय उसके मन में समा जाता है।...क्या इतना बड़ा अपराध किया है उसने कि वह किसी को मुख नहीं दिखा पायेगी?...पिता कुन्तिभोज ने यही कहा था...किसी को पता न चले, किसी को सूचना न हो। पिता ही नहीं, पूरे वंश के सम्मान का प्रश्न है...और कुन्ती के तो सारे जीवन का...

सखियाँ जब बताती थीं कि कोई और नया नरेश स्वयंवर में सम्मिलित होने के लिए आया है, कोई किरीटधारी, कोई अधिपति, कोई शूरवीर...तो कैसी प्रसन्नता होती थी उसके मुख पर! जैसे प्रत्येक आगन्तुक के साथ, स्वयंवर का महत्त्व बढ़ता जा रहा हो; और कुन्ती के लिए विकल्प का क्षेत्र विस्तृत होता जा रहा हो।...किन्तु कुन्ती थी कि प्रत्येक नये नाम के साथ वह और भी अधिक संकुचित हो जाती थी...जैसे प्रत्येक नये नाम के साथ उसका दायित्व

बढ़ रहा हो, या उसके मन का बोझ कुछ और भारी हो गया हो...

कई बार उसके मन में आया कि यह प्रवंचना है, धोखा है। जिस किसी के कण्ठ में भी वह वरमाला डालेगी—वह उसका प्रिय होगा, मित्र होगा, पति होगा, जीवन भर का साथी होगा। उन दोनों का सम्बन्ध, परस्पर प्रेम और विश्वास का होगा।...उसके साथ इस प्रकार का धोखा...यह उचित नहीं है... धर्म नहीं है...यदि बात केवल उसके अपने व्यक्तित्व तक ही सीमित होती, तो कदाचित वह आत्म-स्वीकृति ही पसन्द करती—सत्य और धर्म के नाम पर न सही, अपने मन का बोझ कम करने के लिए, अपनी मानसिक शान्ति के लिए। एक बार कह सकती, स्वीकार कर सकती, तो कम-से कम निर्दोष और स्वच्छ नयनों से, किसी को निःशंक भाव से देख तो सकती। पर बात केवल उसके व्यक्तित्व तक ही सीमित नहीं है। वह एक वंश का अंग है, एक राजपरिवार की प्रतिनिधि...उसके साथ-साथ वे सब कलंकित होंगे, वे सब, जिस-जिसका उसके साथ सम्बन्ध है। जिसका उसके साथ जितना अधिक और जितना घनिष्ठ सम्बन्ध है, वह उतने ही अधिक अपयश का भागी होगा; और उतना ही अधिक अपमानित होगा।...स्वयं अपने-आपको तो कुन्ती डुबो भी सकती है, किन्तु अपने सारे परिवार और वंश को वह किस प्रकार पाप-पंक में धकेल दे?...किन्तु अपने इस गहराते हुए पाप-बोध का वह क्या करे?...

कुन्ती की पुकार हुई। उसे बाहर रंग-मण्डप में बुलाया जा रहा था।

कुन्ती भारी मन से उठी...यह सारा शृंगार, यह स्वर्ण की तारों से खचित उत्तरीय, ये आभूषण और पुष्प-सज्जा...कैसे बोझ हो रहे थे, कुन्ती के लिए...

"राजकुमारी! तुम प्रसन्न नहीं हो?" एक सखी ने कहा भी।

कुन्ती कुछ कहती, इससे पूर्व ही वृद्धा धात्री ने सखी को टाल दिया, "लज्जा और संकोच, कुलीन कन्याओं का शील है मूर्ख! तू क्या चाहती है कि साधारण, कुल-शील-विहीन उच्छृंखल कन्याओं के समान, राजकुमारी भी अपने विवाह के अवसर पर इतराती फिरे।"

धात्री के उत्तर ने उस एक सखी के प्रश्न को ही नहीं अन्य सारी सखियों के सम्भावित प्रश्नों को एकदम निरस्त कर दिया था।

किसी और ने धात्री का समर्थन किया, "सचमुच यह उच्छृंखलता का अवसर नहीं है। जीवन का एक अत्यन्त गम्भीर सोपान है; और कन्या के सामने तो जैसे आशंकाओं और प्रश्नों का संसार ही जुट आता है।"

कुन्ती धीरे-धीरे चलती हुई स्वयंवर-मण्डप में आयी। यहाँ चारों ओर लोग-ही-लोग थे। उस भीड़ को क्या देखती कुन्ती। और देखती भी तो किसी पर दृष्टि टिकती क्या उसकी? इतनी भीड़ में तो सारे चेहरे जैसे गड्ड-मड्ड

हो गये थे।...और फिर सहस्त्रों जोड़ी आँखें उसी पर टिकी हुई थीं। नहीं, शायद कुछ आँखें उस पर टिकी हुई थीं, कुछ उसे तौल रही थीं, कुछ उसे छील रही थीं।...नहीं! इतनी आँखों का सामना कुन्ती नहीं कर सकती थी। ...उसने मस्तक झुका लिया। उसकी आँखें धरती पर जा टिकीं। माँ धरती! तू ही सबका सहारा है...

चारण आये। उन्होंने कुन्तिभोज के कुल का परिचय दिया...कुल की प्रशंसा में जो कुछ कहा जा सकता था, कहा...और कुन्ती को लगा कि उसके कुल की प्रशंसा में कहा गया एक-एक शब्द या तो अश्वों की टापों के समान, उसके कानों पर बज रहा है, या फिर कील के समान उसके वक्ष पर ठोका जा रहा है...उन शब्दों से उसका कुल जितना ऊँचा उठता जा रहा है, उसका अपना व्यक्तित्व उतना ही तुच्छ होता जा रहा है। ऐसा कुल, और ऐसी यह कुन्ती...

दोनों ओर से सखियों ने कुन्ती को थाम लिया और कुन्ती पग-पग धरती हुई आगे बढ़ी। सखियों ने जब उसे एक स्थान पर ला ठहराया, तो उसने देखा कि चारण उससे पहले वहाँ खड़े थे। और सामने, स्वयंवर में आये प्रत्याशी और अभिलाषी राजाओं की पंक्तियाँ थीं।...तो अब उसे एक-एक नृप के सामने ले जा कर खड़ा किया जायेगा। उसका परिचय दिया जायेगा। वह राजा अपनी दृष्टि से उसे तौलता रहेगा; और उसी समय में उसे भी उस राजा या राजकुमार को देख-परख लेना है। वहीं खड़े-खड़े निर्णय कर लेना है।...उसे उस व्यक्ति को स्वीकार या अस्वीकार कर देना है...

कुन्ती को लगा, घबराहट से उसकी टाँगें काँप रही हैं।

क्यों किया पिता ने यह स्वयंवर?—उसने सोचा अपने-आप ही कोई निर्णय कर लेते। अपनी इच्छानुसार किसी राजा को चुन कर कुन्ती का उससे विवाह कर देते, तो क्या कुन्ती मना कर देती? क्यों डाला कुन्ती पर यह बोझ? कुन्ती ने तो पुत्री के रूप में कभी इतना अधिकार नहीं माँगा था, जो उसे इस प्रकार विक्षिप्त कर दे। वह तो पिता की आज्ञा मान कर ही सन्तुष्ट थी...पर पिता भी क्या करते...उनके पास राजाओं के संदेश आ रहे थे। कुन्ती की चर्चा आर्यावर्त्त के अनेक राजप्रसादों में हो रही थी। उसके रूप की सुगन्ध कई राज्यों की सीमाओं का उल्लंघन कर गयी थी।...और ये आर्य योद्धा...ये तो थे ही ऐसे। जहाँ कहीं युद्ध, द्यूत या सुन्दरी स्त्री की सूचना मिली, व्याकुल हो कर तत्काल उसी दिशा में अश्व दौड़ा देते थे। जाने कैसे लोग थे ये...संसार के भोग में इतने अनुरक्त, इतने आसक्त...तनिक-से सुख के लिए प्राणों पर

खेल जाने वाले...पिता भी क्या करते। किस राजा के अनुरोध को स्वीकार करते; और किसकी याचना को अस्वीकार कर, उसके रोष को आमन्त्रित करते।...नहीं! पिता किसी से भयभीत नहीं थे; किन्तु अकारण शत्रुता बढ़ाने का लाभ?...उन्होंने इसीलिए कुन्ती के स्वयंवर का मार्ग चुना। जिस-जिसको कुन्ती की आकांक्षा हो, वह भोजपुर में आ जाये और अपने भाग्य का परीक्षण कर ले... किन्तु पिता ने यह तो नहीं सोचा था कि इससे कुन्ती के मस्तक पर दायित्व का बोझ कितना बढ़ जायेगा...

राजा कुन्तिभोज के चारण एक प्रत्याशी का परिचय दे लेते, तो उस राजा के अपने चारण उसकी विरुदावली आरम्भ कर देते...और कुन्ती को लग रहा था कि वह मूक और बधिर होती जा रही है। कुछ बोलने की तो उससे अपेक्षा ही नहीं थी। किन्तु, अब जैसे उसे कुछ सुनायी भी नहीं पड़ रहा था। शब्द उसके कानों से टकरा-टकरा कर वायु-मण्डल में विलीन होते जा रहे थे। उन शब्दों का कोई अर्थ नहीं था, कुन्ती के लिए...

"राजकुमारी। आप इतनी संकोची तो कभी नहीं थीं।"

कुन्ती सँभली। उसके पैर शायद डगमगा गये थे; और सखी को, उसे गिरने से बचाने के लिए पर्याप्त प्रयास करना पड़ा था।

पग सीधे पड़े और शरीर सँभल गया, तो कुन्ती का ध्यान सखी के शब्दों पर गया...वह कह रही थी कि कुन्ती इतनी संकोची तो नहीं थी...और कुन्ती बार-बार सोच रही थी कि वह इतनी संकोची क्यों हुई...वह ठीक समय पर दृढ़तापूर्वक 'न' कहना सीख जाती, तो संकोच में अपनी इच्छा के विरुद्ध कर्म करने को क्यों बाध्य होती–उसका असमंजस और संकोच ही तो खा गया उसको...

उसके कान चारणों के शब्दों पर अटके। वे परिचय दे रहे थे...हस्तिनापुर के सम्राट पाण्डु का...वे लोग उसके कुल का यशोगान कर रहे थे...भरत, पुरु, ययाति, शान्तनु, भीष्म...इस कुल के विषय में बहुत कुछ सुन रखा था उसने। अनेक असाधारण महापुरुषों का सम्बन्ध था इस वंश से। विस्तृत और शक्तिशाली साम्राज्य था। उनके अधीन अनेक माण्डलिक राजा थे। धर्म, धन तथा वीरता के लिए प्रसिद्ध था यह वंश।...कुन्ती ने दृष्टि उठायी...पाण्डु उसकी ओर देख कर मुस्कुराने का प्रयत्न कर रहा था...वय छोटा था अभी! चेहरे पर तरुणाई फूट रही थी। नयन-नक्श आकर्षक थे...पर वर्ण कैसा पीला था, जैसे स्वर्ण का रंग।...क्या हस्तिनापुर में इतना स्वर्ण है कि वहाँ के लोगों का रंग पीला पड़ जाता है...कुन्ती का मस्तिष्क बड़े वेग से काम कर रहा था... हस्तिनापुर के राजप्रासाद में ही कानीन पुत्र का सम्मान हुआ है। हस्तिनापुर में

वेदव्यास उतने ही सम्मानित हैं, जितने कि स्वयं देवव्रत भीष्म।...हस्तिनापुर में किसी ने कानीन पुत्र के लिए सत्यवती का तिरस्कार नहीं किया...और अधिरथ भी हस्तिनापुर में ही हैं, अधिरथ...हस्तिनापुर...कानीनपुत्र...भरत-वंश...

कुन्ती का मस्तक फिर से चकराने लगा था।...अभी वह अवश हो जायेगी, और सखियाँ उसे भुजाओं से पकड़, आगे बढ़ा ले जायेंगी। चारण किसी अन्य राजा अथवा राजकुमार का गुणगान करने लगेंगे...

उसमें जैसे कोई आकस्मिक ऊर्जा जागी।...उसने एक ही क्षण में, झटके के साथ, वरमाला पाण्डु के गले में डाल दी!

कुन्ती के कानों में जैसे नगाड़े बजने लगे। उसे लगा, अभी चारों ओर से कोलाहल मच जायेगा, 'कुन्ती! तूने यह क्या किया?' 'कुन्ती! तूने सारे राजाओं का परिचय भी प्राप्त नहीं किया?' 'कुन्ती! तेरा निर्णय ठीक नहीं हुआ।' और शायद अनेक राजा अभी कवच पहन-पहन कर, धनुष-बाण हाथों में लिए, युद्ध के लिए उद्यत दिखायी पड़ेंगे! स्वयंवरों में यही तो होता है...खड्ग चमकेंगे... स्वयंवर-मण्डप अभी रक्त में स्नान करेगा...

किन्तु अपने मस्तक के बवण्डर को थोड़ा नियन्त्रित कर, उसने देखा कि यह सब उसके मस्तिष्क के भीतर घटित हो रहा था।..स्वयंवर-मण्डप में कार्य सम्पन्न होने का उल्लास था...कुन्तिभोज हर्षित मुद्रा में, उसकी ओर बढ़ रहे थे...पिता उसके निर्णय से रुष्ट नहीं थे...तो क्या कुन्ती ने अपने उन्माद के एक क्षण में जो निर्णय लिया, वही सर्वोत्तम निर्णय था?...

कुन्तिभोज ने आ कर उसे कण्ठ से लगा लिया, "पुत्री! तूने मेरी समस्त आशाएँ पूरी कर दीं। हस्तिनापुर के सम्राट से श्रेष्ठ वर की कल्पना भी मेरे मन में नहीं थी।..."

कुन्ती का मन उल्लास-भरा नृत्य कर रहा था; किन्तु उसके मन का कोई अंश था, जो डरा-सहमा, किसी अन्धकारमय कोने में बैठा सोच रहा था : अभी इन राजाओं की भृकुटियाँ चढ़ जायेंगी। अभी इन सबके खड्ग कोश से बाहर आ जायेंगे...ऐसी तो क्षत्रियों की कोई सभा होती ही नहीं, जिसमें पूर्ण सहमति हो जाये और रक्तपात न हो। स्वयंवर में विधिवत जो कन्या को पा जाये, उस राजा का एक पक्ष होता है; और जो कन्या को बलात् पाने का प्रयत्न करते हैं, उनका दूसरा पक्ष।...जिसमें दो विरोधी पक्ष न हों, ऐसा स्वयंवर तो कोई होता ही नहीं।...और फिर रक्तपात न भी होता तो क्या...किसी के लिए भी क्या कठिन था यह कह देना, कि इस कुन्ती से इसके अतीत के विषय में पूछो। पूछो इससे कि...

और बस! इतने में ही यह पाण्डु अपने कण्ठ में पड़ी वरमाला को

छिन्न-छिन्न कर देगा। कहेगा, 'मैं क्षत्रिय राजा हूँ! हस्तिनापुर का सम्राट। सनातन धर्म कुछ भी रहा हो। ऋषि कुछ भी मानते हों। राज-समाज उसका आदर करे ही, यह तनिक भी आवश्यक नहीं है...'

किन्तु कुन्ती के लिए यह सुखद आश्चर्य ही था कि ऐसा कुछ नहीं हुआ। राजाओं का वह समाज, जो किंकर्तव्यविमूढ़-सा अपने स्थान पर खड़ा था, सहसा लहर के समान आगे बढ़ा और उसने उसके पिता को स्वयंवर सम्पन्न होने पर बधाई दी।...और उसके पश्चात तो लहर-पर-लहर आती चली गयी... एक-से-एक ऊँची! जैसे राज-समाज न हो, कोई सागर हो जो पूर्ण चन्द्रमा को देख, उसके चरणों में लोटने को व्याकुल हो उठा हो...

चारों ओर बधाई और जय-जयकार की ध्वनियाँ थीं। वे ध्वनियां भी अधिक देर तक नहीं टिकीं...राजागण एक-एक कर विदा हो गये; और स्वयंवर-मण्डप में रह गये थे राजा कुन्तभोज के दास, सेवक और सैनिक; स्वयं राजा कुन्तिभोज, कुन्ती और उसके द्वारा वरण किया गया—हस्तिनापुर का सम्राट पाण्डु!...किसका प्रताप था यह—कुन्ती के वीर पिता कुन्तिभोज का या उसके 'वर' सम्राट पाण्डु का?...

कुन्ती चकित दृष्टि से बारी-बारी उन दोनों को देख रही थी।

46

हस्तिनापुर आने से पहले कुन्ती ने मथुरा और भोजपुर का वैभव देखा था। यादवों का वैभव कम नहीं था; किन्तु हस्तिनापुर को देखने के पश्चात ही उसे मालूम हुआ कि वैभव क्या होता है। ऊँट जब तक पर्वत के नीचे न आये, तब तक वह कैसे जान सकता है कि वास्तविक ऊँचाई क्या होती है। कुन्तिभोज कितने भी वीर क्यों न रहे हों—भोजपुर का राज्य हस्तिनापुर के साम्राज्य से बहुत छोटा था। वहाँ भी दास-दासियों का अभाव नहीं था। बाहर निकलने पर साथ शस्त्रधारी सैनिक भी चलते थे...किन्तु वे दास-दासियाँ, सेवक-चाकर, सैनिक-प्रतिहारी—सब जैसे उनके आत्मीय थे, परिवार के अंग।...अब अपनी धात्री को वह दासी मान सकती है क्या? राग के उस तन्तु को वह कैसे भूल सकती है, जिसने उन दोनों को बाँध रखा था।...कोई माता भी उससे अधिक क्या करती, जो कुछ धात्री ने किया...किन्तु हस्तिनापुर में 'दासी' को 'दासी' ही समझा जाता था...वैभव का मद राजपरिवार में स्पष्ट था...एक पितृव्य भीष्म थे, जिनके विषय में उसने आते ही सुना था कि वह राजप्रासाद में रहते हुए भी, राजपरिवार के संरक्षक और अभिभावक होते हुए भी, तपश्चर्या का जीवन

व्यतीत कर रहे हैं—किसी तापस सन्यासी के समान...

कपाट कुछ खटके।

कुन्ती ने दृष्टि उठा कर देखा : पाण्डु ने कक्ष में प्रवेश किया। आस-पास बैठी दासियाँ प्रणाम कर कक्ष से बाहर चली गयीं। किसी ने बाहर से कपाट भिड़ा दिये। सम्भवतः बाहर भी दासियाँ बैठी थीं...

पाण्डु आ कर पलंग पर बैठ गया। थोड़ी देर चुपचाप टकटकी लगाये, कुन्ती को देखता रहा। कुन्ती की दृष्टि क्रमशः नीचे झुकती चली गयी; दृष्टि के साथ ग्रीवा भी झुक गयी; और जब कटि-भी कमान के समान झुकने लगी तो पाण्डु ने तर्जनी से कुन्ती के चिबुक के नीचे टेक दी, "कितनी लजीली हो तुम!" वह बोला, "और कितनी सुन्दर!"

अवसर मिलते ही कुन्ती ने बलात् ऊपर उठाया हुआ चेहरा, फिर से झुका लिया। वह अपने रूप की प्रशंसा करने वाले इस कामनीय पुरुष की आँखों में निसंकोच कैसे देख सकती थी...और कुन्ती की अपनी आँखों में तो उसका अतीत भी था...कहीं उसके पति की दृष्टि, उसके अतीत पर पड़ गयी तो...

पाण्डु ने उसे इस प्रकार संकुचित नहीं रहने दिया। उसने कोमल किन्तु दृढ़ पकड़ से उसका अवगुण्ठन ही नहीं, उत्तरीय ही उतार कर पृथक् कर दिया। अपनी दोनों हथेलियों में उसने कुन्ती का मुखड़ा थाम लिया, उसे निहारा और उसके हाथ मुखड़े से ग्रीवा से कंधों पर आ गये...

"मैंने तुम्हारे रूप की बहुत प्रशंसा सुनी थी कुन्ती! किन्तु तुम उससे भी कहीं अधिक सुन्दर हो!...ऐसा रूप-वैभव और ऐसा शील!..."

पाण्डु के हाथ, कुन्ती के कंधों से हटे और उसने कुन्ती को अपने अंक में बाँध लिया। अंक कसता जा रहा था...और कुन्ती का मन द्रवित होते-होते, इस स्थिति तक पहुँच गया कि उसकी भुजाएँ भी प्रत्यालिंगन के लिए हिलीं।

सहसा ही पाण्डु ने अपनी पकड़ ढीली कर दी...

कुन्ती को जैसे झटका लगा। उसकी मुँदी हुई आँखें खुल गयीं। उसने पाण्डु को देखा : उसका चेहर उत्तेजना में रक्ताभ हो रहा था। नासिका के नीचे, पतली मूँछों के ऊपर छोटे-छोटे स्वेदकण चमक रहे थे, किन्तु आँखों में कैसी अवशता थी...

पाण्डु ने अपना सिर कुन्ती की गोद में डाल दिया, "मुझे अपने विषय में बताओ। मैंने तुम्हारे विषय में सुना भी बहुत कुछ है।...मुझे लगता है कि मैं तुम्हारी प्रशंसा सुन-सुन कर ही तुमसे प्रेम करने लगा था। बहुत भावुक हूँ मैं, कल्पनाशील भी। कोई बात मेरे मन में बैठ जाये तो अपनी तीव्र कल्पना से उसे ऐसा जीवन्त कर लेता हूँ कि चाहे संसार के लिए असत्य हो, पर मेरे लिए

वह सत्य हो जाती है।...मैंने सुना है कि तुम्हारा एक नाम पृथा भी है।..."

पाण्डु उठ कर बैठ गया। इस समय कुन्ती और पाण्डु एकदम आमने-सामने थे। अब कुन्ती में उतना संकोच नहीं रह गया था। पहले आलिंगन और पहले सम्भाषण का संकोच दूर हो चुका था।...पाण्डु के चेहरे का आवेश शान्त हो गया था। वह कुछ सहज लग रहा था...पर कुन्ती को अपने शरीर का ताप कम करने में कठिनाई हो रही थी...किन्तु शायद पाण्डु का व्यवहार अधिक संगत था...पहले उन्हें एक-दूसरे का परिचय प्राप्त कर लेना चाहिए। परिचय से ही तो आत्मीयता का जन्म होगा। आत्मीयता से प्रेम का; और प्रेम के आधार पर कामासक्ति...

"मेरा वास्तविक नाम तो पृथा ही है; कुन्ती नाम तो मुझे राजा कुन्तिभोज की दत्तक पुत्री के रूप में मिला।" कुन्ती ने धीरे से कहा, "मैं नहीं जानती कि आपको ज्ञात है या नहीं कि मथुरा के वृष्णि प्रमुख शूरसेन मेरे जनक थे। उन्होंने मुझे अपनी बुआ के पुत्र राजा कुन्तिभोज को दे दिया था।"

"क्यों?"

"राजा कुन्तिभोज की कोई सन्तान नहीं थी।"

"पर हमारे विवाह में तो न तुम्हारे जनक शूरसेन उपस्थित थे और न तुम्हारे भाई वसुदेव!"

"मेरे जनक अपना नश्वर शरीर त्याग चुके हैं।" कुन्ती का स्वर उदास हो गया, "और आपने सुना होगा कि मेरे भाई वसुदेव और भाभी देवकी को कंस ने बन्दी बना रखा है।"

"ओह!" पाण्डु को लगा कि यह विषय आरम्भ कर, उसने भूल की है। "राजा कुन्तिभोज ने कंस को समझाया नहीं?..."

"कंस को कौन समझायेगा। उसने अपने पिता को बन्दी कर लिया है। वह यादवों का सारा शासन-तन्त्र नष्ट कर रहा है। वह पूर्ण रूप से परम स्वतन्त्र आततायी राजा बन गया है। यादवों की सभा की भी वह एक नहीं सुनता।"

"मेरे अज्ञान को क्षमा करना कुन्ती!" पाण्डु बोला, "मैंने कभी इधर ध्यान नहीं दिया, इसलिए स्थिति से पूर्णतः अवगत नहीं हूँ। पर सोचता हूँ कि राजा कुन्तिभोज कंस से युद्ध क्यों नहीं करते?"

"कह नहीं सकती कि वास्तविक स्थिति क्या है। मैं मथुरा से दूर रही हूँ। सारा संघर्ष ब्रज-मण्डल के भीतर है।...वैसे भी कंस को मगधराज जरासंध का संरक्षण प्राप्त है। युद्ध हुआ, तो दोनों ओर से यादवों का ही नाश होगा...। भाई वसुदेव...।" कुन्ती की आँखों में अश्रु आ गये।

"रोओ नहीं प्रिये!"

कुन्ती के अश्रु देख कर पाण्डु स्वयं को रोक नहीं सका। उसने सान्त्वना देने के लिए, कुन्ती को अपनी बाँहों में समेट लिया।...कुन्ती का द्रवित मन जैसे कोई सहारा खोज रहा था। उसने अपना मस्तक पाण्डु के कंधे के साथ टिका दिया।

"मैंने अनुपयुक्त अवसर पर यह विषय छेड़ दिया कुन्ती!" पाण्डु ने कुन्ती के माथे का चुम्बन किया। केशों में अँगुलियाँ फिरायीं; और उसकी हथेलियाँ कुन्ती की पीठ पर आ गयीं।

कुन्ती भी सजग हुई।...आज उसके विवाह की प्रथम रात्रि थी...अपने भाई-भाभी के कष्टों को याद कर रोने के लिए, यह कोई बहुत उपयुक्त अवसर नहीं था।...उसके लिए जीवन में और अनेक अवसर आयेंगे।

कुन्ती ने अपने अश्रु पोंछ लिए, "मुझे जीवन ने कई अवसरों पर बहुत रुलाया है आर्यपुत्र!..." और कुन्ती को लगा, अब उसने स्वयं ही एक अनुपयुक्त विषय छेड़ा है। कहीं पाण्डु इसी संदर्भ में प्रश्न पूछने लगे, तो कहाँ तक छिपायेगी वह अपना अतीत...घबरा कर कुन्ती ने अपना चेहरा पाण्डु के वक्ष में डुबो दिया...

पाण्डु का शरीर फिर से कसने लगा था। कुन्ती का यह देह-वैभव उसकी भुजाओं में था; और रक्त का संचार जैसे वेगवान ही नहीं हुआ था, तप्त भी हो गया था। पर यह सारा रक्त उसके मस्तक में ही क्यों चढ़ने लगता था। मस्तक जैसे फटने लगता था; और आँखें चक्षु-कोटरों को फाड़ कर बाहर निकलने लगती थीं...यह उत्तेजना...इसे नियन्त्रित करना होगा...

"सुना है, तुम्हारे पिता, राजा कुन्तिभोज अत्यन्त धर्मप्राण व्यक्ति हैं।" पाण्डु ने चर्चा का विषय एकदम बदल दिया। सम्भवतः ऋषियों-मुनियों और धर्म की चर्चा से, उसे इस प्राणघातक आवेश से मुक्ति मिले...

पति द्वारा विषय-परिवर्तन कुन्ती को भला लगा। समझ गयी कि उसे ही इस अटपटी स्थिति से मुक्त करने के लिए उसके प्रिय ने बात को दूसरी ओर मोड़ दिया है...

कुन्ती मुस्कुरायी, "पिता की धर्म-वृत्ति के विषय में मैं अधिक नहीं जानती; किन्तु ऋषि-मुनियों की सेवा वह अवश्य करते थे। अनेक ऋषि भोजपुर में आया करते थे।"

पाण्डु की विचित्र स्थिति थी—उसका हृदय जैसे वक्ष फाड़ कर बाहर निकल आना चाहता था। कुन्ती!...सुन्दरी कुन्ती...युवती कुन्ती...देह का यह आकर्षण...कामदेव जैसे पाण्डु के रक्त के एक-एक बिन्दु में अपने पाँचों बाणों

का विष एक साथ ही घोल रहा था...काम की उत्तेजना...उफान-ही-उफान ...किन्तु रति कहीं निकट नहीं थी पाण्डु के,...रति के बिना तो काम अपने ताप में ही जल कर भस्म हो जायेगा...भगवान महादेव को अपना तीसरा नेत्र खोलने की आवश्यकता ही नहीं पड़ेगी...किन्तु अपने साथ-साथ, वह पाण्डु का शरीर भी भस्म कर जायेगा...

कुन्ती ने पाण्डु को देखा। काम से आविष्ट पाण्डु अन्यमनस्क-सा था। जाने कहाँ ध्यान था पाण्डु का...या सम्भव है कि इस प्रथम साक्षात्कार में, इस अल्प परिचय में काम का यह आवेग, उसके सुसंस्कृत मन को अशोभनीय लग रहा हो...सम्भवतः वह स्वयं को नियन्त्रित कर रहा हो... पति-पत्नी में कुछ घनिष्ठ परिचय हो ले, वे कुछ और आत्मीय बन जायें...प्रेम उपजे भावों का तादात्म्य हो, तो काम प्रेम का एक अंग बन कर जीवन को सुखद बनाये...उस परिचय, आत्मीयता और प्रेम के अभाव में देह-सम्बन्ध ...कामुकता तो कोई अच्छा गुण नहीं है...

कुन्ती का मन पाण्डु पर मुग्ध होता जा रहा था। देखो तो कितना कष्ट पा रहे हैं, आत्म-संयम में। जैसे अपने-आपसे युद्ध कर रहे हों...वह क्या नहीं जानते कि कुन्ती भी क्षत्रिय-पुत्री है...क्षत्रिय-समाज को जानती है।...कितना ताप है क्षत्रियों के रक्त में...युद्ध, सेज और क्रीड़ा-मण्डप...यही तो प्राण हैं उनके...

"सुना है कि दुर्वासा ऋषि भी एक बार आये थे, तुम्हारे राजप्रासाद में।" पाण्डु स्पष्टतः बात को आगे चलाने का प्रयत्न कर रहा था। उसका शरीर आवेश से काँप रहा था...

कुन्ती को जैसे सर्प-दंश लगा हो।...यह चर्चा को किस ओर ले जा रहे हैं...कहीं इन्हें ज्ञात तो नहीं...भोजपुर से चलते हुए, हस्तिनापुर के मार्ग में, या हस्तिनापुर में आने पर, किसी ने इन्हें बता तो नहीं दिया...क्यों इन्होंने दुर्वासा का ही नाम लिया?...

कुन्ती एक झटके से पाण्डु की भुजाओं में से मुक्त हो गयी।

पाण्डु के शरीर का ताप कुछ कम हुआ। उसे लगा, जैसे उसके तपते मस्तक को वायु का कोई शीतल झकोरा, कुछ शान्त कर गया हो...

"हाँ! आये थे।" कुन्ती ने कुछ साहस कर कहा, "मैंने कहा न कि भोजपुर के राजप्रासाद में ऋषि-मुनि, चिन्तक-विचारक, साधक-तपस्वी, सब आया ही करते थे। पिता उन सबका आदर करते थे। उनका स्वागत करते थे। उनकी सहायता करते थे।"

साहस कर कुन्ती कह तो गयी, किन्तु उसका विवेक उसे लगातार रोक रहा

था : वह गलत दिशा में बढ़ रही है। ये निर्दोष बातें, उसके लिए यम-फाँस बन सकती हैं।

पाण्डु अपने भीतर के आवेश से लड़ रहा था; किन्तु कुन्ती पर तनिक भी प्रकट नहीं होने देना चाहता था। अनमना-सा, उसे बातों में लगाये रखना चाहता था। बात समाप्त होते ही मौन छा जाता था। मौन होते ही जैसे कुन्ती उससे रति की अपेक्षा करेगी...और पाण्डु पर फिर कामावेश छा जायेगा। उसका मस्तक फटने लगेगा, उसकी आँखें, कोटरों से बाहर निकलने-निकलने को हो जायेंगी...और उसकी रति-इच्छा फिर भी पूरी नहीं होगी...

"ऋषि क्या करने आते थे भोजपुर में?" उसने फिर एक प्रश्न उछाल दिया।

कुन्ती ने निरीक्षक दृष्टि से देखा : क्यों कुरेद रहा है इतना। क्या इसे सचमुच कुछ मालूम हो गया है?

"साधना करते थे ऋषि। कोई प्रयोग। ज्ञान के क्षेत्र में कोई नया शोध।..."

"पर दुर्वासा तो बहुत क्रोधी ऋषि माने जाते हैं।"

"क्रोधी तो वह हैं ही...वरन...एक प्रकार से विक्षिप्त-से हैं।" कुन्ती को लगा अब वह शायद और नहीं रोक पायेगी। उसके स्वर में शायद कोई थरथराहट आ गयी है। उसका कण्ठ सूख रहा था। यदि इस विषय पर बात और चलती रही, तो कहीं ऐसा न हो कि या तो वह चीत्कार कर उठे, या फिर उसे चक्कर आ जाये..

"उन्हें सन्तुष्ट करना तो बहुत कठिन होगा।" पाण्डु का अपने साथ लगातार युद्ध चल रहा था...वह अपने लोभ और संयम में, काम और विवेक में कोई संगति नहीं बैठा पा रहा था। एक ओर उसकी इच्छा होती थी कि वह यहाँ से भाग जाये...और दूसरी ओर कुन्ती का रूप, कुन्ती की देह का आकर्षण, उसे अनवरत अपनी ओर खींच रहा था...

"ऐसे व्यक्ति को सन्तुष्ट करना तो कठिन है ही।" कुन्ती ने कह तो दिया, किन्तु उसे लगा कि उसके स्वर का प्रवाह जैसे थम गया है, उसका कण्ठ सूख गया है।

"तुम लोगों ने उनकी बहुत सेवा की होगी।"

कुन्ती के लिए अब यह असह्य था...अब यह वार्तालाप यहाँ न रुका, तो फिर इसका कोई अन्त नहीं है...

उसने जैसे अपना सारा आत्मबल समेटा, अपने संकोच को बलात् परे धकेला और बड़ी कठिनाई से बोली, "आर्यपुत्र! आज की रात हमारे बीच यह

ऋषि और उनकी तपस्या क्यों आ खड़ी हुई है...।"

और अपने अन्तिम शस्त्र के रूप में कुन्ती ने स्वयं को जैसे पाण्डु के अंक में उँड़ेल दिया...

कुन्ती के शरीर को पाण्डु ने अपनी भुजाओं में थाम लिया। उसका आलिंगन कसने लगा। लगा, उस पर काम का उन्माद छा गया है...और दूसरे ही क्षण उसके चेहरे पर किसी भीतरी यातना के चिह्न उभरे।...उसकी भुजाएँ ढीली पड़ गयीं।...वह हाँफ रहा था। उसका चेहरा एकदम विकृत हो उठा था।

"मेरा मन ठीक नहीं है।" उसने कहा।

वह उठा और कक्ष से बाहर निकल गया।

कुन्ती अवाक् बैठी रह गयी।

उसके दुर्भाग्य ने उसका पीछा नहीं छोड़ा...वह सोच रही थी...किसी प्रकार उसके पति को सूचना मिल ही गयी...यही होना था। उसके साथ! मूर्खता का और क्या परिणाम हो सकता है।

और सहसा उसे लगा कि उसके मन में पाण्डु के प्रति अपार क्रोध भर आया है।...उसे क्या अधिकार है, कुन्ती को इस प्रकार पीड़ित करने का। अबोधावस्था में हुई कोई भूल क्या इतनी महत्त्वपूर्ण होती है कि उसके लिए किसी का सारा जीवन नष्ट कर दिया जाये।...ऐसा ही कुछ करना था, तो विवाह से पहले ही खोज-बीन कर ली होती। स्वयंवर में न आया होता...और इतनी ही घृणा थी उसे, इस तथ्य से, तो अपनी पितामही का सम्मान क्यों करता है...क्या इससे ऐसी कोई भूल नहीं हुई होगी। क्षत्रिय राजकुमार—जिसके आस-पास इतनी दासियाँ विद्यमान रहती हैं, क्या इसके पग एक बार भी नहीं डगमगाये होंगे...और फिर यह तो सम्राट है हस्तिनापुर का...कल यदि कुन्ती को उसके विषय में ऐसी ही कोई सूचना मिल जायेगी, तो क्या कुन्ती भी उसे इसी प्रकार छोड़ कर चल देगी?

कुन्ती बड़ी देर तक बैठी हुई मन-ही-मन फुँकती रही...पति के विरुद्ध मन-ही-मन आक्रोश संचित करती रही...और जब आक्रोश का वेग आकाश छूने लगा, तो कुन्ती को लगा कि वह और ऊपर न जा कर क्षितिज की ओर झुकने लगा है...पति से रुष्ट हो कर क्या होगा? वह गंगा तो है नहीं कि शान्तनु को छोड़ कर चली जाये; और फिर कहीं उसकी चर्चा भी न हो।...पाण्डु को छोड़ जायेगी, तो जायेगी कहाँ?...पिता कुन्तिभोज के यश पर कालिमा पोतने भोजपुर जायेगी क्या? पिता ने अपनी कीर्ति की रक्षा के लिए उस नवजात शिशु को भोजपुर से इतनी दूर भिजवा दिया था।...कुन्ती लौट कर भोजपुर

जायेगी, तो अपने पिता की निष्कलुष कीर्ति को नष्ट नहीं कर देगी?...तो क्या वह मथुरा जायेगी? पर अब मथुरा में कौन था? कंस के शासन में कौन-सा सुख मिलेगा उसे?

पुरुषों का समाज है, तो इसमें पुरुषों की ही इच्छा चलेगी। वह पति से रुष्ट हो कर न इस घर में रह सकेगी, न पितृ-गृह में। उसे पति से कोई-न-कोई समझौता करना ही पड़ेगा।...पति से समझौता तो पति की इच्छा के अनुकूल ही होगा...जो वह चाहेगा, जैसा वह चाहेगा...

कुन्ती सारी रात सोचती रही...उसका भविष्य कैसा होगा? जीवन का क्या स्वरूप होगा? उसके उन सारे स्वप्नों का क्या होगा, जो उसने कुन्तिभोज की पुत्री के रूप में देखे थे : या पाण्डु की ग्रीवा में वरमाला डालने के पश्चात हस्तिनापुर की साम्राज्ञी के रूप में देखे थे। साम्राज्ञी के स्वप्न तो आठ प्रहर भी जीवित नहीं रहे; सम्राट ने एक झटके में ही सब कुछ ध्वस्त कर दिया!...

अपने प्रासाद के एक एकान्त कक्ष में पाण्डु पलंग पर उत्तान लेटा था। उसकी आँखे जैसे कक्ष की छत से चिपक गयी थीं और कुछ देख भी नहीं रही थीं। आँखों की कोरों से अश्रुकण अपने-आप बहते जा रहे थे।...पाण्डु ने स्वयं को इतना असहाय कभी नहीं पाया था।...हस्तिनापुर का सम्राट और इतना असहाय! कुन्ती उसकी दासी नहीं है, जिसे वह अपनी इच्छानुसार झटक कर अपना पिण्ड छुड़ा ले। वह उसकी पत्नी है, जिसे वह स्वयंवर में से प्राप्त कर, विवाह कर लाया है। क्षत्रियों में इसे गौरव का विषय समझा जाता है।...कुन्ती ने उसके रूप पर मुग्ध हो कर या उसकी वंश-परम्परा अथव साम्राज्य की शक्ति को देख कर, उसके गले में वरमाला डालो थी।...वह आजीवन उसके साथ रहेगी...एक-दो रातों की बात नहीं है कि किसी व्याज से वह उसे टाल दे...स्वयं रुष्ट हो जाये, कहीं चला जाये, उसे कहीं भेज दे।...कब तक मुँह छिपाता रहेगा उससे?...इससे तो कहीं अच्छा था कि वह पितृव्य भीष्म के समान स्त्री-प्रसंग से दूर रहने की प्रतिज्ञा कर लेता। वह प्रतिज्ञा शायद इतनी कठिन नहीं होती, जब कभी नारी-प्रसंग उठता, तब उसकी परीक्षा होती : किन्तु यह तो आजीवन, आठों पहर, बारहों मास...प्रत्येक क्षण कृत्या के समान उसके कण्ठ में अपने दाँत गड़ाये, उसका रक्त पीती रहेगी... और यदि कहीं उसने इसकी चर्चा अन्य लोगों से कर दी तो?...परिवार के वृद्ध जनों में, राज्य के कर्मचारियों में, दास-दासियों में यह चर्चा होगी कि पाण्डु...

किन्तु पितृव्य के समान वह प्रतिज्ञा कैसे कर सकता था? पता नहीं उनके मन को नारी लुब्ध कैसे नहीं करती? उनका मन ही किसी अन्य धातु का बना

हुआ है...या उनका संकल्प ही इतना दृढ़ है। पाण्डु के शरीर का तो एक-एक रोम, नारी का रूप देखते ही सनसनाने लगता है। लोभ इतना अधिक है और क्षमता सर्वथा शून्य! या तो कामना ही न होती, या फिर क्षमता भी होती। कामना और क्षमता के इस असन्तुलन में कहीं वह पागल न हो जाये...

पाण्डु को कुछ करना होगा : या तो वह वैद्यों की सहायता ले, या अपने मन को सन्तुलित करे, या फिर वह यहाँ से कहीं दूर चला जाये...कुन्ती से दूर...जहाँ कोई उसकी क्षमता की परीक्षा लेने वाला न हो!

सहसा पाण्डु को लगा कि उसके भीतर कहीं कोई आहत पशु बैठा हुआ है। घाव उसके मन पर भी है—अपमान का घाव : और शरीर पर भी—शारीरिक कष्ट का घाव! थोड़ी-थोड़ी देर में कहीं कोई एक टीस उठती है और उस पशु की दृष्टि अपने घाव पर जा पड़ती है।...उसके शरीर का कष्ट भी बढ़ जाता है और मानसिक पीड़ा भी। और तब पशु का दर्प जागता है। उसकी दृष्टि अपने तीक्ष्ण नखों पर पड़ती है; उसे अपने दाँतों का नुकीलापन और जबड़ों की शक्ति याद आती है। उसका मन होता है कि सामने पड़ने वाले प्रत्येक जीव को वह चीर-फाड़ कर रख दे। उसके आस-पास कोई जीव ही न रहे, जो उसका उपहास कर सके, उसे अपमान का घाव दे सके!

पर तभी पाण्डु का विवेक जागा : यह क्या होता जा रहा है उसे? क्या उसके मन में इतनी हिंसा संचित है? यदि ऐसा है तो अपनी इस घातक पीड़ा में किसी भी समय उसके भीतर के पशु पर से उसके विवेक का नियन्त्रण शिथिल हो सकता है...और ऐसी स्थिति में वह विवेक-शून्य पशु किसी भी और कितने ही जीवों के प्राण ले सकता है। पाण्डु अपनी क्षमता से अवगत है। व्यक्तिगत वीरता तो एक ओर, पाण्डु के पास पितृव्य भीष्म के सान्निध्य और निरीक्षण में संगठित, हस्तिनापुर की प्रशिक्षित-अनुशासित सबल सेना है। यदि कहीं उस सेना को ले कर पाण्डु हिंसा पर उतर आया तो?

पाण्डु की बुद्धि का कोई और आयाम जागा : जिस बात से वह भयभीत हो रहा है, वही बात उसकी समस्या का समाधान भी हो सकती है। वह सेना ले कर अपने राज्य से बाहर निकल जाये...अमित्र राज्यों पर आक्रमण करे, उन्हें नमित करे, पराजित करे, दण्डित करे। अपने मन की इस सारी अपमानित हिंसा को वह संहार के लिए मुक्त कर दे...और इस सारे कृत्य को दिग्विजय के नाम से गौरवान्वित करे!

पाण्डु के मन में योजनाएँ बनती चली गयीं। कौन-सी वाहिनियाँ साथ जायेंगी, कौन-सी हस्तिनापुर में रहेंगी। कितनी संख्या पर्याप्त होगी। कितने योजन तक वह अपनी सेना को बिना पराजित हुए, आगे बढ़ा ले जा सकता

है। मार्ग कौन-सा होगा। कौन-सी ऋतु किस प्रदेश में पड़ेगी। किस राज्य से उसे क्या उपलब्ध हो सकता है...

प्रभात के निकट आने पर उसे लगा : अब वह अपमान से आहत और कुन्ती के भय से त्रस्त हो कर, हस्तिनापुर की प्रजा से मुँह छिपाता नहीं फिरेगा। वह सुनियोजित ढंग से दिग्विजय करेगा : और भरत-वंश के नये कीर्तिमान स्थापित करेगा।

सूर्य की पहली किरण ने जब उसके प्रासाद को छुआ तो वह अत्यन्त हल्के कुन्ती की निन्द्रा कुछ विलम्ब से ही टूटी। वह बहुत थोड़ी देर के लिए ही सो पायी थी शायद! सिर भारी और आँखें जल रही थीं। मन में अवसाद का धुआँ भी अभी तक था।...उसे अपनी स्थिति समझने और कल रात की बातें याद करने के लिए कुछ प्रयत्न करना पड़ा। जैसे-जैसे उसे बातें याद आती गयीं, उसका सिर कुछ और भारी होता गया...जो कुछ घटित हुआ था, वह कल के साथ ही समाप्त नहीं हो गया...वह तो अब प्रत्येक रात्रि को घटित होगा, या शायद उससे भी कुछ अधिक भयंकर...यदि कहीं उसने ये बातें परिवार के गुरुजनों को बता दीं...पता नहीं कैसे संक्रान्ति काल में से हो कर जा रहा है यह समाज!...ऋषि हैं कि परम्परा से चले आते हुए सनातन धर्म की पवित्रता, उपयोगिता और उच्चता को आज भी उतना ही महत्त्व देते हैं, और राज-समाज है कि निरन्तर बदलता जा रहा है, अपनी नयी मान्यताएँ स्थापित करता जा रहा है—मानअपमान के नये मानदण्ड! राजाओं का भी एक वर्ग, कन्यादान के समय, शुल्क स्वीकार करता है; और दूसरा वर्ग है, कि जब कन्या-दान करता है, उसके साथ यथासम्भव अधिक-से-अधिक यौतुक अपनी ओर से देता है। ...ऋषि सन्तानोत्पत्ति को धर्म मानता है, प्रकृति की इच्छा के साथ सहयोग। कानीन सन्तान, औरस सन्तान, नियोग से सन्तान।...और राज-समाज कानीन पुत्र को तो त्याग ही चुका, नियोग द्वारा उत्पन्न सन्तान को भी औरस सन्तान के समान सम्मानित नहीं मानता।...कहीं बहुपतित्व है, कहीं बहुपत्नीत्व... और कहीं मात्र एकपत्नीत्व।...कुन्ती को लगता है कि ऋषियों ने जो नियम बनाये, वे समाज का हित ध्यान में रखकर बनाये हैं; और वे लोग आज भी उसी पर दृढ़ हैं।...उसमें उनका निजी स्वार्थ नहीं है...किन्तु राज-समाज जो नियम बना रहा है, वह अपने स्वार्थ और अहंकार के आधार पर बना रहा है। उसमें व्यक्तिगत दृष्टि ही है...समाज का हित उनके ध्यान में नहीं है...तभी तो समाज की दृष्टि संकीर्ण होती जा रही है...और कुन्ती जैसी अबोध किशोरी, पापिष्ठा घोषित की जा रही है...

दासी आयी, "महारानी को निन्द्रा आयी।"

"बहुत कम सो पायी हूँ।" कुन्ती ने सहज भाव से कहा और उबासी ली।

दासी मुस्कुरायी, "यही स्वाभाविक था स्वामिनी!"

कुन्ती ने उसका अर्थ ग्रहण किया : किन्तु न उसका प्रतिवाद कर सकी, न उसके साथ मिल कर मुस्कुरा सकी। क्या बताती वह दासी को, कि जो कुछ हुआ, वह स्वाभाविक ही था—किसी भी पुरुष के लिए स्वाभाविक! क्योंकि पुरुष का स्वभाव ही कठोर है—कठोर नहीं, शायद क्रूर! पिता कुन्तिभोज जैसा सहृदय व्यक्ति भी कितना क्रूर हो उठा था, उस समय—वह भी एक नवजात शिशु के प्रति। दासी के हाथ भिजवा दिया...तनिक भी क्षमाशील नहीं है पुरुष! बिना पूछे, बिना दूसरे पक्ष को स्पष्टीकरण का तनिक भी अवसर दिये, वह उसे दण्डित करता है।...दुर्वासा ने तो कहा था कि यह पाप नहीं है...पर कुन्ती कहती है कि यदि समाज के बदलते मापदण्ड उसे पाप मानते भी हैं, तो वह पाप भी तो पुरुष का ही है। उसके लिए कुन्ती क्यों दण्डित हो...

पर दासी से यह सब कहना व्यर्थ था। वह बेचारी तो महारानी की काम-क्रीड़ा की कल्पना कर रही थी...

"सम्राट कहाँ हैं?"

दासी गम्भीर हो गयी, "ठीक-ठीक सूचना तो मुझे नहीं है महारानी! आपकी आज्ञा हो, तो पता लगा कर आऊँ!"

कुन्ती को यह कल्पना ही असंगत लगी कि उसकी दासी विभिन्न प्रासादों के एक-एक कक्ष में झाँकती फिरे कि सम्राट कहाँ हैं। जो सुनेगा, वह उसे कामदेव की लीला ही मानेगा और नव-वधू की इस व्यग्रता पर हँसेगा।...कुन्ती के लिए जगहँसायी के वैसे ही पर्याप्त कारण हैं, वह उनमें कुछ और जोड़ना नहीं चाहती...

"नहीं! रहने दो।" कुन्ती बोली, "मैं तो केवल यह जानना चाहती थी, कि यदि वह राजसभा में गये हों, तो मैं थोड़ा विश्राम और कर लूँ।"

दासी के चेहरे पर फिर मुस्कान आयी : जाने वह और क्या विचित्र कल्पना कर रही थी। किन्तु उसने मुस्कान दबा ली। बोली, "वैसे सुनने में आया है कि सम्राट ने दिग्विजय के लिए प्रस्थान की इच्छा प्रकट की है और हस्तिनापुर में सैनिक हलचल बहुत बढ़ गयी है।"

"ओह!" कुन्ती के मुख से निकला।

जाने क्या सोच कर दासी घबरा गयी, "यह बहुत विश्वसनीय समाचार नहीं है महारानी! बस सुनी-सुनायी बात ही समझें।"

"तू घबरा मत!" कुन्ती बोली, "समाचार विश्वसनीय हो या अविश्वसनीय,

तेरे ऊपर उसका कोई प्रभाव पड़ने नहीं जा रहा।"

दासी चली गयी और कुन्ती लेट गयी।

...तो शायद उसने किसी को बताया नहीं है।...अपनी पत्नी के कलंक को उद्घाटित कर उसका भी तो गौरव नहीं बढ़ेगा। उस बात को तो शायद पचा गया है, किन्तु मुझसे दूर रहने की व्यवस्था कर रहा है। दिग्विजय के बहाने, एक लम्बे समय तक हस्तिनापुर से बाहर रहेगा।...इस बीच बहुत समय होगा। सम्भव है, उसका मस्तिष्क शान्त हो जाये...सम्भव है कि कुन्ती को ही कोई समाधान सूझ जाये...सम्भव है कि...

सत्यवती को सूचना मिली और उसने तत्काल भीष्म को बुला भेजा।

"यह लड़का क्या कर रहा है भीष्म?"

भीष्म को सत्यवती की बात समझने में कुछ समय लगा, "कौन? पाण्डु?"

"हाँ"! सत्यवती उत्तेजित स्वर में बोल रही थी, "कल अभी वधू को ले कर घर आया है; और आज से दिग्विजय के लिए प्रस्थान की घोषणा कर रहा है। रात भर में वीरता के सागर में यह कैसा उफान ला दिया नव-वधू ने?"

भीष्म कुछ सोचते रहे। फिर बोले, "सम्भव है, कुन्ती ने अपने प्रेम का कोई मूल्य माँगा हो—वीरत्वपूर्ण मूल्य।"

"क्या यह सम्भव है?"

"मैं क्या जानूँ माता!" भीष्म हँसे, "मेरा तो इस क्षेत्र में कोई अनुभव नहीं है। किन्तु जीवन में जो कुछ देखा-सुना है, उसके आधार पर कह सकता हूँ कि नारी, पुरुष से अपने प्रेम का कुछ भी मूल्य माँग सकती है।"

"मुझे उपालम्भ दे रहे हो?"

"नहीं माता! ऐसा अपराध मैं कैसे कर सकता हूँ।" भीष्म बोले, "मैं तो पुरुष की प्रकृति की चर्चा कर रहा हूँ।"

"यह भी तो हो सकता है कि कुन्ती उसके मन को भायी न हो।" सत्यवती बोली, "वह उससे बचने के लिए भाग रहा हो।"

"यह भी सम्भव है।" भीष्म कुछ सोचते हुए बोले।

"तो उसे रोको!"

"कुरुकुल के सम्राट को दिग्विजय पर जाने से कैसे रोका जा सकता है?"

"सम्राट है तो क्या हुआ, है तो लड़का ही।" सत्यवती बोली, "समझा दो, डाँट दो, अपनी या मेरी शपथ दे दो।"

भीष्म मन-ही-मन मुस्कुराये...क्या समझती हैं माता सत्यवती! ये लड़के अब वैसे ही लड़के हैं क्या! इस परिवर्तित नयी पीढ़ी की प्रकृति को नहीं जानतीं माता। वे इन लड़कों को भी भीष्म ही समझती हैं। वैसे वे चित्रांगद और विचित्रवीर्य को ही अपनी मनमानी करने से नहीं रोक पायीं, तो पाण्डु तो एक पीढ़ी और आगे का लड़का है...नयी पीढ़ी के सम्मुख भीष्म की इस बढ़ती हुई असहायता को समझ पायेंगी माता सत्यवती...

"इस वंश में वीर-कर्म के लिए आगे बढ़ते हुए युवकों को न तो हतोत्साहित किया जाता है न उन्हें कायरता सिखायी जाती है।"

"भीष्म! चित्रांगद और विचित्रवीर्य तो गये : किन्तु मैं नहीं चाहती कि कुरुकुल का एक और सम्राट निस्सन्तान अपनी आयु पूरी करे और हमें फिर से वंश बचाने के लिए, नये सिरे से अभियान चलाना पड़े।"

भीष्म हँसे, "आप उसकी चिन्ता न करें। पाण्डु बहुत अक्षम नहीं है, फिर हस्तिनापुर की सेना उसके साथ है। युद्ध में पराजय अथवा वीरगति की स्थिति नहीं आयेगी।" भीष्म रुके, "हाँ! इस व्याज से पाण्डु कुछ क्षेत्र और जीत लेगा। युद्ध के जीवन का कुछ अनुभव उसे हो जायेगा। कोई क्षति नहीं होगी।"

"तुम तो प्रत्येक बात को इतना निश्चित मान लेते हो," सत्यवती बोली, "और हस्तिनापुर की सेना प्रशिक्षित और सक्षम है तो क्या; दुर्घटना कहाँ नहीं हो सकती?"

"दुर्घटना तो हस्तिनापुर में भी हो सकती है माता!"

"पर युद्ध में उसकी सम्भावना तो कहीं अधिक होती है।"

"सम्राटों के किरीट भी तो युद्धों से ही ऊँचे होते हैं।"

"तुम समझते क्यों नहीं हो! वह लड़का पागल हो रहा है। इतनी-सी अवस्था। न युद्ध का अभ्यास, न अनुभव! उठ कर चल देगा युद्ध करने। उसका क्या है, वहाँ वह वीरगति पा कर शान्ति से सो जायेगा, और यहाँ वक्ष पीटने को रह जायेंगी हम—मैं, उसकी माँ और नव-वधू!..."

"कोई ऐसा नहीं चाहेगा माता!" भीष्म अत्यन्त धैर्य से बोले, "किन्तु जब कुरु वंश का सम्राट दिग्विजय के लिए प्रस्थान की घोषणा करता है, तो उसकी वीरता की अग्नि को प्रज्वलित ही किया जाता है, उसे मंद करने की परम्परा नहीं है।"

"तो फिर तुम उसके साथ जाओ।"

"मुझे इसमें कोई आपत्ति नहीं है, किन्तु स्वयं सम्राट पाण्डु को यह प्रिय नहीं होगा।"

"क्यों?"

"मेरे साथ जाने से दिग्विजय का श्रेय पाण्डु को नहीं मिलेगा। लोग यही मानेंगे कि विजय मेरे कारण मिली। सम्राट लोग दिग्विजय के लिए अपने पिता अथवा पितृव्य को साथ ले कर नहीं चलते। दिग्विजय तो सम्राट को ही करने दीजिए।"

"पुत्र! तुम इतने निश्चिन्त कैसे हो! तुमने कितनी कठिनाई से उसका पालन-पोषण कर, उसे बड़ा किया है। तुम्हें क्या उसकी तनिक भी माया नहीं व्यापती?"

"मुझे हस्तिनापुर का सैनिक बल आश्वस्त करता है।"

"तो क्या वह जायेगा ही?"

"उसे जाने ही दें।"

"मेरा आदेश भी उसे नहीं रोकेगा?"

"युद्ध अथवा सैनिक अभियानों के संदर्भ में सम्राट का आदेश ही अन्तिम होता है।"

सत्यवती ने भीष्म को पथराई-सी आँखों से देखा; फिर जैसे अपने भीतर से विष का आह्वान किया और उसे भीष्म पर उँड़ेल दिया, "मुझे तो तुम भी विक्षिप्त हो गये लगते हो।"

सत्यवती का यह रूप बहुत दिनों बाद जागा था। भीष्म ने विचार किया। माता सत्यवती को आज फिर अपनी सन्तति पर संकट आया लग रहा था—यदि उनको कोई आश्वासन नहीं मिला तो उनकी हीन-वृत्तियाँ जागेंगी और उनके विवेक को त्रस्त कर देंगी।

सत्यवती की उस कटुता को वह अनदेखा कर गये, "आपको ऐसा क्यों लगता है?"

सत्यवती का जैसे सारा धैर्य चुक गया, "अरे इतनी-सी बात नहीं समझते तुम! लड़का अपनी पत्नी से रुष्ट हो कर भागा जा रहा है। पत्नी न भाये तो उसका विकल्प युद्ध में शत्रु के हाथों वीरगति पाना तो नहीं है! यह आत्महत्या है।"

बात भीष्म के मन में उतर गयी।...उनका ध्यान पहले इस ओर नहीं गया था।...भीष्म को इस क्षेत्र का कोई अनुभव नहीं था।...वैसे पिता शान्तनु के साथ भी तो यही हुआ था। जब माता गंगा उन्हें छोड़ गयी थीं, तो वह कैसे उदभ्रान्त से हो गये थे। कहीं पाण्डु के साथ भी वही तो नहीं हुआ...

तभी उनका ध्यान मद्रराज शल्य की बहन माद्री की ओर गया : दूतों ने सूचना दी थी कि वह अपूर्व सुन्दरी थी।...उसके विषय में उन्होंने पहले सोचा भी था। दूतों ने यह भी बताया था कि मद्र देश के लोग अभी अपनी पुरानी

परम्परा पर ही चल रहे हैं। वे कन्यादान करते हुए, उसके विनिमय में शुल्क स्वीकार करते हैं। यदि भीष्म माद्री के लिए पर्याप्त शुल्क दें, तो शल्य को कोई आपत्ति नहीं होगी...उसके हरण की बात अब भीष्म नहीं सोचते, उन्होंने अम्बिका को वचन दे दिया है...

"माता!" भीष्म बोले, "यदि पाण्डु अपने वंश की वीरता के आवेग में अथवा दिग्विजय की अपनी महत्त्वाकांक्षा के कारण सैनिक अभियान पर जा रहा है, तो उसे रोकना कठिन है; और मैं उसे रोकना चाहूँगा भी नहीं। किन्तु..."

"भीष्म।" सत्यवती ने कुछ कहना चाहा।

"मेरी बात सुन लें," भीष्म बोले, "यदि वह अपनी पत्नी से रुष्ट हो कर सैनिक अभियान पर जा रहा है, तो मैं आपको विश्वास दिलाता हूँ, कि वह नहीं जायेगा... ।"

"ओह भीष्म! तुम प्रत्येक बात में इतने आश्वस्त कैसे रहते हो?"

"आप देख लीजिएगा।" भीष्म बोले, "यदि वह आसक्ति के खण्डित होने के कारण हिंस्र हो कर युद्ध करने जा रहा है, तो मैं उसकी आसक्ति को अन्यत्र पुनरारोपित कर दूँगा। उसकी दृष्टि पत्नी पर से हटेगी ही नहीं, तो वह शस्त्र की ओर देखेगा कैसे!"

"किन्तु तुम्हारे प्रयास से पहले ही वह निकल गया तो?"

"मैं उसे सम्भव नहीं होने दूँगा।"

भीष्म पाण्डु के पास आये, तो वह बहुत व्यस्त दिखायी पड़ने का प्रयत्न कर रहा था, किन्तु भीष्म की परीक्षक दृष्टि ने उसे व्यस्त से अधिक अस्त-व्यस्त ही पाया।

"सुना है पुत्र, तुम दिग्विजय के लिए जा रहे हो।"

"हाँ तात!" पाण्डु बोला, "कुरु-जांगल के आस-पास के राजा उपद्रवी हो गये हैं, उन्हें अनुशासित करना होगा।"

"किन्तु अभी तो तुम कल ही नव-वधू को ले कर आये हो।"

पाण्डु कुछ देर तक भीष्म को देखता रहा। फिर बोला, "राज-धर्म विलास से पराजित हो जायेगा, तो प्रजा का पालन कैसे होगा..."

उसके शब्दों की कृत्रिमता भीष्म से छिपी नहीं रही; किन्तु उसकी ओर संकेत करना, उसके लिए अपमानजनक होता। बोले, "मैं तुमसे अत्यन्त प्रसन्न हूँ पुत्र! तुम राज-धर्म का दायित्व समझते हो। किन्तु..."

"आज्ञा करें तात!"

"सैनिक अभियान न आधे मन से सफल होते हैं, न आधी तैयारी से।"

"मैं पूरी तैयारी कर रहा हूँ।" वह बोला।

"मुझे तुम पर विश्वास है पुत्र!" भीष्म बोले, "किन्तु मेरा एक आग्रह है।"

"आदेश दें।"

"कुरु-वंश सन्तान के अभाव से पीड़ित है। इसलिए मेरी इच्छा है कि तुम्हारी अधिक सन्तानें हों। इसलिए तुम्हारा एक और विवाह हो।"

पाण्डु के चेहरे पर हल्की-सी घबराहट आयी, "उसकी क्या आवश्यकता है?"

"आवश्यकता है।" भीष्म बोले, "यदि एक पत्नी अस्वस्थ हो, तो राजा को दूसरी पत्नी की आवश्यकता होती है। एक से न निभे तो दूसरी अनिवार्य हो जाती है।...या तुम समझ लो कि यह मेरी इच्छा है।"

पाण्डु ने कुछ नहीं कहा। चुपचाप भीष्म को देखता रहा।...किन्तु उसके मन का एक अंश अभी भी निराशा के विरुद्ध लड़ रहा था...सम्भव है कि मैं और कुन्ती, एक-दूसरे के अनुकूल न हों...सम्भव है कि एक स्त्री के संदर्भ में पराजित पुंसत्व, दूसरी स्त्री के प्रसंग में विजयी हो जाये। सम्भव है, कुन्ती के प्रसंग में हुई यातना, दूसरी पत्नी के संग, आनन्द में बदल जाये।

"मद्रपति शल्य से मैं उसकी छोटी बहन माद्री की याचना करने जा रहा हूँ।"

"सैनिक अभियान से उसका क्या सम्बन्ध है तात?"

"है।" भीष्म बोले, "मैं अपने साथ मन्त्री कणिक, पुरोहित वसुभूति, अनेक ब्राह्मणों और चतुरंगिणी सेना ले कर जा रहा हूँ। पीछे तुम्हारे पास किसी अभियान के लिए पर्याप्त सेना नहीं होगी। अतः दिग्विजय की तैयारी करते रहो; किन्तु जब तक मैं लौटूँ नहीं, प्रयाण मत करना...।"

पाण्डु ने मुग्ध दृष्टि से भीष्म को देखा : कदाचित पितृव्य उसकी समस्या कुछ-कुछ समझ रहे थे। वह सम्राट का विरोध अथवा निषेध नहीं कर रहे, किन्तु उसे कीलित तो कर ही रहे हैं।...

"आप मुझे रोक तो रहे हैं।" पाण्डु बोला, "किन्तु अब मेरा राजप्रासाद में लौटना कठिन है। आपके आने तक मैं सैनिक स्कन्धावार में ही रहूँगा और सैनिकों को अनवरत शस्त्राभ्यास कराऊँगा।"

"मुझे स्वीकार है।" भीष्म उठ खड़े हुए।

47

"आर्यपुत्र!" गान्धारी ने कहा, "मैंने सुना है कि देवर पाण्डु अपनी नव-वधू को प्रासाद में छोड़, स्वयं सैनिक स्कन्धावार में जा बैठे हैं।"

"सुना तो मैंने भी है।" धृतराष्ट्र ने उत्तर दिया।

"इसका अर्थ?"

"पाण्डु दिग्विजय के लिए जाना चाहता है।"

"देवर दिग्विजय के लिए जायेंगे, तो हस्तिनापुर का कामकाज कौन सँभालेगा?"

"पितृव्य भीष्म हैं।" धृतराष्ट्र ने सहज भाव से उत्तर दिया, "वह ही सदा से सँभालते आये हैं।"

"एक बात कहूँ?" गान्धारी ने अत्यन्त कोमल स्वर में पूछा।

"कहो।"

"शकुनि कह रहा था कि जब तक आप दोनों भाई छोटे थे, तब तो पितृव्य को राज-काज सँभालना ही था; किन्तु अब आप लोग वयस्क हो गये हैं; और अपने दायित्व स्वयं पूरे करने में समर्थ हैं।" गान्धारी बोली, "अब जब देवर दिग्विजय के लिए जा रहे हैं, पीछे से राज-काज आपको सँभालना चाहिए।"

"यदि मैं राज-काज सँभाल सकता, तो सिंहासन पर पाण्डु क्यों बैठता।" धृतराष्ट्र के स्वर में कुड खीझ थी, "क्या शकुनि नहीं जानता कि मुझे राजा क्यों नहीं बनाया गया?"

"वह जानता है।" गान्धारी पर धृतराष्ट्र की खीझ का कोई प्रभाव नहीं पड़ा, "किन्तु उसका कहना है कि स्थायी रूप से आपके हाथों में राज्य नहीं दिया गया, तो क्या हुआ। अस्थायी रूप से—जब तक देवर हस्तिनापुर से बाहर हैं—मन्त्रियों की सहायता से आप राज-काज सँभाल ही सकते हैं। पितृव्य अब वृद्ध हो रहे हैं; उन्हें राज-काज से मुक्त किया जाना चाहिए। अन्ततः जब वह संसार से विदा हो जायेंगे, तब देवर की सहायता कौन करेगा—आप ही तो। यदि अभी से आप थोड़ा-थोड़ा कर, यह कार्य नहीं करेंगे, तो जब पूरा भार आप पर पड़ेगा, तब आप क्या करेंगे।"

"तुम्हें मालूम है गान्धारी, मैं जन्मान्ध हूँ।"

"शकुनि का कहना है कि राज्य के वास्तविक स्वामी तो आप ही हैं। वस्तुतः आपकी सहायता करने के लिए ही पाण्डु को यह भार सौंपा गया है। जब पाण्डु हस्तिनापुर में उपलब्ध नहीं है, तो शासन का अधिकार किसी अन्य को सौंपने के स्थान पर, आप स्वयं सँभालें।...आपको थोड़ी असुविधा तो होगी;

किन्तु मन्त्रियों से आपका विचार-विमर्श होता रहेगा और राज्य के सभासदों से सम्पर्क बना रहेगा। आप अपनी सुविधानुसार अपने पक्ष के कुछ मन्त्री भी नियुक्त कर सकेंगे, ताकि जब हमारा पुत्र राज-काज सँभालने के योग्य हो जाये, तो वे मन्त्री हमारे पक्ष से बोल सकें।"

धृतराष्ट्र को लगा, गान्धारी उसे एक बहुत ही मधुर स्वप्न दिखा रही थी : कहीं यह स्वप्न सच हो पाता।...हस्तिनापुर का साम्राज्य उसके हाथों में लौट आयेगा। यह सब कुछ उसका अपना होगा।...धन-सम्पत्ति, राज्य-सेना, प्रासाद-सम्पदा, दास-दासियाँ...उसके पश्चात उसका पुत्र राजा होगा...किन्तु... किन्तु...परिवार का सारा अधिकार तो पितृव्य भीष्म के हाथ में है। वह ऐसा सम्भव होने देंगे क्या...वह तो माने बैठे हैं कि जन्मान्ध होने के कारण, अब धृतराष्ट्र का राज्य पर कोई अधिकार ही नहीं रहा...वे कहेंगे, 'राज्य पर राजा का नहीं, प्रजा का अधिकार होता है। प्रजा का यह जन्मसिद्ध अधिकार है कि उसे एक सुयोग्य राजा मिले, जो उसका धर्मतः पालन कर सके।...और जन्मान्ध व्यक्ति, जो अपना ही पालन नहीं कर सकता, वह प्रजा का क्या पालन करेगा...।'

"क्या पितृव्य भीष्म ऐसा होने देंगे?" धृतराष्ट्र के मन का संशय उसकी जिह्वा पर आ गया।

"राज्य पितृव्य भीष्म का नहीं, आपके पिता सम्राट विचित्रवीर्य का था।" गान्धारी कुछ उग्रता से कह गयी; किन्तु तत्काल उसका स्वर नम्र हो गया, "शकुनि कहता है कि राज्य मिलता नहीं, उसे प्राप्त किया जाता है। राजनीति का पहला धर्म है—उद्यम।"

"किन्तु उद्यम का आधार अधिकार होता है, जहाँ अधिकार ही मेरी ओर न हो।"

"शकुनि अधिकार-विहीन, उद्यम में विश्वास करता है।" गान्धारी बोली, "सफलता सम्पूर्ण अधिकारों की कसौटी है। जो अपने उद्यम में सफल हो जाता है, अधिकार स्वतः उसके अनुकूल हो जाते हैं।"

"शकुनि राजनीतिज्ञ है या शास्त्र-निर्माता?"

"वह कहता है कि प्रत्येक राजनीतिज्ञ को शास्त्र-निर्माता भी होना पड़ता है; और प्रत्येक शास्त्र-निर्माता, कहीं-न-कहीं राजनीतिज्ञ भी होता है।"

धृतराष्ट्र अपनी अन्धी आँखें गान्धारी की ओर उठाये, चुपचाप पलकें झपकाता रहा। वह समझ नहीं पा रहा था कि वह क्या कहे। गान्धारी की बातें उसे प्रिय लग रही थीं, किन्तु उसका विवेक कहीं उसे टोक रहा था। उसने आज तक जो नीति-शास्त्र पढ़ा था, या जिसकी चर्चा उसके आस-पास होती

रही थी—उसमें व्यापक सामाजिक हितों के संदर्भ में पहले नीति का निर्णय होता था; और नीति का निर्णय ऋषि-मुनि, चिन्तक-विचारक किया करते थे। राजनीति तो नीति की अनुचरी होती है...किन्तु शकुनि कह रहा है...

यदि धृतराष्ट्र ऋषियों की नीति पर चलता रहा—तो ठीक कहता है शकुनि कि तब राज्य उसे नहीं मिल सकता—और यदि राज्य उसे चाहिए, तो नीति और धर्म का आग्रह छोड़ना होगा...पर नीति कहती है कि धर्म का आग्रह छोड़ने से, अन्याय का जन्म होता है; और अन्याय के जन्म के साथ ही विनाश की प्रक्रिया आरम्भ हो जाती है...

गान्धारी धृतराष्ट्र के उत्तर की प्रतीक्षा करती रही थी; किन्तु धृतराष्ट्र ने कुछ नहीं कहा तो वह समझ गयी कि वह अपने मन के किसी द्वन्द्व में खो गया है। उसने बात को दूसरी ओर मोड़ा, "कुन्ती क्या तनिक भी सुन्दर नहीं है?"

धृतराष्ट्र अपने ऊहापोह से बाहर आया, "देख तो मैं सकता नहीं; किन्तु सुना है कि अत्यन्त सुन्दर है कुन्ती।"

"युवती नहीं है?"

"बीस वर्ष की अवस्था है उसकी।"

"फिर भी देवर उसे छोड़ कर दिग्विजय करने जा रहे हैं?"

"यह क्षत्रिय-धर्म है।"

गान्धारी हँसी, "सब स्थानों के बीच में धर्म मत लाया कीजिए। दिग्जिवय और युवती नारी दोनों सपत्नियाँ हैं। पुरुष दिग्विजय भी करता है, तो नारी का मन जीत कर, उसके शरीर पर अधिकार पाने के लिए। यदि वह नारी को छोड़ कर दिग्विजय के लिए जाता है, तो उसका अर्थ है..."

"क्या अर्थ है?"

"नारी शक्ति की पराजय।"

"क्या कहना चाहती हो?"

"कुन्ती, देवर के मन को बाँध नहीं पायी।"

धृतराष्ट्र कुछ नहीं बोला।

"आपको प्रसन्नता नहीं हुई?" गान्धारी ने पूछा।

"इसमें प्रसन्नता की क्या बात है?" धृतराष्ट्र समझ नहीं पाया।

"कुन्ती से पाण्डु को युवराज प्राप्त नहीं होगा। हमारा पुत्र, पहले जन्म लेगा, और हम प्रयत्न करेंगे कि वह युवराज घोषित हो।"

धृतराष्ट्र को लगा, उसके मन से धर्म, नीति, श्रेय—सब कुछ विलीन हो गया है। उसके मन में तो केवल राजनीति है—शकुनि की राजनीति।...

48

मद्रराज शल्य ने स्वयं नगर-द्वार पर आ कर भीष्म का स्वागत किया, "कुरुकुल तिलक! आपका स्वागत है।"

भीष्म को अत्यन्त सम्माननीय अतिथि के रूप में, राजप्रासाद में लाया गया। साथ आये हुए मन्त्री, पुरोहित और ब्राह्मणों को राजकीय सम्मान के साथ ठहराया गया। सैनिकों को स्कन्धावार में स्थान मिला।

आदर-सत्कार हो चुका तो शल्य ने पूछा, "कहिये महाराजकुमार! कैसे कष्ट किया?"

भीष्म ने शल्य को अपनी आँखों में तौला : अभी युवक था शल्य। संसार का बहुत अधिक ज्ञान, उसको नहीं रहा होगा; किन्तु आत्मविश्वास उसमें कूट-कूट कर भरा हुआ था।

"मद्रराज!" भीष्म ने अत्यन्त स्पष्ट शब्दों में कहा, "मैं अपने भ्रातुष्पुत्र, हस्तिनापुर के सम्राट पाण्डु की दूसरी पत्नी के रूप में वरण करने योग्य एक सुन्दरी राजकुमारी का संधान कर रहा हूँ। मेरे दूतों ने सूचना दी है कि आपकी छोटी बहन माद्री इस योग्य है। मैं उसे प्राप्त करने के लिए आया हूँ।"

"महाराजकुमार!" शल्य बोला, "कुरुकुल इतना सम्माननीय है कि अपनी बहन का विवाह, आपके कुल में, मुझे तनिक भी आपत्ति नहीं है। किन्तु आप उसे दूसरी रानी बनाना चाहते हैं। इसका अर्थ है कि सम्राट पाण्डु विवाहित हैं।"

"हाँ।" भीष्म बोले, "हमारे कुल में बहुपत्नीत्व प्रचलित है। राजा की अनेक रानियाँ हो सकती हैं।"

"बहुपतित्व का भी प्रचलन है क्या?" शल्य ने सहज भाव से पूछा।

"नहीं।" भीष्म स्वयं ही समझ नहीं पाये कि उनके स्वर में क्रोध था अथवा अहंकार, "हमारा कुल पूर्णतः पितृ सत्ताप्रधान है। बहुपतित्व का अस्तित्व हमारे यहाँ नहीं है।"

"कुरुओं में नहीं है, किन्तु पांचालों में तो है।"

"हाँ। पांचालों में अब भी यदा-कदा कोई उदाहरण देखने को मिल जाता है। यद्यपि उनमें भी अब पितृसत्ता बढ़ती जा रही है, और जैसे-जैसे पितृसत्ता बढ़ेगी, वैसे-वैसे बहुपतित्व समाप्त होता जायेगा।"

"पड़ोसी राज्य का आपके समाज और परिवार पर कोई प्रभाव नहीं पड़ेगा?"

भीष्म को अब शल्य कुछ-कुछ उद्दण्ड लगने लगा था और भीष्म का

क्षात्र तेज अपने-आपको आहत पाने लगा था।...ऐसी स्थिति में सहज भाव से वह माद्री के हरण की बात सोच सकते थे; किन्तु अम्बिका को दिया गया वचन...

"पांचाल हमारे पड़ोसी अवश्य हैं," भीष्म ने अपने स्वर को नियन्त्रित रखने का प्रयास किया, "किन्तु उनसे हमारी बहुत मैत्री कभी नहीं रही।"

"अब द्रुपद वहाँ का राजा है?"

"हाँ। उसका राज्याभिषेक हो गया है।"

"उससे भी मैत्री की कोई सम्भावना नहीं है?" शल्य ने पूछा।

"जिन राज्यों की सीमाएँ मिलती हैं, उनमें सौहार्द के स्थान पर, प्रतिस्पर्धा ही अधिक होती है।" भीष्म ने एक नीति-वाक्य में सारी स्थिति स्पष्ट कर दी।

"अच्छा तो महाराजकुमार!" शल्य बोला, "प्रत्येक कुल की अपनी-अपनी परम्परा और रीति है। हमारे कुल की भी एक रीति है।"

"क्या?" भीष्म चौंके, विघ्न के रूप में तो शल्य परम्परा का प्रश्न नहीं उठा रहा।

"हमारे यहाँ कन्या-दान के समय शुल्क लेने की परम्परा है।"

"किन्तु यह तो कोई अच्छी परम्परा नहीं।" भीष्म बोले, "यद्यपि हमारे पास न तो धन का अभाव है और न कुरुकुल की वधू पर व्यय करने में कोई संकोच।"

"परम्परा अच्छी है या बुरी," शल्य दृढ़ वाणी में बोला, "उसका निर्णय मैं नहीं करूँगा। मैं केवल उसका निर्वाह करूँगा।"

"ठीक है।" भीष्म बोले, "शुल्क हम देंगे।"

"आपके साथ चतुरंगिणी सेना है। कहीं आप कन्या-हरण का संकल्प ले कर तो नहीं आये हैं?"

"नहीं! हम शुल्क देंगे।" भीष्म बोले, "और आपकी अपेक्षा के अनुरूप देंगे।...किन्तु आप इस तथ्य से तो परिचित होंगे कि अब प्रायः सम्पूर्ण आर्यावर्त्त में स्वयंवर की प्रथा चल पड़ी है। कन्या का पिता, कन्या द्वारा वरण किये गये पुरुष के साथ उसका विवाह करता है; और अपनी ओर से यथेष्ट यौतुक साथ देता है।"

"मैं जानता हूँ।"

"फिर भी आप कन्या का शुल्क लेने की इस प्राचीन और दूषित परम्परा को छोड़ना नहीं चाहते?" भीष्म ने केवल जिज्ञासावश पूछा, "आप जानते हैं कि अन्य लोग इसके लिए मद्र को हीन दृष्टि से देखते हैं।"

"जानता हूँ।" शल्य शान्त और आश्वस्त स्वर में बोला, "किन्तु मैं उन लोगों से सहमत नहीं हो पाता! इसलिए अपने कुल की परम्परा की ही रक्षा करना उत्तम मानता हूँ।"

"सारे आर्यावर्त्त में इसे कन्या का विक्रय कहा जा रहा है। इससे पति के कुल में कन्या का सम्मान कम होता है।" भीष्म बोले, "क्या आपको यह नहीं लगता कि क्रय कर लायी गयी दासी और शुल्क दे कर लायी गयी वधू में कोई अन्तर नहीं रह जाता।"

लगा, कि शल्य कुछ उत्तेजित हो उठा है। किन्तु तत्काल ही उसने स्वयं को संयत कर लिया, "मैंने कई बार इस विषय में सोचा है।" वह बोला, "किन्तु मुझे सदा लगा है कि हमारे जिन कुल-वृद्धों ने यह परम्परा चलाई थी, वे मूर्ख नहीं थे।..."

भीष्म कुछ नहीं बोले। वे शल्य की बात पूरी होने की प्रतीक्षा करते रहे।

"नहीं जानता कि मातृ-प्रधान समाज में क्या स्थिति थी, किन्तु पितृ-प्रधान समाज में नारी और पुरुष को समान अधिकार प्राप्त नहीं हैं।" शल्य बोला, "ऐसे में नारी को पुरुष के अधीन रहना ही है। वह उसकी चल-सम्पत्ति के ही समान है। तो उसका सम्मान पति की इच्छा के अनुरूप ही होगा।..."

"इसलिए तो कह रहा हूँ कि यदि वर-पक्ष, कन्या का शुल्क चुका कर उसे प्राप्त करेगा, तो उसे अपनी क्रीत दासी ही समझेगा। वह उसको पत्नी और कुलवधू का सम्मान कैसे दे सकेगा?" भीष्म बोले।

"मैं आपसे सहमत नहीं हूँ कुरुश्रेष्ठ!" शल्य बोला, "सम्मान तो अपने प्रेम और विश्वास पर निर्भर है; और उसे स्त्री अपने गुणों से अर्जित करती है। यदि आप शुल्क दे कर प्राप्त की गयी कन्या का सम्मान नहीं कर सकते, तो निःशुल्क आयी हुई और अपने साथ यौतुक लाने वाली कन्या का सम्मान कैसे करेंगे?"

"क्यों?" भीष्म बोले, "पति-कुल यह मानेगा कि वह क्रीत दासी नहीं है। उनके समधी की पुत्री है। उनकी सम्पत्ति के सागर में उसके पितृकुल से भी धन की एक सरिता आ कर मिली है। वह उनकी लक्ष्मी बढ़ाने वाली है। उनके वैभव में उसका भी योगदान है, अतः उसका अधिकार भी है।..."

शल्य ने नकार में सिर हिलाया, "जब कन्या पति-कुल के वैभव-सागर में पितृकुल से सम्पत्ति ला कर मिलाने वाली सरिता है, तो पति-कुल कभी नहीं चाहेगा कि सम्पत्ति का प्रवाह रुके या क्षीण हो। वे तो सदा ही उससे इसलिए रुष्ट रहेंगे कि उस सरिता का पाट और भी चौड़ा क्यों नहीं होता।

उसका प्रवाह और भी तीव्र क्यों नहीं होता। उसका जल कभी-कभी सूख क्यों जाता है।" शल्य ने रुक कर भीष्म की ओर देखा, "मैं तो मानता हूँ कि ऐसे में एक पति संख्यातीत पत्नियाँ चाहेगा, क्योंकि उससे उसके अर्थ और काम, दोनों की वृद्धि होती है। उससे नारी का सम्मान और भी कम होगा, क्योंकि पूर्व-विवाहित पत्नियों की मृत्यु अथवा निष्कासन से पति-कुल की कुछ भी क्षति नहीं हो रही है। उल्टे वह कुल लाभ में रहता है। वह एक और वधू लायेंगे। उसके साथ और यौतुक आयेगा। उनका वैभव और बढ़ेगा...।"

भीष्म ने जैसे पहली बार मद्रराज को ध्यान से देखा : यह युवक अन्य राजाओं के समान साधारण व्यक्ति नहीं था। युग-परिवर्तन के प्रवाह में सहज ही उसके पग फिसल नहीं गये थे। वह अपने स्थान पर अत्यन्त दृढ़तापूर्वक खड़ा था।...अन्य राजा और राजपरिवार उसे क्या कहेंगे, इसकी उसे तनिक भी चिन्ता नहीं थी। आर्यावर्त्त के समस्त राजपरिवार अब बदल रहे हैं, और उनके मध्य वह एक पुरातनपन्थी, समयातीत व्यक्ति किसी और युग की स्मृति के समान ध्वंसावशेष के रूप में खड़ा है...किसी प्रकार की हीन-भावना से पीड़ित नहीं था वह। शायद इसलिए वह पांचालों के विषय में भी पूछ रहा था। उनसे भी सहानुभूति होगी शल्य को; उन्होंने भी अपनी अनेक प्राचीन प्रथाएँ अभी तक छोड़ी नहीं थी।...और ऐसा भी नहीं है कि वह अन्धविश्वासी हो कर अपनी परम्पराओं का मात्र रूढ़िपालन कर रहा हो। उसने, उनके विषय में सोचा है; वह अपने पक्ष में तर्क दे रहा है...अपने पक्ष की प्रतिष्ठा वह इतने बलपूर्वक कर रहा है कि स्वयं भीष्म को लगने लगा है कि कहीं उनका ही पक्ष दुर्बल तो नहीं...

"पर मद्रराज!" भीष्म बोले, "आपको यह नहीं लगता कि एक बार कन्या का शुल्क स्वीकार कर लेने से, उस पर उसके पितृ-कुल का कोई अधिकार नहीं रह जाता। श्वसुर कुल उसके साथ दुर्व्यवहार करे, उसे यातना दे, उसकी हत्या कर दे—तो भी पितृकुल कुछ कहने का अधिकारी नहीं है।"

"आप ठीक कह रहे हैं," शल्य तत्काल बोला, जैसे उसे विचार करने की तनिक भी आवश्यकता न हो; और वह पहले ही इन प्रश्नों पर पूर्ण विचार कर चुका हो, "किन्तु स्वयंवर के पश्चात यौतुक दे कर, भेजी गयी कन्या पर क्या उसके पितृकुल का कोई अधिकार रह जाता है? राजा कुन्तिभोज आपत्ति करें कि सम्राट पाण्डु के दूसरे विवाह में कुन्ती को आपत्ति है, क्योंकि सपत्नी के आ जाने पर उसका महत्त्व, पति की दृष्टि में कम हो जायेगा, तो क्या आप राजा कुन्तिभोज को आपत्ति करने का अधिकार देंगे? आप अपने भ्रातुष्पुत्र का दूसरा विवाह नहीं करेंगे?"

भीष्म ने क्षण-भर सोचा : यह व्यक्ति उन्हें तर्कजाल में बाँध रहा है। तर्क में भीष्म को तनिक भी आपत्ति नहीं थी। विवाद में अनेक नये तर्क और दृष्टिकोण सामने आते हैं। उनसे व्यक्ति का मस्तिष्क खुलता है; और उसका चिन्तन-संसार व्यापक होता है। किन्तु भीष्म यह भी जानते हैं कि तर्क उदार नहीं होता। वह संकीर्ण और संकुचित होता है। वह अपने विरोधी तर्कों के साथ समझौता नहीं करता।...संवेदना उदार और व्यापक होती है। किन्तु सामाजिक समस्याओं का समाधान तो तर्क से ही होगा।...

अन्ततः वे बोले, "राजा कुन्तिभोज को ऐसी आपत्ति करने का अधिकार हम नहीं देंगे। यद्यपि कुन्ती पर हम उनका पूर्ण अधिकार स्वीकार करते हैं, किन्तु इसका अर्थ यह नहीं कि पाण्डु भी उनकी इच्छा का दास हो गया। यौतुक अपनी कन्या को दी गयी भेंट मात्र है, वह जामाता को क्रय करने का शुल्क नहीं है। यदि हम शुल्क ले कर कन्या के विक्रय का समर्थन नहीं करते, तो यौतुक दे कर जामाता को क्रय करने का समर्थन कैसे कर सकते हैं?"

"ठीक!" शल्य मुस्कुराया, "और यदि कुन्ती यह शिकायत करे कि हस्तिनापुर में उस पर अत्याचार हो रहा है, तो क्या कुन्तिभोज उसे वापस भोजपुर ले जा सकते हैं?"

"नहीं!" भीष्म बोले, "विवाह के पश्चात हमारी वधुएँ अपने पितृकुल में नहीं लौटतीं।"

शल्य खुल कर हँसा, "तो फिर शुल्क लेने और यौतुक देने में क्या विशेष अन्तर हुआ?"

भीष्म ठीक-ठीक समझ नहीं पाये कि वे शल्य से तर्क में पराजित हुए हैं या वह वैसे ही उन्हें पराजित मान रहा है।...और क्या सचमुच ही शुल्क ले कर कन्या-दान एक श्रेष्ठतर सामाजिक व्यवस्था है?...

कुछ देर मौन रह कर वे बोले, "मद्रराज! प्रकृति की विकट व्यवस्था है कि अलग-अलग परिवारों में जन्मे और पले स्त्री और पुरुष को विवाह के पश्चात एक-ही स्थान पर रहना होता है। उन दोनों में से एक को अपना परिवार छोड़ कर, दूसरे के परिवार में जाना होता है।...मैं समझता हूँ कि मानव-समाज विभिन्न प्रकार के प्रयोग कर रहा है; और अभी तक किसी एक व्यवस्था को सर्वगुणसम्पन्न मान कर सन्तुष्ट नहीं हुआ है। जो समाज मात्र एक ग्राम तक सीमित है; और जहाँ निजी सम्पत्ति के उत्तराधिकार की समस्या नहीं है, उनकी व्यवस्था सरल है। वर-वधू के रहने के लिए, अन्य लोगों के ही समान एक नया कुटीर बना दिया जाता है। न वधू, वर के परिवार का अंग हो, और न वर, वधू के परिवार का। वे अपना नया परिवार बनायेंगे। वहाँ निजी सम्पत्ति

नहीं है अथवा उसके उत्तराधिकार की समस्या नहीं है। सामूहिक सम्पत्ति होने के कारण, व्यक्ति की मृत्यु के पश्चात उसकी सम्पत्ति वापस समाज के कोष में लौट जाती है। किन्तु जो समाज एक ग्राम तक सीमित नहीं है—जैसे क्षत्रियों का राज-समाज—उसमें तो या वर को वधू के घर जाना होगा, या वधू वर के घर जायेगी। राज-परिवारों के पास सम्पत्ति भी है, अतः उसके उत्तराधिकार की भी समस्या है। हम पिता की सम्पत्ति का अधिकारी पुत्र को ही मानते हैं, अतः विवाह के पश्चात वर अपना घर नहीं छोड़ता, वधू ही उसके घर आ जाती है...”

“यहाँ तक तो आपसे हमारा कोई मतभेद नहीं है।” शल्य अब तक पर्याप्त वाचाल हो चुका था, “किन्तु हम यह मानते हैं कि पिता की सम्पत्ति का अधिकारी पुत्र है। और सन्तान भी माता-पिता की सम्पत्ति ही है। अतः जब कन्या, वधू के रूप में अपने श्वसुर-कुल जाती है, तो पिता अथवा भाई की सम्पत्ति ही जा रही है, अतः उन्हें उसका शुल्क मिलना चाहिए।”

“और हम यह मानते हैं कि पिता का उत्तराधिकारी उसका ज्येष्ठ पुत्र ही है,” भीष्म बोले, “किन्तु उत्तराधिकार में जहाँ उसे धन-सम्पत्ति और राज्य मिलता है, वहीं उसे पिता के दायित्व भी मिलते हैं। पुत्री अथवा भगिनी के भरण-पोषण का दायित्व भी ऐसा ही दायित्व है। और जब कन्या, वधू के रूप में श्वसुर-कुल में चली जाती है, तो उसके भरण-पोषण का दायित्व, वर अथवा उसके पिता को सौंप दिया जाता है। उसी के लिए वधू के साथ यौतुक भी प्रदान किया जाता है...वह एक प्रकार से पिता की सम्पत्ति में से उसका भाग है।” भीष्म सहसा रुके, “किन्तु मेरा मूल प्रश्न अब भी अनुत्तरित है : शुल्क ले कर प्रदान की गयी कन्या की सुरक्षा और सम्मान का दायित्व किसका है?”

“उसके पति का।”

“यदि वह उसका निर्वाह न करे तो?”

“तो समाज का।” शल्य बोला, “प्रश्न यह नहीं है कि वधू यौतुक ले कर आयी है या शुल्क दे कर—वह उस परिवार और समाज की सदस्या है—उसके भरण-पोषण, रक्षा और सम्मान के लिए उसका परिवार उत्तरदायी है; और यदि परिवार अपना दायित्व पूर्ण नहीं करता, तो यह समाज का कर्तव्य हो जाता है। परिवार उस समाज का अंग है, इसलिए समाज का दायित्व है कि वह उस परिवार का अनुशासन करे।”

भीष्म को लगा, कि इस विषय में उनका शल्य से कोई मतभेद नहीं है। वस्तुतः समाज का गठन ही इसलिए किया गया है कि मनुष्य, मनुष्य का शोषण न करे, उसका घात न करे, उसका अपमान न करे। इसलिए किसी भी अन्याय

और अनाचार का विरोध, न तो एक व्यक्ति का दायित्व है, न एक परिवार का। वह तो सम्पूर्ण समाज का दायित्व है। पुत्री किसी की भी हो, वधू भी किसी की हो—किन्तु यह तो समाज का ही दायित्व है कि वह देखे कि कोई शोषित न हो, असुरक्षित न हो, अपमानित न हो...भीष्म मन-ही-मन हँसे...और तर्क तो दो-धारों वाला खड्ग है, जिस ओर चला दिया जाये, विरोधी को काट देगा...कोई वधू का सम्मान इसलिए करता है, क्योंकि वह अपने साथ पर्याप्त यौतुक लायी है; कोई इसलिए करता है कि पर्याप्त शुल्क चुकाया है। क्रय करके लायी गयी अपनी बहुमूल्य वस्तु को कोई क्यों नष्ट करना चाहेगा।...

"अच्छा मद्रराज!" भीष्म मुस्कुराये, "इस विवाद का निर्णय तो कठिन है, कि कौन-सी प्रथा श्रेष्ठतर है। उसका निर्णय, आज और अभी हो भी नहीं सकता। कदाचित काल-चक्र उसका निर्णय करना भी नहीं चाहता। एक बार इसका निर्णय हो गया, तो फिर परिवर्तन रुक जायेगा; और प्रकृति कभी नहीं चाहेगी कि परिवर्तन का चक्र थम जाये।..."

शल्य ने सहमति में सिर हिला दिया।

"पाण्डु और माद्री के सम्बन्ध के विषय में हमारा एकमत होना आवश्यक है।"

"मैं तो अपनी सहमति दे चुका।" शल्य बोला।

"आप उसके विषय में और कुछ जानना नहीं चाहते?"

"मेरे लिए इतनी सूचना पर्याप्त है कि राजा कुन्तिभोज की पुत्री ने स्वयंवर में स्वेच्छा से सम्राट पाण्डु के कण्ठ में जयमाला पहनायी थी।" शल्य बोला, "यदि सम्राट वरेण्य न होते, तो कुन्ती यह चुनाव कभी न करती।"

भीष्म के मन में आया कि पूछें कि क्या वह यह भी नहीं जानना चाहता कि वे पहले विवाह के पश्चात इतनी जल्दी पाण्डु का दूसरा विवाह क्यों करना चाहते हैं?...पर वे कुछ बोले नहीं। यदि शल्य के मन में इस संदर्भ में कोई आशंका नहीं है, तो वे ही व्यर्थ के विघ्न क्यों खड़े करें।

"तो आप इस सम्बन्ध के लिए सहमत हैं?"

"पूर्णतः!"

"अमात्य!" भीष्म बोले, "मद्रराज को उपहार के रूप में वस्त्राभूषणों, बहुमूल्य मणि-माणिक्यों और उपयोगी वस्तुओं के इतने शकट दिये जायें जो उनके शुल्क की अपेक्षा से कहीं अधिक हों; और हमारे तथा उनके सम्मान के अनुकूल हों।"

अमात्य उठ खड़े हुए, "महाराजकुमार के आदेश का पालन होगा।"

49

कुन्ती का मन रोने-रोने को हो रहा था।

कैसे पुरुष को पति के रूप में वरा उसने, जो रुष्ट भी होता है तो बताता नहीं कि उसके रोष का कारण क्या है।...क्या सचमुच किसी ने उसे कुन्ती के अतीत के विषय में बता दिया है?...पर कब? जब वह पहली रात, कुन्ती के पास आया था, तो कैसा मुग्ध था उस पर! तब तक उसके मन में कुन्ती का विरोध नहीं था, तो शयनकक्ष में एक-दूसरे के सान्निध्य में बैठ कर, एक-दूसरे पर आसक्त और मुग्ध होते हुए, कैसे उसके मन में कुन्ती का अतीत उद्घाटित हो उठा? या वह पहले से जानता था और केवल उसकी परीक्षा ले रहा था?...नहीं! यह सम्भव नहीं है। यदि उसके मन में पहले से ही यह बात होती, तो वह मुग्ध होने का अभिनय भी नहीं कर सकता था...

ओह पिता! क्यों तुमने यह स्वयंवर रचाया। अब किससे कहे कुन्ती कि उसका पति उस पर लुब्ध नहीं, उससे रुष्ट है।...कुन्ती ने ही तो वरा था उसे। यह उसका अपना निर्णय था। उसका दायित्व किसी और पर डाल कर, वह अपना भाग्य मान धैर्य भी तो धारण नहीं कर सकती थी...उसी ने तो बिना सोचे-विचारे, अपने अतीत से संचालित हो, पाण्डु के कण्ठ में वरमाला डाल दी थी...

तो क्या अब कुन्ती के लिए कोई आशा नहीं? पाण्डु उसके पास कभी नहीं लौटेगा? वह उस नव-निर्मित प्रासाद के समान खड़ी-खड़ी खण्डहर हो जायेगी, जिसमें कभी किसी का आवास नहीं रहा?...नहीं! ऐसा नहीं हो सकता! शायद समय का अन्तराल पाण्डु के रोष की उग्रता को कम कर दे। वे एक-दूसरे के निकट आयें, विचार-विनिमय करें, किसी एक संधि तक पहुँचें।...तब वह पाण्डु को समझाएगी कि वह जैसी भी है, उसकी पत्नी है। वह उससे प्रसन्न रहे, या अप्रसन्न : किन्तु पत्नी को त्यागने का कोई सामाजिक-विधान नहीं है। गौतक ने अहल्या को त्यागा था, तो राम और विश्वामित्र के कहने पर पुनः उसे स्वीकार भी किया था। पति, पत्नी को त्याग दे तो पत्नी स्वयं को अपमानित-तिरस्कृत अनुभव करती है, समाज भी उसे आदर की दृष्टि से नहीं देखता। किन्तु पति को यह भूलना नहीं चाहिए कि उसकी मर्यादा और उसका गौरव उस समय उसी परित्यक्ता पत्नी के हाथ में होता है। वह अपने पति की मर्यादा और लाज को ढोती रहे, अपनी उपेक्षा और अवमानना को चुपचाप सहती रहे, तो पति की मर्यादा सुरक्षित रहती है।... कहीं परित्यक्ता पत्नी ही उच्छृंखलता पर उतर आये, तो पति की मर्यादा की रक्षा कौन करेगा...पर इन सब बातों का अवकाश कहाँ है कुन्ती के लिए? पाण्डु ने उसे

त्यागा ही होता—दोनों पृथक हो गये होते, तो कदाचित यही माना जाता कि उनमें परस्पर मतभेद हैं। जाने दोषी कौन है! पर दूषित तो कोई नहीं होता।...पाण्डु के लिए दूसरी पत्नी आ गयी—माद्री!... कहते हैं, अत्यन्त सुन्दर है। पाण्डु उसके साथ रहेगा। दोनों जीवन के सुखों का भोग करेंगे। तब अनकहे ही, कुन्ती दोषी ही नहीं, दूषित भी मान ली जायेगी...

कुन्ती को लगा, वह पाण्डु का मुँह नोच लेना चाहती है, 'पापी! त्यागना ही था, तो त्याग देता। इस प्रकार कलंकित करने का क्या अर्थ?...'

सहसा उसका आक्रोश अजाने ही दूसरी दिशा में मुड़ गया...और एक यह खलनायक है; भीष्म! निस्पृह, त्यागी, महात्मा भीष्म! जो पति-पत्नी को किसी संधि तक पहुँचने का अवसर ही नहीं देना चाहता।...धर्मनिष्ठ पितृव्य भीष्म! लोग उसका नाम बहुत आदर और सम्मान के साथ लेते हैं।...स्वयं तो विवाह नहीं किया, किन्तु दूसरों के लिए पत्नियाँ खूब जुटाई हैं। जाने क्या सन्तोष मिलता है उनको...कहीं अपनी क्षति-पूर्ति ही तो नहीं करते। अपनी पत्नी का अभाव जब खलता होगा, तो अन्य किसी के लिए, एक पत्नी का प्रबन्ध कर देते हैं...पर कभी उन्होंने स्त्री की ओर से भी सोचा है?...कभी तो सोचा होता ...सत्यवती, अम्बिका, अम्बालिका और माद्री क्या सोचती हैं? उन सबके मन में शुभकामनाएँ हैं भीष्म के लिए अथवा वे सब शापित करती हैं उनको? कौन आयी है, इनमें से अपनी इच्छा से?...

कहते हैं कि वह धर्मात्मा हैं। पर कैसे धर्मात्मा हैं भीष्म? केवल अपनी टेक पर अड़े रहना ही तो धर्म नहीं हो सकता। सृष्टि में इतने जीव हैं, सबको यहीं रहना है। उन सबकी सुविधाओं के बीच सामंजस्य खोजना ही तो धर्म है, न्याय है, नीति है।...पर भीष्म तो दूसरे पक्ष की सुनते ही नहीं..कैसे धर्मात्मा हैं वह?...एक बार भी कुन्ती से नहीं पूछा, 'पुत्री! कल पाण्डु तुम्हें ब्याह कर लाया है और आज दिग्विजय के लिए जा रहा है। क्यों? क्या तुम दोनों में कोई कहा-सुनी हुई? कोई मतभेद? क्या तुम पाण्डु को नहीं भायीं? या पाण्डु तुम्हें प्रिय नहीं लगा?'...कुछ नहीं पूछा भीष्म ने; और उठ कर चल दिये माद्री को लाने। क्यों उन्होंने मान लिया कि पाण्डु को कुन्ती प्रिय नहीं लगी? और यदि ऐसा हुआ, तो उसमें कुन्ती का ही दोष क्यों है?...पाण्डु को तत्काल दूसरी पत्नी क्यों चाहिए?...उन्होंने, उनके दाम्पत्य-जीवन में स्थिरता लाने के लिए उन्हें समझना क्यों आवश्यक नहीं समझा? यदि आज कुन्ती कहे, कि उसे पाण्डु प्रिय नहीं तो क्या भीष्म उसके लिए दूसरे पति का प्रबन्ध करने चल देंगे?...

सहसा कुन्ती को लगा : उसका यह दर्प, कदाचित उसकी कोई सहायता नहीं करेगा! यह समाज, मात्र पुरुषों का है। यहाँ पुरुष का ही आधिपत्य है,

उसके ही अंहकार की रक्षा होगी, उसकी सुविधाओं के लिए विकल्प जुटाए जायेंगे। वह चाहेगा तो निर्जीव पदार्थ के समान स्त्री को उठा कर कण्ठ से लगा लेगा; और चाहेगा तो उसे झटक कर दूर फेंक देगा तथा एक नये खिलौने के समान दूसरी स्त्री को चुन लेगा।...कितनी असहाय है कुन्ती! वह दुर्वासा के सम्मुख असहाय सिद्ध हुई, जनक शूरसेन और पिता कुन्तिभोज के सम्मुख भी...और अब वह पाण्डु के सम्मुख भी अपदार्थ सिद्ध हो रही है...

किन्तु पितामही, राजमाता सत्यवती कैसे इतनी समर्थ हो गयी हैं?...क्या वे भी पुत्री और पत्नी के रूप में कुन्ती के ही समान असमर्थ रही हैं; और आज समर्थ हैं, क्योंकि वह माता हैं, पितामही हैं। कदाचित स्त्री जननी बन कर ही, पुरुष पर, समर्थ पुरुष पर अपना पूर्ण अधिकार स्थापित कर सकती है...

पर कुन्ती ने जिसे जन्म दिया है, उसे वह बहुत पीछे छोड़ आयी है। वह अनाकांक्षित ही उसकी गोद में आया था; कैसा हृष्टपुष्ट था, कैसा स्वस्थ और तेजस्वी! पर कुन्ती ने उसे त्याग दिया। जननी का अधिकार-जाल समेट लिया। अब वह समर्थ हो भी जाये, तो क्या? उसके सामर्थ्य का क्या लाभ होगा कुन्ती को?...और...और पाण्डु यदि उससे इसी प्रकार दूर भागता रहा, तो वह फिर कभी जननी बन भी पायेगी क्या? सामर्थ्यवान पुरुष की जननी?...

...भाग्य ने उसके लिए कोई विकल्प नहीं छोड़ा है। उसे पाण्डु के दर्प, अहंकार और उपेक्षा को ही नहीं, उसकी प्रताड़ना को भी मौन-मूक सहना होगा। यदि माद्री ही पाण्डु की प्रिया हो गयी, तो उसके इस अधिकार को भी मान्यता देनी होगी।...उसे अपनी शक्ति को किसी प्रकार बनाये रखना है...उसे समर्थ बनाना होगा...जननी...। वह पाण्डु को त्याग नहीं सकती, उसकी उपेक्षा नहीं कर सकती, उसके विरुद्ध नहीं जा सकती।...उसको पुत्र पाण्डु से ही प्राप्त होंगे, अतः उसे अधिकार भी पाण्डु से ही मिलेंगे...

50

"भीष्म!" सत्यवती अत्यन्त हताश लग रही थी, "तुम्हारा अनुमान असत्य सिद्ध हुआ। पाण्डु अब भी दिग्विजय पर जा रहा है। माद्री का आकर्षण उसे रोक नहीं पाया।"

भीष्म चुपचाप बैठे थे। वे सत्यवती की बात सुन भी रहे थे; और नहीं भी सुन रहे थे। उनकी गम्भीर मुद्रा बता रही थी कि वे किसी गहन चिन्ता में हैं। सहसा वे अम्बालिका की ओर मुड़े, "तुम्हें कुछ बताया है, पाण्डु ने?"

"नहीं तात!" वह बोली, "उसने मुझे तो कुछ नहीं बताया। मैं ही उसके

आस-पास घूमती रही हूँ। वह स्वयं तो कोई चर्चा करता ही नहीं; यदि मैं प्रयत्न करती भी हूँ, तो टाल जाता है!"

"कुछ तो कहता ही होगा।" सत्यवती के स्वर में अधैर्य अत्यन्त स्पष्ट था, "कैसी माँ हो तुम! जिसे अपने गर्भ में रखा, उसके मन में प्रवेश नहीं कर सकतीं। पता नहीं, कैसी हैं आजकल की माताएँ।"

अम्बालिका ने जिस दृष्टि से सास को देखा, उसमें तनिक भी सम्मान नहीं था; किन्तु जब बोली, तो उसकी वाणी संयत ही थी, "मुझे तो लगता है कि मैं उससे बात करने लगती हूँ, तो वह भागने का कोई-न-कोई बहाना खोजने लगता है। कुरेदती हूँ, तो दार्शनिकता बघारने लगता है। तर्क करती हूँ, तो खीझ कर लड़ने लगता है।..."

"किन्तु पाण्डु ऐसा तो नहीं था। वह सदा आज्ञाकारी पुत्र और विनीत बालक रहा है।" सत्यवती जैसे झल्ला कर बोली, "धृतराष्ट्र के व्यवहार के विषय में अम्बिका तक शिकायत करती है; किन्तु पाण्डु की शालीनता में तो कभी किसी ने संदेह नहीं किया।"

"आप ठीक कहती हैं माता!" अम्बालिका धीरे से बोली, "मुझे भी कभी उससे कोई शिकायत नहीं रही; किन्तु कुन्ती के साथ प्रथम रात्रि व्यतीत करने के पश्चात से ही, उसका व्यवहार अत्यन्त उद्धत हो गया है।"

"तो कुन्ती ने ही माता और मातामही के विरुद्ध उसके मन में असन्तोष जगाया होगा।" सत्यवती तीव्र स्वर में बोली, "ये आजकल की लड़कियाँ..." उसके चेहरे पर वितृष्णा का भाव उभरा, "श्वसुर कुल में पग बाद में पड़ेगा, और गृहदाह ये पहले आरम्भ कर देंगी।"

"नहीं! ऐसी बात नहीं है माता!" भीष्म बोले, "मैं नहीं समझता कि कुन्ती का इसमें तनिक भी दोष है। जो पत्नी अपने पति को बाँध नहीं पायी, वह उसे उसकी माता और मातामही के विरुद्ध क्या भड़काएगी!"

"तुम्हें क्या पता है इस विषय में?" सत्यवती पूरे रोष के साथ बोली, "तुम सबको अपने ही समान समझते हो।" और उसने रुक कर भीष्म को देखा, "कहीं तुम्हारी ही तो छाया नहीं है पाण्डु पर। तुम्हें भी नारी का आकर्षण नहीं व्यापता; और वह भी दो-दो सुन्दरी युवती पत्नियों को छोड़ कर, दिग्विजय के लिए भागा जा रहा है।"

भीष्म के मन में चिन्तन की एक नयी दिशा उद्घाटित हुई : माता सत्यवती के उपालम्भ में कहीं कोई तथ्य तो नहीं? कहीं पाण्डु को भी काम-सुख, काम-यातना ही तो नहीं लगता? कहीं नारी का सौन्दर्य उसे भी मृग-तृष्णा ही तो दिखाई नहीं देता?...किन्तु यदि ऐसा होता, तो वह कुन्ती के

स्वयंवर में क्यों जाता? माद्री के साथ विवाह के लिए क्यों सहमत हो जाता?... क्या बात है—वह नारी-सौन्दर्य के प्रति आकृष्ट तो होता है, उसकी ओर बढ़ता भी है; किन्तु उसके निकट जा कर, जैसे पलट कर भागता है। क्या यह भी उसका दर्प ही है, कि पत्नी से पहली रात ही ऐसी अनबन हो जाती है, कि पुनः वह उसके निकट ही नहीं जाना चाहता...

भीष्म मुस्कुराये, "मेरी छाया पड़ी होती माता! तो दिग्विजय के लिए इतना व्याकुल भी न होता। मैं तो स्वयं चकित हूँ," भीष्म रुके, "कि वह सैनिक अभियान के लिए इतना उत्कण्ठित क्यों है। वह तो जैसे सम्राट चित्रांगद के समान आक्रामक और उग्र हो रहा है।...हमारी सीमाओं पर कोई आक्रमण नहीं हो रहा। कोई सम्राट का युद्ध के लिए आह्वान नहीं कर रहा और वह दो-दो नवोढ़ाओं को छोड़, इस आतुरता से युद्ध के लिए भाग रहा है...।"

"वह सब कुछ नहीं है।" सत्यवती अधीरता से बोली, "आजकल के लड़के और लड़कियों में तनिक भी धैर्य नहीं है। न ये कुछ सुनने को तैयार हैं, न वे कुछ सहने को। क्रोध तो जैसे इनकी नाक पर धरा रहता है। पता नहीं अपने-आपको समझते क्या हैं। अरे पति-पत्नी में तो निर्वाह ऐसे ही होता है : तू दो मेरी मान ले और मैं दो तेरी मान लूँ...।"

भीष्म मन-ही-मन मुस्कुराये : माता सत्यवती वय की दृष्टि से उतनी वृद्धा हुई नहीं, जितनी अपने व्यवहार और चिन्तन में हो गयी हैं।...उन्हें अपनी अगली पीढ़ियों का व्यवहार अत्यन्त आपत्तिजनक लगता है...वे अपना समय भूल गयीं—उन्होंने प्रत्यक्ष रूप में अपने पति पर कितने कठोर प्रतिबन्ध लगाये थे।...और अपने एकान्त में, जब पति अथवा प्रेमी, काम-याचना की भूमिका में अपने अहंकार को सर्वथा तिलांजलि दे चुका होता है—जाने क्या-क्या प्रतिबन्ध लगाती होंगी। जाने कैसी इच्छाएँ प्रकट करती होंगी।...इनसे विवाह कर, राजा शान्तनु का वह सम्राटों वाला तेज रह पाया था क्या? और इन्होंने ही तो अपने पुत्रों में वह दर्प भरा था, जो संसार में किसी और के अधिकार को स्वीकार ही नहीं करता था...और अब ये...अपने विवाह के पश्चात वे यह भी नहीं चाहती थीं कि भीष्म अपने पिता से पिल पायें...इनकी चिन्तन-पद्धति कैसी एकांगी है। वे अपने तर्क को स्वयं अपने ऊपर लागू कर कभी नहीं देखतीं। भीष्म को कभी भी यह नारी तर्क-शास्त्र समझ में नहीं आया था, जो केवल बोलता था, सुनता कुछ भी नहीं था। तर्क-पद्धति किसी नियम से नहीं, मात्र अपने स्वार्थ अथवा सुविधा से परिचालित होती थी...और सबसे महत्त्वपूर्ण तथ्य तो यह था कि जो सब कुछ इन्होंने स्त्री अथवा पत्नी के अधिकार के रूप में स्वयं पाया था, वही सब न वे पुत्र-वधुओं को देने

को प्रस्तुत थीं, न पौत्र-वधुओं को। अधिकार पा कर, अथवा समर्थ होने पर, नारी का दमन-चक्र नारी के ही विरुद्ध कुछ अधिक ही तीव्र गति से चलने लगता है...

"भीष्म!" सत्यवती उनसे सम्बोधित थी, "मैं सोचती हूँ कि यदि पाण्डु कुछ नहीं बताता, तो कुन्ती और माद्री से ही पूछा जाये कि बात क्या है? इन दोनों के आ जाने के बाद, पाण्डु शान्ति से हस्तिनापुर में टिक क्यों नहीं रहा?"

"सम्भवतः पति-पत्नी के मध्य की कोई ऐसी गोपनीय बात हो, जो वे किसी अन्य व्यक्ति को बताना न चाहते हों। कोई अशोभन प्रसंग! आपकी पौत्र-वधुओं को आपके पौत्र के विरुद्ध कोई ऐसी शिकायत हो, जिसका परिमार्जन आप भी न कर सकें...।"

"तात!" सहसा अम्बालिका बोली। उसका स्वर अत्यन्त धीमा और शालीन ही नहीं, एक सीमा तक संकुचित भी था।

भीष्म ने उसकी ओर देखा।

"एक निवेदन मेरा भी है।"

"बोलो अम्बालिके!"

"यदि पाण्डु अपने दर्प में, दिग्विजय करने जा रहा है, तो और बात है। मैं कामना करूँगी कि मेरा पुत्र दिग्विजयी हो कर लौटे। अपनी रानियों के साथ सुखी जीवन व्यतीत करे और अपनी प्रजा का धर्मतः पालन करे। किन्तु तात...!" उसने रुक कर पुनः भीष्म की ओर देखा, "यदि पाण्डु और उसकी पत्नियों के मध्य कुछ ऐसा घटित हुआ है कि वे लोग परस्परा सुखी दाम्पत्य जीवन व्यतीत नहीं कर सकते तो एक कृपा मुझ पर कीजिएगा...।"

"क्या अम्बालिके?"

"कृपया उसके लिए और रानियों की व्यवस्था मत कीजिएगा।"

"इसकी तो बुद्धि ही भ्रष्ट हो गयी है।" भीष्म से पहले ही सत्यवती बोल उठी, "हस्तिनापुर के सिंहासन के लिए युवराज चाहिए या नहीं!"

"युवराज आपको गान्धारी से प्राप्त हो जायेगा।" अम्बालिका बोली, "माता! संसार में कोई भी सिंहासन रिक्त नहीं रहा। प्रत्येक सिंहासन अपना उत्तराधिकारी स्वयं ही चुन लेता है। राजाओं द्वारा मनोनीत युवराज बैठे रह जाते हैं, और सिंहासन चल कर स्वयं किसी को कंधों पर उठा लेता है।"...

भीष्म ने अम्बालिका को देखा : वह जैसे विषाद की साकार मूर्ति लग रही थी। कितनी पीड़ा थी, उसके स्वर में; और कैसा वैराग्य। भीष्म ने उसके विषय में न कभी अधिक जाना था, न सोचा था। उसे हस्तिनापुर के राजप्रासाद में ला कर जैसे वे भूल ही गये थे कि उसका भी कोई अस्तित्व है।...आज वे देख

रहे थे कि उसका अस्तित्व ही नहीं था...उस अस्तित्व में कहीं बहुत गहरे जैसे दुख का कोई उद्गम था।...जब माता सत्यवती हस्तिनापुर के राजप्रासाद में आयी थीं, तो दर्प से जगमगाया करती थीं; किन्तु अम्बिका और अम्बालिका तो जैसे पहले व्यथा की अग्नि से जल कर काली होती गयीं; और अन्ततः जल कर भस्म-सी श्वेत हो गयीं। तप्त अंगार-सी वे कभी नहीं जलीं, दर्प का दाह उनमें कभी नहीं जागा...और आज अम्बालिका क्या कह रही है, जैसे माता अपने पुत्र के विषय में चर्चा न कर रही हो, कोई वैरागी संसार-चक्र में फँसे लोगों को उससे बचने का उपदेश कर रहा हो...

"ऐसा क्यों सोचती हो अम्बालिके?" भीष्म बोले, "क्यों तुम नहीं चाहतीं कि हस्तिनापुर के सिंहासन पर तुम्हारे पौत्र का अधिकार हो?"

"मेरा पौत्र जन्म ले और अधिकार-दण्ड हाथ में ले कर, सम्राट के रूप में हस्तिनापुर के सिंहासन पर बैठे, तो मुझे प्रसन्नता ही होगी।" अम्बालिका बोली, "मानव सुलभ तृष्णाएँ मुझमें भी बहुत हैं। किन्तु संसार की तृष्णा में जल कर बहुत कष्ट पाया है तात! कभी कोई अपनी तृष्णा में जलता है; और कभी किसी एक की तृष्णा, अन्य लोगों को दग्ध करती है। उस दाह को मैंने बहुत सहा है। अब नहीं चाहती कि कोई और मेरी तृष्णाओं का दाह सहे और संसार को शापित करे।" उसने रुक कर भीष्म को देखा, "क्या आपको नहीं लगता कि कुरु-कुल के माथे पर परित्यक्ता स्त्रियों का बोझ वैसे ही बहुत अधिक है। मुझ पर दया करें, और किसी भी ब्याज से उस बोझ को न बढ़ायें।..."

लगा, उसका कण्ठ अवरुद्ध हो गया और सहसा ही वह उठ कर चली गयी।

सत्यवती आँखें तरेरे जाती हुई अम्बालिका को देखती रही और उसके आँखों से ओझल होते ही अपनी घृणा का उसने वमन किया, "जिसे देखो वही अपने-आपको बहुत बुद्धिमान समझता है, जैसे साम्राज्यों का नीति-संचालन उसी की बुद्धि से प्रेरित होता है। राजमाता बनना कोई इतना सरल नहीं है।" और वह भीष्म की ओर मुड़ी, "पुत्र भीष्म! क्या सोचा है तुमने?"

"माता! पुत्र और पौत्र को आप समझा भी सकती हैं और आदेश भी दे सकती हैं; किन्तु सम्राट के सम्मुख तो केवल विचारार्थ प्रस्ताव ही रखे जा सकते हैं। स्वीकार करना, न करना सम्राट की अपनी इच्छा पर निर्भर करता है।"

"ओह सम्राट!" सत्यवती बोली।

"आर्यपुत्र!" गान्धारी उल्लसित स्वर में बोली, "आपने सुना, देवर दिग्विजय के लिए जा रहे हैं।"

"सुना है।" धृतराष्ट्र बोला, "किन्तु इसमें तुम्हारी इतनी रुचि क्यों है प्रिये?"

इस बार गान्धारी सशब्द हँसी, "क्यों! मेरी रुचि क्यों नहीं है। देवर दिग्विजय करेंगे। नये-नये राज्य जीतेंगे। कुरु-साम्राज्य का विस्तार करेंगे। धन-सम्पत्ति लायेंगे, दास-स्त्रियाँ लायेंगे..."

"और ला कर सब तुम्हारे आँचल में डाल देंगे?"

"नहीं! सब कुछ कुन्ती और माद्री को सौंप देंगे, जिनके पास वे एक-एक रात जा कर, दूसरी बार गये ही नहीं।"

वह मुक्त कण्ठ से हँस रही थी।

"मेरी समझ में पाण्डु का यह व्यवहार एकदम नहीं आया।" धृतराष्ट्र बोला, "अरे तुम्हें कैसी स्त्री चाहिए!...मैंने तो सुना है कि कुन्ती और माद्री दोनों ही बहुत सुन्दर और आकर्षक युवतियाँ हैं। जिसने भी उन्हें देखा है, उसी ने उनकी प्रशंसा की है। और मान लो कि जैसी स्त्री तुम्हें चाहिए, वैसी वे नहीं भी हैं, तो क्या! तुम्हें वैसी स्त्री खोजने और प्राप्त करने से कोई रोक तो नहीं रहा। ये वैसी नहीं हैं, तो क्या, स्त्रियाँ तो हैं। इनका अपमान क्यों करते हो।" धृतराष्ट्र रसिक भाव से बोला, "मैं अच्छा हूँ। देख ही नहीं पाता। स्त्री सुन्दर है या असुन्दर—यह समस्या ही नहीं उठती मेरे सामने! स्पर्श से जान जाता हूँ कि स्त्री का शरीर है। बस पर्याप्त है मेरे लिए।"

"चुप रहिए आप!" गान्धारी ने डाँटा, "हर समय अपना ऐसा बखान मत किया कीजिए। जो कह रही हूँ, उसको गम्भीरता से समझने का प्रयत्न कीजिए।"

"क्या है?" धृतराष्ट्र गम्भीर हो गया, "कोई विशेष बात है क्या?"

"आपको विशेष नहीं लगती!" गान्धारी बोली, "मैं यह मानती ही नहीं कि देवर को वीरता का ताप चढ़ा है और वे सच मुच दिग्विजय करने जा रहे हैं।"

"तो?"

"कुन्ती के साथ प्रथम रात्रि बिता कर जब वे भागने लगे थे, तो मैंने समझा था कि कुन्ती से बनी नहीं। किन्तु उन्हें तो माद्री के साथ भी एक ही रात व्यतीत करके दिग्विजय का ताप पुनः व्याप गया।"

"तो माद्री भी नहीं भायी होगी।"

"नहीं।" गान्धारी अत्यन्त दृढ़ और निश्चयात्मक स्वर में बोली, "यदि प्रथम भेंट के पश्चात पुरुष पुनः अपनी पत्नी के निकट नहीं जाना चाहता, तो उसका अर्थ है कि वह पत्नी को मुख दिखाने योग्य नहीं है। उसकी आँखें

अपनी पत्नी के सम्मुख उठ नहीं सकतीं...।"

"तुम्हारा अभिप्राय है कि पाण्डु रति-दान में असमर्थ है।"

"आप ठीक समझे।"

"असम्भव!"

"क्यों! असम्भव क्यों है?"

"ऐसा योद्धा पुरुष, इतना अक्षम कैसे हो सकता है।"

"मैं वैद्यक नहीं जानती।" गान्धारी बोली, "अपने स्त्री मन में केवल इतना ही जानती हूँ कि पौरुष पराजित हो जाये, तो पुरुष स्त्री की आँखों में देख नहीं सकता।"

"पर ऐसा किसी ने कहा तो नहीं है।"

"कौन कहेगा?" गान्धारी बोली, "इस तथ्य को देवर अपने मुख से स्वीकार करेंगे क्या? कोई भी पुरुष स्वीकार करेगा क्या?"

"तो कुन्ती और माद्री ने ही कहाँ उस पर ऐसा आरोप लगाया है।"

"सम्भव है, वे भी समझ न पायी हों...।"

धृतराष्ट्र का स्वर कुछ हठी हो गया था, "जिस स्त्री के पास पाण्डु गया था, वह तो उसकी अक्षमता को समझ नहीं पायी; और महारानी गान्धारी अपने कक्ष में बैठी-बैठी ही, सब कुछ समझ गयीं। चमत्कार है।"

"आप चाहे इसे परिहास में उड़ा दें," "गान्धारी अपनी बात पर अड़ी हुई थी, "किन्तु आप देख लीजियेगा, मेरा अनुमान शत-प्रतिशत सत्य प्रमाणित होगा।"

धृतराष्ट्र कुछ देर तक मौन बैठा रहा; किन्तु उसके चेहरे के भाव कह रहे थे कि अभी वह गान्धारी की बात स्वीकार नहीं कर पाया है। अपने मन की कई प्रकार की उलझनों से लड़ते रहने के पश्चात वह बोला, "इसका अर्थ है कि पाण्डु एक और विवाह करेगा।"

गान्धारी ने धृतराष्ट्र के स्वर में निहित तृष्णा को पहचाना : उसे धृतराष्ट्र की यह लोलुपता कभी अच्छा नहीं लगी थी। वह जानती थी कि उस समाज में समर्थ पुरुष एकाधिक विवाह करते हैं। राजपरिवारों में तो जैसे नियमतः बहुपत्नीत्व का प्रचलन था। फिर भी धृतराष्ट्र का इस प्रकार अन्य स्त्रियों के लिए लालायित रहना, उसके मन पर जैसे खरोंच लगा जाता था—वह भली प्रकार जानती थी कि धृतराष्ट्र का स्त्री-प्रसंग केवल उसी तक सीमित नहीं था। जहाँ आस-पास इतनी दासियाँ, परिचारिकाएँ तथा अन्य स्त्रियाँ बिखरी हुई हों और राजपरिवार के सदस्यों की आज्ञा का पालन करने के लिए उत्कण्ठित भी हों तथा बाध्य भी—वहाँ वह धृतराष्ट्र को क्या दोष दे; किन्तु धृतराष्ट्र का इस

प्रकार स्त्री के नाम पर लार टपकाना, उसे तनिक भी अच्छा नहीं लगता था। अपने पति के सारे व्यवहार में से उसे यही ध्वनित होता हुआ सुनाई पड़ता था कि गान्धारी धृतराष्ट्र के लिए पर्याप्त नहीं थी—उसे पा कर वह पूर्णकाम नहीं था...

किन्तु इस संदर्भ में उससे रुष्ट होने, अथवा उससे विवाद करने का कोई लाभ नहीं था।

"देवर एक विवाह और करें, या सौ—उनका उत्तराधिकारी जन्म नहीं लेगा। हस्तिनापुर को उनसे युवराज नहीं मिलेगा...।"

"तुम ऐसी भविष्यवाणी इतने निश्चित स्वर में कैसे कर सकती हो?" धृतराष्ट्र की इच्छा तो बहुत थी कि वह गान्धारी की बात को सच मान ले, वरन उसके मन की तीव्रतम कामना थी कि गान्धारी की बात सत्य हो; किन्तु उसकी व्यावहारिक बुद्धि उसके लिए कोई प्रमाण भी माँगती थी।

गान्धारी थोड़ी देर चुप रही और फिर बहुत धीमे स्वर में बोली, "सत्य बता दूँ?"

धृतराष्ट्र उसके स्वर से ही समझ गया कि उसके पास कोई निश्चित प्रमाण है, या कम-से-कम ऐसा प्रमाण अवश्य है, जिसे वह निश्चित मानती है।

"बताओ।"

गान्धारी का स्वर कुछ और मंद हो गया। वह बोली, "मुझे शकुनि ने बताया है।"

"क्या?"

"उसने इस संदर्भ में जानकारी पाने के लिए देवर को टटोला था।"

"कैसे?"

"उसने देवर को बधाई दी और कहा कि आशा है कि हमें युवराज के जन्म का समाचार शीघ्र मिलेगा। उसका नाम तो सोच लिया है न?"

"तब?"

"देवर ने कोई उत्तर नहीं दिया; किन्तु उनकी प्रतिक्रिया अत्यन्त हिंस्र थी, जैसे वह शकुनि को मार ही डोलेंगे।"

"ओह!"

अपने भाई की अक्षमता जान कर धृतराष्ट्र को तनिक भी दुख नहीं हुआ। उसे लगा, वह भी गान्धारी के समान उल्लसित हो कर कहना चाहता था कि यह प्रसन्नता का विषय है। उसके भीतर जैसे अहंकार का भाव जागा : वह जन्मान्ध है तो क्या हुआ; पाण्डु के सामन निर्वीर्य नहीं है। पाण्डु सम्राट है तो क्या, वह पूर्ण पुरुष तक नहीं है। वह रण-क्षेत्र में शत्रु की सेना का सामना कर

सकता है, किन्तु अपनी पत्नी के सम्मुख आँखें नही उठा सकता।...गान्धारी कहती है कि पाण्डु एक भी पुत्र उत्पन्न नहीं कर सकता। यदि यह सत्य है, तो धृतराष्ट्र उससे कहीं श्रेष्ठ और समर्थ है। धृतराष्ट्र इतनी सन्तानें उत्पन्न करेगा कि भविष्य में कुरु-वंश, केवल उसी के नाम से जाना जायेगा।

"मैं कई बार सोचता हूँ गान्धारी! कि कहीं तुम मुझे व्यर्थ ही सुनहले स्वप्न तो नहीं दिखा रहीं...यदि कहीं ऐसा न हुआ तो?"

"ये मात्र स्वप्न नहीं हैं आर्यपुत्र! हमारी यह कामना मूर्तिमती होगी। हस्तिनापुर के सिंहासन पर सम्राट पाण्डु के पश्चात हमारा पुत्र ही आसीन होगा।"

धृतराष्ट्र के चेहरे पर ऐसा उल्लास जागा, जैसे उसने अपने पुत्र को सिंहसनासीन होते देख लिया हो।

51

कुन्ती को आश्चर्य हुआ : माद्री, और उससे मिलने के लिए आयी है। पर क्यों?...उसने तो एक क्षण के लिए भी नहीं सोचा कि उसे माद्री से मिलना चाहिए। उसके मन में न तो माद्री को देखने की उत्सुकता थी, न उसे भय था कि माद्री उसका अधिकार, धन-सम्पत्ति या पति छीन लेगी—वह सब उसे मिला ही कब था।...न कुन्ती के मन में लोकाचार की ही बात उठी थी कि वह कुरु-कुल की नयी वधू के स्वागत का शिष्टाचार निभाये।

उसने मान लिया था कि उसके साथ जो दुर्घटना घटनी थी, वह घट चुकी। स्रष्टा को जो खिलवाड़ उसके जीवन के साथ करना था, वह कर चुका। अब कुन्ती एक अनावश्यक, अपदार्थ, व्यर्थ-सी वस्तु के रूप में इस राजप्रासाद में पड़ी रहेगी। जब तक माद्री नहीं आयी थी, तब तक फिर भी कुन्ती के मन में कहीं कोई आशा थी कि पाण्डु उसके पास लौट आयेगा, उसे स्वीकार कर लेगा; और वे एक सुखद दाम्पत्य जीवन व्यतीत कर पायेंगे।...किन्तु माद्री आ गयी थी। जिसने भी उसे देखा था, उसे असाधारण सुन्दरी बताया था—नारी-सौन्दर्य की पराकाष्ठा। वह आकर्षक थी, मोहक थी, निर्मम-से-निर्मम पुरुष के मन को लुभा सकती थी।...तब कहाँ अवकाश था, पाण्डु के लौट आने का। यदि कभी उसका मन माद्री से ऊब भी गया, तो वह तीसरा विवाह करेगा; लौट कर कुन्ती के पास क्यों आयेगा। यदि दूसरा विवाह करते हुए, उससे किसी ने कुछ नहीं पूछा, तो तीसरा करने पर ही कौन पूछेगा।...

...कुन्ती को लगा, वह अपने भाग्य को कितना भी दोष दे, किन्तु वह

पाण्डु को क्षमा नहीं कर सकती। यदि उसे कुन्ती के अतीत का कोई आभास हो ही गया था, कोई सूचना मिल ही गयी थी, तो वह कुन्ती से बात तो करता। उसे स्पष्टीकरण का अवसर तो देता। कुन्ती का तिरस्कार ही करना था तो कोई सम्मानजनक संधि तो करता...आधी रात को उठ कर चल दिये... दूसरे की भावनाओं का रत्ती-भर भी सम्मान नहीं। कुन्ती क्या बात करने के भी योग्य नहीं थी, लांछित करने योग्य भी नहीं...

पाण्डु तो पाण्डु! अब यह माद्री और आ गयी है। उसे भी तो मालूम होगा कि पाण्डु की एक पत्नी पहले भी है, जिसे वह पहली रात ही काम-क्रीड़ा के मध्य अतृप्त छोड़ आया है।...क्या बाध्यता थी उसकी, कि वह पाण्डु से ही विवाह करे। जब वह इतनी ही सुन्दर है, स्रष्टा ने उसे यौवन का वैभव भी भरपूर दिया है, तो संसार में पुरुषों का अभाव है क्या? क्या वह किसी और राजा, राजकुमार या सम्राट को नहीं चुन सकती थी। पाण्डु की दूसरी पत्नी बनना क्या इतना ही सम्मानजनक था कि वह किसी और राजा की पट्टमहिषी नहीं बनना चाहती थी?

कुन्ती का मन माद्री को पाण्डु से भी अधिक दोषी ठहरा रहा था। यदि नारी ही, दूसरी नारी पर अत्याचार न करना चाहे तो पुरुष क्या कर सकता है। जाने क्यों, स्त्रियाँ ही स्त्रियों की शत्रु हो जाती हैं...

परिचारिका ने माद्री के आने की सूचना दी तो कुन्ती के मन में पहली प्रतिक्रिया हुई कि वह कहलवा दे कि वह उससे मिलना नहीं चाहती। किन्तु उसके विवेक की काली बिल्ली, जैसे क्रोध के तीव्रगामी रथ का रास्ता काट गयी।...द्वार पर आये व्यक्ति के साथ अशिष्ट व्यवहार नहीं करना चाहिए... जाने क्या सोच कर आयी है माद्री...जाने क्या कहना चाहती है...

"उन्हें सादर लिवा लाओ।" कुन्ती बोली।

माद्री आयी और अनिश्चय में कुन्ती के सम्मुख, खड़ी-की-खड़ी रह गयी।

कुन्ती ने उसे देखा : सत्य ही अद्‌भुत सुन्दरी थी माद्री। देवकन्या-जैसी। उसने सुन रखा था, मद्रदेश के सौन्दर्य के विषय में; किन्तु यह तो मद्र-सौन्दर्य का भी जैसे चमत्कार थी।...पर कैसी अस्वस्थ सी लग रही थी, पूर्णतः ध्वस्त, जैसे उसका सर्वस्व हरण हो गया हो...और कहाँ कुन्ती ने सोचा था, कि पाण्डु को पा कर माद्री प्रसन्नता के ज्वार के भाल पर मयूर-सी नृत्य कर रही होगी, कुन्ती को वंचित कर, उसका अहंकार जैसे स्वयं अपने-आप पर ही मुग्ध हो रहा होगा...

"आओ माद्री!"

माद्री आगे बढ़ी अवश्य; किन्तु असमंजस में फिर खड़ी रह गयी कि वह आगे बढ़ कर कुन्ती के चरणों पर लोट जाये, या उसके कंधे पर सिर रख कर रो पड़े।

कुन्ती ने उसके असमंजस को पहचाना। यह भी जाना कि उसके और माद्री के वय में कदाचित बहुत अन्तर नहीं था : फिर भी वह बड़ी थी, क्योंकि वह पाण्डु की पहली पत्नी थी।...उसकी और माद्री की काया में भी अन्तर था। माद्री कोमल थी, अधिक लम्बी भी नहीं थी। आकार-प्रकार को देखते हुए, समवयस्क होने पर भी, कुन्ती उससे बड़ी ही लग रही थी। वैसे भी कुन्ती को उससे बड़ी होना ही था—माद्री उसके द्वार पर आयी थी।

उसने आगे बढ़ कर माद्री को गले से लगा लिया।

माद्री का जाने कब का बँधा, धैर्य का बाँध टूट गया। उसे वह कंधा, मिल गया था, जिस पर सिर रख कर वह रो सकती थी।

वह फफक पड़ी, "दीदी!"

उसके एक सम्बोधन मात्र से जैसे कुन्ती के हृदय की सारी दुश्शंकाएँ धुल गयीं। हृदय पिघल कर जैसे आतुर हो कर माद्री की ओर दौड़ा। उसे लगा, जाने कब की बिछुड़ी उसकी अपनी छोटी बहन आ मिली है। कुन्ती ने उसे अपने वक्ष में भींच लिया।...वह भी तो कब से प्रतीक्षा कर रही थी कि उसे कोई अपना मिले और उसके कंधे पर सिर रख कर, अथवा उसे हृदय से लगा कर वह रो सके।

थोड़ी देर में शान्त हो कर दोनों अलग हुईं।

और अश्रु पोंछते हुए कुन्ती का ध्यान इस ओर गया कि वे दोनों तो अपने सहज आवेश में ही रोती रहीं; अभी कुन्ती ने उससे यह तो पूछा ही नहीं कि उसके रोने का कारण क्या है।

"माद्री!" कुन्ती ने बहुत कोमल स्वर में उसे पुकारा।

"दीदी! मुझे कोई बताता क्यों नहीं कि मेरा दोष क्या है?"

कुन्ती चुपचाप उसे देखती रही : तो क्या पाण्डु ने उसके साथ भी वैसा ही व्यवहार किया? पर क्यों?...अपने विषय में तो कुन्ती ने मान लिया था कि उसका अतीत...पर माद्री?...प्रत्येक स्त्री का अतीत होता है क्या? विवाह के पश्चात पत्नी बन कर, जब वह पाण्डु की सेज पर आ जाती है, पाण्डु को तभी उसका पता लगता है क्या?...

कुन्ती ने उसे बैठाया। उसके आँसू पोंछे। और तब अत्यन्त धैर्य से पूछा, "क्या बात है माद्री! मुझे विस्तार से बताओ।"

माद्री उसे हस्तिनापुर में अपने स्वागत, और फिर पाण्डु से अपने मिलन की कहानी सुनाती रही; और कुन्ती को लगता रहा कि वह माद्री की नहीं, कुन्ती की ही कहानी है। केवल एक नाम का अन्तर था, अन्यथा सब कुछ वैसे-का-वैसा ही था।...वह चकित थी : ऐसा क्यों हुआ और कैसे हुआ?

कुन्ती ने पूर्ण तन्मयता से सब कुछ सुना। जब माद्री चुप हुई तो कुन्ती बोली, "क्या तुम्हें अपने विवाह से पहले मेरे विषय में मालूम था?"

"मालूम था।"

"तो फिर तुमने विवाह की स्वीकृति क्यों दी?"

"स्वीकृति!" माद्री चकित हो कर बोली, "मुझसे किसने पूछा? मुझसे स्वीकृति माँगी ही किसने?...मैंने स्वयंवर में वरण नहीं किया है उनका। मुझे तो भैया ने सौंप दिया पितृव्य भीष्म को।"

"तुम्हारे भैया को मालूम नहीं था कि सम्राट विवाहित हैं?"

"मालूम होगा।...मैं नहीं जानती...मालूम होगा भी तो क्या। बहुपत्नीत्व तो सारे देश में प्रचलित है।"

"बहुपत्नीत्व तो प्रचलित है," कुन्ती बोली, "किन्तु यह तो पूछना ही चाहिए कि पहली पत्नी के विरुद्ध ऐसा कौन-सा आरोप है, जिसके कारण दूसरा विवाह किया जा रहा है।"

"आप ठीक कह रही हैं दीदी!" माद्री बोली, "पूछना तो चाहिए; किन्तु निश्चित रूप से भैया ने यह सब नहीं पूछा होगा। सम्बन्ध करने की दृष्टि से हस्तिनापुर का राजपरिवार उनके लिए पर्याप्त कुलीन है। संभव है कि उनके मन में कहीं रहा होगा कि भोजराज की पालित पुत्री हस्तिनापुर के सम्राट के लिए पर्याप्त कुलीन नहीं है।"..माद्री अपने प्रवाह में कहती चली गयी। उसने एक बार भी देखने का प्रयत्न नहीं किया कि उसके कथन का कुन्ती पर क्या प्रभाव हुआ है, "मेरे लिए उन्हें उनकी अपेक्षा से अधिक शुल्क दिया गया है; और दीदी! यदि भैया ने स्वेच्छा से यह निर्णय न किया होता, तो उन्हें बाध्य हो कर यही निर्णय करना पड़ता।"

"क्यों?"

"पितृव्य भीष्म के साथ चतुरंगिणी सेना भी थी। वह मात्र शोभा के लिए तो नहीं थी न!"

"ओह!" कुन्ती के मुख से निकला।

माद्री कदाचित अपने प्रश्न के उत्तर की अपेक्षा में कुन्ती की ओर देखती रही, और कुन्ती जैसे अपने भीतर डूबती चली गयी। कुन्ती नहीं जानती कि पाण्डु ने उसके साथ ऐसा व्यवहार क्यों किया। माद्री भी नहीं जानती।...किन्तु

इससे इतना तो स्पष्ट ही है कि कारण वह नहीं है, जो कुन्ती ने सोचा था। कारण शायद वह भी नहीं है, जो माद्री ने सोचा था। कुलीन राजकुमारियाँ पा कर राजा लोग उनसे विवाह के लिए लालायित हो उठते हैं, किन्तु अकुलीन कुमारियों को अपने अधिकार में पा कर वे उसकी उपेक्षा कर, सेज छोड़ कर भाग नहीं जाते; अन्यथा इतनी अधिक मात्रा में दासी-पुत्रों का जन्म न होता... कुलीनता-अकुलीनता का भाव पाण्डु के मन में है या नहीं, किन्तु माद्री के मन में है।...किन्तु पाण्डु की उपेक्षा का कारण? कारण तो पाण्डु के मन में ही है। वही बतायेगा कि उसने ऐसा क्यों किया, अथवा वह ऐसा क्यों करता है...और माद्री! कुन्ती ने माद्री की कल्पना, दूसरों का अधिकार छीनने वाली एक दुष्ट स्त्री के रूप में की थी; किन्तु वह कुलीन राजकुमारी तो स्वयं ही इतनी दुखी है। उसकी कुलीनता के पास तो अपना ही कोई अधिकार नहीं है, वह दूसरों का अधिकार क्या छीनेगी। पोषिता राजकुमारी कुन्ती ने कम-से-कम आर्य राजकुमारियों के समान स्वयंवर में स्वेच्छा से पाण्डु का वरण किया था, और यह जन्म से कुलीन राजकुमारी माद्री तो एक वस्तु के समान शुल्क ले कर भीष्म को सौंप दी गयी, कि वे उसे किसी को भी प्रदान कर सकते हैं।...उस दुखी स्त्री से क्या विरोध!...वे दोनों ही परिस्थितियों की दुष्टता से पीड़ित हैं, दोनों ही असहाय हैं, दोनों को ही किसी की सहायता चाहिए।...उन दोनों में परस्पर विरोध न हो कर, सहयोग होना चाहिए। वंचित जन यदि परस्पर ही वैर-विरोध रखेंगे, तो उनकी सहायता कौन करेगा। कदाचित परस्पर सहयोग से वे कभी अपना अधिकार प्राप्त कर सकें...

"दीदी! वह ऐसा क्यों कर रहे हैं?" माद्री ने पुनः पूछा, "दासियों ने मुझे बताया, कि वे दिग्विजय के लिए जा रहे हैं।"

"सुनो माद्री!" इस बार कुन्ती का स्वर पर्याप्त स्थिर था, "मैं भी नहीं जानती कि हमें किस अपराध के लिए दण्डित किया जा रहा है। किन्तु अपने स्तर पर मैंने निश्चय किया है कि मैं अपने पति के इस व्यवहार के विरुद्ध गुहार करने पितृव्य अथवा पितामही के पास नहीं जाऊँगी। मैंने तो इसकी चर्चा माता अम्बालिका से भी नहीं की है; और न ही करूँगी। यह सारा व्यवहार पति-पत्नी के बीच की बात है। अतः उसकी चर्चा भी हमारे मध्य ही रहेगी। यदि तुम भी मुझसे सहमत हो, तो तुम भी यही करो। इन बातों की चर्चा किसी से मत करो। किसी से अपने पति की शिकायत मत करो। अवसर आने पर हम उससे ही पूछेंगी, कि इस व्यवहार का क्या अर्थ है। हमारा ऐसा कौन-सा दोष है, जिसके कारण हमें इस प्रकार तिरस्कृत और अपमानित किया जा रहा है!...मुझसे सहमत हो?"

"हाँ दीदी!" माद्री ने अपने अश्रु पोंछे।

"ऐसे नहीं! सोच-समझ कर, अच्छी प्रकार विचार कर कहो।"

"सोच लिया।" माद्री बोली, "मैं आपके साथ हूँ। जैसा आप कहेंगी, मैं वैसा ही करुँगी।"

कुन्ती मुस्कुरायी, "तुम तो बहुत भोली हो सखि! तत्काल सब कुछ मान जाती हो।...और जानती हो, क्या सोचा था मैंने तुम्हारे विषय में?"

"क्या?" माद्री ने पूरी आँखें खोल कर, कुन्ती को देखा।

कुन्ती उन आँखों को देखती रह गयी।

"क्या देख रही हो?" माद्री ने पलके झपकायीं।

"तुम्हें कहीं मेरी ही डीठ न लग जाये बहना!" कुन्ती बोली, "सचमुच बहुत सुन्दर हैं तुम्हारे नयन! वह तो अभागा है, जो इन नयनों की भी उपेक्षा करके चला गया। वह क्रोध का नहीं, दया का पात्र है।"

"तुमने मेरे विषय में क्या सोचा था दीदी?"

"सोचा था, तुम कोई दुष्ट कृत्या हो, जो मेरा सर्वस्व हरण करने आयी हो।"

"और मैंने सोचा था कि मुझसे मेरा पति छीनने वाली तुम हो। जब वे अर्द्धरात्रि में ही मेरी शैया से उठ कर चले गये, तो मैंने सोचा कि शायद वह सीधे तुम्हारे पास ही आये हैं। यह तो जब मुझे मालूम हुआ कि वह दिग्विजय के लिए जा रहे हैं और वे तुम्हारे कक्ष में भी नहीं आते, तब मैंने तुमसे मिलने का निर्णय लिया।"

"हम एक-दूसरी के विरुद्ध नहीं, एक-दूसरी के साथ हैं।" कुन्ती बोली, "जीवन में जो कुछ मिलेगा—दोनों को मिलेगा। एक-दूसरी को वंचित कर, हमें कुछ भी प्राप्त नहीं करना है।"

"ठीक है दीदी!" माद्री जैसे पूर्णकाम हो कर, कुन्ती के गले लग गयी।

52

अम्बालिका के व्यवहार ने भीष्म को बहुत कुछ सोचने के लिए बाध्य कर दिया था।...उन्हें फिर से एक बार लगने लगा था कि उन्हें अपने कृत्यों की निर्मम समीक्षा की आवश्यकता है। जब तक अम्बालिका काशिराज की पुत्री थी; और भीष्म को हस्तिनापुर के सिंहासन तथा कुरु-वंश को समाप्त होने से बचाने के लिए उसकी आवश्यकता थी, तब तक वे कठोर भी हो सकते थे और क्रूर भी। अम्बालिका की भावनाओं को अनदेखा भी कर सकते थे।...किन्तु अब, वह

भी कुरु-वंश का उतना ही महत्त्वपूर्ण अंग है, जितने कि वह स्वयं हैं। शायद भीष्म से भी अधिक महत्त्वपूर्ण है वह—वह राजमाता है।

वैसे अम्बालिका का चिन्तन ठीक ही है। भीष्म भी तो कुछ ऐसा ही सोचते थे; यदि एक वंश निर्वंश हो जायेगा, तो सृष्टि की कौन-सी हानि हो जायेगी। कितनी ही छोटी-बड़ी नदियाँ आ कर गंगा में मिल जाती हैं, तो प्रकृति का कौन-सा अनिष्ट हो जाता है। स्वयं गंगा जा कर सरित-पति में विलीन हो जाती है...तो क्या अनर्थ हो जाता है।...क्यों माता सत्यवती उत्तराधिकार के प्रश्न को ले कर इतनी हाय-हाय मचाये रहती हैं...जाने उनके मन में कौन-सी आशंकाएँ हैं, जो उन्हें शान्ति से बैठने नहीं देतीं, और वे भीष्म को निष्क्रिय नहीं रहने देतीं। निष्क्रिय तो शायद भीष्म स्वयं भी नहीं रहते—वे उन्हें निष्काम भी नहीं रहने देतीं। कभी-कभी भीष्म को लगने लगता है कि पिता जो उन्हें कर्म-बन्धन का शाप दे गये थे, वह न केवल उन्हें बाँधता गया है, वरन अनेक लोगों की परस्पर विरोधी इच्छाओं की क्रीड़ा का कन्दुक बनाता रहा है। भीष्म अपने-आप में स्वयं होते, केवल अपनी इच्छाओं, अपेक्षाओं और चिन्तन को ढोते, तो जैसे भी होते, एक व्यक्ति तो होते। एक प्रकार के व्यक्ति तो होते। किन्तु अब तो वे स्वयं एक व्यक्ति ही नहीं हैं। वचनों और संकल्पों में बँधे, अनेक लोगों के चिन्तन और अपेक्षाओं के बन्धनों से कसे...जैसे उनके अपने भीतर ही अनेक विरोधी व्यक्ति साँस ले रहे हैं...वे न कोई निर्द्वन्द्व निर्णय कर पाते हैं, न कोई निष्कम्प कर्म! चिन्तन का जंजाल उन्हें लगातार अनेक विरोधी दिशाओं में खींचता रहता है।...कहीं इन सबका परिणाम यह तो नहीं होने जा रहा कि वे किसी की भी अपेक्षाओं पर पूरे न उतर पायें, किसी एक निर्द्वन्द्व न्याय की प्रतिष्ठा न कर पायें। क्या उनका सारा जीवन द्वन्द्वों, विरोधों, अनिर्णयों का एक उलझा हुआ जाल बन कर रह जायेगा...

सामने कौरवों का स्कन्धावार था।

उनका चिन्तन रुक गया। उन्हें याद हो आया : वे पाण्डु से मिलने आये थे। सम्भवतः यह उनका अन्तिम प्रयत्न था—शायद पाण्डु दिग्विजय का विचार कुछ दिनों के लिए छोड़ दे। माता सत्यवती भी तो यही चाहती थीं कि वह दो-चार वर्ष सुख से अपनी पत्नियों के साथ रह ले। माता सत्यवती प्रपौत्र का मुख देख लें, सिंहासन के उत्तराधिकारी का युवराज्याभिषेक हो ले; उसके पश्चात पाण्डु एक बार नहीं, दस बार दिग्विजय हेतु जाये।

भीष्म का रथ बिना किसी रोक-टोक के सम्राट के मण्डप के सम्मुख आ कर रुका।

पाण्डु ने स्वयं आ कर उनका स्वागत किया, "पधारें तात!"

भीष्म कुछ चकित थे। स्कन्धावार और पाण्डु को देख कर कहीं यह नहीं लगता था कि यह शान्ति-काल है, और कुरु सम्राट अपनी राजधानी के स्कन्धावार में हैं। पाण्डु तो जैसे युद्ध-क्षेत्र के मध्य में खड़ा था, और युद्ध आरम्भ हो चुका था।

"तुम तो वत्स! युद्ध के लिए पूर्णतः सन्नद्ध दिखायी देते हो।"

पाण्डु के आनन पर पराक्रम का दर्प चमका, "तात! मुझे लगता है कि इस भरत-खण्ड के राजा यह समझने लगे हैं कि कुरु-वंश में अब कोई योद्धा नहीं रहा। जाने कैसे उन्होंने मान लिया है कि आप वृद्ध हैं, और युद्ध से निरस्त हो चुके हैं। भैया धृतराष्ट्र जन्मान्ध हैं, और मुझे उन्होंने रोगी, भीरु, कायर...जाने क्या-क्या मान लिया है। मैं उन्हें दिखा देना चाहता हूँ कि कुरु-सम्राटों का सामर्थ्य तनिक भी कम नहीं हुआ है। हस्तिनापुर की सेना आज भी उतनी ही सक्षम और समर्थ है..."

भीष्म को लगा, वे मन-ही-मन मुस्कुरा रहे हैं।...पाण्डु जो कुछ कह रहा है, कहीं वे सब उसके अपने मन के ही तो भ्रम नहीं हैं।

"वत्स!" भीष्म बहुत शान्त स्वर में बोले, "हमारी सीमाओं पर किसी ने आक्रमण किया है? कहीं किसी अन्य राजा के सैनिक हमारी सीमाओं के भीतर घुस आये हैं क्या?"

"उनका इतना साहस ही कैसे हो सकता है?" पाण्डु बोला, "यदि किसी ने ऐसा किया होता, तो मैं अपने स्कन्धावार में बैठा होता क्या!"

"तुम्हें किसी ज्योतिषि ने बताया है कि दिग्विजय के लिए यही एकमात्र शुभ मुहूर्त है?"

"नहीं तो।" पाण्डु कुछ हतप्रभ हुआ, "मैंने तो किसी ज्योतिषाचार्य से इस विषय में परामर्श ही नहीं किया है।"

"पुत्र! क्या तुम्हें मालूम नहीं कि अपनी निश्चित योजना के बिना राजा केवल तब लड़ता है, जब उस पर शत्रु आक्रमण कर देता है। उस समय उसकी निष्क्रियता घातक होती है, अतः उसे त्वरित गति से समर में उतरना पड़ता है।" भीष्म ने रुक कर उसे देखा, "और यदि राजा अपनी योजना के अनुसार दिग्विजय के लिए निकलता है, तो अपने अमात्यों, महारथियों, सभा-प्रमुखों, ज्योतिषाचार्यों, कुल-वृद्धों तथा कोषाध्यक–सबसे परामर्श कर, पूरी तैयारी के पश्चात ही वह दिग्विजय के लिए बाहर निकलता है। तुमने इनमें से कुछ भी किया है क्या पुत्र?"

"नहीं तात!" पाण्डु ने स्पष्ट स्वीकार किया।

"क्यों?" भीष्म का स्वर अब भी शान्त था।

पाण्डु कुछ देर तक मौन बैठा रहा। फिर बोला, "मैंने उसकी आवश्यकता नहीं समझी।" उसने रुक कर भीष्म के चेहरे पर से उनकी प्रतिक्रिया को पढ़ा और बोला, "कृपया यह न समझें कि मेरे मन में किसी की उपेक्षा है, अथवा मैं किसी की अवमानना करना चाहता हूँ।...बात केवल इतनी-सी है कि मैं यह समझता हूँ कि यदि मैं सम्राट हूँ तो मुझे सम्राटों के समान ही आत्म-निर्भर होना चाहिए। यदि मुझे एक सैनिक अभियान के लिए इतने लोगों का परामर्श ही नहीं, अनुमति भी लेनी है, तो मैं कैसा सम्राट हूँ।" उसके चेहरे पर दर्प दमका, "मैं चाहता हूँ कि जिधर से मैं निकल जाऊँ, लोग जान जायें कि इधर से कुरु सम्राट पाण्डु का रथ गया है।"

"तुम्हारी मनःस्थिति मुझे अत्यन्त उग्र लग रही है।"

"आपने ठीक पहचाना पितृव्य।"

"पुत्र! यह वीरता का नहीं, हिंस्रता का लक्षण है।"

पाण्डु ने जैसे चकित हो कर भीष्म की ओर देखा, "आपने कैसे जाना तात!" और फिर वह आत्मस्वीकृति में कहता चला गया, "मैं आज तक किसी को बता नहीं पाया। निश्चय नहीं कर पाया कि किसको बताऊँ। पर मेरा मन हिंसा के भावों से आप्लावित हो रहा है। तात! मैं हिंस्र पशु हो रहा हूँ। मेरी इच्छा होती है कि जो सामने पड़े, उसे फाड़ खाऊँ। जाने क्यों ध्वंस का राग इतना गूँजता है मेरे मन में। इसलिए दिग्विजय के लिए जा रहा हूँ। किसी को शत्रु घोषित कर, उसे ललकार कर, उस पर अपनी हिंसा उँड़ेल सकूँगा। यहाँ मेरे हाथों कोई अनर्थ हो गया, तो किस-किसको स्पष्टीकरण देता फिरूँगा।..."

आत्मस्वीकृति के पश्चात पाण्डु जैसे असहाय-सा हो गया।

"तुम जानते हो पुत्र! कि स्वयं को समर्थ पा कर मनुष्य में पौरुष जागता है, और असहाय पा कर हिंसा!"

"मैं यह सब कुछ नहीं समझता आर्य! मेरे भीतर इस समय विध्वंस का ताण्डव हो रहा है। इससे पहले कि मेरा मस्तक अपने ही आवेश से फट जाये, मैं यहाँ से भाग कर, युद्ध-क्षेत्र में चला जाना चाहता हूँ।"

भीष्म चुपचाप बैठे सोचते रहे : इस असन्तुलित मनःस्थिति में पाण्डु का युद्ध-क्षेत्र में जाना, उचित है क्या? यह कोई रोग है क्या? कहीं चित्रांगद भी तो इसी रोग से ग्रस्त नहीं था? यदि कुछ ऐसा ही है, तो पाण्डु का भी अन्त कहीं वही न हो जो चित्रांगद का हुआ।...और यदि वह पाण्डु को बलात् रोक लेते हैं—किसी भी प्रकार उसे सहमत कर, समझा कर, आदेश दे कर, उस पर दबाव डाल कर...तो कहीं सचमुच ही उसका मस्तक न फट जाये।...वे भली प्रकार जानते हैं कि पाण्डु बहुत स्वस्थ नहीं है। शरीर से चाहे वह नीरोग हो

भी, किन्तु उसका स्नायु-तन्त्र बहुत दुर्बल है। उसकी सहन-क्षमता बहुत कम है। आवेश उसे बहुत जल्दी ग्रस लेता है, किन्तु उस आवेश की तीव्रता उसका स्नायु-तन्त्र सह नहीं पाता और भय बना रहता है कि कहीं आवेश का दमन, विस्फोट की स्थिति ही उत्पन्न न कर दे। उसके आवेश को बहिर्गमन का अवसर तो देना ही होगा—चाहे उसमें कुछ जोखिम ही हो...

"किधर जाओगे वत्स?" भीष्म बोले, "मेरा तात्पर्य है, दिग्विजय के लिए किस दिशा में जाओगे?"

"जरासंध के राज्य के दक्षिण में मगध और उत्तर में विदेह की ओर!" पाण्डु बोला, "हमारे साथ उनका व्यवहार बहुत मैत्रीपूर्ण नहीं है, या कहिये कि उनके साथ हमारा असम्पर्क है।"

भीष्म का मन हुआ, कहें, 'कि यदि उन्हें नीचा ही दिखाना है, यदि उनसे कर ही प्राप्त करना है, तो वे सेना ले कर चले जाते हैं। पाण्डु क्यों अपने प्राणों को संकट में डालता है?'...किन्तु कहा नहीं। अनावश्यक हिंसा के वे पक्षपाती नहीं थे; और फिर पाण्डु इस समय हिंसा के उन्माद में ग्रस्त था। भीष्म के युद्ध करने से पाण्डु का उन्माद कैसे उतरेगा।...वह अपने इस उन्माद में भी समझदारी की बात कर रहा था। वह मगध की ओर जा रहा था, किन्तु जरासंध से भिड़ने की उसकी कोई आकांक्षा नहीं थी...और वह विदेह की ओर जा रहा था...यदि कहीं वह पांचाल और मत्स्य की ओर चल पड़ता, तो अपने प्राणों से हाथ धो बैठता।

"एक बात और पूछूँगा वत्स!" भीष्म बोले, "अन्यथा न मानना।"

"पूछें तात!"

"क्या तुम्हें नहीं लगता कि दो-दो विवाह कर, अपनी नवोढ़ाओं के साथ थोड़ा-सा भी समय बिताये बिना इस प्रकार अनिश्चित काल के लिए दिग्विजय हेतु निकल जाना, कुछ थोड़ा-सा अस्वाभाविक है।" भीष्म बोले, "मेरा तात्पर्य है कि नारी का सामीप्य किसी पुरुष के मन में वैराग्य जगाता है, किसी के मन में भक्ति जगाता है, किसी के मन में आसक्ति जगाता है...।"

"जाने क्यों मेरे मन में वह हिंसा जगाता है।" पाण्डु ने भीष्म की बात बीच में ही काट दी, "मुझे लगता है कि मैं अधिक देर उनके संग रहा, तो मैं अपना नियन्त्रण खो बैठूँगा; और कोई-न-कोई अनर्थ हो जायेगा।..."

53

अम्बालिका बैठ गयी तो कुन्ती ने जैसे प्रश्नवाचक दृष्टि से अपनी सास को देखा। कुन्ती को स्वयं अपने ऊपर आश्चर्य हुआ कि उसका व्यवहार ऐसा क्यों है। एक सास का अपनी पुत्रवधू से मिलने आना कोई असामान्य बात तो थी नहीं। फिर...?...और साथ-ही-साथ कुन्ती ने अनुभव किया कि उसके मन में आश्चर्य के साथ-साथ एक अजाना-सा भय भी समाता जा रहा है।...

"कुन्ती!" अम्बालिका बोली, "कैसी हो बहू?"

कुन्ती का मन हुआ कि शिष्टाचारवश ही कोई ऐसा वाक्य कह दे, जिसका अर्थ हो कि ठीक हूँ, या जिसका कोई अर्थ न हो।...पर उससे वह एक वाक्य भी न बोला गया। एक असहाय-सी मुस्कान उसके अधरों पर आ कर जैसे ठिठक गयी।

"अपने पति के युद्धों और विजयों के समाचार पा कर कैसा लगता है कुन्ती?" अम्बालिका ने फिर पूछा।

कुन्ती इस बार भी समझ नहीं पायी कि क्या उत्तर दे। क्या कह दे—कि जिस पुरुष के प्रति उसके मन में अभी पत्नी-भाव ही उत्पन्न नहीं हुआ है, जिसकी विजय और पराजय का समाचार उसके मन में कोई स्पन्दन ही उत्पन्न नहीं कर पाता—उसके युद्धों और विजयों के समाचार का वह क्या करे। उसे तो यह समाचार उतना भी नहीं छूते, जितना नगर में किसी नये व्यापारी के आगमन का समाचार।...उसे आज तक लगा ही नहीं कि उसका एक पति है, जो इस समय उससे दूर है। वह युद्ध कर रहा है। युद्ध में वह जीत रहा है।...और युद्ध में वह पराजित भी हो सकता है। शत्रु के हाथों वीरगति भी पा सकता है।...ये सारे समाचार, प्रश्न, समस्याएँ, पुलक, आशंकाएँ...उसके लिए कुछ नहीं हैं। कोई अर्थ नहीं रखते उसके लिए।...

उसके मन में जो प्रश्न हैं, वे कुछ और हैं। वह कभी स्वयं अपने आपसे पूछती है, और कभी अपने विधाता से। प्रश्नों की यह शृंखला टूटती ही नहीं। अब तो जैसे वह न प्रश्नों से खीझती है, न उनके उत्तरों की अपेक्षा करती है। कभी-कभी जैसे वह अत्यन्त तटस्थ भाव से इन प्रश्नों पर मुस्कुराने लगती है...

क्या देखा था उसने पाण्डु में? क्या जानती थी वह पाण्डु के विषय में? सीधे जा कर उसके गले में वरमाला डाल दी, जैसे कोई विक्षिप्त व्यक्ति अपनी इच्छा से चलता हुआ कारागार में प्रवेश कर जाये और रक्षक से कहे कि अब तुम कपाट बन्द कर दो, अर्गला लगा दो, चाहो तो ताला भी लगा दो।...यही तो किया था उसने। स्वेच्छा से आ कर हस्तिनापुर के इस राजप्रासाद रूपी

कारागार में बन्दिनी हो गयी थी।...और किसी से पूछ भी नहीं सकती थी कि वह क्यों बन्दी है? उसका अपराध क्या है?

परेशान हो कर वह स्वयं अपने आप से लड़ने लगती थी...उसके जनक शूरसेन ने एक बार राजा न होने की हीन भावना से, उसे राजा कुन्तिभोज को समर्पित कर दिया था। उनके मन में शायद कहीं हो कि वह राजा नहीं हो सकते, किन्तु उनकी पुत्री राजकुमारी हो जाये।...क्या उसी इतिहास का पुनरावर्तन नहीं हुआ था, कुन्ती के जीवन में? इतिहास-चक्र इतनी जल्दी पूरा-का-पूरा घूम गया था? उसने सम्राट को देखा तो जयमाला उसके कण्ठ में डाल दी।...एक साधारण राजा की पालित पुत्री सम्राट के महत्त्व के सम्मुख अपने पाँव स्थिर न रख सकी।...

"तुमने सुना होगा," कुन्ती से कोई उत्तर न पा कर अम्बालिका बोली, "पाण्डु ने अनेक राजाओं को पराजित किया है। पान्चालों की भी कुछ क्षति की है उसने। दक्षिण मगध के एक राजा का तो वध ही कर दिया है। विदेहों को भी जीत लिया है उसने।"

"हाँ! सुनती रहती हूँ।" चाह कर भी कुन्ती अपने चेहरे पर प्रसन्नता का भाव नहीं ला सकी।

"तुम्हें इससे कोई प्रसन्नता नहीं होती?"

कुन्ती को लगा, उसकी चोरी पकड़ी गयी थी। उसका हृदय भय के मारे काँप उठा। किन्तु दूसरे ही क्षण उसके भीतर का सुरक्षा-भाव सशस्त्र उठ खड़ा हुआ : भयभीत होने की क्या बात है? पाण्डु को उसके साथ रह कर सुख नहीं मिला...और इस कारण उसे कोई अपराधी नहीं मानता...

"नहीं! ऐसी तो कोई बात नहीं।" प्रयत्न करने पर भी वह नहीं कह सकी कि उसे बहुत प्रसन्नता होती है

अम्बालिका ने उसे एक परीक्षक की दृष्टि से देखा और फिर उसकी आँखों में स्नेह का भाव फूट पड़ा, "तुम मुझसे डरो नहीं पुत्री! और न ही मुझे पराया समझो। मैं पाण्डु की माँ अवश्य हूँ, पर तुम मुझे सास न मान, अपनी माँ ही समझो।" अम्बालिका ने रुक कर उसकी प्रतिक्रिया जाननी चाही, "मैं तो एक प्रकार से तुमसे क्षमा माँगने आयी थी, और देखने आयी थी कि तुम्हारी पीड़ा तुम्हारे लिए असह्य तो नहीं है...।"

कुछ उत्तर देना तो दूर, इस बार तो कुन्ती समझ ही नहीं पायी कि अम्बालिका क्या कह रही है...

"किस बात की क्षमा राजमाता!" अनायास ही कुन्ती के मुख से निकल गया।

"राजमाता नहीं, केवल माता कहो पुत्री!"

कुन्ती का मन जैसे द्रवित हो उठा। ऐसी लालसा से तो उसकी अपनी माता ने भी कभी आग्रह नहीं किया था।

"किस बात के लिए क्षमा, माता!"

"अपने पुत्र के दुर्व्यवहार के लिए बेटी!" अम्बालिका बोली, "वह तुम्हें और माद्री को ब्याह कर क्या लाया, बन्दिनी बना कर छोड़ गया। अपनी नवोढ़ाओं के साथ कोई इस प्रकार का व्यवहार करता है।" और आगे कुछ कहने के लिए जैसे, अम्बालिका ने ऊर्जा संचित की, "मैं तो यह जानने आयी थी दुहिते! कि तुम लोगों में कोई मन-मुटाव हुआ है, अथवा मात्र इतिहास अपने-आपको दुहरा रहा है...।"

कुन्ती ने इस बार सहज विश्वास से अम्बालिका को देखा और उसके मन ने अपने-आपसे पूछा : क्या सचमुच इस स्त्री का मातृत्व इतना उदार है कि यह पुत्र के साथ पुत्रवधू को भी उसकी परिधि में ले ले?

"हममें मन-मुटाव तो कोई नहीं हुआ...।"

"क्या वह तुम्हारे निकट आया?"

"निकट आते-आते दूर चले गये।"

अम्बालिका चुपचाप कुन्ती को देखती रही। फिर जैसे अपने-आपसे ही बोली, "मैने सुना है कि वह पराजित राजाओं से कर के रूप में उपलब्ध अपार धन-सम्पत्ति अपने साथ ला रहा है : गोधन, अश्वधन, हस्तिधन, रत्न, मणियाँ, मोती, मूँगे, स्वर्ण, रजत...। वह कुरु-वंश को लक्ष्मी से आकण्ठ पूरित करेगा। माता सत्यवती हर्ष से फूली न समायेंगी। पितृव्य भीष्म उस पर गर्व करेंगे। प्रजाजन उसका जय-जयकार करेंगे।...किन्तु...किन्तु..." लगा जैसे आगे कहने के लिए वह साहस नहीं बटोर पर रही हैं, "किन्तु पुत्री। तुम दोनों—उसकी रानियाँ—तुम और माद्री—दोनों ही कंगाल...रहोगी..." अम्बालिका की आँखों में जैसे विक्षिप्ता प्रकट हुई, "कुरुकुल की रानियों का भाग्य यही है। हस्तिनापुर में इतिहास इसी प्रकार अपने-आपको दुहराता है।"

कुन्ती के मन में अपनी सास के प्रति सहानुभूति भी जागी और एक भय भी अंकुरित हुआ—क्या हो गया है राजमाता को? कैसी बहकी-बहकी बातें कर रही हैं।...पर न तो वह आगे बढ़ कर अपनी सास को स्नेह से अपनी बाँहों में समेट पायी और न भयभीत हो कर पीछे ही हट सकी। वह अपने स्थान पर कीलित-सी खड़ी रह गयी...

"मैं तो यह कहने आयी थी बेटी!" अम्बालिका ने स्वयं को सँभाल लिया था, "कि यदि कभी दुख असह्य हो जाये, तो मेरे पास चली आना। मेरे पास

तुम्हें देने को कुछ नहीं है। तुम्हारा सुख भी शायद न बाँट सकूँ। किन्तु दुख बाँटने की मुझमें अपार क्षमता है...।"

अम्बालिका उठ खड़ी हुई। उसने अपनी आँखें पोंछीं और कक्ष से बाहर निकल गयी। उसने कुन्ती को इतना समय भी नहीं दिया कि वह उसके चरण-स्पर्श कर सकती।

अम्बालिका चली गयी और कुन्ती स्तम्भित-सी बैठी रही। उसकी समझ में नहीं आ रहा था कि राजमाता कुछ पूछने आयी थीं या बताने! वे कुन्ती का दुख बाँटने आयी थीं, या अपना दुख जताने...

पर इतना तो कुन्ती समझ ही गयी थी कि उसकी सास, राजमाता हो कर भी सुखी नहीं हैं। भौतिक सुखों का अभाव तो उन्हें नहीं ही होगा, किन्तु भावनात्मक रूप में शायद करुणा ही उनमें स्थायित्व ग्रहण कर चुकी है... कुन्ती को अपनी सास का दुख, कहीं अपने दुख से भी बड़ा लग रहा था... या फिर कुन्ती अपनी सास के समान कोमल नहीं थी। यादवों की पुत्री थी कुन्ती! कुन्तिभोज के कठोर अनुशासन में पली। शरीर से भी कोई ऐसी दुर्बल नहीं थी। कुन्ती कभी इतनी निरीह नहीं होगी, इतनी दीन नहीं होगी। दुख, असुविधाएँ, अभाव, विपरीत परिस्थितियाँ...इन सबके लिए तैयार है कुन्ती? उसका भाई वसुदेव और भाभी देवकी...वे दोनों आज भी कंस के कारावास में हैं निगड़बद्ध!..किसी मित्र अथवा सम्बन्धी राजा या जन-प्रमुख का साहस नहीं है कि वह कंस के विरुद्ध एक शब्द भी कहे...और फिर एक के पश्चात एक सन्तान का वध...जीवन बहुत कठोर है कुन्ती!...

पर जीवन व्यतीत करने का कोई तो व्याज चाहिए...पति नहीं तो पुत्र!... एक सन्तान के जन्म के पश्चात यदि पाण्डु ने उसके साथ ऐसा व्यवहार किया होता, तो शायद कुन्ती के लिए जीवन व्यतीत करना इतना कठिन न होता। वह उसी के बहाने अपना जीवन व्यतीत कर लेती।

और सहसा उसके ध्यान में एक नवजात बालक का बिम्ब उभरा। कैसा गोल-सा आनन था उसका, और वर्ण कैसा अनुरागम था, जैसे स्वयं बाल सूर्य हो, अरुण। स्वयं सूर्य न हो, सूर्यपुत्र हो...पिता कुन्तिभोज ने उसे धात्री को सौंप दिया था।...वह यहीं है...हस्तिनापुर में...किसी सूत अधिरथ के घर... उसका मन अपनी कल्पना में हस्तिनापुर की एक-एक वीथि में उस अधिरथ को खोजता फिरता है; किन्तु उसके मुख से यह नाम प्रस्फुटित ही नहीं होता। ...किसी ने पूछ लिया कि वह अधिरथ को क्यों खोज रही है?...तो क्या उत्तर देगी वह!...कहीं उपलब्धि के लोभ में उसे वंचना ही हाथ लगी तो?

जाने क्या था कुन्ती के भाग्य में!

54

पाण्डु हस्तिनापुर लौट आया।

कुन्ती ने सुना कि सम्राट के हस्तिनापुर लौटने पर उनका अत्यन्त भव्य स्वागत हुआ है। उनके साथ अपार धन आया है; और वे पराजित राजाओं के सैनिकों का भी एक विशाल समूह अपने साथ लाये हैं। अब कौरवों की सेना और भी सशक्त और समर्थ हो गयी है।...नगर में अनेक उत्सव हो रहे थे। सम्राट पितृव्य भीष्म से मिलने गये। माता सत्यवती से मिलने गये। अपनी माता से मिलने गये। अपने भाइयों—धृतराष्ट्र और विदुर से भी मिलने गये। सबको उन्होंने अपार धन और अमित प्रसन्नता दी।...किन्तु न उन्होंने कुन्ती को कहीं बुलाया और न कुन्ती कहीं गयी।...जाने कुन्ती को क्या हो गया था। उसके मन में एक बार भी नहीं आया कि इतनी लम्बी अवधि के पश्चात लौट कर आये हुए अपने पति को कहीं किसी गवाक्ष से देख तो ले; कहीं अपनी एक झलक भर उसे दिखा तो दे। लगता था, जैसे वह संवेदन-शून्य हो गयी है। उसके साथ जैसा भी व्यवहार किया गया, उससे उसको कोई विरोध नहीं है, और भविष्य में जैसा भी व्यवहार किया जायेगा, उसका भी कोई प्रतिवाद वह नहीं करेगी। कुन्ती किसी भी स्थिति में जी सकती है; वह किसी भी स्थिति में जी लेगी। जो अपने माता-पिता से दूर, एक स्नेहशील किन्तु कठोर अनुशासनप्रिय व्यक्ति के घर में, उसकी प्रत्येक आज्ञा मान कर भी उल्लसित मन से रही, जिसने दुर्वासा जैसे औघड़ और विक्षिप्त ऋषि को अपनी प्रत्येक इच्छा का दमन करके भी प्रसन्न रखा, जिसने कुन्तिभोज की मर्यादा के लिए अपना समस्त वात्सल्य दान कर दिया और कष्ट की अभिव्यक्ति के रूप में एक लम्बा निःश्वास तक नहीं छोड़ा, वह कुन्ती पाण्डु-पत्नी के रूप में भी जी लेगी—उपेक्षिता पत्नी, परित्यक्ता पत्नी, अपमानिता पत्नी...शायद विधाता ने कुन्ती को कुछ ऐसे ही परीक्षणों के लिए जन्म दिया है। वह सरिता की सृष्टि करता है, जो स्वेच्छा से उन्मुक्त रूप में कहीं भी उल्लासपूर्वक बहती रहे, तो उन शिलाओं का भी निर्माण करता है; जो उस धारा के दबाव में अनवरत घिसती रहें, पिसती रहें और बालुकाकण बन कर भी लगातार धारा की इच्छा के अनुकूल इधर से उधर भटकती रहें...विधाता की मानव सृष्टि में कदाचित उस शिला का कार्य कुन्ती को ही सौंपा गया है...

और राजमाता अम्बालिका भी तो जाते-जाते यही कह गयी थीं कि उसका पति कितनी ही विजयों से अलंकृत क्यों न हो, कितना ही धन जीत कर क्यों न लाये, वह सदा कंगाल ही रहेगी...। वे अधिक जानती हैं, अपने पुत्र को।

न जानती होतीं, तो ऐसी बात कहने के लिए, क्यों आतीं! कितनी दुखी थी वे...अपने लिए? या कुन्ती के लिए?...

ऐसी बन्ध्या मनःस्थिति में भी कुन्ती का ध्यान माद्री की ओर गया : क्या पाण्डु उसके कक्ष में गये हैं? वह कुन्ती से अधिक कमनीय है; शुल्क चुका कर लायी गयी है; और वह मानती है कि वह कुलीन भी है—क्या इन बातों का प्रभाव पाण्डु पर भी है?—

पर यह प्रश्न उसने किसी से पूछा नहीं...और न ही दासियों, परिचारिकाओं तथा प्रतिहारिणियों के वार्तालाप में कहीं माद्री का नाम आया...

संध्या के अन्तिम चरण में, जब अभी पूर्ण अन्धकार नहीं हुआ था, कुछ दासियाँ दौड़ती हुई आयीं, "महारानी! महाराज पधार रहे हैं।"

कुन्ती को विश्वास नहीं हुआ! क्या पाण्डु के सारे कार्य समाप्त हो गये? क्या उसे कुन्ती का स्मरण हो आया? क्या सचमुच उसे कुन्ती से कोई लगाव है? वह उससे प्रेम करता है? अपनी दिग्विजय में भी कुन्ती का ध्यान उसे आया होगा?...

कुन्ती का मन कहीं द्रवित हो गया।...उसे लगा, इस सूचना मात्र से ही, पाण्डु के विरुद्ध उसके मन में जन्मा आक्रोश, विरोध, उपालम्भ, परिवाद...सब कुछ घुल गया है। वह कदाचित जिज्ञासावश भी उससे पूछना नहीं चाहती थी, कि उसने अब तक कुन्ती से ऐसा व्यवहार क्यों किया?...होगी उसकी कोई बाध्यता...कौन बाध्य नहीं है? कुन्ती ही क्या स्वतन्त्र रही है अब तक? अपने मन का कर पायी है? या जो कुछ किया है उसने, वह सब उसकी अपनी इच्छा थी?...

एक बार पाण्डु आ जाये। कुन्ती उसे अपनी खुली बाँहों में स्वीकार करेगी। कुन्ती के पास बहुत उदार हृदय है। वह बहुत कुछ क्षमा कर, नये सिरे से सम्बन्धों को आरम्भ कर सकती है...

दासियों ने ठीक सूचना दी थी। पाण्डु कुन्ती के प्रासाद में आ रहा था। जैसे-जैसे वह निकट आता जा रहा था, दास-दासियों का कोलाहल बढ़ता जा रहा था। उनका सम्राट बहुत दिनों के पश्चात राजधानी में लौटा था। वह विजयी हो कर आया था। धन-सम्पत्ति और ऐश्वर्य ही नहीं, नया क्षात्र-तेज भी अर्जित करके आया था।

अन्ततः पाण्डु ने कुन्ती के कक्ष में प्रवेश किया।

कुन्ती उसके स्वागत में उठ कर खड़ी हो गयी; किन्तु उसकी समझ में तब भी नहीं आया कि उसे शिष्टाचारवश, देश के राजा और अपने पति की वन्दना

और अभ्यर्थना करनी थी, या पत्नी के रूप में, प्रेम, काम, आदर, सम्मान तथा आत्मीयता के साथ सहज रूप से अपनी वाणी, भंगिमा, और स्पर्श से अपना हर्ष प्रकट करना चाहिए था; या फिर विरहिणी प्रिया के रूप में परदेस से लौटे कान्त के कण्ठ में झूल जाना चाहिए था।...वह कुछ समझ नहीं पा रही थी। आज तक उसे न किसी ने बताया था, और न उसका अपना मन तय कर पाया था, कि इस घर में उसका स्थान क्या है? उसका अधिकार क्या है?

"कैसी हो कुन्ती?"

पाण्डु की दृष्टि झुकी हुई नहीं थी। पहली रात कुन्ती को छोड़ जाने का अपराध-बोध भी नहीं था...लज्जा, ग्लानि, पश्चात्ताप, संकोच...कुछ नहीं था उसकी आँखों में। उसकी आँखों से अखण्ड आत्मविश्वास झाँक रहा था; और आनन पर तेज और अधिकार दिपदिपा रहे थे..."

कुन्ती को लगा; पाण्डु सचमुच सुदर्शन है। साँचे में ढला-सा उसका पुष्ट शरीर, तेजस्वी आँखें, आकर्षक मुखमुद्रा, पीत होने तक की सीमा का गौर-वर्ण; और राजसी अधिकार तथा वैभव का झिलमिलाता प्रकाश...कुल मिला कर किसी भी युवती के लिए पाण्डु आकर्षक युवक था...

"पधारिए!" कुन्ती इतना ही कह पायी।

पाण्डु सहज रूप से बैठ गया, "बहुत दिनों के पश्चात लौटा हूँ न हस्तिनापुर में। सब कुछ बड़ा अच्छा और आकर्षक लग रहा है। नये-नये क्षेत्रों, देशों और प्रदेशों में घूमने का अपना सुख तो होता है, किन्तु अपने देश जैसा आकर्षण कहीं नहीं हो सकता।..."

"मैं आपके भोजन की व्यवस्था करूँ?" कुन्ती को इन बातों में कोई रुचि नहीं थी। भूगोल की जिज्ञासाएँ नहीं थीं, उसके मन में। न वह देश-विदेश के यात्रा-विवरण ही सुनना चाहती थी। उसका मन तो जैसे अपना और पाण्डु का सम्बन्ध स्थिर करने के लिए तड़प रहा था। पाण्डु, उसके सामने अपना मन खोल कर रख दे। क्या सोचता है वह उसके विषय में? क्या अपेक्षाएँ हैं उसकी?...

"हाँ! भोजन यहीं करूँगा। तुम्हारे साथ!"

कुन्ती के ताप पर जैसे किसी ने चन्दन का लेप कर दिया। उसके इतने दिनों की प्रतीक्षा सार्थक हुई थी...

दासी को कुछ आदेश दे कर कुन्ती ने स्वयं अपने हाथों से चौकी पाण्डु के मंच के सम्मुख रखी। और एक छोटा मंच ले कर वह पाण्डु के सम्मुख बैठ गयी।

"कभी मुझे स्मरण कर आपका मन उदास हुआ? कभी मुझसे मिलने की

इच्छा हुई या...?" कुन्ती की आँखों में एक चमक कौंध गयी।

"युद्ध में किसे अवकाश होता है, इन बातों का।" पाण्डु जैसे अपने युद्ध वेश में उठ खड़ा हुआ, "कोई एक छोटा-मोटा युद्ध नहीं लड़ा है मैंने। युद्ध पर युद्ध! दिग्विजय इसी का नाम है। सैनिक लड़ते हैं, विश्राम करते हैं, थकते हैं, घायल अथवा अस्वस्थ होते हैं, किन्तु राजा केवल लड़ता-ही-लड़ता है। न वह थक सकता है न अस्वस्थ हो सकता है। एक बार राजा शिथिल पड़ जाये, तो सैनिक तो युद्ध करना ही नहीं चाहते।..." उसने रुक कर कुन्ती को देखा, जैसे अपनी बात और भी प्रभावशाली ढंग से कहना चाहता हो, "मैंने इन सारे राजाओं को दिखा दिया है कि क्षत्रिय किसे कहते हैं, और युद्ध क्या होता है। ये लोग तो समझते हैं कि सिर पर किरीट रख लेने और कटि में खड्ग बाँध लेने से ही कोई राजा हो जाता है।...राजा बाद में होता है, योद्धा पहले होता है। तुम समझ सकती हो कि भैया धृतराष्ट्र को राजा क्यों नहीं बनाया गया।..."

दासियाँ भोजन ले कर आ गयी थीं। पाण्डु को यह व्यवधान निश्चित रूप से अच्छा नहीं लगा था। भोजन से अधिक रुचि उसे अपनी बातों में थी।... कुन्ती समझ रही थी, इन बातों से पाण्डु का अहंकार स्फीत हो रहा था। कुछ लोग अपनी जिह्वा से स्वादेन्द्रियों का नहीं, वाकेन्द्रियों का ही काम लेते हैं। पाण्डु भी शायद उन्हीं में से था...पर कुन्ती को, उसकी इन बातों में तनिक भी रुचि नहीं थी। वह राजा के अहंकार को पुष्ट करने की नहीं, उससे तादात्म्य स्थापित करने की इच्छुक थी। यदि पाण्डु उससे अपने मन की बात करता, अपने राग-द्वेष को प्रकट करता, उसका सुख-दुख सुनना चाहता...तो शायद वह रात भर बातें ही करती रहती, एक बार भी उसे भोजन याद न आता...

कुन्ती ने अपनी ओर से कोई असुविधा नहीं जतायी, न ही उसने दासियों को वहाँ से शीघ्र हटाने की कोई आतुरता दिखायी। अत्यन्त धैर्य से उसने दासियों के हाथों से थाल ले कर, स्वयं एक-एक वस्तु पाण्डु की थाली में परोसी। साथ-ही-साथ वह कुछ-न-कुछ पूछती भी रही। पाण्डु 'हाँ' 'ना' में अपना उत्तर भी देता रहा, किन्तु स्पष्ट था कि उसकी उसमें तनिक भी रुचि नहीं थी, और वह चाहता था कि यह व्यवधान शीघ्र दूर हो, और वह अपनी बात कहे।

अन्ततः दासियाँ हटीं। कुन्ती ने पाण्डु से भोजन करने का अनुरोध किया।

पाण्डु ने अपना हाथ बढ़ाया अवश्य, किन्तु हाथ को कोई जल्दी नहीं थी।

वह बोला, "राजा तो भैया धृतराष्ट्र भी बन सकते थे; किन्तु वे योद्धा नहीं बन सकते थे। जन्मान्ध व्यक्ति कैसे तो युद्ध-क्षेत्र में जायेगा और कैसे युद्ध करेगा। एक तो वह शस्त्र चला ही नहीं पायेगा, और यदि चलायेगा भी

तो अपनी ही सेना का संहार करेगा।" पाण्डु हँसा, "इसलिए वे हस्तिनापुर में बैठे हुए भी, राज्य की केवल देखभल कर सकते हैं, राजा नहीं हो सकते; और मैं देश-विदेश में योद्धा के रूप में अपनी धाक जमाता हुआ, हस्तिनापुर का सम्राट हूँ।..."

"हाँ! बहुत वीर हैं आप!" कुन्ती ने थोड़ी खीर और परोस दी।

पर शायद पाण्डु की अभी इस चर्चा से सन्तुष्टि नहीं हुई थी। बोला, "पांचालों का तो अब साहस ही नहीं होगा, कभी हमारी ओर आँख उठाने का। द्रुपद बहुत समझता था अपने-आपको। कह दिया उससे, यह मत समझना कि पितृव्य भीष्म वृद्ध हो गये हैं, तो अब हस्तिनापुर में कोई योद्धा ही नहीं रहा। पांचाल का सारा गोधन हाँक लाया हूँ। मुझे किसी ने कहा कि वे समझते हैं कि इन सारे कार्यों के लिए मुझे पितृव्य उकसा रहे हैं, इसलिए वे उनसे अपनी शत्रुता बाँधे बैठे हैं। समझते हैं कि एक वृद्ध भीष्म का वध कर देंगे तो सारा कौरव बल समाप्त हो जायेगा।" पाण्डु उच्च स्वर में हँसा, "मूर्ख यह नहीं जानते कि कुरुओं की पीढ़ियाँ की पीढ़ियाँ योद्धाओं से बनी हैं। एक पीढ़ी के समाप्त हो जाने से...।"

"आपके पुत्र भी वीर ही होंगे।" कुन्ती ने उसकी बात बीच में ही काट दी, "उन्हें भी आप यही सिखायेंगे कि वे द्रुपद के पुत्रों से युद्ध करें...।"

"हाँ!" पाण्डु जैसे बिना सोचे-समझे बोल गया।

किन्तु कुन्ती स्पष्ट देख रही थी कि पाण्डु का उत्साह वैसे ही बुझ गया, जैसे एक फूँक से दीपक की लौ बुझ जाती है।

कुन्ती के मन में आवेश-सा उठा। बहुत कुछ था उसके मन में कहने को।...किन्तु जैसे उसने स्वयं को थाम लिया : कुछ कहने का अवसर नहीं था यह। रूठा पति एक लम्बी अवधि के पश्चात घर लौटा हो तो ऐसा कुछ कहना, फिर से रूठने का बहाना बन जाता है। आज वह पति को केवल रिझायेगी, मनायेगी, आमन्त्रित करेगी।...उपालम्भ फिर कभी सही...

पाण्डु ने थाली परे सरका दी। कुन्ती ने दासी को बुलाना आवश्यक नहीं समझा। स्वयं ही हाथ धुला दिये।

पाण्डु उठ कर पलंग पर आ बैठा।

कुन्ती ने द्वार पर खड़ी दासी को संकेत किया, "बर्तन उठा कर ले जा। और देख हमारे एकान्त में विघ्न न पड़े।"

"तुम नहीं खाओगी?" पाण्डु ने पूछा।

"आपके दर्शन ही मेरी भूख मिटाने के लिए पर्याप्त हैं।"

पाण्डु ने विशेष आग्रह नहीं किया। उसने कुन्ती की इस भावात्मक उक्ति को जैसे तथ्य के रूप में ही स्वीकार कर लिया था।

कुन्ती आ कर, पलंग पर पाण्डु के निकट बैठ गयी।

पाण्डु ने उसे देखा, "तुम्हारा वर्ण कुछ फीका पड़ गया है। क्या मेरी अनुपस्थिति में बहुत चिन्ता करती रही हो?"

कुन्ती को लगा, पाण्डु के आने के समय से वह इसी वाक्य की प्रतीक्षा करती रही थी। उसका मन कुछ रीझा। रीझी आँखों से बोली, "आप युद्ध करने जायेंगे, तो चिन्ता नहीं होगी मुझे?"

"योद्धाओं की पत्नियाँ चिन्ता करने लगीं, तो पति निश्चिन्त हो कर लड़ेगा कैसे?"

"तो योद्धा की पत्नी उससे प्रेम भी न करे?" कुन्ती के नयनों में निमन्त्रण था।

"वीर पुरुष का जीवन एक बड़ी विकट समस्या है," पाण्डु की आँखों में उत्तेजना का मद छलकने लगा, "एक ओर शत्रु खड्ग का वार करते हैं और दूसरी ओर सुन्दरियों के कटाक्षों के बाण। किस-किससे बचाये कोई अपने-आपको।"

"कवच पहन कर क्यों नहीं आये?" कुन्ती हँसी, "बाणों से रक्षा का तो वही एक साधन है।"

"कवच पहन कर आऊँ तो हृदय कवच को ही कोसेगा, कि इन बाणों को मुझ तक आने क्यों नहीं देते...।"

पाण्डु के शब्द जैसे आवेश में लड़खड़ाने लगे थे। उसका रक्त जैसे मस्तिष्क पर चढ़ने लगा था। चेहरा रक्तिम हो गया था, और आलिंगन इतना कस गया था कि कुन्ती की साँस रुकने लगी थी।

"ऐसे तो मेरा दम घुट जायेगा वीरवर!" उसने मुस्कुराने का प्रयत्न किया, "आप अपनी प्रिया से प्रेम-निवेदन कर रहे हैं या किसी शत्रु का अस्थि-भंजन कर रहे हैं।"

पाण्डु ने कोई उत्तर नहीं दिया। उसकी उत्तेजना की यह कौन-सी स्थिति थी, कुन्ती समझ नहीं पायी : उसकी आँखें जैसे अपने गोलकों से बाहर निकल पड़ रही थीं; और उनमें काम का मद नहीं था, यातना के स्पष्ट संकेत थे... और तभी उसका आलिंगन एकदम शिथिल पड़ गया।

"क्या हुआ?" कुन्ती के स्वर में चिन्ता थी।

पर पाण्डु कुछ बोला नहीं। उसकी उत्तेजना क्लान्ति में परिणत हो गयी थी और वह सर्वथा निःशक्त-सा पड़ा हाँफ रहा था।

"क्या हुआ?" कुन्ती ने फिर पूछा; और उसे अपनी भुजाओं में लेने का प्रयत्न किया।

पाण्डु ने उसके हाथ झटक दिये। कुछ बोला नहीं। अपने ही हाथों से उसने अपना वक्ष भींच लिया, जैसे हृदय में असह्य पीड़ा हो रही हो।

कुन्ती अवाक् बैठी रही। वह निश्चय ही बहुत पीड़ा में था। ऐसी ही पीड़ा, उसे तब भी हुई थी, जब वह पहली बार उसके पास आया था, और फिर आधी रात के समय, उत्तेजना के बीच ही उसे छोड़ भागा था।...तो क्या कामोत्तेजना से पाण्डु की यह दशा हो जाती है, क्या इसलिए वह अपनी दो-दो नवोढ़ाओं को छोड़ दूर-दूर के देशों में जा कर योद्धा बनने का प्रयत्न करता है। शैया पर अपनी पराजय को वह युद्ध-क्षेत्र की विजय से ढँकना चाहता है?...

पाण्डु की श्वास-प्रक्रिया कुछ सन्तुलित हुई। उसने जैसे अपने प्राणों को समेटा और उठ खड़ा हुआ।

"क्या हुआ? कहाँ जा रहे हैं?"

"विदुर का विवाह है।" वह जैसे-तैसे बोला, "मुझे एक काम याद आ गया है।"

कुन्ती देखती ही रह गयी; और पाण्डु कक्ष से निकल गया।

55

"पारंसवी!" विदुर का स्वर नम्र भी था और कोमल भी, "आशा है कि तुम्हें ज्ञात होगा कि कुरुकुल में मेरी क्या स्थिति है!"

पारंसवी इस प्रकार की जिज्ञासा के लिए तनिक भी तैयार नहीं थी। कहाँ वह विवाह के पश्चात पहली बार अपने पति से मिलने का संकोच लिए नतमस्तक बैठी थी।...सुना था, उसके पति बहुत विद्वान हैं, गम्भीर हैं, धार्मिक, सदाचारी और सज्जन हैं...उनकी महानता सुनते-सुनते पारंसवी अपनी ही आँखों में कहीं बहुत छोटी हो गयी थी...और फिर विवाह के पश्चात यह पहला मिलन...पति और पत्नी का...पुरुष और स्त्री का...पति विद्वान हो, धार्मिक और सदाचारी हो तो क्या...पति, पुरुष ही तो है...पहली बार अपनी पत्नी से, स्त्री से मिलेगा, तो प्रेम की बात करेगा; स्त्री के आकर्षण की चर्चा करेगा, शृंगार...पारंसवी एकदम संकुचित हो गयी। उसका शरीर और मन जितना सिमट सकता था, वह उससे भी अधिक सिमट गयी...

और उसके पति पूछ रहे हैं कि उनकी स्थिति कुरुकुल में क्या है? क्या वे अपने कुल का बखान सुनना चाहते हैं, या कुरुकुल में अपना महत्त्व जताना चाहते हैं?...क्या कहे वह?...

"जानती हो?"

पारंसवी कुछ नहीं बोली : जाने वे क्या पूछना चाह रहे थे।

"उत्तर क्यों नहीं देती प्रिये! मुझसे बात भी नहीं करना चाहतीं क्या?" विदुर का स्वर और भी मृदुल हो गया।

कितना आग्रह कर रहे हैं।...अब भी न बोली, तो वह उसे संकोच नहीं मानेंगे, अभद्रता मानेंगे।...

"आप सम्राट के भाई हैं।" उसने अत्यन्त मंद स्वर में किसी प्रकार कह दिया।

"हाँ! भाई तो हूँ।" विदुर किंचित मुस्कुराये, "पर जब हस्तिनापुर के राज्याधिकार की बात आयी तो सबसे बड़े होने के कारण धृतराष्ट्र के विषय में पहले सोचा गया; जन्मान्ध होने के कारण उन्हें राज्य नहीं मिला। पाण्डु के विषय में विचार किया गया। वह रुग्ण है, पाण्डु रोग से पीड़ित—स्नायविक तनाव का रोगी। व्यक्ति बहुत भला है, किन्तु उसका स्नायु-तन्त्र अधिक बोझ नहीं सह सकता। थोड़े से दबाव से भयंकर आवेश में आ जाता है और उस आविष्टावस्था में, यदि समर्थ हो तो भयंकर रूप से हिंस्र हो उठता है; असमर्थ हो तो सब कुछ छोड़ भागता है। रोगी होने के नाते राज्य उसे भी नहीं मिलना चाहिए था।..."

पारंसवी ने पहली बार दृष्टि उठा कर निस्संकोच भाव से अपने पति को देखा : क्या कहना चाह रहें हैं वे? क्या हस्तिनापुर का राज्य इन्हें मिलना चाहिए था? क्या वह राज्याधिकार के अभिलाषी हैं?...

"तीसरा भाई मैं हूँ; किन्तु दासीपुत्र हूँ। भाई तो हूँ, किन्तु समान अधिकार प्राप्त नहीं है मुझे।" विदुर बोला, "पितृव्य भीष्म ने हम तीनों के विवाह की व्यवस्था की; किन्तु ध्यान रखा कि धृतराष्ट्र तथा पाण्डु की पत्नियाँ राजदुहिताएँ हों और मेरी पत्नी राजा की पुत्री तो हो, किन्तु रानी से नहीं...दासी से।" वह पारंसवी की ओर मुड़ा, "मेरी बात समझ रही हो न!...मैं सम्राट पाण्डु का भाई तो हूँ किन्तु सम्राट विचित्रवीर्य का क्षेत्रज पुत्र नहीं हूँ!"

"आपको इसका दुख है?" इस बार पारंसवी का स्वर संकोच-शून्य था, "आपकी पत्नी क्षत्रिय राजकुमारी न हो कर, दासीपुत्री है—इस बात से अप्रसन्न हैं आप?" पारंसवी को स्वयं ही अपने स्वर में, कहीं किंचित रोष का आभास हुआ।

"नहीं!...नहीं...!" विदुर मुस्कुराया और शायद अपना स्नेह संचरित करने के लिए उसने पारंसवी के कंधों पर अपने दोनों हाथ रख दिये। प्रथम स्पर्श के कारण पारंसवी के शरीर की सिहरन का अनुभव करते हुए भी, उसने अपने हाथ नहीं हटाए। उस स्पर्श में कायाकर्षण नहीं था, एकात्मता थी, तादात्म्य

था, "ऐसा भूल कर भी नहीं समझना। मैं तो जीवन, समाज और कुरुकुल में अपनी और तुम्हारी स्थिति स्पष्ट करने का प्रयत्न कर रहा था। कहीं तुम मुझे कुरुकुल का राजकुमार और सम्राट का भाई समझ कर बहुत ऊँची अपेक्षाएँ अपने मन में पाल लो। मैं प्रसन्न हूँ कि पितृव्य ने मेरे लिए तुम्हें चुना। कहीं किसी क्षत्रिय राजकुमारी से मेरा विवाह हो गया होता, तो कदाचित वह मुझे हीन दृष्टि से देखती रहती..."

पारंसवी कुछ नहीं बोली। जाने विदुर के मन में क्या था...

"मुझमें अपने जनक व्यासदेव के कुछ गुण हैं। रजोगुण मुझमें नहीं है। क्षत्रिय राजकुमार बनने की भी मेरी कोई महत्त्वाकांक्षा नहीं है। इसीलिए मैंने शस्त्रविद्या नहीं सीखी। न युद्ध किया, न करने की इच्छा है। मैं शान्तिप्रिय व्यक्ति हूँ। सृष्टि के सारे जीवों के लिए शान्ति चाहता हूँ। इसलिए शस्त्रों और उनके परिचालन की विधि के विषय में जानने से अधिक मैंने यह खोजने का प्रयत्न किया है कि युद्ध के कारण क्या हैं? युद्ध का स्वरूप क्या है? युद्ध के परिणाम क्या हैं? क्या युद्ध मनुष्य को सुखी बना सकता है? क्या तुम सुखी होना नहीं चाहतीं पारंसवी?"

"कौन सुखी होना नहीं चाहता आर्यपुत्र!" पारंसवी सहज भाव से बोली। उसका मन जैसे उल्लसित हो कर कह रहा था, 'मैं जानती थी, मेरा पति भिन्न है, दूसरों से भिन्न! साधारण व्यक्ति नहीं है मेरा पति।'

"तो सुखी तो वही व्यक्ति हो सकता है देवि! जो यथार्थ का साक्षात्कार करे, उसे स्वीकार करे; क्योंकि सुख भौतिक परिस्थितियों में नहीं, मानसिक अनुकूलता में है।" विदुर बोला, "मैने स्वीकार कर लिया है कि कुरुकुल में मेरी विचित्र स्थिति है। कौतुकी विधाता शायद कौतुकवश ही कभी-कभी बड़ी विचित्र स्थितियाँ खड़ी कर देता है। मैं इस कुल का अंश हूँ भी और नहीं भी हूँ। मैं धृतराष्ट्र और पाण्डु का भाई हूँ; किन्तु इस कुल का धन, मेरा धन नहीं है। मेरे लिए वह पराया धन ही है। मेरे मन में उसकी कोई लालसा भी नहीं है। पराया धन अधिकृत कर, कोई सुखी नहीं हो साकता। उससे मानसिक शान्ति नहीं मिल सकती। ऋषि सब कुछ त्याग कर भी सुखी रहते हैं; और राजा सब कुछ पा कर भी तड़पते रहते हैं। इसलिए मैं यह मानता हूँ कि जिसका देय है, उसको दे दो। यदि न्यायपूर्ण देय, दे दिया जाए, तो लेने वाला तो सुखी होता है देने वाला भी सुखी होता है। संसार में सारे झगड़े, मतभेद और युद्ध केवल इसलिए हैं, कि न्यायपूर्ण देय, दिया नहीं जा रहा। या तो लोग दूसरों का धन अधिकृत किये बैठे हैं, या करने के प्रयत्न में हैं।..."

पारंसवी ने विस्मय से अपने पति को देखा। उसने पहचाना : उसके मन

में गर्व था, अपने पति के लिए। कैसे विद्वान...कैसे महान हैं उसके पति...

"मेरी बड़ी इच्छा है कि धृतराष्ट्र भी स्वीकार कर ले कि यह राज्य अब पाण्डु का है। इससे वे दोनों भी सुखी रहेंगे और कुरुकुल में शान्ति बनी रहेगी। किन्तु न वह यथार्थ को स्वीकार करना चाहता है, और न परायी सम्पत्ति से अपना मोह ही हटा पा रहा है...उसके ये सारे प्रयत्न किसी दिन कुरुकुल के दुर्दिन लाएँगे।..."

"क्या ज्येष्ठ धृतराष्ट्र हस्तिनापुर का राज्य प्राप्त करना चाहते हैं?" पारंसवी के सम्मुख जैसे सूचनाओं का एक नया संसार खुल रहा था।

"वह राज्य चाहता भी है और नहीं भी!..." विदुर जैसे अपने-आपसे ही बातें कर रहा था।

"ये दोनों बातें कैसे सम्भव हैं?"

"वह असम्भव को ही सम्भव करने के प्रयत्न में है।" विदुर बोला, "वह प्रजा पालन का दायित्व ग्रहण करना नहीं चाहता, किन्तु राज-वैभव और राजसत्ता के भोग का अधिकार चाहता है।..."

"भोग!" पारंसवी चकित थी, "किन्तु आर्य ज्येष्ठ तो प्रज्ञा चक्षु हैं।"

"हाँ! है तो जन्मान्ध! किन्तु संयम उसमें तनिक भी नहीं है! वह नहीं जानता कि इन्द्रियाँ स्वतन्त्र हो कर कैसे-कैसे अनर्थ कर सकती हैं।...और वह जानना भी नहीं चाहता। वह अबाध भोग का इच्छुक है। जन्मान्ध होने के कारण ही कदाचित अपने सीमित संसार में सिवाय भोग के उसे और कुछ भी दिखायी नहीं देता। भोग की इस इच्छा ने उसे इतना स्वार्थी बना दिया है कि वह किसी का भी, किसी भी सीमा तक अनिष्ट कर सकता है... ।"

"वह राज्य-प्राप्ति का प्रयत्न भी कर रहे हैं?" पारंसवी को लगा, जैसे उसके पति ने अकस्मात ही उसके सम्मुख किसी राजनीतिक षड्यन्त्र का उद्घाटन कर दिया हो।

"प्रयत्न... ।" विदुर आत्मलीन-सा, चलता-चलता कक्ष के दूसरे सिरे तक जा पहुँचा, "प्रयत्न तो वह कर रहा है, किन्तु प्रत्यक्ष रूप से नहीं।" आवेश में विदुर का स्वर हल्का-सा ऊँचा उठ गया, "इससे तो अच्छा होता है वह प्रत्यक्ष प्रयत्न करता। भरत-वंशी राजाओं और कुरु-वृद्धों की सभा का आयोजन करवाता और उनके सम्मुख अपने राज्य की माँग रखता। या फिर वह सैन्य-संग्रह कर युद्ध करता...किन्तु जो कुछ वह कर रहा है... ।"

विदुर ने वितृष्णा में अपने सिर को झटक दिया।

"क्या कर रहे हैं वे?"

"वह पाण्डु को बार-बार उकसाता है कि किसी-न-किसी बहाने से

हस्तिनापुर से बाहर रहे—भ्रमण के बहाने, युद्ध के बहाने, आखेट के बहाने, स्वयंवर के बहाने...ताकि राज्य पाण्डु का रहे, उसका भोग धृतराष्ट्र करता रहे।...उसका परामर्शदाता! वह शकुनि! धूर्त, लम्पट और भोगी। वह किसी दिन कुरुकुल का नाश ला कर रहेगा।..."

"किन्तु ज्येष्ठ पाण्डु इस षड्यन्त्र को भाँप क्यों नहीं पाते? क्या वे इतने ही अबोध हैं?"

"अबोध तो वह नहीं है।" विदुर बोला, "और कम महत्त्वाकांक्षी भी नहीं है; मैंने कितनी ही बार उसे समझाने का भी प्रयत्न किया है। किन्तु, जाने अपनी किस दुर्बलता के कारण वह बार-बार उसकी बातों में आ जाता है।..." विदुर की चिन्ता उसके चेहरे पर प्रत्यक्ष हो आयी थी।

पारंसवी कुछ देर चुप रही : उसके पति चिन्तित हैं, तो स्थिति अवश्य ही गम्भीर होगी। किन्तु कहीं उन दोनों भाइयों के झगड़े में उलझ कर उसके पति किसी असुविधा में न पड़ जायें।

"आपको भय नहीं लगता—आर्यपुत्र?"

"किस बात का भय?"

"कहीं धृतराष्ट्र और शकुनि आपका कोई अनिष्ट न करें...।"

विदुर हँसा। उसकी हँसी में न अहंकार था, न आत्मविश्वास; किन्तु उसमें निर्भीकता अवश्य थी, "निम्नकोटि के लोग अपनी आजीविका से भयभीत रहते हैं, मध्यम कोटि के मृत्यु से; और उत्तम कोटि के लोग केवल अपयश से।" वह पारंसवी की ओर मुड़ा, "अब तुम ही बताओ देवि! मुझे किससे भयभीत होना चाहिए, और किसलिए भयभीत होना चाहिए?..."

पारंसवी, पति का संकेत समझ गयी : सचमुच भयभीत होने की कोई बात नहीं थी। भयभीत वे लग भी नहीं रहे थे।

और सहसा विदुर को ध्यान आया : वह अपनी पत्नी से आज पहली बार मिल रहा है, और अभी तक वह एक नीतिज्ञ के समान ही उससे दूर खड़े-खड़े बातें करता रहा है। यह तो न पति का रूप है, न प्रेमी का...और फिर यह पहली भेंट है उसकी, अपनी जीवन-संगिनी से...

वह पारंसवी के निकट आया। उसके सामने बैठ गया...एकदम सम्मुख! पारंसवी ने संकोच से सिर झुका लिया। विदुर ने उसके चिबुक को अपनी अँगुलियों से उठाया, उसके कंधों पर अपनी दोनों हथेलियाँ रखीं और उसकी आँखों में देखा, "जिस व्यक्ति को तुमने पति के रूप में पाया है, वह रसिक कम, और नीतिज्ञ ही अधिक है प्रिये! अपनी रुक्षता के लिए मुझे क्षमा करती रहना; किन्तु स्मरण रखना, प्रेमी का प्रेम अस्थिर होता है, आवेशपूर्ण होता है,

किसी पहाड़ी नदी के समान! और पति का प्रेम धीर, गम्भीर होता है, गहरा और मन्थर—गंगा के समान। उसमें आवेश और उफान चाहे न आये, किन्तु वह सदा भरा-पूरा है। वह अकस्मात ही बहा कर चाहे न ले जाये, किन्तु पार अवश्य उतारता है।"

"मैं समझती हूँ।" पारंसवी ने पूर्ण विश्वास के साथ अपना कपोल विदुर की हथेली पर टिका दिया, "किन्तु आर्यपुत्र! बाढ़ तो गंगा में भी आती है।"

विदुर हँसा, "आती है, मात्र वर्षा ऋतु में; और उससे क्षति ही होती है प्रिये! जाने क्या-क्या नष्ट हो जाता है।"

पारंसवी हतप्रभ नहीं हुई, "बाढ़ उतर जाती है, तो उजड़े परिवार फिर से बस जाते हैं। खेतों में नयी उपजाऊ मिट्टी आ जाती है। समग्र रूप से बहुत हानि नहीं होती।"

विदुर की भुजाएँ, आलिंगन के लिए फैल गयीं, "तो फिर मेरे प्रेम के प्लावन से भयभीत मत होना मेरी विदुषी प्रिये!"

"अच्छा एक बात बताइये," पारंसवी इस बार कुछ अधिक चपल हो उठी थी, "मैं भी दासीपुत्री हूँ, आपकी माता भी पहले दासी-कर्म ही करती थीं—क्या आपको लगता है कि यह तथ्य, समाज में हमारे निरादर का कारण बनेगा?"

"दुराचारी चाहे कितने ऊँचे वंश का क्यों न हो, सदा निरादर पाता है; और सदाचार से रहने वाला व्यक्ति अन्ततः आदर पायेगा ही।" विदुर का स्वर स्पष्ट और निर्द्वन्द्व था, "आदर न धन से मिलता है, न ज्ञान से, न यश से, न कुल से—आदर केवल आचरण से मिलता है देवि! इसलिए मेरा सबसे अधिक बल आचरण की शुद्धता पर है। आचरण शुद्ध रहे तो अनादर का कोई भय नहीं है।" विदुर हँसा, "और प्रिये! वंश मैंने स्वयं नहीं चुना, यह इस समाज की व्यवस्था थी। मुझे अपने वंश और जन्म पर लज्जित अथवा संकुचित होने की क्या आवश्यकता है। यदि किसी को लज्जित होना ही है, तो स्वयं समाज लज्जित हो।" उसने अपनी दोनों हथेलियों में पारंसवी का चेहरा थाम लिया, "और मेरी प्रिये! तुम्हें भी स्वयं को हीन समझने की आवश्यकता नहीं है। हमारे आस-पास बहुत सारे उच्चवंशीय, कुलीन क्षत्रिय राजकुमार हैं...उन सबके आचरण को देख कर मेरा मस्तक लज्जा से झुक जाता है।...अच्छा है कि मैं वैसा कुलीन नहीं हूँ।..."

56

कुन्ती की दासियाँ दो दिन अनवरत दौड़ती रहीं, कि सम्राट कहाँ हैं।...

जब तक विदुर के विवाह की धूमधाम थी, हस्तिनापुर में उत्सव का-सा अवसर था। विवाह का इतना कोलाहल था कि कोई भी, कहीं भी व्यस्त हो सकता था, या छिप सकता था। बहुत पूछने पर कुछ कर्मचारियों ने यह तो बताया कि उन्होंने सम्राट को देखा है, किन्तु वे आपे में नहीं थे। विवाह के उत्सव में भी, वे न शान्त थे न प्रसन्न। वह आवेश में थे, क्रोध में थे, खीझे हुए थे...और निरन्तर आदेश पर आदेश देते जा रहे थे।

विवाह का कोलाहल थमा तो दासियाँ सूचना लायीं कि सम्राट आखेट के लिए वन की ओर जा रहे हैं। रथशाला और अश्वशाला में, जैसे युद्ध स्तर पर तैयारी हो रही है। सम्राट शीघ्रतिशीघ्र हस्तिनापुर से निकल जाना चाहते हैं। जाने कैसी त्वरा थी उनको।

कुन्ती का मन हुआ अपना सिर किसी दीवार से दे मारे; कैसा पति मिला है उसे। एक बार उसके पास आता है; उसे अपनी भुजाओं में घेरता है; और फिर अकस्मात ही उसे छोड़ कर चल देता है, जैसे उससे रूठ गया हो। पर कुन्ती ने क्या किया है? कोई उसे, उसका दोष तो बताये...

जब पहली बार ऐसा हुआ तो कुन्ती अनेक अनुमान लगाती रही थी। जब माद्री आ गयी तो कुन्ती ने मान लिया कि पाण्डु को उसमें रुचि नहीं थी। किन्तु वह तो माद्री को भी छोड़ कर, दिग्विजय करने चला गया था। दिग्विजय से लौटा, तो कुन्ती के पास लौटा था।...और अब यह आखेट!

उसकी इच्छा हुई, पलंग पर औंधी जा पड़े और खूब रोये...किन्तु अगले ही क्षण उसने रोने का विचार स्थगित कर दिया...रोने से कोई लाभ नहीं था। वह पड़ी-पड़ी रोती रहेगी और कोई झाँकने तक नहीं आयेगा। पाण्डु अपना रथ सजा कर आखेट के लिए चल देगा, निरीह पशुओं पर अपने शस्त्रों की धार का परीक्षण करता रहेगा; और कुन्ती यहाँ कारागार में बन्द, बन्दिनी-सी पड़ी, असहाय रोती रहेगी...कुन्ती ने जीवन में यह तो नहीं सीखा है। वह भी क्षत्राणी है। जीवन जीने का अधिकार उसे भी है...और जीवन में ऐसा बहुत कुछ है, जो अपने-आप नहीं मिलता, माँगने पर भी नहीं मिलता, उसे उद्यम करके प्राप्त करना पड़ता है...

"महारानी माद्री पधारी हैं।"

उसका विचार-प्रवाह भंग हुआ। मस्तक उठा कर देखा; सामने दासी खड़ी थी।

"उन्हें ससम्मान लिवा लाओ।" कुन्ती ने अपनी डबडबायी आँखें पोंछीं और मन को साधा; जाने माद्री क्या कहने आयी है! माद्री बहुत स्वस्थ मनःस्थिति में नहीं थी। लगता था, वह भी बहुत रोयी है और बहुत भटकी है। इस समय वह अत्यन्त क्षुब्ध थी और तनिक-से स्पर्श से ही पुनः रोने को तैयार बैठी थी।

"आओ माद्री!"

"वे यहाँ नहीं हैं क्या?"

"कौन?" कुन्ती ने आश्चर्य से पूछा।

"आर्यपुत्र!"

कुन्ती की मुस्कान में कटुता थी, "तुम्हारा विचार है कि वह आखेट के व्याज से, मेरे पास छिपे बैठे रहते हैं। मैं उन्हें इतनी प्रिय तो नहीं हूँ माद्री!"

माद्री चुप रही, जैसे उसे कुन्ती का विश्वास न हो रहा हो; और फिर सहसा ही अपने क्षोभ में फट पड़ी, "दिग्विजय के एक लम्बे अन्तराल के पश्चात फिर परसों आये थे, वे मेरे पास। वैसे ही पिछली बार के समान, उत्तेजित कर, बीच में सब छोड़ कर भाग गये : 'विदुर का विवाह है।' विदुर के विवाह का ऐसा कौन-सा काम था, जो उन्हें आधी रात को करना था। मैं कहती हूँ, मुझे इस प्रकार अपमानित करने की क्या आवश्यकता थी?—नहीं भाती उन्हें मैं, तो न आते मेरे पास! मैं स्वीकार कर लेती कि मैं शुल्क क्रीता दासी हूँ...।"

"माद्री!" कुन्ती अपनी पीड़ा भूल गयी, "बैठ जाओ बहन! मन को तनिक शान्त करो। तुम जानती हो कि हम दोनों, समान रूप से वंचित हुई हैं...।"

माद्री ने कुछ कहा नहीं। चुपचाप बैठ गयी।

कुन्ती ने संकेत किया। दासी ने पानी ला कर उसका मुख धुलाया और पोंछने का वस्त्र दिया।

"माद्री! तुम जानती हो, जिस समाज में हमारा पालन-पोषण हुआ है, उसमें इस प्रकार नारी का अपमान पुरुष ही कर सकता है। वह हमारा तिरस्कार कर किसी अन्य स्त्री से सम्बन्ध स्थापित कर सकता है, विवाह कर सकता है।...पर हमने जब एक बार उसके कण्ठ में जयमाला डाल दी तो अब हमारे लिए और कोई विकल्प नहीं है। उसकी प्रिया बन कर रहें, तिरस्कृत बन कर रहें, परित्यक्ता बन कर रहें, विधवा बन कर रहें, उसके साथ सती हो जायें, पर हम रहेंगी उसी की। स्वामी क्षेत्र को वन्ध्या छोड़ सकता है, उसे त्याग सकता है, और क्षेत्र अर्जित कर सकता है; किन्तु क्षेत्र को अधिकार ही नहीं है कि वह स्वामी से उसके व्यवहार का कारण पूछे या उसके व्यवहार

का प्रतिकार करे।...हमें अपनी परिस्थितियों से तो समझौता करना सीखना ही पड़ेगा...।"

माद्री कुछ स्वस्थ हुई तो कुन्ती बोली, "सच मानोगी, तुम्हारे आने से ठीक पहले, मैं भी तुम्हारे ही समान विकल थी और सोच रही थी कि जो स्वतः न मिले, उसे प्रयत्न करके प्राप्त करना पड़ता है, उद्यमपूर्वक...।"

"कैसे?" माद्री के मन में कुछ आशा जागी।

"हम या तो स्वयं आर्यपुत्र के पास जायें, या माता अम्बालिका के पास, अथवा पितृव्य भीष्म के पास...।"

"रोयें? गिड़गिड़ायें? जा कर कहें कि हम असहाय नारियाँ हैं, हमें इस प्रकार अपमानित मत करो।" माद्री का क्षोभ जैसे पुनः प्रज्जवलित हो उठा, "मेरे नारीत्व का इतना अपमान!"

आवेश के मारे उसका कण्ठ रुद्ध हो गया।

कुन्ती समझ रही थी, जिस रूप और यौवन की देवता भी कृतज्ञतापूर्वक याचना करेंगे, उसका पाण्डु ऐसा तिरस्कार कर रहा था...अपमान और तिरस्कार की जिस ज्वाला में वह स्वयं जल रही थी, माद्री को उसकी आँच कुछ और प्रखरता से जला रही थी।

"हम उनसे यह तो कह सकती हैं कि हम आखेट में अपने पति के साथ जाना चाहती हैं।"

"वह वहाँ भी हमसे भागा तो?"

"कहाँ जायेगा भाग कर...हस्तिनापुर?" कुन्ती किंचित मुस्कुरायी।

माद्री को कुन्ती से ईर्ष्या हुई; यह स्त्री इन परिस्थितियों में भी मुस्कुरा सकती है।...उसने स्वयं को सँभाला, और बोली, "याचना ही करनी है, तो मैं और किसी के पास नहीं जाऊँगी...अपने पति के ही पास जाऊँगी।"

"वही सही!"

पाण्डु को खोज निकालने में उन्हें अधिक श्रम नहीं करना पड़ा। वह अश्वशाला में, आखेट के लिए जाने वाल अश्वों का चयन करता हुआ मिल गया। अश्वशाला में अपनी दोनों पत्नियों को इस प्रकार आकस्मिक रूप से देख कर वह चकित रह गया।

"क्या है?"

"आपसे एक अनुरोध है।" कुन्ती बोली।

"बोलो!"

"हम लोग चाहती हैं...।"

माद्री की बात कुन्ती ने बीच में ही काट दी, "क्या अच्छा नहीं है कि हम

एकान्त में बात करें?"

पाण्डु को लगा, कुन्ती ने उसे सार्वजनिक रूप से अपमानित होने से बचा लिया। उनका इस प्रकार अन्य लोगों की उपस्थिति में दिया गया कोई भी उपालम्भ, उसकी अनेक दुर्बलताओं का भ्रम खोल देगा। वह तत्काल सहमत हो गया।

माद्री को भी लगा, अश्वशाला ऐसे अनुरोध के लिए उपयुक्त स्थान नहीं था, जहाँ न आग्रह किया जा सके, न अनुरोध और न विरोध...

पाण्डु स्वयं अपने रथ का सारथ्य कर, उन्हें प्रासाद के अपने खण्ड में ले आया।

"हमारे एकान्त में विघ्न न पड़े।" उसने दासी को आदेश दिया।

"बैठो!" उसने कुन्ती और माद्री से एक साथ कहा।

उसकी घबराहट उसके चेहरे पर परिलक्षित हो रही थी : यह पहला अवसर था कि वह अपनी दोनों पत्नियों का एक साथ सामना कर रहा था; और निश्चित रूप से वे बहुत शान्त मन से उसके पास नहीं आयी थीं। "कहो।" उसने सयत्न कहा।

माद्री ने कुन्ती की ओर देखा।

कुन्ती ने अत्यन्त शान्त स्वर में कहा, "हमने सुना है कि कल आप आखेट हेतु, वनों की ओर जा रहे हैं।"

"हाँ!" पाण्डु उपेक्षा-भरे स्वर में कुछ कृत्रिम उग्रता से बोला, "आर्य सम्राट अपने विनोद के लिए आखेट करने जाया ही करते हैं। वे युद्ध में शत्रु और आखेट में हिंस्र पशुओं का वीरतापूर्वक सामना करते हैं...।"

"वह कभी अपनी पत्नी का सामना भी करते हैं या उसके सामने से सदा ही पीठ दिखा कर भाग जाते हैं?" माद्री कुछ इतने अकस्मात रूप में फट पड़ी थी कि कुन्ती उसे सँभालने का कोई प्रयत्न भी नहीं कर पायी, "बार-बार हमें अपने क्षत्रियत्व और वीरता का झाँसा मत दो। अपने पौरुष की बात करो।... कब तक इस प्रकार हस्तिनापुर से भागते रहोगे?"

क्रोध और आवेश से पाण्डु का आनन रक्तिम हो उठा। उसकी आँखें, जैसे उबल-उबल कर कोटरों से बाहर आने को हो गयीं...

"शान्त हो जायें आर्यपुत्र!" कुन्ती अत्यन्त नम्र स्वर में बोली, "किसी भी प्रकार आपका अनादर करना हमारा अभीष्ट नहीं है। पर हम चाहती हैं कि हम तीनों अपनी समस्या को समझें और उसके समाधान का शोध करें।"

"क्या समस्या है?" पाण्डु का आवेश पूर्णतः शान्त नहीं हुआ था। उसकी स्थिति ऐसे व्यक्ति की थी, जो जानता था कि सागर की आती हुई लहर से

वह टकरायेगा, तो उसका अस्तित्व ही नहीं रह पायेगा, किन्तु फिर भी अपनी शारीरिक और मानसिक जड़ता के कारण, वह लहर के सामने से हट जाने का भी प्रयत्न नहीं कर पा रहा था।

"समस्या है...।"

किन्तु कुन्ती ने माद्री को फिर बोलने नहीं दिया, "समस्या तो एक ही है आर्यपुत्र!" वह बोली, "आप कभी दिग्विजय के लिए चले जाते हैं, कभी आखेट के लिए। हमें आपकी संगति-लाभ का अवसर ही नहीं मिलता।...और यह क्रम तो इसी प्रकार चलेगा। आप कुरुकुल के चक्रवर्ती सम्राट हैं। आपकी व्यस्तताएँ तो कम होंगी नहीं। ऐसे में हमारी तृष्णा कैसे शान्त होगी। युद्ध में तो हम आपके साथ जा नहीं सकतीं; किन्तु क्या यह सम्भव नहीं है कि हम आखेट में आपके साथ चलें?"

"आखेट में?" पाण्डु उसी प्रकार तुनक कर बोला, "वहाँ स्त्रियों का क्या काम है? तुम्हें न शस्त्र चलाना आता है, न तुममें हिंस्र पशुओं का सामना करने का साहस है। वहाँ क्या तुम लोग मेरा आखेट करोगी?"

"संकल्प तो यही है!" कुन्ती अत्यन्त मधुर ढंग से मुस्कुरायी।

माद्री का आवेश भी पर्याप्त रूप से दमित हो चुका था।

पाण्डु को लगा, वह कुन्ती के इस रूप का विरोध नहीं कर पायेगा। उससे झगड़ नहीं पायेगा...किन्तु आग से बचने के लिए सरोवर में कूदने वाला व्यक्ति अग्नि को साथ ले कर क्यों कूदेगा।

"नहीं! मुझे असुविधा होगी।" पाण्डु बोला, "मैं आखेट करूँगा, या तुम लोगों को बचाऊँगा। सुन्दरियों को साथ ले कर आखेट करने की रीति मेरी नहीं है—ऐसे अद्‌भुत कर्म, मैं नहीं करता।"

"सुन्दरियों को शयन-कक्ष में कामोत्तेजना में छोड़, भाग जाने का अद्‌भुत कर्म आप करते हैं...।"

"ठहरो माद्री!" कुन्ती शान्त स्वर में बोली, "वीरवर आर्यपुत्र! यदि आप और आपके वीर सैनिक कुछ हिंस्र पशुओं से दो युवतियों की रक्षा नहीं कर सकते तो आपका आखेट पाखण्ड है। अपने शस्त्रों को आग लगा दीजिए; सैनिकों को शस्त्र-धर्म से मुक्त कीजिए और स्वयं भी ब्राह्मणवेश धारण कीजिए।" उसने थम कर पाण्डु को देखा, "मेरी उद्‌दण्डता क्षमा कीजियेगा। किन्तु मैंने आपसे कहा न कि हम अपनी समस्याओं का सामधान खोजेंगे। वह साथ रह कर ही सम्भव है। यदि आप प्रासाद में हमारे साथ नहीं रह सकते, तो हम वन में आपके साथ रहेंगी। यह हमारा अन्तिम निर्णय है। क्यों माद्री?"

"अन्तिम और दृढ़ निर्णय!" माद्री बोली, "और यदि आप सहमत नहीं

हुए, तो हम इसी संदर्भ में पितृव्य भीष्म से प्रार्थना करने को बाध्य होंगी।"

भीष्म का नाम, पाण्डु के कानों से कशा के समान टकराया।...उसे लगा कि अब विकल्प उसके सामने भी नहीं है। कहीं ये दोनों पितृव्य के पास पहुँच गयीं तो...

"अच्छा! ठीक है। तुम लोग संग चलो।" उसने अपनी कृत्रिम उग्रता अभी तक छोड़ी नहीं थी, "किन्तु स्मरण रहे, मैं आखेट के लिए जा रहा हूँ, तुम्हारे आमोद-प्रमोद के लिए नहीं। वहाँ मेरे आखेट में बाधा न पड़े।"

"आर्यपुत्र के आदेश का पालन होगा।" कुन्ती धीरे से बोली।

57

भीष्म ने स्पष्ट देखा था कि पाण्डु मृगया-हेतु वन जाने के लिए जितना उत्सुक था, धृतराष्ट्र उसे भेजने के लिए उससे भी अधिक उतावला था। पाण्डु के आदेशों का पालन हुआ, उसने जो चाहा, उसकी व्यवस्था हुई; किन्तु धृतराष्ट ने एक बार भी उससे यह नहीं पूछा कि वह मृगया के लिए क्यों जा रहा है। अभी-अभी तो वह दिग्विजय से लौटा था। बीच में एक सप्ताह का भी तो अन्तराल नहीं पड़ा था। विदुर के विवाह का अवसर न होता तो कदाचित पाण्डु एक सप्ताह भी हस्तिनापुर में न रुकता।...धृतराष्ट्र ने न केवल उसके प्रयाण के लिए प्रसन्नता से व्यवस्था करवाई, उसके साथ अनेक दास और परिचारक अपनी ओर से भी भेज दिये थे। जहाँ तक भीष्म जानते थे, वे सब धृतराष्ट्र के गूढ़ पुरुष थे जो निश्चित रूप से पाण्डु के सम्बन्ध में सूचनाएँ भेजने के लिए साथ भेजे जा रहे थे। धृतराष्ट्र, पाण्डु के लिए वन में इतनी सुविधाओं का प्रबन्ध करा देना चाहता था कि उसे हस्तिनापुर के प्रासाद का अभाव कभी न खटके..

क्या चाहता था धृतराष्ट्र? क्या वह पाण्डु के विरुद्ध कोई राजनीतिक षड्यन्त्र रच रहा था? क्या वह चाहता था कि पाण्डु हस्तिनापुर से दूर-ही-दूर रहे...और भीष्म यह देख कर भी कुछ चकित थे कि अब धृतराष्ट्र पर्याप्त स्वतन्त्र और स्वाधीन हो गया था। शासकीय ही नहीं, पारिवारिक विषयों में भी वह इस बात की प्रतीक्षा नहीं करता था कि माता सत्यवती अथवा भीष्म इस विषय में कोई निर्णय करें। वह तत्काल स्वयं निर्णय कर, आदेश दे देता था। पता नहीं वह मानसिक दृष्टि से इतना परिपक्व और प्रौढ़ हो गया था, इतना समर्थ हो गया था, उसका आत्मविश्वास इतना समृद्ध हो गया था, या उसको गान्धारी तथा शकुनि की मन्त्रणा अत्यन्त अनुकूल पड़ रही थी

...पहले जहाँ वह स्वयं को सदा असहाय तथा तटस्थ मानता था, अब वहीं अधिकार और अधिकार के प्रयोग के लिए, उसकी लालसा बढ़ती जा रही थी...

धृतराष्ट्र के मन में कदाचित अपने जन्मान्ध होने का खेद प्रबलतर होता जा रहा था; और सत्ता-प्राप्ति की इच्छा शक्तिशाली होती जा रही थी...भीष्म कभी-कभी सोचते थे तो चकित रह जाते थे कि जो जितना विकलांग और अक्षम है, सत्ता के पीछे वही क्यों इतना भाग रहा है? जो समर्थ है, अधिकारी है, सत्ता उसे क्यों इतनी आवश्यक नहीं लगती। क्या सत्ता का इच्छुक वही है, जो उसका दुरुपयोग करना चाहता है। सारे दुर्वृत्त क्यों सत्ता के आस-पास मण्डलाकार घिर आते हैं और साधुवृत्ति वाले लोग, उससे किसी प्रकार मुक्ति पाना चाहते हैं...

धृतराष्ट्र की बात तो फिर भी भीष्म समझते हैं, किन्तु पाण्डु क्यों हस्तिनापुर से भागा-भागा फिरता है? अपने पहले विवाह के पश्चात जब वह दिग्विजय के लिए निकला था तो भीष्म ने माना था कि वह कुन्ती की अवहेलना करने अथवा उससे दूर रहने के लिए ऐसा कर रहा है, इसलिए उन्होंने उसके लिए दूसरी पत्नी की व्यवस्था की थी। फिर भी वह दिग्विजय के लिए चला गया, तो वे उसकी मनःस्थिति समझ नहीं पाये।...उसने कहा था कि अपनी रानियों के निकट आते ही, उसके मन में हिंसा जागती है। किन्तु अब तो वह दोनों पत्नियों को साथ ले कर गया है।...यदि वह कहता कि वह अपनी रानियों के साथ वन-विहार करने जा रहा है, तो भीष्म समझते कि उसके मन में कामदेव ने अपना पसारा फैलाया है। किन्तु जैसी सूचनाएँ उनको मिलती रही हैं, उनके अनुसार पाण्डु अपनी दोनों पत्नियों में से किसी एक की भी ओर इतना आकृष्ट नहीं हुआ कि हस्तिनापुर के प्रासादों का एकान्त भी उसे पर्याप्त न लगता। अपनी रानियों को ले कर वन-विहार के लिए वह राजा जाता है, जो इतना उन्मुक्त विलास चाहता है कि राजप्रासादों की दीवारें भी उसे अपने एकान्त में बाधा लगती हैं; या फिर वह राजा जाता है, जो राजधानी की एकरसता से ऊब कर कोई परिवर्तन चाहता है, किन्तु पाण्डु के संदर्भ में तो इनमें से कुछ भी उपयुक्त नहीं लगता...पाण्डु भी क्या सम्राट शान्तनु के समान उद्भ्रान्त हो गया है। वे भी तो इसी प्रकार राजधानी को छोड़ कर, वनों और नदियों के कछारों में घूमा करते थे। किन्तु वे तो अपनी पत्नी के विलग हो जाने के कारण काम-पीड़ा...कहीं पाण्डु भी तो काम-यातना से ही पीड़ित नहीं है? किन्तु पाण्डु की पत्नियाँ तो उसे छोड़ कर नहीं गयी हैं...

भीष्म को लगा, उनके मन के कुछ प्रश्न जैसे पिघलने लगे हैं, और उन प्रश्नों के शवों में से ही कुछ उत्तर जन्म लेने लगे हैं...यह वही काम-यातना नामक चाण्डालिनी ही है, जो पाण्डु के पीछे पड़ी है। काम-पीड़ा ही मनुष्य को इतना चंचल, व्याकुल और उद्भ्रान्त कर देती है। पत्नी निकट हो या न हो। ...भीष्म को अपने पिता और अधिक याद आते गये...उन्हें भी काम-सुख से अधिक काम-यातना ही मिली थी अपनी पत्नी से।...कामदेव है ही ऐसा मायावी; जो सुख के मुखौटे के पीछे पीड़ा को छिपाये रहता है। कामदेव ही क्यों...सारी सृष्टि ही माया की क्रीड़ा है। प्रत्यक्ष कुछ होता है और वास्तविकता कुछ और होती है। सारी यातनाएँ कितने आकर्षक मोहों का आवरण ओढ़े हुए हैं...सुन्दर कामिनी शरीर का, प्रिय पुत्र का, स्वर्णिम सिंहासन का, प्रेमातुर प्राणाधिक प्रिय भाई का...सब मोह हैं, मनुष्य के विवेक को भ्रमित करने के लिए...कहीं ऐसा तो नहीं कि पाण्डु काम-सुख से खिंचा हुआ हस्तिनापुर आता हो, और काम-पीड़ा पा कर वापस लौट जाता हो...और इस बार धृतराष्ट्र ने पाण्डु की दोनों पत्नियों को भी साथ कर दिया हो, ताकि पाण्डु हस्तिनापुर लौटे ही नहीं। वन में ही उसकी सुख-सुविधाओं का प्रबन्ध होता रहे...और हस्तिनापुर में केवल धृतराष्ट्र रहे...अकेला, स्वामी सरीखा...

"आओ भीष्म!" सत्यवती बोली, "मैं आज प्रातः से ही तुमसे मिलना चाह रही थी।"

"क्या बात है माता?"

"मेरा मन इस पाण्डु के लिए बहुत चिन्तित रहने लगा है।"

"क्यों माता?"

"एक तो इसलिए पुत्र! कि तुम्हारे पिता के पश्चात! हस्तिनापुर का यह पहला सम्राट है, जो अपने पूर्ण अधिकारों के साथ सिंहासन पर बैठा है, वयस्क है, स्वतन्त्र है, सत्ता सँभालने में समर्थ है।"

"यह तो शुभ लक्षण है माता!"

"तभी तो चिन्तित रहती हूँ कि इतने समय के पश्चात तो ऐसा राजा आया है : और उसके पैरों में ऐसा चल-चक्र है कि वह हस्तिनापुर में टिकता ही नहीं।"

"तो भी चिन्ता की क्या बात है माता!" भीष्म, सत्यवती को मात्र सान्त्वना देने के लिए कहते जा रहे थे, "राजा को तो अपने राज्य में भ्रमण करते रहना चाहिए। विभिन्न स्थानों का निरीक्षण करते रहना चाहिए। प्रजा-जनों से मिलते रहना चाहिए। इससे उसका अपनी प्रजा से सम्पर्क बढ़ता

है, वह अधिक सचेत रहता है...वह अधिक समर्थ बनता है।"

"वह तो ठीक है।" सत्यवती बोली, "पर वह भ्रमण कहाँ करता है रे! कभी युद्ध करता है, कभी मृगया। जोखम के काम हैं। लगता है, स्वयं से ही रुष्ट है जैसे। ऐसा ही मेरा चित्रांगद था। किसी-न-किसी से भिड़ना ही था उसको। परिणाम शुभ तो नहीं हुआ न! वही स्थिति अब इसकी है।...मैंने सुना है कि पांचालों को इसने इतना पीड़ित किया है कि वे कौरवों के परम शत्रु हो गये हैं। मुझे कुछ ऐसी भी सूचनाएँ मिली हैं कि द्रुपद का विचार है कि यह सब तुम करवा रहे हो। अतः वह तुमसे शत्रुता पाल रहा है...।"

"तो क्या हो गया माता!" भीष्म बोले, "जिन राज्यों की सीमाएँ मिलती हैं, उनमें मित्रता कम ही होती है। कुरुओं और पांचालों में तो मित्रता की परम्परा कभी रही ही नहीं!..."

"और अब मृगया के लिए गया है।" सत्यवती ने जैसे भीष्म की बात सुनी ही नहीं, "वहाँ जा कर सिंहों और हिंस्र पशुओं से भिड़ेगा। नयी-नवेली दो पत्नियाँ साथ ले गया है। मुझे तो लगता है कि पगला गया है।"

"पगला नहीं गया है माता!" भीष्म हँसे, "नया-नया विवाह हुआ है। एक नहीं, दो-दो पत्नियाँ साथ हैं। योद्धा, युद्ध-क्षेत्र से लौटेगा, तो कामदेव का आह्वान नहीं सुनेगा क्या! क्षत्रिय तो जीवन को भरपूर भोगता है। ग्रहण करता है तो समग्र को, और त्यागता है तो समग्र को। उन्हें जीवन भोगने दो।"

"जीवन यहाँ भी तो भोगा जा सकता था।" सत्यवती अपनी भीतरी व्याकुलता से आविष्ट थी, "यहाँ प्रासाद हैं, दास-दासियाँ हैं, कामिनियाँ हैं, खाद्य पदार्थ हैं, मद्य-मदिरा-सुरा...क्या नहीं है?"

भीष्म हँसे, "यहाँ भाई-भाभियाँ हैं, माताएँ हैं, पितृव्य हैं, पितामही हैं, राज्य के दायित्व हैं, और जन-संकुलता है।..." भीष्म मन-ही-मन सोचते जा रहे थे कि जिन तथ्यों से वह स्वयं सहमत नहीं हैं, उनसे वे सत्यवती को क्यों बहला रहे हैं, "यहाँ न मुक्त विहार हो सकता है, न उन्मुक्त व्यवहार। यहाँ वे यह नहीं भूल सकते कि वे राजा और रानी हैं, उनकी मर्यादा है। वहाँ वे प्रकृति के जीव होंगे। उन्मुक्त विहार करेंगे।..."

"और हस्तिनापुर में छोड़ गये हैं इस नराधम धृतराष्ट्र और उस दुर्वृत्त पापी शकुनि को..." सत्यवती बोली।

"उनसे आपका क्या विरोध है माता?"

सत्यवती ने सठियाये-से ढंग से भीष्म को देखा, "क्या तुम नहीं जानते कि धृतराष्ट्र के हाथों कोई दासी सुरक्षित नहीं है और शकुनि के आस-पास, सिवाय जुआरियों और मद्यपों के और किसी का अस्तित्व ही सम्भव नहीं है।

जब लम्पटता, व्यभिचार, सुरापान और द्यूत—ये सारे एकत्रित हो जायेंगे, तो कौन-सा अनर्थ होने से रह जायेगा पुत्र?"

"आजकल यही तो क्षत्रिय राजपुत्रों के आभूषण हैं माता!" भीष्म के स्वर में विषाद का विष घुला हुआ था, "सबसे बड़ी कठिनाई यह है कि यह सब शासन के केन्द्र से हो रहा है। हीन-वृत्तियों को गौरवान्वित किया जा रहा है।"

"ये लोग राजा राजकुमार हैं अथवा दुर्वृत्त आततायी गुण्डे।" सत्यवती जैसे अपने-आपसे पूछ रही थी, "जो अपराधी हैं, वे ही न्यायकर्ता के आसन पर आसीन हैं। तो अपराधियों को दण्डित कौन करेगा?...मेरा पाण्डु ऐसा नहीं है। उसे हस्तिनापुर में रहना चाहिए।...मुझे तो सोच-सोच कर भय-सा लगने लगा है।"

"किस बात का भय माता!"

"अरे जब दुष्ट, मद्यप और व्यभिचारी लोगों के हाथों में सत्ता आ जायेगी तो कौन-सा दुराचार होने से रह जायेगा। हत्याएँ नहीं होंगी या बलात्कार नहीं होंगे। जब ऐसे निर्लज्ज और पापी शासक होंगे, तो कोई न्याय माँगने कहाँ जायेगा।"

"चिन्तिन न हों माता! अभी आपका भीष्म इतना असमर्थ नहीं हुआ है।" भीष्म ने सत्यवती को सान्त्वना दी।

"नहीं हुआ है, तो हो जायेगा।" सत्यवती बोली, "मुझे लगता है कि सब कुछ मेरे हाथों से निकल गया है। तुम्हारे हाथों से भी निकल गया है। अब तुम्हारे हाथ में कोई भी अधिकार नहीं रह गया है। है न?"

"नहीं माता! ऐसा कैसे हो सकता है।" भीष्म ने हँसने का प्रयत्न किया।

"ऐसा नहीं है तो शकुनि को गान्धार भेज दो; और जैसे तुमने एक बार अविनीत व्यवहार करने पर, विचित्रवीर्य को चाँटा मारा था, वैसे ही धृतराष्ट्र को चाँटा मारो। जिन दासियों के साथ वह अत्याचार करे, उनका न्याय करो।"

भीष्म स्तम्भित-से खड़े रहे : क्या ऐसा सम्भव है?...राजा धृतराष्ट्र को न दण्डित किया जा सकता है, न सत्ताच्युत किया जा सकता है। तो माता सत्यवती ठीक कह रही हैं।

"नहीं कर सकते न!" सत्यवती बोली, "तभी तो कहती हूँ कि समय बदल गया है। तुम्हारे पिता चाहते तो मेरा अपहरण कर सकते थे, मुझे असत्य वचन दे कर वंचित कर सकते थे। किन्तु उन्होंने ऐसा नहीं किया। तुमने वचन दिया और आज तक निभाया।" वह भीष्म की ओर मुड़ी, "और धृतराष्ट्र से कहो

कि कोई एक दिन ऐसा बता दे, जिस दिन उसने झूठ न बोला हो। किसी को झूठा वचन न दिया हो। झूठा वचन और आश्वासन देना तो जैसे शासक का जन्मसिद्ध अधिकार हो गया है।"

भीष्म चुप खड़े रहे। क्या कहते।

"इसीलिए कहती हूँ, पाण्डु को शीघ्र वापस बुलाओ।" सत्यवती बोली, "इन दुर्वृत्तों को दण्डित चाहे न कर पाये, किन्तु स्वयं तो वह गुण्डई नहीं करेगा न!"

"प्रयत्न करूँगा माता!" भीष्म धीरे से बोले।

58

पाण्डु, कुन्ती और माद्री के पहुँचने से पहले ही कर्मचारियों ने शिविर स्थापित कर दिया था और सब कुछ व्यवस्थित-सा ही लग रहा था।

अपने लिए नियत मण्डप में प्रवेश कर कुन्ती और माद्री अभी आसन पर बैठी ही थीं कि पाण्डु बोला, "तुम लोग थोड़ा विश्राम करो। मैं शेष व्यवस्था देख कर आता हूँ।"

"व्यवस्था तो हो ही चुकी है।" माद्री जैसे इस उन्मुक्त वातावरण में अधिक चपल हो गयी थी।

पाण्डु के भाल पर खीझ की रेखाएँ प्रकट हुईं, "रथ से उतर कर मंच पर आसीन हो जाने से व्यवस्था नहीं हो जाती महारानी! और यह राजप्रासाद भी नहीं है, जहाँ प्रबन्ध-पटु कर्मचारी और स्थापित प्रबन्ध-परम्पराएँ हों।"

माद्री शायद कुछ और भी कहती, किन्तु कुन्ती ने उसे मौन रहने का संकेत किया। माद्री ने जैसे बलात् स्वयं को रोका और अपने इस आत्मदमन को सह्य बनाने के लिए दूसरी ओर देखने लगी।

माद्री और कुन्ती की ओर से जब न कुछ कहा गया, न कोई प्रतिक्रिया प्रकट की गयी तो पाण्डु के लिए जैसे वहाँ खड़े रहने का कोई कारण नहीं रह गया। वह व्यस्त-सा मण्डप से निकल कर बाहर चला गया।

"जाने किस बात से खीझे रहते हैं?" माद्री ने अपने दमित क्रोध को वाणी दी, "विवाह को अभी समय ही कितना हुआ है कि यह इस प्रकार व्यवहार कर रहे हैं।...यहाँ हम वन-विहार के लिए आये हैं, न कि किसी तपस्वी के आश्रम में मौन साधना करने...मुख से शब्द निकला नहीं कि हिंस्र व्याघ्र के समान झपट पड़ते हैं..."

"माद्री!" कुन्ती अत्यन्त शान्त स्वर में बोली, "मैं तुम्हारी पीड़ा समझती हूँ

बहन!...मैं भी तो उसी स्थिति में जी रही हूँ : और उसी मनःस्थिति को झेल रही हूँ। मेरा परामर्श है कि कुछ धैर्य से काम लो। उन्हें समझने का प्रयत्न करो।"

"तुम्हें उन पर तनिक भी क्रोध नहीं आता? तुम्हारे मन में एकदम विरोध नहीं जागता?" माद्री बोली, "कैसी नारी हो तुम! मेरे भाई ने तो शुल्क ले कर मेरा दान कर दिया है। मैं स्वतन्त्र नहीं हूँ। किन्तु तुमने तो स्वयंवर में उसका वरण किया है। अपने साथ यौतुक ले कर आयी हो। तुम उनसे डरती क्यों हो?"

कुन्ती को स्मरण हो आया : अभी शायद पिछली ही भेंट में माद्री ने अपने कुलीन होने की बात की थी—राजपुत्री!...और वही माद्री अपनी पराधीनता, अपनी असमर्थता और बाध्यता की चर्चा कर रही है...

किन्तु यह सब कहने और सोचने का यह अवसर नहीं था।

"मुझे ऐसा लगता है माद्री! कि आर्यपुत्र हमसे नहीं, अपने-आपसे लड़ रहे हैं।...दुख तो दूसरों से लड़ने वालों को भी होता है, किन्तु स्वयं अपने-आपसे लड़ने वाला व्यक्ति जिस प्रकार की यातना पा रहा होता है, हमें उसे भी समझना चाहिए...।"

"तुमको उनसे बहुत सहानुभूति है?" माद्री के स्वर में अब भी उग्रता और रोष का दंश था।

"बात सहानुभूति की नहीं है।" कुन्ती बोली, "समस्या तो अपना जीवन जीने के लिए एक मार्ग निकालने की है।"

"क्या अभिप्राय है दीदी! तुम्हारा?"

"माद्री!" कुन्ती बोली, "हमारा विवाह आर्यपुत्र के साथ हुआ है। हमें अपना जीवन उनके साथ ही व्यतीत करना है। अब यह हमारी अपनी बुद्धि पर निर्भर करता है कि हम उसे कितने सरल, सहज, सुचारु और सुव्यवस्थित ढंग से जी सकती हैं।...जैसे यह मण्डप मृगया-काल तक के लिए हमारा आवास है...यह हमारे अपने विवेक पर निर्भर है कि इसका उपयोग किस प्रकार अधिकतम सुविधाओं के लिए कर सकती हैं...।"

"मुझे तो न वह समझ में आता है, न तुम!" माद्री का मन अब भी शान्त नहीं था।

साँझ झुकने लगी थी, जब पाण्डु आया।

उसे देखते ही माद्री जैसे पुनः भड़क उठी, "यह वन-विहार है या कारागार! हमें ला कर यहाँ पटका और स्वयं विलीन हो गये।"

पाण्डु की भृकुटियाँ फिर से चढ़ गयीं, "यह मृगया है, वन-विहार नहीं। राज-परिवार के उस दल के लिए, जिसमें तुम जैसी सुकुमारी नारियाँ भी हों, शिविर स्थापित करना साधारण कार्य नहीं होता। आस-पास का प्रदेश न समतल है, न सुविधाजनक। आस-पास सभ्यजनों का कोई नगर, ग्राम अथवा जनपद भी नहीं है। यहाँ इस असुविधाजनक सघन वन में, तुम लोगों के लिए राजसी सुविधाएँ जुटानी हैं मुझे...।"

"राजसी सुविधाओं का अभाव नहीं था हस्तिनापुर में। उन्हें जुटाने के लिए यहाँ आने की क्या आवश्यकता थी?..."

पाण्डु कदाचित कुछ और उग्र हो कर उत्तर देता : किन्तु उससे पहले ही कुन्ती ने स्थिति सँभाल ली, "चुप रहो माद्री!" वह पाण्डु की ओर मुड़ी, "आर्यपुत्र! सचमुच आप सुविधाएँ जुटाने के लिए इस प्रकार उद्विग्न और व्याकुल न हों।" बात को और अधिक प्रभावकारी बनाने के लिए वह मुस्कुरायी, "माद्री भी कुछ अनुचित तो नहीं कह रही। सुविधाओं की तो सचमुच हस्तिनापुर में कमी नहीं थी। हम तो आपकी संगति के चाव में आपके साथ आयी हैं। यदि यहाँ भी हमें आपका सान्निध्य नहीं मिला, तो हमें यह मृगया रुचिकर कैसे लगेगी...।"

कुन्ती की वाणी के माधुर्य और उसकी भंगिमा की कोमलता के सामने पाण्डु की उग्रता टिक नहीं पायी; किन्तु उसने व्यवहार की कठोरता नहीं छोड़ी, "तुम्हें मृगया रुचिकर न लगे तो हस्तिनापुर लौट जाओ।" वह रुका, "मैं यह कहने आया था कि मैं पुनः जा रहा हूँ। भोजन के लिए भी नहीं आऊँगा। तुम लोग भोजन कर लेना। न मेरी प्रतीक्षा करना और न मुझे बुलाने का आग्रह।"

माद्री और कुन्ती दोनों ही अवाक्-सी जाते हुए पाण्डु को देखती रहीं।

"यह हमारा अपमान करने के लिए हमें साथ लाया है।" माद्री न अपने क्रोध को रोक पा रही थी, न कष्ट को।

"नहीं! वह हमारा अपमान करने के लिए साथ नहीं लाया : हम साथ आयी हैं, इसलिए हमारा अपमान कर रहा है...या शायद स्वयं को अपमान से बचाने के लिए, हमसे भाग रहा है।" कुन्ती धीरे से बोली।

"अपनी पत्नियों के साथ मधुर व्यवहार करना, उनके साथ सुख से समय व्यतीत करना—क्या यह अपमानजनक होता है?"

"यह तो समय ही बताएगा।" कुन्ती ने कहा।

माद्री को लगा, पाण्डु के विरुद्ध उसके मन में एकत्रित आक्रोश का एक अंश कुन्ती के विरुद्ध स्थानान्तरित होता जा रहा है।

भोजन के समय तक पाण्डु नहीं लौटा। भोजन लाने वाली दासी तथा द्वार पर खड़े प्रहरियों को पता नहीं था सम्राट कहाँ हैं।...और न कुन्ती में इतना साहस था, न माद्री में कि वे इस सघन वन में, रात के इस अन्धकार में, पाण्डु को खोजने के लिए निकल पड़तीं।

"यह तो सरासर अपमान है दीदी!"

कुन्ती कुछ नहीं बोली।

"बोलती क्यों नही दीदी?"

"क्या बोलूँ! इस अपमान को आदर में परिवर्तित करने का कोई मार्ग दिखायी पड़े तो बोलूँ।"

"यदि ऐसा अपमानित जीवन ही व्यतीत करना है, यदि इस प्रकार की यातनाएँ ही सहनी हैं," माद्री बोली, "तो मैं आत्मघात कर लूँगी।"

कुन्ती इस स्थिति में भी मुस्कुरायी, "वह तो कोई भी, कभी भी कर सकता है।"

"इसे परिहास मत समझना दीदी!" माद्री की वाणी, किसी भी क्षण आक्रोश से विकृत हो सकती थी, अथवा पीड़ा से रुँध सकती थी, "मैं जीवित रहूँगी तो अपने ढंग से, अन्यथा जीवन को समाप्त कर दूँगी।"

"मैं तुम्हारी बात को परिहास नहीं समझती माद्री।" कुन्ती बोली, "किन्तु मैं जीवन को समाप्त करने से श्रेष्ठ, उसे अपने अनुकूल करना समझती हूँ। और जीवन को अपने अनुकूल करने के लिए बहुत कुछ सहन करना पड़ता है, साहस करना पड़ता है।"

"सह नहीं रही क्या मैं?"

"क्षमा करना।" कुन्ती का स्वर गम्भीर था, "यह सहना भी कोई सहना है। पति से मतभेद हो गया, कहा-सुनी हो गयी...।" उसने रुक कर माद्री को देखा, "मेरा अभिप्राय कुछ और मत समझना बहन! मैं तुम्हारी व्यथा को छोटा नहीं कर रही। उस पीड़ा को स्वयं भी सहन कर रही हूँ। किन्तु पूरी निष्ठा से एक बात कहना चाहती हूँ। सुनोगी?"

लगता था, कुन्ती की शान्ति का प्रभाव माद्री पर भी पड़ा था। उसकी मुद्रा भी शान्त हुई, "कहो। सुनूँगी।"

"मैं यादव कन्या हूँ। यादवों ने अनेक असह्य अत्याचार सहे हैं और अब भी सह रहे हैं। तुम्हें मालूम है, मेरे भाई वसुदेव और भाभी देवकी को बन्दी बना कर कंस ने कारागार में डाल रखा है।...उनकी सद्यःजात सन्तानों की वह एक-एक कर हत्या कर रहा है...तुम्हारे पति द्वारा किया गया अपमान क्या

उस पीड़ा से भी बड़ी यातना है?" वह रुकी और फिर बोली, "हमने अपने सामाजिक और व्यक्तिगत अनुभवों से जाना है कि जीवन बहुत विराट है। उसके असंख्य पक्ष हैं। उसमें सब कुछ व्यक्ति के अनुकूल नहीं होता। उसका स्वाभिमान और सम्मान शाश्वत और अक्षत नहीं है। शाश्वत है उसका प्रयत्न, अनवरत उद्यम, अपराजेय आस्था, अविचलित बुद्धि और विवेक।" माद्री को लगा कि कुन्ती ने अपने अश्रु पोंछे हैं, "कई बार कोई तुम्हारा देय तुम्हें नहीं देता; अनेक बार तुम्हारा प्राप्य तुम्हें प्राप्त नहीं होता; किन्तु अनेक बार तुम्हें प्राप्त हो चुकने के बाद तुम्हें उनसे वंचित कर दिया जाता है...तुम्हें सब कुछ सहना पड़ता है, मौन-मूक...।"

"तुमने क्या यह सब सहा है बहन?" माद्री ने अबोध शिशु के समान पूछा।

"मैं जननी-जनक से दूर, भोजपुर में अपने पिता राजा कुन्तिभोज की छत्रछाया में पली। और भाभी के विषय में बता चुकी हूँ। पति का व्यवहार तुम देख ही रही हो। और...और..."। कुन्ती की आँखें मुँद गयीं। उसकी बन्द आँखों के सम्मुख एक और कुन्ती थी, जो एक नन्हा-सा शिशु कुन्तिभोज की गोद में डालती हुई अपने नयनों से टपकते हुए अश्रुओं से उसे नहला रही थी...

"तुमने बहुत सहा है बहन।"

प्रायः लगभग आधी रात में पाण्डु लौटा।

माद्री और कुन्ती—दोनों ही जाग रही थीं।

"तुम लोग थक गयी होगी। मैं भी थक चुका हूँ।" पाण्डु बोला, "प्रातः जल्दी ही आखेट के लिए जाना है। सो जाओ।"

न माद्री ने कोई उत्तर दिया, न कुन्ती ने। पाण्डु को उत्तर की कोई अपेक्षा थी भी नहीं थी। वह अपने बिस्तर पर लेट गया।

वे सोयीं या नहीं, पाण्डु जान नहीं सका। वे अपने बिस्तरों पर इतनी निश्चल पड़ी हुई थीं कि कहना कठिन था कि वे निद्रा में अचेत हैं, या जाग रही हैं और सायास दम साधे पड़ी हैं। पाण्डु के लिए यह सब जानना आवश्यक भी नहीं था।

स्वयं पाण्डु को निद्रा नहीं आ रही थी। उसे पिछली कई रातों से या तो नींद आयी ही नहीं थी, या बहुत कम आयी थी। वह समझ रहा था कि वह भीषण रूप से थका हुआ है। उसने सायास स्वयं को थकाया था। वह चाहता था कि उसका मन और शरीर इतना थक जाये, इतना थक जाये कि वह अचेत हो कर गिर पड़े और गहरी निद्रा में खो जाये। उसे यह चेतना ही न

रहे कि उसके आस-पास कौन है, उसका किससे क्या सम्बन्ध है, और उससे किसको क्या अपेक्षा है...

किन्तु ऐसा हो नहीं रहा था। उसका शरीर और मस्तिष्क इतना-इतना थक जाते थे कि टूटने-टूटने को हो जाते थे। वह स्वयं को जितना अधिक थकाता था, उससे नींद उतनी ही दूर भाग जाती थी। उसे लगता था कि वह पागल हो जायेगा...

कुन्ती के स्वयंवर में जाने से पहले, वह अपने विषय में क्या जानता था? कुछ भी तो नहीं। भैया धृतराष्ट्र जन्मान्ध होने पर भी स्त्री-प्रसंग में रुचि लिया करते थे और कदाचित उन्हें किसी किशोरी या युवती के निकट आते ही जैसे उसकी गन्ध आ जाती थी।...विदुर की रुचि गम्भीर विषयों की ओर अधिक थी। वह शास्त्रों की बात करता था। जीवन और जगत के प्रश्नों की चर्चा करता था। सृष्टि के विषय में कई शाश्वत प्रश्न थे उसके मन में। अवसर मिलते ही वह उनकी चर्चा करता था। उसकी जिज्ञासाएँ अनन्त थीं...

किन्तु अपने विषय में पाण्डु इतना ही जानता था कि उसे राजा बनना था; और उसके लिए उसे योद्धा भी बनना था। शस्त्र-शिक्षा में उसे कोई विशेष कठिनाई नहीं हुई थी। शरीर में चाहे असाधारण राक्षसी बल न रहा हो; किन्तु शस्त्र-परिचालन की दक्षता प्राप्त करना कठिन नहीं था। रण-कौशल के लिए शारीरिक-क्षमता के साथ जिस बुद्धि की आवश्यकता होती है, वह उसमें पर्याप्त थी। उसे कभी किसी प्रकार भी आभास नहीं हुआ कि उसके व्यक्तित्व में कहीं कोई न्यूनता है।...वर्ण पीला होने के कारण, कई बार वैद्यों ने ऐसे संकेत किये थे कि पाण्डु रोग के लक्षण हैं; किन्तु वह रोग, पाण्डु के जीवन में कभी बाधा-स्वरूप उपस्थित नहीं हुआ था।

...और तभी उसने अपने मन में उठता काम-भाव पहचाना था। नर-नारी सम्बन्धों के प्रति जिज्ञासा जगी थी। नारी-सौन्दर्य उसमें एक मद-सा भर देता था। आँखें नारी-रूप को देखना चाहती थीं, कान नारी-कण्ठ को सुनना चाहते थे...और फिर उसमें स्पर्श की इच्छा जागी थी। कैसा मादक विचार था स्पर्श का। पाण्डु सोचता था, तो चकित रह जाता था...नारी-तत्त्व का अभाव नहीं था, हस्तिनापुर के राजप्रासाद में...चारों ओर दासियाँ, परिचारिकाएँ और प्रतिहारिणियाँ बिखरी पड़ी थीं। युवराज के रूप में वह उनके लिए कितना महत्त्वपूर्ण था। उसके एक संकेत पर अनेक-अनेक नारी शरीर उसके सम्मुख आत्म-समर्पण कर देते...किन्तु उसने पाया कि युद्ध-क्षेत्र का साहसी और शूर पाण्डु काम-क्षेत्र में पर्याप्त भीरु था। जाने क्यों उसका मन किसी के सम्मुख अपने इस आकर्षण...अपनी इस दुर्बलता को स्वीकार नहीं करना चाहता था।

जैसे वह चाहता था कि उसे स्पर्श कर वह सुख मिल भी जाये, और कोई यह जान भी न पाये; और न यह कह ही पाये कि पाण्डु किसी दासी या परिचारिका के शरीर के आकर्षण में दुर्बल हो गया था।...अब वह हस्तिनापुर का सम्राट था...दासी और सम्राट का धरातल समान नहीं होता...किन्तु काम-सुख तो समता स्वीकार करके ही मिल सकता था...ऊहापोह की इस सारी प्रक्रिया में पाण्डु ने यही पाया कि काम-भाव के जागते ही उसका सारा शरीर तपने लगता है, सारे रक्त में जैसे एक मादक द्रव्य घुल जाता है, सारी चेतना मद-संचरण की-सी स्थिति में होती है और मन जैसे तृष्णा के सागर में ऊँची-से-ऊँची लहर के साथ टकरा कर चूर-चूर हो जाना चाहता है...

तभी कुन्ती के स्वयंवर का निमन्त्रण मिला था। पितृव्य भीष्म की भी इच्छा थी कि पाण्डु उस स्वयंवर में सम्मिलित हो।...कैसी विचित्र उत्तेजना थी वह! कैसी मादक! पाण्डु ने कुन्ती को देखा...सम्पूर्ण नारी थी वह—सुन्दर, आकर्षक, मधुर, विकसित नारी शरीर के सम्पूर्ण वैभव से आपादमस्तक सम्पन्न! ओह कुन्ती! उसके सम्मुख तो घुटने टेक कर भी कहना पड़े, 'कुन्ती! मैं तुम्हारा याचक हूँ।' तो पाण्डु को कोई आपत्ति नहीं होगी...पर क्या कुन्ती उसे स्वीकार करेगी?

और पाण्डु के हर्ष और आश्चर्य की कोई सीमा नहीं रही, जब उसने देखा कि कुन्ती ने द्वन्द्व विहीन निष्कम्प हाथों से वरमाला उसके कण्ठ में पहना दी...

...पाण्डु की आँखों के सम्मुख विवाहोपरान्त कुन्ती से अपनी प्रथम भेंट का दृश्य घूम गया...

जब कुन्ती को पहली बार छुआ था पाण्डु ने...तो जैसे उसके रक्त के कण-कण में विद्युत की लहरें दौड़ गयी थीं। सारा रक्त मस्तक की ओर दौड़ा था। पाण्डु जैसे काम-सुख से मत्त हो उठा था...किन्तु तभी जैसे उसकी श्वास-प्रक्रिया बाधित होने लगी थी, वक्ष में शूल-सा उठा था और मस्तक फटने-फटने को हो गया था।

सागर-तट तक जा कर भी तृषित ही लौट आया था पाण्डु। कुन्ती उसके लिए सचमुच सागर ही थी।...नारी-सौन्दर्य और नारी-सुख का अथाह सागर, जिसमें उत्ताल तरंगें उठ रही थीं...। पाण्डु...तृषित, पाण्डु उसकी आरे बढ़ता था। तरंगें उसे भिगोती थीं। वह उसमें डूबता जाता था...आकंठ। किन्तु जल का पहला बिन्दु ही अधरों से लगता था और उसका लवण कष्ट देने लगता था...पाण्डु समझ जाता था, यह उसके लिए निषिद्ध जल था...अपनी तृष्णा और निषिद्ध जल के मध्य मृग के समान दौड़ते-दौड़ते वह हाँफ-हाँफ कर निर्जीव हो गया था...

अगले ही दिन पाण्डु ने अपने राजवैद्य से एकान्त में चर्चा की थी। वैद्य ने उसकी सारी बात सुन, और नाड़ी परीक्षण कर रहा था, "सम्राट! स्नायु-मण्डल की दुर्बलता शायद कामोत्तेजना सहन न कर पाये। आप काम-प्रसंगों से दूर रहें और औषध लें। सम्भव है कि कुछ विश्राम और कुछ औषध-बल से आपका स्नायु-मण्डप इतनी शक्ति प्राप्त कर ले कि यदा-कदा आप रति-सुख प्राप्त कर सकें। वर्तमान स्थिति में तो रति-सुख आपके लिए घातक भी हो सकता है।..."

तभी पाण्डु ने दिग्विजय की योजना बनायी थी। उसने सोचा था कि वह इसी बहाने कुन्ती से दूर भी रहेगा और औषध का सेवन भी करता रहेगा। किन्तु तभी पितृव्य भीष्म ने अपने अज्ञान में उसे माद्री मृग-तृष्णा में फँसा दिया था...

पाण्डु की लालसा उसे बार-बार प्रयोग दुहराने के लिए कशा लगाती रही, और उसका विवेक उसकी काम-ज्वाला पर ठण्डे जल की वर्षा करता रहा।... वह दिग्विजय भी कर आया...किन्तु न कुन्ती के संदर्भ में ही उसके स्नायु-तंत्र ने क्षमता अर्जित की थी, न माद्री के संदर्भ में...उसे दोनों के सान्निध्य से लज्जित हो कर भागना पड़ा था–

किन्तु पाण्डु का दर्प! उसका दर्प पराजय स्वीकार नहीं कर रहा था। वह स्वयं को असमर्थ, अक्षम, अपुरुष, विकलांग, पंगु...कुछ भी मानने को तैयार नहीं था। वह पुरुष था, युवा था, वीर था, हस्तिनापुरर का सम्राट था...वह अपनी पत्नियों के सम्मुख, अपनी प्रजा के सम्मुख, परिवार के गुरुओं के सम्मुख कैसे स्वीकार कर ले कि वह पौरुष से रिक्त है...

उसने मृगया की योजना बनायी थी; और कुन्ती तथा माद्री ने उसे वन-विहार का रूप दे डाला था।...किन्तु पाण्डु के मन में इस समय हिंसा-ही-हिंसा थी। अपनी असमर्थता जैसे उसे हिंस्र से हिंस्रतर बनाती जा रही थी। उसका विवेक जैसे मदान्ध होता जा रहा था...वह नाश कर देगा, ध्वस्त कर देगा...

पाण्डु को नींद नहीं आयी और चारों ओर वन के पशु-पक्षियों और शिविर के मनुष्यों के जागने के प्रमाण मिलने लगे...

पाण्डु ने दाँतों से अपने होंठ काट लिए। आखेट के लिए वन में आया हुआ पाण्डु, प्रातः सो नहीं पायेगा। वह तो रात को ही अपने कर्मचारियों को नियुक्त करके आया था...

वह झल्ला कर उठ बैठा। उसकी दृष्टि कुन्ती और माद्री पर पड़ी। इस समय तो वे निश्चित रूप से सो रही थीं...

उसने निषंग कसा, धनुष उठाया और मण्डप से बाहर निकल आया।

प्रतिहारी चौंक कर उठ बैठे। वे असावधानी में पकड़े गये थे। सम्भवतः राजा समझ गये हों कि वे लोग रात को सो भी गये थे।...

किन्तु पाण्डु का ध्यान उस ओर नहीं था। इस समय तो वह किसी हिंस्र सिंह से भिड़ जाना चाहता था। अपने मन की सारी हिंसा को वह पूर्णतः रिक्त कर देना चाहता था। मन होता था कि धनुष-बाण भी त्याग दे और सिंह से मल्ल-युद्ध करे। एक बार शरीर क्षत-विक्षत हो जाये, मन अपनी इच्छा भर हिंसा-कृत्य कर ले। शायद उसकी आत्मा कुछ हल्की हो जाये।

सहसा उसका ध्यान अपने कुछ कर्मचारियों और सैनिकों की ओर गया। वे उसके पीछे-पीछे आ रहे थे, कदाचित उसकी रक्षा और सहयोग के विचार से।

"लौट जाओ।" पाण्डु ने आदेशात्मक स्वर में कहा, "मुझे किसी की आवश्यकता नहीं है।"

वे किंकर्तव्य-विमूढ़-से खड़े रह गये : राजाज्ञा का पालन करें, अथवा अपने कर्तव्य का? किन्तु राजा ने निश्चित शब्दों में उनके आने का निषेध किया है। वह कुछ क्षुब्ध भी दिखायी दे रहे थे। ऐसा न हो कि अपने कर्तव्य का पालन करते-करते, वे दण्ड के भागी बन जायें...

पाण्डु ने पगडण्डी छोड़ दी और सघन वन में घुस गया।

कल रात्रि को पाण्डु ने अपने सहयोगियों के साथ आखेट का जो स्वरूप निर्णीत किया था, उसे वह भूल चुका था। इस समय तो वह अकेला ही किसी अत्यन्त भयंकर तथा जोखिम-पूर्ण संकट में कूद पड़ना चाहता था, जैसे मस्तक की पीड़ा से व्याकुल हो कर कोई व्यक्ति अपना मस्तक शिला पर दे मारे...

उसे लग रहा था कि उसके सारे शरीर में जैसे एक ज्वर व्याप्त था, जिसका ताप निरन्तर बढ़ता ही जा रहा था। और वह ताप, सारा का सारा, उसके मस्तक में केन्द्रित होता जा रहा था।

सहसा पाण्डु ठिठक गया।

उसकी आँखों के सम्मुख, थोड़ी दूरी पर एक मृग-युगल, काम-क्रीड़ा में लीन था। या तो पाडु के पगों की इतनी आहट ही नहीं थी कि वन के इन सचेत प्राणियों को वह सुनायी पड़ती और वे वहाँ से भाग जाते, या शायद वे कामाराधना में इतने समाधिस्थ थे, कि उन्हें अपने परिवेश की कोई चेतना ही नहीं रह गयी थी।...

मृगी कटाक्ष से मृग की ओर देख रही थी, और मृग जैसे उसकी दृष्टि के इन्द्रजाल में बँधा हुआ, उसकी ओर खिंचता चला गया। दोनों ने एक-दूसरे को सूँघा, चाटा। किलोलें कीं। एक-दूसरे के आगे-पीछे भागे-दौड़े। और मृग ने जैसे अपनी भुआओं में मृगी को समेटा...

पाण्डु का मस्तक फटने-फटने को आया...जो सुख वन के एक साधारण पशु को भी प्राप्त है—महाराज पाण्डु उसके भी अधिकारी नहीं हैं—इतना असमर्थ है हस्तिनापुर का सम्राट।...आक्रोश का भयंकर ज्वार जैसे पाण्डु की शिराओं से फूट कर बाहर निकलना चाहता था। सम्राट पाण्डु का राजसी दर्प यह कैसे स्वीकार कर लेगा कि वह स्वयं को इन पशुओं से भी हीन और असमर्थ मान ले।...पाण्डु इतना असमर्थ नहीं है। जो सुख पाण्डु के लिए नहीं है, वह संसार में किसी के लिए नहीं रहेगा...

पाण्डु ने आवेश में तूणीर से बाण खींचा, प्रत्यंचा पर रखा; प्रत्यंचा खींची और अगले ही क्षण, बाण मृग के वक्ष में धँस गया। मृग ने एक करुण चीत्कार किया और मृगी को छोड़ कर भूमि पर लेट गया...उसके शरीर की ऐंठन पाण्डु के नेत्रों से छुपी नहीं थी। पाण्डु ने किसी पशु या मनुष्य को आहत हो कर मरते हुए, कोई पहली बार नहीं देखा था : वीर क्षत्रियों के जीवन का तो वह सामान्य-सा क्रम था; किन्तु यह मृग, जो अभी अपनी प्रिया के आस-पास क्रीड़ा कर रहा था; उसे मुग्ध कर रहा था, और उस पर मुग्ध हो रहा था; उसके शरीर को सुख दे रहा था, और उससे सुख पा रहा था—अब अपने ही रक्त के वृत्त में पड़ा इस प्रकार ऐंठ रहा था, जैसे उसकी एक-एक नाड़ी को कोई रस्सी के समान बँट रहा हो। उसकी आँखें पीड़ा से जैसे बाहर की ओर उबल पड़ी थीं—कुछ ऐसी ही काम-यातना पाण्डु को स्त्री-सान्निध्य में होती थी; किन्तु यह काम-यातना नहीं, मृत्यु-यातना थी...

मृगी को जैसे पहले तो कुछ समझ में ही नहीं आया था कि मृग को हुआ क्या है।...क्या यह भी कोई नयी काम-लीला है, जिससे उनका सुख कुछ और बढ़ सके?...किन्तु नहीं।...और तब शायद मृगी यम का प्रत्यक्ष रूप देख और समझ सकी। उसने आकाश की ओर देख कर एक करुण चीत्कार किया, जिसने पाण्डु का हृदय भी दहला दिया...और उदभ्रान्त-सी वृक्षों के एक झुण्ड में विलीन हो गयी। पता नहीं वह अपने संगी की इस आकस्मिक मृत्यु से मूढ़ हो गयी थी या अपनी काम-पीड़ा की यातना को असह्य पा कर अनिर्णय में भाग गयी थी। अपने झुण्ड को बुलाने गयी थी...या...उन्हें सूचित करने गयी थी कि वन में एक ऐसा नृशंस मनुष्य आया है, जो कामारि शिव के पश्चात अब दूसरी बार कामदेव को भस्म कर देने पर तुला हुआ है...या मात्र उन्हें अपने प्राण बचाने के लिए सावधान करने गयी थी...

पाण्डु मृग के पास आया। मृग एक करवट गिरा पड़ा था। उसकी दो टाँगें धरती पर थीं, और दो ऐंठ कर वायु-मण्डल में ही रह गयी थीं। उसकी आँखें अपने कोटरों से बाहर निकल पड़ रही थीं...उसके चेहरे पर मृत्यु की यातना

थी...या काम-यातना?...

पाण्डु को लगा, वह उस मृग का नहीं, उसका अपना चेहरा है। यदि वह कुन्ती और माद्री से भागेगा नहीं, तो उसका चेहरा भी इतना ही पीड़ित और यातनापूर्ण हो कर इसी प्रकार निर्जीव हो जायेगा।...किन्तु पाण्डु मरना नहीं चाहता। जीवन के सम्पूर्ण सुखों को प्राप्त करने के प्रयत्न में मृत्यु को प्राप्त होना श्रेयस्कर है, या एक सुख को त्याग कर जीवित रहना?...वह इस सुख की इच्छा छोड़ ही क्यों नहीं देता?...प्रकृति ने काम-सुख, सृष्टि के प्रत्येक जीव को दिया है...कीट-पतंग को भी...वनस्पति जगत को भी...पाण्डु किस-किसकी हत्या करेगा? किस-किसका नाश करेगा पाण्डु? किस-किसका चेहरा काम-यातना से, इसी प्रकार विकृत कर मृत्यु की यातना में परिवर्तित करेगा?...इस सुख को पाण्डु सृष्टि में से मिटा सकता है क्या? नहीं! तो फिर यह व्यर्थ का रक्तपात क्यों?...यह मृग-युगल अपने सुख में लीन था—पाण्डु ने अपनी प्रतिहिंसा में उनसे वह सुख तो छीन लिया—किन्तु पाण्डु को उससे क्या मिला?...पाण्डु का लक्ष्य क्या है? अपने सुख की प्राप्ति या दूसरों को उसके सुख से वंचित करना?...

दूसरों को सुखी देख कर, पाण्डु का वंचित हृदय, अपनी प्रतिहिंसा से संचालित हो कर संसार भर का सुख छीनने का प्रयत्न करेगा...संसार में विरोध, कष्ट, दुख, क्लेश बढ़ेगा...क्या अपने चारों ओर एक तामसिक नरक का निर्माण कर पाण्डु आनन्दित होगा?...वह तो और दुखी होगा। प्रतिहिंसा ने किसी को आज तक सुखी किया है क्या?

किन्तु उसके लिए रजोगुण-परिचालित क्षत्रिय-वृत्ति नहीं, सतोगुण-नियन्त्रित तापस-वृत्ति चाहिए। पितृव्य गांगेय भीष्म ने भी तो सब प्रकार से समर्थ होते हुए भी, अपने पिता के सुख के लिए, अपना सुख सदा-सर्वदा के लिए त्याग दिया था। उससे उनको यश और सम्मान मिला। वह सुखी ही हुए।...उन्होंने भी प्रतिहिंसा का मार्ग अपनाया होता, तो वह मात्र कुरुकुल के ही विनाश के कारण न बनते, सम्पूर्ण विश्व को श्मशान बना डालते। किन्तु दूसरों को सुख से वंचित कर, वह कदापि सुखी न हो पाते। इसीलिए तो उन्होंने त्याग का मार्ग अपनाया।...पाण्डु को भी, भीष्म के मार्ग पर चलना चाहिए। तपस्या और त्याग का मार्ग! शायद वह उससे सुखी हो सके...

पाण्डु मृग के पास और खड़ा नहीं रह सका। किसी जीवित मृगि ने उसे आज तक कभी कुछ नहीं कहा था, किन्तु यह मृत मृग जाने, जीवन के कौन-कौन से भेद उसे समझाता जा रहा था...

पाण्डु भूल गया कि उसका शिविर किधर है। वह भूल गया कि उसके

साथ कुन्ती और माद्री हैं, सैनिक और कर्मचारी हैं, दास और दासियाँ हैं। वह विक्षिप्त-सा आगे बढ़ता चला गया, जिधर उसके पग उठे...

और थोड़ी ही दूर जा कर उसने देखा : वनवासी तपस्वियों के कुछ कुटीर थे। तो यह कोई आश्रम होगा। हाँ! शायद किंदम ऋषि का आश्रम है, यहीं कहीं। वही होगा...मन्त्रों के उच्चारण का मधुर स्वर सुनायी पड़ने लगा था। कुटीरों के मध्य से कहीं यज्ञ का धुआँ भी उठ रहा था...

पाण्डु के हाथों ने जैसे स्वतः ही शस्त्र त्याग दिये और मंद गति से चलता हुआ, वह जा कर आश्रमवासियों के पीछे बैठ गया...

प्रार्थना के पश्चात कुलपति ने अपनी आँखें उठायीं, "स्वागत महाराज पाण्डु! मैं किंदम, अपने आश्रम में आपका स्वागत करता हूँ।"

पाण्डु ने खड़े हो कर प्रणाम किया, "आपने मुझे पहचान लिया कुलपति!"

"हमें सूचना थी कि आप मृगया के लिए यहाँ आये हैं।" किंदम बोले, "यह पता नहीं था कि आप हमारी उपासना में सम्मिलित होने के लिए प्रातः ही आ जायेंगे। आप सुखी तो हैं सम्राट?"

पाण्डु को लगा कि ऋषि ने उसके घाव को ऐसे छील दिया है कि अब उसके लिए स्वयं को सँभालना बड़ा कठिन हो गया है। पाण्डु की मनःस्थिति ऐसी थी कि न वह माँ के कंधे से लग कर रो सकता था, न पत्नी के वक्ष से। क्या करे वह, किस से कहे...

वह आगे बढ़ कर ऋषि के चरणों में गिर पड़ा। उसकी आँखों से अश्रु बह निकले, "सुख कहाँ है ज्ञानधाम?"

ऋषि ने आश्चर्य से उसे देखा : सम्राट को क्या हो गया है?

"क्यों, क्या मृगया में सुख नहीं है?" ऋषि किंदम मुस्कुरा रहे थे।

"मैं मृगया के लिए नहीं आया था।" पाण्डु अवरुद्ध कण्ठ से बोला, "मैं तो अपनी यातना को भूलने के लिए आया था। अपने-आपसे भाग कर आया था। आखेट तो एक बहाना मात्र था।..."

ऋषि गम्भीर हो गये। उन्होंने ध्यान से पाण्डु को देखा। उसके किरीटविहीन सिर पर हाथ रखा, केशों को स्नेह से सहलाया, "उठो! मेरी कुटिया में आओ।"

ऋषि के पीछे-पीछे पाण्डु उनकी कुटिया में आया। ऋषि अपने आसन पर बैठ गये। उन्होंने अपने सामने रखे मंच की ओर संकेत किया, "बैठो! यह समय मेरी एकान्त साधना का है। इस समय इस कुटिया में कोई नहीं आयेगा। तुम्हारा रहस्य, रहस्य ही रहेगा। अपनी व्यथा कह डालो।"

पाण्डु ने अश्रु पोंछे और मंच पर बैठ गया, "अब रहस्य को रहस्य रखने

की भी इच्छा नहीं है ऋषिवर! मैं और घुट नहीं सकता। अपने यथार्थ को स्वीकार करना चाहता हूँ"

"कहो!"

पाण्डु अपनी बात कह चुका तो ऋषि बोले, "वह आश्रम का मृग रहा होगा; तभी वह तुम्हें देख कर भागा नहीं राजन्! आश्रम के मृग, मनुष्य के सामीप्य के अभ्यस्त होते हैं। तुमने मृग का वध कर अच्छा नहीं किया। आश्रम के मृग आखेट के लिए नहीं होते।"

"मुझसे वह भूल हुई है," पाण्डु बोला, "मैं उसका प्रायश्चित्त करने को भी प्रस्तुत हूँ। किन्तु ऋषिवर! मुझे इस कष्ट से मुक्ति कैसे मिलेगी?"

"जैसे उस मृग को मिली।"

"अर्थात?"

"काल के द्वारा!"

"नहीं!" पाण्डु चौंक उठा, "नहीं! क्या काम-सुख की इच्छा इतना बड़ा अपराध है, जिसका दण्ड मात्र मृत्यु ही है?"

"मैं न अपराध की बात कह रहा हूँ, न दण्ड की।" ऋषि बोले, "मैं तो केवल इतना कह रहा हूँ राजन्! कि कामना दुख का द्वार है। और दुख का अन्त मृत्यु के द्वारा ही होता है।"

"अर्थात सुख कुछ नहीं है?" पाण्डु ने पूछा।

"सुख आत्मक्षय का तीव्रगामी माध्यम है।" ऋषि बोले, "जिसे हम सुख कहते हैं, वह जीवनी-शक्ति का मात्र त्वरित क्षय है। सुख की कामना ही दुख का कारण है। दुख से छूटना है तो कामना को त्याग दो।" ऋषि ने रुक कर पाण्डु को देखा, "वस्तुतः वह मृग तुम्हारा गुरु था, मार्ग-दर्शक था। उसने तुम्हें जीवन का एक रहस्य समझाने के लिए अपने प्राणों का मूल्य चुकाया है। उसने तुम्हें समझाया है : शान्ति का एक ही मार्ग है—कामना का त्याग! सुख और दुख—दोनों एक ही सत्य के दो पक्ष हैं। दोनों की जननी कामना है; और दोनों का परिणाम मानसिक अशान्ति है। शान्ति चाहते हो तो दुख के साथ सुख को भी छोड़ो! कामना का त्याग करो। त्याग में शान्ति है, आनन्द है। कामना दुख है, वासना यातना है। कामवासना तो मृत्यु ही है। काम में प्रवृत्त होगे तो यम के गाल में समाओगे; काम से दूर रहोगे तो भीष्म के समान यशस्वी जीवन पाओगे।" ऋषि ने पाण्डु की ओर देखा, "यद्यपि वह मृग हमारे आश्रम का था, तथापि अब वह तुम्हारा है। तुम चाहो तो उसे ले जा सकते हो। उसका मांस और चर्म प्राप्त कर सकते हो।"

पाण्डु ने उठ कर ऋषि को प्रणाम किया। वह कुटीर से बाहर निकल आया। हत मृग की ओर वह नहीं गया। उसके मन में मृगया का आह्लाद नहीं था। न मृग के मांस की इच्छा थी, न उसका चर्म प्राप्त करने का उत्साह। ...उस मृग के मांस और चर्म की इच्छा वह कैसे करता, जिसने एक गुरु के समान उसे जीवन की समस्याओं का समाधान दिया था। वह न सामान्य मृग था, न साधारण पशु—वह तो उसको जीवन का मूल तत्त्व संमझाने वाला तत्त्वदर्शी, सत्यद्रष्टा था।

लौटते हुए पाण्डु ने अपने शस्त्र नहीं उठाये। दृढ़ और कदाचित एक निर्णय पर पहुँचे हुए निर्द्वन्द्व मन से वह शिविर में लौटा।...जिस सत्य का साक्षात्कार उसने कर लिया था, उसका कुछ आभास, उसे, अन्य लोगों को भी देना था। अपने निर्णय को प्रचारित करना था।

माद्री ने पाण्डु को देखते ही मुँह फेर लिया; किन्तु कुन्ती ने जैसे सहज स्वर में पूछा, "कहाँ गये थे आप?"

"सुख की खोज में!"

"मिला?"

"कह नहीं सकता; किन्तु ज्ञान मिला। सत्य का कुछ-कुछ आभास होने लगा है मुझे।"

"क्या?"

"सुख की कामना एक मृग-तृष्णा है। वह दुख का प्रवेश-द्वार है।"

कुन्ती का मन हुआ अट्टहास कर उठे : हस्तिनापुर का सम्राट पाण्डु आज कैसी बातें कर रहा है। नाटक तो नहीं कर रहा?...किन्तु पाण्डु के चेहरे के भावों को देखते हुए, न उसे हँसने का साहस हुआ, न कुछ कहने का...

"मैं गृहस्थ आश्रम का त्याग कर संन्यास की दीक्षा ले रहा हूँ।" कुछ देर के पश्चात पाण्डु ने स्वयं कहा।

कुन्ती को यह आभास तो हो गया था कि कोई महत्त्वपूर्ण बात है; किन्तु संन्यास?...अभी विवाह को दिन ही कितने हुए हैं? कितने दिन एक साथ रह पाये हैं वे लोग? पति-पत्नी के रूप में वस्तुतः वे एक साथ रहे भी हैं क्या?

किन्तु क्यों? क्या इसलिए कि पाण्डु ने जैसा कहा था कि उसे सत्य का आभास होने लगा है? सत्य का आभास...कहीं इसी कारण से ही तो वह विवाह के बाद से उन दोनों से नहीं भागता रहा? पर भागना ही था तो विवाह क्यों किया था? संन्यास ही लेना था, तो गृहस्थी क्यों बसायी?...

"अपनी पत्नियों के विषय में क्या सोचा है?"

"संन्यासी की पत्नियाँ नहीं होतीं। संन्यासी का किसी से कोई सम्बन्ध

नहीं! भाई नहीं, बन्धु नहीं, माता-पिता नहीं। पत्नी नहीं, सन्तान नहीं।" पाण्डु ने कुछ रुक कर कुन्ती को देखा, "पिता ने मुझे छोड़ दिया था। माता और भाइयों को मैं छोड़ आया हूँ। सन्तान है नहीं। पत्नियों से भी मैं सम्बन्ध-विच्छेद करता हूँ। मैं संन्यासी हो कर रहूँगा। तपस्या करूँगा। जीवन में ग्रहण का सुख मुझे नहीं मिला...अब मैं त्याग का सुख खोजूँगा। न सही शरीर का सुख, आत्मा का सुख ही सही...।"

कुन्ती का बहुत मन हो रहा था कि पूछे कि यदि आत्मा का सुख नहीं मिला, तो क्या करोगे?...किन्तु उसने पूछा, "आप कहाँ जायेंगे? कहाँ रहेंगे?"

"पर्वतों पर। वनों में। कहीं भी। जहाँ मन रमे।"

"मैं...हम कहाँ जायें? मैं और माद्री?"

पाण्डु जैसे सोचने के लिए रुका और फिर बोला, "अपने पितृकुल में लौट जाओ।"

"विवाह के पश्चात कोई आर्य नारी अपने पितृकुल में लौटी है क्या?" कुन्ती बोली, "और पति से विलग हो कर तो कभी नहीं। पति द्वारा त्याग दिये जाने पर सीता प्रसव के लिए भी अपने पितृकुल में नहीं लौटी थीं।"

"तो हस्तिनापुर लौटा जाओ।"

"हस्तिनापुर में हमारे सारे सम्बन्ध आपके माध्यम से हैं। बीच की कड़ी न हो तो, सारे सम्बन्ध, निर्बन्ध हो जाते हैं। आप समझते हैं कि आपकी अनुपस्थिति में हमें हस्तिनापुर में सम्मान मिलेगा?"

"तो क्या चाहती हो?"

"आपके साथ रहूँगी!"

"तुम नहीं चाहतीं कि मैं संन्यास लूँ?"

"आप संन्यास क्यों लेना चाहते हैं?" कुन्ती बोली, "ऋषियों ने तो पचहत्तर वर्ष के वयस में संन्यास का विधान किया है। अभी आपका वय ही क्या है। अभी तो पितृव्य ने भी संन्यास नहीं लिया।"

"मेरे जनक वेदव्यास तो अपने शैशव से ही संन्यासी हैं।"

"वह राजपुत्र नहीं, ऋषिपुत्र हैं।" कुन्ती बोली, "ऋषि-जीवन का लक्ष्य भोग नहीं है, किन्तु क्षत्रिय जीवन भोग को मान्यता देता है। आप भोगों से तृप्त हो चुके क्या?"

पाण्डु जैसे सायास एक कटु हास अपने मुख पर लाया, "भोग! भोग आरम्भ होगा, तो तृप्ति की स्थिति आयेगी।" वह रुक गया : कहे, न कहे किन्तु उसने ऋषि किंदम के सामने कहा था, 'अब रहस्य को रहस्य रखने की भी इच्छा नहीं है ऋषिवर! मैं और घुट नहीं सकता। अपने यथार्थ को

स्वीकार करना चाहता हूँ।...' "क्या तुम अब तक समझ नहीं पायीं देवि! कि मैं भोग से तृप्त हो कर संन्यास नहीं ले रहा। गृहस्थ जीवन मेरे लिए कष्टप्रद हो रहा है।"

"किन्तु क्यों?" कुन्ती कुछ आवेश में बोली, "भोग आरम्भ नहीं हुआ और आप संन्यास ले रहे हैं। गृहस्थ जीवन अंकुरित भी नहीं हुआ, और वह आपके लिए कष्टप्रद हो रहा है। क्यों? क्या हमारे व्यवहार में कोई दोष है? हमारे भाव में कोई अभाव है, हमारे व्यक्तित्व में किसी प्रकार की न्यूनता है? क्या हमने किसी भी प्रकार आपको वंचित किया है?..."

"नहीं कुन्ती! नहीं! तुम दोनों में कोई दोष नहीं है।"

"तो?"

"दोष मुझ में है। मैं पिता नहीं बन सकता।"

कुन्ती के लिए यह आघात बहुत आकस्मिक नहीं था; अतः शीघ्र ही सँभल गयी, "यह आप कैसे जानते हैं?"

"मैं पूर्ण पति नहीं हूँ। रति-सुख का आकर्षण मुझे विक्षिप्त बना देता है; किन्तु वह मेरे लिए यम-पाश है। यह अभाव सर्प-दंश के समान मुझे सताता रहता है। मैं मुक्ति चाहता हूँ। इस कष्ट को मैं और नहीं सह सकता...मेरे सामने एक ही मार्ग है...संन्यास। संन्यासी के लिए न पिता होना आवश्यक है, न पति।..."

कुन्ती चुपचाप अपने पति को देखती रही : सचमुच उसने आज तक अपनी ही व्यथा समझी थी, पाण्डु की नहीं। कुन्ती यह मानती रही कि पाण्डु उसका अपमान कर रहा है, किन्तु जिस अपमान से वह स्वयं को बचाना चाह रहा था, उसका कुन्ती को तनिक भी आभास नहीं था।

"विवाह से पूर्व आपको ज्ञात नहीं था क्या?" कुन्ती स्वयं ही समझ नहीं पायी कि यह उसका आक्षेप था या मात्र जिज्ञासा।

"नहीं! इसकी कल्पना तक नहीं थी मेरे मन में।" पाण्डु का मस्तक ऊपर नहीं उठ रहा था।

कुन्ती के भीतर जैसे सागर-मन्थन हो रहा था। एक साथ ही अनेक विरोधी विचार जैसे पूर्ण शक्तिशाली ज्वार के समान एक-दूसरे से टकरा रह थे। एक ओर कष्ट की भावना थी, एक ओर वंचित होने की, एक ओर आक्रोश का पर्वत था और दूसरी ओर करुणा का निर्झर...

एक लम्बे मौन के पश्चात कुन्ती बोली, "आर्यपुत्र! मैं आपकी वेदना समझती हूँ। किन्तु आपका निर्णय मुझे मान्य नहीं है।"

"क्यों?"

"दम्पत्ति में से एक रोगी हो जाये, तो दूसरा उसे त्याग तो नहीं देता।"

"मैं रोगी नहीं हूँ।" पाण्डु बोला, "मैं...मैं अपूर्ण हूँ...विकलांग हूँ।"

"युद्ध में वीर पतियों का अंग-भंग हो जाता है," कुन्ती बोली, "तो उनकी पत्नियाँ उन्हें त्याग तो नहीं देतीं। उन पर गर्व करती हैं।"

"पर मैं पति होने के ही योग्य नहीं हूँ।" पाण्डु का आनन लज्जा से रक्तिम हो उठा था।

"मुझे उससे कोई शिकायत नहीं है।" कुन्ती शान्त थी, "यौन-सुख का बहुत लोभ नहीं है मुझे। मेरे लिए वह जीवन का पर्याय नहीं है। आप यही मान लीजिए कि मैं आपकी पत्नी नहीं, आश्रिता हूँ। आपके द्वारा संरक्षित हूँ। मेरे पास और कहीं जाने का, रहने का कोई आश्रय नहीं है!...बाध्य हूँ। आपकी रक्षिता, आश्रिता हो कर रहना चाहती हूँ।"

"कुन्ती!"

"हाँ आर्यपुत्र! मैं आपसे पृथक हो कर हस्तिनापुर में नहीं रहना चाहती।" कुन्ती ने भावुक स्वर में कहा, "आश्रिता ही होना है, तो अपने पति की आश्रित हो कर रहूँगी, जेठ-जेठानी की नहीं। अपने पति के साथ रति-सुख-विहीन जीवन जीना, किसी सम्बन्धी की दया और करुणा पर जीने से कहीं अधिक श्रेयस्कर और सम्मानजनक है।" कुन्ती ने थम कर, पाण्डु को देखा, "और..."

पाण्डु ने दृष्टि उठा कर कुन्ती को देखा। लगा, वह अपेक्षाकृत पर्याप्त सहज हो चुका था।

"सन्यासी वह होता है जो या तो तृप्त हो चुका हो, या विरक्त हो चुका हो।" वह समझाते हुए बोली, "आप न तृप्त हैं, न विरक्त। आप मात्र असफल हैं। आप क्षत्रिय हैं। आपकी आस्था पलायन में नहीं, उद्यम में होनी चाहिए। आपको सफलता के लिए पुरुषार्थ करना चाहिए।"

पाण्डु जैसे स्पष्ट समझ नहीं पा रहा था, "क्या कहना चाहती हो?"

"आपको संन्यासी नहीं, तपस्वी बनना चाहिए...अपने लक्ष्य को प्राप्त करने के लिए तपस्या करनी चाहिए...तब तक, जब तक फल-प्राप्ति न हो जाये..." कुन्ती जैसे अपने एक-एक शब्द को कील के समान पाण्डु के मस्तिष्क में ठोकती जा रही थी, "आपने एक बार संन्यास ग्रहण किया, तो उसका अर्थ है कि आपने परिवार, अपने समाज, अपने राज्य, अपने अधिकार—सबसे अपना सम्बन्ध-विच्छेद कर लिया। सबको त्याग दिया।...तब हस्तिनापुर के राजा धृतराष्ट्र होंगे।...और यदि कभी आप लौट कर आना चाहें, अपना राज्य पुनः प्राप्त करना चाहें, तो वह आपको प्राप्त नहीं होगा। आप उसके अधिकारी नहीं

होंगे।...यदि विधाता की कृपा से, किसी चमत्कार से, आप एक भी पुत्र के पिता बन सके, तो हस्तिनापुर का राज्य आपके पुत्र को नहीं मिलेगा, क्योंकि आप अपना राज्य त्याग चुके होंगे। आर्य धृतराष्ट्र जन्मान्ध हैं; किन्तु उन्होंने संन्यास ग्रहण नहीं किया। वह उस अंधता में भी हस्तिनापुर के राज्य को सँभाले हुए हैं—चाहे आपके स्थान पर ही, आपके नाम पर ही। यदि उनका कोई पुत्र जन्म लेगा, तो हस्तिनापुर का सम्राट वही होगा, आपका पुत्र नहीं! ...इसलिए कहती हूँ, सन्यास की बात मत कीजिये। अपने अधिकार का त्याग मत कीजिये।"

पाण्डु चकित दृष्टि से कुन्ती को देखता रहा : उसने यह सब क्यों नहीं सोचा? वह यह सब क्यों नहीं सोच पाता? ऐसा क्यों होता है कि तनिक-सी उत्तेजना से इतना अव्यस्थित, इतना हिंस्र हो जाता है कि या तो दूसरे का नाश कर दे, या स्वयं अपना ही नाश कर ले। कुन्ती ठीक कहती है...राम चौदह वर्षों तक वन में रहे, किन्तु अयोध्या के शासन का उनका अधिकार बना रहा। लौट कर उनका राज्याभिषेक हुआ।...

तो पाण्डु इतना निराश क्यों है?...कुन्ती ठीक कहती है कि उसे उद्यम करना चाहिए। तपस्वी का जीवन...। उसने कितनी कथाएँ सुनी हैं, जिसमें अनेक तपस्वियों ने अपने असम्भव लक्ष्य प्राप्त किये हैं। प्रयत्न से, तपस्या से, किसी की कृपा से जीवन के अभाव दूर हो सकते हैं। बहुत सम्भव है कि ऋषियों की संगति से, किसी महापुरुष की दया से, आश्रमवासी वैद्यों के उपचार से उसके शरीर और आत्मा में ऐसी ऊर्जा का संचार हो सके कि उसका असामर्थ्य दूर हो सके। वह पति बन सके, पिता बन सके...और यदि ऐसा हो गया तो संन्यासी लौट कर गृहस्थाश्रम में नहीं आ सकेगा।...संन्यासी का जीवन भी तो तपस्या का जीवन ही है।...पाण्डु अनेक कामनाएँ छोड़ कर, एक कामना के लिए तपस्या करे...

पाण्डु टहलता रहा, सोचता रहा। सोचता रहा और टहलता रहा।

सहसा उसने रुक कर पूछा, "माद्री! क्या तुम भी ऐसा ही सोचती हो?"

कुन्ती मुस्कुराई : कहाँ यह व्यक्ति निराशा में सब कुछ छोड़ कर भाग रहा था, और अब तनिक-सी आशा बँधने पर कुछ भी छोड़ना नहीं चाहता। कुन्ती का साथ रहना पर्याप्त नहीं है...माद्री भी रहे...कुन्ती भली-भाँति समझती है, भावनात्मक आवेश में पाण्डु कुछ भी कर ले किन्तु उसकी भोग की वृत्ति समूल नष्ट नहीं हो सकती। वह कितना भी प्रयत्न कर ले, वह जीवन से विरक्त नहीं हो सकता...

माद्री एक विचित्र दृष्टि से पाण्डु को देख रही थी : उसके लिए यह सब

कल्पनातीत तीव्र गति से घटित हो रहा था : पाण्डु की आत्मस्वीकृति और उसका सब कुछ त्याग कर संन्यास का संकल्प—यह सब कुछ जैसे उसे बौरा गया था। उसका मस्तिष्क जैसे जड़ हो कर एक स्थान पर ठहर गया था। वह कुछ भी सोच नहीं पायी थी।...पाण्डु के प्रश्न का जो तात्कालिक उत्तर उसके मन में उठा था, वह पाण्डु के लिए सुखद नहीं हो सकता था...

किन्तु कुन्ती ने माद्री को कुछ भी कहने का अवसर नहीं दिया। वह उसके कुछ भी कहने से पूर्व ही बोली, "हम दोनों में कभी कोई ऐसी चर्चा नहीं हुई है; किन्तु मेरा विचार है कि वह मुझसे सहमत ही होगी। उसे समय दें; ताकि वह विचार कर सके...।"

पाण्डु पुनः टहलने लगा : वह जैसे अपने द्वन्द्व से युद्ध कर रहा था। कुन्ती का कहा वह टाल नहीं पा रहा था, और उसके भीतर का कोई मन, कुन्ती का कहा मान रहा था। टहलते-टहलते जैसे वह अपने-आपसे बातें करने लगा था, "अनेक वनवासी गृहस्थ होते हैं। ऋषियों के भी परिवार होते हैं। कुन्ती शायद ठीक ही कहती है। मुझे भी अपनी पत्नियों के साथ रह कर ही तपस्या करनी चाहिए। भोग का सुख मिले या त्याग का। कुछ तो मिलेगा ही।" वह मुड़ा, "अच्छा कुन्ती! मैं अपने तपस्वी जीवन की सूचना देने के लिए बाहर जा रहा हूँ। सारे सैनिक और कर्मचारियों को हस्तिनापुर लौट जाने की आज्ञा दे आता हूँ। कहलवा देता हूँ कि हम तीनों तपस्वी जीवन व्यतीत करने के लिए हिमालय की ओर जा रहे हैं। तपस्या पूरी होने तक हस्तिनापुर हमारी प्रतीक्षा करे।"

पाण्डु मण्डप से बाहर चला गया।

"यह तुमने क्या किया दीदी?" पाण्डु के बाहर निकलते ही माद्री ने कुन्ती से कहा, "कैसा निर्णय ले लिया तुमने। और साथ ही मेरी ओर से भी वचन दे दिया।"

"क्या मैंने ठीक नहीं किया?" कुन्ती ने शान्त स्वर में पूछा।

माद्री थोड़ी देर तक निःशब्द खड़ी रही; फिर बोली, "क्या हमने पाण्डु से विवाह इसलिए किया था कि हमें राज-भोग छोड़ कर, वनों-पर्वतों में, तपस्वियों का जीवन व्यतीत करना पड़े?"

"नहीं! विवाह तो इसलिए नहीं किया था।" कुन्ती बोली, "किन्तु अब विवाह हो चुका है।"

"यदि मैं कहूँ," माद्री आवेश में बोली, "कि हमारे विवाह की धर्म-सम्मत अपेक्षाओं पर पाण्डु पूरा नहीं उतरता, इसलिए मैं इस विवाह को धर्म-सम्मत

नहीं मानती। मैं तपस्विनी का जीवन नहीं जीना चाहती। मैं रति-सुख-विहीन गृहस्थ जीवन की इच्छुक नहीं हूँ।..." उसने मुख दूसरी ओर फेर लिया, "मैं पुंसत्वहीन पति के साथ रहना नहीं चाहती।"

कुन्ती ने जैसे उसे अविश्वास से देखा, "तो क्या करना चाहती हो?"

"मैं ऐसे पति का त्याग करूँगी।" माद्री बोली।

"त्याग!" कुन्ती भौचक खड़ी उसे देख रही थी, "कभी पत्नी ने भी पति का त्याग किया है?"

"उसने अभी हमें खड़े-खड़े ही त्याग नहीं दिया था। पुरुष जो चाहे कर सकता है। स्त्री को एक पुंसत्वहीन पति को त्यागने का भी अधिकार नहीं है?"

कुन्ती पर माद्री के आवेश का प्रभाव पड़ा। माद्री सचमुच तेजस्विनी थी; और उसकी न्याय की इच्छा में औचित्य भी था।

"माद्री! मानव-प्रकृति की सहज प्रतिक्रिया तो कदाचित यही है।" कुन्ती बोली, "जब पहली भेंट में वह मेरा तिरस्कार कर चल दिये थे, तो मेरा मन भी यही कहता था कि उठ कर चल दूँ, या दूसरी बार जब वह मेरे पास आयें तो मैं भी दुत्कार दूँ।..."

"मन की पहली और सहज प्रतिक्रिया ही न्याय-संगत और सच्ची प्रतिक्रिया होती है। हमें वही करना चाहिए।" माद्री बोली, "यह कहाँ का न्याय है कि पुरुष चाहे तो नारी का सत्कार करे, चाहे तो तिरस्कार। नारी को सब कुछ वैसा ही स्वीकार करना होगा, जैसी पुरुष की इच्छा है। जैसे नारी का अपना कोई अस्तित्व ही न हो, इच्छा न हो, विचार न हो। नारी मनुष्य नहीं है क्या? जड़ पदार्थ है? पाषाण है?..."

"मैं तुमसे सहमत हूँ माद्री!" कुन्ती बोली, "तुम न्याय की बात कर रही हो। किन्तु सहज प्रतिक्रिया तो मात्र हमारी इच्छा है। हमारे अहम की प्रतिक्रिया अधिक-से-अधिक वह भावनात्मक न्याय है; और मेरी बहना! भावनात्मक न्याय ही सामाजिक न्याय नहीं होता। वह उससे भिन्न होता है। भावनात्मक न्याय का सम्बन्ध मात्र मेरे व्यक्तिगत से, मन से, मेरी इच्छा और मेरे चिन्तन से है; किन्तु जिस समाज में हम रहते हैं, वह केवल मेरे मानसिक संसार का नाम नहीं है।..."

"क्या कहना चाहती हो?" माद्री ने कुन्ती को बीच में ही टोक दिया।

"तुम्हारे भाई ने शुल्क ले कर तुम्हें पितृव्य भीष्म को सौंपा था। पितृव्य भीष्म ने तुम्हें पाण्डु को उसकी पत्नी के रूप में सौंपा। अब तुम अपने पति को छोड़ कर जाना चाहो, तो कहाँ जा सकती हो?"

"मद्रदेश!"

"शुल्क स्वीकार कर लेने पर तुम्हारे भाई का तुम पर कोई अधिकार नहीं रहा। तुम मद्रदेश जाओगी तो तुम्हारे पीछे-पीछे हस्तिनापुर के सैनिक जायेंगे।"

"मैं किसी अन्य पुरुष से विवाह कर लूँगी।" माद्री बोली।

"आर्येतर जातियों में तो अस्थायी पतित्व की चर्चा सुनी है मैंने, किन्तु आर्यों में तो मुझे एक भी उदाहरण नहीं मिला।" कुन्ती बोली, "ऐसा सम्भव होता तो सम्राट विचित्रवीर्य के देहान्त के पश्चात हमारी सास हस्तिनापुर में ही क्यों पड़ी रहतीं? वह क्यों न किसी अन्य राजकुमार से विवाह कर लेतीं।"

"तो स्त्री का कोई अधिकार नहीं है?" माद्री जैसे हताश हो गयी।

"माता का अधिकार है, स्त्री का नहीं।" कुन्ती बोली, "पितामही सत्यवती का पितृव्य भीष्म के माध्यम से सारे कुरुकुल पर एकछत्र साम्राज्य है; किन्तु उनकी इच्छा के विरुद्ध अम्बा उनसे कुछ भी नहीं करा पायीं।"

"किन्तु वह अन्याय है।" माद्री बोली, "नारी को पशु के समान बेचना, या बन्दी बनाना—कभी भी न्याय नहीं माना जा सकता। वह पुरुष की सम्पत्ति नहीं है।"

कुन्ती मुस्कुरायी, "मैं तो तुमसे सहमत हूँ। इसलिए मैंने सामाजिक न्याय की बात की थी। जिस समाज में हम रह रही हैं, उसका न्याय यही है। मेरी व्यावहारिक बुद्धि कहती है कि जब तक हम इस न्याय को बदल नहीं सकतीं, तब तक उसके अन्तर्गत, हमें अपना अधिकतम प्राप्य चुन लेना चाहिए। मैंने वही किया है। तुम भी विचार कर लो। भावात्मक न्याय पा सको, तो पा लो, नहीं तो सामाजिक न्याय को स्वीकार कर लो।"

माद्री चिन्तामग्न हो गयी। उसने कोई उत्तर नहीं दिया।

59

"आओ दीदी!" अम्बालिका ने अपने कक्ष में अम्बिका का स्वागत किया।

अम्बिका ने आगे बढ़ कर अम्बालिका को अपनी भुजाओं में भर लिया, "मेरी बहन!"

अम्बिका कई दिनों के पश्चात इधर आयी थी। सोच तो वह कई दिनों से रही थी, किन्तु किसी-न-किसी उलझन में फँसी हुई, आ ही नहीं पायी। अम्बालिका ने कहीं आना-जाना प्रायः बन्द ही कर दिया था। अम्बिका ने कई बार उपालम्भ भी दिया; किन्तु अम्बालिका पर उसका कोई प्रभाव नहीं पड़ा। जीवन में लिप्त तो वह पहले भी बहुत नहीं थी; किन्तु पाण्डु के विवाह के

पश्चात से वह और भी अधिक उदासीन हो गयी थी। और अब...

आलिंगन छोड़ अलग हुईं तो अम्बिका ने पाया, उसकी अपनी आँखें तो आर्द्र हो आयी थीं, किन्तु अम्बालिका वैसी ही वीतराग बनी हुई थी। न उसे बहन का स्नेह द्रवित कर पाया था, न उसका अपना दुख।

"पाण्डु ने यह क्या किया," अम्बिका ने बात आरम्भ की, "यह कोई वय है संन्यास लेने का।"

अम्बालिका का हाथ कुछ ऐसी ही मुद्रा में उठा, जैसे कहने वाली हो, 'जो विधाता की इच्छा', किन्तु अगले ही क्षण, जैसे उसकी प्रतिक्रिया बदल गयी। बोली, "उसने संन्यास धारण नहीं किया है दीदी!"

"तो?"

"वह तपस्या के लिए गया है, जैसे पहले दिग्विजय के लिए गया था, और फिर मृगया के लिए।...अपनी समस्या पूरी कर लौट आयेगा।"

अम्बिका कुछ क्षणों के लिए हतप्रभ रह गयी; फिर स्वयं को सँभाला, "यह तो तुमने अच्छा समाचार दिया। मैं तो सन्यास का नाम सुन कर घबरा गयी थी। तपस्या करने गया है, तो लौट कर तो आयेगा। संन्यासी का तो घर लौटने का ही निषेध है।"

अम्बालिका कुछ नहीं बोली, जैसे जो कहना था, कह चुकी; अब और कुछ कहना आवश्यक नहीं था।

कुछ क्षणों तक दोनों के मध्य जैसे एक मौन-सा स्थिर हो गया। उस असंवाद में भी अम्बालिका असहज नहीं थी। मौन अथवा असंवाद जैसे उसकी मनःस्थिति हो गयी थी। किन्तु अम्बिका को यह स्थिति स्वीकार्य नहीं थी। उसे यह सब अटपटा लग रहा था।

"किन्तु ऐसी तपस्या की भी इस वय में पाण्डु को क्या आवश्यकता थी, " अम्बिका ने जैसे अपने-आप से ही कहा, "पितामही राजप्रासादों में जीवन का भोग करें, पितामह-सरीखे पितृव्य राजनीति देखें और पौत्र वन में तपस्या करे। उलटी रीति है न!..."

"इस परिवार में ऋजु है ही क्या?" अम्बालिका को कुरेदने में अम्बिका सफल हो गयी थी, "वृद्ध बैठे रहते हैं और बालकों की अकाल मृत्यु हो जाती है। ज्येष्ठ पुरुष कर्मचारियों के समान आदेशों का पालन करते हैं और कनिष्ठ राजसिंहासन पर बैठ कर उन्हें आदेश देते हैं।...यहाँ तो सब कुछ है ही उलटा। जाने क्यों हस्तिनापुर में गंगा, सागर से हिमालय की ओर नहीं बहती!"

अम्बिका समझ नहीं सकी कि अम्बालिका के मन में वयो-वृद्धों के लिए आक्रोश था या तरुणों के प्रति।

"पाण्डु को जाना ही था, तो स्वयं चला जाता," अम्बिका पुनः बोली, "किन्तु दोनों रानियों को साथ ले जाने की क्या आवश्यकता थी। वे क्या गयीं, घर की सारी शोभा ही चली गयी। कैसा नीरव और निर्जन लगता है यह प्रासाद। उन्होंने जीवन में ऐसा क्या देख लिया कि वे भी तपस्या करने चल पड़ीं। तुम्हें उन्हें रोकना चाहिए था।..."

"मैं कब रोकती? वे तो मृगया से ही आगे बढ़ गये।"

"नहीं! जब मृगया के लिए जा रही थीं।"

"तब तो उन्होंने कहा था कि वे वन-विहार के लिए जा रही हैं। वन-विहार से कैसे रोक लेती मैं उन्हें?" अम्बालिका बोली, "और दीदी! मैं नहीं चाहती कि इतिहास अगली ही पीढ़ी में दुहराया जाये। वे जहाँ भी रहें, जैसे भी रहें, अपने पति के साथ रहें। हमारे समान असहाय और आश्रयहीन हो कर, सास के नियन्त्रण में बन्दी जीवन व्यतीत करने से तो यही अच्छा है।"

"कहती तो ठीक हो अम्बालिके।" अम्बिका जैसे कुछ सोच रही थी, "पर वधुएँ हस्तिनापुर में होतीं, तो पाण्डु के शीघ्र लौटने की भी सम्भावना होती। उन तीनों का इस प्रकार चला जाना, मुझे शुभ नहीं लगता, और वह भी विशेष कर, इन परिस्थितियों में...।"

अम्बालिका ने जैसे पहली बार पूरे ध्यान से अम्बिका को देखा, "परिस्थितियों को क्या हुआ है दीदी!"

"धृतराष्ट्र कह रहा है कि पाण्डु ने संन्यास ले लिया है। इसका अर्थ समझती हो?"

"इसका अर्थ है कि पाण्डु कभी लौट कर हस्तिनापुर नहीं आयेगा। उसका कोई पुत्र नहीं है; अतः हस्तिनापुर के राजसिंहासन पर, तब तक धृतराष्ट्र का आधिपत्य बना रहेगा, जब तक धृतराष्ट्र का कोई पुत्र राज्य सँभालने के योग्य न हो जाये।"

"इसमें क्या अन्तर है दीदी! राजा तो माता सत्यवती का पौत्र ही होगा।"

पर अम्बिका ने जैसे, अम्बालिका की बात सुनी ही नहीं, "मेरे मन में तो शंका है कि कहीं धृतराष्ट्र ने ही पाण्डु को तपस्या के लिए प्रोत्साहित न किया हो। वह शैशव से ही बड़ा भाई हो कर भी अपनी चक्षुहीनता के कारण पाण्डु को वंचित करता रहा है। मुझे मालूम है कि कैसे वह अपनी दीनता जता कर और पाण्डु के भ्रात-प्रेम को उभार कर, उसे किस-किस प्रकार से वंचित करता रहा है।..."

"इन बातों से कोई अन्तर नहीं पड़ता दीदी।" अम्बालिका वैसे ही

उदासीन बनी रही।

"बहुत अन्तर है अम्बालिके।" अम्बिका बोली, "शैशव से मेरा अभ्यास था कि मैं परिस्थितियों की ओर से, आँखें मूँद लेती थी। जानती हो, यह अभ्यास कब तक चलता रहा?"

"कब तक?"

"पहली बार नियुक्त पुरुष के रूप में वेदव्यास के आने तक!"

"फिर?"

"फिर मैंने आँखें मूँदनी बन्द कर दीं। उद्यम और प्रयास में मेरी आस्था जागी और जब दूसरी बार वह आये तो मैंने मर्यादा को उनके पास भेज दिया। ...तब से मैं आँखें नहीं मूँदती। उद्यम करती हूँ। इसलिए तुमसे भी कहने आयी हूँ कि यह कभी स्वीकार मत करना कि पाण्डु ने संन्यास ले लिया है; और वह कभी हस्तिनापुर नहीं लौटेगा। मैं नहीं चाहती कि धृतराष्ट्र को कभी भी यह विश्वास हो कि वह हस्तिनापुर का सर्वाधिकारयुक्त स्वतन्त्र राजा है...।"

"क्यों दीदी?"

"नहीं तो वह अत्यन्त उच्छृंखल हो जायेगा।" अम्बिका बोली, "जाने पाण्डु क्यों चला गया। नहीं तो पाण्डु और विदुर मिल कर, धृतराष्ट्र को सँभाले रहते।...अब मुझे केवल विदुर का ही भरोसा है।"

अम्बिका बोली कुछ नहीं, उदास-सी बनी बैठी रही। किन्तु उसकी उस उदासीन दृष्टि से भी स्पष्ट था कि वह समझ नहीं पा रही कि अम्बिका किस कारण से व्याकुल है।

"अम्बालिके! मैं नहीं कहती कि मेरा धृतराष्ट्र दूध का धुला है; किन्तु यह जो शकुनि ग्रहण के समान उसको निगलता जा रहा है, उससे धृतराष्ट्र की वक्रता और भी कालिमा में लिप्त होती जा रही है।" अम्बिका ने रुक कर अम्बालिका को देखा, "तुम अपने परिवेश से इतनी उदासीन रहती हो, अपने-आप में ही इतनी उलझी रहती हो कि तुम्हें पता ही नहीं चलता कि बाहर क्या हो रहा है।"

"क्या हो रहा है?"

"शकुनि हस्तिनापुर में द्यूत-क्रीड़ा को लोकप्रिय बना रहा है।"

"जिसे द्यूत प्रिय है, वह खेलेगा ही; उसमें शकुनि को क्या करना है।" अम्बालिका बोली।

"वह धृतराष्ट्र के माध्यम से उसे राजकीय प्रश्रय दिलवा रहा है। राज्य की ओर से उसे प्रोत्साहित किया जा रहा है, उसके लिए सुविधाएँ जुटाई जा रही हैं। उसे इतना सम्मानजनक बनाया जा रहा है कि कुलीन परिवारों में उसका प्रवेश

हो सके। लोग अपने मित्रों और अभ्यागतों को द्यूत के लिए आमन्त्रित करें। पिता-पुत्र और भाई-भाई परस्पर अपने मनोरंजन के क्षणों में द्यूत-क्रीड़ा से मन बहलाएँ।...इसका परिणाम जानती हो?" अम्बिका के स्वर में आवेग की खनक थी, "राजसभा में विद्वानों से अधिक जुआरियों का सम्मान होगा। जुआरियों का दुराचार सम्मानित होगा और भले लोगों के चरित्र लांछित होंगे।"

"तुम हस्तिनापुर की बात कह रही हो।" अम्बालिका धीरे-से बोली, "मैंने तो सुना है कि अब सारे ही राजवंशों में मद्यपान और द्यूतक्रीडा सम्मानित क्रियाएँ होती जा रही हैं। सारे आर्यावर्त के क्षत्रिय राजा, इन्हें अपना शृंगार मानने लगे हैं। द्यूत भी क्षत्रियों का आखेट के ही समान प्रिय और गौरवपूर्ण व्यवहार हो गया है। क्षत्रियों के लिए जैसे युद्ध और मृगया से पीछे हटना अपमानजनक हो गया है, वैसे ही द्यूत-क्रीड़ा से वितृष्णा भी।"

"तुमने ठीक ही सुना है।" अम्बिका ने स्वीकार किया।

"तो फिर एक धृतराष्ट्र के लिए ही क्यों चिन्तित हो?"

"क्योंकि उसके सिर पर द्यूत-सम्राट शकुनि आरूढ़ है।" अम्बिका बोली, "व्यभिचार, मद्यपान, दुर्वृत्ति और गुण्डागर्दी—सब कुछ द्यूत के माध्यम से हस्तिनापुर में प्रवेश कर रहा है।...और हम कुछ नहीं कर सकतीं; क्योंकि महारानी गान्धारी के भाई शकुनि को यह सब बहुत प्रिय है।...दुष्टता की सम्पूर्ण मूर्ति है राजा का श्याल!..."

"ये दासियाँ क्या कह रही हैं!" गान्धारी के स्वर में उपालम्भ-भाव था।

धृतराष्ट्र ने अपनी अन्धी आँखें उनकी ओर फेरीं, "क्या कह रही हैं?"

"आपने आज राजसभा में आदेश दिया है कि पाण्डु जहाँ कहीं भी हो, समय-समय पर हस्तिनापुर के दूत उसके पास जाते रहें; उसके कुशल-क्षेम का समाचार लाते रहें; उसे हस्तिनापुर के समाचार देते रहें और पाण्डु, कुन्ती और माद्री के लिए आवश्यक सामान वहाँ पहुँचाते रहें।"

"क्या कुछ अनुचित किया?" धृतराष्ट्र ने अत्यन्त अबोध भाव से पूछा, "क्या मुझे अपने एकमात्र अनुज और उसकी पत्नियों के लिए इतना भी नहीं करना चाहिए। वह हस्तिनापुर का सम्राट था। राज-वैभव में पला था। उसने जीवन में कष्ट जाना भी नहीं था। अब तुम चाहती हो कि मैं उसकी इतनी भी खोज-खबर न रखूँ कि वह कहाँ है? क्या कर रहा है? तप कर रहा है, भोग कर रहा है या सैन्य-संगठन कर रहा है।" उसने रुक कर अपनी अन्धी पलकें झपकायीं, "राजनीति के आचार्य मन्त्री कणिक कहते हैं कि अपने शत्रु की भी खोज-खबर रखो; और वह तो मेरा भाई है।"

गान्धारी मौन रह गयी : वह अपने पति के शब्दों को ग्रहण करे, या उन शब्दों के पीछे की ध्वनि को? उसका भ्रातृ-प्रेम सत्य है या उसकी राजनीति! भाई की सुख-सुविधा का ध्यान रखना एक बात है और राजनीति की दृष्टि से किसी की खोज-खबर रखना और!...

"हस्तिनापुर में पितृव्य भीष्म हैं, पितामही सत्यवती हैं, माता अम्बिका हैं, काकी अम्बालिका हैं, भाई विदुर हैं, मन्त्री हैं, पुरोहित हैं, सेनापति हैं, कुरु-वृद्ध हैं...पाण्डु उन सबका प्यारा है। सब चाहते हैं कि पाण्डु की देख-भाल की जाये, उसकी सुख-सुविधा का ध्यान रखा जाये," धृतराष्ट्र के चेहरे पर विनय का भाव प्रकट हुआ, "एक अभागा धृतराष्ट्र ही ऐसा है क्या, जो अपने अनुज और उसकी पत्नियों की ओर से उदासीन हो जाये। यदि वर्ष में दो बार कुछ वस्त्र और अन्न भेजने से मेरा अनुज और उसकी पत्नियाँ सुविधा से पर्वतों पर तपस्या करते रह सकते हैं और उन्हें हस्तिनापुर आने का कष्ट नहीं करना पड़ता, तो राजा धृतराष्ट्र क्या उनके लिए इतना भी नहीं कर सकता।"

गान्धारी के मन में कोई संशय नहीं रहा : अब तक धृतराष्ट्र को वह भली-भाँति पहचानने लगी थी। अपनी जन्मान्धता ने धृतराष्ट्र को बहुत विनयी और मिष्टभाषी बना दिया था, और इस नाटक को वह गान्धारी के सम्मुख भी नहीं छोड़ता था।

"ज्येष्ठ भ्राता के रूप में आपका प्रयत्न तो यही होना चाहिए, कि आपके संन्यासी भाई को, नियम तोड़ कर घर कभी न लौटना पड़े।" गान्धारी बोली, "उसने संकल्प किया है तो हमारा कर्तव्य हो जाता है कि हम उसके निर्वाह में उसके सहायक हों।"

"तुम मेरी आदर्श सहधर्मिणी हो।" धृतराष्ट्र लेट गया, "मेरी पूरी सहायता करना चाहती हो तो मुझे शीघ्रातिशीघ्र एक पुत्र दो, जिसे मैं हस्तिनापुर का युवराज घोषित कर दूँ।"

गान्धारी धीरे-धीरे चलती हुई, धृतराष्ट्र के निकट पहुँची, "इच्छा तो मेरी भी यही है आर्यपुत्र!"

विदुर घर लौटा तो बहुत थका हुआ था। आते ही जैसे निष्प्राण-सा पड़ रहा।

"क्या बात है?" पारंसवी कुछ चिन्तित हो कर उसके निकट आयी, "आर्यपुत्र अत्यन्त क्लान्त दिखायी देते हैं।"

"इस राजसभा में उपस्थित रहना दिन-प्रति-दिन कठिन होता जा रहा है।" विदुर बोला, "स्वयं धृतराष्ट्र, उसका साला यह शकुनि और इनके मन्त्री, जिस प्रकार की बातें करते हैं—उनमें मेरा दम घुटता है। कुरुओं की राजसभा में अब

न प्रजापालन की चर्चा होती है; न सत्य की, न दर्शन की, न मानव-हित की। वहाँ होती है नीतिविहीन राजनीति। समझ में नहीं आता कि वह राजाओं की सभा है कि दुर्वृत्तों का जमावड़ा। इच्छा होती है कि सब कुछ यहीं छोड़-छाड़ कहीं और चला जाऊँ।"

"कहाँ जायेंगे आर्यपुत्र! आजकल राजनीति सब कहीं ही, दुर्वृत्ति की पर्याय हो गयी है।" पारंसवी बोली, "पितृव्य भीष्म उन्हें नहीं रोकते क्या?"

"उन्होंने आरम्भ में दो-एक बार शकुनि को टोका था, किन्तु राजा धृतराष्ट्र को वह अच्छा नहीं लगा। पितृव्य ने राजसभा में आना प्रायः छोड़ दिया है। या तो वह उपस्थित ही नहीं होते, या फिर अन्यमनस्क और उदासीन-से बैठे रहते हैं।"

"सम्राट पाण्डु वन चले गये। पितृव्य उदासीन हो गये।" पारंसवी बोली, "अब आप भी सभा त्यागने की बात सोचते हैं, तो राजसत्तासम्पन्न इन दुर्वृत्तों की स्वेच्छाचारिता में कहीं कोई विघ्न-बाधा रह जायेगी क्या?"

विदुर थोड़ी देर चिन्तन-मुद्रा में मौन बैठा रहा। फिर बोला, "तुम ठीक कहती हो। मुझे राजसभा से हटना नहीं चाहिए। इनकी राजनीति के विरोध में विदुर-नीति का उद्घोष कुरुओं की राजसभा में होता रहना चाहिए। किन्तु तुम्हें क्या बताऊँ, वहाँ जाने के विचार से ही, मेरा मन कैसे विद्रोह करने लगता है; उनकी मुखाकृतियाँ देखते ही मुझे वितृष्णा होने लगती है; और उनकी बातें सुन कर कैसे मेरा रक्त जलता है। राजसभा से निर्वृत्त होता हूँ, तो मुझे कारागार से छूटने का-सा सुख मिलता है।"

"ठीक है।" पारंसवी बोली, "शस्त्र का त्याग तो आप कर ही चुके हैं; अब नीति का त्याग तो मत कीजिये।"

"तुम्हारी मन्त्रणा ही धर्म-संगत है।" विदुर ने स्नेह से अपनी पत्नी की ओर देखा, "नीति का रणक्षेत्र नहीं छोड़ूँगा—मेरा क्षात्रधर्म यही होगा।"

60

वे लोग प्रातःकाल से ही चल रहे थे। जहाँ कहीं थकान अधिक लगती थी, वहाँ थोड़ी देर के लिए रुक भी जाते थे। पाण्डु ने पाया था कि कुन्ती थकती तो होगी, किन्तु थकान की चर्चा वह शायद ही करती थी।...हाँ! माद्री अवश्य पूछती थी कि 'विश्राम-स्थल अभी नहीं आया?'...'क्या हमें चलते हुए पर्याप्त समय नहीं हो गया?' '...क्या हमें अब थोड़ा विश्राम नहीं कर लेना चाहिए?' निश्चित रूप से माद्री, कुन्ती से अधिक कोमलांगी थी। वैसे तो कुन्ती की

काया भी, माद्री की काया से अधिक पुष्ट लगती थी, किन्तु पाण्डु को लगता था कि कुन्ती का मन कुछ अधिक दृढ़ था—संकल्पवान, कदाचित हठीला। एक बार किसी बात को मन में धारण कर लेती थी, तो उसे इतने गहरे में उतार लेती थी कि ऊपर से पता भी नहीं चलता था; और वह जैसे प्रकट करने के लिए उचित अवसर की प्रतीक्षा में रहती थी। उसकी सहनशीलता का अनुभव पाण्डु को हो रहा था...माद्री भी साथ-साथ चल रही थी, किन्तु जाने क्यों उसकी प्रत्येक भंगिमा से पाण्डु को लगता था कि वह केवल इसलिए साथ चल रही है कि यदि कहीं वह साथ न चली तो कुन्ती, पाण्डु पर अपना सर्वाधिकार स्थापित कर लेगी। कदाचित पति के छिन जाने का भय ही उसके लिए प्रेरक तत्त्व था। और ऐसा लग रहा था कि वह पति को खोने के लिए किसी भी रूप में प्रस्तुत नहीं थी, पति चाहे जैसा भी हो...

वे लोग पहले कुछ समय तक नागशत पर्वत पर रहे थे। वहाँ तपस्वियों का एक आश्रम भी था और अनेक ग्राम भी निकट थे। आश्रम और ग्रामों में कोई बहुत पार्थक्य नहीं था। अनेक बार तो कई आश्रमवासी, ग्रामों में भी कई-कई दिन रह आते थे।...वहाँ से आगे चल कर वे चैत्ररथ पर्वत पर आये थे। चैत्ररथ से कालकूट और वहाँ से हिमालय तथा गन्धमादन को पार करते हुए वे इन्द्रद्युम्न सरोवर के तट पर आ गये थे। वहाँ वे कई दिन रुके रहे। पाण्डु को वह स्थान अत्यन्त मनोरम लगा था। वहाँ से चल कर वे हंसकूट पर्वत पर पहुँचे थे; और अब शतशृंग पर्वत की ओर जा रहे थे...

इन दिनों पाण्डु अपने मन में झाँकता तो उसे बहुत कुछ नया दिखायी देता था, जो पहले उसके मन में नहीं था।...मन पहले से बहुत स्वस्थ और शान्त लग रहा था। पता नहीं यह इस जलवायु का प्रभाव था, या प्रकृति के सौन्दर्य का। ऊँची-ऊँची चोटियाँ। वनस्पति के नये-नये रूप। कहीं-कहीं पुष्पों का सागर। मद-मस्त करने वाला ऐसा सुखद पवन। स्थान-स्थान पर भूमि से फूटते हुए जलस्रोत और उनका वह मधुर निनाद...। हस्तिनापुर के राजप्रासाद की संकीर्णताओं में मन न तो कभी इतना विशद हो सकता था, न इतना उदार। न वहाँ इतनी स्वच्छता थी, और न इतनी उन्मुक्तता।...मार्ग में जहाँ-जहाँ वे रुके, वहाँ लोग कितने सरल थे। आश्रमवासी तो आश्रमवासी, ग्रामवासियों ही ऋजुता भी मन को मुग्ध कर लेती थी। न उनके मन में कोई विशेष इच्छाएँ थीं, और न इतना राग-द्वेष। उन्हें जो कुछ चाहिए था, वह उन्हें प्रकृति से ही प्राप्त होता था। वे मात्र परस्पर उनका आदान-प्रदान ही करते थे। ऐसा लगता था जैसे ये सब लोग, एक अत्यन्त उदार माँ के ढेर सारे बच्चे हैं, जिसे जो कुछ चाहिए, वह माँ से माँग लेता है। माँ किसी का भी तिरस्कार

नहीं करती।...कैसी सहजता और प्रेम से आग्रह करते थे वे लोग, वहीं ठहर जाने का। उनके आग्रह का निरादर कैसे किया जा सकता था। थोड़े-थोड़े दिन रुकते-रुकते वे लोग आगे बढ़ते आये थे।...

पाण्डु के अपने मन के द्वन्द्व मिट गये थे...अब उसका अपना ऐसा कोई रहस्य नहीं था, जिसके बोझ का अनुभव वह निरन्तर अपने वक्ष पर करता। उसके मन में अपना रहस्य खुल जाने का भी अब कोई भय नहीं था।...कुन्ती और माद्री के साथ अब उसका सहज सम्बन्ध था। वह बिना किसी संकोच, द्वन्द्व अथवा ग्रन्थि के उनके साथ सहज व्यवहार कर सकता था। उनका सामना होते ही, न उसके मन की दरिद्रता जागती थी, न हीनता-बोध।...उनका साक्षात्कार होते ही पहले के समान खीझ का भाव उसे व्याकुल नहीं करता था।...और हिंस्र भाव से शस्त्र ले कर, किसी पर टूट पड़ने की इच्छा भी अब उसमें नहीं उठती थी...कभी-कभी तो चकित हो कर वह सोचता था कि कोई युद्ध करता ही क्यों है? आखेट में ऐसा कौन-सा सुख है, जिसके लिए व्यक्ति, हाथ में धनुष-बाण लिए हुए, हाँफता हुआ, पशुओं के प्राणों का शत्रु बना, उनके पीछे-पीछे निर्जन वनों में मारा-मारा भागता फिरता है...

सन्ध्या होने को आयी थी। थके हों या न थके हों, पर अब विश्राम करने का मन था। रात्रि से पहले वे शतशृंग तक पहुँचना चाहते थे। कदाचित सामने शतशृंग का ही आश्रम था...

आश्रमवासियों ने पाण्डु, कुन्ती और माद्री को शतशृंग आश्रम के कुलपति के निकट पहुँचा दिया। कुलपति को प्रणाम कर, उनके संकेत पर, वे उनके सम्मुख रखे आसनों पर बैठ गये।

कुलपति ने प्रश्नवाचक दृष्टि से उनकी ओर देखा।

"मैं हस्तिनापुर के स्वर्गीय सम्राट विचित्रवीर्य का पुत्र पाण्डु हूँ आर्य कुलपति! ये दोनों मेरी पत्नियाँ हैं—कुन्ती और माद्री!"

"तुम लोगों का स्वागत है वत्स!" कुलपति ने मधुर मुस्कान के साथ कहा।

"मैं अपना राज्य, राज्याधिकार, राजभोग त्याग कर आया हूँ ऋषिवर!" पाण्डु बोला, "मैं अब तपस्या करना चाहता हूँ।"

"कैसी तपस्या?" ऋषि ने पूछा।

"जैसी आप आज्ञा करें।" पाण्डु अत्यन्त विनीत था।

"राजन्! मैं तुम्हें तपस्या की आज्ञा क्यों दूँगा?" ऋषि मुस्कुराये, "तपस्या तो व्यक्ति अपनी आत्मा के आदेश पर करता है।"

पाण्डु संकुचित हो गया : जो कुछ वह कह रहा था, वह कदाचित

राजसभाओं का शिष्टाचार था। और जिस ऋषि के सम्मुख वह बैठा था, वह न राजसभाओं के अभ्यस्त थे, न उनके शिष्टाचार के। वह केवल सत्य के अभ्यस्त थे। उनका परिचय मात्र सत्य से ही था।

"मैं अखण्ड ब्रह्मचर्य का पालन कर, वृक्षों की छाल के वस्त्र धारण कर, फल-मूल खा कर, वन में सदैव तप करूँगा। दोनों समय स्नान कर, हवन किया करूँगा और स्वल्पाहारी बन, शरीर को सुखा डालूँगा। माथे पर जटाजूट धारण करूँगा। शीत-घाम, हिम-आतप, सहन करता हुआ भूख-प्यास की चिन्ता न कर, शरीर का दमन करूँगा और तपश्चर्या में प्रवृत्त होऊँगा। एकान्त में रहा करूँगा। हिंसा को सर्वथा त्याग दूँगा...।"

पाण्डु ने रुक कर ऋषि की ओर देखा : वह अपना अभिप्राय समझाने के लिए पर्याप्त कह चुका अथवा अभी कुछ और कहना चाहिए?

"राजन्!" ऋषि ने अपनी अधमुँदी आँखें खोलीं, "अखण्ड ब्रह्मचर्य धारण करने के लिए यहाँ आने की क्या आवश्यकता थी? क्या वह हस्तिनापुर में सम्भव नहीं था?"

"हस्तिनापुर में...।" बहुत प्रयत्न कर पाण्डु ने कहा, "हस्तिनापुर में मैं सम्राट था आर्य कुलपति! और सम्राट ब्रह्मचारी नहीं होते।"

"तो तुमने ब्रह्मचर्य और राज्य में से ब्रह्मचर्य का वरण किया है?"

"हाँ आर्य!"

"अब तुम सम्राट नहीं हो?"

"नहीं!"

"वह सब क्यों त्याग आये?"

यही तो वह प्रश्न था, जिसका सामना पाण्डु नहीं करना चाहता था। इसी प्रश्न से बचने के लिए तो वह अपने समाज से सहस्रों योजन दूर चला आया था। कुन्ती और माद्री के सम्मुख तो उसने अपनी पुंसत्वहीनता स्वीकार कर ली थी; क्या सम्पूर्ण संसार के सम्मुख उसे अपनी यह हीनता स्वीकार करनी पड़ेगी?...

"सन्तान की प्राप्ति के लिए ऋषिवर!" अन्ततः पाण्डु बोला, "सन्तान के अभाव में मेरा जीवन सार्थक नहीं है। हस्तिनापुर का युवराज..."

ऋषि मुस्कुराये, "राज्य त्याग दिया है; किन्तु उसका मोह साथ ले आये हो; और कदाचित राज-दर्प भी।"

"आर्य!..." पाण्डु नहीं जानता था कि वह क्या कहना चाह रहा था।

"राजन्! जो याचक है, वह स्वयं को त्यागी कहे—यह दर्प ही तो है।" ऋषि बोले, "जो अर्जन का इच्छुक हो, वह विसर्जन नहीं कर सकता। तुम

पहले अपने मन को स्थिर कर लो। तुम पीछ कुछ छोड़ आये हो, या उसे भविष्य में एक लम्बी अवधि तक धारण किये रखने के लिए भोग की और अधिक क्षमता अर्जित करने आये हो। तुम याचक हो, अथवा दाता? ग्रहण करोगे अथवा त्यागोगे! तुम अपने जल की वर्षा कर अपना अस्तित्व विलीन करने वाले परजन्य हो; अथवा और अधिक जल-धारण की क्षमता प्राप्त करने के इच्छुक मेघा?"

"ऋषिवर! मैं...।"

किन्तु ऋषि ने उसे बोलने नहीं दिया, "इन प्रश्नों का उत्तर मुझे नहीं, तुम्हारे मन को चाहिए। राजन्! तपस्या और साधना में भेद है। तुम्हें शायद साधना की आवश्यकता है। तुम तपने नहीं सधने आये हो। साधनरिक्त होने नहीं, साधन-सम्पन्न बनने आये हो। साधना के लिए मन की एकाग्रता चाहिए। वैविध्यपूर्ण संसार से अपना मन समेट कर, किसी एक बिन्दु, इच्छा अथवा मार्ग पर केन्द्रित करना पड़ता है। एक अपने लक्ष्य को छोड़ कर, शेष सब कुछ त्यागना पड़ता है, सबका मोह छोड़ना पड़ता है। किन्तु इस त्याग के कारण, उस व्यक्ति को विरक्त नहीं, समुचित अनुरक्त मानना चाहिए।" वह रुके, "तुम लोगों के ठहरने की व्यवस्था मुनि प्रबन्धक कर देंगे। जाओ! विश्राम करो। जब विश्राम हो चुके तो मनन करना। साधना के लिए मनन अत्यन्त आवश्यक होता है। पहले मन का निरीक्षण करो : उसमें क्या-क्या भरा है। जब तक उसका सर्वेक्षण नहीं करोगे, तब तक यह कैसे जानोगे कि तुम्हारे मन में क्या-क्या है? जब जानोगे कि क्या-क्या है, तो पहचानोगे कि किसका कितना मूल्य है। मूल्य आँक लोगे, तो निर्णय कर सकोगे कि क्या आवश्यक है, क्या अनावश्यक। तब जान पाओगे, क्या रखना है, क्या फेंकना है।..." उनकी मुद्रा अत्यन्त वात्सल्यपूर्ण थी, "तुम कहते हो कि तुम अखण्ड ब्रह्मचर्य का पालन करोगे...क्या तुम अपने कण्ठ में पड़े ब्रह्मचर्य के नाग-पाश से मुक्त होने के लिए अत्यन्त व्याकुल नहीं हो?...जिस कर्म की क्षमता तुममें नहीं है, तुम उस कर्म को न करने का संकल्प कर रहे हो...।"

पाण्डु ने चकित हो कर, कुलपति की ओर देखा।

"यह पाखण्ड है पुत्र! अपने मन को भ्रमित करने की माया। दो-दो युवती पत्नियों को साथ ले कर इस युवावस्था में तपस्या करने का संकल्प करने वाले पुरुष में ब्रह्मचर्य-स्खलन की क्षमता नहीं होती पुत्र! जाओ! जो कुछ मैंने कहा है, उस पर विचार करो। जब किसी निर्णय पर पहुँच जाओ तो मुझे बताना। सम्भव हो तो कल सन्ध्या समय, मुझे मिलना। जाओ।"

मुनि प्रबन्धक का एक युवा ब्रह्मचारी, उन्हें उनके कुटीरों तक लाया। सबके लिए एक-एक पृथक कुटीर था।

"जब तक आप आश्रम में हैं, ये कुटीर आपके ही हैं। आप विश्राम करें। जल इत्यादि यहीं उपलब्ध है। भोजन के समय मैं आपको बुला कर ले जाऊँगा।"

वे तीनों अपने-अपने कुटीर में चले गये।

माद्री को नींद नहीं आ रही थी।

उसने अपने जीवन के विषय में कभी अधिक नहीं सोचा था। मद्रराज की कन्या को अधिक सोचने की आवश्यकता ही क्या थी। वह जिस समाज का अंग थी, वह जीवन का सम्पूर्ण भोग करता था। पिता की छत्र-छाया बहुत अधिक नहीं मिली थी, किन्तु भैया शल्य, वात्सल्यपूर्ण पिता से किसी भी रूप में कम नहीं थे। उन्होंने माद्री को पुत्री के ही समान पाला था। एक बड़ा प्रासाद, वस्त्रों का भण्डार, सुरुचिपूर्ण और स्वादिष्ट व्यंजनों का वैविध्यपूर्ण भोजन, दास-दासियाँ, झुकते हुए मस्तक और जुड़ते हुए हाथ।...

और तब वय-संधि का काल आया था। माद्री के तन और मन में अनेक परिवर्तन हुए थे। संसार को देखने की दृष्टि बदल गयी थी। उसके मन में अनेक नये प्रश्न, अनेक जिज्ञासाएँ उत्पन्न हुई थीं। युवा पुरुषों के प्रति विभ्रम और आकर्षण दोनों ही एक साथ उसके मन में आ समाये थे। मन, एक ओर जैसे मद्य-सरोवर में हिलोरें लेता रहता और दूसरी ओर यह राजसी वैभव अब अपर्याप्त लगने लगा था। मन व्याकुल था, अधीर। एक प्रकार की रिक्ति-सी थी मन में—शून्य! न सखियों की संगति सन्तोषजनक लगती थी, न परिवार वालों की।...

और तब आये थे कुरुश्रेष्ठ भीष्म!

भीष्म और शल्य भैया उसके विषय में चर्चा कर रहे थे और उसकी सखियाँ उसके तन और मन को गुदगुदा रही थीं...उसे उसके सौभाग्य पर बधाइयाँ दे रही थीं; वह कुरुराज पाण्डु की पत्नी बनने जा रही थी...और साथ-ही-साथ वह उसे उसके अपने शरीर के विषय में कितना कुछ नया बता रही थीं...इस शरीर से सुख दे पाने की क्षमता, सुख प्राप्त करने की क्षमता... मन की सारी अधीरता और शरीर की सारी तन्द्रा का समाधान उसके सामने प्रकट हो रहा था...

अब पाण्डु ने उसे ला पटका है, शतश्रृंग पर्वत के इस आश्रम में। रहने को यह कुटिया है। पहनने को अभी तो अपने वस्त्र हैं, पर इनके पश्चात?

वल्कल? मद्रराज शल्य की बहन को कितना बड़ा सौभाग्य और कैसा अतुलनीय वैभव मिला है—कुरुराज पाण्डु की पत्नी बन कर!...भूमि पर सोना और कन्द-मूल खाना...और वय-संधि के स्वप्न?...मन की आतुरता और तन के आलस का समाधान...कुरुराज का अखण्ड ब्रह्मचर्य? या कुलपति द्वारा बताया गया उनके गले पड़ा ब्रह्मचर्य का नाग-पाश?

कहाँ गया दिग्विजयी सम्राट का दर्प? क्षत्रिय सम्राट पाण्डु का दर्प?...

और सहसा माद्री का ध्यान कुन्ती की ओर चला गया।...एक वह भी तो है, जो कौरवों की साम्राज्ञी बन कर आयी थी। उसने भी तो वही सब भोगा और सहा है। किन्तु जब पाण्डु उन्हें मुक्त कर रहा था, तब कुन्ती ने निश्चय किया कि उसे ऐसे पति से भी मुक्ति नहीं चाहिए। उसे पति चाहिए ही, जैसा भी है।...माद्री ने अपना स्वतन्त्र निर्णय नहीं किया था...वह कुन्ती के साथ चली आयी थी; किन्तु अभी तक उसका मन न उस निर्णय को स्वीकार कर पाया है, और न इस व्यवस्था को।...उसकी ऐसी कोई महत्त्वाकांक्षा नहीं है : न त्याग की, न तपस्या की, न भोग-शून्य जीवन की।...उसे ऐसे जीवन का करना ही क्या है? उसके लिए भोग और जीवन पर्याय हैं। जिस क्षण से जीवन का भोग निषिद्ध हो गया, उसी क्षण से जीवन थम गया। जीवन का समाप्त होना तो उसकी समझ में आता है, उसका थम जाना, उसकी समझ में नहीं आता। किन्तु कुन्ती शायद ठीक कहती है : जहाँ व्यक्ति को भावनात्मक न्याय न मिले, वहाँ उसे सामाजिक न्याय ही स्वीकार करना पड़ता है...

61

पाण्डु रात भर सोचता रहा था : उसे अपने जीवन से क्या चाहिए?...नींद उसे बहुत कम आयी थी। जितनी देर सो सका, सोया; और शेष समय अपने विचारों से मल्लयुद्ध करता रहा। वह तो कुलपति ने ही सन्ध्या समय मिलने के लिए कहा था, अन्यथा वह प्रातः ही उनसे जा मिलता।

कुन्ती प्रातः ही उठ कर स्नान कर आयी थी। कदाचित वह आश्रम की सामूहिक प्रार्थना और यज्ञ में भी सम्मिलित हुई थी; और अब आश्रमवासिनी स्त्रियों के साथ मिल कर आश्रम के बालकों के भोजन इत्यादि का प्रबन्ध कर रही थी।...उसे देख कर ऐसा नहीं लगता था कि वह भोजराज कुन्तिभोज की पुत्री और हस्तिनापुर के सम्राट की पत्नी है। उसने इतने सहज रूप में आश्रम के जीवन को स्वीकार कर लिया था, जैसे वह सदा से यहीं रहती आयी हो।

पाण्डु देख रहा था : आश्रम का जीवन सामूहिक जीवन था, यहाँ जैसे

कोई 'व्यक्ति' था ही नहीं। आश्रम में ब्रह्मचारी भी थे और गृहस्थ भी। स्त्रियाँ भी और पुरुष भी। बालक तो थे ही। किन्तु किसी का अपना, कुछ भी निजी नहीं था। यदि कोई वन से फल लाया था, कन्द-मूल लाया था, ईंधन के लिए लकड़ियाँ लाया था, पशुओं के चारे के लिए वृक्षों के हरे पत्ते लाया था—कुछ भी उसका अपना नहीं था, इसलिए कोई एकाकी और असहाय भी नहीं था। सब एक-दूसरे की सहायता के लिए तत्पर थे...

एक महिला, कुछ शिशुओं को नहला कर लायी; किन्तु वे शिशु उसकी अपनी सन्तान नहीं थे। आश्रम की प्रत्येक महिला, शिशुओं की ममतामयी माता थी। आश्रम का कोई भी पुरुष, उसके लिए वात्सल्यपूर्ण पिता था।...

किशु आश्रम की गौवों का प्रबन्ध कर था। वह उस समय गोशाला में दूध दूह रहा था। उसकी पत्नी दया पशुओं को खिलाने के लिए हरे पत्तों का एक बोझ लायी थी। वह गर्भवती थी, और थकी हुई-सी लग रही थी। उसने पत्तों का बोझ बाहर फेंका और अपनी कुटिया के भीतर चली गयी। उसके साथ आश्रम की एक महिला भी थी। थोड़ी देर में वह महिला बाहर निकली। दो-एक वृद्धाएँ कुटिया में गयीं। फिर दो-एक ब्रह्मचारी 'भाभी' 'भाभी' पुकारते हुए आये। अन्त में कुलपति स्वयं आये।...

पाण्डु को लगा वहाँ कुछ असाधारण घटा है। लोग चिन्तित नहीं थे, किन्तु गम्भीर थे। निश्चित रूप से वह किसी प्रबन्ध में लगे थे। किन्तु किशु क्यों नहीं आया? वह क्यों अपने काम में ही लगा है?

पाण्डु का मन हुआ कि उठ कर जाये, देखे : क्या हुआ है वहाँ? पर दूसरे ही क्षण जैसे उसकी इच्छा समाप्त हो गयी : जिसकी पत्नी है, वह देखे। पाण्डु को इस सब से क्या लेना-लेना...दूसरे के काम में टाँग अड़ाने का क्या लाभ...

कुन्ती आयी तो उससे पाण्डु ने पूछा।

"दया अचेत हो गयी थी।" कुन्ती ने बताया, "सब लोग उसके उपचार का प्रबन्ध कर रहे थे।"

"उसकी अस्वस्थता की सूचना उसके पति को क्यों नहीं दी गयी?" पाण्डु के स्वर में असन्तोष था।

"उसे सूचना थी।"

"फिर वह आया क्यों नहीं?"

"वह काम कर रहा था। आश्रम के बच्चों के लिए दूध की आवश्यकता थी। जब तक दूध दुहा नहीं जाता, गौवें चरने के लिए वन में नहीं जा सकती थीं।"

"ये सारे कार्य क्या उसकी पत्नी के प्राणों से अधिक महत्त्वपूर्ण थे?"

"नहीं!" कुन्ती बोली, "किन्तु उसकी पत्नी का उपचार हो रहा था।"

"यहाँ कोई परायी नहीं है। सब एक-दूसरे के समान रूप से आत्मीय हैं।"

पाण्डु चकित रह गया था; व्यक्ति की वैयक्तिकता का इतना दमन... यह सामूहिकता का प्रथम पाठ था...या यह व्यक्ति की निजता का विस्तार था...। अपने-पराये का भाव जैसे ये अंकुरित ही नहीं होने देते थे। तभी तो यहाँ ईर्ष्या-द्वेष नहीं था।...पर कैसी कठोर साधना थी यह—निजत्व का सम्पूर्ण विसर्जन! आत्मीयता का इतना विस्तार!

क्या पाण्डु के लिए यह सम्भव होगा? क्या वह कभी भूल पायेगा कि वह हस्तिनापुर का सम्राट है?...कुलपति ने कल उसे यही समझाया था कि जिसे वह त्याग समझ रहा था, वस्तुतः वह अधिक ग्रहण करने की क्षमता प्राप्त करने की इच्छा मात्र थी।...वैसे भी जब वह साधारण बनने का प्रयत्न करता था, तो एक प्रकार का अहंकार उसके भीतर स्फीत होने लगता था कि देखो मैं कितना महान हूँ कि असाधारण हो कर भी साधारण बनने का प्रयत्न कर रहा हूँ। वह अपने अहंकार को विगलित करने का प्रयत्न करता तो वह और भी स्फीत होता चला जाता।...और पाण्डु को लगता कि वह कभी भी साधारण व्यक्ति नहीं हो पायेगा। कुन्ती ही थी, जो सहज भाव से सबकी सेवा कर लेती थी, सबको अपना मान लेती थी। क्षण में अत्यन्त साधारण और क्षणभर में अत्यन्त महिमामयी बन जाती थी...

सन्ध्या समय पाण्डु कुलपति के सम्मुख उपस्थित हुआ।

"आओ राजन्!" कुलपति ने उसका स्वागत किया, "लगता है कि तुमने कुछ मनन किया है।"

पाण्डु कुछ संकुचित-सा बैठा रहा; फिर बोला, "ब्रह्मर्षि! मैं तो अपने ऊहापोह को ही जानता हूँ। क्या उसी को मनन कहा जायेगा?"

ऋषि मुस्कुराये, "चलो! अपने ऊहापोह की ही बात कहो!"

"कल आपके साथ हुए वार्तालाप के विषय में सोचता रहा हूँ।...मुझे ऐसा लगता है। कि मैंने कुछ भी त्यागा नहीं है—न राज्य, न उसका मोह! मैं तो अपने राज्य से वैसे ही दूर आ गया हूँ, जैसे दिग्विजय अथवा मृगया के लिए चला गया था। दिग्विजय के समय मैं समझता रहा कि मैं कुरुकुल की कीर्ति का विस्तार कर रहा हूँ, मृगया के अवसर पर मैंने समझा कि मैं व्यक्तिगत शौर्य प्रमाणित कर रहा हूँ...किन्तु वस्तुतः मैं अपनी पत्नियों से पलायन कर रहा था। तब मैंने अपनी वास्तविकता स्वीकार नहीं की थी।...शायद कल तक

मैं पुनः वही कर रहा था। किन्तु कल रात और आज सारा दिन मैं सोचता रहा हूँ।...मैं इस निष्कर्ष पर पहुँचा हूँ कि मेरे मन में पुत्र-प्राप्ति की प्रबल आकांक्षा है।"

"पुत्रवान क्यों बनना चाहते हो?"

"कदाचित पितृ-ऋण से मुक्त होने के लिए...।"

"कदाचित हस्तिनापुर के सिंहासन पर अपनी मृत्यु के पश्चात भी, अपने पुत्र के माध्यम से अधिकार बनाये रखने के लिए?" ऋषि बोले।

"शायद ऐसा ही हो।"

"पुत्र की इच्छा है; स्त्री-सुख की नहीं?"

क्षण भर के लिए पाण्डु मौन रहा; फिर बोला, "मुझे औरस पुत्र की कामना है।"

ऋषि मुस्कुराये, "शब्द-क्रीड़ा से तथ्य नहीं बदला करते राजन्! सत्य यही है कि नारी का आकर्षण तुम्हारे मन से गया नहीं है।"

"शायद ऐसा ही है ऋषिवर!" पाण्डु बोला, "औरस-पुत्र पाने के लिए जैसी साधना आप कहेंगे, मैं करूँगा।"

"वत्स! राजप्रासाद त्याग आये हो, तो राज-दर्प भी त्याग दो। प्रकृति से युद्ध तुम्हारे लिए स्पृहणीय नहीं है। प्रकृति की शरण में जाओ। सम्भव है, लम्बी साधना के पश्चात तुम्हें वरदान मिल जाये।"

"मैं क्या करूँ?"

"संयम से रहो। साधना करो। योग्य चिकित्सकों से अपना उपचार कराओ। सम्भव है कि प्रकृति तुम्हें वह शक्ति प्रदान कर दे, जो प्रत्येक पुरुष में विद्यमान है। तब तुम्हें स्त्री-सुख भी मिल सकता है; और सम्भवतः औरस-पुत्र भी।"

"उसमें कितना समय लगने की सम्भावना है ऋषिवर?"

"यह तो विधाता ही बता सकते हैं।" ऋषि बोले, "यह साधना दीर्घकालीन हो सकती है : और अन्ततः प्रकृति की कृपा हो ही जाये, यह भी आवश्यक नहीं है।"

"आर्य कुलपति!" पाण्डु का स्वर सर्वथा दीन हो गया, "यदि मैं स्त्री-सुख और उत्तराधिकारी की कामना न करता, तो राज-सुख तो मेरे पास था ही। आप जो मार्ग बता रहे हैं, उससे तो सम्भव है कि मेरी कामना अपूर्ण ही रह जाये और मैं अपने राज्य से भी वंचित हो जाऊँ।"

"स्पष्ट कहो पाण्डु!" ऋषि बोले, "मुझसे दुराव मत करो। मन में जो कुछ है निःसंकोच कहो।"

"हस्तिनापुर का राज्य मैं भैया धृतराष्ट्र को सौंप कर आया हूँ। यदि मुझसे पहले धृतराष्ट्र को पुत्र-प्राप्ति हो गयी, तो वह उसे युवराज घोषित कर देंगे।..." पाण्डु बोला, "उसके पश्चात पुत्र-प्राप्ति भी व्यर्थ ही जायेगी ऋषिवर! उसे राज्य नहीं मिल पायेगा।"

"तो पुत्र-प्राप्ति और काम-सुख को विलग कर दो राजन्!" ऋषि बोले, "काम-सुख की क्षमता के लिए साधना करो; और पुत्र-प्राप्ति के लिए उपाय!"

पाण्डु कुछ समझ नहीं पाया!

"राज्य के उत्तराधिकारी के लिए, अपने क्षेत्र से पुत्र-प्राप्ति हेतु नियोग का आश्रय लो।" ऋषि बोले, "और अपनी क्षमताओं की प्राप्ति के लिए धैर्यपूर्वक, संयम, साधना और उपचार के मार्ग से प्रकृति की शरण में जाओ।"

पाण्डु मन-ही-मन कुछ सोचता हुआ बैठा रहा। न कुछ बोला, न जाने के लिए उठा।

"क्या बात है राजन्!" ऋषि विनोद की मुद्रा में थे, "क्या सोचने लगे?"

"ऋषिवर!" पाण्डु संकोच के साथ बोला, "क्या ऐसी कोई तपस्या नहीं है, कोई आध्यात्मिक साधना, कोई मन्त्र, कोई यज्ञ, कोई ऐसी विधि, जिससे, चाहे अल्पकाल के लिए ही हो, मेरा पौरुष समर्थ हो जाये और मैं सन्तान उत्पन्न कर सकूँ?" पाण्डु के आनन पर अबोध किन्तु हठी, अपनी इच्छा से आविष्ट, असहाय बालक का-सा भाव था।

"इसलिए मैंने कहा था, कि तुम अपना दर्प त्याग नहीं सके; उलटे बहुत कुछ त्यागने का दर्प संचित कर लिया है तुमने!" ऋषि हँसे, "प्रकृति से बलात कुछ छीनने का दर्प त्याग दो पुत्र! प्रकृति के अनुकूल बनो! उसकी शरण में जाओ। वह बहुत उदार है। वात्सल्य के मोह से अभिभूत माँ के समान! किन्तु, उससे बलात् कुछ प्राप्त करने का प्रयत्न अत्यन्त विनाशकारी है।...और तुम भौतिक सिद्धियों के लिए आध्यात्मिक साधनों का प्रयोग करना चाहते हो। यह बहुत बड़ी भूल है।" ऋषि की दृष्टि उसकी आँखों पर जम गयी, "आध्यात्मिक साधना, बन्धनों से मुक्ति के लिए है; और अधिक बन्धनों की याचना के लिए नहीं। माँगना है तो प्रभु से यह माँगो कि वह तुमको इस कामना-पाश से मुक्त करे; उससे यह प्रार्थना मत करो कि तुम्हारी सांसारिक इच्छाओं की पूर्ति कर, तुम्हें कामनाओं के पँक में और धँसाता चला जाये।"

पाण्डु ने कोई उत्तर नहीं दिया; किन्तु उसकी भंगिमा से स्पष्ट था कि वह ऋषि के उत्तर से न सहमत था, न सन्तुष्ट।

"क्यों? सहमत नहीं हो?" ऋषि ने पूछा।

"आपसे असहमत कैसे हो सकता हूँ।" पाण्डु ने शिष्टाचारवश मुस्कुराने

का प्रयत्न किया, "किन्तु प्रकृति के प्रति मेरा वह दृष्टिकोण हो नहीं सकता। मैं प्रकृति को शत्रु-भाव से देखता आया हूँ। उसने मुझे उन क्षमताओं से भी वंचित किया है, जो कीट-पतंग तक को उपलब्ध हैं। मेरे लिए उन सुखों को वर्जित कर दिया है, जो प्रत्येक जीव का जन्म-सिद्ध अधिकार है।..." आवेश से पाण्डु का आनन रक्तिम हो उठा था।

"आवेश से बचो वत्स! हम विचार कर रहे हैं; और विचार के लिए आवेश हलाहल विष है।" ऋषि बोले, "जीवों के जन्मसिद्ध अधिकार किसने निश्चित किये हैं? बानर में वे क्षमताएँ नहीं होंगी, जो नर में हैं—यह निर्णय किसका है?"

"प्रकृति का!"

"तुममें कौन-सी क्षमता होगी, कौन-सी नहीं, इसका निश्चय कौन करेगा?"

"प्रकृति!"

"प्रकृति ने निश्चय किया है कि तुम्हें काम-क्षमता नहीं दी जायेगी; मात्र उसकी इच्छा दी जाएगी। अब तुम चाहो तो प्रकृति से शत्रुता पालो, युद्ध करो, उससे बलात क्षमताएँ प्राप्त करने के प्रयत्न में अपनी सुख-शान्ति का त्याग करो; क्षोभ और असन्तोष के रोगी बन कर, अन्ततः विक्षिप्तता को प्राप्त हो जाओ।" ऋषि ने पाण्डु को देखा, "और यदि चाहो, तो उसके अनुकूल बनो, उसकी शरण में जाओ। उससे प्रार्थना करो कि उसने जो क्षमता तुम्हें नहीं दी, उसकी कामना से भी तुम्हें मुक्त करे। यदि तुम 'काम' को जीत लोगे वत्स! तो आत्मजयी हो जाओगे। सम्भव है कि, जिसे तुम प्रकृति की वंचना समझते हो, वह तुम्हारे लिए प्रकृति का वरदान सिद्ध हो।" ऋषि मुस्कुराये, "मनुष्य तुम्हें वंचित करे, तो उसे अपने अनुकूल बनाओ। प्रकृति वंचित करे तो उसके अनूकूल बनो। वंचक को अनुकूल करने के लिए भौतिक साधन हैं, प्रकृति के अनुकूल हो जाने का नाम आध्यात्मिक साधना है ...।"

62

कुलपति के साथ वार्तालाप कर, पाण्डु के मन में अनेक तथ्य स्पष्ट हुए, किन्तु उससे प्रसन्नता नहीं हुई। ऋषि के जीवन की साधना, मात्र सत्य की खोज थी। वह कदाचित निस्पृह थे। उनके अनुसन्धान का जो भी निष्कर्ष हो, वह उन्हें स्वीकार्य था।... किन्तु पाण्डु तो अनुसन्धित्सु नहीं था, वह तो याचक था। उसको तो सत्य भी वही चाहिए था, जो उसकी कामना के अनूकूल पड़े....

आरम्भ के कुछ दिन, पाण्डु के लिए निराशा और मानसिक यातना से भरे हुए थे। अनेक बार तो उसके मन में आया भी कि वह हस्तिनापुर छोड़ व्यर्थ ही यहाँ आया। इससे तो अच्छा था, कि वहीं रहता, शासन करता, राज-वैभव भोगता। नियोग से ही पुत्र प्राप्त करना था, तो वह तो हस्तिनापुर में भी हो सकता था। धृतराष्ट्र, विदुर और स्वयं उसका जन्म भी तो हस्तिनापुर में ही हुआ था, नियोग से। यहाँ, शतशृंग के आश्रम में आने की क्या आवश्यकता थी?....कई बार उसके मन में आया भी कि वह अब भी लौट जाये। अब भी क्या बिगड़ा था।....

किन्तु पाण्डु का एक और मन था जो इन परिस्थितियों में हस्तिनापुर लौट चलने के लिए एकदम सहमत नहीं था...उस मन की चर्चा वह ऋषि से करता, तो वह उसे उसका दर्प ही कहते...अपनी अपूर्णता को कुन्ती और माद्री के सम्मुख स्वीकार करने में कितना समय लगा था उसको!...अब वह अपनी अपूर्णता, अक्षमता—सम्पूर्ण हस्तिानापुर के सम्मुख स्वीकार करे?...इसी से बचने के लिए तो वह अपनी राजधानी छोड़, इस एकान्त में चला आया था। वह कह आया था कि वह अखण्ड ब्रह्मचर्य का पालन करेगा।...राजधानी में वह 'ब्रह्मचर्य' और 'तपस्या' की ओट नहीं ले सकता...यदि यहाँ कोई उपचार हो सके, तो देवताओं का वरदान ले कर वह विजयी के रूप में हस्तिानापुर में प्रवेश करेगा। किन्तु शायद विजेता का यह दर्प, उसके भाग्य में नहीं था।...

तो क्या ऋषि का प्रस्ताव ही, उसकी समस्या का अन्तिम समाधान है?

उसके पिता विचित्रवीर्य की परिस्थितियाँ भिन्न थीं।...उनका देहान्त होने के पश्चात सन्तान के लिए वेदव्यास को नियुक्त किया गया था। वह यह देखने के लिए जीवित नहीं थे कि उनकी पत्नियाँ किसी अन्य पुरुष के संसर्ग में आयी हैं। वह सन्तान तो उनकी नहीं ही है, अब उनकी पत्नी का शरीर भी उनका नहीं है... किन्तु पाण्डु अपनी आँखों के सम्मुख यह सब कैसे सहन करेगा। उसके भीतर बैठे पुंसत्वहीन पुरुष का अहंकार...उसका हृदय टूक-टूक नहीं हो जायेगा। ऐसा न हो कि नियोग के लिए आये उस नियुक्त पुरुष को देख कर, आवेश, क्रोध और क्षोभ से पाण्डु के मस्तिष्क में कोई विस्फोट हो जाये।...या...या पहले के समान उसका हिंस्त्र रूप लौट आये और वह उस पुरुष पर प्रहार कर बैठे...

पाण्डु उठा और जा कर उसने अपना सिर शीतल जल की धारा के नीचे डाल दिया। कहीं ऐसा न हो कि वास्तविक घटना से पूर्व, उसकी कल्पना भर के आवेश से ही वह विक्षिप्त हो जाये।

संयोग से, उधर से जाते हुए आयुर्वेदाचार्य ने उसे देख लिया।

"यह क्या कर रहे हैं राजन्!" वह बोले, "इतने शीतल जल में इस प्रकार सिर को डुबोये रखने से आप अपनी कोई क्षति कर बैठेंगे।"

पाण्डु सँभला। उसने सिर जल से बाहर निकाला।

"क्या बात है?" आयुर्वेदाचार्य ने पूछा।

"कुछ नहीं।" पाण्डु धीरे से बोला, "स्वयं ही कुछ परिस्थितियों की कल्पना कर, क्षोभ से विक्षिप्त हो रहा हूँ। उससे बचने के लिए ही यह कर बैठा।"

"आप मेरे साथ आयें।"

आयुर्वेदाचार्य उसे अपने चिकित्सा-कुटीर में ले गये। शान्ति से बैठने को कहा। सिर और शरीर सुखाया। नाड़ी देखी और बोले, "आपका स्नायु-तन्त्र दुर्बल है। अपनी कल्पना को यथार्थ समझने की भूल न करें; और अप्रसन्न करने वाली कल्पनाएँ न करें। आपके लिए कोई भी उत्तेजना घातक हो सकती है। आप अपना उपचार करें और संयम से रहें।"

"मैं इसी उद्देश्य से यहाँ आया हूँ आचार्य!"

"तो आज से ही मैं आपका शारीरिक उपचार आरम्भ करता हूँ। आप अपना मानसिक उपचार स्वयं करें; तथा आत्मा के उपचार के लिए आर्य कुलपति के पास जायें।"

उपचार तथा स्वतः चिन्तन-मनन से पाण्डु का मन कुछ शान्त हुआ। उससे पुनः अपनी समस्याओं पर विचार करने के लिए कहा गया। यह ठीक परामर्श था। उसे सबसे पहले यह निश्चय कर लेना चाहिए कि वह अब भी गृहस्थ है अथवा उसने गृहस्थाश्रम का त्याग कर वानप्रस्थ अंगीकार कर लिया है। यदि वह गृहस्थाश्रम त्याग चुका है, तो उसे हस्तिनापुर के राज्य तथा उसके उत्तराधिकारी की चिन्ता छोड़ देनी चाहिए। उसे स्त्री-सुख और पुत्र की इच्छा त्याग कर आध्यात्मिक साधना में लीन हो जाना चाहिए।...और यदि स्त्री-सुख की कामना उसके मन में अभी है, हस्तिानापुर का राज्य उसे अपने लिए और अपने पुत्र-पौत्रों के लिए चाहिए, तो वह कुलपति के प्रस्ताव पर विचार करे। आध्यात्मिक साधना के स्थान पर वह भौतिक साधनों की सहायता से अपना मनोरथ पूर्ण करे...

रात भर पाण्डु को नींद नहीं आयी। विचारों और तर्कों का कशाघात उसे किसी एक करवट चैन से लेटने नहीं देता था। वह किसी एक निष्कर्ष पर पहुँच नहीं रहा था। जैसे ही किसी एक निश्चय पर पहुँचने की सम्भावना होती, वैसे ही उसका विरोधी तर्क अपना कशा फटकारता हुआ सामने आ खड़ा होता...इसी ऊहापोह में प्रायः रात निकल गयी।...और प्रातः जब सूर्योदय हो रहा था, सारा आश्रम निद्रा त्याग, कर्मरत होने की तैयारी में था, तब पाण्डु

सोच रहा था कि उसे इस प्रश्न को छोड़ देना चाहिए, कि उसके लिए श्रेयस्कर क्या है! उसे तो अपना सत्य स्वीकार कर लेना चाहिए।...और अपना सत्य स्वीकार करने का अर्थ अपनी सीमाओं को स्वीकार करना ही है।...उसकी सीमा है कि वह कामेच्छा को त्याग नहीं सकता। राज-वैभव को छोड़ना नहीं चाहता। लाख तपस्वी जीवन व्यतीत करे, किन्तु वह तपस्या, जीवन के भोग के लिए है, उसके त्याग के लिए नहीं...

सन्ध्या समय जब एकांत मिला तो वह कुन्ती के पास जा बैठा। कुन्ती सहज रूप से बैठी हुई अपने पुराने वस्त्र सी रही थी कि उसे देख कर कोई कह ही नहीं सकता था कि उसने कभी वैभव के दिन भी देखे होंगे...

"कुन्ती! मुझे लगता है कि हमने हस्तिनापुर त्याग कर भूल की है।" वह धीरे से बोला।

कुन्ती ने विस्मय से उसकी ओर देखा, "आज हस्तिनापुर का स्मरण कैसे हो आया?"

"धृतराष्ट्र को तुम नहीं जानती!" पाण्डु बोला, "उसे अपना जन्मान्ध होना याद नहीं है; केवल मुझसे बड़ा होना याद है। इसलिए वह मानता है कि राज्य उसका ही है।"

"किन्तु यह चर्चा ही आप क्यों कर रहे हैं?" कुन्ती ने पूछा।

"हमें हस्तिनापुर से सम्पर्क बनाये रखना चाहिए। हमारा समाचार वहाँ पहुँचना चाहिए। ऐसा न हो कि जब हम लौट कर हस्तिनापुर जायें, तो वहाँ हमें कोई पहचानने वाला ही न हो!"

"आप हस्तिनापुर वापस लौटने की बात सोचते हैं?"

"हाँ! क्यों नहीं! मैं हस्तिनापुर का राजा हूँ। हस्तिनापुर मेरा है।"

"कब लौटना चाहते हैं?"

"पुत्र प्राप्ति के पश्चात!"

कुन्ती ने चकित होकर पाण्डु की ओर देखा, "कब है उसकी सम्भावना?"

"यह तो तुम पर निर्भर करता है।"

"मुझ पर?" कुन्ती और भी चकित हो गयी।

"चकित मत होओ प्रिये!" पाण्डु धीरे से बोला, "औरस पुत्र उत्पन्न करने की क्षमता मुझमें नहीं है, अतः क्षेत्रज-पुत्र की सम्भावना को आपद्धर्म के रूप में स्वीकार करना पड़ेगा।..."

"तो?"

"तुम नियुक्त पुरुष से देव-प्रदत्त सन्तान प्राप्त करने का प्रयत्न करो।"

"मैं!" कुन्ती समझ नहीं पा रही थी कि वह क्या कहे : पाण्डु के इस प्रस्ताव को स्वीकार करे? उसका विरोध करे?

"इसमें कुछ भी अनुचित नहीं है देवि!" पाण्डु बोला, "ईश्वर ने तो केवल स्त्री और पुरुष को बनाया है और उसका लक्ष्य है सृष्टि! समाज और समाज-धर्म तो मनुष्य ने अपने अनुभव से, अपनी सुविधा के लिए बनाये हैं। तुम्हें शायद ज्ञात हो कि नारी-पुरुष सम्बन्ध अनेक समाजों में, अनेक प्रकार से नियन्त्रित होते हैं। पहले कानीन पुत्र भी समाज में मान्य था। अनेक ऋषि उसे अब भी धर्म-सम्मत मानते हैं...।"

"मुझे मालूम है।" कुन्ती ने जैसे खीझ कर पाण्डु की बात बीच में ही काट दी।

इस बार चकित होने की बारी पाण्डु की थी, "तुम्हें मालूम है?"

"हाँ!" कुन्ती जैसे कुछ सँभल गयी थी, "दुर्वासा ऐसी मन्त्रणा मुझे दे चुके हैं।"

"क्या कहा था उन्होंने?"

"उन्होंने ने कहा था जब स्त्री ऋतुमती हो जाये तो सन्तान उत्पन्न करना उसका धर्म है। पुत्र, पुत्र है; चाहे वह कानीन पुत्र ही क्यों न हो। जब तक स्त्री स्वतन्त्र थी, तब तक रक्त-सम्बन्ध केवल माता के माध्यम से निर्धारित किये जाते थे; और तब कानीन पुत्र समाज में उतना ही सम्मानित था, जितना कि औरस पुत्र! जब से समाज में पुरुष का अधिकार बढ़ा है तब से रक्त-सम्बन्ध पुरुष के माध्यम से निर्धारित होने लगे हैं; और जैसे-जैसे सम्पत्ति के उत्तराधिकार का महत्व बढ़ता जा रहा है, स्त्री के अधिकार उतने ही कम होते जा रहे हैं। यह सब पुरुष का षड्यन्त्र है...।"

"मन्त्रणा क्या थी ?" पाण्डु अधीर हो उठा।

"ऋतु स्नान के पश्चात यदि स्त्री पति-विहीन हो तो किसी देव-शक्ति का ध्यान कर, किसी श्रेष्ठ पुरुष को, उस देव-शक्ति का प्रतिनिधि मान, उससे देव-प्रदत्त सन्तान प्राप्त करनी चाहिए।..."

"यही तो मैं कह रहा हूँ।" पाण्डु के स्वर में उल्लास था।

"क्या कह रहे थे आप ?" कुन्ती जैसे आवेश में बोली, "कानीन पुत्र मान्य है आपको?"

"नहीं देवि!" पाण्डु बोला, "वह ऋषियों की बात है। कानीन पुत्र अब राज-समाज में मान्य नहीं है; किन्तु यदि औरस पुत्र के अभाव में, पति की अनुमति से स्त्री नियुक्त पुरुष के माध्यम से देव-प्रदत्त पुत्र प्राप्त करे, तो वह राज-समाज को मान्य है। तुम्हारा पुत्र, मेरे क्षेत्र में उत्पन्न होने के कारण मेरा

क्षेत्रज पुत्र होगा; अतः वह हस्तिनापुर के सिंहासन का अधिकारी होगा।"

कुन्ती के मन में इतना कुछ एक साथ ही घटित हो रहा था कि उसकी समझ में नहीं आ रहा था कि वह क्या कहे और क्या करे! मन में एक आवेग उठता था कि यदि पाण्डु को कुन्ती का पुत्र स्वीकार्य था तो...एक छोटा-सा शिशु, टुकुर-टुकुर ताकता हुआ...कुन्ती के मन में कैसी तो पीड़ा उठ रही थी ...इच्छा होती थी कि सब कुछ बता दे...किन्तु दूसरे क्षण याद आ जाता था कि वह बार-बार कह रहा था कि अब राज-समाज में कानीन पुत्र मान्य नहीं था...और फिर भोज-कुल का सम्मान, कुन्तिभोज का यश...

"क्या कहती हो ?" पाण्डु ने अधीर हो कर पूछा।

"सोचूँगी!" कुन्ती बोली।

पाण्डु आश्वस्त हो गया : यह कुन्ती की सहमति ही थी।

63

भीष्म स्वयं ही रथ-संचालन कर रहे थे। सारथि ने कहा भी था, पर्याप्त आग्रह भी किया था; किन्तु भीष्म जैसी उन्मुक्तता और उल्लास की मनःस्थिति में थे, उसमें एक सारथि का साथ भी उन्हें नहीं चाहिए था। उन्मुक्तता को गति की आवश्यकता थी, इसलिए उन्होंने रथ ले लिया था, ताकि उसे वेग से हाँकते हुए, उनका उल्लास क्षितिज की ओर दौड़ता हुआ दिखायी दे। उनका मन हो रहा था कि वे अपने सारे बन्धनों, सीमाओं, मर्यादाओं का अतिक्रमण कर, आज निर्बन्ध पवन के समान बहें, गंगा के जल के समान स्वच्छन्द अठखेलियाँ करें, मेघों के खुले आकाश पर, अपनी इच्छा से विचरण करें। कितनी उन्मुक्त है प्रकृति। अपने संसर्ग में आने वाले जीवों को भी मुक्त करती है; और भीष्म हैं कि उन्होंने आज तक स्वयं को भी बाँधा है, और दूसरों को भी बाँधने का ही प्रयत्न किया है...

वे हस्तिनापुर से बहुत दूर निकल आये थे। नगर की प्राचीर के साथ-साथ बसे ग्राम ही नहीं, उनके खेत-खलियान भी बहुत पीछे छूट गये थे। अब भीष्म थे, गंगा का जल था; और अबाध गति से बहता मुक्त पवन था। भीष्म के मन में जैसे एक हूक सी उठी : वे पवन ही क्यों न हो सके। पवन नहीं हुए, तो उसके कंधों पर अनायास, उसकी गति के अनुकूल बहता कोई पक्षी ही हो जाते।...पर भीष्म के भाग्य में कहाँ था ऐसा। वे तो मर्यादाओं, प्रतिज्ञाओं, संकल्पों और सिद्धान्तों में बँधे एक बद्ध जीव थे।...

उनके मन का उल्लास जैसे अवरोह पर आ गया था...

पर वे ऐसा नहीं होने देंगे।

उन्होंने वल्गा खींच ली। अश्व रुक गये। वे रथ से उतरे। अश्वों को खोला और उन्हें जल के निकट ला कर छोड़ दिया। उनके पुट्ठों पर थपकी दी, "तुम भी स्वतन्त्रता और स्वछन्दता का भोग करो।"

वे एक शिला पर बैठ गये और गंगा के जल में पाँव डाल दिये। गंगा के जल का स्पर्श होते ही कैसी तो स्फूर्णा जागती है, भीष्म के मन में। गंगा के तट पर आते ही ऐसा लगता है, जैसे अपनी माता की गोद में आ गये हों।... क्या केवल इसलिए कि उनकी माता का नाम भी गंगा था?... कैसे निश्चिन्त हो जाते हैं, जैसे अब उन पर कोई दायित्व नहीं है, जो करना होगा; माँ स्वयं ही कर लेंगी...

आज प्रातः ही युधिष्ठिर के जन्म का समाचार पा कर भीष्म कैसे सहज ही उत्फुल्ल हो उठे थे। जाने क्यों उसी क्षण से ही उन्हें लगने लगा था कि अब उनका त्राता आ गया है। उनके दायित्व पूर्ण हो गये हैं। अब वह विश्राम कर सकते हैं। विश्रामपूर्ण जीवन...तपस्या का जीवन नहीं, विश्राम का जीवन... वानप्रस्थ...संन्यास...नहीं केवल विश्राम का जीवन, जिसमें कोई नियम, विधान, दायित्व, बन्धन कुछ न हो...बाहर से उन पर कोई बाध्यता आरोपित न की जाये, जो कुछ हो, उनकी इच्छा के अनुकूल हो...

किन्तु उनका जिज्ञासु मन मौन नहीं रहा...वे कैसे यह मान बैठे हैं कि युधिष्ठर ही उनका त्राता है? चित्रांगद उनका त्राता नहीं हो सका; यद्यपि वह भीष्म को कुरुओं के राजवंश के दायित्वों से मुक्त करने के लिए भीषण रूप से उत्सुक था। विचित्रवीर्य कभी अपने ही दायित्व नहीं सँभाल पाया, तो भीष्म के कंधों पर रखा जुआ, वह कहाँ से अपने कंधों पर रख लेता। फिर धृतराष्ट्र का जन्म हुआ, किन्तु वह जन्मान्ध था; उसे कुरु-वंश का कर्णधार कैसे बनाया जा सकता था।... और पाण्डु! पाण्डु ने राजकाज सँभाला भी, तो हस्तिनापुर में कभी टिका नहीं...।

माता सत्यवती ने बाँध रखा है भीष्म को : और भीष्म हैं कि कुरुकुल में जन्म लेने वाले प्रत्येक युवराज को, उत्कण्ठित हो अपना त्राता मान लेते हैं; और प्रतीक्षा करते हैं कि कब वह वयस्क हो, और कब उन्हें इन दायित्वों से मुक्त करे।...किन्तु वे भूल जाते हैं कि यह काँटा निषाद कन्या, माता सत्यवती का है। मुक्त होने के लिए मत्स्य जितना अधिक प्रयत्न करता है, काँटा उतना ही उसके कण्ठ में और भी धँसता जाता है...किसी भी युवराज ने उनकी अपेक्षा पूरी नहीं की।...अब आया है युधिष्ठिर! भीष्म का मन कहता है, युधिष्ठर इस युद्ध में स्थिर रहेगा। वह वस्तुतः हस्तिनापुर का युवराज बनेगा। वह सम्राट

बनेगा और समर्थ तथा धर्मज्ञ शासक के रूप में प्रजा का पालन करेगा।...अब पुत्र पा कर कदाचित पाण्डु भी सन्तुष्ट हो जायेगा और वापस हस्तिनापुर लौट आयेगा। युधिष्ठिर सम्राट बनेगा तो उसकी सहायता और मार्ग-निर्देशन के लिए कुल-वृद्धों के रूप में धृतराष्ट्र, पाण्डु और विदुर तीनों उसके निकट होंगे। कुन्ती, माद्री, गान्धारी, अम्बिका और अम्बालिका होंगी—फिर भीष्म का ही, राजप्रासाद के इस खूँटें से बँधे रहना क्यों आवश्यक है?...

भीष्म को गंगा तट की अपनी कुटिया बहुत याद आती है। उनका मन जैसे आठों प्रहर वहीं लौट जाने के लिए छटपटाता रहता है। जाने भीष्म की प्रकृति में ऐसा क्या है कि वे इस भीड़-भाड़, भाग-दौड़ के नागरिक जीवन को छोड़; दूर कहीं किसी निर्जन स्थान में आलोड़न-विलोड़न-विहीन शान्त जीवन जीना चाहते हैं—ठहरा हुआ, विश्राम का जीवन!....कोई भी सरिता-तट उन्हें लुभाने लगता है, कोई अद्‌भुत प्राकृतिक स्थान उन्हें मोह लेता है, कोई वन-प्रान्तर उन्हें क्षण-भर विश्राम कर लेने का निमन्त्रण देने लगता है। उनकी इच्छा होती है कि वहीं रह जायें...प्रकृति के निकट जाते ही, उन्हें लगने लगता है, जैसे वे अपने घर में लौट आये हैं।...

उन्होंने ज़ोर-ज़ोर से पैर चलाये और एक लय में बहने वाले जल को एकदम विक्षुब्ध कर दिया। अब उनके पैरों के आस-पास पानी कम, जल के बुद्-बुद् ही अधिक थे।...उनके मस्तिष्क में भी जैसे कोटि-कोटि बुद्‌बुदों का उफान आया था; और वह फूट-फूट कर फिर से जैसे शून्य में विलीन होते जा रहे थे... संन्यासी जीवन की इच्छा करने वाले इस भीष्म में क्षात्र-तेज था। जाने ग्रहों की कैसी संधि पर उनका जन्म हुआ था कि न वे पूर्णतः राजा हो पाते थे, न संन्यासी; न वे गृहस्थ हो पाये और न वैरागी। न उनसे यह राजप्रासाद छोड़ा जाता है, और न राजाओं के समान उसमें रहा ही जाता है। आज वे राजप्रासाद में संन्यासी के समान रह रहे हैं, कहीं ऐसा न हो कि जब कभी संन्यासी के समान रहने का अवसर आये, तो वे अपनी कुटिया में राजा के समान रहने की इच्छा करें...

भीष्म का मन बहुत भटकता है। उन्हें लगता है कि वे अपने लिए कुछ नहीं चाहते हैं। उनके मन में कोई इच्छा नहीं है। किन्तु तनिक से असावधान होते ही, उनके मन में असंख्य योजनाएँ जन्म लेने लगती हैं...कुरु-वंश को ऐसा होना चाहिए, राजाओं का व्यवहार ऐसा होना चाहिए, प्रजा का आचरण ऐसा होना चाहिए...उन्हें लगता है कि वे राज-परिवार ही नहीं, सारी सृष्टि को अपनी इच्छा से चलाना चाहते हैं। जब इच्छाएँ प्रबल होती हैं, तो लगता है कि वे सारी सृष्टि को नये सिरे से व्यवस्थित करना चाहते हैं।...जैसे स्रष्टा की

इच्छा के भी आड़े आना चाहते हैं...

भीष्म उठ खड़े हुए। वे नहीं जानते कि वे क्या चाहते हैं। ग्रहण और त्याग, निवृत्ति और प्रवृत्ति के ऐसे द्वन्द्व पर खड़े हैं वे।...आजीवन स्त्री-प्रसंग से दूर रहने की प्रतिज्ञा कर, उन्होंने सन्तानोत्पत्ति से स्वयं को मुक्त कर लिया; किन्तु कुरुकुल की प्रत्येक सन्तान के जन्म की प्रतीक्षा वे जिस प्रकार करते हैं, वैसे कोई गृहस्थ भी क्या करता होगा...

भीष्म कुछ अन्यमनस्क-से हो उठे। अपने पैर उन्होंने जल से बाहर खींच लिए।

भीष्म को अपने ही मन की ऐसी कटूक्तियाँ अच्छी नहीं लगतीं। उन्हें लगता है कि यह ऊहापोह, उन्हें उनकी प्रतिज्ञा से कहीं दूर हटाता है। यह उनके अपने मन का छल है जैसे। एक व्यक्ति को उसका अपना मन ही छलने लगे, तो उसका विवेक उसे कब तक स्थिर रख पायेगा।...वैसे भीष्म जानते हैं कि मन की सुन कर ही वे प्रसन्न रह सकते हैं, विवेक की सुन कर नहीं। किन्तु स्वयं को प्रसन्न रखना भीष्म के जीवन का ध्येय नहीं है। यदि ऐसा होता, तो उनका जीवन इस ढर्रे पर न चल रहा होता, जिस पर कि वह चल रहा है।...उन्हें तो बस अब भविष्य की ओर ही देखना है। युधिष्ठिर बड़ा होगा, वह हस्तिनापुर का राज्य और कुरु-वंश को सँभालेगा, तो भीष्म सन्तुष्ट मन से वानप्रस्थ ग्रहण करेंगे...कुछ वर्ष और हैं, वे बीत ही जायेंगे। पिता ने उन्हें इच्छा-मुक्ति का वरदान दिया है। पर मुक्ति की इच्छा भी तो उन्हें तब ही होगी, जब उन्हें लगेगा कि अब वे मुक्त होने की स्थिति में हैं। यदि आज, इसी क्षण वे अपने उस वरदान का उपयोग करना चाहें, तो कौन रोक लेगा उन्हें। किन्तु हस्तिनापुर का सम्राट पाण्डु तपस्या करने हिमालय पर जा बैठा है, जो अयोग्य भी है और दुष्ट मन्त्र-दाताओं की संगति में भी। युवराज युधिष्ठिर के जन्म की सूचना ही आज पहुँची है हस्तिनापुर में। ऐसे में वे इच्छा-मुक्ति चाहें भी तो कैसे?...किन्तु अब जैसे उन्हें अवधि का छोर दिखायी देने लगा है-युधिष्ठिर के समर्थ होने तक...

भीष्म सोचते हैं तो उन्हें लगता है कि इस बार जब वे राजप्रासाद छोड़ेंगे, तो हस्तिनापुर के निकट कुटिया नहीं बनायेंगे, जहाँ हस्तिनापुर की सूचनाएँ वायु-मण्डल में गूँजती रहें। उन्हें राजधानी और राजपरिवार से कुछ दूर निकल जाना चाहिए। यदि वे राजपरिवार के निकट रहेंगे, तो बाहरी कोलाहल ही इतना होता रहेगा, कि अपनी आत्मा का स्वर वे सुन ही नहीं पायेंगे। ऐसे में वे शान्त और निष्काम कैसे हो पायेंगे।...गंगा-तट के किसी ग्राम में साधारण कृषक के समान रह सकेंगे वे? या किसी वन-प्रान्तर में साधारण संन्यासी के

समान? वे हिमालय के ही किसी आश्रम में क्यों नहीं चले जाते?...उनके मन में आता है कि एक बार वे उत्तर से दक्षिण और पूर्व से पश्चिम तक का सारा जम्बूद्वीप देख लें। कोई बहुत मनोरम-सा स्थान देख कर, वहीं अपनी कुटिया डाल लें। किसी को मालूम भी न हो कि वे कुरु-वंश के देवव्रत भीष्म हैं। एक बार वे अपने पद और व्यक्तित्व का ही नहीं, अपने वंश के गौरव का भी बोझ अपने सिर से उतार कर देखें...कितने हल्के और शान्त रह पाते हैं वे...अपने मन का जीवन जी पाते हैं या नहीं...

भीष्म हस्तिनापुर लौटे तो प्रायः सन्ध्या हो आयी थी। उन्हें अच्छा लगा, आज का प्रायः सारा दिन वे शान्त प्रकृति के निकट व्यतीत करके आये थे।

"जय हो महाराजकुमार"

भीष्म ने अपने विचारों से बाहर निकल कर देखा : प्रतिहारी हाथ जोड़े खड़ा था।

"क्या बात है?"

"आर्य ! माता सत्यवती ने आपसे भेंट करने की इच्छा व्यक्त की है।"

"माता सत्यवती!" भीष्म जैसे अपने-आपको सूचित कर चुप रह गये।

उन्हें लगा कि यह सूचना उन्हें कोई प्रसन्नता नहीं दे पायी थी। यह तो प्रवाहशील धारा के मार्ग में अवरोध जैसी कोई भावना ले कर आयी थी।... इधर उनकी कुछ विचित्र मनःस्थिति हो गयी थी। माता सत्यवती से उनका कोई विरोध नहीं था। वे उन्हें कुछ अप्रिय भी नहीं लगती थीं। भीष्म, उनकी प्रत्येक इच्छा और आज्ञा को प्राणपण से पूरा करने के इच्छुक भी थे। उनसे मिल कर आना उन्हें अच्छा भी लगता था। माता की न वे अवज्ञा करना चाहते थे, न उपेक्षा, न निरादर। फिर भी उनका बुलावा आने पर वे एक प्रकार की असुविधा का अनुभव करने लगते थे।...माता सत्यवती के मानसिक संसार में केवल अपनी योजनाएँ थीं। वे शायद यह सोच ही नहीं सकती थीं कि कोई व्यक्ति अपने किसी अन्य काम में भी व्यवस्त हो सकता है, या किसी समय कोई व्यक्ति उनके पास आने में असुविधा का अनुभव कर सकता है। दूसरे व्यक्ति को स्वतन्त्र आचरण का लाभ शायद वे देना नहीं चाहती थीं। और इस समय भीष्म, माता सत्यवती ही नहीं, परिवार, समाज, राज्य—सबके बन्धनों से मुक्त हो कर अपने स्वछन्द मनोसंसार में विचरण करने का स्वप्न देख रहे थे, जहाँ वे हों और उनकी माता प्रकृति...

"माता को सूचना दो कि मैं आ रहा हूँ।" उन्होंने प्रतिहारी से कहा।

"जो आज्ञा!" प्रतिहारी चला गया।

भीष्म ने माता सत्यवती को प्रणाम किया; और एक ही क्षण में वे समझ गये कि माता किसी चिन्ता में निमज्जित हैं।

"बैठो भीष्म!" सत्यवती नें कहा और परिचारिका की ओर देखा।

परिचारिका ने हाथ जोड़े और कक्ष से बाहर निकल गयी।

"क्या आप पाण्डु-पुत्र के जन्म से प्रसन्न नहीं हैं?"

सत्यवती सायास हँसी, "लगता है कि तुम पाण्डु-पुत्र के जन्म की सूचना पाते ही हस्तिनापुर से निकल गये थे। उसके पश्चात हस्तिनापुर में क्या घटित हुआ, उसकी सूचना तुम्हें नहीं है!"

"कुछ विशेष घटित हुआ क्या?" भीष्म ने पूछा। उनका अपना मन भी जैसे इस खोज में निकल गया था कि ऐसा क्या घटित हो सकता है...

"धृतराष्ट्र-पत्नी अस्वस्थ है।" सत्यवती धीरे से बोली।

"गान्धारी?"

"गर्भपात के लक्षण हैं; और वैद्यों से स्थिति सँभल नहीं रही। निरन्तर रक्तस्राव हो रहा है," सत्यवती ने रुक कर भीष्म की ओर देखा, "कौन्तेय का जन्मोत्सव मनाऊँ या गान्धारी के गर्भपात का शोक? जाने विधाता ने मेरे भाग्य में क्या लिख रखा है कि जब मैं हर्ष मनाने के लिए अपनी आँखें खोलती हूँ, तो विषाद का दैत्य अपना विराट आकार लिए मेरे सामने आ खड़ा होता है।"

भीष्म कुछ नहीं बोले : चिन्ता ने जैसे उनकी जिह्वा को जकड़ लिया था।

"किन्तु आज प्रातः तक तो ऐसी कोई सूचना नहीं थी।" भीष्म जैसे सायास बोले, "राजवैद्य गान्धारी की पूरी तत्परता से देखभाल कर रहे थे। फिर यह अकस्मात ही..."

"यही तो दैव का षड्यन्त्र है।" सत्यवती बोली, "सूचना दे कर कोई अनिष्ट नहीं करता। अकस्मात ही वज्रपात होता है।"

"राजवैद्य क्या कहते हैं?"

"वह प्रयत्न कर रहे हैं।" सत्यवती बोली, "पर तो प्रयत्न करते ही रहते हैं। विचित्रवीर्य के प्राण बचाने के लिए भी वह प्रयत्न करते ही रहे थे। मेरा तो राज-वैद्यों पर से विश्वास ही उठ गया है।"

"तो?" भीष्म ने सत्यवती की ओर देखा।

"मैनें तत्काल कृष्ण द्वैपायन को बुला भेजा था। वह किसी भी राजवैद्य से बड़ा वैद्य है। वह मन्त्र-द्रष्टा भी है, और मन्त्र-उपचारक भी। वह अवश्य

कोई-न-कोई उपाय करने में सफल होगा।"

"वह आ गये क्या?"

"हाँ! अपराह्न में ही आ गया था। इस समय धृतराष्ट्र के प्रासाद में है।"

भीष्म को पूर्ण विश्वास था कि कृष्ण द्वैपायन गान्धारी का उपचार करने में पूर्णतः सफल होंगे। वे वैद्य नहीं, प्राणदाता माने जाते थे। सामान्य जन तो विश्वास करता था कि उनके पास संजीवनी है, जिससे वे मृत को भी जीवित कर सकते हैं।

भीष्म की इच्छा हुई कि पूछें, 'आपने मुझे किसलिए बुलाया था? मात्र सूचना ही देनी थी तो प्रतिहारी के माध्यम से सूचना भी भेजी जा सकती थी।'...किन्तु उन्होंने पूछा नहीं। कदाचित माता सत्यवती घबरा गयी थीं; और घबराहट के क्षणों में वे भीष्म को बुला ही लिया करती थीं।

"आप चिन्तित न हों।" भीष्म बोले।

"चिन्तित न होऊँ!" सत्यवती के स्वर में क्षोभ था, जैसे भीष्म ने कुछ बहुत अनुचित कह दिया हो, "मैं देख रही हूँ कि इस वंश पर विधाता का जैसे कोई अभिशाप है। यहाँ कोई पूर्ण पुरुष जन्म ही नहीं लेता... ।"

भीष्म की इच्छा हुई की पूछें कि माता ऐसा क्यों कह रही हैं?...किन्तु मन में उठे सारे प्रश्न तो वे नहीं पूछ सकते थे।

सत्यवती, स्वयं ही बोली, "चित्रांगद पूर्णायु नहीं था। विचित्रवीर्य को न आयु मिली न सन्तान! धृतराष्ट्र जन्मान्ध है, पाण्डु पलायन कर गया, विदुर दासी-पुत्र है...और अब जन्म से पूर्व ही वज्रपात होने लगे हैं... ।"

भीष्म बल दे कर कहना चाहते थे कि माता युधिष्ठिर के जन्म से क्यों सन्तुष्ट नहीं होतीं।...किन्तु वे जानते थे कि सत्यवती, सन्तान, विशेष कर पुत्र के जन्म को कितना मूल्यवान समझती हैं। इसलिए प्राप्त सन्तान की ओर ध्यान न दे कर, भावी सन्तान के छिन जाने की आशंका से ही पीड़ित हैं...

व्यास आये तो चिन्तित वह भी थे। किन्तु उनके चिन्तित होने और सत्यवती की चिन्ता में अन्तर था। उनकी आँखों में उनकी प्रसन्नता की सहज ज्योति न हो कर, विषादपूर्ण गम्भीरता थी। इससे अधिक चिन्तित शायद वह होते ही नहीं थे।

भीष्म को देख, उनके आनन पर एक हल्की स्मित आयी। भीष्म ने उनका आलिंगन किया।

आलिंगन मुक्त हो कर, वह सत्यवती की ओर मुड़े, "मैंने औषध दे दी है। रक्तस्राव रुक गया है। गर्भपात नहीं होगा। गर्भस्थ शिशु स्वस्थ है। उस दृष्टि से चिन्ता का कोई कारण नहीं है माता। किन्तु... ।"

"किन्तु क्या?"

"गान्धारी रुग्ण है। उसके रोग का उपचार मेरे पास भी नहीं है।"

सत्यवती पुनः चिन्तित हो उठी, "रोग गम्भीर है?"

"असाध्य!"

"ऐसा कौन-सा रोग है गान्धारी को, जो तुम्हारे लिए भी असाध्य है कृष्ण!" सत्यवती बोली, "मैं तो यही समझती हूँ, तुम वैद्यों के भी राजवैद्य हो।"

"मुझे औषधियों का कुछ ज्ञान है। इसलिए कुछ लोग मुझे भी वैद्य मान लेते हैं।" व्यास मुस्कुराये, "किन्तु वैद्य के लिए सारे ही रोग असाध्य होते हैं माँ! वह तो मात्र औषध ही दे सकता है। रोगों को साधना तो रोगी का ही कार्य है।..."

सत्यवती ने पलट कर कुछ इस प्रकार व्यास को देखा, जैसे या तो वह व्यास का कहा गया, एक भी शब्द समझ न पायी हो, या फिर व्यास ने कोई बहुत ही तर्कशून्य बात कह दी हो, "रोगी ही रोग को साध सके, तो फिर औषध की आवश्यकता ही क्या है रे?"

व्यास पुनः मुस्कुराये, "ठीक कहती हो माँ! रोगी अपने रोग को साध नहीं सकता, किन्तु उसे साधने की क्षमता उसके अपने भीतर ही होती है। औषध, उस क्षमता को प्रेरित और पुष्ट करती है। किन्तु यदि रोगी में वह क्षमता ही न हो, तो औषध भी अपनी मृत्यु आप ही मर जाती है।"

सत्यवती या तो अपने असमंजस के कारण चुप रही या हताशा के कारण। पर वह अधिक देर तक चुप रह नहीं पायी, "तो उसके रोग का उपचार नहीं होगा? वह मृत्यु को प्राप्त होगी क्या?"

इस बार व्यास मुस्कुरा भी नहीं पाये। गम्भीर स्वर में बोले, "मृत्यु को तो प्रत्येक जीव प्राप्त होता है माता! वह शोक का कारण नहीं है। काल के पाश से कहीं भी, कोई भी मुक्त नहीं है। किन्तु गान्धारी के रोग के लक्षण भयंकर हैं। यह रोग संक्रमणशील है। और यदि उसका संक्रमण रोका न गया, तो वह समस्त कौरववंश का नाश कर देगा...।"

सत्यवती की आँखें, जैसे फटने को हो आयीं।

भीष्म अब तक कुछ और ही सोच रहे थे, किन्तु व्यास का अन्तिम वाक्य, उनके चिन्तन की दिशा बदल गया। निश्चित रूप से व्यास, वह नहीं कह रहे थे, जो माता सत्यवती समझ रही थीं।

"द्वैपायन!" भीष्म बोले, "ऐसी अनर्थकारी वाणी मत बोलो। हमारी मान्यता है कि तुम्हारी वाणी भावी घटनाओं को जन्म देती है। जो कुछ तुम

कह दोगे, वह सम्भव हो कर रहेगा।..."

व्यास कुछ नहीं बोले। उन्होंने अपनी आँखें उठा कर, जैसे आकाश पर से कुछ पढ़ा।

इस बार भीष्म सत्यवती से सम्बोधित हुए, "कृष्ण वह नहीं कह रहा है माता! जो आप समझ रही हैं। आप शान्त हों। गान्धारी स्वस्थ है। उसका गर्भस्थ शिशु स्वस्थ है। समय पा कर उसका प्रसव होगा।"

"तो यह क्या कह रहा है? गान्धारी के रोग और वंश नाश का क्या सम्बन्ध है? गान्धारी सन्तान को जन्म नहीं भी देगी, तो कौरवों के वंश का नाश नहीं होगा। युधिष्ठिर है, और...और...युधिष्ठिर के और भाई भी जन्म लेंगे।" सत्यवती के शब्दों में उसके हृदय की पीड़ा, उसकी शंकाएँ, आशंकाओं के विरुद्ध चलता हुआ उसका संघर्ष...और जाने क्या-क्या था।

"स्पष्ट कहो द्वैपायन!" भीष्म जैसे सायास बहुत कोमल स्वर में बोल रहे थे, "गान्धारी के रोग से जिस अनिष्ट का आशंका हमें थी, तुम उससे भी बहुत बड़े अनिष्ट की घोषणा कर रहे हो।"

"शारीरिक रोग तो एक छोटी, अस्थायी और व्यक्तिगत आशंका का ही कारण हो सकता है गांगेय!" व्यास बोले, "किन्तु अस्वस्थ प्रवृत्तियाँ...।"

"स्पष्ट कहो!" भीष्म का असंयम उनके आनन पर दिखायी पड़ने लगा था।

"गान्धारी का रक्त-स्राव किसी शारीरिक अस्वस्थता अथवा किसी आन्तरिक उत्पात से नहीं हुआ था...।"

"तो?"

"गर्भ पर बाहर से किसी भारी और कठोर वस्तु से आघात किया गया था...।"

"क्यों ?" भीष्म जैसे ऐसी असम्भावित कल्पना नहीं कर पा रहे थे।

"ताकि वह गर्भ नष्ट हो जाये।"

"यह तो हत्या है।" सत्यवती के स्वर में चीत्कार था, "किसने किया है यह अपराध? कौन है कौरवों का ऐसा भयानक शत्रु?"

"द्वेष!"

"द्वेष तो शत्रु है ही; किन्तु प्रहार किसने किया?" सत्यवती जैसे अपराधी को खोज, उसे दण्डित करने के लिए प्रचण्ड हो रही थी!

"प्रहार स्वयं गान्धारी ने किया था माता!" व्यास का स्वर शान्त था।

"गान्धारी ने?" सत्यवती विश्वास नहीं कर पा रही थी, "कोई अपने ही गर्भ को नष्ट क्यों करेगा?"

“कोई व्यक्ति आत्महत्या क्यों करता है माता?”

“क्योंकि वह अत्यन्त दुखी होता है; उसके दुख का कोई निवारण नहीं होता।”

“नहीं!” व्यास बोले, “दुख का कोई अस्तित्व नहीं है। भौतिक परिस्थितियों में केवल सुविधा और असुविधा है। भौतिक असुविधाओं की अति भी हो जाये, तो व्यक्ति आत्महत्या नहीं करता। मनुष्य भूखा रह कर जीता है, अपमानित हो कर भी जीवित रहता है, शोषित, पीड़ित, रोगी और दास हो कर भी जीवन से निराश नहीं होता।”

“क्या कहना चाहते हो पुत्र?”

“दुख का अस्तित्व व्यक्ति के मानसिक रोग के रूप में होता है। वह अपने उस रोग के दैत्य के आकार को जब चाहे, जितना चाहे बढ़ा लेता है। स्वयं-पोषित उस दैत्य को असाध्य मान कर, उसके सम्मुख मस्तक टेक भी देता है।”

“गान्धारी से इसका क्या सम्बन्ध है?” सत्यवती अधीर हो कर बोली।

“जिस प्रकार रोगी व्यक्ति आत्मघात करता है, उसी प्रकार वह अपने गर्भ का घात भी करता है।” व्यास बोले, “गान्धारी को जब युधिष्ठिर के जन्म की सूचना मिली, तो उसके मन में एक ही बात आयी कि अब उसका पुत्र वय में युधिष्ठिर से छोटा होगा, अतः वह कौरव-साम्राज्य का युवराज नहीं होगा। अर्थात अब गान्धारी राजमाता नहीं बन पायेगी...।”

भीष्म के मस्तिष्क में जैसे वाष्प उठा और उसने उनके कान बन्द कर दिये। व्यास ने और क्या कहा, वे सुन नहीं सके; किन्तु व्यास की बात वे समझ गये थे।...

कितनी बड़ी साध पाल रखी थी गान्धारी ने; और युधिष्ठिर के जन्म ने उसका नाश कर दिया था। इतनी हताश हो गयी गान्धारी कि उसने आवेश में अपने ही गर्भस्थ शिशु का नाश कर देना चाहा...धृतराष्ट्र और गान्धारी आज तक इस तथ्य को स्वीकार नहीं कर पाये हैं कि हस्तिनापुर का राज्य, उनका नहीं पाण्डु का है। वे यह मान कर चल रहे हैं कि यदि राज्य धृतराष्ट्र को नहीं मिला, तो धृतराष्ट्र के पुत्र को मिलेगा...

ठीक कहते हैं व्यास कि गान्धारी ‘द्वेष’ के रोग से ग्रस्त है। और यह रोग संक्रमणशील है। यह माता से पुत्र को मिलेगा। द्वेष, द्वेष को जन्म देगा और अन्ततः नाश होगा, महानाश! कौरव-वंश के लिए यह स्थिति सुख़कर नहीं होगी...

कहाँ भीष्म ने सोचा था कि युधिष्ठिर के जन्म के साथ कौरवों के लिए आशा का नया सूर्य उदय हुआ है; और कहाँ...

64

पाण्डु कई दिनों से युधिष्ठिर को चलना सिखा रहा था। अँगुली पकड़ कर तो वह महीने भर से चल रहा था; पर अँगुली छोड़ते ही वह भूमि पर बैठ जाता था। किन्तु पाण्डु ने अपना प्रयत्न नहीं छोड़ा था। प्रयत्न छोड़ने-जैसी कोई बात भी नहीं थी। पाण्डु जानता था कि जो बच्चा बैठने लगता है, वह खड़ा भी होता है; जो खड़ा होता है, वह एक पग उठा कर चलने का प्रयत्न भी करता है; और जो पग उठाता है, वह चलना भी सीखता है।

पाण्डु और युधिष्ठिर आमने-सामने खड़े थे। पाण्डु के दोनों हाथ की तर्जनियाँ, युधिष्ठिर ने नन्ही-मुन्ही हथेलियों में थाम रखी थीं। पाण्डु एक पग पीछे हट जाता था और युधिष्ठिर एक पग आगे बढ़ आता था।...

पूर्ण विश्वस्त हो कर युधिष्ठिर जब आठ-दस डग भर चुका, तो पाण्डु ने अपने बायें हाथ की तर्जनी बलात् छुड़ा ली; किन्तु युधिष्ठिर न तो लड़खड़ाया, न उसने दूसरी अँगुली छोड़ी। पाण्डु की दाहिनी तर्जनी के ही सहारे, आगे बढ़ता गया।...और तभी पाण्डु ने दाहिनी तर्जनी भी छुड़ा ली और झपट कर युधिष्ठिर से पाँच-सात डग की दूरी पर जा खड़ा हुआ। युधिष्ठिर डगमगाया; किन्तु गिरा नहीं। वह बैठा भी नहीं। पिता के निकट जाने के लिए नन्हें-नन्हें डगमगाते पैरों से आगे बढ़ता ही गया; और गिरने से पूर्व ही उसने जा कर पिता को थाम लिया। पाण्डु ने उसे अपने साथ लिपटा लिया। उसके चेहरे को अपनी हथेलियों में थाम कर उसकी आँखों में देखा : कितना प्रसन्न था युधिष्ठिर और कितना आत्मविश्वास था उसकी आँखों में।

पाण्डु ने उसे गोद में उठा कर, उसका चुम्बन किया; और फिर उसे अपने वक्ष में भींच लिया : ठीक नाम रखा है इसका कुलपति नें...युधिष्ठिर–युद्ध में स्थिर! नहीं हटेगा वह अपने युद्ध से पीछे। कुन्ती ने उसे धर्मराज के पुत्र के रूप में गर्भ में धारण किया था। युधिष्ठिर का युद्ध न्याय के क्षेत्र में होगा। वह अन्याय के मार्ग पर नहीं चलेगा।...

पाण्डु को लगा, वह हर्षातिरेक से नृत्य कर उठेगा। उसके मन में पुत्र की इच्छा अवश्य थी; किन्तु वह, यह नहीं जानता था कि पुत्र के सुख का आयाम इतना विस्तृत है।...उसे लगा, यह सुख उससे अकेले नहीं सँभलेगा, उसे इस सुख को किसी के साथ बाँट लेना चाहिए।...इस सुख की पहली अधिकारिणी

तो कुन्ती है। उसी ने इसके लिए सबसे अधिक कष्ट सहा है...किन्तु कुन्ती तो आश्रम में आ कर कुछ ऐसी हो गयी है, जैसे सदा की आश्रमवासिनी ही रही हो। इस समय अन्य स्त्रियों के साथ या तो वन में लकड़ियाँ बटोरने गयी होगी, या कहीं पशुओं के लिए पत्तों का प्रबन्ध कर रही होगी। सम्भवतः आश्रम की शिशु-शाला में कोई कार्य कर रही हो, या पाकशाला में।...श्रम से तो वह जैसे थकती ही नहीं है।

आश्रम के जीवन का अंग तो पाण्डु भी बना। कौन कहेगा कि पाण्डु आश्रमवासी नहीं है। किन्तु प्रत्येक व्यक्ति जानता है कि वह हस्तिनापुर का राजा है; जो यहाँ तपस्या करने आया है। पाण्डु स्वयं भी आज तक इस तथ्य को भुला नहीं पाया, न ही अपना राज-दर्प छोड़ पाया है। इसलिए वह आश्रम की उपासना का अंग तो बना, किन्तु उनके श्रम का अंग नहीं बन पाया।... कदाचित आश्रमवासियों ने भी उसे शारीरिक श्रम के अयोग्य मान लिया था, एक प्रकार का रोगी...और माद्री न उपासना का अंग बन पायी, न श्रम का। उसके लिए यह लोक इतना भिन्न था और इतना अनावश्यक कि उसका मन आश्रम की किसी भी गति-विधि में रमता ही नहीं था। कभी-कभी तो पाण्डु को लगता था कि आश्रम और उसके लोगों की गम्भीर से गम्भीर बात भी माद्री के लिए उपाहासास्पद ही नहीं थी, उनके प्रति उसके मन में पर्याप्त स्थूल विरोध था...और आश्रमवासियों ने शायद उसे भी एक प्रकार की मानसिक रोगिणी मान कर मुक्त छोड़ रखा था...उसे राज-मद का रोग था...

पाण्डु, युधिष्ठिर को ले कर अपनी कुटिया में आया।

माद्री उसकी अपेक्षा के अनुकूल ही, अपनी कुटिया में बैठी थी। उसे लौटते देख, वह भी उसकी कुटिया में आ गयी।

"माद्री! आज युधिष्ठिर, बिना मेरी अँगुली थामे, अपने-आप पाँच-सात डग चला।"

"बड़ी प्रसन्नता की बात है।" माद्री ने अत्यन्त औपचारिक ढंग से कहा, "अच्छा है कुन्ती दीदी की दूसरी संतान होने से पूर्व, यह अपने-आप भागने-दौड़ने लगे।"

पाण्डु समझ नहीं सका कि माद्री ने सहज रूप से यह बात कह दी थी अथवा उसने पाण्डु को प्रसन्न करने के लिए, सायास यह विषय छेड़ा है। वह जानती थी कि पाण्डु को यह विषय बहुत प्रिय है।

"माद्री!" पाण्डु अधिक ऊहापोह में नहीं पड़ा, "आज मैं युधिष्ठिर को चलना सिखा रहा था, तो मेरे मन में बड़ी ही गम्भीर और रोचक बात आयी।"

माद्री के मन में कोई उत्सुकता नहीं जागी। वह जानती थी कि आजकल

पाण्डु जीवन की अनेक समस्याओं और प्रश्नों पर मनन करता रहता है। उनमें से अनेक सिद्धान्त-सूत्र बनाता रहता है। दैनन्दिन की छोटी-मोटी साधारण घटनाओं में से बड़े और व्यापक संकेत खोजता रहता है।...यह शायद उसकी साधना का परिणाम था। उसकी इस प्रकार की बातें सुन कर माद्री के मन में प्रायः विरोध जागता था। उसे पाण्डु का यह सारा आध्यात्मिक चिन्तन, मूर्खतापूर्ण वंचना लगती थी। कभी-कभी तो पाण्डु की ऐसी बातें सुन कर, वह एकदम डर जाती थी। यदि पाण्डु इसी मार्ग पर और आगे बढ़ता गया, तो वह दिन दूर नहीं, जब जीवन के सारे सुख-भोगों की शेष सारी सम्भावनाएँ भी समाप्त हो जायेंगी। पाण्डु का अध्यात्म माद्री को एक दस्यु के रूप में दिखायी देता था, जो उसके सुखी जीवन का सर्वस्व हरण करने आया था।...

फिर भी उसने पूछा, "क्या?"

"मैं एक पग पीछे हटा, तो युधिष्ठिर एक पग आगे बढ़ा।..."

"तो?"

"मुझे लगा, कि न मैं, मैं हूँ; न युधिष्ठिर, युधिष्ठिर है। न हम पिता-पुत्र हैं। हम तो मात्र दो पीढ़ियाँ हैं, सृष्टि चक्र की दो कड़ियाँ। नयी पीढ़ी के एक पग आगे बढ़ने के लिए आवश्यक है कि पुरानी एक पग पीछे हटे...और नयी पीढ़ी पूरी तरह सावधान हो कर, अपने दृढ़ पगों पर चले, उसके लिए आवश्यक है कि पुरानी पीढ़ी, उसके मार्ग से हट जाये।"

माद्री के मन में एक खीझ उठी। मन हुआ कि कहे कि एक छोटे-से बच्चे को चार पग चलना क्या सिखा लिया—पीढ़ियों के अन्तराल की बात सोचने लगे, उनके परस्पर सम्बन्धों की चर्चा करने लगे। किन्तु खीझ का क्या लाभ था। वह जानती थी, पाण्डु इस समय एक ऐसे लोक में जी रहा है, जिसमें माद्री का कोई अस्तित्व ही नहीं था।

"देखती हूँ। आपको बच्चे बहुत अच्छे लगते हैं!"

"किसे अच्छे नहीं लगते!"

"पर आपको यह नहीं लगता कि बच्चों के पालन-पोषण के लिए यह उचित भूमि नहीं है?"

"क्यों?" पाण्डु बोला, "जलवायु की दृष्टि से यह भूमि बहुत अच्छी है। यहाँ के लोग बहुत अच्छे हैं : सात्विक विचारों वाले उदार लोग। यहाँ किसी को यह नहीं कहना पड़ता कि अमुक से मत मिलना, वह अच्छा व्यक्ति नहीं है।..."

"यहाँ राजपुत्रों के योग्य वैभव नहीं है।" माद्री का स्वर कुछ प्रखर हो उठा, "यहाँ पल कर बच्चा एक साधारण आश्रमवासी, वनवासी या ग्रामवासी

ही बन पायेगा। मयूरों के मध्य पल कर, गरुड़ भी पेड़ की ऊँचाई तक ही उड़ पायेगा। यहाँ रहेंगे, तो आपके पुत्र भी दो धोतियों, एक यज्ञोपवीत और एक कुटीर में ही प्रसन्न हो जायेंगे। उन्हें वन के वृक्षों के फल और कन्दमूल सबसे स्वादिष्ट भोजन लगेंगे। वे या तो नारी के शृंगार को समझ नहीं पायेंगे, या पुष्पों के शृंगार को ही प्रसाधन की सीमा मान लेंगे।..."

पाण्डु की आँखों में पहले कुछ अस्थिरता आयी, फिर चिन्ता और फिर व्यग्रता, "क्या चाहती हो तुम?"

"हम हस्तिनापुर कब लौटेंगे?"

पाण्डु जानता था कि माद्री इस वैभव-शून्य, साधनामय सरल जीवन से प्रसन्न नहीं है। इसके अनुशासन से कभी-कभी उसका अपना मन भी विद्रोह करता था। बीच-बीच में उसके मन में भोग की इच्छा जागती थी; किन्तु यह भी सत्य था कि माद्री उसे अध्यात्म; साधना और तपस्या के वन में खोने नहीं देती थी। वह थोड़े-थोड़े अन्तराल के पश्चात उसकी भोगाग्नि को कुरेद देती थी, उस पर आच्छादित भस्म को अपने तप्त श्वासों से उड़ा देती थी।

"हम हस्तिनापुर लौटेंगे, अपनी साधना पूरी करके।"

"एक पुत्र तो आपको मिल ही गया है, दूसरे को जन्म देने की तैयारी में हैं कुन्ती दीदी!" माद्री बोली, "और क्या होगा अब साधना से?"

"माद्री!" न केवल पाण्डु का स्वर शान्त था, वरन उसमें किंचित स्नेह का भी पुट था, "राजवंश में एक पुत्र पर्याप्त नहीं है। वह अल्पआयु भी हो सकता है, जैसे मेरे पिता और पितृव्य चित्रांगद हुए। वह राज्य के अयोग्य भी हो सकता है, जैसे धृतराष्ट्र हुए।...उसमें राज्य के प्रति अरुचि भी हो सकती है, जैसे पितृव्य भीष्म में है...। यदि मैं चाहता हूँ कि हस्तिनापुर पर मेरा पुत्र ही राज्य करे और स्थिरता एवं दृढ़ता से करे, तो मुझे पाँच-सात पुत्र चाहिए।" वह पल भर थमा, जैसे सोच रहा हो कि आगे कहे या न कहे; और फिर बोला, "फिर मेरी साधना ही तो मेरा उपचार है। आर्य कुलपति ने बहुत समझाया है, किन्तु मैं अपना राज-दर्प नहीं छोड़ पाया हूँ : मैं पाण्डु हूँ। कुरु-वंश का पाण्डु। राजवंश और वह भी ऐसे वैभवशाली राजवंश में जन्म ले कर भी जीवन के भोग से आप्यायित नहीं हुआ, तो धिक्कार है मेरे जीवन को। मैं प्रकृति से, भोग का अधिकार प्राप्त करके रहूँगा।" पाण्डु का स्वर आवेशमय होता गया, "वह नहीं देगी, तो मैं छीन कर लूँगा उससे।"

"कोई आशा है?"

"मुझे लगता है कि मेरी उत्तेजना की आरोह-गति संयमित हो रही है। मैं अपनी उत्तेजना को धारण करने में पहले से कहीं अधिक सक्षम हूँ।"

"आयुर्वेदाचार्य क्या कहते हैं?" माद्री ने पूछा।

"उनका विचार है कि इसी गति से मेरे स्नायु-मण्डल की शक्ति विकसित होती रही तो मैं बहुत शीघ्र ही सामान्य पुरुष के समान समर्थ हो जाऊँगा।" पाण्डु ने माद्री को देखा, "वैसे तो मैं अपने देवप्रदत्त पुत्रों से भी पूर्णतः सन्तुष्ट हूँ; किन्तु जिस क्षण मेरी रति-क्षमता विकसित हो गयी और मुझे एक औरस पुत्र प्राप्त हो गया, अथवा उसकी सम्भावना अंकुरित हो गयी, उसी क्षण हस्तिनापुर के सम्राट की शोभायात्रा अपनी राजधानी की ओर प्रयाण करेगी।"

"वह क्षण मेरे लिए कितनी प्रसन्नता का होगा," माद्री बोली, "मुझे लगेगा कि मैं मृत्युलोक से जैसे अपने जीवन में पुनः लौट आयी हूँ।"

"मैं तुम्हारी मनःस्थिति समझता हूँ प्रिये!" पाण्डु बोला, "किन्तु मैं अपनी अक्षमता के बन्धन में बँधा यहाँ बैठा हूँ। मैं तनिक भी आध्यात्मिक व्यक्ति नहीं हूँ। मैं कैसे बताऊँ कि मेरे मन में सांसारिक भोग की कितनी लालसा है। पर मुझे कभी-कभी लगता है कि मैं कोई अभिशप्त आत्मा हूँ—मुझे शापित करके भेजा है विधाता ने : मेरे सम्मुख छत्तीसों व्यंजनों से सजी थालियाँ रखी रहें; किन्तु मैं उनमें से एक कौर भी न खा सकूँ। तुम और कुन्ती जैसी सुन्दर पत्नियाँ हों और रति मेरे लिए वर्जित प्रदेश हो। मैं देखूँ, कामना करूँ...और अतृप्त रहूँ।"

सहसा उसकी दृष्टि युधिष्ठिर पर पड़ी : वह उठ कर खड़ा हो गया था और डगमगाये पगों से कुटिया की दीवार की ओर बढ़ रहा था। उसने तीन-चार डग भरे; और कुटिया की दीवार थाम ली। थोड़ी दूर तक दीवार के सहारे से चलता रहा; और तब कुटिया का द्वार आ गया। थामने को कुछ नहीं था। किन्तु उसने अपना साहस नहीं छोड़ा। वह सहारे के लिए, पाण्डु अथवा माद्री की ओर नहीं पलटा। न ही वह चलना स्थगित कर भूमि पर बैठा। वह डगमगाते पगों से कुटिया के बाहर निकल गया...

पाण्डु स्वयं को संयत नहीं कर पाया। उसने हर्षातिरेक में तालियाँ बजायीं और बच्चों के समान किलकारी मारते हुए, युधिष्ठिर के पीछे-पीछे कुटिया से बाहर निकल गया।

बाहर खुला मैदान था, किन्तु भूमि समतल नहीं थी। युधिष्ठिर ढाल की ओर बढ़ा; किन्तु डगमगा कर पृथ्वी पर बैठ गया। अगले ही क्षण वह पुनः उठा और चल पड़ा।...वह भी जैसे अपनी उपलब्धि समझ रहा था और इस नयी उपलब्धि का आन्नद उठाने के लिए अधिक-से-अधिक व्यग्र हो रहा था।...

सहसा उधर से कुलपति आ निकले। कदाचित वे किसी अस्वस्थ आश्रमवासी को उसकी कुटिया में मिल कर आ रहे थे या...

उन्होंने युधिष्ठिर की विजय-यात्रा देखी। बढ़ कर उसके दोनों हाथ थाम लिए। उसे दो-चार पग चलाया; और उठा कर वक्ष से लगा लिया, "चिरंजीवी हो वत्स!"

युधिष्ठर को पुनः भूमि पर खड़ा कर, उन्होंने पाण्डु से पूछा, "कैसे हो राजन्?"

"आपकी कृपा है, आर्य कुलपति!" पाण्डु बोला, और फिर उसकी प्रसन्नता का उद्रेक जैसे उससे सँभल नहीं पाया, "आपने देखा, आज युधिष्ठिर स्वयं चलने लगा है।"

"प्रसन्न हो?" कुलपति ने पूछा।

"बहुत!"

"अपनी निजता की परिधि व्यापक करो राजन्! प्रत्येक असमर्थ की समर्थ होने में सहायता करो; और उसे समर्थ होते देख कर, प्रसन्नता पाओ। तुम देखोगे जीवन कितना आन्नददायक है।"

कुलपति चले गये।

पाण्डु अपनी कुटिया में लौट आया; क्या कह गये कुलपति? क्या अभिप्राय था उनका?—हाँ! ठीक ही तो कहा कुलपति ने। आश्रम में और भी तो बालक हैं। सबने चलना सीखा है, बोलना भी! किन्तु पाण्डु ने कभी उनकी ओर ध्यान ही नहीं दिया। वह युधिष्ठिर के ही दो डग भरने से इतना प्रसन्न क्यों है? कुलपति के लिए सारे शिशु एक समान हैं। कोई भी बालक चले, उन्हें उतनी ही प्रसन्नता होगी। उन्होंने अपनी निजता एकदम विलीन कर दी है; वह समाज में जीते हैं, या मानव मात्र में।...किन्तु शायद पाण्डु से यह नहीं होगा।...उसे तो अपना उत्तराधिकारी चाहिए, चाहे औरस हो या क्षेत्रज, जो हस्तिनापुर के सिंहासन पर बैठ सके...

वह तपस्या करने आया अवश्य है; किन्तु तपस्वी बनने नहीं आया। वह कदाचित तपस्वी बन नहीं सकता। उसकी प्रकृति ही वह नहीं है।...वह तो उपलब्धि, अर्जन और भोग के सुख को ही जानता है; इन सबके बिना जीवन क्या होगा, उसकी तो उसे कोई कल्पना ही नहीं है...

तभी कुन्ती आयी। गर्भवती कुन्ती कैसी तेजस्विनी लगती थी। किन्तु पर्याप्त थकी हुई।

वह आते ही भूमि पर बैठ गयी।

"क्या लकड़ियाँ काटकर आयी हो?" पाण्डु ने पूछा।

"नहीं!" कुन्ती के थके हुए चेहरे पर भी एक सन्तुष्ट मुस्कान फैल

गयी, "इतनी शक्ति अब कहाँ!...इस बार सन्तान की कामना करते समय नियोग से पहले मैंने वायुदेव का आह्वान किया था; और नियुक्त पुरुष को उन्हीं का प्रतिनिधि स्वीकार किया था। लगता है कि इस बार वायु के समान भारी-भरकम भीम शिशु गर्भ में आ बैठा है। अपना शरीर भी मुझसे उठाये नहीं उठता।...अब सोच लिया है...और सन्तान नहीं। दो पर्याप्त हैं...अब और इतना कष्ट नहीं सहा जाता।..."

पाण्डु के चेहरे पर सहमति नहीं उभरी; किन्तु उसने असहमति जतायी नहीं। धैर्य बँधाता हुआ बोला, "साहस मत छोड़ो। प्रत्येक परीक्षा से पहले मन ऐसे ही घबराता है। सन्तान पाने में कष्ट तो...किन्तु फिर उसका सुख...।"

कुन्ती कुछ नहीं बोली!

पाण्डु ने भी इस विषय में कुछ कहना-सुनना उचित नहीं समझा। विषयान्तर करने के लिए बोला, "इस बार बहुत दिनों से हस्तिनापुर से कोई दूत नहीं आया।"

"वनवास में भी राजदूतों की प्रतीक्षा क्यों करते हैं आप?"

"तुम्हारे पास अच्छे वस्त्र नहीं हैं अब!...हस्तिनापुर से इस बार कुछ अच्छे वस्त्र आने चाहिए!"

"यहाँ लोगों का काम मृगचर्म से भी चल जाता है और वल्कल वस्त्रों से भी।"

"माद्री हस्तिनापुर लौटने के लिए कह रही थी।" पाण्डु ने वार्तालाप की दिशा पुनः मोड़ दी।

कुन्ती ने एक निःश्वास छोड़ा और उठ खड़ी हुई। उसने एक शब्द भी नहीं कहा।...

65

शिशु को नहला-धुला, उसे स्वच्छ वस्त्र में लपेट कर, परिचारक ने उसे गान्धारी के पास ला लिटाया, "बहुत सुन्दर और हृष्ट-पुष्ट बालक है महारानी!"

गान्धारी ने करवट बदली। एक बार मन में तीव्र इच्छा हुई कि अपनी आँखों पर बँधी पट्टी नोच कर फेंक दे। एक बार देखे तो सही कि उसका यह सुन्दर और हृष्ट-पुष्ट बालक कैसा है।...उसे लगा कि यदि उसने बलात् स्वयं को नहीं रोका, तो उसके हाथ स्वतः ही उसकी बँधी पट्टी नोच डालेंगे।...और तब उसका संकल्प, दृढ़ता, उसका सम्मान, उसकी प्रतिष्ठा...सब कुछ नष्ट हो जायेगा...

उसने अपनी मुट्ठियाँ कस कर बाँध लीं। पर दूसरे ही क्षण उसने अपना दायाँ हाथ बढ़ा कर पुत्र को टटोलना आरम्भ किया।...यदि उसने अपनी दृष्टि को अवरुद्ध कर रखा है, तो स्पर्श से तो वंचित नहीं है वह! वह आँखों से नहीं, अपने हाथों से पुत्र को देखेगी...यह सिर...ये केश...! जन्म के समय ही इतने केश...माथा...और ये आँखें...सावधान गान्धारी! शिशु की आँखें कोमल होती हैं!...आँखे बन्द हैं...

"सो रहा है क्या?" उसने पूछा।

"हाँ महारानी!" परिचारिका बोली, "नन्हें महाराज सो रहे हैं। आँखें भी बन्द हैं, और मुट्ठियाँ भी। केवल अधर थोड़े-थोड़े खुले हैं। मुस्कुरा रहे हैं।..."

परिचारिका की वाणी, एक ओर गान्धारी को सुख दे रही थी और दूसरी ओर वह जैसे उसके हृदय को चीरती जा रही थी...नन्हें महाराज!...क्या उसका पुत्र हस्तिनापुर का राजा हो पायेगा? कुन्ती के पुत्र के जन्म का समाचार पा कर ईर्ष्या की कैसी अग्नि धधक उठी थी, उसके मन में। उसने तो अपनी ओर से इस बालक को नष्ट ही कर दिया था। उसने सोचा था—क्या करना है पुत्र को जन्म दे कर, यदि वह राजा नहीं बन सकता। पुत्र तो सबके होते हैं,...सब राजा तो नहीं होते।...किन्तु गान्धारी को तो अपने पुत्र को राजा ही बनाना था...परिचारिका उसे 'नन्हें महाराज' कह रही थी...क्या अनुचित कह रही थी...? महाराज का पुत्र 'नन्हा महाराज' ही तो होगा...पर कुरु-वंश तो मानता है कि वास्तविक महाराज पाण्डु है, जो शतशृंग पर्वत पर बैठा है...

गान्धारी का हाथ आगे बढ़ा...यह नासिका है...कैसी उठी हुई नासिका है, नुकीली, तीक्ष्ण...और यह चिबुक...ग्रीवा...स्कन्ध...

"कैसे हैं तुम्हारे नन्हें महाराज?"

"गौर वर्ण है महारानी! आँखें जितनी मैं देख पायी हूँ, कंजी हैं। नहाते ही सो गये, इसलिए अधिक नहीं देख पायी।" परिचारिका बोली, "केश काले हैं। लगता है, अपने मामा पर गये हैं।" .

गान्धारी को लगा, वे परिचारिका के शब्द नहीं हैं, जैसे कोई तीक्ष्ण धार का शस्त्र है, जो उसके हृदय को चीरता चलता है और आदेश देता है, 'अपनी आँखों की पट्टी नोच डाल; और अपनी आँखों से देख, अपने नन्हें महाराज को...।' किन्तु उसे इस लोभ का संवरण करना होगा...उसकी सारी प्रतिष्ठा, इस पट्टी पर टिकी है...

"महाराज को सूचना दी गयी?"

"सबसे पहले उन्हें ही सूचना दी गयी थी महारानी!" परिचालिका बोली, "कुरुश्रेष्ठ भीष्म, राजमाता अम्बिका, पितामही महारानी सत्यवती, महात्मा

विदुर—सबको ही सूचना भिजवायी गयी है। महाराज आ गये हैं। प्रतीक्षा कर रहे हैं। बुलाऊँ?"

"बुला ला!"

परिचारिका ने जा कर कपाट खोला और दासियों का सहारा लेता हुआ धृतराष्ट्र अन्दर आया।

"कैसी हो गान्धारी?"

"ठीक हूँ।"

"कहाँ है बालक? स्वस्थ तो है न?"

"आप बैठें महाराज! नन्हें महाराज को मैं अभी आपकी गोद में देती हूँ।" परिचारिका ने शिशु को उठा लिया, "अभी सोये हैं।"

धृतराष्ट्र बैठ गया और परिचारिका ने बालक उसकी गोद में दे दिया।

"स्वस्थ तो है न?" धृतराष्ट्र ने उसे टटोलते हुए पूछा, "भिषगाचार्य इसे देख गये हैं?"

"बालक स्वस्थ है राजन्!" परिचारिका ने बलपूर्वक कहा।

"भिषगाचार्य इसे देख गये हैं?" धृतराष्ट्र ने पुनः पूछा। उसके स्वर में आग्रह था।

"उसकी आवश्यकता नहीं है महाराज!"

"किसी को शीघ्र भेजो। जा कर भिषगाचार्य को बुला लाये।"

धृतराष्ट्र के इस आग्रह पर परिचारिका हतप्रभ-सी रह गयी; किन्तु अधिक कहने का उसका साहस नहीं हुआ।

गान्धारी समझ रही थी कि धृतराष्ट्र के मन में क्या है...जन्मान्ध पिता को चिन्ता है कि उसकी सन्तान तो दृष्टियुक्त है न!...और फिर स्वयं गान्धारी ने अपने गर्भ को नष्ट करने का प्रयत्न किया था...कहीं उसके कारण तो इस कोमल बालक की कोई क्षति नहीं हुई...सहसा जैसे गान्धारी काँप गयी...कहीं उसके अपने प्रहार के कारण ही बालक विकलांग हो गया तो?...कुन्ती और उसके पुत्र की तो वह कोई हानि नहीं कर पायी, कहीं अपनी ही कोई क्षति कर बैठी तो?

धृतराष्ट्र बालक को गोद में लिए बैठा, अपने हाथों से उसे टटोलता रहा; और सहसा बोला, "गान्धारी! इसका नाम सुयोधन रखेंगे!"

"अच्छ नाम है।" गान्धारी बोली।

"यह अपना युद्ध भली-भाँति लड़ कर आया है। सारे प्रहारों का निवारण किया है इसने। और..." वह रुका, जैसे कहने में संकोच का अनुभव कर रहा

हो; किन्तु फिर कह ही गया, "और आगे भी इसे बहुत कठोर और लम्बा युद्ध करना है।...सुयोधन ही ठीक रहेगा न?"

"ठीक है!"

"लाइए! नन्हें महाराज को मुझे दे दें राजन्!"

परिचारिका ने बालक को गान्धारी के निकट लिटा दिया।

"युद्ध तो यह करेगा; किन्तु उसकी सुरक्षा का प्रबन्ध तो आप ही करेंगे। यदि आपने यह प्रबन्ध नहीं किया तो, तो युद्ध का अवसर ही नहीं आयेगा।"

"उसकी चिन्ता तुम मत करो!" धृतराष्ट्र उठ खड़ा हुआ, "मैं तो करूँगा ही। हमारा कार्य साधने में शकुनि भी कुछ कम नहीं है।"

"कुरुवृद्धो! भरतवंशी राजाओ और सभासदो!" धृतराष्ट्र ने राजसभा को सम्बोधित किया, "राजकुमार युधिष्ठिर, राजकुमार सुयोधन से बड़ा है—इसलिए वह हस्तिनापुर का युवराज होगा। इस बात में न मुझे संदेह है, न आपको। इस संदर्भ में कोई भी शंका नहीं है। किन्तु मैं आपसे पूछना चाहता हूँ कि क्या युधिष्ठिर के पश्चात सुयोधन को हस्तिनापुर का राज्य मिलेगा? क्या युधिष्ठिर के राज्याभिषेक के पश्चात सुयोधन का युवराज्याभिषेक होगा?"

धृतराष्ट्र चुप हो गया! सभा में सन्नाटा छा गया। कैसा अनपेक्षित प्रश्न था...और फिर एक मर्मर ध्वनि आरम्भ हो गयी। सभासद असहमत से, जैसे परस्पर विवाद कर रहे थे। राजा को दो-टूक उत्तर देने के लिए कदाचित कोई भी प्रस्तुत नहीं था।

जब पर्याप्त समय व्यतीत हो गया और कोई स्पष्ट उत्तर नहीं आया, तो धृतराष्ट्र ने पुनः पूछा, "सभा की क्या मंत्रणा है?"

अन्ततः कणिक ने उठ कर पूछा, "राजन्! आपका प्रश्न विचारिणीय है। प्रश्न अपने-आप में स्पष्ट है। किन्तु उस प्रश्न की पृष्ठभूमि स्पष्ट नहीं है। इस प्रश्न की आवश्यकता का महत्त्व हम समझ नहीं पा रहे राजन्!"

धृतराष्ट्र की इच्छा हुई, चीत्कार कर कहे, 'मेरी आँखें नहीं थीं; किन्तु मेरे पुत्र में तो कोई दृष्टि-दोष नहीं है। मुझे राज्य नहीं दिया, पर उसे तो दो!'

किन्तु, वह समझ रहा था कि यह सब कहने का यह अवसर नहीं था। धीरे से बोला, "मैं राज्य की भावी नीति निर्धारित करना चाहता हूँ। इसीलिए चाहता हूँ कि सभा आज निर्णय कर दे कि राज्य-प्राप्ति के संदर्भ में सुयोधन की क्या स्थिति है?"

भीष्म के मन में आया कि वह धृतराष्ट्र को डाँट दें : स्पष्टतः वह पाण्डु के राज्य से उसके पुत्रों को वंचित करने का प्रपंच रच रहा था। उसकी यह

कामना-मात्र; न्याय और औचित्य से इतनी दूर थी कि उसके लिए उसकी भर्त्सना होनी चाहिए थी।...वह कुरुकुल में परस्पर द्रोह और द्वेष का बीजारोपण कर रहा था। वह यह आग्रह नहीं कर रहा था कि पाण्डु को शतशृंग पर्वत से बुला कर उसका राज्य उसे सौंप दिया जाये। न यह कह रहा था कि उसके पुत्र युधिष्ठिर का युवराज्याभिषेक किया जाये। वह अपने पुत्र के लिए निर्लज्जतापूर्वक राज्य माँग रहा था। अन्यायी।...ये लक्षण अच्छे नहीं थे। इस प्रकार तो नियम, परम्पराएँ, सिद्धान्त...सब पीछे छूट जायेंगे; और व्यक्ति आगे आ जायेगा। और जब दृष्टि में सिद्धान्त नहीं, व्यक्ति होता है, तो निर्णय न्याय के आधार पर नहीं, व्यक्ति की इच्छा के आधार पर होते हैं। व्यक्ति की इच्छा, उसकी रुचि-अरुचि, उसकी प्रकृति, उसकी परिस्थितियों पर निर्भर करती है—वह समाज के हित में ही हो यह आवश्यक नहीं है। स्वेच्छाचारिता कभी भी शुभ नहीं होती; और राजा की स्वेच्छाचारिता तो किसी भी समाज के लिए विनाश का ही संकेत है। यदि धृतराष्ट्र इसी मार्ग पर आगे बढ़ा, तो भविष्य में यह सभा से कुछ पूछेगा भी नहीं, स्वयं ही सारे निर्णय लिया करेगा...

अपने मन में ताने-बाने बुनते हुए भीष्म ने देखा, विदुर उठ कर खड़ा हो गया है।

"राजन्! पहले यह निर्णय करें कि राज्य किसका है?" विदुर बोला, "यदि राजा आप हैं, तो युवराज सुयोधन ही होगा। तब बीच में युधिष्ठिर नहीं आता। किन्तु आपने स्वयं अभी यह स्वीकार किया है कि युवराज युधिष्ठिर ही है। इसका तात्पर्य यह है कि हस्तिनापुर के राजा महाराज पाण्डु हैं, जो शतशृंग पर्वत पर तपस्या कर रहे हैं। यदि राजा, महाराज पाण्डु हैं, और युवराज युधिष्ठिर तो युधिष्ठिर के पश्चात राज्य का अधिकारी उसका पुत्र, और पुत्र न होने पर उसका अनुज होगा। यदि आप यह प्रस्तावित करते हैं कि युधिष्ठिर के पश्चात राज्य सुयोधन को मिले, तो या तो आपकी धारणा यह है कि राजा पाण्डु का दूसरा पुत्र नहीं होगा, और युवराज युधिष्ठिर भी पुत्रविहीन ही रहेगा; या आप सुयोधन को युधिष्ठिर का युवराज घोषित कर राजा पाण्डु तथा युवराज युधिष्ठिर की भावी सन्तानों का मार्ग अवरुद्ध कर देना चाहते हैं।..."

"किन्तु यह राज्य मेरा था।" धृतराष्ट्र आवेश के साथ बोला, "दृष्टिहीन होने के कारण मुझे नहीं मिला। अब मेरा पुत्र है, जो स्वस्थ है, दृष्टिवान...।"

"राज्य तो कुरुश्रेष्ठ भीष्म का था।" विदुर ने सहज भाव से उत्तर दिया, "किसी कारण से उन्होंने राज्य छोड़ दिया, तो लौट कर वह उनकी सन्तान को नहीं मिला।"

"उनकी सन्तान है ही नहीं।" धृतराष्ट्र तत्काल बोला।

"इसीलिए नहीं है कि संभव हो कर वह आपके समान अनीति का मार्ग न पकड़ ले।" विदुर बोला, "आपका यह प्रस्ताव अनुचित, अनीतिपूर्ण और राजधर्म के विरुद्ध है। मेरा मत है कि सुयोधन को राजपद से, राज्य केन्द्र से, सत्ता और शासन के स्रोत से जितना दूर रखा जाये, उतना ही अच्छा है। आप उसे सिंहासन के जितना निकट लायेंगे, राजवंश में विरोध और शत्रुता का बीज, उतना ही गहरा बोयेंगे। परिवार में परस्पर शत्रुता, उसके नाश की द्योतक है। आप इस विचार का पूर्ण त्याग कर दें। यह वासना आत्मघातिनी है महाराज!"

धृतराष्ट्र के चेहरे पर असन्तोष स्पष्ट रूप से उभर आया। विदुर का तर्क उसे मान्य नहीं था, "ब्राह्मण वर्ग का क्या मत है?"

"हम धर्मज्ञ विदुर से सहमत हैं।" उत्तर मिला।

धृतराष्ट्र के मन में कटुता-ही-कटुता भर आयी; इन बुद्धिजीवियों से अपने पक्ष-समर्थन की अपेक्षा ही व्यर्थ है। ये राज्य के आश्रय में रहेंगे, उससे जीवन-यापन की सुविधाएँ भी प्राप्त करेंगे; और अपनी स्वतन्त्रता भी बनाये रखेंगे, न्याय और नीति के नाम पर राजा का विरोध भी करेंगे।...धृतराष्ट्र के मन में आया कि इन सारे गुरुकुलों, आश्रमों और विद्याकेन्द्रों को बन्द करवा दें। क्यों नहीं राजकर्मचारी यह काम कर सकते? इन बुद्धिजीवी ब्राह्मणों पर राजकोष के धन का अपव्यय करने का क्या लाभ? इससे तो अच्छा है कि राजभृत्यों को अधिक धन दिया जाये, ताकि वे और अधिक झुक कर अभिवादन करें, राजा की प्रत्येक इच्छा को विधाता की इच्छा मानें; और राजा के विरोधियों पर उनका आघात प्रबलतर हो। या तो बुद्धिजीवी भी राजभृत्य बन जायें, या फिर राज्य की सीमाओं से निकल जायें...

किन्तु धृतराष्ट्र का यह सब कह नहीं सका। उसे बहुत कुछ अपने मन में रखने का अभ्यास था। बोला, "अमात्य-वर्ग का क्या मत है?"

"मन्त्रिप्रवर विदुर ने समुचित व्यवस्था दी है। राजवंश के हित के लिए, राज्य की सुरक्षा के लिए तथा प्रजा के कल्याण के लिए, सुयोधन को राजसत्ता से दूर रखा जाये।"

भीष्म मौन धारण किये बैठे थे। उन्होंने अभी तक धृतराष्ट्र के विरोध में एक शब्द भी नहीं कहा था। धृतराष्ट्र के मन में एक आशा जागी : कदाचित पितृव्य ही उसका पक्ष लें। वह एक बार उनसे भी पूछ ही ले। किन्तु उसके मन में भय भी जागा : भीष्म ने भी वही कहा, जो विदुर ने कहा है—तो क्या लाभ?...जिस मौन में वह अपना समर्थन खोज रहा है, कहीं वह विदुर से ही

मौन सहमति न हो।...

तभी द्वारपाल ने संदेश दिया, "महाराज! शतशृंग पर्वत पर महाराज पाण्डु से मिलने के लिए गये, राजदूत लौट आये हैं। वे महाराज के दर्शन करना चाहते हैं।"

"लिवा लाओ।"

दूतों ने आ कर निवेदन किया, "महराज पाण्डु अपने परिवार के साथ सकुशल हैं। महारानी कुन्ती ने दूसरे पुत्र को जन्म दिया है, जो आसाधारण रूप से हृष्ट-पुष्ट और विशालकाय है। उसका नाम भीम रखा गया है।..."

दूत बहुत कुछ कहते रहे; किन्तु धृतराष्ट्र के कान बाहर के स्वरों के लिए जैसे बन्द हो गये थे। उसका अपना मन ही इतना चीत्कार कर रहा था कि बाहर के स्वर भीतर प्रवेश ही नहीं कर पा रहे थे : युधिष्ठिर के पश्चात भीम! अर्थात युधिष्ठिर का युवराज भी आ गया।...अब सुयोधन के लिए राज्य प्राप्त करने की कोई संभावना नहीं है, कोई नहीं...केवल धृतराष्ट्र की अन्धता के कारण...ओह विधाता।...

66

"आर्यपुत्र!" आयुर्वेदाचार्य द्वारा दी गयी औषधि, पाण्डु की ओर बढ़ाते हुए माद्री ने कहा, "कितना समय हो गया, आपको यह औषध-सेवन करते?"

"समय तो पर्याप्त हो गया है। क्यों?"

"कुछ लाभ भी हुआ या मात्र तिक्त वनस्वतियाँ खाने का अभ्यास भर हुआ है?"

पाण्डु ने औषध थाम ली और आँखें उठा कर माद्री को देखा : कुन्ती की तुलना में माद्री की रुचि सदा ही प्रसाधनों में अधिक रही थी। नेपथ्य की विधियाँ भी कदाचित वह कुन्ती से अधिक जानती थी और उसके पास उसके लिए समय भी अधिक था।...कुन्ती एक तो आश्रम के सारे श्रम-कार्यक्रम में भाग लेती थी; और दूसरे, उसे युधिष्ठिर के साथ-साथ भीम को भी थोड़ा समय देना पड़ता था। उसका कामिनी रूप तो कभी भी मुखर नहीं था; किन्तु अब तो वह पूर्णतः 'माता' ही बन गयी थी। वह पाण्डु की पत्नी थी, और पत्नी ही बने रहने में सन्तुष्ट थी; प्रिया बनने का प्रयत्न उसने कभी नही किया था।...किन्तु माद्री...वह कुन्ती से भी अधिक सुन्दर थी, फिर भी शृंगार का ऐसा कोई अवसर या प्रयत्न उससे उपेक्षित नहीं हो सकता था, जो उसके रूप के आकर्षण में तनिक-सी भी वृद्धि कर सकता हो।...यहाँ, इस पर्वत पर,

तपस्वियों के इस आश्रम में प्रसाधन के बहुत अधिक साधन नहीं थे, फिर भी उसकी केश-सज्जा प्रतिदिन परिवर्तित होती थी। उसका पुष्प-सम्भार अवश्य होता था। नित नये-नये पुष्प, कहीं-न-कहीं से वह प्राप्त कर लेती थी। अपने परिधान के प्रति भी वह अत्यन्त सजग थी। हस्तिनापुर से आये हुए मूल्यवान और आकर्षक वस्त्र उसी के पास थे। कुन्ती तो आवश्यकता-भर वस्त्र ही स्वीकार करती थी।...

"मैंने कुछ पूछा था।" माद्री ने पाण्डु से कुछ उत्तर न पा कर कहा।

"आयुर्वेदाचार्य का कहना है कि लाभ हो रहा है।"

"आपका अपना क्या विचार है?"

"मेरा विचार क्या हो सकता है; व्यवहार ही बता सकता है।" पाण्डु बोला, "व्यवहार की मुझे अभी अनुमति नहीं है। आयुर्वेदाचार्य का कहना है कि मैं कामावेग से बचूँ। शारीरिक और मानसिक उत्तेजना मेरे लिए हितकारी नही है।"

माद्री के नयनों में खिली चंचलता की ज्योत्स्ना जैसे आकस्मिक ढंग से बुझ गयी, "कब तक चलेगा यह क्रम! आयुर्वेदाचार्य न आपका उपचार करते हैं, और न हमें हस्तिनापुर जाने की अनुमति देते हैं।...और कुन्ती ने तीसरी बार गर्भ धारण किया है।"

"अपना अभिप्राय स्पष्ट कहो।"

"स्पष्ट कहूँ? सुन सकेंगे?"

"प्रयत्न करूँगा।"

"उत्तेजित तो नहीं होंगे?"

"संयत रहूँगा।"

"मैं कुन्ती से अधिक कुलीन हूँ, उससे अधिक सुन्दर भी; और वयस भी मेरा उससे कम ही है...।"

"तो?"

"तो भी आपने मुझे क्या बना रखा है?" माद्री का स्वर कुछ प्रखर हो गया, "पहले ही मैं कनिष्ठ रानी होने के कारण उसके अधीन थी; अब वह तीन पुत्रों की माता होगी और मैं पुत्रहीना!" माद्री ने रुक कर पाण्डु को देखा, "मैं दीदी से ईर्ष्या तो नहीं करती, किन्तु हीनता का अनुभव तो करने ही लगी हूँ।...वह भी आपकी पत्नी है, मैं भी; तो फिर आपके सारे पुत्र, क्यों उसी के गर्भ से उत्पन्न हों?"

पाण्डु की दृष्टि उसकी ओर उठी तो वह सहज नहीं थी। वह तीक्ष्ण दृष्टि से उसे देर तक चुपचाप देखता रहा।

अन्ततः माद्री को ही पूछना पड़ा, "ऐसे क्यों देख रहे हैं?"

"एक बात मैं भी पूछना चाहता हूँ। पर्याप्त कटु है। सुन सकोगी?"

"क्यों नहीं।"

"बुरा तो नहीं मानोगी?"

"मान भी गयी तो क्या। आपकी महारानी तो कुन्ती हैं।"

"तब नहीं पूछूँगा।"

"नहीं!" माद्री मुस्कुरायी, "रुष्ट न हों। पूछें। मैं बुरा नहीं मानूँगी।"

पाण्डु ने अपने-आपको साधा, जैसे कोई दुःस्साहस का कार्य करने जा रहा हो, "तुम्हें रति-सुख चाहिए या मातृत्व सुख?"

माद्री ने तत्काल उत्तर नहीं दिया। फिर बोली, "यह प्रश्न पर्याप्त अपमानजनक है। रुष्ट होने का मुझे पूर्ण अधिकार है। कभी आपने कुन्ती से भी यह पूछा है?"

"कुन्ती से पूछने का प्रश्न नहीं है।" पाण्डु बोला, "उसने कभी माता बनने की भी इच्छा प्रकट नहीं की। उसने जो कुछ किया है, मेरी इच्छा से, मेरी आज्ञा के अधीन किया है।...उससे मैं यह प्रश्न कैसे कर सकता हूँ; उसने तो कभी मुझे भी रिझाने का प्रयत्न नहीं किया...।"

माद्री कुछ नहीं बोली।

"तुमने उत्तर नहीं दिया।"

माद्री जैसे क्षण-भर को संकुचित हुई; फिर बोली, "स्पष्ट कहने की अनुमति हो तो कहूँगी कि चाहिए तो मुझे रति-सुख भी; किन्तु व्यभिचार नहीं चाहती। अतः इन परिस्थितियों में केवल मातृत्व से ही सन्तोष कर लूँगी।...मैं देखती हूँ कि माँ बन कर कुन्ती कितनी गरिमामयी हो गयी है...।"

"मैं कुन्ती से चर्चा करूँगा।" पाण्डु उठते हुए बोला और कुटिया से बाहर चला गया।

माद्री खड़ी देखती ही रह गयी : शायद उसने पाण्डु को आहत कर दिया था। पाण्डु चलता ही जा रहा था—निरुद्देश्य, लक्ष्यहीन! उसे लग रहा था, वह पुनः उसी मन-स्थिति में पहुँच गया है, जिसमें कभी वह दिग्विजय हेतु निकल पड़ता था, कभी आखेटार्थ। आज भी उसकी इच्छा हो रही थी, वह चलता-चलता कहीं दूर निकल जाये...इन पर्वतों के पार, इस आश्रम से दूर, कुन्ती और माद्री से दूर।...उसे आश्चर्य हो रहा था कि आज उसमें हिंसा का पुराना ज्वार क्यों नहीं जागा था? क्यों आज वह धनुष-बाण ले कर किसी की हत्या करना नहीं चाहता था। आज उसकी सारी हिंसा अपने ही विरुद्ध जागी थी...

विवाह के पश्चात उसे कुन्ती और माद्री का सामना करना पड़ा था और

उसने स्वयं को कितना असमर्थ और हीन अनुभव किया था। किन्तु उसका दर्प स्वयं को किसी से राई बराबर भी न्यून मानने को तैयार नहीं था। इसीलिए वह अपनी श्रेष्ठता प्रमाणित करने के लिए कटिबद्ध हो गया था; और युद्ध के लिए निकल पड़ा था। किन्दम ऋषि के आश्रम के निकट उसने इसी प्रकार उस मृग से स्वयं को हीन अनुभव किया था और उसका वध कर दिया था... संन्यास लेने का संकल्प किया था, तो कुन्ती ने ही उसे आश्वासन दिया था कि वे दोनों पत्नी के रूप में भी उससे ऐसी कोई अपेक्षा नहीं करेंगी, जिसका सामर्थ्य उसमें न हो...

कुन्ती ने आज तक अपने वचन का निर्वाह किया था; किन्तु आज माद्री ने...वह समझ रहा था कि उसकी शारीरिक अक्षमता दूर हो रही है...उसके घावों पर जैसे त्वचा तक की एक हल्की परत जम गयी है...अब वह पहले के समान उद्विग्न नहीं है, उसका आत्मविश्वास लौट रहा है...किन्तु आज माद्री के एक आग्रह ने सिद्ध कर दिया कि जिसे वह शिला का आधार समझ रहा था, वह मात्र कायी थी, जो जल के तल पर तैर कर उसके मन में ठोस भूमि का भ्रम उत्पन्न कर रही थी...वह अब भी उतना ही पीड़ित और उद्विग्न था...वह आज भी पुरुष के रूप में स्त्री के सम्मुख, उतना ही पीड़ित, दीन-हीन, असहाय और लघु था।

किन्तु आज उसका मन आत्म-पीड़न के लिए व्याकुल था। अब वह किसी और का वध नहीं करना चाहता था; आज वह अपना ही सिर फोड़ लेना चाहता था...पता नहीं यह उसकी दीनता थी, पीड़ा थी, वैराग्य था...उसे लगा था, उसे अब किसी वस्तु का मोह नहीं है, किसी व्यक्ति का भी नहीं, ऐसी कोई क्षति नहीं है, जिससे वह पीड़ित हो सके...इस संसार में अब किसी वस्तु में उसकी आसक्ति नहीं थी...

सहसा उसका ध्यान युधिष्ठिर और भीम की ओर चला गया...और उसका वह तीसरा पुत्र जो कुन्ती के गर्भ में पल रहा था...युधिष्ठिर अब पाँच-एक वर्षों का हो चला था; किन्तु अपने वय के बालकों की तुलना में बहुत गम्भीर था। उसी की तुलना में ढाई वर्ष का भीम बहुत उद्यमी था। वह ढाई वर्ष छोटा हो कर भी युधिष्ठिर के बराबर का ही दिखता था। जब बोलने लगा था तो उसका वास्तविक वय मालूम होता था। बालक तो सारे ही अबोध होते हैं; किन्तु भीम तो जैसे शैशव और ऊर्जा की साक्षात मूर्ति ही था। दिन-भर खेलता रहता था। भागता, दौड़ता, गिरता, उठता। न उसे चोट लगती थी, न वह भयभीत होता था। जिस-तिस से बातें करने लगता; और अपनी भोली बातों से उसका मन मोह लेता था।...और भोजन में कितनी रुचि है उसकी।

प्रत्येक क्षण खाने को ही माँगता रहता है। अभी से युधिष्ठिर के बराबर भोजन करता है...और कितना स्नेह है उसे माँ से; पाण्डु से भी। कभी कुन्ती के पीछे पड़ जाता है कि मुझे गोद में उठा; और कभी स्वयं उसे गोद में उठाने का प्रयत्न करता है...

और कुन्ती।...कुन्ती के गर्भ की पूर्णावस्था थी। तीसरे नियोग के लिए उसने देवराज इन्द्र का ध्यान किया था; और नियुक्त पुरुष इन्द्र का प्रतिनिधि माना था। उसकी तीसरी देवप्रदत्त सन्तान, इन्द्र की सन्तान थी...

सहसा पाण्डु के पग थम गये।

अपने इन पुत्रों को छोड़ कर वह कहाँ जा रहा है? इनके बिना रहा जायेगा उससे?...और किसी में उसकी आसक्ति न सही; अपने जीवन का भी उसे मोह नहीं...किन्तु युधिष्ठिर?...भीम?...और वह तीसरा...

उसे लगा, अपनी सन्तान से उसे मोह है। सन्तान होती ही ऐसी है। उन्हें संसार से संघर्ष करने के लिए, अकेला और असहाय छोड़ कर पाण्डु कहीं भी सुख नहीं पा सकता। न भोग में, न त्याग में।...अब तो उनके साथ ही उसकी गति है...

उसके मन में इतना मोह है सन्तान के लिए, तो माद्री के मन में क्यों नहीं होगा। चाहे कुन्ती और माद्री में परस्पर कितना ही स्नेह हो, किन्तु हैं तो सपत्नियाँ ही। कुन्ती के तीन-तीन पुत्र हों और माद्री का एक भी नहीं...व्यर्थ ही पाण्डु ने उस पर संदेह किया कि वह उसकी असमर्थता जता रही थी। वह वस्तुतः सन्तान की कामना ही कर रही थी...

पाण्डु ने आकाश की ओर देखा : सन्ध्या हो चली थी। वह आश्रम से जाने कितनी दूर चला आया था। ऐसा तो कभी-कभी आखेट के दिनों में होता था कि किसी वन्य पशु के पीछे अन्धाधुन्ध अश्व दौड़ाते हुए, यह भी स्मरण नहीं रहता था कि अपने शिविर से कितनी दूर चले आये हैं; और किस-किस मार्ग को पीछे छोड़ते आये हैं। लगता है आज भी पाण्डु अपने दर्प-रूपी वन्य पशु के पीछे, इन वन में भटक गया था।...

सन्ध्या ढले पाण्डु अपनी कुटिया में लौटा। कुन्ती वहाँ उसकी प्रतीक्षा कर रही थी।

"कहाँ चले गये थे आर्यपुत्र?"

"वन में भटक गया था।"

"भटक गये थे, या भटक रहे थे?"

"अब जो समझ लो।"

"उद्विग्न हैं क्या?"

पाण्डु कुछ नहीं बोला।

"आपको आयुर्वेदाचार्य ने स्पष्ट कहा है कि उद्विग्नता से स्वयं को बचायें।" कुन्ती स्नेह से बोली, "अब ऐसा क्या है जिसके लिए आप उद्विग्न होते हैं। दो सुन्दर स्वस्थ पुत्र हैं, तीसरा जन्म लेने को है।"

पाण्डु, कुन्ती के निकट आ गया : कुन्ती के चेहरे पर क्या था! क्या था उसकी आँखों में। उसे देख कर पाण्डु का मन द्रवित हो जाता था। हठात पाण्डु की इच्छा होती थी, उसके केश सहलाये, उसे अपनी भुजाओं मे भर ले, या...या...या फिर उसकी गोद में सिर रख कर बहुत-बहुत रोये...किन्तु इस सारे कार्य-व्यापार में कहीं कोई उत्तेजना नहीं थी, कोई स्नायविक तनाव नहीं था।...कैसी तो शान्ति थी, जो मन को विशद कर देती थी...

"कुन्ती!" वह बोला।

कुन्ती उसकी मुद्रा से ही समझ गयी : उसके मन में कोई विशेष बात थी।

"मैं युधिष्ठिर और भीम को ले कर चिन्तित हूँ।"

"इस सात्विक वातावरण में भी चिन्ता?" कुन्ती बोली, "क्या चिन्ता है आर्यपुत्र?"

"उन्हें सौतेली माँ का ताप न लगे।"

कुन्ती क्षण-भर तो भाव-शून्य दृष्टि से उसे देखती रही, फिर जैसे समझ कर बोली, "माद्री ने कुछ कहा क्या?"

"हाँ। उसे यह तथ्य साल रहा है कि तुम तीन पुत्रों की माता होने जा रही हो; और उसकी एक भी सन्तान नहीं है।"

कुन्ती कुछ नहीं बोली।

पाण्डु भी मौन बैठा रहा।

एक लम्बा समय चुपचाप निकल गया।

अन्ततः पाण्डु ही बोला, "अर्जुन के पश्चात चौथे पुत्र के लिए किस देव-शक्ति का ध्यान करोगी?"

"यह अर्जुन कौन है?"

"हमारा तीसरा पुत्र।"

"अभी जन्म उसका हुआ नहीं, और नामकरण पहले हो गया।"

"हाँ। तुम्हें अच्छा नहीं लगा?"

"नहीं। अच्छा है।" कुन्ती बोली, "किन्तु यदि इस बार कन्या हुई तो?"

"नहीं, कन्या नहीं होगी। मेरा मन कहता है कि पुत्र की याचना कर, इन्द्र का ध्यान करने पर, कन्या का जन्म नहीं होगा।"

"चलो ठीक है।" कुन्ती बोली, "पुत्र होगा; और उसका नाम अर्जुन होगा। किन्तु एक बात अभी से स्पष्ट कर दूँ; मैं चौथा नियोग नहीं करूँगी।"

"क्यों?"

"पुत्र की कामना से तीन नियोग ही धर्म-संगत हैं। इससे अधिक को धर्मतः व्यभिचार कहा गया है।"

"तो मेरी एक बात मानो।" पाण्डु ने धीरे-से कहा।

"क्या?"

"जो मंत्रणा तुम्हें दुर्वासा ने दी थी, वही तुम माद्री को दो। तुम व्यभिचार से बच जाओगी; और माद्री पुत्रवती हो जायेगी। उसकी दृष्टि भी सौतेली माँ की न रह कर, 'माँ' की हो जायेगी।"

निर्णय तक पहुँचने में कुन्ती को समय नहीं लगा। बोली, "जैसी आपकी इच्छा।"

"तुम्हारा क्या विचार है, उसे किस देव-शक्ति का ध्यान करना चाहिए?" पाण्डु ने पूछा।

"अश्विनी कुमार कैसे रहेंगे," कुन्ती कुछ सोचती हुई बोली, "संभव है कि उनकी कृपा से आपके स्वास्थ्य में भी सुधार हो जाये; और हमें एक और सुन्दर तथा अरोग्यमूर्ति पुत्र मिल जाये।"

कुन्ती के आनन पर माद्री या उसकी सम्भावित सन्तान के लिए तनिक भी वैमनस्य नहीं था।

पाण्डु का मन प्रसन्न हो गया, "तुम्हारी इच्छा पूरी हो।"

67

जातकर्म तथा नामकरण संस्कार कर, कुलपति ने पाँचों पाण्डवों को आशीर्वाद दिया, "सदा नीति और न्याय के मार्ग पर चलो पुत्रो। यही तुम्हारा शाश्वत धर्म है। लोभ और भय के कारण सत्पथ से विचलित मत होना। विधाता ने तुम्हें दैवी-सम्पत्ति दी है, आसुरी सम्पत्ति एकत्रित करने का प्रयत्न मत करना। अपने स्वार्थ के लिए, अपनी सुविधा के लिए, न दूसरे की सुख-सुविधा छीनना, न किसी के नैतिक अधिकार का हनन करना। विधाता ने सृष्टि रची है, तो उसे कुछ नियमों के अधीन ही रचा है; और नियमों के अधीन ही उसका संचालन हो रहा है। वे नियम ही सत्य हैं पुत्र! और उन पर चलना ही नीति है। तुम नीति कभी न छोड़ना।" कुलपति ने रुक कर उन्हें देखा, "अभी तुम्हारी अवस्था कम, और बुद्धि अविकसित है। मेरी सारी बातें समझ नहीं पाओगे। यह तुम्हारे

माता-पिता और गुरुओं का कर्तव्य है कि जैसे-जैसे तुम्हारी बुद्धि विकसित हो, तुम्हें ये बातें समझाते चलें। तुम उनकी शिक्षा पर श्रद्धा रखना और उस पर मनन करना। धीरे-धीरे सब कुछ तुम्हारी समझ में आ जायेगा।"

उन्होंने खड़े हो कर बालकों पर पवित्र जल छिड़का और उनके सिर पर हाथ रख कर आशीर्वाद दिया।

वे चलने को उद्यत हुए, "राजन्! अपनी सुविधा से मेरी कुटिया में आना।"

"मुझे तो सुविधा ही है आर्य कुलपति!" पाण्डु उनके साथ चल पड़ा, "मैंने नैतिकता की बातें बहुत सुनी हैं ऋषिवर! और मेरी उन पर पूर्ण श्रद्धा भी है; किन्तु इधर कुछ देश-भ्रमण से, कुछ विभिन्न समाजों के सम्पर्क में आने से, नीति और नैतिकता को ले कर मेरे मन में कुछ संशस जागे हैं, कुछ जिज्ञाएँ हैं। मैं कई दिनों से सोच रहा था कि आपसे उनकी चर्चा करूँ!"

"अवश्य करो वत्स!" कुलपति रुके नहीं, वे चलते गये, "चर्चा से ही मन के संशय मिटते हैं। यह भी मनन का ही एक रूप है।"

"मैं यह सोचता हूँ कि नैतिकता क्या है?..." पाण्डु बोला, "मेरी पितामही गंगा मेरे पितामह शान्तनु को त्याग कर चली गयी थीं। सोचता हूँ कि पत्नी का इस प्रकार पति को त्याग कर चले जाना, नैतिक है क्या?"

ऋषि हँसे, "गंगा और शान्तनु का समाज भिन्न था। गंगा, उस समाज का अंग थी, जहाँ स्त्री शर्तों पर ही जीवन व्यतीत करती है; इसलिए उसका पति को त्याग देना, कुछ भी अनैतिक नहीं था। यह तो समाज-भेद के कारण मान्यताभेद है राजन्! उत्तर कुरु में आज भी स्त्री-पुरुष सम्बन्ध पूर्णतः स्वच्छन्द हैं। वहाँ पति-पत्नी सम्बन्धों की परिकल्पना ही नहीं है। इस शतश्रृंग के आस-पास बसनेवाले जन-सामान्य में बहुपतित्व की प्रथा है, जबकि आर्यावर्त्त के राजवंशों में बहुपत्नीत्व की प्रथा है। आपके कुरु-जांगल प्रदेश और पांचाल में ही कितना भेद है। कुरु-जांगल की तुलना में, पांचाल में नारी अधिक स्वतन्त्र है, और वहाँ बहुपतित्व अभी प्रचलित भी है। ऋषि कानीन पुत्र को धर्म-सम्मत मानते हैं, राजवंश नहीं मानते। क्षेत्रज पुत्र को आज का समाज धर्म-सम्मत और सामाजिक विधान के अनुरूप मानता है; कौन जाने भविष्य का समाज उस पर भी आपत्ति करे।" ऋषि ने अपनी कुटिया में प्रवेश किया, "यह तो सामाजिक व्यवस्था है राजन्! सामाजिक-व्यवहार की मर्यादा!" ऋषि अपने आसन पर बैठ गये, "आसन ग्रहण करो।"

पाण्डु बैठ गया, तो वे पुनः बोले, "मैं जिस नीति की बात कर रहा हूँ, वह मानवनीति है। कोई भी समाज अपने अनुभव और बुद्धि के अनुसार

सामाजिक-व्यवहार के नियम बनाता है और अनुभव की परिपक्वता के साथ, उनमें परिवर्तन करता चलता है।...किन्तु मैं जिस नीति की बात कर रहा हूँ, वह व्यापक नीति है। हमें अपना चिन्तन न तो आत्मसीमित रखना चाहिए, न संकीर्ण। देश, काल, तथा समाज का एक व्यापक बिम्ब होना चाहिए, हमारे सामने। जब नीति कहती है कि 'सत्य बोलो।' तो इसलिए नहीं कि सत्य बोलने से आकाश से अमृत टपकने लगेगा। वह हम इसलिए कहते हैं कि यदि समाज में सत्य बोलेंगे तो उनका परस्पर विश्वास बना रहेगा, व्यवहार में सुविधा रहेगी, जीवन में संघर्ष सरलता से पार किये जा सकेंगे; किन्तु यदि एक व्यक्ति दूसरे से झूठ बोलेगा, किसी को किसी के शब्द पर विश्वास नहीं रहेगा, तो सामाजिक व्यवहार में असुविधाएँ बहुत बढ़ जायेंगी; और यह परस्पर का अविश्वास उस समाज को नष्ट कर देगा। तुम देखोगे कि व्यक्ति रूप में सुख-दुख पृथक विषय है; किन्तु समाज में सुख वहीं है, विकास, उन्नति और शक्ति वहीं है, जहाँ व्यापक सामाजिक हित को ध्यान में रख कर सद्व्यवहार किया जाता है।...नीति तो अत्यन्त व्यापक और दूरगामी धारणा है राजन्! इसमें तो हम सारी सृष्टि के अनन्त काल तक को ध्यान रखते हैं; सारा जीव-जगत, वनस्पति जगत, नदियाँ, पर्वत, धरती—किसी की भी सर्वथा उपेक्षा, सृष्टि को सह्य नहीं है। अतः नीति कहती है कि उनसे लाभ उठाओ, उनसे होनेवाली हानि से स्वयं को बचाओ; किन्तु उनकी क्षति मत करो।...मैंने राजकुमारों को इसी नीति का उपदेश देने के लिए कहा है।"

पाण्डु सुनता रहा। ऋषि मौन हो गये तो भी पाण्डु बैठा, उनकी बातों पर मनन करता रहा : पितामही सत्यवती ने विवाह के समय कदाचित अपना ही स्वार्थ देखा था, कुरुकुल की अथवा सम्पूर्ण प्रजा के कल्याण की अवधारणा उनके मन में नहीं होगी; अन्यथा वे पितृव्य भीष्म को इस प्रकार राज्याधिकार से वंचित न करतीं। यदि भीष्म शासन करते तो प्रजा, धृतराष्ट्र के इस अन्ध शासन से अवश्य अधिक सुखी रहती। प्रजा का सुख ही राजवंशों के जीवन-काल की वृद्धि करता है। क्या पितामही के स्वार्थ ने कुरुओं के राजवंश और कुरु-जांगल की प्रजा—दोनों का ही अहित नहीं किया? क्या वह उनकी अनीति नहीं थी?

"किस विचार में खो गये वत्स?" ऋषि ने पूछा।

पाण्डु का विचार-क्रम भंग हो गया, जैसे वह अपनी समाधि से जागा हो, "क्षमा करें आर्य कुलपति! मैं अपने परिवार के विषय में सोचने लग गया था।"

"कोई अत्यन्त गोपनीय बात न हो तो कहो। उसका समाधान करने में यथा क्षमता तुम्हारी सहायता करूँगा।"

"नहीं! गोपनीय तो कुछ नहीं है आर्य!" पाण्डु बोला, "संकोच यही है कि गुरुजनों के आचरण पर संशय करना क्या अनीति होगी?"

ऋषि हँसे, "सामाजिक व्यवहार की दृष्टि से, वह शिष्टाचार-विरुद्ध हो सकता है; किन्तु सत्य पाने के लिए हमें विचार करना होगा। जहाँ विचार रुके, वहाँ संशय करना होगा। संशय में चिन्तन-मनन, विचार-विनिमय करना होगा। और अन्ततः अपना मार्ग पाने के लिए सत-असत का विचार करना होगा पुत्र! अन्यथा मानव का चिन्तन-सार्थ तो यहीं रुका रह जायेगा।"

"पूज्य! मैं बहुधा सोचता हूँ कि हम सत-असत, उचित-अनुचित, धर्म-अधर्म, नीति-अनीति, न्याय-अन्याय इत्यादि पर बहुत विचार करते हैं; किन्तु संसार में सदा देखते हैं कि असत और अधर्म पर चलनेवाला व्यक्ति, अनीति और अन्याय को अंगीकार करने वाला समाज सदा सुखी रहता है और सत, उचित, धर्म, तथा न्याय, नीति के मार्ग पर चल कर लोग सदा दुख, कष्ट तथा यातना ही पाते आये हैं। इसलिए नैतिक विधान में लोगों की आस्था नहीं रह पाती!"

"कोई उदाहरण दे सकते हो वत्स!" ऋषि बोले।

"मेरी पितामही ने, पितृव्य भीष्म को वंचित किया और राजमाता बनीं...।"

ऋषि हँस पड़े, "तुम सत्यवती को सुखी मानते हो? जिसने अपनी अनीति के कारण वैधव्य पाया, जिसके दो-दो पुत्र अकाल-काल-कवलित हुए, उसे सुखी मानते हो? अपनी सीमित दृष्टि से मत देखो पुत्र! दृष्टि को व्यापक तथा विशद कर देखो : कुरुकुल के सारे दुखों-कष्टों का मूल है, सत्यवती की अनीति। उसने केवल अपने लिए नहीं, अपनी भावी पीढ़ियों के लिए भी कष्ट-बीज बोया है...।"

"किन्तु क्या पितृव्य ने उदार हो कर, कुछ नहीं खोया? कोई कष्ट नहीं पाया?"

"पाने और खोने का, उपलब्धि और वंचना का गणित, प्रकृति ने इतना सरल नहीं बनाया वत्स! यह भीष्म का मन ही जानता है कि उदार हो कर, उसने क्या-क्या पाया है; और जहाँ कहीं भी वह वंचित हुआ है, वहाँ कारण उसकी उदारता नहीं अनीति है।..."

"पितृव्य भीष्म और अनीति?"

"पिता पुत्र के लिए कन्या लाये—यह तो प्रचलन है समाज का; युवजन विवाह करें, और सन्तान उत्पन्न करें—यह नियम है सृष्टि का। किन्तु भीष्म

ने इसके विपरीत कर्म किया। वानप्रस्थ के वय में उसने पिता को गृहस्थाश्रम में प्रवेश कराया—यह अनीति हुई! अनेक बार उदारता के आवरण में हम पाप करते हैं राजन्!"

"ओह!" पाण्डु का मस्तिष्क जैसे स्तब्ध रह गया : यह तो कभी सोचा ही नहीं था उसने...

"पुत्र! अब मैं अपनी बात कहूँ।" ऋषि बोले, "मैंने तुम्हें बुलाया था, इसी प्रकार की एक चेतावनी देने के लिए...।"

पाण्डु ने ऋषि की ओर देखा, तो उसकी आँखों में आश्चर्य था।

"तुम्हें आश्चर्य हो रहा है।" ऋषि मुस्कुराये, "पुत्र-कामना अत्यन्त स्वाभाविक है। प्रकृति के नियमों के अनुकूल है। अतः पूर्णतः नैतिक है। अब तुम्हारे पाँच देव-प्रदत्त पुत्र हैं राजन्! इसके पश्चात और लोभ मत करना। उन्हीं पाँच से सन्तोष करो।"

"और मेरा औरस पुत्र?" पाण्डु की वाणी में अत्यन्त दीन याचक बोल रहा था।

"औरस पुत्र की संभावना के विषय में तो आयुर्वेदाचार्य ही बता पायेंगे।" ऋषि बोले, "किन्तु मैं समझता हूँ कि यदि इन पाँच पुत्रों के पश्चात तुम्हें विधाता ने एक औरस पुत्र दे दिया, तो तुम अपने इन देव-प्रदत्त पुत्रों का न तो सम्मान कर पाओगे, न उनसे प्रेम कर पाओगे। कोई आश्चर्य की बात नहीं, यदि तुम उनकी उपेक्षा ही करने लग जाओ। इसलिए मेरा परामर्श है पुत्र! कि अब औरस पुत्र की कामना छोड़ो। तुम्हारे पुत्र अभी छोटे हैं; तुम्हें उनका पालन-पोषण करना है।...पालन-पोषण तो उनका यहाँ भी हो जायेगा, किन्तु यहाँ उनका विकास ऋषि-पुत्रों के समान होगा। राजकुमार के विकास के लिए यहाँ उपयुक्त वातावरण नहीं है। अतः तुम निर्णय करो कि तुम्हें अभी यहीं निवास करना है, या हस्तिनापुर लौट जाना है।"

"क्या मैं यहाँ और निवास नहीं कर सकता?" पाण्डु ने पूछा।

"पुत्र! मेरी ओर से ऐसा कोई आग्रह नहीं है। यह ऋषि कुल है; यहाँ न किसी को बन्दी रखा जा सकता है, न किसी को निष्कासित किया जाता है। मैंने तुम्हारे पुत्रों के कल्याण को ध्यान में रखते हुए, तुम्हारे विचारार्थ यह प्रस्ताव रखा है।"

पाण्डु अपनी कुटिया में आया!

उसे लगा, कुलपति से वार्तालाप के पश्चात जैसे वह पहले जैसा पाण्डु ही नहीं रह गया था। वह तो जैसे भूल ही गया था कि उसने हस्तिनापुर क्यों छोड़ा था; और यहाँ, इस आश्रम में वह एक लक्ष्य ले कर आया था।...आज

कुलपति के प्रस्ताव ने जैसे समय के सारे आवरणों को उठा कर, उसे पुनः अपने जीवन के कुछ मूलभूत प्रश्नों के आमने-सामने खड़ा कर दिया था।

कुलपति ने ठीक ही तो कहा था कि यदि वह पुत्र ही प्राप्त करने आया था, तो उसे देवप्रदत्त पाँच पुत्र मिल चुके हैं। अब उसका आश्रम में रहने का कोई कारण नहीं था। उसे अपने पुत्रों की, राजकुमारों के अनुरूप शिक्षा-दिक्षा का प्रबन्ध करना चाहिए था...

पर पाण्डु केवल पिता ही नहीं बनना चाहता था, वह पति भी बनना चाहता था।...वह पूर्ण पुरुष बनना चाहता था...जब तक वह यहाँ था, उसके मन में एक आशा थी : उसका उपचार हो रहा था। कदाचित उसकी रति-क्षमता को बल मिल रहा था। कदाचित उसकी अक्षमता समाप्त हो जाये। कदाचित वह पूर्ण पुरुष बन सके।...जब तक वह यहाँ था, उसे अपनी पत्नियों का सामना केवल पति के रूप में करना पड़ता था, पुरुष के रूप में नहीं। सबको ज्ञात था कि वह संयमपूर्वक, तपस्वी जीवन व्यतीत कर रहा था।...किन्तु एक बार वह हस्तिनापुर लौट गया तो उसके ये सारे कवच कट कर गिर जायेंगे। वह कवचहीन होगा; कोई आवरण नहीं रहेगा। उसे सर्व समर्थ पुरुष के रूप में सबका सामना करना पड़ेगा। पत्नियाँ, परिवार, प्रजा...सब जानना चाहेंगे...

पाण्डु को लगा, बहुत दिनों के पश्चात आज फिर उसका मन हिंस्र हो रहा था। उसके भीतर सृजन का नहीं, विनाश का भाव जाग रहा था। इच्छा होती थी कि सामने पड़नेवाली प्रत्येक वस्तु को ध्वस्त कर दे। पर्वतों को अपनी मुट्ठियों में पकड़े और चूर्ण कर दे। स्त्री नामक शरीर को अपनी भुजाओं में ले और उसकी अस्थियों के चटकने का संगीत अपने कानों से सुने...

सहसा पाण्डु चौंका।

वह विक्षिप्त होता जा रहा है क्या?

वह यह क्यों सोचता है कि सर्वथा पुंसत्व शून्य है? वह यहाँ आ कर वर्षों से संयमपूर्वक रह रहा है। नियमित साधना करता रहा है। औषधि-सेवन करता रहा है। क्या उसके सामर्थ्य का कुछ भी विकास नहीं हुआ? आयुर्वेदाचार्य का कहना है कि अभी रति-सुख उसके लिए यम-पाश मात्र है, किन्तु आयुर्वेदाचार्य को क्या मालूम! वे तो उसकी नाड़ी का परीक्षण मात्र करते हैं। किसी भी कर्म की क्षमता का पता तो कर्म में लीन होने पर ही हो सकता है। जब तक व्यक्ति जल में कूद कर, हाथ-पैर चला कर नहीं देखेगा, कैसे जान पायेगा कि वह तैर सकता है या नहीं। उसका प्रशिक्षक उसे जल में कूदने की अनुमति भी न दे और कहता रहे कि अभी उसमें तैरने की क्षमता विकसित नहीं हुई है, तो क्या उसका कथन उचित माना जायेगा?

पाण्डु, कुन्ती की कुटिया में आया।...कुन्ती वहाँ नहीं थी। वह अवश्य ही ब्राह्मणों को भोजन कराने गयी होगी।...पाण्डु ने सोचा...उसे तो कोई-न-कोई कार्य लगा ही रहता है। कभी आश्रम का, कभी अपना, कभी बच्चों का। नारी जब माँ बन जाती है, तो शायद उसे पति की आवश्यकता नहीं रहती। बच्चों की तो एक-एक बात की चिन्ता होती है, पति का ध्यान भी नहीं होता, कि वह किन बीहड़ों में भटक रहा है...उसके तन और मन में आग लगी हुई है... कुन्ती के मन में तो शायद कामेच्छा कभी उठी ही नहीं...विवाह के पश्चात जब पहली बार पाण्डु उसके पास गया था, तो भी कुन्ती की ओर से कोई उत्कण्ठा नहीं थी। वह उसे मध्य-मार्ग में छोड़ भागा था, तो भी उसकी प्रतिक्रिया तनिक भी आवेगमयी नहीं थी। उसने कभी किसी व्याज से भी पाण्डु के स्वास्थ्य के विषय में नहीं पूछा था, उसकी अक्षमता पर कभी असन्तोष नहीं जताया...और अब तो उसके पास तीन-तीन पुत्र थे...तीन ही क्यों, नकुल और सहदेव भी सदा अपने भाइयों के साथ रहते थे, इसलिए अधिकांशतः वे भी कुन्ती के ही पास होते थे। माद्री ने जैसे इन जुड़वाँ भाइयों को जन्म मात्र दे कर अपना स्त्रीत्व प्रमाणित कर दिया था।...वह माँ से अधिक स्त्री ही बनी रहना चाहती थी। अनेक बार प्रकारान्तर से पाण्डु के स्वास्थ्य के विषय में भी पूछती रहती थी...क्या वह उसकी प्रतीक्षा नहीं कर रही थी? क्या वह उसे आमन्त्रित नहीं करती रहती? क्या उसने जताया नहीं कि वह रति-सुख की आकांक्षिणी है?

पाण्डु माद्री की कुटिया में आया।

माद्री कुटिया मे अकेली थी। नकुल तथा सहदेव वहाँ नहीं थे।

पाण्डु ने कुटिया के द्वार पर खड़े हो कर देखा : वह शायद स्नान करके आयी थी। केश-सज्जा कर चुकी थी; और अब पुष्प-सज्जा कर रही थी। कैसी आत्मलीन-सी थी। मद्रदेश के किसी गीत की कोई कड़ी गुनगुना रही थी।

पाण्डु उसके निकट आ गया।

उसने चौंक कर, जैसे सायास सलज्ज मुस्कान उसकी ओर उछाली, "क्यों आये आप? क्या आपको मालूम नहीं कि जब कोई स्त्री अपना शृंगार कर रही हो, तो पुरुष को उसके कक्ष में प्रवेश नहीं करना चाहिए?"

"चाहे वह स्त्री उस पुरुष की पत्नी ही हो?"

"हाँ! चाहे पत्नी ही हो।" माद्री के आनन पर मुस्कान थी, जिसमें आपत्ति कम, निमंत्रण अधिक था, "अन्न जब तक पक न जाये, उसे खाना वर्जित है, चाहे वह अन्न आपका अपना ही हो।"

"विधाता ने तुम्हारा शृंगार करके ही पृथ्वी पर भेजा था प्रिये।" पाण्डु हँसा, "तुम्हें शृंगार की क्या आवश्यकता है? पुष्प भी कहीं अपना शृंगार करते हैं?"

माद्री ने कौतुक भरी आँखों से उसे देखा : आज तापस पाण्डु कहाँ है। यह तो कोई रसिक प्रेमी खड़ा है उसके सामने—कामदेव का उपासक!

किसी निर्णय पर पहुँचने से पहले माद्री ने उसकी परीक्षा कर लेनी उचित समझी, "आज की साधना कर ली? ध्यान हो गया?"

"माद्री!" पाण्डु आतुर स्वर में बोला, "बाहर निकल कर देखो, पवन में कितनी मादकता है। सृष्टि कैसा पुष्प-संभार किये बैठी है, जैसे सृष्टि न हो, सम्पूर्ण निमंत्रण हो। ऐसे में साधना की बात मत करो।"

"पवन तो कई बार मादकता के सागर भर-भर लाया। सृष्टि ने प्रतिवर्ष पुष्प-संभार किया," माद्री बोली, "किन्तु मेरे कामदेव ने कभी आँखें खोल कर पुष्पों को निहारा ही नहीं, तो कोई क्या करे!"

"आओ सुमध्यमे! आज हम अपनी भूल सुधारें, प्रकृति का सौन्दर्य निहारें।"

"सत्य कह रहे हैं आर्यपुत्र!"

"हाँ प्रिये!" पाण्डु बोला, "पद्मासन लगा कर वसन्त ऋतु को नहीं निहारा जा सकता। उसके लिए प्रिया का सान्निध्य चाहिए।"

"कुन्ती कहाँ है?"

"वह ब्राह्मणों को भोजन करा रही है।"

"बच्चे?"

"सब उसी के साथ हैं।"

"तो?"

"आओ!" पाण्डु ने माद्री को हाथ पकड़ कर उठाया।

सिहरे रोमों वाले दो शरीर विद्युत-संचरित हो गये : चार नयनों में मदिरा का ज्वार उठा।

दो किशोर प्रेमियों के समान वे भागते हुए वन में निकल गये।

वन सचमुच बहुत ही सुन्दर हो रहा था। प्रकृति क्या थी, वासकसज्जा नायिका थी। चैत्र मास का वह पार्वत्य प्रदेश। सरोवरों में कमल खिल आये थे...

पाण्डु के मन में आवेग उठा, "यह सब हस्तिनापुर में कहाँ?..."

माद्री विस्मित थी : आज वस्तुतः पाण्डु का वह तपस्वी रूप कहीं खो गया था। वह संयम, वह साधना, वह ध्यान...पाण्डु सब कुछ विस्मृत कर चुका था। कामदेव उसके अंग-अंग में जाग रहे थे—उसे देख-देख कर माद्री का मन स्वतः द्रवित होता जा रहा था, आतप के स्पर्श से हिम-खण्ड विगलित होते जाते हैं...उसे लगा कि जैसे धरती के किसी खण्ड पर जब कोमल दूर्वा ने कामना

भरी आँखों से आकाश की ओर ताका था, तो दैवात कहीं से एक बड़ी शिला आकर उस पर जम गयी थी। दूर्वा का अंग-भंग हुआ था। उसका श्वास लेना दूभर हो गया था। शरीर पीला पड़ गया था। बाहर से तो उसके अस्तित्व का कोई आभास भी नहीं मिलता था और उसने स्वयं भी मान लिया था कि अब उसमें प्राण शेष नहीं है...किन्तु, आज अकस्मात ही जैसे वायु के वेग ने शिला को पर्वत की ढाल पर धकेल दिया था।...दूर्वा ने पाया कि उसके अंग चाहे पीले पड़ चुके हैं, किन्तु उसमें जीवन अपनी सम्पूर्ण प्राणवत्ता के साथ विद्यमान है। मद भरे पवन ने उसे छेड़ा है, उसमें संजीवनी का संचार हुआ है, उसकी जिजीविषा जागी है...उसकी सम्पूर्ण कामनाएँ यौवन को प्राप्त हो गयी हैं...

और उस सम्मोहनावस्था में भी माद्री को पाण्डु के शारीरिक स्वास्थ्य का ध्यान हो आया।...कहीं ऐसा न हो कि पाण्डु किसी कठिनाई में पड़ जाये। आयुर्वेदाचार्य ने उसे नारी-संग की अनुमति नहीं दी है...किन्तु माद्री का चिरतृषित मन, विवेक की इस चेतावनी की अवज्ञा करना चाहता था। उसका रोम-रोम जैसे पाण्डु को पुकार रहा था। उसके भीतर चलने वाला आकांक्षा का बवण्डर इतना प्राणवान था कि उसकी गति ने माद्री के श्रवण ऐसी सारी चेतावनियों और सावधानियों के लिए बधिर कर दिये थे। उसकी उन्मत्त वासना, दावाग्नि के समान प्रचण्ड होती जा रही थी।...मन ने कहा,...अनेक बार इच्छाओं की शक्ति ही संकल्प वन जाती है; और संकल्प शरीर और मन में क्षमताएँ उत्पन्न करता है...आयुर्वेदाचार्य की औषधियाँ तो क्षमता को पुष्ट करेंगी। क्षमताओं को जगाना तो संकल्प का ही काम है...संभव है कि उन्हें प्रेरित न किया जाये तो वे क्षमताएँ कभी भी स्पन्दित न हों...

पाण्डु ने माद्री का हाथ पकड़ा; और सरोवर में उतर गया।

किन्तु तैरने की रुचि न पाण्डु में थी, न माद्री में। जल में भीग जाने के कारण, माद्री के वस्त्र, शरीर से चिपक कर जैसे पारदर्शी हो गये थे। और पाण्डु का उन्माद अपनी भयंकर स्थिति में पहुँच गया। उसने माद्री को अपनी भुजाओं में उठाया और जल से बाहर निकल आया।

माद्री कोमल दूर्वा पर लेटी हुई थी।

पाण्डु की उत्तेजना जैसे उसके शरीर के रक्त में घुल गयी थी और सारा रक्त उसके मस्तक की ओर दौड़ रहा था।

माद्री ने सहास पाण्डु की चेष्टाओं को देखा, जैसे उन्हें प्रोत्साहित कर रही हो; किन्तु अगले ही क्षण पाण्डु के चेहरे और आँखों में जैसे यातना और विकार के चिह्न प्रकट हुए।

माद्री का विवेक सचेत हुआ, "आर्यपुत्र!..." किन्तु उसकी चेष्टाएँ और

इच्छाएँ जैसे पाण्डु को और भी उत्तेजित करती जा रही थीं।

पाण्डु की आँखें उबलने-उबलने को हुई। उसके वक्ष में असह्य पीड़ा हुई, उसका संकल्प पीड़ा से लड़ रहा था। वह कामान्ध होकर, अपने कष्ट को अनदेखा कर रहा था।...और अगले ही क्षण उसके हाथों ने माद्री को छोड़, अपने हृदय को थाम लिया। वह अपनी पीड़ा में ऐंठा और लुढ़कता हुआ, माद्री से दो पग दूर जा कर शान्त हो गया...

माद्री ने पहले तो आश्चर्य से देखा और दूसरे ही क्षण भयानक आशंका से पीड़ित हो कर उसने हृदय-द्रावक चीत्कार किया। वह झपट कर पाण्डु से लिपट गयी, "आर्यपुत्र!"

पाण्डु धरती पर सर्वथा मौन पड़ा था, निश्चेष्ट! उसके चेहरे पर यातना के भाव जैसे स्थायी हो कर जम गये थे। उसके शरीर में कहीं कोई स्पन्दन नहीं था।...और तब माद्री ने अपने मन की आशंका को समझा : आयुर्वेदाचार्य ऐसे ही तो नहीं कहते थे कि रति-सुख पाण्डु के लिए यम-पाश होगा...

रोती हुई माद्री अपनी कुटिया की ओर भागी।...संकट के इस क्षण में कुछ समझ नहीं आ रहा था,...वह भाग कर कुन्ती के पास पहुँच जाना चाहती थी। वह उसे बताना चाहती थी कि पाण्डु अस्वस्थ हैं। कुन्ती चल कर देखे कि कहीं कुछ अघटनीय तो नहीं घट गया...

कुलपति के आदेशानुसार चिता तैयार की गयी।

आश्रमवासियों ने पाण्डु के शरीर को उठा कर सम्मानपूर्वक चिता पर रखा।

"पुत्र युधिष्ठिर!" कुलपति ने कहा, "तुम आ कर पिता को अग्नि दो।"

युधिष्ठर आगे बढ़ता, उससे पहले ही कुन्ती बोली, "ठहरो पुत्र!" और वह माद्री की ओर मुड़ी, "माद्री! जो होना था, वह हो गया। उसके लिए मैं क्या कहूँ। तुम्हें शाप दूँ, तुम्हें कोसूँ कि तू मेरे पति को खा गयी, या बहन तुझे आशीष दूँ कि तूने मेरे कामाकांक्षी पति को कुछ तो सुख दिया!" उसने माद्री के कंधे पर हाथ रखा, "अब जीवन के दायित्वों को समझ। इन पुत्रों को सँभाल। इनका पालन-पोषण कर..."

"और तुम दीदी?"

"मैं अपने पति के साथ चितारोहण करने जा रही हूँ।"

"नहीं!" माद्री के स्वर में जैसे चीत्कार था, "यह संभव नहीं है। आर्यपुत्र के साथ मैं चितारोहण करूँगी।"

"मैं ज्येष्ठा हूँ माद्री! यह अधिकार मेरा है।"

"तुम बड़ी उदार हो, उदार हो।" माद्री एकदम दीन हो गयी, "अपने अधिकार का दान मुझे दो। मैं उनकी मृत्यु का कारण हूँ, मुझे प्रायश्चित करने दो।"

"नहीं!" कुन्ती बोली, "कोई तुम्हें हत्या की अपराधिनी नहीं मान रहा। कोई तुम्हें दण्डित नहीं कर रहा। यह विधि का विधान है, इसके लिए तुम दोषी नहीं हो।"

"मैं अभुक्त काम हूँ, मैं तृषित हूँ। मैं अतृप्त वासना ले कर जी नहीं सकूँगी। मुझे उनके साथ, दूसरे लोक तक जाना होगा, ताकि मेरी कामना की पूर्ति हो सके। और दीदी!" माद्री ने जैसे अनुनय की, "मैं जीवित रही तो बहुत संभव है कि मैं जीवन की कठोरताओं का सामना न कर पाऊँ। संभव है, मैं अपनी दुर्बलताओं के आवेग को न झेल पाऊँ। संभव है मैं अपनी ममता को संतुलित न कर पाऊँ; तुम्हारे पुत्रों को अपने पुत्र न मान पाऊँ; कौन्तेयों और माद्रेयों में मेरी भेद-दृष्टि न मिटे।...और दीदी! नकुल और सहदेव भी तुम्हारे ही पुत्र हैं। मैं तो उनकी जननी मात्र हूँ, माता तो तुम्हीं हो। मुझे पूरा विश्वास है, तुम इन पाँचों में कोई भेद नहीं करोगी। तुम इनका पालन-पोषण करो दीदी! मुझे आर्यपुत्र के साथ जाने दो।..."

कुन्ती चुप बैठी, सोचती रही।

"तुम बड़ी हो दीदी! महान हो। उदार हो। अपनी छोटी बहन को, यह छोटा-सा दान न दोगी?" माद्री बोली, "मैं तो स्वार्थिनी हूँ, अपने जन्म से। मुझे स्वार्थ के सिवाय और कुछ नहीं सूझता। मेरा जीवन जीने योग्य नहीं होगा। आर्यपुत्र के साथ मुझे जाने दो दीदी!"

कुन्ती की आँखों में अश्रु आ गये। उसने पहले अपना दाहिना हाथ बढ़ा कर माद्री के सिर पर रखा और फिर जैसे स्वयं को सँभाल नहीं पायी। वह फफक कर रो पड़ी और माद्री से लिपट गयी।

68

पाण्डु और माद्री की अस्थियों को समेट, उनकी पोटली बाँध, वे लोग आश्रम की ओर चल पड़े। आगे-आगे कुलपति थे। उनके साथ अनेक प्रौढ़ और वृद्ध तपस्वी चल रहे थे। उनके पीछे, सिर झुकाये आठ वर्ष का बालक युधिष्ठिर जैसे घिसट रहा था। आश्रमवासियों की भीड़, उनको चारों ओर से घेरे हुए थी, जैसे आपदाओं से उसकी रक्षा के लिए कवच बन जाना चाहती हो।

उन्होंने आश्रम में प्रवेश किया। अस्थियों की पोटली को वृक्ष की शाखा

में टाँग कर, वे आगे बढ़े।

अपनी कुटिया के सामने के खुले क्षेत्र में कुन्ती बैठी थी। वर्ष-भर का सहदेव उसकी गोद में बैठा, अपनी अबोध आँखों में विचित्र प्रश्न लिए, अपने परिवेश की घटनाओं को समझने का प्रयत्न कर रहा था। नकुल यद्यपि कुन्ती की गोद में नहीं था, किन्तु उसके साथ सट कर बैठा हुआ स्वयं को जैसे गोद की-सी सुरक्षा में पा रहा था। भीम और अर्जुन पास खड़े, उदास आँखों से चारों ओर देख रहे थे। आश्रम की प्रायः स्त्रियाँ कुन्ती को घेर कर बैठी थीं।

"कुन्ती! तुमने कुछ सोचा पुत्री?"

कुन्ती अपनी तल्लीनता से बाहर आयी। कुलपति उससे ही पूछ रहे थे।

"किस विषय में आर्य?"

"अपने भविष्य के विषय में : इन बच्चों के भविष्य के विषय में!"

सहसा कुन्ती के सामने जैसे बिजली कौंध गयी : कुलपति के शब्द मानों वज्रों से टकरा कर टूटने की-सी भयंकर ध्वनि लिए हुए थे; उनका अर्थ सूर्य के समान असह्य प्रकाश लिए हुए था...उसके सम्मुख आँखें अंधी हो रही थीं... क्या पूछ रहे हैं कुलपति! क्या पाण्डु के देहान्त के साथ ही कुन्ती का सम्बन्ध इस आश्रम से भी टूट गया? पिता का घर छूटा। पति का राज्य छूटा।... पति की छाया तो थी। राजप्रासाद हो, वन हो, कोई आश्रम हो, कुन्ती को अपने भरण-पोषण, सुरक्षा, सम्मान की रक्षा...किसी बात की चिन्ता नहीं थीं। इसीलिए तो पति, पत्नी का सौभाग्य माना जाता है...अब पाण्डु नहीं हैं। कुन्ती असहाय है, और ये छोटें-छोटे पाँच बालक...यदि इस आश्रम से भी सम्बन्ध टूट गया तो....

"इन छोटे-छोटे अबोध बालकों को ले कर कहाँ जाऊँ आर्य कुलपति!" कुन्ती की दीनता मुखर हो उठी, "मै अपने सम्बन्धियों से बहुत दूर आ चुकी हूँ। भौतिक दूरी भी बहुत है, और भावात्मक दूरी भी।...वैसे भी सम्बन्धियों का ही आश्रय ग्रहण करना होता, तो मैं तब ही हस्तिनापुर चली गयी होती, जब महाराज पाण्डु ने तपस्या का संकल्प किया था।"

कुलपति थोड़ी देर तक चुपचाप कुन्ती को देखते रहे, फिर बोले, "इतनी दीन और भयभीत क्यों हो पुत्री! तुम्हारी वाणी में इतनी असहायता क्यों है?"

"अपने इन पाँच अबोध बालकों के साथ मैं असहाय विधवा..."

कुलपति ने वाक्य पूरा नहीं होने दिया, "तुम असहाय नहीं कुन्ती! न तुम्हारे पुत्र अनाथ हैं। यदि सारे संसार में तुम्हारा कोई नहीं है, तो यह आश्रम तुम्हारा है ही। यह तुम्हारा घर है। यहाँ तपस्वियों की पत्नियाँ भी रहती हैं और तपस्विनियाँ भी! वृद्ध संन्यासी भी रहते हैं, और ब्रह्मचारी बालक भी! तुम्हारे ये

पुत्र, आश्रम में किसे अपने पुत्रों से प्रिय नहीं हैं; किसके लिए तुम आदरणीय और स्नहेशील आश्रमवासिनी नहीं हो।" वे रुक कर कुछ अधिक शान्त स्वर में बोले, "तुम स्वयं को आश्वस्त कर लो, तो मैं अपनी बात कहूँ।"

"मैं आश्वस्त हुई पूज्य कुलपति!" कुन्ती के चेहरे का विषाद कुछ हल्का हुआ, "यदि आप मुझे और मेरे बच्चों को यहाँ आश्रय देंगे तो हम बिना किसी को कोई कष्ट दिये, अपना जीवन व्यतीत कर लेंगे।"

कुलपति हँस पड़े, "वय की दृष्टि से तो नहीं, हाँ! परिस्थितियों की दृष्टि से तुम्हारे लिए उचित है कि तुम यहीं रह कर तपस्या करो। पर तुम्हारे बालक? इनका भविष्य क्या है?"

"ये भी अन्य ब्रह्मचारियों के समान यहीं रह लेंगे।" कुन्ती का स्वर फिर से आशंकित हो उठा था, "यहाँ अन्य भी तो अनेक बालक हैं।"

"यहाँ अनेक ब्राह्मणकुमार हैं।" कुलपति शान्त स्वर में बोले, "किन्तु महाराज पाण्डु ने इसलिए तो पुत्रों की आकांक्षा नहीं की थी कि वे किसी आश्रम में रह कर आजीवन तपस्या करें। अपने पति की इच्छा को समझने का प्रयत्न करो, उसका आदर करो।" कुलपति नें पाँचों पाण्डवों को देखा, "इन्हें ऋषि-पुत्रों के समान रहने का कुछ-कुछ अभ्यास हो गया है; किन्तु ये ऋषि-कुमार नहीं हैं। ये क्षत्रिय राजकुमार हैं। इनका भविष्य आश्रमों में नहीं, राजसभाओं और युद्ध-क्षेत्रों में है।" कुलपति रुके, "महाराज पाण्डु जीवन से तृप्त हो कर तपस्या करने नहीं आये थे। वह याचक तपस्वी थे। उनका तप एक याचना था, आग्रह था। वे पुत्र चाहते थे, जो उनके पश्चात हस्तिनापुर के सिंहासन पर बैठें, प्रजा का पालन करें। उन्हें अपने उत्तराधिकारी की आवश्यकता थी। युधिष्ठिर कुरु साम्राज्य का युवराज है कुन्ती! उसे राज्य से वंचित मत करो। अपने पति की इच्छापूर्ति का प्रयत्न करो।"

कुन्ती का मन सुनने से अधिक सोचना चाहता था...इन पर्वतों के नीचे एक भरा-पूरा जीवन है, राज्य है, प्रासाद है, सेनाएँ हैं, सुख-भोग है...किन्तु इन सबके विषय में सोचते ही उसका मन काँपने लगता है...राज्य और राजपरिवार. ..उनकी मर्यादाएँ, बन्धन और आकांक्षाएँ...कुन्तिभोज का प्रासाद...उस प्रासाद ने उसका पहला पुत्र छीना था...उस प्रासाद की अपनी मर्यादा थी...युधिष्ठिर आठ वर्षों का है, 'वह' आज बारह वर्षों का होगा...राजवंश को उत्तराधिकारी चाहिए था, उसका मूल्य चुकाना पड़ा अम्बा, अम्बिका और अम्बालिका को ...पाण्डु ने भी उत्तराधिकारी के लिए ही दूसरा विवाह किया...और जीवन के सुख-भोग!...सुख का भोग ही तो था, जिसके लिए पाण्डु ने अपने प्राण दिये। यदि पाण्डु स्वयं को इस भोग से विरत कर सका होता, तो क्यों कुन्ती आज

यहाँ असहाय विधवा के समान बैठी होती...

कुन्ती जितना सोचती है, उसे जीवन के भोगों से उतनी ही वितृष्णा होती है। ये भोग, ये आशा-आकांक्षाएँ, ये मर्यादाएँ—कहीं ये उससे, उसके पुत्रों को ही न छीन लें। अपने पुत्रों के साथ वह कुटिया में सूखी रोटी खा कर भी सन्तुष्ट रह लेगी। क्या करना है कुछ और पा कर...और किसी की भी इच्छा-आकांक्षा पूरी करके...

"संसार में सारी इच्छाएँ किसकी पूरी हुई हैं आर्य कुलपति!" कुन्ती के चेहेरे पर जैसे पूर्ण वैराग्य था, "इच्छाओं के पीछे ही महाराज ने अपने प्राण दे दिये। अभुक्त काम की पूर्ति की इच्छा को ले कर ही माद्री उनके साथ सती हुई।...अब मेरी इच्छा यही है कि मैं अपने पुत्रों के साथ आश्रम का सात्विक जीवन ही व्यतीत करूँ।"

"पुत्र तुम्हारे हैं, जैसे चाहो उनका विकास करो।" कुलपति बोले, "किन्तु सोच लो, कहीं यह तुम्हारा श्मशान वैराग्य तो नहीं। इस मनःस्थिति में जीवन के दूरगामी निर्णय मत करो।... और फिर पुत्री!" कुलपति का स्वर कुछ और मंद हो गया, "अपने जीवन की प्रतिक्रिया स्वरूप उनका जीवन बाधित मत करो। अपने जीवन के निष्कर्ष उन पर आरोपित मत करो। बालकों के लिए भविष्य के द्वार कम-से-कम उस समय तक उन्मुक्त रहने दो, जब तक वे स्वयं सोचने में समर्थ नहीं हो जाते। तब वे स्वयं निश्चय करेंगे कि उन्हें कैसा जीवन चाहिए। वे क्या बनना चाहते हैं। उनकी प्रकृति और आवश्यकता को समझो। उससे पूर्व ही कोई निर्णय मत करो।"

"तो मैं क्या करूँ गुरुवर?"

"इन्हें संसार के निकट ले जाओ। भरा-पूरा जीवन दो। इन्होंने तपस्या और साधना, त्याग और आकांक्षा के जीवन की एक झलक यहाँ देखी है। अब इन्हें संसार का अर्जन, उपलब्धि, भोग और आकांक्षा का जीवन भी देखने दो। तब वे स्वयं निर्णय करेंगे कि उन्हें कैसा जीवन चाहिए... ।"

"इन्हें कैसा जीवन चाहिए।" कुन्ती जैसे अपने-आपसे कह रही थी, "इन्हें शान्ति और संतोष का जीवन चाहिए। कैसे सुखी हैं ये यहाँ : न स्पर्धा है न ईर्ष्या। न भोग की अंधी दौड़, न छीना-झपटी। न आडम्बर, न प्रदर्शन।" उसने कुलपति की ओर देखा, "और आप जहाँ ले जाने के लिए कह रहे हैं..."

"अपने इन पुत्रों को देखो।" कुलपति ने पाँचों पाण्डवों की ओर, अपने हाथ से संकेत किया, "ये, जिन्हें राजसी वैभव में पलने का पूरा अधिकार है, यहाँ वन में वंचितों का-सा जीवन व्यतीत कर रहे हैं। जिन्हें राजप्रासादों के प्रांगण में, युद्धों में तपे हुए शस्त्र-व्यवसायियों से युद्ध और शस्त्र-परिचालन की

शिक्षा मिलनी चाहिए, यहाँ आश्रम में विशेष क्या सीख पायेंगे। यहाँ युद्ध का क्या प्रयोजन, और वहाँ वह, मुख्य कर्तव्य और दायित्व होगा।"

"तो इसमें क्या हानि है कुलपति!" कुन्ती बोली, "वे युद्धविहीन सात्विक जीवन ही जी लें। मेरी आँखों के सामने बने रहें। खाते-खेलते रहें—इससे अधिक मुझे कुछ नहीं चाहिए।"

"तुम्हें कुछ नहीं चाहिए, क्योंकि तुम अपने जीवन की घटनाओं की बन्दिनी हो।" कुलपति ने कहा, "किन्तु इन बालकों को जीवन से बहुत कुछ चाहिए। जीवन को इन बालकों से बहुत कुछ चाहिए। अपनी अल्पज्ञता अथवा अदूरदर्शिता में अपने पुत्रों का विकास अवरुद्ध मत करो। यह पाप है।"

"मैं तो उनकी ही सुरक्षा और सुख-शान्ति चाहती हूँ।"

"इसे तुम्हारी भीरुता कहूँ, या ममत्व-जनित स्वकेन्द्रित सीमित दृष्टि!" कुलपति का स्वर कुछ ऊँचा हुआ, "महारानी! प्रकृति ने प्रत्येक व्यक्ति में संजीवनी की एक सुनिश्चित मात्रा भरी है। जीवन का अतिभोग पाप है, अतः असफल होता है। जीवन का अभोग भी पाप है, अतः विकार उत्पन्न करता है। संजीवनी का न अतिव्यय करो, न अल्प व्यय, न ही अपव्यय!" कुलपति का स्वर प्रायः आदेशात्मक हो गया, "उठो! व्यर्थ के संशय और मोह को त्याग दो। महाराज पाण्डु अपनी असमर्थता के कारण तपस्या करने आये थे; ये बालक तपस्या करने नहीं आये हैं। ये संजीवनी और जिजीविषा से भरे-पूरे हैं। ये अक्षम नहीं हैं। इन्हें अक्षम लोगों का जीवन जीने के लिए बाध्य मत करो। यह पाप है।" वे क्षण-भर रुके और बोले, "महाराज पाण्डु और महारानी माद्री की अस्थियाँ भी हस्तिनापुर जायेंगी। उन्हें हस्तिनापुर पहुँचना ही चाहिए। वहाँ राजसी मर्यादा से उनका अन्तिम संस्कार होगा।"

"और वहाँ तक ही यात्रा!" कुन्ती बोली, "इन पाँच बालकों के साथ हस्तिनापुर तक की यात्रा।...अब हमारे साथ न परिचारक हैं, न रथ, न अश्व!"

"कोई चिन्ता नहीं! ऋषि और ऋषिपुत्र पदाति ही यात्रा करते हैं। हम तुम्हारे साथ चलेंगे। तुम्हें हस्तिनापुर तक पहुँचाने का दायित्व हमारा है।" कुलपति का स्वर कुछ धीमा हुआ, "तुम लोग हमारे पास महाराज पाण्डु की थाती हो। तुम्हें तुम्हारे परिजनों और सम्बन्धियों तक पहुँचाना हमारा धर्म है।...और...।" वे रुके, "राजा और रानी की अस्थियाँ राजधानी न पहुँचें तो, राजा का संस्कार नहीं होगा : मृत राजा का संस्कार नहीं होगा, तो नये राजा का राज्याभिषेक कैसे होगा!...उठो पुत्री! यात्रा की तैयारी करो। हम कल प्रातः हस्तिनापुर के लिए चल पड़ेंगे।"

69

हस्तिनापुर नगर के 'वर्धमान' नामक द्वार पर आ कर कुलपति रुक गये।

द्वारपाल इस प्रकार के सार्थ को कदाचित पहली बार ही देख रहे थे। इतने वृद्ध ऋषि-मुनि, युवा तापस, एक तीस-बत्तीस वर्ष की युवती, जो न वनवासिनी लगती थी, न नागरी! पाँच छोटे-छोटे बालक...

"महाराज को सूचना दो कि शतशृंग पर्वत से ऋषि-समुदाय आया है," कुलपति ने कहा, "हम उन्हें महारानी कुन्ती, महाराज पाण्डु के पाँच देव-प्रदत्त पुत्र, तथा महाराज पाण्डु और महारानी माद्री की अस्थियाँ सौंपने आये हैं।"

द्वारपाल किंकर्तव्यविमूढ़ खड़ा रह गया : उसे स्थिति को समझने में कुछ क्षण लगे। और जब वह समझा, तो जैसे आकाश से गिर पड़ा। तत्काल अनेक अश्वारोही राजप्रासादों की ओर दौड़ पड़े।

कुन्ती, आम के एक विशाल वृक्ष के नीचे बैठ गयी। वह थकी हुई थी; और शायद उससे अधिक उसके बच्चे थक गये थे। नकुल और सहदेव तो एक डग भी नहीं चले थे; किन्तु निरन्तर यात्रा ने उन्हें गोद में भी थका दिया था। युधिष्ठिर सारा रास्ता चलता आया था।...भीम को तो चलना ही था। उसके उस भारी-भरकम शरीर को कौन उठाता।...अर्जुन कुछ चला था—कुछ युवा तपस्वियों की गोद और कंधों पर यात्रा कर रहा था।

कुन्ती ने छाया में वस्त्र बिछा कर, नकुल और सहदेव को लेटा लिया। अर्जुन उसके पास बैठ गया। भीम अब भी थका नहीं लग रहा था। वह बड़ी उत्सुकता से इधर-उधर देख रहा था। कभी द्वारपालों और प्रहरियों के शस्त्रों को देखता, कभी गंगा की धारा को। उसने इतनी विशाल नदी का अब तक नहीं देखी थी।...युधिष्ठिर एक ओर बैठ गया था। वह थका हुआ कम था, चिन्तित अधिक था। कुन्ती उसे देखती है, तो उसके मन में करुणा उमड़ आती है...इस आठ वर्ष के बालक को पिता की मृत्यु ने प्रौढ़ बना दिया था। गम्भीर तो वह अपनी प्रकृति रो था ही। अब इस दुर्घटना से जैसे वह स्वयं को अपनी माता और भाइयों का अभिभावक समझने लगा था। मार्ग में उसने कितनी बार कुन्ती से पूछा था, "माँ! तुम थक तो नहीं गयीं?" कितनी बार उसने नकुल अथवा सहदेव को गोद में उठा कर चलने का प्रस्ताव रखा था। कितनी बार उसने अर्जुन को सान्त्वना दी थी और भीम को मार्ग में चलते हुए वृक्षों के पत्ते अथवा पुष्ट नष्ट करने, पत्थरों को पैरों से लुढ़काने, किसी पशु-पक्षी को कंकड़ी दे मारने से मना किया था। "नृशंस मत बनो।" उसने

कहा था, "वे भी तुम्हारे ही समान जीव हैं। उनमें प्राण हैं। उन्हें भी कष्ट का अनुभव होता है।"

कुलपति साथ थे, इतने तपस्वी थे। वे अपना दायित्व समझते थे और उसी दायित्व से बँधे, इतनी लम्बी और कठिन यात्रा कर रहे थे।...फिर भी युधिष्ठिर बार-बार अपने दायित्व-बोध से इस प्रकार का व्यवहार कर उठता था। मार्ग भर वह अपनी माँ और भाइयों का ध्यान रखता आया था। उसका वश चलता तो शायद वह उन ऋषियों का दायित्व भी अपने कंधों पर उठा लेता।

यह हस्तिनापुर था...कुन्ती सोच रही थी...वह यहाँ की महारानी थी! वह जब पहली बार आयी थी, तो कैसे तोरण सजे थे। सैनिकों ने कैसी सज-धज के साथ स्वागत किया था। कुल-ललनाएँ आरती उतारने आयी थीं...और आज वह एक असहाय विधवा के रूप में, अपने पुत्रों के साथ द्वार के बाहर बैठी है। वह नहीं जानती कि उसका कोई अपना यहाँ था या नहीं। उसका कोई अधिकार, इस नगर के शासन-तन्त्र...

तपस्वियों ने झाड़-पोंछ कर स्थान स्वच्छ कर लिया था। वृक्षों के नीचे बैठने के लिए अनेक स्थानों पर मृग-चर्म और कुशासन बिछा दिये थे। पात्रों में गंगाजल ला कर रख दिया था, और फलों के संग्रह के लिए दत्तचित्त हो गये थे।

यहाँ खुले आकाश के नीचे टिकने वाला यह कोई पहला दल नहीं था ...कुन्ती सोच रही थी...अनेक बार यहाँ हस्तिनापुर की सेनाओं ने डेरे डाले होंगे। कई बार वहाँ संन्यासियों के समुदाय टिके होंगे। समय-समय पर याचकों की भीड़ लगी होगी। नगर में प्रवेश की अनुमति न मिलने के कारण, उन्हें महीनों यहाँ टिकना पड़ा होगा।...जल के लिए पास ही गंगा बह रही थी। गंगा के तट पर अनेक घाट बने हुए थे। घनी छाया वाले अनेक बड़े-बड़े फलदायक वृक्ष थे।...

सहसा कुन्ती सजग हुई : क्या सोच रही है वह? क्यों सोच रही है? क्या कहीं उसके मन में आशंका है कि उन्हें हस्तिनापुर में प्रवेश की अनुमति नहीं मिलेगी; और उन्हें यहीं द्वार के बाहर, गंगा के तट पर, वृक्षों की छाया में टिकना पड़ेगा...नहीं ऐसा संभव नहीं है। वह महाराज पाण्डु की पत्नी है—महारानी कुन्ती। युधिष्ठिर हस्तिनापुर का युवराज है, भावी सम्राट। उनके अधिकार को कौन चुनौती दे सकता है...

और वह स्वयं ही समझ नहीं पा रही थी कि उसके भीतर छुपे, कुन्ती के अनेक रूपों में से वास्तविक कुन्ती कौन-सी है...

तभी एक रथ नगर-द्वार से बाहर निकला। उस पर राजकुल की ध्वजा फहरा रही थी।

रथ राजमार्ग से नीचे उतर आया; और आ कर उनके पड़ाव के पास थम गया।

कुन्ती बहुत ध्यान से देख रही थी : रथ में से उतरने वाला व्यक्ति विदुर था।...

कुन्ती को लगा, सूचना मिलने के पश्चात एक क्षण भी नहीं रुका होगा विदुर। वह भागता चला आया होगा। विदुर के शरीर पर एक भी आभूषण नहीं था। एक साधारण-सी धोती बाँध रखी थी उसने। उसके आनन पर आत्मतोष का अभाव नहीं था, यद्यपि इस समय भाई की मृत्यु के समाचार ने उसके सम्पूर्ण व्यक्तित्व पर विषाद पोत रखा था।

"भाभी!" वह आ कर कुन्ती के पास घुटनों के बल बैठ गया।

कुन्ती के कण्ठ में एक सिसकी आ फँसी, "तुम्हारे भतीजों को ले कर राज-परिवार के द्वार पर आयी हूँ।..."

विदुर कुछ सन्तुलित हुआ। उसने एक-एक कर पाँचों को देखा : सब आश्रमवासी ब्रह्मचारियों के वेश में थे। राजकुमार होने का एक भी चिह्न उनके शरीर पर नहीं था। इस वय में, पिता के देहान्त से त्रस्त पाँच बालक...

"अपने काका को प्रणाम करो।" कुन्ती ने आदेश दिया।

युधिष्ठिर, भीम यहाँ तक कि छोटे-से अर्जुन ने भी उठ कर, बड़ी श्रद्धा से विदुर के चरण छुए। जैसे ही उनमें से कोई एक, उसके चरण छूता और वह उन्हें आशीर्वाद देता, उसकी कल्पना में एक धृतराष्ट्र-पुत्र उभरता—सुयोधन, सुशासन...कोई भी। वे भी कभी-कभी पिता के कहने पर विदुर के चरण छूते थे। पर उनके हाथ ही चरणों का स्पर्श करते थे, उनका मन कभी तनिक भी नहीं झुका। उनका व्यवहार पूर्णतः स्पष्ट कर देता था कि उनका शरीर जितना झुक रहा है, उनका मन ठीक उतना ही तन रहा है। कितना औद्धत्य था उनकी मुखाकृतियों पर : बड़े बाप के बड़े बेटों का वह दर्प!...उनकी प्रत्येक भंगिमा कहती थी कि वे बालक नहीं राजकुमार हैं...और ये पाण्डव : सरल, विनयी, शालीन...तापसों के आश्रमों की छाया...

"भाभी! भैया सचमुच बहुत जल्दी चले गये।...अभी चालीस वर्ष के भी नहीं हुए थे। हस्तिनापुर की छल-छन्द की राजनीति में, इन बच्चों के पिता के रूप में समर्थ संरक्षक की आवश्यकता... ।"

कुन्ती ने चौंक कर विदुर को देखा, "क्या बात है विदुर! सच-सच बताना।

क्या हम हस्तिनापुर में सुरक्षित नहीं हैं?"

विदुर सँभल गया। उसे कुछ और अधिक सोच-विचार कर मुख से शब्द निकालने चाहिए। कुन्ती पहले ही बहुत दुखी है। उसे सांत्वना की आवश्यकता है...आशंकाओं से तो वह और भी उद्विग्न हो उठेगी...

"पितृव्य भीष्म अभी जीवित हैं और पर्याप्त समर्थ हैं। कुरुकुल की रक्षा वह ही कर रहे हैं भाभी!" विदुर बोला, "जो मेरे लिए संभव है, वह मैं भी करूँगा ही।"

तभी भीष्म का रथ रुका और वे उसमें से उतरे।

पिछले दस वर्षों में, उनमें बहुत अन्तर नहीं आया था। फिर भी इस समय कुछ थके-से लग रहे थे। उन्होंने हाथ का सहारा दे कर, माता सत्यवती को रथ से उतारा। वह अत्यन्त वृद्धा लग रही थीं; और थके होने का नहीं, टूटे होने का आभास दे रही थीं; जैसे यहाँ तक आते-आते भी बहुत रो चुकी हों और जीवन का सत्त्व निचुड़ कर उनके शरीर से निकल गया हो।

सत्यवती जितने वेग से भाग सकती थी, उतने वेग से सीधी कुन्ती की ओर भागी।

कुन्ती का मन भर आया। उसके अपने घाव तो छिले ही, इस वृद्धा राजमाता के लिए भी उसके मन में करुणा जागी।

"विधाता ने यह क्या कर दिया पुत्री?" सत्यवती फफक-फफक कर रो पड़ी, "उससे मेरा कोई सुख नहीं देखा जाता। जो मेरा सहारा बनता है, वही चला जाता है। हस्तिनापुर का यह सिंहासन बड़ा हत्यारा है रे! इस पर जो सम्राट बैठता है, वही यमलोक चला जाता है।"

कुन्ती के गले से लग, सत्यवती रोती भी गयी और बोलती भी गयी। उसके सारे उद्गारों में कुन्ती का दुख कहीं नहीं था : वह सारा सत्यवती का अपना ही दुख था। उसका पौत्र नहीं रहा था, हस्तिनापुर का सम्राट नहीं रहा था; कुरुकुल की क्षति हुई थी...किन्तु कुन्ती का पति नहीं रहा था, उसकी भी कोई क्षति हुई थी, इसके लिए सत्यवती की उक्तियों में एक भी शब्द नहीं था।....सत्यवती रो-रो कर निढाल होती जा रही थी...कभी रोने लगती, कभी चिल्लाने लगती, कभी विधाता से लड़ने लगती, और कभी अपना वक्ष और माथा पीटने लगती...

कुन्ती अपना दुख भूल, माता सत्यवती के इस विक्षिप्त क्षोभ और दुख को शान्त करने का प्रयत्न करती रही...

भीष्म, रथ से उतर कर पहले कुलपति के पास गये। उनसे वार्तालाप

करते रहे। कुलपति के शब्द, कुन्ती के कानों तक नहीं पहुँच रहे थे, किन्तु उनके संकेतों से वह समझ रही थी कि वे अस्थियों, कुन्ती तथा बालकों के विषय में सूचनाएँ दे रहे हैं।

वहाँ से उठ कर भीष्म कुन्ती के पास आये।

कुन्ती ने उनके चरण स्पर्श किये तो फफक पड़ी।

भीष्म ने अपना संरक्षण का हाथ उसके सिर पर रखा। कुछ देर मौन रहे और फिर बोले, "मैं सचमुच बहुत अभागा हूँ पुत्रि! पिता का देहान्त हुआ था, तो मैंने मान लिया था कि अपनी आयु भोग कर सबको ही जाना है।...किन्तु उसके पश्चात चित्रांगद और विचित्रवीर्य गये, जो मुझसे बहुत छोटे थे।...और अब पाण्डु!...कभी-कभी सोचता हूँ विधाता ने मुझे इतनी आयु क्यों दी—इसलिए कि मैं जीवित रहूँ और यह कष्ट सहूँ।...जाने क्या लीला है उसकी।..." उन्होंने स्वयं को सँभाला, "तुमने अच्छा किया पुत्री! जो हस्तिनापुर लौट आयीं। अपने घर जैसा सुख कहीं नहीं होता।..." वे कुछ सोच कर रुक गये। फिर बोले तो उनका स्वर पर्याप्त सधाव पा चुका था, "मैं आते हुए धृतराष्ट्र को भी सूचना भिजवा आया हूँ। वह भी आ रहा होगा। महर्षि वेदव्यास को भी सूचना भिजवायी है। शोक के ऐसे अवसरों पर, माता सत्यवती को वह ही सँभाल पाते हैं।...कुलपति से भी चर्चा हुई है। वे लोग विश्राम कर, वापस शतशृंग लौट जायेंगे। पाण्डु और माद्री की अस्थियों के अन्तिम संस्कार के पश्चात हम शोक के बारह दिन, यहीं, गंगा के तट पर ही व्यतीत करेंगे। शोक-काल की समाप्ति पर ही हम हस्तिनापुर में प्रवेश करेंगे।" किसी और के रथ के आने के शब्द पर, उन्होंने दृष्टि उठायी, "लो धृतराष्ट्र और गान्धारी भी आ गये हैं। ये साथ में सुयोधन और सुशासन को क्यों ले आये...।" और भीष्म ने पलट कर पाण्डवों की ओर देखा, "आओ बच्चो! मेरे पास।" युधिष्ठिर को पहले उन्होंने अपनी बाँहों में भरा। उसके केशों पर हाथ फेरा, "तुम युधिष्ठिर हो?"

सहमे-से युधिष्ठिर ने सिर हिला दिया।

"मैं तुम्हारा पितामह हूँ।" भीष्म ने उसे दोनों भुजाओं से थाम कर, उसकी आँखों में देखा, "तुम हस्तिनापुर के युवराज हो। बड़े हो कर सम्राट बनोगे। तब यह मत भूल जाना कि सम्राट से उसका पितामह बड़ा होता है।" और सहसा उनका हास्य विलीन हो गया, "किन्तु पुत्र! जैसे-जैसे तुम समर्थ होते जाओगे, पितामह असमर्थ होते जायेंगे।"

उन्होंने भीम को अपनी भुजाओं में लिया, "तुम तो मल्ल युद्ध में प्रवीण होगे भीम! गदा-युद्ध भी सीखना। तुम्हारा कोई भाई तुम्हारे समान बलवान नहीं है।"

अर्जुन अभी उनके आलिंगन में ही था कि धृतराष्ट्र, गान्धारी, सुयोधन और सुशासन आ गये।

कुन्ती ने देखा : सुयोधन और सुशासन सचमुच राजकुमारों की वेश-भूषा में थे। इस शोक के अवसर पर भी धृतराष्ट्र और गान्धारी राजसी संभार के साथ आये थे।

धृतराष्ट्र बहुत दीन-सा हो कर रो रहा था। विलाप की-सी शैली में उसने कितनी ही बार कहा, "मेरे भाई! यम को प्राण ही चाहिए थे, तो मेरे प्राण ले जाता। तुम क्यों गये।..."

कुन्ती न फफक कर रो पाय, न कुछ कह पायी। स्तब्ध-सी मौन बैठी रही। सहसा भीष्म बोले, "सुयोधन! अपने भाइयों से गले मिलो।"

सुयोधन ने विरोध के-से भाव से पाण्डवों की ओर देखा : उसके मन की वितृष्णा उसके मन में फूटी, "इनसे?"

"क्यों!" भीष्म बोले, "ये तुम्हारे भाई हैं।"

"इतने गंदे!"

"चुप!" गान्धारी ने उसे डाँटा, "वे यात्रा करके आये हैं।"

भीष्म किसी विवाद में नहीं पड़े। उन्होंने सुयोधन को पकड़ा और युधिष्ठिर को बुलाया। दोनों को बलात ठेल कर गले मिलाया, "ये तुम्हारे भाई हैं," वे बोले, "भाई जैसा भी हो, जिस स्थिति में हो, उससे प्रेम करना चाहिए। तुम लोगों को आजीवन स्नेहपूर्वक एक साथ रहना है।"

"पितामह! ये लोग हस्तिनापुर में ही रहेंगे क्या?" सुयोधन ने पूछा।

भीष्म ने उसे गहरी दृष्टि से देखा, "हस्तिनापुर इनका घर है। लोग भ्रमण अथवा प्रवास से लौट कर, अपने घर में ही रहते हैं।"

"पर इनके लिए प्रासाद कहाँ है?" उसने पूछा।

"नहीं है तो बन जायेगा।" भीष्म बोले।

"नया क्यों बनेगा!" गान्धारी के मुख से अनायास निकल गया, किन्तु तत्काल ही उसने अपनी भूल को सुधारा, "जहाँ हम रहते हैं, वहीं वे भी रह लेंगे। एक ही परिवार के लिए, दो प्रासादों की आवश्यकता नहीं होती।" और उसने पलट कर सुयोधन को डाँटा, "तू चुप रह। बड़ों की बात में तू अपनी टाँग मत अड़ा।"

कुन्ती के मन में जैसे प्रचण्ड झंझावात उठा : कोई यह नहीं कह रहा कि हस्तिनापुर का स्वामी घर लौट आया है। वह महाराज पाण्डु के प्रासाद में रहेगा; और उनके सिंहासन पर बैठेगा।...ऐसा कहाँ लग रहा है कि वे लोग अपने घर लौटे हैं। वे तो जैसे किसी विपत्ति में पड़ कर, अपने किसी धनी

सम्बन्धी के द्वार पर आ पड़े हैं, उनके आश्रितों के समान...। निश्चित रूप से हस्तिनापुर में बहुत कुछ बदल गया है...वे जिन्हें अपना घर देख-भाल के लिए सौंप कर, प्रवास के लिए गये थे, वे लोग न केवल उनके घर के स्वामी बन बैठे हैं, बल्कि यह भी भूल गये हैं, कि यह सम्पत्ति किसकी है?...

भीष्म को धृतराष्ट्र बहुत चिन्तित लगा। किस बात से चिन्तित है वह—पाण्डु के निधन से या कुन्ती और पाण्डवों के हस्तिनापुर लौट आने से?...

70

शोक के बारह दिनों तक नगर के बाहर निवास कर, तेरहवें दिन राजपरिवार और प्रमुख नागरिकों ने नगर में प्रवेश किया।

वेदव्यास विदा लेने के लिए माता सत्यवती के पास गये। इस बार के हस्तिनापुर आगमन में वे पहली बार माता से एकान्त में मिल रहे थे।

"यह सब क्या है पुत्र?" सत्यवती की आँखों से अश्रु बह रहे थे, और स्वर जैसे कण्ठ में फँस रहा था, "मेरे ही साथ ऐसा क्यों होता है कि जिस पर मैं अपने जीवन की आशाएँ टिकाती हूँ, वही आधार शून्य में विलीन हो जाता है।"

"आशाएँ नहीं माता!" व्यास बोले, "आकांक्षाएँ कहो।"

"आकांक्षा ही सही! क्या दोष है आकांक्षाओं में? आकांक्षा, पाप है क्या?"

"नहीं माँ! आकांक्षा पाप नहीं है : आकांक्षा दुख और सुख का संगम है, अशान्ति का पर्याय है।" व्यास का स्वर गम्भीर था, "आकांक्षा और शान्ति" दोनों की कामना एक साथ नहीं की जा सकती। प्रकृति के नियम इसकी अनुमति नहीं देते।"

"तो क्या व्यक्ति आकांक्षा न करे?"

"करे। किन्तु तब न सुख से डरे, न दुख से। शान्ति की कामना न करे। शान्ति न सुख में है, न दुख में। शान्ति तो इन दोनों से निरपेक्ष होने में है।"

"मेरी समझ में यह सब कुछ नहीं आता।" सत्यवती अपने लड़खड़ाते स्वर में बोली, "मैंने तो एक साधारण मनुष्य के समान अपने सुख के लिए, सन्तान की कामना की थी; और तब मैं अपनी सन्तान के सुख के लिए, उनके जीवन और समृद्धि की कामना करती रही हूँ। क्या तुम्हारी प्रकृति की दृष्टि में यह पाप है जो वह बार-बार मेरी सन्तान छीन लेती है?"

"नहीं! यह पाप नहीं है," व्यास बोले, "किन्तु सुख का अस्तित्व ही दुख

से निरपेक्ष नहीं है। दुख नहीं चाहती हो, तो सुख भी मत चाहो।"

पर सत्यवती जैसे व्यास की उक्तियों का कोई प्रभाव ही ग्रहण नहीं कर रही थी। वह बिलखती जा रही थी, "चित्रांगद गया, विचित्रचीर्य गया, अब पाण्डु गया। माँ होकर मैंने पुत्रों की मृत्यु देखी, पौत्र की मृत्यु देखी...और क्या-क्या देखना बदा है, मेरे भाग्य में। इससे तो अच्छा था कि विधाता मुझे ही उठा ले...।"

"माँ!" व्यास ने आगे बढ़कर सत्यवती के कंधे पर सान्त्वना का हाथ रखा, "तुम अपनी पिछली कामनाओं से बँधी दुख पा रही हो; और आज एक और कामना कर रही हो। यह बद्धावस्था है, वह बद्ध जीव कभी सुखी नहीं होता। स्वयं को इन बन्धनों से मुक्त करो। तुम्हारी अवस्था अब बँधने की नहीं, मुक्ति के प्रयास की है माँ।"

सहसा सत्यवती के अश्रु सूख गये। उसका पुराना तेज जागा, "तेरे मन में कभी कोई कामना जन्म नहीं लेती? तू क्या कभी दुखी नहीं होता, तू क्या पूर्णतः मुक्त हो चुका है?...बोल! यदि ऐसा है, तो मैं विधाता को छोड़ तेरी शरण में आ जाऊँ। तुझ पर निर्भर रहूँ। तेरे चरणों में पड़ी रहूँ।..."

व्यास ने अपनी आँखें मूँद लीं, जैसे सायास स्वयं को शान्त करने का प्रयत्न कर रहे हों, या सत्यवती के आवेश की लहर को अपने ऊपर से बह जाने की अवधि तक स्वयं को सायास शान्त रखना चाहते हों।

"मेरी शरण में मत आओ माँ! मेरे आश्रम में आओ।" व्यास बोले, "इस रजोगुणी वातावरण से बाहर निकलो। रजोगुण का बोझ सहने, उसके सुख-दुख के झकोरे सहने का सामर्थ्य अब न तुम्हारे मन में है, न शरीर में।...आओ! मेरे साथ रहो। मेरी जीवन-पद्धति को देखो कि मुझमें कामना है या नहीं! और है, तो उसका स्वरूप क्या है।...माँ! प्रकृति चाहती है कि मनुष्य पहले अपने मन और शरीर का विकास करे, फिर जीवन के सुख-भोग की कामना करे, उसका अर्जन करे, उसका भोग करे...और इससे पूर्व कि प्रकृति उसे दी गई भोग की क्षमताएँ उससे छीनकर उसे अक्षम बना दे, व्यक्ति स्वयं ही भोग की कामना त्यागने लगे। ताकि संसार त्यागते हुए, सांसारिक सुखों में उसका मोह न रह जाये। तुम्हारा समय अब जीवन से निरस्त होने का है माँ! अपने मन को संसार से अनिर्लिप्त करो। मेरे साथ मेरे आश्रम में चलो।"

"कुरुकुल की व्यवस्था किये बिना?" सत्यवती बोली, "तू समझता है कि मैं मरनेवाली हूँ। मैं तुझे बता रही हूँ कि मुझे कुछ नहीं होने जा रहा।"

व्यास चकित-से खड़े अपनी माँ को देख रहे थे : उनकी माँ कैसी स्त्री है। किसी और ने इस प्रकार अपने पति, पुत्रों और पौत्र की मृत्यु का दुख झेला

होता, तो संसार के सारे सुख-वैभव से उसे वितृष्णा हो गयी होती। और यह है कि अभी कुरुकुल की व्यवस्था की बात सोच रही है। इसके रजोगुण में तनिक भी ह्रास नहीं हुआ है। प्रत्येक सम्राट की मृत्यु से जैसे राजसत्ता इसके हाथों में लौट आती है, इसके रजोगुण में वृद्धि होती है और इसे फिर से राजमद चढ़ जाता है...

"जब काल किसी का आह्वान करता है, तो व्यवस्था का समय नहीं देता। जो पीछे रह जाते हैं, वे व्यवस्था करते रहते हैं।" व्यास का स्वर शान्त किन्तु अत्यन्त क्रूर था।

"तू काल है क्या?" सत्यवती जैसे उसे नोच खाना चाहती थी।

"नहीं माँ! मैं काल नहीं हूँ। मैं तो काल-सत्य का शब्द हूँ। काल, सत्य का पर्याय है। शब्द भी वही है। इसलिए मैं सत्य के साथ-साथ शब्द का भी साधक हूँ।" व्यास बोले, "अपनी मुट्ठियाँ खोल दो और जीवन को उसमें से रीत जाने दो। अपने संवाद तुम बोल चुकीं, अब मंच से हट जाओ। आगंतुकों को स्थान दो। हस्तिनापुर में बने रहना, तुम्हारे लिए अब सुखद होगा क्या? धृतराष्ट्र पर भी तुम्हारा कोई विशेष नियन्त्रण नहीं है, उसके पुत्र तुम्हारे नियन्त्रण में रहेंगे क्या?...नहीं रहेंगे। परिवार में तुम अपनी सत्ता को छिन्न-भिन्न होते देखोगी। नियन्त्रण स्थापित करने का प्रयत्न करोगी; और इस प्रयत्न में अपने नियन्त्रण, अधिकार और सत्ता के चीथड़े होते देखोगी; और दिन-प्रतिदिन और अधिक पीड़ा पाओगी। मेरे आश्रम में चलो माँ। तुम यहाँ रहीं तो विक्षिप्त हो जाओगी।"

सत्यवती ने अत्यन्त कठोर दृष्टि से व्यास को देखा, "तू समझता है कि मैं उन्मत्त हो रही हूँ। ऐसी कोमल होती तो लोगों ने कब से मुझे नोच खाया होता।"

"तो भी चलो माँ!" व्यास बोले, "मैं भी तो तुम्हारा पुत्र हूँ। कभी मेरे पास भी रहो।"

"और हस्तिनापुर?"

"भीष्म हैं न!"

"भीष्म बहुत धूर्त हैं।" सत्यवती की आँखों में सचमुच की विक्षिप्तता चमकी, "वह जानता है कि हस्तिनापुर का राजसिंहासन हत्यारा है। इसलिए वह स्वयं उस पर नहीं बैठता। जिसे अपना शत्रु समझता है, उसे उस पर बैठा देता है; और वह काल-कवलित हो जाता है...।"

माँ की स्थिति देखकर व्यास विचलित हो उठे, "मेरे साथ चलो माँ। मैं तुम्हें कुछ मन्त्र दूँगा। उनसे अपना मन स्थिर कर, साधना करना कि हस्तिनापुर

का सिंहासन हत्यारा न रहे।"

"सच कहता है पुत्र तू?"

"हाँ माँ!"

"और अम्बिका तथा अम्बालिका? उन्हें छोड़ दूँ? वे मेरी पुत्र-वधुएँ हैं। मेरे जाने के पश्चात् कोई उनका अपहरण कर ले तो?"

"उनसे पूछ लो। वे हस्तिनापुर में रहना चाहें तो रहें; मैं यहीं उनकी सुरक्षा का प्रबन्ध कर दूँगा। किन्तु उनके लिए भी श्रेयस्कर यही है कि वे भी हमारे साथ चलें। आश्रम कहीं अधिक सुरक्षित है।"

तभी कक्ष में भीष्म ने प्रवेश किया। सत्यवती उसकी ओर मुड़ी, "द्वैपायन मुझे अपने साथ ले जाना चाहता है। मैं जाऊँ पुत्र?"

"माँ!" भीष्म के कुछ कहने से पहले ही व्यास बोले, "पुत्र यह तो कह सकता है; कि मेरे साथ आओ; यह कैसे कहेगा कि मुझसे दूर जाओ।...मुझे ही कहने दो। भीष्म से कुछ मत कहलवाओ।"

सत्यवती ने पुनः भीष्म की ओर देखा : वे अब तक मौन ही खड़े थे। उनकी मुखाकृति पर असमंजस था। कुछ कह नहीं रहे थे किन्तु बहुत कुछ कहते भी जा रहे थे।

"तुम बहुत मौन रहे हो भीष्म!" अन्ततः सत्यवती ही बोली, "तुमने अपना बहुत दमन किया है पुत्र!...और उसका सबसे बड़ा कारण मैं ही रही हूँ...।"

व्यास चकित थे; अभी कुछ क्षण पहले माता भीष्म को धूर्त्त कह रही थीं...

"माँ!" भीष्म ने कुछ कहना चाहा।

"आज तक मैं ही कहती आयी हूँ, और तुम सुनते ही आये हो पुत्र! आज भी मुझे ही कहने दो।" सत्यवती का ध्यान 'माँ' के सम्बोधन पर अटका। भीष्म ने सदा 'माता' कहकर ही सम्बोधित किया था। 'माँ' तो केवल द्वैपायन ही कहा करता है, किन्तु आज भीष्म भी 'माँ' ही कह रहा है। "मैंने तुम्हारा बहुत दमन किया है, तुम्हें सदा वंचित किया है। तुमने मेरे ही कारण ऐसी भीषण प्रतिज्ञाएँ की थीं।...मैंने जो कुछ चाहा, तुमने वही किया। फिर भी मेरी कुछ इच्छाएँ पूरी हुईं, कुछ नहीं हुईं। मैं जानती हूँ कि तुम्हारे पिता ने तुम्हें उसी दिन उन प्रतिज्ञाओं से मुक्त कर दिया था, जिस दिन तुम हस्तिनापुर पहुँचे थे। फिर भी तुम उन प्रतिज्ञाओं से बँधे रहे...।"

"हाँ माता! क्योंकि ये प्रतिज्ञाएँ मेरी थीं।"

"ठीक है पुत्र! प्रतिज्ञाएँ तुम्हारी ही थीं; फिर भी बाँधनेवाली मैं थी। आज

मैं तुम्हारा बन्धन खोल रही हूँ।...मैं तुम्हें तुम्हारी दोनों प्रतिज्ञाओं से मुक्त करती हूँ। मैं द्वैपायन के साथ उसके आश्रम में जा रही हूँ। द्वैपायन कहता है कि यह मुझे सुख और दुख के बन्धन से मुक्त कर देगा। जब मैं मुक्ति की ओर जा रही हूँ, तो तुम्हें क्यों बाँधें रखूँ। तुम मुक्त हो पुत्र! किन्तु मैं जा रही हूँ। चाहती हूँ कि अम्बिका और अम्बालिका भी मेरे साथ ही चलें। तुम्हें हस्तिनापुर में छोड़कर जा रही हूँ—पीछे की व्यवस्था देखने के लिए।...चाहो तो युधिष्ठिर के वयस्क होने तक तुम सिंहासन पर आसीन हो जाओ।"

व्यास खिलखिलाकर हँस पड़े, "तुम भीष्म को मुक्त कर रही हो माँ! या उन्हें फिर से एक बार बाँध रही हो?"

व्यास अपनी माँ को समझ नहीं पा रहे थे : सचमुच इस समय माँ का उदात्त भाव जागा था और वह अपनी भूल का अनुभव कर, पश्चात्ताप स्वरूप भीष्म को मुक्त कर रही थी...या...वह हस्तिनापुर के सिंहासन को वस्तुतः हत्यारा मानकर, उस पर भीष्म को बैठा उनके प्राण लेना चाहती थी...

"अरे पीछे रहेगा, तो व्यवस्था नहीं देखेगा क्या? बेचारा धृतराष्ट्र देख नहीं सकता। विदुर ही कौन बहुत सांसारिक जीव है, कि वह कुछ कर लेगा। पोथीमित्र है, वह तो। पोथियों में घिरा बैठा रहेगा। तो फिर धृतराष्ट्र और पाण्डु के बच्चों को कौन देखेगा?"

"मैं देखूँगा माता! आप चिन्ता न करें!" भीष्म की आँखों के सम्मुख आठ वर्षों के असहाय और हताश युवराज युधिष्ठिर का चित्र जागा।

"मैं जानती हूँ कि तुम्हें हस्तिनापुर से ऐसा कोई मोह नहीं है। तुम्हारा वश चले तो तुम भी वन जाना चाहोगे। किन्तु, यह द्वैपायन मुझे बलात् अपने साथ ले जा रहा है। मैं जा रही हूँ; तुम इन बच्चों का पालन-पोषण करना। तुम धार्तराष्ट्रों और पाण्डवों के, कुरुओं की इस नयी पीढ़ी के अभिभावक हो। कुरुकुल के रक्षक हो। जैसे भी सम्भव हो, कुरुकुल की रक्षा करना। मेरे सुख के लिए ऐसा करोगे?"

"करूँगा माता!"

"तो मैं जा रही हूँ। आवश्यक होने पर मुझे बुला लेना।"

भीष्म मौन खड़े रहे।

"सुखी रहो पुत्र!"

अम्बिका ने सत्यवती के साथ वन जाने का प्रस्ताव सुना तो अपने निर्णय में एक क्षण भी नहीं लगाया। उसने स्वीकृति में सिर हिलाया और उसकी आँखों में अश्रु आ गये।

"तुम रो रही हो?" सत्यवती ने पूछा, "हस्तिनापुर छोड़ने का दुख है? दुख तो मुझे भी है पुत्रि! किन्तु द्वैपायन चाहता है कि मैं उसके साथ चलूँ।"

"नहीं माता! रोना कैसा! आजकल तो सुख की आशंका से भी मेरी आँखों में अश्रु भर आते हैं।" वह बोली, "मोह तो मेरे मन में है, किन्तु मैं उसे अपने पैरों तले कुचलकर, उस पर खड़ी हूँ। पर चलने से पहले विदुर से मिल आऊँ।"

"विदुर से?"

"हाँ माता।"

"धृतराष्ट्र और गान्धारी से नहीं?"

"नहीं!"

"जाओ! मिल आओ!"

विदुर को आशीर्वाद देकर अम्बिका बैठ गयी, "मैं माता सत्यवती के साथ वनवास के लिए जा रही हूँ पुत्र!" वह बोली, "तुम्हारी माता की मैं अत्यन्त कृतज्ञ हूँ। उसने बड़े कठिन समय में मेरी रक्षा की थी। अब मैं तुमसे याचना करने आयी हूँ : मेरी अनुपस्थिति में मेरे पुत्र की रक्षा करना।"

"आप निश्चिंत रहें राजमाता।" विदुर बोला।

"राजमाता नहीं, माता कहो।" अम्बिका बोली, "माता के रूप में मैं तुम्हें आदेश दे रही हूँ कि तुम अपने अन्तिम समय तक, अपनी क्षमता भर धृतराष्ट्र की रक्षा करोगे। कैसी भी कठिन स्थिति आये, वह कितना ही कटु बोले, तुम्हारा तिरस्कार करे, किन्तु तुम उसका त्याग नहीं करोगे।"

विदुर मौन रहा, जैसे कुछ सोच रहा हो।

"करोगे?" अम्बिका ने पूछा।

"करूँगा!"

"वचन देते हो?"

"वचन देता हूँ।"

"तुम शस्त्रधारी नहीं हो। उसकी रक्षा कैसे करोगे?"

"मैं यथाक्षमता उसे नीति और न्याय का परामर्श दूँगा। न्याय, धर्म का दूसरा नाम है माता! वह न्याय की रक्षा करेगा, तो न्याय उसकी रक्षा कर लेगा।"

"मैं सन्तुष्ट हुई पुत्र!" अम्बिका बोली, "कभी उसका अनुचित समर्थन मत करना। वह कितना भी विरोध करे, किन्तु उसे नीति से डिगने मत देना। वह तुम्हें अपना शत्रु समझे, तो भी उसकी इच्छापूर्ति के लिए अनुचित का समर्थन मत करना।..."

"ऐसा ही होगा माता!"

रात पर्याप्त बीत चुकी थी, जब भीष्म वेदव्यास से मिलने आये।

"आप! इस समय!" व्यास को आश्चर्य हुआ।

"एकान्त इसी समय मिल सकता था द्वैपायन!"

"एकान्त क्यों चाहिए था कुरुश्रेष्ठ?"

"कुरुश्रेष्ठ नहीं! भाई कहो!" भीष्म बोले, "यह दो भाइयों की चिन्ता है—अपनी माता के विषय में।"

व्यास कुछ नहीं बोले। धैर्यपूर्वक भीष्म की ओर देखते रहे।

"मुझे लगता है, तुम माता को उनकी इच्छा के विरुद्ध बलात् अपने साथ ले जा रहे हो।"

"हाँ?"

"क्यों?"

"इस स्वार्थपूर्ण रजोगुणी वातावरण में वे प्रायः विक्षिप्त हो चुकी हैं। यदि और अधिक यहाँ रहीं, तो पूर्णतः उन्मत्त हो जायेंगी।" व्यास बोले, "उन्होंने सम्पत्ति और सत्ता के साथ अपने प्राणों का तादात्म्य कर लिया है। प्रत्येक सम्राट् की मृत्यु उनके मसतक पर आशंका रूपी शिला का आघात करती है। उन्हें लगता है कि अब सम्पत्ति और सत्ता उनसे छिन जायेगी...और उनके प्राण निकल जायेंगे। ऐसे व्यक्ति का सत्ता के केन्द्र के पास रहना न उसके अपने लिए अच्छा है, न शासन के लिए।"

"वहाँ उन्हें शान्ति मिलेगी?"

"प्रयत्न तो यही है!"

"उनके लौटने की सम्भावना...?"

"रोगी को रोग के कारणों की ओर नहीं लौटना चाहिए।"

"तुम मुझसे अधिक समझते हो द्वैपायन!" भीष्म उठ खड़े हुए।

अगले दिन प्रातः हस्तिनापुर का सम्पूर्ण राजपरिवार नगर के मुख्य द्वार तक आया। उनके साथ अश्वारोही सैनिक भी थे; रथ भी थे; किन्तु यह शोभा-यात्रा नहीं थी। सबसे आगेवाले रथ पर स्वयं भीष्म थे, उनके साथ व्यास थे और थीं राजमाता सत्यवती। उनका रथ रुका तो पीछे आनेवाले सारे रथ और अश्व रुक गये।

भीष्म के पश्चात् व्यास रथ से उतरे। उन्होंने माता सत्यवती को बाँह का अवलम्ब देकर रथ से उतारा।

पीछे के रथों में से अम्बिका, अम्बालिका, धृतराष्ट्र, गान्धारी, कुन्ती,

सुयोधन, सुशासन, युधिष्ठिर और भीम उतरे।

द्वार के सम्मुख इतने लोग एकत्रित थे; किन्तु सब मौन थे। सब जैसे किंकर्तव्यविमूढ़ थे। किसी अनजाने भय से ग्रस्त कि कहीं उनसे कुछ अशोभनीय, कुछ अनुचित न कहा जाये।

व्यास आगे बढ़े। वे भीष्म से आलिंगनबद्ध हुए। धृतराष्ट्र, गान्धारी, कुन्ती और बच्चों को उन्होंने आशीर्वाद दिया और बोले, "तुम सबका कल्याण हो; अब तुम सब यहाँ से नगर में लौट जाओ। आगे हम सब पदाति ही जायेंगे। वनवास के लिए जाते हुए, रथों में यात्रा उचित नहीं है।" और वे सत्यवती की ओर मुड़े, "चलो माता!"

शब्दों के अनुकरण में जैसे सत्यवती के पग उठे, किन्तु हृदय उमड़कर पीछे आया। वह लौटी। धृतराष्ट्र, गान्धारी और कुन्ती को प्यार किया। यथासम्भव सारे बच्चों को भी अपने साथ लिपटाया, उनके केशों पर हाथ फेरा, उनका मुख चूमा..."मैं जल्दी लौटूँगी।"

भीष्म देख रहे थे।

व्यास ने आगे बढ़कर सत्यवती की बाँह पकड़ी, "चलो माता!"

सत्यवती मुड़ी और चली; किन्तु वह चलना, चलना था या घिसटना। कितना वह अपनी इच्छा से चल रही थी; और कितना उसे व्यास चला रहे थे? वह हस्तिनापुर छोड़ रही थी, पर क्या हस्तिनापुर उससे छूट रहा था?

भीष्म स्वयं समझ नहीं पाये कि उनके मन में सत्यवती के लिए करुणा थी या ईर्ष्या! कैसी बद्ध जीव थीं, माता सत्यवती। क्या नहीं सहा उन्होंने, क्या नहीं झेला,; किन्तु प्रकृति के इतने कशाघात भी क्या उन्हें कुछ समझा पाये। कैसी है मनुष्य की बुद्धि; दुख झेलता है, तड़पता है, उससे मुक्ति चाहता है...किन्तु उसके कारणों से स्वयं को मुक्त कर नहीं पाता...

और सत्यवती की अपनी इच्छा के विरुद्ध, व्यास बलात् उन्हें, बाँह थामकर कल्याण के मार्ग पर लिये जा रहे हैं।...

सत्यवती भीष्म के सम्मुख आयी। रुकी। एक बार डबडबाई आँखों से उसने देखा और सिर झुका लिया, "कुरुकुल की रक्षा करना।"

उसके घिसटते पग आगे बढ़ गये।

भीष्म का मन जैसे चीत्कार कर रहा था : 'जब मैं इसी प्रकार मुक्ति के पथ पर बढ़ा था, तो मुझे क्यों रोक लिया था माँ! और आज भी मेरे पग वन की ओर उठना चाहते हैं और मेरे पगों को तुम निगड़बद्ध कर रही हो। ...तुम्हारे पग उठते नहीं हैं, फिर भी तुम हस्तिनापुर के इस इन्द्रजाल से मुक्त होती जा रही हो...'

उनके मन में आया कि वेग से जायें; व्यास के सम्मुख खड़े होकर उसे रोक लें और उससे पूछें, 'तुम इसी प्रकार मेरी बाँह थामकर, मुझे हस्तिनापुर से निकाल क्यों नहीं ले जाते?'

पर उनके पग आगे बढ़ने के स्थान पर पीछे की ओर मुड़े : उनके सम्मुख अंधा धृतराष्ट्र खड़ा था, आँखों पर पट्टी बाँधे गान्धारी खड़ी थी, अपने असहाय-से बच्चों के साथ आशंकित-सी कुन्ती खड़ी थी।

वे स्थिर पगों से आकर कुरुओं की नयी पीढ़ी के बीच खड़े हो गये। उनका एक हाथ युधिष्ठिर के कंधे पर था, दूसरा सुयोधन के...उनके तृषित नेत्र, दूर जाती हुई सत्यवती, अम्बिका और अम्बालिका को ऐसे देख रहे थे, जैसे यात्रा के आरम्भिक स्थान पर खड़ा पथिक, अपनी यात्रा पूर्ण कर गन्तव्य तक पहुँचे हुए व्यक्ति को देखता है...या कोई बन्दी अपने संगी बन्दी को मुक्त होकर, कारागार से बाहर जाते हुए देखता है।...

□□□